HEYNE
JUBILÄUMS
REIHE

In derselben Reihe
erschienen außerdem als Heyne-Taschenbücher:

Thriller · Band 50/6
Klinik · Band 50/19
Horror · Band 50/21
Das endgültige Buch der Sprüche und Graffiti · Band 50/26
Sinnlichkeit · Band 50/31
Noch mehr Witze · Band 50/34
Das Buch der Sprüche und Graffiti · Band 50/39
Lust · Band 50/40
Beschwingt & heiter · Band 50/47
Sex · Band 50/50
Deutsche Erzähler des 19. Jahrhunderts · Band 50/52
Sehnsucht · Band 50/53
Körner, Sprossen, Keime · Band 50/57
Glück muß man haben · Band 50/59
Männerwitze · Band 50/62
Zauber der Leidenschaft · Band 50/65
Super-Sex · Band 50/67
Ärzte · Band 50/68
Immer fröhlich, immer heiter · Band 50/69
Alptraum · Band 50/71
Bürosprüche · Band 50/72
Lateinamerikanische Erzähler · Band 50/73
Louisiana · Band 50/74
Samurai · Band 50/76
Obsession · Band 50/77
Ratgeber Bauen und Wohnen · Band 50/79
Viel Vergnügen · Band 50/80
Ekstase · Band 50/81
Österreichische Erzähler · Band 50/82
Ratgeber Versicherung · Band 50/83
Grauen Pur · Band 50/84
Fröhlich und beschwingt · Band 50/85
Arztpraxis · Band 50/86
Bombenstimmung · Band 50/87
Starke Frauen · Band 50/88
Heiter und so weiter · Band 50/89
Frauenkrimis · Band 50/90
Lachsalven · Band 50/91
Romantische Liebe · Band 50/92
Geheimnisvolles Erbe Band 50/93
Hinter dem Schleier · Band 50/94
1000 neue Witze zum Totlachen · Band 50/95
Herr Doktor · Band 50/96
Leidenschaftliche Liebe · Band 50/97
Glücklich und zufrieden · Band 50/98
Crime Ladies · Band 50/99
Die große Liebe · Band 50/100
Psycho · Band 50/101
Tatmotiv: Liebe · Band 50/102
Vergnügliches · Band 50/103
Halbgott in Weiß · Band 50/104
Stürme des Herzens · Band 50/105
König Artus · Band 50/106
Lachen ist ansteckend · Band 50/107
Die Patientin · Band 50/108
Shadorun · Band 50/109
Liebesglück · Band 50/110
Verborgene Zuflucht · Band 50/111
Im Reich der Fantasy · Band 50/112
Bitte lächeln · Band 50/113
U-Boot · Band 50/114
Gefühle · Band 50/115

HEYNE
JUBILÄUMS
REIHE

THRILLER *special*

Drei Spannungsromane –
packend und atemberaubend!

WILHELM HEYNE VERLAG
MÜNCHEN

HEYNE JUBILÄUMSBÄNDE
Nr. 50/116

QUELLENHINWEIS

Dean Koontz, CODEWORT PENTAGON/Strike Deep

Aus dem Amerikanischen von Marcel Bieger

Elmore Leonard, BEUTE/Swag

Aus dem Amerikanischen von Ute Tanner
(Der Titel erschien bereits in der Allgemeinen Reihe
mit der Band-Nr. 01/6866)

Philip Friedman, DER BEWEIS/Inadmissible Evidence

Aus dem Amerikanischen von Matthias Rawert
(Der Titel erschien bereits in der Allgemeinen Reihe
mit der Band-Nr. 01/9068)

Umwelthinweis:
Dieses Buch wurde auf chlor- und säurefreiem Papier gedruckt.

Printed in Germany 1996
Umschlagillustration: Photodesign Mall, Stuttgart
Umschlaggestaltung: Atelier Ingrid Schütz, München
Gesamtherstellung: Elsnerdruck, Berlin

ISBN 3-453-09858-7

INHALT

Dean Koontz
Codewort Pentagon

Für Gerda

26. Dezember – 27. Dezember

DER VORSCHLAG

1

Lee Ackridge war noch zwei Blocks von seinem Zuhause entfernt, als ihm eine plötzliche Bö Schneeflocken ins Gesicht schlug, die langsam auf seiner Haut schmolzen. Zum ersten Mal an diesem Morgen hob er den Blick und betrachtete kurz den schmutziggrauen Himmel über New York City. Heute wirkte er noch grauer als sonst. Tief und bedrohlich schoben sich Massen von Wolken über die Dächer der dunklen Gebäude nach Osten. Dies war nicht nur ein etwas stärkerer Wind. Hier braute sich ein Sturm zusammen. Der erste wirkliche Schneefall dieses Winters stand bevor.

Das paßt ja wieder einmal prima zusammen, sagte er sich verdrossen. In seiner momentanen Stimmung kamen ihm sogar die Launen des Wetters wie direkt auf ihn gerichtete Angriffe vor. Eine zusätzliche Unannehmlichkeit, mit der er sich herumschlagen mußte. Ein weiteres Problem, das sein Leben erschwerte. Zu Weihnachten, wo jedermann den Schnee als notwendig und schön empfand, war es zwar frisch, aber sonnig gewesen. Und heute, wo es weder einen emotionalen noch einen symbolischen Sinn für Schnee gab, braute sich ein heftiger Sturm zusammen. Es würde nicht mehr lange dauern, bis man auf den Bürgersteigen ausgleiten oder sich im Matsch Hose und Schuhe ruinieren würde. Schon kürzere Wege wären dann eine unzumutbare Angelegenheit.

Lee wischte sich die schmelzenden Flocken aus dem Gesicht und fluchte leise vor sich hin. Überall um ihn herum wirbelten die frostigen Daunen durch die Luft.

Als er das Apartmenthaus in der Twentieth Street erreichte, nahm er immer zwei Stufen gleichzeitig, um endlich an die Haustür zu gelangen. Er riß die stark abgenutzte Tür auf.

Während der letzten drei Jahre hatte er sich sehr an dieses Haus gewöhnt, und normalerweise bemerkte er beim Hinausgehen oder Hereinkommen nicht mehr, wie heruntergekommen das Gebäude war. Aber weil er heute vom Pech verfolgt war, weil wieder einmal alles schiefging und weil er auf die ganze Welt zornig war, sprang es ihm jetzt überdeutlich ins Auge. Alles mögliche fiel ihm nun auf. Die Stufen, über die er geeilt war, waren ausgelatscht und aufgesprungen. An allen möglichen Stellen bröckelte der Zement. Verkratzt und voller Dellen war die Tür, mittendrin eine Glasscheibe voller Sprünge und Risse, die nur notdürftig mit schwarzem Klebeband repariert waren. Der Hausflur war trübe beleuchtet, wahrscheinlich, um den Dreck in allen Ecken nicht zu deutlich sichtbar werden zu lassen. Und die meisten Briefkästen waren aufgebrochen oder verbogen.

Lee suchte alle Taschen ab, mußte aber feststellen, daß er vergessen hatte, den Schlüssel einzustecken. Er drückte auf die Klingel unter dem Schildchen: APARTMENT F: ACKRIDGE/HOFFMAN.

Krachend ertönte eine Stimme im kleinen Lautsprecher neben den Klingeln. Lee erkannte zwar Carries Stimme, aber die statischen Geräusche waren so laut, daß er kein Wort verstehen konnte.

»Ich bin's, Lee!« brüllte er schließlich. Anscheinend funktionierte heute gar nichts mehr. Jetzt mußte er auch schon schreien, um in seine eigene Wohnung eingelassen zu werden! Nach einem Summen öffnete sich die Innentür.

Wütend drückte er sie auf und stapfte auf das Treppenhaus zu. Er lief die sechs Treppen bis zum dritten Stockwerk hinauf und wurde sich dabei schmerzhaft bewußt, daß es im Treppenhaus mindestens so kalt war wie draußen.

Carrie erwartete ihn an der Wohnungstür und lächelte ihn freundlich an.

Wie stets, wenn sie zu Hause war, trug sie alte, ausgebleichte Jeans und eins von Lees T-Shirts. Doch in diesem Moment erschien sie ihm so bezaubernd, als trüge sie ein Abendkleid. Ihr dichtes, glänzend seidiges Haar fiel in sanften, bernsteinfarbenen Wellen bis auf die Schultern hinab. Das Haar umrahmte ein Gesicht, mit dem sich jeder Pepsi-Cola-Werbespot gern geschmückt hätte. Sie war dreiundzwanzig, aber mit ihren großen Augen und der frischen Hautfarbe hätte sie auch als Sechzehnjährige durchgehen können. Zu dem Blau der Augen paßte ausgezeichnet der cremefarbene Teint. Und ihr hochstehender, voller Busen war für Lee der aufregendste auf der Welt, auch wenn Carrie damit beim PLAYBOY nicht Playmate des Monats geworden wäre. Ihre Formen waren wunderbar und für Lee ungeheuer erotisch; allerdings hätte sie damit beim HUSTLER kaum ein Unterkommen gefunden, und das war Lee auch ganz recht so. Sie war schlank, hatte eine geradezu klassische Wespentaille, rundete das Ganze aber mit einem vollen, festen Hintern ab. Ihre Beine schienen endlos lang zu sein, und tatsächlich ragte sie bis auf wenige Zentimeter an Lees knappe ein Meter achtzig heran. In der Jeans und dem T-Shirt wirkte sie aufregender als alle Frauen in aufreizenden Cocktail-Kleidern.

Lee wußte, daß er mit ihr mehr Glück als Verstand hatte. Ganz gleich, wie furchtbar der Morgen gewesen war und welch niederschmetternden Anblick das Haus bot, allein die Aussicht, daß Carrie jetzt hier war, vergoldete diesen Tag. Sie konnte ihm den Himmel auf Erden bereiten. Nein, korrigierte er sich, im letzten Jahr hatte sie ihm den Himmel auf Erden bereitet. Carrie war es gelungen, ihn immer wieder aus seinen Grübeleien und seinem Selbstmitleid herauszureißen. Dabei waren solche Gemütszustände Lees ständige Begleiter gewesen, seit er vor vier Jahren aus dem Krieg in Südostasien zurückgekehrt war.

Doch ebenso abrupt, wie seine Freude gekommen war, verschwand sie wieder und machte bohrenden Fragen Platz. Natürlich hatte sie ihm den Himmel auf Erden bereitet, und natürlich half sie ihm, aus seinen Depressionen herauszufinden, aber wie lange würde eine solche Superfrau es schon bei einem Mann wie ihm aushalten? Bei einem Mann, der mindestens einmal pro Nacht schreiend aufwachte, weil er wieder schreckliche Alpträume gehabt hatte. Der sich bei solchen, aber auch vielen anderen Gelegenheiten von ihr wie ein verängstigtes Kleinkind festhalten lassen mußte. Wie lange würde Carrie bei einem Mann bleiben, bei dem sich bei neun von zehn Malen im Bett nichts regte? Wie lange konnte Carrie bei einem Mann bleiben, dessen Gesicht voller Narben und dessen Kopf voller Neurosen war? Durfte er darauf hoffen, daß sie es noch ein paar Wochen bei ihm aushielt, oder durfte er, wenn er realistisch war, nur noch von ein paar Tagen ausgehen?

Als er die Wohnungstür erreichte, stellte sie sich auf die Zehenspitzen und küßte ihn. Carrie erschrak, als sie seine kalten Hände spürte, und fuhr zurück. »Draußen muß es ja furchtbar sein!«

Er nickte.

»Schneit es etwa?«

»Und wie!«

Er zog den Mantel aus und ließ ihn im Wohnzimmer auf den alten Sessel fallen. Er marschierte gleich durch zur Küche und öffnete dort eine Dose Budweiser.

»Schlechte Neuigkeiten?« fragte sie ihn.

»Was denn sonst?«

Er war einfach nicht in der Lage, ihr jetzt ins Gesicht zu sehen. Wie konnte er ihr erklären, daß die Dinge nicht nur schlimm standen, sondern immer noch schlimmer wurden?

»Lee?« drängte sie.

Er setzte die Bierdose an und nahm einen großen Schluck. Als die Flüssigkeit durch seine Kehle rann, begriff er, daß er eigentlich etwas zum Aufwärmen gebraucht hätte. Templeton im Amt für Veteranenangelegenheiten fiel ihm wieder ein. Von dem kam er gerade. Lee entschied, daß er nicht so sehr etwas zum Aufwärmen brauchte, sondern eher jemanden, der ihn auffing.

»Also war es eine Pleite, oder?« Carrie runzelte die Stirn. »Deswegen mußt du es aber nicht unbedingt an mir auslassen.«

Er ließ sich an dem billigen Formica-Tisch nieder. »Tut mir leid.« Er wäre nie fähig gewesen, ihr wissentlich weh zu tun. Aber irgendwie passierte ihm genau das immer wieder. Seine schlechte Laune war wirklich nicht gegen sie gerichtet. Vielmehr war sie für ihn wie ein Panzer gegen den Rest der Welt.

»Ich wette, du hast heute noch nicht gefrühstückt. Du siehst ganz so aus, als hättest du noch gar nichts zu dir genommen.« Sie war taktvoll genug, nicht auf Templeton oder das Veteranenamt zu sprechen zu kommen. »Möchtest du ein Sandwich?«

»Wär' nicht schlecht.«

»Mit Salami, Schmelzkäse, einem Blatt Salat und oben drauf eine Tomatenscheibe?«

»Ja, aber laß, das kann ich mir schon selber machen ...«

Sie schüttelte den Kopf. In diesem Moment leuchtete ihr blondes Haar ganz wunderbar. »Nein, du bleibst schön, wo du bist. Niemand wird dich einen alten Chauvi schimpfen, bloß weil ich dir mal ein kleines Butterbrot mache.«

»Du tust so viel für mich.«

»Ich habe noch lange nicht genug für dich getan.«

Als das Sandwich fertig war, hatte er auch die Bierdose geleert. Carrie stellte ihm ein zweites Budweiser auf den Tisch. Sie nahm sich selbst auch eine Dose, trank aber aus einem Glas.

»Wie war denn dein Tag so?« fragte er zwischen zwei Bissen.

Er saß vor dem Kühlschrank und hatte seinen Stuhl ein wenig vom Tisch weggedreht. Carrie konnte sich nun auf jeden der drei anderen Küchenstühle setzen, sie würde nie die Gesichtshälfte von ihm zu sehen bekommen, die nur noch aus Narbengewebe bestand. Carrie hatte ihm so oft erklärt, er solle sich darüber keine Gedanken machen. Sie hielte ihn weder für häßlich noch für entstellt. Sie nehme seine Narben überhaupt nicht wahr. Dennoch hielt Lee seine rechte Gesichtshälfte stets vor ihr verborgen, wenn sie zusammen aßen oder im Bett lagen.

»Ich bin nicht vor zehn aus dem Bett gekommen«, sagte sie. Carrie arbeitete in der Gestaltungs-Abteilung eines Verlages, dessen Büros mitten im Herzen von Manhattan waren. Aber heute hatte sie aufgrund des Weihnachtsfeiertages frei. »Ich habe Radio gehört und ein bißchen gelesen.«

Er schob sich das letzte Stück des Sandwiches in den Mund und spülte mit einigen Schlucken Bier nach. Als er sich dann auf dem Stuhl zurücklehnte, fühlte er sich endlich in der Lage, über seinen Morgen zu reden. »Die Veteranenunterstützung ist gestrichen.«

»Ganz gestrichen oder nur gekürzt?«

»Ganz gestrichen.«

»Mit wem hast du denn gesprochen?«

»Mit wem sollte ich schon gesprochen haben?«

»Templeton!«

»Wer sonst?«

»Dann mach doch eine Eingabe. Oder wende dich an seine Vorgesetzten!«

»Würde ja doch nichts bei rumkommen.«

»Templeton ist ein Sadist«, schimpfte sie.

»Und ein Riesenarschloch dazu. Aber so sind sie da alle. Und sie stecken alle unter einer Decke. Dort hackt eine Krähe der anderen kein Auge aus. Nein, wenn Templeton etwas entschieden hat, kann man nicht mehr dagegen an.«

Sie trank einen kleinen Schluck aus ihrem Glas. Sorgenfalten gruben sich in ihr hübsches Gesicht. »Hast du ihm nicht das Schreiben von Dr. Slatvik gezeigt?«

»Doch!«

»Und was hat er dazu gesagt?«

Lee zuckte die Achseln. »Er hat sich nicht davon beeindrucken lassen.«

Sie schlug mit ihrer zarten, kleinen Hand wütend auf den Tisch. »Verdammt noch mal, dir steht eine Kriegsversehrtenrente zu!«

Er war immer wieder von neuem verblüfft, wenn er erlebte, wie fest sie an die ausgleichende Gerechtigkeit im Leben glaubte. Ganz gleich, was um sie herum passierte, sie ließ sich nie davon abbringen. Bevor Carrie das Licht der Welt erblickte, hatte ihr Vater sich schon aus dem Staub gemacht. Sie hatte ihn kein einziges Mal gesehen. Ihre Mutter war eine schwere Alkoholikerin, die man besser entmündigt hätte. Weil sie mit sich selbst nicht zurechtkam, geriet sie immer wieder an Männer wie Carries Vater, die sie ebenfalls nach einer Weile sitzenließen. Carries Jugend hatte nur aus Armut und Hungern bestanden. Als sie neunzehn war, kam ihr Verlobter, der gerade erst vier Wochen zuvor eingezogen worden war, bei einem Manöverunfall ums Leben ... Aber als wäre das alles nie geschehen, war Carrie durch und durch Optimistin und erwartete nur schöne Dinge vom Leben. Geschah dann doch einmal etwas weniger Schönes, war sie im ersten Moment überrascht und hilflos. Richtig in Wut geriet sie aber, wenn sie Zeugin einer Ungerechtigkeit wurde. So etwas verzieh sie dem Schicksal nicht.

»Dir steht das Geld zu«, erklärte sie.

Lee holte sich ein neues Bier aus dem Kühlschrank.

»Möchtest du auch noch eins?« fragte er und hielt die Tür auf.

»Nein, danke, ich habe noch.«

Er setzte sich wieder auf seinen Stuhl und vergaß nicht, Carrie die linke Gesichtshälfte zuzuwenden.

»Dann erzähl doch mal, was Templeton genau gesagt hat.«

»Willst du das wirklich hören?«

»Ja, ich brenne darauf.«

Er seufzte. Dann öffnete er den Mund und äffte Tempelton nach: »Die Vereinigten Staaten von Nordamerika gewähren eine Kriegsversehrtenrente nur Personen, deren Verletzungen, die der oder die Betreffende sich während seiner Dienstausübung zugezogen hat, fortbestehen, und zwar in dem Ausmaß, daß seine Arbeitskraft dergestalt beeinträchtigt ist, daß er einer normalen Berufstätigkeit nicht mehr in dem Maße nachgehen kann, wie er sie unter dem Umstand keiner kriegsbedingten Versehrung hätte leisten können.«

»Gott, das hast du dir anhören müssen ...«

Lee hob eine Hand zum Zeichen, daß er noch nicht fertig war. »Die plastisch-chirurgische Operation, die übrigens zu einhundert Prozent von der Regierung erstattet wurde, hat fünfundsechzig Prozent der Narben auf der rechten Gesichtshälfte entfernt.« Er zitierte immer noch den Beamten. »Damit haben Sie vielleicht verminderte Chancen, ein Filmstar zu werden, aber ein Fall von abstoßender Häßlichkeit dürfte hier nicht gegeben sein ... Ach, verdammt! Was macht es da schon, wenn die restlichen fünfunddreißig Prozent von der plastischen Chirurgie nicht zu bewältigen sind? Was macht es da schon, wenn in der einen Gesichtshälfte die Muskeln so geschädigt sind, daß sie wie gelähmt ist?« Seine Stimme klang mit jedem Wort bitterer.

»Was macht es da schon, wenn die Haut auf meiner rechten Gesichtshälfte sich wie ein grober Karton anfühlt? Zumindest höre ich ja noch auf zwei Ohren, und blind bin ich auch nicht. Worüber um alles in der Welt will ich mich schon beschweren? Ich bin doch schließlich ein großer Glückspilz!«

Beide sagten für eine Weile kein Wort.

Die kleine Küche, die nur vom trüben Winterlicht von draußen beleuchtet wurde, schien die beiden einzuhüllen.

»Und der psychische Knacks?« sagte Carrie schließlich. »Verdammt, den kann man doch nicht übergehen!« Ihre Hand ballte sich zu einer Faust, und an ihrem schlanken Arm spannten sich die Muskeln.

»Darauf hat Templeton auch eine Antwort.«

»Wahrscheinlich wieder so ein Unsinn wie vorhin!«

»Nein, leider steckt ein Körnchen Wahrheit darin«, gestand Lee. »Ein verdammt kleines Körnchen, aber genug für ihn, um sich daran festzuhalten. Templeton meint, welche psychologischen Probleme auch immer mich plagen mögen, sie seien offenbar nicht schwerwiegend genug, um meine Arbeitsvermittlung ernsthaft in Frage zu stellen. Immerhin besuche ich ja die Universität von Columbia, erklärte er, und ich belege dort mehr Vorlesungen, als nach der Statistik und dem Curriculum erforderlich sind. Und meine Noten liegen auch über dem Durchschnitt. Wenn ich als Jurastudent schon so erfolgreich bin, was muß mir dann für eine glänzende Zukunft als Anwalt bevorstehen. Nein, auf die Hilfe vom Veteranenamt sei ich da ganz sicher nicht angewiesen, betonte er mehrfach. Alle meine psychischen Probleme stünden in keiner Weise meiner Fähigkeit im Wege, mir meinen Lebensunterhalt zu verdienen.«

Wenn Templeton jetzt im Zimmer gewesen wäre, wäre ihm Carrie an die Kehle gesprungen und hätte die Welt von einem Bürokraten befreit. »Wer, glaubt dieser Sesselfurzer denn, der er ist!«

»Keine Ahnung. Vielleicht macht er ja gerade einen Fernkurs in Psychologie und kann sich deswegen ein Urteil erlauben.«

Sie hielt das nicht für komisch. »Und was ist mit deinen Studiengebühren?«

»Och, der Staat will sie mir erstatten. Zumindest den größten Teil davon. Und für die Bücher und so weiter soll ich eine kleine Beihilfe erhalten.«

»Und was ist mit Essen und Trinken? Mit der Miete? Mit Bekleidung? Mit den tausend kleinen Rechnungen, die einem das Leben versauern?«

Er rutschte auf dem Stuhl herum und sah sie direkt an. Im schwachen Dezemberlicht wirkte seine rechte Gesichtshälfte, als würde eine Brise über einen See fahren. Das Gewebe dort war tot und hing schlaff herab. Den rechten Mundwinkel konnte er nicht bewegen, so als hätte jemand die Lippenenden dort festgeschweißt. Lee lächelte sarkastisch mit der gesunden Mundhälfte. »Templeton ist zuversichtlich, daß ich eine Teilzeitarbeit finde, die meine Studien nicht beeinträchtigt. Das Schwein hat sogar angeboten, mir bei der Suche nach einem solchen Job behilflich zu sein.«

Ihre Augen funkelten wie ein Gewitter, und ihre Miene erinnerte an die eines wütenden Wolfs. »Er weiß doch genau, was du für einen Studienplan hast und wie lange und hart du büffelst! Ist ihm denn nicht aufgefallen, daß du montags bis donnerstags von der Früh bis zum späten Nachmittag in den Hörsälen hockst? Und dazu auch noch drei Stunden am Freitag? Übersteigt es denn seinen IQ, sich vorzustellen, daß du zusätzlich noch vier oder fünf Stunden täglich über deinen Büchern hockst? Und noch den ganzen Samstag in der Bibliothek zubringst?«

»Doch, ich schätze, das ist ihm alles bekannt«, antwortete Lee. Dann versuchte er, sie aufzuheitern, sie aus ihrer schwarzen Stimmung zu holen, so wie sie das so gut bei ihm verstand. Er blies seine Wangen auf, zog die Schultern hoch und setzte eine blöde Miene auf, bis er dem Boxer aus einem alten Film glich, der kurz vor seinem entscheidenden Kampf steht. »Aber Mr. Tempelton hat mächtig viel Vertrauen in mich. Er schätzt, ich schaff's bis ganz, ganz, ganz oben!«

»Ja, so schätze ich das auch ein«, entgegnete Carrie, lächelte aber keineswegs. Zwar war ihre Stimme jetzt nicht mehr so laut, aber der Ärger in ihr war nicht zu überhören. »Ich habe mehr Vetrauen in dich als hundert Templetons zusammen. Aber leider bist du nicht Superman.« Schlagartig wechselte ihre Stimme wieder zu Zornesbeben, denn ihr war etwas Neues eingefallen: »Was ist mit den wöchentlichen Sitzungen bei Dr. Slatvik?«

Er setzte die Bierdose an den Mund und nahm einen großen Schluck. Offenbar wollte er Carrie nicht mit einer weiteren schlechten Neuigkeit noch mehr verärgern. Als er nicht länger schweigen konnte, antwortete er: »Die sind auch gestrichen.«

»Sie wollen dir keinen Psychiater mehr bezahlen?«

»Zumindest keinen Dr. Slatvik.«

»Was soll das heißen?«

»Templeton hat erklärt, sein Etat für solche Kostenerstattungen sei zusammengestrichen worden. Deshalb, nun, deshalb kann er mir nur noch den Armee-Psychiater bezahlen, aber nicht mehr. Er fügte noch hinzu, daß er mich gern mit einem solchen Herrn zusammenbringen würde.«

»Aber du bist jetzt fast drei Jahre bei Slatvik. Er kennt dich und dein Problem. Und was ist das für ein Armee-Seelenklempner? Unterscheidet man dort überhaupt zwischen Therapeuten und Analytikern? Die sind doch nur dazu da, unwilligen Soldaten so lange das Gehirn zuzukleistern, bis sie gern an die Front gehen. Wenn ein Arzt im Zivilleben nichts erreicht, läßt er sich als letzten Ausweg von der Armee verpflichten. Ein Psychiater, der beim Militär Karriere machen will, scheint mir reichlich große eigene Probleme zu haben!«

»Macht doch nichts, Schatz«, erklärte er, obwohl es ihm sehr viel ausmachte. »Ich bin sowieso zu dem Schluß gelangt, keinen Arzt mehr aufzusuchen. Zur Hölle mit all den Medizinern!« Er grinste und machte eine abfällige Geste, um Carrie zu zeigen, wie wenig Templetons Worte ihm zu schaffen machten. »Meine Großmutter wußte sich mit allerlei Hausmittelchen zu helfen, wenn irgendeine Unpäßlichkeit sie plagte. Und das hat sie nicht umgebracht, ganz gewiß nicht. Ich denke, ich komme schon zurecht, und wenn man es genau bedenkt, ist eine Neurose um so hartnäckiger, je länger man einen Psychologen aufsucht.«

»Verdammte Mistkerle!« schimpfte sie. Carrie stand auf und trat rasch ans nächste Fenster. Sie starrte hinaus auf die wirbelnden Flokken und die graue Stadt, die der Schnee geduldig weiß anstrich. Stille senkte sich über die Küche. Nach einer Weile wurde die Ruhe von den Straßengeräuschen gestört. Dumpfes Rollen und Rumpeln von Autos und Transportern. Das entfernte Heulen einer Polizeisirene …

Lee erhob sich und stellte sich hinter Carrie. Er legte ihr die Arme um den Bauch und zog sie an sich heran. Angenehmer Shampoo-Duft drang in seine Nase.

»Es nützt doch überhaupt nichts, wenn wir jetzt tagelang darüber grübeln«, sagte er leise.

»Aber größeren Schaden würde es auch nicht anrichten!« fauchte sie.

»Langes Brüten führt nur zu neuen Depressionen. Wir können nichts mehr dagegen tun und sollten uns also damit abfinden.« Er sah an ihrem Kopf vorbei nach draußen. »Auf dem Heimweg ist mir klargeworden, daß es keinen Sinn hat, Templeton zu verwünschen. Er ist nicht die Regierung, sondern nur ein bürokratischer Arm. Er hat sich an Richtlinien zu halten. Aber weil wir uns mit ihm auseinandersetzen müssen, geben wir ihm die ganze Schuld. Dabei ist er nicht mehr als ein Rädchen im Getriebe, das sich dreht, weil es bewegt wird.«

»Sei nicht so verdammt vernünftig«, empörte sie sich. »Wir müssen uns jetzt überlegen, was wir tun können!«

»Du hast nicht zufällig schon eine Idee?«

Sie stand immer noch mit dem Rücken zu ihm, als sie erklärte: »Wir müssen uns überlegen, wo wir uns einschränken können. Ab heute gibt es keinerlei Extras mehr. Wir werden ein spartanisches Leben führen. Und wir werden sehen, wie weit wir mit meinem Gehalt kommen.«

»Dann sollten wir als erstes das Essen aufgeben«, antwortete er.

Sie seufzte. »Ach, ich weiß es doch auch nicht.«

»Ich suche mir einen Job«, sagte er plötzlich. »Ich verbringe eben ein paar Stunden weniger an der Uni und mach mein Examen eben ein Jahr später.«

»Nein!« fuhr sie ihn unnachgiebig an. »Wenn du einmal anfängst, das Examen hinauszuschieben, wirst du es nie mehr angehen.« Sie entzog sich seinen Armen, drehte sich um und sah ihm ins Gesicht.

»Hör doch«, begann er, »die einzige andere Möglichkeit wäre, sich irgendwo Geld zu leihen. Aber welche Bank würde schon einem arbeitslosen, kriegsversehrten Studenten, der sich auch noch in psychiatrischer Behandlung befunden hat, einen Kredit gewähren? Die Banken fallen also weg. Wer bliebe sonst noch? Mein Vater?«

Er und sein Vater hatten sich nie sehr nahegestanden. Ackridge senior hatte Lee nur einmal besucht, als er im Krankenhaus seine Verletzungen auskurierte. Und damals hatte es nur wenige Minuten gedauert, bis die beiden sich über den Krieg und die Politik von Präsident Nixon in die Haare geraten waren. Seitdem gab es zwischen ihnen kein Thema mehr, über das sie sich ruhig unterhalten konnten.

Carrie lehnte sich an ihn, als wäre ihr doch einmal die Last der Welt zu groß geworden. »Halt mich, bitte.«

Er legte wieder die Arme um sie. Ihm wurde bewußt, daß die Gelegenheit günstig war, mit Carrie ins Bett zu gehen. Doch dann wurde ihm ebenso bewußt, daß dieser Moment nicht zu den seltenen Gelegenheiten gehörte, in denen er seiner Carrie etwas bieten konnte. So beschränkte er sich darauf, sie festzuhalten.

2

Lee blickte auf sein Gesicht im fleckigen Badezimmerspiegel und versuchte sich zu erinnern, wie er einmal ausgesehen hatte … lockiges braunes Haar, ein festes Kinn, gesunde Gesichtsfarbe und ein paar Sommersprossen. Doch, vor dem Krieg war er ein gutaussehender Junge gewesen, wie ihn sich jede amerikanische Mutter zum Schwiegersohn gewünscht hätte. Heute war davon im wahrsten Sinn des Wortes nur noch die Hälfte übrig. Heute würde keine Mutter einer Tochter mehr nach ihm Ausschau halten.

»Sei froh, daß die Knochen heil geblieben sind, daß du noch zwei Arme und zwei Beine hast«, sagte er sich. Er wußte von Kameraden, die wesentlich mehr als er verloren hatten. Lee war fast einen Meter achtzig groß, wog einundsiebzig Kilo, war schlank und muskulös. Er hatte noch beide Augen. Es hätte wirklich schlimmer kommen können.

Er hatte es sich zur Angewohnheit gemacht, sich mit seiner verletzten Gesichtshälfte zu konfrontieren, um so Ärger und Rachsucht zu erzeugen, die ihn aus seiner Niedergeschlagenheit rissen. Aber heute klappte es irgendwie nicht. Wenn es schon keine Möglichkeit gab, sich an der krankhaften, gesichtslosen Bürokratie zu rächen, sollte man auch keine Energie darauf verschwenden.

Die Türklingel läutete.

Carrie hatte gesagt, sie wolle allein über alles nachdenken, und war fortgegangen. So früh erwartete Lee sie nicht zurück.

Er schaltete das Badezimmerlicht aus und lief durch die Diele zur Gegensprechanlage. »Wer ist da?« rief er.

Als Antwort erhielt er nur statisches Rauschen, aus dem sich alles hätte heraushören lassen. Zum Beispiel ein Fixer, der sich am Ende fühlte: »He, da oben, ich brauch Knete für den nächsten Schuß. Dafür würd' ich sogar jemanden abmurksen.«

Nein, sagte sich Lee, es konnte nur Carrie sein. Wahrscheinlich hatte sie vergessen, den Schlüssel einzustecken, wie es ihm heute morgen auch widerfahren war.

Er drückte auf den Türöffner, zog dann die Wohnungstür auf und trat hinaus auf den Gang bis ans Treppengeländer. Schwere Schritte näherten sich von unten. Da kam nicht Carrie, sondern ein Mann. Vielleicht doch der Fixer?

»Ackridge, du bietest mal wieder ein Bild des Jammers!« rief der Mann, als er das dritte Stockwerk erreichte.

Lee starrte ihn an. »Doug? Mein Gott, du bist es, Doug!«

Douglas Powell, der einzige wirkliche Freund, den er je beim Militär gefunden hatte. Jener überbrückte mit wenigen Schritten den Abstand zu Lee und packte ihn an den Schultern. Doug war knapp einen Meter neunzig, wog aber nur unwesentlich mehr als Lee. Er war ein ausgesprochen muskulöser und sehniger Mann. Die anderen Kameraden hatten ihn ›Draht‹ gerufen, was zu einem Teil daran gelegen hatte, daß er seinen Körper unglaublich zusammenfalten und sich in einer erstaunlich flachen Mulde verstecken konnte. Dougs Hände hätten jedem Football-Spieler zur Ehre gereicht. Sie lagen schwer auf Lees Schultern.

»Du siehst aus wie ein geprügelter Hund!« grinste Doug. Lee lachte.

»Kein Witz, ich meine es ernst.«

»Sieht man es mir wirklich so deutlich an?«

Powell verlor augenblicklich sein Grinsen und wurde übergangslos ernst. »Warum erzählst du mir nicht alles?«

Lee schlug dem Freund spielerisch in den Bauch und sagte: »Du hältst dich nicht mit langen Vorreden auf, was?«

»Wär' nicht mein Stil.«

»Du bist noch keine drei Sekunden hier und schon bietest du mir an, mich durch die Untiefen des Lebens zu führen!«

Doug breitete die langen Arme aus. »Wer könnte das besser als ich?«

»Na ja, ich möchte mich da nicht festlegen«, lächelte Lee. »Aber, Mensch, ich kann es immer noch nicht fassen, daß du hier vor mir stehst. Was hat dich denn hergeführt?«

Doug Powell grinste gewinnend. Er hatte ein wettergegerbtes Gesicht, und die dunkelbraunen Augen lagen tief in den Höhlen unter der breiten Stirn. Seine gerade Nase ragte wie ein Adlerschnabel über perfekt dazu passenden dünnen Lippen heraus. Und seine Zähne waren wie aus einer Zahnpasta-Reklame: gerade, weiß und in ebenmäßigen Reihen. Bei ihrem Anblick mußte jeder daran denken, wie schade es war, daß man in seiner Jugend nicht einen etwas teureren Zahnarzt aufgesucht hatte.

»Was mich herführt? Komm, laß uns doch hineingehen, ein paar Biere köpfen und von den guten alten Zeiten reden. Dann erzähle ich dir alles.« Er wartete gar nicht erst ab, sondern schob Lee in die Wohnung und warf die Tür hinter sich zu.

»Also ein Bier?« fragte Lee.

»Nein, zwei, eins für jede Hand«, lachte Powell.

Sie liefen durch das kleine, vollgestopfte Wohnzimmer in die Küche.

»Hast du die Lichtrechnung nicht bezahlt, oder bist du ein Nachtanbeter?« fragte Doug und lachte immer noch.

»Bevor du gekommen bist, war ich in Stimmung für Finsternis«, antwortete Lee. Er schaltete die Küchenlampe ein.

»Nein, laß doch!« rief Doug. »Gefällt mir ganz gut so. Ist doch ganz angenehm mit der Musik und so.«

Im Wohnzimmer war immer noch das Radio eingeschaltet. Mantovani-Geigen spielten entschärfte Fassungen von Evergreens, dazu die länger werdenden Schatten des Spätnachmittags ... Lee nahm die Hand vom Schalter, ohne ihn gedrückt zu haben.

Powell zog den schweren, knielangen Mantel aus und legte ihn über einen der Küchenstühle. Dann ließ er sich an dem Formica-Tisch nieder, während Lee aus dem Kühlschrank die Biere holte.

Als Doug dann vor dem Küchenfenster saß, sich vom Abendlicht in eine Silhouette verwandeln ließ und von seinen zwei Bierdosen getrunken hatte, fragte er: »Also heraus mit der Sprache, was macht dich so niedergeschlagen?«

»Ist im Moment nicht so wichtig.«

»Und ob das wichtig ist. Du hast mir schließlich damals das Leben gerettet. Da ist es doch das mindeste, daß ich mir deine Sorgen anhöre!«

»In Nam habe nicht nur ich dir geholfen. Das hat auch umgekehrt funktioniert.«

»Und hier und heute soll das nicht anders sein.« Powell legte den Kopf in den Nacken, setzte eine Dose an und hätte sie beinahe in einem Zug geleert. Danach atmete er erleichtert auf. »Später will ich dir nämlich von ein oder zwei eigenen Problemen erzählen.«

»So?«

»Aber du fängst an.«

Lee kannte den Freund gut genug, um zu wissen, daß Doug stur sein konnte, wenn er sich einmal was in den Kopf gesetzt hatte. Offenbar wollte er jetzt zunächst hören, was Lee so bedrückte. Lee tat ihm den Gefallen und erzählte ihm von Templeton, dem Veteranenamt, von der Kürzung, beziehungsweise Einstellung seiner Rente, von seinen ganzen finanziellen Schwierigkeiten, vom Abbruch der psychiatrischen Behandlung und von allen anderen Kümmernissen; nur die andauernde Impotenz behielt er für sich, denn die ging nur ihn und Carrie etwas an.

Während er berichtete, hatte Lee das eigenartige Gefühl, daß Powell insgeheim froh über das Unglück seines Freundes war. Lee konnte sich das eigentlich nicht vorstellen, denn Doug hatte zwar ein paar unangenehme Eigenschaften, aber ein Sadist war er ganz sicher nicht. Und schließlich waren sie einmal sehr gute Freunde gewesen ...

»Und wann ist Carrie hier eingezogen?« fragte Powell.

»Hast du denn nicht von Carrie gewußt?«

»Das letzte Mal habe ich dich vor Weihnachten letzten Jahres gesehen. Du hast mir damals nur irgendwas von einer Verabredung erzählt.«

»Nun, danach hat es nicht mehr lange gedauert. Sie wohnt jetzt ungefähr ein Jahr hier.«

»Und, bist du glücklich mit ihr?«

»Sie ist das einzige in meinem Leben, über das ich glücklich sein kann.«

»Da hast du schon mehr als ich«, brummte Powell. Es sah ihm nicht ähnlich, eine Schwäche oder eine Niederlage einzugestehen. Lee entdeckte kurz Einsamkeit im Blick des Freundes. Doug leerte die zweite Dose wie die erste und wischte sich dann mit dem Handrücken über die Lippen.

»Willst du noch eins?«

»Klar, was für eine Frage!« Als er die dritte Dose in der Hand hielt, erklärte er: »Ich habe mich gerade von der Idee verabschiedet, ein brillanter Architekt zu werden.«

»Du hast wieder einmal eine Schule verlassen?«

»Ja, wieder einmal«, gestand Powell.

»Die wievielte ist das jetzt?«

»Seit meiner Rückkehr von Nam habe ich fünf Schulen geschmissen und vier Karrieren abgebrochen«, lachte Doug. »Zuerst habe ich es mit Computer-Design versucht, später mit Betriebswirtschaft, dann zog es mich zur Medizin, und danach bin ich bei der Architektur gelandet ... Ich bin jetzt sechsundzwanzig, und die einzige Laufbahn, die für mich geeignet scheint, ist die einer verkrachten Existenz.« Er grinste humorlos, und jetzt wirkten seine makellosen weißen Zähne wie das Gebiß eines hungrigen Raubtiers.

»Was ist denn mit dir los, Doug?«

»Keine Ahnung. Seit Nam krieg ich einfach kein Bein mehr auf die Erde.«

Lee nickte. »Ich denke, wir haben davon beide unseren Knacks weg.«

Powell leerte die dritte Dose und zerdrückte sie dann mit einem Hieb auf dem Küchentisch. »Aber bei Gott, ich denke, ich habe endlich das große Los in der Tasche!«

»Erzähl!« forderte Lee ihn auf und beobachtete ihn fasziniert. Wie rasch der Mann seine Stimmung ändern konnte.

Powell starrte ihn über den Küchentisch an. Dann blickte er vorsichtig nach allen Seiten und begann endlich: »Auf der einen Seite tut es mir wirklich furchtbar leid, was mit dir passiert ist. Es betrübt mich sehr, daß man dir so viele Knüppel zwischen die Beine wirft und du einfach nicht hochkommst. Und es empört mich, wie Templeton und all die anderen Bürokraten dich verarschen. Doch auf der anderen Seite ... ist es mir gar nicht so unrecht.«

Also hatte Lee sich das doch nicht eingebildet. Powell war sehr zufrieden über die Mißgeschicke seines Freundes gewesen.

Warum nur?

Doug beantwortete die unausgesprochene Frage sofort: »Das hört sich sicher schlimm an, aber ich bin froh, daß es dir so dreckig geht. Denn so wirst du sicher eher bereit sein, dir den kleinen Vorschlag durch den Kopf gehen zu lassen, den ich dir gleich machen will.«

»Oh, was denn für ein Vorschlag?«

Powell lächelte und glich jetzt einem Wolf.

»Spann mich nicht auf die Folter«, drängte Lee.

»Es geht um Geld.«

»Hast du einen Job für mich?« fragte er sofort, wußte aber im selben Moment, daß Doug nichts dergleichen im Sinn hatte.

»Einen Job? Hm, vielleicht könnte man es so nennen.«

Lee wartete eine ganze Minute. »Ja und? Was ist damit?«

Powell beugte sich über den Tisch und faltete seine großen Hände um die eingedrückte Bierdose, so als wollte er sie auf Streichholzschachtelgröße zusammenpressen. Von draußen drang so wenig Licht in die Küche, daß Doug nur noch als Schatten zu erkennen war.

»Lee ...« sagte er und hielt dann inne. Als er weitersprach, kamen die Worte langsam und eindringlich. »Lee, wie würde es dir gefallen, Millionär zu sein?«

Ackridge starrte ihn an wie einen Außerirdischen.

»Würdest du gern Millionär sein?« wiederholte Doug. »Nie mehr Geldsorgen? Nie mehr Streit mit Carrie um das Haushaltsgeld?«

Lee konnte nicht mehr an sich halten und brach in schallendes Gelächter aus. »Klar würde ich das gern sein!«

Powell sah ihn unentwegt an. »Du kannst Millionär werden«, erklärte er ganz ruhig. »Genauso wie ich. Und es dauert nicht einmal lange, bis es soweit ist.«

Plötzlich war es in der Küche eiskalt, so als habe jemand ein Fenster geöffnet, um den Winterwind hereinzulassen. Lee hatte seit Vietnam nicht mehr eine solche Intensität in Dougs Blick erlebt.

»Jetzt sag mir endlich, was Sache ist.«

»Ich bin da zufällig ... über etwas gestolpert«, antwortete der Freund geheimnisvoll. Er rutschte auf dem Stuhl ein Stück vor und tauchte damit völlig in die Dunkelheit ein. »Ich brauche dazu einen Partner. Einen Partner, dem ich mein Leben anvertrauen kann. Und da fällt mir kein anderer ein als du.«

»Und daraus läßt sich eine Million Dollar machen?«

»Nicht nur eine, mehrere Millionen!«

Beide schwiegen für eine Weile.

Endlich fragte Lee leise: »Ist wohl eine illegale Geschichte, oder?«

»Um ganz ehrlich zu sein«, antwortete Powell, »sie würden uns ins allertiefste Loch einsperren und dann den Schlüssel fortwerfen.«

3

Lee schaltete jetzt doch die Lampe über dem Herd ein. Die Dunkelheit war ihm mit einem Mal unbehaglich geworden. »Wahrscheinlich wäre es das beste, ich würde auf der Stelle sagen, daß ich nichts mehr davon hören will«, begann Lee. »Wir könnten noch ein oder zwei Bier trinken, und dann würdest du gehen.«

»Das hängt jetzt ganz allein von dir ab«, entgegnete Powell. »Aber es würde dir bis an dein Lebensende leid tun, wenn ich es nicht einmal erzählt hätte.«

»Und was wäre, wenn ich danach ablehne?«

»Du mußt dich zu nichts verpflichtet fühlen.«

Lee beobachtete Powells langes, hartes Gesicht genau. Aber er entdeckte darin nichts, was ihm in diesem Moment weitergeholfen hätte. Etwas unidentifizierbar Fremdes fiel ihm jetzt in Dougs Zügen auf. Nein, das war nicht mehr ganz der Mann, mit dem Lee im Krieg gewesen war.

»Nun?« fragte Powell.

»Einige Millionen Dollar ... Wo außerhalb einer Münzanstalt könnte soviel Geld herumliegen, das man einfach nur einzustecken und fortzutragen braucht?«

»War das jetzt eine rhetorische Frage, oder willst du wirklich meinen Vorschlag hören?« fragte Doug und beugte sich wieder vor. Seine lässigen Bewegungen und das ewige Grinsen waren verschwunden. Jetzt bewegte er sich langsam und strahlte Kraft und Energie aus.

Lee starrte ihn an, dachte an die lange Zeit, die sie miteinander verbracht hatten, und suchte darin nach einer Erklärung für Dougs Verhalten. Hatte Douglas Eugene Powell, ausgerechnet sein Freund, tatsächlich so etwas wie einen Bankraub vor? Wollte er ein Flugzeug entführen? Oder was mußte man tun, um an viele Millionen Dollar zu gelangen? Powell hatte es doch nicht schlecht. Seine Familie war vermögend, und er konnte es sich leisten, ein Studium nach dem anderen abzubrechen. Er brauchte nur die Hand aufzuhalten, um an Geld zu kommen.

Seine Mutter, Loretta Collinswood Powell, war in der Tradition des Südstaatenadels erzogen worden. Sie besaß Charme, Grazie, war ebenso vornehm wie bigott, verteilte regelmäßig Almosen und war alles in allem eine hübsche, aber strohdumme Südstaatenschönheit, die außer Doug kein Kind zur Welt gebracht hatte. Als Erbin von einem Viertel des Familienbesitzes war sie sicher nicht weit von einer Millionärin entfernt. Nach dem, was Doug über sie erzählt hatte, gehörte sie zu den Müttern, die ihre Kinder mit Affenliebe umhegen. Zwar bekam er von ihr jeden, wirklich jeden Wunsch erfüllt, andererseits erstickte sie ihn mit ihrer Forderung nach Liebe.

Sein Vater, General Norman Powell, war der Vorsitzende der Vereinigten Stabschefs. Er konnte an allen Fäden ziehen, so daß es Doug auch in dieser Hinsicht an nichts mangeln mußte.

Doug hatte nie viel von seiner Mutter erzählt, aber im Vergleich zum Vater war er bei der Mutter geradezu redselig gewesen. Als Doug und Lee in der Armee gewesen waren, hatte der Vater sein hohes Amt noch nicht innegehabt. Aber er war schon General gewesen. Lee hatte immer vermutet, Doug erzähle nur deshalb nicht so gern von seinen Eltern, weil er nicht vor anderen mit seinem Vater protzen wollte. Er hatte immer danach gestrebt, ein ganz normaler Junge zu sein, der von den Kameraden als Gleicher akzeptiert wurde. Es sah Doug gar nicht ähnlich, sich durch die stille Hilfe seines Vaters beim Militär ein ruhiges und feines Leben zu machen. Aber ob er nun von seinem Vater erzählte oder ihn verschwieg, General Powell ließ sich nicht wegdiskutieren; und das war für den Sohn ein ebensolcher Trumpf im Ärmel wie bei anderen Gelegenheiten das Geld seiner Mutter Loretta. Doug wäre der letzte, der aus purer Not eine Bank überfallen müßte.

Aber aus welchem Grund saß er hier und redete allen Ernstes davon, auf illegale Weise an ein Vermögen zu gelangen?

›Und warum bin ich so verdammt neugierig auf seinen Vorschlag?‹ fragte sich Lee. Doug hatte sich wirklich geändert, aber offenbar war es ihm selbst nicht anders ergangen.

Er warf einen Blick auf die Küchenuhr. Carrie war jetzt schon eine Stunde fort. Sie mußte bald zurückkehren. Lee wollte nicht, daß sie in irgendeiner Form in diese Geschichte verwickelt wurde. Powell sollte jetzt endlich sagen, was in seinem Kopf herumspukte. Sie durften keine Zeit mehr verlieren.

»Schieß los«, forderte Lee ihn auf.

Doug nickte. Seine Stimme klang tief und leise. Es war fast so, als hätte die Zeit einen Sprung zurück gemacht. Wie damals in Asien, im Dschungel. Wie so oft, wenn sie über die beste Taktik diskutierten, aus dem Hinterhalt zu entkommen, in den ein Trupp Vietcong sie gelockt hatte.

»Wenn ich nichts übersehen habe«, begann Doug, »dann halten wir bald eine Summe irgendwo zwischen vier und sechs Millionen in Händen. Und die werden sauber zwischen uns geteilt.« Er hörte sich an wie ein Kredit- oder Anlagenberater. Ein adrett gekleideter, höflicher junger Mann aus gutem Hause, der einem rät, welche Aktien man kaufen, welche Obligationen man abstoßen soll. Ein Außenstehender hätte niemals vermutet, daß Powell etwas Illegales vorhaben könnte.

Lee schüttelte den Kopf. »Soviel Geld. Ich kann es einfach nicht glauben.«

»Warte, bis du es in Händen hältst, dann wirst du keine Mühe mehr haben, daran zu glauben.«

Nahm Doug ihn vielleicht auf den Arm?

Lee sah ihn aufmerksam an. Nein, die Intensität und Entschlossenheit in Powells Augen ließen keinen Zweifel an seiner Ernsthaftigkeit zu.

»Nun zu den Einwänden«, fuhr Doug fort. »Nummer eins, wir nehmen kein Bargeld. Und dafür gibt es gute Gründe. Zum einen würden Banknoten in solcher Menge ein Transportproblem für uns darstellen. Zum anderen kann man den Verbleib von Bargeld zu leicht feststellen. Und schließlich war dein Einwand von eben durchaus berechtigt: Wo liegt schon soviel Kohle herum? Nummer zwei, wir stehlen etwas so verdammt Wertvolles, daß wir dafür jede gewünschte Summe als Lösegeld fordern können.« Er griff in die Brusttasche seines Hemds und zog Zigaretten und Streichhölzer hervor.

»Einen Moment mal!« entfuhr es Lee. »Du meinst doch wohl hoffentlich nicht Kidnapping?«

Powell zündete die Zigarette an und blies den Rauch des ersten Zuges aus. »Ich halte das auch für das Dümmste. Und glaub mir, ein solcher Dummkopf bin ich nicht. Nein, Kidnapping steht nicht auf dem Programm.«

»Was denn dann? Willst du vielleicht einen vollbesetzten Jumbo kapern? Das wäre doch auch Kidnapping!«

»Nur Geduld«, antwortete Powell. Er hielt die Hand mit der Zigarette hoch. Der Glimmstengel ragte zwischen den beiden Fingern heraus. »Die Geschichte ist etwas kompliziert.«

Lee sehnte sich nach einem Bier. Aber er hatte seine Grenze schon erreicht. Noch ein Bier, und er wäre blau. Dabei mußte er sich gerade jetzt konzentrieren.

»In Washington, D. C., erhebt sich am Potomac River das bestbewachte Gebäude der Welt«, erklärte Doug und klang wie ein schlecht bezahlter Reiseleiter. »Dort halten so viele Männer Wache, daß man auf einen Soldaten pro zehn Meter kommen könnte. Vierundzwanzig Stunden am Tag laufen Hundepatrouillen rund um das Gebäude. Elektronische Alarmanlagen und andere hochentwickelte Sicherheitssysteme aller Art vermehren sich dort ständig. Weder du noch ich kämen auch nur zwei Meter in dieses Gebäude hinein ... Doch wir können den wertvollsten Schatz stehlen, den das Haus hütet. Uns beiden ist das möglich. Und wir müßten dem Gebäude dabei nicht näher als hundert Meilen sein.«

Ganz gleich, wie ernst es Doug mit seinem Vorhaben war, Lee verstand überhaupt nichts mehr. »Wie kann man denn etwas von einem Ort stehlen, von dem man hundert Meilen weit weg ist?«

Powell lächelte wieder. »Es ist möglich.«

»Ich komme nicht recht mit. Sprich bitte nicht mehr in Rätseln, sondern komm zur Sache. Was für ein Gebäude soll das denn sein?«

»Das Pentagon.«

Lee keuchte und brauchte ein paar Momente, um sich wieder zu fassen. Dann fiel ihm etwas ein: »Dein alter Herr sitzt doch dort. Du hast aber doch gerade gesagt, du kämst nicht einmal zwei Meter in das Gebäude hinein.«

»Natürlich könnte ich in Begleitung meines Vaters das Pentagon betreten. Doch vom ersten Schritt an stünde ich unter ständiger Bewachung. Einmal zu scharf eingeatmet, und schon wären ein Dutzend Maschinenpistolen auf mich gerichtet.«

»Ja, aber dein Vater ist doch so ein hohes Tier ...«

»Der Sicherheitsdienst im Pentagon traut niemandem«, antwortete

Doug. »Aber wir kommen vom Thema ab. Ich habe dir doch erklärt, daß wir ziemlich weit entfernt von diesem Gebäude die Sache durchziehen.«

»Also schön, ich bin interessiert. Aber du mußt mir schon genau erklären, was du eigentlich vorhast. Und ... ehrlich gesagt, ich kann mir nicht vorstellen, was wir vom Pentagon stehlen und dafür Millionen erpressen könnten.«

»Informationen.«

Dieses eine Wort erwischte Lee wie ein Eimer eiskaltes Wasser ins Gesicht. Die Unterhaltung verlor in diesem Moment alles romantisch Abenteuerliche. »Großer Gott!« stöhnte Lee.

Powell lachte laut.

»Du willst Geheiminformationen stehlen?«

In diesem Moment hörte er wieder die schluchzenden Geigen aus dem Radio im Nebenzimmer. ›Was für ein seltsamer Background für ein solches Gespräch‹, dachte er.

»Ich denke nicht an irgendwelche Informationen, die nur höheren Chargen zugänglich sind. Mir geht es um die ganz supergeheimen Akten, um das überlebenswichtige Material.«

»Das ist nicht nur Diebstahl, das ist Hochverrat!« stöhnte Lee.

»Nicht unbedingt. Um des Hochverrats schuldig gesprochen zu werden, müßten wir das Material einer fremden Macht überlassen. Natürlich werden wir der Regierung drohen, daß wir die Informationen weiterverkaufen, denn wir wollen ja reich werden. Aber natürlich drohen wir nur damit. Selbstverständlich werden wir die Informationen nicht den Russen oder Chinesen geben.«

»Du hast noch nicht gesagt, was du genau tun willst«, sagte Lee heiser. Sein Gesicht war von einem Feuchtigkeitsfilm überzogen, und unter den Achselhöhlen zeigten sich auf dem Hemd dicke Schweißflecken.

Powell blies einen Rauchring in die Luft. Er bemühte sich, ganz gelassen zu wirken. Aber Lee konnte er damit nicht täuschen. Er war so angespannt wie eine Stahltrosse. »In den Kellern des Pentagon steht die gigantischste Computeranlage der Welt«, erklärte Doug und verfiel wieder in den Reiseleiter-Tonfall. »Die Anlage besitzt ein enormes eigenes Generatorensystem und wird ständig ergänzt. Ihre Datenspeicher umfassen fünfzehntausend Magnetbänder. Das entspricht sechzig Millionen Metern Magnetband oder 7,4 Billiarden Worten. Etwa ein Drittel dieser Informationsmenge ist top-secret, käme also für uns in Frage. Hast du so weit alles verstanden?«

Lee nickte ergriffen. »Woher weißt du das alles? Von deinem Vater?«

»Natürlich. Die einzigen zwei Themen, über die er je redet, sind Football und das Pentagon.«

Wie immer sein Plan genau aussehen mochte, Doug war deutlich erregt. Lee hingegen war an diesem Punkt nur voller Sorge und Furcht.

»Um es allen Benutzern aus dem Verteidigungsministerium leichter zu machen, an die gespeicherten Informationen zu gelangen und mit ihnen zu arbeiten«, fuhr Powell fort, »hat man die Daten in fünfzig Klassen unterteilt. Diese fünfzig Klassen enthalten wirklich alle Fakten über die militärische Kapazität dieses Landes. Wenn es einem feindlichen Agenten gelingen würde, auch nur einen kleinen Teil der Top-secret-Informationen anzuzapfen, würde das militärische Gleichgewicht auf dieser Erde über Nacht zuungunsten der Vereinigten Staaten verschoben. Und wenn ein Agent gar an die Informationen der obersten Klasse gelangen würde, stünde damit der Untergang unserer Nation fest.«

»Du meinst Krieg?«

Nur die fahrigen Bewegungen der Hände verrieten Dougs Nervosität, die ihm ansonsten nicht anzumerken war. Er drückte hastig seine Zigarette aus und zündete sich gleich eine neue an, bevor er weiter erklärte: »Eine feindliche Macht, die in den Besitz solcher Informationen gelangt wäre, würde einen Krieg wahrscheinlich nicht mehr für notwendig erachten. Versuch dir doch einmal vorzustellen, was einer feindlichen Macht alles möglich wäre, wenn sie in den Besitz, sagen wir, der kompletten Listen aller Tötungskommandos unserer Geheimdienste in Südamerika gelangen würde. Diese andere Nation könnte uns vor den Augen der Welt so bloßstellen, daß niemand mehr einem Vertreter unseres Landes auch nur die Hand geben würde. Du siehst also, solche Informationen sind weit gefährlichere Waffen als alle Panzer und Kanonen zusammen.«

»Ja, in den falschen Händen könnten solche Informationen den Lauf der Geschichte nachhaltig verändern«, stimmte Lee zu. Er klang nicht melodramatisch, sondern eher sachlich, dachte er und war ein wenig erschrocken über sich selbst. Er begriff zwar noch nicht, welche weiteren Daten von ähnlicher Brisanz der Computer des Pentagon enthalten mochte, aber es war ihm durchaus bewußt, daß sie hier über ein kolossales Vorhaben redeten.

»Aber selbstverständlich werden wir schon zu verhindern wissen, daß die von uns *ausgeborgten* Informationen in die falschen Hände geraten«, versicherte Powell ihm rasch. »Außerdem verschaffen wir uns ja nur einen Bruchteil der Top-secret-Daten. Vielleicht fünf oder sechs Bänder, natürlich ausgesuchtes Material. Zum Beispiel könnten wir schon ein gutes Lösegeld für die Daten über, na, vielleicht alle US-Forschungsprogramme, die mit Laser zu tun haben, verlangen. Man braucht nicht lange zu grübeln, um sich vorzustellen, was Staaten wie die Sowjetunion, China, aber auch Frankreich für solche Informationen geben würden. Und du kannst dir sicher vorstellen, was unsere Regierung tun würde, um zu verhindern, daß solche Informationen in die falschen Hände gelangen.« Er tat einen tiefen Zug von seiner Zigarette und beobachtete, wie ein Schimmer von Verstehen langsam, aber unaufhaltsam auf Lees Gesicht trat. »Und das wäre nur ein Band. Wir könnten uns zusätzlich noch ein Band besorgen, auf dem die Einsatzpläne der US-Streitkräfte für alle zukünftigen Kriege gespeichert sind. Oder das Band, auf dem das gesamte Wissen des Pentagon über den wissenschaftlichen Fortschritt in der UdSSR zu finden ist, verbunden natürlich mit den Namen aller Agenten und sonstigen Informanten, über die das Pentagon an diese Daten gelangt ist. Die Politiker können lange beteuern, die Zeiten des kalten Krieges seien längst vorüber, solche Informationen sind auch heute noch nicht in Gold aufzuwiegen.«

»Großer Gott!« Lee wurde schwindlig.

»Oder stell dir vor, wir gerieten an das Band, auf dem alle Codenamen, Kontaktpunkte, toten Briefkästen, Tarnfirmen und Agentenführer von jedem CIA-Mann in der Welt verzeichnet sind. Plus natürlich die richtigen Namen und die Adressen dieser Männer. Würde eine feindliche Macht in den Besitz dieser Liste gelangen, wäre das gesamte amerikanische Spionagenetz mit einem Schlag zerstört. CIA und so weiter brauchten dann mindestens zehn Jahre, um ein neues Netz aufzubauen.«

Lee war ganz schwummrig im Kopf, und seine Gesichtshaut brannte. »Selbst wenn es irgendwie möglich sein sollte, an solche Daten zu kommen … wir müßten ja komplett verrückt sein, diese Bänder zu stehlen!«

»Und wieso?«

»Falls es uns tatsächlich gelingen sollte, an diese Bänder zu gelangen, und wir wirklich der Regierung ein Lösegeld abpressen können, dann würden wir für den Rest unseres Lebens keinen Frieden mehr finden. CIA, NSA, FBI und Gott weiß wer sonst noch würden Himmel und Hölle in Bewegung setzen, um uns zu fassen und uns dann das Wasser im Arsch kochen zu lassen!«

»Ich habe mir natürlich auch ein paar Schutzmaßnahmen einfallen lassen«, entgegnete Powell etwas verstimmt, »doch zu denen wollte ich später noch kommen. Im Augenblick kommt es mir vor allem darauf an, daß du begreifst, wie wir an die Daten kommen. Es gibt keinen Zweifel daran, daß wir sie erlangen können. Ist das klar?«

»Ohne auch nur in die Nähe des Pentagon zu kommen?«

»Genau so, wie ich es gesagt habe.«

»Du willst über deinen Vater an die Bänder kommen!« triumphierte Lee.

Powell lachte schallend. Gegen seinen Willen mußte sich Lee eingestehen, daß das Lachen des Freundes ansteckend war. »Selbstverständlich nicht! Ich bin doch kein Vollidiot! Wir drohen der Regierung nur damit, die verdammten Bänder an China, Rußland oder meinetwegen Spanien zu verkaufen. Denn wenn wir nicht damit drohen, kriegen wir auch kein Lösegeld. Aber wir würden das Zeugs nie wirklich verkaufen. Wenn es zum Schlimmsten kommt und die Regierung uns kein Geld gibt, vernichten wir die Bänder eben oder schikken sie sogar mit der Post zurück!«

»Und woher sollen sie wissen, daß wir keine Kopien angefertigt haben?«

Doug drückte heftig die Zigarette aus und zeigte dann beide Handflächen. »Ganz einfach. Das Bändersystem des Pentagon ist vornehmlich nach Sicherheitskriterien entwickelt und angelegt worden und erst in zweiter Linie ist seine Effizienz überlegt worden. Man kann die Bänder nicht kopieren, solange man nicht über die Spezialanlagen des Pentagon verfügt.«

Warum höre ich mir diesen Wahnsinn eigentlich an? fragte sich Lee verblüfft. Wollte er nur aus Neugierde noch mehr von Dougs Geschichte hören? Nein, nicht aus Neugierde. *Ich höre ihm zu, weil ich noch nicht beschlossen habe, ihn den Job allein ausführen zu lassen!*

»Also gut«, bemerkte Lee pfiffig, »wenn du es nicht mit der Hilfe deines Vaters tust und wenn du nicht ins Pentagon hineinwillst, dann kennst du dort jemanden, der sich ein Zubrot verdienen möchte.«

»Im Pentagon wimmelt es von korrupten Menschen«, antwortete Doug. Seiner Miene war deutlich anzumerken, daß er seinen Vater dazurechnete. »Aber niemandem dort würde es gelingen, etwas aus der Computerabteilung zu schmuggeln, ganz zu schweigen davon, es auch noch aus dem Haus zu schaffen.« Powell zündete sich die nächste Zigarette an. »Kein Mitarbeiter des Verteidigungsministeriums hat Zugang zu Top-secret-Daten, ohne sich vorher einer strengen Sicherheitsprüfung unterzogen zu haben. Das nimmt reichlich Zeit in Anspruch. Zusätzlich muß er für jede betreffende Akte Dutzende Spezialanträge ausfüllen und einreichen. Und erst, wenn er das alles hinter sich gebracht hat, besorgt ihm der Chefprogrammierer, ein Mann namens Ives, die gewünschte Information. Der Antragsteller selbst kommt also nie auch nur in die Nähe der Computer.«

»Du hast dich mit diesem Ives zusammengetan?«

»Ives muß sich einer Überprüfung unterziehen, sobald er den Computerraum verläßt. Ob er das nun ein- oder dreißigmal am Tag tut. Und rund um die Uhr halten sich dort Wachen auf, die alle Vorgänge am Computer beobachten.« Powell drückte die Zigarette aus, bevor er den zweiten Zug gemacht hatte. Dann errötete er leicht und fuhr äußerlich ruhig damit fort, seinen Plan darzulegen: »Daten aller fünfzig Klassen können nur dann kopiert werden, wenn man ein bestimmtes Codewort eingibt, das nur die betreffende Klasse bedeutet. Diese Codewörter werden alle vierzehn Tage durch neue ersetzt. Nur neun Personen – sie alle verfügen über ihre eigene Computerkonsole, die direkt mit dem Pentagonsystem verbunden ist – erhalten die Codelisten. Und diese neun Personen gehören nicht zu denen, die sich von jemandem wie uns bestechen ließen: Ives, der Chefprogrammierer, der selbst den Code bestimmt; der Präsident der Vereinigten Staaten; der Verteidigungsminister; der Vorsitzende des Generalstabs; die Stabschefs von Heer, Marine und Luftwaffe; der Vizepräsident der Vereinigten Staaten; der Verbindungsmann des Pentagons im Kongreß, derjenige, der entscheidet, wer aus Repräsentantenhaus und Senat in welche Geheimhaltungsstufe eingeweiht wird. An keinen dieser Männer kommen wir heran, nicht wahr? Jeder andere, der nicht über die Codeliste und seinen eigenen Direktanschluß an den Pentagon-Computer verfügt, und jeder, der nicht zum obersten Geheimnisträger ernannt wird, erhält nur Zugang zu Daten, die unterhalb der fünfzig Klassen liegen. Und das ist genau das Material, das der Öffentlichkeit zugänglich ist.«

»Nun, wenn dein Vater sich nicht als Verräter entpuppt hat, dann vielleicht ein anderer aus der Neunergruppe.« Lee gefiel die Vorstellung, eine der Spitzenpersönlichkeiten dieses Landes stehe in Wahrheit auf der Gehaltsliste des Feindes.

»Ganz und gar nicht«, lächelte Powell nachsichtig. »Ich will dir jetzt erklären, wie ein Normalsterblicher an Daten vom Pentagoncomputer gelangen kann. Vielleicht kommst du dann von allein drauf, wie mein Plan aussieht.«

»Einen Moment noch«, sagte Lee, holte zwei Bierdosen aus dem Kühlschrank, stellte eine vor den Freund hin und riß die zweite für sich auf. »So, jetzt kann es losgehen.«

»Über das ganze Land verteilt gibt es vierhundert Kommunikationsstellen mit dem Pentagon-Computer. Eine solche Stelle findet sich zum Beispiel in jeder Universität, die irgend etwas mit militärischer Forschung zu tun hat. Und jede Rüstungsfirma verfügt ebenfalls über einen Außenanschluß. Des weiteren hat natürlich jeder Militärstützpunkt von hier bis Alaska einen Anschluß. Denn mehrere tausend Personen – Manager und Professoren, Wissenschaftler aller Art, hohe Militärs und so weiter – müssen jederzeit Zugang zu bestimmten Daten haben; natürlich nur zu solchen, die nicht unter die Geheimhaltungsvorschriften fallen. Jeden Tag machen diese Leute über ihren Außenanschluß Tausende von Anfragen. Dazu braucht es nicht mehr als einen Programmierer, der von seiner Kommunikationsstelle aus die Anfrage direkt an den Pentagon-Computer richtet. Die Antwort erscheint dann als Telefax-Ausdruck. Oder – je nach Anfrage – das Pentagon überspielt sein Band auf den Computer in der Außenstelle, damit die Daten dort gespeichert werden und der Programmierer ständigen Zugang zu ihnen hat.«

Lee starrte an Powell vorbei aus dem Fenster.

Erst kurz vor siebzehn Uhr, und schon war der Tag vorüber.

Die Winternacht kroch in die Stadt.

Lee sah vereinzelten Schneeflocken nach, die an die Fensterscheibe geprallt waren und nun daran herabrutschten. Lee lächelte. Das Lächeln galt nicht der Schönheit des Naturschauspiels, sondern der Anmut von Dougs Plan. Lee verstand jetzt erst, daß es möglich war, einen so fantastischen Coup zu landen: »Du willst also an einen dieser Außen-Terminals und über den die Daten abrufen. Ha, ha, das könntest du von hier, von New York aus oder auch von Kalifornien aus, ganz wie es dir beliebt.«

»Endlich hast du es kapiert!«

Lees Blick wanderte langsam von den Schneeflocken zu seinem Gegenüber. »Aber diese Kommunikationsstellen werden doch sicher scharf bewacht, oder?«

»Kaum. Ein Nachtwächter, wenn es hoch kommt. Man verläßt sich ja darauf, daß ein Übelwollender ohne Codewörter sowieso nicht an das Top-secret-Material herankommt.«

»Aber du hast die Codes?«

»Worauf du dich verlassen kannst! Und ich kenne die Binärnummern, die für die exakten Standorte aller wichtigen Informationsblöcke stehen.«

»Ich glaube, ich habe nicht recht verstanden«, brummte Lee.

»Bei fünfzehntausend Magnetbändern braucht man ein Ordnungssystem. Ich kenne die Koordinaten für die einzelnen Standorte.«

»Und das weißt du alles von deinem Vater?«

Powell nickte. Die Zigarette in seiner Hand war bis an den Filter heruntergebrannt. Er versengte sich die Kuppe des Zeigefingers, als er sie rasch ausdrückte. »Allerdings weiß er nicht, daß ich es weiß. Der alte Herr hat am Tag vor Weihnachten die neue Code-Liste erhalten. Wenn er sie mit sich herumträgt, wird er stets von Soldaten begleitet. Aber wenn er zu Hause ist, schließt er die Liste einfach in seinen Safe im Arbeitszimmer ein. Und er war fast ganz Weihnachten über zu Hause.«

»Und du kennst die Safe-Kombination, nicht wahr? Da hast du in einem günstigen Moment die Liste geklaut?«

Doug schüttelte den Kopf. »Nein, wenn eine Liste verschwunden ist, wird der Computer sofort blockiert und erst wieder geöffnet, wenn eine neue Liste die Betreffenden erreicht hat. Wenn ich die Liste gestohlen hätte, würde sie mir nicht das geringste nützen. Nein, mein Teurer, ich habe mich eine Stunde lang mit dem Büchlein, es ist ja mehr als bloß ein Zettel, in eine stille Ecke zurückgezogen und dort die Stellen kopiert, die mir wichtig und wertvoll erschienen. Danach habe ich die Liste wieder im Safe eingeschlossen.«

»Und ...«

»Du hattest recht. Ich werde mich zu einer Außenstelle begeben und dort mit deiner Hilfe den Nachtwächter ausschalten. Ich setze mich an den Außen-Terminal und rufe die Top-secret-Informationen ab. Ich lasse mir auch das aktuelle Overall-Programm geben, denn dieses enthält die Schlüssel, mit denen man die Geheiminformationen erst lesen kann. Danach spazieren wir beide aus dem Gebäude hinaus und pfeifen ein Liedchen.«

Lee konnte es nicht fassen.

Es klang so einfach. Und so schrecklich.

Eine Stimme in Lee sagte, daß er jetzt die letzte Gelegenheit hatte, aus diesem Wahnsinnsvorhaben auszusteigen, daß er kein Wort mehr davon hören dürfte, daß er ... Aber vier Millionen ... sechs Millionen ... »Mir sind noch ein paar Punkte unklar«, sagte Lee.

4

»Bis jetzt habe ich dich nur mit einem groben Umriß versorgt«, sagte Doug. »Aber ich denke, daß die Details über die Arbeitsweise eines Computers dich nur langweilen würden. Also erspare ich sie dir.« Zum ersten Mal seit einer halben Stunde lehnte er sich zurück. »Doch ansonsten magst du alles fragen.«

»Hast du eine Vorstellung, wie sich die Computer in den Außenstellen bedienen lassen?«

»Wenn ich mich darüber nicht informiert hätte, könnte ich gleich den ganzen Plan ins Klo kippen. Außerdem habe ich ja, wie du weißt, ein paar Semester Computerwissenschaft studiert. Anderthalb Jahre lang, um genau zu sein, bevor ich eingezogen worden bin. Und nach der Entlassung aus der Armee habe ich noch ein Jahr Studium drangehängt. Ich gelangte dann zu der Einsicht, daß ich für diese Wissenschaft nicht geeignet bin. Aber ich habe genug gelernt, genug jedenfalls für unseren kleinen Coup.«

Lee erhob sich und begab sich zur Spüle. Dort drehte er das kalte Wasser auf, wusch sich die Hände und bespritzte sein Gesicht. Er rieb sich die Nase und die Augen mit einem Geschirrtuch ab. Doch als er wieder am Tisch saß, bedeckte ein neuer Schweißfilm seine Züge. »Wie willst du unsere Lösegeldforderung übermitteln?«

»Über denselben Außen-Terminal. Nachdem ich alle Daten erhalten habe, telefaxe ich meine Forderung direkt ins Pentagon.«

Der blanke Irrsinn.

Aber es konnte funktionieren.

»Gut. Aber wenn die Regierung bereit ist, die Summe zu zahlen, wie gelangen wir dann an das Geld, ohne am Übergabeort von einer Armee von CIA- oder FBI-Agenten empfangen zu werden?«

»Da habe ich mir schon was Passendes ausgedacht«, antwortete Doug. »Doch diesen Aspekt des Unternehmens wollen wir so lange zurückstellen, bis du dir ausreichend Klarheit über den ganzen Plan verschafft hast.«

»Sobald die Sache durchgezogen ist, werden sie die neun Personen, die berechtigt sind, ein solches Codebuch zu erhalten, auf Herz und Nieren überprüfen. Und dasselbe tun sie mit allen Familienmitgliedern der Betreffenden.«

»Ich verschaffe mir schon ein Alibi, keine Sorge.« Er wischte sich mit einer seiner großen Hände über das Gesicht; das erste Anzeichen seiner inneren Anspannung, aber auch seiner Erleichterung darüber, endlich seinen großen Plan ausgebreitet zu haben. »Ich schätze, sie lassen die neun bald wieder in Ruhe. Wer würde auch ernsthaft den Präsidenten in die Mangel nehmen wollen? Nein, sie vermuten sicher nach einer Weile, daß irgendein elektronisches Genie dahintersteckt. Oder sie tippen auf ein Manöver einer fremden Macht. Die Wahrheit wird ja auch so unglaublich sein, daß sich niemand ernsthaft damit befassen wird.«

»Na gut«, nickte Lee. »Du weißt also, wie man den Pentagon-Computer ausnimmt. Du erhältst die Daten. Die Regierung ist in heller Aufregung. Sie ist gewillt, dir alles zu geben, was du verlangst. Aber wie gibst du das Geld danach aus? Du glaubst doch wohl nicht im Ernst, daß man dir unmarkierte Scheine aushändigt. Und vom Tag der Übergabe an wird in jeder Bank im ganzen Land ein FBI-Mann an den Kassen stehen und darauf warten, daß die erste markierte Note eingezahlt wird.«

»Wir fordern kein Bargeld«, erklärte Powell, als sei es das Selbstverständlichste auf der Welt. »Wir verlangen etwas, was klein genug ist, um sich transportieren zu lassen, dessen Spur kaum aufzunehmen ist, was sich leicht zu Geld machen läßt, das zehn Millionen Dollar wert ist und was mindestens die Hälfte davon einbringt, wenn man es schnell veräußern muß.«

»Was könnte das denn sein?«

»Zum Beispiel Diamanten. Aber die CIA kann alle Diamantenmärkte auf der Welt leicht kontrollieren und observieren. Oder Heroin. Aber ich persönlich habe etwas gegen Drogenhandel.«

»Was bliebe denn dann noch übrig?«

Powell erklärte es ihm ganz genau. Lee mußte sich danach eingestehen, daß der Freund seinen Plan wirklich sehr gründlich durchdacht hatte. Er machte keinen Hehl aus seiner Bewunderung, und Doug sonnte sich darin.

»Ich hätte nie gedacht, daß etwas so Kleines so wertvoll sein kann.«

»Ha! Da wäre sicher noch mehr zu holen.«

Lee dachte ein paar Minuten über die Angelegenheit nach. Alles paßte zusammen. Doug schien keine Schwachstelle übersehen zu haben. Ein geradezu zu schöner Plan. Irgendwo mußte einfach ein Fehler stecken. Wahrscheinlich etwas so Simples, so Selbstverständliches, daß man erst mit der Nase draufgestoßen werden mußte. »Was ist mit dem Hehler? Mit demjenigen, dem wir das erpreßte Gut anbieten?«

»Natürlich wird der Hehler wissen, daß das Zeug geklaut ist, aber er wird wohl nie darauf kommen, daß wir die Stücke im Tausch für überlebenswichtige Daten erhalten haben. Daß wir für kurze Zeit das Schicksal der Welt in den Händen gehalten haben. Die Regierung wird zwar die größte Ermittlungsaktion des Jahrhunderts ins Leben rufen, aber sie wird auch hübsch den Deckel drauflassen. Mit anderen Worten, du wirst in den Zeitungen kein Sterbenswörtchen darüber finden. Und woher sollte der Hehler sonst erfahren, was wir getan haben? Er wird schon keine kalten Füße bekommen. Und davon ganz abgesehen, sobald er unsere Ware genommen und uns dafür Geld gegeben hat, steckt er genauso tief in der Sache drin wie wir. Sollte er also doch etwas über die wahren Hintergründe erfahren, wird er es vorziehen, wie ein Grab zu schweigen.«

»Kennst du denn jemanden, der uns die Stücke abnehmen würde?«

»Erinnerst du dich noch an Sergeant Dunio?« lächelte Doug. »Nun, er macht seit der Entlassung aus der Armee in Kunstschmuggel. Er organisiert den Transport und den Weiterverkauf von Objekten, die aus Kirchen oder Tempeln gestohlen wurden oder von sonst woher stammen. Er arbeitet auf internationaler Ebene, ist ziemlich dick da eingestiegen. Er kennt mittlerweile die richtigen Leute und hat sich einen Kundenkreis von reichen Privatsammlern zugelegt, die alles dafür geben, bestimmte Stücke in ihrem Besitz zu wissen. Seit er das Militär verlassen hat, betreibt er das hauptberuflich. Er arbeitet sogar gelegentlich für Regierungen, die es nicht kümmert, wenn ihre Museen mit Objekten vom schwarzen Markt bestückt werden.«

»Aber die Personen, denen er unsere Stücke verkauft ...«

»Kennen weder seinen richtigen Namen, noch können sie sonstwie auf uns zurückschließen. Ich habe schon mit Dunio gesprochen. Er wird die fünf Stücke wohl nehmen und sie einer ausländischen Regierung anbieten, nicht aber einem Privatsammler. Und das ist gut für uns, denn ein solcher Kunde wird alles andere tun, als der CIA bei ihren Ermittlungen behilflich zu sein.«

Das Vorhaben sah von Minute zu Minute besser aus.

Aber immer noch suchte Lee wie ein Süchtiger nach einer Schwachstelle. »Fassen wir noch einmal zusammen: Die Regierung bezahlt das Lösegeld. Wir händigen die Stücke Dunio aus. Der gibt uns dafür einen Haufen Scheine ... Wie verhindern wir dann, daß jemand auf unseren plötzlichen Reichtum aufmerksam wird?«

»Ich weiß, was ich tue, und das will ich auch tunlichst für mich behalten«, antwortete der Freund. »Aber ich kann dir ein paar Tips geben. Ich könnte dich mit einem europäischen Anwalt, einem Schweizer, in Verbindung bringen. Er ist ein Freund von Dunio. Dieser

Anwalt erfindet für dich einen entfernten Verwandten, einen guten Freund aus der Schulzeit, einen alten Verehrer deiner Mutter oder was auch immer. Auf jeden Fall eine Person, die sehr reich war und plötzlich verstorben ist. Der Betreffende hat dir eine Viertel Million hinterlassen. Natürlich hat es diesen Menschen nie gegeben, aber der Anwalt beschafft alles, was für eine solche Existenz notwendig wäre: Papiere, Impfbescheinigungen, Schulzeugnisse, Totenschein, eben alles, was erforderlich ist. Nach Abzug der Steuern hättest du damit zwischen ein- und zweihunderttausend Dollar ›geerbt‹. Damit eröffnest du eine Firma, in der du relativ einfach das restliche Geld unterbringen kannst. Von mir aus kannst du zwischendurch auch ein hübsches Sümmchen in Las Vegas oder Monaco ›gewinnen‹.«

Lee war sehr beeindruckt. »Du hast ja wirklich an alles gedacht!«

Aber Powell war jetzt nicht in der Stimmung, auf Komplimente einzugehen. »Ja, das habe ich«, erklärte er nur.

»Dann zum Punkt von vorhin. Wie gelangen wir an das Lösegeld?«

»Ganz einfach.« Powell grinste. In den nächsten fünf Minuten erklärte er seinem Komplizen, wie sie an die Beute gelangen und auf welchem Wege sie die Daten der Regierung wieder zukommen lassen wollten.

Es hörte sich verdammt gut an.

Ach was! Es war perfekt!

Lee setzte mit zitternden Fingern die Bierdose an den Mund und ging in Gedanken noch einmal den Plan durch. Verdammt, es klang wie ein utopisches Märchen. Das konnte nur ein Traum sein, der sich am nächsten Morgen verflüchtigte. Oder bestand wirklich eine kleine Chance?

Doug beugte sich vor. Er lud sich wieder mit nervöser Energie auf. »Zugegeben, die Sache hat ihre Gefahren. Aber das Projekt ist sicher nicht gefährlicher als das Jahr, das wir in Asien verbracht haben, oder?«

»Bei dir geht alles so schnell und glatt«, wandte Lee ein. »Das Ganze erscheint mir immer irrealer!«

»Du solltest lieber davon ausgehen, daß es für uns Realität wird«, entgegnete Powell. »Unser Vorhaben ist nicht einfach nur eine Möglichkeit, rasch an das große Geld zu kommen. Das ist nicht ein einfacher Diebstahl, sondern eine politische Tat! All diese karrieregeilen Bürokraten im Pentagon, die am grünen Tisch Grenzscharmützel austüfteln, mißliebige Personen mit einem Federstrich auslöschen oder gar Kriege vom Zaun brechen ... Wir tun unserm Land einen großen Gefallen damit, wenn wir die hübsche kleine Welt dieser Herrschaften ein wenig durcheinanderschütteln, indem wir ihnen aufzeigen, daß auch im Zeitalter der maximalen Sicherheit ihr schwerbewachtes Büro nicht unangreifbar ist. Wir stoßen direkt ins Herz ihrer heiligen Kuh!« Lee erkannte den Freund kaum wieder. Soviel Leidenschaftlichkeit, soviel moralische Ergriffenheit hätte er ihm nie zugetraut. »Und nachdem wir ihnen die Daten zurückgegeben haben, werden diese Schreibtischhelden nie wieder vergessen, an welchen Abgrund wir sie geführt haben!«

Lee mußte zugeben, daß ihre Tat in gewisser Weise moralisch gerechtfertigt war.

Lee strich sich mit einem Finger über das Kinn. »Wenn man ein großes Tier verwundet, schlägt es in seiner Wut mit doppelter Kraft zurück«, bemerkte er. Er berührte seine rechte Gesichtshälfte. »Die Bestie hat mich bereits einmal getroffen. Ich möchte nicht ein zweites Mal ...«

»Werd bloß nicht philosophisch«, brummte Doug. »Wir zwei haben nicht mehr und nicht weniger vor als ein hübsches kleines Geschäft, bei dem es für uns eine Menge zu verdienen gibt!« Er lachte. »Ein wahrhaft amerikanisches Geschäft; denn in diesem Land ist das Profitstreben heilig!«

Lee schloß die Augen und seufzte. »Wenn ich mich noch ein paar Jahre lang anstrenge, bin ich vielleicht ein ordentlich zugelassener Anwalt.«

»Dann bist du über dreißig. Ein etwas später Start für eine glänzende Karriere. Wenn du Glück hast, kommst du erst kurz vor deiner Pensionierung ans große Geld. Die Wahrheit ist doch die, Lee: Der Krieg hat dir ein paar Jährchen geraubt.«

»Warum willst du es tun, Doug? Dir fehlt es doch an nichts. Du könntest fast alles haben, was dein Herz begehrt.«

Powell runzelte die Stirn und schwieg einen Moment. Dann erklärte er leise: »Mein alter Herr gibt nur etwas, wenn er sicher sein kann, das Doppelte zurückzuerhalten. Und er hält den Daumen auf Loretta. Wenn ich etwas von den beiden nehmen würde, wäre ich auf immer in ihrer Hand.«

»Ich dachte, nach dem Krieg hätte sich dein Verhältnis zu ihnen gebessert?«

Powell verzog das Gesicht zu einem häßlichen Grinsen. »Meine Mutter ist Alkoholikerin. Und der General ... Hast du dich eigentlich nie gefragt, wie es kommt, daß der Sohn von General Norman Powell als Schütze Arsch in den Krieg zieht?«

Lee zuckte die Achseln. »Ich habe mir gedacht, du wolltest soviel wie möglich ohne die Hilfe deines Vaters schaffen.«

Powell wollte losprusten, beschränkte sich dann aber auf ein sanftes Lächeln. »Guter Gott, nein! Als ich gemustert und eingezogen wurde, habe ich mir keine großen Sorgen gemacht, denn ich sagte mir, der General holt dich da schon wieder raus, verschafft dir ein hübsches, wenig arbeitsintensives Plätzchen irgendwo in der Etappe. Doch statt dessen hat er seinen Einfluß darauf verwandt, mich dahin zu schicken, wo es wirklich knüppeldick kam. Der gute Mann ist tatsächlich immer noch der Ansicht, daß die Kriegserfahrung gut für mich gewesen sei. Daß ich dort charakterlich gefestigt worden und zum ganzen Mann herangereift sei. Davon abgesehen konnte er mit einem Sohn an der Front natürlich Pluspunkte bei seinen Kumpels in Washington sammeln.«

Lee sperrte den Mund auf und hob die Hände, ließ sie dann aber wieder sinken. »Wie grausam ... Ich weiß nicht, was ich dazu sagen soll ...«

Doug streckte eine Hand aus und drückte Lees Linke. »Jetzt weißt du, warum ich zu dir gekommen bin. Wir haben beide dieselben Beweggründe. Wir wollen eine Belohnung oder Entschädigung für das, was wir durchgemacht haben. Und wir wollen es denen heimzahlen, die uns das angetan haben.«

»Ja, wir wollen es ihnen tüchtig heimzahlen«, entfuhr es Lee.

»Bist du dabei?«

»Ich weiß noch nicht so recht ...«

»Du mußt dich aber bald entscheiden. Innerhalb der nächsten Woche schlagen wir zu. Danach wäre es sinnlos, denn dann sind die Code-Wörter längst nicht mehr aktuell.«

»So vieles geht mir noch durch den Kopf.«

Was war denn mit ihm los? Lee erkannte sich selbst nicht wieder. Warum sagte er nicht in diesem Augenblick laut und vernehmlich nein? Wie konnte er auch nur eine Sekunde länger über seine Teilnahme an einem solchen irrwitzigen Unternehmen nachdenken?

»Bis morgen früh neun Uhr muß ich Bescheid wissen«, sagte Doug. »Ich bin im Algonquin abgestiegen. Zimmer 34. Ich habe mich dort unter dem Namen Walters eingetragen.«

»Falls ich wirklich mitmache«, erklärte Lee, »dann möchte ich den ganzen Plan von A bis Z noch einmal hören.«

»Klar, wenn du dich entschieden hast.« Powell erhob sich. Die Stuhlbeine kratzten unangenehm über den alten Linoleumboden. »Du machst mit. Ich kenne dich. Du hast im Grunde genommen schon akzeptiert. Du suchst nur noch etwas, womit du dein Gewissen beruhigen kannst. Und diese Suche wird nicht allzu lange dauern.«

»Ich habe noch nicht ja gesagt!«

»Das wirst du noch.« Er streckte sich vom langen Sitzen und stemmte dann die Fäuste in die Seiten. »Sonst noch was? Irgendeine kleine Detailfrage vielleicht?«

»Im Moment habe ich keine weiteren Fragen«, sagte Lee.

Powell schlüpfte in seinen Mantel und knöpfte ihn zu. Er wirkte wie ein Börsenmakler, der nach einem langen, hitzigen Arbeitstag nach Hause eilt. »Glaub mir, es wird wie in den alten Zeiten. Wir zwei gegen den Rest. Wir beide führen sie alle an der Nase herum. Nur gibt es diesmal einen entscheidenden Unterschied zu früher: Wir riskieren nicht unser Leben für ein paar Bürokraten. Diesmal fällt eine Menge für uns ab, und das brauchen wir mit niemandem zu teilen.«

Lee führte den Freund durch das dunkle Wohnzimmer zur Wohnungstür. »Bis morgen neun Uhr«, verabschiedete sich Doug.

»Geht klar.«

»Du sagst Bescheid, ganz gleich, ob du mitmachst oder nicht.«

»Ich rufe an und laß mich mit dem Zimmer von Mr. Walters verbinden.«

Sie gaben sich nicht die Hand.

Lee öffnete vorsichtig die Tür.

Sie tauschten einen letzten Blick aus.

Doug lief durch den Flur, erreichte den Treppenabsatz und war nicht mehr zu sehen.

Lee schloß die Tür und wollte den Sicherheitsriegel vorschieben, als ihm einfiel, daß Carrie jeden Moment zurückkehren konnte. Er ließ die Hand sinken und wollte sich mit dem Rücken gegen die Tür lehnen.

»Du kannst ruhig absperren«, sagte sie aus der Dunkelheit. »Ich bin schon eine ganze Weile wieder da.«

Er zuckte am ganzen Körper zusammen und spähte ins Wohnzimmer. »Carrie?«

Sie stand im Eingang zur Küche. Ein Schemen, dessen Ränder von der trüben Birne in der Küchenlampe bestrahlt wurden. »Du wirst es tun, nicht wahr?«

Seine Kehle war wie zugeschnürt. Er konnte nicht antworten.

»Ich bin vor etwa vierzig Minuten zurückgekehrt«, erklärte sie. »Ich hatte meinen Schlüssel dabei, und die Tür war auch nicht verriegelt. Ich bin so leise wie möglich hineingeschlichen. Das Radio gab mir dabei zusätzlichen Schutz. Fast hätte ich dich gerufen, damit du wüßtest, daß ich wieder da bin. Aber dann hörte ich euer Gespräch und habe geschwiegen.«

Er trat zu ihr und faßte sie mit Daumen und Zeigefinger am Kinn. »Du vergißt augenblicklich alles, was du gehört hast. Jedes einzelne Wort von seinem Plan!«

»Wirst du es auch vergessen?«

»Selbstverständlich. Ein wahnwitziges Vorhaben.«

»Ich kenne dich besser. Du wirst es nicht vergessen. Er hatte recht mit dem, was er über dich gesagt hat. Du versuchst im Augenblick noch, deine Teilnahme vor dir selbst zu rechtfertigen. Aber das spielt sich nur an der Oberfläche ab. Darunter hast du schon längst akzeptiert.« Sie seufzte, rang nach Worten. »Am besten setzen wir uns jetzt hin und überlegen in aller Ruhe, wie ich in die Sache hineinpasse.«

5

Die junge Frau hieß Pia James. Sie war fünfundzwanzig, wirkte aber jünger und benahm sich so, als besäße sie die Reife und Erfahrung einer Fünfundvierzigjährigen. Etwa einen Meter siebzig groß, besaß sie einen geschmeidigen Körper, trug langes schwarzes Haar und hatte grüne Augen. Ihre Haut hatte die Farbe von Milch und Honig. Sie trug ein zimt- und orangefarbenes Kleid, ein Dreihundert-Dollar-Stück mit hohem Kragen, das sich eng an ihren Körper schmiegte. Auf den ersten Blick wirkte sie wie eine Studentin, die über die Weihnachtsfeiertage nach Hause gekommen war. Obwohl ihre großen, festen Brüste sich deutlich unter dem feinen Stoff abzeichneten, wirkte sie nicht wie eine Hure. Doch genau diesem Gewerbe ging sie nach.

Sie war ein sehr teures Vergnügen.

Kurz nach neunzehn Uhr gesellte sie sich zu Douglas Powell an seinen Tisch im Spanischen Pavillon. Drei Minuten nachdem sie sich niedergelassen hatte, stand vor ihr schon ein JACK ROSE, einer der berühmten Longdrinks dieser Bar. Sie hielt das Glas mit beiden Händen fest und trank so vorsichtig davon wie ein Rehkitz, das das Wasser einer Quelle probiert. Selbst ihre kleinen Bewegungen waren voller

Grazie. Von ihr ging etwas hypnotisch Anziehendes aus. Schon nach wenigen Minuten des Zusammenseins mit ihr fühlte sich Doug in eine andere Welt versetzt, so als stünde er auf einem Floß und würde ein Meer aus Farben und Geräuschen befahren. Und darin war Pia James der einzige ruhende Ort.

»Ich habe mich gefreut, als ich hörte, du wärst wieder in der Stadt«, sagte Pia zwischen zwei Schlucken. Ihr Blick wanderte über die besetzten Tische, die Bilder an den Wänden und die hohe Decke. »Mir war gleich klar, daß wir wieder hier landen würden.«

Er lächelte hinterhältig. »Du freust dich, mich zu sehen, weil ich dich zum Dinner in den Spanischen Pavillon eingeladen habe?«

»Du weißt genau, was ich meine. Du bist einer der ausgesucht wenigen in meinem ›Bekanntenkreis‹, der über ein Minimum an Stil verfügt. Und es macht Spaß, mit dir zusammenzusein.«

»Ich denke, das sagst du jedem.«

»Oh, heute in Masochistenstimmung?«

Er grinste. »Trifft sich ja gut, daß du heute die Sadistin gibst.«

»Ich nehme für dich doch jede Rolle an«, antwortete sie und lächelte ihn eindeutig an.

Doug mochte ihr Selbstbewußtsein. Es hatte eine besondere Qualität und verdarb nicht im mindesten ihre weibliche Ausstrahlung. Sie besaß eine rasche Auffassungsgabe, war witzig und machte sich keine allzu großen Sorgen darüber, einen guten Kunden zu verlieren. Sie wußte sehr gut, daß sie jederzeit neue finden konnte.

Doug verstand sie, denn er hatte schon eine Menge Huren kennengelernt. Seit seiner Rückkehr vom Krieg war er mit gut zwei Dutzend von ihnen ins Bett gestiegen. Eine feste Freundin besaß er hingegen nicht. Um ehrlich zu sein, er hatte seit der Entlassung keine Freundin gehabt. Doug war der Überzeugung, daß keine Frau den Aufwand an Zeit und Energie lohnte. Nein, Doug wollte sich nicht enger binden. Wenn er weibliche Gesellschaft wünschte, ging er zu einer Hure. Er sagte sich, warum ein Haus anzünden, wenn man sich nur einen Toast machen will. Davon abgesehen erregte ihn das sehr, was eine Hure ihm bieten konnte. Und er bezahlte gern dafür.

Pia James gehörte zu seinen Favoritinnen.

Schon von dem Moment an, als sie das Lokal betreten hatte und auf seinen Tisch zugesteuert war, war er scharf auf sie.

Sie verbrachten zwei Stunden mit Aperitifs und der Spezialität des Hauses, *Solomillo al chef,* einer besonders süßen Sangria, zu der Ananaskuchen gereicht wurde. Später tranken sie Brandy und Kaffee, und

Doug fragte: »Was würdest du von fünftausend Dollar für zwei Stunden Arbeit halten?«

Pia hielt den Kopf leicht gesenkt und rührte ihren Kaffee um. Nach einem kurzen Moment blickte sie auf und sah ihn durch ihre langen, dunklen Wimpern an. »Hört sich nach einer Plackerei an.«

»Nein, es hat nichts mit Spezialwünschen oder so zu tun«, erklärte er rasch. »Ich benötige nur jemanden, der für mich einen Auftrag erledigt. In einer Woche wäre es soweit. Ein sehr, sehr wichtiger Auftrag.«

Pia sagte nichts. Sie sah ihn nur an und wartete auf eine genauere Erklärung.

»Also, du müßtest zu einer bestimmten Zeit in einen bestimmten U-Bahn-Zug steigen und dort einen Mann treffen, der ein Paket für mich hat. Du nimmst das Paket, steigst wieder aus und bringst es mir.«

»Warum nimmst du das Paket denn nicht selbst in Empfang?«

Sie sprach noch leiser als gewöhnlich.

»Keine Angst, die Sache ist nicht illegal«, erklärte er. »Es ist nur so, daß der Betreffende und ich für zwei miteinander verfeindete Unternehmen arbeiten. Niemand darf von der Sendung etwas erfahren. Und vielleicht ist ihm ein Privatdetektiv auf den Fersen. Man darf ihn und mich nicht zusammen sehen.«

»Was ist denn in dem Paket?«

»Besser für dich, wenn du nichts davon weißt. Du mußt mir auch nicht jetzt sofort sagen, ob du die Sache für mich erledigen willst oder nicht. Laß dir ruhig Zeit und denk in Ruhe darüber nach. Vielleicht fällt dir ja noch eine Kollegin oder so ein, die dir dabei helfen könnte.«

Zum ersten Mal zeigte sie sich verblüfft. »Warum sollte ich Hilfe brauchen? Was du von mir verlangst, hört sich recht einfach an.«

»Die Sache ist leider etwas komplizierter«, gestand er ihr. »Ich habe dir nur im groben erklärt, was zu tun ist, damit du ungefähr weißt, was auf dich zukommt. Überleg dir die Sache. Wenn du Interesse hast, können wir später noch einmal darüber reden.«

Sie verzog die Lippen zu zwei perfekten Halbbögen und senkte die Lider, bis er kaum noch etwas von ihren schönen Augen ausmachen konnte. »Fünftausend?«

Er nickte.

»Nicht mehr als zwei Stunden?«

»Allerhöchstens. Eher weniger.«

»Dann denk ich drüber nach.«

Doug wußte jetzt, daß sie es tun würde. Er hatte seinen ersten Strohmann gefunden, den ersten der zwei Zwischenträger, die er für die Entgegennahme des Lösegelds brauchte.

Als er eine Stunde später aus dem Bad des Hotelzimmers kam, hatte Pia schon die Bettdecke zurückgeschlagen. »Ich finde, es ist reichlich kühl hier drin. Ich habe die Heizung bis oben aufgedreht.«

Er umarmte sie von hinten. »Laß mich deine Heizung auch bis ganz oben aufdrehen.«

Sie lachte und lehnte sich an ihn.

»Laß mich …« begann er.

»Jetzt brauchen wir nichts mehr zu bereden«, sagte sie heiser und rieb ihren Hintern an seinem Geschlechtsteil auf und ab.

Er knöpfte ihr Kleid auf und zog es ihr über die schlanken Schultern hinab.

Sie senkte die Arme, damit das Stück leichter rutschen konnte. Im nächsten Augenblick waren ihre Füße von einem Meer von orangebraunem Stoff bedeckt.

Doug griff von hinten mit seinen Händen an ihre Brüste, streichelte ihre Brustwarzen und drückte sie sanft mit den Fingern, als sie sich aufgerichtet hatten. Sie bebte, drehte sich zu ihm und umarmte ihn. Er küßte ihre Augen, und dann verbrachte seine Zunge lange Minuten in ihrem Mund. Er ließ sich von ihr entkleiden und machte sich endlich daran, sie von den letzten Resten zu befreien.

Zwanzig Minuten später auf dem Bett sagte er rauh: »Jetzt!« Er war über ihr, und seine Knie hielten ihre gespreizten Schenkel in Position, während er selbst sich auf seinen muskulösen Armen aufstützte. Er sah in ihr ebenmäßiges Gesicht und blickte in ihre wunderschönen grünen Augen. »Sag es mir jetzt!«

Sie wußte genau, was von ihr verlangt wurde, so wie das alle käuflichen Frauen, die er aufsuchte, bald herausgefunden hatten.

»Dein Vater ist elendig umgekommen!« sagte sie und hob ihr Hinterteil etwas an, damit er leichter in sie eindringen konnte. »Deine Mutter ist am Suff gestorben!« Ihre Stimme war kaum mehr als ein Flüstern, klang aber scharf und hart wie eine Klinge. Sie wiederholte diese beiden Sätze wieder und wieder, dachte sich für seine Eltern die schlimmsten und jämmerlichsten Todesarten aus. Sie sagte es so oft, bis die eigentliche Bedeutung der Worte verlorenging und ihre Stimme an sich etwas Hypnotisches gewann.

Ein eigenartiger Mann, dachte sie. Er muß sehr kaputt, sehr krank sein. Tief unten war er vielleicht sogar ein brutales Schwein. Aber er hatte ihr nie weh getan. Deshalb dachte sie, trotz seiner abstoßenden Wünsche, nie länger darüber nach. Während er wie ein Kolben in sie hineinstieß, malte sie ihm die schrecklichen Enden seiner Eltern aus. Andere Männer hatten Schlimmeres von ihr verlangt. So gesehen war das Zusammensein mit Doug noch leicht verdientes Geld.

Er schloß die Augen. Seine Stöße wurden schneller und heftiger.

Als sich beide wieder angezogen hatten, reichte er ihr einen Umschlag, der zweihundert Dollar in Zwanzigerscheinen enthielt.

»Was diese Geschichte mit den fünftausend Dollar angeht«, erklärte sie, »so denke ich, daß ich interessiert bin.«

Er setzte sich auf die Bettkante. »Ich wußte, daß du ja sagen würdest.«

»Willst du mir jetzt erklären, was genau ich zu tun habe?« Sie stand vor dem Fernseher, schaltete ihn ein und drehte die Lautstärke so hoch, daß ihre Stimmen davon übertönt wurden. Niemand draußen oder in den Nebenzimmern konnte sie jetzt mehr belauschen. Pia überraschte ihn immer wieder, so auch jetzt, wo sie wie ein Profi wußte, was zu tun war. Anscheinend hatte sie nicht nur einmal Aufträge erledigt, die im dunkeln abgewickelt werden mußten, um das Gesetz zu umgehen, wenn nicht gar zu brechen. »Und warum brauche ich ein zweites Mädchen?«

Er erzählte ihr alles, was sie für diesen Job wissen mußte. Und was den Hintergrund dieser Aktion anging, so tischte er ihr ein Lügengespinst auf.

»Wann bekomme ich die Kohle?«

»Die Hälfte vorher. Die restlichen zweieinhalbtausend, sobald ich das Paket in Händen halte. Du bezahlst die Kollegin von deinem Geld. Gib ihr höchstens zweihundert.«

Sie stand wieder vor dem Fernseher, und das flimmernde, ständig wechselnde bunte Licht von der Mattscheibe umspielte eine Partie ihres Körpers wie ein Strahlenkranz. Plötzlich klopfte sie nervös mit einem Fuß auf den Boden. »Was ist in der Kiste?«

»Ich habe dir doch schon gesagt, es ist besser für dich, wenn du das nicht weißt.«

»Und wenn Schnee darin ist?«

»Nein, nichts dergleichen. Kein Heroin und keine anderen Drogen.« Er verzog das Gesicht. »Pia, ich habe dir doch schon erklärt, daß es etwas mit Industriespionage zu tun hat. Der Mann, der dir das Paket überreicht, hat einiges aus der Forschungsabteilung seiner Firma entwendet. Er händigt mir Unterlagen und Computerbänder über die neuesten Entwicklungen seines Hauses aus.« Doug erzählte ihr die ganze erfundene Geschichte noch einmal.

»Da stimmt doch was nicht«, erklärte sie.

Er seufzte und zuckte die Achseln. »Ich glaube nicht, daß du die ganze Wahrheit erfahren möchtest.«

Sie stand eine ganze Minute schweigend da, klopfte nur unentwegt mit dem Fuß und starrte an Doug vorbei auf die Wand. »Schön«, sagte sie schließlich, »selbst wenn Drogen in dem Paket sein sollten und die Bullen mich deswegen festnageln wollten, kann ich immer noch erklären, daß ich von nichts gewußt hätte. Wird vielleicht nicht ganz angenehm für mich, aber ... Doch, es wird gehen.«

»Keine Drogen«, sagte Doug noch einmal.

»Fünftausend ...«

»Exakt.«

»Okay«, erklärte sie mit plötzlicher Entschlossenheit. »Botenmädchen Pia steht zu deiner Verfügung.«

»Ich rufe dich in etwa einer Woche an, um dir Zeitpunkt und Ort zu nennen«, sagte er und half ihr in den Mantel.

Als sie die Tür hinter sich zugezogen hatte und er allein war, begann er laut zu lachen. Alles klappte wie am Schnürchen. Er würde seinen Plan durchführen.

Doug war in Hochstimmung und trank seinen zweiten Scotch, als das Telefon läutete. Er warf einen raschen Blick auf die Uhr. Viertel nach eins. Doug griff nach dem Hörer und setzte sich aufrecht hin. »Ja?«

»Mr. Walters?«

Er erkannte die Stimme sofort. Lee Ackridge! »Ja?«

»Ich habe gründlich über diese Computergeschichte nachgedacht, über die wir diskutiert haben.«

»Ich auch«, antwortete Powell. Er wußte genau, was jetzt kommen würde. Er stellte das Glas auf dem Nachttisch ab, hob dann die Flasche und schenkte noch einmal ein. Schließlich gab es etwas zu feiern.

»Tut mir leid, daß ich dich so spät noch störe«, sagte Lee. »Aber ich wußte, daß ich kein Auge zukriegen würde, solange ich dir nicht zugesagt hätte. Ich bin an der Sache interessiert, sehr interessiert sogar. Kannst du morgen vormittag zu mir kommen ? Es gibt da noch ein paar Kleinigkeiten, die wir klarstellen sollten.«

»Ja, so gegen zehn?«

»Paßt mir ausgezeichnet.«

»Dann bis morgen.«

»Da wäre noch eine Sache«, sagte Ackridge.

Lee klang so eigenartig, daß das Lächeln auf Dougs Mund augenblicklich erstarb. »Was ist denn?«

»Meine Flamme ist zurückgekehrt, als du noch hier warst, und hat alles mitangehört.«

»Was für eine Flamme?«

»Na, die Frau, mit der ich hier zusammenlebe«, antwortete Lee. »Nun, wie dem auch sei, sie will mitmachen.«

»Ausgeschlossen. Das ist nur etwas für uns beide«, sagte Powell hart. Er wollte keine Frau dabeihaben.

»Eigentlich bin ich ja völlig deiner Meinung«, fuhr Lee fort. Eigenartigerweise schien er jetzt in besserer Stimmung zu sein als am späten Nachmittag. »Aber wenn ich so etwas auch nur andeute, werde ich gleich als Macho gebrandmarkt. Deshalb ... Nun, es sieht ganz so aus, als müßten wir meine Partnerin mitmachen lassen. Und wenn das nicht geht, bin ich leider auch nicht dabei.«

»Das meinst du doch wohl nicht im Ernst, oder?«

»Ich fürchte, doch.«

Powell verzog das Gesicht und schüttelte heftig den Kopf, ehe ihm einfiel, daß Ackridge ihn ja nicht sehen konnte. »Herr des Himmels, ich weiß absolut nichts über sie. Hat sie was auf dem Kasten, oder ist sie auf den Kopf gefallen? Kann man ihr vertrauen, oder ist sie ein Klatschweib? Entschuldige bitte, aber du weißt, was ich meine.«

»Weißt du noch, wie wir über den Mittelsmann gesprochen haben?« erklärte Lee. »Über unseren alten Kameraden Dunio? Du hast gesagt, sobald er mitmacht, könnten wir ihm hundertprozentig vertrauen, denn dann müsse er seine Interessen schützen, und damit auch die unseren. Nun, dasselbe dürfte für meine Partnerin gelten. Sobald sie einsteigt, kann man, können wir auf sie bauen.«

»Verfluchte Scheiße«, murmelte Powell.

»Und über deinen Anteil brauchst du dir keine Gedanken zu machen«, sagte Lee rasch. »Es bleibt immer noch bei der alten Abmachung: fünfzig Prozent für dich und fünfzig Prozent für mich. Ich gebe ihr von meinem Anteil etwas ab.«

»Das ist nicht das Problem. Vielmehr stört mich der Umstand, daß eine Frau beteiligt sein soll.« Jetzt war es heraus. Aber Doug konnte nicht aus seiner Haut. Er hatte nie allzuviel von Frauen gehalten, aber seit dem Krieg waren sie für ihn nur noch zweitklassige Wesen.

»Wenn es dir nicht paßt«, erklärte Lee und nahm allen Mut zusammen, »dann müssen wir das Projekt eben abbrechen. Du kannst danach tun, was dir beliebt. Und keine Bange, von mir erfährt keiner ein Sterbenswörtchen.«

Doug zögerte. »Okay, dann eben eine Partie zu dritt.«

»Fein«, sagte Lee. »Dann bis morgen um zehn.«

»Bis zehn.« Powell hängte ein.

Nach dem Gespräch mit Ackridge war Doug ganz und gar nicht mehr in Hochstimmung. Alles war so gut angelaufen, genau so, wie er es sich vorgestellt hatte. Und jetzt das. Er würde den ganzen Plan ändern müssen, weil jetzt die verdammte Frau dabeisein wollte. Herrgott noch mal, begriff Lee denn nicht, wie exakt und umsichtig man bei dieser Sache vorgehen mußte? War ihm denn nicht klar, daß sie sich keinen Fehler erlauben durften? Schon bei der geringsten Panne würden sie bis an ihr Lebensende ins Loch wandern.

Einen Moment lang hatte er ernsthaft den Gedanken erwogen, Lee fallenzulassen. Wenn sein alter Kumpel sich jetzt schon so anstellte, wäre es vielleicht das beste, sich einen neuen Partner zu suchen. Nein, das war ausgeschlossen. Er würde zuviel Zeit mit der Suche nach einem Ersatzmann verlieren, gar nicht zu reden von der Zeit, die dabei draufging, ihn auf Herz und Nieren zu überprüfen. Und im Grunde genommen gab es nur Lee, auf den Doug sich verlassen konnte.

Verdammt! Verdammt! Verdammt!

Eine Frau!

Er starrte auf den Fernseher, ohne etwas zu sehen.

Er trank in dieser Nacht entschieden zuviel Scotch.

Nach einer Weile fühlte er sich allmählich besser. Ob das nun am reichlichen Alkohol lag oder ob er wieder einen dieser merkwürdigen Stimmungsumschwünge durchmachte, die ihn seit dem Krieg häufiger plagten, wußte er nicht zu entscheiden.

Also gut. Nun war eine Frau im Team. Eine solche Entwicklung hatte er vorher nicht bedacht. Aber sei es drum, er war immer noch derjenige, der bei diesem Vorhaben die Fäden zog. Auch eine Frau konnte ihn von dieser Position nicht verdrängen. Außerdem hatte Lee sich einverstanden erklärt. Und Lee würde sicher auf sie achtgeben. Er würde ihr schon ihre Grenzen aufzeigen, sonst wäre er doch wohl gar nicht erst auf die Idee gekommen, sie mitmachen zu lassen. Alles würde gut werden. Ein exzellenter Plan. Eine mindestens perfekte Ausführung.

Bei diesem Punkt angekommen, erkannte Doug einen weiteren

Vorteil. Von nun an brauchte er überhaupt kein schlechtes Gewissen mehr zu haben, daß er Lee angelogen hatte.

Ackridge glaubte ja, sie würden niemals die Daten einer fremden Macht aushändigen. Aber Powell hatte bereits Kontakt zu bestimmten Herren aufgenommen. Ob sie nun das geforderte Lösegeld von der US-Regierung erhielten oder nicht, Doug wollte die Geheiminformationen auf jeden Fall einem ausländischen Agenten verkaufen.

Eingedenk all der gemeinsamen Erlebnisse, all der Zeit in den Gräben, im Dschungel und in den Städten Vietnams, hatte sich Doug nicht besonders wohl gefühlt, den alten Freund belügen zu müssen. Andererseits war die Lüge unumgänglich gewesen. Doug hatte gewußt, daß Lee bei einem solchen Coup mitmachen würde, durch den er endlich zu Geld kommen könnte. Aber er kannte Ackridge gut genug, um zu wissen, daß er niemals so etwas wie Landesverrat in Erwägung ziehen würde. Außerdem war dabei für Lee nichts zu gewinnen. Nein, für Lee nicht, aber für Doug ...

Ja, Powell fühlte sich jetzt wirklich besser. Warum hatte Lee auch seine Flamme in die Sache hineinziehen müssen? Sicher, Doug war nicht ganz fair zu seinem alten Kumpel gewesen. Aber jetzt hatte sich ja gezeigt, daß auch Lee ihm gegenüber nicht fair sein wollte.

Das war doch so, oder etwa nicht? Was mußte Ackridge auch einen solchen Mist anrichten!

Powell zog sich aus, schaltete den Fernseher ab und legte sich aufs Bett. Der Alkohol umnebelte sein Gehirn. Er nahm nur noch den restlichen Parfumduft von Pia wahr.

Der Raum fing an, sich um ihn zu drehen.

Dein Vater ist elendig umgekommen.

Deine Mutter ist am Suff gestorben.

»Leider nein«, murmelte er. »Sie sind noch nicht tot. Aber das, was ich vorhabe, wird für sie noch viel schlimmer sein als der Tod.«

Wenn er den Coup durchgezogen hatte, würden sie immer noch am Leben sein; aber sie würden sich wünschen, lieber tot zu sein. Sie würden alles verlieren, was sie liebten und was ihnen etwas bedeutete. Die vornehmen Kreise Washingtons würden das Ehepaar Powell schneiden, würden es nicht mehr wahrnehmen. Aller Respekt, alle Würde, alle Möglichkeit, weiteren Reichtum anzuhäufen ... das alles würden sie verlieren. Ihre Macht und ihr Einfluß wären danach keinen Cent mehr wert.

Sobald er die Daten seinem Kontaktmann ausgehändigt hatte, würden die USA zwar auch alles verlieren, aber für Doug war es viel wichtiger, daß der General und Loretta dann am Boden zerstört wären. Und sie dürften sich in dem zweifelhaften Ruhm sonnen, die Eltern des größten Verbrechers dieses Jahrhunderts zu sein. Doug würde natürlich den Datendiebstahl zugeben und alle Verantwortung für die Zerstörung seines Landes auf sich nehmen. Und mit diesem Geständnis würde er auch das Schicksal des Generals besiegeln.

Lächelnd schlief Doug ein.

6

Paul Freneau wäre nie auf den Gedanken gekommen, sich als Kriminellen zu sehen.

Nach außen hin war er ein gewissenhafter, hart arbeitender und erfolgreicher junger Mann, der sich auf dem Weg nach oben befand. Er war zweiunddreißig und arbeitete jetzt im achten Jahr als Dolmetscher bei den Vereinten Nationen. Mit einem französischen Vater und einer spanischen Mutter – beide waren Ende der dreißiger Jahre in die USA eingewandert – war Freneau für eine solche Stellung prädestiniert. Sein Gehalt erlaubte ihm ein hübsches Apartment in Manhattan. Er fuhr einen teuren Wagen, kleidete sich geschmackvoll und zeigte sich gern mit aparten, luxuriösen Schönheiten. Jedes zweite Jahr gönnte er sich einen einmonatigen Urlaub in Europa.

Unglücklicherweise hatte er schon bald feststellen müssen, daß sich dieser Lebensstil allein vom Dolmetschergehalt nicht aufrechterhalten ließ. Immerhin lag sein Apartment in einem der teuersten Blocks auf der East Sixty-fourth Street. Immerhin war sein Wagen ein Mark IV. Immerhin trug er nur Couture aus dem Hause Bill Blass. Immerhin kamen seine Freundinnen aus den besten Familien. Wenn er nach Europa flog, dann natürlich nur erster Klasse. Und er hatte noch nie ein Hotel oder ein Restaurant gemieden, weil die Preise sich dort am oberen Ende der Skala bewegten.

Doch zu seinem Glück hatte er schon nach einem Jahr Dolmetschertätigkeit bei der UNO entdeckt, daß er sein Gehalt durch kleine Dienste für die Delegierten und Botschaftsangehörigen aufbessern konnte. Meistenteils überbrachte er delikate Botschaften – normalerweise zwischen zwei ausländischen Würdenträgern, die auf privater Ebene in Kontakt bleiben und sich über Themen unterhalten wollten, bei denen sie in der Öffentlichkeit als unversöhnliche Gegenparte auftreten mußten. Gelegentlich näherte sich ihm auch ein US-Bürger – Geschäftsleute, Politiker und andere, die ein bestimmtes Interesse verfolgten –, damit er für sie einem UN-Delegierten, den sie nicht persönlich aufsuchen oder anrufen konnten, etwas mitteilte oder überbrachte. Personen aller Art wandten sich an Freneau, und für Eingeweihte war Freneau längst so etwas wie eine unentbehrliche Institution geworden. Freneau war diskret und zuverlässig. Die Dienste, die er auszuführen hatte, waren delikat, aber mit wenig Arbeit verbunden. Und er erhielt dafür mehr Geld, als er in seinem Beruf je verdienen konnte.

In der ersten Zeit, als er Anfragen, Mahnungen, Warnungen, Tips und gelegentlich sogar kodierte Nachrichten überbracht hatte, hatte Freneau oft genug um seine Sicherheit für Leib und Leben gefürchtet. Er selbst wußte, daß er nur als Bote arbeitete, keineswegs aber Nachrichtenhandel oder gar Spionage betrieb. Doch wie würden das andere sehen? Und was würde das FBI von seinen Aktivitäten halten?

Die meisten Personen, die sich ihm näherten, waren Repräsentanten von Nationen, die man kaum als Feinde der Vereinigten Staaten ansehen konnte. Engländer, Franzosen, Italiener, Schweden, Japaner, Griechen …

Im Laufe der Zeit liefen erkleckliche Summen bei ihm ein. Diese Arbeit nährte durchaus ihren Mann. Freneau begriff, daß er einer FBI-Untersuchung ruhigen Gewissens zusehen konnte. Niemand konnte ihm Spionage oder Sabotage oder was sonst auch immer vorwerfen. Freneau war nicht mehr und nicht weniger als einer der Männer im Hintergrund, die mithalfen, die Scharniere der internationalen Diplomatie zu ölen.

Von da an hatte er kein schlechtes Gefühl mehr bei seiner Nebentätigkeit. Er machte sich auch keine Sorgen mehr um sein Leben. Von da an schlief er wieder ruhig und tief.

Um sechs Uhr am Morgen des 27. Dezembers weckte ihn das Telefon aus seinem ruhigen und tiefen Schlaf.

Er hob ab und meldete sich mit seinem Namen.

Die Stimme am anderen Ende klang leise und kalt. »Kennen Sie einen Mr. Tsaitzew?«

»Ilja? Natürlich kenne ich den.«

»Wenn Sie ihn heute sehen, teilen Sie ihm bitte mit, daß Dan Walters sich gemeldet hat.«

Paul schob sich mit einer seiner schmalen Hände die Haare von den Augen und unterdrückte ein Gähnen. »Gern. Ist das alles? Soll ich ihm nur mitteilen, daß Sie sich gemeldet haben?«

»Nein, da wäre noch etwas. Sagen Sie ihm, daß ich mein Team zusammenhabe.«

»Daß Sie Ihr Team zusammenhaben«, wiederholte Freneau. Er war nicht im mindesten neugierig oder verwirrt. Schließlich war er es gewohnt, Botschaften zu übermitteln, die für ihn nicht den geringsten Sinn ergaben, aber denen eine Menge zu sagen hatten, für die sie bestimmt waren. Er wiederholte die Nachricht von Walters nur, um sicherzugehen, daß er auch alles richtig verstanden hatte und Tsaitzew die Botschaft ordnungsgemäß überbringen konnte.

»Ganz genau«, lobte Walters. »Vielen Dank.«

»Verzeihen Sie bitte«, sagte Paul rasch, bevor sein Gesprächspartner einhängen konnte.

»Was ist denn?«

»Ich möchte Ihnen natürlich keinen Vorwurf machen, doch wenn Sie in Zukunft auf meine Dienste zurückkommen möchten, dann rufen Sie bitte etwas später an, ja? Wissen Sie, ich pflege gewöhnlich nicht vor sieben Uhr dreißig aufzustehen.«

Ein Klicken ertönte. Die Leitung war unterbrochen.

Das war Freneaus erster Kontakt mit Walters/Powell. Es war auch sein einziger Kontakt mit ihm. Schließlich war Paul nicht mehr als ein kleiner Öltropfen im gewaltigen Räderwerk der Vereinten Nationen.

Auch Roy Genelli erwachte um sechs Uhr.

Ihn hatte jedoch weder ein Telefonklingeln noch ein Wecker aus dem Schlaf gerissen. Genelli wachte jeden Morgen an jedem Tag der Woche um sechs Uhr auf. Dazu brauchte er weder Wecker noch einen Telefondienst. Eine innere Uhr beendete um diese Zeit seinen Schlaf.

Während seiner ersten fünf Jahre im Dienst des Büros, als Genelli die Routine- und Drecksarbeit eines FBI-Anfängers erledigen mußte, hatte es weder Ordnung noch System in seinem Leben gegeben. Er hatte keine festen Arbeitszeiten, sondern mußte ständig verfügbar sein, um sich jemandem an die Fersen zu heften, einer Spur nachzugehen, rasch zu einem Einsatzort zu gelangen, jemanden zu stellen. Doch meistenteils mußte er nur warten, auf den nächsten Zug des Verdächtigen, auf neue Befehle oder wenn er jemanden, der sich nicht zeigen wollte, observierte. Nicht selten hatte er eine ganze Nacht lang kein Auge zutun können. Und auch in Zeiten, wenn es nicht so hektisch zuging, wenn er sich nicht wieder eine ganze Nacht um die Ohren schlagen mußte, hatte er nie zu regelmäßigen Schlafzeiten finden können. Vor fünfzehn Jahren dann war er befördert worden, und im

Lauf der weiteren Arbeit war es ihm immer mehr gelungen, Routine in sein Leben zu bringen und einen normalen Arbeitstag einzurichten.

Sobald es ihm möglich war, machte er es sich zur Gewohnheit, abends um zweiundzwanzig Uhr ins Bett zu gehen. Eine so frühe Schlafenszeit kam ihm nach den Anfängerjahren wie ein unglaublicher Luxus vor. Diese Einschlafzeit hatte er sich ebenso zur festen Regel gemacht wie das Aufwachen um sechs. Heute war er Special Assistant für den Leiter des Middle-Eastern-District und konnte in dieser Position seinen Tagesablauf weitestgehend selbst bestimmen. Es mußte schon sehr dick kommen, daß die ihm liebgewordene Routine durcheinandergeriet.

Wie an jedem Tag stieg Genelli sofort aus dem Bett. Er steckte die Füße in die Pantoffeln und zog sich einen verschlissenen Morgenmantel über. Er verknotete den Stoffgürtel vor dem Bauch.

Er hatte während der Weihnachtsfeiertage gearbeitet, war für andere Männer eingesprungen, die das Fest bei ihrer Familie verbringen wollten. Nun hatte er drei Tage freibekommen.

Genelli arbeitete oft an Feiertagen. Zum einen war es an solchen Tagen ruhig und übersichtlich. Weniger Personen wurden festgenommen, und neue Fälle ließen stets bis nach den Feiertagen auf sich warten. Zum anderen machten neun oder zehn Arbeitsstunden den ersten Weihnachtsfeiertag weniger einsam.

Roy Genelli war jetzt zweiundvierzig. Er war nie eine Ehe eingegangen. Genelli war jedoch weder schwul, noch verachtete er Frauen, und er war nicht so verklemmt, daß er sich in weiblicher Gesellschaft unbehaglich fühlte.

Er war einen Meter fünfundsiebzig groß und mit seinen neunzig Kilogramm etwas übergewichtig, aber keineswegs fett. Normalerweise trug er einen braunen Straßenanzug, dessen Farbe mit der seiner Haare und Augen harmonierte. Auf den ersten Blick fand sich an ihm nichts Außergewöhnliches. Doch auf den zweiten Blick entdeckte man an ihm eine gewisse Attraktivität. Er hatte häufiger Verabredungen mit Frauen, und gelegentlich ging er auch mit einer ins Bett. Doch bislang war keine darunter gewesen, die er ein zweites Mal sehen wollte. Obwohl er sich zu bestimmten Zeiten einsam fühlte, hatte er grundsätzlich nichts gegen sein Junggesellendasein einzuwenden. Er kam mit seinem Leben zurecht, und mehr verlangte er gar nicht.

Er nahm die Brille vom Nachttisch, setzte sie auf und blinzelte, um den letzten Schlaf aus seinen Augen zu zwingen.

In diesem Moment rappelte der Wecker.

Obwohl er sich darauf verlassen konnte, daß die innere Uhr ihn weckte – in den letzten zehn lahren hatte er nicht ein einziges Mal verschlafen –, pflegte Genelli jeden Abend den Wecker aufzuziehen. Es handelte sich dabei nicht um eine dumme Angewohnheit, sondern dies war Ausdruck seiner Gründlichkeit. Genelli war ein außerordentlich gründlicher Mensch. Fast nie vergaß oder übersah er etwas.

Er ging hinunter in die Küche und briet sich Eier und Speck. Er nahm das Frühstück im Eßzimmer am Tisch vor dem großen Fenster zu sich.

Sein kleines Haus befand sich in einem ruhigen Block der G-Street, wurde von ähnlichen Häusern flankiert und ließ sich von zwei alten Ulmen, die nun schon seit Jahrzehnten den Abgasen trotzten, vor einem Einblick von der Straße schützen. Sein Haus war beileibe kein Palast, aber er fühlte sich hier wohl. In den letzten Jahren hatte er sein Zuhause immer mehr als Zufluchtsort angesehen.

Während er aß, betrachtete er die Ulmen und dachte daran, wie er an der Arbeit im Büro die Lust verloren hatte. Vor zwanzig Jahren hatte er seine Tätigkeit als FBI-Beamter als etwas Aufregendes, Spannendes angesehen. Und er hatte das Gefühl gehabt, etwas Wichtiges zu tun. Doch in der letzten Zeit … Man erstickte in Routinearbeit, um eine wasserdichte Anklage gegen einen Dealer zusammenzuzimmern, der Heroin von Montreal aus ins Land schmuggelte. Hatte man endlich alles zusammen, schnappte man den Burschen und ließ ihn für zwanzig Jahre einsperren. Und dann? Keine Woche nach seiner Verhaftung trat ein anderer an seine Stelle und übernahm die Montreal-Connection. Solange die Fixer kein sauberes Heroin oder Methadon von der Regierung erhielten, besorgten sie sich ihren Stoff eben in der Unterwelt. Genelli kam es so vor, als würde er mit jedem Schritt, den er hier vorankam, dort einen zurückfallen. Und wenn es kein Großdealer war, den man festnageln wollte, dann einer, der Pornofilme auf den Markt brachte. Oder es galt, die Aktivitäten irgendwelcher selbsternannter Stadt-Guerillas zu überwachen, oder die einer anderen suspekten politischen Gruppe oder Sekte. Die Arbeit bedrückte Genelli immer mehr. Niemand kümmerte sich darum, etwas gegen die wirklichen Verbrechen zu tun. Wie heuchlerisch war es doch, sich um ein paar Dealer, Fixer und politisch Verwirrte zu kümmern, als würde man damit der Gerechtigkeit zum Sieg verhelfen …

Als er sein Frühstück beendet hatte, trug er das benutzte Geschirr in die Küche und spülte es.

Wenn ein Mann schon keine Familie hat, sagte sich Genelli, dann sollte er sich wenigstens seiner Karriere widmen. Aber nach zwanzig Jahren Dienst kam er zwangsläufig zu dem Schluß, daß er es nicht sehr weit gebracht hatte. Durfte er sich eingestehen, daß er sein Leben verschwendet hatte? Aber mit zweiundvierzig Jahren, in denen man nichts anderes getan hatte, als Bulle zu spielen, stand einem nicht sehr viel für einen Neuanfang in einer anderen Branche offen.

Während er das Besteck abtrocknete, fragte er sich, wie lange es her war, daß er zum letzten Mal an einem wirklich lohnenden Fall gearbeitet hatte. Fünf Jahre? Guter Gott, nein, es war viel länger her. Acht Jahre? Neun? Zehn? Nein, noch weiter zurück. Elf? Zwölf? Erschrocken stellte er fest, daß vierzehn Jahre seit der Mordserie von Zilinski und Ross vergangen waren ... Zwölf Morde und achtzehn Raubüberfälle gingen auf ihr Konto. Die Jagd hatte Genelli durch sechsundzwanzig Bundesstaaten geführt. Die Nachforschungen und die Verfolgung hatten seine ganze Begabung und all seinen Grips erfordert. Es konnte kein Zweifel bestehen, das war sein letzter herausfordernder Fall gewesen.

Vierzehn Jahre!

Bei allem, was recht war, er wünschte sich kein neues Blutvergießen a la Zilinski und Ross, bei dem unschuldige Menschen auf furchtbare Weise ihr Leben verloren hatten. Aber irgend etwas Interessantes mußte doch noch kommen ... Wenn er noch lange seine Beamten den Pornographen hinterherjagen mußte, würde sein Gehirn an Langeweile eingehen, würde er sich lieber eine Kugel durch den Kopf jagen.

Nein, so wollte er sich nicht unterkriegen lassen. Lieber wollte er in den vorgezogenen Ruhestand eintreten. Er könnte heute noch die Kündigung einreichen. Zwanzig aufregende Jahre standen ihm dann mindestens bevor. Er könnte es auch noch so lange aushalten, bis er fünfundzwanzig Dienstjahre zusammen hatte. Dann winkte ihm eine fettere Pension. Es war die bittere Wahrheit, der man sich am besten nie stellte, aber Roy Genelli konnte an diesem Morgen nicht anders, als sich einzugestehen, daß er nie wieder die Gelegenheit erhalten würde, an einem spannenden und interessanten Fall zu arbeiten.

Er goß sich eine zweite Tasse Kaffee ein und machte sich nun erheblich gründlichere Gedanken über die Möglichkeiten, die einem zweiundvierzigjährigen Ex-Polizisten offenstehen könnten.

Silvester

DER DIEBSTAHL

7

Am Nachmittag des 31. Dezember bestiegen Lee und Carrie einen Zug nach Philadelphia, wo sie Doug Powell am Bahnhofsausgang zur Thirtieth Street treffen sollten.

Sie trafen ihn.

Powell nahm ihnen den einzigen Koffer ab und führte sie durch die Schwingtüren hinaus. »Ich habe einen Wagen gemietet«, erklärte er.

Es war draußen zu kalt, um stehenzubleiben und miteinander zu reden. Kein Wölkchen zeigte sich am Himmel, aber ein eisiger Wind raste durch die Straßen. Carrie drängte sich an Lee, und so folgten sie Doug zu seinem ein Jahr alten Chevrolet Impala. Powell stellte das Gepäck in den Kofferraum. Alle drei nahmen vorn Platz. Carrie saß zwischen den Männern. Doug steuerte den Wagen.

Lee warf nach beiden Seiten Blicke auf die hohen grauen Gebäude, die an den Straßenrändern aufragten, und sagte: »Hier sieht es ja genauso aus wie bei uns in New York. Eigenartig, Philadelphia kam mir immer als der furchtbarste Ort im ganzen Land vor.«

»In spätestens einer Woche, wenn unsere Finger vom Geldzählen weh tun«, antwortete Powell, »wirst du in deinem Herzen ein warmes Fleckchen für Philadelphia einrichten.«

Lee ließ den Blick noch einmal über die Häuser streifen. »Kann ich mir nicht vorstellen. Wo fahren wir denn jetzt hin?«

»Ins Hotel.« Doug beschleunigte, um noch bei Gelb durchzukommen und trat kurz darauf auf die Bremse, weil der Verkehr stockte.

Neben dem großen Powell und fest eingepackt in ihren Fellmantel wirkte Carrie noch kleiner und zerbrechlicher als sonst. Sie schob den Kopf hin und her, bis sie das Kinn aus dem Schal befreit hatte, und sagte dann: »Mir ist gerade etwas eingefallen, worauf ich schon viel früher hätte kommen sollen.«

Powell sah sie von der Seite an. Er hatte sich noch immer nicht mit dem Gedanken angefreundet, daß eine Frau an seiner Unternehmung mitwirken sollte.

»Was ist dir denn eingefallen?« wollte Lee wissen.

Sie blinzelte, als unvermittelt helles Sonnenlicht durch die Windschutzscheibe eindrang. »Was ist, wenn jemandem der Wagen auffällt? Schön, warum sollte er jemandem auffallen? Aber nur einmal angenommen, jemand in der Universität wird auf den Wagen aufmerksam. Wenn die Polizei mit ihren Nachforschungen beginnt, wird der Betreffende sich doch sofort an die Beamten wenden.«

»Kein Problem«, brummte Doug. »Ich habe bei Hertz einen falschen Namen und eine falsche Adresse angegeben. Ein gewisser Daniel Walters hat den Wagen gemietet.«

»Ich dachte immer, so etwas sei kaum möglich?« wunderte sich Lee.

Doug lächelte in sich hinein. »Ich habe einen ganzen Satz Papiere auf den Namen Walters.« Der Wagen brach nach rechts aus und überholte rasch einen Omnibus. »Alles dabei: Versicherungsnummer, Führerschein, ordentlich ausgestellt vom Staat Virginia, Geburtsurkunde und sogar einen Paß.«

Carrie sah Lee fragend an.

»Wo hast du denn so etwas bekommen?« wollte Lee wissen.

»Bei Dunio.«

»Du scheinst ja mehr Kontakt zu ihm zu haben, als ich nach unserem ersten Gespräch dachte.«

»Nachdem man dich wegen deiner Verwundung nach Hause verschifft hatte, war ich noch ein paar Monate in Nam. Und im Schützengraben lernt man einen Kameraden durch und durch kennen. Davon abgesehen kann man sich, ob nun im Krieg oder im Frieden, mit einem Mann wie Dunio schnell gut verstehen.«

Lee schüttelte verblüfft den Kopf. »Und zusätzlich zu seinen anderen Aktivitäten ist Dunio auch noch Dokumentenfälscher?«

»Nein, natürlich nicht. Aber er kennt jemanden, der so etwas ausgezeichnet besorgt. Großer Gott, er kennt Dutzende solcher Kräfte, vermutlich in jeder Stadt einen, in der er häufiger zu tun hat ... New York, San Francisco, Tokio, Singapur, Hongkong, Paris, London ...« Er bremste, weil die Ampel auf Rot umgesprungen war. Er sah Lee an. »Ich habe für Dunio ein paar Jobs in Asien erledigt, nachdem du nach Hause geschickt worden warst und unsere Kompanie nach Saigon zurückverlegt worden war. Dort haben wir uns übrigens auch kennen- und schätzengelernt. Bevor es für mich in die Heimat zurückging, habe ich ihn gebeten, mir ein paar falsche Papiere zu besorgen.«

»Und das hat er dann auch getan?«

»Worauf du dich verlassen kannst«, grinste Powell.

»Aber warum wolltest du sie damals haben?«

Der Mann am Steuer zuckte die Achseln. »Ich dachte mir damals, so was kannst du immer mal gebrauchen. Ich habe mich seitdem darum gekümmert und lasse die Papiere immer fristgerecht verlängern.«

»Aber vor drei Jahren hatten Sie doch wohl noch nicht vor, einen solchen Coup zu starten?« fagte Carrie.

»Wer weiß, vielleicht war die Idee gerade im hintersten Winkel meines Kopfes geboren worden«, lächelte Powell.

Die Ampel zeigte Grün.

Der Impala brauste los.

Am 27. und auch am 28. Dezember hatte Doug im Sheraton-Hotel in der Innenstadt von Philadelphia angerufen und jeweils ein Zimmer bestellt. Beim ersten Anruf hatte er ein Doppelzimmer für eine Nacht auf den Namen Mr. und Mrs. Daniel Walters gebucht. Am 28. hatte er ein Einzelzimmer für sich gebucht und dabei seinen richtigen Namen angegeben.

Jetzt, um sechzehn Uhr am letzten Tag des Jahres, betraten Lee und Carrie das Sheraton und trugen sich mit Powells falschen Papieren ein. Sie erhielten ein komfortables und gepflegtes Doppelzimmer im zehnten Stock. Powell selbst wollte fünfzehn Minuten später ins Hotel kommen. Er hatte den beiden erklärt, er würde sich unter einem neuen Falschnamen eintragen, aber damit hatte er wieder gelogen. Lee und Carrie wäre es nie in den Sinn gekommen, daß ihr Komplize durchaus beabsichtigte, eine Spur zu hinterlassen.

Als der Page gegangen war, trat Carrie ans einzige Fenster des Zimmers, zog die Vorhänge zurück und blickte hinaus auf die Stadt.

Lee betrachtete sie. Sie trug einen langen schwarzen Rock und darüber einen blauen Sweater, der hervorragend zu ihren Augen paßte. Sie sah einfach wunderbar aus. Zum ersten Mal seit Wochen verspürte Lee ein Ziehen im Unterleib. Wenn ihnen noch genug Zeit blieb, könnte er es diesmal schaffen, dessen war er sich ziemlich sicher. Aber Doug würde sich jeden Augenblick melden. Und dann würden sie drei sich hier zusammensetzen und den Plan ein letztes Mal durchgehen.

Ohne sich umzudrehen, fragte Carrie leise: »Hast du nicht auch den Eindruck, daß mit dem Burschen etwas nicht stimmt?«

»Mit Doug?«

»Ja.«

»Wie meinst du das?«

»Ich kann es nicht erklären …«

Er erhob sich aus dem Sessel neben dem Telefon und stellte sich neben sie ans Fenster. »Er ist sicher nervös, genau wie wir.«

»Nein, das ist nicht nur Nervosität«, beharrte sie.

»Seit unserem letzten Treffen kommt er mir nicht verändert vor.«

»Mag sein. Aber er kam mir schon eigenartig vor, als ich euch beide in unserer Wohnung belauscht habe. Ist dir aufgefallen, daß er weder dir noch mir in die Augen sehen kann? Und dann diese Stimmungsschwankungen. Alle paar Minuten fällt er von ganz oben nach ganz unten und wieder zurück. Du mußt nur sein Gesicht beobachten. In einem Moment grinst er wie ein Honigkuchenpferd, und im nächsten glaubt man, er würde in Tränen ausbrechen. Er ist so ... so ...«

»Denk doch daran, unter welchem Druck wir stehen. Er vermutlich noch viel stärker als wir.«

»Das hat sicher eine Menge damit zu tun«, sagte sie. »Ich möchte dich aber trotzdem bitten, ein Auge auf ihn zu haben.«

Er legte ihr eine Hand auf die Schulter. »Du möchtest am liebsten aussteigen, nicht wahr?«

»Nein, nicht, wenn du dabeibleibst.«

»Wir können beide immer noch gehen.«

»Nein«, sagte sie fest. »Aber es würde trotzdem nichts schaden, wenn du anfängst, ihn zu beobachten.«

8

Carrie saß wieder in der Mitte im Chevrolet und versuchte nicht an all das zu denken, was jetzt schiefgehen konnte. Sie starrte auf die dunkle Straße voraus, auf die wechselnden Ampellichter und auf die Rückstrahler der Autos vor ihnen. Und sie lauschte mit einem Ohr dem Gerede Powells, der, seitdem sie das Hotel verlassen hatten, über alles sprach, was ihm wohl gerade durch den Sinn ging.

Jetzt fing er an, vom Zielort dieses Abends zu quasseln.

Die Langhorn-Universität war 1848 auf einem vom Staat geschenkten Areal von 500 Hektar gegründet worden. Sie ragte als Oase der Schönheit und des Friedens aus der Ödnis des Vororts hervor. Der Campus lag zehn Meilen nördlich von Philadelphia und war mit kleinen Wäldchen von Ulmen, Eichen, Ahornbäumen, Birken und Weiden bestückt. Sechsundzwanzig Wohnheime boten mehr als genug Platz für die neuntausend eingeschriebenen Studenten.

Während der Impala nach Norden rollte und die Stadtgrenze hinter sich ließ, rasselte Doug endlos Fakten, Daten und Anekdoten über die Geschichte der Universität herunter. Er redete so schnell, daß seine Worte ineinander übergingen und man Mühe hatte, seinen Ausführungen zu folgen.

Carrie hörte ihm nur halb zu, warf aber immer mal wieder einen Blick auf seine Miene, weil sie dort eine Erklärung zu finden hoffte. Soweit sie überhaupt etwas von seinem Gerede mitbekommen hatte, glaubte sie nicht, daß irgend etwas davon für ihr Vorhaben, die geheimsten Pentagon-Daten zu stehlen, von Bedeutung war. Anscheinend wollte Doug nur die Zeit totschlagen. Vielleicht mußte er selbst Dampf ablassen. Oder er wollte sie und Lee ablenken, damit sie nicht beim letzten Nachdenken ins Grübeln gerieten und kalte Füße bekamen. Je länger Carrie mit Powell zusammen war, desto besser durchschaute sie ihn. Dennoch war sie nicht weiter als bis unter die Oberfläche gelangt. Zu seinem wirklichen Geheimnis, zu dem mysteriösen Drang in ihm, der sie so oft frösteln ließ, war sie noch nicht vorgestoßen.

Seit 1964, fuhr Powell fort, sei Langhorn eines der führenden Zentren der Welt für Computerforschung, -entwicklung und -theorie. Durch eine weitere Schenkung der Regierung war am nordwestlichen Rand des Campus das Recard-Institut für Computerwissenschaften entstanden. Ein bedeutender Anteil der Gelder für Errichtung, Einrichtung und Verwaltung des Instituts war vom Verteidigungsministerium gekommen. Computer waren vielleicht nicht die Feldherren der Zukunft, aber zumindest die wichtigsten Berater aller Strategen. Das Verteidigungsministerium legte natürlich Wert darauf, daß die amerikanischen Computer in ihrer Bandbreite denen in China und der Sowjetunion immer um mindestens eine Nasenlänge voraus waren. So lieferte das Pentagon auch reichlich Mittel und konnte dabei einen weiteren Vorteil genießen: Wenn in eine Forschungsanstalt die Gelder strömen, kommen die besten Akademiker des Landes von ganz alleine. In den vergangenen zwanzig Jahren, auch schon vor der Gründung des Recard-Instituts, hatten sich über hundert Wissenschaftler in Langhorn mit Pentagon-Programmen zu Waffenforschung und -entwicklung beschäftigt. Vielleicht würden Psychologen darin eine Trotzhaltung gegen die immer weiter anwachsende antimilitaristische Stimmung in der Bevölkerung sehen.

Carrie bemerkte, daß Dougs Mundwinkel herabhingen und er eine grimmige Miene machte. Er starrte mit glänzenden Augen geradeaus, so als sähe er etwas wirklich Aufregendes auf dem Highway.

Zum vierten Mal erzählte Powell jetzt, daß er sich kurz nach seiner Rückkehr aus Vietnam in Langhorn eingeschrieben hatte, um hier Computerwissenschaften zu studieren. Und für den Coup heute nacht hatte er sich den hiesigen Terminal, der eine Außenstelle des Pentagon-Computers war, ausgesucht, weil er diese Anlage noch gut in Erinnerung hatte. Natürlich bestand hier ein geringes Risiko, auch noch nach zwei Jahren von jemandem gesehen und wiedererkannt zu werden. Doch dieser Nachteil wurde leicht von seiner Vertrautheit mit der Umgebung aufgewogen.

Während Powell weiterquasselte, warf Carrie einen Blick auf ihren Freund, erhaschte seine Aufmerksamkeit und zeigte ihm mit ihrer Miene, wie sehr ihr Powells endloses Gerede auf den Geist ging.

Lee lächelte verständnisvoll. Er beugte sich zu ihr und küßte sie sanft auf die Wange.

Carrie wußte, daß er sich um Doug keine Sorgen machte und die innere Anspannung für das Verhalten seines alten Kriegskameraden verantwortlich machte. Aber Carrie wußte auch, daß mehr als nur das dahintersteckte. Was ging nur in diesem eigenartigen Mann vor? Ein privates Problem? Etwas, worüber er wohl nie sprechen würde? Oder beschäftigte er sich insgeheim mit etwas, was weitreichende Konsequenzen haben könnte, womöglich sich sogar auf Lee und sie auswirkte? Sie am Ende in den Untergang führen könnte?

Um Punkt zweiundzwanzig Uhr dreißig bog der Impala in die Ox Lane ein, eine vornehme Wohnstraße, die am nordwestlichen Campusrand entlangführte und natürlich auch am Recard-Institut vorbeilief. Die Universität zu ihrer Linken erhob sich auf sanften Hügeln, sie lag hinter Bäumen und unter dem Schatten der Nacht verborgen. Zur Rechten drängten sich alte Villen zur Phalanx. Ja, genauso hatte Doug es beschrieben. Und so weit war alles nach Plan verlaufen. Doch zu ihrer großen Überraschung waren alle freien Plätze links und rechts der Ox Lane mit parkenden Autos zugestellt. Weit mehr Wagen, als hier Menschen wohnen konnten.

»Was ist denn hier los?« wollte Lee wissen.

Carrie entdeckte die Ursache sofort. Mit beunruhigter Miene deutete sie auf ein Gebäude am Ende des ersten Blocks, eine mehrgeschossige Villa inmitten eines umzäunten, parkähnlichen Gartens. Aus allen Fenstern des Hauses drang Licht, und die portalähnliche Tür stand trotz der eisigen Nacht weit offen. Fächerartig verbreitete sich bernsteinfarbenes Licht von der Türöffnung und beschien matt die schneebedeckte Zufahrt.

»Eine Silvesterparty!« entfuhr es Lee. Er wandte sich ängstlich an Doug, der im Schrittempo über die Ox Lane rollte. »Müssen wir jetzt den ganzen Plan umwerfen?«

»Nun ... eigentlich hätte ich damit rechnen sollen.« Er brachte den Wagen mitten auf der Straße zum Stehen. »Die meisten von diesen altehrwürdigen Villen werden von Langhorn-Leuten bewohnt, von Professoren, Dekanen und hohen Tieren in der Verwaltung. Natürlich ist immer einer von denen an der Reihe, Silvester eine große Party zu geben.« Er beobachtete ein junges Paar, das umständlich aus einem geparkten Wagen stieg, um die Abendgarderobe nicht zu zerknittern, und sich dann Hand in Hand auf den Weg zum hellerleuchteten Haus an der Ecke machte. »Ich glaube nicht, daß daraus ein Problem für uns erwächst«, schloß Powell.

Vermutlich bestand wirklich kein Grund zur Panik, sagte sich Carrie. Aber sie glaubte auch zu wissen, daß Powell jetzt, da sie so weit gekommen waren, seinen Plan nicht mehr aufgeben würde, komme, was wolle, er würde nicht davon ablassen. Selbst wenn das Institut von einem Polizeikordon umgeben gewesen wäre, hätte Doug noch einen Weg gesucht, um an den Computer zu gelangen.

»Vielleicht ist das sogar ganz gut für uns«, bemerkte Lee. »Die Party gibt uns Schutz. Niemand wird ans Fenster rennen, um nachzusehen, was wir hier draußen treiben. Man wird uns für Partygäste halten, die sich irgendeinen Silvesterschabernack erlaubt haben oder feuchtfröhlich den Heimweg antreten.«

»Wo ist das Institut?« fragte Carrie.

Powell zeigte auf ein viergeschossiges Gebäude mit großen, rechteckigen Fenstern. »Da drüben.«

Das Recard stand dreißig Meter von der Straße versetzt und erhob sich direkt gegenüber der Villa, in der man ins neue Jahr hineinfeiern wollte.

»Das gefällt mir nicht«, sagte Carrie.

»Es muß Ihnen ja auch nicht gefallen«, antwortete Powell barsch. »Alles, was Sie zu tun haben, ist, hier im Wagen zu warten und uns ungestört unsere Arbeit machen zu lassen.«

Sie setzte zu einer geharnischten Entgegnung an, als Lee ihre Hand nahm und fest drückte.

»Wird schon schiefgehen«, fuhr Doug fort. »Wir beide haben schon Schlimmeres überstanden, nicht wahr? Gott sei mein Zeuge, wir haben es gelernt, auf uns aufzupassen.« Dann schien er zu bedauern, daß er die Frau angefahren hatte, und er fügte hinzu: »Sehen Sie doch, die Leute sind alle betrunken. Und das ist ja auch ihr gutes Recht. Warum sonst geht man auf eine Silvesterparty, wenn nicht, um sich vollaufen zu lassen? An einem solchen Abend trinkt doch jeder ein oder zwei Gläser zuviel. Selbst wenn uns jemand von diesen Herrschaften sehen sollte, würde er sich morgen nicht mehr an uns erinnern. Außerdem ist es kalt, und die Leutchen werden sich tunlichst im Haus aufhalten. Und was tun sie dort? Sie feiern. Aber kaum einer wird auf die Idee kommen, stundenlang aus dem Fenster zu starren, um herauszufinden, ob in dieser Nacht jemand ins Recard einsteigen will. Männlein und Weiblein sind dort. Und was tun Männlein und Weiblein, wenn sie zusammen sind? Sie brüsten sich voreinander, scharwenzeln umeinander herum, flirten, was das Zeug hält, und versuchen, einander zu verführen ...«

Carrie seufzte. »Wir wollen endlich beginnen. Laßt uns die Sache hinter uns bringen, damit wir endlich von hier fort können.«

»Dafür wäre ich auch«, stimmte Lee zu.

Doug entdeckte kurz darauf fünfzig Meter von der Villa entfernt auf der rechten Straßenseite eine Parklücke zwischen einem Volkswagen und einem Thunderbird. Er setzte den Chevrolet rückwärts hinein, stellte die Räder gerade, schaltete die Scheinwerfer aus und ließ den Motor an.

Ein geisterhafter Schein von den weit auseinanderstehenden Straßenlaternen durchdrang das Fahrzeuginnere. Das Licht war zu matt, um ihre Gesichter hervortreten zu lassen. Passanten hätten schon an die Fensterscheibe herantreten müssen, um einen der Insassen zu erkennen.

»Hast du das Werkzeug?« fragte Powell leise.

Lee hob eine schwarze Tasche hoch, die er zwischen den Füßen auf dem Boden abgestellt hatte. Er stellte sie auf seinen Schoß und ließ den Schnappverschluß aufspringen. Er holte zwei Revolver heraus, zwei Colt Diamondbacks, Kaliber 38. Den einen reichte er Doug, den anderen schob er sich in die Manteltasche.

Carrie hatte die Waffen schon früher gesehen, als Powell in ihr Hotelzimmer gekommen war. Doch jetzt in der Nacht und im fahlen Laternenlicht, das nur schwach von den schwarzen Läufen reflektiert wurde, kamen sie ihr wie Todesbringer aus der Hölle vor. Sie fragte sich, ob es nicht ein großer Fehler von ihr gewesen war, Lee in seiner Absicht zu bestärken, bei Dougs Unternehmen mitzumachen. Sie hatte ihm tatsächlich gesagt, es sei das beste für ihn.

Powell bemerkte trotz der Dunkelheit ihre Furcht. »Machen Sie sich keine Sorgen«, erklärte er mit unerwarteter Freundlichkeit. »Wir werden sicher nicht in die Situation kommen, sie einsetzen zu müssen.«

»Warum lassen Sie die Dinger dann nicht zurück?« fragte sie schärfer als beabsichtigt.

»Weil jeder Wachmann uns auslachen würde, wenn wir ihn mit bloßen Händen bedrohten«, antwortete Powell. »Erst der Anblick von Revolverläufen wird ihn dazu bringen, nichts Dummes zu versuchen.«

Lee beförderte eine Schachtel mit Patronen aus der Tasche. Er und Doug luden die Waffen.

»Es ist Zeit«, sagte Powell. Er schob seinen Revolver ebenfalls in die Manteltasche, stieg aus und warf die Tür hinter sich zu.

Lee zögerte noch einen Moment. Dann beugte er sich zu Carrie. »Ich kann mir vorstellen, was du jetzt denkst. Du fragst dich, in was wir da bloß hineingeraten sind.«

Sie biß sich auf die Lippe und nickte dann.

»Beunruhige dich bitte nicht. Du hattest schon ganz recht mit der Bemerkung, daß wir eine solche Gelegenheit nicht ungenutzt verstreichen lassen dürfen.«

Sie küßte ihn auf den Mund. »Ich wünschte, ich könnte mit dir dort hineingehen.«

»Doug und ich können allein rascher, leiser und effektiver vorgehen«, entgegnete er leise. »Wir tun im Grunde nichts anderes, als unsere militärische Ausbildung im Zivilleben einzusetzen. Keine Bange, Schatz, du kommst noch früh genug zum Zuge.«

»Dann mach, daß du fortkommst«, brummte sie. »Du darfst deinen Freund nicht warten lassen. Bring die Sache hinter dich und komm dann so schnell wie möglich zu mir zurück.«

Er küßte sie und kniff zum Abschied ein Auge zu, als er die Tür öffnete. Beim Aussteigen packte er die Tasche.

Eiskalter Wind blies zu Carrie hinein.

Weil Lee beide Hände voll hatte, schloß sie die Tür hinter ihm. Das trübe Innenlicht des Wagens verlosch, und Carrie mußte sich wieder mit dem noch schwächeren Licht der Straßenlaternen begnügen. Sie war ganz allein.

Sie rutschte hinter das Steuer und beobachtete, wie die beiden Männer sich auf der Straße trafen und dann quer über den Campus von Langhorn liefen. Sie zeigten keine übertriebene Eile, marschierten aber zügig, wie sie das wohl noch vom Militär gewohnt waren. Wahrscheinlich wollten sie nicht auffallen. Jeder Renner oder Schleicher wäre in dieser Nacht der allgemeinen Fröhlichkeit einem zufälligen Beobachter merkwürdig vorgekommen. Carrie sagte sich, daß sie höchstwahrscheinlich die einzige war, die den beiden einen zweiten Blick nachsandte, wenn sie überhaupt von jemandem bemerkt wurden. Dennoch durften die beiden Männer sich nicht darauf verlassen, auch weiterhin unbeobachtet zu bleiben. So hatten sie ihre Kleidung darauf abgestellt, an einem solchen Abend wie alle auszusehen: Jeans, dicke, aber kurze Wintermäntel, lange Schals. Auf den ersten Blick hätte sie jeder für Studenten gehalten, die eine Party aufsuchen wollten oder aus irgendeinem anderen Grund die Ferien nicht zu Hause verbrachten.

Nach zwei oder drei Sekunden stapften sie schon über das schneebedeckte Gras auf dem Campus. Der Schatten nahm sich ihrer an, legte seine Falten und Tücher über sie, verschluckte sie.

Gut hundert Meter vom Recard entfernt hatten sie den Campus betreten. Sie umrundeten das Gebäude, um auf die der Ox Lane abgewandte Seite zu gelangen. Drei Laternen beleuchteten den Weg zum Computerzentrum. Carrie spähte durch die Nacht. Sie hoffte, Lee zu entdecken, wenn er in einen Lichtkegel der Laternen trat. Doch die beiden waren zu lange an der Front gewesen, um sich in der Dunkelheit ausmachen zu lassen. Carrie sah lange nichts mehr von ihnen.

Sie überblickte die Straße. Kein Wagen in Sicht. Offenbar waren alle Partygäste eingetroffen.

Sie verschob den Seitenspiegel, um den Weg zu betrachten, den sie gekommen waren. Keine Scheinwerfer, keine Passanten. Nur Dunkelheit, in der die Straße und die Bürgersteige verschwanden.

Jetzt begann für sie die lange Wartezeit.

Sie ließ ihre Gedanken treiben, und die kehrten bald, wie von einem Magneten angezogen, zum 26. Dezember zurück. Zum zweiten Weihnachtsfeiertag und der seltsamen Unterhaltung zwischen Lee und Powell, die sie durch einen Zufall mitangehört hatte.

Carrie hatte einen furchtbaren Schrecken bekommen, als die Männer schon recht bald auf Dougs Plan zu sprechen gekommen waren. Powell wußte, wie er Lee zu nehmen hatte, und bedrängte ihn nicht, sondern überließ es den Gedanken des Freundes, sich an die fantastischen Aussichten zu gewöhnen. Carrie hatte aber einen noch größeren Schock erlebt, als ihr wenig später zu Bewußtsein gekommen war, daß auch sie dieses Vorhaben faszinierend fand. Sie preßte sich an die Wand im dunklen Wohnzimmer und war nur wenige Zentimeter vom Eingang zur Küche entfernt. Sie kam sich plötzlich wie ein unartiges kleines Mädchen vor, das die Eltern belauscht. Und dann war sie kein kleines Mädchen mehr. Sie kam sich vor wie bei den Schwärmereien ihrer Pubertätsjahre, während Dougs perfektes Verbrechen in ihre Gedanken einsank. Gott, Powell schien an alles gedacht und seinen Plan bis ins letzte Detail ausgetüftelt zu haben …

Danach hatten sie und Lee noch stundenlang in der Küche gesessen und über diese Angelegenheit debattiert. Beide mußten zu ihrer großen Überraschung feststellen, welch kriminelle Energie in ihnen verborgen war, wie bedenkenlos sie an einer Verschwörung dieser ungeheuerlichen Größenordnung teilnehmen wollten.

Nun, Tage später war es soweit. Carrie wunderte sich immer noch über sich selbst, als plötzlich die Beifahrertür aufgerissen wurde und jemand in unerträglicher Fröhlichkeit ins Wageninnere brüllte: »Hallo! Wen haben wir denn da?«

Carrie fuhr zusammen und registrierte als erstes die kalte Nachtluft, die sie in einem Schwall traf.

Dann erblickte sie einen schmalen, hellblonden Mann. Er war Ende dreißig, beugte sich in den Wagen und grinste sie mit der blöden Miene eines schwer Angetrunkenen an. Geplatzte Äderchen zeigten sich in seinen blauen Augen. Seine Haare waren ein einziger Wirrwarr. Er trug einen dreiteiligen Anzug, hatte sich aber die Weste und den Hemdkragen aufgeknöpft.

Die Krawatte baumelte ihm vom Hals. Er erinnerte sie an eine Filmszene mit Red Skelton, in der der Blödelkomiker einen Besoffenen gemimt hatte. »Was machen Sie denn so allein in einer solchen Nacht?« grölte er und lachte, als hätte er einen guten Witz gemacht. Er öffnete die Beifahrertür weiter und wäre fast auf den Sitz gefallen. »Sie sollten lieber im Haus sein. Da geht nämlich gerade die Post ab!«

Carries Blick fuhr rasch über den dunklen Campus und kehrte dann zu dem Störenfried zurück. Das hatte ihr gerade noch gefehlt. Sie mußte ihn so schnell wie möglich loswerden. Aber wie brachte man einen stark Alkoholisierten dazu, zu gehen? »Sie meinen doch wohl nicht die Party dort drüben, oder?« begann sie vorsichtig.

»Klar, wo ist denn hier sonst noch was los?«

»Ich habe mich dort zu Tode gelangweilt«, erklärte sie.

Er verschluckte sich, stieß auf und blinzelte mehrmals, so als hätte er erhebliche Mühe, ihre Worte zu begreifen. »Haben Sie langweilig gesagt?«

»Genau, und Sie scheinen nicht anders darüber zu denken, sonst wären Sie ja nicht auch nach draußen gegangen«, entgegnete sie.

»War mir bloß zu heiß da drinnen«, lallte er und winkte mit einer ausladenden Armbewegung zum Haus. Er hatte Mühe, dabei sein Gleichgewicht nicht zu verlieren. »Da drinnen ist es so heiß wie in einem Backofen. Ich mußte einfach raus, sonst wär' ich erstickt.« Seine Miene, die eben noch völliges Unverständnis ausgedrückt hatte, verzog sich jetzt zu einem schiefen Lächeln. Schwankend bemühte er sich, einen Blick auf die Rücksitze zu werfen. »Haben Sie sich jemanden angelacht? Jemanden abgeschleppt? Hab' ich Sie vielleicht mitten in einem lustigen Spielchen gestört?«

Er war voll, nur wenig davon entfernt, sturzbesoffen zu sein. Der leichteste Fehler von ihr konnte ihn dazu bewegen, sich auf eine endlose Debatte oder ein launiges Gespräch einzulassen, sich geradezu dazu eingeladen zu fühlen. Vielleicht war es am besten, wenn sie gar nichts mehr sagte. Vielleicht würde er dann nach einer Weile frustriert abziehen.

»Oh«, brummte er, »ich scheine Sie wirklich gestört zu haben. Tut mir leid. Tut mir so, so leid. Wie kann ich das wiedergutmachen?« Sein Gesicht zerfiel in ein Dutzend Sorgenfalten. »Verdammt, daß mir so etwas auch immer wieder passieren muß. Bloß, weil ich meine verdammte Klappe nie halten kann. Es tut mir wirklich furchtbar leid, ich wollte Ihnen ganz gewiß nicht zu nahe treten.«

Carrie starrte stur geradeaus auf den Thunderbird, der direkt vor dem Chevrolet parkte.

»Denken Sie bloß nicht, daß ich Sie anmachen wollte, nein, ganz bestimmt nicht. Und wenn Sie diesen Eindruck gewonnen haben sollten, möchte ich mich von ganzem Herzen dafür entschuldigen ...« Seine Stimme erstarb. Er löste eine Hand von er Tür und rieb sich über das Gesicht. Dabei verlor er den Halt und landete auf dem Beifahrersitz. Kurz lichtete sich seine Miene auf, und er dachte daran, die Tür zuzuziehen.

»Einen Moment mal, mein Herr!« fuhr Carrie ihn an und ließ von ihrer Taktik des Schweigens ab, die in diesem Fall sowieso fehl am Platz war.

»Nicht! Bitte, verstehen Sie mich nicht falsch!« Er riß schützend die Hände vors Gesicht, so als erwarte er Schläge. »Ich kann doch nicht einfach abhauen und Sie mit dem Eindruck zurücklassen, ich sei ein Schuft! Ich kann Sie doch nicht in dem Glauben lassen, ich sei bloß nach draußen gekommen, um Sie auf ganz plumpe Weise anzumachen, nicht wahr? Ich habe schließlich einen Ruf zu verlieren ...« Er rülpste laut. »Oh, Verzeihung!« murmelte er und verzog das Gesicht, weil er sauer aufstoßen mußte. »Geben Sie mir wenigstens eine Minute, damit ich Ihnen alles erklären kann. Eine Minute, die müssen Sie mir schon zubilligen!«

»Sie brauchen mir nichts zu erklären ...«

»Nicht böse sein!« rief er, hob wieder die Hände vors Gesicht und rutschte dabei ein Stück tiefer in den Sitz. »Bitte, geben Sie mir eine Chance!« Seine Hände fielen kraftlos auf die Knie. Kurz darauf waren sie wieder in der Luft und massierten seine Schläfen mit einer Ausdauer, als suche er dort nach winzigen Splittern. »Davon abgesehen fürchte ich, ich krieg keinen ...« Er unterbrach sich und lachte schallend. »Nein, nein, ich komme nicht mehr hoch, wollte ich sagen ...«

»Hören Sie bitte ...«

»Nein, ich kann wirklich nicht!« beharrte er. »Zumindest in den nächsten Minuten nicht. Ich brauch' 'ne kleine Verschnaufpause, um meinen alten Kopf wieder in Ordnung zu bringen.«

Nein, sie brauchte keine Angst zu haben, daß er ihr zu nahe treten würde. Er war viel zu voll, um sie mit Gewalt zu etwas zwingen zu wollen.

Trotzdem mußte sie ihn loswerden, bevor Lee und Doug mit ihrem Raubgut zurückkehrten. Sie trug immer noch den langen Rock und den Sweater, und darüber einen Mantel mit Pelzkragen. Damit wäre sie vermutlich als Partygast gerade noch durchgegangen. Aber Doug und Lee hatten Jeans und buntkarierte Hemden an. Selbst einem Betrunkenen, wie ihrem ungebetenen Gast, wäre es eigenartig vorgekommen, was zwei solche Männer in einer Gesellschaft von Professoren und akademischen Würdenträgern verloren hatten.

»Sind Sie auch ganz bestimmt nicht wütend auf mich?« fragte er und sah sie von unten an.

»Nein.«

»Prima! Da bin ich aber froh.« Seine Finger stellten die Massage ein. Jetzt verschränkte er sie ineinander und ließ die Gelenke knacken. »Ich heiße übrigens Wilbur Harttle«, erklärte er. »Und wie heißen Sie?«

Carrie zögerte.

»Ich garantiere Ihnen, daß ich nichts von Ihnen will«, beschwor Harttle sie. »Nun kommen Sie, sagen Sie mir schon Ihren Namen.«

Carrie holte tief Luft. »Grace Kelly.«

Der Mann glotzte sie an. »Genau so wie der alte Filmstar?« Er schüttelte den Kopf. »Das ist ja gelungen.«

»Ja, denke ich auch«, sagte Carrie. Sie begriff, daß sie ihn kaum verscheuchen konnte. Panik stieg in ihr auf.

9

Der Wind fuhr wie ein Hexenbesen über das Land und zerrte an den nackten Ästen. »Wie Halloween«, dachte Lee.

Die beiden lagen auf dem Boden und achteten nicht auf die zwei Zentimeter dicke Schneeschicht unter ihnen. Sie lagen im tiefen Schatten, obwohl es ein Stück weiter den Hügel hinauf noch dunkler war. Kein Wachmann, der einen Blick aus einem Fenster des Recard werden würde, könnte sie entdecken.

Von ihrem Standort aus wirkte die dem Campus zugewandte Seite des Computerzentrums wie ein schwer befestigtes Fort. »Nun mach dir nicht ins Hemd«, sagte sich Lee, als ihm bewußt geworden war, welche Bilder ihm da in den Sinn kamen. Natürlich gab es Wege und Möglichkeiten, in das Gebäude zu gelangen. Selbstverständlich waren damit nicht die vier Glastüren des Haupteingangs gemeint. Denn die waren verschlossen und wurden außerdem beleuchtet; sehr gut beleuchtet sogar. Er und Doug wollten durch eines der langen, rechteckigen Fenster im Parterre ins Gebäude gelangen. Nur aus wenigen von ihnen kam Licht, und selbst hinter diesen hielt sich niemand auf.

»Hast du irgendwo jemanden gesehen?« fragte Doug leise.

»Meinst du in den beleuchteten Räumen?«

»Ja.«

»Nein, niemanden.«

»Ich auch nicht.«

Die Äste ratterten wie Skelette am Galgen.

»Warum willst du das wissen?« fragte Lee. »Denkst du, der Nachtwächter hat uns bemerkt und bereits ein Maschinengewehr und eine Bazooka gegen uns in Stellung gebracht?« In Vietnam hatten sie sich vor einem Gefechtseinsatz stets pessimistische oder grausame Witzchen erzählt. Damit lösten sie die Anspannung in sich und verhinderten, daß sie so verkrampften, bis sie nicht mehr klar denken konnten. »Vielleicht hat er ja auch ein Feldgeschütz aufgetrieben, mit dem er uns die Köpfe wegpusten will.«

»Kann man nie wissen«, brummte Doug kurz angebunden. Er schien nicht in der Stimmung für blöde Witzchen zu sein.

Während er auf dem Bauch lag und der Schnee seine Kleidung durchnäßte, dachte Lee zitternd an den entscheidenden Unterschied zwischen dieser Unternehmung und den Einsätzen im Krieg: In Südostasien hatten sie sich größeren Gefahren ausgesetzt. Doch in Vietnam hatten sie die Kameraden gehabt und Befehle befolgt. Hier hingegen stand niemand auf ihrer Seite. Sie hatten nur sich beide, und ansonsten stand alles und jeder gegen sie.

»Es ist soweit«, raunte Powell.

»Gehen wir nach Plan vor?«

»Ja, wir gehen genau nach Plan vor.«

Doug zog die Knie an und stand mit einem Satz auf den Füßen. Er rannte kaum hörbar über die vierzig Meter offenen Geländes, die ihn von der Fassade trennten. Dann kauerte er sich unter das linke einer Dreiergruppe von Fenstern.

Nun sprang Lee hoch und kauerte sich schließlich rechts von Powell auf den Boden. Vorsichtig schob er sein Gesicht hoch und spähte durch die Scheibe. Keine Vorhänge oder Jalousien behinderten seine Sicht; letztere war nämlich hochgezogen. Doch der Raum hinter dem Fenster lag in vollkommener Dunkelheit und gab nichts von seinen Geheimnissen preis.

»Die Tasche!« flüsterte Doug. Seine Stimme war leiser als der Wind.

Lee stellte sie zwischen ihnen auf den Boden und öffnete sie.

Powell wühlte im Inhalt herum und holte schließlich einen Gummisauger, eine Rolle Isolierband und einen billigen Glasschneider von zwanzig Zentimeter Länge heraus. Er legte die drei Gegenstände vor sich in den Schnee und sah dann auf seine Armbanduhr. »Zehn vor elf«, murmelte er. »Wenn es elf ist, sind wir drin. Mit ein bißchen Glück dürften wir eine halbe Stunde nach Mitternacht alles hinter uns haben und wieder draußen sein.«

Lee nickte. Er überblickte den Campus. Er erwartete, überall Uniformierte zu entdecken, die ihre Gewehre auf sie angelegt hatten.

Aber der Campus war immer noch menschenleer.

Natürlich bestand das Risiko, daß sie jetzt schon entdeckt würden, bevor sie überhaupt auch nur in die Nähe des Terminals gekommen waren. Wenn die motorisierte Universitätspolizei sich gerade jetzt zu einer Streife entschloß oder von einem Rundgang durch die Wohnheime der männlichen Studenten auf dem Hügel dort kam, könnte sie gar nicht anders, als Doug und Lee zu entdecken. Die Campusstraße führte so nahe an dieser Seite des Recard-Gebäudes vorbei, daß die Polizisten schon blind und taub sein müßten, um die beiden Eindringlinge zu übersehen.

Lee starrte so lange in die Schatten, bis er schon Bewegungen auszumachen glaubte, wo nichts war. (Kniete da nicht jemand hinter den drei dicht beieinanderstehenden Birken? – Lag da nicht ein großer Mann jenseits des Straßenrandes?) Einmal glaubte er sogar, den Schatten eines Streifenwagens zu erkennen, der sich mit ausgeschalteten Lichtern über den Hügel näherte. Die Insassen hatten ihre Waffen gezogen und richteten sie auf die Männer am Fenster. Lee schloß die Augen. Er hatte sich jetzt um genug andere Dinge zu kümmern. Da konnte er solche Hirngespinste nicht gebrauchen. Wieder glaubte er, mitten in der Halloween-Nacht unterwegs zu sein. Er wandte dem Campusgelände den Rücken zu und beobachtete Dougs Bemühungen an der Fensterscheibe.

Powell preßte den Gummisauger an die geeignete Stelle auf der zweieinhalb Meter hohen Glasscheibe. Dann ritzte er mit dem Glasschneider die Scheibe dicht am Metallrahmen auf. In der klirrenden Kälte waren seine Finger wie betäubt. Er machte links vom Sauger einen gut einen Meter langen Schnitt und verband dann die beiden vertikalen Schnitte mit einem horizontalen über dem Sauger. Zum Schluß ritzte er die Scheibe am unteren Rahmen einen Meter weit auf.

›Wo hat Doug diese Technik gelernt?‹ fragte sich Lee. ›Ganz bestimmt nicht in der Armee, und erst recht nicht auf dem College. Gehörte das vielleicht, wie so viele andere Dinge, zu dem, was er Dunio abgeschaut hatte? Gehörte so etwas zu den Fähigkeiten, die ein Schmuggler beherrschen mußte? Wie hatte Doug eigentlich zu Dunio gestanden? Hatten sie sich nur ein paarmal unterhalten, oder war er gar sein Assistent gewesen?‹

Powell ließ den Glasschneider in den Schnee fallen und griff wieder in die mitgeführte Tasche. Er entnahm ihr eine Flasche aus Aluminium, die mit einer Düse aus dem gleichen Metall versehen war. »Säure«, erklärte er Lee. »Sie greift die Silikat-Moleküle in den Schnitten an, die ich eben gemacht habe. Mit diesem Zeugs stelle ich sicher, daß die Schnitte ganz durchgehen.«

Lee war so verblüfft, daß er nur nicken konnte.

Powell hielt die Flasche so, daß weder er noch Lee etwas von der Säure ins Gesicht bekommen konnten, und sprühte dann die Flüssigkeit säuberlich über alle vier Schnittlinien. Endlich stellte er die Aluminiumflasche ab und wartete eine Minute. Nun packte er den Stiel des Gummisaugers, zerrte daran und brach schließlich ein über einen Quadratmeter großes Stück Glas aus der Scheibe. Er legte das Stück weit von sich entfernt auf den Boden, damit er nicht aus Versehen darauftreten würde.

»Doppelfenster«, flüsterte er mehr zu sich selbst und klopfte mit dem Zeigefinger auf die Innenscheibe.

»Ich dachte, du kennst dich hier aus!« entfuhr es Lee. »Hast du denn nicht mit so etwas gerechnet?«

Powell nickte langsam. »Doch, natürlich. Hier müssen wir sehr vorsichtig sein. Die zweite Scheibe ist mit einem Alarmsystem bestückt. Siehst du den dünnen Draht, der über alle vier Rahmenseiten verläuft? Da kann ich nicht einfach drauflosschneiden.«

»Wird es lange dauern?«

»Nein, mach dir darüber mal keine Sorgen.«

Lee brach den Vorsatz, den er sich eben gestellt hatte. Er drehte sich um und starrte auf den nächtlichen Campus.

Noch immer war niemand zu sehen.

Lee zitterte. Das Schaudern war jedoch mehr inwendig als auf seiner Haut.

Powell war soweit und brach ein Stück Glas aus der zweiten Scheibe. Es war nicht ganz so groß wie das aus der ersten. Er legte es wieder weit von sich entfernt auf den Boden und löste den Gummisauger.

Der nächste Schritt stand bevor.

Lee stieg vorsichtig durch die Lücken und befand sich endlich im Recard-Institut. Der Temperaturunterschied war so groß, daß er gleich in Schweiß ausbrach. Die Luft hier roch nach Kreidestaub und Bohnerwachs. Er nahm die Tasche entgegen, die Doug ihm hereinreichte. Dann trat er einen Schritt zurück, um den großen Mann einsteigen zu lassen.

Lange Sekunden sprach keiner von ihnen ein Wort.

Die hochgezogene Jalousie ratterte im Wind, der jetzt durch die Fensterlöcher fuhr. Lee glaubte im ersten Moment, jemand feuere in nächster Nähe eine Maschinenpistole ab. Er packte die Schnur und zog die Jalousie hoch, bis sie in ihrer Verankerung hing. Dort konnte der Wind sie nicht mehr sehr stark bewegen.

Nun war wieder alles still. Lee lauschte, wie sein Herzschlag sich langsam wieder beruhigte.

»Komm, wir müssen weiter«, drängte Powell kaum hörbar.

Er zog eine dünne Taschenlampe aus seinem Mantel. Er hatte die ohnehin schon kleine Linse zu drei Vierteln mit Isolierband überklebt. Als er sie einschaltete, drang nur ein bleistiftdicker Lichtstrahl aus der Lampe. Er ließ ihn über Wände und Schränke wandern.

Sie befanden sich in einem größeren Raum, der ein Dutzend Zeichentische nebst ebenso vielen Stühlen, Papierkörben und kleinen Schränken enthielt, in denen die Zeichenutensilien untergebracht waren. Über jedem Tisch hing von der Decke eine Lampe. Darüber hinaus fand sich hier das Pult des Lehrers, eine große Tafel und all die sonst übliche Einrichtung einer Zeichenklasse.

»Hier wird Computer-Design unterrichtet«, erklärte Powell leise. »Und hier üben sie sich auch im Konstruktionszeichnen. Ich erinnere mich gut an diesen Raum. Wenn wir durch die Tür gekommen sind, müssen wir uns nach links wenden. Der Raum des Wachmanns liegt in derselben Richtung in der Eingangshalle.«

»Und wenn er gerade seine Runde macht?« fragte Lee. »Wenn er sich gerade in einem anderen Stockwerk befindet?«

»Dann warten wir, bis er zurückkommt.«

Doug schaltete die Taschenlampe aus und marschierte auf die Tür zu. Lee hielt ihn auf: »Warte, die Masken.«

Powell blieb stehen und griff in die Innentasche seines Mantels.

Lee zog ebenfalls seine Maske heraus. Es war eine ganzgesichtige Koboldfratze, die Carrie vor zwei Tagen in einem Kostümladen in Manhattan gekauft hatte. Lee trug engsitzende Schweinslederhandschuhe, und mit diesen hatte er einige Mühe, sich die Gummimaske über den Kopf zu ziehen. Endlich kam er auf die Idee, wenigstens die Werkzeugtasche abzustellen. Nach zwei Minuten des Zerrens, Ringens und Schiebens saß die Maske endlich. Von nun an hatte jeder Atemzug einen starken Beigeschmack von Latex.

»Ich muß noch mal die Taschenlampe einschalten«, verkündete Doug. »Denn ich weiß nicht, ob die Augenlöcher richtig sitzen.«

Als der dünne Lichtstrahl erschien, betrachtete Lee den Freund und wurde mit einer grinsenden Vampirmaske konfrontiert, aus deren Mundwinkel zwei lange Zähne ragten. »Es ist tatsächlich Halloween«, lächelte er.

»Was hast du gesagt?« fragte Powell.

»Vergiß es, es war nicht wichtig.«

Doug schaltete die Taschenlampe aus. Seine Gummizähne leuchteten in der Dunkelheit grün und unheimlich.

Lee öffnete die Tür des Klassenzimmers. Sie schlichen durch den

Korridor, Lee an der linken und Doug an der rechten Wand entlang. Sie sahen sich sorgfältig um. Niemand außer ihnen hielt sich hier auf. Nur die mittlere der drei Neonröhren an der Decke brannte. Das Licht flackerte, aber es reichte für die beiden aus, sich hier zurechtzufinden.

Sie wandten sich nach links und liefen jetzt nebeneinander. Beide hielten den Revolver feuerbereit hoch. Man hätte sie für einhändige Wünschelrutengänger halten können, die sich zusammengetan haben, um gemeinsam ihrer Sache nachzugehen.

Sie waren noch gut zehn Meter von der Eingangshalle entfernt, als sich plötzlich zu ihrer Linken eine Tür öffnete und der Wachmann in die Halle marschierte.

Er war ein großer Mann, hatte aber hängende Schultern und einen nicht zu übersehenden Bauch. Er war Ende fünfzig, und seine beste Zeit lag sicher dreißig Jahre zurück. Der Mann trug eine blaue Uniform und eine Kappe in derselben Farbe. An seiner linken Seite hing ein Pistolenholster. Er war so überrascht, die beiden Männer zu erblicken, daß ihm als erstes nichts Besseres einfiel, als den Mund aufklappen zu lassen.

»Keine Bewegung«, fuhr Powell ihn an und näherte sich ihm mit erhobenem Revolver. Der Lauf der Waffe war auf den Bauch des Nachtwächters gerichtet.

Der Mann taumelte ein, zwei Schritte zurück und streckte in einem Reflex die Hand nach seiner Waffe aus. Doch er besann sich rasch eines Besseren und hob zögernd beide Hände.

»Guter Junge«, lobte Doug.

»Was immer ihr Komiker auch im Sinn haben mögt«, keuchte der Wächter, »ihr kommt damit nicht durch!«

Powell brach in schallendes Gelächter aus. Lee fürchtete schon, der Freund sei hysterisch geworden.

10

Lee begriff, daß der Wachmann weder dumm war noch so untrainiert, wie er auf den ersten Blick gewirkt hatte. Trotz seines Bierbauchs und den hängenden Wangen machte er jetzt einen brutalen und gefährlichen Eindruck. Seine Augen wurden halb von ledrigen Fleischfalten begraben, und um den Mund zogen sich harte Züge.

Davon abgsehen wirkte er überheblich und machte Miene, sich

nicht irgendwelchen maskierten Clowns zu ergeben. Typen wie er wurden in High-School-Footballmannschaften als Knochentreter und rücksichtslose Stürmer eingesetzt, waren in der Armee die schlimmsten Schleifer und gehörten in Polizeiuniform zu denjenigen, die ihre Umwelt schikanieren. Wenn Doug und Lee ihn falsch anpackten, würde er bestimmt nicht zögern, den Helden zu spielen.

Als Powell die Pistole aus dem Holster des Wächters zog, fragte Lee: »Wie heißen Sie?«

Der Mann starrte auf seine Pistole in Dougs Hand. Seine Augen funkelten böse, als er brummte: »Rickart.«

»Und der Vorname?« wollte Lee wissen.

Der Wächter verzog das Gesicht. »John.«

Lee sah ihm direkt in die Augen. »John, ich weiß, daß Sie zu den Männern gehören, die eine Situation wie diese nicht leicht zu akzeptieren bereit sind. Sie haben es noch nie zugelassen, daß jemand über Sie hinwegtrampelt. In diesem Augenblick sind Sie stinkwütend auf uns und auf sich selbst. Doch leider ist das alles nun einmal geschehen, und wir wollen uns bemühen, das Beste daraus zu machen.« Lee bemerkte zu seiner Erleichterung, daß seine Worte langsam Eindruck auf den Wächter machten. »Niemand wird Sie für einen Versager halten, bloß weil wir Sie entwaffnet haben. Sehen Sie es doch einfach so: Wir sind in der Überzahl, sind mit doppelt so vielen Revolvern hierhergekommen.«

Allmählich löste sich die Spannung in Johns Körper und auf seinem Gesicht. Die Blässe auf seinem Gesicht verging, und der harte Blick seiner Augen schwächte sich deutlich ab.

»Sind wir zum Kaffeekränzchen hergekommen?« fragte Powell sarkastisch.

»Nur die Ruhe, Freund«, sagte Lee rasch.

»Die Zeit läuft uns davon!« sagte Doug.

»Nein, bis jetzt läuft alles bestens.«

Der Wächter mußte vor ihnen hergehen, und sie dirigierten ihn in einen kleinen Abstellraum ohne Fenster, in dem sich allerlei Hausmeisterwerkzeuge befanden. Dort mußte er sich mitten auf den Boden legen. Er wurde umrahmt von großen Plastikflaschen voller Reinigungsmittel, Lösungsmittel und Bodenwachsen. Während Powell die Waffe auf den Mann richtete, band Lee ihm mit dem Isolierband die Hände auf dem Rücken zusammen. Dann zog er dem Wächter Schuhe und Strümpfe aus und fesselte ihm die Fußgelenke.

»Alles klar«, erklärte Lee. »Du kannst jetzt los.«

»Du weißt, wo du mich findest, sobald du hier alles erledigt hast?« fragte Doug zur Sicherheit. Aber er wartete die Antwort gar nicht erst ab, sondern fuhr gleich fort: »Im ersten Stock.«

Damit verschwand er.

Rickart lag auf seinem wohlgepolsterten Bauch. Lee band ihm ein zweites Mal die Hände und achtete jetzt darauf, daß der Gefangene sie nicht lösen konnte. »Entweder habt ihr beide schon zuviel getrunken«, brummte der Mann, »oder ihr müßt komplett wahnsinnig sein!«

»Vermutlich«, gestand Lee leise.

»Was gibt es an einem Ort wie diesem denn schon, was einen solchen Aufwand rechtfertigen könnte?«

Lee gab ihm keine Antwort.

Doch in Rickart war die Neugier erwacht, und die wollte er unbedingt befriedigen. »Ich meine, hier gibt es keine Kasse. Zumindest in diesem Gebäude nicht. Und Pelze, Juwelen und ähnliches sucht man hier auch vergebens. Was könnte einen Einbrecher hierherlocken?«

Lee band ein großes Stück Isolierband um die Unterschenkel des Mannes, um ihn daran zu hindern, durch Rucken und Zerren der Unterschenkel die Fessel an seinen Füßen zu lösen und womöglich sogar zu zerreißen.

Rickart war immer noch von Neugier geplagt, und unzählige Fragen gingen ihm durch den Kopf. »Sie beide kommen mir immer weniger wie zwei Studenten vor, die sich einen Silvesterspaß erlauben wollten und deshalb hier eingedrungen sind.«

»Da liegen Sie ganz richtig, John«, antwortete Lee. »Solche dummen Streiche pflegen wir nicht zu spielen. Wir mögen alles mögliche sein, bestimmt aber keine Vandalen.«

Der Wachmann verdrehte den Kopf und rollte mit den Augen, bis er ein Stück von der Koboldmaske erblicken konnte. »Aber wer sind Sie dann? Und was wollen Sie hier?«

»Im Augenblick will ich nicht mehr und nicht weniger, als Sie zu knebeln und dann zu meinem Freund im ersten Stock zu eilen. Versprechen Sie mir bitte, nicht zu versuchen, mich zu beißen, ja?«

Rickart gefiel diese Vorstellung für einen Moment, dann aber meldete sich sein Verstand zu Wort und erklärte, daß er dabei nur verlieren konnte, daß er seine Lage nur verschlechtern konnte, wenn er jetzt anfing, sich zu wehren. Er starrte auf die Augenlöcher in der Koboldmaske. Lee versiegelte ihm mit vier Klebebandstreifen den Mund.

In einem Monolog, der kein Ende nehmen wollte, erklärte Wilbur Harttle, daß er ordentlicher Professor für Englische Literatur an der Universität von Langhorn sei, daß er ein alter Herr bei der angesehendsten Burschenschaft am Campus sei, daß er als Berater bei der Studentenzeitung dieser Universität tätig sei. Darüber hinaus erfuhr Carrie: Er war neununddreißig, war mit einer frigiden Hexe namens Mary Ellen verheiratet, war bereits viermal in Europa gewesen, fuhr einen Jaguar 2+2, für den er seit seiner Jugend geschwärmt und für den er sich so krummgelegt hatte, daß ihm fast das Rückgrat zerbrochen war, und er war momentan so voll wie tausend Mann.

»Aber ich glaube, Sie sind nicht betrunken«, lallte er. »Sie sehen sogar so aus, als hätten Sie den ganzen Abend noch keinen Tropfen Alkohol zu sich genommen.« Ihre Abstinenz schien auf ihn wie eine persönliche Kränkung zu wirken.

»Ich habe tatsächlich noch nichts getrunken«, antwortete Carrie kühl, während sie in Gedanken fieberhaft nach einer Möglichkeit suchte, den Kerl loszuwerden.

»Na, da wundert es mich aber nicht, wenn Ihnen die Party langweilig vorgekommen ist«, erklärte er übergangslos leutselig. Er streckte ungelenk einen Arm aus, um ihr auf die Schulter zu klopfen.

Sie zog sich so weit von ihm zurück, wie es ihr nur irgend möglich war.

Er schien ihren Widerwillen nicht zu bemerken, denn er rückte noch näher heran. »Warum gehen wir zwei Hübschen nicht wieder ins Haus und genehmigen uns zwei gute, altmodische Wodka-Martinis?«

»Nein, vielen Dank.«

»Na, nun kommen Sie schon«, grinste er blödsinnig, verhakte seine Finger in ihrem Mantelärmel und zog an ihr.

»Ich möchte wirklich nicht!«

Er beugte sich über sie und glotzte sie im fahlen Licht böse an. »Ehrlich, Grace, soll ich Ihnen was sagen?«

»Tun Sie, was Sie nicht lassen können.«

»Ich glaube, Sie mögen mich nicht.«

Sie wollte ihm gerade erklären, daß sie ihn für einen feinen und netten Mann hielt, den jede Frau gern kennenlernen wollte, als ihr einfiel, daß sie ihn jetzt vielleicht aus dem Wagen bekommen könnte. »Wenn Sie die Wahrheit hören wollen«, antwortete sie, »Sie sind nicht im mindesten mein Typ.«

»Wußt ich's doch!« sagte er zerknirscht. »Sie sind immer noch sauer auf mich, weil ich Ihnen eben ungewollt zu nahe getreten bin.« Er rülpste laut und entschuldigte sich gleich dafür. »Aber ich schwöre Ihnen bei allem, was mir heilig ist, daß ich Ihnen nicht zu nahe treten wollte!«

»Das ist es nicht«, sagte Carrie müde. »Es ist nur so, daß ich Trinker nicht mag. Nicht mehr und nicht weniger.«

Harttle nickte heftig. »Geht mir ganz genauso, ehrlich! Ich ... Moment mal! Sie halten mich doch wohl nicht für einen Trinker?«

»Sind Sie das denn nicht?« fragte sie schnippisch.

»Aber ganz im Gegenteil!« widersprach er in aller Ernsthaftigkeit. »Doch dieses Silvester, wo ein wirklich verfluchtes Jahr hinter mir liegt ... Gott sei Dank, daß es vorüber ist. Schlimmer kann es kaum noch kommen!« Verblüfft ließ er ihren Ärmel los, schien sich zu wundern, wo seine Hand plötzlich herkam. Während er die Hand noch betrachtete, schaltete er mit der anderen das Autoradio ein.

»Was machen Sie denn da?«

»Pscht!« Er suchte so lange, bis er einen Kanal mit traditioneller Tanzmusik gefunden hatte. »He! Hören Sie das? Das ist Guy Lombardo! Wann hört man schon mal den guten alten Guy Lombardo, außer an einem Silvesterabend? Den Rest vom Jahr nähen sie ihm die Lippen zu, legen ihm zwei Pennies auf die Augen und schieben ihn in seinen Sarg zurück.« Er lachte nicht über seinen Witz, sondern summte ein paar Takte mit. »An Silvester darf man niemandem vorwerfen, er sei ein Trinker, bloß weil er mehr als ein Gläschen trinkt. Herrgott, an Silvester verwandelt sich jeder in einen Trinker.«

Sie schaffte es einfach nicht, ihn wütend zu machen. Er gehörte offenbar zu dem Typ von Trinker, der nach reichlichem Alkoholgenuß nicht aggressiv wurde, sondern am liebsten die ganze Welt umarmt hätte.

»Wie wär's mit einem Tänzchen?«

»Was?«

»Ein Tänzchen!« Er setzte sich halbwegs aufrecht hin und grinste. »Wir könnten die Türen öffnen, das Radio bis hinten aufdrehen und dann auf dem Bürgersteig tanzen.«

»Ich glaube nicht, daß ich das möchte«, erklärte Carrie. »Aber wenn es Sie so drängt, das Tanzbein zu schwingen, sollten Sie besser zur Party zurückkehren.«

»Ach was!« rief er und sackte wieder zusammen. »Bei Ihnen gefällt es mir viel besser. Gut, dann tanzen wir nicht. Dann sitzen wir eben hier zusammen und unterhalten uns.«

»Wird Mary Ellen sich nicht fragen, wo Sie abgeblieben sind?« startete Carrie einen neuen Versuch.

»Wer?«

»Ihre Frau.«

»Ach, die.«

»Ja, genau die.«

Er lachte schallend. »Soll die alte Kuh sich doch nur fragen, wo ich abgeblieben bin! Ist mir so was von egal! Tut ihr sicher ganz gut, wenn sie sich mal Sorgen um mich macht! Vielleicht begreift sie dann endlich einmal, daß ich mich nicht wie einen alten Schuh behandeln lassen will!«

Einige Monate nachdem Lee die Psychotherapie begonnen hatte, meinte Dr. Slatvik bei einer Sitzung, daß durchaus ein Zusammenhang zwischen Lees Impotenz und dem übermächtigen Gefühl der Ohnmacht und Hilflosigkeit, das er oft genug in Vietnam erlebt hatte, bestehen könnte. Unbewußt habe er sich seitdem als Spielfigur gesehen, die nach den Launen eines Spielers, auf den er nicht die geringste Einflußmöglichkeit habe, über das Brett hin und her geschoben werde. Sein Eintritt in die ›Veterans Against the War‹ und seine häufige Teilnahme an Friedensdemonstrationen seien nichts weiter als ein Versuch, die unheimlichen Mächte, die sein Leben beherrschten, abzuschütteln und gleichzeitig die Kontrolle über sich selbst zurückzugewinnen. Dummerweise hätten weder die VAW noch die Demonstrationen bislang etwas bewirken können; schließlich sei der Krieg ja noch im Gange. Somit sah Lee wiederum sein Tun als fruchtlos an, und das Gefühl der Hilflosigkeit in ihm fand neue Nahrung. Vielleicht – so Slatvik damals – wenn er neues Vertrauen in seine eigene Fähigkeit gewinnen würde, sein Leben zu meistern, würde er feststellen, daß seine Impotenz nicht unüberwindlich war.

Als Lee die Tür der Abstellkammer schloß, in der der gebundene und geknebelte Wachmann lag, wuchsen Selbstvertrauen und Machtgefühl ein wenig in Lee. Zum ersten Mal seit vielen Jahren erlebte Lee Ackridge wieder ein Gefühl von Persönlichkeit und eigener Würde.

Er lächelte unter der Gummimaske, als er über die Haupttreppe zum ersten Stock hinaufeilte.

Oben angekommen, entdeckte er eine halbgeöffnete Tür, auf der ein Schild verkündete:

Datenzugang
Verbindung zum Verteidigungsministerium:

Öffentlich zugängliche Daten
der US-Regierung

Nur für geschulte Operators
Nur RICS-Projekte

Lee schob die Tür auf und gelangte in einen Raum, der zehn mal zehn Meter maß. Eigenartigerweise roch die Luft hier drinnen nach Keller; das lag vielleicht daran, daß der Raum über kein einziges Fenster verfügte. Die Decke war niedrig und mit viereckigen und porösen weißen Schallschutzplatten beklebt. Alle vier Wände waren von Aktenschränken voller Programmkarten, Listen und Verzeichnissen von Bändern, Computerkonsolen, Monitoren und den neuesten Teleprinter-Modellen bedeckt. Lee kam sich vor wie im unterirdischen Kommandostand in einem Atomkriegsfilm.

»Hast du dich ausreichend um unseren lieben Freund John Rickart gekümmert?« fragte Doug. Er saß auf einem drehbaren Schreibtischsessel vor einer der Konsolen. Als Lee hereingekommen war, hatte er sich mit dem Stuhl umgedreht, um seinen alten Kumpel anzusehen.

»Der macht uns keinen Ärger.«

Powell lachte. »Er hätte uns liebend gern am Arsch gepackt. Kompliment übrigens, wie du ihn angegangen bist. Sehr gut war das. Wenn es nach mir gegangen wäre, hätte ich ihm die Flausen schon ausgetrieben. Aber vermutlich hätte es dann auch einiges Blutvergießen gegeben. Und das wäre unserer Sache nicht sehr dienlich gewesen.«

Lee nickte.

»Du kannst deine Maske ruhig abnehmen«, erklärte Doug und grinste breit. Er hatte sich sein Vampirgesicht bereits vom Kopf heruntergezogen. Es baumelte an einem Gummiband vor seiner Kehle. Die Fangzähne wirkten so, als wollten sie jeden Moment in seine Brust stoßen.

Lee zog sich die Maske vom Kopf.

»Komm her«, forderte Powell ihn auf, »ich will dir etwas zeigen.«

Lee durchquerte den Raum, bis er neben Dougs Sessel vor der Primär-Konsole stand. »Was ist denn los?«

»Keine Bange. Alles ist perfekt! Alles läuft super!« Powells strahlende Miene löste bei Lee Besorgnis aus. Was wie Begeisterung aussehen sollte, ähnelte vielmehr dem Wahnsinn.

Behalte ihn im Auge, hatte Carrie Lee gewarnt. Hatte sie diesen Zug an Powell bereits vorher bemerkt?

Unsinn, er hatte in Vietnam elf Monate an der Seite dieses Mannes verbracht. Mehr noch, Doug war sein bester Freund gewesen. Powell war höchstens etwas nervös. Und das war ja auch nicht weiter verwunderlich.

»Ich habe eine Verbindung zum Pentagon-Computer hergestellt«, erklärte Doug.

Ein warmer Schauer der Erregung strömte durch Lee.

»Ich möchte es dir einmal kurz demonstrieren«, fuhr Powell fort.

»Was denn demonstrieren?«

Doug zeigte auf einen Spiralblock, der aufgeschlagen auf der Arbeitsfläche neben dem Konsolen-Panel lag. »Ich habe mich der Daten des Recard-Institutes bedient und bin dabei ein wenig das nichtklassifizierte Material durchgegangen. Sind ein paar ganz spaßige Sachen darunter.«

Lee verstand nicht, warum sie ihre Zeit mit nicht geheimgehaltenen Daten verschwendeten, die ohnehin jedermann zur Verfügung standen. Sie waren doch in dieses Institut eingebrochen, um an die wirklichen Top-secrets zu kommen. »Spaßig? Was meinst du damit?«

Powell räusperte sich, bevor er antwortete: »Das Pentagon-Computersystem verfügt über eine Einrichtung, mit der es seine Schaltkreise zwecks Funktionsüberprüfung durchchecken kann. So vermag es unter anderem, zwei Millionen Einheiten in weniger als drei Sekunden zu überprüfen. Das ist nichts Besonderes. Jeder bessere Computer ist ebenfalls dazu in der Lage.« Er hielt die Finger über einige Dutzend Tasten der Konsole ausgestreckt. Er wirkte wie ein Schreibmaschinenkünstler, der im nächsten Sekundenbruchteil mit seiner Arbeit beginnen will. Allerdings trug ein Sekretär normalerweise keine Handschuhe bei der Arbeit. »Doch das Pentagonsystem vermag darüber hinaus auch die Theorie und Praxis hinter seinem Design und seiner Konstruktion zu analysieren. Anders ausgedrückt ... na gut, ich will es einmal volkstümlich ausdrücken: Dieses System kann sich sowohl selbst untersuchen, und zwar auf Herz und Nieren, als sich auch selbst eine Heilkur verschreiben. Seine Datenbänke sind voller Programme, die mit der Analyse seines eigenen Tuns, seiner Funktionen, seiner Zugangsmöglichkeiten, seiner Verläßlichkeit, seiner Belastbarkeit und so weiter angefüllt sind ...«

»Okay«, sagte Lee, »ich glaube, ich verstehe. Man kann ihm also Fragen über ihn selbst stellen.«

»Ganz genau«, bestätigte Doug. »Nun ... ich habe eben das Programm abgerufen, bei dem es um die Verläßlichkeit des Computers bei Ausgabe und Verbreitung von Top-secret-Informationen geht. Als ich noch am Recard studierte, haben ein paar Mädchen aus meiner Klasse dieses Programm entwickelt. Natürlich ist es nicht klassifiziert und kann daher von uns abgerufen werden.« Powell zeigte auf drei Bildschirme mit einem Durchmesser von dreißig Zentimetern, die über der Konsole in der Wand eingelassen waren. »Meine Fragen erscheinen auf dem linken Bildschirm, die Antworten des Computers erscheinen auf dem mittleren.«

»Ich verstehe nicht ganz, was dieses Programm mit unserem Plan zu tun hat«, bemerkte Lee. »Du hast doch gesagt, es sei nicht klassifiziert, also jedermann zugänglich.«

»Betrachte es einfach als hübsche kleine Einstimmung auf unsere Arbeit«, grinste Doug.

»Dann laß mal sehen.«

Powell warf einen Blick in den Spiralblock und prägte sich die Abruffolge ein. Dann drückten seine wartenden Finger die entsprechenden Tasten.

Auf dem linken Bildschirm tauchten helle, weiße Buchstaben vor einem etwas diffusen grünen Hintergrund auf:

HALSEY-BRETT ANFRAGE
33/4/5692/22

ALLGEMEINE ANFRAGE
NACH SICHERHEITSDATEN

Fast im selben Augenblick, als das letzte Wort auf dem linken Bildschirm erschien, leuchtete in ebensolchen Buchstaben auf dem mittleren Bildschirm die Antwort auf, die nur aus einem Wort bestand:

PROCCED

»Nun zu unserer ersten Frage«, freute sich Doug. Er drückte etliche Tasten, löschte damit die Anfrage und gab einen neuen Text ein.

Links leuchteten Buchstaben auf:

WIE HOCH IST MÖGLICHKEIT
UND WAHRSCHEINLICHKEIT DASS
NICHT AUTORISIERTE PERSONEN AN
KLASSIFIZIERTES MATERIAL
VOM PENTAGON-COMPUTER
GELANGEN KÖNNEN?

Die Antwort war kurz, aber deutlich:

MÖGLICHKEIT 00,00001
WAHRSCHEINLICHKEIT ZERO

Powell sah Lee an und lachte laut: »Der Bursche ist sich seiner ziemlich sicher, was?« Er wandte sich wieder dem mittleren Bildschirm zu. »Na ja, es ist schließlich nicht ein Fehler der armen Maschine. Sie ist durch die Konzeptionen der Menschen limitiert, die sie programmiert haben.« Er drückte ein paar Tasten, und die Bildschirme waren wieder leer.

Dann erschien auf dem linken ein neuer Text:

WELCHE SICHERHEITSVORKEH-
RUNGEN RECHTFERTIGEN DIESE
WERTE FÜR MÖGLICHKEIT UND
WAHRSCHEINLICHKEIT?

Lee mußte sich eingestehen, daß ihn die erste Antwort des Computers etwas entmutigt hatte. Nach dessen Auskunft war es ausgeschlossen, daß nicht sicherheitsüberprüfte Personen an klassifizierte Daten gelangen konnten. Das Interesse in ihm war jedoch geweckt, und so verfolgte er jetzt aufgeregt, was als Antwort auf dem mittleren Schirm erschien:

LISTE DER SICHERHEITS-
VORKEHRUNGEN

START LISTE:
ITEMS 1–2

ITEM 1: SICHERHEITSDATEN
SIND GELAGERT IN SEPARATEN
BÄNKEN DIE SICH VON DENEN

FÜR NICHT KLASSIFIZIERTE DATEN
UNTERSCHEIDEN
ITEM 2: SICHERHEITSDATEN
SIND NICHT ZUGÄNGLICH PER
EINGABE IM SELBEN BINÄREN CODE
DER ZUGANG ZU NICHT KLASSIFIZIERTEN
DATEN ERMÖGLICHT.

»Kommst du mit?« erkundigte sich Doug. »So ziemlich«, murmelte Lee. Der mittlere Bildschirm glühte eine Sekunde lang und wurde dann leer. Ein neuer Text begann dann in der obersten Zeile:

LISTE DER SICHERHEITS-
VORKEHRUNGEN:

FORTSETZUNG LISTE:
ITEMS 3–4

ITEM 3: ZUGANG ZU SICHER-
HEITSDATEN IST CODIERT
BESITZ DES CODES IST BE-
GRENZT AUF NEUN PERSONEN
DIE FÜR DATEN ALLER KLASSI-
FIZIERUNGEN ÜBERPRÜFT SIND
ITEM 4: PENTAGON SYSTEM IST
AUSGESTATTET MIT BLOCKER
DER ALS ALARM WIRKT
WENN SICHERHEITSDATEN AN-
GEFRAGT WURDEN OHNE VOR-
HERIGE EINGABE DES RICHTI-
GEN CODES.

Nach dem Erscheinen der letzten Zeile hielt sich die Message noch sechs Sekunden, bevor sie automatisch erlosch. Dann tauchten erneut Buchstaben auf dem mittleren Schirm auf.

»Das geht wohl noch bis morgen früh so weiter«, sagte Powell. Er tippte ein paar Tasten, und schon waren die Bildschirme wieder leer. Dann gab Doug eine neue Anfrage in den Computer ein, auf die er eine Antwort erwarten durfte.

WIE VIELE ITEMS ENTHÄLT
LISTE DER SICHERHEITSVOR-
KEHRUNGEN?

Die Antwort erfolgte im nächsten Augenblick:

LISTE DER SICHERHEITSVOR-
KEHRUNGEN ENTHÄLT 24 ITEMS.

Powell lächelte in sich hinein. Als er sprach, redete er weniger zu seinem Freund, als vielmehr zu der Anlage: »Aber heute nacht nutzt dir kein einziges dieser vierundzwanzig Items.« Er machte die Schirme leer und stellte seine erste Frage noch einmal:

WIE HOCH IST MÖGLICHKEIT
UND WAHRSCHEINLICHKEIT DASS
NICHT AUTORISIERTE PERSONEN AN
KLASSIFIZIERTES MATERIAL
VOM PENTAGON-COMPUTER
GELANGEN KÖNNEN?

Wie erwartet gab der mittlere Schirm exakt dieselbe Antwort wie beim ersten Mal:

MÖGLICHKEIT 00,00001
WAHRSCHEINLICHKEIT ZERO

»Ich komme mir vor, als würde ich Gott selbst herausfordern«, sagte Lee. Wenn diese kleine Demonstration auf ihn als Aufmunterung und Einstimmung hatte wirken sollen, so war das gründlich gescheitert. Lee hatte so gut wie alles Selbstvertrauen wieder verloren, das er vor kurzem erst erworben und dankbar genossen hatte.

Powell schaltete die Bildschirme ab. »Laß dich davon bloß nicht bange machen. Die vierundzwanzig Sicherheitsvorkehrungen sind nicht das Schwarze unter dem Fingernagel wert, wenn die falsche Person in den Besitz des Codes gelangt ist.« Er grinste sardonisch. »Und heute ist es soweit. Heute besitzt die falsche Person den Code.«

Lee wischte sich mit der Hand über das Gesicht und zuckte unwillkürlich zusammen, als seine Finger das tote Gewebe auf der rechten Wange berührten. Er hatte den Geruch der Gummimaske in der Nase, so als trüge er sie immer noch vor dem Gesicht. »Was hatte denn das mit der Blockade zu bedeuten, die als Alarm wirken soll?«

»Wenn wir die auslösen, geht der Alarm in Washington los, aber nicht hier«, erklärte Doug. »Aber darüber brauchst du dir wirklich keine Gedanken zu machen. Wir lösen die Blockade nicht aus, denn wir *haben* den Code.«

»Na schön«, sagte Lee. »So weit sind wir also gekommen. Dann wollen wir auch weitermachen.«

»Selbstverständlich«, knurrte Powell. Er blickte wieder auf die Konsole und faltete einen Zettel auseinander, den er vorher in der Hemdtasche getragen hatte. Das Blatt enthielt die Informationen, die er aus dem Code-Buch seines Vaters abgeschrieben hatte. Er zögerte dann nicht mehr lange und begann damit, die Worte einzutippen. »Achte auf die Bänder!«

Zur Linken von Lee befanden sich vier Rollen Magnetbänder. Sie waren aufrecht in einer Plastikkiste mit gläserner Front angebracht, die die Ausmaße eines Kühlschranks besaß. Alle vier Rollen standen still.

Powell zog die Hände von der Tastatur zurück.

Rings um sie beide erwachte der Raum zum Leben. Klicken, Klakken und künstliche, elektronische Geräusche.

Die erste Rolle fing an, sich zu drehen.

Doug tippte wieder ein.

Die zweite Rolle drehte sich.

Dann die dritte.

Powell erhob sich ruckartig aus seinem Sessel und riß sich den dicken Wintermantel vom Leib.

»Geht es jetzt los?« wollte Lee wissen. »Kommen jetzt die klassifizierten Daten?«

»Das siehst du doch selbst?«

»Wie, mehr war nicht dabei?«

Powell lachte. »Ich habe dir doch erzählt, daß es ganz einfach sein würde. Das Material erreicht uns über eine Transferlinie direkt aus dem Pentagon. Ein Band überspielt seine Daten auf ein anderes, nicht mehr und nicht weniger.«

»Aber schrillen denn jetzt nicht in Washington alle Alarmglocken?«

»Wenn wir irgendeinen Alarm ausgelöst hätten, würden die Daten längst nicht mehr zu uns strömen. Und du kannst dich ja mit eigenen Augen davon überzeugen, wie fleißig sich die Rollen drehen. In jeder

Minute kommen Tausende und aber Tausende wertvolle Informationen zu uns.«

»Ich werd' verrückt!«

»Nein«, widersprach Powell, »du wirst reich. Wir begehen das moderne Verbrechen der modernen Zeit schlechthin. Wir begehen den Raubüberfall der Zukunft: Mit der Hilfe eines Computers stehlen wir Daten von einem anderen. Dazu brauchen wir keinerlei Schußwaffen, und auf alle Formen von physischer Gewalt können wir ebenfalls verzichten.«

»Wir müssen immer noch an das Lösegeld gelangen«, erinnerte Lee ihn.

»Du kennst doch meinen Plan«, entgegnete Powell. »Er ist ausgetüftelt und gut, und bis jetzt hat alles zur vollsten Zufriedenheit funktioniert. Du kannst also davon ausgehen, daß auch bei den nächsten Stufen alles glattgeht.«

Lee Ackridge nickte. Zum zweiten Mal an diesem Tag konnte er lächeln.

Um Mitternacht verdreifachte sich der Lärm im Haus an der Ecke. Einige bliesen aus Leibeskräften in Kindertuten und Partyschlangen. Die anderen brüllten durcheinander oder lachten schrill. Der Radau übertönte die Geräusche aus dem Radio.

Dann stimmten die Partygäste das traditionelle *Auld Lang Syne* an.

Wilbur Harttle, der seit beinahe fünf Minuten kein Wort mehr gesprochen hatte, schien wie aus einem Schlummer zu erwachen und starrte wie blind durch die Windschutzscheibe. »Wassen los?« fragte er.

»Mitternacht«, gab Carrie knapp, aber präzise Auskunft.

»Na und?«

»Die Jahreswende. Sie verstehen?« Sie betete in Gedanken darum, daß er nicht wieder einschlafen würde. Wenn er seinen Rausch ausschlief, gab es für sie keine Hoffnung mehr, ihn irgendwie aus dem Wagen zu komplimentieren.

Er schlug sich mehrmals auf die Wangen und machte eine verblüffte Miene. Dann räusperte er sich. »Was sagt man dazu? Frohes neues Jahr, Grace Kelly!« Er versuchte unbeholfen, sie zu küssen, sackte aber auf halbem Weg auf seinem Sitz zusammen. »Huch!« machte er, und zwei Sekunden später gab er nur noch lautes Schnarchen von sich.

Carrie ließ besorgt den Blick über den Campus schweifen. Von Powell und Lee war nichts zu sehen. Das Recard-Institut lag größtenteils im Dunkeln und machte einen friedvollen Eindruck.

Sie schob sich ein Stück unter dem Steuer hervor, damit sie sich direkter an Harttle wenden konnte. Sie packte ihn an dem Revers seines Mantels und rüttelte leicht daran. »Wilbur? Hören Sie mich? Es tut mir leid, aber Sie können hier nicht schlafen!«

Wilbur ließ sich nicht im mindesten beeindrucken.

Verdammt noch mal!

Sie sagte sich, daß sie ihn in dem Moment, als er hereingefallen und auf den Sitz geplumpst war, gleich wieder hätte hinauswerfen sollen. Sie hätte damit drohen sollen, daß sie um Hilfe schreien, laut brüllen werde, jemand wolle sie vergewaltigen, Mörder oder ähnliches ... alles mögliche, wenn es nur half, ihn loszuwerden. Aber das ließ sich hinterher immer leicht sagen. Außerdem hatte sie Angst davor gehabt, durch ihre Rufe einen solchen Aufruhr zu verursachen, daß die Leute zusammengeströmt wären. Und das wäre Powells Plan nun wirklich nicht zuträglich gewesen. Wie dem auch sei, nun hatte sie Wilbur am Hals.

»Komm schon, Junge!« Sie schüttelte ihn nun heftiger. »Wachen Sie auf! Verdammt, es ist mir bitterernst damit!«

Harttle murmelte etwas, hielt die Augen aber geschlossen. Sein Unterkiefer wurde wieder schlaff und hing herab. Wenn er nicht geschnarcht hätte, hätte er eine täuschend echte Leiche abgegeben.

Carrie ließ seinen Mantel los und verlegte sich darauf, ihm wieder und wieder links und rechts ins Gesicht zu schlagen. Als er immer noch nicht aufwachen wollte und sogar anfing, lauter und dröhnender zu schnarchen, gab Carrie ihre Zurückhaltung auf und schlug mit aller Kraft zu. Sie versetzte ihm einige Hiebe, die trotz der Handschuhe auf ihrer Haut brannten. »Um Gottes willen, machen Sie endlich die Augen auf!« zischte sie ihm ins Ohr.

Wilbur glitt nur ein Stück den Sitz hinunter.

Was konnte sie jetzt noch tun? Ihn einfach hier liegenlassen, bis Powell und Lee zurückkehrten? Oder versuchen, ihn hinauszuhieven und auf der Straße zu lassen? Und wenn Harttle im ungünstigsten Moment aufwachte und die beiden Männer entdeckte? Würde er sich an ihre Gesichter erinnern und der Polizei eine genaue Beschreibung geben? Aber wenn Powell, sobald er bemerkte, daß es einen unerwünschten Zeugen gab, diese Sache nicht dem Zufall überlassen wollte? Würde er Harttle umbringen und so die Gefahr, die von dem Betrunkenen ausging, eliminieren?

Ja, Powell würde ihn kaltblütig ermorden, sagte sie sich. Im Gegensatz zu ihr oder Lee kannte Powell in kritischen Situationen keine Skrupel. Womöglich gefiel es ihm sogar, Menschen abzuschlachten.

»Wilbur«, versuchte sie es noch einmal, »ich mag Sie nicht besonders. Aber ich will mein Gewissen auch nicht mit Ihrem gewaltsamen Ende belasten.«

Wilbur lächelte im Schlaf.

Sie blickte besorgt zum Haus an der Ecke. Ein knappes Dutzend Personen war in den Garten gekommen, um dort Raketen und anderes Feuerwerk anzuzünden. Doch diese Leute blieben im Garten. Niemand verließ das Gelände.

Auf dem Campus war alles dunkel. Nichts regte sich dort. »Also gut«, sagte sie sich entschlossen.

Sie wußte jetzt, was sie zu tun hatte.

Carrie ließ den Motor an, stieg aus dem Wagen und schloß leise die Tür hinter sich. Sie bemerkte kaum die frostige Nachtluft, die ihr ins Gesicht biß. Rasch lief sie um den Impala herum, durchstieß die weißen Abgaswolken aus dem Auspuff und öffnete endlich die Beifahrertür.

Wilbur Harttle schnarchte noch immer selig.

Sie griff nach seinem Jackenrevers und zog und zerrte an ihm, bis sie ihn an den Rand des Sitzes bugsiert hatte. Sie atmete tief ein, riß mit aller Kraft an ihm und sprang behende zurück, als er in den Schnee plumpste und dort auf die Seite rollte.

Plötzlich riß er die Arme hoch und schlug damit durch die Luft, als wolle er einen imaginären Feind abwehren. Er murmelte etwas Unverständliches und rollte dann auf den Rücken. Er hatte die ganze Zeit nicht aufgehört zu schnarchen.

»Großer Gott!« murmelte sie. Tränen standen in ihren Augen.

Sie beugte sich über ihn, schob ihre Hände unter seine Achselhöhlen hindurch und verschränkte die Finger vor seiner Brust. Sie mühte sich ab, ihn fortzuziehen.

Er kicherte und machte Schmatzgeräusche, wachte aber nicht auf.

Als sie ihren Griff etwas verlagerte und alle Kraft zusammennahm, konnte sie ihn leichter durch den Schnee zerren. Sie schaffte ihn etwa fünfzehn Meter vom Impala fort und ließ ihn dann los, um nach Luft zu schnappen. Kleine Sterne tanzten vor ihren Augen.

Im Garten des Hauses an der Ecke schafften die Gäste immer neue Schachteln mit Feuerwerkskörpern herbei. Sie führten sich auf wie kleine Kinder. Niemand von ihnen fand die Zeit, nach Carrie und ihrem Tun zu schauen.

Carrie hielt beide Seite der Ox Lane im Auge.

Niemand. Keiner war um diese Zeit auf der Straße.

Sie holte tief Luft und rollte Harttle dann vom Gras und Schnee auf den Bürgersteig. Hier würde ihn bestimmt jemand entdecken, bevor er erfroren wäre.

»Tut mir leid, Wilbur«, flüsterte sie, »aber mehr kann ich beim besten Willen nicht für Sie tun.«

Ihre Brust schmerzte. Das Blut rauschte ihr wie ein Wasserfall in den Ohren. Sie mühte sich mit steifen Beinen zum Wagen zurück und stieg ein.

Während Lee die sechs Magnetbänder in die Pappschachtel packte, die er aus der Besenkammer mitgebracht hatte, gab Doug die Lösegeldforderung in den Teleprinter zur Computeranlage des Pentagon ein. Powell lachte triumphierend, als er sich endlich erhob. Er schob den Schreibtischsessel aus dem Weg und mühte sich umständlich in den Mantel. »Bist du soweit?«

»Hast du denn alles durchgegeben?« fragte Lee zurück.

»Jetzt, wo es vorbei ist, spüre ich keine Erleichterung. Du etwa?«

»Nur ein bißchen.«

»Stell dir vor: In eben dieser Sekunde sitzt jemand im Pentagon vor dem richtigen Bildschirm und bekommt unsere Lösegeldforderung zu lesen. Vermutlich wird der Bursche seinen Augen nicht trauen. Aber sobald er sich von seinem ersten Schrecken erholt hat, wird er gegenchecken und nach der Quelle dieser Botschaft suchen. Ich schätze, in einer halben Stunde trampeln hier Hundertschaften von Bullen herum. Und in einer Stunde findet man hier mehr FBI-Beamte als Bäume.«

»Ja«, sagte Lee, »in diesem Augenblick geht es wohl los.«

Sie machten sich nicht die Mühe, die Lichter zu löschen. Sie liefen die Haupttreppe hinunter und gelangten dann über den Flur in das Klassenzimmer, durch dessen Fenster sie ins Recard-Institut eingebrochen waren. Sie stiegen durch die Löcher in den beiden Scheiben aus.

Die Nacht war noch so kalt und schwarz wie vor anderthalb Stunden.

»Halloween. Das muß Halloween sein«, dachte Lee, während sie geduckt zur Ox Lane liefen.

Doug hatte keine Angst gezeigt. Er hatte nicht ein einziges Mal über die Schulter geblickt. Auch war er nie stehengeblieben, wie Lee das häufiger getan hatte, um nach etwaigen Verfolgern zu lauschen. Er war sich seiner verdammt sicher.

Als sie den Rand des Campus erreichten, blieben sie im Schatten eines Baumes stehen, um ein Auto auf der Ox Lane passieren zu lassen. Dann rannten sie zum Impala.

Carrie sah ihnen entgegen. Sie küßte Lee auf seine gesunde linke Wange und betrachtete dann kurz die sechs Bänder in der Schachtel, die er in den Händen hielt. »Ihr habt es also geschafft!« sagte sie.

»Ja, wir haben es geschafft«, bestätigte Lee mit etwas gemischten Gefühlen.

»O Mann, Schwester, und wie wir es geschafft haben!« brummte Doug.

»Und wie war es bei dir?« wollte Lee wissen. »Hat es irgendwelche Schwierigkeiten gegeben?«

Carrie lächelte. »Bei mir? Woher denn? Ich habe hier nur herumgesessen und auf euch gewartet.«

11

In seinem Bett in seinem Stadthaus in der G-Street in Washington hatte Roy Genelli gerade einen wunderbaren Traum. Es ging um ein Familientreffen. Anscheinend war es seine Familie, die hier zusammengekommen war. Aber da waren haufenweise Verwandte, von denen er noch nie etwas gehört hatte. Man hatte sich am Rande eines malerischen Waldes in Neuengland getroffen. Lange Picknicktische waren unter den Zweigen aufgebaut. Sie waren mit weißen Decken belegt, und darauf türmten sich die unterschiedlichsten Speisen. Jemand hatte ein Faß Bier mitgebracht, und Coke ruhte kästenweise in breiten Wannen voller Eis. Alle Generationen waren hier vertreten ... Genelli spazierte von einem zum anderen, unterhielt sich hier über Baseball und dort über Politik, tratschte über andere Verwandte und diskutierte über seine Arbeit. Hin und wieder erzählte er über Kinofilme oder das Fernsehprogramm ... Alle machten einen heiteren und vergnügten Eindruck. Alle waren sich nah, und alle mochten einander ... Und dann verstummte schlagartig jedes Gespräch, als in einem Picknickkorb das Telefon klingelte.

Das Telefon klingelte wieder und zerschnitt den schönen Traum. Genellis letzter Gedanke war, warum jemand unbedingt zu einem Picknick ein Telefon mitgebracht hatte ...

Er richtete sich verschlafen in seinem Bett auf und nahm den Hörer ab. »Hallo.«

»Roy?«

»Ja, ich bin's.«

»Peterson.« Mit vollem Namen Gardner Peterson. Er war der einzige Mann, den Roy kannte, der es vorzog, von sich selbst mit seinem Nachnamen zu sprechen.

»Was kann ich für Sie tun, Mr. Peterson?« Roy hielt die Augen geschlossen und hoffte wider alle Vernunft, auf diese Weise nicht aufzuwachen.

»Habe ich Sie aus dem Bett geholt?«

Als Special Assistant direkt dem Supervisor des Middle-Eastern-District im Federal Bureau of Investigation unterstellt, arbeitete Genelli mit Gardner Peterson zusammen. Seit beinahe fünfzehn Jahren sahen sich die beiden täglich, hatten täglich miteinander zu tun. Dennoch bestand zwischen ihnen keinerlei Beziehung, die über das reinste Arbeitsverhältnis hinausging; sie hatten noch nicht einmal nach dem Dienst in irgendeiner Bar ein Glas zusammen getrunken. In all der Zeit hatte Peterson nie seinen Special Assistant zu Hause angerufen. Doch heute, mitten in der Nacht und inmitten eines der schönsten Träume, die Roy sich vorstellen konnte ... Der Blödmann mußte einen verdammt guten Grund für seinen Anruf haben, sonst ...

»Roy? Sind Sie noch dran?«

»Ja, Sir«, antwortete Genelli. Er öffnete die Augen und beugte sich im Bett weit genug vor, um einen Blick auf die Uhr auf dem Nachttisch werfen zu können. Das Leuchtzifferfenster zeigte 1.10 an. Morgens? Natürlich morgens, wann denn sonst?

»Roy ...«

»Ich liege seit ein paar Stunden im Bett. Tut mir leid, ich bin noch nicht ganz da. Verzeihen Sie bitte, wenn ...«

»Ist schon okay«, erklärte Peterson. »Lassen Sie sich Zeit. Ich bin schon froh, Sie überhaupt erwischt zu haben. Ich hatte halb befürchtet, Sie wären womöglich auf irgendeiner Silvesterparty versackt.« Die Erleichterung in seiner Stimme war nicht zu überhören.

»Keine Party, Sir. Schließlich habe ich morgen Dienst.«

»Am Neujahrstag?«

Peterson mußte wohl selbst gefeiert haben, sonst hätte er sich nicht über die Arbeitsgewohnheiten seines Mitarbeiters gewundert.

»Ich arbeite doch immer an Feiertagen«, erklärte Genelli. Er legte rasch eine Hand auf den Mund, um ein Gähnen zu unterdrücken.

»Ja, natürlich«, sagte Peterson. Einen Moment lang herrschte Schweigen. Dann atmete der Supervisor tief ein. Er erinnerte Roy an einen Mann, der gerade ins tiefe Ende eines Swimmingpools springen will. »Hören Sie, Roy, Sie sollten sich lieber gleich anziehen. Ein Wagen ist schon unterwegs. In fünf oder zehn Minuten müßte er dasein.«

Die letzten Reste des Traums wehten davon wie ein bißchen Nebel im Morgenwind.

Genelli war von einem Moment auf den anderen hellwach. Ihm war klar, daß etwas sehr Ungewöhnliches vorgefallen sein mußte. Peterson hatte nicht nur gegen ein ungeschriebenes Gesetz verstoßen und seinen Special Assistant zu Hause angerufen. Genelli war auch noch nie die Ehre zuteil geworden, von einem Chauffeur abgeholt zu werden. »Was ist denn passiert, Sir?«

»Eine Katastrophe«, antwortete Peterson und klang überhaupt nicht komisch oder ironisch. »Ich möchte, daß Sie in einem Fall, der gerade bekannt geworden ist, als mein Stellvertreter wirken.«

»Ich habe um achtzehn Uhr das Büro verlassen, Sir«, sagte Roy. »Und bis dahin hatte sich nichts Außergewöhnliches ereignet ...«

»Ich weiß«, unterbrach ihn der Supervisor. »Die ganze Angelegenheit hat sich erst vor vierzig Minuten ereignet.«

Vor vierzig Minuten?

Während seiner zwanzigjährigen Tätigkeit beim FBI hatte es Genelli noch nicht erlebt, daß bereits vierzig Minuten nach Bekanntwerden eines Vorfalls Großalarm ausgegeben worden war. Nein, halt, eine Ausnahme hatte es gegeben: die Ermordung von John F. Kennedy. An jenem Tag waren die Beamten bereits zwanzig Minuten nach dem ersten Telefonanruf aus Dallas unterwegs gewesen. Was mochte heute geschehen sein? Hatte jemand den jetzigen Präsidenten ermordet?

»Ich weiß selbst noch nicht hundertprozentig, was passiert ist«, erklärte Peterson. »Ich hielt mich auf einer Silvesterparty auf, als der Chef mich anrief. Das war vor zwanzig oder fünfundzwanzig Minuten. Davon abgesehen handelt es sich offensichtlich um einen Fall, über den ich Ihnen am Telefon ganz gewiß keine Auskunft geben darf. Nicht einmal Details darf ich Ihnen nennen.« Er wirkte besorgter, als Roy ihn je erlebt hatte. »Der Fahrer wird Sie gleich abholen und zu einem Mr. Ives bringen. Der setzt Sie dann über alles ins Bild, was Sie wissen müssen.«

»Wo steckt denn dieser Ives?« fragte Roy. »Bei uns im Büro?«
»Nein«, antwortete Peterson hart. »Und ich möchte Ihnen auch nicht sagen, wo er sitzt. Nicht am Telefon.«

Himmeldonnerwetter noch mal, was war denn los? »Sir, Sie dürfen mir noch nicht einmal sagen, wohin ich gebracht werde?« entfuhr es Genelli.

»Ja, genau so verhält es sich. Ach, übrigens, der Fahrer steht Ihnen so lange zur Verfügung, wie Sie ihn benötigen.«

Genelli verzog das Gesicht. »Danke, Sir.«

»Wir sehen uns später.«

Die Verbindung war unterbrochen.

Genelli hängte ein, trat die Decken weg und kletterte aus dem Bett. Er zog rasch den Pyjama aus und fummelte ärgerlich am Hosengürtel. Stand vielleicht ein neuer Zilinski-Ross-Fall an?

Er rasierte sich, spritzte sich Wasser ins Gesicht und zog sich an. Das Ganze dauerte nicht länger als viereinhalb Minuten.

Im begehbaren Schrank nahm er seine Dienstwaffe aus dem Fach. Sie war nicht geladen, aber darum konnte er sich im Wagen kümmern. Er zog sich das Schulterholster über und schob die 38er hinein. Dann suchte er sich ein Jackett aus. Er schob eine kleine Schachtel Patronen in die Tasche.

Als er die Stufen hinuntergegangen war und die Haustür öffnete, wartete der Chauffeur mit dem Wagen schon am Bürgersteig. Roy glitt auf den Rücksitz und zog die Tür hinter sich zu.

»Mr. Genelli?« erkundigte sich der Fahrer. Er war jung, blond und breitschultrig. Solche FBI-Agenten sah man vorzugsweise in Filmen, in der Wirklichkeit jedoch höchst selten.

»Ja, ich heiße Genelli.«

»Ich heiße Plover.«

»Angenehm.«

Der Fahrer nickte, lächelte und sah nach vorn. Er warf den Gang ein, startete, trat das Gaspedal durch. Eine Gummispur blieb auf dem Asphalt zurück.

Genelli rang um sein Gleichgewicht, während der Wagen über die G-Street raste. Schließlich gelang es ihm, sich zum Fahrer vorzubeugen. »Wohin fahren wir?«

»Zum Pentagon«, antwortete der Fahrer. »Mehr weiß ich leider auch nicht, Sir.«

»Da wissen Sie immer noch mehr als ich«, brummte Genelli.

1. Januar, 2.00 Uhr – 2. Januar, 16.00 Uhr

ERNSTFALL

12

Am Portal des Pentagon stand Genelli vor zwei mit Gewehren bewaffneten Marines. Der größere von beiden erklärte dem FBI-Beamten: »Wir sollen Sie zu Colonel Theodore Ives bringen, Sir. Er befindet sich in der Computerabteilung.«

»Fein«, antwortete Roy.

Die harten Sohlen ihrer Stiefel knarrten synchron über die auf Hochglanz polierten Böden. Sie marschierten so rasch, daß Genelli, der deutlich kleiner war als die Marines, größte Mühe hatte, mit ihnen Schritt zu halten.

Roy mußte sich zweimal mit seiner Dienstmarke ausweisen. Gleich bei der ersten Kontrolle nahm man seine Dienstwaffe in Verwahrung.

Am zweiten Kontrollpunkt händigte man ihm eine Reihe von Hausausweisen für bestimmte Zonen aus. Er hängte sich die Kette mit den Plastikkarten um den Hals.

Bevor Genelli den Aufzug betreten durfte, der ihn in die unterirdischen Ebenen des Pentagon befördern sollte, mußte er sich ein weiteres Mal ausweisen, seine Unterschrift leisten und sich von einer Polaroidkamera ablichten lassen. Er lächelte nicht für die Fotografie und tat es damit den beiden Wachsoldaten am Aufzug gleich, die die ganze Zeit über keine Miene verzogen.

Seine beiden ersten Begleiter traten mit ihm in den Fahrstuhl.

Die Fahrt nach unten verlief in Schweigen.

Nach einem längeren Marsch über makellos gereinigte Gänge führte man Roy vor Colonel Theodore Ives. Dieser befand sich in einem Raum, wie Genelli ihn noch nicht gesehen hatte.

Ives war einundsechzig und trug das sandfarbene Haar im Bürstenschnitt. Seine Augen waren so grau wie eine Bleistiftmine. Er trug eine schlichte, khakifarbene Uniform, deren einziger Schmuck das Rangabzeichen war. Er wirkte kühl und rational, obwohl es nicht zu übersehen war, daß er unter Streß stand. Wenn das leichte Zucken in seinen Mundwinkeln nicht gewesen wäre, hätte man glauben können, nicht einem Menschen, sondern einem Roboter gegenüberzustehen.

Der Raum, in dem Ives sich befand, war für Genelli noch wesentlich interessanter als der Mann selbst. Überall befanden sich Computeranlagen in allen Größen. In verwirrender Vielfalt und ohne erkennbares Muster blinkten Lichterketten auf und ab. Ganze Batterien von Konsolen und Bildschirmen waren an den Wänden angebracht. Von Druckkern, hochmodernen Schreibmaschinen, Funkgeräten und anderen Kommunikationsmitteln ganz zu schweigen. Und über allem lag das ständige Rattern und Klappern der Anlagen. Mehrere bequeme Schreibtischsessel standen herum. Hier hätte man einige Dutzend Techniker und andere Mitarbeiter unterbringen können. Zu diesem Zeitpunkt hatte man jedoch, aufgrund der Krise, die meisten Techniker fortgeschickt. Ives hielt sich hier lediglich mit zwei Mitarbeitern auf.

»Wieviel wissen Sie über die Geschichte?« kam der Colonel sofort zur Sache.

»Absolut nichts«, antwortete Genelli.

Ives ließ seiner Miene nicht anmerken, was er davon hielt. Er führte Genelli durch den halben Raum in eine Nische, in der sich ein Sofa, einige Stühle, ein Kartentisch und eine Kaffeemaschine befanden. »Ich werde versuchen, Ihnen die Geschichte so darzulegen, daß auch ein Laie sie verstehen kann.« Ohne den FBI-Mann überhaupt zu fragen, ob er Kaffee wollte, steckte Ives zwei Münzen in die Maschine und stellte dann zwei gefüllte Becher auf den Tisch. »Um es kurz zu machen, wir stehen vor dem größten Sicherheitseinbruch in der Geschichte der USA. Nein, in der Geschichte der Welt.«

Genelli blies über seinen Kaffee. Dampf stieg ihm in die Nase.

»Wir haben es mit dem raffiniertesten und verheerendsten Fall von Spionage zu tun, der je gegen dieses Land gerichtet wurde.« Ives klang keineswegs melodramatisch. Vermutlich war er zu keiner Form von emotionaler Erregung fähig. Er erzählte einfach die Wahrheit, so wie er sie sah.

»Ich darf Ihren Worten entnehmen, daß jemand aus dem Haus diese Spionageattacke initiiert hat«, sagte Genelli. »Andernfalls läge die Sache jetzt in den Händen der CIA oder des militärischen Abwehrdienstes DIA.«

»Nein, diese beiden kümmern sich ebenfalls darum«, widersprach der Colonel. »Die Agenten des DIA suchen in diesem Moment bereits dieses Gebäude ab. Jedermann, der irgend etwas mit dieser Ebene oder jeder anderen im Haus zu tun hat oder in der letzten Zeit zu tun hatte, wird verhört. Wird leise und unauffällig, aber gründlich befragt. Und bei der CIA brennen auch schon alle Lampen. Sehr viele und sehr wichtige Daten sind gestohlen worden. Die CIA hat alle ihre

Spürhunde in Bewegung gesetzt, um herauszufinden, wer irgendwo dort draußen in der Welt darauf wartet, die Daten aus den Händen der Diebe in Empfang zu nehmen.«

»Und mir bleibt es überlassen, die Diebe zu finden?«

»Das sollten Sie wirklich ernsthaft versuchen, Mr. Genelli«, erklärte Ives. »Sonst haben wir alle es hinter uns.«

Roy stellte die Tasse ab, aus der er nur einen winzigen Schluck genommen hatte. »Dann erzählen Sie mir doch die ganze Geschichte.«

Kurz und bündig, aber aufschlußreich erklärte der Colonel dem FBI-Beamten, was es mit dem Computersystem des Pentagon und den verschiedenen Neben- und Außenstellen überall im Lande auf sich hatte. Dann erfuhr Genelli, daß jemand es verstanden hatte, sich eine dieser Außenstellen zunutze zu machen. Trotz seiner sachlichen Art benötigte Ives immer noch eine halbe Stunde, um Genelli die komplizierten Zusammenhänge begreiflich zu machen. Während dieser Zeit erschienen immer wieder die beiden Techniker, um Anordnungen und Befehle zu erbitten oder Ives über eine neue Entwicklung in Kenntnis zu setzen. Nach jeder dieser Unterbrechungen fuhr der Colonel genau an dem Punkt fort, an dem er zwangsweise gestoppt hatte. Genelli bewunderte sein Gegenüber für dessen Effizienz.

Nachdem er den FBI-Mann über alles Wesentliche informiert hatte, schloß Ives mit den Worten: »Und nun haben Sie sicher einige Fragen.«

Tausend und mehr Fragen gingen Genelli durch den Kopf, aber er sagte sich, daß der Großteil davon die waren, auf die auch der Colonel und seine Mitarbeiter Antworten suchten. Er dachte einen Moment nach, ordnete seine Gedanken und fragte schließlich: »Wie kommen Sie darauf, daß es sich um Spionage handelt?«

Ives blickte ihn an, als hätte er einen Halbdebilen vor sich. »Was würden Sie denn vermuten?«

Roy zuckte die Achseln, ließ sein Gegenüber aber nicht aus den Augen, als er erklärte: »Vielleicht waren es wirklich nur ganz normale Diebe, die nicht mehr und nicht weniger getan haben und verlangen als das, was sie über den Teleprinter an diese Adresse geschickt haben.«

»Ein simpler Diebstahl?«

»Wenn ich Sie recht verstanden habe, waren das genau Ihre Worte«, sagte Genelli. »Und Sie befinden sich in der Position, in der Sie es am besten wissen dürften.« Er schloß die Augen, um sich besser auf seine nächsten Worte konzentrieren zu können. »Sie haben Daten gestohlen und verlangen für die Rückgabe ein Lösegeld. Wenn man so will, haben sie überlebenswichtige Informationen entführt. Eine völlig neue Art von Verbrechen.«

Ives schüttelte einmal den Kopf. »Nein, die Lösegeldforderung ist nur ein Ablenkungsmanöver. Damit wollen sie uns nur auf eine falsche Fährte locken. Vermutlich, um Zeit zu gewinnen.«

»Ein solches Ablenkungsmanöver wirkt vielleicht, wenn nur ein oder zwei Beamte hinter einem her sind«, entgegnete Genelli. »Die kann man täuschen und in die Wüste locken. Aber wenn aufgrund der Schwere des Verbrechens so gut wie jeder, der in diesem Land eine Uniform trägt, hinter einem her ist, werden solche Spielchen sinnlos.«

Ives zerdrückte die Plastiktasse, die er die ganze Zeit über in der Hand gehalten hatte. »Versuchen Sie doch zu verstehen: Diese Personen, wer immer sie auch sein mögen, haben offenbar ein bislang unbekanntes elektronisches Gerät eingesetzt und damit all die vielen Sicherheitseinrichtungen, die wir im Pentagon-Computer eingebaut haben, getäuscht, umgangen oder unwirksam gemacht.

Ich habe nicht den Hauch einer Ahnung, um was für ein Gerät es sich dabei handelt oder wie man es einsetzen muß. Bis vor zwei Stunden hätte ich es noch für völlig ausgeschlossen gehalten, daß jemand, der nicht Geheimnisträger der obersten Stufe ist, überhaupt etwas aus unserem Computer herausziehen kann. Aber wir werden schon noch dahinterkommen, wie diese Burschen es angestellt haben.« Mit einer knappen, raschen Handbewegung schleuderte er die zerdrückte Tasse in den Papierkorb am anderen Ende der Nische. »Und es steht jetzt schon fest, daß wir es hier nicht mit normalen Dieben zu tun haben. Die Forschung und die Ressourcen, die hinter der Entwicklung eines solchen Wundergeräts stecken, übersteigen bei weitem die Möglichkeiten eines einzelnen. Selbst eine Gruppe von Multimillionären hätte größte Mühe, gemeinsam die erforderlichen Mittel aufzubringen. Nein, um ein solches fabelhaftes Gerät zu entwickeln, bedarf es schon der konzentrierten Anstrengungen von Regierungsforschungseinrichtungen. Und damit meine ich nicht ein kleines Land. Sie werden jetzt verstehen, warum ich von einem Spionageanschlag ausgehe.« Die Mundwinkel zuckten in rascher Folge.

Genelli starrte einen langen Moment auf die ratternden Maschinen im Hauptraum. Die Besorgnis und Enttäuschung von Ives waren ganz ohne Zweifel echt. Dennoch konnte Genelli den Colonel nicht von der Liste der Verdächtigen streichen. Er nahm sich vor, die Argumente des Mannes in aller Ruhe abzuwägen. Auf eine Schwachstelle wollte Roy jedoch noch zu sprechen kommen …

»Die Diebe brauchten nicht unbedingt ein elektronisches Supergerät, um an die Daten zu kommen«, erklärte der FBI-Mann endlich. »Alles, was sie dazu benötigten, waren die Codeworte. Und mit denen kann auch der durchschnittlichste Bürger unseres Landes die Sicherheitsvorkehrungen außer Kraft setzen.«

»Ich habe mir gedacht, daß Sie darauf zu sprechen kommen würden«, antwortete Ives.

»Mich stört der Punkt eben.«

Der Colonel runzelte die Stirn. Sein Ausdruck dafür, daß er diese Theorie für vollkommen abwegig hielt. »Ich habe Ihnen bereits erklärt, daß nur neun Personen im Besitz des entsprechenden Codes sind. Und Sie müssen doch zugeben, daß diese Personen der Spionage für eine fremde Macht reichlich unverdächtig sind. Ganz gleich, wie man über die Herrschaften denkt, die im Moment im Weißen Haus das Sagen haben, es ist nur schwer vorstellbar, daß der Präsident oder der Vizepräsident ein solches Verbrechen begeht.«

»Das sind nur zwei aus dem Kreis. Zusätzlich haben wir da noch den Verteidigungsminister, den Vorsitzenden des Generalstabs, die Stabschefs der einzelnen Waffengattungen und einen gewissen Dennis Atwell, den Verbindungsmann des Pentagon zum Kongreß.«

»Nein«, erklärte Ives fest, »es handelt sich hier um Spionage. Wir haben es mit Agenten einer ausländischen Macht zu tun, mit Männern, die ein sehr fortschrittliches elektronisches Gerät eingesetzt haben.«

»Und dann wären da noch Sie.«

»Natürlich«, sagte der Colonel nur, und zum ersten Mal klang er ein wenig sarkastisch.

»Ich habe keinen Scherz gemacht.«

»Warum um alles in der Welt sollte ich ...«

»Für einen tüchtigen Batzen Geld«, unterbrach ihn Roy.

Ives starrte ihn mit funkelnden Augen an.

»Ich stelle Sie unter Beobachtung«, fuhr Genelli fort. »Und wir werden Ihr ganzes Leben ausforschen.« Sein Blick wandte sich vom Colonel ab und schweifte in den Hauptraum. »Jetzt möchte ich gern die Lösegeldforderung sehen, die die Täter Ihnen übermittelt haben.«

Ives führte den FBI-Mann zum halbkreisförmigen Kommandoschreibtisch im Zentrum des großen Raums. Er griff dort nach drei Blättern Papier und reichte sie Genelli. »Das ist nur eine Kopie. Das Original befindet sich bereits in den Händen unseres Chefs. Aber die Mühe lohnt kaum. Ein dummer Scherz, eine Finte, um uns auf eine falsche Fährte zu locken.«

Genelli ließ sich nicht abhalten und fing an zu lesen.

MITTEILUNG
ZEIT 0020 OST
URSPRUNG LANGHORN/RECARD
VON ROBIN HOOD
AN PRÄSIDENT DER VEREINIGTEN STAATEN

BETRIFFT LÖSEGELDFORDERUNG

ACHTTEILIGE NACHRICHT FOLGT

BEGINN NACHRICHT

PUNKT EINS WIR SIND IM BESITZ VON SECHS MAG NETBÄNDERN VOLLER DATEN DER HÖCHSTEN SICHER HEITSSTUFE UND VERLANGEN DAFÜR LÖSEGELD BEVOR SIE DIESE SACHE ALS DUMMEN SCHERZ ABTUN SCHLA GEN WIR VOR SPEICHERPROGRAMM IN PENTAGON COMPUTER EINZUGEBEN UM SO FESTZUSTELLEN WEL CHE INFORMATIONEN ER VOR ZWEI STUNDEN AN DIE LANGHORN/RECARD AUSSENSTELLE DURCHGEGEBEN HAT

PUNKT ZWEI WIR SIND KEINE AGENTEN EINER AUS LÄNDISCHEN MACHT UND WIR HABEN NICHTS MIT DEN AKTIVITÄTEN EINES FREMDEN GEHEIMDIENSTES IN DIESEM LAND ZU SCHAFFEN
WIR SIND AMERIKANISCHE BÜRGER UND NEHMEN UN SER RECHT AUF FREIES UNTERNEHMERTUM WAHR UNSER EINZIGES MOTIV IST DAHER VIEL GELD SOLLTEN SIE DENNOCH BESCHLIESSEN UNSERE FORDERUNGEN NICHT ZU ERFÜLLEN ODER SOLLTEN SIE NICHT GANZ GENAU DEN DETAILLIERTEN AUSFÜHRUNGEN ZUR ÜBER GABE DES LÖSEGELDES FOLGEN HÄNDIGEN WIR DIE BÄNDER JEDEM AUS DER GENUG DAFÜR ZU ZAHLEN BEREIT IST AUCH EINER AUSLÄNDISCHEN MACHT DAS IST KEIN BLUFF ICH WIEDERHOLE DAS IST KEIN BLUFF
UNSER ZWEITES MOTIV FÜR DIESE TAT IST DEM ARRO GANTEN MILITÄRISCHEN ESTABLISHMENT VORZUFÜH REN UND ZU BEWEISEN DASS IM ZEITALTER DER ELEK

TRONIK SELBST DIE STÄRKSTE MACHT DER WELT VER
WUNDBAR IST
PUNKT DREI JEDER VERSUCH IHRERSEITS DIE AUS
ZAHLUNG DES LÖSEGELDS ZU VERZÖGERN ODER UNS
ANDERE ALS DIE GEWÜNSCHTEN WERTE ZU ÜBERGEBEN
WIRD VON UNS ALS DIE WEIGERUNG IHRERSEITS AN
EINER ZUSAMMENARBEIT ANGESEHEN WIR HÄNDIGEN
DIE BÄNDER DANN AN DEN HÖCHSTBIETENDEN AUS DIE
NACHRICHT DIE SIE HIER LESEN IST DIE LETZTE DIE
SIE ERHALTEN WERDEN SIE ERHALTEN KEINE GELE
GENHEIT MIT UNS ZU VERHANDELN ODER UNS EINE AN
DERE LÖSUNG VORZUSCHLAGEN SIE SOLLTEN NICHT
SÄUMEN UND UNVERZÜGLICH ALLE VORBEREITUNGEN
TREFFEN UNS AUF DIE VON UNS WEITER UNTEN ANGE
GEBENE WEISE DAS LÖSEGELD ZUKOMMEN ZU LASSEN
DIES IST IHRE EINZIGE CHANCE

Ives unterbrach Roys Lesefluß. »Das ist das Lachhafteste, was mir je unter die Augen gekommen ist. Die Ausgeburt eines krankhaften Hirns, eines pathologischen ...«

»Ich würde gern zu Ende lesen, bevor ich mich dazu äußere«, erklärte Genelli ganz ruhig. Er las sich den Text auf den beiden folgenden Seiten genau durch und war sowohl verwirrt als auch fasziniert von der Art des Lösegelds wie auch von den Übergabebedingungen. Die Burschen schienen wirklich an alles gedacht zu haben. Als er zu Ende gelesen hatte, murmelte er nur: »Sehr geschickt.«

»Na, halten Sie sie immer noch für gewöhnliche Kriminelle?« fragte Ives.

»Eigentlich ja. Ich wundere mich sogar darüber, wie hartnäckig Sie sich weigern, an diese Möglichkeit zu glauben. Plagt Sie dabei eigentlich die Paranoia des Militärs ... oder versuchen Sie etwa, Verwirrung in die Ermittlungen zu bringen?«

Der Colonel lief rot an.

»Wissen Sie genau, welche Daten sie gestohlen haben?« fragte Roy rasch, bevor der Mann zu einer scharfen Entgegnung ansetzen konnte.

Ives fuhr sich mit einer Hand durch die Haarstoppeln. Genelli stellte überrascht fest, daß dieser Mann auch einen verfolgten Eindruck machen konnte. »Wir arbeiten schon die ganze Zeit daran. Begleiten Sie mich, dann können wir feststellen, wie weit meine Leute gekommen sind.«

Der FBI-Mann folgte ihm durch den großen Raum bis vor eine Konsole mit unzähligen Knöpfen. Über dieser befanden sich ein halbes Dutzend Monitore mit Bildschirmen von fünfundzwanzig Zentimetern Durchmesser.

Ives ließ sich vor der Konsole nieder, überblickte kurz das Panel, drückte ein paar Tasten und sah dann hoch zu einem der Bildschirme.

Im selben Moment tauchten dort weiße Buchstaben auf dem grünen Hintergrund auf:

LANGHORN/RECARD
LETZTE DATENABFRAGEN
AUFGELISTET NACH SACHGEBIETEN

SICHERHEITSEMPFINDLICHE DATEN
DAHER NUR SACHGEBIETNENNUNG

EINS GEGENWÄRTIGER STAND DER WAFFEN
FORSCHUNG UND ENTWICKLUNG / DER VEREINIGTEN
STAATEN / ALLE LAUFENDEN PROGRAMME / ALLE
UNTERLAGEN

ZWEI CIA OPERATIONEN / IN ALLEN STAATEN /
ALLE UNTERLAGEN UND EINZELHEITEN
DREI STRATEGIEN UND TRUPPENEINSATZ /
ALLE DENKBAREN KONFLIKTGEBIETE /
ALLE UNTERLAGEN UND EINZELHEITEN

»Wenn Sie jetzt glauben, schlimmer kann es kaum noch kommen«, sagte Ives, »dann machen Sie sich jetzt auf eine Katastrophe gefaßt.« Er sprach mehr zu sich selbst als zu seinem Gegenüber.

Der Computer druckte den weiteren Text aus:

VIER GEGENWÄRTIGER STAND DER WAFFENFORSCHUNG
UND ENTWICKLUNG / DER SOWJETUNION / ALLE UNS
BEKANNTEN EINZELHEITEN / ALLE UNSERE INFORMA
TIONSQUELLEN

FÜNF SÖLDNER UND SABOTEURE IN DIENSTEN DER VER
EINIGTEN STAATEN / WELTWEIT / KOMPLETTE NAMENS
LISTE / VERZEICHNIS SÄMTLICHER VERGANGENER UND

NOCH ANDAUERNDER OPERATIONEN / ALLE UNTERLA
GEN UND EINZELHEITEN

SECHS ÜBERSETZUNG DER PENTAGON-COMPUTER
FUNKTIONSCODES / ALLE PROGRAMME / ALLE DECODER
ALLE FUNKTIONEN

FÜR SPEZIFISCHE DATEN RUFEN SIE ZUSÄTZLICHES
DISPLAY

Die beiden Männer starrten auf den Bildschirm, während die beiden letzten Zeilen des Textes blinkten, an- und ausgingen wie eine Lampenkette am Christbaum.

»Wollen Sie eine spezifizierte Auflistung von allem, was die Burschen abgerufen haben?« fragte der Colonel schließlich.

Seine Stimme war ein wenig schrill geworden, und in den letzten fünf Minuten war er um Jahre gealtert. Wenn er seine patriotische Besorgnis nur schauspielerte, mußte er ein sehr guter Mime sein.

»Ja«, antwortete Genelli, »aber erst später. Im Augenblick habe ich dafür keine Zeit. Ich schicke jemanden vorbei, der sich darum kümmern soll.«

»Sie haben nicht nur einfach das gestohlen, was ihnen in die Finger kam«, stöhnte Ives. Anscheinend konnte er es immer noch nicht fassen. »Die Kerle wußten genau, was sie wollten.«

Genellis Stimme klang leise, aber gefährlich hart, als er fragte: »Sie sagen, es gibt nur neun vollständige Codebücher?«

»Ja«, antwortete der Colonel verwirrt, »aber warum ...«

»Und sie enthalten alle denselben Text?«

»Wie bitte? Ich fürchte, ich kann Ihnen nicht ganz folgen ...«

»Denselben Inhalt«, fuhr der FBI-Mann ihn an. »Sind in allen neun exakt dieselben Codes aufgelistet?«

»Für keine Kategorie klassifizierter Daten gibt es mehr als einen Code«, antwortete Ives.

»Das habe ich nicht unbedingt gemeint«, sagte Genelli. »Ich wollte wissen ... Es gibt also fünfzig Datenkategorien?«

Der Colonel nickte.

»Enthält jedes der neun Bücher neben allen anderen Datenadressen die Codes für alle fünfzig Kategorien?«

»Nein«, sagte Ives.

»Erklären Sie mir das bitte.«

»Nicht jeder Empfänger der vierzehntäglich geänderten Codes hat berechtigten Grund, Anfragen an alle fünfzig Datenkategorien zu stellen. Zum Beispiel erhält kein Stabschef einer Waffengattung Zugang zu den Codes über den CIA. Nicht einmal der Verteidigungsminister erhält die. Manche der neun Bücher enthalten lediglich die Codes für fünfzehn Kategorien. Wir arbeiten hier nach dem Prinzip der Berechtigung, und das handhaben wir streng.«

Genelli lächelte leicht. Genau das hatte er erwartet. »Mit anderen Worten, die meisten Bücher wären kaum für den Diebstahl der CIA-Daten in dieser Nacht zu gebrauchen gewesen?«

»Korrekt«, antwortete Ives. Er wußte noch immer nicht, worauf der FBI-Mann eigentlich hinauswollte, und das machte ihn sehr ungeduldig.

»Ist denn überhaupt eines der Bücher vollständig?«

»Sie meinen, ob es alle fünfzig Kategorien und alle sonstigen Daten enthält?« fragte der Colonel vorsichtshalber noch einmal nach. »Aber ja. Drei der Bücher sind komplett.«

»Welche drei Personen erhalten diese Bücher?«

»Der Präsident, der Vorsitzende der Vereinigten Stabschefs, also der erste Soldat aller Waffengattungen ... und ich.«

Genelli war überrascht. »Der Vorsitzende bekommt ein vollständiges Buch, der Vizepräsident aber nicht?«

»In der Vergangenheit waren sogar nur der Präsident und ich die Auserwählten«, antwortete Ives. »Aber als der Präsident vor zwei Jahren General Powell in das Amt des Vorsitzenden der Vereinigten Stabschefs berief, bat er mich, auch ihm ein vollständiges Buch zukommen zu lassen.«

»Und warum wollte er das?«

»Na ja ... Für den Präsidenten ist Powell sowohl ein enger, wenn nicht sogar der engste Berater als auch seine direkte Verbindung zum Militär.«

Genelli erkannte sofort, daß Ives seine gelinden Zweifel an der Richtigkeit dieser Wünsche des Präsidenten hatte.

»Halten Sie Powell möglicherweise für nicht hundertprozentig zuverlässig?« fragte er den Colonel.

Ives zögerte mit der Antwort.

»Nun?«

»Nicht im eigentlichen Sinne«, sagte der Colonel schließlich. »Es ist nur meine Sorge, daß das Risiko einer Panne um so größer wird, je mehr vollständige Codeverzeichnisse im Umlauf sind.«

»Heute abend hat es ja auch eine Panne gegeben. Haben Sie Gründe, Powell zu verdächtigen?«

»Selbstverständlich nicht!«

»Nun«, sagte Genelli hart, »dann sind Sie der Hauptverdächtige.«

Der Colonel nahm eine sprungbereite Haltung ein, so als wollte er sich auf den FBI-Mann stürzen. »Hören Sie ...«

»Stecken Sie hinter dieser Geschichte?« fragte Roy gelassen.

Ives lief krebsrot an. »In all meinen Jahren ...«

»Ersparen Sie mir bitte Ansprachen«, unterbrach ihn Genelli. »Ich habe Ihnen eine Chance gegeben. Wenn Sie in die Sache verwickelt sein sollten, werden Sie sich noch wünschen, diese Chance wahrgenommen zu haben. Wie dem auch sei, ich befasse mich später, in zwölf Stunden, wieder mit Ihnen. Und sei es auch nur, um zu hören, ob Sie etwas Neues herausgefunden haben.« Er lächelte den Colonel kurz und kühl an und ließ ihn dann stehen. Er marschierte rasch durch den Raum und verschwand durch die Tür, bevor Ives noch etwas sagen konnte.

Die beiden Marines warteten in dem erleuchteten Korridor auf ihn.

Der größere der beiden Riesen sagte: »Mr. Gardner Peterson und zwei andere Herren warten oben auf Sie, Sir. Korridor Sechs, Ring E.« So, wie er es aussprach, war Korridor Sechs, Ring E nur einem handverlesenen Personenkreis zugänglich.

»Dann wollen wir die Herren nicht warten lassen«, antwortete der FBI-Mann.

Er hatte ohnehin vorgehabt, mit Peterson zu sprechen. Er brauchte von ihm Informationen über bestimmte Mitarbeiter, über Anlagen und Ausrüstung und überhaupt darüber, wer hier was zu sagen und wozu Zugang hatte ... Eigentlich benötigte er diese Informationen sofort, er durfte keine Zeit mehr verlieren. Wenn sie die Lösegeldforderung erfüllen wollten, blieben ihnen nicht einmal mehr zwei Tage.

Genelli störte das Zeitlimit, das die Diebe gesetzt hatten, in gewisser Hinsicht kaum: Erst in solchen Streßsituationen fühlte er sich wohl, konnte er endlich loslegen, wie er das gerne tat.

Vor vierzehn Jahren, als sie versucht hatten, Zilinsky und Ross aus dem Verkehr zu ziehen, bevor die beiden Psychopathen ein weiteres Opfer abschlachten konnten, war es auch ein Wettlauf mit der Zeit gewesen. Jawohl, und diesen Wettlauf hatte er gewonnen.

Im Fahrstuhl fing Roy an, leise zu pfeifen.

Der kleinere der beiden Riesen warf ihm einen eigenartigen Blick zu.

Der größere der beiden starrte weiterhin stur geradeaus, so als wäre er taub.

13

Das Büro im Ring E war geräumig und mit dicken Teppichen ausgelegt. Die kostspielige Einrichtung hätte direkt aus dem Ethan-Allen-Katalog stammen können. Hier mußte mindestens ein Unterstaatssekretär residieren, sagte sich Genelli, vielleicht sogar ein Staatssekretär selbst. Die schweren blauen Vorhänge waren vor beiden Fenstern zugezogen. Das einzige Licht in diesem Raum kam von einer Lampe über dem Schreibtisch, der alle Maße sprengte. Die Winkel des Raums lagen in völliger Dunkelheit. An allen anderen Rändern hatten sich Schattenkonfigurationen gebildet.

Gardner Peterson saß hinter dem Schreibtisch. Er war groß und breitschultrig. Seit über dreißig Jahren arbeitete er schon für das FBI. Wenn er zweiundsechzig wurde, konnte er aus dem Dienst ausscheiden und eine Pension für vierzig Dienstjahre genießen. Es sei denn, der gegenwärtige Direktor des FBI würde sterben oder vorzeitig in den Ruhestand treten. Dann würde man Peterson zu seinem Nachfolger bestimmen. Peterson war kein besonders schöner Mann, aber er strahlte Macht und Entschiedenheit aus. Das graue Haar hatte er modischer geschnitten, als das bei den männlichen FBI-Beamten üblich war. Dazu paßte auch seine gepflegte, leicht modische Kleidung.

Peterson erhob sich nicht, als Genelli den Raum betrat. Er deutete lediglich auf einen freien Sessel vor dem Schreibtisch.

Zwei weitere Sessel standen dort und waren bereits besetzt.

Während er sich niederließ, erkannte Genelli einen der beiden anderen Männer. Er lächelte und nickte David Meyrowitz zu.

Meyrowitz war seine erste Wahl als Assistent. Bei früheren Fällen, in denen sie zusammengearbeitet hatten, hatte er sich als kompetenter und ideenreicher Mitarbeiter erwiesen. Genelli hatte sich schon darauf vorbereitet, bei Peterson wegen Meyrowitz vorzusprechen und unbedingt auf ihm als Assistenten zu bestehen. Doch wie üblich hatte der Supervisor auch das bereits bedacht.

Genelli warf einen zweiten Blick auf den anderen Mann vor dem Schreibtisch. So fremd kam er ihm jetzt nicht mehr vor. Sie beide waren sich noch nie vorgestellt worden, doch jetzt erkannte Genelli in ihm den Direktor der CIA wieder, bevor Peterson die Herren miteinander bekannt machen konnte.

Die beiden erhoben sich und schüttelten sich die Hände.

»Ich habe nicht vor, im Garten des FBI zu wildern«, erklärte der

CIA-Chef mit einem Lächeln, das nur höflich war, aber keinesfalls überzeugend wirkte. »Aber ich habe zu viele Männer im Ausland stationiert. Zwar ist dies ein Inlandsfall, wo also das FBI zuständig ist, doch aus naheliegenden Gründen möchte ich darüber informiert sein, was hier genau vorgefallen ist und was uns droht, damit ich die Aktivitäten meiner Leute umorganisiere und besser koordinieren kann. Meine Mitarbeiter müssen womöglich sofort fliehen, wenn auch nur der Anschein der Gefahr droht, daß die gestohlenen Daten einer fremden Macht übergeben werden. Ich schätze, das FBI hat in dieser Geschichte genausoviel zu verlieren wie wir.«

»Nein, Sir«, entgegnete Genelli. »Ich fürchte, die CIA hat bedeutend mehr zu verlieren als wir. Colonel Ives ist gerade dabei, festzustellen, welche Daten gestohlen wurden. Darunter befindet sich, das steht jetzt schon fest, eine komplette Aufstellung aller Auslandsaktivitäten der CIA.«

Sein Gegenüber verlor alle Farbe aus dem Gesicht.

»Sie dürfen uns auch mitteilen, was sonst gestohlen wurde«, verlangte Peterson.

Genelli führte kurz die Datengruppen auf und berichtete alles, was Ives sonst noch herausgefunden hatte.

Der CIA-Chef nutzte die Zeit, um seine Fassung zurückzuerlangen. Als Genelli fertig war, fragte Peterson: »Kennen Sie die Lösegeldforderung, die sie von Langhorn aus in unseren Computer eingegeben haben?« Er zeigte auf eine Kopie des dreiseitigen Auszugs, die auf seinem Schreibtisch lag.

»Ja«, bestätigte Genelli.

Der CIA-Direktor beugte sich vor. Seine Ellenbogen preßten sich auf die Armlehnen, und seine dicken Finger umklammerten die Knie. »Was halten Sie davon?« wollte er wissen. »Versuchen sie, uns damit auf eine falsche Fährte zu locken? Oder ist es ihnen damit ernst?«

Genelli lehnte sich in seinen Sessel zurück und brachte sich zur Ruhe. Der entscheidende Moment war gekommen. Er mußte sie jetzt dazu bringen, den von ihm beabsichtigten Kurs in diesem Fall zu akzeptieren. Und dafür mußte er sich seiner sehr sicher geben. »Ich schätze, sie sind genau das, wofür sie sich ausgeben.«

»Also nichts weiter als Diebe?« fragte Peterson nach.

»Genau das.«

Peterson hob mit zwei Fingern einen Bleistift aus einem Halter am Rand der Schreibunterlage. Erst hielt er ihn hoch, dann spielte er unbewußt damit und rollte ihn zwischen seinen Handflächen. »Roy, wie kommen Sie darauf, daß es sich bei ihnen *nicht* um ausländische Agenten handelt?«

Darauf war Genelli vorbereitet. »Feindliche Agenten würden sich nicht der Mühe unterziehen, uns eine so eigenartige Lösegeldforderung zu stellen, nachdem sie in Langhorn eingedrungen wären und dort alles, wonach sie suchten, bekommen hätten. Und ihr Fang ist fantastisch. Sie würden den Teufel tun, aber nicht auch noch solche Spielchen mit uns treiben. Und wenn sie doch ein Ablenkungsmanöver planen würden, müßte es ihnen doch vornehmlich darum gehen, unsere Aufmerksamkeit von ihren eigenen Leuten abzulenken und auf eine andere, eine ahnungslose Nation zu lenken. Aber eine solche Lösegeldforderung … nein, das paßt nicht zusammen.«

»Wir dürfen trotzdem keine Möglichkeit außer acht lassen«, erklärte Peterson.

»Selbstverständlich«, stimmte Genelli zu. »Sie setzen daher Beamte auf alle Botschaften an und auf alle Personen, die in diesem Land mit den Botschaften zu tun haben. Wir überwachen ja schon routinemäßig vierundzwanzig Stunden am Tag die Botschaften, die auf der roten Liste stehen … Was ich jedoch eigentlich sagen will: Ich möchte nicht weiter Ihr Chefkoordinator in diesem Fall sein. Ich möchte das Büro verlassen und nach draußen gehen. Ich bin Ihr bester Mann für die Fahndung und Ermittlung in diesem Fall. Ich will die Lösegeldforderung so behandeln, als wäre sie echt. Deshalb möchte ich nach einheimischen Verdächtigen Ausschau halten und keine Spione jagen. Stil und Sprache der Lösegeldbotschaft – der Gebrauch eines so romantischen Codenamens wie Robin Hood, die antimilitaristischen Parolen – das alles bringt mich zu dem Schluß, daß wir es hier mit einheimischen Linksradikalen zu tun haben könnten. Im Augenblick ist das jedoch nicht mehr als blanke Spekulation.«

»In Langhorn ist bereits ein halbes Dutzend unserer Männer aus Philadelphia aktiv«, erklärte Peterson. »Möchten Sie dort mit Ihren Ermittlungen beginnen?«

»Ja«, antwortete Genelli. »Dann brauche ich achtzig oder hundert Beamte, die in New York City bereitstehen. Die Lösegeldübergabe soll dort stattfinden. Der Verdacht liegt also nahe, daß unsere Freunde aus New York City stammen. Darüber hinaus benötige ich zwanzig Beamte, die ein paar Personen überprüfen.«

»Wen?« entfuhr es dem CIA-Direktor. »Haben Sie schon jemanden in Verdacht?«

»Zunächst sollen Colonel Theodore Ives und General Norman Powell überprüft werden.«

»Ives verstehe ich, der steht ganz oben auf der Liste der Verdächtigen«, bemerkte Peterson und drehte die Bleistiftspitze zwischen den Fingern, »aber den Vorsitzenden der Vereinten Stabschefs ...«

»Powell ist der einzige, der neben Ives und dem Präsidenten das komplette Codebuch erhält, und damit auch die CIA-Daten.«

»Also gut«, sagte Peterson, »und was sonst noch?«

»Treffen Sie bitte alle Vorbereitungen für das Lösegeld«, fuhr Genelli fort. Er fühlte, daß er seinen Plan durchbekommen würde. »Wenn wir bis morgen siebzehn Uhr – und das sind nur noch achtunddreißig Stunden – noch nichts erreicht haben, versuchen wir, die Verdächtigen während der Übergabe zu fassen.«

»Wir brauchen keine umständlichen Vorbereitungen zu treffen«, antwortete der Supervisor. »Wir füllen das Päckchen statt der gewünschten Ware lediglich mit Papierschnipseln.«

Genelli runzelte die Stirn. »Falls wir sie aber nicht zu fassen bekommen und sie dann feststellen, daß wir sie hereingelegt haben, verkaufen sie die Bänder an die Chinesen oder an sonstwen.«

Peterson verzog das Gesicht, als hätte er gerade auf etwas Bitteres gebissen. »Glauben Sie denn, daß unsere Freunde, nachdem sie das Lösegeld erhalten haben, die Bänder wie brave Jungs wieder zurückgeben?«

»Ich denke, es besteht immerhin eine Chance«, antwortete Genelli.

»Das glaube ich auch«, meldete sich Meyrowitz zum ersten Mal, seit Genelli den Raum betreten hatte, zu Wort. »Mögen die Diebe aus noch so bescheidenen Schichten kommen, sie werden sich sagen, daß sie die ganze Welt aus dem Gleichgewicht bringen können, wenn sie die Daten an eine fremde Macht verkaufen. Sobald wir ihnen aber das Lösegeld gegeben haben, gibt es für sie nichts mehr zu gewinnen. Warum sollten sie danach noch beabsichtigen, die USA zu ruinieren? Davon abgesehen wären sie schön blöd, sich selbst vernichten zu wollen, nachdem sie so reich geworden sind. Ich schätze also, wir erhalten die Bänder nach der Übergabe zurück.«

Peterson blickte erst auf Meyrowitz, dann auf Genelli. »Ich werde alles Nötige veranlassen.«

»Sind denn die Objekte, die sie als Lösegeld verlangen, wirklich so viel wert?« fragte der CIA-Direktor.

»Ich habe mich bereits danach erkundigt«, antwortete der Supervisor. »Sie sind einige Millionen wert.« Er wandte sich an Genelli: »Ich fliege noch heute nacht nach New York. Sobald Sie von Langhorn nach New York gekommen sind, stehen Ihnen dort die gewünschten Männer zur Verfügung. Am National Airport wartet ein Jet auf Sie, um Sie nach Philadelphia zu bringen. Dort wartet eine zweite Maschine, um Sie nach New York zu bringen. Sonst noch einen Wunsch?«

»Im Augenblick nicht«, antwortete der FBI-Mann. Er wollte jetzt mit seiner Arbeit beginnen.

Die Zeit war 3.26 Uhr am Neujahrsmorgen.

Plover wartete bereits in einem Ford des FBI, als sie das Pentagongebäude verließen. Er startete den Wagen, verließ das Gelände und eilte zum nicht weit entfernten National Airport.

Genelli pfiff leise vor sich hin.

»Zur Fröhlichkeit besteht kein Anlaß«, ermahnte Meyrowitz. »Sehen Sie denn nicht die Axt über unseren Häuptern?« Er zeigte nach oben, so als hinge dort tatsächlich ein solches Gerät an einem dünnen Faden. Ganz gegen seine Gewohnheit, sich lässig zu geben und sich von nichts anfechten zu lassen, schwang jetzt eine Spur Besorgnis in seiner Stimme mit. »Wenn wir die Sache vermasseln, muß irgend jemand als Sündenbock herhalten. Und die bevorzugten Kandidaten für dieses Opfer sind Sie und ich.«

Genelli starrte ihn an. Meyrowitz zählte achtundzwanzig Jahre. Er war so groß wie Genelli, aber drahtig und durchtrainiert wie ein Hochseilakrobat. Er besaß die Ausstrahlung eines Mannes, der mit allem und jedem fertigwerden konnte. Es war ganz gegen seine Art, so etwas wie Pessimismus zu äußern.

»Keiner von uns beiden entspricht der guten alten angelsächsischen Tradition des Büros. Sehen Sie sich uns beide an, wir sind ein schönes Team: ein Italiener und ein Jude. Peterson würde uns, ohne mit der Wimper zu zucken, schlachten. Wir beide gehören halt nicht dem richtigen Club an.«

Plover bog mit mehr als neunzig Meilen nach rechts ab. Die Reifen quietschten schrill.

Als Genelli sich wieder aufgerichtet hatte, erklärte er: »Es macht mir nicht allzuviel aus, wenn man mich aus dem Büro feuert.«

»Ja, ich könnte auch ganz gut ohne das Büro auskommen«, bemerkte Meyrowitz. »Aber das ist es ja nicht allein. Nach dem Rausschmiß kommen die Untersuchungsausschüsse im Kongreß. Unsere Gesichter erscheinen in allen Zeitungen und Nachrichtensendungen. Wir werden die Buhmänner der Nation. Pflichtverletzung im Dienst ist sicher noch der harmloseste Vorwurf, den man uns machen wird. Gut, die Rosenbergs, die wohl berühmtesten Spione, hat man gewaltig durch den Wolf gedreht. Aber was die durchgemacht haben, ist ein Klacks gegenüber dem, was sie mit uns machen werden.«

»Hören Sie, David, meinen Sie nicht, daß Sie ...«

»Das ganze Land wird vor Angst in kollektive Panik verfallen, wenn wir die Burschen nicht schnappen«, fuhr Meyrowitz unbeirrt fort. »Jeder wird nach einem Sündenbock suchen, und jemand muß gekreuzigt werden, damit die Leute sich abreagieren können.« Er sah Genelli intensiv an und entdeckte erste Zweifel im Blick seines Gegenübers. »Fällt Ihnen jetzt die Axt auf, die über uns schwebt?« fragte Meyrowitz.

14

»Damit ist die Welt doch nicht untergegangen«, sagte Carrie sanft.

Alle Lampen waren gelöscht, und sie lagen nebeneinander auf dem Bett ihres Hotelzimmers. Das rote Glühen der Stadtlichter fand seinen Weg durch die geschlossenen Vorhänge und verlieh der Dunkelheit den Schimmer eines Kaminfeuers. Lee und Carrie waren nackt.

Sie preßte ihr Gesicht an seinen Nacken, und ihr geschmeidiger Körper drückte sich an den seinen. Er hielt die Hände an seinen Bauch.

»Gerade heute nacht war ich mir so sicher ...« murmelte er.

»Ich habe dir doch gesagt, daß es noch zu früh wäre«, sagte sie leise. »Dir geht einfach noch zuviel im Kopf herum. Herrgott, nach diesem Unternehmen geht es mir doch nicht anders.«

Einige Minuten lang sprach keiner von ihnen ein Wort.

Eine Polizeisirene heulte unten auf der Straße auf, entfernte sich rasch und war bald kaum noch zu hören.

Lee seufzte. »Weißt du, an was ich heute nacht denken mußte, als wir im Recard-Gebäude waren? An Slatvik. An das, was er mir einmal gesagt hat. Meine Impotenz rühre wahrscheinlich von meinem Gefühl der Unfähigkeit, der Nutzlosigkeit her.«

»Ja, ich erinnere mich, daß du einmal darüber gesprochen hast.«

»Nun, ich fühle mich nicht länger unfähig. Ich fühle mich mächtig und gut. Ich habe etwas vollbracht. Warum versage ich dann bei dir immer noch?«

»Es ist einfach noch zu früh«, sagte sie voll Zärtlichkeit. »Hab doch etwas Geduld.«

»Okay, für mich könnte es so gehen. Ich kann warten, bis sich irgendwann doch noch ein Erfolg einstellt. Was bleibt mir auch anderes übrig, im Moment habe ich sowieso nichts mehr zu verlieren.« Er zögerte kurz und fuhr dann leiser fort: »Aber es ist dir gegenüber einfach nicht fair. Ich kann dich nicht um noch mehr Geduld bitten, nicht nach so vielen langen Monaten.«

»Ach, sei doch still!« antwortete sie unwirsch. Dann erklärte sie verständnisvoller: »Du hältst mich immer noch für eine Art Mutter Teresa, nicht wahr? Für eine herzensgute Frau, die kleine Vögel aufhebt, die aus dem Nest gefallen sind, und dann aufpäppelt. Nun, es mag schon sein, daß etwas davon in mir ist. Und vielleicht hat es auch etwas damit zu tun, warum ich mit dir zusammengezogen bin. Aber das ist sicher nicht der Grund, warum ich immer noch bei dir bin. Verdammt, ich liebe dich doch!«

Die Heftigkeit ihrer kurzen Rede bewegte ihn genausosehr wie die Worte, die sie gesagt hatte. Dennoch reichte beides nicht aus, das Gefühl der Schuld und der Nutzlosigkeit in ihm zu verdrängen. Er war für sie kein Mann, und aus diesem Versagen wuchsen weitere Schuldgefühle, die stärker und heftiger in ihm zu pulsieren begannen, sich wie ein Krebsgeschwür ausbreiteten. »Ich hätte dich nicht in diese Sache hineinziehen sollen.«

»Hast du ja auch gar nicht. Ich selbst wollte mitmachen, wenn du dich recht erinnerst? Und ich bin für mich selbst verantwortlich. Also wollen wir über diesen Punkt nicht mehr reden, einverstanden?«

Aber er war noch nicht bereit, das Thema fallenzulassen. »Ich fürchte, du hast recht mit deinem Mißtrauen gegenüber Doug. Er ist nicht mehr der alte Kamerad, der Doug, den ich im Schützengraben zum Freund gewonnen habe. Allerdings kann ich dir nicht erklären, was sich an und in ihm geändert hat.«

»Wir beide wollen ihn von nun an im Auge behalten«, sagte Carrie und drückte Lee fester. »Wenn wir beide ein bißchen aufpassen, kann doch gar nichts schiefgehen, oder? Ich meine, wir sind zwei gegen einen. Wenn wir nur zusammenhalten, werden wir die Sache schon durchstehen. Wir bekommen einen Haufen Geld und brauchen uns nie mehr Sorgen zu machen. Und falls du Slatvik überhaupt noch einmal benötigen solltest, kannst du die Sitzungen bei ihm aus der eigenen Tasche bezahlen.« Bei Lee kamen ihre Worte so an, als würde sie eine Litanei herunterbeten.

»Ja, zusammen werden wir es schaffen«, meinte er.

»Ich weiß es hundertprozentig.«

Nach einigen weiteren Minuten des Schweigens erklärte Carrie, so als hätten sie keinen Moment aufgehört, über Doug Powell zu reden: »Wir richten ein Auge auf ihn. Es kann nichts schaden, wenn wir beide jeden einzelnen Schritt von ihm verfolgen.«

Auf seinem Zimmer marschierte Doug Powell bereits seit einiger Zeit neben seinem Bett auf und ab. Er wartete auf das Klingeln des Telefons. Schon seit vier Uhr wartete er auf den Anruf, denn der war für diesen Zeitpunkt ausgemacht worden.

Endlich, um 4.18 Uhr, das ersehnte Läuten.

Er riß den Hörer hoch. »Hallo?«

Der Mann von der Vermittlung im Hotel sagte: »Spreche ich mit Mr. Powell?«

»Ja.«

»Ich habe hier ein R-Gespräch für Sie von einem Mr. Hyde in New York City.«

Powell wischte sich mit der Handfläche den Schweiß von der Stirn. »Warum stellen Sie dann nicht durch?«

»Sind Sie bereit, die Gebühren zu übernehmen?«

»Setzen Sie sie auf meine Rechnung«, rief Powell.

Einen Moment später die Stimme von Ilja Tsaitzew: »Mr. Powell?«

»Hallo, Mr. Hyde?«

»Es tut mir leid, wenn ich Ihnen Umstände mache, aber im Moment hängt das einzige erreichbare Telefon in einer Telefonzelle.«

»Macht doch nichts«, antwortete Doug.

Tsaitzew sprach perfekt Englisch. Seit Powell ihn vor zweieinhalb Jahren auf einer Party in Washington kennengelernt hatte, hatte der Russe hart an sich gearbeitet, um seinen Akzent loszuwerden.

»Es ist mir unangenehm, Sie zu dieser frühen Stunde stören zu müssen«, fuhr Tsaitzew fort, »aber eben ist der Anruf aus Zürich gekommen. Ihre Anwälte haben alles vorbereitet. Sind Sie noch bereit, den Handel so abzuschließen, wie wir das vor ein paar Tagen besprochen haben?«

»Ganz sicher bin ich noch bereit dazu«, antwortete Powell und grinste die Wand vor ihm an.

Der Russe schwieg einen Moment. Dann fragte er: »Sollen wir dann so fortfahren wie besprochen?«

»Ja, genau so, wie besprochen.«

»Dann sehen wir uns morgen abend«, sagte Tsaitzew.

»Bis morgen abend.«

Beide Männer hängten im selben Moment ein.

Doug setzte sich auf die Bettkante. Er streckte die Arme aus und betrachtete seine Hände. Sie zitterten. Doch das Zittern war nicht Ausdruck von Furcht, sondern von Erregung. Er hatte vorher schon mit Dunio telefoniert. Alles lief bestens. Dunio wollte das Bargeld bereithalten. Jetzt mußte er nur noch das Lösegeld in Empfang nehmen, bevor er Tsaitzew die Bänder aushändigen konnte. Was für ein wunderschönes Lösegeld. Eine zusätzliche schallende Ohrfeige für die Mächtigen dieses Landes. Für das geforderte Lösegeld würden sie sich ganz schön anstrengen müssen. Eine Doublette, eine doppelte Ohrfeige, denn die Regierung würde nicht nur das Lösegeld, sondern auch die Bänder preisgeben müssen. Während er so darüber nachdachte und sich alles ausmalte, konnte er kaum noch still sitzen.

»General Norman Powell!« rief er. Er zeichnete mit den Fingern die Kopfform seines Vaters in die Luft. »Was für Schlagzeilen: Powell seines Amtes enthoben! Der Beschuldigte bestreitet, etwas von der Verschwörung seines Sohnes gewußt zu haben!«

Verschwörung? Ach was, das perfekte Verbrechen!

Er ließ sich rückwärts aufs Bett fallen und kicherte.

An der Ostseite von Central Park West saßen die Agenten Ashe und Packer in einem Wagen. Sie hatten die Schicht von Mitternacht bis acht Uhr morgens, um Ilja Tsaitzew zu observieren. Sie beobachteten, wie der Russe eine Telefonzelle auf dem Bürgersteig verließ.

»Er kehrt sicher auf direktem Weg in seine Wohnung zurück«, brummte Ashe.

Mit abgeschalteten Lichtern folgte der FBI-Wagen an den geparkten Autos entlang dem Diplomaten.

Drei Blocks weiter betrat der Russe das Haus, in dem sich seine Wohnung befand.

»Fein«, brummte Ashe, »jetzt müssen wir seinem Hintern nicht durch die halbe Stadt folgen.«

Packer fuhr in eine freie Parklücke und schaltete den Motor ab. Er war erst seit letzter Nacht zum Observierungsdienst eingeteilt, und der Auftrag erregte und faszinierte ihn. »Was meinen Sie, wen er angerufen und was er gesagt hat?«

»Sicher nichts Weltbewegendes«, antwortete Ashe. »Er ist nicht sonderlich wichtig. Kam vor drei Jahren aus Rußland und hat immer noch die Manieren eines Kartoffelbauern. Tsaitzew hat ein ganzes Jahr gebraucht, sich sein UNO-Deckmäntelchen zu stricken. In den beiden letzten Jahren hat er versucht, Kontakte zu Datenhändlern und anderen zwielichtigen Vögeln aufzubauen. Die CIA hat ihn die ganze Zeit über mit falschen Informationen und Spielmaterial versorgt. Er hat alles brav nach Moskau durchgegeben. Möglich, daß er weiß, was für eine Art Material er erhält, aber er bemüht sich, an bessere Informationen zu gelangen. Und deshalb observiert das FBI ihn, denn vielleicht hat er ja doch einmal Glück und erwischt einen Informanten, der nicht von der CIA geschickt worden ist.«

»Und wenn er diesmal einen solchen Informanten gefunden hat?« beharrte Packer.

»Wir zapfen die Telefonzelle an. Für den Fall, daß er sie noch einmal benutzt«, brummte Ashe. »Aber ich garantiere Ihnen, daß dieses blinde Huhn noch immer kein Korn gefunden hat.«

15

Neujahrstag, 17.00 Uhr

Roy Genellis jetziges Büro im FBI-Hauptquartier an der East Sixty-ninth Street in Manhattan war beileibe nicht so beeindruckend wie der Raum in Korridor Sechs, Ring E im Pentagon, in dem er mit Gardner Peterson gesprochen hatte. Genellis Büro war kaum halb so groß, hatte langweilig grün gestrichene Wände und verfügte lediglich über das Standardmobiliar. Der graue Linoleumboden wurde nicht einmal von Teppichfliesen verschönert.

Die Atmosphäre in diesem Raum bedrückte Genelli überhaupt nicht, denn er hatte keine Zeit, sie wahrzunehmen. Er hatte seit Stunden schon Meldungen, Anrufe und Berichte über den mittlerweile sogenannten ›Robin-Hood-Fall‹ entgegengenommen. Da blieb ihm kaum die Gelegenheit, sich Gedanken über die Einrichtung zu machen. Er hatte eine halbe Stunde im Air-Force-Jet geschlafen, der ihn von Philadelphia zum Floyd-Bennett-Flughafen gebracht hatte. Und zwischen Mittag und vierzehn Uhr hatte er zwei weitere Stunden Schlaf gefunden. Bis auf diese beiden Ausnahmen war er seit dem Anruf von Peterson kurz nach eins in der Nacht ständig auf den Beinen gewesen. Das einzige, was er in diesem ihm zugeteilten New Yorker Büro bemerkt hatte, war, daß es eine Kaffeemaschine für dreißig Tassen und reichlich frisch gemahlenen Kaffee aufwies.

Roy trank Kaffee, als wäre er süchtig danach. Er goß sich gerade die dritte Tasse in dieser Stunde ein, als David Meyrowitz mit einem Stoß Ausdrucke vom Teleprinter in den Raum kam.

»Was gibt's denn?«

»Nur unwichtiges Zeugs, wie gehabt«, brummte Meyrowitz und warf den Stoß auf den überfüllten Schreibtisch.

»Klären Sie mich bitte kurz darüber auf.«

Der jüngere Mann marschierte zur Kaffeemaschine und goß sich eine Tasse ein. Nach einem ersten Schluck sagte er: »Die Jungs in Philadelphia haben gerade Berichte über zehn weitere Gäste bei der Silvesterparty in der Ox Lane geschickt.« Mittlerweile waren alle vernommen worden, die diese Party besucht hatten. Allerdings waren noch nicht alle Personen überprüft worden. Vierzig Beamte zwischen Philadelphia und Baltimore kümmerten sich darum und sandten ihre Berichte an Genelli. »Allesamt nette Normalbürger. Das Schlimmste, was uns bislang untergekommen ist, war ein Literaturprofessor, der vor fünf Jahren eine Nacht im Gefängnis verbracht hat, weil er sich auf einer Friedensdemonstration am Kennett Square ungebührlich verhalten hat.«

»Dürfte wohl kaum unser Mann sein, was?« grunzte Genelli.

»Ich weiß nicht«, entgegnete Meyrowitz. »Wenn wir nicht bald auf eine heiße Spur stoßen, müssen wir uns diesen Prof etwas gründlicher vorknöpfen.« Der Assistent hatte den Mantel ausgezogen, die Krawatte abgebunden und die Hemdsärmel hochgekrempelt. Sein lockiges Haar war verschwitzt und ungekämmt. Unter seinen Augen lagen schwarze Ringe.

»Wie viele von den Gästen müssen denn noch überprüft werden?«

Meyrowitz nahm seinen Kaffee und ließ sich auf einem unbequemen Plastikstuhl neben dem Schreibtisch nieder. »Fünfundachtzig Personen sind bis zum Augenblick überprüft worden. An der Party haben insgesamt hundertvier Leute teilgenommen. Wie viele bleiben da übrig ... neunzehn, nicht wahr? Aber irgend so eine Ahnung sagt mir, daß wir auch unter den Verbleibenden keinen Superkriminellen finden.«

Die beiden Beamten hatten drei Stunden in Langhorn verbracht und bei den ersten Verhören der Gäste auf der Party gegenüber dem Recard-Institut teilgenommen. Auf dem Campus hatten sie sich davon überzeugt, wie sauber und gründlich der Datenraub durchgeführt worden war. Profis waren hier am Werk gewesen, die natürlich keinerlei Spuren hinterlassen hatten. Im Recard und überall auf dem Campus hatte sich nicht die leiseste Spur finden lassen. Dennoch wurde jede einzelne Ecke untersucht und durchstöbert, bevor ein paar unergiebige Berichte mehr geschrieben werden konnten.

»Ich habe eben mit Simonsen im Institut gesprochen«, verkündete Genelli und ließ sich müde in den Sessel hinter dem Schreibtisch fallen. Er nahm noch einen Schluck von seinem schwarzen Kaffee. »Gegen vierzehn Uhr dreißig hat man den Nachtwächter Rickart nach Hause gehen lassen. Er wurde dreimal verhört, jedesmal eine ganze Stunde lang. Simonsen schwört, sie hätten bei ihm das unterste zuoberst gekehrt.«

»Ja und? Was ist dabei herausgekommen?«

»Der Mann war mal Bulle«, erklärte Genelli. »Und damals hatte er Kontakt mit einigen Herrschaften aus der Unterwelt.«

»Hat er sich was zuschulden kommen lassen?«

»Ja.«

Ein Strahlen ging über Meyrowitz' Gesicht.

»Schrauben Sie Ihre Hoffnungen nicht zu hoch«, warnte Roy. »War alles nichts Besonderes. Er hat sich ein paar Scheine zustecken lassen, um bestimmte Kreise zu warnen, wenn eine Razzia anstand. Er hat dafür aber nicht einmal ein Verfahren an den Hals bekommen. Man hat ihn nur in aller Stille vorzeitig den Dienst quittieren lassen.«

»Und was hat er dann gemacht?« wollte Meyrowitz wissen. »Wie lange arbeitet er überhaupt schon am Recard?«

»Seit acht Monaten.«

»Und wir observieren ihn?«

»Verdeckte Observierung«, antwortete Genelli. »Vier Männer behalten rund um die Uhr sein Haus im Auge. Zwei Männer stehen bereit, seiner Frau zu folgen, wenn sie mal das Haus verläßt. Und zwei Beamte stehen bereit, sobald er einmal vor die Tür tritt. Schließlich haben sich zwei Männer an die Fersen seiner Tochter gehängt, die während der Feiertage Skiurlaub in einem Ferienhaus macht. Das Telefon des Wachmanns ist seit vier Uhr heute früh angezapft.«

»Hat irgendwer daran gedacht, den Generalstaatsanwalt aus dem Bett zu klingeln?«

»Ich denke schon.« Genelli nahm einen Schluck heißen Kaffee und sog scharf die Luft ein, weil er sich den Mund verbrannt hatte. »Ich denke aber kaum, daß Rickarts Verbindungen zur Unterwelt irgend etwas mit ›Robin Hood‹ zu tun haben.«

»Höchstwahrscheinlich nicht«, stimmte Meyrowitz zu. Dann grinste er. »Aber falls wir da wirklich auf eine heiße Spur stoßen sollten, können wir sicher auch eine Verbindung zwischen Rickart und diesem Literaturprofessor herstellen, den man damals während der Friedensdemonstration festgenommen hat.«

Das brachte Genelli zum Lachen. Er trank die Tasse leer und stellte dann fest, daß er schon viel zuviel von dem Muntermacher zu sich genommen hatte. Er würde sich einschränken müssen, wollte er vermeiden, daß seine Hände zu sehr zu zittern begannen.

»Und was nun?« fragte der Assistent.

»Wir warten auf die nächsten Berichte«, erklärte Genelli. »Bis dahin nehmen wir uns noch mal die schon eingetroffenen vor und suchen, ob wir irgendeine winzige Kleinigkeit übersehen haben.«

»Sinnlos. Wir haben nichts übersehen.«

»Das kann man nie wissen«, beharrte Genelli. Er wühlte sich durch die Papierberge und losen Zettel auf seinem Schreibtisch und blieb bei zwei Schnellheftern hängen. Es handelte sich dabei um die Kopien der Berichte über Colonel Theodore Ives.

»Kommen Sie, wir nehmen uns jetzt jeder einen von diesen Heftern vor. Zwei Paar Augen, die sich zur selben Zeit mit etwas beschäftigen, entdecken vielleicht mehr.«

»Ives?« Meyrowitz verzog das Gesicht. »Eine grundehrliche Haut, wenn Sie mich fragen. Er ist eines von den seltenen Exemplaren, die sich bis zum letzten für ihr Land aufopfern!«

»Jemand aus der Familie ...«

»Der Junge ist bei den Pfadfindern und hat dort einige Auszeichnungen errungen. Und seine Frau leitet irgend so eine patriotische Damenvereinigung. Und wenn sie am Wochenende alle zusammen sind, tun sie genau das, was eine amerikanische Bilderbuchfamilie tun sollte.«

Genelli knallte ihm den Hefter auf den Tisch.

»Sturer alter Bock!« murmelte Meyrowitz. Er blätterte den Schnellhefter durch, machte sich dann aber gehorsam daran, die erste Seite zu lesen.

16

Sie hatten beschlossen, daß Doug nicht in einem New Yorker Hotel absteigen sollte, sondern die Nacht bei ihnen verbringen würde. Carrie wollte auf keinen Fall Powell oder die Bänder aus den Augen lassen. Gegen sechs Uhr morgens erreichten sie mit dem Zug New York, fanden vor der Penn Station gleich ein Taxi und ließen sich von ihm zu ihrer Wohnung in der Twentieth Street befördern.

Alle drei hatten einen Bärenhunger. Carrie machte ein paar Käse-Omeletts, und dazu nahmen sie reichlich Great Western Pink Catawba zu sich.

»Ab übermorgen braucht ihr euch nie mehr so billigen Wein zu kaufen«, grinste Doug.

»Und dabei habe ich mich schon so daran gewöhnt«, grinste Lee zurück.

»Wieviel Geld hält dieser Dunio denn morgen abend für uns bereit?« wollte Carrie wissen. »Vorausgesetzt natürlich, wir bekommen das Lösegeld.«

»Leider kriegen wir noch nicht alles«, antwortete Powell. »Der Käufer für die Bilder, die wir als Lösegeld verlangen, hat einen Vorschuß von einer halben Million Dollar gezahlt. Und diese Summe bringt Dunio mit. Bargeld, Freunde! Den Rest sollen wir dann morgen in zwei Wochen erhalten.«

»Warum dauert das denn noch so lange?« fragte Carrie.

»Nun, zuerst einmal muß er die Bilder dem Käufer zur Ansicht überreichen. Der Herr will sich von der Echtheit der Stücke überzeugen, will keine Katze im Sack kaufen. Danach muß er viereinhalb Millionen für uns und zweieinhalb Millionen für Dunio zusammenbekommen.«

»Was ich nicht verstehe«, bemerkte Lee und goß allen Wein nach, »ist, warum kann Dunio nicht mit dem Geld hierherkommen, so wie wir das anfangs vorgesehen hatten?«

»Es war bestimmt nicht meine Idee, den Plan zu ändern«, antwortete Doug etwas gereizt. »Dunio ist nach einigem Nachdenken auf diese Idee verfallen.«

Obwohl Lee stark vermutete, daß sein Gegenüber gerade eben gelogen hatte, sagte er: »Ja, das hast du schon erzählt. Aber ich verstehe nicht, warum wir den ganzen Weg nach Princeton, New Jersey, fahren sollen, um dort die Bilder gegen die erste halbe Million einzutauschen!«

Powell zuckte die Achseln. Er konnte seinem Kriegskameraden nicht in die Augen sehen. »Weiß ich auch nicht. Vielleicht ist Dunio nervös geworden, vielleicht konnte er nur zu den größten seiner Branche aufsteigen, wenn er auf gewissen vertrackten Sicherheitsmaßnahmen bestand ...« Er nahm einen Schluck von dem Wein. »Immerhin weiß er, daß die Gemälde gestohlen sind. Und es handelt sich bei ihnen keineswegs um Feld-, Wald- und Wiesenbilder, sondern um außerordentlich wertvolle Stücke. Ein Deal in einer solchen Größenordnung macht sicher auch den abgebrühtesten Kunstschieber nervös. Aus mir unbekannten Gründen fühlt er sich jedenfalls in Princeton sicherer als hier.«

»Schön, aber sind wir auch in New Jersey sicher?« wandte Carrie ein.

»Klar doch.«

Lee nahm einen kleinen Schluck Wein. »Besteht die Möglichkeit, wie entfernt auch immer, daß Dunio uns hereinlegen will, daß er nur an die Bilder herankommen möchte, aber nicht bereit ist, uns auch nur einen Penny dafür zu zahlen?«

»Undenkbar«, antwortete Doug bestimmt. »Er bringt natürlich einige von seinen Männern mit, schon allein der halben Million wegen. Aber er wird seinen Teil des Deals einhalten. Und wenn du mir nicht glaubst, dann sag dir doch folgendes: Dunio wird sich denken, daß er mit uns noch öfter solche Geschäfte machen könnte, wenn wir mit dem ersten Erfolg haben. Und beim nächsten Coup wird er sich uns förmlich aufdrängen, um Hehler oder meinetwegen Mittelsmann sein zu dürfen.«

Lee war immer noch nicht hundertprozentig beruhigt. Er legte Powell eine Hand auf die Schulter und wartete, bis der große Mann ihn ansah. Dann blickte Lee ihm tief in die Augen. »Ich setze eine Menge Vertrauen in dich. Ich vertraue dir mein Leben und meine Zukunft an.«

Powells langes Gesicht spiegelte einen inneren Schmerz wider, der ihn im ersten Moment zu zerreißen drohte. »Ich würde dich niemals im Stich lassen. Ganz gleich, was mir zustößt, dir soll nichts Schlimmes passieren. Das verspreche ich dir.« Die Ergriffenheit, die von seiner Stimme ausging, stand im Gegensatz zu der scheinbaren Schlichtheit seiner Worte. Was er Lee gerade versprochen hatte, war ihm wichtiger als alles andere auf der Welt. Und zusätzlich wurde sein Schwur durch das ehrliche und tiefe Leuchten in seinen Augen verstärkt.

Lee mußte an Dougs Vater denken. Steckte der hinter allem? Hatte Doug die Liebe, die er eigentlich als Sohn für den Vater empfinden sollte, auf den Freund und Kameraden Lee übertragen? Nur Blutsverwandte leisteten einander solche Schwüre. Lee stellte plötzlich überrascht fest, daß sich Tränen in den Augen des Freundes sammelten.

»Alles okay jetzt?« fragte Powell.

Lee sah Carrie an.

Sie nickte.

»Fein«, sagte Lee. »Wir ziehen diese Sache gemeinsam durch, und ich werde nie wieder einen Zweifel an dir hegen. Und ich verspreche dir ebenfalls, dich nicht im Stich zu lassen, dich selbst noch aus der Hölle herauszuboxen.«

Übergangslos war Doug wieder der alte. Grinsend hob er sein Weinglas und rief: »Einen Toast! Darauf, daß wir alle bald Millionäre sind!«

17

Neujahrstag, 20.00 Uhr

Gardner Peterson ließ die Jalousie fallen, die er kurz angehoben hatte, um einen Blick auf die Sixty-ninth Street zu werfen. Er drehte dem Fenster den Rücken zu und wandte sich an seinen Besucher. »Sie haben jetzt über eine Stunde lang Gelegenheit gehabt, die Berichte über General Powell zu studieren. Wenn dabei nichts von Bedeutung herausgekommen ist, dann gab es da ganz einfach nichts von Bedeutung zu entdecken. Wir können rein gar nichts damit gewinnen, diese Fährte weiter zu verfolgen.«

»Da bin ich anderer Ansicht«, widersprach Genelli. Er wußte, daß sein Chef sehr vorsichtig wurde, wenn es um die obersten Persönlichkeiten der Politik ging, aber er wußte, daß er wenigstens seine Argumente vortragen durfte. »Es gibt da einige auffallende Punkte. Vor allem die Probleme in seiner Familie. Und aus vielen Fällen wissen wir, daß solche Familienschwierigkeiten alle möglichen Dinge auslösen können. Auch Verstöße gegen die Sicherheitsbestimmungen. Seine Frau könnte, wenn sie so weitermacht, entmündigt werden. Und zu erklären, Sohn und Vater hätten sich entfremdet, ist noch eine harmlose Untertreibung …«

»In welcher Familie gibt es solche oder ähnliche Probleme nicht?« fuhr Peterson ihn zornig an.

»Zum Beispiel in der Familie von Colonel Ives. Wir haben seine Familie sehr gründlich untersucht. Die Ives könnten direkt einem Musterkatalog entsprungen sein. Bei den Powells hingegen …«

»Die Angelegenheit ist sehr delikat«, bemerkte der Chef. »Wir können den Vorsitzenden der Vereinigten Stabschefs nicht so einfach ins Verhör nehmen wie einen x-beliebigen Bürger.«

»Dann müssen wir ihn eben bitten oder sonstwie schmeicheln«, erklärte Genelli. »Ich muß ihm ganz einfach ein paar Fragen stellen. Wenn ich mit meiner Theorie über die undichte Stelle bei den Codebüchern richtig liege, dann steht der General oder jemand aus seinem Haushalt ganz oben auf der Liste der Verdächtigen. Es sei denn, Sie würden ernsthaft in Erwägung ziehen, den Präsidenten selbst zu verdächtigen.«

Peterson durcheilte den Raum, blieb dort vor der Tür stehen, überzeugte sich, daß sie wirklich verschlossen war, und dachte dann kurz nach. »Könnten Sie ihn übers Telefon befragen?«

»Da ich keine Zeit habe, nach Washington zu reisen, und der General sicher etwas Besseres zu tun hat, als meinetwegen hierherzukommen, bleibt mir wohl nicht viel anderes übrig.«

»Ich will versuchen, etwas in die Wege zu leiten.«

Genelli blickte auf seine Armbanduhr. »Uns bleiben nur noch einundzwanzig Stunden, bis das Lösegeld bezahlt werden muß. Wir brauchen ganz dringend eine Spur.«

Neujahrstag, 21.30 Uhr

»Der Direktor hat das Weiße Haus angerufen«, erklärte Peterson. »Der Präsident hat zugestimmt, zu diesem Zweck die Immunität des Betreffenden aufzuheben. Sie können Powell befragen, Genelli.«

Der Ermittlungsleiter riß die Augen auf. »Wann?«

»Powell wird sich über eine Sicherheitsleitung des Weißen Hauses bei Ihnen melden. Vermutlich innerhalb der nächsten halben Stunde.«

»Darf ich die Befragung mitschneiden?«

»Ja«, antwortete Peterson. »Doch Sie müssen das Gespräch selbst abtippen. Keine Sekretärin sollte das zu Gesicht bekommen.«

Genelli nickte. »Wollen Sie mithören, Sir?«

»Nein«, erklärte der Supervisor. »Ich muß mich um hundert andere

Dinge kümmern.« Das war nicht gelogen, aber Genelli wußte, daß sein Vorgesetzter sich aus politischen Gründen dafür entschieden hatte, nicht Zeuge der Befragung zu sein. Er wollte aus der Schußlinie sein, wenn Genelli den Unwillen des Generals oder gar des Präsidenten erregte.

Neujahrstag, 23.30 Uhr

Genelli lief über den langen Korridor zu einem unbenutzten Büro, in dem David Meyrowitz auf einer mit Segeltuch bespannten Pritsche schlief. Er ließ das Licht ausgeschaltet, beugte sich über seinen Mitarbeiter und rüttelte ihn an der Schulter.

Meyrowitz fuhr wie von der Tarantel gestochen hoch und schlug mit den Fäusten in die Luft.

»Was für ein Glück für mich, daß Sie im Moment keine Dienstwaffe tragen«, brummte Genelli. »Sie hätten eben wahrscheinlich einen Schweizer Käse aus mir gemacht.«

»Wie spät ist es denn?«

»Halb zwölf.«

Meyrowitz schwang die Beine von der Pritsche und setzte sich aufrecht hin. »Großer Gott, Sie haben mich fünf Stunden schlafen lassen!«

»Gleich übernehmen Sie«, erklärte Genelli, »damit ich mich für fünf Stunden hinlegen kann. Wir müssen unsere Köpfe klarhalten.«

Der Assistent leckte sich über die spröden Lippen. »Mannomann, ich fühle mich dreckig wie ein Schwein.«

»Plover ist aus Washington gekommen«, erklärte Genelli. »Er ist bei Ihnen und bei mir vorbeigefahren und hat einiges von unseren Sachen eingepackt. Sie können sich später noch frischmachen. Im Augenblick habe ich hier etwas, was wir zusammen studieren sollten.«

»Machen Sie es nicht so spannend.«

»Wir haben den Bericht über General Powell«, erklärte Genelli. »Als ich den durchgearbeitet habe, sind mir ein paar Fragen in den Sinn gekommen, die ich gern geklärt haben wollte. Ich habe mich an Peterson gewandt, der hat ein paar Fäden gezogen, und dann durfte ich den Vorsitzenden dreißig Minuten lang befragen.«

Meyrowitz erhob sich. »Und? Was ist dabei herausgekommen?«

»Kommen Sie bitte mit in mein Büro, damit wir die Angelegenheit dort besprechen können.«

Sie liefen durch den Gang und kamen an einer Menge Büros vorbei, in denen niedere Chargen des FBI-Apparats in Telefone brüllten oder emsig Berichte schrieben. Sie passierten auch das Teletype-Center, in dem die Maschinen wie verrückt ratterten. Endlich standen sie vor der verschlossenen Tür zu Genellis Büro.

Innerhalb der grünen Bürowände nahm sich Meyrowitz eine Tasse Kaffee vom Automaten und ließ sich in dem Sessel nieder, den er stets einnahm. Genelli reichte ihm einen Durchschlag der Wiedergabe seines Gesprächs mit Powell, das er selbst getippt hatte. Das Band, auf dem er die Befragung mitgeschnitten hatte, war sicher in der verschließbaren Schublade seines Schreibtischs verstaut.

»Das ist aber lang geworden«, stöhnte Meyrowitz.

»Ich habe Kringel um die wichtigen Stellen gemacht«, erklärte Genelli. »Sehen Sie sich bitte zuerst Seite 3 an.«

Meyrowitz legte die beiden ersten Seiten fort und fing an zu lesen.

GENELLI: Nur damit ich Sie nicht falsch verstanden habe: Wenn Sie für eine längere Frist zu Hause waren, also mindestens einen Tag lang, haben Sie das Code-Buch im Safe Ihres Arbeitszimmers eingeschlossen?

POWELL: Das ist richtig.

GENELLI: Haben Sie nie befürchtet, jemand könnte in Ihr Haus einbrechen und dabei den Safe öffnen?

POWELL: Das Haus wird durch eine Alarmanlage geschützt. Eine zusätzliche Alarmanlage ist an den Safe angeschlossen. Und ich lasse mein Haus von zwei Wachmännern schützen, solange ich dort weile. Ein Einbrecher käme bei mir nicht sehr weit, Mr. Genelli.

GENELLI: Nun … wer außer Ihnen kennt die Kombination Ihres Safes?

POWELL: Meine Frau.

GENELLI: Und Ihr Sohn?

POWELL: Der kennt sie nicht.

GENELLI: Einer früheren Aussage von Ihnen entnehme ich, daß Sie diesen Safe seit über sechs Jahren im Haus haben. Wäre es da nicht denkbar, daß Ihr Sohn in einer so langen Zeit die Kombination entdeckt haben könnte?

POWELL: Ich kann mir nicht vorstellen, wie ihm das möglich gewesen sein sollte.

GENELLI: Haben Sie sich die Kombination vielleicht auf einem Zettel notiert, den Sie in Ihrer Brieftasche aufbewahren? Möglicherweise hat Ihr Sohn den Zettel einmal entdeckt. Vielleicht hat auch Ihre Gattin ihm die Kombination gezeigt.

POWELL: Meine Frau hat ihm nie etwas von der Kombination erzählt. Und mein Sohn gehört nicht zu den Kerlen, die in der Brieftasche ihres Vaters herumschnüffeln. Davon einmal abgesehen erhält er nie Gelegenheit, in die Nähe meiner Brieftasche zu kommen.

GENELLI: Ihr Haus verfügt über einen Pool. Lassen Sie die Brieftasche im Haus zurück, wenn Sie schwimmen gehen?

POWELL (Pause): Nur meine Frau und ich kennen die Kombination.

Meyrowitz blickte vom Manuskript auf. »Ich habe den Bericht über Powell nicht gelesen. Ich kann mich aber von den Vorermittlungen noch an die Anmerkung erinnern, daß es zwischen Vater und Sohn Powell nicht zum besten stehen soll.«

Genelli nickte.

»Man kann es förmlich spüren«, sagte Meyrowitz und tippte mit dem Zeigefinger auf die Seite 3. »Er möchte sowenig wie möglich, am liebsten gar nicht über seinen Sohn reden.«

Genelli lächelte. »Ist Ihnen sonst noch was aufgefallen?«

Meyrowitz nahm einen Schluck Kaffee. »Trotz der Zurückhaltung des Generals wird deutlich, daß er seinem Sohn nicht traut. Er hat ihm niemals die Kombination gegeben und würde das auch in Zukunft nicht tun.«

Genelli nickte zufrieden und erklärte dann: »Weiter auf Seite 5, ungefähr in der Mitte. Dann Seite 6.«

Meyrowitz hatte die markierte Stelle rasch gefunden.

GENELLI: Sir, das mag Ihnen vielleicht wie eine sehr persönliche Frage vorkommen, aber ich bin autorisiert, Sie alles zu fragen, was mir wichtig erscheint. Ich fürchte, ich muß jetzt ein wenig in Ihre Intimsphäre eindringen.

POWELL: Machen Sie sich mal darüber keine Sorgen. Schießen Sie los.

GENELLI: Unsere Ermittlungen über Ihre Familie haben unter anderem ergeben, daß Ihre Gattin in der Öffentlichkeit trinkt ... viel trinkt. Bei einigen gesellschaftlichen Anlässen war sie, aufgrund reichlichen Alkoholkonsums, wenig diskret hinsichtlich Ihrer und des Präsidenten Privatmeinung über verschiedene Reporter, Kongreßabgeordnete und andere Persönlichkeiten in Washington.

POWELL (Schweigen)

GENELLI: Dem Büro ist bekannt, daß aus einer Serie von kleineren Indiskretionen leicht ein größeres Sicherheitsproblem entstehen kann. Nun ... Nur Sie befinden sich in der Lage, Auskunft über die folgende Frage zu geben: Trinkt Ihre Frau nur bei Streß, oder ist sie bereits Alkoholikerin?

POWELL (Schweigen)

GENELLI: Verzeihen Sie bitte, wenn ich insistiere, aber diese Frage ist sehr wichtig.

POWELL (nach einigen Sekunden des Schweigens): Also gut. Seit einiger Zeit trinkt sie auch, wenn sie allein ist. Sie nimmt nicht mehr ausschließlich in der Öffentlichkeit Alkohol zu sich ... Aber die Vorstellung, daß Loretta auch nur in Erwägung ziehen könnte ... daß sie, wenn auch nur ganz am Rande, etwas mit diesem Diebstahl zu tun haben könnte ... Völliger Unsinn.

GENELLI: Höchstwahrscheinlich haben Sie recht, General.

»Sie sollten möglichst bald eine Lösung für diesen Fall finden«, erklärte Meyrowitz und lächelte kläglich. »Nur ein rascher Erfolg kann Sie noch vor den Folgen dieser Fragen bewahren.«

»Seite 8«, entgegnete Genelli.

POWELL: Welcher Vater kommt in diesen Zeiten schon sehr gut mit seinem Sohn zurecht?

GENELLI: Also ist es zwischen Ihnen beiden zu größeren Spannungen gekommen? Haben sich Vater und Sohn Powell voneinander entfernt?

POWELL: Meilenweit voneinander entfernt. Aber zumindest können wir noch miteinander reden. Und er findet langsam aus dem Stimmungstief heraus, in dem er sich lange Zeit befunden hat. Ich bin guter Hoffnung, daß er bald wieder ganz der alte sein wird.

GENELLI: Wann ist es zum Bruch mit Ihrem Sohn gekommen? Und was hat ihn ausgelöst?

POWELL: Er erwartete von mir, daß ich meine Beziehungen spielen lassen würde, als er eingezogen wurde, und daß ich ihm einen Posten verschaffen würde, wo er eine ruhige Kugel schieben könnte. Aber ich habe das genaue Gegenteil getan. Ich habe sichergestellt, daß er die Abhärtung erhielt, die ihm noch dringend fehlte. Douglas hat ein Jahr in Vietnam verbracht, und ich habe dafür gesorgt, daß er dorthin verschifft wurde. Das hat ihm nicht geschmeckt. Aber ich denke, er kommt langsam zu dem Schluß, daß ihm dieser Einsatz nur gutgetan hat.

Genelli: Warum denken Sie das?

Powell: Nun ... Also, ich besitze in meiner Bibliothek eine umfangreiche Militärbüchersammlung. Darunter ist eine Abteilung, die so gut wie alles enthält, was jemals zu Vietnam geschrieben wurde, gleich aus welcher politischen Ecke. In der letzten Zeit hat Douglas viel Zeit in dieser Bibliothek verbracht. Er liest diese Bücher von vorn bis hinten und betreibt private Studien. Und vor einigen Tagen hat er mir noch erklärt, daß er den Krieg allmählich in einem anderen Licht sehen würde.

»Er verbringt viel Zeit im Arbeitszimmer des Generals?« Meyrowitz blickte verblüfft vom Text auf.

Genelli nickte langsam.

»Das Zimmer, in dem sich auch der Safe befindet? Der Safe, zu dem der Junge angeblich die Kombination nicht kennt?«

Genelli ließ die Fingergelenke knacken. »Weiter auf Seite 14.«

Genelli: Haben Sie jemals mit Ihrer Frau oder Ihrem Sohn über das Codebuch gesprochen?

Powell: Sie wissen, daß ein solches Buch existiert.

Genelli: Aber Sie haben sich nie ihnen gegenüber näher darüber ausgelassen oder etwas vom Inhalt erzählt?

Powell: Ich denke nicht. Aber wissen Sie, ein Mann erzählt in seiner Familie gern über seine Arbeit. Und im Grunde ist es ja auch kein weltbewegendes Geheimnis, daß ein solches Buch existiert.

»Ich schätze, Sie sind da einer Sache auf die Spur gekommen«, sagte Meyrowitz leise.

Genelli suchte nach einem gelben Blatt, fand es und reichte es seinem Mitarbeiter. Es stammte aus dem Bericht über General Powell und die Mitglieder seiner Familie. »Sie kennen nur die Vorermittlungen über die Powells. Dies hier stammt von dem Abschlußbericht. Die Seite enthält die Fächer, die der Sohn auf dem College belegt hat.«

Meyrowitz las die Seite mit höchstem Interesse. Seine Miene hellte sich zusehends auf.

»Interessant, nicht wahr?« lächelte Genelli.

»Er hat sich zweimal bei Computerwissenschaften eingeschrieben«, sagte Meyrowitz. »Einmal sogar am MIT, bevor er eingezogen wurde. Und nach der Entlassung aus dem Militärdienst hat er … am Recard studiert!« Er sah seinen Vorgesetzten eindringlich an. »Worauf warten Sie eigentlich noch?«

»Auf Ihre Meinung.«

»Lassen Sie sofort einen Haftbefehl für Douglas Eugene Powell rausgehen«, erklärte Meyrowitz grimmig.

Genelli freute sich, daß der junge Assistent zu den gleichen Schlüssen gelangt war wie er selbst. Aber auch im gegenteiligen Fall hätte er das getan, was er jetzt für geboten hielt. »Ich habe bereits einen Haftbefehl beantragt. Den habe ich Peterson vorgelegt. Ich warte jetzt nur noch auf sein Okay.« Genelli blätterte weiter in der schriftlichen Fassung seiner Befragung des Generals. »Da wäre noch eine Sache, die Sie sich ansehen sollten. Schlagen Sie bitte Seite 17 auf.«

Meyrowitz blätterte um, bis er die Seite gefunden hatte.

GENELLI: Sir, können Sie sich erinnern, jemals in Gegenwart Ihrer Gattin oder Ihres Sohnes erwähnt zu haben, daß Sie eines der drei einzigen vollständigen Codebücher erhalten, in dem die Codes für alle fünfzig Kategorien aufgeführt sind?

POWELL: Mag sein, daß ich es in irgendeinem Zusammenhang erwähnt habe.

GENELLI: Ich würde das gern genauer erfahren. Erinnern Sie sich bitte.
(Pause von fünf Sekunden)

POWELL: Nun, ich bin nicht anders als andere Menschen, mit allen Fehlern und Schwächen versehen. Ich denke, die meisten Männer würden zu Hause damit angeben, wenn sie zu einem so auserwählten Kreis gehörten. Immerhin ist es ja auch eine gewisse Ehre … eine Art Statussymbol …

GENELLI: Dann haben Sie also gegenüber Ihrer Gattin und / oder Ihrem Sohn über das Besondere Ihres Codebuchs gesprochen?

POWELL: Es kann schon sein, daß ich einmal irgendwas davon erwähnt habe, daß ich zu den drei höchsten Geheimnisträgern des Landes gehöre. Vermutlich habe ich dem auch noch hinzugefügt, wie besonders mein Codebuch ist.

Meyrowitz kratzte sich am Kopf, starrte auf das Papier und sah dann seinen Vorgesetzten an. »Tut mir leid, ist mir zu hoch. Was sollte an dieser Aussage denn so besonders sein?«

Genelli hielt eine Hand hoch und machte das Siegeszeichen. »Gehen wir einmal von zwei Annahmen aus: Erstens, Doug Powell ist unser Mann. Zweitens, Doug Powell wußte, daß sein Vater eins von den drei Codebüchern der höchsten Geheimhaltungsstufe besaß.« Er ließ die Hand wieder sinken. »Als der junge Powell in den Computerraum des Recard-Instituts eingedrungen ist, wußte er ganz genau, daß unsere Nachforschungen sich über kurz oder lang auf drei Personen beschränken würden: Auf den Präsidenten, auf Colonel Ives und auf seinen Vater. Er hat es bewußt darauf angelegt, gefaßt zu werden.«

»Himmel und Hölle!« stöhnte Meyrowitz.

Genelli stand auf. Er war viel zu nervös, um noch länger sitzen zu können: »Wenn Douglas Powell es in Kauf genommen hat, seine eigene Zukunft zu ruinieren, das heißt, zwanzig oder mehr Jahre im Gefängnis zu riskieren, wenn er es wirklich darauf anlegt, gefaßt zu werden – gleich, ob er damit seinen Vater vernichten, sich einen Ruf als großer Revolutionär erwerben oder sonstwas erreichen will –, wäre er dann nicht auch fähig, die Daten an die Chinesen oder Russen weiterzuverkaufen? Wäre er dann nicht zu allem fähig?«

18

2. Januar, 0.30 Uhr

Agent Packer saß hinter dem Steuer der zivilen FBI-Limousine und aß seinen Hamburger. Der Wagen stand gegenüber von Ilja Tsaitzews Haus am Straßenrand. »Haben Sie jemals in allen Ihren Dienstjahren einen solchen Alarm erlebt?« fragte er nach einem Schluck Cola aus dem Plastikbecher seinen Kollegen Ashe.

»Ja, einmal«, antwortete Ashe, während er einen Mundvoll Pommes Frites hinunterschluckte. »Ein Captain der Air Force hatte sich einen Schnellhefter unter den Arm geklemmt, in dem sich streng geheime Unterlagen über einen neuen Kampfflieger befanden. Die CIA hatte ihn bereits im Visier und gab uns dann rechtzeitig Bescheid. Er bemerkte leider die beiden Männer, die ihn verfolgten und observierten. Irgendwie gelang es ihm, sie abzuschütteln, und wir verloren ihn aus den Augen. Das ganze Büro geriet in Panik. Da wir keine Ahnung hatten, wem er die Unterlagen verkaufen wollte, mußten wir die Überwachung jeder ausländischen Botschaft im Großraum New York verstärken.«

»Halten Sie dies hier für einen ähnlichen Fall?« fragte Packer neugierig.

»Klar doch«, brummte Ashe und schob die halbvolle Frittentüte zu dem anderen Styroporabfall. »Ist doch mal wieder alles in Panik geraten. Wahrscheinlich ist es jemandem gelungen, die Einkaufsliste des Pentagon für Toilettenpapier zu entwenden.« Ashe ärgerte sich über den plötzlichen Alarm, der seine Arbeitsroutine so durcheinandergebracht hatte. Er hatte es sich seit einiger Zeit zur Angewohnheit gemacht, sein Mitternachtsmahl in einem Schnellimbiß zu sich zu nehmen, während sein Partner sich solange allein um die Observierung kümmerte. Es widerstrebte ihm sehr, mit jemandem zusammen im Wagen essen zu müssen.

»Na, mal sehen«, sagte Packer, nachdem er das letzte Stück des Hamburgers in den Mund geschoben hatte, »vielleicht ist das ja ganz gut so. Vermutlich gibt es endlich etwas Abwechslung. Wäre doch mal was anderes, endlich Action zu erleben.«

»Auf Action kann ich gern verzichten«, brummte Ashe.

2. Januar, 6.00 Uhr

Als Genelli nach seinem fünfstündigen Schlaf in sein Büro zurückkehrte, saß Meyrowitz hinter dem Schreibtisch. Genelli hatte die Berichte, Notizen und sonstigen Unterlagen in einiger Ordnung zurückgelassen. Dank seines Mitarbeiters waren alle Blätter und Zettel zu einem einzigen Wirrwarr durcheinandergeworfen. Rings um den Schreibtisch bedeckten Seiten den Boden. Und auf dem zweiten Sessel dieses Büros türmte sich ein Papierberg. Ohne das Chaos rings um ihn herum zu bemerken, arbeitete Meyrowitz emsig an einer Personalliste für die weiteren Ermittlungen.

»Sie fühlen sich ja hier schon wie zu Hause«, erklärte Genelli. »Ich hätte Sie nie für so ambitioniert gehalten, aber jetzt muß ich zu meiner großen Überraschung entdecken, daß Sie den typischen hungrigen Wolfsblick in den Augen haben.«

»Das kommt nur von vier Kannen Kaffee und lediglich einem Schinken-Käse-Sandwich in vierundzwanzig Stunden.« Meyrowitz erhob sich und heftete die neue Liste an die Pinnwand. Dann drehte er sich zu seinem Vorgesetzten um, den sein erster Weg zur Kaffeemaschine geführt hatte, und fragte: »Wie haben Sie denn geschlafen?«

»Wie ein Stein.«

»Fein«, sagte Meyrowitz. »So wie die Dinge anlaufen, wird das Ihr letzter Schlaf in diesem Monat gewesen sein.«

»Was ist denn los?«

Meyrowitz rieb sich die blutunterlaufenen Augen mit dem Handrücken. Dann seufzte er laut: »Vor zwei Stunden kam Peterson hier herein und erklärte, für einen Haftbefehl gegen Doug Powell lägen nicht genug konkrete Beweise vor.«

»Verdammt noch mal!«

»Ich hätte es nicht schöner ausdrücken können«, grinste Meyrowitz matt. »Ich habe ihm deutlich widersprochen und erklärt, natürlich seien die Beweise etwas wacklig und reichten für den Normalfall sicher nicht aus. Aber in einer Lage wie dieser muß man eben etwas riskieren, und Doug Powell sei eindeutig unser Mann. Peterson entgegnete, selbstverständlich sei in dieser Situation ein Haftbefehl auch aufgrund einer so flauen Beweislage richtig ... ein Haftbefehl gegen jeden im Lande, außer gegen den Sohn des Vorsitzenden der Vereinigten Stabschefs.«

»Verfluchte Politik«, knurrte Genelli. Politische Rücksichtnahmen hatten damals beim Zilinski-Ross-Fall nicht im Wege gestanden. Keiner von diesen beiden Psychopathen hatte einen einflußreichen Vater aufbieten können. »Warum haben Sie mich nicht gleich geweckt, nachdem Peterson seine Entscheidung verkündet hatte?«

»Sie haben Ihren Schlaf nötiger gebraucht«, antwortete Meyrowitz, »denn was hätten Sie schon dagegen tun können? Spucken, kratzen, fauchen? Brüllen, die Fäuste ballen und den Kopf gegen die Wand schlagen? Aber jetzt kommt die gute Nachricht. Unter der Decke haben wir Petersons Segen. Er hat uns vierzig Beamte abgestellt, die alles über Doug Powell in Erfahrung bringen werden, was es über den jungen Mann zu wissen gibt. Vor allem werden sie bald herausgefunden haben, wo unser Freund sich aufhält.«

Genelli trat mit der halbvollen Tasse an den Schreibtisch und ließ seinen Blick über die ungeordneten Papierhaufen wandern. »Darüber gibt meine Abschrift von der Befragung des Generals Auskunft. Der Junge wollte die Feiertage in einem Hotel in Miami verbringen.«

»Haben wir schon überprüft.«

»Und natürlich war er nicht dort, oder?«

»Nach Auskunft des Vaters handelte es sich um das Hotel Doral. Sein Sohn hat dort nicht einmal ein Zimmer reservieren lassen.« Meyrowitz schüttelte den Kopf. »Und er hat sich auch in keinem der drei Dutzend anderen Hotels von Miami gemeldet.«

»Vielleicht ist er in keinem der großen Häuser, sondern in irgendeiner Absteige untergekommen.«

»Unwahrscheinlich.«

»Und Peterson weiß davon?«

»Ja.«

Genellis Augen wurden gefährlich klein. »Und selbst das hat ihn nicht umgestimmt? Will er immer noch keinen Haftbefehl veranlassen?«

»Nein.«

»Doppelt verfluchte Scheiße!« rief Genelli. Für einen Moment machte er den Eindruck, als wolle er die halbvolle Tasse gegen die Wand schleudern.

»Ich habe eben die Liste der Agenten zusammengestellt, die hinter dem Jungen her sind«, erklärte Meyrowitz und zeigte auf das DIN-A4-Blatt, das er gerade an die Pinnwand geheftet hatte. »Wenn wir ein klein bißchen Glück haben und immerhin vierzig Männer darauf ansetzen, werden wir über kurz oder lang erfahren, wohin Powell junior sich abgesetzt hat.«

»Werden auch seine Arbeitskollegen, Freunde und Bekannten überprüft?« wollte Genelli wissen.

»Selbstverständlich. Aber der Junge ist eher ein Einzelgänger. Viele Freunde und Bekannte kann er nicht vorweisen.«

»Sind darunter vielleicht einige, die als potentielle Komplizen in Betracht kommen könnten?« fragte Genelli und stellte verblüfft fest, daß er die Schuld von Doug Powell nicht mehr in Frage stellte.

»Nein, zumindest springt einem keiner sofort ins Auge«, antwortete Meyrowitz. »Natürlich überprüfen wir alle, aber bislang scheinen alle seine Freunde nichts weiter als nette, harmlose Durchschnittsbürger zu sein.«

»Bis vor wenigen Stunden galt auch Doug Powell allgemein als netter, harmloser Durchschnittsbürger«, knurrte Genelli.

2. Januar, 7.00 Uhr

Doug Powell saß am Küchentisch und stopfte alte Spültücher, die er von Carrie bekommen hatte, zwischen die Magnetbänder, die er in den Koffer packte. Endlich klappte er den Deckel zu und sperrte mit einem kleinen Schlüssel ab. Er zog den Koffer vom Küchentisch und prüfte dabei sein Gewicht. »Es geht, ich kann ihn tragen.«

Carrie, die ihm gegenüber am Tisch saß, runzelte die Stirn. »Ich kann mir noch immer nicht erklären, warum wir die Dinger aus dieser Wohnung schaffen müssen.«

Powell war immer noch sauer darüber, daß Lee sie mit in diese Unternehmung hineingezogen hatte. Für seinen Geschmack war diese Frau entschieden zu herrisch und schnippisch. Sie entsprach so gar nicht der Art von Frauen, die er bevorzugte und in deren Gesellschaft er sich sogar wohl fühlen konnte. Andererseits war ihm sehr wohl bewußt, daß er irgendwie mit ihr auskommen mußte, wollte er nicht Lees Vertrauen verlieren. Also bemühte er sich darum, ihr eine plausible Antwort auf die Frage zu geben: »Sobald wir das Lösegeld haben und die Bänder ans Pentagon zurückschicken können, wird das die Herren Ermittler sicher verwirren, wenn auf dem Paket als Absender Princeton steht, nicht aber New York.« Das kam Doug selbst ein wenig schwach vor, um als Erklärung auszureichen. Er beschloß daher, ihr einen Teil der Wahrheit zu offenbaren. »Ich habe euch doch schon erzählt, daß ich bestimmt auf die Liste der Verdächtigen geraten werde. Ich habe mir lange darüber Gedanken gemacht, aber es gibt wohl keinen Weg, dem zu entgehen. Das FBI wird also seine Beamten ausschwärmen lassen, um mich und meine Freunde und Bekannten zu überprüfen. Ich wäre kaum überrascht, wenn noch heute ein paar von ihnen hier bei euch auftauchen würden. Wenn sie also kommen und womöglich noch so schlau waren, sich mit einem Durchsuchungsbefehl für diese Wohnung zu wappnen ... Na, es wäre dir doch sicher nicht recht, wenn sie die Bänder bei dir unterm Kopfkissen oder sonstwo aufspüren ...«

Lee lehnte an der Kühlschranktür und trank ein Glas Milch. Er machte eine nachdenkliche Miene und sagte dann: »Das FBI würde doch wohl kaum die Wohnungen von deinen Freunden durchsuchen, wenn man dort nicht verdammt sicher wäre, daß du der Gesuchte bist. Du redest so, als läge die Schlinge bereits um deinen Hals.«

Jetzt heißt es, vorsichtig zu sein, sagte sich Powell. Er hatte Lee, zugegeben gezwungenermaßen, bei dieser Sache schon so oft und so gründlich belogen, daß er bei jeder weiteren Unwahrheit über die früheren Lügen stolpern konnte. »Ich bin mir zu neunundneunzig Prozent sicher, daß ich unbeschadet aus dieser Sache hinauskomme und dann meine Millionen genießen kann. Und wenn sie tatsächlich auf mich stoßen, kann ich immer noch Douglas Powell sterben lassen und für den Rest meiner Tage als Dan Walters weiterleben. Nicht zu vergessen das Vermögen, das ich bald in Händen halte. Damit sollte es mir ein leichtes sein, dieses Land für immer zu verlassen. Ein lauschiges Plätzchen findet sich überall auf der Welt. Aber ihr beide könnt das nicht. Ihr beide müßt darauf achten, nach außen hin eine blütenweiße Weste zu tragen.«

Doug bemerkte, wie die beiden sich kurz ansahen.

Lee trank sein Glas leer. »Ich denke, du hast recht.«

»Natürlich habe ich das.«

»Aber sei vorsichtig mit den Bändern.«

Powell lachte. Er hob mit der einen Hand den Koffer mit der Beute und mit der anderen den mit seinen Kleidern. »Ich glaube kaum, daß ich diese beiden Stücke verlieren werde.«

»Soll ich dir dabei helfen, sie durchs Treppenhaus hinunterzutragen?« bot Lee sich an.

»Nein, laß nur«, entgegnete Doug. »So schwer sind sie nun auch wieder nicht.« Er atmete tief durch und zwinkerte den beiden Komplizen dann zu. »Viel Glück in der U-Bahn.«

»Wird schon schiefgehen«, lächelte Lee.

»Dann sehen wir uns heute abend in Princeton. Ihr habt doch noch die Karte, die ich euch gezeichnet habe?«

»Selbstverständlich«, antwortete Carrie.

Doug gefiel der kritische Blick gar nicht, mit dem sie sein Gesicht abtastete.

Powell verließ die Wohnung. Unten auf der Twentieth Street lief er zwei Häuserblocks weit zur Sixth Avenue und bestieg dort ein Taxi, um sich in die Innenstadt befördern zu lassen.

Am Port-Authority-Busbahnhof schloß er seine Koffer in zwei Schließfächer ein. Er nahm in einem Schnellimbiß ein rasches Frühstück mit Kaffee, Toast und Rührei zu sich, verließ dann mit den Koffern den Bahnhof und rief ein neues Taxi.

Von diesem ließ er sich zum La-Guardia-Flughafen bringen. Es gehörte zu seinem Plan, die Taxis zu wechseln. Eine Vorsichtsmaßnahme gegen das FBI oder andere Schnüffler, die seinen Weg vom La Guardia bis zur Wohnung von Lee hätten zurückverfolgen können.

Er hatte dem Kriegskameraden ein Versprechen gegeben, und das beabsichtigte er unter allen Umständen einzuhalten. Ob Doug nun gefaßt wurde oder entwischen konnte, Lee Ackridge sollte in keiner Weise mit dem Diebstahl in Zusammenhang gebracht werden.

Am Flughafen zeigte er seinen Dan-Walters-Ausweis vor und mietete einen Leihwagen von Avis. Irgendwann würde das FBI über den Namen Dan Walters stolpern und eins und eins zusammenzählen. Dann würden irgendwelche Beamte auch auf diesen Leihwagenvertrag stoßen. Aber bis dahin würde noch einige Zeit vergehen. Erst mußten sie Pia James festnehmen und verhören. Falls sie überhaupt auf Pia stießen ...

Als er den Wagen erhielt, stellte er den Koffer mit den Bändern hinter den Fahrersitz. Den zweiten plazierte er auf dem Beifahrersitz. In diesem befanden sich zwei Colt Diamond .38 Special. Beide Pistolen waren geladen.

Er fuhr in die Stadt zurück, durchquerte die Innenstadt von Manhattan und eilte entgegengesetzt dem Pendlerverkehr durch den Lincoln-Tunnel. Auf der anderen Seite des Hudson gelangte er auf den New Jersey Turnpike und steuerte in südlicher Richtung auf Princeton zu.

In regelmäßigen Abständen warf er einen Blick in den Rückspiegel, obwohl er genau wußte, daß sie noch nicht auf seiner Fährte waren und nach ihm fahndeten. Mittlerweile waren die FBI-Beamten aber sicher so weit, daß sie aus dem kleinen Kreis der Empfänger des vollständigen Codebuches denjenigen herausgeschält hatten, der für sie am ehesten in Betracht kam. Und das war sein Vater. Sie hatten sicher auch schon das Hotel Doral in Miami überprüft und feststellen müssen, daß Douglas Powell dort nie ein Zimmer gebucht hatte. Da er das Lösegeld in New York City erhalten wollte, würden die FBI-Männer nun sicher in Manhattan jeden Stein umdrehen und alle Ecken und Winkel durchstöbern. Dabei war er doch längst auf dem Weg nach Princeton ...

Obwohl sein Vater sich manchmal Wahrheiten versperren konnte, die ihm nicht in den Kram paßten, mußte er mittlerweile zu dem Schluß gekommen sein (vielleicht hatte er es bei einem Verhör sogar zugeben müssen), daß sein eigener Sohn der Datendieb war. Was mochte der alte Bastard wohl in dieser Minute tun? Wie mochte ihm zumute sein? Machte er gerade einen Tobsuchtsanfall durch? Brüllte er Loretta an? Oder hatte er sich in seinem Arbeitszimmer eingeschlossen und schrie gegen die Wände? Und wie erging es der süßen

Loretta? Tröstete sie sich gerade mit einer Batterie von Gin Tonics, obwohl es bis zum Mittagessen noch Stunden hin war?

Doug Powell raste durch die eintönige Industrielandschaft im nördlichen New Jersey nach Süden und grinste grimmig.

2. Januar, 10.10 Uhr

Lee hatte die Tür noch nicht ganz geöffnet, da wußte er schon, wer draußen stand. Der eine von beiden war über eins achtzig groß und wog hundertzehn Kilogramm. Obwohl er grob wirkte, war er gepflegt gekleidet und gut frisiert. Seine intelligenten Augen erfaßten mit wenigen Blicken alles. Der andere war nur wenig kleiner und etwa fünfzehn Kilogramm leichter, aber ansonsten hätte er durchaus der Zwillingsbruder des ersten sein können. Sie trugen beide konservative graue Anzüge. Der Große hatte einen schwarzen Mantel an. Der Kleine bevorzugte blau.

»Ja, bitte?« fragte Lee.

»Sind Sie Mr. Ackridge?« fragte der größere. »Mr. Lee Ackridge?«

»Ja, so heiße ich. Was kann ich für Sie tun?«

»FBI, Mr. Ackridge«, erklärte der kleinere. Beide zeigten ihre Dienstmarken und Ausweise vor.

»Um Gottes willen!« rief Lee und fragte sich, ob er so reagierte wie ein unschuldiger und verwirrter normaler Staatsbürger.

»Wir möchten Ihnen gern ein paar Fragen stellen«, fuhr der kleinere Beamte fort. Laut seinem Dienstausweis hieß er Ogilvey.

»Dürfen wir hineinkommen?« fragte der andere. Sein Name war Keyes.

Lee führte sie ins Wohnzimmer und bedeutete ihnen, sich auf der Couch niederzulassen, während er selbst auf dem alten, durchgesessenen Korbschaukelstuhl Platz nahm. »Worum geht es denn bitte?«

Die beiden Agenten ließen ihre Blicke kurz durch den Raum schweifen. Sie sahen Lee an, als handele es sich bei ihm um ein weiteres Teil der Einrichtung. Endlich bequemte sich Keyes zu einer Antwort: »Kennen Sie einen Mann namens Douglas Eugene Powell?«

»Doug? Mensch, natürlich kenne ich den. Wir waren zusammen im Krieg. Wir ...« Er hielt inne und setzte eine besorgte Miene auf. Er rutschte auf seinem Sessel nach vorn und fragte: »Was ist denn los? Ist Doug etwas zugestoßen, oder was?«

»Nicht direkt«, entgegnete der größere.

»Wann haben Sie Mr. Powell das letzte Mal gesehen?« wollte Ogilvey wissen.

Lee wirkte nachdenklich. »Hm, das muß so kurz vor Weihnachten gewesen sein.«

»Also vor einer Woche?« bohrte der kleinere nach.

»Was? Nein, nicht dieses Weihnachten, sondern das vom letzten, nein, vom vorletzten Jahr. Also vor über einem Jahr oder so.«

Die beiden Beamten sahen sich an.

Bemerkte Lee da Enttäuschung in ihren Gesichtern? Kauften sie ihm tatsächlich seine Geschichte ab?

»Sie haben mir noch immer nicht gesagt, was mit Doug ist«, beschwerte sich Lee und achtete darauf, besorgt zu klingen.

Keiner der beiden ging auf seine Frage ein.

»Mr. Ackridge, würde es Ihnen etwas ausmachen, wenn wir uns ein wenig in Ihrer Wohnung umsehen?« sagte Keyes. Es klang nicht wie eine Bitte.

Obwohl Lee auf ein solches Ersuchen gefaßt gewesen war, spielte er nach außen weiterhin den Unschuldigen und fragte verwundert: »Warum das denn?«

»Um festzustellen, ob Mr. Powell sich hier verborgen hält.«

»Aber ich habe Ihnen doch gerade erklärt ...«

Ogilvey, der schärfer und härter klang als sein Kollege, sagte: »Wir können dieses Haus auch unter Bewachung stellen und eine richterlich genehmigte Hausdurchsuchung erwirken, wenn Sie die Dinge unnötig erschweren wollen.«

»Wir würden es aber sehr zu schätzen wissen«, fügte Keyes hinzu, um die Spannung, die plötzlich aufgekommen war, etwas zu lockern, »wenn Sie uns jetzt die Erlaubnis dazu erteilten.«

»Einen Moment mal«, rief Lee und gab sich mißtrauisch. »Es ist nicht so, wie ich zuerst angenommen habe. Doug ist nichts widerfahren. Im Gegenteil, er hat etwas angestellt, und jetzt sind Sie hinter ihm her!«

Ogilvey verzog keine Miene.

Keyes nickte leicht.

»Was hat er denn verbrochen?« wollte Lee jetzt wissen.

»Beim gegenwärtigen Stand der Ermittlungen dürfen wir Ihnen das nicht mitteilen«, erklärte der Kleinere.

Lee schüttelte verwundert den Kopf. »Bei allem, was recht ist, wissen Sie eigentlich, wen er zum Vater hat ... Ach was, natürlich wissen Sie das.« Er erhob sich, offenbar erregt, abrupt aus dem Schaukelstuhl. »Doug und ich sind gemeinsam durch unzählige Höllen gegangen. Aber selbst eine Freundschaft, die aus einer solchen Kameradschaft erwächst, hat ihre Grenzen. Ich würde mich nie zu einem Komplizen bei kriminellen Machenschaften mißbrauchen lassen. Ich studiere nämlich Jura, und da weiß ich, in was für einen Schlamassel man geraten kann. Kommen Sie bitte, ich werde Ihnen selbstverständlich alle Zimmer zeigen.«

Sie kramten in den Schränken und sahen auch unter dem Bett nach. Aber sie beschränkten ihre Suche nicht auf solche Orte, die groß genug waren, um dort einen ausgewachsenen Mann zu verstecken. Nein, sie sahen überall nach, wo sich sechs Magnetbänder hätten unterbringen lassen.

Eine knappe Stunde später kehrten sie ins Wohnzimmer zurück und ließen sich wie vorher auf der Couch nieder.

»Es tut mir leid, daß wir Ihnen solche Umstände bereiten mußten«, erklärte Keyes ohne Bedauern. »Dürfen wir Ihnen noch eine halbe Stunde Ihrer Zeit nehmen? Wir hätten da nämlich ein paar Fragen, auf die wir dringend Antwort suchen.«

»Aber natürlich«, antwortete Lee wichtigtuerisch. »Ich stehe Ihnen zur Verfügung.«

19

2. Januar, 13.00 Uhr

Nur noch vier Stunden bis zur festgesetzten Lösegeldübergabe. Roy Genelli entließ die beiden Agenten Keyes und Ogilvey und lehnte sich müde in seinem Schreibtischsessel zurück, um darüber nachzudenken, was er mit den Informationen anfangen sollte, die die beiden ihm gebracht hatten. Als Gardner Peterson etwas später sein Büro betrat, hatte Genelli die Beine auf den Schreibtisch gelegt und die Augen geschlossen.

»Bei mir endet alles in irgendwelchen Sackgassen«, erklärte der Supervisor. »Sind Sie wenigstens ein Stückchen weitergekommen?«

Obwohl er genauso wenig geschlafen hatte wie seine Untergebenen, wirkte Peterson noch so frisch und munter wie zu Beginn der Ermittlungen. Keine Falten verunzierten seine Kleidung, und er trug den Anzug immerhin seit mindestens vierunddreißig Stunden. Selbst sein weißes Haar war gekämmt und ordentlich. Vielleicht hatte er sich eben geduscht.

»Wir kommen voran«, antwortete Genelli, »aber leider nicht schnell genug.«

David Meyrowitz stand vor der Einsatzliste an der Pinnwand und strich mit einem Filzschreiber die Namen der Beamten durch, die bereits ihre Berichte über die Befragung der Freunde und Bekannten von Doug Powell abgeliefert hatten. Jetzt drehte er sich zu Peterson um und erklärte: »Wenn der Präsident verkünden würde, alle Uhren seien um zwölf Stunden zurückzustellen, hätten wir genug Zeit, diesen Fall abzuschließen.«

Peterson setzte sich auf den freien Stuhl. »Dann scheinen Sie ja tatsächlich auf einer heißen Fahrte zu sein.«

»Ich muß mich korrigieren«, erklärte Meyrowitz. »Mit zwölf Stunden Extrazeit könnten wir wasserdicht darlegen, wer Powells Komplizen waren und wie sie das Ding durchgezogen haben. Aber selbst dann könnten wir sie nicht verhaften.«

»Veranstalten Sie hier ein kleines Ratespielchen, oder was?« schimpfte Peterson.

Genelli schaukelte auf seinem Schreibtischsessel vor und zurück. Er schloß die Augen wieder und versuchte, seine Gedanken zu ordnen. »Wir sind überzeugt, daß Powell junior unser Mann ist. Aber er kann die Sache nicht allein durchgeführt haben. Mindestens ein Komplize war dabei.«

Meyrowitz strich den letzten Namen auf der Liste durch. »Vorausgesetzt, wir haben niemanden aus dem Kreis seiner Freunde und Bekannten übersehen«, erklärte er und tippte mit dem Filzschreiber auf das Pinnbrett, »so kommen für uns nur noch zwei Männer als Kandidaten in Frage.« Er marschierte zu einem Beistelltisch und schnitt sich dort ein Stück von dem abgepackten Käsekuchen ab, den sie sich gegen Mittag aus der Kantine hatten kommen lassen.

»Der erste Kandidat ist ein gewisser Lee Frederick Ackridge«, erklärte Genelli, ohne die Augen zu öffnen. »Er hat angegeben, Silvester mit seiner Freundin bei sich zu Hause gefeiert zu haben. Ackridge war im Vietnamkrieg in Powells Einheit, und die beiden sind dort dicke Freunde geworden. Ein paar Monate vor Ablauf seiner Dienstzeit wurde Ackridge in einem Gefecht schwer verwundet. Man hat ihn in die Staaten zurückgebracht. Fast das ganze Gesicht ist ihm verbrannt. Die plastische Chirurgie hat ein paar kleine Wunder vollbracht, aber einige häßliche Narben sind dennoch zurückgeblieben.«

»Dann hegt er sicher noch einen Groll«, bemerkte Peterson. »Der Herr hätte also ein Motiv für die Tat.«

Meyrowitz schluckte ein Stück Kuchen hinunter und erklärte: »Eine Weile sah es ganz so aus, als wäre er der Gesuchte. Er wohnt hier in New York, und nach allem, was er im Krieg durchgemacht hat, könnte er sich durchaus gesagt haben, dieses Risiko wolle er gern auf sich nehmen.«

»Ich habe Keyes und Ogilvey zu ihm nach Hause geschickt«, fuhr Genelli fort. »Sie waren seit halb acht heute morgen dort und haben die Nachbarn und so weiter befragt. Diejenigen, die Ackridge und seine Lebensgefährtin, eine gewisse Carrie Hoffman, kennen, halten ihn für einen netten und ehrlichen Mann und sie für einen wahren Engel in Menschengestalt.«

»Die alte Dame, die ihnen gegenüber wohnt«, ergänzte Meyrowitz, »hat einen Riesenaufstand gemacht. Wie es dem FBI wohl einfallen könne, der Hoffman auch nur das kleinste Vergehen anzuhängen.«

»Lee könnte in die Sache verwickelt gewesen sein, ohne seine Flamme etwas davon wissen zu lassen«, bemerkte der Supervisor.

»Darauf sind Ogilvey und Keyes auch gekommen«, erwiderte Genelli. »Sie haben sie nicht angetroffen, weil sie schon längst an ihrer Arbeitsstelle war, als die Agenten alle Nachbarn befragt hatten. Na ja, sie haben sich dann mit Ackridge unterhalten. Und sie haben seine Erlaubnis bekommen, die Wohnung zu durchsuchen. Aber sie haben nichts gefunden. Keine Gummimasken, weder Werkzeuge noch Magnetbänder. Lediglich ... In einem Kleiderschrank sah Keyes einen Mantel, der in etwa der Beschreibung des Wachmanns entspricht. Aber eben nur beinahe.«

»Vielleicht war Rickarts Beschreibung ungenau«, schlug Peterson vor.

»Tja, da wäre nur der Umstand zu bedenken«, brummte Meyrowitz, »daß es in New York mindestens eine Million schwerer, mittellanger marineblauer Herrenmäntel geben muß. Ackridge wäre viel verdächtiger, wenn wir bei ihm keinen gefunden hätten.«

Genelli schob den Sessel nach hinten, erhob sich und marschierte auf und ab. »Er war sehr kooperativ. Keyes fiel auf, daß die eine Gesichtshälfte des Mannes starr war. Es war daher schwierig, die Reaktionen und das Mienenspiel des Betreffenden bei wichtigen Fragen zu beurteilen. Keyes ist allerdings zu der Ansicht gelangt, daß Ackridge über das Auftauchen der Beamten und die Verdächtigung von Doug Powell ehrlich überrascht war.«

»Das ist kein Grund, ihn von der Liste der Verdächtigen zu streichen«, sagte der Supervisor. Er stand auf und lief ebenfalls auf und ab, denn er fühlte sich unbehaglich, wenn ein Untergebener auf ihn hinabsehen konnte.

»Nachdem ich Keyes und Ogilvey zu Ackridge geschickt hatte«, fuhr Genelli fort, »sandte ich zwei Männer zu Ackridges Psychiater, einem gewissen Dr. Leon Slatvik. Seine Praxis befindet sich in der Park Avenue. Ackridge bekommt die Behandlung durch Dr. Slatvik von der Regierung bezahlt. Der Mann leidet an extremen Depressionen und einer psychosomatischen Impotenz.«

Peterson war Genelli ausgewichen und hatte immer mehr Distanz zwischen sich und ihn gebracht. Nach dem letzten Wort blieb er abrupt stehen und drehte auf dem Absatz herum. »Impotenz? Haben Sie nicht eben gesagt, er lebe mit einer Frau zusammen?«

»Anscheinend ist sie so ein wahrer Engel, wie die Nachbarn sie hingestellt haben«, grinste Genelli humorlos.

»Ich bin einigermaßen erstaunt, daß Dr. Slatvik solche persönlichen Dinge weitergibt. Schließlich gibt es nicht nur so etwas wie Datenschutz, sondern auch die ärztliche Schweigepflicht.«

»Diese Information haben wir ja auch nicht von Slatvik«, antwortete Genelli. »Das haben wir in den Akten des Veteranenamtes ausgegraben. Slatvik wollte zunächst auch nicht über Ackridge reden, bis er feststellen mußte, daß wir alles über den seelischen Zustand des Mannes wußten. Danach zeigte er sich bereit, auf einige unserer Fragen Antwort zu geben. Das Dumme daran ist nur, daß ... Nun, Slatvik erklärte, Ackridge könne in seinem gegenwärtigen Zustand niemals eine Initiative entwickeln, wie sie für die Durchführung eines Datendiebstahls wie im vorliegenden Fall nötig sei. Der Psychiater erläuterte, daß Ackridge seinen Minderwertigkeitskomplex nicht so lange verdrängen könne, um eine so gefährliche und komplizierte Unternehmung bis zu ihrem Ende durchzustehen. Die einzige, wenn auch vage Möglichkeit sei die, daß Miß Hoffman ihn zu der Tat gedrängt habe.«

»Aber auch Slatvik hält Carrie Hoffman für einen reinen Engel«, brummte Meyrowitz. »Der Arzt hat sogar mit Nachdruck darauf hingewiesen, daß Ackridge großes Glück mit ihr habe, daß sie seine einzige Hoffnung auf Genesung sei.«

»Hat denn irgendwer diese wunderbare Dame mal näher in Augenschein genommen?« wollte der Supervisor wissen.

»Nachdem Keyes und Ogilvey bei Ackridge fertig waren«, antwortete Genelli, »sind sie zu ihrem Arbeitsplatz gefahren und haben sie dort eine halbe Stunde lang befragt.«

»Ja und?«

Genelli setzte ein häßliches Lächeln auf. »Keyes gab an, sie habe ein Lächeln, das einen Stein erweiche. Und ihre Figur sei mehr, als ein Mann verkraften könne.«

»Und Ogilvey war schon allein von ihren blauen Augen hin und weg«, fügte Meyrowitz hinzu.

»Aber Sie haben deswegen die Observierung der beiden nicht abgebrochen, oder?«

Genelli nickte. »Zwei Männer behalten den Eingang zum Haus im Auge, und zwei weitere die Straße hinter dem Haus. Andere Agenten sind vor ihrer Firma postiert. Weder er noch sie kann irgendwohin, ohne daß wir das erfahren.«

»Also gut. Und wer ist der andere Hauptverdächtige?« fragte Peterson enttäuscht.

Genelli goß sich Kaffee in die Tasse. »Der andere heißt Howard Dunio. Er war Sergeant in Powells Einheit in Vietnam. Als Ackridge wieder in der Heimat war, wurde Dunio Powells bester Freund. Obwohl er nie erwischt wurde und die Beweise gegen ihn lange nicht ausreichen, ist die Army sicher, daß Dunio auf die eine oder andere Weise daran beteiligt war, Kunstwerke aus Südostasien herauszuschmuggeln. Er hat vor zwei Jahren seinen Abschied genommen, und seitdem wird er in Laos und Thailand steckbrieflich gesucht. Beide Staaten sind hinter ihm her, weil sie annehmen, daß er staatlich geschützte Kunstobjekte gestohlen und außer Landes geschafft hat.«

»Außerdem liegen gegen ihn Haftbefehle aus folgenden Staaten vor«, fügte Meyrowitz hinzu: »England, Frankreich, Dänemark, Belgien und Italien. In jedem einzelnen Fall besteht Verdacht auf Handel mit gestohlenen Gemälden.«

Peterson wirkte mit einem Mal noch wacher als zuvor. »Wenn Powell tatsächlich der Täter ist und wir uns die Lösegeldforderung vor Augen halten, wäre Dunio sein idealer Komplize. Dunio scheint mit gestohlenen Kunstwerken zu handeln. Er kann sicher die Bilder zu Geld machen, die als Lösegeld verlangt werden!«

»Aber wenn wir uns auf die beiden konzentrieren – und es liegt wirklich auf der Hand, daß Powell und Dunio Robin Hood sein müssen –, stehen wir vor einem neuen Problem.«

»Was für ein Problem?«

»Wir haben die entsprechenden Akten von Interpol angefordert«, antwortete Genelli und legte die Hände um die Kaffeetasse, um sie daran zu wärmen. »Das dauert seine Zeit, und bis jetzt ist noch nicht allzuviel über ihn gekommen. Doch das, was wir schon erfahren haben, ist alles andere als herzerfrischend. Dunio ist untergetaucht. Niemand scheint zu wissen, wo er sich aufhält.«

Peterson rieb sich mit einer Hand über den Nacken und massierte ihn. »Was soll das heißen?«

»Ein Mann, auf den Dunios Beschreibung zutrifft, hat zwei Jahre lang auf dem internationalen Kunstschmuggelmarkt gearbeitet und dabei neun verschiedene Namen benutzt. Für jede dieser Identitäten muß er einen vollständigen Satz Papiere besitzen, natürlich alles gefälscht, denn Interpol ist es bis heute nicht gelungen, seine Aufenthaltsorte ausfindig zu machen. Er wechselt die Namen und die Staatsangehörigkeit wie ein Chamäleon die Farbe. Vielleicht lebt er irgendwo in Europa, vielleicht aber auch hier in den Vereinigten Staaten. Vermutlich lebt er dort oder hier unter einem falschen Namen, den er ausschließlich für sein Privatleben reserviert hält.«

»Uns steht nicht nur Interpol zur Verfügung«, erklärte Peterson. »Wenn wir mit der CIA zusammenarbeiten, haben wir bestimmt bald eine heiße Spur, und dann ...«

»Sir, ich habe da meine Zweifel«, widersprach Ginelli. »Natürlich dürfen wir nichts unversucht lassen, vor allem in einem solchen Fall nicht. Nur ... Wenn ein Mann unter seinem eigenen Namen vom Gesetz gesucht wird und wenn derselbe Mann Zugang zu gefälschten Papieren hat, dann wird er nicht zögern, unterzutauchen und irgendwo anders ein neues Leben zu beginnen. Selbstverständlich bedeutet das für ihn, vollständig mit seiner Vergangenheit zu brechen. Er kann nie wieder seine Verwandten besuchen oder seine alten Freunde treffen. Und er muß allen ihm vertraut gewordenen Orten, allen Lieblingsrestaurants, -kinos und so weiter fernbleiben ... Die meisten Menschen, die untertauchen und ein neues Leben beginnen, scheitern, weil es ihnen nicht gelingt, einen sauberen Schnitt zu ihrer Vergangenheit zu machen. Sentimentalitäten und liebgewordene Angewohnheiten verraten sie meist nach kurzer Zeit. Aber nach allem, was uns von Interpol und an eigenen Akten über Dunio vorliegt, scheint er der Typ Mann zu sein, der sich, ohne länger darüber nachzudenken, sauber und gründlich von seinem bisherigen Leben zu trennen vermag.«

»Sehen Sie, ich habe eben keine Rätsel aufgetischt«, sagte Meyrowitz und hockte sich auf den Beistelltisch. »Wir sind uns ziemlich sicher, wen wir wollen. Aber wir haben nur minimale Hoffnung, ihrer zu diesem Zeitpunkt habhaft zu werden.«

Peterson ballte die Fäuste. »Ich sorge dafür, daß binnen einer Stunde ein Haftbefehl gegen Dunio auf dem Tisch liegt. Wir arrangieren da etwas, erfinden Beamte, die Dunio umgebracht haben soll. Irgendwas wird uns schon einfallen, was wir ihm in die Schuhe schieben können. Nur Landesverrat darf nicht auf dem Haftbefehl stehen, sonst können wir unsere ganze Aktion begraben.«

»Wir nehmen auch alle Verwandten und Freunde von Dunio ins Verhör«, sagte Genelli. »Ich glaube zwar kaum, daß der alte Fuchs sich so leicht aus seinem Bau locken läßt, aber vielleicht treffen wir so ja bei ihm eine verwundbare Stelle.«

»Und wie wäre es mit einem vorläufigen Haftbefehl gegen Powell junior?« fragte Meyrowitz.

Der Supervisor verzog das Gesicht. »Hohe Politik. Möglicherweise bekommen wir den Haftbefehl irgendwann. Aber da muß ich erst unseren Direktor beknien.«

»Und der muß dann den Präsidenten weichklopfen«, brummte Meyrowitz.

Peterson zuckte die Achseln.

»Jede Minute zählt«, drängte Genelli.

»So, wie ich den Direktor kenne, weiß er das«, entgegnete der Supervisor.

»Und wenn alles schiefgeht, können wir immer noch hoffen, sie bei der Lösegeldübergabe zu schnappen«, sagte Genelli leise.

»Um siebzehn Uhr sind dreihundert Beamte über Manhattan verteilt«, verkündete Peterson. »Jeder von ihnen hat Fotos von Dunio und Doug Powell gesehen. Wenn wir unsere Kräfte um den Übergabeort konzentrieren und zusätzlich alle U-Bahnausgänge bewachen, können wir sie einfach nicht verpassen. Dort werden wir sie kriegen, hundertprozentig.« Der Supervisor wußte, daß er Genelli damit nicht beeindrucken konnte. Im Grunde genommen versuchte er nur, sich selbst zu beruhigen.

»Was ist mit den Bildern für das Lösegeld?« fragte Genelli.

»Ich hole sie gegen vierzehn Uhr und bringe sie dann hierher.« Er sah auf seine Uhr und trat zur Tür. »Ich sollte mich wohl besser auf den Weg machen. Bis fünfzehn Uhr bin ich sicher wieder zurück.« Kurz vor dem Hinausgehen drehte er sich noch einmal um. »Gott allein weiß, was wir den Nationalchinesen als Gegenleistung für diese Bilder versprochen haben. Militärische Unterstützung? Handelsvorteile? Ich glaube, ich will es gar nicht wissen.« Alle Farbe wich aus seinem Gesicht, während er darüber nachdachte. »Wir sollten alles in unseren Kräften Stehende tun, diese Burschen nicht entwischen zu lassen. Wenn wir sie nicht in der U-Bahn zu fassen bekommen, stekken wir bis zur Halskrause in der Scheiße.« Er warf noch einen Blick auf seine Armbanduhr und rannte nach draußen.

»Jetzt sehen Sie sicher die Axt, die über unseren Häuptern hängt«, bemerkte Meyrowitz.

20

2. Januar, 15.15 Uhr

Fünf Miniaturen, alle etwa zwanzig mal dreißig Zentimeter messend, lagen sorgfältig verpackt im Schreibtisch von Gardner Petersons Büro. Es waren wunderbare Arbeiten, Wasserfarbe auf Seide. Roy Genelli hielt sie für die atemberaubendsten Kunstwerke, die er je zu Gesicht bekommen hatte. Die bunten, ebenen Flächen bewirkten mehr, als nur das Licht zu reflektieren. Sie absorbierten das Licht, veränderten es und strahlten es als überirdische Vision zurück. Alle fünf Bilder stellten wunderschöne chinesische Landschaften dar. Und keines Menschen Spur war in den Empfindungen einer ätherischen und zerbrechlichen Natur zu entdecken.

»Die obersten drei stammen von Ku K'ai Tschih aus dem vierten Jahrhundert, zwar nach, aber immer noch unter dem Einfluß der Han-Dynastie. Die beiden anderen Werke stammen von einem Künstler aus dem zehnten Jahrhundert, der vom Mäzenatentum der Sung-Dynastie gefördert wurde. Das war das perikleische Zeitalter der chinesischen Kunst.«

»Ich wußte gar nicht, daß Sie auf diesem Gebiet ein solcher Experte sind«, brummte Meyrowitz.

»Das habe ich vom nationalchinesischen Kurator erfahren«, erklärte der Supervisor. »Man konnte ihm deutlich ansehen, daß es ihm den Magen umgedreht hat, als er sich vorstellte, diese Kostbarkeiten aus der Hand geben zu müssen. Er hat die ganze Zeit über auf mich eingeredet, wohl in der Absicht, die Übergabe zu verzögern.«

Genelli wußte, daß diese fünf Bilder im New Yorker Metropolitan-Museum zu sehen gewesen waren und zu einer Ausstellung von zweiundsechzig chinesischen Kunstwerken gehörten. Es handelte sich dabei um eine Leihgabe von Nationalchina, von Taiwan. Formosa hatte auch einen Kurator mitgeschickt, der ein Auge auf sie halten sollte, solange sich diese wertvollen Stücke im Ausland befanden. Und nun war dieser arme Mann durch eine Order seiner Regierung gezwungen worden, fünf der wertvollsten Stücke der Ausstellung herauszugeben.

»Haben Sie eine Vorstellung, wieviel diese Dinger auf dem schwarzen Kunstmarkt einbringen würden?« fragte Meyrowitz.

»Sie sind unbezahlbar«, antwortete Peterson. »Genauso könnte man die David-Statue von Michelangelo zum Verkauf anbieten. Was würde die wohl einbringen? Eine Million? Zwei Millionen? Zehn Millionen? Nun denn, diese fernöstlichen Bilder sind das Äquivalent zu der Statue.«

»Was für ein Verbrechen, solche Schätze als Lösegeld zu verlangen«, schimpfte Genelli. »Und was für ein noch größeres Verbrechen, sie in die Hände von einem Typen wie Dunio fallen zu lassen!«

Petersons Antwort war hart und erfolgte wie aus der Pistole geschossen: »Dafür sind Sie ja da. Sie lassen die Bilder eben nicht in die Hände eines anderen fallen. Sie schnappen Dunio – oder wer auch immer dieses Ei ausgebrütet hat –, sobald er in der U-Bahn nach den Bildern greift!«

»Nun wollen wir doch mal hübsch auf dem Teppich bleiben«, meldete sich Meyrowitz zu Wort und tat so, als würde er den finsteren Blick des Supervisors nicht bemerken. »Wir wollen *versuchen,* während der Lösegeldübergabe wenigstens einen von ihnen zu fassen oder ihn zumindest zu verfolgen. Aber unsere Erfolgsaussichten müssen nicht günstig stehen. So raffiniert, wie unsere Freunde bisher vorgegangen sind, haben sie sich sicher etwas Schlaues überlegt, um nicht in eine Falle von uns zu laufen. Aus diesem Grunde kleben wir ja auch Wanzen an die Bilder und an den Kasten, in dem wir sie verpacken. Wenn wir die Herrschaften in der U-Bahn aus den Augen verlieren, bleibt uns somit immer noch die Möglichkeit, sie elektronisch aufzuspüren, sobald sie an die Oberfläche zurückgekehrt sind.«

Peterson starrte ihn an, als wolle er ihn ermorden. Doch Meyrowitz war ganz ruhig und hielt diesem Blick stand. Nach ein paar Sekunden konzentrierte sich der Supervisor auf die Bilder und beruhigte sich dabei allmählich wieder. »Zumindest kann ich mir kaum vorstellen, daß diese Bilder voneinander getrennt und überall auf der Welt verstreut in den Privatsammlungen einiger Reicher verschwinden werden. Die Chancen stehen tausend zu eins, daß Peking sie erwerben und in ein eigenes Museum schaffen wird. Eine Ironie der Geschichte. Tschiang Kai-scheck hat sie 1949, als die Kuomintang auseinanderfiel, aus Peking mitgenommen.«

»Es ist doch immer wieder herzerfrischend«, lächelte Meyrowitz, »wenn man miterlebt, daß die Gerechtigkeit am Ende doch triumphiert.«

»Ich schätze, zu Witzen besteht im Augenblick kein Anlaß«, schnappte Peterson.

21

2. Januar, 15.30 Uhr

Lee Ackridge kam sich etwas dämlich vor, als er die braune Langhaarperücke aufsetzte, die Carrie ihm letzte Woche gekauft hatte. Er zog und zupfte so lange an dem Teil herum, bis er glaubte, daß sie nahezu perfekt saß. Er betrachtete kritisch sein Konterfei im Badezimmerspiegel. Tatsächlich hatte er sich von einem adretten und ordentlich aussehenden Jurastudenten in einen langhaarigen Hippie verwandelt. Nun nahm er die Theaterschminke und bedeckte damit die auffälligsten Narben an Wange, Hals und Schläfe. Als er sich dann einen Parka anzog und einen langen Schal um seinen Hals schlang, hätte ihn niemand mehr als Lee Ackridge wiedererkannt.

Und genau das war ja auch der Sinn der Sache.

Er schaltete das Licht im Badezimmer aus und begab sich ins Schlafzimmer. Dort aktivierte er den automatischen Timer für das Licht – einen von dreien, die Carrie letzte Woche besorgt hatte – und stellte ihn so ein, daß die Nachttischlampe von vier Uhr bis viertel vor sechs nachmittags brennen würde. In der Küche aktivierte er den zweiten Timer. Hier würde sich die Lampe um siebzehn Uhr einschalten. Als letztes suchte er das Wohnzimmer auf. Hier würde der Timer das Licht kurz vor siebzehn Uhr aus- und um achtzehn Uhr wieder einschalten. Jeder, der in den nächsten Stunden von der Twentieth Street zu der Wohnung hinaufblickte (oder sie gar observierte), würde das Brennen oder Erlöschen der Lampen bemerken und sich sagen, daß dort jemand zu Hause sei und normalen Beschäftigungen nachgehe.

Und genau das war ja auch der Sinn der Sache.

Lee trat vorsichtig an die Wohnungstür, öffnete sie einen Spalt weit und spähte hinaus. Die Gänge auf der zweiten Etage waren leer. Er trat rasch hinaus, schloß die Tür hinter sich und eilte die Treppen hinunter. Doch er verließ das Gebäude nicht am Hauptausgang, sondern stieg weiter hinab bis in den Keller.

In den dreißiger Jahren hatte eine Baufirma auf diesem Grundstück drei Wohnhäuser errichtet und sie voneinander mit Mauern getrennt. Im Lauf der Jahre war einiges ausgebessert worden und hatte die Immobilie mehrfach den Besitzer gewechselt. Die Zwischenwände im Keller waren herausgebrochen worden. Da die drei Häuser immer nur als Paket verkauft worden waren, war kein neuer Besitzer auf die Idee gekommen, die Wände wieder einzuziehen.

Unten im Keller entdeckte Lee bald die Tür, die unter das zweite Haus führte, durchquerte diesen Keller und gelangte unter das dritte Gebäude.

In diesem Haus lebte der Verwalter für alle drei Gebäude. Doch im Augenblick schien er gerade unterwegs zu sein. Lee stieg behutsam die Stufen hinauf und bewegte sich dann auf Zehenspitzen durch das Parterre.

Noch immer war niemand zu sehen.

Stille lag über dem Haus.

Am Ausgang zögerte Lee nur kurz und trat dann hinaus in den kalten Januarnachmittag. Es wurde bereits dunkel. Er marschierte die Sixth Avenue hinauf und kam an einem dunklen geparkten Wagen vorbei, in dem zwei Männer so taten, als würden sie *nicht* ein anderes Gebäude observieren.

Er erwartete jeden Moment, von jemandem festgehalten zu werden, obwohl er doch bis zur Unkenntlichkeit verkleidet war und den Komplex an einem ganz anderen Ausgang verlassen hatte. Doch niemand rannte ihm nach, und niemand rief ihn an.

Er bog um eine Ecke und lief im gleichen Tempo weiter. Er war ihnen tatsächlich entkommen.

2. Januar, 16.30 – 21.00 Uhr

DIE ÜBERGABE

22

2. Januar, 16.30 Uhr

Ein nicht unbeträchtlicher Teil der Beamten der FBI-Sondereinheit, die in Manhattan zusammengezogen worden war, um bei der Lösegeldübergabe zuzuschlagen, befand sich in Fahrzeugen. Peterson hatte sechsundvierzig unmarkierte FBI-Wagen hierher beordert. In jeder Limousine saßen ein Fahrer und zwei Männer. Jeder von ihnen trug einen Revolver und hatte von seinem Platz aus Zugang zu dem großkalibrigen Gewehr, das an der Rückseite des Beifahrersitzes befestigt war. Alle sechsundvierzig Fahrzeuge befanden sich um sechzehn Uhr dreißig an ihrem Platz, fünfunddreißig Minuten vor dem Übergabetermin.

An der Kreuzung von Fourteenth Street und Seventh Avenue, direkt an der U-Bahn-Station, an der David Meyrowitz mit den verpackten Bildern den Zug besteigen würde, waren drei FBI-Wagen postiert. Der erste stand mit der Front zur Fourteenth, der zweite blickte nach Osten, und der dritte parkte zwischen der Fourteenth und der Thirteenth und hielt die Südseite der Seventh Avenue im Auge.

In allen drei Wagen lief der Motor. Die Funkgeräte in ihnen waren auf einen freien Kanal eingeschaltet, aus dem nur statische Geräusche ertönten.

Die nächste Abteilung Fahrzeuge gruppierte sich um die Penn Station, den ersten Halt des Zugs nach der Fourteenth. Dies war eine der beiden wahrscheinlichsten Stellen, an denen Robin Hood mit der Beute den Zug verlassen und nach oben steigen würde. Ein Wagen parkte zwischen der Thirty-third und der Thirty-fourth und überwachte die Seventh Avenue in südlicher Richtung. Die anderen vier Wagen der Fünferabteilung standen auf der Eigth Avenue, der Thirty-first und der Thirty-fourth. Am Times Square, der zweiten Station, waren sechs Wagen versammelt: auf der Forty-third, dem Broadway, der Forty-second und der Seventh Avenue. Genelli spürte, daß die Hektik am Times Square zur Hauptverkehrszeit für Robin Hood der geeignetste Aussteigeort wäre. Er saß deshalb in einem der Wagen, und zwar in dem, der gegenüber dem Rialto-Theater auf der Forty-second Street stand und nach Osten in Richtung Broadway blickte.

Vier Limousinen waren in den Straßen über der dritten Station des Zuges postiert: an der Seventy-second und dem Broadway. Und vier weitere Wagen hatten Stellung am nächsten Halt zwischen der Ninety-sixth und dem Broadway bezogen.

Insgesamt warteten zweiundzwanzig Wagen an den U-Bahn-Stationen. Im Grunde genommen hatten die Männer von Genelli noch Glück. Robin Hood hätte sich einen anderen Übergabeort ausdenken können, den man nicht so leicht unter Bewachung halten konnte.

Die übrigen vierundzwanzig Limousinen deckten alle möglichen Ausfallstraßen von Manhattan ab: die George-Washington-Brücke, den Lincoln- und den Holland-Tunnel, den Brooklyn-Battery-Tunnel, die Brooklyn-Brücke, die Manhattan- und die Williamsburg-Brücke, den Queens-Midtown-Tunnel und die Queensboro-Brücke. Vier Wagen standen nördlich von Gracie Manson am F. D. R., fahrbereit, um jedes verdächtige Fahrzeug daran zu hindern, über eine der Brücken durch Harlem zu entkommen.

Zusätzlich zu den hundertachtunddreißig Männern in den Limousinen waren hundertfünfundzwanzig Agenten zu Fuß unterwegs. Die meisten patrouillierten auf den U-Bahnhöfen, denn es war ja nicht auszuschließen, daß Robin Hood, statt nach oben zu gehen, in einen anderen Zug umsteigen wollte.

In den FBI-Büros in der Sixty-ninth Street arbeiteten zusätzliche siebenunddreißig Männer. Sie koordinierten die Bewegungen der mobilen Einheiten und verwerteten die hereinkommenden Nachrichten und die anderen Aspekte der Operation.

Vier Männer observierten das Wohnhaus, in dem Ackridge und Hoffman lebten. Vier weitere waren vor den Ausgängen der Firma postiert, bei der Carrie Hoffman arbeitete.

Das FBI hatte insgesamt dreihundertundacht Männer für diese Operation aufgeboten.

Hinzu kamen sechs Regierungsbeamte.

Und ein FBI-District-Supervisor.

Nur eine Handvoll von ihnen wußte um die Umstände hinter dieser Operation. Aber jeder einzelne Mann zählte die Minuten bis zur Übergabe um 17.05 Uhr.

23

2. Januar, 16.35 Uhr

Pia James parkte ihren Mercedes auf der Twenty-fifth Street zwischen Seventh und Eigth Avenue. Sie schloß gemäß den Anweisungen, die sie erhalten hatte, die Wagentür nicht ab. Pia lief zur Seventh Avenue und bog dann nach Süden in die Fourteenth Street ein.

Der Wind blies nicht so wild, wie man das um diese Jahreszeit in New York häufiger erleben konnte. Dennoch wehte eine kräftige Brise, und die Temperatur lag um den Gefrierpunkt. Als sie zwei Blocks hinter sich gebracht hatte, waren ihre Wangen rot, und die Nase fühlte sich wie erfroren an. Nach drei Blocks klingelte es in ihren gefühllosen Ohren. Die Brise kam ihr wie ein kräftiger Wind vor, als sie die Nineteenth Street erreichte. Er schnitt durch ihren Beged-Or-Mantel und schmerzte auf ihren Brüsten.

Wie blöd. Sie holte sich hier noch eine Lungenentzündung! War das fünftausend Dollar wert? Sie durfte gar nicht an den Arbeitsausfall denken.

Doch! Fünftausend Dollar verdiente sie normalerweise in zwei Wochen. Und diese Summe erhielt sie jetzt für ein paar Stunden Arbeit, in denen sich noch nicht einmal jemand über ihren Körper hermachte. Fünftausend Dollar waren es wert, elf Blocks weit zu laufen und auch noch ein bißchen U-Bahn zu fahren. Aber diese Summe war es nicht wert, dafür ins Gefängnis gesperrt zu werden. Pia war immer noch nicht hundertprozentig wohl bei dieser Geschichte.

Auf jeden Fall würde sie die Augen offenhalten. Wenn sie irgendwann oder irgendwo Bullen witterte, würde sie die verdammte Schachtel einfach fallen lassen, und dann mochte Dan Walters, oder wer immer er war, sehen, wo er blieb!

Sie schritt zügiger aus und erreichte die Rolltreppe zur Station an der Fourteenth Street wenige Minuten vor fünf. Als sie die Stufen hinunterstieg (sie mochte keine Rolltreppen), entdeckte sie mit großem Schrecken, daß der Mann, der direkt unten stand, ihre Kontaktperson war. Er trug eine Schachtel mit einem Durchmesser von dreißig Zentimetern unter dem Arm. Die Schachtel war in normales braunes Packpapier eingewickelt. Darüber war Draht gespannt, der von einer roten Versandmarke zusammengehalten wurde. Auf ein solches Paket sollte sie achten, hatte Walters ihr eingeschärft. Doch der Mann, der die Schachtel trug, entsprach nicht ihren Erwartungen. Nicht übermäßig groß und von schmächtiger Gestalt, dunkles, lockiges Haar und eine tiefbraune Gesichtshaut – Pia hielt ihn für einen Araber. Aber andererseits wirkte er sanft und überhaupt nicht brutal. Pia fand ihn sogar ganz sexy.

Sie hielt deutlichen Abstand zu ihm und sorgte dafür, daß sein Blick nicht auf sie fiel. Doch selbst wenn er sie zufällig entdecken sollte, konnte er ja nicht wissen, daß sie ihm das Paket abnehmen würde. Trotzdem war Vorsicht angebracht. Er mußte sich ja nicht unbedingt ihr Gesicht merken. Es war nicht auszuschließen, daß er selbst in eine Falle geriet und dann verhört wurde. Die Minuten krochen quälend langsam vorbei.

Madelaine Harlow, diesen Namen hatte sie sich gegeben, als sie vor vier Jahren nach New York gekommen war, stieg zwischen Seventh Avenue und Seventeenth Street aus dem Taxi. Sie wartete auf dem Bürgersteig, bis der Mietwagen um eine Ecke gebogen war und der Fahrer sie nicht mehr sehen konnte. Dann lief sie in Richtung Fourteenth Street.

Sie trug ein langes graues Wollkleid und ein schwarzes Jackett mit Fellbesatz – ein Ensemble von Bergdorf-Goodman. Für diese Gegend war sie entschieden zu gut angezogen. Und für diese Gegend war sie ganz entschieden zu hübsch: eine große, langbeinige Blondine mit grünen Augen und einer vorzüglichen Figur. Aber Madelaine machte sich nicht im mindesten Sorgen um die hiesige Straßenkriminalität. Sie hatte ein ganzes Jahr lang auf der Straße gearbeitet, bevor es ihr gelungen war, so viele Stammkunden zusammenzubekommen, daß sie sich eine Arbeitswohnung mieten konnte. Madelaine konnte sehr gut auf sich selbst aufpassen, und Männer machten ihr keine Angst.

Sie war nur über eine Sache etwas verstimmt. Sie mußte nämlich eine Einkaufstasche von Korvettes tragen. Dabei kaufte sie nie bei Korvettes. Und sie kam sich auch albern vor, weil die Tasche zwar von außen so aussah, als wäre sie voller Einkäufe, in Wahrheit aber nichts weiter als zusammengeknülltes Toilettenpapier enthielt. Sie kam sich so blöd dabei vor, mit einer Tasche voller Toilettenpapier mitten durch die City von Manhattan zu laufen und auch noch so zu tun, als würde die Last ihr immer schwerer, obwohl die Tasche doch so gut wie gar nichts wog. Sie erreichte die Treppe zur U-Bahn-Station an der Fourteenth Street, als die Uhr eine Minute vor siebzehn Uhr anzeigte. Unten auf dem Bahnhof waren auf ihrer Seite nur sechzig oder siebzig Menschen versammelt. Und dreißig davon standen rund um die Säule herum, an der Madelaine warten sollte. Sie marschierte auf die Säule zu und mischte sich unter die Wartenden.

Ein Endzwanziger mit lockigem Haar zog sie mit den Augen aus, bemühte sich aber wenigstens darum, nicht zu offensichtlich zu starren. Sie schenkte ihm ein kühles und verächtliches Zucken der Mundwinkel. Er sah ganz nett aus, aber es war ihm anzusehen, daß er nicht vermögend war. Madelaine mochte nur Männer, die reich waren; höchstens noch solche, die auf dem besten Wege waren, reich zu werden.

In ein oder zwei Jahren, sobald sie mehr Berufserfahrung besaß, in einem besseren Apartment arbeitete und nur noch Kleidung erster Qualität und von den angesehensten Designern trug, würde sie so teuer, gut und erfolgreich sein wie Pia James. Zumindest hatte sie sich das vorgenommen.

2. Januar, 17.00 Uhr

David Meyrowitz betrat die U-Bahn-Station kurz vor siebzehn Uhr. Er postierte sich an der Säule, die in der Lösegeldforderung angegeben worden war. Zweieinhalb Tage waren vergangen, seitdem die Diebe ins Recard-Institut eingebrochen waren und als dreiste Krönung ihrer Tat die Forderung über den Computer geschickt hatten. Die Säule unterschied sich auf den ersten Blick in nichts von den Dutzenden anderen, die die Straße über ihren Köpfen stützten. Dann entdeckte Meyrowitz weiße Buchstaben, die hastig an allen vier Seiten aufgesprüht worden waren: RH, RH, RH, RH.

Nach außen hin müde und gleichgültig ließ er den Blick über die wachsende Menge fahren. Er wagte es jedoch nicht, jemanden zu lange anzusehen. Robin Hood gehörte sicher nicht zu den schüchternen Menschen. Dennoch wäre es ganz und gar nicht ratsam, seinen Kontaktmann durch eine vermeidbare Dummheit abzuschrecken.

Meyrowitz stellte besorgt fest, daß sich weder Dunio noch Powell junior in der Menge befanden. Es war jedoch kaum denkbar, daß einer der beiden schon vorher den Zug bestiegen hatte. Wie konnte er sichergehen, daß sein Waggon genau vor der markierten Säule hielt? Nein, gemäß der Übergabebedingungen würde Robin Hood an dieser Station in den Zug steigen. Und damit blieb nur eine Lösung möglich: Robin Hood arbeitete nicht zu zweit, sondern zu dritt.

Bloß keinen anstarren.

Vermassel es nicht!

Einige Sekunden später kreischte der Zug im dunklen Tunnel, die Bremsen heulten zum Trommelfellbersten, und dann kam der endlose Wurm zum Stehen. Die Türen direkt vor Meyrowitz öffneten sich, aber niemand stieg aus. Die Menschen rings um ihn stürmten auf die offenen Türen zu. Plötzlich bekam Meyrowitz einen großen Schrekken. Wenn er nicht mit den anderen schieben und stoßen würde, käme er nicht mehr in den Waggon hinein und würde Robin Hoods Kontaktmann verpassen.

Alle Sitzplätze waren von den Angestellten der Börse und der Maklerhäuser besetzt, die an der Wall Street und an der William-Station eingestiegen waren. Der Boden rings um die Haltestangen war ebenfalls lückenlos vergeben. Der Waggon war bis zum Bersten gefüllt. Und daran würde sich erst an der Penn-Station etwas ändern, wenn die angehenden Banker und Finanzjongleure in den Penn Central oder auf die Long Island Railroad umstiegen. Also blieb Meyrowitz, wo er war, und kämpfte sich nicht weiter durch. Er stand Schulter an Schulter mit etlichen New Yorkern vor der Schiebetür. Keiner in seiner Nähe sah Dunio oder Powell auch nur entfernt ähnlich.

Meyrowitz hatte auch nicht mitbekommen, daß drei FBI-Männer mit ihm eingestiegen waren. Er wußte, daß er nicht allein war, und sagte sich, daß die Beamten irgendwo im Zug steckten. Vermutlich versuchten sie gerade, jeden Fahrgast gleichzeitig im Auge zu behalten und zu vermeiden, einander ins Gesicht zu sehen.

Gefährlich schwankend wie ein Schiff, das sich durch rauhen Seegang kämpft, rollte die U-Bahn los und eilte nordwärts unter Manhattan hindurch.

Eine leise, nicht unangenehme Stimme rechts von Meyrowitz sagte: »Verzeihen Sie bitte.«

Er drehte den Kopf und entdeckte vor sich eine atemberaubende Blondine. Sie war ihm schon auf dem Bahnhof aufgefallen, und er hatte sie sofort verdächtigt. Aber im Grunde genommen hatte er jeden auf dem Bahnhof gleich verdächtigt.

»Hier haben Sie eine Einkaufstasche«, erklärte sie so leise, daß nur er, aber keiner der Umstehenden es verstehen konnte. »Bitte legen Sie die Schachtel dort hinein und verzichten Sie auf alle Mätzchen.«

Er hielt das Paket unter dem Arm. Er ließ es bis zur Hüfte hinabgleiten, schob seine Finger dann unter den Draht, versenkte es in die Einkaufstasche und ließ es los.

Er betete, daß einer der Sonderagenten das mitbekommen hatte. Aber er hatte nicht viel Hoffnung.

»Vielen Dank«, sagte sie und lächelte ihn an. Ihr Lächeln hatte etwas Aufreizendes und konnte einen Mann um den Verstand bringen.

2. Januar, 17.10 Uhr

Als der Lockenkopf die Schachtel in die Tasche hatte fallen lassen, sah Madelaine Harlow rasch nach, ob das Toilettenpapier erwartungsgemäß zusammengedrückt worden war. Erleichtert registrierte sie, daß das Paket nach unten gerutscht war.

Was nun?

»Bleib einfach ganz ruhig hier stehen und warte«, befahl sie sich.

Doch das war nicht so einfach. Sie hatte sich immer bemüht, so cool und hart und selbstbeherrscht aufzutreten wie Pia James. Aber jetzt mußte sie daran denken, was die Schachtel enthalten mochte. Heroin? Das würde ihr zehn Jahre einbringen, wenn jetzt ein Bulle kam und sie festhielt.

Dennoch blieb sie äußerlich gelassen. Sie brachte es sogar fertig, den Lockenkopf noch einmal anzulächeln und ihm zuzuraunen: »Starren Sie nicht auf die Tasche und ihren Inhalt. Das lenkt nur unnötig die Aufmerksamkeit auf uns.«

Sie bemerkte seinen Blick. Seine Augen waren grimmig und wütend. Was war denn in ihn gefahren? Er war sich doch wohl bewußt gewesen, daß er das Paket jemandem übergeben sollte, oder?

Aus der gedrängten Menge hinter ihr kam eine Hand und berührte Madelaines Finger; die Finger, die die Henkel der Tasche hielten. Madelaine hätte fast einen Satz gemacht, und sie konnte sich nur mit einiger Anstrengung davon abhalten, nach hinten zu sehen. Nach dem ersten Schrecken war ihr klar, daß nur Pia James sie berührt haben konnte.

Als der Zug in die Penn-Station einlief, starrte Madelaine auf die Türen vor ihr und ließ dabei langsam die Tasche los. Sie spürte, wie Pia einen oder zwei Schritte zurückwich. Einen Augenblick später wurden Madelaine die Henkel einer anderen Tasche in die Hand gedrückt. Dieser rasche Austausch konnte von niemandem bemerkt worden sein. Die Leute standen hier einfach zu dicht, um sich um das kümmern zu können, was sich unterhalb der Bauchebene abspielte. Madelaine hob die neue Tasche vorsichtig ein Stück höher.

Sie war ebenso wie die erste mit zusammengeknülltem Toilettenpapier ausgestopft.

Der Zug kam schaukelnd zum Stehen.

Die Türen glitten auf.

Als Robin Hood ausstieg und über die Bahnhofsplattform lief, mußte David Meyrowitz erst ein paar andere Fahrgäste vorlassen, bevor er selbst den Weg nach draußen fand. In einigem Abstand folgte er der jungen Frau und war sich diesmal sicher, daß die drei Agenten hinter ihm waren.

Madelaine Harlow fädelte sich in den langen Strom der Heimkehrer ein, bis sie eine Rolltreppe erreichte. Die Masse der Fahrgäste wählte die Treppenstufen. Madelaine fuhr bis nach oben und war bald mittendrin im Gewühl der Heimkehrer.

Sie kam sich jetzt noch dämlicher vor, mit einer Tasche voller Toilettenpapier herumlaufen zu müssen. Sie beschleunigte ihre Schritte, um möglichst rasch die Absperrung nach draußen zu erreichen. Sie durchquerte die Sperre, kam an einen Pizzaladen, vor dem ein Abfalleimer aufgestellt war. Den füllte sie mit ihrer Korvettes-Tasche, dann marschierte sie auf den Bürgersteig der Seventh Avenue und steuerte auf ein wartendes Taxi zu.

Sie hörte Schreie und Rufe hinter sich. Zuerst achtete sie nicht darauf, weil sie kaum gemeint sein konnte. Wenn man lange genug auf der Straße gewesen war, achtete man nicht mehr auf irgendwelche Streitigkeiten, die ebenso unvermittelt ausbrachen, wie sie sich wieder verzogen. Doch dann bemerkte sie, daß die Passanten, die ihr entgegenkamen, zuerst auf die Quelle des Lärms blickten und dann sie anstarrten.

Bullen?

Bitte, lieber Gott, nicht die Polizei!

Sie warf einen Blick über die Schulter und entdeckte den lockenköpfigen Mann aus dem Zug. Was war denn in ihn gefahren? Wie kam er dazu, hier einen solchen Aufstand zu verursachen? Warum rannte er hinter ihr her? Wenn er sein Paket wiederhaben wollte, war er ein wenig zu spät dran.

Sie versuchte, auch jetzt noch cool zu bleiben, aber das gelang ihr überhaupt nicht. Im nächsten Moment rannte sie los und lief Slalom zwischen den Menschen hindurch, die zur U-Bahn wollten. Sie blickte nicht zurück, sondern rannte und rannte. Wo wollte sie denn hin?

Statt sich ein Taxi zu nehmen, entfernte sie sich von dem Stand. Sie kam einem anderen Ausgang des Bahnhofs immer näher. Als sie die Glastüren erreichte, drehte sie sich noch einmal um.

Lockenkopf war nicht mehr hinter ihr her. Dafür kamen drei andere Typen auf sie zu. Sie waren groß und kräftig, und alles an ihnen roch nach Bulle.

»Großer Gott!« stöhnte sie.

Das war die dreihundert Dollar wirklich nicht wert!

Madelaine sprang in ihrer Panik auf die Rolltreppe. Die Männer folgten ihr, liefen aber über die Treppe. Sie waren kräftig und durchtrainiert. Und sie waren natürlich eher da als Madelaine.

Als sie unten ankam, wurde sie bereits erwartet.

2. Januar, 17.15 Uhr

Kurz überlegte Meyrowitz, ob er den Abfalleimer unter Bewachung stellen sollte, damit man Robin Hood abfangen konnte, sobald er die Einkaufstasche dort abholen wollte. Aber dann kam ihm der Gedanke, daß die Bilder sich möglicherweise nicht mehr in der Tasche befanden, daß sie schon weitergegeben worden waren. Und in dem Fall wäre die Bewachung reine Zeitverschwendung. Meyrowitz blieb nichts anderes übrig, als höchstpersönlich den Aasgeier zu spielen und die Tasche aus dem Eimer zu ziehen.

Eimer war eine glatte Untertreibung. Der Behälter war abgesichert wie ein Schließfach im Pentagon. Er trat dagegen, rang mit dem Stück, und endlich kippte es um. Er trat fest auf den Deckel. Der verbog sich, und mit einiger Kraftanstrengung gelang es Meyrowitz, ihn abzureißen. Eine Lawine von Plastiktellern und Pizzaresten ergoß sich über den Boden.

»He, Freundchen, was für ein beschissenes Spielchen treibst du denn da?« Ein Verkehrspolizist, einen halben Kopf größer und zwanzig Kilogramm schwerer als Meyrowitz, packte ihn am Kragen und hob ihn hoch. Meyrowitz fürchtete schon, seine Füße würden sich vom Boden lösen. Der Polizist zerrte ihn unsanft vom Mülleimer fort.

»FBI«, keuchte Meyrowitz.

Der Polizist zwinkerte, setzte dann aber eine wütende Miene auf. »Natürlich, klar doch!«

»Nein, ich bin wirklich vom FBI«, ächzte Meyrowitz. Der Mantelstoff spannte sich wie ein Seil um seinen Hals.

Einige Passanten blieben stehen und verfolgten die Szene.

Der Polizist lockerte den Griff, und Meyrowitz kam frei. Er fuhr mit einer Hand in seine Manteltasche und zog rasch den Dienstausweis heraus. Der Polizist hatte schon den Schlagstock in der Hand. »FBI, verdammt noch mal!« rief Meyrowitz und hielt dem Bullen den Ausweis unter die Nase. »Wenn Sie mich jetzt nicht augenblicklich meine Ermittlungen am Abfalleimer fortsetzen lassen, sorge ich persönlich dafür, daß Sie bis an Ihr Lebensende nicht mehr froh werden!«

Der Polizist machte eine hilflose Miene. »Zum Teufel mit Ihnen, tun Sie doch, was Sie nicht lassen können.«

Meyrowitz wurde sich erst jetzt dessen bewuBt, was er gesagt und getan hatte ... und wie das auf die Passanten wirken mußte. Übergangslos schlug seine Stimmung um, und er fing an, lauthals zu lachen. Er lachte, bis ihm die Tränen die Wangen hinabliefen, und er konnte nicht mehr damit aufhören. Er kramte im Abfall, fand die Einkaufstasche, öffnete sie, kippte sie aus und starrte auf einen ganzen Berg von zusammengerolltem Toilettenpapier. Er blickte für ein paar Sekunden auf das Papier, blickte dann zum Verkehrspolizisten, blickte schließlich auf die mittlerweile hundertköpfige Menge, die dieses Schauspiel mitverfolgte, und brach in ein noch gewaltigeres Lachen aus.

»Darf ich bitte noch einmal den Dienstausweis sehen«, erklärte der Bulle.

Meyrowitz tat ihm den Gefallen und sagte: »Jetzt entschuldigen Sie mich bitte.« Er schob sich durch die Menge und eilte dorthin, wo die junge Frau verschwunden war.

Er fand sie bald zusammen mit den drei Beamten vor einem anderen Bahnhofseingang.

»Sie haben es an jemand anderen weitergegeben, nicht wahr?« fuhr er sie atemlos an.

»Ja«, sagte sie und senkte den Blick. Sie zitterte am ganzen Leib.

»An wen? Und wie haben Sie das gemacht?«

Sie blickte nervös auf die Neugierigen, die stehengeblieben waren. Eine Gruppe Männer erschien gerade auf der Treppe; unverkennbar in der Absicht, nachzusehen, was hier eigentlich los war.

»Hier?« fragte Madelaine nur.

»Nein. Wir suchen uns ein ruhigeres Plätzchen. Das Hauptquartier des FBI.«

»Ja«, sagte sie kläglich. »Diese Herren haben mich schon aufgeklärt.«

In dem unauffälligen Wagen, der vor dem Rialto-Theater am Times Square stand, warf Roy Genelli einen Blick auf seine Armbanduhr und studierte dann wieder den elektronischen Scanner, der zwischen den beiden Vordersitzen auf einer Konsole angebracht war. Der Schirm hatte einen Durchmesser von zwanzig Zentimetern und zeigte auf seinem Gitternetz eine Straßenkarte der City von Manhattan. Auf dem Schirm zeigte sich nichts Ungewöhnliches. Kein Lichtpunkt huschte über die Linien.

»Sind wohl immer noch unter der Erde«, bemerkte Plover.

Agent Marks, der neben Genelli hinten saß, betrachtete ebenfalls intensiv den Scanner und erklärte: »Das heißt, daß Robin Hood den Zug an der Penn-Station nicht verlassen hat.«

Genelli blickte noch einmal auf seine Uhr und verzog das Gesicht. »Wenn wir nicht in den nächsten zwei Minuten das Signal sehen, müssen wir wohl davon ausgehen, daß er auch nicht am Times Square ausgestiegen ist. Oder daß er umgestiegen ist.«

Ein unangenehmes Gefühl machte sich in seinem Magen breit.

»Denk an den Zilinski-Ross-Fall«, hämmerte er sich ein. Damals hatte es auch ein paar Augenblicke gegeben, in denen er ganz verzweifelt war; einige Male hatte er gedacht, jetzt wäre alles zu Ende. Aber zuletzt hatte er bekommen, was er wollte. Und er konnte sich in dem Bewußtsein sonnen, hervorragende Arbeit geleistet zu haben.

Vergiß das nicht.

Kein Lichtpunkt zeigte sich auf dem Bildschirm.

24

2. Januar, 17.35 Uhr

Pia James hatte die Korvettes-Einkaufstasche umgehängt und verließ an der Station Seventy-second/Broadway den Zug. Doch sie begab sich nicht nach oben. Statt dessen lief sie auf den gegenüberliegenden Bahnsteig und mischte sich unter die Fahrgäste, die auf den Zug in die City warteten.

Unmerklich betrachtete sie mehrere Male jeden einzelnen der Wartenden, aber niemand schenkte ihr besondere Aufmerksamkeit. Die fünftausend Dollar hatte sie sich wirklich leicht verdient. Nein, nur viertausendsiebenhundert. Madelaine bekam ja auch noch ihren Anteil.

Einen Moment spielte sie mit dem Gedanken, Dan Walters zu vergessen und den Inhalt des Pakets an sich zu nehmen. Wenn sie schon fünftausend dafür erhielt, den Kurier für diese Ware zu spielen, wieviel mußte die Ware dann selbst wert sein? Das Paket wog anderthalb bis zwei Pfund. Enthielt es Heroin? Wieviel brachten ein oder zwei Pfund Schnee auf dem schwarzen Markt? Vielleicht enthielt das Paket auch Bargeld. Hunderter in mehreren hübschen Bündeln. Oder Diamanten?

Der Zug lief ein, und sie bestieg ihn.

Als die Türen sich geschlossen hatten und der Zug losrollte, kamen ihr andere Gedanken. Nimm deine fünftausend Dollar, stell keine Fragen und mach, daß du fortkommst. Willst du denn mit aller Gewalt Schwierigkeiten bekommen? Für was hältst du Walters denn? Er ist bestimmt kein Dorftrottel! Womöglich hat er sogar mit der Mafia zu tun. Und diese feinen Herren willst du doch wohl nicht auf dich aufmerksam machen, oder?

Sie verließ den Zug an der Station Twenty-third Street/Seventh Avenue, lief nach oben und spazierte zwei Blocks weit zu ihrem geparkten Mercedes. Jetzt war sie wieder dort, wo für sie alles angefangen hatte.

Als sie die Fahrertür öffnete und einsteigen wollte, entdeckte sie, daß jemand auf dem Beifahrersitz saß. »Was haben Sie in meinem Wagen verloren?« fragte sie die fremde Frau.

»Mr. Walters hat mich gebeten, Sie zu treffen.«

Zögernd ließ sich Pia hinter dem Steuer nieder, legte die Tasche auf ihren Schoß und schloß die Tür. »Ich dachte, Walters wollte selbst kommen.«

»Nein«, sagte die Fremde. »Er hat mich geschickt.«

Die Fremde trug zuviel Make-up, und auf ihrer Nase saß eine dunkle Sonnenbrille, obwohl doch bereits die Winternacht hereingebrochen war. Und ihre Perücke war billig. Sicher, sie war attraktiv, aber sie besaß keine Klasse. Jeder Streifenpolizist hätte sie schon beim ersten Ansehen als Prostituierte festgenommen. Doch Pia ließ sich nichts anmerken und sagte nur: »Mein Geld.«

Die Fremde reichte ihr ein Kuvert.

Pia öffnete es, blätterte durch die Scheine, zählte sie aber nicht.

»Alles okay. Nehmen Sie jetzt die Einkaufstasche, und gehen Sie.«

Die Fremde nickte, öffnete die Tür und griff dann in den Wagen, um die Korvettes-Tasche und ihre eigene, eine Einkaufstasche von Boomingdale's, an sich zu nehmen. Sie marschierte rasch über den Bürgersteig und bog ab in Richtung Seventh Avenue.

Pia James war jetzt doch erleichert, die Sache hinter sich gebracht zu haben. Sie verschloß die Türen von innen, startete den Mercedes und fuhr davon.

2. Januar, 17.48 Uhr

Roy Genelli war gerade im Begriff, seine Handschuhe zu zerreißen, als endlich aus dem Funkgerät die Stimme von David Meyrowitz ertönte.

»Wagen 202 ruft Wagen 201«, rief der Assistent. »Können Sie mich verstehen?«

»Hier 201!« sagte Genelli und riß das Mikrophon aus der Halterung. »Was, zum Teufel, ist denn los?«

Mittlerweile mußte der Zug die Station Ninety-sixth Street passiert haben, erreichte vermutlich gerade die Station Hundred-tenth Street/Lennox Avenue. Und immer noch hatte sich auf dem Bildschirm kein Lichtpunkt gezeigt.

»Die Frau, die mich angesprochen hat ...« begann Meyrowitz.

»Was für eine Frau?« unterbrach ihn Genelli.

»Lassen Sie mich ausreden«, rief der Assistent. Statische Störungen tauchten auf und verebbten wieder. »Wir sind ihr durch die ganze Penn-Station bis nach draußen gefolgt, nur um dann festzustellen, daß sie die Schachtel unterwegs oder vielleicht noch im Zug weitergereicht hatte.«

»Und keinem von euch Volltrotteln ist etwas aufgefallen?« erregte sich Genelli.

»Sie spüren wohl die Axt über Ihrem Haupt«, entgegnete Meyrowitz ungerührt. »Das Ganze war etwas komplizierter, als ich es jetzt darstellen kann. Es muß hier ausreichen, daß unsere Freunde offenbar gerissener sind, als wir uns das vorgestellt haben. Wie dem auch sei, die Frau sagte aus, sie hätte die Tasche an eine zweite Frau weitergegeben.«

»Und wo ist die geblieben?« Genelli konnte sich nur mit Mühe beherrschen. »Wir haben noch kein Signal erhalten. Also ist sie noch irgendwo unter der Erde.«

»Keine Ahnung«, gestand Meyrowitz. »Ich weiß nicht, wo sie hin ist. Aber ich weiß, wer sie ist.«

»Mensch! Spannen Sie mich nicht auf die Folter!«

»Also, wir haben die erste Frau hier im Hauptquartier. Nach ein paar leisen Drohungen zeigte sie sich plötzlich sehr gesprächig. Sie behauptet, von einer gewissen Pia James Geld geboten bekommen zu haben, wenn sie ihr einen kleinen Gefallen erweisen würde. Frau James arbeitet als Callgirl. Die Dame hier bei uns konnte uns sogar die Adresse der James angeben. Ich schätze, sie ist im selben Gewerbe tätig, obwohl sie steif und fest behauptet, sie sei Schauspielerin.«

»Geben Sie mir die Adresse von dieser James«, sagte Genelli. »Wir fahren sofort hin und sehen nach.«

Meyrowitz las ihm die Adresse vor.

»Danke«, sagte Genelli. »Wir machen jetzt, daß ...«

Auf dem Bildschirm tauchte ein unruhiger Lichtpunkt auf. Er blinzelte wie ein Stern. Ein helles *Blip-blip-blip* erfüllte das Wageninnere.

»Wir haben sie!« brüllte Genelli ins Mikrophon. Er konzentrierte sich auf den Scanner und runzelte die Stirn, als er entdeckte, daß das Licht keinen exakten Standort angab. Der Punkt leuchtete matter und bedeckte eine Fläche von einem Häuserblock auf beiden Seiten der Straße. »Sie befindet sich irgendwo auf der Twenty-fifth, nicht weit von der Seventh Avenue.«

Seine Worte erreichten alle Einsatzwagen. Die Limousinen starteten und näherten sich der angegebenen Stelle von der Fourteenth Street, von der Eigth Avenue, von der Penn-Station und von der Seventh Avenue.

»Jetzt ist sie auf der Twenty-fourth«, rief Genelli.

Das Licht huschte über die Straßenlinien. Der Piepston ertönte etwas öfter als einmal pro Sekunde.

»Twenty-third«, meldete Genelli. »Sie bewegt sich auf ... auf die Eight Avenue zu ... Moment mal ... jetzt bleibt das Signal stehen ...«

»Soll ich hin?« fragte Plover und legte vorsorglich einen Gang ein.

Genelli schüttelte den Kopf.

Krachend ertönte eine Stimme aus dem Funkempfänger. »Wagen 215 nähert sich aus Richtung Penn-Station.«

»Wagen 206 kommt von der Fourteenth«, fiel eine andere Stimme ein. »Aber hier herrscht ein chaotischer Verkehr. Wir müssen die Sirenen einschalten, sonst bleiben wir hier ewig stecken.«

»Nein, keine Sirenen«, befahl Genelli. »Die setzen wir erst ein, wenn es gar nicht mehr anders geht.«

2. Januar, 17.56 Uhr

Kaum eine Minute nachdem sie Pia James verlassen hatte, traf Carrie mit Lee an der Ecke von der Seventh Avenue und der Twenty-fifth Street zusammen. Er wartete dort in einem gemieteten Ford. Powell hatte mit seinen falschen Papieren den Wagen am Nachmittag des 31. Dezembers besorgt und dann in einer Garage in der Nähe des Americana-Hotels geparkt. Dorthin war Lee heute gegen siebzehn Uhr gegangen und hatte ihn geholt. Carrie stieg ein, zog die Tür hinter sich zu und stellte dann die beiden Taschen zwischen ihren Beinen auf den Boden.

»Gab's Schwierigkeiten?« fragte Lee.

»Nein.«

»Dann zurück zum Americana«, sagte Lee. Er fand eine Lücke im Strom der Fahrzeuge, fuhr Richtung Süden und gelangte in eine Seitenstraße, die auf die Avenue of the Americas führte. »Deine Verkleidung ist perfekt«, lobte er nach einem Seitenblick. »Du wirkst so billig, daß jeder Bulle dich gleich festnehmen würde.«

»Auf dem Weg zum Wagen habe ich zwei unsittliche Anträge erhalten«, antwortete sie.

Ohne jemandem von ihren vertrauteren Kollegen zu begegnen, hatte Carrie um sechzehn Uhr dreißig ihr Büro verlassen. Da sie dem Hausmeister nicht begegnen wollte, war sie an den Fahrstühlen vorbeigelaufen und hatte die Treppen genommen, um nach unten zu gelangen. Unten betrat sie die Damentoilette und schloß sich in einer Kabine ein. Sie öffnete die Tasche von Bloomingdale's und packte all die Gegenstände aus, die sie nun schon fast eine Woche lang in ihrem Büroschreibtisch eingeschlossen hatte: eine lange, schwarze Perücke, eine hautenge Satinhose, billiges, aber grelles Make-up ...

Nach fünfzehn Minuten sah sie überhaupt nicht mehr aus wie Carrie Hoffman. Die FBI-Agenten, die das Firmengebäude unter Beobachtung hielten, würden nicht auf sie achten, geschweige denn, sie verfolgen. Gegen siebzehn Uhr dreißig setzte sie sich in den Mercedes von Pia James.

Während Lee sich durch den Verkehr kämpfte, öffnete Carrie die Einkaufstasche, die sie von Pia erhalten hatte. Mit einem Taschenmesser durchschnitt sie den Draht, der das Paket zusammenhielt. Dann trennte sie auch das braune Packpapier auf. Als sie dann den Deckel aufschlug, konnte sie endlich fünf in Samt eingewickelte Kuverts herausnehmen.

»Und?« fragte Lee unruhig.

Carrie riß all das zusammengeknüllte Papier aus dem Paket, das als Unterlage und Stoßschutz für die Bilder gedient hatte. Am Boden des Pakets entdeckte sie dann einen kleinen Sender und zwei Minibatterien. Sie zeigte das Lee, als er vor einer roten Ampel halten mußte.

Er bemerkte ihren ängstlichen Blick und lächelte ihr zu, damit sie sich wieder beruhigte. »In diesem Verkehrsgewühl kann kein Bulle uns herausfinden. Dafür stehen die Wagen hier zu dicht. Vorerst brauchen wir uns keine Sorgen zu machen.« Er fühlte sich so gut wie nie zuvor in den letzten drei Jahren. »Alles läuft wie Butter in der Sonne.«

Carrie legte das leere Paket mit dem Sender in die Einkaufstasche zurück und verstaute die fünf Bilder vorsichtig in einem Diplomatenkoffer, den Lee mitgebracht hatte. Sie schloß den Koffer ab.

Während der Ford mit der Verkehrsbrandung über die Avenue of the Americas strömte, beobachtete Carrie die Menschen auf den Bürgersteigen. Sie versuchte sehr, sich zu beruhigen, und fragte sich gleichzeitig, wann ihr Herz vor lauter Aufregung platzen würde.

2. Januar, 18.05 Uhr

»Sie müssen sich in einem Straßenfahrzeug befinden, daran kann kein Zweifel mehr bestehen«, sprach Genelli ins Mikrophon. »Vielleicht in einem Taxi ... Sie fahren jetzt auf der Sixth Avenue ...«

Auf dem Monitor tanzte ein Lichtfleck auf und ab. Wie eine Libelle, die in einer Sommernacht vorüberfliegt.

»Fortieth Street.«

Blip-blip-blip.

»Wagen 215 von Penn-Station«, meldete sich eine Stimme. »Ich bin über die Sixth gefahren und erreiche jetzt die Thirty-eight ... Worauf, zum Teufel, soll ich achten, wenn ich nah genug herangekommen bin? Sind Sie sicher, daß wir nach einem Taxi fahnden?«

»Nein«, antwortete Genelli. »Ich habe keine Ahnung. Halten Sie einfach die Augen offen!«

Blip-blip-blip.

»Hier Wagen 206«, meldete sich eine andere Stimme.

»Was gibt's, 206?«

»Ich bin an der Kreuzung Eight Avenue und Fiftieth Street. Der

Verkehr war nicht ganz so schlimm. Ich befinde mich ein Stück vor dem Zielobjekt. Soll ich mich auf der Sixth querstellen und es aufhalten?«

»Nein«, antwortete Genelli. »Robin Hood könnte abbiegen oder sonstwohin fahren. Außerdem wissen Sie ja nicht, wen Sie aufhalten sollen. Bleiben Sie auf der Eight, aber vermindern Sie Ihr Tempo.«

Er betrachtete wieder den Bildschirm und konzentrierte sich auf die Bewegung des Lichtpunkts. Forty-second vorüber ... an der Forty-third vorbei ... Der Zielwagen kroch unentwegt die Avenue of the Americas entlang ... Forty-fourth ...

»Sieht nicht so aus, als käme er in unsere Richtung«, brummte Genelli.

»Nein, ganz sicher nicht«, bestätigte Plover.

»Immerhin haben wir ja noch fünf Wagen rings um den Times Square«, bemerkte Marks.

Genelli tippte Plover auf die Schulter: »Versuchen Sie, zur Sixth durchzukommen, damit wir hinter ihnen landen.«

»Alles festhalten, bitte«, brummte Plover.

Obwohl die Ampel gerade umschlug, trat Plover das Gaspedal durch. Die Limousine schoß vom Bürgersteig. Die Reifen quietschten häßlich.

Ein Taxi näherte sich ihnen von der Seventh Avenue. Der Fahrer sah die Limousine kommen, trat fest auf die Bremse und steuerte gegen. Dennoch krachte sein Fahrzeug mit der Schnauze gegen den Beton des Mittelstreifens und verkeilte sich dort. Von allen Seiten ertönte wütendes Hupen.

Plover raste über den Broadway, hatte einen Fastzusammenstoß mit einem grauen Volvo, erschreckte einen Brezelverkäufer zu Tode, der gerade mit seinem Karren die Straße überqueren wollte. An der Ecke Broadway und Forty-second Street hätte er beinahe zwei Hare-Krishna-Jünger ins Nirwana befördert, die gerade, in ihre orangeroten Roben gewandet, singend vom Bürgersteig auf die Straße traten.

»Großer Gott!« stöhnte Marks auf dem Rücksitz.

Plover grinste nur.

Auf halbem Weg vom Broadway zur Sixth Avenue trat ein Streifenpolizist, der ihre waghalsigen Manöver schon aus der Ferne entdeckt hatte, auf die Straße, um die Limousine zu stoppen. Er blies mit roten Wangen in seine Pfeife und ruderte mit beiden Armen durch die Luft.

»Machen Sie ihn nicht platt!« rief Genelli Plover zu.

Plover riß das Steuer hart nach links herum und gab im selben Moment Gas. Sie brausten an dem völlig verdatterten Polizisten vorbei und brachten weiterhin den Verkehr vor ihnen durcheinander.

Plover bekam die letzte Sekunde Grün an der Ampel vor der Sixth Avenue. Dann raste er diese Straße hinunter, als hätte er in den letzten dreißig Jahren ein Taxi durch New York City gesteuert.

25

2. Januar, 18.15 Uhr

Lee hielt den Ford vor dem Hotelausgang zur Fifty-third Street an. »Park ihn irgendwo auf der Twenty-fourth und geh von dort aus zu Fuß weiter«, erinnerte er sie.

Als Lee ausstieg, glitt sie hinter das Steuer. Sie reichte ihm den Diplomatenkoffer und die Korvettes-Tasche nach draußen. »Sei vorsichtig«, sagte sie.

»Du auch.« Er schloß die Wagentür.

Während sie sich wieder in den Verkehr einfädelte, marschierte Lee zu einem Abfallkorb und warf dort die Einkaufstasche und das Paket mit dem Minisender hinein.

Der Wind war in der letzten Stunde spürbar aufgefrischt und heulte durch die Schluchten zwischen den Wolkenkratzern. Eine bitterkalte Nacht. Die Enden der Langhaarperücke schlugen Lee gegen die Wangen, und die Eiseskälte stach wie mit Nadeln in sein Gesicht. Als er durch die Drehtür ins Americana-Hotel gelangte, waren seine Wangen stark gerötet.

Er durcheilte die Eingangshalle, kam an den Treppen vorbei, blieb aber im Parterre. Hinter einer Cafeteria (frisch importierter Kaffee aus Kolumbien lockte hier) bog er ab und erreichte am Ende des langen Flurs die Toiletten.

Er schloß sich in einer Kabine ein, setzte sich auf die Toilette, legte den Koffer auf seine Knie und öffnete ihn. Behutsam wickelte er die Bilder eines nach dem anderen aus und suchte sie und den Samt nach einem verborgenen Miniatursender ab.

Beim vierten Samttuch hatte er Glück. Ein kaum vorstellbar winziger Sender war dort in den Stoff eingenäht. Die ganze Anlage war kaum größer als ein Viertel vom Nagel des kleinen Fingers und wurde von einer Hamilton-Batterie betrieben, wie man sie in besseren Armbanduhren fand.

Sehr clever vom FBI. Aber nicht clever genug für ihn.

Er legte die fünf Bilder in den Koffer zurück. Dann stand er auf und hob den Toilettendeckel. Lächelnd ließ er den Miniatursender in die Schüssel fallen, sah zu, wie er versank, und zog dann ab.

Jetzt durften sie gern diesem Signal folgen.

Plover folgte dem Zielobjekt über die Fifty-first Street und kam auf eine Nähe von zwei Blocks an das Objekt heran. Doch genau in dem Moment spaltete sich das Signal in zwei *Blip*-Töne, und der Lichtpunkt auf dem Schirm wußte nicht mehr weiter.

»Sie haben das Paket irgendwo zurückgelassen«, sagte Genelli. »Vermutlich haben sie die Bilder herausgenommen und in einem anderen Behältnis verstaut. Die beiden Sender sind nun weit genug voneinander entfernt, daß der größere den kleineren nicht mehr überlagert.«

Blip ... blip ... blip ... bliep ...

»Was haben sie eigentlich mit der Schachtel gemacht?« wollte Marks wissen.

Genelli studierte den Bildschirm. »Sieht so aus, als hätten sie sie ... Auf der Fifty-third, auf halbem Weg zwischen der Sixth und der Seventh Avenue.«

»Und wo sind die Bilder abgeblieben?« Marks war wie Plover über die Art des Lösegelds informiert worden, aber er hatte keine Ahnung von dem Wert der Kunstwerke; und auch nicht davon, was Robin Hood gestohlen hatte.

Genelli ging ganz dicht an den Scanner heran. »Der Sender bei den Bildern ist nicht weit entfernt ... bewegt sich auf die Seventh Avenue zu ...«

Plover versuchte, in eine Lücke zwischen einem Lieferwagen und einem Cadillac zu stoßen, aber eines der zahllosen gelben Taxis kam ihm zuvor. Plover drückte wütend auf die Hupe.

Der Taxifahrer blickte in den Rückspiegel und zeigte Plover den ausgestreckten Mittelfinger.

»Sauhund!« schimpfte Plover.

Als sie dann zwei Minuten später die Fifty-third Street erreichten, hörte einer der beiden Sender auf, Signale zu senden. Das mattere der beiden Lichter auf dem Monitor erlosch, und der leisere Ton verebbte.

»Wir haben ihn verloren!« entfuhr es dem fassungslosen Genelli.

Plover steuerte den Wagen an den Bürgersteig und parkte in der zweiten Reihe. Dann drehte er sich nach hinten und starrte ebenso wie die beiden anderen auf den Bildschirm.

»Wie konnten wir ihn denn verlieren?« fragte Marks.

»Vermutlich hat er den Sender entdeckt und zerstört«, antwortete Genelli. »Oder er ist wieder mit der U-Bahn unterwegs.«

Nur ein Lichtpunkt war übriggeblieben, und der rührte sich nicht von der Stelle.

»Und wenn er in ein Haus gegangen ist, würden wir dann das Signal immer noch empfangen können?« wollte Marks wissen.

»Natürlich«, antwortete Genelli. »Es muß nur ein Fenster in dem Raum sein, in dem er sich aufhält.«

»Hier gibt es zwei Hotels«, erklärte Marks. »Das Americana direkt vor uns, und das Hilton direkt hinter uns.«

»Hotels verfügen in der Regel über Fenster«, sagte Genelli. Er war nicht mehr wütend. Er fühlte sich nur noch niedergeschlagen.

»Sicher haben Hotels Fenster«, gab Marks zurück. »Nur Fahrstühle kommen in der Regel ohne aus.«

Genelli hob ruckartig den Kopf. »Himmel noch mal, Sie könnten recht haben.« Er wischte sich mit einer Hand über Stirn und Augen, bevor er sich wieder auf den Scanner konzentrierte. »Wenn der Sender sich momentan in einem Aufzug befindet, dürfte er nur für ein paar Minuten blockiert sein.«

Eine Minute konnte länger währen, als Genelli sich das je vorgestellt hatte.

Blip-blip-blip.

Nur der Sender in der Schachtel meldete sich.

Die zweite Minute verging noch langsamer als die erste.

Das Netzwerk mit den Straßenlinien glühte leise vor sich hin, zeigte aber nichts Ungewöhnliches.

»Nun mach schon!« zischte Genelli.

Eine dritte endlose Minute.

»Scheiße!« preßte Genelli hervor.

Robin Hood war entkommen.

26

2. Januar, 18.35 Uhr

Carrie parkte den Ford in der Twenty-fourth Street auf der Mitte zwischen der Seventh und der Eight Avenue. Sie schaltete den Motor aus und die Scheinwerfer ab.

Sie sah sich um und stellte verblüfft fest, daß sie ganz allein war. Niemand hielt sich auf den Bürgersteigen auf. Wegen der eisigen Kälte blieb jeder im Warmen, der nicht unbedingt nach draußen mußte. Und die armen Teufel, denen keine andere Wahl blieb, eilten mit gesenkten Köpfen so schnell sie konnten voran. Die wenigen Wagen, die hier unterwegs waren, achteten lieber auf die Witterung und den Verkehr auf den Hauptstraßen, statt sich um einen geparkten Wagen zu kümmern, in dem ganz allein eine Frau saß.

In dieser relativen Abgeschiedenheit fand Carrie langsam wieder zu sich. Sie zog die Perücke vom Kopf und kämmte sich die eigenen Haare. Dann holte sie aus ihrer Handtasche eine Dose Nachtcreme und eine Küchenrolle heraus und fing an, das Make-up von ihrem Gesicht zu entfernen. Als sie damit fertig war, stellte sie die Tasche von Bloomingdale's auf den Beifahrersitz. Sie holte aus ihr die schwarze Hose heraus, die sie bei der Arbeit getragen hatte, und zog sie über den hautengen Satin, mit dem sie sich als Prostituierte hatte ausgeben wollen. Dann kämpfte sie sich aus der knappen Jacke mit imitiertem Fellbesatz und streifte sich ihren alten, leicht verschlissenen Regenmantel über. Perücke und Felljacke wanderten kurzerhand in die Einkaufstasche.

Carrie verließ den Wagen mit der Tasche in der Hand. Sie kontrollierte, ob alle Türen verschlossen waren, und marschierte dann durch die Eiseskälte zu ihrer Wohnung in der Twentieth Street.

2. Januar, 18.48 Uhr

Agent Wickstrom, einer der beiden Beamten, die vor dem Wohnhaus von Ackridge/Hoffman postiert waren, trommelte mit den Fingern auf die Knie und fragte sich, was den Verbindungsmann an der Sixtyninth Street so lange aufhalten mochte.

Endlich meldete er sich.

»Schießen Sie los!« bellte Wickstrom.

»Ich habe mit allen Teams gesprochen, die das Firmengebäude observieren«, erklärte der Verbindungsmann. Seine Stimme kam einige Male nicht gegen die statischen Störungen durch. »Allesamt negativ. Sie hat ihren Arbeitsplatz offenbar noch nicht verlassen.«

»Einfaltspinsel!« gab Wickman unfreundlich zurück. »Wir haben gerade mit eigenen Augen gesehen, wie sie ihr Haus betreten hat. Kann mir mal jemand verraten, warum wir keine Meldung erhalten haben, als sie die Firma verließ? Wer hat denn dort gepennt?«

»Niemand will etwas zugeben«, sagte der Verbindungsmann im Hauptquartier.

»Die Frage ist doch wohl«, gab Wickstrom zurück, »ob die Hoffman es bewußt darauf angelegt hat, unseren Männern zu entwischen, oder ob diese sie ganz einfach übersehen haben.«

»Soll ich Genelli dariiber Bescheid geben?«

Wickstrom dachte einen Moment nach. »Ja, tun Sie das. Und fragen Sie ihn, ob wir weiterhin nur observieren sollen oder ob wir nicht besser ins Haus gehen und der Dame ein paar knifflige Fragen stellen?«

»Wird erledigt«, sagte der Mann im Hauptquartier. »Ich melde mich in Kürze zurück.«

»Beeilen Sie sich«, sagte Wickstrom und hängte das Mikrophon wieder in die Halterung.

»Wahrscheinlich hat das alles nicht viel zu bedeuten«, bemerkte Agent Wagner und rutschte ein Stück hinter dem Steuer zurück.

»Höchstwahrscheinlich sogar«, entgegnete Wickstrom. »Aber im Moment dürfen wir nichts dem Zufall überlassen.«

2. Januar, 19.00 Uhr

Mit klammen Gliedern (von der Frostkälte) kehrte Douglas Powell von seinem einstündigen Marsch durch den Wald zurück und begab sich durch die Hintertür, die er früher am Nachmittag aufgebrochen hatte, ins Haus. Selbst als er schon im Haus war und die Tür hinter sich geschlossen hatte, lief seine Nase und entstanden beim Ausatmen kleine Wölkchen.

Eine so furchtbare Kälte hatte er nicht erwartet, und jetzt wunderte er sich darüber, warum er bei der Planung diesen Faktor nicht bedacht hatte. Er hatte vorher gewußt, daß es in diesem Haus kein elektrisches Licht gab, denn der Strom war abgestellt worden. Darauf hatte sich Doug vorbereitet. Das Haus nebst dem Grundstück von sieben Hektar Waldfläche gehörte guten Freunden des Generals und seiner liebreizenden Loretta. Ernie und Marge Jamison verbrachten regelmäßig die Wintermonate im sonnigen Florida, und während dieser Zeit stand ihr Haus im Wald leer. Doug hatte damit gerechnet, hier nichts vorzufinden und sich entsprechend darauf vorbereitet. Dummerweise hatte er jedoch übersehen, daß der Ölofen von einem elektrischen Zünder in Gang gesetzt wurde. Nun mußte er eben für seine Kurzsichtigkeit büßen.

Er öffnete die Schachtel mit den zwei Dutzend Tafelkerzen, die fünfzehn Stunden brannten. Das erste Dutzend stellte er auf den Küchentisch aus Fichtenholz, die anderen zwölf verteilte er über die Küche: eine neben den Wasserhahn, eine am Ausguß, eine auf den Kühlschrank, zwei auf dem Herd ... Die vierundzwanzig Feuerzungen tanzten und warfen unheimliche Schatten an die Wände und die dunklen Fenster.

Doug ließ sich am Tisch nieder und warf einen Blick auf seine Armbanduhr. Langes Warten stand ihm bevor.

Mittlerweile mußte in New York City alles gelaufen sein, sagte er sich. Der Plan hatte hervorragend funktioniert, und jetzt hatte er noch mehr Sicherheit, daß alles in seinem Sinne ausgehen würde. Er lächelte und brach dann in Gelächter aus. Etliche Minuten saß er so da und genoß im voraus seinen Triumph.

Der Widerschein des Kerzenlichts tanzte über sein Gesicht und verwandelte seine Augen in glühende Kohlen.

Powell fühlte sich so, als hätte er eine Handvoll Aufputschtabletten geschluckt. Er war in Höchstform und bis zum Bersten mit nervöser Energie angefüllt. Er hätte am liebsten laut geschrien. Aber noch lieber hätte er sich ausgetobt: Rennen, Springen und irgend etwas zertrümmern ...

Er sprang auf und warf dabei den Stuhl um.

Er mußte raus aus diesem kalten, nahezu lichtlosen Raum. Das große Haus legte sich wie ein furchtbares Gewicht auf seine Brust. Er fürchtete, ersticken zu müssen.

Doug lief hinaus in die Nacht und betrachtete die Straße zu seiner Linken. Dann schweifte sein Blick über den dunklen Wald direkt vor ihm. Die Ruhe der Nacht wirkte besänftigend auf ihn. Nach einer Weile stellte er sich in Gedanken vor, wo er die imaginären Schützen postiert haben wollte, wenn Dunio hier aufkreuzte. Hm, dachte er, vier Scharfschützen dürften ausreichen.

Eigentlich mißtraute er seinem ehemaligen Kameraden nicht. Aber bei dieser Sache stand so viel auf dem Spiel, daß er kein Wagnis eingehen wollte.

2. Januar, 19.20 Uhr

Lee Ackridge betrat das Wohnhaus genau so, wie er aus ihm hinausgelangt war, durch die Keller der angrenzenden Gebäude. Im Keller seines Hauses schob er den Diplomatenkoffer mit dem kostbaren Inhalt hinter einen staubigen alten Schrank. Dann stieg er hinauf in den zweiten Stock, wo Carrie ihn bereits erwartete.

Die beiden umarmten und drückten sich.

»Alles ist gutgegangen«, strahlte er.

»Hatten sie auch an den Bildern eine Wanze angebracht?«

»Ja, aber darum habe ich mich ganz besonders gekümmert. Ich habe den Minisender durchs Klo hinuntergespült.«

»Fein«, sagte sie. »Draußen steht ein Wagen mit zwei Männern. Ich habe immer wieder einen Blick auf die Straße geworfen, ohne mir allerdings anmerken zu lassen, daß ich genau nach ihnen Ausschau hielt.«

»Ich sollte mich jetzt wohl von diesem Clownskostüm befreien«, sagte Lee. »Vermutlich vergehen keine zehn Minuten, bis sie an unsere Wohnungstür hämmern.«

Sie folgte ihm durch die Diele und blieb an der Badezimmertür stehen, während er sich von Schal, Mantel, der Langhaarperücke und dem Make-up befreite.

»Am besten legst du die Perücke zu deinen Sachen«, erklärte er.

Sie kam der Aufforderung nach. Als sie wieder in der Badezimmertür stand, fragte sie: »Wo hast du die Bilder versteckt?«

»Im Keller, in einer staubigen Ecke. Und was ist aus der Einkaufstasche geworden?«

»Das, was der Plan für sie vorgesehen hat«, antwortete sie. »Die Verkleidungsgegenstände habe ich beseitigt. Dann habe ich die Tasche mit den Büchern gefüllt, die ich am Samstag gekauft habe. Wenn sie es unbedingt wissen wollen, dürfen sie gern nachsehen. Sie dürfen in den Büchern blättern und lesen, so lange sie lustig sind.« Carrie grinste. »Alles seichte Frauenromane. Keine Verschwörungen und Thriller. Keine subversive Literatur.«

»Und wenn sie wissen wollen, wie du aus der Firma gelangt bist, ohne daß sie dich bemerkt haben?«

»Woher soll ich denn wissen, daß man mich observiert hat?« gab sie grinsend zurück. »Ich meine, als Feierabend war, bin ich wie die anderen nach Hause gegangen. Rund um siebzehn Uhr ist da eine wahre Völkerwanderung auf den Beinen. Was weiß ich, vermutlich haben sie mich im allgemeinen Gedränge ganz einfach übersehen.«

»Hört sich gut an. Wenn sie aber danach fragen …«

Es läutete an der Tür.

»Da sind sie schon«, flüsterte Lee.

»Ich kümmere mich um sie«, sagte Carrie. »Versuch du jetzt, Gelassenheit zu entwickeln.«

»Natürlich.«

2. Januar, 19.45 Uhr

Pia James' Apartment in der Fifth Avenue, von dem aus man einen wunderbaren Blick auf den Central Park hatte, war mit einem sehr teuren Teppich ausgelegt, mit kostspieligen Möbeln ausgestattet und mit Originalölbildern verschönt. Alle Farben waren aufeinander abgestimmt, und die Winkel, in denen die Möbel standen, harmonierten mit dem Schnitt der Zimmer. Das Ganze rief beim Besucher das Gefühl von angenehm warmer Sinnlichkeit hervor und verstärkte nur noch die Ausstrahlung, die die Inhaberin ohnehin hatte.

Genelli hatte sie jetzt schon eine halbe Stunde in ihrem Wohnzimmer studiert, während sechs Beamte die Wohnung durchsuchten. Aber er war immer noch nicht in der Lage, ihre Erscheinung und ihre Ausstrahlung mit ihrem Gewerbe in Einklang zu bringen. Sie hatte die Figur eines Filmstars, und die grünen, blitzenden Augen brachten jeden Mann um den Verstand. Gar nicht erst zu reden von dem seidigen schwarzen Haar … Ganz sicher konnte sie für ihren Körper einen außerordentlich hohen Preis verlangen. Andererseits war nichts Verhärtetes, nichts Abgebrühtes an ihr. Sie hatte noch nicht einmal den Blick einer Prostituierten. Nein, sie wirkte ganz einfach wie eine Traumfrau. Sie war vollkommen. Und darüber hinaus machte sie auch den Eindruck, sehr belesen, kultiviert und intelligent zu sein … Ganz sicher war sie keine Hure mit einem Herzen aus purem Gold, aber sie entsprach auch nicht den Prostituierten, mit denen es Genelli bislang zu tun gehabt hatte.

Sie hatte gleich auf seine erste Frage hin offen von ihrem Gewerbe und ihrer Laufbahn erzählt. Genelli stellte das eigentliche Verhör jedoch noch zurück, bis seine Männer mit der Wohnungsdurchsuchung fertig waren. Darüber hinaus hegte er die leise Hoffnung, daß sie weich werden würde, wenn sie hier eine halbe Stunde untätig herumsitzen mußte, während wildfremde Männer ihre Wohnung auf den Kopf stellten. Doch bislang zeigte sie sich immer noch cool, beherrscht und nicht im mindesten bekümmert.

»Heißen Sie auch mit bürgerlichem Namen Pia James?« fragte Genelli.

»Nur James ist echt. Mein richtiger Vorname lautet Peggy.«

Meyrowitz notierte alles.

»Ich muß Sie darauf hinweisen, Miß James, daß alles, was Sie jetzt sagen, vor Gericht gegen Sie verwendet werden kann. Sie haben das Recht, zu schweigen und einen ...«

»Fassen Sie sich ein Herz und fragen Sie, was Sie wollen«, erklärte sie ganz ruhig. »Ich werde alles sagen, denn ich bin mir in keiner Weise bewußt, etwas Illegales getan zu haben.«

Er fragte sie, was sie zwischen siebzehn und achtzehn Uhr getan habe, und sie antwortete mit erstaunlicher Offenheit.

»Und Sie glauben wirklich nicht, etwas Gesetzwidriges getan zu haben?« wollte Meyrowitz wissen. Er sah von seinen Notizen auf.

»Ich hatte doch keine Ahnung, was sich in dem Paket befunden hat.«

»Das brauchen Sie auch nicht zu wissen«, sagte Meyrowitz.

»Tut mir leid, ich hatte wirklich keine Ahnung«, sagte Pia.

»Ich bezweifle, daß ein Schwurgericht Sie aufgrund dieses Nichtwissens für nicht schuldig erklären würde«, schob Genelli nach.

»Na ja, einen Freispruch kann ich sicher nicht erwarten«, antwortete sie und nahm einen kleinen Schluck aus ihrem Glas. »Aber im Höchstfall bekomme ich ein paar Monate, muß ein paar Wochen in meinem Beruf pausieren.«

Meyrowitz schüttelte verdutzt den Kopf.

»Sie haben eben einen Mr. Walters erwähnt«, sagte Genelli.

»Ja.«

»Und Sie sind sich ganz sicher, daß der Mann, der Ihnen Geld und Auftrag angetragen hat, nicht vielleicht Powell hieß?«

»Walters war nur der Name, den er bei mir angegeben hat. Eine ganze Reihe meiner Kunden gibt sich andere Namen. Ich frage nie nach ihrem richtigen Namen, und sie sind zufrieden. Tut mir leid, ich weiß nicht, wie Walters in Wahrheit heißt.«

Genelli zog eine Fotografie von Dunio aus seiner Brieftasche und reichte sie ihr.

»Den habe ich noch nie gesehen«, erklärte Pia.

»Sind Sie sich da ganz sicher?«

»Absolut sicher.«

Er steckte das Bild in die Brieftasche zurück und entnahm ihr eine zweite Fotografie. Er beugte sich in seinem Sessel vor, um ihre Antwort zu hören.

»Das ist Dan Walters«, erklärte sie ruhig.

Das Bild zeigte Doug Powell.

Genelli spürte, wie neues Adrenalin durch seine Adern strömte. Nur mit Mühe kämpfte er den Drang nieder, aus dem Sessel zu springen und *irgend etwas* zu tun. Zuerst mußte er Miß James noch ein paar Fragen stellen. »Sie haben erklärt, daß die junge Frau, der Sie das Paket übergeben haben, also die Frau, die in Ihrem Mercedes wartete, auch eine Prostituierte gewesen sei.«

»Ja, aber eine von der unterdurchschnittlichen Sorte.« Pia James wollte sich offensichtlich nicht mit der Fremden vergleichen lassen.

»Beschreiben Sie uns die Frau.«

Sie berichtete alles, was ihr an der Fremden aufgefallen war.

Meyrowitz schrieb alles mit.

»Haben Sie diese Frau je zuvor gesehen?« fragte Genelli weiter.

»Nein, nie.«

»Glauben Sie, Madelaine Harlow könnte sie kennen?«

»Unwahrscheinlich«, antwortete Pia. »Die Frau wirkte noch sehr jung, höchstens achtzehn. Sie ist vermutlich erst vor einem oder zwei Monaten in die Stadt gekommen. Eine Neue eben, wie sie hier unentwegt auftauchen.«

Genelli fragte sie weiter, und Pia antwortete jedes Mal so ausführlich, wie es ihr möglich war.

Schließlich steckte Meyrowitz seinen Notizblock ein und sagte: »Ich hätte noch eine Frage.«

»Ja, bitte.« Sie fischte mit Daumen und Zeigefinger die Kirsche aus ihrem Drink und schob sie delikat in den Mund.

Meyrowitz stand jetzt neben seinem Vorgesetzten und blickte auf sie hinab. »Eine kleine Armee von FBI-Agenten taucht völlig unerwartet bei Ihnen auf, kehrt in Ihrer Wohnung das Unterste zuoberst und befragt Sie seit mittlerweile fünfundvierzig Minuten … Und Sie haben sich nicht einmal danach erkundigt, was eigentlich vorgefallen ist, was dieser Dan Walters verbrochen haben könnte. Warum dieses Desinteresse?«

Sie zerkaute langsam die Kirsche, blickte Meyrowitz stirnrunzelnd an, hielt das Glas zwischen beiden Händen und drückte es an ihre Brust. »Ganz einfach, ich möchte es nicht wissen«, erklärte sie etwas hochmütig. »Ich fürchte, es handelt sich dabei um etwas, was mir endgültig die Laune verderben würde.«

2. Januar, 20.15 Uhr

Agent Wickstrom ließ die Wohnung von Ackridge/Hoffman nicht aus den Augen, während er über das Mikrophon mit dem Verbindungsmann im Hauptquartier sprach. »Sie ist etwas später nach Hause gekommen, weil sie unterwegs noch ein paar Bücher eingekauft hat.«

»Und sonst war nichts in ihrer Einkaufstasche?« fragte der andere ungläubig.

»Nein, nichts«, antwortete Wickstrom. »Sieht ganz so aus, als hätten die Burschen vor ihrem Büro sich zum Narren gemacht.«

»Sie glauben ihr?«

»Ich habe keinen Grund, ihre Aussage in Zweifel zu ziehen. Die beiden waren ehrlich überrascht, als sie erfuhren, daß wir sie schon seit einiger Zeit beschatten. Und sie begreifen einfach nicht, was Powell getan haben könnte, daß sogar seine entfernteren Freunde in Verdacht geraten. Nach meiner Erfahrung haben die beiden nicht geschauspielert.«

»Und Ackridge hat tatsächlich den ganzen langen Tag nicht das Haus verlassen?«

»Richtig. In der Wohnung sind seit dem späten Nachmittag Lichter an- und ausgegangen.«

»Dann *war* er eben unser Mann«, erklärte die Stimme aus dem Hauptquartier. »Wenn Sie den beiden glauben und wenn er tatsächlich den ganzen Tag über zu Hause geblieben ist, müssen wir Lee Ackridge und Carrie Hoffman eben von der Liste streichen.«

»Scheint mir auch das beste zu sein«, antwortete Wickstrom.

»Behalten Sie die Wohnung noch einige Zeit im Auge.«

»Selbstverständlich.« Wickstrom hängte das Mikrophon wieder ein.

Wagner saß hinter dem Steuer und machte ein nachdenkliches Gesicht. »Die beiden waren doch richtig nett, nicht wahr? Ein junges Paar, dem man alles Gute wünschen möchte.«

»Ja, alles Gute«, brummte Wickstrom. »Aber die Kleine hatte wirklich tolle Augen, was?«

2. Januar, 21.00 Uhr bis Mitternacht

PRINCETON

27

2. Januar, 21.00 Uhr

Die beiden hatten sich wieder verkleidet. Lee trug erneut die Langhaarperücke, den dicken Parka und den langen Schal. Er hatte diesmal nur auf die Schminke verzichtet, die vorher seine Narben verborgen hatte. Carrie gab sich wieder als billige Straßenprostituierte, aber auch sie hatte auf das Make-up verzichtet. Wenn die Männer im parkenden Wagen aussteigen und auf die beiden zukommen würden, wäre es um sie geschehen. »Bist du bereit?« fragte er.

Sie nickte.

Sie verließen die Wohnung, stiegen in den Keller hinab und zogen dort den Diplomatenkoffer hinter dem Schrank hervor. Sie liefen durch die Keller und benutzten eine Taschenlampe, um in der Dunkelheit etwas erkennen zu können. Als sie sich unter dem dritten Haus befanden, erklommen sie vorsichtig die Stufen zum Parterre, huschten durchs Foyer und gelangten nach draußen.

Ein heftiger, eiskalter Wind empfing sie.

Auf der Straße eilten sie von Haus und geparktem Wagen fort und liefen in Richtung Innenstadt.

Niemand trat ihnen entgegen. Niemand rief sie an.

In der Twenty-fourth Street stiegen sie in den Ford. Der Wagen war nicht mehr der jüngste. Er war dem kalten Wind so lange schutzlos ausgesetzt gewesen, daß er nicht anspringen wollte. Lee fürchtete schon, die Batterie hätte den Geist aufgegeben, da erwachte der Motor stotternd zum Leben.

Lee manövrierte den Wagen aus der Parklücke, steuerte nach Osten und blickte nahezu unentwegt in den Rückspiegel.

»Ist jemand hinter uns her?« fragte Carrie besorgt.

»Ich glaube nicht.«

An der Sixth Avenue bogen sie links ab in Richtung Innenstadt. Lee verfolgte immer noch im Rückspiegel, was sich hinter ihnen tat. Doch kein Wagen folgte aus der Twenty-fourth Street. Doch hier auf der Avenue herrschte einiger Verkehr. Lee konnte unmöglich feststellen, ob eines der Fahrzeuge hinter ihnen her war oder nur zufällig in die gleiche Richtung fuhr.

An der Thirty-ninth Street bog er nach Westen ab und geriet in dichteren Verkehr. Die Wagen waren alle zum Lincoln-Tunnel unterwegs. Während sie dem Tunnel immer näher kamen, hatte Lee die schreckliche Vision, dort könnte eine Polizeisperre errichtet sein.

Doch da war nichts dergleichen.

Zwanzig Minuten später, als sie schon ein gutes Stück auf dem New Jersey Turnpike vorangekommen waren, atmete Lee endlich erleichtert auf.

»Und?« fragte Carrie voller Hoffnung.

»Niemand ist uns gefolgt«, erklärte er und grinste jungenhaft.

Carrie entkrampfte sich. »Wir dürften das Waldhaus eine halbe Stunde vor Mitternacht erreichen. Nicht mehr lange, dann haben wir alles hinter uns.«

Er nickte und stellte überrascht fest, daß er so etwas wie Bedauern verspürte.

2. Januar, 22.30 Uhr

»Der Hauptgrund für mich, immer wieder diese dämlichen Diplomatenobservierungen zu machen«, erklärte Agent Ashe seinem Kollegen, Agent Packer, »ist der, daß es bei solchen Jobs nie Überstunden gibt. Bei allen anderen Tätigkeiten verpassen sie einem leicht Überstunden. Selbst als dieser verdammte Air-Force-Captain mit einem Hefter voller Konstruktionszeichnungen auf der Flucht war, gab es bei den Diplomatenobservierungen keine Überstunden. Ich möchte ehrlich wissen, was heute nacht los ist und warum man mir so eine Scheiße zumutet!«

Ashe und Packer mußten eine Zwölf-Stunden-Schicht ableisten. Von zweiundzwanzig Uhr bis um zehn am nächsten Morgen sollten sie Ilja Tsaitzew überwachen. Sie mußten länger Dienst tun, damit andere Agenten für Genellis Einsatzkommando frei wurden.

Natürlich hatte sich niemand die Mühe gemacht, Ashe und Packer zu erklären, warum solche Aufregung herrschte, Packer, der noch neu im Dienst war, glaubte, das sei eben so. Aber Ashe, der schon viel beim FBI erlebt hatte, verstand nicht, was das alles zu bedeuten hatte, und war entsprechend mißgestimmt.

Als dann über Funk bekanntgegeben wurde, daß ein Haftbefehl für

Douglas Eugene Powell ergangen sei, hörte Ashe sofort auf, sich zu beschweren. »Das ist aber interessant«, sagte er. »Der Russe steht jeden Morgen früh auf und nimmt dann zwischen sieben und halb acht im Plaza sein Frühstück zu sich. Und wissen Sie was? Mein ehemaliger Partner und ich sind des öfteren Zeuge gewesen, wie dieser Powell dem Russen beim Frühstück Gesellschaft leistete.«

»Oho!«

»Das Büro hat ein bißchen herumgeschnüffelt und herausgefunden, daß Powell und Tsaitzew sich mehrmals auf Parties in Washington begegnet sind. Sie sind zwar keine dicken Freunde, höchstens lose Bekannte, aber jetzt gehen mir natürlich einige Fragen durch den Kopf ...«

Packer unterbrach ihn. »Tsaitzew verläßt gerade das Haus!«

Ashe starrte durch die Windschutzscheibe nach draußen auf die Straße.

Da stand der Russe. Der Türsteher des Gebäudes winkte ihm ein Taxi heran, hielt Tsaitzew die Tür auf und schloß sie hinter ihm. Dann kehrte er rasch ins Haus zurück, um der Kälte zu entgehen.

Das Taxi fuhr nach Norden in Richtung Central Park West und bog dann nach links in die Sixty-eight Street ab.

»Ich wußte doch, daß es heute nacht noch aufregend wird«, freute sich Packer.

Als sie ebenfalls in die Sixty-eight einbogen, befand sich das Taxi nur einen halben Block vor ihnen.

»Gehen Sie vom Gaspedal runter«, sagte Ashe. »Wir wollen es nicht zu auffällig machen.«

Sie folgten dem Taxi in etwas größerem Abstand über die Amsterdam Avenue und dann weiter über die Tenth Avenue. Als sie auf der Höhe der Fiftieth Street waren, sagte Packer: »Es mag sich vielleicht verrückt anhören, aber ich glaube, in dem Taxi befindet sich nur der Fahrer und sonst niemand.«

Noch während Packer seine Vermutung äußerte, fuhr das Taxi an den Straßenrand und nahm einen Fahrgast auf.

»Verflucht noch mal!« rief Ashe. »Blocken Sie ihn ab!«

Packer überholte das Taxi und stellte sich dann quer davor.

Ashe war schon im nächsten Moment aus dem Wagen. Packer folgte ihm auf den Fuß.

»Was, um alles in der Welt ...« Der Taxifahrer war kreidebleich.

»FBI«, rief Ashe und hielt ihm seinen Dienstausweis vors Gesicht. »Wo ist der Russe?«

Der Taxifahrer mußte erst schlucken, bevor er sagen konnte: »Was denn für ein Russe?«

»Der Fahrgast, den Sie vor fünf Minuten am Central Park aufgenommen haben!« fuhr Ashe ihn ungeduldig an.

»Großer Gott!« stöhnte der Mann. »Ich hatte ja wirklich keine Ahnung, daß das ein Russe war. Ich habe in meinem ganzen Leben noch nie …«

»Wo ist er abgeblieben?« brüllte Ashe.

»Er hat mir zehn Dollar dafür gegeben, daß ich ihn um die nächste Straßenecke bringe«, stotterte der Taxifahrer. »Ich dachte, er wollte vielleicht einem eifersüchtigen Ehemann entkommen, oder was auch immer. Er sagte, er sei …«

Ashe hörte gar nicht mehr zu. Er rannte zu seinem Wagen und rief Packer zu, er solle endlich seinen Arsch in Bewegung setzen.

Atemlos glitt Packer hinter das Steuer und fragte: »Was machen wir denn jetzt?«

»Ich glaube, ich weiß, wohin Tsaitzew unterwegs ist.«

»Wirklich? Woher denn?«

»Ein Wagen von ihm steht in einer Garage in einer der Seitenstraßen an der Fiftieth Street.« Er erklärte Packer, wohin er fahren sollte. »Der Wagen ist unter einem falschen Namen in New Jersey zugelassen.«

»Und lassen wir ihn zu seinem Wagen gelangen?« wollte Packer wissen.

»Natürlich. Er denkt, das geheime Auto sei sein großer Trick. Lassen wir ihn in dem Glauben. Ist doch besser, wir kennen seine Geheimnisse.«

Packer steuerte den Wagen auf die Eight Avenue und überfuhr eine rote Ampel. Auf der Fiftieth wären sie fast an Tsaitzews Wagen vorbeigerauscht. Ashe entdeckte ihn im letzten Moment.

»Das ist er!«

Packer fiel ein gutes Stück zurück, bis der drei Jahre alte Dodge des Russen etwas Vorsprung gewonnen hatte.

»Ich melde mich besser im Hauptquartier«, brummte Ashe. »Wahrscheinlich benötigen wir Verstärkung.«

28

2. Januar, 22.50 Uhr

»Es ist nicht nur einfach so, daß Ihre Karriere auf dem Spiel steht ... oder auch meine. Alles, was recht ist, Genelli, wenn die gestohlenen Daten nicht wiederbeschafft werden, geht das ganze große Land den Bach hinunter!« Gardner Peterson schlug mit der Faust auf den Schreibtisch, um seinen Worten Nachdruck zu verleihen.

Der Supervisor war nicht wiederzuerkennen. Seine sprichwörtliche Ruhe und Selbstbeherrschung waren spurlos verschwunden. Sein Gesicht war stark gerötet, und sein gepflegtes Haar hing in verklebten Strähnen herab. Er hatte dic Krawatte gelöst. Die Jacke hatte er schon vor Stunden irgendwo hingehängt, ohne jetzt noch zu wissen, wo das gewesen war. Seine Hose sah aus, als hätte jemand Fußball damit gespielt. Er schwitzte ununterbrochen, obwohl die Raumtemperatur durchaus angenehm war. Peterson litt an der Hitze, die ihn aus Washington traf und unablässig sein verlängertes Rückgrat aufheizte. Kein Zweifel, der Supervisor war verzweifelt.

Genelli erinnerte sich an die mehrfach von Meyrowitz ausgesprochene Warnung und wußte, daß von jetzt an Sündenböcke gesucht wurden. »Ich habe jeden auch noch so entfernten Bekannten von Powell unter Beobachtung gestellt. Zusätzlich klappern Beamte alle Gästebücher der Hotels in der Gegend ab, in der Robin Hood verschwunden ist. Ich habe weiterhin ...«

Peterson unterbrach ihn. »Wenn diese Bänder an irgendwen weitergegeben werden, sei es nun an eine befreundete oder eine feindliche Macht, wird man sie gegen uns verwenden. Auf der ganzen Welt gibt es keinen einzigen Staat, der auch nur einen Moment zögern würde, wenn er die Gelegenheit erhielte, auf Kosten der USA sein Renommee und seine Position zu verbessern. Und wir können noch von großem Glück sprechen, wenn man uns lediglich erpreßt und darauf verzichtet, die Informationen an die große Glocke zu hängen. Wenn Sie Mist machen, Genelli, kommen Sie unweigerlich in die Geschichtsbücher, und Sie können sich sicher ausmalen, wie man Sie dort darstellen wird!«

»Ich habe genug gehört«, sagte Genelli hart. Drohungen trafen ihn nicht so wie andere Menschen. In Krisensituationen verlor er nicht die Selbstbeherrschung, sondern wurde nur noch stärker. Er verzichtete jetzt darauf, genauso gewöhnlich und uninteressant zu erscheinen wie der braune Anzug, den er trug. In diesem Moment ging eine seltsame Kraft von ihm aus. Er wirkte härter und pfiffiger, als man ihn in den letzten Jahren erlebt hatte. Und diese Ausstrahlung erreichte er nur durch die Ereignisse und die Anspannung der vergangenen beiden Tage. »Ich weiß sehr wohl, wie schwierig unsere Lage ist«, erklärte er Peterson und sah ihm gerade ins Gesicht. »Wir verschwenden nur unsere Zeit, wenn Sie mir Vorträge halten und ich geduldig zuhören muß.«

Peterson lief purpurrot an. »Jetzt hören Sie mal gut zu, Mister!«

»Wenn es nicht so verdammt lange gedauert hätte, bis der Haftbefehl gegen Powell endlich draußen war, hätten wir den Burschen sicher schon längst am Wickel. Zumindest wären wir ihm auf der Spur. Jetzt bleibt uns nichts anderes übrig, als Augen und Ohren aufzusperren und abzuwarten, ob sich irgendwo etwas tut.«

Ein Bote von der Datenauswertungsstelle kam ins Zimmer und wedelte mit einem Zettel durch die Luft. Er hielt jedoch mitten zwischen zwei Schritten inne, als er bemerkte, daß Peterson und Genelli sich anbrüllten. Er warf einen hilflosen Blick auf Meyrowitz. Der lehnte an der Fensterbank und verfolgte den Wortwechsel mit leichtem Amüsement, so als fände er nur zu seiner Unterhaltung statt.

Meyrowitz bemerkte den Blick des Boten, sah ihn an und zuckte die Achseln.

Dann fiel auch Genelli der Neuankömmling auf. Er fuhr zu ihm herum und rief: »Was gibt's?«

Der Mann sah Genelli und Peterson abwechselnd an und wandte sich dann an Genelli. »Um 22.43 Uhr haben wir von einem unserer Beschatter-Teams die Mitteilung erhalten, daß sich ein Sowjetbürger, der bei den Vereinten Nationen arbeitet, auffällig verhalten hat. Wir haben diese Mitteilung ausgewertet, und ich denke, wir haben da einen interessanten Fall vorliegen.«

»Was?« entfuhr es Genelli.

»In den letzten sechs Monaten hat sich Doug Powell fünfmal mit dem Russen getroffen. Er heißt Ilja Tsaitzew und pflegt regelmäßig sein Frühstück im Plaza einzunehmen. Dorthin ist auch Powell gekommen. Das Team hat gemeldet, daß der Russe zu einer Garage gegangen ist, in der unter falscher Zulassung einer seiner Wagen steht. Tsaitzew hat sich in den Wagen gesetzt und verläßt Manhattan.«

Genelli sah Meyrowitz scharf an.

»Das ist es«, sagte sein Assistent.

»Sie glauben, er ist zu einem Treffen mit Powell unterwegs?« fragte Peterson.

»Es ist nur ein Strohhalm, aber an den müssen wir uns klammern«, antwortete Genelli.

Der Supervisor verzog nachdenklich das Gesicht. »Aber der Russe hat doch sicher längst bemerkt, daß er observiert wird. Warum sollte er es da riskieren, sich mit Powell zusammen in der Öffentlichkeit zu zeigen, warum den Verdacht auf sich lenken, falls er etwas mit dem Diebstahl zu tun hat?«

»Vielleicht hat Tsaitzew nicht bemerkt, daß er jeden Morgen im Plaza beobachtet wurde. Daß unser Agent jeden notiert hat, der ihm beim Frühstück Gesellschaft leistete«, erklärte der Bote.

Genelli nahm den Zettel des Boten und reichte ihn dem Supervisor. »Sie sollten jemanden hinter dem Russen herschicken.«

»Sie natürlich«, sagte Peterson. »Wen denn sonst?«

Genelli schüttelte den Kopf. »Noch vor einer halben Stunde, Sie waren kaum durch die Tür gekommen, haben Sie verkündet, mich von dem Fall abzuziehen. Das können Sie doch nicht schon vergessen haben, oder?«

Peterson war weniger verärgert als vielmehr erschrocken über Genellis Tonfall. »Ich will, daß Sie diesen Tsaitzew festnageln!«

Genelli wußte, daß der Chef ihn schätzte. Er lächelte matt. Natürlich wollte Peterson auch, daß sein Mitarbeiter bis zum bitteren Ende dabei war und nicht vorzeitig seinen Kopf aus der Schlinge ziehen konnte. Wenn Tsaitzew sich als falsche Fährte erwies und wenn es Genelli nicht gelang, den Robin-Hood-Fall doch noch zu lösen, brauchte der Supervisor jemanden, dem er alle Schuld in die Schuhe schieben könnte. Und wer bot sich da eher an als Roy Genelli, der von Anfang an die Ermittlungen geleitet hatte?

In diesem Moment wußte Genelli, daß das sein Ende im Büro war, ganz gleich, ob der Fall zu einem Abschluß finden würde oder nicht. Von nun an würde er nie mehr Spaß an seiner Arbeit finden und erst recht keinen Sinn mehr darin sehen, über den Dienst nach Vorschrift hinaus etwas zu tun.

»Ich bleibe, solange ich alles bekomme, was ich für nötig erachte«, erklärte er seinem Vorgesetzten. »Und wenn weitere Haftbefehle ausgestellt werden sollen, wünsche ich keinerlei Verzögerungen mehr!«

»Einverstanden.«

Genelli wandte sich an Meyrowitz und registrierte das mitleidvolle Lächeln auf dem Gesicht des Assistenten. »Ich kann nichts dafür«, erklärte er. »Ich bin und bleibe ein altes Pflugpferd, das unbedingt die Furche zu Ende pflügen muß, bevor es völlig erschöpft umfallen kann.«

Meyrowitz lachte. »Ich fürchte, bei mir verhält es sich ebenso.«
»Holen Sie Plover«, sagte Genelli. »Wir versuchen, den Wagen einzuholen, der jetzt hinter Tsaitzew her ist. Großer Gott, der Russe bekommt eine richtige Parade!«

2. Januar, 23.10 Uhr

Leichter Schneefall ging über dem Waldhaus westlich von Princeton nieder. Ein dünnes Laken bedeckte Land und Bäume. Die dichte Wolkendecke hing tief, und alles ließ darauf schließen, daß aus dem dünnen Laken bald eine dicke Decke werden würde.

Douglas Powell stand am Küchenfenster und sah zu, wie die Schneeflocken an der Scheibe hinabrannen und sich in den Ecken ansammelten.

Dunio! Ein schwarzer Cadillac kam vorsichtig die Straße herauf. Die Scheinwerferkegel schnitten wie Skalpelle durch die Nacht. Zwanzig Meter vor dem Haus hielt der Wagen an.

Nach Dunio stiegen drei Männer aus dem Cadillac. Sie schwärmten gleich aus und deckten sich gegenseitig. Zwei von ihnen hielten Pistolen in den Händen. Der dritte trug eine Thompson-Maschinenpistole, die in Schnee und Dunkelheit wie ein unheimliches Insekt wirkte. Er blieb am Wagen stehen. Von dort hatte er einen guten Blick auf das Haus und den Wald. Einer der beiden Pistolenträger postierte sich an einer Hausecke, wo er zwei Wände im Auge behalten konnte. Der andere marschierte mit Dunio zur Küchentür.

Powell öffnete ihnen.

»Hallo, Doug«, sagte Dunio. Er war knapp einsachtzig groß und besaß außerordentlich breite Schultern und eine Tonnenbrust. Er wirkte wie ein Gorilla, den man in einen Anzug gezwängt hatte.

»Komm herein«, sagte Powell.

»Warum brennen keine Lichter?« fragte Dunio.

»Die Leute, denen dieses Haus gehört, verbringen den Winter in Florida. Sie schalten hier den Strom ab, wenn sie für länger fort sind.«

»Bist du ganz allein im Haus?«

»Ja. Aber Freunde von mir sind im Wald.«

»Macht nichts«, nickte Dunio. »Darauf war ich vorbereitet.«

Er und sein Leibwächter betraten die Küche und brachten eine Woge von Schneeflocken mit.

Der Wächter war schlank und groß und wirkte nicht so beschränkt, wie man das bei solchen Männern erwartet. Wenn dies eine Filmszene wäre, dachte Doug, würde der Leibwächter den jungen Helden spielen, während Dunio der Schurke oder ein brutaler Killer wäre.

Als Powell die Tür geschlossen hatte und sich seinen Gästen zuwandte, standen sie bereits geschickt postiert am Küchentisch und sahen ihn an. Der Leibwächter hatte den Lauf seiner Pistole auf Dougs Brust gerichtet.

»Ich habe da ein kleines Problem«, begann Dunio. »Ich weiß nicht, was du angestellt hast, um an diese Bilder zu gelangen. Ich würde aber zu gern erfahren, wie um alles in der Welt mein Name in diese Geschichte geraten ist?«

Powell war ehrlich überrascht.

»Wir haben es im Radio gehört, in den Nachrichten«, fuhr Dunio fort. »Du und ich werden steckbrieflich gesucht.«

»Unter welcher Anklage?«

»Das ist es ja, was ich nicht verstehe«, antwortete Dunio. »Wir sollen in New York zwei FBI-Agenten ermordet haben.«

Powell konnte sich nur mit Mühe ein Grinsen verkneifen. Das FBI hielt also Dunio für seinen Komplizen beim Datenraub. Damit dürfte Lee Ackridge aus dem Schneider sein; außer er würde über seinem neuen Reichtum den Verstand verlieren und das Geld mit vollen Händen zum Fenster hinauswerfen. »Ich kann dir versichern, daß keine FBI-Männer ermordet worden sind. Das FBI hat das auf den Haftbefehl geschrieben, weil es unter allen Umständen eine landesweite Panik vermeiden wollte. Ich habe nämlich das nationale Sicherheitssystem ganz schön durcheinandergewirbelt.« Dunio zuckte zusammen. »Ist sicher besser, wenn du nicht erfährst, was ich genau getan habe. Am besten vergißt du alles über unsere kleine Vereinbarung. Sie sind hinter dir her, weil sie sich über mich kundig gemacht haben. Da haben sie wohl entdeckt, daß ich in Südostasien mit einem Mann befreundet gewesen bin, der Kunstwerke verschoben hat. Da brauchten sie nur noch eins und eins zusammenzuzählen, um dich auf die Liste der Verdächtigen zu setzen.« Er zuckte die Achseln. »Was ist denn überhaupt los mit dir? Du bist gar nicht mehr der alte Harold Dunio. Außerdem ist Dunio tot. Dieser Name wird für das FBI zu überhaupt nichts führen.«

»Hast ja recht«, sagte Dunio. »Nur es wurmt mich halt, wenn ich wegen einer so dämlichen Geschichte im Radio genannt werde. Ich komme mir irgendwie benutzt, mißbraucht vor.«

»Was meinst du damit?«

»Ich weiß nicht, ob du mich da reingerissen hast, ich weiß es wirklich nicht, und das beunruhigt mich eben.«

»Du solltest dich möglichst schnell wieder beruhigen«, sagte Doug.

»Vielleicht hast du recht«, erklärte Dunio. »In diesem Land bin ich noch nie steckbrieflich gesucht worden. Aber bei dem zu erwartenden Profit muß ich das wohl in Kauf nehmen.«

Der Leibwächter senkte die Pistole. Der Lauf zeigte jetzt auf den Boden.

Sie ließen sich auf den Hockern am Tisch nieder und steckten die Köpfe zusammen. Von außen wirkten sie wie Okkultisten, die einen Geist beschworen.

»Hast du an meine Papiere gedacht?« fragte Doug.

»Selbstverständlich.« Dunio zog die Brieftasche aus dem Mantel und entnahm ihr ein dickes weißes Kuvert, das er Powell reichte. »Alles da: Geburtsurkunde, Paß, Versicherungsnummer, Führerschein, Trauschein nebst späterer Scheidungsurkunde und ein halbes Dutzend anderer Belege. Du heißt jetzt Philip Cawley und bist kanadischer Staatsbürger. Altersmäßig kommt ihr beide euch gleich. Du wurdest in einem Vorort von Montreal geboren ... ach, sieh es dir doch selber an, ist ja alles da.«

Doug betrachtete im trüben Kerzenlicht alles, was Dunio in das Kuvert gesteckt hatte. Der alte Kamerad schien an alles gedacht zu haben.

»Warum bist du denn nicht bei Daniel Walters geblieben?« fragte Dunio.

»Dieser Name ist zu stark mit meiner Tat verbunden«, erklärte Doug. »Und von Powell läßt sich allzu leicht eine Spur zu Walters ziehen.«

»Dann kommen dir die Cawley-Papiere ja wie gerufen. Und ich dachte schon, es sei nur eine weitere Vorsichtsmaßnahme von dir.«

»Ganz recht«, sagte Powell nur.

Von nun an würde er unter dem Namen Cawley leben, wenn man ihn nicht beim Grenzübertritt verhaften würde. Mit dem Beuteanteil konnte er überall auf der Welt ein neues Leben beginnen. Er würde das Land verlassen und von draußen zusehen, wie hier alles in Panik geriet. Das würde ein Spaß werden, von weit, weit weg mitzuerleben, wie der General und Loretta unvermittelt vor dem Scherbenhaufen ihrer Existenz standen. Zumindest wollte er es so versuchen. Und wenn er von der Polizei verhaftet würde, bevor er sich in Sicherheit gebracht hatte, wäre das auch nicht so schlimm. Er fürchtete sich nicht vor der Zelle und auch nicht vor dem Gerichtsverfahren ... Während der letzten Tage war es ihm immer gleichgültiger geworden, ob seine Flucht gelingen würde oder nicht. Wenn er es nur dem General heimzahlen konnte ... Dieses Ziel war jeden Preis wert.

»Wo sind die Bilder?« fragte Dunio.

»Auf dem Weg hierher«, antwortete Doug. Er betrachtete Dunios Brieftasche und kam zu dem Schluß, daß sie zu dünn war, um eine halbe Million Dollar zu enthalten. »Wo ist das Geld?«

»Draußen im Wagen«, antwortete Dunio.

Powell lächelte und lehnte sich zurück. Das Kuvert lag auf seinem Schoß. »Die Bilder dürften in einer halben Stunde hier sein. Bis dahin werden wir wohl warten müssen. Aber das ist ja nicht schlimm. So haben wir Gelegenheit, über die alten Zeiten zu plaudern.«

»Ganz genau«, sagte Dunio.

Doch keiner der beiden sagte in den nächsten zwanzig Minuten auch nur ein Wort.

29

2. Januar, 23.40 Uhr

Der Wind heulte um das Haus wie ein wütendes Raubtier, das im Innern Beute wittert. Die dickeren Schneeflocken platschten gegen die Fensterläden. Etliche eiskalte Luftzüge fanden ihren Weg in die Küche und brachten die Kerzenflammen zum Flackern, bis die Schatten der fünf Menschen in dem Raum hüpften und tanzten wie eine Gruppe Eingeborener, die ein Feuerfest begeht.

»Sehr schön«, sagte Dunio, während er das erste der fünf Gemälde betrachtete, die vor ihm auf dem Tisch lagen.

Der Taschenlampenstrahl fuhr über das zweite Bild und blieb an einer Szene hängen, die Terrassen an einem Hügelhang zeigte. Überall standen verkrüppelte Bäume, deren Kronen vollständig von Schnee bedeckt waren. Dank dem ungewöhnlichen Talent des Künstlers wirkten diese Bäume echter und lebensnaher als die Bäume draußen, die langsam vom Schnee eingehüllt wurden.

»Sind sie echt?« fragte Doug nervös.

»Einen Augenblick noch«, murmelte Dunio.

Lee hatte Powell nicht aus den Augen gelassen, seit er und Carrie vor knapp zehn Minuten eingetroffen waren. Und das meiste von dem, was er sah, gefiel ihm nicht. Doug war viel zu nervös, viel zu angespannt und machte ganz den Eindruck, als würde er im nächsten Moment in tausend Teile zerspringen.

»Wenn diese verdammten Arschlöcher es gewagt haben sollten, uns billige Fälschungen anzudrehen«, schimpfte Doug, »dann werde ich ...«

»Ein solches Risiko würden sie nicht eingehen«, erklärte Lee. »Nicht bei einer solchen Sache, wo so viel für sie auf dem Spiel steht. Und selbst, wenn ihnen diese Idee gekommen wäre, hätten sie bei weitem nicht genug Zeit gehabt, Fälschungen von solchen Meisterwerken herzustellen, die nicht auf den ersten Blick als nachgemacht zu erkennen sind.«

Dunio wischte sich gründlich die Finger an einem Taschentuch ab, bis er sicher sein konnte, daß keine Farb- oder Schweißreste mehr auf seiner Haut waren. Dann streckte er vorsichtig zwei Finger aus und fuhr mit ihnen sanft über die Oberflächen der Bilder, um sich von deren Alter und Fragilität zu überzeugen. »Exquisit«, murmelte er.

»Sind sie echt?« drängte Powell.

Dunio untersuchte jetzt das dritte Bild mit einer Vorsicht, Ruhe und Ausdauer, die Lee Bewunderung abnötigten. »Alle drei sind echt. Alle drei sind originale Werke von Ku K'ai-Tschih.«

»Bist du dir auch ganz sicher!« wollte Powell wissen.

Dunio nickte. »Mein Spezialgebiet ist ostasiatische Kunst, mit dem Schwerpunkt auf China. Davon abgesehen hat der Käufer mir ein paar narrensichere Methoden verraten, mit denen man zweifelsfrei einen echten Ku K'ai-Tschih von einem nachgemachten unterscheiden kann.«

»Wer ist denn der Käufer?« fragte Carrie.

Dunio lächelte, als er antwortete: »So wie es besser für mich ist, nicht zu wissen, wie Sie an diese Bilder geraten sind, ist es besser für Sie, nicht zu erfahren, wohin diese Kunstwerke gehen.«

»Was ist mit dem vierten und fünften Bild?« fragte Doug, um Dunios Aufmerksamkeit wieder auf das Geschäftliche zu lenken.

Dunios Augen tränten und zwinkerten, als er sich im trüben Kerzenschein an die Prüfung der beiden letzten Bilder machte.

Lee sah zu, wie der Lichtkegel des Scheinwerfers in einem geheimnisvollen Muster über die Bilder huschte. Das Heulen des Windes bewirkte bei ihm zusätzlich einen tranceähnlichen Effekt. Mit einem Ruck riß er sich in die Wirklichkeit zurück und betrachtete wieder seinen alten Kriegskameraden. Doug schwitzte trotz der beißenden Kälte in der Küche.

»Ja«, sagte Dunio schließlich, und alle sahen ihn erwartungsvoll an. »Nördliche Sung-Dynastie. Kein Zweifel, der Künstler war Ho Kung-yi.«

Lee sah Carrie an.

Carrie grinste breit.

Lee fühlte sich, als würde ihm die ganze Welt gehören. Er war nicht länger minderwertig, nein, er fühlte sich jetzt außerordentlich mächtig.

Doug stieß einen Seufzer der Erleichterung aus und wischte sich mit der Hand den Schweiß von der Stirn. »Dann können wir das Geschäft ja abschließen«, sagte er.

»Das ist auch meine Meinung«, erklärte Dunio und nickte mehrmals. »Ehrlich gesagt, das ist der größte Deal, den ich je gemacht habe.« Er wandte sich an seinen Leibwächter. »Hol den Koffer aus dem Wagen.«

Der schlanke, große Mann lief zu dem Cadillac und kehrte mit einem braunen Samsonite-Koffer zurück. Er legte ihn auf den Tisch, von dem Dunio vorher vorsichtig die fünf Gemälde eingesammelt hatte.

Dunio zog einen kleinen Schlüssel aus der Tasche, schloß den Koffer auf, ließ die Laschen aufspringen, öffnete den Deckel und entnahm dem Koffer dann Bündel um Bündel mit Banknoten.

Lee zählte in Gedanken mit. Die meisten Bündel enthielten Hunderter. Am Rand lagen ein paar mit Zwanzigern, und jetzt kam einer mit Fünfzigern.

Eine halbe Million Dollar! hämmerte es in seinem Kopf. Und das war erst der Anfang, lediglich ein kleiner Bruchteil dessen, was sie zu erwarten hatten. Die Summe würde sich in zwei Wochen verzehnfacht haben. Viereinhalb Millionen würden noch kommen!

»Wunderschön!« sagte Carrie.

»Nicht wahr?« grinste Dunio. »Fast so wunderschön wie die Bilder.« Er lächelte Doug und Lee an. »Wollen wir nachzählen und überprüfen, ob sie so echt sind wie die Bilder?«

Sie zählten nicht penibel nach, sondern blätterten lediglich durch die Bündel, um festzustellen, ob zum Beispiel die Hunderterpacks auch durchgängig Hundertdollarnoten enthielten. Während sie zählten, teilten sie das Geld gleichzeitig in zwei gleich große Haufen auf; einer war für Lee, der andere für Doug.

Ein paar Minuten später fragte Dunio: »Na, alles in Ordnung?«

»Sieht sehr gut aus«, antwortete Powell.

»Damit dürftet ihr zwei Wochen über Wasser bleiben«, erklärte Dunio, »insofern ihr nicht alles für Zeugs ausgebt, das ihr nicht braucht. Und wo wir gerade beim Thema sind: Was haltet ihr davon, wenn wir uns am sechzehnten in Toronto treffen, um dort das Geschäft zu Ende zu bringen?«

»Toronto?« fragte Carrie verblüfft.

»Ich habe neue Papiere«, erklärte Powell. »Sie weisen mich als kanadischen Staatsbürger aus. Ich schätze, ich kann es zwei Wochen oder so in Toronto aushalten, bevor ich mich nach Europa absetze.«

»Also gut, dann Toronto«, sagte Lee.

Dunio nannte ihnen den Namen eines guten Hotels in der Innenstadt von Toronto. Dort wollte er ihnen das restliche Geld aushändigen. Als sie zustimmten, dort auf ihn zu warten, erklärte er: »Dort läßt es sich sicher angenehmer leben als hier. Zumindest verfügt das Hotel über Licht und Heizung.« Er sah Powell an und bibberte. »Doug, warum um alles in der Welt hast du dich darauf versteift, daß wir uns hier treffen?«

Die Frage war Powell sichtlich unangenehm. Er warf einen Blick auf Lee und starrte dann auf den Boden. »Na ja ... ich dachte, hier wären wir wirklich unter uns ...«

»Auf einem Friedhof wären wir auch ganz unter uns gewesen«, brummte Dunio. »Aber es würde mir nie einfallen, an einem solchen Ort ein Geschäft abzuwickeln.«

Lee runzelte die Stirn und fragte dann Dunio: »Ich war der Ansicht, Sie seien derjenige gewesen, der dieses abgelegene Haus als Treffpunkt ausgesucht hätte?«

»Ich?« entfuhr es Dunio. »Bei allem, was recht ist, niemals hätte ich ...«

»Lee, ich erkläre es dir später«, sagte Doug rasch. Er erhob sich, legte Dunio einen Arm um die Schulter und drängte ihn so zur Tür hinaus.

Der Leibwächter folgte den beiden hinaus in den Schnee zum Cadillac.

Lee starrte ihnen durch die offene Tür nach. »Ich frage mich, was das alles zu bedeuten hat?«

»Er hat uns angelogen«, sagte Carrie. Sie legte Lee von hinten die Arme um den Bauch. »Er macht mir angst.«

»Angst? Warum das denn?«

»Hast du sein Gesicht gesehen, während Dunio die Bilder begutachtet hat? Es war wie damals, in jener Nacht in Langhorn. Seine Miene wechselt von einem Moment auf den anderen und ohne ersichtlichen Grund. Fast kommt es mir so vor, als seien seine Gedanken ein einziges unzusammenhängendes Chaos.«

»Ja, er hat sich ein paarmal recht eigenartig aufgeführt«, bestätigte Lee. »Aber daran ist nichts, was uns angst machen müßte.«

Der Motor des Cadillac wurde angelassen. Der Wagen wendete, fuhr auf die Straße und verschwand hinter dem Hügelkamm.

Als Doug in die Küche zurückkehrte, hielt er einen seiner Colts in der Hand. Er richtete den Lauf auf die Stelle zwischen Carrie und Lee, damit er sie beide in Schach halten konnte. »Setzt euch«, sagte er heiser. »Ich erkläre euch jetzt, wie die Lage ist.«

Ilja Tsaitzew fuhr auf der Route 571 in westlicher Richtung nach Princeton. Die Agenten Ashe und Packer folgten ihm im Abstand von einer viertel Meile. Gelegentlich fielen sie sogar noch weiter zurück.

Genelli, Meyrowitz und Plover befanden sich zwanzig Meter hinter ihren Kollegen.

Die Straße war zentimeterdick mit Schnee bedeckt, und alle drei Wagen gerieten immer wieder ins Rutschen oder Schlingern und landeten mehr als einmal auf der Gegenfahrbahn oder auf dem Seitenstreifen.

Nachdem wieder einmal das Heck des Wagens weggerutscht war und sich dabei Meyrowitz' Magen umzudrehen drohte, fragte er: »Wo haben Sie eigentlich fahren gelernt, Plover? In Saudi-Arabien?«

»Wollen Sie lieber ans Steuer?« gab Plover zurück.

»Wenn er in den letzten beiden Tagen so wenig Schlaf bekommen hat wie wir«, sagte Genelli, »ist seine Fahrweise absolut verständlich.«

Meyrowitz drehte sich zu Genelli um. »Fühlen Sie sich denn wirklich so schlecht?«

Genelli fühlte sich so, als wäre er in eine davonstürmende Büffelherde geraten, und das sagte er auch.

Meyrowitz suchte in seiner Manteltasche, fand die Aspirindose, öffnete sie und reichte Genelli eine Tablette, die ganz bestimmt kein Aspirin war.

»Was ist denn das?«

»Speed«, sagte Meyrowitz. »Kein wirklicher Hammer, aber es vertreibt Ihnen für eine Weile die Müdigkeit und Erschöpfung.«

Genelli sah seinen Assistenten mit großen Augen an. »Haben Sie auch eine solche Tablette genommen?«

Meyrowitz nickte.

»Nehmen Sie so etwas häufiger zu sich?«

»Nur wenn ich Überstunden machen muß und keinen Schlaf bekomme. Man darf mit diesem Zeugs nicht spaßen. Eine regelmäßige Einnahme zieht schwere gesundheitliche Schäden nach sich. Aber in Notfällen eingenommen ist eine solche Tablette unschlagbar.«

»Sie wissen doch wohl, daß diese Pillen illegal sind?« Genelli hielt die Tablette zwischen Daumen und Zeigefinger.

»Jetzt hören Sie sich an wie Peterson«, erwidete Meyrowitz.

»Tatsächlich?«

»Als wären Sie sein Geist.«

Genelli sammelte in seinem Mund Speichel, legte die Tablette auf die Zunge und schluckte sie ohne Wasser. Nach ein paar Minuten strahlte er: »Mensch, ist es denn möglich, daß sie so schnell wirkt?«

Meyrowitz und Plover lachten. Offenbar waren auch dem Fahrer solche Wundermittel nicht fremd. Meyrowitz sagte: »Football- und Baseballspieler stopfen sich damit geradezu voll, um während des Spiels eine Spitzenleistung zu erbringen.«

Die nächsten Minuten vergingen in Schweigen, während sie weiterhin Ashe und Packer auf den Fersen blieben, die ihrerseits den Russen verfolgten.

Als sie sich Princeton näherten, fragte Genelli: »Hat dieses Zeugs eigentlich psychische Auswirkungen auf einen? Ich meine, wird man davon paranoid oder so?«

»Nein«, antwortete Meyrowitz.

»Dann ist die Idee, die mir gerade durch den Kopf geschossen ist, nicht auf die Tablette zurückzuführen.« Er zeigte auf das Großkalibergewehr. »Ich denke, wir brauchen gleich mehr als nur unsere Revolver. Sie sollten jetzt das Gewehr laden.«

Meyrowitz nickte. »Mit einem Burschen wie Dunio und einem Verwirrten wie Douglas Powell als Gegner ist es ganz sicher nicht paranoid, sich gründlich vorzubereiten.« Er öffnete die Ladekammer und schob die großen Patronen hinein.

3. Januar

DIE ENTSCHEIDUNGEN

30

3. Januar, 0.10 Uhr

Lee hörte mit morbider Faszination zu, während sein alter Kumpel erzählte, was er mit den Bändern vorhatte und warum er das tun wollte. Eine eigenartige, unangenehme Erfahrung für Lee, Doug so reden zu hören. Er betrachtete den Freund, der sich in den letzten Tagen so verändert hatte, daß er nur noch äußerlich vertraut wirkte. Lee mußte an alte Science-fiction-Filme denken, in denen ein Außerirdischer einen Menschen übernimmt, dessen Persönlichkeit verdrängt oder zerstört und von da an in diesem menschlichen Körper wohnt. Doug Powell wurde ganz sicher von etwas Fremdartigem und Kaltem bewohnt. Das Fremde zeigte sich in den dunklen Ringen unter seinen Augen, in der angespannten Stimme und natürlich in den wahnsinnigen Erläuterungen, die er von sich gab.

»Ihr versteht jetzt sicher, warum wir hier hinaus kommen mußten«, sagte Powell gerade. »Ich mußte gestern aus New York City verschwinden, weil mir klar war, daß mir das FBI mittlerweile auf die Spur gekommen sein würde. Deshalb benötigte ich einen Partner, jemanden, der in New York bleiben und die Bilder aufbewahren würde. Ich wußte auch, daß bereits gestern ein Haftbefehl gegen mich erlassen werden würde. Und so ist es ja auch alles gekommen. Wenn ihr auf der Fahrt hierher Radio gehört hättet, wäre euch die Suchmeldung sicher nicht entgangen. Ich bin jetzt berühmt ... mein Gesicht wird von allen Fernsehstationen gezeigt. Ich kann es mir also im Augenblick nicht erlauben, mich irgendwo blicken zu lassen. Daher ist dieses abgelegene Haus hier ideal für mich.«

»Aber wie willst du denn jemals wieder fort von hier?« fragte Carrie. Das du, das Powell ihr kürzlich angeboten hatte, ging ihr noch immer schwer über die Lippen. »Dein Gesicht wird auch morgen noch gezeigt, vermutlich sogar auch übermorgen.«

»Ich zersäge ein paar Hölzer, mache mir in einem offenen Kamin ein Feuer und warte hier zehn Tage oder die ganzen zwei Wochen ab«, erklärte Doug. Er sprach abgehackt und keuchte. »Hier wird niemand nach mir suchen. Warum sollte man auch? In zwei Wochen kann ich mir einen leichten Bart wachsen lassen. Ich könnte mir auch den Kopf kahlscheren. Es dürfte kein Problem werden, mein Äußeres so zu verändern, daß ich in zwei Wochen ungehindert die Grenze nach Kanada überqueren kann. In zwei Wochen vergeht viel Zeit. Die Grenzer werden dann nicht mehr ganz so genau hinsehen. Wahrscheinlich wird das FBI dann davon ausgehen, daß ich schon längst außer Landes bin.«

»Wir haben aber gleich zu Beginn dieser Unternehmung ausgemacht«, sagte Lee vorwurfsvoll, »daß diese Bänder nie in die Hände einer fremden Macht gelangen sollen.«

»Da war ich wohl nicht ganz aufrichtig«, antwortete Doug. Er lächelte, als wäre er stolz auf seine Lügen. Dann erlebte er plötzlich wieder eine seiner übergangslosen Stimmungswandlungen und brach in hysterisches Gelächter aus.

Der Revolver in seiner Hand zitterte. Aber er legte die Waffe nicht beiseite, und der Lauf zielte weiterhin zwischen Lee und Carrie.

»Hör doch«, sagte Lee, »wenn du die Bänder wie besprochen ans Pentagon zurückschickst, wird die Aufregung sich merklich dämpfen. Dann ist sicher auch bald Gras über die Sache gewachsen, und du hättest auch eine größere Chance, mit den falschen Papieren, die Dunio dir besorgt hat, irgendwo ein neues Leben zu beginnen. Aber wenn du die Bänder wirklich den Russen überläßt, wird die US-Regierung niemals aufhören, dich mit allem, was ihr zur Verfügung steht, zu verfolgen. Und eines Tages finden sie dich, gleich, wo du dich verkrochen hast und gleich, welchen Namen du angenommen hast!«

»Macht mir nicht viel aus«, antwortete Powell.

In diesem Moment erkannte Lee, daß sein Freund nicht nur wahnsinnig, sondern auch voller Fanatismus war. Mit einem solchen Mann konnte man nicht mehr diskutieren. Er war allen Argumenten unzugänglich, die ihm nicht in den Kram paßten. Es würde ihm mit keinem Mittel gelingen, Powell von seinem Vorhaben abzubringen.

»Doug, dein Vater mag dir noch soviel Schlimmes angetan haben«, versuchte es Carrie. »Aber du kannst doch nicht das ganze Land ...«

»Mein Vater hat die schlimmsten Strafen und noch mehr verdient«, zischte Doug, und sein Gesicht verzerrte sich zu einer satanischen Fratze. »Ihm habe ich es zu verdanken, daß ich ein Jahr in der Hölle verbringen durfte. Wegen ihm und seinem dummen Drang, den Freunden in der Armee zu beweisen, was für ein famoser Patriot er doch ist, durfte ich zwölf Monate damit zubringen, stündlich um mein Leben zu fürchten. Zwölf Monate habe ich in verdreckten Baracken gehaust, und in denen ging es noch paradiesisch zu im Vergleich zu den Schützengräben und Dschungelpatrouillen. Wegen einer blöden Laune meines Vaters mußte ich hilflos mit ansehen, wie meine Freunde qualvoll gestorben sind. Und ich mußte Menschen umbringen, auch wenn ich, Gott sei mein Zeuge, niemanden jemals töten wollte. Denn in der Hölle von Vietnam mußte man töten, wenn man nicht selbst getötet werden wollte. Er hat mich an diesen stinkenden, verrotteten und todesverseuchten Ort geschickt, und dafür wird er mir bezahlen.«

»Niemandem hat es in Nam gefallen«, sagte Lee. »Mir ganz bestimmt nicht. Ich habe es dort genauso schrecklich gefunden wie du. Aber es gibt Grenzen, wie weit du mit deiner Rache gehen kannst, Doug.«

»Für meine Rache gibt es keine Grenzen«, gab Powell wütend zurück. Seine Augen traten immer weiter aus den Höhlen.

Lee erkannte, daß Dougs furchtbarer Haß auf seinen Vater nicht nur von den Erlebnissen in Vietnam herrührte. Die Wurzeln dieses Hasses saßen tiefer. Lee brauchte nicht lange zu rätseln. Die Gedanken seines Freundes schweiften zurück.

»Als ich zwölf war«, sagte Powell leise, »haßte ich den alten Schweinehund so sehr, daß ich versucht habe, ihn zu töten. Er nahm mich damals häufiger mit auf die Jagd. Er drückte mir ein Kleinkalibergewehr in die Hand, damit ich mich im Schießen üben sollte. Ich schoß ihm in die Brust und tat so, als sei es ein Unfall gewesen. Der alte Bastard war überhaupt nicht schwer verwundet, und eine Weile habe ich mich geschämt.« Er zitterte am ganzen Leib, schien das aber nicht zu bemerken. »Als ich älter wurde, begriff ich, daß es viel zu einfach wäre, ihn nur umzubringen. Die beste Rache würde eine sein, unter der er lange leiden mußte ... oh, ja.«

Wenn die Wurzeln seines Hasses tief hinabreichten, so mußten auch die Samen seines Wahnsinns schon sehr lange in ihm sein. Zum ersten Mal wurde Lee klar, daß die Tollkühnheit, die Doug in der Schlacht an den Tag gelegt hatte, nicht Mut war, sondern die manische Risikobereitschaft eines instabilen Mannes.

»Du verlangst von buchstäblich jedem in diesem Land«, bemerkte Carrie, »daß er einen sehr hohen Preis für deine Rache an deinem alten Herrn bezahlen muß. Ist dir das eigentlich bewußt?«

»Ist mir doch egal, wenn gleich das ganze Schiff untergeht«, entgegnete Powell. »Hauptsache, der General ist an Bord.«

Von da an wütete Doug nur noch vor sich hin. Seine Sätze wurden zusammenhanglos und verworren. Seine Augen waren entsetzlich weit aufgerissen, und er sprach wie ein Betrunkener. Er fuchtelte mit der Waffe herum, um seinen irrsinnigen Ausführungen Nachdruck zu verleihen.

Lee versuchte eine neue Taktik. Er wollte ihn in noch mehr Erregung versetzen und ihn vom Thema ablenken. »Hast du dir eigentlich schon überlegt, Doug, daß das FBI bereits dahintergekommen sein dürfte, daß du mit Ilja Tsaitzew bekannt bist? Vermutlich sind schon ein paar Beamte hinter dem Russen her. Wenn er heute nacht hier auftaucht, stehen die FBI-Agenten eine Minute später ebenfalls in der Tür.«

»Unmöglich«, knurrte Powell. »Ich habe ihn in den letzten Jahren doch nur wenige Male gesehen. Und jedes Mal haben wir uns in einem Restaurant auf eher zufällige Weise getroffen. Wir sind getrennt gekommen und getrennt gegangen. Tsaitzew ist nicht dumm. Er weiß genau, was er tun muß. Seit nunmehr zwei Jahren beschafft er Informationen und übermittelt sie in seine Heimat.«

Die Hand mit dem Revolver ging ruckartig hoch.

Der Pistolenlauf zielte jetzt auf die Decke.

Lee sprang hoch, warf seinen Stuhl um und überquerte mit einem Sprung die knapp zwei Meter, die ihn von Doug trennten.

Ein Schuß krachte.

Die Kugel streifte Lees Schulter. Er spürte keinen Schmerz, wurde aber zur Seite geworfen. Dennoch gelang es ihm, gegen Powell zu stoßen. Die beiden Männer landeten auf dem Boden. Es gelang Lee, Doug die Waffe zu entwinden. Er stieß sie fort, und sie glitt klappernd über den Boden, um mit einem Knall vor der Kühlschranktür liegenzubleiben.

Powell brüllte, fluchte und kreischte.

Lee begriff, daß er in einem regellosen Kampf für den viel größeren und schwereren Mann kein Gegner war. Er rollte sich fort von Doug und krabbelte verzweifelt auf Händen und Knien durch die Küche. Er mußte den geladenen Revolver erreichen, bevor der andere auf seinen Rücken sprang oder ihm einen heftigen Hieb versetzen konnte.

Lee zweifelte nicht daran, daß Powell ihn töten würde, wenn er das für notwendig erachten sollte. Dieser Mann war nicht mehr der Doug Powell, den er im Krieg gekannt hatte. Etwas unsagbar Fremdes war in Doug Powells Körper eingedrungen. Etwas Tödliches, dessen Aktionen man nicht vorhersehen konnte.

Carrie schrie.

Lees Fingerspitzen spürten den Colt. Er bekam den Griff zu fassen, zog den Colt zu sich heran, drehte sich rasch auf den Rücken und zielte auf Powell, den er drohend über sich erwartete.

Doch statt dessen verschwand Doug gerade durch die Küchentür und riß dabei den Koffer mit, der die Magnetbänder enthielt.

»Lee, bitte, laß ihn doch gehen!« rief Carrie mit gellender Stimme. Sie saß immer noch auf dem Stuhl am Küchentisch und war vor Entsetzen wie gelähmt. Carrie war normalerweise eine bemerkenswert starke Frau, sowohl in emotionaler wie auch in intellektueller Hinsicht. Aber sie hatte nie Gewalt erlebt, wie Doug und Lee sie in Vietnam tagtäglich gesehen hatten. Die Konfrontation mit dem Zweikampf der beiden Männer raubte ihr fast den Verstand.

Lee konnte ihr den Wunsch nicht erfüllen. Er durfte Doug die Flucht nicht erlauben. Wenn dieser Wahnsinnige jetzt entkam, würde er nicht nur die Existenz des Generals und seine eigene aufs Spiel setzen, sondern auch das Leben von Carrie und Lee bedrohen.

Lee kam rasch hoch, rannte durch die Tür und trat hinaus in den Schnee. Feine Wölkchen flogen bei jedem seiner Schritte hoch.

Vierzig Meter voraus, halb verdeckt vom Schneefall und der Dunkelheit der Nacht, stürmte Powell auf den Wald zu, der das Haus an allen Seiten umgab. Selbst jetzt noch ging etwas Eigenartiges von ihm aus. Doug rannte nicht wie ein normale Mensch, sondern stapfte wie ein Frankenstein-Monster durch den Schnee. Dann erkannte Lee, daß der schwere Koffer ihm ein anderes Fortkommen nicht ermöglichte.

Sollte er ihn einfach abknallen?

Lee hob den Colt, zögerte aber einen Moment zu lange. Bevor er abdrücken konnte, war Powell bereits zwischen den Stämmen verschwunden, duckte sich unter tiefhängenden Äster und war kurz darauf nicht mehr zu erkennen. Vorbei ... diese Chance war vertan ... Lee versuchte sich mit der Erklärung zu beruhigen, daß der Colt auf eine solche Entfernung ohnehin nicht treffsicher gewesen wäre.

31

3. Januar, 0.45 Uhr

»Du bist verwundet!«

»Ach, es ist nichts.«

»Du blutest aber«, beharrte Carrie. »Du kannst nicht hierbleiben, sonst verblutest du noch!«

Der linke Arm schmerzte ihn von der Schulter abwärts bis zum Ellbogen, daß ihm ganz schummrig wurde, doch zu Carries großer Beruhigung hatte er eine ganz normale Gesichtsfarbe. »Die Kugel ist nur durchs Fleisch gefahren«, sagte er. »Sie hat weder lebenswichtige Blutgefäße durchtrennt noch den Knochen getroffen. Ein Streifschuß. Nichts weiter als ein Kratzer.«

»Aber soviel Blut kommt aus der Wunde ...«

»Sieht viel schlimmer aus, als es ist«, entgegnete er. »Du bist es nicht gewohnt, viel Blut zu sehen. Die Hitze der Kugel hat den Großteil der Wunde ausgebrannt und verschlossen. Mach dir mal keine Sorgen, der Kratzer ist nicht weiter schlimm.«

Sie befanden sich in der kalten Küche im flackernden Schein der zwei Dutzend Kerzen. Lee hatte den Mantel ausgezogen, damit Carrie sich die Wunde ansehen konnte. Er gelangte jetzt zu der Ansicht, daß sie genug gesehen hatte, und zog den Mantel wieder an. Der linke Arm war ziemlich steif, und es bereitete ihm große Mühe, ihn in den Ärmel zu zwängen. Er hoffte, sie hatte nicht bemerkt, wie schwer ihm das gefallen war. Die Wunde war wirklich nicht schlimm, und er wollte sich keineswegs von ihr aufhalten lassen.

»Was willst du denn hier noch ausrichten?«

»Ich will ihn finden.«

»Der ist doch längst über alle Berge.«

»Nein«, widersprach Lee heftig. »Er hockt irgendwo dort im Wald und wartet darauf, daß wir fortfahren.«

»Woher willst du das wissen?«

»Das ist doch nicht schwer zu erraten. Er will sich mit Ilja Tsaitzew treffen und muß deshalb warten, bis der Russe hier ankommt. Carrie, denk doch nach, er sitzt dort draußen mit den Magnetbändern!«

»Ach, Mist, was geht mich die Rettung dieses Landes an!« schimpfte sie. Ihre blauen Augen blitzten. »Ich will doch nur, daß du heil und gesund und bei mir bist.«

»Mir geht es wirklich nicht darum, der Retter des Vaterlands zu werden«, brummte Lee. »Zumindest bewegt mich das Schicksal der USA nicht übermäßig. Aber ich weiß, Carrie, daß das FBI dem Russen auf den Fersen ist. Und selbst, wenn sie noch nicht so weit sein sollten ... früher oder später bekommen sie Doug zu fassen. Und in seinem momentanen Zustand dürfte es ihnen nicht schwerfallen, seinen Widerstand zu brechen und ihn zum Reden zu bringen. Ganz gleich, was er uns alles versprochen hat von wegen, er hielte uns aus der Sache raus, er wird ihnen alles sagen. Alles, verstehst du, Carrie? Er ist viel zu instabil, als daß man ihm noch trauen dürfte.«

»Und jetzt willst du hinaus in den Wald, um ihn zu kurieren«, bemerkte sie sarkastisch. »Oder willst du auf ihn einreden, bis er seinen Wahn erkennt und von ihm abläßt?«

»Nein«, erklärte er hart, »ich werde ihn töten!«

Sie starrte ihn an, als hätte er in einer fremden Sprache gesprochen, die ihm gerade in den Sinn gekommen war.

»Du kannst es mir glauben, die Vorstellung schockiert mich genauso wie dich«, sagte er.

»Du willst ihn umbringen?«

»Es ist mir erst in dem Moment klargeworden, als ich es ausgesprochen habe.« Lee war über sich selbst verwundert. Sein Magen zog sich schmerzlich zusammen, als die Erkenntnis dessen, was er gesagt hatte, in sein Bewußtsein einsickerte. »Doug ist nicht länger mein Freund. Doug erinnert nicht mehr entfernt an den Mann, den ich kannte … oder zu kennen glaubte. Er ist gefährlich wie ein hungriges Raubtier … Aber schlimmer noch ist, daß er jetzt genauso wie damals die Regierung einfach nicht einsehen will, daß ich wie jedes andere Individuum das Recht habe, mein Leben so zu gestalten, wie ich das möchte. Er ist nur ein weiteres Glied in der Kette der Personen, die glauben, sie könnten meine Zukunft formen und darüber auch bedenkenlos mein Glück zerstören. Mir reicht es endgültig. Ich habe genug von solcher Fremdbestimmung. Im Lauf der vergangenen Ereignisse habe ich etwas von meinem Selbstrespekt zurückgewonnen. Und den lasse ich mir jetzt von keinem mehr nehmen.«

»Meinst du denn, du verlierst deine Selbstachtung, wenn du ihn nicht tötest?« fragte sie leise, aber grimmig.

»Nein. Es mag sich jetzt vielleicht gräßlich anhören, aber ich bin an das Töten gewöhnt. In Vietnam mußte ich tagtäglich töten. Das Umbringen macht mir nichts mehr aus.«

»Aber dort unten hast du dich verteidigen, hast um dein Leben kämpfen müssen«, wandte sie ein.

»Hier ist es genauso!«

»Lee …«

Er knöpfte sich den Mantel zu und trat an den Tisch, auf dem noch die halbe Million Dollar lag. »Hilf mir bitte, das in den Koffer zurückzupacken«, sagte er und zeigte auf den braunen Samsonite-Koffer, den Dunio ihnen dagelassen hatte. »Du nimmst ihn mit.«

»Warum kann ich denn nicht hierbleiben, bis du … bis du ihn erledigt hast?«

»Du mußt unseren Wagen von hier fortschaffen, bevor der Russe kommt ... und in seinem Gefolge die FBI-Männer.«

»Aber wie willst du denn von hier fort?«

»Ich laufe. Wir befinden uns hier nicht auf einer abgelegenen Insel. Princeton liegt praktisch hinter dem Hügel.« Er warf die ersten Geldbündel in den Koffer. »Selbst wenn das FBI mit einer kleinen Armee hier auftaucht und eine Absperrkette um das Anwesen bildet, komme ich immer noch durch. Die Armee hat mich mehr gelehrt, als nur strammzustehen und mit einem Gewehr zu schießen. Ich habe gelernt, wie man sich auf gegnerischem Gebiet bewegt, ohne entdeckt zu werden. Die Dunkelheit und der Schnee sind meine besten Verbündeten.«

»Man wird dich wegen Mordes verfolgen«, sagte sie, stellte sich aber neben ihn an den Tisch und legte das Geld in den Koffer.

»Nein«, erwiderte er. »Du hast doch mitbekommen, was Doug von den Haftbefehlen gehört hat. Sie halten Dunio für seinen Komplizen. Und daher werden sie glauben, Dunio habe seinen Partner ermordet.« War das wirklich er, der hier so kaltblütig redete? Oder befand er sich in einem Traum? »Und einen Burschen wie Dunio erwischen sie nie. Daher besteht auch keinerlei Gefahr, daß sie über ihn auf uns aufmerksam werden.«

Sie warf die letzten Bündel in den Koffer.

Er klappte den Deckel zu und schloß ihn ab. Er hob den Koffer mit der Rechten vom Tisch, um Carrie nicht auf die Lähmung des linken Armes aufmerksam zu machen. Lee marschierte zur Tür.

Nach einem Moment des Zögerns folgte sie ihm zum Leihwagen.

Er warf den Koffer auf den Rücksitz und sah zu, daß Carrie sich hinter das Steuer setzte. Er beugte sich ins Wageninnere und achtete nicht auf den Schnee, der ihn einhüllen wollte. »Glaubst du, du kannst bei diesem Sauwetter vorankommen?«

Die Flocken fielen fast waagerecht, und ein wilder Wind trieb sie unbarmherzig voran. Man konnte kaum dreißig Meter weit sehen.

»Ich bin schon bei schlimmerem Wetter gefahren«, erklärte sie grimmig, weil sie in dieser Stunde genauso entschlossen wirken wollte wie er. Sie wußte jedoch, daß der Highway eine einzige Eisbahn sein würde. »Sobald ich den Hügel hinter mir habe, ist es nur noch halb so schwer.«

Er küßte sie.

Als sie den Wagen angelassen und den Gang eingelegt hatte, sah sie zu ihm hoch und sagte: »Lee, er ist so viel größer als du!«

»Na, so viel größer nun auch wieder nicht!«

»Auf jeden Fall ist er größer und breitschultriger als du!«

»Aber jetzt habe ich die Pistole und er nicht«, entgegnete Lee. »Ich glaube, ich werde umkommen vor Sorge.«

Er küßte sie noch einmal. »Fahr zu unserer Wohnung und benimm dich ganz normal. Und morgen früh gehst du wie gewöhnlich zur Arbeit. Ich versuche, noch in dieser Nacht wieder bei dir zu sein. Aber man kann nie wissen, ob man nicht irgendwo aufgehalten wird.«

»Lee ...«

»Nun mach endlich, daß du von hier fortkommst, bevor die halbe Polizei des Staates hier herauffährt!« Er warf die Tür zu und winkte ihr nach, bis er sie nicht mehr sehen konnte.

Bald waren die Rücklichter nur noch ein winziges, mattes Glühen in der Dunkelheit, das der heftige Schneefall immer wieder unsichtbar machte.

Lee stapfte durch den Schnee in die Küche zurück. Er entdeckte dort auch den zweiten Revolver und lud ihn. Dann ersetzte er die Kugel, die Doug auf ihn verschossen hatte.

Er berührte vorsichtig seine linke Schulter. Die Wunde machte einen guten Eindruck, aber der Arm fühlte sich immer noch wie gelähmt an. Er konnte jetzt nur hoffen, daß Powell ihm nicht irgendwo dort draußen auflauerte, um ihn hinterrücks anzuspringen.

Er überließ die tropfenden Kerzen in der Küche ihrem Schicksal, schloß hinter sich die Tür und machte sich auf den Weg zu der Stelle am Waldrand, an der Powell verschwunden war. Der Schneefall war so dicht, daß keine Fußspuren mehr zu erkennen waren.

32

3. Januar, 1.00 Uhr

Er machte sich im Schnee flach und behielt das Stück Weg im Auge, das zweieinhalb Meter unter ihm lag. Hier würde also die Entscheidung fallen. Er konnte sich die Stelle für den Angriff aussuchen, und dieser Ort gefiel ihm sehr gut.

Er wußte genau, daß Lee ihn früher oder später suchen würde.

Als sie beide in der Küche auf dem Boden gelegen hatten, hatte Doug blitzschnell erkannt, daß er keine Chance hatte, vor Lee den

Colt zu erreichen. Ihm blieb nichts anderes übrig, als die Bänder an sich zu reißen und davonzurennen, bevor Lee die Waffe auf ihn richten konnte. Es war ihm gelungen, in den Wald zu entkommen. Lee konnte jetzt gar nicht mehr anders, als ihn zu suchen. Aber bis dahin hatte Doug den Vorteil, sich auf den Kampf vorzubereiten. Wenn Lee in den Wald kam, würde er Dougs Territorium betreten. Powell war schon früher auf diesem Gelände gewesen und hatte es mehrfach erkundet. Wenn Lee hier vorbeikäme, würde er ihn anspringen, den ehemaligen Freund zu Boden werfen, ihm die Pistole abnehmen und sie auf ihn abfeuern.

Wie schrecklich sich die Dinge zwischen ihnen entwickelt hatten ... Dabei hatte Doug ihm doch versprochen, ihn aus allen Folgen herauszuhalten und dafür zu sorgen, daß niemand auf seine Spur kommen würde. Und jetzt war tatsächlich der Moment gekommen, an dem er sein Versprechen brechen mußte. Natürlich war das nicht seine Schuld, denn Lee hatte ihn dazu gezwungen. Warum nur hatte Lee sich gegen ihn stellen müssen? Warum hatte Lee ihm den Rücken zugekehrt und sich auf die Seite der anderen gestellt? Auf die Seite des Generals! Was hätten sie beide alles noch gemeinsam tun können! Man brauchte sich doch nur einmal vor Augen zu halten, wie hervorragend der Einbruch und der Diebstahl funktioniert hatten!

Aber Lee konnte oder wollte das alles nicht verstehen ...

Der Gerechtigkeit mußte Genüge getan werden. Der General mußte leiden, mußte büßen ... Und die entzückende Loretta sollte ebenfalls leiden, weil sie eine Trinkerin war und sich freiwillig zur Sklavin des Generals gemacht hatte. Und eigentlich sollte doch die ganze verdammte und häßliche Welt vor die Hunde gehen, sollte auseinanderfallen, damit aus den Trümmern etwas Neues, etwas Besseres entstehen könnte ... Der Staat sollte gepeinigt werden, weil er Doug gezwungen hatte, Menschen umzubringen, weil er ihm tausend Techniken beigebracht hatte, wie man Menschen möglichst effektiv umbringt, weil er ihm in Vietnam tausend Alpträume beschert hatte, weil er ihn gezwungen hatte, kleinen gelben Männern das Gehirn aus dem Kopf zu schießen ... Nein, mit der Entgegennahme des Lösegeldes war es noch lange nicht getan. Von wegen, jetzt schön brav die Bänder zurückschicken. Nein, er mußte dem Land tief ins Fleisch stoßen und vor allem den General und seine Loretta zerfetzen. Seine gerechte Rache wollte gestillt werden. So lange wartete die Rache schon, grämte sich heute noch, daß Doug damals im Alter von zwölf Jahren nicht das zu Ende geführt hatte, was er begonnen hatte. Warum hatte er damals nicht noch ein oder mehrere Male auf den alten Schweinehund geschossen, bis sein Lebenslicht endlich erloschen wäre …

Weil Lee Ackridge diese fundamentale Wahrheit nicht begreifen konnte oder wollte, mußte er sterben. Und da durfte es keine Rolle mehr spielen, wie nahe sie sich in der Vergangenheit gestanden hatten. Ackridge war selbst schuld, wenn er sich zwischen Doug und seine gerechte Rache stellte.

Ackridge muß sterben!

Ja, genau so war es, keine Alternative war mehr möglich. Powells Verstand war noch wach genug, zu erkennen, daß Lee es genauso sehen würde. Warum hatte er nicht länger nachgedacht. Es hätte ihm doch klar sein müssen, daß Lee sich am Ende gegen ihn stellen würde … Und jetzt war Lee bestimmt auf dem Weg hierher, um seinen ehemaligen Freund zu töten. Schließlich hatten beide Männer dieselbe Tötungsschule besucht. Sie hatten die gleichen Techniken und Tötungsmotivationen gepaukt und auswendig gelernt.

Ein gewisses Risiko war dabei. Wenn Doug Lees Verhalten voraussagen konnte, könnte dann nicht auch Lee das seine voraussagen? Egal, er mußte es darauf ankommen lassen. Immerhin hatte er noch den Überraschungsvorteil. Und diese Chance wollte er nutzen. Im Grunde war es nicht weiter schlimm, wenn Ackridge draufging. Viel wichtiger war es, daß der General niedergemacht wurde. Alles andere erschien daneben zweitrangig. Und das Risiko, das jetzt bestand, war das Salz in der Suppe.

Alles reduzierte sich jetzt auf die Frage, wer den anderen zuerst ausmanövrieren konnte. Und Powell hatte da gute Chancen, denn er lauerte im Hinterhalt.

Er zitterte. Der Schnee schmolz unter ihm, durchnäßte seine Kleidung und ließ seine Haut schaudern. Doch diese Unbehaglichkeit nahm Doug nur noch am Rande wahr. Er lächelte in Erwartung seines Triumphs.

3. Januar, 1.10 Uhr

Lee brauchte nicht lange zu suchen, bis er im Wald Dougs Fußspuren ausgemacht hatte. Die Schneeflocken fielen nicht so dicht durch die Zweige, und so waren die Fußspuren trotz des wenigen Lichts noch gut zu erkennen.

Nach ein paar Schritten blieb Lee stehen, zog sich die schneedurchtränkte Perücke vom Kopf und stopfte sie in seine Manteltasche. Dann marschierte er weiter.

Nach dreißig Metern im Wald stieg der Boden an, und Lee kam auf dem glatten, festen Schnee nur schlecht voran. Hier standen die Bäume auch nicht mehr ganz dicht, so daß der Schnee hier schon so tief war wie auf dem freien Platz vor dem Haus. Weiße, pulvrige Flocken tanzten wie Talkumpuder vor ihm durch die Nacht.

Lee wurde vorsichtiger und schlich sich weiter. Die Wälder von New Jersey im Winter waren etwas ganz anderes als die feuchten Dschungel Südostasiens. Dennoch gab es gewisse Fertigkeiten, die er gelernt hatte und die sich auch hier anwenden ließen. Vor jedem Schritt überprüfte er, wohin ihn der bringen würde. Dank seiner Ausbildung bewegte er sich nahezu unhörbar.

Eine irrationale Furcht hatte ihn ergriffen. Die Vorstellung plagte ihn, daß Powell mittlerweile hinter ihm sein könnte. Daß Doug die ganze Zeit über, seit er in den Wald gelangt war, in seiner nächsten Nähe gewesen war. Daß Powell ein böses Spiel mit ihm trieb, Katz und Maus mit ihm spielte ... Einige Male wurde diese Vision so real, daß er sich blitzartig umdrehte und zurück auf den Weg sah, den er gekommen war. Aber stets war er allein.

Der Wind heulte durch die nackten Äste und wechselte ständig die Richtung, so daß Lee nie sein Gesicht vor ihm schützen konnte. Es klang wie die Schreie von verdammten Seelen. Ihr Gesang erfüllte die Nacht.

Schneekristalle setzten sich an seinen Haarspitzen fest und zerrannen ihm auf den Lippen und an den Nasenlöchern. Irgendwie fanden sie auch ihren Weg unter den Mantel.

Das Land fiel jetzt wieder ab, während sich zur Rechten ein steiler kleiner Hang erhob, der Lee wenigstens für den Augenblick vor dem wütenden Wind schützte.

Zunächst war Lee sehr dankbar für diese Stelle. Doch dann entdeckte er, daß in dem Schnee vor ihm keine Fußspuren mehr zu sehen waren. Das konnte nur eines bedeuten. Hier irgendwo würde Doug auf ihn lauern.

Wo?

Er wirbelte herum.

In dem Moment, in dem Lee sich bewegte, erhob sich Powell aus dem Schnee. Wie eine Gestalt aus einem Alptraum wuchs er aus dem Boden. Ein einziger kleiner Schritt brachte ihn an den Rand des Steilhangs. Er warf sich auf Lee.

Lee riß den Revolver hoch und feuerte.

Powell prallte mit solcher Wucht auf ihn, daß ihm der Colt aus der Hand flog und er selbst in den Schnee krachte. Aller Atem wurde aus Lees Lungen gepreßt.

Ineinander verkrallt rollten die beiden Männer über den Schneeboden. Zweige schnellten zurück und droschen auf sie ein. Lee fühlte sich plötzlich gefangen. Er hing in einem Brombeerstrauch, der ihn nicht mehr freigeben wollte.

Der Schmerz in seiner linken Schulter flammte wieder auf und schickte Feuernadeln durch den Arm. Die Wunde brach wieder auf, und er spürte das warme Blut, das ihm über die Haut und in den Mantel lief. Der Schmerz war jetzt so intensiv, daß Lee sich nicht mehr regen konnte. Er wollte einfach nur noch liegenbleiben und darauf warten, daß die Schmerzen nachließen.

Aber damit wäre Powell im Vorteil und könnte ... Wo war Doug?

Lee stellte verwundert fest, daß der ehemalige Freund ihn in seinem Zustand leicht hätte erwürgen können, ohne mit Gegenwehr rechnen zu müssen. Aber noch lebte er. Niemand würgte ihn, niemand hieb auf ihn ein. Wie war das möglich?

Er rappelte sich so weit auf, bis er saß. Dann entdeckte er Powell. Der Mann beugte sich fünf Meter entfernt über die Stelle, an der der Colt im Schnee gelandet war.

Powell lachte triumphierend.

Lee wären fast die Sinne geschwunden, als er sich in eine kniende Position brachte und den zweiten Revolver aus der Tasche zog. Er hielt die Waffe mit beiden Händen. »Doug!« rief er schwach, denn seine Stimme war kraftlos.

Doch der andere hatte ihn gehört. Er wirbelte herum und gab einen Schuß ab. Die Kugel verfehlte Lee um mehrere Meter.

Lee schoß und traf Powell in den Unterleib. Die zweite Kugel traf ihn im Magen, die dritte in der Brust und die vierte in den Hals. Die beiden letzten Kugeln fuhren in den Schnee.

In den letzten Sekunden seines Lebens, während er von den Kugeln zurückgeworfen wurde, machte Doug ein unglaublich blödes Gesicht. Er schien nicht begreifen zu können, daß Lee beide Revolver mitgebracht hatte. Doch die Miene hielt sich nur kurz. Im gespenstischen Schein des Schnees, der nur matt Powells Gesicht erhellte, wurden Dougs Züge schlaff. Er plumpste wie ein Sack in den Schnee, fiel in sich zusammen und war tot.

Die beiden zivilen FBI-Wagen waren an der Abbiegung stehengeblieben, die Ilja Tsaitzew gewählt hatte. Sie warteten im dichten Schneetreiben, um dem Russen ausreichend Zeit und Vorsprung zu lassen, das Haus auf dem Hügel zu erreichen und sich mit Powell zu treffen. Vorausgesetzt natürlich, Powell war wirklich hierhergekommen, um mit Tsaitzew ein Geschäft abzuwickeln.

Als ein paar Minuten verstrichen waren, nahm Genelli das Mikrophon aus der Halterung und sagte: »Meine Herren, greifen wir sie uns!«

»In Ordnung«, meldete sich Ashe aus dem ersten Wagen. »Packer meint, Sie sollten den Abstand beibehalten. Der Weg hinauf ist lang und steil. Und bei dem Schneefall in den letzten Stunden hat er sich bestimmt in eine Rutschbahn verwandelt. Wir müssen sehr vorsichtig fahren, um nicht irgendwo vom Weg abzukommen oder steckenzubleiben.«

»Ich wünsche eine angenehme Schlittenfahrt«, sagte Genelli.

Agent Packer startete den Wagen und fuhr an einem Briefkasten vorbei, der in großen Buchstaben die Aufschrift JAMISON trug. Er fuhr den steilen Weg hinauf, an dem zu beiden Seiten nackte Ulmen mit ihren eisverkrusteten Ästen ein baldachinartiges Skelett bildeten. Die Räder drehten auf der spiegelglatten Straße mehrmals durch und drohten auszubrechen. Die Motoren der beiden Wagen leisteten Schwerstarbeit, heulten laut auf und schafften es dennoch, die Limousinen Zentimeter für Zentimeter voranzubringen.

Als sie endlich auf dem Hügelkamm ankamen und vor dem großen weißen Haus anhielten, entdeckten sie gleich Ilja Tsaitzew, der wartend neben seinem Wagen stand. Er winkte ihnen gutgelaunt zu, als wären sie Freunde, die er hier treffen wollte.

»Ist das Gewehr klar?« fragte Genelli Meyrowitz.

»Wartet nur auf Ihren Befehl.«

Sie stiegen gleichzeitig aus den beiden Wagen und umzingelten den Russen. Der ließ die winkende Hand rasch sinken, und das frohe Lächeln auf seinen Lippen gefror. »Oh, nein!« stöhnte er.

»FBI!« fuhr Genelli ihn an und hielt Tsaitzew seinen Dienstausweis unter die Nase.

Der Russe war wie gelähmt. Er war ein großer, massiger Mann mit einem breiten Gesicht und schweren Wangenknochen. Seine hübschen Augen zeigten jetzt nur noch Furcht.

»Wo sind die anderen?« fragte Genelli streng.

»Außer mir ist hier keiner«, antwortete Tsaitzew.

Genelli stieß ihn mit dem Bauch gegen den Wagen und klopfte ihn nach Waffen ab. Der Hut flog ihm dabei vom Kopf und wurde vom böigen Wind davongetragen. »Wo sind die anderen?« fragte er noch einmal, diesmal härter. »Vor allem, wo steckt Powell?«

Der Russe seufzte, als er erkannte, daß diese Männer anscheinend alles wußten. »Ich habe die Wahrheit gesagt. Ich bin vor ein paar Minuten hier eingetroffen und ins Haus gegangen. Aber das ist leer, da hält sich niemand auf. Und bitte, schubsen Sie mich nicht mehr so herum. Ich darf Sie wohl auf meinen Diplomatenstatus und die damit verbundene Immunität hinweisen.«

Genelli hätte ihn am liebsten noch einmal und wesentlich heftiger gegen den Wagen geworfen, als kaum hundert Meter entfernt aus dem Wald Schüsse ertönten, mindestens ein halbes Dutzend.

»Plover, übernehmen Sie unseren Freund hier!« rief Genelli.

»Jawohl, Sir.«

»Packer, Sie sehen sich im Haus um. Ashe und Meyrowitz, Sie kommen mit mir!«

Er rannte schon auf die Bäume zu, stürmte in die Richtung, aus der das Geräusch der Schüsse gekommen war.

Lee Ackridge schleppte mit einiger Mühe den Koffer, der die Magnetbänder enthielt, zur Leiche seines ehemaligen Freundes. Er ließ den Koffer neben ihm in den Schnee fallen.

Lee litt an Hunger und Kälte und fühlte sich ein wenig benommen. Aber in seinem Innern herrschte große Befriedigung, die ihn alles andere ertragen ließ. So zufrieden hatte er sich schon lange nicht mehr gefühlt.

Er war gerade wieder zu Atem gekommen, als er vom Waldrand Männerstimmen hörte.

»Powell! Dunio! Bleiben Sie, wo Sie sind!«

Lee blickte in die Richtung, in der das Haus stehen mußte, entdeckte aber niemanden.

»Hier spricht das FBI!« schrie die erste Stimme. »Wir wissen, was Sie getan haben und wie Sie es getan haben! Sie sind umzingelt, und es gibt für Sie keine Möglichkeit, uns zu entwischen! Geben Sie auf! Tun Sie jetzt nichts Dummes, sondern geben Sie auf! Kommen Sie mit erhobenen Händen heraus! Stellen Sie sich einem unserer Beamten!«

Lee schüttelte lächelnd den Kopf. Er war mit einem Mal ganz ruhig. Er öffnete den Koffer und kippte die Bänder über Dougs Leiche. Die FBI-Männer schrien und riefen immer noch, aber es kam ihm jetzt so vor, als bewegten sie sich von ihm fort. Lee warf noch einen Blick auf den alten Kameraden und lief dann los. Den Steilhügel auf der anderen Seite hinunter. Dann durch eine enge Schlucht. Hier stieß er auf einen Bach, der kaum zwei Meter breit und etwa einen halben Meter tief war. Das Wasser war größtenteils gefroren, aber in der Mitte zeigte sich eine Rinne, in der dunkles Wasser plätscherte. Lee trat in die Rinne und sah sich nach allen Seiten um. Dann wandte er sich nach Süden. Das Wasser war so kalt, daß er augenblicklich alles Gefühl in Füßen und Waden verlor.

Er watete hundert Meter weit, blieb dann stehen, sagte sich, daß das weit genug sei, und stieg ans Ufer. Dann machte er Riesenschritte und blieb nach jedem stehen, um die Spur im Schnee zu verwischen und zu glätten.

Lee erreichte einen Koppelzaun, der das Jamison-Grundstück vom angrenzenden trennte. Er kletterte darüber und fiel auf der anderen Seite in den Schnee. Fast wäre es ihm nicht mehr gelungen, wieder hochzukommen. Er hatte sich wirklich zuviel zugemutet.

Aber er konnte es sich jetzt erlauben, ein paar Momente auszuruhen.

Die Stimmen klangen nun sehr weit entfernt. Lee konnte schon nicht mehr verstehen, was gerufen wurde.

Der Wind flaute ab, dafür fiel der Schnee heftiger als zuvor. Fast zehn Zentimeter war die Schicht jetzt dick, die den Boden bedeckte. Wenn der Schnee weiter so dicht fiel, würde die Decke bis zum Morgen doppelt so dick geworden sein.

Lee wußte, daß er weitermußte. Hier draußen konnte er leicht erfrieren.

Er mußte vor allem erst einmal Princeton erreichen, um aus diesem Wetter hinauszugelangen. Und er konnte nicht wissen, wie viele Männer das FBI in dieser Gegend zusammengezogen hatte. Hinter jeder Wegbiegung konnte er auf Beamte stoßen.

Leicht schwankend stapfte er durch ein weiteres Waldstück, bis er auf eine Zufahrt zu einer Villa gelangte, die noch viel beeindruckender war als das Haus der Jamisons. Er stellte sich hinter einen Baum und betrachtete die Villa. Alle Fenster waren dunkel, und nirgendwo bewegten sich Vorhänge, die auf einen Schlaflosen hindeuteten, der vielleicht Ruhe beim eintönigen Fall der Schneeflocken suchte.

Er überquerte die freie Fläche bis zum Haus, lief geduckt an der Außenwand entlang und stieß schließlich auf eine Vorortstraße. Die Häuser, die hier standen, waren zwar keine Villen, gehörten aber bestimmt Menschen aus dem gehobenen Mittelstand.

An beiden Straßenseiten waren in weiten Abständen Autos geparkt. Lee stand im Schatten eines Hauses und sah sich gründlich um. Endlich war er davon überzeugt, daß sich hier niemand im Freien aufhielt. Er spürte jetzt noch stärker seine Erschöpfung und die eisige Kälte der Nacht.

Lee gab sich einen Ruck, huschte über den Bürgersteig und fand endlich einen Wagen, der nicht verschlossen war. Er murmelte einige Dankgebete an den Schöpfer und den nachlässigen Wagenhalter vor sich hin, als er hinter das Steuer glitt und die Tür schloß.

Zwei oder drei Minuten später, als sich sein Herzschlag endlich wieder beruhigte, griff Lee unter das Armaturenbrett und zog ein paar Drähte hervor. Mit beiden Händen gelang es ihm, wenn auch nur mit Mühe, die beiden zu finden, die den Motor starteten.

Dann befiel ihn ein Schwindel, und er versank bis auf den Grund einer anscheinend endlosen Dunkelheit.

33

3. Januar, 1.50 Uhr

Genelli stand vor Doug Powells Leiche. Meyrowitz kniete daneben und sammelte die Magnetbänder ein, um sie dann wieder in den Koffer zu legen. »Sind alle noch da?« fragte Genelli.

»Sechs Stück«, antwortete Meyrowitz. Dann blickte er auf und machte eine nachdenkliche Miene. »Ob Dunio ihn erschossen hat? Aber warum hat er dann die gestohlenen Daten hier zurückgelassen?«

Diese Frage hatte sich auch Genelli schon gestellt. »Nach allem, was wir über Dunio wissen, scheint er mir ein gerissener und pragmatischer Materialist zu sein. Er sorgt sich allein um seine Brieftasche. Aber er besitzt auch sonst einen gesunden Menschenverstand. Wahrscheinlich ist ihm erst heute klargeworden, daß Powell – im Gegensatz zu ihm ein idealistischer Fanatiker – die Magnetbänder an die Russen oder eine andere Macht weitergeben wollte, ganz gleich, ob wir nun das Lösegeld bezahlen würden oder nicht. Der praktische Verstand von Dunio hat sofort erkannt, daß eine solche Tat nur großes Unheil heraufbeschwören würde. Vermutlich ist es darüber zwischen den beiden Männern zum Streit gekommen. Und Powell zeigte sich wohl keinen Argumenten zugänglich, so daß Dunio im Endeffekt keinen anderen Ausweg sah, als seinen Partner zu erschießen. Um sich weitere Umstände zu ersparen, hat er die Bänder einfach hier liegenlassen, weil er sich ausrechnen konnte, daß wir über kurz oder lang hier auftauchen würden. Und so ist es ja auch gekommen.«

Meyrowitz stand auf. »Und was machen wir jetzt?«

»Jetzt leiten wir eine Großfahndung nach Dunio ein«, erklärte Genelli. Er starrte in das Dunkel des Waldes. »Ashe, rufen Sie die Staatspolizei von New Jersey über Funk. Und benachrichtigen Sie das nächste FBI-Büro. Wir riegeln großräumig die ganze Gegend ab.« Als der Agent losrannte, wandte sich Genelli an seinen Assistenten. »Kommen Sie, Meyrowitz, wir beide machen den Anfang. Jetzt können Sie beweisen, was Sie in den Beinen haben.«

Beide Männer hielten ihre Dienstwaffen schußbereit in der Hand, als sie den Fußspuren folgten, die noch deutlich im Schnee zu erkennen waren.

»Immer noch das alte Pflugpferd, was?« sagte Meyrowitz.

»Ich kann halt nicht aus meiner Haut«, antwortete Genelli.

Als Lee wieder zu sich kam, wußte er nicht, wie lange er ohne Bewußtsein gewesen war. Es war ihm nur klar, daß er wertvolle Minuten verloren hatte und sich jetzt sputen mußte. Er fühlte sich elend, und ihm war todschlecht. Er hätte jetzt nichts lieber getan, als sich irgendwo hinzulegen und lange zu schlafen. Es kostete ihn wirklich einige Überwindung, sich auf das Wegkommen zu konzentrieren. Seine Finger arbeiteten wie selbständige Lebewesen, als sie erneut die richtigen Drähte aneinanderhielten und so den Motor anspringen ließen.

Der Wagen, ein zwei Jahre alter Pontiac, erwachte hustend zum Leben.

Lee hielt die Drähte immer noch aneinander und trat das Gaspedal bis zum Boden durch.

Der Motor brüllte auf.

Lee schloß für eine Sekunde die Augen und riß sie erschrocken wieder auf, als er spürte, wie er in einen tiefen Schlaf abzugleiten drohte.

Lee schüttelte den Kopf und stieg aus. Er schöpfte mit der gesunden Hand Schnee und rieb sich damit das Gesicht ab. Er schöpfte eine zweite Handvoll, ließ sie schmelzen und trank und saugte das Schmelzwasser.

Als er wieder im Pontiac saß, wußte er, daß er es mit einiger Anstrengung bis nach New York City schaffen könnte. Und die Aussicht, wieder zu Hause zu sein, würde ihn mit der nötigen Energie versorgen, um den Wagen irgendwo abzustellen und in die heimische Wohnung zu gelangen. Er mußte nur noch einen Weg finden, den Wagen mit nur einer Hand durch den heftigen Schneesturm zu steuern. Und er mußte über Seiten- und Landstraßen fahren. Auf allen Highways waren sicher längst Straßensperren errichtet worden. Aber dann dachte er daran, was er in den letzten Jahren alles durchgemacht hatte, und nickte grimmig. Kein Problem. Er würde auch die Heimfahrt bewältigen.

Genelli und Meyrowitz standen am Ufer des Baches. Die Fußspuren hörten hier wie abgeschnitten auf.

»Richten Sie die Taschenlampe aufs andere Ufer«, sagte Genelli.

Meyrowitz beleuchtete die andere Seite ein paar Meter nach links und ein paar Meter nach rechts.

Nichts Außergewöhnliches zeigte sich im Taschenlampenlicht.

»Er muß durchs Wasser gelaufen sein«, murmelte Genelli. »Nur in welche Richtung ... Und ich fürchte noch etwas ...«

»Was denn?« fragte Meyrowitz. Er richtete die Taschenlampe mal hierhin und mal dorthin, obwohl ihm klar war, daß er so nichts entdecken konnte.

»Ich fürchte, wir finden nie die Stelle, an der er das Wasser wieder verlassen hat.«

»Und warum nicht?«

»Weil er weiß, wie er vorgehen muß. Immerhin hat er in Vietnam gekämpft. Und seine dortigen Erfahrungen setzt er jetzt ein.«

»Sollen wir dann die ganze Aktion abblasen?« fragte der Assistent.

»Das geht leider nicht«, erwiderte Genelli. »Wir sind morgen nacht noch hier und kämmen die Gegend ab. Peterson läßt uns hier nicht fort, bis wir herausgefunden haben, wohin unser Freund verschwunden ist.«

Meyrowitz seufzte. Er hielt die Taschenlampe wie ein Schwert vor sich und lief ein paar Schritte am eisbedeckten Ufer entlang.

»Warten Sie«, rief Genelli ihm hinterher.

Der Assistent blieb stehen und drehte sich um.

»Wenn wir das hier hinter uns haben«, erklärte Genelli, »werde ich nie wieder Pornographieschmuggler oder arme Quäker, die sich an der Friedensbewegung beteiligen, verfolgen. Nicht, solange die Mordrate von Jahr zu Jahr weiter ansteigt wie mein Blutdruck ... Wissen Sie was, Meyrowitz, sobald wir das hier hinter uns haben, steigen wir aus! Sie wissen sehr gut, wenn Sie nur ein bißchen ehrlich zu sich selbst sind, daß dies auf Jahre der letzte wirklich interessante Fall gewesen sein wird. Danach erwartet Sie nur Papierkrieg, Routinekram und Herumschnüffeln bei irgendwelchen ungehorsamen Bürgern ... Und dieser Fall hat mir alles andere als Befriedigung beschert. Was man mit uns anstellt, ist himmelschreiend, aber niemanden bekümmert das in irgendeiner Weise ...« Er betrachtete die Eisfläche, die von der Taschenlampe bestrahlt wurde. Sie glitzerte wie ein fantastisches Feuerwerk. »Selbst die Schurken sind nicht mehr das, was sie einmal waren. Keine Klasse mehr. Nur Verwirrte und Desorientierte, Menschen mit großen Problemen. Nehmen Sie nur Powell ... was für ein Fall für die Nervenheilanstalt ...« Er verzog das Gesicht und schüttelte den Kopf. »Tja, mein Bester, Sie müssen ganz einfach zusammen mit mir aus dieser Tretmühle hinaus.«

»Und was soll ich statt dessen tun?« fragte der Assistent.

»Vielleicht können wir zusammen ein Büro aufmachen«, schlug Genelli vor.

»Was denn für ein Büro?«

»Na, unser eigenes kleines Detektivbüro.«

Meyrowitz fand das witzig. »Klar, Mann, Sam Spadowitz und Mike Hammerelli, oder?«

»Wäre gar nicht mal die schlechteste Idee«, sagte Genelli. Er marschierte aufs Eis hinaus und trat in das eisige Wasser, das ihm bis zu den Knien reichte. Er begann sofort, am ganzen Leib zu zittern. Er wunderte sich selbst darüber, daß er entgegen seiner Gewohnheit nicht mehr darüber nachdachte, wie die verbliebenen losen Fäden in diesem Fall zusammengebunden werden mußten. Statt dessen dachte er an den Traum, den er gehabt hatte, als Peterson anrief und ihn mit diesem Fall beauftragte. Eine Familienfeier. Die Vision von einem großen Treffen ...

»Und wo wollen wir unsere Agentur eröffnen?« fragte Meyrowitz, als er hinter Genelli ins Bachwasser stieg.

»Irgendwo. Ist mir gleich«, antwortete Genelli. Er dachte immer noch an das Familienpicknick. Eigentlich war es ja schon reichlich spät für ihn, eine Familie zu gründen. Zu spät? Nein, er konnte immer noch eine Lebenspartnerin finden. Vermutlich war er den Frauen, mit denen er eine Nacht, selten mehr verbracht hatte, deswegen nie wirklich nahe gewesen, weil er sich nie bemüht hatte, sie zu verstehen, sie kennenzulernen, sie zu lieben. Es war für ihn nun wirklich an der Zeit, das einmal ernsthaft zu versuchen. Zwanzig Jahre seines Lebens hatte er gebraucht, um zu der Erkenntnis zu gelangen, daß es nicht so sehr darauf ankam, was man mit seinem Leben anfing, sondern wie glücklich man jemanden machen konnte, der mit einem zusammen war.

»Wenn wir zum Beispiel unser Büro in Washington eröffnen würden«, dachte Meyrowitz laut nach, »kämen wir sicher mit ein paar wichtigen Leuten zusammen. Aber würde das ausreichen, um unseren Lebensunterhalt zu sichern?«

»Na ja, am Anfang würden wir sicher nicht soviel verdienen wie jetzt beim FBI. Aber ich will die Detektei nicht gründen, um möglichst schnell sehr reich zu werden. Ganz gleich, wieviel auf unser Konto gelangt, wir wären unsere eigenen Herren und würden unter viel besseren Bedingungen arbeiten als jetzt.«

»Dann lassen Sie uns die Sache doch einmal gründlich überschlafen«, schlug Meyrowitz vor.

»Klar, wäre das beste«, sagte Genelli.

Meyrowitz lief in südlicher Richtung durch den Bach.

Genelli stapfte in nördlicher Richtung los.

EPILOG

Harold Dunio und einer seiner Leibwächter warteten am verabredeten Ecktisch in der Hotelbar in Toronto. Dunio trank einen Scotch pur, während vor dem anderen eine Coke mit reichlich Eis stand. Es war fünfzehn Uhr, und die beiden waren die einzigen Gäste in der Bar.

Lee kam, ließ sich Dunio gegenüber in einem der Ledersessel nieder, bestellte einen Bourbon und wartete, bis dieser gebracht wurde. Als der Kellner wieder gegangen war, sagte er: »Ich hätte nicht gedacht, daß ich Sie noch einmal sehen würde.«

»Ich pflege stets, meine Verpflichtungen einzuhalten«, antwortete Dunio und klang leicht indigniert.

»Sie wissen, was mit Doug geschehen ist?«

»Natürlich«, sagte Dunio. »Der kleine Extraverdienst ist ihm also nicht vergönnt gewesen.« Er grinste, steckte sich die Zigarre in den Mundwinkel und paffte weiter. »Seinen Anteil habe ich zu Hause gelassen. Aber den Ihren habe ich mitgebracht.«

Der schlanke, aber eiskalt wirkende Leibwächter zog ein Kuvert aus seinem Mantel und reichte es Lee.

»Ich dachte mir, Bargeld hätten Sie wohl nicht so dringend nötig«, erklärte Dunio. »Immerhin haben Sie ja vor zwei Wochen ein hübsches Sümmchen von mir erhalten.«

Lees Finger zitterten leicht, als er das Kuvert öffnete. Zweiundzwanzig Schecks steckten darin, die auf jeweils hunderttausend Dollar ausgestellt waren. Und ein dreiundzwanzigster Scheck trug die Zahl 50 000. Lee schloß das Kuvert wieder und steckte es ein.

»Seien Sie etwas vorsichtig mit dem Ausgeben«, mahnte Dunio.

»Während der nächsten Jahre werde ich kaum mehr als drei- oder viertausend abheben«, antwortete Lee. »Als eine Art Taschengeld oder so, als eine kleine Ergänzung des Haushaltsgelds. Danach ist mir sicher etwas eingefallen, wie ich den Rest investieren kann, ohne daß es auffällt.«

»Im Kuvert finden Sie auch eine Telefonnummer«, sagte Dunio. »Wenn Sie jemals einen Kunsthändler benötigen sollten, rufen Sie die Nummer an. Sie erreichen damit einen Freund von mir, der Sie mit mir zusammenbringt.«

»Ich wüßte nicht, was mich daran hindern sollte«, antwortete Lee.

Sie tranken ihre Gläser aus, ohne noch ein Wort miteinander zu wechseln. Dann erhob sich jeder der drei Männer, und einzeln verließen sie die Bar. In der Eingangshalle gab Lee Dunio kurz die Hand und sah dann zu, wie die beiden Männer aus dem Hotel gingen, in ihren draußen geparkten Cadillac stiegen und davonfuhren. Als sie nicht mehr zu sehen waren, klopfte Lee auf das Kuvert in seiner Jacke und lächelte.

Er pfiff leise vor sich hin, als er die Treppe hinaufstieg und endlich das Zimmer betrat, in dem Carrie auf ihn wartete.

Er schlief mit ihr, und heute hatte er einen wirklich guten Tag.

Elmore Leonard
Beute

Für Jane

1

Franks Konterfei war in einer Anzeige der *Detroit Free Press* zu besichtigen, auf der die freundlichen Verkäufer von Red Bowers Chevrolet abgelichtet waren. Unter seinem Foto stand: Frank J. Ryan. Er trug ein nettes Lächeln, ein modisches Schnurrbärtchen und einen Sommeranzug aus einem dieser glänzenden Stoffe, die aussehen, als wenn Webfehler darin sind.

Sticks Konterfei war in den Akten des Polizeipräsidiums von Detroit, 1300 Beaubien, zu besichtigen. Unter seinem Foto stand: Ernest Stickley, jr., 89037. Er trug ein mit Segelbooten und Palmen bedrucktes Sporthemd, das er in Pompano Beach, Florida, erstanden hatte.

Zum erstenmal sahen sie sich an dem Abend bei Red Bowers Chevrolet auf der Telegraph Road, als Stick mit dem braunen 73er Camaro vom Gebrauchtwagengelände herunterfuhr. Als der Wagen unten an der Einmündung zur Straße kurz anhielt, trat Frank ans Seitenfenster. »Darf ich mal fragen, wo Sie hinwollen?« erkundigte er sich.

Das Fenster war heruntergekurbelt. Stick besah sich den Mann, der sich ein bißchen vorgebeugt hatte und ihn musterte. Adretter Bursche, so um die fünfunddreißig, das lange Haar ordentlich frisiert, schick in Schale, Anzug und Krawatte. Typischer Autoverkäufer. Der Geruch von Aftershave stieg Stick in die Nase.

»Was weiß ich – heim zu Muttern vielleicht«, sagte Stick. »Oder runter nach Florida.« Den Florida-Trip hatte er wirklich vor, deshalb hatte er sich ja den Wagen geholt. »Was kümmert Sie's, wo ich hin will?«

Provinzheini, der sich in die Großstadt verirrt hat, das war Franks erster Eindruck von Stick. Irgendwo hatte jemand dem Burschen wohl eins dieser garantiert echten Hawaii-Hemden angedreht, er trug es mit geöffnetem Kragen, man sah ein Stück weißes T-Shirt darunter. »Ich frag' ja nur«, sagte Frank, »weil Sie den Wagen nicht gekauft haben. Noch nicht bezahlt haben, oder?«

»Ich brauch' bald einen neuen und wollte mich mal über die Preise informieren«, sagte Stick.

Frank starrte ihn unentwegt an. »Holen Sie sich Ihre Autos immer nach Ladenschluß?«

»Daß hier geschlossen ist, hab' ich eben erst gemerkt. Da soll 'n Mensch drauf kommen, wo doch im Ausstellungsraum alles hell erleuchtet ist. He, denken Sie etwa, das ist einer von Ihren Schlitten, weil Sie so 'nen ähnlichen haben?«

»So ähnlich, daß man's kaum für möglich hält«, sagte Frank. »Sogar das Indiana-Nummernschild ist dasselbe. Er hat da drüben gestanden, wo jetzt die Lücke ist. Wenn die Mühle Ihnen gehört, macht's Ihnen ja wohl nichts aus, mir mal Ihre Zulassung zu zeigen.«

»Haste dir gedacht!« Stick gab Gas und ließ Frank mitten in der Auffahrt stehen.

Frank ging ins Büro, rief die Detroiter Polizei an und gab eine Beschreibung des Wagens durch. Aber das tat er nicht sofort. Wenn einer versuchte, sich ein Auto von einem hell erleuchteten Verkaufsplatz zu holen, konnte das eigentlich nur ein Anfänger sein, dachte Frank. Andererseits war der Typ verdammt cool gewesen, hatte bedächtig und ganz ungezwungen geredet, mit einer Spur von Südstaaten-Akzent. Aber den hatte er vielleicht nur gespielt, um den Biedermann zu mimen. Frank flocht Kunden gegenüber auch schon mal ein paar Südstaaten-Floskeln ein und lächelte viel. Das war kein Kunststück.

Ihm persönlich konnte es ja eigentlich schnuppe sein, ob der Heini damit durchkam oder nicht. Der Wagen gehörte der Red Bowers Chevrolet. Ihm tat der Verlust nicht weh. Aber wenn der Typ, der jetzt die Telegraph Road hinunterfuhr, sich eins grinste, weil er sich einbildete, daß er ihn, Frank, übers Ohr gehauen hatte, dann war das schon was, was ihm persönlich gegen den Strich ging. Und deshalb rief Frank die Polizei an. Außerdem wollte er mal sehen, wie schnell die Bullen arbeiteten, ob sie was taugten.

Sie waren nicht schlecht. Ein Streifenwagen schaltete sein Blinklicht ein, sobald er den Camaro auf dem Lodge Freeway gesichtet hatte. Es dauerte dann allerdings noch zwanzig Minuten und kostete drei demolierte Wagen auf dem Grand River, ehe sie ihn hatten. Sie fanden den total zerknautschten Camaro auf einem Parkplatz und Stick in der Bar nebenan vor einer Flasche Bier.

Frank sah Stick zum zweitenmal im Polizeipräsidium durch die Spionglasscheibe, hinter der Stick zwischen fünf geduldig ins Scheinwerferlicht blinzelnden Kriminalbeamten stand. Es war schon komisch. Frank zögerte noch einen Augenblick, aber dann sagte er: »Der zweite von links.«

»Sind Sie sicher, daß er es ist?«

»Ich bin sicher, daß es nicht einer von den Bullen ist«, sagte Frank.

Draußen im Büro fragte er den Detective Sergeant, wer der Typ war und ob der vielleicht schon mal gesessen hatte, und erfuhr folgendes:

Ernest Stickley, jr. Keine Decknamen. Adresse: Zanzibar Motel, Southfield, Michigan. Geboren in Norman, Oklahoma, am 11. Oktober 1940. Beruf: Lastwagenfahrer, Mischbetonfahrer. Familienstand: Geschieden. Exfrau und siebenjährige Tochter wohnhaft in Pompano Beach, Florida.

Die Akte führte auch frühere Verhaftungen auf. Zum erstenmal war er bei einer Spazierfahrt in einem gestohlenen Wagen erwischt worden, das Urteil wurde zur Bewährung ausgesetzt. Zwei Jahre später hatten sie ihn wegen unerlaubten Fahrens eines Kraftfahrzeugs verhaftet, und er hatte dafür ein Jahr Bewährungsfrist bekommen. Beim letzten Mal hatte die Anklage auf schweren Diebstahl gelautet – Transport eines gestohlenen Kraftfahrzeugs über die Staatengrenze. Das hatte ihm zehn Monate Knast in Milan, Michigan, eingebracht.

Ganz schön fleißig, sagte sich Frank. Ein Automarder namens Ernest. Ein ganz passabel aussehender Typ, Mitte Dreißig. Gute Nerven. Offenbar nicht so leicht zu erschüttern. Und anscheinend Experte im Autoklauen. Frank war ziemlich sicher, daß der Bursche sehr viel mehr Kutschen hatte mitgehen lassen, als in seiner Akte aufgeführt waren. Viermal hatten sie ihn jetzt verhaftet – und höchstwahrscheinlich blühte ihm diesmal eine weitere Verurteilung.

Zum drittenmal sah Frank Ernest Stickley bei der Vorverhandlung im vierten Stock der Frank Murphy Hall of Justice. Der Gerichtssaal war klimatisiert und holzgetäfelt. Er hatte indirekte Beleuchtung und genügend Mikrofone, so daß die Zuschauer der Verhandlung auch akustisch folgen konnten. Es waren ein paar Kriminalbeamte da, ein paar schicke schwarze Bienen und hagere junge Typen in modischen Klamotten, entweder Zuhälter oder Rauschgifthändler oder vielleicht Verdächtige, Einbruch, Raub oder Überfall, die gegen Kaution auf freien Fuß gesetzt worden waren. Auch ein paar Zuschauer hatten sich eingefunden, meist Rentner, die regelmäßig bei schweren Strafsachen oder Mordprozessen aufkreuzten, weil das spannender war als Kino und noch dazu kostenlos.

Der Vertreter der Anklage war eine Überraschung für Frank: ein Schwarzer in engem Sportsakko, jung und klein und feist. Bisher hatte er immer gedacht, die jungen Schwarzen in Detroit wären mindestens Zweimetermänner und Leichtgewichte. Bestimmt ein ganz Schlauer, dieser Dicke, dachte Frank, und in der Prüfung unter den zehn Besten. Mindestens! Er fühlte sich offenbar sehr wohl in seiner Haut, blätterte in seinen Akten, schaute immer wieder zum Richter, zu den Gerichtsbeamten und den Verteidigern hinüber, wandte sich wieder ab und lächelte ständig vor sich hin wie über einen guten Witz. Er spielte offenbar sehr gern Staatsanwalt. Im Gerichtssaal waren nur Schwarze außer Frank, den zwei jüdischen Anwälten um die sechzig und den Bullen, die darauf warteten, ihre Aussage zu machen.

Stick hatte die Kaution nicht zahlen können. Sie brachten ihn durch eine Seitentür hinein und setzten ihn an einen Tisch gegenüber dem Zeugenstand. Dann rief der Richter, ein Schwarzer mit ergrautem Haar und einen kleinen grauen Schnurrbart, eine Nummer auf und las Sticks Namen von einer dicken Akte ab, die er in der Hand hielt. Der Staatsanwalt rief Mr. Frank Ryan auf; Frank ging zum Gerichtsbeamten hinüber, der ihn vereidigte ihn anwies sich auf den Zeugenstuhl zu setzen, das Mikrofon aus dem Ständer zu nehmen und vor sich hinzuhalten. Der kleine Staatsanwalt bat ihn, dem Gericht zu erzählen, was sich am Abend des 22. Mai auf dem Gebrauchtwagengelände der Firma Red Bowers Chevrolet zugetragen hatte.

Frank erzählte bereitwillig. Das meiste jedenfalls.

Anschließend wurde er dann gefragt, ob er am nächsten Tag bei einer Gegenüberstellung im Polizeipräsidium den Mann wiedererkannt hatte.

»Ja«, sagte Frank.

»Und sehen Sie diesen Mann hier im Saal?« fragte der kleine Staatsanwalt.

»Nein«, sagte Frank.

»Und würden Sie uns bitte –« Der kleine Staatsanwalt schaute Frank an. »Was haben Sie da eben gesagt?«

»Nein, ich seh' ihn nicht.«

»Aber Sie haben ihn identifiziert, Sie haben ihn uns doch bei der Gegenüberstellung gezeigt ...«

»Ich dacht', er wär's«, sagte Frank. »Aber jetzt bin ich mir nicht mehr so sicher.«

Ernest Stickley, der so etwa fünf Meter von ihm entfernt saß, starrte ihn ebenfalls an. Frank hielt seinen Blick einen Augenblick fest, ehe er sich wieder dem Staatsanwalt zuwandte.

»Ich mein', vielleicht ist es derselbe Mann, aber beschwören könnte ich's nicht.«

»Neulich waren Sie Ihrer Sache so sicher«, sagte der kleine Staatsanwalt, »und jetzt plötzlich wissen Sie's nicht mehr genau?«

»Daß ich meiner Sache sicher war, hab' ich nie behauptet. Der Polizeibeamte hat mich gefragt, ob das der Mann ist, und ich hab' gesagt, ich glaub' ja. Bestimmt ist es nicht einer von den anderen, hab' ich gesagt.«

Dem kleinen Staatsanwalt schien der Job jetzt gar nicht mehr so viel Spaß zu machen. Er versuchte krampfhaft, Frank auf die richtige Rille zu bringen, bis Sticks Pflichtanwalt sich zu einem Einspruch aufraffte, dem vom Richter stattgegeben wurde. Dann versuchte Sticks Anwalt sein Glück, und Frank wiederholte, nein, positiv könne er hier im Gerichtssaal niemanden als den Mann identifizieren, der in dem 73er Camaro weggefahren war. Der Staatsanwalt wollte sich nicht geschlagen geben. Er quetschte Frank weiter aus, bis der Richter ihn bat, auf ein neues Thema überzugehen oder einen anderen Zeugen aufzurufen.

Der Staatsanwalt bedankte sich bei dem Richter – Frank wußte nicht so recht wofür –, und der Richter bedankte sich ruhig und sehr höflich bei Frank, als dieser den Zeugenstand verließ.

Stick sah sich das alles mit an, betrachtete den Burschen aus dem Autoladen und fragte sich, was zum Teufel hier eigentlich gespielt wurde. Es war nicht zu fassen. Stick saß stocksteif da, als habe er Angst, Frank Ryan könnte bei der kleinsten Bewegung noch mal herübersehen, die Augen zusammenkneifen und sagen, Moment mal, ja, doch, das ist er.

Dann trat der Polizist, der ihn verhaftet hatte, in den Zeugenstand. Er trug Sporthosen und eine schwarze offene Lederjacke. Die Kanone im Halfter hing unmittelbar in Sticks Augenhöhe.

Der Beamte leierte seine Aussage in schönstem Polizeistil herunter. Er und sein Kollege hatten das Indiana-Nummernschild an dem angeblich gestohlenen Kraftfahrzeug erkannt und die Verfolgung des Verdächtigen aufgenommen. Dieser hatte beim Einbiegen in die Grand River Avenue offenbar die Kontrolle über sein Fahrzeug verloren und drei auf der Westseite der Straße abgestellte Kraftfahrzeuge seitlich gerammt. Wegen des starken Verkehrs hatten sie den Verdächtigen vorübergehend aus den Augen verloren, dann aber das Kraftfahrzeug auf einen Parkplatz neben der Happy Times Bar in der Grand River Avenue 2921 entdeckt. Bei Betreten des Lokals hatten sie den Barkeeper gefragt, ob in den letzten Minuten jemand hereingekommen sei. Der Barkeeper hatte auf den Mann gedeutet, der später als der Verdächtige identifiziert worden war. Als sie sich näherten, hatte der Verdächtige gefragt: »Nanu, was gibt's denn?« Der Verdächtige war in Haft genommen und über seine Rechte belehrt worden.

»Und befindet sich dieser Mann zur Zeit im Saal?«

»Ja, Sir«, sagte der Streifenpolizist zu dem schlauen kleinen Staatsanwalt. »Er sitzt direkt vor mir.«

Stick rührte sich nicht und gab den Blick des Polizisten unbewegt zurück. Nach einer Weile lehnte sich sein Anwalt zu ihm herüber, so daß Stick seinen Zigarettenatem riechen konnte, und flüsterte heiser, ob er nicht dem Gericht sagen wollte, was er in der Bar gemacht hatte und wie er dorthin gekommen war. Daraus könnte ja dann jeder sehen, daß er nichts zu verbergen hatte.

»Sie sind wohl plemplem?« flüsterte Stick zurück.

Er brauchte überhaupt nichts zu sagen, wenn er nicht wollte. Das Gericht mußte beweisen, daß er aus dem 73er Camaro gestiegen war und die Happy Times Bar betreten hatte, aber das würde ihnen nicht gelingen, und wenn das hohe Gericht sich auf den Kopf stellte.

Der Staatsanwalt versuchte es trotzdem noch ein paar Minuten, bis der Richter ihn höflich bat, den Betrieb nicht aufzuhalten und gefälligst Beweise beizubringen, mit denen das Gericht etwas anfangen konnte, weil sie sonst heute alle um ihr Mittagessen kämen. Und damit war Stick aus dem Schneider.

2

Nachdem sie ihn entlassen hatten, sah er den Typ aus dem Autoladen weder im Saal noch in der Halle. Aber er sah ihn auf den Stufen vor dem Gerichtsgebäude, wie er sich gerade eine Zigarette anzündete, und Stick wußte, der Typ wartete auf ihn.

»Willste auch eine?«

»Versuch's mir gerade abzugewöhnen«, sagte Stick. Er zögerte. »Na ja, eine meinetwegen.« Dann angelte er eine Marlboro aus der Packung.

Ein brennendes Streichholz in der Hand, sagte der Typ: »Ich bin Frank Ryan. Falls du meinen Namen da oben nicht richtig mitgekriegt hast.«

Stick sah ihn an. »Den hab' ich schon kapiert.« Aufs Händeschütteln verzichteten sie beide.

»Hast Glück gehabt«, sagte Frank. »Der Richter schien in Ordnung zu sein.«

»Verdammtes Glück sogar.« Stick besah sich Frank mit seinem geschniegelten Haar genauer. Er war zwei, drei Zentimeter größer als Stick, so um die eins achtzig, und schlank. Er trug wieder so einen glänzenden Sommeranzug, diesmal in Grün, das Jackett hatte er offengelassen. Stick trug immer noch das gelb-grün-blaue Sporthemd, das er nun schon fast eine Woche auf dem Leib hatte. »Komisch, manchmal hat man einfach Dusel, und manchmal geht alles schief.«

»Verdammt komisch«, sagte Frank Ryan. »Wie wär's mit einem Drink?«

»Nichts dagegen. Sechs Tage und sechs Nächte hab' ich hier im Knast gesessen, und nicht einen einzigen Cocktail haben die uns spendiert. In der Zeit hast du dir wohl einiges überlegt, oder?«

»Du warst der Mann«, sagte Frank.

»Weißt du was hier in der Nähe?« fragte Stick.

Sie gingen die St. Antoine in Richtung Fluß hinunter und über eine Querstraße durch Greektown zum griechischen Club Bouzouki. Weder von der Pinte noch von dem Drink, den Frank sofort bestellte, hatte Stick jemals was gehört. Ouzo. Sollte er ruhig mal versuchen, meinte Frank. Aber Stick sagte, ein Bourbon wäre ihm lieber, da wüßte er, was er im Glas hätte. Er sah sich um. Lange aufwendige Theke, Spiegel und Bilder. Tanzfläche und Podium für die Band, Barkeeper in roten Westen, aber jetzt, vormittags um halb zwölf, kaum Gäste. Das Halbdunkel wirkte sehr beruhigend. Stick hatte es nicht eilig. Jetzt war Frank am Zuge. Der trank einen Schluck von dem milchig aussehenden Zeug. Wirklich, sagte er, Stick sollte das unbedingt mal probieren. Schmeckte wie Medizin, war also bestimmt gut für den Magen. Da saß Stick nun, nach sechs Tagen Knast, in einer Bar und quatschte mit dem Typ, der ihn reingebracht und wieder rausgeholt hatte. Das war alles ziemlich verrückt, aber Stick wollte trotzdem nichts überstürzen.

»Mensch, du hast mich wohl für einen Trottel gehalten«, sagte Frank, »das ist mir unheimlich sauer aufgestoßen. Ich erwisch dich auf frischer Tat, und du reagierst kalt wie eine Hundeschnauze.«

»Was hast du denn gedacht? Sollte ich vielleicht rausspringen und wegrennen? Der Motor lief ja.«

»Egal, das war eben mein Eindruck, daß du mir einfach nicht zugetraut hast, daß ich dich fangen könnte.«

»An dich hab' ich überhaupt nicht gedacht. Ich wollte einfach da raus.«

»Ich will dir ja bloß erklären, wie das alles gekommen ist, verstehst du. Bei der Gegenüberstellung, da war ich immer noch ganz schön sauer auf dich. Also hab' ich dich identifiziert. Außerdem dachte ich mir, die Bullen haben dich wahrscheinlich sowieso schon festgenagelt, da kommt's nicht mehr drauf an. Aber dann merk' ich plötzlich, daß ich der einzige Augenzeuge bin. Und erfahr', daß du mit Vornamen Ernest heißt.«

»Stimmt«, sagte Stick. »Ernest. Hab' mir den Namen nicht ausgesucht.«

»Das paßte irgendwie«, fuhr Frank fort.

»Was paßte?«

»Und dann hab' ich auch von deinen Vorstrafen erfahren und daß du in Milan gesessen hast. Zigarette?«

»Mann, ich will doch nicht wieder rauchen«, sagte Stick und nahm eine.

Frank riß ein Streichholz an und hielt es ihm hin. »Sag mal, hast du auch 'ne Kanone?«

»'ne Kanone?« Stick sah ihn an. »Um 'nen Wagen zu klauen, brauch' ich keine Kanone. Das stört nur.«

»Ich wußt' ja nicht, was du so alles machst.«

»Also hör mal, neulich, das war das erste Mal seit fünf Jahren. Ehrlich.« Stick zog den Rauch ein.

»Aber davor hast du öfter mal hingelangt, stimmt's?«

»Weiß ich denn, ob du nicht 'n Bulle bist? Ich könnte dir Orte und Daten sagen, aber nützen würde dir das überhaupt nichts. Alles verjährt.«

»Du weißt ja, daß ich kein Bulle bin.«

»Ist aber auch so ziemlich alles, was ich von dir weiß. Also stell' ich jetzt mal 'ne Frage, wenn's recht ist. Was bist du noch, außer Gebrauchtwagenverkäufer und einem Typ, der 'n weißes griechisches Gesöff trinkt?«

»Das trink' ich nicht immer«, sagte Frank. »Nur wenn ich hier bin.«

»Ist das deine Antwort?«

»Keine Angst, ich will nicht drum herumreden. Hier geht's nicht so sehr darum, was ich bin, sondern was ich sein möchte.«

»Nämlich?«

Frank zögerte, nahm einen Zug aus seiner Zigarette und einen

Schluck von seinem milchigen Ouzo. »Nennen dich deine Kumpels eigentlich Ernie?«

»Wenn ich das hör', stell' ich mich taub«, sagte Stick. »Früher war ich mal Ernie, is aber schon lange her. Manche Leute nennen mich sogar Ernest. Aber die meisten Freunde und Arbeitskollegen nennen mich Stick, wegen Stickley, verstehste, und weil ich in der Schule, als ich Basketball gespielt habe, dünn und spillrig war wie'n Stecken.«

»Hab' auch gespielt«, sagte Frank. »War das unten in Oklahoma?«

»Nein, hier. Ich bin in Norman geboren«, sagte Stick. »Aber das weißte wohl auch schon.«

Frank nickte. »Hast aber kaum Akzent.«

»Den hab' ich mir ziemlich abgeschminkt bei der Herumreiserei. Mein Dad hat in Rouge gearbeitet, dreiundzwanzig Jahre lang.«

»Da haben wir ja einiges gemeinsam. Mein Alter war bei Ford, in Highland Park. Ich bin in Memphis, Tennessee, geboren, mit vier nach Detroit gekommen und hab' die meiste Zeit meines Lebens hier verbracht. Bis auf drei Jahre in Los Angeles.«

»Biste verheiratet?« wollte Stick wissen.

»Gewesen. Zweimal! Auf 'n dritten Versuch will ich erst mal verzichten. Aber sag mal, 'nen Überfall mit 'ner Waffe, so was haste noch nie gemacht?«

Stick zögerte einen Augenblick, dann schüttelte er den Kopf. »Liegt mir nicht. Und wie steht's mit dir?«

»Mir auch nicht«, sagte Frank. »Vor Jahren hab' ich mit einem Kumpel mal 'n bißchen Bruch gemacht. Es lief nicht schlecht. Aber der hat dann mit Glücksspielen angefangen, 's war 'n Neger, und da bin ich lieber ausgestiegen.«

»Und dabei haste nie mit 'ner Kanone gearbeitet?«

»War nicht nötig. Wir sind nur da eingestiegen, wo niemand zu Hause war.«

»Und warum interessierste dich jetzt plötzlich für Kanonen?«

»Plötzlich ist nicht der richtige Ausdruck.« Frank machte mit seinem Hocker eine Vierteldrehung und sah Stick ins Gesicht. »Ich denk' schon länger darüber nach, seit ich aus Los Angeles zurück bin, und lese so ziemlich alles, was es über das Thema gibt. Was die Leute so alles anstellen, um an das liebe Geld zu kommen. Weißt du, warum die meisten erwischt werden?«

»Weil sie zu blöd sind.«

»Richtig. Oder weil sie nichts mehr zu verlieren haben, die Fixer zum Beispiel.«

»Geh mir los mit den Fixern«, sagte Stick. »Mit denen darf man sich überhaupf nicht einlassen.«

Frank hob die Augenbrauen. Er war sichtlich beeindruckt. »Das ist deine Überzeugung, was?«

»Erste Lebensregel.« Stick leerte sein Glas bis auf den letzten Tropfen und klimperte mit dem Eis darin herum. »Würde ja 'ne Runde spendieren«, sagte er, »aber ich hab' nur acht Dollar bei mir, und die müssen reichen, bis ich weiß, wie's weitergeht.«

Frank sah zum Barkeeper hinüber und bestellte mit einer einzigen Handbewegung noch zwei Drinks. »Keine Sorge. Ich wollte dich nämlich gerade fragen, was du jetzt vorhast. Der Bulle im Präsidium sagte, daß du arbeitslos bist.«

»Nicht in Florida. In Florida kann ich Arbeit kriegen, soviel ich will. Betonarbeit. Wollte auch wieder zurück, um meine Kleine zu besuchen.«

»Bist du nicht auch geschieden?«

»Klar, endlich. Ich kann dir sagen, das war vielleicht 'n Theater. Wir wohnen in Florida, da fängt meine Alte an zu meckern. Sie meckert über die Hitze, meckert, daß sie ihre alten Bekannten nicht mehr sieht, daß ihre Mama sie verrückt macht. Die wohnt nämlich da unten. Fürchterliche alte Schachtel, in ihrem ganzen Leben hat die noch nicht ein einziges Mal gegrinst. Also verkaufen wir das Haus, was wir dort hatten, direkt an der Intercoastal, und ziehen wieder hierher. Kaum sind wir hier, meckert meine Frau schon wieder. Jetzt über die Kälte, die Farbigensituation, über Gott und die Welt. In letzter Zeit hatten wir nur noch Zank und Streit. Na, und da haben wir uns getrennt, keine gerichtliche Trennung, verstehste, aber wir sind unsere eigenen Wege gegangen. Und was macht dieses Weib? Fährt zurück nach Florida und zieht zu ihrer Mama. Letzten Monat ist die Scheidung durchgekommen.«

»Mann, da machste was mit«, sagte Frank. »Kann ich dir richtig nachfühlen.«

»Ich weiß nicht, wie's jetzt weitergeht«, meinte Stick, »aber ich möchte doch ganz gern hin und meine Tochter wiedersehen.«

»Was für 'n Glück, daß meine Frauen keine Kinder hatten. Und meine Freundinnen auch nicht. Jedenfalls, soweit ich weiß ...«

Die Drinks kamen. Frank rührte seinen um und sah, wie die wasserhelle Flüssigkeit sich milchig färbte, sobald sie mit den Eiswürfeln in Berührung kam. Stick wartete. »Komisch«, sagte Frank, »das mit den Fixern, daß man von denen die Finger lassen soll, das ist auch eine meiner eisernen Regeln.«

»Ist nie verkehrt«, sagte Stick.

»Ich hab' auch noch andere Regeln«, sagte Frank. »Zehn Regeln. Schriftlich, brauchst nicht zu lachen.«

»Was für Regeln? Etwa wie man ein glückliches Leben führt?«

»So ungefähr.«

»Na, rück schon raus mit deinen Lebensweisheiten«, sagte Stick. »Du machst es ja ganz schön spannend.«

Der Barkeeper tippte den Bon für ihre Drinks und legte ihn auf die Theke. Frank wartete, bis er wieder weg war.

»Ich hab' dir ja gesagt, daß ich mich ständig damit beschäftigt habe, wie man schnell an möglichst viel Geld rankommt. Also, ich red' nicht von so komplizierten Sachen wie Unterschlagung oder Scheckbetrug. Mit Schecks hab' ich's auch mal versucht, aber das artet viel zusehr in Arbeit aus. Nein, ich red' davon, einfach hinzugehen und sich 'nen hübschen Batzen Kies zu holen.«

»Warte mal kurz ... Autodiebstahl, Einbruch, Diebstahl, Straßenraub ...« Stick unterbrach sich. »Wahrscheinlich gibt's hundert Möglichkeiten. Darunter Sachen, an die überhaupt noch kein Mensch gedacht hat.«

»Viel zu kompliziert«, unterbrach ihn Frank, »damit kriegste ja nur Klamotten, die du erst zu Geld machen mußt, Autos, Fernseher, Silber, Pelze, Haushaltsgeräte. Du mußt das Zeug erst mühsam an den Mann bringen. Und diese Typen wissen auch, daß du's nicht in deinem Keller oder in deiner Garage gefunden hast.«

»Aber anders geht's eben nicht, oder?«

»Genau das mein' ich ja«, sagte Frank. »Also mußt du den Ballast über Bord werfen und dich von Anfang an gleich ans Geld halten. Geld wird man überall los. Geld gibt man einfach aus.«

»Straßenüberfälle hab' ich ja schon erwähnt.« Stick überlegte. »Oder Bankraub ... Willste vielleicht 'ne Bank ausrauben?«

Frank sah sich kurz um, ehe er weitersprach. »Ich will dir was sagen. Ein erfolgreicher Bankräuber, der nicht früher oder später im Knast landet, den gibt's nicht. Geld plus Freiheit, das ist bei dem Job nicht drin. Die machen's einem zu schwer mit ihren Sicherheitssystemen und Alarmanlagen. Der Kassierer braucht ja nicht mal 'nen Knopf zu drücken. Kaum nimmste das Geld aus dem Fach, schon fängt's bei der Wach- und Schließgesellschaft an zu bimmeln. Und dann die Fernsehkameras. Sobald du deine Kanone zückst, haben sie dich auf Video. Die Chancen stehen ganz mies, weniger als fifty-fifty.«

Frank machte eine Pause, nahm einen Zug aus seiner Zigarette und trank einen Schluck. »Was, glaubst du, lohnt sich heute am meisten? Oder andersrum, was ist nach deiner Meinung die schnellste und sicherste Möglichkeit, das meiste Geld zu machen?«

»Also auf keinen Fall Pferderennen«, sagte Stick. »Wenn ich mal 'n Wochenende nicht gearbeitet hab', bin ich nämlich oft zum Rennen gefahren, nach Gulfstream oder Hialeah.«

»Nein, Pferderennen nicht«, sagte Frank geduldig.

Stick dachte angestrengt nach. »Kidnapping vielleicht?«

Franks Geduldsfaden wurde sichtlich brüchiger. »Kidnapping? Quatsch. Denk an den FBI. Beim Kidnapping haste nicht die kleinste Chance.«

»Meinste was, wovon ich noch nie gehört hab'?«

»Klar haste davon gehört.«

»Ich geb's auf. Die beste Möglichkeit, schnell 'n Batzen Geld zu machen? Ohne Arbeit natürlich. Los, spuck's schon aus!«

»Bewaffneter Raubüberfall.«

»Ach, komm, hör auf ...«

»Jawohl, bewaffneter Raubüberfall«, wiederholte Frank. »Ein Riesengeschäft kann das werden. Hör zu, letztes Jahr sind allein in Detroit über dreiundzwanzigtausend Raubüberfälle gemeldet worden. Gemeldet worden, verstehste? Da ist natürlich alles drin, Einbruch, Straßenraub, Banken, alles. Die meisten Dinger haben Halbidioten und Fixer gedreht. Trotzdem ist ein sehr beträchtlicher Prozentsatz der Täter nicht gefaßt worden.«

»Aber sich den Zaster mit 'ner Kanone zu holen, das ist doch was anderes ...«

»Und ob das was anderes ist.« Frank rückte ein Stück näher an ihn heran. »Ernie ... Ernest ...«

»Ich heiß' Stick!«

»Stick ... Ich red' von ganz gewöhnlichen Feld-, Wald- und Wiesenüberfällen. Supermärkte, Bars, Schnapsläden, Tankstellen. Die Statistik zeigt – ich kenn' mich da inzwischen aus –, daß bewaffneter Raubüberfall bei dem geringsten Risiko den größten Gewinn bringt. Ich könnt' mir gut vorstellen, daß zwei Typen, die wissen, wo's langgeht ...« Er hielt inne und grinste ein bißchen, »Typen, die die Sache geschäftsmäßig betreiben, kühl und clever, pro Woche drei bis fünf Tausender machen können.«

»Oder auch zehn bis fünfundzwanzig Jahre Knast einfangen«, sagte Stick.

»Hör zu.« Frank sprach jetzt leise und sehr ernst. »Ich hab' da gerade 'ne wahre Geschichte von zwei Jungs gelesen, die das gemacht haben. Zwei, drei Dinger die Woche, und die haben das Geld dermaßen gescheffelt, daß sie sich alle paar Monate 'nen größeren Safe besorgen mußten. Führten 'n gutes Leben, 'n wirklich duftes Leben, schicke Klamotten und flotte Puppen noch und nöcher, alles, was sie wollten. Ein Psychologe oder Soziologe oder irgendso 'n Scheich hat den Artikel geschrieben.«

»Die haben ihm alles einfach so erzählt?«

»Sie hatten eben Vertrauen zu ihm.«

»Wann haben die denn mit dem geredet?«

»Na ja, zu der Zeit haben sie wohl in Lucasville im Knast gesessen, aber dreieinhalb, vier Jahre ging's glatt, ohne eine einzige Verhaftung. Schön, 'n paarmal sind sie gegriffen worden, aber man hat ihnen nichts nachweisen können. Jedes Geschäft geht kaputt, wenn du Mist baust, oder? Zugegeben, das Ergebnis sieht hier nicht ganz so rosig aus. Du bist nicht nur pleite, du mußt auch 'n paar Jährchen drangeben. Aber man muß ja nicht geschnappt werden. Und darum hab' ich eben meine zehn Regeln für Glück und Erfolg. Ich seh' das ganz nüchtern als ein geschäftliches Untemehmen. Und ich frag' dich, ob du der Partner bist, den ich brauche?«

3

Frank Ryans zehn Regeln für Glück und Erfolg waren mit blauem Kugelschreiber auf zehn Papierservietten gekritzelt, die aus dem Club Bouzouki, der Lafayette Bar, Edjo und einer Pinte namens Lindell AC stammten. Ein paar, besonders die letzten, standen auf zerrissenen Servietten und waren mehrfach verbessert worden, so daß das Entziffern schwerfiel.

1. Sei immer höflich bei einem Job. Sag bitte und danke.
2. Sprich nie mehr als nötig.
3. Rede deinen Partner nie mit seinem Namen an, höchstens mit einem erfundenen.
4. Trage immer gute Sachen. Kleide dich nie auffällig oder wie ein Landstreicher.
5. Benutze nie deinen eigenen Wagen (Einzelheiten folgen).
6. Zähle nie die Beute im Wagen.

7. Wirf in Bars oder bei Weibern nie mit Geld um dich.

8. Geh nie zu einer alten Bar oder Stammkneipe zurück.

9. Erzähl niemandem, was du machst; einem Fixer darfst du nicht einmal sagen, wie du heißt.

10. Laß dich nie mit Leuten ein, die was mit der Unterwelt zu tun haben.

Durch die Ritze der Jalousie bekam Stick genug Licht von draußen. Er saß in seiner gestreiften Unterhose am Fenster und legte die Servietten auf seine nackten Beine, während er versuchte, Franks goldene Regeln auswendig zu lernen. Er rauchte eine Marlboro und trank ab und zu einen Schluck aus einer Bierdose, die auf der metallenen Heizkörperabdeckung unter dem Fenster stand. Er sah erst auf, als ihm ein Grunzlaut vom Bett her meldete, daß Frank wach war.

»Was ist das für ein Krach?«

»Die Klimaanlage«, sagte Stick. »Willste 'n Bier?«

»Mannomannomann.« Frank stützte sich auf einen Ellbogen, kniff die Augen zusammen und sah zum Fenster. »Wie spät ist es?«

»Ungefähr halb zehn. Meine Uhr liegt drüben auf dem Fernseher.«

Stick trank einen Schluck Bier, während Frank die Füße auf den Boden stellte und langsam aufstand. Er trug weiße Jockey-Slips und schwarze Socken.

»Wo hast du geschlafen?«

»Na, im Bett neben dir. Aber keine Angst, ich hab' dich nicht angefaßt.«

Er wartete, bis Frank im Badezimmer war, dann zog er die Jalousie hoch. Die Morgensonne flutete ins Zimmer. Er wollte sehen, was Frank für ein Gesicht machte, wenn er die rosa Wände sah.

Sie fielen Frank nicht gleich auf. Als er herauskam, sagte er: »Im Waschbecken stehen vier Dosen Bier.«

»Drei für dich, eine für mich«, sagte Stick. »Ich hatte schon zwei.«

Jetzt sah Frank die rosa Wände. »Verdammt, wo sind wir hier eigentlich?«

»Zanzibar Motel. Zwei Kilometer von deinem Arbeitsplatz entfernt. Kannst hinlaufen, wenn du willst.«

Frank blinzelte ein bißchen, als er versuchte, nach draußen zu sehen. Ein leerer Gehsteig, dahinter ein vierspuriger Highway mit grünem Mittelstreifen. Die Telegraph Road, das war alles. Ein paar Autos und ein Kombi kamen vorbei, das Motorengeräusch übertönte das Summen der Klimaanlage.

»Wo ist mein Wagen?«

»Du wußtest nicht mehr, wo du ihn geparkt hattest.«

Frank ging ins Badezimmer und holte sich ein Bier. »Und wie sind wir hergekommen?«

»Weißte noch, daß wir deinen Wagen gesucht haben?«

»Klar doch.« Frank nahm einen Schluck, atmete tief aus und fühlte sich etwas besser.

»Du hattest deinen Parkschein verloren«, sagte Stick.

»Eben. Die Straßen sehen aber auch alle gleich aus da in der Gegend. Und dann noch im Dunkeln, verdammt, da findet man sich einfach nicht mehr zurecht.«

»Weißte noch, wie du die Kellnerin dazu bringen wolltest, sich auszuziehen?«

Frank zögerte, dann trank er noch einen Schluck Bier. »War doch gut, oder?«

»Erinnerst du dich auch, daß du vor der J. L. Hudson Company stehengeblieben bist, mitten auf der Woodward Avenue, um zu pinkeln?«

»Mann, muß doch jeder mal.«

»Die Eileen fand das ganz schön irre.«

Frank sah ihn an. »Eileen?«

»Die Puppe, die du in der Lafayette Bar aufgerissen hast. Die hatte ganz schön was in der Bluse, nicht?«

Frank brachte ein Grinsen zustande und wackelte mit dem Kopf. »Kann man wohl sagen.«

»Wundert mich immer noch, daß sie nicht sauer geworden ist, weil du sie ständig Venus von Kilo genannt hast.«

»War ja bloß Spaß«, sagte Frank. Er ging zum großen Tisch hinüber, öffnete seine Brieftasche und blätterte die Geldscheine durch. »War 'ne dufte Sause, was?« Dann sah er Stick an. »Wahrscheinlich hab' ich auch das Taxi bezahlt?«

»Taxi? Wir haben kein Taxi genommen.«

»Also schön, ich geb's auf. Wie sind wir hergekommen?«

»In einem 75er Mercury Montego.« Stick sah, wie Frank wieder zum Fenster blickte. »Weißt du noch, wie wir vor dem Sheraton Hotel standen?«

Franks Gesicht belebte sich etwas. »Richtig, die wollten uns nicht in die Bar lassen, weil du kein Jackett anhattest.«

»Wir stehen draußen«, sagte Stick und grinste, »da fährt der Merc vor, und der Typ steigt aus und sieht sich um. Weißt du noch?«

Frank schien ein Stein vom Herzen zu fallen, als die Erinnerung wiederkam. Er grinste jetzt auch. »Klar, du bist zu dem Typ rübergegangen und hast irgendwas zu ihm gesagt.«

»›Guten Abend, Sir‹, hab' ich zu ihm gesagt, ›Sind Sie Hotelgast?‹«

»Und er hat gesagt, er bleibt nur 'ne Stunde, und hat dir den Schlüssel gegeben, verdammt.«

»Und einen Dollar Trinkgeld«, ergänzte Stick.

Frank grinste noch immer. »Klar, weiß ich alles noch. Wo ist der Schlitten?«

»An der Ecke, auf dem Parkplatz von dem Imbiß-Schuppen. Wenn du rausgehst, geh am besten gar nicht dran vorbei.« Stick hielt die Servietten hoch. »Kennst du das noch?«

»Mensch, frag nicht so dämlich.« Frank nahm die Servietten mit zum Tisch, breitete sie darauf aus und betrachtete sie, während er sich ausgiebig an seinem Slip kratzte.

»Ich kenn' deine Regeln für Glück und Erfolg fast auswendig«, sagte Stick. »Weißte was?«

Frank kratzte sich weiter. »Was?«

»Ich glaub', da ist was dran.«

Jetzt sah Frank sich um. »Meinst du?«

»Hab' so das Gefühl, daß man darüber nachdenken könnte. Ist zwar 'ne Wahnsinnsidee: Zwei Jungs, die keinen blassen Schimmer vom Geschäft haben, verlegen sich auf bewaffneten Raubüberfall. Aber man kann nie wissen.« Frank ging ins Badezimmer, und Stick hob seine Stimme. »Jedenfalls fällt mir auch nichts Besseres ein, um ans schnelle Geld zu kommen. Vielleicht kämen wir so tatsächlich noch mal auf 'nen grünen Zweig. Statt sein ganzes Leben lang zu arbeiten, wie ich's bisher gemacht hab'. Was kam dabei raus? Acht Dollar in der Tasche und keinen Cent auf der Bank.«

»Arbeiten ist was für die Dummen«, sagte Frank. Er hatte zwei Dosen Bier in der Hand, gab eine davon Stick und hob die andere hoch. »Auf unser neues Geschäft!«

»Auf uns!« Stick nahm einen Schluck. »Ich will dir auch ein Geheimnis verraten, Kumpel.«

Frank spitzte die Ohren. »Nämlich?«

»Heute nacht haste gar nicht mitten auf der Woodward Avenue gepinkelt.«

»Nicht?«

»Nein, das war ich.«

Erst mußten sie Franks Wagen finden, der eigentlich gar nicht ihm gehörte, sondern ein Vorführwagen war.

Frank rief einen Kollegen bei Red Bowers Chevrolet an, der sie auch gleich in die Stadt fuhr. Der Mann konnte sich gar nicht beruhigen. »Wie kann man denn einen Wagen verlieren? Wenn er dir gestohlen worden wäre, okay, aber verlieren? Ich bitte dich, ein Auto!« So was, meinte Frank, könnte schließlich jedem passieren. »Mein Kumpel hatte den Schein mit der Adresse und allem, und er hat ihn verbummelt.« Stick schwieg. Endlich fanden sie den Wagen der ihnen gegen Zahlung von sechseinhalb Dollar wieder ausgehändigt wurde. Frank spendierte anschließend eine Runde in der Griechenpinte.

Als der Kollege weg war, schlug Frank vor, sie könnten gleich mal bei Sportree vorbeigehen und sich wegen der Kanonen umhören.

Stick zögerte. Das war ein Programmpunkt, der ihm nicht recht geheuer war.

»'ne Kanone mußt du haben«, sagte Frank, »sonst ist es kein bewaffneter Raubüberfall. Ohne Kanone lachen die dich aus und sagen, du kannst ihnen mal im Mondschein begegnen. Dann stehste blöd da mit deinem Talent.«

»Ich hab' nichts gegen einen Revolver«, sagte Stick. »Mir geht's nur um die Quelle.« Er hatte sich das schon überlegt und meinte, sie könnten die Kanonen doch besser in South Carolina oder dort in der Gegend kaufen.

»Kaufen?« fragte Frank. »Formulare ausfüllen? Auf wen sollen wir sie registrieren lassen, auf deinen oder meinen Namen?« Nein, da mußte Kumpel Sportree ran.

»Woher soll ich wissen, ob ich diesem Sportree trau'n kann? Wo kriegt der die Kanonen her? Vielleicht sind die vorher schon benutzt worden? Stell dir vor, du wirst mit dem Ballermann erwischt, und sie prüfen ihn und stellen fest, daß in der Woche davor ein Schwarzer damit umgelegt worden ist.« Stick war ganz aufgeregt vor lauter Fragen, er traute der Sache nicht.

Darüber sollte er sich nicht den Kopf zerbrechen, beruhigte ihn Frank, Sportree würde ihnen die Waffen nicht verkaufen, sondern ihnen nur Zugang zu zwei sauberen Stücken verschaffen. Aber erst mal mußten sie ihn überhaupt finden.

Frank hatte Sportree schon vor Jahren aus den Augen verloren. Als er seine Nummer anrief, hieß es, den Anschluß gäbe es nicht mehr.

Stick schlug vor, doch mal im Telefonbuch nachzusehen. Frank lachte. Genausogut könnten sie versuchen, die Nummer von Gracies Puff nachzuschlagen. Aber Stick behielt recht.

Tatsächlich fanden sie im Telefonbuch die Nummer von Sportree *Royal Lounge* auf der West Eight Mile.

Am Spätnachmittag und frühen Abend bot Sportrees Bar diskretes Halbdunkel und gepflegte Barmusik und war ein Treffpunkt der Sekretärinnen aus Southfield, die in den modernen Bürohochhäusern aus Glas und Beton für die aus der Detroiter Innenstadt hierher abgewanderten Firmen arbeiteten. Sie kamen nach fünf und ließen sich von den männlichen Gästen gern ihre Drinks spendieren. Oder eine Sekretärin kam mit ihrem Boss oder mit einem Vertreter, der bei ihrem Boss einen Besuch gemacht hatte. Eine attraktive Schwarze mit rotem Haar und Hornbrille spielte von fünf bis acht Cole Porter und brachte Sekretärinnen und Bosse in die richtige Stimmung. Dann klappte sie den Flügel zu und verzog sich mit ihren Noten in das Apartment über der Lounge.

Um acht gingen auch die beiden weißen Barkeeper, die um zwölf ihren Dienst angetreten hatten. Sie wurden von zwei schwarzen Charlies abgelöst. Um neun waren die Bosse und Sekretärinnen verschwunden. Um zehn Uhr waren sämtliche Gäste schwarz, und die attraktive rothaarige Pianistin kam ohne Noten wieder herunter und spielte Soul bis zwei Uhr nachts.

Frank und Stick kamen kurz vor sieben, zur Cocktailzeit. Die Sekretärinnen plauderten in dem stimmungsvollen Schummerlicht mit den Bossen oder Vertretern oder warteten noch auf spendierfreudige Herren. Frank gefiel es hier auf Anhieb. »'n Abend,«, sagte er. Ein paar Mädchen sahen auf und taxierten sie rasch, aber ohne Interesse. Ein Gammlertyp, der in seinen Klamotten schläft, und ein Tankwart nach Feierabend, dachten sie wohl. Frank paßte das gar nicht. Er kam sich plötzlich schmuddelig vor und wußte, daß er sich rasieren mußte. Wahrscheinlich hatte er auch einen schlechten Atem. Er wollte heimfahren und sich umziehen und später noch mal wiederkommen. Darum war er gar nicht enttäuscht, als der Barkeeper ihm sagte, Sportree käme erst gegen zehn.

Sie fuhren in Sticks Motel und holten die zehn Papierservietten, die letzte Bierdose und Sticks einzigen Koffer, der aussah, als habe er schon viele Greyhound-Busbahnhöfe gesehen. Dann fuhren sie in Franks Wohnung auf der Thirteen Mile in Royal Oak.

Frank sagte Stick, er sollte auspacken und es sich gemütlich machen, er würde inzwischen duschen. Stick sah sich um. Die Bude war klein und hatte nur ein Schlafzimmer. Er packte nicht aus, sondern nahm einen hellgrünen Sportsakko aus dem Koffer und hängte ihn über eine Stuhllehne. Ob Frank wohl ein Bügeleisen hatte? Wahrscheinlich nicht, das Zimmer wirkte bis auf ein paar Zeitschriften und ungeleerte Aschenbecher ziemlich kahl und unbewohnt. Es sah eher wie ein Warteraum im Krankenhaus aus.

Frank zog ein sauberes Hemd an, einen seiner glänzenden Anzüge, diesmal in Dunkelblau, und fragte Stick, ob er sich umziehen wollte.

»Hab' ich schon. Heute morgen.« Er trug ein verwaschenes blaues Arbeitshemd.

Frank betrachtete den Sakko über der Stuhllehne. »Den mußte wohl erst mal reinigen lassen.«

»Wozu? Den hab' ich seit einem Monat nicht mehr angehabt.«

»Na ja, zumindest gebügelt werden muß er. Also los, auf geht's.«

Unterwegs aßen sie was, und kurz nach zehn waren sie wieder in Sportrees Pinte.

»Was is 'n hier los?« Stick sprach unwillkürlich leiser. »Was zum Teufel geht hier vor?«

Er folgte Frank zu einem freien Platz an der Theke, während die jungen Schwarzen sich umdrehten und sie anglotzten.

»Einen Bourbon, einen Scotch, bitte«, sagte Frank zu dem Barkeeper. »Nur 'einen Schuß Wasser.«

Er sah über die Schulter zu den Tischen hinüber. Sie waren die einzigen Weißen. Die Lampen an dem Flügel, an dem die rothaarige Schwarze gesessen hatte, brannten nicht mehr. Der gewalttätige Beat eines westindischen Reggae fetzte aus einer Hifi-Anlage. Es schien dunkler zu sein als vorhin.

Frank wartete, bis der Barkeeper ihnen die Drinks brachte. »Wo ist Sportree?« fragte er. »Frank Ryan. Er kennt mich.«

Der Barkeeper sah ihn einen Augenblick wortlos an und entfernte sich.

»Kann mir's ungefähr denken«, sagte Frank. »Aber eben nur so ungefähr.«

Wenige Minuten später kreuzte Sportree auf. Frank sah im Spiegel hinter der Theke, wie er hereinkam. Er drehte den Kopf, registrierte das bis zum Nabel offenstehende Hemd und die Doppelkette bunter Perlen. »Wo willst du denn hin? Zu 'nem Kostümfest?«

Frank merkte, daß die Gäste um ihn herum sie beobachteten, und der freundlich-amüsierte Blick in Sportrees Augen tat ihm wohl. Er hatte sich nicht geändert, war sicher und selbstbewußt wie eh und je. Ein gutaussehender Schwarzer schwer bestimmbaren Alters mit geglättetem langen Haar, vollem, nach unten gebogenem Schnurrbart, einer kleinen Warze am Kinn und großen, scheinbar trägen Augen.

»Wie geht's, Frank?« fragte Sportree gelassen. »Lange nicht gesehen.«

»Ich möchte dir meinen Geschäftsfreund vorstellen, Ernest Stickley jr. Stick Stickley, dieser Kerl in den Zuluklamotten ist Sportree. Wir wollten uns bei dir mal wegen einer Putzfrau umsehn.«

»Soso, wegen einer Putzfrau. Kommt mit rauf, da haben wir es gemütlicher und können uns in aller Ruhe unterhalten.«

Sie gingen hinaus und eine Treppe hinauf in eine Wohnung über der Bar. Die attraktive junge Schwarze mit dem roten Haar saß auf der Couch und rauchte eine Selbstgedrehte. »Einen Bourbon und einen Scotch, wenig Wasser«, sagte Sportree. Stick roch die Zigarette. Er sah, wie das Mädchen wortlos aufstand und in die Küche ging: Höchstens 95 Pfund, knappes weißes Oberteil und lange weiße Hosen.

»Möchtet ihr rauchen?« fragte Sportree, als sie sich setzten.

»Bring meinen Partner nicht auf dumme Gedanken«, sagte Frank. »Ist 'n braver Junge und soll's auch bleiben.«

Stick sagte nichts. Er hörte nur zu, als Frank den Schwarzen nach dem Glücksspielgeschäft fragte.

»Glücksspiele sind was für kleine Kinder«, sagte Sportree, er sei jetzt im Bargeschäft.

»Als Fassade wovon«, sagte Frank, »und im Hinterzimmer betreibst du 'ne Apotheke, oder?«

»Okay, vielleicht auch 'n bißchen Koks und Hasch«, sagte Sportree, »auch 'n bißchen afrikanischen Speed, aber keine Skag, harte Sachen gibt's bei mir nicht.«

Die rothaarige Schwarze brachte die Drinks und verließ den Raum wieder, ohne ein Wort zu sagen oder eine Miene zu verziehen. Stick hörte sich ebenso wortlos an, wie Frank über das Gebrauchtwagengeschäft, über Los Angeles, den Smog, den Verkehr auf dem Hollywood Freeway sprach, wie er von seiner Arbeit in einer Bar in North Hollywood erzählte, daß er mal ein Starlet gebumst hatte, das im Film später sogar ermordet worden war. Es war ein Film, von dem weder Stick noch Sportree jemals gehört hatten. Stick ging schließlich hinaus in die Küche und machte sich selbst noch einen Drink. Die rothaarige Schwarze, die am Tisch saß und im *Cosmopolitan* las, sah nicht mal auf. Er ging zurück ins Wohnzimmer, das ihn an ein Hotel in Miami Beach erinnerte, und fragte Frank, der immer noch redete:

»Amüsierst du dich gut?«

Frank warf ihm einen undefinierbaren Blick zu: »Wieso – hast du's eilig?«

»Ich denk', wir suchen 'ne Putzfrau.«

Sportree betrachtete die beiden mit seinem lässig-amüsierten Blick. »Richtig, das hab' ich doch schon mal gehört. Dein Gesprächspartner kennt sich aus?«

»Der versteht was von Autos. Langjährige Praxis. Einmal verurteilt.«

»Wozu braucht ihr dann 'ne Putzfrau?«

»Ich will damit nur sagen, daß wir alle Freunde sind«, erklärte Frank. »Du weißt ja, gleich und gleich gesellt sich gern, ein Herz und eine Seele und so weiter und so fort.«

»Mann«, sagte Sportree, »schaff dir mal ein paar neue Vokabeln an.«

»Meinetwegen kannste die gelegentlich nachliefern«, sagte Frank. »Vorerst stehn wir mehr auf eine nette Putzfrau mit großen braunen Augen.«

»Willst du wieder zurück ins Geschäft? Das ist harte Arbeit, Mann. Nur was für junge, starke Burschen.«

Frank schüttelte den Kopf. »Nein, wir haben was anderes vor. Aber erst müssen wir 'n paar Sachen klarmachen.«

»Zum Beispiel?«

»Die Putzfrau könnte sich zum Beispiel mal nach Farbfernsehern umsehen.«

»Hm.«

»Nach Pelzen.«

»Hm.«

»Nach Uhren, Schmuck ...«

»Weiter!«

»Silber, Besteck. Und Waffen.«

Sportree grinste. »Die hättest du fast vergessen, was? Hast du da an was Spezielles gedacht?«

»Vielleicht an Modelle, wie man sie im Schlafzimmerschrank findet«, sagte Frank. »Zwischen der Unterwäsche.«

»Also keine Jagdgewehre?«

»Nein, ich dachte mehr an handliche Ausführungen, die man ...«

»... in die Tasche stecken kann. Oder in den Gürtel.«

»Richtig.«

»Erinnerst du dich noch an meine Cousine LaGreta?« fragte Sportree. »Ich kann ja mal mit ihr reden. Wenn ich mich recht erinnere, nimmt sie zwanzig Dollar pro Haus. Für ein Haus, in dem was zu holen ist, meine ich. Dafür kriegst du einen genauen Plan und eine Liste. Alles in den zwanzig Dollar drin.«

»Bestens«, sagte Frank. »Zwanzig Dollar, wenn das zur Zeit der Preis ist, soll's mir recht sein.«

»Sie ist bei einer Reinigungsfirma und auch bei einem Party-Service«, sagte Sportree. »Arbeitsessen, Hochzeiten und so. Und sie hat auch ein paar Stellen, wo sie putzt. Fußböden macht sie allerdings nicht.«

»Hauptsache, sie kommt ins Haus«, sagte Frank. »Was sie da macht, ist mir egal.«

»Ein ganz nützlicher Job«, meinte Sportree. »Sie kommt viel rum, arbeitet immer für dieselben Leute.«

»Genau das, was wir suchen. Wenn LaGretas Augen in Ordnung sind.«

»Schöne große Augen«, sagte Sportree.

»Darf man fragen, ob sie irgendwas nimmt?«

»Sie raucht hier und da mal einen Joint, aber harte Sachen rührt sie nicht an.«

»Und du glaubst, das kannst du arrangieren?«

»Ich versuch's mal. Gib mir deine Telefonnummer.«

Frank zögerte. »Ist vielleicht besser, wenn ich dich anrufe. Wir sind viel unterwegs. Wär' doch schade, wenn wir gerade nicht da wären, wenn du dich meldest.«

»Ich hoffe nur, daß du noch mein alter Kumpel bist, Frank«, sagte Sportree. Sein Blick wanderte zu Stick hinüber. »Und daß dein Freund auch astrein ist.«

»Ich will Ihnen mal was sagen«, meinte Stick. »Besten Dank für die Drinks, aber im Grund weiß ich über Sie auch nicht mehr als über einen nackten Affenarsch.«

Wie er das so sagte, ganz ruhig – Frank war ehrlich verblüfft. Kaum zu glauben. Zum erstenmal machte Stick hier den Mund auf – und dann gleich die harte Tour. »Na, na«, begann Frank. »Nur keine Mißverständnisse.« Er sah Sportree an.

»Schon gut.« Sportrees Ton war etwas kühler geworden. »Ruf mich in zwei Tagen an. Möglich, daß ich dann was für dich hab'. Versprechen kann ich gar nichts.«

Draußen schimpfte Frank: »Was soll denn der Quatsch? Der Typ tut uns 'nen Gefallen, und du spielst gleich den wilden Mann.«

»Hab' nur gesagt, daß ich ihn nicht gut kenne.«

»Aber ich kenn' ihn. Und zwar verdammt viel länger als dich. Wenn's dir nicht paßt, kannste ja wieder Beton mischen gehen.«

»Okay, du bist der Macher«, sagte Stick. »Du hast ja auch die goldenen Regeln gemacht. Wenn ich mich recht erinnere, steht in einer, daß du einem Fixer nicht mal sagen darfst, wie du heißt. Und was seh' ich? Der erste Typ, mit dem wir reden, hat 'nen Haschladen.»

»Du weißt überhaupt nichts von ihm.«

Sie stiegen in den Wagen, fuhren los und sagten eine Weile gar nichts. Schließlich fing Frank wieder an. »Hör mal, das ist doch idiotisch. Entweder wir machen was zusammen, oder wir lassen es. So was kann man doch nicht auf die Goldwaage legen.«

»Also, ganz ehrlich, ich hab' überhaupt nichts gegen den Mann. Was ich gesagt hab', war wohl mehr auf dich gemünzt.«

Frank warf ihm einen Blick zu. »Da kann ich dir nicht folgen.«

»Siehst du, ich dir auch nicht. Daß du pfeifst und ich springe, das ist nicht drin. Du wirst dem Typ nicht noch mal sagen, daß ich nicht rauchen will. Wenn ich keinen Joint mag, sag' ich ihm das schon selber.«

Frank sah ihn wieder von der Seite an. »Und darüber biste so sauer?«

»Ich finde, es mußte mal gesagt werden.«

4

Am Wochenende machten sie eine gemächliche Rundfahrt durch Detroits nordöstliche Industrievororte – Clawson, Madison, Heights, Warren, Roseville. Stick saß am Steuer, Frank machte sich Notizen, schrieb Namen und Lage von Bars, Supermärkten, Spirituosenläden auf, dazu ein paar Stichworte zur Verkehrssituation und zu dem schnellsten Fluchtweg. In Warren war ein Schnapsladen, der Frank besonders ins Auge stach. Mit dem könnte man vielleicht anfangen. Der Laden lag an einer vierspurigen Industriestraße mit Maschinenfabriken, Blechfabriken und Zulieferern für den Automobilbau. Man könnte sich den Laden am Freitag vornehmen, wenn Zahltag war. Irgendwo müßten sie ja mal anfangen.

Am Montag ging Frank wieder ins Geschäft und sagte dem Verkaufschef von Red Bowers Chevrolet, daß er am Ende der Woche gehen würde. Der Mann trug es mit Fassung. Frank sah sich bei den Gebrauchtwagen um und machte sich einen guten Preis für einen braunen 72er Plymouth Duster, bei dem nur ein bißchen was an den Kolbenringen und am Getriebe zu fummeln war. Wenn sie Glück hatten, fuhren sie den Wagen sowieso nicht lange.

Danach gondelte er mit Stick in Royal Oak herum, bis Stick auf der South Main A1 Browns Heizungs- und Installationsgeschäft entdeckte. »Du, ich glaub', hier sind wir richtig«, sagte er. Die Lieferwagen parkten hinter dem Haus, ohne störenden Zaun oder Scheinwerferbeleuchtung, und das gefiel ihm ungemein.

Am Dienstag brachte Stick seinen grünen Sportsakko zur Reinigung, hielt unterwegs in einem Ersatzteilgeschäft für Kraftfahrzeuge und ließ sich ein paar Clipse zum Kurzschließen und Zusammenschalten von Leitungen machen. Der Verkäufer stellte keine Fragen. Den Rest des Nachmittags verbrachte er beim Bowling, trank Bier und verzeichnete ein paar ganz ordentliche Treffer, was ihn freute.

Am Mittwoch rief Frank bei Sportree an, der gut gelaunt war. Er hätte was für sie, was ihnen vielleicht gefallen würde, sagte er.

Es gefiel ihnen sogar sehr: Ein Blatt liniertes Papier mit den Adressen von zwei Villen in Bloomfield Hills und einer Liste der Dinge, die dort zu holen waren. Die Liste war mit Bleistift geschrieben. Es sah aus, als hätte ein Kind die Buchstaben gemalt, aber das störte nicht. Um so besser konnte man sie lesen. Besonders das eine Wort: Waffen.

»LaGreta sagt, daß der eine Besitzer im Hobbyraum seines Hauses unten im Keller eine Waffensammlung hat«, erklärte Sportree. »Die ganze Familie ist den Sommer über am See. Manchmal schaut der Mann mal zu Hause vorbei, aber meist fährt er gleich von dort aus ins Büro. Na, ist das nichts für vierzig Dollar? Eine ganze Kollektion zum Aussuchen.«

Am Donnerstagabend gingen sie zu einer Spätvorstellung in Royal Oak und sahen zu, wie Clint Eastwood ein paar Leute umlegte. Um zwölf verließen sie das Kino, gingen über die Straße und zwei Blocks weiter zu Al Browns Heizungs- und Installationsgeschäft. Frank wartete an der Ecke, während Stick nach hinten ging. Wenige Minuten später hielt ein Lieferwagen mit Als Firmennamen an der Ecke, und Frank stieg ein.

»Das ging aber schnell.«

»Früher hab' ich weniger als 'ne Minute gebraucht«, sagte Stick, »aber bei den neuen Modellen muß ich mich erst zurechtfinden.«

Während sie zum Haus des Waffensammlers in Bloomfield Hills fuhren, erzählte Stick, wie er sich früher Wagen unter den Nagel gerissen hatte, auf denen der Name des Händlers stand. Er schrieb sich einfach die Seriennummer auf, ging zu dem Händler, erzählte dem, er habe den Schlüssel verloren, und ließ sich einen neuen machen. Todsichere Masche. Dann hatten sie die Adresse erreicht, eine große Villa im Kolonialstil. Stick hielt an der Seitenauffahrt.

Jetzt war Frank dran. »Überall derselbe Quatsch«, sagte er. »Sie lassen unten zwei Lampen brennen und oben eine, damit man denken soll, daß jemand zu Hause ist.«

Stick blieb im Wagen sitzen, während Frank am Seitenausgang läutete. Er läutete noch einmal und wartete fast eine Minute, ehe er eine Scheibe in der Tür einschlug, nach innen griff und aufschloß. Jetzt stieg auch Stick aus und folgte Frank ins Wohnzimmer, wo eine Lampe brannte. Frank stand vor dem Fernseher, einem Riesenkasten, der wie ein Möbelstück aussah.

»Wie findest du den?« fragte er. »Das Oberteil könnte man als Bar benutzen, und ich könnte meinen kleinen Schwarzweißfernseher abstoßen. Ist allerdings 'n Mordsbrocken, was?« Er sah Stick an. »Ob wir das schaffen?«

»Wenn ich mich recht erinnere, sind wir wegen der Waffen gekommen«, sagte Stick.

Die Waffen waren unten im Hobbyraum, ein ganzer Schrank voll. Drei Flinten, drei Jagdgewehre und eine Kollektion von Faustfeuerwaffen, mehrere Revolver, die anscheinend neu waren, zwei Luger, eine japanische Automatikpistole und ein 44er Colt, wie ihn Clint Eastwood in dem Film gehabt hatte.

Stick hätte wetten mögen, daß Frank nach dem zuerst greifen würde. Tatsächlich hatte er ihn sich schon geschnappt, zog den Hahn zurück und ließ den Abzug klicken. Er wog den Colt kennerisch in der Hand und betrachtete ihn von allen Seiten. Dann hielt er ihn an die Hüfte, ließ ihn vorschnellen, und das Spiel begann noch einmal von vorn.

»Schneller Schütze von Royal Oak, was?« sagte Stick. »Weißt du überhaupt, wie man schießt?«

»Man drückt ab«, sagte Frank. »So denk' ich mir das jedenfalls.«

Stick liebäugelte mit einer Walther P38, sie sah recht brauchbar aus, aber dann entschied er sich für eine Smith & Wesson Chief's Special mit zweizölligem Lauf. Als Frank mit seinen Albernheiten fertig war, suchte er sich einen großen Colt Python 357 mit einem zwölf Zoll langen Lauf aus. Sie nahmen sich Munition für die beiden Revolver und machten, daß sie wegkamen.

Am nächsten Tag, einem Freitag, kaufte Frank die Luxus-Jubiläumsausgabe des ›Waffenmagazins‹ und las die wichtigsten Angaben über die beiden Revolver vor. Der Colt Python war mit einem Listenpreis von 199,95 Dollar Neuwert verzeichnet, Sticks kleine Smith kostete nur 96 Dollar. »Dafür brauch' ich auch nicht vier Pfund Metall in meiner Hose rumzuschleppen«, sagte Stick.

Mittags ging Frank zum letztenmal zu Red Bowers Chevrolet, verkaufte zwei Gebrauchtwagen, ziemlich neue Modelle, und strich eine Provision von sechsundachtzig Dollar ein. Das war ein gutes Zeichen, alles lief nach Plan. Stick holte seinen Sportsakko von der Reinigung und trug ihn zu einem gestärkten weißen Hemd und grüngelbem Schlips, als Frank heimkam. Frank verlor kein Wort darüber. Er zog sich um, und sie tranken jeder noch zwei Kurze. Um halb sieben fiel ihnen nichts mehr ein, was noch zu erledigen war. Also fuhren sie los, um den Schnapsladen zu überfallen.

Stick klaute sich von einem Kinoparkplatz in Warren einen 74er Olds Cutlass Supreme und fuhr damit bis zur nächsten Ecke, wo Frank, der in seinem Plymouth Duster gewartet hatte, zustieg.

Bis kurz vor dem Schnapsladen war Frank richtig aufgekratzt. Dann wurde er irgendwie unsicher, als sie den Laden erreicht hatten. In dem ganzen Block waren unten Läden. Platz zum Parken war reichlich da. Stick nahm Gas weg, fuhr aber weiter, beobachtete die Straße im Rückspiegel.

Sie fuhren einmal um den Block, vorbei an Baustellen und Gerätelagern.

»Wir müssen auch mal überlegen«, sagte Frank, »was wir machen, wenn wir nicht viel kriegen, wenn's nur fünfzig, sechzig Dollar sind. Is ja möglich, daß der Mann seine Kohlen irgendwo weggeschlossen oder versteckt hat. Was machen wir, wenn er uns nicht sagt, wo das Zeug ist? Erschießen wir ihn?«

Stick sah sich um. Seine Augen gingen wieder zum Rückspiegel. »Wir versuchen's eben woanders. Bei der Auswahl ...«

»Ich mein' ja bloß«, sagte Frank, »vielleicht lohnt der Aufwand gar nicht, verstehst du? Es zwingt uns ja niemand. Wir machen das, weil wir's wollen. Bis jetzt hat's uns nichts gekostet. Die Kanonen können wir zu Geld machen. Vielleicht sogar den Wagen.«

Sie waren wieder auf einer vierspurigen Straße mit sehr wenig Verkehr. Es war ein ruhiger Sommerabend. Ein Wagen, der vor dem Schnapsladen geparkt hatte, fuhr weg. Über eine Strecke von mindestens zwanzig Metern war der Gehsteig frei.

»Was meinst du?« sagte Frank.

Stick lenkte das Auto an den Gehsteig. »Ich meine, daß wir überhaupt erst mal anfangen sollten«, sagte er entschlossen.

Er hielt kurz hinter der Ladentür, stellte den Automatenhebel auf Parken und gab Gas, damit der Motor leerlief.

»Regel Nummer eins?« fragte Frank, als Stick seine Tür öffnete.

Stick blieb stehen und grinste. »Sei immer höflich, sag bitte und danke.«

Der Ladentisch und die Regale mit Hochprozentigem waren an der linken Wand, Weinregale und Partyzubehör in der Mitte des Ladens. An der rechten Wand waren Bier und nichtalkoholische Getränke in Kühlfächern mit Schiebetüren untergebracht. Dort standen zwei Kunden.

Frank und Stick gingen zum Ladentisch. Der Mann dahinter war um die Sechzig, ein dicker, bulliger Kerl mit grauem Kräuselhaar. Er legte seine Zigarette in einem verchromten Ascher ab und fragte: »Was darf es sein?«

Frank hätte sich gern umgesehen, aber er nahm sich zusammen. Er zögerte. »Moment, Sir«, sagte er dann, knöpfte sein Jackett auf, nahm den Colt heraus und stützte den Kolben so auf dem Ladentisch ab, daß der Lauf auf den fülligen Bauch des Mannes zeigte. Der Mann klappte die Augen auf und zu und schien dann zu resignieren.

»Sie dürfen Ihre Kasse leermachen«, sagte Frank. »Aber wenn ich irgendwas in Ihrer Hand sehe, Sir, was nicht Dollargrün und aus Papier ist, dann puste ich Sie glatt durch die Wand.«

Und wirklich – es funktionierte. Frank sah, wie der Mann wortlos die Kasse aufmachte. Vielleicht erlebte er das nicht zum erstenmal.

Stick ging an dem Regal mit Kartoffelchips und Salzstangen entlang zu den beiden Kunden, die bei den gekühlten Getränken standen. Der eine griff gerade nach einer Sechserpackung Stroh's Bier.

Stick machte sein Sportsakko auf. »Entschuldigen Sie, meine Herren.« Die beiden blickten auf. »Sehen Sie, was ich hier habe?« Sie sahen es nicht sofort, bis sie merkten, daß er sein Sakko offenhielt. »Großer Gott«, sagte der mit der Sechserpackung und ließ sie fallen. Stick hätte um ein Haar einen Satz rückwärts gemacht.

Der andere sagte kein Wort, starrte nur den Kolben der Chief's Special an, die aus dem Hosenbund ragte.

»Sie möchten sicher nicht, daß Ihnen was passiert, und mir liegt ganz und gar nichts daran, Ihnen was zu tun. Also ab nach hinten, wollen mal sehen, was es da gibt.«

Zwischen den Chipspackungen hindurch sah er, wie Frank eine Papiertüre aufhielt und der Mann hinter dem Ladentisch Geldscheine hineinfallen ließ.

Im Lager saß ein junger Bursche auf einem Stapel Bierkisten, in der Hand ein belegtes Brot, und aß aus einem großen Behälter Krautsalat. Das Auftauchen der Dreierdelegation schien ihn zu überraschen, aber da er ein höflicher junger Mann war, fragte er: »Kann ich Ihnen helfen?«

Stick hatte den großen eingebauten Kühlschrank entdeckt. »Nein, danke«, sagte er. »Ich denke, das kann ich selber erledigen.«

Er machte die Tür zum Kühlraum auf und winkte die beiden Kunden hinein.

»Sie auch«, sagte Stick und hielt wieder sein Sakko auf.

Als er in den Laden zurückkam, dachte er zuerst, der Raum sei leer. Er bekam ein scheußlich flaues Gefühl in der Magengrube. Aber dann erhob sich Frank hinter dem Ladentisch und kam auf ihn zu. Die Tüte oben fest zusammengerollt, hielt er in der einen, den Colt in der anderen Hand. »Wo ist der Typ?« fragte Stick.

»Am Boden.« Frank sah über den Ladentisch. »Bleiben Sie bitte dort unten. Wenn Sie zu schnell aufstehen, sehen Sie mich wieder, und ich sehe Sie, nicht wahr? Aber wenn ich Sie sehe, werde ich leider schießen müssen und Sie sehr wahrscheinlich umbringen.«

»Sag ihm, daß die andern im Kühlraum sind«, sagte Stick.

»Haben Sie gehört, Sir?« Frank sah wieder über den Ladentisch. »Im Kühlraum. «

»Bedank dich«, sagte Stick.

»Richtig. Vielen Dank, Sir. Vielleicht sehen wir uns gelegentlich mal wieder.«

Sie wollten beide nicht den Eindruck erwecken, als hätten sie es eilig. Gemächlich gingen sie hinaus.

Im Wagen stellte Stick den Schalthebel auf Fahren und wartete, den Blick im Rückspiegel, bis der grauhaarige Dicke in der Tür erschien, wo er wie angewurzelt stehenblieb. Jetzt brauste Stick mit quietschenden Reifen los.

Frank wandte sich wieder der Straße zu. »Er hat den Wagen gesehen. Vielleicht sogar die Nummer.«

»Garantiert«, sagte Stick. »Ich setz' dich an deinem Auto ab, fahr' zurück zu dem Kino, und du holst mich dort ab.«

»Is aber ziemlich umständlich.«

»Klar. Aber was meinst du, wie sich die Polizei bei der Fahndung nach einem 74er Cutlass Supreme abzappelt. Wieviel haben wir erwischt?«

Frank hielt die festgeschlossene Tüte auf seinem Schoß. »Regel Nummer sechs«, sagte er nur.

Sobald sie in der Wohnung waren, zog Stick sein Sakko aus. Er schwitzte. Sein Duster hatte keine Klimaanlage. Er sah Frank an, der ruhig auf der Couch saß und sich eine Zigarette anzündete. So als sei in der Tüte da sein Mittagessen und als habe er es gar nicht eilig, damit anzufangen.

»Willst du zählen, oder soll ich?« fragte Stick.

»Machst du uns was zu trinken?«

Stick ging in die Küche. Er goß Scotch in ein Glas und Bourbon in ein zweites, holte einen Eiswürfelbehälter aus dem Kühlschrank und tat Eis in die Gläser. Daß Frank die Beute zählte, war schon in Ordnung, aber wenigstens zusehen wollte er. Er goß einen Schuß Wasser auf die Drinks und trabte zurück ins Wohnzimmer.

»Haste Worte«, sagte Frank.

Er saß über den Couchtisch gebeugt und studierte wie ein Patiencespieler die ordentlich ausgerichteten Geldscheinhäufchen. Er legte einen Zwanziger auf einen Stapel, einen Fünfziger auf einen anderen. Als Stick herantrat, blätterte er gerade Zehner von dem Stoß, den er in der Hand hielt.

»Donnerwetter«, sagte Stick. »Wieviel?«

»Quassel nicht, sonst muß ich noch mal von vorn anfangen.«

Stick stellte die Gläser behutsam ab, nahm sich eine Zigarette, zündete sie an, ging zum Fenster und schaute auf den Parkplatz hinter dem Haus. Es war ruhig dort, die Sonne lag auf den Autos, die lange Schatten warfen. Der Tag war fast vorbei. Man sah förmlich, wie heiß die Wagen waren. Der braune Duster ohne Klimaanlage stand dort, ein VW, ein Pinto Kombi und ein Chevy Lieferwagen und eine große Harley, die jeden Morgen einen Höllenlärm vollführte …

»Okay, fertig. Wieviel glaubst du?«

Stick drehte sich um. »Los, sag schon.«

Frank hatte sich zurückgelehnt, den Scotch in der Hand, die Scheine lagen jetzt in *fünf* ordentlichen Stapeln vor ihm.

»Über sechstausend Piepen. Sechstausendzweihundertachtundvierzig runde satte Dollar. Steuerfrei, Mann.«

Stick kam näher und starrte das Geld an.

»Sechs zwei vier acht«, sagte Frank. »Das meiste war in einer Schachtel unter dem Ladentisch.«

»Verdammt«, sagte Stick. »Das nenne ich ein blühendes Geschäft. An einem einzigen Tag streicht er soviel ein?«

»Du meinst – wir streichen an einem Tag soviel ein. Nee, der Kerl löst Lohnschecks ein. Der lockt die Arbeiter aus den Betrieben um seinen Laden herum am Zahltag mit Bargeld. Sichere Kunden für ihn. Das Geld hatte er unter dem Ladentisch verstaut, zusammen mit den Schecks.«

Stick sah auf. »Die Schecks waren unterschrieben?«

»Daran habe ich auch gedacht, aber das lohnt nicht. Da muß man schon zufällig jemanden kennen, der Schecks kaufen möchte.«

»Hast recht«, sagte Stick. »Und dann hat man's auch schon wieder mit 'nem neuen Partner zu tun.«

»Wenn wir früher gekommen wären, so gegen halb vier, vor den Jungs von der ersten Schicht, hätten wir wahrscheinlich noch mehr erwischt.«

»Na hör mal, halt mal die Luft an. Über Sechstausend und das beim ersten Mal. So ein Dusel …«

Frank fing an zu grinsen. »Den Typ hätteste sehen sollen. Ich zeig' ihm die Python, und der macht sich fast in die Hosen. ›Sie dürfen Ihre Kasse leermachen, Sir‹, sage ich sehr höflich zu ihm, ›aber wenn ich irgendwas in Ihrer Hand sehe, was nicht grün und aus Papier ist, puste ich Sie glatt durch die Wand!‹« Frank war ungeheuer stolz auf sich.

Auch Stick mußte seine Heldentat noch mal erzählen. »Ich hab' den beiden Knaben drüben am Bierregal die Smith vorgeführt – nicht mal rausgenommen hab' ich sie –, und dann hab' ich gesagt: ›Entschuldigen Sie, meine Herren, sehen Sie, was ich hier habe?‹ Nur der Griff hat rausgeschaut. Als der eine Typ seine Sechserpackung fallen ließ, hätt' ich vor Schreck fast 'n Satz gemacht. Und der Kerl hinterm Laden fragte auch noch: ›Kann ich Ihnen helfen?‹« Stick lachte laut.

»Und während wir hier unsere Kohlen zählen, suchen die Bullen noch immer nach dem Wagen. Vielleicht haben sie ihn auch schon. Wenn der Besitzer aus dem Kino kommt, nehmen sie ihn gleich hopp.«

»Der Trick ist gut«, sagte Stick. »Dauert 'n bißchen länger, aber unser Wagen bleibt sauber und erscheint nicht in den Akten. Eine Klasseregel, ehrlich. Ich hab' doch gleich gemerkt, daß du die Sache gut durchdacht hattest.«

»Ja, klar doch, bin doch kein Anfänger«, sagte Frank. »Wenn's überall so glatt läuft, haben wir unseren Traumjob gefunden.«

5

Frank stand an der Bar im Wohnzimmer, ein Bein über dem Bambushocker, griff sich seinen Scotch und sagte: »So, da wär'n wir.«

Und Stick sagte: »Ach nee – wirklich?«

Und Frank sagte: »Schau mal raus, ob die Puppen noch da sind. Ich zähl' inzwischen die Anzüge.«

Das war nach drei Monaten im Geschäft und fünfundzwanzig bewaffneten Raubüberfällen zu einem richtigen Ritual geworden. Nachdem sie sich neu eingekleidet und den neuen Wagen gekauft hatten und in das Apartmenthaus eingezogen waren, in dem fast die Hälfte der Mieter alleinstehende junge Damen waren, pflegte Frank sich an der Bar in Positur zu setzen und zu tönen: »So, da wärn wir.«

In den ersten Wochen, als sie noch in seiner kleinen Einzimmerbude gehaust hatten, sagte er beim Geldzählen immer: »Haste Worte?« Wenn er die Häufchen dann auf dem Couchtisch fertig sortiert hatte, sah er zu Stick hoch und sagte grinsend: »Die warten ja förmlich auf uns. Man könnte denken, daß die sich nach einem Überfall richtig sehnen. Nein, sie lechzen geradezu danach.« Anfangs hatte sich Frank immer wieder beruhigen müssen, daß ja gar nichts dabei war, solange sie sich an seine Regeln hielten und nichts riskierten – aber daß es so einfach sein würde, hätte er selbst nie zu träumen gewagt.

Doch nach den ersten Wochen wurde der Erfolg für ihn schnell zur Selbstverständlichkeit. Sie waren eben Profis, darum ging es so leicht. Sie kannten sich jetzt aus. Das sah man ja schon an ihrem bisherigen Rekord. Fünfundzwanzig bewaffnete Raubüberfälle, fünfundzwanzig gestohlene Wagen, mehr Geld, als sie ausgeben konnten – und noch nicht ein einziges Mal waren sie in den Polizeiakten aufgetaucht, noch nicht mal als Verdächtige.

»Was willste haben, Partner«, pflegte Frank zu sagen. »Los, wünsch dir was. Kannst dir kaufen, was du willst. «

Frank hatte sofort fünf neue Anzüge, zwei Sportkombinationen, Sporthosen, Hemden und eine Safarijacke erstanden. Stick kaufte sich einen Anzug, ein Sakko und drei Hosen von der Stange, sechzehn Dollar pro Stück, begutachtete die Hosen im Spiegel, fand, sie sahen aus wie Clownshosen, und ließ sich im Geschäft die albernen weiten Aufschläge abschneiden. Sie gaben den Duster für einen weißen 75er Thunderbird mit weißen Velourbezügen, Klimaanlage und allen Schikanen in Zahlung und machten sich auf die Suche nach einer größeren Wohnung.

Das dritte Haus, das sie besichtigt hatten, war die Villa Monterey draußen in Troy: eine cremefarbene, mit dunklem Holz abgesetzte Stuckvilla mit roten Tonziegeln und einem Balkon vor jeder Wohnung mit Blick nach hinten hinaus, wo Büsche und ein Staketenzaun Patio und Swimming-pool umschlossen. Dort unten stand auch eine Eiswürfelmaschine, ein gutes Zeichen.

»Sieht aus wie 'n Motel«, meinte Stick, aber Frank widersprach. Das sei echt kalifornisch. »Wir nehmen es«, hatte er zu der Verwalterin gesagt, die ihnen das Apartment zeigte. Er hatte eine Kaution und drei Monate Miete im voraus gezahlt, um keinen Mietvertrag unterschreiben zu müssen. Und dafür bewohnten sie jetzt zwei Schlafzimmer, ein Bad, ein Wohnzimmer mit Bar und Bambushockern, mit orangeroten Vorhängen, beigefarbenem Zottelteppich, mit beigefarbenen Wänden, chromgerahmten Graphiken, Chromlampen mit langen, biegsamen Hälsen, Sesseln aus Chrom und Leinen, einer grauweißen ledernen Couchgarnitur und drei vertrockneten Zimmerpflanzen – alles für 450 Dollar pro Monat. Stick fand, aber zu Frank sagte er davon nichts, daß die Bude aussah wie ein Schönheitsinstitut.

Am ersten Samstag nach ihrem Einzug war Frank auf den Balkon hinausgetreten. Er sah auf den Swimming-pool hinunter und sagte: »Heiliger Strohsack.« Er wiederholte ehrfurchtsvoll: »Heiliger Strohsack. Komm mal her, schau dir das an.«

Zu fünft hatten sie in ihren knappen Bikinis um den Pool herumgelegen. Appetitliche Bienen, keine angehenden Starlets bis auf eine, die sich als Fotomodell entpuppte, aber alle über dem Durchschnitt und direkt zu ihren Füßen. Jeden Tag, wenn sie nicht gerade arbeiteten, gingen Frank und Stick inzwischen nachmittags zum Pool hinunter und plauderten mit den Damen. Oder sie guckten nur. Frank nannte sie die Karrieremiezen.

Eine, Mary Kay Sowieso, war Krankenschwester und machte

Nachtdienst auf der psychiatrischen Abteilung im Beaumont Hospital. Dunkelhaarig und sehr sauber. Oben ziemlich dürr, aber breite Hüften. Eine großzügige Beckengegend, meinte Frank. Bei Mary Kay könnte man landen, meinte Stick. Vielleicht, wenn man ein ehrliches Gesicht machte und von Liebe redete.

Dann war da eine Kleine mit rotem Kraushaar und blanken braunen Augen, die Perlenketten und sieben Ringe zu ihrem Bikini trug. Arlene hieß sie. Sie hatte wohl eine kleine Macke, denn sie lachte eigentlich über alles, was die beiden sagten, ob es nun komisch gemeint war oder nicht. Ein Bursche in einem silberfarbenen Mark IV, der zweimal die Woche, dienstags und donnerstags, Punkt sechs aufkreuzte und meist um halb elf schon wieder verschwunden war, zahlte Arlene die Miete. Nur ein guter Freund, sagte Arlene.

Es gab auch mehrere jüdische Karrieremiezen, stellte Frank befriedigt fest. Gutaussehende Jüdinnen waren nach Franks Meinung Klasse, weil sie viel Haar hatten, große Titten und meist hübsche Nasen – nach der Schönheitsoperation nämlich … Er sei viel mit jüdischen Mädchen gegangen, sagte er zu Stick, auch das Starlet aus Los Angeles sei Jüdin gewesen. Stick wußte nicht recht, ob er's schon mal mit einer gemacht hatte. Er fragte Frank, ob man eigentlich in ihrer Gegenwart von Juden-Problemen reden durfte? »Blöder Hund«, sagte Frank, »sie sind's doch nun mal. Glaubst du, die wissen das nicht?«

Karen war Lehrerin, aber sie sah nicht so aus und redete auch zum Glück nicht so. Jüdisch sah sie auch nicht aus. Karen erzählte manchmal ulkige Geschichten von ihren sexbesessenen Sechstklässlerinnen, die den geilen kleinen Jungs hinterherliefen. Frank ging öfter mit Karen aus, und manchmal verbrachte er die Nacht bei ihr in der Wohnung. Stick hatte allerdings den Eindruck, daß sie von Frank nicht gerade überwältigt war. Sie hatte nur den Sommer über frei und nichts Besseres zu tun.

Donna, Spezialistin für Zahnhygiene, hatte einen Freund, den sie aber erst heiraten wollte, wenn er so viel verdiente wie sie. Sie erzählte ihnen, was ein Zahnarzt mit einer guten Praxis verdienen konnte, und redete immer viel von netto und brutto. Donna stand auf Franks Liste ganz unten.

Unbestrittene Gruppenschönste war Sonny, das Fotomodell. Aber sie reagierte leider nicht, wenn man ihr einen Drink anbot. Sie kam auch selten mit den anderen zu ihnen ins Apartment. Sie verschanzte sich ständig hinter ihrer großen Sonnenbrille und lachte kaum mal, wenn man was Komisches sagte. »Die ist batteriebetrieben«, meinte Frank einmal. »Wenn du einen kleinen Knopf an ihrem Po drückst, sagt sie bestimmt: ›Hey, ich heiß' Sonny und bin Fotomodell. Verpiß dich.‹«

Stick stellte aber fest, daß Frank sie mehr als die anderen beobachtete und studierte. Sonny war die einzige, bei der selbst Frank es schwer hatte, ein Gespräch anzufangen.

Das Mädchen in der Wohnung nebenan, die aber nicht zur Clique gehörte, war eine Professionelle. Stick nannte sie Mimi, weil er sie manchmal durch die Wand hörte, wenn sie mit einem Typ herummimte und dann stöhnte, als würde sie gleich sterben vor Wonne. Frank nannte sie die Bumsdings. Er behandelte sie höflich, aber distanziert. »Man müßte ja wohl bescheuert sein«, sagte er, »in der Villa Monterey auch noch dafür zu bezahlen. « Stick fand Mimi nett, was er Frank wohlweislich verschwieg. Ihm gefiel ihr glattes, dunkles Haar mit dem Mittelscheitel, ihr nachdenkliches Gesicht, ihre leise Stimme. Sie sagte nie viel. Sie sah zerbrechlich aus, ein schmales Ding mit knochigen Schultern, die aus der ärmellosen Bluse hervorschauten. Wenn er sie draußen liegen sah, konnte er kaum glauben, daß sie dieselbe Mieze war, die er nachts durch die Wand hatte stöhnen und herummachen hören. Vielleicht hatte er mal Glück und kam mit ihr ins Gespräch, wenn Frank nicht dabei war. Vielleicht kriegte er dann endlich raus, welches nun die richtige Mimi war.

Einig waren sie sich über Jackie, die in einer Cocktail-Bar als Serviererin arbeitete, im Katzenkostüm mit Ohren und Schwanz. Jackie war nicht die Intelligenteste, aber sie war sehr freundlich. Außerdem hatte sie die größten Dinger in der Villa Monterey, selbst wenn ihr Busen nicht vom Katzenkostüm hochgepreßt wurde. Einmal führte sie der Clique im Bikini vor, wie sie servierte, mit gebeugten Knien und geradem Oberkörper, damit ihre Brüste nicht rausfielen. Wenn sie doch mal rausspringen, flachste Frank, könnte das lebensgefährlich werden. Jackie arbeitete nachts und trank fast nie etwas am Nachmittag. Aber wenn sie heimkam, so um halb drei Uhr morgens, klopfte sie meist noch bei ihnen, wenn sie Licht sah und die Hi-Fi-Anlage röhren hörte.

Das Apartment von Frank und Stick war zu einer Art Geselligkeitsclub geworden und hatte die bestbestückte Bar im Haus. Frank hatte den Anstoß gegeben, indem er, besonders an den Wochenenden, Leute eingeladen hatte. Nach einer Weile kamen die Gäste ganz von selbst, wenn sie merkten, daß was bei ihnen lief.

Manchmal kamen sogar einige der jungen Ehepaare. Frank lockte sie mit Chivas Regal von ihren Picknicks weg und redete mit den Männern über Autopreise und Inflation, während er die knackigen kleinen Hausfrauen taxierte.

Dann waren meist auch zwei, drei junge Männer dabei, Freunde von irgendwelchen Mädchen, und natürlich Barry Kleiman. Barry war ein erfolgreicher Geschäftsmann, er leitete eine McDonalds-Filiale, trug bunte Sportkombinationen mit einem weißen Plastikgürtel und weiße Lacklederschuhe. Er hatte nur knapp zwanzig Pfund Übergewicht.

»Kein übler Bursche«, sagte Frank. »Manchmal kann er einem ja 'n bißchen auf die Nerven fallen, aber rundherum ein netter Kerl.«

»Wenn du was an diesem Barry findest, muß es dir hier wirklich gefallen«, meinte Stick.

Frank sah ihn überrascht an. »Klar gefällt's mir hier. Dir etwa nicht?«

»Doch, is ganz ordentlich.«

»Ganz ordentlich? War beim Betonmischen vielleicht so 'n Leben für dich drin?«

Okay, ein Haus mit Swimmingpool, die tägliche Party, zwei Revolver im Schrank und fünfzehnhundert Dollar in einer Spülmittelschachtel unter dem Abwaschtisch – davon hätte er früher höchstens mal geträumt.

Aber wenn Frank mit seinem ›So, da wärn wir!‹-Spruch kam, hatte Stick manchmal die größte Lust, ihn zu fragen: ›Wo sind wir eigentlich, Frank? Und wie lange noch?‹

Vielleicht fehlte ihm doch die Arbeit, fehlten ihm die neun oder zehn Stunden auf dem großen Betonmischer, der die Fundamente für die Apartmenthäuser goß, mit denen sicher eines Tages der ganze Strand von Key West bis Jacksonville Beach zubetoniert war. Arbeit gab es genug da unten. Stick beschäftigte sich immer öfter mit dem Gedanken und wußte gar nicht mal warum, denn die Vorstellung, wieder zu seinen Betontrommeln zurückzukehren, ödete ihn genauso fürchterlich an. Stick kriegte dann 'n richtigen Moralischen.

Was wünschst du dir mehr als alles andere, fragte er sich immer wieder.

Deine Kleine mal wieder zu besuchen? Sicher.

Schön. Aber was wünschst du dir für dein eigenes *Leben*?

Besitzer einer Baufirma oder einer Hühnerfarm oder eines Restaurants zu sein, das konnte er sich nicht vorstellen. Besitz – ein großes

Haus, ein Motorboot – reizte ihn überhaupt nicht. Teure Klamotten waren ihm ziemlich gleichgültig. Reisen hatte er noch nie viel abgewinnen können. In den bunten Prospekten sah das alles ja sehr schön aus, und er konnte sich schon vorstellen, wie er unter einem Strohdach saß, einen großen Rum-Drink in der Hand, umgeben von ein paar Schwarzen, die auf leeren Benzinfässern herumtrommelten. Aber wie ging's dann weiter? Dann mußte man ins Hotel gehen, sich in Schale werfen, sein Pauschaldinner in sich hineinschaufeln, sich von dem Schwulen mit dem Toupet am Flügel was vorklimpern lassen, sich grundlos besaufen und schlafen gehen und aufstehen, und am nächsten Tag ging das alles wieder von vorn los. Er konnte sich auch ein Mädchen an seiner Seite denken, am Strand, unter dem Strohdach. Ein hübsches, ruhiges Mädchen. Nicht so eine wie seine Exfrau. Seine Exfrau kam nie in solchen Tagträumen vor, und das Mädchen war auch nicht seine Frau.

Vielleicht, sagte sich Stick, ist das doch die Art von Leben, die du dir immer gewünscht hast, ohne es bisher zu wissen. Ein, zwei Jobs pro Woche, mehr Geld, als du ausgeben kannst, ein Apartment in einem L-förmigen, echt kalifornischen Apartmenthaus mit eigenem Swimming-pool und Patio, und Karrieremiezen, die herumliegen und nur auf dich warten.

Eigentlich ein feines Leben.

Oder nicht?

6

Sie standen auf Supermärkte. Mit einem höflichen, vor Angst schlotternden Geschäftsführer und wenigen Kunden waren sie selbst an einem schlechten Tag mindestens drei oder vier Tankstellen wert. Ungünstig bei Supermärkten war nur ihre Größe. Man wußte nie, ob nicht irgendwo in einem Gang noch jemand steckte, der einem gefährlich werden konnte.

Am Samstagvormittag, ziemlich früh, nahmen sie sich den Kroger-Markt in West Bloomfield vor.

Die Chancen standen gut. Die Kunden schliefen wohl noch. Die Kassen waren leer. Nur ein Halbwüchsiger war zu sehen, der Konservendose auspreiste. Stick fragte ihn nach dem Geschäftsführer. Er sei wegen eines geplatzten Schecks angerufen worden, den er jetzt bezahlen wollte. Er folgte dem Jungen nach hinten und wartete. Der Geschäftsführer sprach gerade mit einem Lieferfahrer von Budweiser-Bier, ein paar Kassiererinnen saßen herum und tranken Kaffee. »Darf ich um Ihren Namen bitten?« sagte der Geschäftsführer. »Nein, Sir«, sagte Stick und holte die Smith unter dem Jackett hervor. »Aber Sie dürfen mir Ihr Geld geben.«

»Großer Gott«, sagte der Geschäftsführer, und die drei marschierten nach vorn, wo Frank wartete. Frank ließ sich vom Geschäftsführer den Schlüssel geben und steuerte die Kassen an. Stick, der Geschäftsführer und der Halbwüchsige gingen nach hinten in den Kassenraum, und Stick nahm eine Kroger-Einkaufstüte mit.

Der Geschäftsführer jammerte unentwegt vor sich hin. Er sei erst seit einer Woche hier, erklärte er. Dann sei das doch bestimmt eine wertvolle Erfahrung für ihn, meinte Stick. Der Halbwüchsige, ein grobschlächtiger, magerer Bengel, glotzte ihn ständig an und machte ihn ganz nervös. Stick sagte ihm darum, er sollte sich mit dem Gesicht nach unten auf den Boden legen. Den Geschäftsführer bat er sehr höflich, die Wechselkasse auszuräumen und den Safe zu öffnen. Dazu mußte der Mann erst einen Zettel aus der Brieftasche angeln, auf dem die Kombination stand. Beim Drehen der Skala vertat er sich ständig, so daß er immer wieder von vorn anfangen mußte. Endlich stand der Safe offen. Als er sich auch noch dranmachte, die Scheine zu zählen, meinte Stick, das sei nun wirklich nicht nötig, er würde es später selber besorgen. Der Geschäftsführer bedankte sich sogar noch bei ihm.

»Die Schecks können Sie behalten«, sagte Stick.

»Da bin ich Ihnen aber wirklich dankbar«, sagte der Geschäftsführer. »Sehr dankbar, wirklich.«

»Mich interessieren nur die Scheine«, sagte Stick. »Das Kleingeld können Sie auch behalten.«

»Danke«, sagte der Geschäftsführer. »Vielen, vielen Dank. «

Frank stand an der dritten Kasse, holte die Scheine heraus und stopfte sie in eine Kroger-Tüte. Als er aufsah, rollte gerade eine Frau mit Lockenwicklern ihren Einkaufswagen heran. Damit hatte er nicht gerechnet. Seine Hand ging zum Colt. Er hatte in alle Gänge gesehen und niemanden entdeckt. Die Frau begann, ihre Einkäufe auszupacken – Kaffee, Milch, Brot und noch ein paar Sachen. Frank zog die Hand wieder aus der Tasche. Das Gescheiteste war, sie so schnell wie möglich loszuwerden.

»Na, wie geht's uns denn heute?« sagte er salbungsvoll und begann, die Lebensmittel einzutippen, ohne sie dabei anzusehen. Sie war eine blasse, aufgedunsene Person mit einem Ausdruck von Unzufriedenheit im Gesicht. Hellblaue Plastikwickler im hellblauen Haar, das war doch nicht zu fassen. Als ob sie nicht so schon häßlich genug war.

Die Frau betrachtete ihn aus zusammengekniffenen Augen. »Sie sind wohl neu, oder?«

»Ja, ich bin der neue stellvertretende Geschäftsführer. «

»Wo haben Sie denn Ihren Kittel?«

Sakko und Sonnenbrille sind die neueste Masche für uns Supermarktbosse, du dumme Kuh, wollte er sagen. Aber er schluckte es herunter und erklärte, der Kittel mit seinem Namenszug sei noch nicht fertig. Er tippte die Gesamtsumme. »Vier achtundsechzig, bitte.«

Die Frau wühlte in ihrer Handtasche, suchte irgendwas. Es dauerte fast eine Ewigkeit, ehe sie einen Zeitungsausschnitt herausgeangelt und auseinandergefaltet hatte.

»Der Kaffeegutschein«, sagte sie. »Wert zwanzig Cents. «

Frank besah sich den Gutschein. »Okay, das macht dann vier achtundvierzig ... Augenblick mal.« Er hatte das Datum gelesen. »Das Sonderangebot ist ja schon verfallen.« Ihn ritt der Teufel.

»Gestern konnte ich nicht kommen«, sagte die Frau. »Ich kann nichts dafür. Ich habe den Gutschein ausgeschnitten, und hier ist er.«

»Tut mir leid«, sagte Frank. »Hier steht es groß und breit: Nur am Donnerstag und Freitag.«

»Seit fünfzehn Jahren kaufe ich hier und lege immer die Gutscheine vor«, jammerte die Frau. »Mein Mann und ich, wir kaufen all unsere Lebensmittel hier, das Hundefutter, alles. Und wenn ich einen Tag später komme, erzählen Sie mir, daß der Gutschein verfallen ist?«

»Tut mir leid, da kann ich leider gar nichts machen.«

»Gestern hat Earl den Wagen gehabt. Timmi hat er mitgenommen. Den ganzen Tag war er weg und hat nicht mal Timmi gefüttert, und ich saß allein zu Hause.«

»Na schön«, sagte Frank.

»Schließlich haben Sie in all den Jahren genug an uns verdient. Ich hätt' ja auch zu Farmer Jack gehen können oder zu Safeway. Tu' ich aber nicht, und was ist der Dank? Man behandelt mich, als ob ich mit einem Schein vom Sozialamt käme.«

Frank war drauf und dran gewesen nachzugeben, aber jetzt hatte er die Nase voll. Er sah der Kundin ins Gesicht. »Ich will Ihnen mal was sagen. Von mir aus können Sie sich Ihren Gutschein und Ihre Ein-Pfund-Dose Maxwell-Kaffee in den Hintern stecken.«

Als sie in dem gestohlenen Wagen saßen und mit der Kroger-Tüte auf dem Boden vom Parkplatz wegfuhren, sagte Frank: »Verdammter Idiot, dieser Earl. Gondelt den ganzen Tag mit dem Auto und der Töle in der Gegend herum, und die Alte wird sauer und macht ihren Mitmenschen das Leben zur Hölle.«

Stick hörte nicht zu. Er wartete ungeduldig, bis Frank endlich fertig war. Dann sagte er: »Der Geschäftsführer, weißt du, was der gesagt hat, als ich ging? Vielen Dank, Sir, und beehren Sie uns bald wieder. Ehrlich, das hat er gesagt, dieser Trottel.«

»Dieser Earl, das ist 'n richtig armes Schwein«, sagte Frank. »Mit der Alten könnten die mich jagen.«

Sie hatten etwas über siebzehnhundert bei Kroger erbeutet. In der Zeitungsmeldung war die Rede von ›etwa dreitausend‹. Typisch. Vier Tage später ergatterten sie überhaupt nichts. Der Typ wollte das Geld nicht rausrücken.

Nur gut, daß ihnen das nicht zum erstenmal passiert war, dann hätten sie wahrscheinlich den ganzen Plan sausen lassen. Der Typ war ein kleiner, glatzköpfiger, reizbarer Armenier, der keine Spirituosen, aber Importbier und Wein und teure Delikatessen führte. Der Laden hatte eine gute Lage, North Woodward, in der Nähe von Bloomfield Hills. An einem Samstagabend um zehn fuhren sie hin. Frank zückte seine Python, und Stick drehte das Schild an der Glastür um, so daß das Wort ›Geschlossen‹ nach draußen wies, und zog die Jalousie herunter.

Sofort legte der kleine Armenier los: »Was Ihnen fallen ein? Ich Ihnen nix haben getan. Ich Sie nie haben gesehen.« Er stand mit erhobenen Armen vor ihnen.

»Nehmen Sie die Hände runter, Sir«, sagte Frank.

»Ich nix wollen, daß mir was passiert«, sagte der Armenier mit seiner hohen Nörgelstimme. »Ich gezogen hier, es mir nie nix passiert. Nie. Hier gute Leute wohnen. Warum Sie nix sein gute Leute? Sie nix müssen mir das tun.«.

»Wenn Sie machen, was ich sage, tut's überhaupt nicht weh«, sagte Frank. »Kapiert? Und nun nehmen Sie schon Ihre Pfoten runter.«

Stick fand seine Frau dann im Hinterzimmer, eine kleine, dunkelhaarige Person mit Damenbart, die Hände vor der Brust verkrampft, wie im Gebet. »Alles in Ordnung, Oma«, sagte Stick. »Machen Sie sich keine Sorgen.« Er schob sie in die Toilette, machte die Tür zu und stöberte in dem Lagerraum herum, der fast bis an die Decke mit Bier- und Limonadenkästen vollgepackt war.

Frank sah von der Kasse hoch, als Stick wieder rauskam.

»Der hat 'n Safe, oder der hat's irgendwo versteckt.«

Stick schüttelte den Kopf. »Da hinten – jedenfalls nicht.«

»Achtunddreißig Mäuse und Kleingeld«, sagte Frank. »Für morgen. Er hat die Kasse leergemacht.«

Stick ging zu dem Armenier hinüber, drehte ihn mit dem Gesicht zu seinen Regalen und tastete die Taschen seines weißen Kittels ab.

»Nichts.«

»Irgendwo muß es doch sein«, sagte Frank.

»Alles Geld, wo ich habe, in Kasse«, beteuerte der Armenier vor den Dosen mit geräucherten Austern und Muscheln. »Ich nix haben mehr.«

»Reden Sie keinen Quatsch«, sagte Frank. »Den ganzen Tag haben Sie nur achtunddreißig Dollar eingenommen? Wo ist der Zaster? Haben Sie ihn versteckt?«

»Ich ihn gebracht zu Bank.«

»Haben Sie nicht. Sie waren den ganzen Tag hier.«

»Frau ihn haben gebracht.« Seine Stimme kletterte noch höher. »Wo meine Frau – was Sie ihr haben getan?«

»Mein Kumpel hat sie aufs Kreuz gelegt«, sagte Frank.

Stick machte ein angewidertes Gesicht.

»Und jetzt nehme ich sie mir vor, wenn Sie uns nicht sagen, wo das Geld ist.«

Der Armenier sagte nichts. Er überlegte, ob er sein Geld preisgeben oder seine Frau zum zweitenmal vergewaltigen lassen sollte.

»Los. « Frank tippte dem Armenier mit dem Colt auf den Hinterkopf. »Ich zähl' bis drei, und wenn ich's bis dann nicht weiß, drille ich Ihnen 'n Loch in die Glatze. Eins ... «

»Tun Sie's!« quietschte der Armenier.

»Zwei.«

»Sie nehmen mein Geld, Sie mich töten.«

»Drei.«

Frank zog mit dem Daumen den Hahn zurück. Der Armenier verkrampfte die Schultern und blieb unbeweglich stehen. Stick wartete und hielt den Atem an.

»Scheiße«, sagte Frank. Sie konnten den ganzen Laden auf den Kopf stellen, und es war immer noch drin, daß sie nichts fanden. Er starrte den Armenier an. »Sie haben noch mal Glück gehabt. Verdammtes Glück!«

Als sie wieder im Wagen saßen, sagte Stick. »Verfluchter Mist! Jetzt haben wir auch noch die achtunddreißig Piepen vergessen.«

Für bewaffneten Raubüberall gibt's keine Lehrbücher, das ist reine Übungssache, das muß man sich hart erarbeiten. Sie stellten fest, daß Tankstellen nicht so sicher waren, wie sie aussahen. Wenn man dem Tankwart einen Zwanziger gab, ging er zum Chef, und der nahm einen ganzen Packen Scheine aus der Tasche und blätterte das Wechselgeld hin. Aber das war nicht so viel, wie man glaubte, meist nur Einer und Fünfer. Zu viele Leute zahlten heutzutage mit Kreditkarten. Und die großen Service-Stationen, wo genug Geld zusammenkam, hatten immer fünf oder sechs Mitarbeiter, die mit Schraubenschlüsseln und Wagenhebern herumhantierten. Harte Burschen waren darunter, mit nicht übermäßig viel Grips, aber mit kräftigen Fäusten. Wenn denen jemand mal eine Kanone unter die Nase hielt, war es durchaus denkbar, daß sie hart zuschlugen. Die waren kaltblütig genug. Bei den drei Tankstellen, die Stick und Frank sich vornahmen, machten sie, daß sie schnell wieder rauskamen. Das beste Ergebnis waren ganze siebenhundertachtzig, mehr war offenbar nicht drin.

Sie strichen also Tankstellen von der Liste und änderten einige ihrer Regeln für Glück und Erfolg. Höflichkeit zahlte sich schon aus, aber man mußte den Typen trotzdem soviel Angst einjagen, daß sie es sich zweimal überlegten, ehe sie versuchten, den Helden zu spielen. Auch das mit den guten Klamotten war durchaus in Ordnung, aber nach einer Weile ging ihnen auf, daß sie sich da nicht zu sehr festlegen durften. Sonst hatte die Polizei allzu schnell ein Dossier über die beiden feinen Pinkel zusammen, die immer schicke Anzüge trugen und schön bitte und danke sagten. Darum arbeiteten sie schon manchmal in Freizeitjacken oder Regenmänteln. Stick hatte bei J. C. Penney einen Overall gekauft, in dem er sich wohl fühlte. Der war bequem, und niemand schien sich dran zu stören. Frank hing besonders an einer hellbraunen Safarijacke mit Schulterstücken. Sehr zünftig, echt kalifornisch. Man konnte die Python in der tiefen Seitentasche unterbringen, ohne daß sie auftrug. Meist schlossen sie nach einem Job die Revolver im Handschuhfach des Thunderbird ein. Stick war zwar dafür gewesen, sie irgendwo zu verstecken, aber Frank meinte, es sei besser, sie immer griffbereit zu haben. Wenn ihnen ein Laden gefiel, könnte 's gleich losgehen. In der Wohnung müßten sie damit rechnen, daß eine neugierige Puppe herumschnüffelte, die Kanonen fand und das große Wundern kriegte. Stick gab klein bei, was Besseres fiel ihm auch nicht ein.

Aber er hatte einen Vorschlag, was die Regeln anging; Regel Nummer elf: Überfalle nie einen Armenier.

Bis jetzt hatten sie fast fünfundzwanzigtausend kassiert. Sie hatten ganz schön gepaßt, aber neuntausendsechshundert lagen trotzdem in einem Banksafe der Detroit Bank & Trust, Zweigstelle Troy, und etwa fünfzehnhundert in der Spülmittelschachtel unter dem Abwaschtisch. Abgesehen von größeren Anschaffungen – zum Beispiel der Wagen und eine Achthundert-Dollar-Hi-Fi-Anlage, die Frank ausgesucht hatte –, holten sie sich das Geld portionsweise, meist in Tausendern aus dem Safe und verstauten es in ihrem Versteck, wo sich dann jeder für persönliche Ausgaben nehmen konnte, was er brauchte.

Als sie vor zwei Monaten eingezogen waren, hatte Stick gegen diese Regelung gemeutert. Er hatte beobachtet, daß Frank jeden Tag zulangte, sich manchmal fünfzig, manchmal hundert, manchmal sogar zweihundert Dollar nahm. »Meinste nicht, es wär' gerechter, wenn wir nach jedem Job halbe halbe machen?« hatte er eines Tages gefragt.

»Ich denk', wir sind Partner«, sagte Frank.

»Aber gleichberechtigte Partner. Halbehalbe wäre also völlig gerecht, oder?«

»Moment mal, willste etwa behaupten, ich leg' dich rein?«

»Ich find's einfach besser, wenn wir jedesmal teilen. Dann weiß jeder, woran er ist.«

»Du weißt doch, wo die Mäuse sind, oder? Und du weißt auch, daß du dir jederzeit so viel nehmen kannst, wie du brauchst. Jetzt möcht' ich mal wissen, wo da der Haken ist?«

»Okay, wir haben's mal so verabredet«, sagte Stick. »Aber ich find's nun einmal besser, wenn jeder seine eigenen Piepen verwaltet.«

»Mensch, was haste vor? Willste deins verbuddeln?«

»Wenn die Hälfte vom Zaster mir gehört, kann ich damit machen, was ich will, oder?«

»Großer Gott, du redest wie 'n kleiner Junge. Ätsch, ich hab' mein Geld versteckt und verrat' dir nicht, wo's ist. Was quasselste da für 'n Scheiß? Sind wir Partner oder nicht?«

Stick ließ die Sache auf sich beruhen.

Aber von da ab nahm er sich jede Woche zweihundert Dollar zusätzlich aus der Schachtel und steckte sie in seinen Koffer.

7

Stick stand auf dem Balkon und sah auf den leeren Innenhof hinunter. Es war ruhig, der Pool lag im Schatten. Er drehte sich um, als Frank in einem seiner neuen Anzüge aus seinem Zimmer kam, zur Bar hinüberging und einen Drink kippte, den er sich vorhin gemacht, aber inzwischen vergessen hatte.

»Nimmst du den Wagen?«

»Nee, du, wir gehen zu Fuß. Was meinst du, wie die Puppen dafür schwärmen, meilenweit zu laufen, wenn man sie zum Essen ausführt! Gehste auch weg?«

»Wie denn?«

»Was heißt das? Gehste weg oder nicht?«

»Soll ich vielleicht trampen?«

»Wenn ich mich recht erinnere, hab' ich seinerzeit gesagt, es wär' vielleicht besser, zwei Autos zu kaufen. Ich hör' dich noch: Zwei Autos? Was sollen wir mit zwei Autos? Erinnerste dich?«

»Möchte bloß wissen, wieso du dir einbildest, daß der Schlitten dir gehört?« sagte Stick.

»Haste Worte! Mensch, wenn du 'ne Karre brauchst, hol dir eine. Wenn du sie dringend brauchst, kauf dir eine, verdammt noch mal. Nimm von dem Geld aus dem Safe. «

»Viel Spaß«, sagte Stick.

Frank schüttelte leicht bekümmert den Kopf. »Manchmal kommste mir vor wie 'n Weib. Wie 'ne arme Ehefrau, die zu Hause bleiben muß, während ihr Kerl draußen 'n Faß aufmacht.«

»Ich bleib' vorsichtshalber auf«, sagte Stick. »Falls du hinfällst und dir den Kopf am Klo anhaust, wenn du spucken mußt.«

»Wie lange haste dir denn den aufgehoben?«

»Is mir eben eingefallen. Du mußt eigentlich ziemlich oft spucken.«

»Du bist ja 'n richtiger Spaßvogel. Ich würde gern noch 'n paar Takte mit dir plaudern, aber langsam wird die Zeit knapp.« Und damit verzog er sich.

Im Haus hatte sich inzwischen eine Clique von Jungmanagern gebildet, einige Typen, die hier wohnten, und Freunde, die auf Besuch kamen. Manchmal saßen sie abends, wenn sie ihre feinen Arbeitsanzüge mit Jeans und Turnschuhen vertauscht hatten, im Patio und tranken Bier. Wenn Stick draußen auf dem Balkon war, hörte er zu, was sie so redeten. Vielleicht, sagte er sich, kannste noch was dabei lernen.

Meist redeten sie allerdings darüber, wie sie sich am Vorabend hatten vollaufen lassen. Oder wo man das beste Marihuana in Ann Arbour kriegte. Oder warum einer der Kollegen von Wilson Jack Kramer auf Bancroft Competition umgestiegen war. Dann kam eine Minute oder so überhaupt nichts, einer redete mit gedämpfter Stimme, und gleich darauf lautes Gelächter. Je mehr Sechserpackungen sie konsumierten, desto lauter wurde das Lachen und desto öfter brüllten die Jungmanager Scheiße. Das war so ungefähr alles, was Stick dabei lernte.

An diesem Abend lernte er überhaupt nichts, weil sie nach zwei Bieren beschlossen, ins Theater zu gehen. Stick überlegte, was Mimi wohl machte. Frank war weg. Die Gelegenheit war also günstig. Er fand, daß sie nett aussah, und er konnte sie sich ganz genau vorstellen. Nur wie sie aussah, wenn sie da nebenan stöhnte und herummachte, das wollte er zu gern mal erleben. Wieviel mochte sie nehmen?

Er holte sich aus der Küche eine Dose Bier, setzte sich in einen der Leinensessel und starrte auf ein orangegelbes Gemälde, das aussah, als hätte jemand ein Dutzend Eier an die Wand geklatscht und einen Rahmen drum herumgehängt.

Er stellte das Bier auf den Glastisch und legte Donna Fargo auf den Plattenteller. Dann sah er sich in dem polierten Aluminiumspiegel an. Sein Gesicht war dunkel und hager, ein bißchen bedrohlich, wenn er ernst blickte. »'n Abend. Ich bin Ihr Nachbar, und ich wollte mal fragen … «

Als er die Wohnung verließ, übte er immer noch.

»… wollt' mal fragen, ob Sie gerade beschäftigt sind … wollt' mal fragen, ob Sie frei sind – ich meine, ob Sie ein bißchen Zeit haben …«

Scheiß, laß sie doch reden. Sie weiß ja, was du willst, dachte er.

Er klopfte an ihre Tür, wartete, klopfte noch zweimal. Kein Laut. Stick ging wieder in seine eigene Wohnung, griff sich die Bierdose und trat auf den Balkon hinaus. Es war noch immer ruhig. Der Abendhimmel hatte sich bewölkt, wirkte jetzt leblos und langweilig.

Unten im Pool schwamm jemand. Eins der Mädchen war tatsächlich im Wasser. Stick konnte sich nicht erinnern, eine der Karrieremiezen jemals schwimmen gesehen zu haben. Zuerst dachte er, daß sie eine rötliche Badekappe trug, aber dann sah er, daß es ihr Haar war. Es war die Rothaarige mit dem Kraushaar, die zweimal in der Woche vom Typ in dem silbernen Mark IV besucht wurde.

Arlene sah ihn mit ihrem roten Badetuch dastehen, als sie in ihrem lila Bikini, mit ihren Perlenketten und ihren sieben Ringen aus dem Wasser kam. »Hey«, sagte sie und lachte.

Stick gab ihr das Handtuch und fragte, wie es ihr ging. Bestens, lachte sie, bestens.

»Kommt dein Freund heute abend?«

»Er ist verhindert«, sagte Arlene. »Er mußte nach Lansing. « Sie begann ihr drahtiges Haar zu rubbeln, und Stick konnte eine Weile ihr Gesicht nicht sehen. Dafür sah er ihre kleinen Brüste auf und ab hüpfen. Sie waren winzig, aber gut geformt, richtig frech. Arlene hatte Sommersprossen auf der Brust. Sie hat echtes rotes Haar, dachte Stick, überall.

»Was erwartet er von dir, wenn er nicht da ist?« wollte Stick wissen. »Mußt du Däumchen drehen oder ein braves kleines Mädchen sein?«

Sie gab eine Antwort, aber er konnte sie unter dem dicken Handtuch nicht verstehen.

»Was sollst du?«

Sie zwinkerte ihm durch die roten Stoffmassen hindurch zu. »Er hat nie verlangt, daß ich Däumchen drehe.«

Stick grinste ein bißchen. »Aber du spielst gern mit den Fingern, oder?«

Sie grinste zurück: »Weiß nicht. Macht das Spaß?«

Stick wechselte das Thema: »Du bist nicht von hier. Laß mich mal raten. Nicht Louisville. Nein, ein bißchen mehr hier rüber. Columbus, Ohio?«

»Falsch. Indianapolis«, sagte Arlene.

»So schlecht war ich gar nicht. Von Columbus nimmt man die Interstate 70 direkt bis Indianapolis. War früher mal die U. S. 40.« So leicht ließ er sich von seinem Columbus nicht abbringen.

»Ich war letztes Jahr Miß NHRA Nationals«, sagte Arlene. »Dragster-Rennen kennst du doch, wo's nur auf Beschleunigung ankommt. Eigentlich wollte ich nach Kalifornien fahren, eine Freundin von mir wohnt in Bakersfield, aber dann haben sie mich hierhergeschickt. Sonderwerbung für die Hi-Performance Products Incorporated. Schon mal davon gehört?«

»Dem Namen nach, glaub' ich.«

»Sie machen Hi-Speed-Nockenwellen. Das ist das Hauptprodukt. Und auch Hi-Performance-Schalthebel. In Kürze läuft auch die Produktion von Magnetzündern und Saugrohren an.«

»Muß interessant sein«, sagte Stick.

»Irgendwo schon, aber das geht auf die Knochen. Dieser Dreck auf der Rennstrecke, der Staub und das Öl und alles! Und erst der Krach, wenn die Autos anfahren. Sobald ich ins Motel zurückkomme, stürze ich mich in den Pool. Ich schwimme riesig gern.«

»Hab' ich gemerkt, ich war draußen auf dem Balkon.« Stick sah zum Apartment hoch. »Du bist wirklich wie 'n Fisch im Wasser.«

»Es ist herrlich – so als hätte man überhaupt keinen Körper.«

»Also dein Körper ist ja nun nicht zu übersehen«, sagte Stick.

Arlene lachte, warf den Kopf zurück und schüttelte ihr drahtiges Haar. Ihre Augen waren geschlossen.

Stick betrachtete den leicht geöffneten Mund, die schmale kleine Nase, die grünlichen Reste des Lidschattens.

»Wie wär's jetzt mit einem schönen kühlen Drink, zur Befeuchtung deines Innersten?«

Arlene war begeistert von dem Apartment. So schön kühl, sagte sie, so richtig typisch Kalifornien, wie sie es liebte. Auch Arlene wirkte ganz schön kühl auf dem Bambushocker, in ihrem scharfen Bikini, die nackten Füße um den Querstab des Hockers gehakt, die Beine leicht gespreizt, dachte Stick, als er ihr einen Salty Dog mixte. Nachdem sie ihm gesagt hatte, wie man das macht, hielt er die Wodka-Flasche in Reichweite und trank dabei langsam seinen Bourbon on the Rocks, während sie ihm erzählte, wie sie in einem Silberkostüm mit weißen Stiefeln für die Nockenwellenwerbung posierte, unter den heißen Scheinwerfern und dem ganzen Drum und Dran. Ein Vergnügen wär' das nicht gerade, sagte sie, und Stick meinte, das könnte er ihr wohl nachfühlen. Er beobachtete, wie sie sich die Augen rieb und blinzelte, aber er wartete ab, bis sie drei Salty Dogs intus hatte und der vierte vor ihr stand.

»Das ist verdammtes Chlorwasser da unten«, stellte er fest. »Du solltest mal richtig duschen.«

»Hier etwa?«

»Was dagegen?«

»Aber ich hab' nichts anzuziehen«, sagte Arlene. »Außer dem nassen Badeanzug.«

Wenn das ihre einzige Sorge ist, dachte Stick, hab' ich schon gewonnen. »Ich hol' dir 'nen Bademantel oder so was. Einverstanden?«

So bekam er sie in die Dusche. Er setzte ihr Glas auf den Spülkasten, stellte den Duschkopf schön warm, ging hinaus und machte die Tür zu.

Stick besaß keinen Bademantel. Vielleicht hatte Frank so was, aber er guckte gar nicht erst nach. Er ging in sein Zimmer, zog sich aus, verstaute Schuhe und Socken im Schrank, hängt seine neuen Hosen und sein Hemd auf und stand in seinen gestreiften Unterhosen da. Er hätte sie natürlich zum Essen einladen, zwanzig Dollar investieren können. Sie hätten vielleicht ins Kino und dann in eine Bar gehen können, hätten ein bißchen Musik gehört, aber wenn er sie dann noch auf einen Schluck in seine Wohnung eingeladen hätte, wär' er am Ende vielleicht der Dumme gewesen. Sie hätte nur sagen müssen, nein, danke, ich bin jetzt müde. Probieren geht über Studieren, wirklich wahr. Er konnte sich plötzlich gar nicht erklären, warum er Hemmungen gehabt hatte, zu Mimi zu gehen. Mimi war eine Professionelle, ob sie nun so aussah oder nicht. Arlene war ja, was? Rennfahrermieze, Fotomodell für Nockenwellenwerbung und ausgehaltene Lady. Er kannte sie ja nicht, wußte noch nicht mal, wie sie auf so was reagierte.

Vielleicht schrie sie. Oder brüllte: He, nicht so schnell! oder: Scher dich zum Teufel! Vielleicht drohte sie, die Polizei zu rufen oder war gar so verschreckt, daß sie überhaupt nichts mehr sagte.

Als er den Vorhang zurückzog und nackt zu ihr in die Dusche trat, sagte Arlene nur: »Bring mir erst noch 'nen Salty Dog, ja Liebling?«

Sie lagen im Bett, abgetrocknet und nach Mennen-Talkumpuder duftend, als Mimi nebenan loslegte. Schwach drang es durch die Wand, zärtliche Laute ohne Worte.

Stick hatte sie nicht kommen hören. Wahrscheinlich waren sie da gerade in der Dusche gewesen. Er hatte sich auf einen Ellbogen gestützt, lag halb über Arlene, ein Knie zwischen ihren Beinen, gab ihr zärtliche Küsse und spürte, wie ihre Hände auf seinem Rücken spazierengingen.

Arlene machte die Augen auf. »Was ist das?«

»Was?« Er legte seinen Mund auf ihre Lippen, um sie am Sprechen zu hindern.

»Hört sich an, als wenn jemand Schmerzen hat.«

»Also Schmerzen sind das wohl weniger«, sagte Stick und machte sich wieder an die Arbeit, und Arlene begann zu zappeln und sich gegen ihn zu pressen.

Mimi, im anderen Bett im andern Raum, stöhnte: »Mein Gott ... oooh ... schööön ...«

Arlene machte wieder die Augen auf. »Hörst du's?«

»Wie bitte ...?«

Arlene rutschte unter ihm raus und setzte sich auf: »Woher kommt das, von nebenan?«

»Glaub' ja.«.

»Wer wohnt da?«

»Die Bums- weiß nicht, wie sie heißt.«

Arlene runzelte die Stirn. »Die graue Maus mit dem strähnigen Haar?«

»Graue Maus? Ich weiß nicht ... Na ja, 'ne Filmschönheit is sie nicht gerade, aber ...«

Arlene unterbrach ihn. »Hör doch mal!«

Sie kletterte über ihn weg aus dem Bett und folgte dem leisen Gebrabbel zur Wand, wo der Tisch stand. Stick sah, wie sie sich dort hinhockte, ein nacktes rothaariges Mädchen, besonders nackt mit ihrer weißen Haut, die noch nicht mal weiße Streifen hatte, geschweige denn Bräune. Selbst ihre kleinen Brüste wirkten in diesem Augenblick neugierig.

»Dachte, du wüßtest, wie 's gemacht wird. Wir haben jedenfalls ganz vielversprechend angefangen ...«

Arlene sah nicht auf, saß regungslos da. Im Zimmer war es still. Stick hörte wieder die Laute.

Nach einer Weile flüsterte Arlene: »Oh – jetzt! Bitte! O bitte, bitte, bitte.«

»Ich steh' gern zu Diensten«, sagte Stick.

Arlene war fasziniert. Mit weit aufgerissenen Augen, den Mund leicht geöffnet, klebte sie förmlich an der Wand.

»Los ... los ... O bitte, mehr ... Oh ... O Gott.«

»Vielleicht«, meinte Stick, »spricht sie ihr Nachtgebet.«

»Mmmh, jetzt hat sie sogar das Wort gesagt.«

»Was für'n Wort?«

»Ich kann's einfach nicht laut sagen. Gott, jetzt wieder.«

»Buchstabier's doch mal.«

Stick holte sich eine Zigarette vom Nachttisch, setzte sich auf, rauchte, betrachtete Arlene und versuchte sich vorzustellen, was sich in dem Bett jenseits der Wand abspielte. Er konnte sich Mimis Gesicht vorstellen, ihre geschlossenen Augen. Aber er konnte sich nicht vorstellen, daß sie dabei was sagte, und an den Kerl neben ihr mochte er erst gar nicht denken.

Arlene riß die Augen noch ein wenig weiter auf. Jetzt mußte es gleich kommen. Arlene sah hübsch aus. Gar nicht ausgeschlossen, daß es mit ihr was Ernstes wurde. Sie war sogar sehr hübsch. Zartes

Gesicht. Schlanker Körper. Flacher Bauch. Daß sie da splitterfasernackt hockte, störte sie überhaupt nicht. Nur das Wort konnte sie nicht rausbringen.

Auch Arlene mußte gerade daran gedacht haben. Als sie ins Bett zurückkam und sich eng an ihn schmiegte sagte sie: »Sagen könnt' ich das niemals, komisch, nicht? Tun ja, klar, gar kein Problem. Aber ich kann's einfach nicht sagen.«

»Schätzchen«, sagte Stick, »du könntest eigentlich mal deine Ringe abnehmen, dann wird jedenfalls keiner verletzt.«

8

Die Bar in Hazel Park war nur wenige Blocks von der Rennbahn entfernt. Sie waren schon mal dort gewesen und hatten miterlebt, wie zwei Großgewinner Lokalrunden geschmissen hatten. Sie wußten gar nicht recht, ob sich Bars lohnten. Darum hatten sie sich diese für einen Probelauf ausgesucht.

Als sie um halb zwei, eine halbe Stunde vor Toresschluß, ankamen, schlug ihnen Stimmengewirr und Country-Musik aus der Musikbox entgegen. An der Theke war noch viel Betrieb, die Tische waren allerdings schon leer. Die Serviererin stand an der Durchreiche und zählte ihre Trinkgelder.

Sie hatten abgemacht, daß Stick die Leute an der Theke in Schach halten und Frank sich von der Barbesitzerin das Geld aus der Kasse geben lassen sollte. Ehe Frank seinen Colt herausziehen könnte, tippte ihm Stick auf den Arm. »Setzen wir uns noch 'nen Augenblick.«

Sie nahmen einen Tisch. Die Serviererin brachte ihnen zwei Bier vom Faß und ging wieder weg.

»Guck mal, der Kerl mit dem Zottelhaar da, am Ende der Theke«, sagte Stick.

Der Typ stand in der Nähe der Tür, so daß er die ganze Theke überblicken konnte. Er hatte dichtes Haar, das ihm bis über die Ohren fiel, über seinen kräftigen Armen und Schultern spannte sich eine Sportjacke aus gelbem Satin. Frank trank einen Schluck Bier, während der Typ zu ihnen herübersah.

»Was ist denn mit dem?«

»Wie der uns beim Reinkommen angestarrt hat ... Schau ihn dir an, ständig sieht der sich um.«

»Vielleicht isses auch 'n Bulle. So was machen die manchmal. Haste das noch nie gelesen?«

»Ein Bulle? Sieht eher aus wie 'n blutiger Amateur, der's nie weiter bringen wird.«

»Heutzutage verkleiden sich auch Bullen manchmal so«, sagte Stick. »Da biste nie sicher.«

»Wenn dir die Sache mulmig vorkommt, können wir ja wieder abzwitschern. Is vielleicht sowieso keine gute Idee. Sechs, sieben, neun Leute mit der Serviererin, die sind schwer in Schach zu halten.«

»Wart mal, ich glaub', der geht jetzt.«

Tatsächlich rutschte der Typ in der gelben Satinjacke von seinem Hocker und griff nach einer Ledertasche, die auf der anderen Seite neben ihm an der Theke gelehnt haben mußte.

»Billardstöcke«, stellte Frank fest.

»Der geht aufs Klo«, sagte Stick.

Auf dem Jackenrücken war ein Schriftzug.

»Port Huron Bullets«, sagte Stick. »Einer von den berühmten Port Huron Bullets. Nie gehört.«

»Wir warten, bis er weg ist«, entschied Frank. Er trank sein Bier aus.

Aus der Musikbox sang Dolly Partin. Stick mochte Dolly und hörte ihr einen Augenblick zu. »Du hast doch Lust, oder?«

Frank sah ihn an. »Was ist? Nervös?«

»Nicht mehr als üblich. Haste 'ne Tüte mitgebracht?«

»Mist, hab' ich ganz vergessen. Aber die haben sicher was hinter der Theke. Notfalls können wir's ja in die Schürze von der Barfrau wickeln.«

»Die trägt aber keine Schürze.«

»Irgendwo werden wir's schon unterbringen.«

»Ich weiß nicht«, sagte Stick. »Ich hab' diesmal kein hundertprozentig gutes Gefühl.«

»Hundertprozentige Sicherheit gibt's nicht.«

»Das mein' ich nicht. Ich finde, wir sind innerlich noch nicht soweit. Kaum sind wir drin, schon zögern wir.«

Frank sah an ihm vorbei. »Da kommt er.«

Stick sah, wie sich Franks Gesichtsausdruck änderte. »Heiliger Strohsack«, sagte er leise, fast ehrfurchtsvoll. Stick hörte noch, wie Loretta Lynn in der Musik-Box versicherte, Männer wie Paps gäb's heut' nicht mehr, dann drehte er sich um und sah den Typ in der gelben Satinjacke an der Tür zur Herrentoilette stehen und eine Flinte an die Hüfte legen.

»Keine Bewegung! Das ist ein Überfall«, brüllte der Typ, lauter als die Musik. »Wer sich rührt, wird umgelegt.«

Als er die Flinte zu ihrem Tisch wandern ließ, sahen Frank und Stick ihn aus fünf Metern Entfernung ungerührt an. »Ihr beiden da, keine Bewegung! Ich warne alle, ich schieße gezielt.«

»Der will uns klarmachen wie ernst er's meint«, sagte Frank.

Zögernd ging der Typ zur Theke hinüber. Die Gäste, die sich umgedreht hatten, brüllte er an, sie sollten gefälligst geradeaus sehen. Selbst Loretta hatte aufgehört zu singen. Es war jetzt sehr still, während er auf die Barfrau hinter der Theke zutrat.

»Haste Worte! Die brauchen sich noch nicht mal hinzulegen«, sagte Stick.

»Der weiß doch nicht, wo's langgeht«, sagte Frank. »'n richtiger Cowboy. Seine Jacke verrät allein, wo er herkommt.«

»Stell dir mal vor, du müßtest mit so 'ner Flinte rumspazieren«, sagte Stick. »Der hat doch 'ne Meise.«

»Hände auf die Theke«, brüllte der Typ einen der Gäste an.

»Ganz schön nervös, der Junge«, sagte Frank. »Vielleicht isses seine Premiere.«

»Sogar nervöser als ich. Wie der mit seiner Knarre rumwedelt«, sagte Stick. »Der weiß wohl nicht, wohin er sie halten soll.«

»Der müßte auf die Serviererin anlegen«, meinte Frank. »Müßte drohen, sie über'n Haufen zu knallen, wenn sie die Kohlen nicht rausrückt.«

»Die hätten sich alle langlegen müssen, damit sie ihn gar nicht erst sehen.« Stick schüttelte den Kopf. »Wirklich 'n Cowboy. Würde mich nicht wundern, wenn er seinen Gaul draußen angebunden hätte.«

»Der kriegt's fertig und rennt mit der Knarre auf die Straße raus«, sagte Frank. »Oder glaubst du, der steckt sie erst wieder weg?«

»Jetzt läßt der sich das Kleingeld geben. Wo hat sie das Geld reingetan?«

»Scheint ihre Handtasche zu sein.«

»Rennt mit 'ner Knarre und 'ner Damenhandtasche raus. Stell dir das mal vor. Wieviel hat er wohl eingesackt?«

Frank schwieg einen Augenblick und beobachtete den Kerl, der sich vorsichtig auf das Ende der Theke zubewegte.

»Noch ist er nicht draußen.«

Stick sah Frank an, sah den Typ an, der jetzt hinter der Theke hervorkam und die Tür ansteuerte, und sagte: »Gute Idee, oder?«

»Wenn sich'so ergibt.«

»Wenn er die Tür aufmacht, okay?« sagte Stick.

Der Typ schien immer nervöser zu werden. Er warf einen kurzen Blick zu ihrem Tisch hinüber, konzentrierte sich aber auf die Gäste an der Theke. »Keine Bewegung! Ich geh' jetzt, aber es ist durchaus möglich, daß ich noch mal wiederkomme. Und wenn ich sehe, daß sich jemand rührt, kriegt er 'ne Ladung aufgebrummt. Ehrenwort.«

»Der redet zuviel«, sagte Stick.

Der Typ ging zur Tür und stieß sie auf.

»Komm, Junge«, sagte Frank. »Schmeiß die Knarre weg.«

Der Typ zögerte, mit dem Rücken zu ihnen, die Flinte an die Tür gelehnt. Er hatte eine Chance, aber als er sich schließlich umdrehte, war's zu spät. Frank und Stick standen drei Meter voneinander entfernt da, ihre Revolver auf ihn gerichtet.

»Los, weg damit«, sagte Frank.

Als die Flinte auf dem Boden lag, ging Stick zu dem Kerl hinüber und nahm ihm die Handtasche ab.

»Vielen Dank, Partner«, sagte er. »Wirklich nett von dir.«

Der Artikel, der am nächsten Tag in der *Detroit News* stand, schilderte anschaulich, wie die Gäste der Bar und der verhinderte Räuber sechs Stunden zusammen in einem Lagerraum ausharren mußten, in dem die Spirituosen und sämtliche Vorräte aufbewahrt wurden. Als man sie am nächsten Morgen fand, hieß es in dem Artikel, schien der verhinderte Räuber ziemlich ramponiert, während die Gäste sich in einem heiterfestlichen Rauschzustand befanden.

»Mensch, stell dir das mal vor«, sagte Stick. »Der Port Huron Bullet kommt mit blutiger Nase und verquollenen Augen rausgetaumelt und weiß nicht mehr, ob er Männchen oder Weibchen ist. Murmelt ständig vor sich hin: wo lag der Fehler?«

»Und dann kommt ein Gast raus«, ergänzte Frank, »voll bis zur Oberkante Unterkiefer. Der Bulle fragt ihn: ›Sir, können Sie uns sagen, wieviel Ihnen gestohlen worden ist? Sind Ihnen Wertsachen abhanden gekommen?‹ Und der Typ schaut ihn an mit seinen verglasten Augen und lallt: ›Is doch alles scheißegal ...‹«

Der Überfall auf die Bar in Hazel Park brachte ihnen, außer dem Spaß, etwas über elfhundert Dollar ein.

Trotzdem fanden sie, daß Bars nicht das richtige für sie waren. Bei den vielen Leuten und dem vielen Alkohol, der dort floß, war das Risiko nicht kalkulierbar. Sie strichen deshalb außer Tankstellen auch noch Bars von ihrer Liste und beschlossen, sich auf andere Einrichtungen zu konzentrieren.

9

Drei der Karrieremiezen waren am Pool, als Frank und Stick herunterkamen. Zwei lagen mit geschlossenen Augen auf dem Rücken, Mary Kay, die magere Krankenschwester mit den breiten Hüften, und Jackie, das Cocktailbar-Kätzchen. Eine auf dem Bauch, das Gesicht auf einen vorgestreckten Arm gelegt. Frank erkannte an dem kurzen, dunklen Haar und der nahtlos braunen Haut, daß es Karen, die Lehrerin, war. Sie hatte den Verschluß des Bikini-Oberteils gelöst und keinen weißen Streifen. Die braune Haut glänzte ölig, glatt und nackt bis zum winzigen Bikini-Höschen überm Po.

Stick legte sich mit seinem Handtuch und einer zusammengerollten Zeitschrift in den nächstbesten Liegestuhl.

Frank machte eine Show daraus. Er stand da, das goldfarbene Badetuch über der Schulter, sah auf die Uhr, prüfte den Einfallwinkel der Sonne und schleppte dann mit lautem Scharren die Liege so lange herum, bis er die Sonnenstrahlen ganz direkt erwischte.

»Frank ist da«, stellte Jackie fest, ohne die Augen aufzumachen.

»Tut mir leid, Schätzchen, hat der Stuhl dich etwa geweckt?« Frank holte sich einen kleinen Tisch für sein Handtuch, seine Uhr und die Drinks, die er später zu konsumieren gedachte.

»Man soll die Dinge eigentlich tragen«, sagte Jackie.

»Sie verkratzen den Boden.«

»Stimmt. Vergeß' ich immer wieder.«

Karen hob den Kopf. »Ach, Frank, wo du gerade stehst – reibst du mir den Rücken ein?«

»Okay, ich werd' mich mal opfern«, sagte Frank.

Stick hatte seine Zeitschrift, die neueste Ausgabe von *Oui*, aufgeschlagen. Die Bilder, reine Titten- und Pimmelschau, hatte er sich schon angesehen. Jetzt las er, was diese TV-Größe getan und jene gelassen hatte. Über den Rand der Zeitschrift hinweg sah er, wie Frank sich auf die Kante von Karens Liegestuhl setzte.

Mary Kay, die Krankenschwester, guckte auch. Sie sagte nie viel, hörte nur zu. Manchmal lachte sie.

Stick überlegte, was sie wohl von ihnen dachte. Wahrscheinlich gar nichts. Auf ihrer Irrenstation sah sie wahrscheinlich so viele verrückte Dinge, daß sie hier nichts mehr schockieren konnte.

»Hör auf«, sagte Karen.

»Was mach' ich denn?«

Stick sah wieder zu ihnen hinüber. Während Frank über ihren Rücken streichelte, schob sich eine Hand unter ihren Körper.

»Frank!«

»Ich mach' doch gar nichts.«

»Jetzt reicht's ...«

»Vielleicht noch 'n bißchen mehr nach rechts ... da ...?«

»Frank!«

»Richtiger Teufelsbraten, was?« meinte Stick, während Frank aufstand, lässig hin- und herging und sich die öligen Hände an Brust und Bauch abwischte.

Frank sah in die Sonne, hob die Arme und reckte und streckte sich. »Herrlicher Tag, was? Sonne, blauer Himmel, kleine Brise, nicht zu heiß ... Jackie, du hast einen fantastischen Nabel, weißt du das? Hat dir das jemals einer gesagt?«

Sie drückte ihr Kinn an die Brust, um ihn zu betrachten.

»Was ist denn so Besonderes dran?«

»Er ist kreisrund«, sagte Frank. »Wie von 'ner Pistolenkugel. Peng, direkt hinein.«

»Ich weiß nicht, Frank«, meinte Karen. »Habt ihr ihn schon mal in seinem Regenmantel weggehen sehen? Bei schönstem Sonnenschein. Solche Typen kennen wir, Frank, vor denen haben unsere Mamis uns schon als Babys gewarnt.«

Stick ging in das Apartment hinauf, goß eine halbe Flasche Wodka und einen Liter Tonicwasser in einen Plastikkrug, tat ein paar Limonenscheiben und Eiswürfel dazu und brachte ihn auf einem Tablett mit sechs Plastikbechern an den Pool hinunter.

In seinem Liegestuhl saß jetzt Arlene und blätterte in der Zeitschrift. Sie sah ihn nicht gleich. Frank unterhielt sich gerade mit Karen. »Komisch, so was hat uns noch niemand gefragt«, sagte er und grinste. »Haste gedacht, wir sind Rentner?«

»Blödsinn. Wir dachten, ihr seid arbeitslos.«

Frank sah Stick an und nahm sein Handtuch von dem kleinen Tisch neben sich.

»Haste das gehört? Sie denkt, wir sind arbeitslos.«

»Das sieht manchmal nur so aus«, sagte Stick. Frank goß ein, und er reichte die Gläser herum. Mary Kay schüttelte den Kopf und dankte. Jackie nahm einen Schluck und gurrte anerkennend. Karen machte ihr Bikini-Oberteil zu, und Stick mußte so lange warten, bis sie ihm das Glas abnehmen konnte. Arlene lächelte ihn an.

»Hier ist Platz genug, setz dich zu mir.«

Stick hockte sich auf den Liegestuhlrand und spürte das Aluminiumrohr unter seinen Schenkeln. Er sah, wie Mary Kay ihn beobachtete, dann aber schnell wieder wegsah.

»Ich will euch verraten, was wir sind«, meinte Frank. »Wir arbeiten als Verkaufsberater. In einer Autohandlung zum Beispiel motivieren wir die Verkäufer, mischen sie ein bißchen auf, zeigen ihnen, wie man mit den Kunden umgeht, um gut ins Geschäft zu kommen. Ich bevorzuge dabei die Masche ›frank und frei‹, wie wir das nennen, und unser Ernest, besser bekannt als Stick, reist, wie der Name schon sagt, mehr auf ernst und verantwortungsbewußt.«

Arlene gab Stick einen kleinen Rippenstoß.

»Ihr seid sicher viel unterwegs, was? Wart ihr auch schon in Kalifornien?«

»Klar«, tönte Frank für Stick. »Wenn du uns erreichen willst, schreib einfach ans Continental Hyatt House, Sunset Boulevard, das kommt immer an.«

»Dorthin würde ich rasend gern mal fahren«, sagte Arlene. »Ich hab' nämlich 'ne Freundin in Bakersfield.«

Nach einer Weile ging sie dann schwimmen, und Stick konnte sich wieder mit seiner Zeitschrift ausstrecken. Mit halbem Ohr hörte er Frank zu, der mit den Miezen herumalberte und schließlich erklärte: »Dabei fällt mir ein, Partner, wir haben ja heute nachmittag noch 'ne Verkaufskonferenz.«

Stick stand auf, während Frank den Miezen versicherte, daß es ihnen beiden entsetzlich schwerfiele, sich loszureißen, aber sie würden sich ja bald wiedersehen. Stick überlegte die ganze Zeit, was er sagen könnte, irgendwas besonders Witziges.

Er ging mit dem Krug und dem Tablett in der Hand, der Zeitschrift unterm Arm, ein paar Schritte vom Pool weg, dann wandte er sich noch mal um. »Bleibt sauber, Mädels«, sagte er.

10

Im *Shrine of the Little Flower* auf der Woodward Avenue in Royal Oak fand um sechs Uhr eine Trauung statt. Stick nahm sich einen Chevrolet Impala, der frisch gewaschen, mit dem Schlüssel im Zündschloß, fahrbereit vor der Kirche stand.

Frank wartete in dem Thunderbird auf dem Parkplatz hinter dem

Berkley-Kino auf der Twelve Mile Road. Sie zogen ihre Freizeitjacken an, nahmen die Krawatten ab und holten die Revolver aus dem Handschuhfach. Frank setzte sich eine Sonnenbrille auf, Stick eine Baseball-Kappe. Die Jacketts und Krawatten ließen sie in ihrem Auto, stiegen in den Impala und fuhren zum A & P-Supermarkt an der Ecke Southfield und Twelve. Am liebsten hätte er die Prachtkutsche mit den weißen und rosa Troddeln an den Fenstern genommen, erzählte Stick auf der Fahrt, er hätt's dann gelassen, aus Angst, Frank könnte sich 'n bißchen komisch darin vorkommen.

Es war ein vielversprechender Supermarkt in einer guten Gegend. Aber Frank störten die vielen Wagen auf dem Parkplatz.

Um die Zeit totzuschlagen, fuhren sie zu einer Bowlingbahn auf der Twelve in Berkley und leisteten sich in der halbdunklen Chrom- und Kunststoffbar ein paar Wodka-Tonic zur Feier des Tages. Am frühen Abend in einer Bar herumzuhängen, das erinnerte Stick an Florida. Und das Gefühl mochte er gar nicht.

»Weißte was?« sagte Stick. »Von den Miezen würde uns keine die Wahrheit abnehmen. Stell dir mal vor, eine von den Puppen fragt uns nach unserm Job, und du sagst: Wir machen bewaffnete Raubüberfälle hier und dort. Wetten, daß Jackie oder 'ne andere dann sagt: Ach, wirklich? Wie interessant. Aber glauben würden die uns kein Wort.«

»Das findste komisch, was?«

»Wenn du die Idee gehabt hättest, würdest du's auch komisch finden«, sagte Stick.

»Haste gehört, wie Karen das von dem Regenmantel gesagt hat?«

»Die denkt eben, du bist pervers, das ist alles.«

»Richtig, die denkt zuviel. Sie hat 'n ganzen Tag nichts zu tun, sitzt nur rum mit ihren großen Titten und denkt.«

Als sie wieder zu dem Supermarkt kamen, standen auf dem Parkplatz noch etwa ein Dutzend Wagen. Stick hielt unmittelbar vor dem Vordereingang, genau am Schild: Parkverbot. Nur Ladezone.

»Bis gleich«, sagte Stick.

Frank setzte sich ans Steuer, als Stick ausgestiegen war. Er zündete sich eine Zigarette an, rauchte in aller Ruhe, wartete fünf bis sechs Minuten, dann ließ er den Motor laufen und betrat das Geschäft.

Der Geschäftsführer saß im Kassenraum. Frank sah seinen Kopf und seine Schultern durch die Scheiben. Aber Stick war nicht drin.

Ein Angestellter, vielleicht der stellvertretende Geschäftsführer, saß an der Schnellkasse für Klein-Einkäufe, vor der mehrere Leute warteten. Außer der Schnellkasse war nur noch eine andere Kasse in Betrieb. Dort packte eine Kundin gerade ihren Wochenvorrat an Lebensmittel aus, während eine Kassiererin in rotem A & P-Kittel die Beträge eintippte.

Der Typ an der Schnellkasse sah kurz zu Frank hinüber und genauso schnell wieder weg.

Frank holte sich einen Wagen, schob ihn bis zum Ende des Ladens, bog links ab zu den Backwaren, griff sich bei Milch und Käse einen Pinconning-Käse, schlenderte bis zum Regal mit den Kartoffelchips und stieß erst zwei Gänge weiter auf Stick.

Stick packte gerade zwei Pakete Maisbrotmischung in seinen Wagen, in dem schon Salat, Gurken, Tomaten, ein Beutel Kartoffeln und vier Gläser Tomatenpaprika lagen.

»Lohnt sich wirklich, bei A & P einzukaufen, nicht?« sagte Frank.

»Lohnt sich noch viel mehr, die Auge offenzuhalten«, zischte Stick. »Haste den Typ an der Kasse gesehen?«

»Vielleicht der zweite Boß von dem Laden?«

»Tippe eher auf einen von der Polizei.«

»Biste sicher?«

»Drüben beim Gemüse steht noch so'n Kerl und wiegt Tomaten ab. Die gucken dich an, als wenn sie dir glatt sagen könnten, was für 'ne Farbe deine Unterhosen haben.«

»Keine Bange«, sagte Frank. »Den Typ in der Bar haste auch für 'nen Bullen gehalten.«

»Möglich, daß ich mich irre«, sagte Stick. »Aber ich möcht's nicht drauf ankommen lassen. Laß uns abhauen.«

Frank zuckte die Schultern. »Wenn du meinst ...«

»Schau dir den Gemüse-Heini an«, sagte Stick. »Großer, harter Bursche. Der hätte gleich seine Hundemarke an die Schürze stecken können.«

»Ich sag' ja gar nichts«, meinte Frank. »Wenn du willst, gehn wir eben.«

»Ich komm' gleich nach.« Stick wendete seinen Einkaufswagen und rollte noch einmal den Gang zurück.

»Wo willste denn hin?«

»Brauch' noch Speck für meine Spiegeleier.«

Auf der Suche nach einem anderen Laden fuhren sie langsam die Southfield hinunter. Zwei Supermärkte, einen von *Wrigley* und einen von *Farmer Jack,* hatten sie schon hinter sich gelassen, ehe Frank wieder was sagte.

»Gefallen dir beide nicht, oder?«

Stick saß am Steuer. »Ich weiß nicht. Die Parkplätze waren so voll. Stell dir mal vor, wir wollen da raus, und so 'ne Biene in 'nem Cadillac legt den ganzen Verkehr lahm.«

»Wie findest du das da?« Frank deutet auf ein Gebäude im Kolonialstil, aus rotem Backstein, weiß abgesetzt. »Hübsches kleines Postamt. Kommt eigentlich kaum vor, daß sich jemand 'n Postamt vornimmt.«

»Dafür gibt's auch 'n guten Grund.« Stick sah die glattrasierten Burschen mit den grimmigen Gesichtern und knapp sitzenden Anzügen geradezu vor sich. »Der heißt FBI.«

Frank blickte noch mal zurück. »Vielleicht keine so dumme Idee. Heben wir uns bis Weihnachten auf, wenn dort Hochbetrieb ist.«

Stick biß nicht an. Er hatte jetzt Franks Spielchen durchschaut.

An der Ten Mile Road sagte Frank: »Hier, wenn das nichts is ...«

An der südwestlichen Ecke stand die Michigan National Bank. Stick sagte gar nichts.

»Gefällt dir nicht? Wie wär's dann mit dem Chinesen da drüben? Hände hoch – her mit den verdammten Frühlingsrollen!«

»Der nebenan wär' schon eher was«, sagte Stick. Es war ein Food-Lanes-Supermarkt. Stick hielt an. Die Lage gefiel ihm, der Durchgang neben dem Laden, die vielen Parkplätze rechts und links. Sie konnten auch gegenüber, vor dem Chinesen, parken, das war vielleicht sogar noch günstiger.

»Mußt du entscheiden«, sagte Frank. »Geh rein und schau dich um. Ich warte hier.«

Er trieb noch immer sein Spielchen. Stick schwieg. Er betrat den Laden, machte bedächtig eine Runde und kaufte Zigaretten. Frank hatte eine Tüte Kartoffelchips aufgemacht, als Stick zurückkam, einstieg und weiterfuhr.

»Na, wie ist er?«

»Nicht schlecht«, sagte Stick. »Aber haste die Türen gesehen? Der Kassenraum ist vorn, in der Ecke, und auf beiden Seiten sind Türen. Zwei Türen, die man im Auge behalten muß. Außerdem steht 'n Zeitschriftenständer im Weg. Von der Kasse aus siehste nicht viel vom Laden.«

Frank schob sich einen Kartoffelchip in den Mund und zerbiß ihn knirschend zwischen den Zähnen.

»Und keine als Gemüsehändler verkleidete Bullen da drin?«

»Halt die Schnauze«, sagte Stick.

»Willste 'n Chip? Die sind von Lay. Da bleibt's nie bei einem, sagen sie.«

»Mir hat der Bursche auch nicht gefallen«, sagte Stick. »Als ich sagte, der sieht aus wie 'n Bulle, haste mir recht gegeben, oder?«

»Ich hab' nur gesagt, daß du den Typ mit der Knarre in der Bar auch für 'nen Bullen gehalten hast.«

»Du tust so, als wär's meine Schuld, daß wir uns den Laden nicht vorgenommen haben. Als wenn ich 'n Hosenscheißer wär'. Willste dir das Postamt vorknöpfen? Wie gefällt dir die Bank da? Dieser ganze Scheiß.«

»Schau gefälligst auf die Straße.«

»Scheißstraße. Steig doch aus, wenn's dir nicht paßt.«

»Komisch ist das mit dir«, sagte Frank. »Eigentlich biste doch 'n ganz friedlicher Bürger. Und peng kriegste 'nen Koller, als wenn du jemanden abmurksen willst.«

»Völlig grundlos, natürlich«, sagte Stick.

»Ich mach' mal 'nen kleinen Witz, und du bist gleich sauer. Wie neulich, wo du mich angemotzt hast, weil ich den Wagen genommen hab'. Wenn man dich so ansieht, könnte man dich für 'nen ganz harmlosen Waldheini halten, aber weißte was? Ich glaub', du kannst 'n ganz gemeines Aas sein.«

Schon wieder drehte Frank alles um, gab ihm die ganze Schuld. Wenn er auf diesem Dampfer war, hatte es keinen Zweck, mit ihm zu streiten. Stick konzentrierte sich auf den Verkehr und sagte nichts mehr. Aber er ärgerte sich darüber, wie immer, und dann fing er wieder an nachzudenken, wie er in diese ganze Geschichte reingeraten war und ob er lieber aussteigen sollte, solange das noch ging.

Aber das Geschäft lief gut, das mußte er zugeben, sogar besser als er erwartet hatte. Vielleicht war es kein Wunder, wenn zwei so unterschiedliche Typen wie sie sich gelegentlich in die Wolle kriegten. Was wollte er also? Er konnte damit leben, solange sie sich an simple Jobs hielten und sich nicht übernahmen.

Frank streckte ihm die Tüte mit den Kartoffelchips hin, und er griff zu.

»Was haste jetzt vor, ein Ding drehen, heimfahren oder was sonst?«

»Wo wir schon unterwegs sind, könnten wir ruhig mal an die Arbeit gehen«, sagte Stick. »Haste 'nen Hunderter bei dir?«

Die Hundert-Dollar-Masche, auf die sie nach dem Reinfall mit dem Armenier gekommen waren, klappte meist und ersparte ihnen Drohungen und Revolverschwenken. Sie kauften irgendwas und gaben dem Mann an der Kasse den Schein. Der zögerte, schaute in die Kasse, zögerte wieder. Inzwischen stand Frank wartend da, solide und vertrauenerweckend in seinem feinen Anzug, und der Mann angelte eine Rolle Geldscheine aus der Tasche oder sagte, einen Moment bitte, und ging nach hinten. Dann kam Stick hinterher, und sie überraschten den Mann dabei, wie er sein übriges Bargeld aus dem Safe oder einem anderen Versteck holte.

Sie hielten wieder an ihrem Wagen, um ihre Jacketts anzuziehen, dann gondelten sie eine Weile gemächlich herum, bis sie zu einem Drugstore mit einer Spirituosenabteilung kamen. Frank kaufte eine Flasche Whisky und drückte dem Verkäufer den Hunderter in die Hand und trabte hinter ihm her in die Apothekenabteilung, wo der Apotheker gerade eine Schublade öffnete, um den Schein zu wechseln. Stick fesselte den Verkäufer und den Apotheker blitzschnell mit breitem Leukoplast-Streifen, damit hatte er sich vor Basketball-Spielen immer die Fußgelenke bandagiert, während Frank sich aus den Kassen und einer Geheimschublade sechzehnhundertfünfzehn Mäuse angelte. Das war ihr absoluter Drugstore-Rekord.

Unterwegs aßen sie etwas und landeten im Kingsley Inn, wo sie mit dem Pianisten sangen und herumquatschten, aber nichts sahen, was das Aufreißen gelohnt hätte. Die Weiber waren alle zu alt. Auf dem Heimweg kamen sie dann an einem Haushaltwarengeschäft vorbei, das seinen alljährlichen Vierundzwanzig-Stunden-Marathon-Ausverkauf veranstaltete. Sie sahen sich an und grinsten. Sie waren ganz schön voll.

Die beiden Besitzer trugen Flanellnachthemden und hatten noch um halb drei Uhr früh weder das Lächeln noch das Freundlichsein verlernt. Frank und Stick bekamen jeder einen Zollstock mit dem Namen des Geschäfts geschenkt. Sie blickten sich ein paar Minuten um. Dann suchte Frank sich zwei Eiswürfelbehälter zum Sonderpreis von zwei achtundneunzig aus und gab dem Typ an der Kasse in seinem Nachthemd den Hunderter. Der Typ sah Frank an, sah den Schein an und schüttelte bedauernd den Kopf. Nein, sagte er, den könnte er leider nicht wechseln, soviel Bargeld habe er nicht im Laden.

»Scheiße«, sagte Frank.

»Warum haste nicht wenigstens 'n Radio mitgenommen, du Geizkragen«, fragte Stick.

»Wart's ab«, sagte Frank.

Eine halbe Stunde später trafen sie den Nachthemd-Heini auf dem Weg zum Nachttresor seiner Bankfiliale. Sie rammten ihm einen der geschenkten Zollstöcke in den Rücken, nahmen ihm etwas mehr als siebenhundert Dollar in bar ab und ließen den Trottel in seinem Flanellhemd auf der Straße stehen.

Frank konnte einem schon manchmal auf die Nerven gehen, aber meist hatten sie viel Spaß miteinander, und es war wirklich ein interessanter Job.

11

Beim vorigen Mal hatte er zu Mimi gewollt und Arlene gefunden. Diesmal war es genau umgekehrt.

Arlene war nicht zu Hause. Er hatte es schon zweimal versucht.

Frank war mit dem Wagen und wahrscheinlich mit Karen weggefahren. Stick hatte das Thema Auto nicht mehr zur Sprache gebracht. Wenn er eins brauchte, würde er sich's selber beschaffen. Aber er hatte keine Lust zum Ausgehen. Er machte sich einen Drink und ging hinunter an den Pool.

Er genoß es, die Dunkelheit, die Scheinwerfer unter der klaren Wasseroberfläche und das Zirpen der Grillen in den Büschen. Der Bourbon war gut. Es war schön, ganz allein hier zu sitzen, mit dem Drink und einer Zigarette.

Es hätte gut sein eigener Patio und sein eigener Swimming-pool sein können. Wohler hätte er sich da sicherlich auch nicht gefühlt.

Mimi erschien lautlos aus der Dunkelheit und ließ sich am tiefen Ende des Beckens in einen Liegestuhl fallen. Er überlegte, ob sie ihn oder das rote Pünktchen seiner Zigarette gesehen hatte. Sie saß aufrecht, hatte die Beine ausgestreckt und sah auf die helle Wasserfläche.

»Wie geht's?« fragte Stick.

Mimi sah zu ihm herüber. »Hey, und selber?« fragte sie leise, ohne besondere Betonung.

Sie erinnerte ihn an jemanden. Im Widerschein der Unterwasserbeleuchtung wirkte ihr Gesicht blaß. Ihr Haar erschien ihm dunkler. Die Nase und der Mund und das Haar, das lang und glatt ihr Gesicht umrahmte, erinnerte ihn an eine Filmschauspielerin, die er gern gesehen hatte.

Er hätte ihr das beinah gesagt, als er den Liegestuhl zu ihr hinüberbrachte, aber das hätte sich wohl blöd angehört. Wie der allerletzte

Annäherungsversuch. Eigentlich war's überhaupt Quatsch, daß er sich krampfhaft überlegte, wie man 'ne Nutte möglichst geistreich anmachte. Nutte oder Callgirl oder Gunstgewerblerin oder Prostituierte, wie immer sie sich schimpfte. Das wär' vielleicht sogar 'n Thema – ob es da 'nen Unterschied gab. So konnte man ins Gespräch kommen. Rein wissenschaftlich, sozusagen. Wann haben Sie sich entschlossen, es berufsmäßig zu treiben? Wann haben Sie zuerst Geld genommen? Was, glauben Sie, hat Sie dazu veranlaßt? Stimmt es, daß sich Nutten in Wirklichkeit nichts aus Männern machen? Und der ganze Mist.

Stick hatte es schon mit Nutten gemacht. In Toledo, in Findlay, Ohio, Columbus, Fort Wayne, Terre Haute, Rock Island, Illinois, Dubuque und Minot, North Dakota. Die meisten waren nett gewesen, einige wenige hatten überhaupt keine Persönlichkeit. Aber 'ne Nutte mit 'ner Nase und 'nem Mund wie Mimi war ihm noch nie über den Weg gelaufen. Er kam nicht über diese Nase und diesen Mund weg und konnte sie sich einfach nicht als Nutte vorstellen. Das mußte 'n hartes Leben sein.

Die anderen Huren von Toledo bis Minot hatte er einfach gefragt: »Wieviel?«

»Willste 'n Drink?« fragte er Mimi. »Ich hol' dir gern einen.«

»Nein, aber schönen Dank für's Angebot.«

»Wenigstens 'nen Schluck von mir. Es ist Bourbon.«

Sie zögerte. »Na gut.«

Er wollte was sagen, um die Stille zu vertreiben, aber ihm fiel nichts ein. Sie starrte wieder ins Becken.

»Du erinnerst mich an jemanden, weiß bloß nicht, an wen. Jemanden vom Film.«

So, jetzt hatte er's gesagt. Hörte sich gar nicht mal so doof an.

»Mein Dad sagte immer, daß ich ihn an einen Neufundländer erinnere. Larry hieß er. Der Hund, meine ich.«

»Du siehst überhaupt nicht aus wie 'n Neufundländer. Höchstens dein Haar.«

»Larry war damals noch 'n junger Hund. Es war wohl wegen der Füße«, sagte Mimi. »Wir haben beide große Füße.«

Stick sah auf ihre Beine, auf die weißen Sandalen, die unter ihren weißen Jeans rausschauten.

»Die kommen mir aber gar nicht groß vor.«

»Siebeneinhalb.« Sie sah runter und wackelte mit den Zehen. »Hab' immer Schwierigkeiten, was Passendes zu finden, abgesehen von Sandalen und so.«

Wieder Stille.

»Willst du wirklich nichts trinken?«

»Nein. Ich glaub', ich geh' jetzt rauf.«

»Ich weiß immer noch nicht, an wen du mich erinnerst. Dunkelhaarig, wirklich hübsch.«

»An ein Mädchen?«

»Klar an ein Mädchen. Der Film ist im Fernsehen gelaufen. Im Montagsprogramm, mit John Wayne, vor einem Monat, glaub' ich.«

»Da war ich wohl nicht zu Hause.«

Stick zögerte. »Auf Arbeit?«

»Schon möglich.«

»Wieviel nimmst du?«

»Fünfzig«, sagte Mimi. »Ist das 'n Angebot?«

Mimi kniff die Augen zu. »Ooh«, stöhnte sie. »Jaa ... schön ... Oh, Gott ...«

»Du, hör mal«, sagte Stick, »das kannste dir wirklich sparen, wenn dir nicht danach ist, okay?«

12

Wieso er erwartet hatte, daß sie anders sein würde, das wußte Stick selber nicht. Er begriff jetzt, daß man die Person hinter dem nachdenklich-unruhigen Gesichtsausdruck vorausberechnen konnte und daß sie ihm schon oft begegnet war. Es war überhaupt nichts Rätselhaftes an ihr, eigentlich war sie sogar ziemlich dumm. Sie hatte noch nie was von Waylon Jennings oder seinem Hit *Midnight Rider* gehört, auch nichts von Billy Crash Craddock oder Jerry Reed. Am liebsten mochte sie Roger Williams und Johnny Mathis. Stick war erst enttäuscht und dann erleichtert. Er briet sich Spiegeleier, schlief über dem späten Fernseh-Film im Sessel ein, wachte auf und legte sich ins Bett. Wann Frank heimkam, hörte er nicht.

Daß er heimgekommen war, merkte er am nächsten Morgen an dem schwarzen Girl in der Küche.

Er hatte die Zeitung reingeholt. In seiner gestreiften Unterhose kam er in die Küche getappt, kratzte sich die Haare auf der Brust und las eine Schlagzeile über Ford, bei der er nicht recht wußte, von welchem Ford die Rede war. Auf dem Herd kochte ein Topf mit Wasser. Die kleine Schwarze sah in den Kühlschrank. Sie hatte nur BH und Slip an und war barfuß.

»Weißt du, wo der Tomatensaft steht?«

Stick sah sie erst, als sie ihn ansprach, und er machte einen Satz rückwärts. Das war verdammt überraschend. Steht da ein gutaussehendes schwarzes Girl in Unterwäsche in der Küche, und du kommst ebenso nackt reinspaziert, als wär's deine Frau oder deine feste Freundin. Er kam sich komisch vor und spürte seine bloße Haut.

»Was haste gesagt?«

»Tomatensaft.« Sie war ganz unbefangen, wie in ihrer eigenen Küche.

»Im Schrank, wenn wir welchen haben«, sagte Stick.

Sie machte den Schrank auf, suchte in den Fächern herum und stellte sich auf die Zehenspitzen, um sich die Dose zu greifen, den schlanken braunen Körper gestreckt, die Beine durchgedrückt. Wirklich, er fühlte sich richtig unbehaglich. Ob's daran lag, daß sie schwarz war? Oder daß sie nur weiße Unterwäsche trug? Er gab sich große Mühe, ganz locker und lässig zu tun.

»Biste die neue Parkettkosmetikerin?«

»Ja, aber Fußböden mach' ich nicht, und Bügeln ist auch nicht drin.«

»Ach, dann bist du LaGreta?«

Das Mädchen sah sich um. »Kennste jemanden, der so heißt?«

»Kennen ist zuviel gesagt. Glaub', ich hab' mal von ihr gehört.«

»Wo ist der Öffner, Schätzchen?«

»In der Schublade.«

Er sah zu, wie sie ihn herausholte und zwei Löcher in die Dose stieß. »Ihr beide arbeitet zusammen, nicht?«

»Hey, nicht so schnell. Wir sprachen von LaGreta.«

»Das ist meine Mutter.«

»Klar.« Stick nickte. »Du und mein Freund, ihr habt euch sicher bei Sportree kennengelernt, oder?«

»Ist doch egal, Baby. Sag mir lieber, wo der Wodka steht.«

»Ich hol' ihn dir.« Stick ging zur Bar, noch immer die Zeitung an sich gedrückt, noch immer befangen. Albern so was, dabei war's doch nur 'ne kleine Farbige. Er kam mit einer Flasche Wodka zurück. Das Mädchen tat einen Schuß Worcestersoße und Tabasco in ein Glas mit Eiswürfeln.

»Mag er's scharf?«

»Wahrscheinlich.«

»Hoffentlich. Was anderes kann ich nämlich gar nicht.« Sie nahm die Wodkaflasche, goß zwei Finger breit in das Glas und füllte mit Tomatensaft auf.

»Arbeitest du mit deiner Mama zusammen?«

»Hab' ich doch gesagt, daß ich Putze bin.«

»Blödsinn. Sag schon, was du machst.«

»Du wirst es früher oder später wahrscheinlich doch erfahren. Ich bin Gehirnchirurgin.« Sie ging mit der Bloody Mary an ihm vorbei.

Stick sah ihren prallen kleinen Po durchs Wohnzimmer wackeln und in der Diele verschwinden, dann hörte er ihre Stimme: »Komm, Darling, Zeit, die blauen Babyäugelchen aufzuklappen und die schöne Welt zu begrüßen.«

Stick briet sich wieder Speck und schlug ein paar Eier drüber.

Als das Girl wieder rauskam, trug es Jeans, eine Bluse, Ohrringe und eine Jacke über dem Arm. Sie mochte keine Spiegeleier, fragte nach richtigem Kaffee und gab sich schließlich mit gefriergetrocknetem zufrieden. Stick nahm seinen ganzen Mut zusammen und stellte ein paar Fragen, während sie ihren Kaffee trank. Sie hieß Marlys, war zwanzig Jahre alt und nicht Gehirnchirurgin, sondern Sekretärin in einem Warenhausbüro.

Marlys griff sich ihre Jacke und ihre Tasche, rief »Bis bald, Darling!« ins Schlafzimmer rüber, und weg war sie.

Als Frank in seinem Jockey-Slip mit dem leeren Glas in der Hand rauskam, sah er aus wie 'ne Leiche auf Urlaub.

»Regel Nummer neun?« fragte Stick.

»Mann, halt den Rand«, lallte Frank.

Frank am frühen Morgen war kein erhebender Anblick: Verstrubbeltes Haar, unrasiert, traurig-wäßrige Augen in einem verquollenen Gesicht. Kein Wunder, dachte Stick, daß das schwarze Girl es eilig gehabt hatte. Franks Schlafzimmer roch wahrscheinlich immer noch wie 'ne Destille.

»Bißchen angeschlagen, was?«

»Bin okay, sowie ich gefrühstückt hab'.«

Frank setzte einen Topf mit Wasser auf den Herd.

»Regel Nummer acht«, sagte Stick. »Geh nie zurück zu einer alten Bar oder Stammkneipe. Du warst bei Sportree.«

»Das ist keine Stammkneipe. Bin zwei-, dreimal dagewesen.«

»Regel Nummer neun. Erzähl niemandem, was du machst. Die Mutter von der Puppe weiß doch, was du treibst.«

»Die kennt mich nicht«, sagte Frank. »Jedenfalls nicht dem Namen nach. Sind uns nie begegnet.«

»Einem Fixer darfst du nicht mal sagen, wie du heißt«, fuhr Stick fort. »Die Pinte ist 'n Haschladen, vollgestopft mit Süchtigen. Regel

Nummer zehn: Laß dich nie mit Leuten aus der Unterwelt ein. Dein Freund Sportree hat seine Pfoten in allen möglichen dreckigen Geschäften, nicht nur Stoff, hab' ich recht?«

Frank schob den Topf hin und her, um das Wasser schnell zum Kochen zu bringen. »Der Typ ist 'n Freund von mir. Ich hab' mich 'ne Weile mit ihm unterhalten dann kam Marlys, und wir sind uns nähergekommen.«

»Denke, du warst mit Karen aus«, sagte Stick.

»Mit Sonny, wenn du's schon so genau wissen willst. Bin ihr ganz zufällig begegnet, und dann hab' ich 'ne Stunde gewartet, bis sie sich andere Klamotten angezogen hatte, die genauso aussahen wie die vorher, und dann sind wir essen gefahren.«

»Und?«

Frank sah vom Herd zu ihm rüber. »Is 'ne lange, traurige Geschichte. Zu deiner Information: Beim ersten Rendezvous sind bei Sonny Küsse und Streicheleinheiten streng verboten. Vielleicht auch beim zweiten- oder dritten- oder viertenmal. Vielleicht immer. Vielleicht sogar, wenn du sie geheiratet hast.«

»Wieso, hast du versucht, sie zu vernaschen?«

»Zum Essen hab' ich sie eingeladen. Achtundvierzig müde Mäuse, einschließlich Trinkgeld. Von ihrem Filet hat sie 'n paar Bissen genommen, dann hat sie's liegenlassen. Danach sind wir hierher zurückgefahren, sie hat mir lieb gute Nacht gesagt, und das war's.«

»Worüber habt ihr gesprochen?«

»Rate mal! Über sie natürlich. Sie ist 'n paarmal in 'ner Chevy-Reklame gewesen, und jetzt tut sie wie 'ne verdammte Diva. Da kenn' ich mich nämlich aus, hab' ich zu ihr gesagt, ich bin mal mit einer gegangen, die war 'n richtiger Filmstar. Aber die hört dir ja gar nicht zu. Wenn du ihr was erzählst, überlegt die schon, was sie dir als nächstes von sich vorquasseln soll. Lohnt sich nicht. Achtundvierzig Dollar ... Wollen wir noch irgendwohin gehen, frag' ich, bißchen Musik hören? Nein. Du, ich kenn' da 'ne Pinte, sag' ich, da kann man interessante Typen sehen. Nein.«

»Also biste allein hingefahren.«

»Hab' sonst niemanden gefunden, und das war ja auch ganz gut so, weil ich Marlys getroffen hab'.«

»Die muß verdammt gut sein.«

Frank sah ihn wieder an, während er den Topf vom Feuer nahm.

»Wie Chili. Ungeheuer scharf.«

Stick wartete einen Augenblick, dann mußte es raus. »Ich hab's noch nie mit 'ner Schwarzen gemacht.«

»Und mit 'ner Jüdin auch nicht, wenn ich mich recht erinnere«, sagte Frank. »Nur mit weißen angelsächsischen Protestantinnen.«

»Nein, meine Frau war 'ne Zeitlang Katholikin, gleich nach unserer Heirat. Und dann war da noch 'n Mädchen, mit dem bin ich gegangen, als ich so achtzehn war, die war auch katholisch.«

»Interessant.« Frank machte sich eine Tasse Pulverkaffee und setzte sich damit an den Tisch. »Wirklich spannend, was du da erzählst.« Er rührte in seinem Kaffee und nahm sich die Zeitung vor.

»Wenn du was wirklich Interessantes sehen willst«, sagte Stick, »schau mal auf Seite drei. Da is schon wieder so 'n Typ erschossen worden, der 'nen Schnapsladen überfallen hat.« Frank raschelte mit der Zeitung. »Wo?«

»Ziemlich weit unten. Das macht insgesamt sechs in der letzten Woche. Hast du's? Sechs Menschen wurden bei versuchten Raubüberfällen angeschossen, vier davon sind tot. Was schließt du daraus?«

Frank las den Artikel laut. »›Streifenpolizist William Cotter rief: Keine Bewegung, Polizei! Der Verdächtige, Haven Owens –‹ ein Nigger, sieht man schon am Namen –, ›richtete seinen Revolver auf Polizist Cotter, dann drehte er sich um und versuchte aus dem Laden zu fliehen. Drei Schüsse trafen ihn in den Rücken ... Bei Einlieferung ins Wayne County General konnte nur noch der Tod festgestellt werden.‹ Die machen mir vielleicht Spaß ...«

»Merkst du was?« fragte Stick. »Steht zwar nicht so deutlich da, aber der Bulle hat ihm aufgelauert, stimmt's?«

»Klar, weiß ich selber. So was merkt doch 'n kleines Kind.«

»Die ziehen die Schraube an. Woher weißt du, ob die Bullen nicht beim nächsten Job schon auf uns warten?«

»Weil wir nicht in Detroit arbeiten. In den Vororten, in Troy, in Clawson, da hat die Polizei gar nicht genug Leute für solche Einsätze.«

»Weißt du das genau?«

»Haben wir je irgendwo Bullen gesehen? Ich mein' nicht bloß so gefühlsmäßig, wie du bei dem A & P. Haben wir schon mal irgendwo 'ne Polizeifalle gesehen?«

»Eine reicht völlig«, sagte Stick. »Dann sehen wir nämlich mit Sicherheit in den nächsten zehn bis fünfundzwanzig Jahren keine mehr.«

13

Der knallgrüne Chevy Nova setzte dreimal aus, bevor sie das Einkaufszentrum verlassen hatten.

»Die Zündung ist nicht richtig eingestellt«, sagte Frank. »Ich will ja nicht meckern, aber wieso haste dir bei der Riesenauswahl ausgerechnet so 'ne Mühle ausgesucht?«

»Ich glaub', mich hat's gereizt, daß der Schlüssel so schön griffbereit an der Sonnenblende war«, sagte Stick. »Er ist bloß kalt.«

»Kalt? Wir haben einundzwanzig Grad draußen.«

»Wahrscheinlich hat er den ganzen Tag gestanden. Gehört einem von den Jungs, die hier in der Nähe arbeiten.« Als vor der nächsten Ampel der Motor wieder aussetzte, sagte Stick: »Oder die Zündung ist nicht richtig eingestellt.«

Es war jetzt zwanzig nach acht und fast dunkel. Stick bog in die Southfield ein und ging auf die rechte Spur. Er hatte es nicht eilig. Der Laden lief ihnen nicht davon.

»Wenn du noch langsamer fährst«, sagte Frank, »stirbt uns der Schlitten unter den Händen.«

Stick sagte nichts. Vielleicht wollte er gar nicht gern am Ziel ankommen, und deshalb störte es ihn überhaupt nicht, daß der Motor spuckte. Sie waren beide nicht so recht in Schwung heute, weder er noch der Motor. Sein Blick ging zwischen den herankommenden Scheinwerferlichtern und dem Rückspiegel hin und her. Polizeiautos waren schwarzweiß mit blauen und roten Blinklichtern. Die Oklahoma State Police hatte auch schwarzweiße Fahrzeuge. Und natürlich Texas: Schwarzweiß mit drei Blinklichtern, gleich drei, falls jemand nicht sofort merkte, daß es Bullen waren.

In Missouri waren sie cremefarben.

Sie fuhren an der Bank vorbei, parkten auf der dunklen Seite des China-Restaurants und benutzten den Durchgang zum Food-Lane-Supermarkt.

Stick betrat ihn durch den Haupteingang, nahm sich einen Einkaufswagen und rollte an den Kassen vorbei. Nur zwei fertigten gerade Kunden ab. Er wollte erst einmal eine Runde drehen.

Frank kam durch die Seitentür. Am Zeitschriftenständer, von dem Stick ihm erzählt hatte, sah er zur hell erleuchteten Gemüseabteilung hinüber und warf einen Blick auf den Kassenraum. Er sah zwei Köpfe darin, eine Glatze und einen Blondschopf mit Hochfrisur.

Durch die leere Gemüseabteilung ging er nach hinten, zu der Doppeltür mit den kleinen Glasfenstern, und sah ins Lager. Zwei Lagerhilfen stellten Kisten auf Handkarren. Als Frank wieder nach vorn kam, stand Stick mit ein paar Lebensmitteln in seinem Wagen an einer der Kassen. Ein Kunde war vor ihm. Am Zeitschriftenständer stand ein Mann mit Sporthemd. Er griff nach einem *Outdoor Life*, während Frank an ihm vorbei zum Fenster des Kassenraums ging.

Frank blickte sich um. Der Mann blätterte in seiner Zeitschrift. Die Blonde mit der Hochfrisur, eine Zwei-Zentner-Maschine, war am Fenster erschienen. »Kann ich Ihnen helfen?«

»Sicher.« Frank nahm den Colt aus der Safarijacke und schob ihn in die Öffnung. »Sie können bitte die Tür aufschließen und mich reinlassen.«

Stick sah zu, wie er einen Augenblick an der Tür wartete und dann eintrat. Jetzt waren hinter den Fenstern drei Köpfe zu sehen, der Blonde überragte den von Frank und den Glatzkopf. Sonst schien niemand was gemerkt zu haben. Die beiden Kassiererinnen sahen müde aus. Die regten sich wahrscheinlich nicht mal auf, wenn im Laden Feuer ausbrach – vorausgesetzt, sie kamen noch rechtzeitig raus.

Jetzt war Stick dran. Die Kassiererin begann, die Beträge einzutippen, es waren Sachen, die sie sowieso brauchten.

»Mögen Sie die Buchweizenflocken?« fragte sie und warf einen Blick auf die Schachtel.

»Doch, sehr«, sagte Stick. »Sie sind mit Honiggeschmack.«

»Dann muß ich sie auch mal probieren«, sagte die Kassiererin. Sie riß den Zettel ab und nannte die Summe. Vier null neun.

Stick öffnete seine Popelinejacke und zeigte die Kanone, die im Hosenbund steckte. Wie 'n geiler alter Bock, der sich vor Kindern zeigt, dachte er.

»Sehen Sie, was ich hier habe?«

»Ach, du ahnst es nicht«, sagte die Kassiererin. Sie war um die vierzig und machte einen freundlichen, gelassenen Eindruck. »Ich bin noch nie überfallen worden. Das ist das erste Mal für mich.«

Stick war ziemlich sicher, daß sie keine Dummheiten machen würde. »Das gibt 'ne interessante Geschichte für Ihre Freunde und Bekannten«, sagte er.

»Und ob.« Sie zuckte zusammen. »Ich sag' natürlich nichts, wenn Sie's nicht wollen.«

»Mich stört das nicht. Stecken Sie das Geld in eine Tüte. Nur die Scheine.« Er holte seine eigene Tüte vom Ende des Packtisches und packte die Lebensmittel hinein, während die Kassiererin das Kassenfach leerte. »Und dann holen Sie die Fächer aus den anderen Kassen«, sagte Stick.

Die Kassiererin an der Kasse nebenan war mit einer jüdisch aussehenden Dame beschäftigt, die ihren vollbepackten Korb ausleerte und der Kassiererin vorjammerte, daß früher hundert Dollar pro Woche für alles gereicht hätten, auch noch für den Friseur und die Putzfrau, aber bei den heutigen Preissteigerungen reichte es kaum noch fürs Essen. Knausern oder einschränken, nein, das gäb's bei ihr nicht. Ihr Mann müßte immer das beste Fleisch haben, Lendenstück, Filet oder Rippe, und auf seine Knabbereien wollte er auch nicht verzichten, Eis und Süßigkeiten, Erdnußflips äße er für sein Leben gern, beim Fernsehen müßte er immer was zu naschen haben.

Die Kassiererin konzentrierte sich darauf, die Preise einzutippen. Von Zeit zu Zeit hielt sie inne und klingelte nach einem Jungen, der beim Tragen helfen sollte, der aber nicht kam. Wahrscheinlich hörte sie kein Wort von dem, was die Kundin ihr erzählte. Um so besser, auf diese Weise war sie wenigstens abgelenkt.

»An den anderen Kassen«, sagte Stick zu seiner Kassiererin, »holen Sie einfach das Innenfach raus, vier können Sie zusammen tragen, und bringen Sie's zum Kassenraum.« Er griff sich seine Lebensmitteltüte und die Tüte mit dem Geld. »Ich bin direkt hinter Ihnen.«

Wenn die Tratsche da nebenan jemals fertig wurde und wegging, würde er dort auch noch abkassieren. Hoffentlich geriet er nicht mit ihr aneinander. Der Frau war's zuzutrauen, daß sie anfing zu kreischen. Das hätte ihm gerade noch gefehlt. Da hatte er mit seiner Kassiererin Glück gehabt. Sie war aufgeregt und natürlich ein bißchen verängstigt, aber wahrscheinlich überlegte sie schon, wie sie die Geschichte hinterher erzählen würde, das größte Ereignis ihres Lebens.

Stick bemerkte den Mann am Zeitschriftenstand, der sich halb abgewendet hatte. War der Bursche wirklich in seine Zeitschrift vertieft?

Frank machte ihnen die Tür auf. »Nur hereinspaziert«, sagte er. »Mr. Miller kommt mit dem Safe nicht zurecht«

Der Geschäftsführer lag auf den Knien und fummelte an der Skala herum. Die Dicke mit der Hochfrisur nagte an ihrer Unterlippe und sah zu.

Stick gab der Kassiererin seine Geldtüte. »Tun Sie alles da rein, außer Schecks und Kleingeld.« Er tippte Frank auf den Arm und deutete mit dem Kopf zum Zeitschriftenständer hinüber.

»Hab' ich schon gesehen«, sagte Frank.

Die Dicke sah auf. »Schätzchen, hock dich bitte neben Mr. Miller. Sag ihm, wenn er den Safe nicht sofort aufmacht, wird er's bitter bereuen.«

»Der Bursche hat eben hergesehen.«

Frank musterte den Mann, sagte aber nichts.

»Der weiß, daß irgendwas nicht in Ordnung ist«, fuhr Stick fort. »Wenn fünf Leute hier drin zusammenhocken, kommt ihm das bestimmt komisch vor.«

»Immer locker über den Hocker«, sagte Frank.

Stick sah ihn an. Was redete dieser Frank doch für 'n Stuß? War er nicht die Ruhe selbst?

Frank hatte sich wieder über den Geschäftsführer gebeugt und tippte ihm mit dem schweren Colt behutsam auf den Kopf.

»Ich zähl' bis drei, Mr. Miller.«

»Ich kann nichts dafür. Ich gebe mir die größte Mühe. Mit dieser Brille kann ich die Zahlen nicht erkennen, es ist meine Ersatzbrille. Bei der anderen ist das Gestell kaputtgegangen.«

»In Ordnung, aber ...«, sagte Frank.

»Das wird gerade repariert. Angeblich sollte ich's am nächsten Tag wiederbekommen, aber sie hatten kein passendes Gestell.«

»Glaub' ich Ihnen ja alles, ehrlich«, sagte Frank. »Jetzt rücken Sie mal beiseite.« Er warf einen Blick auf das Namensschild der Dicken. »Lassen Sie Annette ran. Geben Sie ihr die Zahlen.«

Stick sah, wie der Mann die Zeitschrift zuklappte und unter den Arm klemmte. Er zögerte, sah aber nicht zu ihnen rüber. Dann ging er auf den Seiteneingang zu.

»Hey«, sagte Stick.

Frank sah auf. Der Mann beeilte sich jetzt, war schon durch die Warmluftschleuse, stand an der äußeren Tür.

»Er hat uns gesehen«, sagte Stick.

»Mr. Miller«, erklärte Frank, »da ist eben ein Mann mit 'ner Zeitung unter dem Arm rausgegangen, ohne zu zahlen. So ein Gauner!«

»Wir hauen besser ab«, sagte Stick.

»Immer locker, Junge.«

Wieder diese dummen Sprüche. Stick holte einmal tief Luft, dann trat er noch einen Schritt näher an Frank heran.

»Der Bursche ist jetzt draußen, und wenn er einen Zehner in der Tasche hat, sehen wir in ungefähr drei Minuten blau-rot.«

»Vielleicht hat er gar nichts gemerkt«, meinte Frank. »Jetzt sind wir mal hier, da nehmen wir auch alles mit. Annette, sei so lieb und mach endlich den verdammten Safe auf, ja?« Die betont pomadige Masche war mehr auf Stick als auf die dicke Blonde gemünzt, und Stick wußte das. Er mußte sehr an sich halten.

Es war eng im Kassenraum. Die Kassiererin warf ihm immer wieder einen schnellen Blick zu und schaute dann wieder weg. Grapschen, was da ist, und so schnell wie möglich abhauen, das ist das einzig Wahre, dachte er. Aber da sagte die dicke Blonde was. Sie hatte den Safe geöffnet. Frank hockte neben ihr und hielt die Einkaufstüte. Stick sah zur Wanduhr hinauf.

»Hinlegen und nicht rühren«, befahl Frank den beiden Supermarktleuten. »Wenn ich 'nen Kopf sehe, schieß' ich ihn ab.« Brutal, ganz wie 'n kaltblütiger Revolverheld. Stick nahm ihm die Tüte ab. Im Hinausgehen sah er wieder auf die Uhr. Die Tratsche war noch da, die Kassiererin packte ihre Sachen in Einkaufstüten und klingelte noch immer vergeblich nach dem Botenjungen. Stick wußte nicht sicher, wieviel Zeit vergangen war, seit der Bursche mit seinem Magazin verschwunden war. Jedenfalls Zeit genug. Draußen war der Mann nicht mehr zu sehen, aber das hatte er auch nicht erwartet. Er war Frank ein paar Schritte voraus, der absichtlich langsam zum Wagen ging. Dämliche Faxen.

Sie stiegen ein. Frank knallte die Tür zu. Sie schloß nicht richtig, so daß er sie noch mal aufmachen und ein zweites Mal zuknallen mußte. »Hoffentlich startet er«, sagte Frank. »Vielleicht ist er ja kalt, was meinst du?«

Stick sagte nichts. Er gab etwas Gas und schaltete den Motor ein. Der sprang sofort an, mit einem satten, kräftigen Röhren. Stick gab ein bißchen mehr Gas, vorsichtshalber, und horchte auf den Leerlauf. Alles klar. Aber in der Ferne war jetzt ein anderer Laut zu hören, ein schrilles, nervtötendes Jaulen, das immer lauter wurde und einem, der mit einer Tüte voller Geld in einem gestohlenen Wagen saß, durch Mark und Bein gehen konnte.

»Nichts wie weg«, sagte Frank. Das klang nicht mehr ganz so überlegen.

Die blauroten Blinklichter näherten sich von der Southfield her, das sahen sie, als sie aus dem Schatten auftauchten und vor dem Chinarestaurant wendeten. Sie waren noch etwa zwei Blocks entfernt. Stick warf nur einen kurzen Blick in die Richtung und sah gleich wieder weg, weil er überlegte, wohin er fahren sollte. In dem Augenblick sah er den Mann mit der Zeitschrift über die Auffahrt rennen und wie angewurzelt stehenbleiben, als er den grünen Nova und die beiden Insassen erkannte. Er war noch knapp einen halben Meter entfernt, als er kehrtmachte und wieder in das Lokal zurücklief.

Der Streifenwagen mit seinem durchdringenden Gejaule kam fast ins Schleudern, als er um die Ecke bog, fing sich wieder, während er an der Bank und an dem Chinesen vorbeisauste, und dann auf den Parkplatz von Food-Lanes fuhr. Inzwischen rollte Stick an dem Chinesen vorbei um die Ecke, überquerte das offene, asphaltierte Gelände hinter der Michigan National Bank und hatte schon 45 Sachen drauf, als er wieder auf die Southfield kam. Das war nicht so viel, daß er aufgefallen wäre, aber es reichte, um sie von hier wegzubringen. Stick konnte sich vorstellen, wie der Mann jetzt mit seiner Zeitschrift wedelnd auf den Streifenwagen zurannte und in ihre Richtung deutete und schrie: »Ein grüner Wagen!« Oder, wenn er helle war: »Ein grüner 72er Nova. Dort ist er langgefahren.« Schöne Scheiße.

Frank hatte sich halb umgedreht. »Noch nichts.« Als sie bei Gelb an der Michigan Bell vorbeirutschten, sichtete er die Bullen einen knappen Kilometer hinter ihnen. »Da sind sie.«

Stick setzte sich vorsichtig nach links und folgte der Auffahrt zum Lodge Expressway, fuhr aber nicht hinauf, sondern wechselte auf die Spur, die zur Lieferauffahrt von Northland führte, folgte ihr bis zum ersten Übergang, kreuzte den Expressway, und zwei Minuten später kurvten sie über den eineinhalb Kilometer langen Parkplatz auf der Ostseite des Northland-Einkaufszentrums.

Stick fühlte sich langsam besser.

Jetzt war keine Eile mehr, sie hatten die blauroten Blinklichter hinter sich gelassen, standen geschützt zwischen den Reihen blinkender Wagen, geborgen hinter dem massigen Bau des Kaufhauses, der Northland-Filiale von Hudson, das sich über den Ladenzeilen und Neonschildern erhob. Dahinter irgendwo war die Dunkelheit, lauerten die Bullen.

Es war ein ganz gutes Gefühl, fand Stick. Er hatte die Situation in der Hand gehabt, von dem Augenblick an, als der Streifenwagen um die Ecke geschleudert kam. Er hatte mit Köpfchen gearbeitet, es zeitlich richtig abgepaßt und war losgefahren, ohne die Reifen quietschen zu lassen oder sonst irgendwelche Dummheiten zu machen. Er fühlte sich hervorragend, jetzt, wo es vorbei war. Frank, Mr. Cool, war noch immer nervös und hielt Ausschau nach Bullen.

Stick sah ihn an. »Wie wär's mit 'nem Bourbon?«

»Oder mit zweien?« Frank machte eine Pause, und etwas von seiner Kaltschnäuzigkeit kehrte zurück. »Wir haben ja nichts zu versäumen.«

14

Der Speiseraum war getäfelt und hell erleuchtet. Da nicht rein, Frank zeigte in die Bar. Dort gab es Marmor und Samt und dunkles Holz und falsche Gaslampen und Serviererinnen, die wie französische Zofen angezogen waren. Vielleicht haben die Krawattenzwang, meinte Stick. Immer locker über den Hocker, sagte Frank.

Er war schon wieder obenauf.

»Der Schnaps schmeckt genauso wie woanders«, sagte Frank.

»Du bezahlst eben den Firlefanz mit. Aber nicht schlecht, was? War früher öfter hier.«

Er nannte die Serviererin mit dem dunkel gefärbten Haar und dem rosigen Make-up »Süße« und bestellte doppelte Scotch und doppelte Bourbon. Komisch, Frank war jetzt ganz lässig, während Stick sich sehr unbehaglich fühlte in seiner Popelinejacke und mit den Food-Lanes-Tüten, in denen die Lebensmittel und vielleicht zwei Tausender oder mehr steckten. Er war jeden Augenblick darauf gefaßt, daß der Geschäftsführer oder sonst jemand sie an die frische Luft setzen würde, weil sie nicht das Richtige anhatten.

»Also, dann Prost«, sagte Frank. Er hob sein Glas und trank. »Hattest wohl recht mit dem Zeitschriftenknilch. Haste ihn draußen noch mal gesehen?«

»Gesehen? Hab' ihn fast über'n Haufen gefahren.«

»Schade, daß du's nicht getan hast. Der hätte seine Nase nie wieder in fremde Angelegenheiten gesteckt.«

»Noch 'ne halbe Minute länger, und wir säßen nicht hier.«

Frank trank genüßlich. »War mal 'ne kleine Abwechslung. Wird ja sonst langweilig wie 'n richtiger Job. Immer dasselbe.«

»Das war knapp«, sagte Stick.

»Klar war's knapp. Wir haben dem Feind ins Auge geblickt, zum erstenmal. Aber wir haben's geschafft. So was nennt man Timing. Dazu brauchen wir keine Regel, das haben wir einfach im kleinen Finger.«

»Willste etwa behaupten, daß dir das Spaß macht?« fragte Stick. »Die Blinklichter und dieses Gejaule? Is doch ekelhaft, wenn's so direkt auf dich zukommt.«

»Gehört eben dazu. Braucht dir keinen Spaß zu machen, aber du kalkulierst es mit ein, und wenn's dann mal passiert, behältst du die Nerven.«

»Wie stehen wir?« fragte Stick. »Einmal mit einem blauen Auge davongekommen, dreißig Treffer. Nicht schlecht. Aber vielleicht haben wir bisher Glück gehabt, und jetzt kommt 'ne Pechsträhne.«

»Nein. Wenn du dich auskennst, ist's jedesmal das erste Mal, nur besser, weil du schon Routine hast. Also sind's einunddreißig.«

»Aber es kann auch mal schiefgehen. Ich hab' dir gesagt, daß der Bursche uns gesehen hat. Aber du wußtest es ja wie immer besser, du mußtest unbedingt warten, bis der Safe offen war. Das hat weder was mit Instinkt noch mit Regeln zu tun, das ist einfach blöd.«

»Sitzen wir hier oder nicht? Und haben wir den Zaster aus dem Safe?«

»Soll's jetzt jedesmal so laufen?«

Frank zündete sich eine Zigarette an und bat die Serviererin, noch 'ne Runde zu bringen. »Du bist gegen unnötiges Risiko. Schön, das akzeptiere ich. Bis zu einem gewissen Punkt. Improvisieren ist nun mal das halbe Geschäft. Die Regeln sind 'ne gute Grundlage, aber du kannst sie nicht in jeder Situation anwenden, du mußt einfach flexibel sein.«

»Du hast sie erfunden, deine zehn Regeln für Glück und Erfolg«, sagte Stick. »Nun willste sie über Bord werfen.«

»Hab' ich das gesagt?«

»Darauf läuft's doch wohl hinaus.«

»Hör mal, wir haben mit den Regeln angefangen, haben uns danach gerichtet wie nach den verdammten zehn Geboten. Nichts dagegen einzuwenden, wir waren ja blutige Anfänger. Aber inzwischen haben wir Erfahrung, Instinkt. Wir wissen jetzt, wo's langgeht. In diesem Geschäft kann uns keiner mehr was vormachen.«

»Ich weiß nicht«, sagte Stick. »Dreißig Dinger hintereinander weg, okay, einunddreißig ... Vielleicht sollten wir mal 'ne Pause einlegen. Jeder einzelne Job sieht vielleicht nicht so schlimm aus, aber es ist harte Arbeit, das schlaucht einen doch ganz schön.«

»Hast recht, wer 'ne schwache Pumpe hat, für den ist das nichts. Aber 'n Leistenbruch beispielsweise stört gar nicht. An Geld hat sich noch niemand 'nen Bruch gehoben. Ist zwar schwere Arbeit, aber noch lange keine Zwangsarbeit.« Frank machte eine Pause. »Ob du nun ein, zwei Tausender holst oder zwanzig-, dreißigtausend oder meinetwegen fünfzigtausend, der Aufwand ist der gleiche. Kannst du mir folgen?«

»Ich bin dir sogar voraus«, sagte Stick, »ich weiß nämlich schon, was jetzt kommt.«

»Mensch, halt die Klappe und hör mir mal 'ne Minute ruhig zu.

Stell dir mal vor, wir reisen auf unsere übliche Masche, nur mit dem Unterschied, daß wir mit einem Schlag fünfzigmal soviel absahnen. Wär das nichts? Ein einziger Coup, und wir brauchen monatelang keinen Finger mehr zu rühren.«

»Wenn ich mich recht erinnere, haben wir von Banken schon mal gesprochen«, sagte Stick. »Wie stehen die Chancen – fifty-fifty?«

»Ich red' nicht von 'ner Bank.«

»Spuckst du's freiwillig aus, oder soll ich wieder raten? Ich weiß noch, wie wir in der Griechenpinte gesessen haben und du dieses blöde Quiz mit mir gespielt hast. Welches ist die beste Möglichkeit, das meiste Geld zu machen? Der einfachste Weg …«

Die Serviererin kam mit den Drinks, so daß Frank sich zurücklehnen und die Situation auskosten konnte. Er wartete, bis sie weg war.

»Ich hab' mir das reiflich überlegt«, sagte er, »und ich red' nicht davon, daß wir uns mal eben die Stadtfiliale der National Bank of Detroit vornehmen oder so'n Blödsinn. Nein, mein Plan hat Hand und Fuß.«

»Okay, also keine Bank. Wieviel Fragen habe ich noch frei?«

»Ich wollt's dir eigentlich erst erzählen, wenn ich meine, daß du soweit bist. Aber das weiß ich eben immer noch nicht genau.« Frank machte eine Pause, aber Stick sagte nichts. »Ich meine deine Einstellung«, fuhr Frank fort. »Ich hab' da 'ne Idee und will mit dir drüber reden, wie man eben mit 'nem Profi redet, der weiß, wo's langgeht. Aber wenn dich die Sache heute abend schon aus dem Takt gebracht hat, bist du meiner Meinung nach noch nicht reif. Vielleicht wirst du's nie sein.«

»Ich hab' am Steuer gesessen«, sagte Stick.

»Ja, du hast am Steuer gesessen.« Frank wartete.

Stick nahm einen Schluck. Wie zwei kleine Kinder, dachte er. Nicht zu fassen. Du hast Schiß gehabt, ich nicht. Du auch. Ich nicht. Doch haste Schiß gehabt. Hab' ich nicht. Haste doch.

»Also gut, ich hör' mir's an, wenn du glaubst, daß ich soweit bin. Aber wenn du meinst, daß ich nie soweit sein werde, weißt du sicher, was du mit deiner grandiosen Idee machen kannst.«

»Ich sag' dir noch was, wo wir gerade beim Auspacken sind«, erklärte Frank. »Da würden sogar noch 'n paar Leute mitmachen.«

Stick schüttelte langsam den Kopf. Da saßen sie nun in der Bar mit der trüben Gasbeleuchtung und starrten einander an.

»Warum kommst du nicht ganz offen damit raus?«

»Womit?«

»Daß du Schluß machen willst mit der Partnerschaft. Also, von mir aus gern. Jederzeit.«

»Hab' ich was von Schlußmachen gesagt?«

»Bisher haste überhaupt noch nichts gesagt. Du quasselst immer von dem, was du *nicht* gesagt hast, du Pfeife. Wenn du was zu sagen hast, spuck's endlich aus und hör auf, rumzuquatschen.«

»Ich überleg' mir was«, sagte Frank.

Stick verspürte riesige Lust, diesem Idioten mit seiner Locker-über-den-Hocker-Masche eins über die Birne zu geben.

»Ich hab' 'nen Vorschlag, aber ich möchte dich nicht zu früh damit überfallen«, sagte Frank. »Ich will ganz sicher sein, daß du Mumm genug dafür hast, ehe ich dir alles erzähle.«

»Du läßt es absichtlich nur tröpfchenweise raus, damit ich anbeiße.«

»Quatsch. Ich will nur deine Reaktion sehen.«

»Laß uns noch mal drüber reden, wenn die Bullen hinter uns her sind und du dir in die Hosen machst, ja?« schlug Stick vor.

Frank schob sich aus der Nische und sah Stick an, die Food-Lanes-Tüte in der Hand.

»Wir sind 'n bißchen nervös heute abend, was? Irgendwie muß ich dir in die Eier getroffen haben.«

Stick hatte es satt. Er spielte nicht mehr mit. »Willste noch bleiben oder was?«

»Nein, mir reicht's. Ich zahl', du holst den Wagen.« Er sah sich nach der Serviererin um. »Aber 'nen andern, verstanden? Falls sie die grüne Kiste da draußen gesehen haben.«

»Genau das hatte ich vor«, meinte Stick gelassen. Er würde sich von Frank nicht mehr in die Suppe spucken lassen, jedenfalls nicht heute abend. »Was für einer darf's denn sein?«

»Ein Modell, bei dem der Motor nicht spuckt, wär doch zur Abwechslung mal ganz nett«, sagte Frank.

Sie hatten einen Parkdienst, aber Stick sah kein Schlüsselbrett am Eingang. Die Jungs brachten die Wagen wahrscheinlich auf dem Parkplatz des Einkaufszentrums unter, möglichst in der Nähe des Restaurants. Vielleicht legten sie sogar die Schlüssel unter die Sitze.

Stick rollte die Einkaufstüte oben noch fester zusammen und ging an den Gästen vorbei, die am Eingang auf ihre Autos warteten.

Es war kein Problem, sich hier einen Wagen zu holen. Es sei denn, er mußte auf Frank warten oder zurücksetzen, um ihn einsteigen zu lassen, und der Besitzer kam in diesem Augenblick heraus und stoppte ihn mit lautem Geschrei. Entschuldigen Sie vielmals, Sir. War das Ihrer? Dann hab' ich wohl den falschen erwischt. Wirklich eine köstliche Situation!

Frank komplizierte die Sache. Wenn er seine Mätzchen lassen und sich an die Regeln halten würde, könnten sie in einem Jahr einen schönen Batzen verdient haben, sich die Hand schütteln und in aller Freundschaft auseinandergehen.

Er hatte Frank gesagt, wo er stehen würde, ziemlich weit hinten am Ende des Parkplatzes, hinter den Peitschenlaternen und den dicht an dicht gedrängten Karosserien. Wahrscheinlich würde er mit seinen Clipsen arbeiten müssen. Es standen Wagen genug herum, auch die Auswahl war ordentlich, aber er war müde und nicht in der Stimmung, sich zu konzentrieren. Warum hatte er sich nur von Frank so verrückt machen lassen?

Er warf einen Blick über die Schulter, weil er sehen wollte, ob er sich schon weit genug vom Restaurant entfernt hatte.

Hinter ihm kam jemand.

Es war nicht Frank, und es war auch kein Parkboy, soviel wußte er mit ziemlicher Sicherheit. Der Typ ließ sich Zeit. Er hielt sich etwa zehn Meter hinter ihm, eine hagere, hoch aufgeschossene Gestalt, die sich gegen die Lichter des Lokals abhob. Keiner von denen, die er am Eingang gesehen hatte. Stick hatte das Gefühl, daß es ein Schwarzer war, und er merkte, wie er sich verkrampfte. Es war einfach da, eine Reaktion. Dabei bestand gar kein Grund zum Mißtrauen. Der Mann holte sich wahrscheinlich nur seinen Wagen. Einen Wagen, der ihm gehörte. Irgendwie verrückt – Stick schlich hier draußen herum, um zu klauen, eine Straftat zu begehen, und hatte selbst Angst davor, überfallen zu werden.

Stick ging durch die Doppelreihe der Wagen links von ihm, Kühlerhaube an Kühlerhaube geparkt, bis zum nächsten Gang. Er sah zurück. Nichts. Er ging weiter nach hinten. Jenseits der Dunkelheit sah man das Licht von Straßenlaternen und hörte Autos fahren. Als er wieder zurücksah, war der Typ zehn Meter hinter ihm im gleichen Gang.

Der zweite Typ tauchte direkt vor ihm aus dem Schatten auf und blieb wartend stehen. Es war ein Schwarzer. Groß, genau wie der Bursche hinter ihm. Beide hatten die geschmeidigen Bewegungen von Basketballspielem. Der vor ihm hatte die Arme übereinandergeschlagen. Vielleicht entpuppte sich die Sache als ganz harmlos, vielleicht wartete er nur auf seinen Freund, auf den Typ hinter Stick.

Ja, und vielleicht wartete er auch bloß auf die Straßenbahn ...!

Stick machte einen Schritt, um dem Kerl auszuweichen, aber der trat mit ihm zusammen zur Seite. Wenn er sich jetzt nicht entschuldigen und die Flucht ergreifen wollte, mußte Stick stehenbleiben. Er blieb stehen.

Der Schwarze faltete seine Arme auseinander, so daß Stick den Revolver erkennen konnte, den er in der Hand hielt. Das Ding war echt, da war er ziemlich sicher. »Na, wie geht's uns heute abend?« fragte der Schwarze.

»Danke, gut«, sagte Stick. »Das heißt – jetzt eigentlich nicht so besonders.« Er grinste, um dem Typ zu zeigen, daß man mit ihm reden konnte.

»Wo ist dein Wagen?«

»Ob du's glaubst oder nicht – ich hab' keinen.«

»Ach nee – du willst dir wohl bloß mal die Beine vertreten?« Sein Blick ging zu dem Großen, Hageren, der jetzt an Sticks linke Seite trat. »Er sagt, er hat keinen Wagen.«

»Streck die Arme aus«, sagte der Hagere.

Stick gehorchte. Die Einkaufstüte hielt er mit der linken Hand fest. Der Kerl tastete seine Jackentaschen, Hüft- und Gesäßtaschen ab. Nach vorn kam er nicht mit seinen Händen. Er angelte Sticks Brieftasche heraus, griff sich das Geld und warf die Brieftasche auf den Asphalt.

»Danke«, sagte Stick unwillkürlich. Er mußte an den Geschäftsführer vom Kroger-Supermarkt denken, der sich bei ihm bedankt und geflüstert hatte »Beehren Sie uns bald wieder«.

»Ein Zwanziger, drei Einer«, sagte der Hagere. »Wo sind deine Schlüssel, Mann?«

»Sie hat er im Wagen gelassen«, sagte der Schwarze mit der Kanone. »Komm, zeig ihn uns.«

»Habt ihr nicht kapiert? Ich hab' keinen Wagen. Wollt' mir gerade selber einen holen.«

»Klauen?« fragte der Hagere. Es klang belustigt.

Stick sah ihn an. Er trug ein Hemd mit abgeschnittenen Ärmeln, aus denen lange, muskulöse Arme hervorsahen. Eins-siebenundachtzig oder einsneunzig. Sie konnten sich einen beleuchteten Schulhof suchen und eine Runde Mann-gegen-Mann spielen.

»Wenn ihr 'nen Wagen wollt, nehmt euch doch einen. Ihr braucht ja bloß zuzugreifen«, sagte Stick.

»Wir nehmen deinen, Mann, und alles, was du hast«, sagte der Schwarze mit der Kanone. »Was ist in der Tüte? Schnaps?«

»Buchweizenflocken«, sagte Stick. »Cornflakes und noch so 'n paar Sachen.«

Der Typ winkte mit der Kanone. »Gib sie ihm.«

Stick wandte sich zu dem Hageren um, trat einen Schritt zurück und hob mit beiden Händen die Einkaufstüte hoch. Er spürte die hintere Stoßstange eines Wagens an seinen Beinen.

»Wenn ihr was zu essen braucht, holt's euch doch selber.«

»Mann, was haste da drin, was du uns nicht geben willst?« fragte der Schwarze mit der Kanone. Er gab seinem Partner ein Zeichen. »Sieh mal nach.«

Stick schob die rechte Hand unter die Jacke und umschloß den Griff der 38er. Weiter kam er nicht. Ehe er sie herausziehen oder die Tüte in Sicherheit bringen konnte, hatte der Hagere sie schon gepackt, ihm einen Stoß gegeben, etwas geknurrt und ihm einen schnellen, harten Schlag ins Gesicht versetzt. Die Tüte riß auf, während Stick gegen den Wagen fiel und sich am Kofferraumdeckel festhielt. Er war benommen und hatte ein taubes Gefühl im Gesicht, aber er hielt noch immer die 38er unter seiner Jacke umklammert. Es sah so aus, als hielte er sich den Magen. Die beiden Schwarzen sahen zu Boden, wo das Geld in einem kleinen Haufen zwischen den Cornflakes und dem Brot und den Puddingschachteln lag. Der Hagere bückte sich und begann es aufzuheben. »Mann«, sagte er, »Mann, sieh doch bloß, sieh doch mal die Mäuse, die der Scheißer da hat, Mann, sieh dir das mal an.« Und dabei raffte er die Scheine zusammen, so schnell er konnte, und stopfte sie in den Rest von der Tüte.

Der Schwarze mit der Kanone sah das Geld an, sah Stick an, der noch immer über dem Kofferraum lehnte. »Mann, hast 'n Ding gedreht, was? Riesig!« Er begann zu grinsen, sah die Scheine an, fing an zu lachen, wurde ganz fickerig und aufgekratzt, als hätte er das Geld auf der Straße gefunden.

»Schnappt der Typ sich die Kohlen, steckt sie in 'ne Tüte ...« Was nun, wenn der Mann 'n richtiger Gangster war, wenn er auch 'ne Waffe hatte?

Stick hatte den Revolver gezogen und legte auf den Schwarzen an.

»Scheiße«, sagte der Schwarze mit der Kanone. Seine Stimme klang überhaupt nicht mehr aufgekratzt. Seinen eigenen Revolver hielt er nach unten, nicht auf Stick gerichtet.

Der Hagere hatte nicht aufgesehen. Er hockte noch immer am Boden und packte die zerrissene Tüte voll. »Schau dir das an, Mann«, sagte er. »Schau-dir-das-bloß-an.«

»Umdrehen«, sagte Stick zu dem Mann mit der Kanone. »Arme hoch. Schmeiß sie weg, so weit du kannst.«

Der Hagere hörte auf zu brabbeln und sah hoch.

Stick behielt ihn im Auge, konzentrierte sich aber auf den mit der Waffe. Als der Bursche sich nicht rührte, sagte er: »Ich weiß nicht, was du da hast, irgend 'ne Spielzeugpistole wahrscheinlich. Das hier ist eine Smith 38. Die geht glatt durch dich durch und schafft noch 'n paar Fensterscheiben auf der anderen Straßenseite. Jetzt dreh dich um und schmeiß deinen Knaller weg.«

Der Hagere hatte sich auf dem Boden zusammengekauert. »Wir sind zwei, Mann. Wie willste uns beide kriegen?«

Stick wandte sich ihm zu, hielt aber die 38er auf den anderen gerichtet. »Wenn du das ganz genau wissen willst, knall ich dich zuerst ab.«

»Quatsch, keinen knallste ab.« Der Hagere stand auf, die Tüte gegen den Leib gepreßt. Seine freie Hand fuhr in die Tasche und kam mit einem Klappmesser wieder raus.

»Scheiß, Mann, rüber mit der Kanone. Schluß mit dem Quatsch.«

»Tu, was er sagt«, verlangte der Schwarze mit dem Revolver. Er sah sich vor mit seiner Waffe, bewegte sie nicht, aber er hatte seine Sicherheit wieder, man hörte es an seiner Stimme.

Niemand bewegte sich. Der Hagere wartete, die Hand mit dem Messer ausgestreckt, in knapp zwei Metern Entfernung, geduldig, seiner Sache sicher. »Haste mit dem Ding überhaupt schon mal geballert, Mann? Weißte, wie man das macht? Komm, gib's her. Wir lassen dich laufen mit deinen Buchweizenflocken.«

Stick wußte nicht recht, ob die Kanone entsichert war.

Er wußte nicht recht, welchen er ansehen sollte.

Er wußte nicht recht, ob er überhaupt auf sie schießen konnte: Sympathisch war er ihm bei Gott nicht, der magere Schwarze mit dem Geld, aber würde er ihn einfach so abknallen können? Verdammt, er hatte sie im Griff gehabt, aber jetzt saß er wieder am kürzeren Hebel. Das wußte er, das fühlte er, aber ihm wollte einfach nichts mehr einfallen.

Hätte er bloß etwas mehr Zeit zum Überlegen gehabt, vielleicht hätte er sich gleich gesagt, was soll's, und ihnen die Kanone gegeben, seine Lebensmittel genommen und wäre heimgegangen. Sah er denn aus wie einer, der zaudert oder der Schiß hat? Oder wie so 'n armseliges Würstchen, das man einfach auseinandernehmen mußte?

Der Hagere holte Schwung, um das Messer zu werfen.

Stick schoß aus knapp dreißig Zentimetern Entfernung und hörte den Schrei über dem lauten Knall aus der Kanone.

Der andere Schwarze war völlig überrascht, er fummelte an seinem Revolver herum, drückte einmal ab, viel zu hastig. Stick schoß zweimal, wahrscheinlich hatte er die Brust getroffen. Der Kerl drückte noch mal ab, eine reine Reflexbewegung, dann gab er einen keuchenden Laut von sich, als ließe er die Luft ab, während er auf das Pflaster fiel.

Der Hagere rannte weg, die Tüte gegen sein Hemd gepreßt. Stick hörte sich rufen, stehenbleiben, sofort stehenbleiben, aber er wußte, der Bursche würde weiterrennen, und fast noch im Brüllen drückte er ab. Die Kugel aus der Smith traf ihn in den Rücken. Der Hagere prallte gegen einen Wagen und knallte mit dem Gesicht auf den Asphalt.

Stick rollte ihn nicht auf den Rücken, fühlte nicht nach seinem Puls, zog nur hastig die zerrissene Tüte unter ihm hervor. Dabei erwischte er nicht alle Scheine, aber das war ihm egal, er wollte den Kerl nicht berühren. Das alles blieb ihm im Gedächtnis. Und auch, daß er eilige Schritte auf sich zukommen hörte, eine dunkle Gestalt sah, die sich von dem beleuchteten Restaurantschild abhob, genauso, wie der Hagere vorhin. Das schien schon lange zurückzuliegen, zu einem anderen Abend zu gehören. Aber es war noch nicht 'ne Minute her, da hatte er mit dem Kerl gesprochen, und jetzt war er tot. Der Schwarze mit der Kanone lag auf dem Rücken, seine offenen Augen starrten ins Leere. Vielleicht hätten sie mit sich reden lassen. Er hätte sagen können: Ihr wißt ja, wie das ist, ich hab' mir 'ne Menge Mühe gemacht. Wenn ihr selber was wollt, holt's euch doch. Sie waren doch Kumpel, waren im gleichen Geschäft. Nein, nicht ganz, aber sie hätten sicher Verständnis gehabt für ihn. Plötzlich war ihm, als hätte er sie gekannt. Zwei Kumpel, mit denen man ein paar Körbe wirft, hinterher 'n paar Bierchen zischt. Die Schritte waren jetzt ganz nah, hatten ihn fast erreicht. Er hörte keuchenden Atem.

»Heiliger Strohsack«, sagte Frank. Er sah auf die beiden Schwarzen am Boden und auf Stick, der seinen Revolver fest gegen die Einkaufstüte gedrückt hielt. »Heiliger Strohsack«, wiederholte er.

15

Es stand am nächsten Tag in der Nachmittagsausgabe. Frank war zum Bierholen gefahren und brachte eine Zeitung mit. Er las den Artikel zweimal. Er hatte für Stick schon ein Bier aufgemacht, als der aus der Dusche kam und sich in seinen gestreiften Unterhosen an den Tisch setzte.

Stick zündete sich erst mal eine Zigarette an und trank einen Schluck Bier. Er war gespannt, aber andererseits wußte er nicht recht, ob er's überhaupt lesen wollte. Vielleicht war's besser, gar nichts über die beiden Burschen zu wissen.

»Gesehen hat uns keiner?«

Frank schüttelte den Kopf. »Schätze, wir saßen schon im Taxi, ehe man sie gefunden hat.«

»Steht da, wer sie waren?«

»Lies selber.«

Stick starrte auf die Zeitung.

»Mann, da haste aber 'n Ding gedreht«, sagte Frank. In seiner Stimme schwang ein ganz neuer Respekt.

Der Artikel ging über eine Spalte und berichtete unter der Überschrift »Massaker in Northland«: Andrew Seed und Walter Wheeler, beide in Detroit wohnhaft, waren auf dem Parkplatz des Einkaufszentrums erschossen aufgefunden worden. Als Opfer unbekannter Angreifer. Die Polizei hatte die Ermittlungen aufgenommen, allerdings gab es für die Schießerei keine Zeugen und außer versuchtem Raub kein offenkundiges Motiv. Beide Tote waren der Polizei bekannt.

Seed war mehrmals wegen Raub, Körperverletzung und Vergewaltigung verhaftet worden und hatte in Detroit und Jackson im Knast gesessen. Wheeler war wegen Vergehens gegen das Rauschgiftgesetz vorbestraft und hatte außerdem eine ganze Latte von Vorstrafen wegen Raub und Körperverletzung. Beide, so hieß es, waren in der Schule, vor sieben Jahren, ausgezeichnete Sportler gewesen. Sie hatten bei den Basketball-Stadtmeisterschaften in der A-Mannschaft gute Plätze belegt und waren in den Ausscheidungsspielen des Bundesstaates lobend erwähnt worden.

»Hab' ich mir doch gedacht«, sagte Stick. »Man hat's irgendwie an ihren Bewegungen gesehen. Gute Plätze bei den Stadtmeisterschaften und lobend erwähnt bei den Ausscheidungsspielen im Bundesstaat ... So weit hab' ich's nie gebracht.«

»Dafür hast du's mit der 38er weiter gebracht«, sagte Frank. »Mann, ich hab' meinen Ohren nicht getraut. Pengpeng, gleich drauflos, keine Mätzchen. Schade, daß ich ihre Gesichter nicht gesehen hab'. Gehn die los, um sich so'n armes Würstchen auf'm Parkplatz vorzunehmen, sehen einen mit 'ner Einkaufstüte vorbeikommen, der nach Hause will zu Mami und den Kinderchen, und denken, daß sie 'n leichtes Spiel haben, die Arschlöcher. Aber ehe sie weiterdenken können, haben sie ausgespielt, sind mausetot. Die paar Sekunden davor, die hätt' ich gern miterlebt. Hätteste bloß auf mich gewartet, ich hätt' dir geholfen.«

»Du hättest das genausogut geschafft wie ich. Leicht«, sagte Stick. »Ich kann's immer noch nicht glauben. Ich seh' noch, wie der Typ wegrennt – seh' ihn noch genau vor mir in diesem hellen Hemd mit den abgeschnittenen Ärmeln, ruf ihm zu, er soll stehenbleiben, und dann hab' ich abgedrückt. Einfach umgelegt hab' ich ihn.«

»Klar, weil er nicht stehengeblieben ist«, sagte Frank leicht erstaunt. »Was denn sonst? Wollteste ihn etwa laufenlassen mit unseren zweitausenddreihundertachtundvierzig Piepen? Der Bursche war 'n verdammter Dieb.«

»Aber weil einer was klaut, macht man ihn doch nicht tot.«

»Scheißdreck! Und was machen die Bullen? Wenn du nicht stehenbleibst, erschießen die dich, die erschießen dich.«

»Das ist doch was anderes.«

»Der hat unser Geld genommen, sollte er das einfach behalten? Unser Eigentum hast du geschützt, so sieht's doch aus.«

»Aber, wir hatten's gestohlen, Frank.«

»Eben. Und damit gehörte es uns. Die haben sich den Zaster jedenfalls nicht aus dem Laden geholt, die ganze Arbeit, die Nervenanspannung, die haben die sich geschenkt. Sie haben's einem braven, wehrlosen Trottel abgenommen, der sich gar nicht erst wehren wird, haben die doch gedacht. Haben die eben danebengedacht. So 'n Fehler macht man nur einmal im Leben.«

Stick zog an seiner Zigarette. Er sah den hageren Schwarzen rennen, mit gebeugten Schultern. Er hätte zwischen den Wagen Deckung suchen sollen, aber nein, er rannte weiter, schon mit einer Kugel im Leib. Er hatte Nerven, der Bursche. Er hatte das viele Geld, und das wollte er nicht wieder hergeben. Ob er verheiratet war, Familie hatte? Ob sie 'ne Todesanzeige in die Zeitung setzen würden? Sicher gab's 'ne große Beerdigung. Die beiden mußten Freunde gehabt haben. Sie waren in Detroit zur Schule gegangen. Stick stellte sich einen Haufen

Schwarzer auf dem Friedhof vor. Plötzlich mußte er an seine kleine Tochter denken. Wie mochte es ihr gehen?«

»Vielleicht sollten wir endlich mal 'ne Verschnaufpause einlegen«, sagte er zu Frank.

»Tun wir doch«, sagte Frank. »Wir sitzen hier und verschnaufen. Ich finde, wir müßten 'ne Party geben.«

»Nein, mal richtig raus«, sagte Stick. »Erst mal sehen, ob die uns nicht doch an die Karre fahren können.«

»Die Polizei? Wie denn?«

»Da steht, daß es keine Zeugen gibt, aber wenn die welche hätten, würden sie's nicht hinschreiben, oder? Also, vielleicht kommen die uns doch auf die Spur.«

Frank schüttelte den Kopf. »Ausgeschlossen. Die haben keine Beweise, keinen Wagen, keinen Revolver. Das Taxi haben wir mindestens zwei Kilometer von dort angehalten. Gesehen hat uns niemand. Die wissen ja nicht mal, daß es zwei waren. Und wenn sie nirgends einhaken können, brauchen wir nichts zu befürchten.«

»Mag sein«, sagte Stick, »fest steht, ich hab' zwei Menschen umgebracht.«

»Klar, Mann; das haste getan«, sagte Frank. »Aber hör mal – vergiß alles, was ich in der Bar gesagt hab'. Daß du vielleicht doch nicht soweit bist und so. Ich nehm's zurück. Du bist soweit.«

»In der Bar – du meinst, direkt davor?«

»Ich hab' dir doch erzählt, daß ich so 'n Plan habe.«

»Ja, ich erinnere mich.«

»In zwei Tagen wissen wir mehr.«

Stick konnte nicht ganz folgen, er hatte auch schlecht geschlafen. Immer wieder war er aufgewacht, hatte die Schüsse gehört und die beiden Schwarzen vor sich gesehen, besonders den, der versucht hatte, wegzurennen.

»In zwei Tagen wissen wir was?«

»Ob wir's hinkriegen. Da muß noch 'n bißchen dran gedreht werden.«

»Wir«, wiederholte Stick. »Du meinst mehr als du und ich? In der Bar haste gesagt, da wir gerade beim Auspacken sind ...«

»Okay, alles blöde Sprüche«, sagte Frank. »Ich nehm's zurück. Schwamm drüber. Aber es stimmt schon, da hängen noch 'n paar mehr Leute mit drin, muß einfach sein bei diesem Job. Zwei Helfer, eigentlich mehr zum Aufpassen. Und eine für die Innenarbeiten. Die ist schon da. Durch sie bin ich überhaupt erst auf die Idee gekommen. Wir haben's miteinander besprochen.«

Stick hörte jetzt ganz genau zu. Frank meinte es ernst, das war klar.

»Meinste etwa eine von den Miezen hier aus dem Haus?«

»Du spinnst wohl«, sagte Frank. »Nein, die weiß, wo's langgeht, und die Idee gefällt ihr. Sie mischt nicht mit, jedenfalls nicht direkt, aber sie gibt uns sämtliche Tips, die wir brauchen.«

»Wenn die hier nicht wohnt …« Stick überlegte. »Meinst du die schwarze Puppe, wie heißt sie doch gleich … Marlys?«

»Richtig, du kennst sie ja, hatte ich fast vergessen. Sehr clever und aufgeweckt für ihr Alter.«

Stick sah sie wieder vor sich in ihrem weißen BH und dem weißen Slip. Ein scharfes schwarzes Girl, sehr, sehr ausgeschlafen.

»Hat sie nicht gesagt, daß sie in der Stadt arbeitet, in einem Büro?«

»Bei Hudson arbeitet sie«, sagte Frank. »Im fünfzehnten Stock.«

Stick runzelte die Stirn. »Das ist doch 'n Kaufhaus.«

»Das größte in der Stadt.«

»Du bist verrückt«, sagte Stick und schüttelte den Kopf.

Frank wartete.

»Bei dir tickt's wohl nicht mehr richtig«, erklärte Stick. »Hudson!«

»Die J. L. Hudson Company«, sagte Frank. »Weißt du, wie viele Kassen die haben?«

»Will ich gar nicht wissen. Von mir aus können's tausend sein, ich scheiß drauf.«

»Du liegst gar nicht mal so falsch«, sagte Frank.

16

An diesem Abend waren zeitweise bis zu fünfzehn Leute in dem Apartment versammelt. Die meisten hatte Frank zusammengetrommelt, andere schauten einfach so rein. Es war ein ständigs Kommen und Gehen.

Angefangen hatte es damit, daß Frank am Nachmittag einige Stunden lang verschwunden war. Stick hatte ihn nicht gefragt, wohin er ging. Als er zurückkam, hatte er vier der Karrieremiezen vom Swimming-pool im Schlepp, Karen, Jackie, Mary Kay und Arlene, und mixte ihnen Drinks. Stick holte den Grapefruitsaft für die Salty Dogs, und Arlene half ihm. Selbst Mary Kay trank mit. Ziemlich komisch, wenn vier Mädchen in Bikinis in der Wohnung herumsitzen. Frank hatte unterwegs offenbar schon 'n paar zur Brust genommen und war ganz schön high. Stick sollte endlich aufhören, Trübsal zu blasen, meinte er. Stick gab sich einen Ruck: Okay, er würde sich amüsieren und nicht mehr an die beiden Schwarzen denken.

Dann aber sagte Frank augenzwinkernd, Marlys würde versuchen, später noch vorbeizukommen, und Stick hatte wieder die beiden Schwarzen vor Augen. Vielleicht kannte Marlys sie sogar.

Etwas später fragte Stick die Krankenschwester Mary Kay, ob sie nicht zum Dienst müßte, und hörte verblüfft, wie sie erklärte, sie würde anrufen und sagen, sie hätte ihre Tage und läge im Bett. Und das nach eineinhalb Salty Dogs!

Noch später traf Frank auf dem Weg zur Eiswürfelmaschine Barry Kleiman mit seinem weißen Gürtel und seinen weißen Schuhen im Gespräch mit Fotomodell Sonny und einem der jungen Ehepaare, den Kaplans, und brachte alle mit rauf. Frank zog seine Safarijacke an und trug sie mit einer Kette, die er sich von Arlene geborgt hatte, ohne Hemd. Riesig, sagte Barry Kleiman.

Sie wußten nicht genau, wann Donna, die Spezialistin für Zahnhygiene, und ihr Freund einfielen, aber nach 'ner Weile gehörten sie voll dazu. Donnas Freund, Gordon, schrieb gerade seine Doktorarbeit über etwas, was mit klinischer Psychologie zu tun hatte, und beschäftigte sich intensiv mit Karen.

Wenn Stick sich umdrehte, hatte er ständig den Eindruck, daß Arlene ihn beobachtete. Als erwarte sie was von ihm. Sie schien sich mit ihm unterhalten zu wollen und lotste ihn schließlich auf den Balkon. Aber da sah Stick von oben drei der Jungmanager im Patio beim Bier sitzen und rief ihnen zu, sie sollten raufkommen und mitmischen.

Die Jungmanager kamen äußerst vorsichtig herein, wie Wildwesthelden in ihren engen Jeans. Sie latschten erst ziemlich verloren herum, aber bald hatten sie Anschluß gefunden, und Stick war froh, daß er sie eingeladen hatte. Sei 'n bißchen nett zu ihnen, bat er Arlene. Die armen Trottel haben ihr Leben IBM und Ford geweiht und 'n bißchen Spaß verdient.

Es waren gutaussehende Jungs, deren Familien in Bloomfield Hills wohnten. Zwei hießen Ron und einer Scott. Ernest Stickley jr. sah sie durchs Leben laufen in ihren teuren Freizeitschleichern, unbeschwert von dem Gedanken, daß es auch harte Zeiten gab.

Aber er nahm es ihnen nicht übel. Im Grunde war es ihm völlig schnuppe, was sie taten.

Einer der Rons ging in sein Apartment hinunter und brachte eine Tüte Marihuana und eine Packung gelbes Zigarettenpapier mit. Nicaragua Gold, sagte er, was auf Karen und Jackie mächtig Eindruck machte. Karen nannte ein paar andere Sorten, die sie geraucht hatte. Ron drehte ein paar Joints, und bald rauchten sie alle. Auch Stick probierte es. War gar nicht so schlecht, aber von den zwei Zügen spürte er überhaupt nichts, und auch der Geruch widerte ihn an. Stick erkundigte sich bei dem einen Ron, ob sie bei Ford Joints rauchen durften, und Ron sah ihn an und fragte, wieso Ford? Ich bin bei Merryll Lynch, diesem Scheißladen.

Frank war inzwischen high von Scotch und Marihuana. Ab und zu knuffte er Stick in die Seite und sagte: »Irre Party, was?« Als wenn's was zu feiern gäbe. Ja, sagte Stick, wirklich irre.

Arlene hielt sich an das, was Stick gesagt hatte, und war nett zu Jungmanager Scott. Sie sah klein und zerbrechlich aus, wie sie da neben ihm auf dem Fußboden hockte. Scott sah sich den silbernen Anhänger an, der zwischen ihren Brüsten hing. Das ist 'n Navajo-Liebessymbol, erzählte Arlene, oder auch 'n Schutzgeist der Schafe, sie brachte das immer durcheinander, und Scott nickte und schien sich sehr für primitive Kunst zu interessieren.

Stick ging zu der Achthundert-Dollar-Stereoanlage hinüber und legte eine Platte von Billy Crash Craddock auf und suchte noch ein paar andere Sachen heraus, auch Loretto Lynn und so was.

»Hörst du das gern?« fragte Mary Kay.

Stick legte die Platten hin, nahm Mary Kays Arm und sprach den Milch-und-Honig-Liebes-Text von Billy Crash Craddock mit, *perfekt love is milk and honey, Captain Crunch, and you in the morning …*

»Na ja, gehört nicht gerade zu meiner Hitparade, aber ich find ihn schon dufte.«

»Geradezu idiotisch«, sagte Mary Kay. »Wahre Liebe mit Milch und Honig … Wo gibt's denn so was? Alles Quatsch.«

Eine leise Stimme drängte Stick, sich schleunigst aus dem Staub zu machen. Gleich würde sie ihm erzählen, daß sie die Älteste von zehn Kindern gewesen war und die ganze Hausarbeit hatte machen und ihr Studium selbst finanzieren müssen, daß ihr Vater trank und ständig im Unterhemd im Haus herumsaß und Schundromane las, und daß sie regelmäßig zur Messe ging, hart arbeitete, immer tat, was man ihr sagte, und jetzt war sie geprüfte Krankenschwester mit eigenem Apartment und Sparbuch, und fünf Ärzte rissen sich darum, mit ihr ins Bett zu gehen. Aber wenn er nicht auf die Stimme hörte, würde er noch fragen: Na und? Und sie würde sagen: Was heißt na und? Was nützt die ganze Arbeit und das Bravsein? Und schon wären sie mitten drin in einem dieser blödsinnigen Gespräche über den Sinn des Lebens, und vielleicht würde er sie ins Bett bekommen und vielleicht auch nicht.

»Bin gleich wieder da«, sagte Stick. »Ich glaub', wir brauchen noch Eis.«

Damit war er zunächst gerettet, aber er verpaßte die Szene zwischen Frank und Sonny, die ihm echten Spaß gebracht hätte.

Sonny hatte sich den ganzen Abend an einem Glas Milch festgehalten und alles andere abgelehnt, die Kartoffelchips, die Dips, den Pinconningkäse. Sie stand mit Barry Kleiman und einem der Jungmanager, dem stilleren der beiden Rons, draußen auf dem Balkon.

Persönlich hatte Frank nichts gegen Sonny. Irgendwie gefiel ihm ihr Stil, das Fotomodellgehabe, obwohl er's stinklangweilig fand. Was war denn schon dran an ihr? Ein Strich in der Landschaft, praktisch keine Oberweite, magere Hüften, langes, dünnes, strähniges Haar, das sie mit einer trägen Kopfbewegung aus den Augen zu schütteln pflegte. Keine Persönlichkeit, kein Pep. Ständig streckte sie den Hintern raus, die ewige Herausforderung, reinzukneifen. Das ärgerte Frank am meisten.

Als Frank zu ihnen trat, gab Sonny ihm ihr leeres Milchglas.

»Noch mal dasselbe?« fragte er. »Das heißt, wenn du dich nicht übernimmst?«

»Nein, danke.« Sie wandte sich an Barry. »Ich muß jetzt gehen.« Als ob es seine Bude wäre und er der Gastgeber. »Morgen um sieben muß ich im Studio sein. Wahrscheinlich machen wir Oldsmobile-Aufnahmen.«

»Hör mal, zu unserem Thema von vorhin«, sagte Barry. »Wie kann ich dir da helfen?«

Sie zuckte die Schultern. »Ich weiß nicht. Sprich mal mit deiner Agentur.«

»Du, ich mein's ernst. Du wärst irre gut. Nein, nicht hinter dem Ladentisch, nicht als eine der Bienen in McDonalds-Uniform. Ich meine, als Kundin, groß in Schale, todschick, Dame von Welt. Du beißt in diesen Viertelpfünder. Man sieht's deinen Augen an, wie gut er dir schmeckt, mmmm, Klasse ... Und jetzt kommt der Knüller. Du hast 'n bißchen Senf im Mundwinkel, genau hier. Mann, die Kerle glotzen sich die Augen aus, wenn sie das auf der Mattscheibe sehen, weil sie's am liebsten ablecken würden.«

Sonny nickte, sie war ganz bei der Sache. »Urig«, sagte sie. »Oder ich könnte die Zunge rausstrecken, nur ein ganz kleines bißchen – so.« Sie zeigte es. »Und dann Nahaufnahme.«

»Riesig.«

»Mit so 'nem Blick von unten nach oben.« Sonny neigte den Kopf und sah mit ihrem müdesten Schlafzimmerblick auf. »Wie fändest du das?«

»Macht's dir was aus, wenn ich dir 'ne persönliche Frage stelle?« fragte Frank dazwischen.

Sonny tat, als koste es sie große Mühe, sich umzudrehen und ihn anzusehen. »Bitte?«

»Biste schon mal gebumst worden?«

Sonny wahrte Haltung. »Und du?«

»'n paarmal.«

»Wie schön für dich.« Sie sah wieder Barry an. »Würdest du mich in meine Wohnung bringen?«

»Aber sehr gern.« Barry streckte Frank die Hand hin. »War wirklich nett, alter Junge.«

»Willst du 'nen Landeversuch machen?«

Barry runzelte unangenehm berührt die Stirn. »Na, na, wir wollen doch locker bleiben, nicht?«

»Er ist sofort wieder da«, sagte Sonny. »Wenn er nicht sowieso genug von euch hat.«

Frank sah den stillen, gutaussehenden Ron mit den breiten Schultern und dem Golfhemd an.

»Kapierst du, um was es hier geht? Nein? Hier geht's nämlich um ein Prinzip, um die große Wahrheit. Kennst du sie?«

Der stille, gutaussehende Ron schüttelte den Kopf. »Da bin ich überfragt.«

»Man nennt es«, sagte Frank, »den Pussi-Mythos.«

»Wie bitte?« Barry grinste. »Hey, hör mal, was für 'n Mythos?«

»Den Pussi-Mythos«, wiederholte Frank feierlich. »Sieht so klein und harmlos aus, nicht? Jede Puppe hat so 'n Ding. Aber jetzt kommt's. Sie setzen sich nämlich einfach drauf, auf ihren kleinen Mythos, und sehen zu, wie die Männer ihre Ehen ruinieren, ihr Leben in Scherben schlagen, Schulden machen, intelligente, erwachsene Männer spielen plötzlich verrückt, alles bloß wegen der kleinen, niedlichen Pussi. Ihr seid größer und stärker als wir, Jungs, sagen die Puppen, aber wir haben was, was ihr nicht habt, und wenn wir euch ranlassen sollen, reißt euch gefälligst zusammen. Mit ihrem verdammten kleinen Mythos kriegen sie dich dazu, ihnen die Türen aufzumachen, Geschenke zu kaufen und Schecks auszuschreiben. Und einige machen mehr aus ihrer Pussi als andere.« Er sah Sonny an. »Eben ein reines Geschäft, aber das Schönste ist, sie wissen nicht mal, wozu sie da ist.«

»Das ist irre«, sagte Barry voller Respekt. »Wirklich irre.«

»Wir sind irre. Und das Ganze ist ein Scheiß-Geschäft«, sagte Frank.

Kurz vor elf fuhren sie zur Woodward Avenue hinüber, auf der Suche nach einem Schnapsladen, der noch geöffnet war. Sie brauchten Scotch, Wodka und Bier.

»Und Grapefruitsaft«, sagte Stick. Er war zuerst am Wagen gewesen und saß am Steuer. »Komisch, die Weiber trinken alle Salty Dog. Haste den schon mal probiert?«

»Sie amüsieren sich alle prima«, sagte Frank. »Alle. In der ganzen Clique ist nur eine Niete, und die ist weg. Nein, vielleicht sind's zwei, ich weiß nicht.«

»Wen meinst du?«

»Diese Karbolmaus, die Mary Kay.«

»Nee, die ist in Ordnung. Sie macht nur gerade ihre erste Häutung durch.«

»Kann man ja mal nachprüfen. Aber ich glaub', in der knackigen kleinen Hausfrau steckt auch mehr, als man denkt. Ihr Mann guckt ständig der Jackie ins Kätzchenkostüm. Vielleicht kann ich ihn auch mit Karen verkuppeln, die frißt den mit Haut und Haaren.«

Stick sah ihn von der Seite an. »Das würde dich nicht stören?«

»Karen ist okay«, sagte Frank. »Gute Figur und alles dran. Aber sie will immer das Sagen haben. Haste die heute abend mal beobachtet? Als ob sie die Gastgeberin ist, Jackie hat die schon dazu angestellt, den Käse und die Crackers rumzureichen. So ist sie immer. Sogar im Bett geht das so: Okay, jetzt Schluß damit, jetzt das andere. Ja, genau richtig. Noch 'n bißchen doller. Etwas höher. Ja, so. Okay, noch mal das andere. Schön, versuchen wir dies mal. Wie 'ne Scheiß-Programmansage.« Frank lehnte sich zurück, wohlig benebelt. »Wenn ich so an unseren Zaster denke ... Haste Worte ...«

»Das ist doch 'n alter Hut. Jetzt sagst du: ›Also, da wärn wir.‹«

»Richtig. Also, da wärn wir. Jetzt du: Ach nee, wirklich? Los, sag's!«

»Ach nee, wirklich?«

»Wirklich und wahrhaftig. Und es kommt noch viel besser. Aber ich weiß gar nicht, wo Marlys bleibt. Heute nachmittag hab' ich sie noch gesehen und ihr gesagt, sie soll uns besuchen, wenn sie nichts Besseres vorhat. Was ist morgen?«

»Sonntag.«

»Na gut, wir warten bis Montag, dann mach' ich mal 'nen Rundgang mit dir. Ist zwar noch nicht komplett ausgearbeitet, verstehste, aber ich glaub', du solltest schon mal 'n Gefühl für den Laden kriegen.«

»Ich bin schon oft bei Hudson gewesen, Frank.«

»Auch oben, wo die Büros sind?«

»Glaub' schon.«

»Nach Feierabend lassen sie in den Kassen nur fünfzig Dollar, der Rest geht nach oben.«

Stick war auch ein bißchen high, aber hellwach. Er rollte in dem nächtlichen Verkehr auf der North Woodward mit und hielt Ausschau nach einem Schnapsladen. Er wollte jetzt mit Frank nicht streiten, nicht mal diskutieren. Das hatte gar keinen Sinn. Frank würde nur anfangen zu brüllen und sich hinterher an nichts erinnern.

»Guck du auf deiner Seite«, sagte Stick.

Und dann sah er im nächsten Block das Neonschild und den hell erleuchteten Laden und atmete auf.

»Da ist einer, Frank.«

Sie parkten direkt davor. »Was brauchen wir?« fragte Frank. »Whiskey und Wodka, nicht?«

»Grapefruitsaft«, sagte Stick. »Wahrscheinlich haben die den nicht. Na, vielleicht doch.«

Er fragte den Verkäufer hinter dem Ladentisch danach, einen properen, grauhaarigen kleinen Mann mit randloser Brille. »Ja, Sir, sämtliche Säfte. Sie stehen dort drüben.«

Stick holte vier große Dosen und stellte sie auf den Ladentisch, während Frank den Schnaps bestellte. Stick ging zu den Kühlfächern und holte einen Kasten Stroh-Bier heraus, das die Jungmanager immer tranken. Als er damit wieder zum Ladentisch ging, wo der Verkäufer wartete, sah er Frank vorn an der Tür.

»Haben wir alles?«

»Bin gleich wieder da.« Frank verschwand.

Auf dem Ladentisch standen drei Flaschen J & B und drei Wodka. Der Verkäufer verstaute sie in einem leeren Schnapskarton.

»Ist das alles?« fragte er.

»Vielleicht noch zwei Flaschen Tonic.« Stick griff sich Kartoffelchips und Salzstangen von einem Ständer und eine Dose Salznüsse. Der Verkäufer kam mit dem Tonicwasser zurück und blieb plötzlich mit geweiteten Augen stehen. Stick sah sich um

Frank kam grinsend näher, seinen Colt Python in der einen, Sticks Smith & Wesson in der anderen Hand.

»Da staunste, was?«

Stick wäre fast der Name herausgerutscht: Frank, du blöder Hund …

Aber jetzt mußten sie da durch. Stick brachte den bibbernden Verkäufer ins Hinterzimmer, fesselte ihn mit Heftpflaster und klebte ihm einen Streifen über den Mund, während Frank, dieser Idiot, da draußen die Kasse ausräumte. Stick sagte kein Wort zu dem Verkäufer. Er legte ihn auf den Boden und klopfte ihm auf die Schulter, eine stumme Aufforderung, sich ruhig zu verhalten und sich nicht zu rühren.

Auch draußen im Laden sagte er nichts. Er nahm den Karton und brachte ihn zum Wagen, stieg ein und wartete, während Frank den Scotch und einen Karton Bourbon auf den Rücksitz stellte.

»Wo wir schon mal dabei sind, können wir uns gleich noch Bier schnappen oder?« fragte er.

»Steig ein, verflucht noch mal«, sagte Stick.

Als Franks Tür zuschlug, wartete Stick noch eine Weile, ehe er vom Randstein wegfuhr und sich in den Verkehrsstrom einfädelte. Er beobachtete die Scheinwerferkegel der nachfolgenden Autos im Rückspiegel.

»Fünf-, sechshundert, schätz' ich«, sagte Frank. »Du hast die Scheine in der Jackentasche von dem Kerl übersehen. Ich hab' sie ihm abgenommen, als ich die Kartons geholt habe. Ja, und dann natürlich noch für etwa zweihundert Dollar Schnaps. Nicht schlecht für den kurzen Einkaufstrip.«

Stick gab keine Antwort.

»Ach, du redest nicht mit mir? Willste mich bestrafen? Jetzt hör mal, du hast doch den Mann gesehen, der Laden war leer. So was kann man sich einfach nicht entgehen lassen.«

»Wir sitzen in einem Wagen, der auf deinen Namen zugelassen ist«, sagte Stick.

»Na schön, dann war das eben 'ne Ausnahme. Einmal ist keinmal. Ich bin immer für schnelle Entschlüsse. Was passiert ist, ist passiert. Hat ja niemand gesehen.«

»Woher weißt du das?«

»Weil ich auch niemanden gesehen habe.«

»Inzwischen hätte ja jemand reinkommen können. Wenn dich ein Kunde mit den beiden Kanonen in der Hand sieht, macht er natürlich, daß er wegkommt. Aber der Wagen, der steht da, groß und breit. Und es gehört nicht viel dazu, sich die Nummer aufzuschreiben.«

»Wir können ihn ja als gestohlen melden, wenn wir heimkommen.«

»Ja, und zwölf Zeugen in unserer Bude wissen, daß wir weggefahren sind. Der Knabe da in dem Laden, der hätte uns in einer Sekunde identifiziert.«

»Sei doch bloß nicht so verdammt ernst, Ernest. Die Sache war eine Augenblicksentscheidung. Erledigt, Schwamm drüber. Willste denn immer nach den Regeln leben?«

»Es sind deine Regeln. Zehn Regeln für Glück und Erfolg.«

Sie sagten nichts mehr, bis Stick auf den Privatparkplatz der Villa Monterey einbog.

»Da ist 'ne Lücke, direkt vor dem Eingang.«

»Hab' ich schon gesehen«, sagte Stick. Er manövrierte den Wagen in die Lücke, schaltete den Motor und die Scheinwerfer aus. Frank machte seine Tür auf und hielt inne. »Weißt du was?«

Stick wartete.

»Ich hab' mir was überlegt. Wetten, daß wir mit Karen und Jackie übrigbleiben, wenn Marlys nicht mehr auftaucht?«

»Ach, das haste dir also überlegt?«

»Ja. Welche willst du?«

17

Es waren nicht mehr so viele Leute da, aber die Zimmer waren blaugequalmt und rochen nach Weihrauch, und der Geräuschpegel war hoch. Irgend jemand hatte Loretta Lynn heruntergenommen und einen Mantovani aufgelegt. Der stille, gutaussehende Ron lag auf Sticks Bett und roch, als hätte er sich übergeben. Stick ging hinaus an die Bar, machte sich einen Drink und sah sich um. Arlene war nicht da. Und auch der Jungmanager, der ihren Schmuck bewundert hatte, war nicht zu sehen.

Frank trat zu ihm und griff nach den Flaschen. »Wird langsam dünner. Wir müssen wieder 'n bißchen Schwung reinbringen.«

Stick sagte nichts. Er war nicht ärgerlich, er war nur müde und wollte sich irgendwo hinsetzen, wo es ruhig war. Er dachte wieder an Arlene. Er hätte gern neben ihr gesessen und ein bißchen rumgealbert. Aber sie war nicht da.

»Ich glaub' nicht, daß Marlys noch kommt«, sagte Frank. »Am besten suchen wir uns zwei aus, ehe alle weg sind.« Er sah sich um. Sein Blick streifte Mary Kay, die auf der Couch saß. »Wirklich, nicht mehr viel Auswahl.«

Sonny war weg, das wußte er. Donna und Arlene waren auch nicht zu sehen, Jackie war voll. Also Karen. Vielleicht.

Gordon, Donnas Freund, kam mit zwei leeren Gläsern an.

»Wo ist Donna?« fragte Frank. »Auf dem Klo?«

»Sie ist schon gegangen«, sagte Gordon, »und ich hab' ihr gesagt, daß ich gleich nachkomme. Es ist mein Samstag, aber ich unterhalte mich gerade so interessant mit Karen.«

»Dein Samstag?«

»Jeden zweiten Samstag verbringe ich die Nacht mit Donna«, sagte Gordon.

»Und wenn du mal am Dienstag Lust hast?«

Gordon goß genau abgemessene 5 cl Wodka in jedes Glas. Er benutzte das Barmaß aus Edelstahl und schenkte seit viereinhalb Stunden 5-cl-Portionen ein.

»Manchmal klappt es auch am Dienstag, wenn ein besonderer Anlaß vorliegt. Mittwochs hat Donna nämlich frei.«

»Streng rationiert, was?« meinte Frank. »Sie hat wohl Angst, der Vorrat könnte ausgehen?«

»Nein, sie ist nur gegen Übertreibungen. Donna ist sehr mütterlich. Meist hat sie ihr kritisches Mutter-Ich, dann heißt es ständig, du sollst dieses tun, du sollst jenes lassen. Nur an unseren Samstagen, an jedem zweiten Samstag wird sie zur Übermutter. Karen dagegen –« Gordon sah zu ihr hinüber, sie saß auf dem Boden, noch immer im Bikini, einen Berg orangfarbener und gelber Kissen im Rücken, »Karen dagegen ist sehr emotional. Sie fühlt und handelt instinktiv. In ihr ist sehr viel von einem natürlichen Kind.«

»Na, die Mama ist bei ihr auch nicht unterentwickelt, wirste schon noch merken.«

Gordon hielt die Grapefruitsaft-Dose über den Gläsern in der Schwebe. »Ach, kennst du etwa die Grundlagen der Transaktionsanalyse?«

»Nein«, sagte Frank. »Aber Karen von innen.« Er schaute sich um, weil er Sticks Reaktion sehen wollte, aber Stick war nicht da.

Zwei Arlenen sahen ihn an, die eine trug ein weißes Männerhemd über dem Bikini und hatte die Tür einen Spalt breit geöffnet, die andere war genauso groß, aber aus Pappe. Die eine Arlene zog eine Schnute, die andere lächelte in ihrem Silberkostüm und weißen Stiefeln für Hi-Performance-Nockenwellen.

»Mit dir sollte man überhaupt nicht mehr reden«, sagte die lebendige Arlene. »Die ganze Woche läßt du dich nicht blicken.«

»Bin zweimal bei dir gewesen, aber du warst nicht da.«

»Und heute tust du, als wäre ich Luft, redest mit den anderen Mädchen und schmust mit ihnen rum.«

»Von dir und dem Kerl auf dem Fußboden ist wohl keine Rede, was?«

»Du hast doch gesagt, ich soll nett zu ihm sein.«

»Ist er hier?«

»Nein, ihm ist schlecht geworden.«

»Ich hab' mich die Woche über auch nicht besonders gut gefühlt, Arlene«, sagte Stick. »Also ging ich zum Arzt, ließ mich untersuchen, mir ein Rezept geben ...«

Arlenes Mitleid regte sich. »Ja, was fehlt dir denn?«

»Ich geh' zur Apotheke, leg' das Rezept dem Apotheker auf den Tisch.«

»Und?«

»Und er fragt: ›Sollen wir Ihnen das machen lassen?‹ Und ich sag': ›Können Sie kein Latein, Mann? Da steht: Das ist ein Überfall!‹«

Sie lachte, und damit war er drin.

Frank setzte sich neben Mary Kay, die allein auf der Couch hockte. »Kochst du gut, Schätzchen?« fragte er.

Mary Kay sah ihn aus glasigen Augen an.

»Warum?«

»Nur so ... Man muß doch über was reden. Du sagst mir, was du gern machst, und ich sag' dir, was ich gern hab'. Rück mal 'n Stück.« Er zog eine Platte unter ihr hervor und ließ sie auf die Stereoanlage zutrudeln.

»Wenn du schon reden willst, warum redest du nicht über was Vernünftiges?«

»Okay. Wie gefällt dir Mantovani? Nett, nicht?«

»Miese Kaffeehausmusik.«

»Was gefällt dir dann?«

»Nichts von dem, was ihr habt. Hab' nachgesehen. Country, Western und Mantovani.«

»Fängst du immer Streit an, wenn du high bist?«

»Ich streite nicht, ich sag' dir nur, was ich nicht mag.«

»Du bist doch Krankenschwester. Ich denk', als Krankenschwester ist man unheimlich verständnisvoll, geht auf die Leute ein und macht sie glücklich und so weiter.«

»Wer hat dir denn das erzählt?«

»Ehrlich«, sagte Frank leise, »ich wette, du bist wirklich wahnsinnig verständnisvoll. Ich seh's an deinen Augen, du bist richtig nett zu allen.«

»Ich hab's versucht«, sagte Mary Kay. »Halb umgebracht hab' ich mich, um nett zu sein. Und was hast du da von? Die Leute benutzen dich als Fußabtreter, nutzen dich aus, geben dir die miesesten Jobs. ›Sullivan, kümmern Sie sich mal um Eins Null Vier!‹«

»Wer ist Sullivan?«

»Das bin ich. ›Bitte sofort, Sullivan, Eins Null Vier bemalt wieder die Wände mit Kot.‹ So geht das die ganze Nacht.«

»Der Kerl malt damit? Ehrlich?«

»Er pfeffert ihn an die Wand. Manchmal ißt er das Zeug.«

»Nein, so was.« Frank nahm ihr das verschmierte Glas aus der Hand. »Wart mal, du brauchst Nachschub.« Er machte zwei frische Drinks, Mary Kay bekam ein sauberes Glas, und setzte sich wieder dicht neben sie.

»Jetzt will ich dir mal was sagen«, erklärte er, wieder mit dieser leisen, seelenvollen Stimme. »Menschen, die sich Mühe mit anderen Menschen geben, Menschen mit Gefühlen, die sind nett zueinander. Sie machen einander glücklich.«

»Das kann ich schon singen. Mein ganzes Leben lang hab' ich das gehört. Wenn du's mir nicht übelnimmst oder auch wenn du's mir übelnimmst, is ja egal ...«

»Bitte, sag nichts, Mary Kay.« Er drehte sanft ihr Gesicht zu sich herum und betrachtete sie mit seinem treuherzigen Augenaufschlag. Ihre Lippen waren geöffnet, am Mundwinkel hatte sie eine frische Pickelnarbe. »Man muß den Menschen vertrauen, Mary Kay. Egal, wie's dir ergangen ist, du mußt immer wieder vertrauen und glauben.«

»Woran?«

»An dich selber, an dein Recht, das Leben zu genießen. Die Menschen brauchen einander.«

»Das macht mich so müde, dieser ganze Krampf«, sagte Mary Kay.

»Kann ich verstehen.« Er war selber verdammt müde, aber er rückte noch ein Stück näher heran. »Wie gut ich das verstehe.«

»Warum muß ich ständig lächeln und nett sein, wenn mir überhaupt nicht danach ist?«

»Brauchst du doch gar nicht, Schätzchen. Tu das, wonach dir zumute ist.«

Sie lehnte sich an ihn und schloß die Augen. »Gott, was bin ich müde. Immer dasselbe. Manchmal tut mir das Gesicht weh vom ewigen Lächeln.«

»Hör mal, Mary Kay, willst du dich nicht ausstrecken und es dir gemütlich machen? Wir könnten zu dir gehen, da ist es schön ruhig. Was meinst du?«

»Weiß nicht, ob ich die Treppe schaffe. Ich bin so müde.«

»Ich helf' dir«, sagte Frank.

Mary Kay seufzte. »Du bist lieb, weißt du das?«

»Ich tue, was ich kann«, sagte Frank.

Sie hatte ihm Bilder von sich bei den Nationals und auf den Dragster-Messen und Tagungen gezeigt. Er machte noch zwei Drinks und brachte sie zur Couch, wo Arlene das große Foto-Album auf den Knien hielt: Arlene mit ›Big Daddy‹ Don Garlits, Arlene mit Tom ›Moongoose‹ McEwan und Don ›The Snake‹ Prudhomme. Von allen hatte sie auch Autogramme, erzählte Arlene stolz. Die Jungs hatten sie ihr aus Jux auf einen Slip geschrieben, wenn er den mal sehen wollte? Er würde sich alles ansehen, was sie ihm zeigte, sagte Stick.

Das zweite Album war nicht so groß wie das erste, es enthielt weder Hi-Performance-Produkte noch das Silberkostüm oder die weißen Stiefel. Es zeigte Arlene im Naturzustand, schmale Hüften, freche Titten, einfach alles. Klassebilder, sagte Stick und erfuhr, daß ihr Freund ganz verrückt aufs Fotografieren war und drei Nikons besaß, jede für über tausend Dollar.

Ob sie ihm die Aktfotos absichtlich gezeigt hatte? Jedenfalls taten sie ihre Wirkung.

Als sie ins Badezimmer ging, um mal Pipi zu machen, wie sie sagte, brachte Stick die beiden Gläser ins Schlafzimmer. Er hörte die Wasserspülung rauschen, dann die Tür gehen, und dann hörte er Arlenes Stimme im Nebenzimmer.

»Hey, wo steckst du?«

Er legte sich in seinen gestreiften Shorts aufs Bett, die beiden Gläser auf dem Nachttisch neben sich, und ließ sie suchen. »Wetten, daß ich wieder meine Ringe abziehen soll?« fragte Arlene.

Das nächste, was sie sagte, war: »Du schwitzt immer 'n bißchen, nicht?«

»Nicht immer. Nur manchmal, weiß auch nicht wieso. Hat aber nichts mit dir zu tun, mit dem Spaß, mein' ich.«

»Ich frag' ja nur.«

Dann sagten sie beide eine Weile nichts und lagen dicht beieinander in der Dunkelheit, wo sie sich spüren konnten, ohne sich festzuhalten. Etwas Licht von der Diele fiel auf das Bett, und wenn er den Kopf drehte, sah er ihre beiden Schatten auf der Wand. Er mochte Arlene, mochte ihre Bewegungen. Sie war lustig. Und gescheiter, als man zunächst dachte. Wenn man sie reden hörte, glaubte man, daß sie 'ne kleine Macke hatte, aber das lag einfach daran, daß sie sagte, was ihr durch den Kopf ging, ohne Schau und großes Brimborium. Er mochte sie sehr.

»Dabei ist mir was anderes eingefallen«, sagte Arlene. »Ob du damals geschwitzt hast? In der Bar.«

»In welcher Bar?«

»In Hazel Park.«

»Kenn überhaupt keine Bar ...« Er brach ab.

»Ich mein' die Bar, die nur zwei Blocks von der Pferderennbahn entfernt ist.«

Stick setzte sich auf. Beim Lichtmachen fegte er ein Glas vom Nachttisch. Sie sah ihn an, die Augen weit geöffnet, die Bettdecke eng um sich gezogen.

»Auwei, das hätt' ich wohl nicht sagen sollen, was?«

»Moment mal – wovon redest du eigentlich? Von 'ner Bar, in der du mich angeblich gesehen hast?«

»In der ich dich wirklich gesehen hab'. Du und Frank, ihr habt ihm das Geld abgenommen. Mensch, dachte ich, das sind Bullen. Und dann hast du uns in dem Lagerraum eingesperrt.«

»Du warst in der Bar?«

»Ich hab' 'n Tuch ums Haar gehabt. Einmal hast du mich direkt angesehen. Oje, hab' ich gedacht, jetzt hat er dich erkannt, aber du hattest wohl an anderes zu denken. Mitten ins Gesicht hast du mir gesehen, aber du hast mich nicht erkannt. Ich hab' nicht gewußt, ob ich was sagen sollte. Und dann in dem Lagerraum ...« Arlene kicherte. »Du, das war rasend komisch, alle haben sich einfach Flaschen aufgemacht und haben angefangen zu trinken, und die Barfrau konnte nichts dagegen tun. Und wie die den armen Kerl vermöbelt hat ...«

»Mit wem warst du da?«

»Nur mit meinem Freund.«

»Arlene, hast du ihm gesagt, daß du uns kennst?« fragte Stick so behutsam wie möglich.

Im Wohnzimmer läutete das Telefon.

Sie runzelte die Stirn. »Wer kann das sein? Er ist doch verreist.«

Sie war schon auf, kletterte über ihn weg.

»Laß klingeln, Arlene.«

Sie rannte nackt aus dem Zimmer.

»Arlene!«

Er horchte und hörte sie sagen: »Wirklich? Bißchen spät, nicht? Nein, natürlich nicht, aber es kommt so plötzlich.«

Sie war in der Bar gewesen, hatte alles mitangesehen und es ihm dann erzählt. Verdammt und zugenäht!

»Nein, nein, so mein' ich das doch nicht. Du weißt doch, Liebling, wie schrecklich gern ich komme. Klar, okay ... Da muß ich mich aber beeilen. Schön, bis dann.«

Arlene kam angerannt, sie sah Stick gar nicht. »Ich flieg nach Chicago. Ruft der mitten in der Nacht an, plötzlich ist's über ihn gekommen, er will mich unbedingt bei sich haben. Schickt den Firmenjet rüber.«

»Arlene, jetzt halt mal 'nen Augenblick die Luft an.« Er sah, wie sie einen Koffer und Kleider aus dem Schrank holte.

»Er ist bei der APAA-Tagung. Gott, hab' ja nicht gewußt, daß es die APAA ist. Wen hat er wohl bei sich gehabt? Irgend 'ne Mieze, muß eine aus Chicago sein. Was mag die wohl anhaben?«

»Arlene, hast du ihm das von Frank und mir erzählt? Daß du uns kennst?«

Sie warf ihm einen kurzen Blick zu. »Du mußt dich verziehen, ich werde abgeholt. Warum hat er mich nicht gleich mitgenommen? Dieser Schuft. Nein, ist auch wieder ungerecht, er war immer sehr nett zu mir.«

»Ich fahr' dich hin«, sagte Stick. »Wir können uns im Auto unterhalten.«

Sie angelte einen grünen Hosenanzug und das Silberkostüm aus dem Schrank. »Einer von seinen Dragster-Jungs kommt vorbei. Wie die fahren, sag ich dir ... Da bleibt kein Auge trocken.«

»Arlene, hast du ihm unsere Namen genannt?«

»Wozu denn?«

»Ja oder nein?«

»Nein, natürlich nicht.«

Er war etwas erleichtert, aber nicht sehr. Irgendwie war's komisch, zuzusehen, wie sie nackt herumsauste, Sachen aus den Schrankfächern nahm und in den Koffer warf.

»Hast du es sonst jemandem erzählt?«

Sie war schon wieder draußen.

»Der Polizei zum Beispiel ...«

Die Badezimmertür klappte zu, der Riegel wurde vorgeschoben, Wasser begann zu laufen. Stick zog seine Hose und Schuhe an. Nicht zu fassen. Das Hemd in der Hand, ging er in die Diele und stellte sich vor die Badezimmertür.

»Arlene?«

»Kann jetzt nicht reden, Schatz, ich schminke mir gerade die Augen.«

»Sonst hast du's niemandem erzählt?«

»Verdammt, das hätte ich doch fast vergessen. Sieh mal in den Dielenschrank, ob da was von der Reinigung hängt.«

Stick zögerte, dann ging er ins Wohnzimmer und zog sein Hemd an.

Es klingelte an der Wohnungstür.

Die Badezimmertür öffnete sich sofort. »Geh ins Schlafzimmer.«

Sie blinzelte ihn aus dunkel geschminkten Augen unter silbergrünen Lidschatten an, schlüpfte in den grünen Hosenanzug und lief zur Tür. Stick wartete.

»Hey, Larry, du bist 'n Schatz«, sagte sie. Dann lachte sie über etwas, was Larry gesagt hatte. »Nein, nein, steig ruhig schon ein, komme sofort.«

Arlene kam mit einer Plastiktüte von der Reinigung ins Schlafzimmer. In weniger als einer halben Minute war sie mit Packen fertig und griff nach dem Koffer.

»Arlene ...«

»Wir reden, wenn ich wiederkomme. Gott, diese Hetze ...«

Die Wohnungstür klappte zu, es wurde still. Stick machte sich einen Drink. Scotch, ihr Freund hatte keinen Bourbon. Er trank sein Glas leer, rauchte eine Zigarette und legte sich für den Rest der Nacht wieder in Arlenes Bett.

18

»Hab' extra einen Stapel Plastikbecher auf die Bar gestellt«, sagte Frank. »Aber natürlich mußten sie die guten Gläser nehmen, müssen danach gesucht haben, damit sie ihre Zigaretten darin ausquetschen können. Dabei standen die Plastikdinger direkt vor ihrer Nase.«

Stick ging mit zwei Aschbechern an ihm vorbei in die Küche.

»Wundert mich, daß da überhaupt was drin ist«, sagte Frank und griff nach einem Glas. »Schau dir die Stummel an. Und überall Kartoffelchips, in den Teppich eingetreten, und die Schnapsflecken. Als wären die im Schweinestall großgeworden.«

Stick kam wieder aus der Küche zurück. Er mußte sich bewegen, etwas tun; immerzu sah er Arlene nackend herumlaufen und ihre Koffer packen.

»Am nächsten Morgen sieht's immer trostlos aus, besonders wenn die Sonne scheint«, sagte er. Er kannte Katerstimmungen unter der Sonne von Florida. Er ging durch die offene Tür auf den Balkon hinaus und begann, leere Bierdosen einzusammeln. »Noch niemand unten am Pool.«

»In der Kirche sind sie auch nicht«, meinte Frank. »Was glaubste wohl, wo unsere Partygäste stecken?«

»Auf dem Klo und kotzen«, meinte Stick.

»Haste den Kerl aus deinem Bett gekriegt?«

»Als der die Augen aufmachte, hatte er keinen Schimmer, wo er war.«

»Du bist heute nacht nicht hiergewesen, oder?«

»Bin heute morgen gekommen, gegen halb acht.« Er wollte noch nicht von Arlene anfangen, und daß sie ihn und Frank in der Bar gesehen hatte. »Du warst aber auch nicht zu Hause, oder?«

»Willste wissen, wo ich war?«

»Bei der Krankenschwester«, sagte Stick. »War ja schon längst mal fällig.«

Er tat die Bierdosen in eine große Lebensmitteltüte. »Taugt sie was?«

Frank hatte eine Bier- und Zigarettenpause eingelegt. »Du kennst das ja: Stille Wasser sind tief.«

»Sagt man«, meinte Stick. »Bloß ob's stimmt, weiß ich nicht.«

»Worauf du dich verlassen kannst, Kumpel!«

»Haste ihr 'nen Heiratsantrag gemacht?«

»Klar, als Verlobte grüßen ...«, grinste Frank. »Du hattest dich wohl verabredet, was?«

Stick brachte weiter Bierdosen vom Balkon herein. Er sagte nichts. Sollte doch Frank denken, was er wollte.

»Warte mal«, überlegte Frank. »Karen hat mit diesem Psychoquaßler zusammengesessen. Jackie war zu voll. Arlene war schon weg, als wir wiederkamen ... Du, war es Arlene?«

»Haste noch 'ne Zigarette?«

»Die letzte. Guck mal in meinem Zimmer nach. Dann muß es also Karen gewesen sein. Sie hat den Quaßler abgewimmelt, und du bist zu ihr gegangen.«

Stick verschwand in seinem Zimmer, dann konnte er gleich seine eigenen rauchen. Vielleicht sollte er besser warten, bis Arlene zurückkam und dann noch mal mit ihr sprechen. Er wußte ja nicht, wie sie die Sache sah. Schön, sie hatte gesagt, daß sie ihrem Freund nicht verraten hatte, wer sie waren. Aber was hielt sie wirklich davon, mitzuerleben, wie zwei ihrer Bekannten eine Bar überfielen? Schwer zu sagen. 'ne kleine Macke hatte sie ja nun mal, vielleicht fand sie es sogar schick.

Stick griff sich eine Schachtel Zigaretten aus seinem Schrank.

Sag's ihm, dachte er. Irgendwann mußt du's ihm ja sagen.

Auf dem Weg ins Wohnzimmer machte er die Schachtel auf. »Ich war nicht bei Karen«, sagte er. »Sondern bei Arlene.«

Frank hob ein wenig überrascht die Augenbrauen. »Ach – Arlene? Na ja, viel ist nicht dran an ihr, aber sicher 'ne gute Trimm-dich-Übung, oder.«

»Sie ist 'n nettes Mädchen«, sagte Stick.

»Sind sie fast alle. Aber taugt die was?«

»Wozu willst du das wissen?«

»Weil du's mich eben auch gefragt hast, Armleuchter.«

»Lassen wir das«, sagte Stick. »Sollten lieber sehen, daß wir die Bude sauberkriegen.«

»Also ehrlich, Mann, wie redest du? Wie 'n Weib. Du hast 'ne richtige weibliche Mentalität. Soll keine Beleidigung sein.«

»Ach nee ...«

»Du siehst die Dinge eben ganz anders.«

»Warte, ich hol' mir nur 'n Bier, dann können wir uns zur Abwechslung mal streiten.«

»Um vier sollen wir bei Sportree sein«, sagte Frank.

Das wirkte. Stick sah Frank an, der mit einem etwas herausfordernden Blick dasaß und wartete.

Blöder Hund, dachte Stick. Aber dann dachte er, was soll's, wozu deswegen Streit anfangen?

»Zur Cocktailstunde, was?« sagte er. »Fünfzig Prozent Ermäßigung auf alle Drinks.«

»Er hat ein Treffen arrangiert«, erklärte Frank. »Eine Sondervorstellung. Wird dich bestimmt interessieren.«

»Kauf bei Hudson und sei happy«, sagte Stick.

»Völlig falsch. Kauf bei Hudson und hol dir genug, um ein Jahr lang happy zu sein. Es ist alles schon angeleiert. So leicht wie 'n Supermarkt.«

Ich laß mich nicht anmachen, dachte Stick. Ich laß mich nicht auf 'nen blöden Streit ein. Ich sag' überhaupt nichts mehr, nein, auch nichts über Arlene.

»Okay, worauf warten wir noch?« fragte er.

»Noch eins – sind alles Schwarze, soviel ich weiß. Du kannst sie ruhig Neger nennen. Daß sie schwarz sind, wissen die selber. Aber für dich sind das keine Nigger, verstanden?«

Scheißkerl, dachte Stick. Und zu Frank sagte er: »Werd' mir Mühe geben.«

19

Sie saßen in Sportrees Wohnung über der Bar, und Frank erzählte, wie Stick die beiden Typen auf dem Northland-Parkplatz erschossen hatte.

Stick war unbehaglich zumute, ihm gefiel das alles nicht. Drei schwarze Männer und ein schwarzes Mädchen saßen da und hörten sich an, wie er zwei ebenfalls schwarze Burschen umgebracht hatte. Frank schilderte es nicht so, wie's wirklich gewesen war, sondern spannend wie in einem Fernsehkrimi: Kommen doch die beiden Typen daher und versuchen, sich die Tüte zu schnappen. Aber mein Partner, der sagt kein Wort, Teufel nein, der zieht gleich seine Kanone raus, 38er Chief's Special, und pustet die beiden um.

Pustet sie um ... Nicht zu fassen. Den einen hatte er immerhin in den Rücken geschossen.

Sportree hörte zu und nickte, manchmal lächelte er, aber was er dachte oder was die anderen dachten, war nicht zu erkennen. Sportree saß da in so einem komischen, schlabberigen offenen Hemd, seine Perlenketten um den Hals, Marlys zeigte unter knappem Oberteil nackte Haut und einen braunen Bauchnabel, und dann waren noch die beiden anderen da, die Sportree für den Job vorgesehen hatte.

Leon Woody, mit Kinn- und Schnurrbart, sah aus wie ein Araber. Er saß sehr still, ein Bein über das andere geschlagen. Ab und zu lächelte er, seine Augen waren nachdenklich. Leon Woody war Sportree ziemlich ähnlich. Sie hatten beide etwas Afrikanisches, Rätselhaftes an sich.

Der andere, Carmen Billy Ruiz, war Puertorikaner. Um seine Lider waren Narben, und sein Mund, der ständig an einem Joint sog, wirkte aufgedunsen und wund. Vor langer Zeit war er mal Weltergewichter gewesen, dann Sparringspartner von Chico Vejar und von Chuck Davey, nachdem der Vejar fertiggemacht hatte. 1955 hatte er in Detroit bei einem Überfall einen Verkäufer erschossen und die nächsten siebzehn Jahre im Knast von Jackson verbracht. Daß Stick zwei Männer umgelegt hatte, paßte ihm offenbar nicht. Durch einen Rauchschleier hindurch sagte er: »Zwei Kinder hat der kaltgemacht? Na wenn schon …« Leon Woody und Sportree wechselten einen Blick, und Leon Woody sagte: »Sei brav, Billy, und laß ihn ausreden. Dann kannst du erzählen, wie viele du umgelegt hast.«

Stick war heilfroh, daß er sich auf nichts eingelassen hatte. Die konnten sagen, was sie wollten. Er würde zuhören und nicken und so tun, als sei er mit allem einverstanden, und wenn sie fertig waren, war der Fall für ihn erledigt. Er kannte diese Burschen nicht, er war ihnen nichts schuldig. Sei brav, wie Leon gesagt hatte, und spiel mit.

Er nickte Marlys zu, ja, er nähm' gern noch 'nen Bourbon. Marlys sorgte für die Drinks und drehte Superjoints für Billy Ruiz und alle, die sonst noch wollten. Die rothaarige Pianistin war nicht zu sehen. Vielleicht war sie im Schlafzimmer. Oder Sportree hatte sie weggeschickt, solange die Sitzung lief.

Kein Zweifel – Sportree spielte den Boß. Er saß auf der Couch, neben sich Marlys, die ihm über die Schulter schaute, und auf dem Couchtisch lagen weiße Bogen mit dem Grundriß verschiedener Abteilungen des Kaufhauses Hudson in der Innenstadt. Darunter auch die Büroetage, wo gepunktete Linien den Weg zu den Ausgängen bezeichneten und ein Plan der Außenfront und der umliegenden Straßen.

»Wir fangen draußen an«, sagte Sportree und sah Stick an. »Du wartest hier auf der Farmer Street in der Bar, an der Rückfront des Gebäudes. Da siehst du, wenn der Brink-Geldtransporter in den Durchgang einbiegt. Kapiert?«

»Ich weiß, welchen Durchgang du meinst. Sieht aus wie 'n Tunnel.«

»Sehr richtig«, sagte Sportree. »Die Brink-Leute fahren von der Farmer Street aus rein, holen sich die Ladung und fahren auf der Südseite wieder raus. Sobald du den Wagen kommen siehst, rufst du an.«

»Welche Nummer?«

»Die geb' ich dir, sobald ich fertig bin.«

Sportree sah Frank an. »Du stehst am Telefon vor der Toilette am Nordende der Spielwarenabteilung im 14. Stock. Haste dir die Stelle angesehen?«

Frank nickte.

Sportrees Blick wanderte zu Leon Woody hinüber. »Du behältst Frank im Auge. Die Puppenschachtel haste in einer Hudson-Tüte bei dir.«

»Die Lockenköpfchen-Laurie-Walker-Schachtel«, sagte Leon Woody.

Sportree schüttelte grinsend den Kopf. »Mach keine Witze, Lockenköpfchen Laurie Walker heißt die?«

»'ne kleine Rothaarige, fast 'nen Meter groß. Ganz lebensecht«, sagte Leon Woody. »Billy wollte sie gleich vernaschen, da hab' ich sie schnell meiner kleinen Tochter gegeben, damit sie vor ihm sicher ist.«

»Was quatschste da?« fragte Billy Ruiz.

Marlys lachte und klatschte sich auf die Schenkel. »Mann, ich seh's direkt vor mir. Dieser ausgeflippte Typ ...«

Billy Ruiz runzelte verwirrt die Stirn. »Was siehste vor dir?«

»Schluß jetzt«, fuhr Sportree dazwischen. »Weiter im Text. Du hast eine Minute Zeit, Leon. Dann klopfst du an die Toilettentür, und Billy kommt in seiner Uniform raus.« Er sah Ruiz an. »Kriegen wir morgen 'ne Busfahreruniform? Ich hab' 'ne Quelle, wo wir sie uns beschaffen können. Mit dem Halfter wirkt sie ganz gut, damit lassen sie dich auf jeden Fall ins Büro. Dann geht ihr drei zur Treppe, hier, wo das Ausgangschild ist, und geht rauf in die Büro-Etage.«

»Wie lange brauchen die Brink-Leute?« fragte Frank.

»Etwa fünf Minuten«, antwortete Sportree. »Kommt drauf an.«

Marlys sah von den Plänen auf. »Du kennst doch den Mann unten an der Tür, so 'ne Art Pförtner. Er ruft im Büro an, wenn sie kommen, dann wissen wir, daß es nur noch ein paar Minuten dauert.«

»Wir kreuzen also kurz vor den Brink-Leuten im Büro auf«, sagte Frank, »und haben etwa vier Minuten.«

»Sagen wir lieber drei«, stellte Sportree richtig. »Für An- und Abmarsch. Die Leute im Büro sehen Billy in seiner Busfahreruniform und mit seiner Kanone und machen die Tür auf. Ihr zwei bleibt ihm dicht auf den Fersen, seht zu daß die Leute sich hinlegen, packt die Beutel in den Puppenkarton und zieht Leine, die Treppe runter zur Spielwarenabteilung. Dort geht ihr ins Lager und stellt den Karton auf das Regal zu den anderen Lockendingsbums-Scheißerchen, hinten hin. Die Schachtel ist schon markiert.« Er sah Leon Woody an. »Du warst dort?«

»Gestern.«

»Und die haben noch genug Lockenpopos?«

»Das ganze Regal voll. Ich stell' sie hin und paß auf, daß Billy seine Uniform auszieht.«

»Richtig«, sagte Sportree. »Ungefähr um diese Zeit fängt die Alarmglocke an zu läuten, und in dem ganzen Laden, an jeder Tür, an jedem Ausgang, tauchen Sicherheitsbeamte auf. Die Polizei kann schon da sein, ehe ihr ins Erdgeschoß kommt. Dann müßt ihr ganz cool bleiben. Zuerst werft ihr eure Kanonen irgendwo in 'ne Mülltonne. Dann trennt euch und mischt euch unters Publikum. Sollten die euch beim Rausgehen durchsuchen wollen, laßt sie ruhig. Seid ja nur dumme Nigger, die überhaupt nicht wissen, was los ist. Die lassen euch laufen, ihr geht heim. Zwei Tage später geht dieser Mann hier«, und dabei sah er Stick an, »zum Lager rauf und holt die Puppenschachtel mit dem Zeichen ab. Ihn kennt keiner, 'n harmloser weißer Kunde. Jetzt sagt, ob ihr irgendwo 'nen Haken seht.« Er wartete.

Frank und Leon schüttelten den Kopf.

Billy Ruiz fragte: »Wieviel ist da zu holen?«

»Kann man unmöglich vorher sagen«, antwortete Sportree.

»Ich will dabeisein, wenn der die Kohlen rausschafft«, verlangte Billy Ruiz. »Mir soll keiner hinterher erzählen, diesmal hat sich's nicht gelohnt, hier haste 'n Hunderter. Laß mich nicht bescheißen.«

Stick sah, wie Sportree und Leon Woody wieder einen Blick wechselten. »Hier verläßt sich einer auf den anderen«, sagte Sportree zu Billy Ruiz. »Bescheißen gibt's bei uns nicht. Hat sich Frank etwa beklagt, Leon? Nein, da hängen wir alle zusammen drin.«

»Der das Geld holen soll, den kenn' ich überhaupt nicht«, sagte Billy Ruiz.

»Er dich ja auch nicht.« Sportree sah Stick an, sah wieder Billy Ruiz an. »Willst ihn also begleiten, Billy? Traust uns nicht?«

»Ich will mit«, sagte Billy Ruiz.

Stick beobachtete wieder, wie Sportree und Leon Blicke tauschten. Die beiden wußten was.

»Na schön, Billy», sagte Sportree. »Dann gehste eben mit.«

Danach saßen sie noch eine Weile herum. Sportree verzog sich in die Küche, und Frank folgte ihm. Marlys ging an die Stereoanlage und griff nach einer Plattenhülle. Stick sah zu Leon Woody hinüber, der mit übereinandergeschlagenen Beinen still dasaß. Er wollte ihn was fragen. War aber nicht wichtig, nur wenn's sich so ergab, wenn der Typ mal rübersah.

Er wartete, bis Marlys die Platte aufgelegt hatte. Leon Woody sah zu ihm rüber, vielleicht wollte er sehen, ob sie ihm gefiel.

»Du hast'ne kleine Tochter?« fragte Stick.

»Klar, acht Jahre, kleine Süße, nicht viel größer als die Puppe.« Leon Woody lächelte. »Haste gemerkt, Sportree kommt nie auf den Namen, verrückt.«

»Ich hab' 'ne kleine Tochter von sieben«, sagte Stick.«Nächsten Monat kommt sie in die zweite Klasse.«

»Nein, wirklich? Sind die wonnig in dem Alter?«

»Sehr niedlich«, bestätigte Stick. »Wirklich.« Danach wußte er nichts mehr zu sagen.

Es wurde schon dunkel, als sie wegfuhren. Frank saß am Steuer. Er war angetörnt, völlig aufgekratzt vor Freude über den Plan. Wie der an der Ampel loszischte und durch den Verkehr kurvte!

»Woher hat dieser Carmen Billy Ruiz eigentlich so 'nen Namen gekriegt?« fragte Stick.

»Er ist Puertorikaner. Früher war er mal Boxer. Er hat gegen Chuck Davey gekämpft, wenn du von dem schon mal gehört hast.«

»Eigentlich«, sagte Stick, »wollt' ich fragen, wie ihr an den Billy Ruiz gekommen seid? Mit dem könntet ihr Schwierigkeiten kriegen.«

»Darüber brauchste dir keine grauen Haare wachsen zu lassen. Sportree wird den schon steuern.«

»Steuern ist aber auch alles, was dein Sportree kann«, sagte Stick.

»Der hat alles ausbaldowert, den kompletten Plan hat der gemacht.« Frank sah Stick von der Seite an. »Was hältst du eigentlich von der Sache?«

»Das will ich dir genau sagen. Das wird 'ne ganz miese Amateurvorstellung.«

»Ach, komm ...«

»Guck dir doch die Idioten an. Ein Typ mit 'ner kleinen Tochter, der früher mal Fernseher geklaut hat. 'n verrückter Puertorikaner, der von Stoff lebt, und 'n Kerl, der 'ne Bar hat und dir erzählen will, was du zu tun hast. 'ne Busfahreruniform! Kannste dir diesen Trottel in 'ner Busfahreruniform vorstellen? Hat der auch 'ne Schaffnertasche um den Hals?«

»Sportree weiß, wo's langgeht«, sagte Frank. »Deshalb bin ich ja zu ihm gegangen. Was der anfaßt, das läuft. Windeier faßt der gar nicht erst an.«

»Der faßt überhaupt nichts an«, sagte Stick. »Der sitzt zu Hause und sieht in die Glotze, während ihr armen Irren mit 'ner Puppenschachtel im Kaufhaus rumrennt. Und überhaupt, war das nicht deine Idee?«

»Im Grunde ja. Als ich draufkam, daß Marlys dort im Büro arbeitet. Aber ausgebrütet hat Sportree das Ganze. Wenn du Zweifel oder Fragen hast, red mit ihm drüber.«

»Ich red' mit dir und sonst keinem. Den Typ kenn' ich doch überhaupt nicht. Spielt der jetzt plötzlich den Boß oder was? Wir beide hatten nette Sachen laufen, zweitausend die Woche, wir können nicht mal soviel ausgeben, wie wir reinkriegen, und auf einmal willst 'n Warenhaus überfallen.«

»Ahnst du, wieviel dabei rausspringt?«

»Er hat gesagt, daß ihr's nicht wißt.«

»Billy hat er's so gesagt. Wir erwarten, unter uns mindestens, mindestens, wohlgemerkt, hunderttausend.«

»Du bist wohl übergeschnappt«, sagte Stick. »Die zahlen doch heute alle mit Schecks oder Kreditkarten ...«

»Niemals in der Innenstadt. Die Hälfte der Kunden sind Farbige. Denkste etwa, die haben Kreditkarten?«

»Weiß ich nicht«, sagte Stick.

»Aber ich. Hör zu, vierzehn Stockwerke mit Kassen, jedes Stockwerk so groß wie 'n ganzer Häuserblock. Die Leute kommen rein, kaufen alles mögliche, manche mit Kreditkarte, manche mit Scheck, aber die Masse, die Masse, Mann, muß bar bezahlen, denn was anders haben die nicht.«

»Hat das schon mal jemand gemacht?«

»Den ganz großen Coup hat noch keiner gelandet, soviel wir wissen. Vor zehn Jahren, kann auch schon länger her sein, hat einer mal zwölfhundert von der Sammelkasse im Zwischenstock gekriegt. Kleine Fische.«

»Wie die, die wir immer geangelt haben«, sagte Stick.

»Mit Erfolg. Und plötzlich kannste den Hals nicht voll genug kriegen.«

»Wir reden weiter, wenn du dich beruhigt hast«, sagte Frank.

»Immer locker über den Hocker, nicht?«

»Jawohl. Entkrampf dich und denk mal darüber nach. Himmelherrgott, das Superding wartet doch auf uns, in kleinen grauen Säckchen. Warum stellst du dich eigentlich so an, du bist doch sowieso draußen?«

»Bis ich mit diesem beknackten Puertorikaner reingehe.«

»Weiß gar nicht, wieso du dich wegen dem so aufpustest. Sportree hat gesagt, wegen Billy bräuchten wir uns keine Sorgen zu machen.«

»Ich mach' mir überhaupt keine Sorgen, weil ich mich aus der ganzen Sache raushalten werde«, sagte Stick. »Und zwar völlig.«

20

Stick machte vier Münzfernsprecher auf der Farmer Street, vor dem Kaufhaus Hudson, ausfindig.

Natürlich hatte er sich wieder breitschlagen lassen von Frank. Okay, hatte er gesagt, einmal und nicht wieder. Und bei dieser Gelegenheit hatte er auch festgestellt, daß sich um diesen Punkt des Plans niemand gekümmert hatte. Wenn er nun in die Bar ging, um anzurufen, und gerade jemand am Telefon hing? Wenn er's im Imbißladen oder im Drugstore versuchte und da auch die Telefone besetzt waren? Wenn plötzlich der Geldtransporter kam und ausgerechnet da alle rundherum gerade telefonieren wollten? Mit dem Planen war's bei Sportree sowieso nicht weit her. Wenn sie's schaffen, gut und schön. Wenn nicht, kostete es ja nicht seinen Kopf, er hatte nichts dabei zu verlieren. Stick war nicht gern auf Leute angewiesen, die er nicht kannte.

Eigentlich biste ja blöd, sagte er sich. Hätteste bloß die Finger davon gelassen und dich blind und taub gestellt! Warum tat er's überhaupt, wenn er keine Angst vor Frank hatte und ihm nichts schuldig war?

Aber vielleicht war er ihm doch was schuldig? Frank hätte ihn in den Knast schicken können, er hatte es nicht getan. Verdammt, Frank brauchte ihn.

Er hätte sich nach Florida absetzen sollen. Gleich nachdem er die beiden Schwarzen erschossen hatte, gleich am nächsten Morgen hätte er abhauen sollen. Ohne Frank ein Wort zu sagen.

Jetzt hing er mit drin, und diesmal waren noch drei Schwarze dabei. Verdammt, um ihn herum waren auch alle schwarz hier auf der Straße. Die Hälfte mindestens. Wo die Leute alle hinwollten – oder wollten sie überhaupt irgendwohin? Vielleicht waren die einfach arbeitslos und bummelten ziellos in der Stadt herum? Es war ein schöner Tag, so um die 23 Grad, blauer Himmel. Vielleicht hatten wieder ein paar Autofirmen dichtgemacht. Was willst du haben, einen Job oder blauen Himmel? Beides ist nicht drin ... Er sah zu dem Kaufhaus hinüber. Das alte, dunkelrote Gebäude nahm einen ganzen Block ein, erhob sich fünfzehn Stockwerke hoch und verjüngte sich dann zu einem Turm, der noch einmal fünfstöckig in den Himmel ragte.

Der Brink-Geldtransporter kam aus südlicher Richtung die Farmer Street rauf, wie Sportree gesagt hatte. Stick betrat die Bar an der Ecke. Niemand war am Telefon. Er ging in die Zelle und wählte.

Als das Telefon läutete, drehte sich Frank um, riß das Schild ›AUSSER BETRIEB‹ ab und schnappte sich den Hörer. »Spielwarenabteilung.« Mehr sagte er nicht. Dann legte er auf, wandte sich um und nickte.

Leon Woody fummelte an einem Spiel herum, daß sich Mausefalle nannte. Er beobachtete die kleine Metallkugel, die ein kompliziertes Labyrinth durchlief und in einer Kettenreaktion die verschiedensten Hebel und Gestänge in Bewegung setzte, bis schließlich ein Plastiknetz über der Maus zusammenfiel. Leon Woody kam mit dem Puppenkarton in der großen grünen Hudson-Tüte vom Ladentisch herübergeschlendert und ging den Hauptgang hinunter zur Herrentoilette.

Frank sah ihm nach und setzte sich dann ebenfalls in Bewegung.

Als Woody aus dem Klo kam, folgte ihm Carmen Billy Ruiz in seiner luftwaffenblauen Busfahreruniform mit Käppi. Frank war drei Meter hinter ihnen, als sie durch die Tür unterm Schild ›Ausgang‹ gingen.

Die Treppe zum 15. Stock machte eine Biegung. Keiner sagte was. Ihre Schritte hallten durchs Treppenhaus. Leon Woody machte die Tür auf und trat zurück, um Billy Ruiz vorausgehen zu lassen. Billy zögerte.

»Du nimmst die Kanone raus und hältst sie flach an dein Bein, kapiert?« sagte Leon. »Du gehst an den Fahrstühlen vorbei nach rechts. Das ist diese Richtung hier. Bis zur Tür, wo ›Kreditabteilung‹ dransteht. Du sagst nichts, nickst nur, wenn sie dich ansprechen.«

Frank, der auf der Treppe stehengeblieben war, sah, wie Billy Ruiz die Kanone herausnahm, die er ihm gegeben hatte, Sticks 38er Chief's Special. Er spürte seinen eigenen Colt in der Tasche seiner Safarijacke. Das Kaufhaus war klimatisiert, aber im Treppenhaus war es heiß. Leon Woody warf ihm noch einen Blick zu und ging dann durch die Tür.

Frank rannte hinterher, bevor sie zufiel, als hätte er Angst, sie könnten ihn abhängen. Er ging schräg durch die Haupthalle, an den Aufzügen vorbei. Billy Ruiz war zehn Meter vor ihm, er ließ sich Zeit. Leon Woody blieb in der Optikabteilung stehen und betrachtete die Brillengestelle. Frank trat neben ihn. »Wie steht's?«

»Alles in Ordnung«, sagte Leon Woody. »Bleib cool.«

Sie gingen weiter, vorbei an Theaterplakaten und Kartenvorverkaufsstellen, vorbei am Reisebüro und am Foto-Atelier. Kunden waren nicht zu sehen. Billy Ruiz war jetzt bei der Kreditabteilung angelangt. Sie waren fünf Meter hinter ihm. An einem Kassenschalter erschien ein Gesicht. Die Tür neben dem Schalter öffnete sich. Billy Ruiz trat ein. Leon Woody sprintete die letzten paar Meter und erwischte die Tür, ehe sie zuklappte. Frank war dicht hinter ihm und zog den Colt.

»Umdrehen, alle Mann!« hörte er Billy Ruiz sagen. »Runter auf den Fußboden.«

Frank sah kurz die Gesichter, die erschrockenen Augen, zwei ältere Frauen waren es und ein junger Mann, Marlys war nicht dabei. Sie ließen sich, die Frauen ziemlich unbeholfen, auf Hände und Knie nieder und legte sich auf den Teppichboden. Billy Ruiz hielt die 38er auf sie gerichtet. Leon machte den Puppenkarton auf und stellte ihn, ohne ihn aus der Einkaufstüte zu nehmen, auf einen Tisch an der Wand, wo fünf graue Leinenbeutel bereitlagen. Leon streifte sie mit einem Blick, dann ging er zu einer Tür mit Milchglasscheibe, machte sie vorsichtig auf und steckte den Kopf durch den Spalt.

Marlys sah von der Schreibmaschine hoch, aber ihre Finger tippten noch einen Augenblick weiter. Hinter ihrem Schreibtisch sah man in ein anderes Büro, wo ein Mann ebenfalls am Schreibtisch saß, telefonierte und dabei mit der freien Hand in der Luft herumfuchtelte. Seine Stimme war nicht zu hören. Leon Woody trat von der Tür mit der

Milchglasscheibe zurück. Marlys kam heraus, machte sie hinter sich zu, und Leon deutete mit einer Kopfbewegung auf die Beutel.

Frank sah, wie sie zum Tisch hinüberging. Dort blieb sie stehen, tippte auf drei der Beutel und sah Leon Woody an. Der nickte, dann verschwand sie wieder in ihrem Büro und machte die Tür hinter sich zu. Einfach' so, ohne ein Wort zu sagen.

Leon tat erst zwei Beutel in den Puppenkarton, dann die drei, auf die Marlys getippt hatte. Frank begriff nicht ganz. Was spielte es für eine Rolle, welche er zuerst einpackte? Er wollte Leon am Arm pakken, die Stirn runzeln, ihm ein Zeichen geben.

Aber da sagte Billy Ruiz: »Ach, du Scheiße!« Es war wie ein tiefer Seufzer.

Frank sah, wie der Idiot die 38er senkrecht nach oben richtete.

»Warte!« brüllte Leon Woody ihn an.

Frank wußte immer noch nicht, was los war. Aber dann blickte auch er hoch und sah das Fenster über den Aktenschränken und den Mann, der draußen, durch einen Gurt gesichert, auf dem Fensterbrett stand, ein Tuch über der Schutter und einen Schwamm in der Hand.

Die ganze Zeit hatte der schon dort gestanden, und sie hatten ihn nicht gesehen, weil sie sich ganz auf die drei im Büro konzentriert hatten. Da stand er, lehnte sich so weit wie möglich weg vom Fenster, versuchte, sich zu verstecken, aber da oben im fünfzehnten Stock gab's kein Versteck.

Als Frank sah, wie der Bursche sie anstarrte, zu Tode erschrocken, wäre er am liebsten weggerannt, weit, weit weg. Raus hier, vergiß die ganze Geschichte, blas ihn ab, den großen Coup, als sei nichts geschehen ...

»Mist«, sagte Leon Woody sehr leise. »Der Kerl hat alles mit angesehen, von Anfang an. Wo habe ich nur meinen Kopf gehabt? Billy!«

Billy Ruiz schoß zweimal durch das Glas, Scherben splitterten, rote Flecken blühten auf dem weißen T-Shirt des Mannes auf, sein Kopf kippte nach hinten, vielleicht schrie er, auch im Raum war ein Schrei, eine der Frauen kreischte, er bäumte sich auf in seinem Gurt, dann rutschten seine Füße vom Fensterbrett, seine Beine und Hüften fielen herab, und sie sahen nur seinen Oberkörper in dem kaputten Fenster, der Kopf hing jetzt regungslos nach vorn. Die Frau kreischte noch immer.

Billy Ruiz ging auf die Tür zu. »Ganz ruhig gehen, Mann, nicht rennen. Selben Weg zurück.« Frank war direkt hinter ihm, er blieb stehen, als Leon ihm die Einkaufstüte in die Arme drückte und den Colt mit beiden Händen packte. »Den nehme ich.«

»Wieso?«

»Ich werf' ihn für dich weg.«

»Wo willste denn hin?«

»Bleib cool, wir gehen alle zusammen.«

Frank kapierte nichts mehr, aber er gab nach. Er ließ die Waffe los und hielt die Hudson-Einkaufstüte mit beiden Armen fest. Sie war nicht so schwer, wie er gedacht hatte.

Am Ende des Ganges standen ein paar Kunden vor den Vitrinen. Keiner schien in ihre Richtung zu sehen.

Dicht beieinander betraten sie das Treppenhaus. Dann mußte Frank stehenbleiben. Mit seinem Karton vor der Brust wäre er fast in Leon Woody hineingerannt, der auf der obersten Treppenstufe stand, nach unten blickte und wartete. An ihm vorbei sah Frank, wie Billy Ruiz an den Punkt kam, wo die Treppe ihre Biegung machte.

»Los doch, weiter!«

Leon Woody rührte sich nicht, sagte kein Wort. Er hob den Colt, zielte nach unten und traf Billy Ruiz zwischen den Schulterblättern. Der Donner des Schusses rollte durchs Treppenhaus, während Billy Ruiz gegen die Wand geschleudert wurde und ein Stück die Treppe hinunterrutschte.

Jetzt bewegte Leon Woody sich wieder. Frank sah sein Profil, als er sich über Billy Ruiz beugte. Er wollte den Karton hinwerfen, ihn ihm an den Kopf schmeißen und dann verschwinden, zurück durch die Tür. Aber er wußte, er würde es nicht schaffen. Leon Woody sah hoch, die Kanone in seiner Hand zeigte auf Frank, aber er zielte nicht.

»Komm schon, Mann, worauf wartest du noch? Du weißt ja, wohin damit. In die hintere Reihe. Ist schon markiert. Dann geh in den vierten Stock, von da nimmst du den Aufzug. Vielleicht sehen wir uns draußen.«

Frank sah, wie er durch die Tür zur Spielzeugabteilung verschwand. Als Frank, der über Billy Ruiz hinwegklettern mußte, dort ankam, hatte sich Leon längst verkrümelt.

Frank Ryans innere Stimme war nicht in Form. Sie war träge geworden und flüsterte ziemlich schwach, daß er Mist gebaut hatte, daß die ganze Sache ein fürchterlicher Reinfall war. Sie drang schon durch, die Stimme, aber Frank hörte sie kaum noch. Es war nicht schwer, sie ganz zu ersticken. Zwei Scotch-on-the-Rocks genügten.

»Na?« fragte Stick.

Frank stand an der Bar, zwischen zwei Bambushockern, und hielt sich an seinem Drink fest. Er hörte leises Mädchenlachen von unten, vom Pool her, dann war es wieder still.

»Was heißt na? Es ist gelaufen.«

»Hab' noch nie so viele Streifenwagen auf einem Haufen gesehen«, sagte Stick. »Schätze, zehn Minuten nach meinem Anruf hatten die das Kaufhaus umstellt, und dann stürmten sie den Kasten mit gezogener Waffe.«

»Wem sagst du das? Die haben unten an den Aufzügen gewartet, zu viert, mit ihren Kanonen. Jeder war verdächtig. ›Würden Sie bitte einmal hier herüberkommen?‹ Überall, haben die rumgeschnüffelt, in Paketen und Tüten, gefilzt haben die die Leute, sogar Frauen.«

»Und wie biste rausgekommen?«

»Na, ganz einfach, auf meinen zwei Beinen. Was hätten die denn bei mir finden sollen?«

»Die Kanone biste gut losgeworden?«

»Das hat Leon erledigt.«

»Wieso Leon?«

Stick lehnte sich in seinem Sessel vor, eine Bierdose in beiden Händen. Er sah Frank nach, der zum Couchtisch ging, um sich eine Zigarette zu holen.

»Hattest du sie denn nicht mehr?«

»Ich hab' den Puppenkarton getragen«, sagte Frank. Das Zigarettenanzünden gab ihm Zeit. Er ging zur Bar und nahm einen Schluck Scotch.

»Haste ihm etwa deine Kanone gegeben?«

»Wir hatten da 'n kleines Problem.« Die ganze Story würde sowieso in der Abendzeitung stehen, das war Frank klar, aber er wollte sie richtigrum erzählen, 'n bißchen runterspielen, sonst ging Stick an die Decke.

»Was für 'ne Art Problem?«

»Billy hat 'nen Kerl umgelegt.«

»Verdammt! Hab' ich's dir nicht gleich gesagt?«

»Moment, war 'n Zeuge«, erklärte Frank. »Fensterputzer. Der Bursche hat alles mitgekriegt, Marlys hat er auch gesehen. Billy mußte ihn einfach erschießen.«

»Hab' ich's dir nicht gesagt, daß dieser Scheißkerl alles verderben wird?«

»Nun halt doch mal die Luft an und hör richtig zu.« Er holte selbst tief Luft. »Billy hat sich noch was geleistet. Wir gehen die Treppe runter, da versucht der, mir den Karton wegzureißen. Offenbar wollt' der alles für sich haben, hat's wahrscheinlich von Anfang an so geplant. Er hat 'n paarmal geschossen, zum Glück daneben, und dann hat Leon zurückgeschossen, der hatte ja den Colt. Und das war's.«

»Ihr habt ihn dort liegenlassen?«

»Der war mausetot, Mann!«

Stick schüttelte den Kopf, atmete tief aus und schüttelte wieder den Kopf. »Schöne Scheiße. Das haste nun von deinem Super-Bruch.«

»Egal, wir haben 's geschafft«, sagte Frank. Er war jetzt ernst geworden. »Das Geld, die fünf Beutel, warten dort im Lager.«

»Komm, Frank ...«

»Nein, ehrlich, wir haben das Geld. Ist doch alles nach Plan gelaufen, außer der Sache mit Billy Ruiz. Schön, der ist raus aus dem Spiel. Dafür ist sein Anteil wieder im großen Topf. Du hast den Kerl doch sowieso nicht gemocht.«

»Frank, da gibt's zwei Tote. Und ihr wollt noch mal hin, um den Scheiß Puppenkarton zu holen?«

»Also, ich seh' das so.« Frank hatte sich wieder im Griff, er bekam wieder Oberwasser. »Zwei Tote hin, zwei Tote her – das Geld ist da und wartet auf uns. Glaubst du etwa, Sportree und Leon Woody sagen, na gut, lassen wir's eben? Quatsch. Das war schließlich 'n bewaffneter Raubüberfall. Mann, dir brauch' ich doch wohl nicht erst zu verklickern, was das ist. Bei so was hast du nun mal 'ne Kanone, und manchmal mußt du sie eben benutzen, sonst kannste gleich mit 'ner Wasserpistole losziehen. Ich hab' doch selber gesehen, wie du auf dem Parkplatz zwei Leute umgelegt hast. Du müßtest doch besser als ich wissen, wovon ich rede.«

»Is doch was völlig anderes«, sagte Stick. »Wir reden nicht von bewaffnetem Raubüberfall, zehn bis fünfundzwanzig Jahre, wir reden von Mord, also vielleicht lebenslänglich.«

»Darüber streite ich nicht mit dir. Klar ist das jetzt was anderes. Aber die Chancen sind doch gleich geblieben. Du gehst rein, siehst dich um, läßt dir Zeit. Wenn du ein ungutes Gefühl hast, gehst du eben wieder. Kann dir schließlich niemand verdenken, wenn du vorsichtig bist. Aber merk dir eins, Ernest Stickley Junior, in dem Karton sind über hundert Riesen, und er ist nicht schwerer, als wenn 'ne Puppe drin wär, 'n Geschenk für deine Kleine.«

Schweigen. Stick trank einen Schluck Bier. »Ich werd's mir überlegen«, sagte er.

»Was gibt's da noch groß zu überlegen? An deinem Auftrag hat sich nichts geändert.«

»Hörst du schlecht? Ich werd's mir überlegen, hab' ich gesagt.«

Frank nahm sich sehr zusammen. »Laß dir Zeit«, sagte er. »Aber wenn du vor übermorgen Muffensausen kriegst, sag's mir rechtzeitig, ja? Dann geh' ich nämlich selber.«

Leon Woody kam, während Frank noch oben in Sportrees Wohnzimmer saß. Frank sah Marlys einen Augenblick in der Tür. Sie schaute kurz herein, sagte aber nichts und ging gleich wieder weiter.

»Na, wie geht's«, sagte Leon Woody und setzte sich. Frank sah stirnrunzelnd zu Sportree hinüber, der in seinen afroarabischen Klamotten dasaß und behutsam einen großen Joint zwischen den Fingern hielt.

»Sie hat sich über den Fensterputzer aufgeregt«, erklärte Sportree.

»Sehr?«

Sportree schüttelte den Kopf. »Nein, keine Angst, die Kleine ist schon wieder okay, die ist happy. Aber über deinen Freund bin ich nicht besonders happy.«

»Du sagst, ich brauch' wegen Marlys keine Angst zu haben. Siehst du, genauso ist das mit Stick. Ich hab' ihn noch mal dran erinnert, und ich bin sicher, daß er die Kohlen holt.«

»Ich mag so 'n Mann, der hält, was er verspricht«, sagte Sportree. »Wenn's wahr ist.«

»Ich steh' zwischen euch«, meinte Frank. »Und ich vertraue natürlich euch beiden, klar, daß ich eben auch davon ausgehe, daß ihr euch gegenseitig vertraut.«

»Frei nach dem Motto: Magst du ihn, dann mag ich ihn auch, nicht? Einen Stick gegen einen Leon Woody.« Er sah zu Leon hinüber, der nickte, aber schwieg.

»Minus einen Billy Ruiz«, sagte Frank. »Das war 'n abgekartetes Spiel, oder? Ihr habt genau gewußt, daß der da nicht wieder raus kommt.«

»Nein, der hatte seine Chance. Die Entscheidung lag dann bei Leon.«

»Aber wozu? Wenn ihr dem Kerl nicht über den Weg getraut habt, warum habt ihr ihn dann überhaupt eingesetzt?«

»Will ich dir auch erklären«, sagte Sportree. »Bei Billy muß man wissen, wofür man ihn einsetzt. Angenommen, du sagst ihm, Billy, hier sind zwei Hunderter, einen darfst du behalten, wenn du den Bullen da drüben dazu bringst, seinen Kollegen aufzufressen, damit er dir vom Hals bleibt. Das würde der sofort versuchen, weil er denkt, das ist leichtverdientes Geld. Billy war echt unterbelichtet. Eins, zwei, drei, vier, so weit kann der zählen, kein Problem. Aber sobald der drei, sieben, fünf zählen mußte, warst du nie sicher, was dabei rauskommt. Ich hab' damals zu Leon gesagt, wenn ihr mal in 'ne Situation kommt, wo ihr ohne schweres Gepäck reisen müßt, dann seht zu, daß ihr den Ballast loswerdet. Und noch was: Wenn die Billy geschnappt hätten, dann hätten wir für 'ne ganze Zeit die Luft anhalten müssen. Mit Gewalt hätten die kein Wort aus ihm rausgekriegt, in der Beziehung war auf ihn Verlaß. Aber so blöd wie der Kerl war, hätten die ihm Dinger aus der Nase gezogen, die er gar nicht erzählen wollte. Und er hätt's noch nicht mal gemerkt.«

»Kann ja sein«, sagte Frank. »Aber ihn einfach so umzunieten ... Hätten wir ihn nicht anders loswerden können? Ihn vielleicht einfach auf 'ne Maschine nach San Juan setzen und ...«

»Tja, so einfach ist das eben nicht.« Sportree sah dem Rauch nach, der sich nach oben kräuselte. »Manchmal muß man Opfer bringen.«

Leon Woody beobachtete vom Fenster aus, wie Frank mit dem Thunderbird wegfuhr. Er wollte sichergehen. Sportree rauchte. »Hey, Baby«, rief er.

Marlys schleppte im nächsten Augenblick lächelnd den meterhohen Puppenkarton herein und stellte ihn vor Sportree auf den Couchtisch.

»Wollt ihr wissen, wieviel Lockenköpfchen in ihrem Karton hat?«

»Schieß los«, sagte Sportree.

»Genau 87 425 Dollar.«

Sportree lächelte versonnen in den Haschrauch hinein. »Gab's Schwierigkeiten?«

»Hab' das Ding einfach in die Tüte gesteckt und bin damit rausgegangen«, sagte Marlys. »Hatte nicht den Eindruck, daß jemand mir dabei zuguckte, aber noch mal möchte ich das auch nicht machen.«

»Für siebenundachtzigtausend geteilt durch drei schon, oder«, meinte Sportree.

Leon kam herüber und setzte sich. »Dieser Stick geht also morgen hin, holt den gekennzeichneten Karton, der da auf ihn wartet, und kommt mit Frank quietschvergnügt hier an. Was sagen wir?«

»Wir sagen, sie sollen den Karton aufmachen«, erklärte Sportree.

»Sind zwei Beutel drin. Zwei? Na, schauen wir also rein. Sieh da, es sind Schecks. Verdammter Mist, nur Schecks? Wo sind die Beutel mit dem Geld? Frank sieht uns an, wir sehen Frank an. Du hast doch vorgestern den Karton da hingestellt, Frank, nicht? Ja, sagt Frank, hat er. Er sieht seinen Freund an, sein Freund sieht ihn an. Der eine hat das Ding hingestellt, der andere hat's abgeholt, und was finden sie? Einen Haufen Schecks, ausgestellt auf die J. L. Hudson Company. Sie sehen sich an, und einer von ihnen fragt: Was wird hier eigentlich gespielt, Mann? Die sind völlig durcheinander.«

»Vielleicht gehen sie auch erst mal aufeinander los«, sagte Leon Woody.

»Ja, das wär natürlich super«, meinte Sportree. »Nach 'ner Weile sehen die uns an, wir sehen die an, und unsere Augen fragen entgeistert, was zum Teufel hier eigentlich vorgeht? Wer will hier wen in die Pfanne hauen? Frank fragt mich vorsichtig, du würdest uns doch nicht bescheißen, oder? Direkt verdächtigen will der mich natürlich nicht. Schließlich sag' ich zu ihm, Frank, sag' ich, am besten, wir vergessen die ganze Sache und sind wieder nett zueinander. Du weißt ja, so was kann sonst sehr leicht ins Auge gehen. Und zur Polizei kann auch niemand laufen, stimmt's? Denn wir hängen ja alle mit drin. Also, Schwamm drüber, okay? Und ihr geht alle schön nach Hause.«

»Du glaubst doch nicht, der geht wirklich brav nach Hause?«

»Wer stirbt schon gern in seinem Alter ...?« fragte Sportree.

Stick schraubte von zwei Autos, die auf dem Dach des Greyhound-Autobusbahnhofs geparkt waren, die Nummernschilder ab und wickelte sie in die Morgenausgabe der *Free Press,* in der zwei neue Artikel über den Raubüberfall bei Hudson standen.

Auf der Titelseite brachten sie ein Foto des Fensterputzers, ein lächelnder, dunkelhaariger Bursche, war wohl das Foto von der Schulabschlußfeier, und ein zwanzig Jahre altes Bild von Carmen Billy Ruiz in Boxerpose. Auf Seite drei war ein Foto von der Frau des Fensterputzers mit zwei kleinen Kindern, und eine Spalte auf der Sportseite war der Boxkarriere von Billy Ruiz gewidmet. Auch daß er Sparringspartner von Chuck Davey gewesen war, stand in dem Artikel. Davey, jetzt Inhaber der Chuck Davey Versicherungsagentur, Southfield, erinnerte sich, daß Billy Ruiz für sein Leben gern Eis aß, und zwar ständig, aber im Schlagabtausch nicht sehr berühmt gewesen war.

Die beiden Nummernschilder wanderten in den Kofferraum des

Thunderbird, Stick wollte sie nachher in seinen Koffer packen. Vielleicht konnte er sie auf der Fahrt nach Florida gebrauchen, zusätzliche Nummernschilder waren nie verkehrt. Heute nachmittag würde er sich einen Wagen holen.

Er hatte beschlossen, Frank zu erzählen, was er vorhatte, und der hatte gemeint, warte bloß, bis du deinen Anteil siehst und in der Hand hast, bevor du vom Abhauen redest.

»Keine Angst, meinen Anteil laß ich mir nicht entgehen, für nichts und wieder nichts geh' ich bestimmt nicht in die verdammte Spielwarenabteilung, aber dann ist endgültig Schluß«, hatte er geantwortet. »Sobald das erledigt ist, fahr ich her, hol' meinen Koffer, und wenn du mich an einem Einkaufszentrum absetzen könntest, wär' ich dir dankbar.«

»Und dein Anteil aus dem Safe?« hatte Frank gefragt.

»Den können wir hinterher abholen«, hatte Stick gesagt, »oder du gibst mir den Betrag aus deinem Anteil von dem Hudson-Coup und behältst dafür alles, was wir noch auf der Bank haben.«

»Schön«, hatte Frank gemeint, »wenn du unbedingt willst – mir soll's recht sein. Fahr nach Florida, spiel am Strand mit deiner Tochter, wahrscheinlich komm' ich in 'ner Woche mal vorbei. Sollte ich in Hawaii landen oder Acapulco, hinterlasse ich 'ne Nachricht für dich.« Frank war sehr aufgekratzt gewesen.

Das war schon so ziemlich alles, was sie an diesem Vormittag in der Wohnung und auf der Fahrt in die Stadt miteinander sprachen. Nicht sehr viel nach immerhin drei gemeinsam verbrachten Monaten. Frank fuhr auf den Dachparkplatz über dem Busbahnhof und wartete, bis Stick sich seine Nummernschilder geholt hatte. Dann brachte er ihn zum Hudson-Haupteingang an der Woodward Avenue und sagte: »Wir sehen uns in 'ner Viertelstunde, klar?«

Aber es dauerte sechs Tage, bis sie sich wiedersahen.

Stick fuhr in den 14. Stock und suchte zunächst mal den Lagerraum. Er lag in einem Bogengang, der zu einem anderen Kaufhaustrakt führte. Dann schlenderte er ein paar Minuten durch die Spielwarenabteilung. Es gab nur wenige Kunden, ein junger Bursche mit Jeans mit ziemlich langem blonden Haar beschäftigte sich intensiv mit einem Schießspiel, und kaum einen Verkäufer.

Stick behielt den Lagerraum noch ein paar Minuten im Auge. Niemand ging hinein, niemand kam heraus. Okay, sagte er zu sich selbst, atmete langsam aus und schob sich durch die Tür.

Im dritten Gang, hatte Frank gesagt. Aber nicht, auf welcher Seite. Die Metallregale reichten fast bis zur Decke, und auf beiden Seiten, bis ganz weit hinten, sah Stick reihenweise Puppenkartons.

Amerikas Kleiner Liebling, Baby Angel, Kleine Prinzessin, Baby Crissy, Crissys Cousine, Jean Marie, Schlumpelpumpel ... Menschenskind, das waren Namen! Shirley Temple, Wasch-mich-Püppi, Frechdachs, Wendy, Schicke Gabi, Cathy mit den hundert Frisuren, Hanni und ihre Hündchen, Lee Ann, die kleine Tänzerin ... Da, endlich: Lockenköpfchen Laurie Walker. Sah gar nicht häßlich aus, die Puppe.

Der Karton, den er suchte, trug einen kleinen roten Punkt an der Vorderseite. In der ersten Reihe war so ein Zeichen nirgendwo zu sehen. Er mußte die Schachteln nacheinander herausnehmen, um die Verpackungen dahinter zu überprüfen.

Es war der fünfte Karton in der dritten Reihe. Stick holte ihn heraus, schob Schachteln nach, damit die Lücke nicht auffiel, und hob ihn hoch. Frank hatte recht, war gar nicht schwer. Ob er mal reinschauen sollte, nur, um sicherzugehen?

In diesem Moment sah er zur Seite. War schon komisch daß er den Typ auf den ersten Blick erkannt hatte, nein, er wußte nicht, wer er war, aber er hatte ihn sofort durchschaut trotz seiner Jeans und der langen Haare.

Er wollte schnell noch was mit dem Karton anstellen, obwohl ihm klar war, daß es längst zu spät war.

»Lassen Sie den Karton fallen! Hände aufs Regal!«

Der Typ, der sich so intensiv mit dem Schießspiel beschäftigt hatte, hielt einen schweren Revolver in der Hand – ein ähnliches Modell wie Franks Colt Python.

Stick hatte nichts zu verlieren. »Na, hören Sie mal! Soll das 'n Überfall sein?«

»Sieht ganz danach aus«, sagte der Typ und zeigte ein kleines Etui mit seiner Hundemarke.

Ein zweiter Kerl kam von der anderen Seite her auf ihn zu, er trug einen Anzug. Und damit war alles gelaufen.

»Ich hab' gesucht ... Ich wollte zur Herrentoilette«, sagte Stick.

»Ach – pinkelst du auf Puppen?« fragte der Bulle und pfiff durch die Zähne. »Der hat gedacht, das ist hier 'n Klo, Walter.«

Der in dem Anzug stand jetzt neben ihm. »Klar, ist ja verständlich. Überall die schönen Klos ringsum ...«

»Nein, ich mein', ich hab' 'ne Puppe für meine kleine Tochter gesucht, und dann mußte ich mal. Da bin ich hier reingeraten und hab' natürlich gleich gemerkt, daß ich nicht richtig bin –« Stick grinste den jungen Bullen sogar freundlich an, obgleich er längst wußte, daß es vergebliche Liebesmühe war. »Dann hab' ich die Puppen hier stehen sehen und wollte sie mir mal anschauen ... Für meine kleine Tochter.«

»Und die mit dem roten Punkt gefällt dir am besten, was?« fragte der junge Bulle.

»Wenn Sie wollen, können Sie mich über meine Rechte belehren«, sagte Stick. »Ich sag' kein Wort mehr.«

21

Stick sah den jungen Bullen immer freundlich an, solange sie auf dem Revier waren, aber er sagte kein Wort und beantwortete keine seiner Fragen. Auch als sie ihm die Fingerabdrücke abnahmen und ihn fotografierten, machte er den Mund nicht auf. Das einzige, was er bei der Vorführung vorm Untersuchungsrichter von sich gab, war »Nicht schuldig«. Sie setzten eine Kaution von fünftausend Dollar fest und fragten, ob er sich das Geld beschaffen wollte? Er sagte nein. Sie fragten ihn, ob er einen Anwalt hätte? Er sagte nein. Sie fragten ihn, ob er einen Pflichtverteidiger haben wollte? Er sagte nein. Er hatte beschlossen, sich bei der Vorverhandlung auf eigene Faust durchzuschlagen. Wenn er nichts sagte, wenn er niemanden wegen der Kaution anrief, wenn er mit keinem Anwalt und auch nicht mit dem jungen Bullen redete, nicht mal übers Wetter, dann konnten sie ihm nichts anhaben, das wußte er. Einen Puppenkarton in die Hand zu nehmen, war noch lange keine strafbare Handlung, und wenn auf dem Karton tausendmal 'n roter Punkt war.

Stick saß mit einem Haufen Schwarzer, die auf ihren Prozeß warteten, im Wayne County Gefängnis. So viele Schwarze hatte er noch nie zusammen gesehen. Er redete nicht viel mit ihnen, aber kam ganz gut klar. Der Gestank und das Essen waren grauenhaft, aber das kannte er ja schon, bei Gott. Er dachte daran, daß er beim letzten Mal, als er hier aus dem Knast kam, noch zu Frank gesagt hatte, die hätten ihnen nicht 'nen einzigen Cocktail spendiert. Er hatte viel Zeit, nachzudenken. Gelegentlich dachte er auch an den Puppenkarton. Er hatte ihn nur ganz kurz in der Hand gehabt, aber sich gleich gewundert, daß er so viel leichter war, als er erwartet hatte. Und an den Bullen dachte er, der ihn verhaftet hatte. Oft sogar. Der Bursche war ehrgeizig, das merkte man. Der Beamte hieß Cal Brown. Er war in Vietnam Combatoffizier bei der Infanterie gewesen und seit sieben Jahren bei der Polizei. Vorher hatte er es bei den San Diego Chargers mit Profi-Baseball versucht, aber sich noch vor Saisonbeginn das Knie kaputtgemacht.

Heute saß er mit Emory Parks, dem Staatsanwalt, jung, schwarz, feist und klein, im Hella-Café. Cal Brown hatte die gefüllten Weinblätter, griechischen Bauernsalat und ein Glas Retsina, für Emory Parks Lammbraten mit Limabohnen und heißen Tee bestellt. Sie warteten auf das Essen. Emory Parks spielte mit seinem Teebeutel. Cal Brown hatte die Ellbogen auf den Tisch gestützt und sich vorgelehnt.

»Haben Sie die Akten schon gelesen?«

»Noch keine Zeit gehabt. Wahrscheinlich werde ich sie mir erst im Saal zu Gemüte führen.«

»Sie kennen den Mann. Vor drei, nein, vor dreieinhalb Monaten hatten Sie den schon mal beim Wickel.«

»Helfen Sie mir auf die Sprünge ...«

»Ernest Stickley, junior, Autodiebstahl. Die Anklage wurde bei der Vorverhandlung fallengelassen. Keine positive Identifizierung.«

»Du liebe Güte«, sagte der kleine Staatsanwalt. »Wissen Sie, wie viele Ernest Stickleys junior es gibt?«

»Der hier war bei der Hudson-Sache dabei.«

»Das möchten Sie wohl gern glauben.«

»Sein Kumpel, mit dem er in einem Vierhundertfünfzig-Dollar-Apartment in Troy wohnt – jetzt hören Sie gut zu! – ist der Mann, der damals beim Autodiebstahl einziger Augenzeuge war und sein Gedächtnis verloren hat.«

Emory Parks ließ von seinem Teebeutel ab. »Sieh mal einer an ...«

»Und wo ist dieser Stickley jetzt? Draußen?«

»Drinnen. Verzichtet auf Kaution, verzichtet auf einen Anwalt. Der gibt Ihnen Namen, Rang und Nummer und hebt die Hand, wenn er mal pinkeln muß.«

»Wie lautet die Anklage?«

»Diebstahl aus einem Gebäude.»

Der kleine Staatsanwalt runzelte die Stirn. »Diebstahl? Aber da gab's doch einen Mord, oder?«

»Sogar zwei Morde. Und noch 'ne Menge Kleinkram. Deshalb sitzen wir ja zusammen. Der Revolver, mit dem der Fensterputzer getötet wurde, ist dieselbe Waffe, mit der die beiden Burschen auf dem Northland-Parkplatz umgelegt wurden.«

»Wegen der Sache brauchen Sie ihn sich nicht zu schnappen. Wenn ich mich recht erinnere, hat der Mann damit der menschlichen Gesellschaft einen echten Gefallen getan.«

»Ich red' im Augenblick nur von den Fakten. Einer der Toten in Northland, ich weiß nicht mehr welcher, hatte ein Stück Einkaufstüte und ein paar Geldscheine. Die Sachen stammten aus einem Supermarkt, der eine Stunde vorher überfallen worden war. Aber die Burschen, die das Ding gedreht hatten, waren keine Schwarzen.«

»Haben Sie den Leuten da draußen Stickleys Foto gezeigt?«

»Ja, ich war mit den Kollegen aus Southfield dort. Der Geschäftsführer sagt, er hat ihn nie gesehen. Eine der Kassiererinnen hat die Schultern gezuckt und gemeint, vielleicht, vielleicht auch nicht. Beschwören könnte sie's nicht.«

»Sie müssen sich also weiter an Hudson halten, das ist sowieso besser.«

»Nicht unbedingt«, meinte Cal. »Ich meine, besser schon, aber da gibt's auch noch andere Möglichkeiten: Mindestens zwei Dutzend ungeklärte Raubüberfälle draußen in den Vororten, überall die gleiche Masche, immer zwei Typen, sehr höflich, aber knallhart. Das könnten wir weiterverfolgen, oder? Wahrscheinlich würde es zu einer Verurteilung reichen.«

»Klar, Sie setzen all die kleinen Polizeistationen da draußen auf die Sache an, die Jungs, die sowieso sonst Däumchen drehen, und der erste, der seinen Hintern bewegt und es schafft, die beiden zu identifizieren, kann sie wegen bewaffneten Raubüberfalls einbuchten. Spart Ihnen 'ne Menge Arbeit.«

»Wenn ich Ihnen schon das gottverdammte Essen bezahle, brauchen Sie mir nicht Dinge zu erzählen, die ich selber weiß, okay?«

»Sie dürfen meinem Freund das nicht übelnehmen«, sagte der kleine Staatsanwalt zu der Serviererin, die ihnen die Teller hinstellte. »Der flucht eben gern, aber nicht auf Ihr Essen.«

Die Serviererin sah ihn an, ohne eine Miene zu verziehen. Entweder begriff sie nicht, wovon er redete, oder es war ihr egal. Es war halb zwei, und das Lokal war überfüllt.

Cal sah seine gefüllten Weinblätter nicht an. »Wir könnten natürlich den Clown in die Provinz schicken. Da gibt es ein Dutzend ordentlicher Gerichte, die sich mit dem amüsieren könnten.«

»Oder?« Emory Parks nahm seinen Lammbraten in Angriff.

»Lassen Sie mich zu Ende erzählen. Billy Ruiz wurde nämlich mit einer anderen Waffe getötet, einem Colt Python drei fünf sieben. Wir haben ihn in einer Mülltonne gefunden.«

»Und wem gehörte der?«

»Einem Menschen in Bloomfield Hills. Und zugelassen war der ... sagen Sie mal, hören Sie eigentlich zu?«

»Ich kann gleichzeitig essen und zuhören, Calvin. Alles Übungssache.«

»Der Colt ist auf diesen Kerl aus Bloomfield Hills zugelassen und, jetzt halten Sie sich fest, der 38er, mit dem der Fensterputzer erledigt worden ist, ebenfalls.«

»Respekt.« Emory Parks nickte kauend.

»Sie wurden vor dreieinhalb Monaten gestohlen, im Mai«, fuhr Cal fort. »Stickley ist im Mai freigesprochen worden. Die zwei Dutzend Raubüberfälle, die sich alle so verdammt ähnlich sehen, gehen bis Mai zurück. Zwei Typen steigen ins Geschäft ein, nehmen sich Schnapsläden vor, Supermärkte, alles läuft bestens ... Können Sie mir folgen?«

»Und eines Tages kommen die zu dem Schluß, es ist höchste Zeit, mal das ganz große Ding zu drehen.«

»Richtig, die sind nun mal auf den Geschmack gekommen und wollen ganz dick einsteigen.«

»Dazu heuern sie ein paar Freunde an.«

»Freunde oder auch nicht, sei dahingestellt. Bei Hudson jedenfalls waren es ein Weißer und zwei Schwarze. Allerdings nicht Stickley. Ein unbekannter Weißer, Billy Ruiz und noch ein Schwarzer mit unglücklicher Kindheit. Einer von ihnen schoß Billy Ruiz beim Rausgehen in den Rücken. Warum?«

»Billy Ruiz hätten viele bei passender Gelegenheit in den Rücken geschossen. Das ist nicht die entscheidende Frage«, sagte der Staatsanwalt. »Darf ich Sie mal was fragen? Woher wußten Sie, daß das Geld noch in dem Karton war?«

»Kein Geld. Nur Schecks.«

»Nicht das Bargeld?«

»Sie lassen einen ja nie ausreden! Wir haben den ganzen Laden auf den Kopf gestellt – Fehlanzeige. Am nächsten Tag finden wir dann etwas, in Billy Ruiz' Anzug, der in einer Mülltonne steckte. Der gleiche Stock, auf dem wir auch den Colt fanden.«

»In seinem Anzug?«

»In einer Tasche. Einen Spielzeugsoldaten, fünf Zentimeter groß, neuneinhalb Dollar. Keine Kassenquittung. Und woher stammt der? Aus der Spielwarenabteilung, ein Stockwerk unter der Büro-Etage. Frage, was hat Billy Ruiz in der Spielwarenabteilung gemacht? Also fangen wir an zu suchen, und um zwei Uhr nachts, zwei Tage nach dem Überfall, finden wir den Puppenkarton mit den Schecks drin.«

»Was wollte Stickley denn mit Schecks?«

»Denken Sie daran, daß bereits zwei Tage vergangen waren«, sagte Cal. »Wenn er nun damit gerechnet hat, daß das Geld auch dabei war?«

»Verstehe. Sieht fast so aus, als ob hier jemand gewaltig übers Ohr gehauen werden sollte.«

»Sieht ganz so aus, als ob am Tag vorher jemand einen anderen Puppenkarton mit Zeichen rausgeholt hat«, ergänzte Cal, »natürlich ohne Mr. Stickley was davon zu sagen. Wenn der mit seinem Karton angetanzt wäre, hätten die ihn aufgemacht und gefragt: Wo ist der Zaster? Aber der tanzt nicht an. Weil er nämlich ein Rendezvous mit einer Magnum Kaliber 44 hat. Der ahnt noch gar nicht, daß er das Geld überhaupt nicht erwischt hat, weil er nicht weiß, was in dem Karton war.«

»Und Sie haben's ihm nicht gesagt.«

»Noch nicht. Deshalb essen wir ja heute zusammen.«

Der kleine Staatsanwalt dachte nach. »Das Kaufhaus hat bis jetzt nicht bekanntgegeben, daß Geld abhanden gekommen ist?«

»Die wollten es nicht an die große Glocke hängen, damit nicht noch andere auf dumme Gedanken kommen.«

»Wieviel?«

»So um die siebenundachtzigtausend.«

Der kleine Staatsanwalt lächelte. »Und Sie haben den Jungen wegen Diebstahl eingebuchtet, wobei ich bezweifele, ob es überhaupt zur Anklageerhebung kommen wird. Der wird behaupten, daß er keine Ahnung davon hatte, daß was anderes außer einer Puppe in dem Karton war. Und Sie haben ihm keine Zeit gelassen, nachzusehen oder das Kaufhaus damit zu verlassen.«

»Wir dachten, nein, wir waren sogar davon überzeugt, daß die Leute aus dem Büro ihn identifizieren würden.«

»Sie haben noch nicht erzählt, was sein Kumpel an dem Tag gemacht hat. Wovon leben die beiden überhaupt?«

»Tja, das ist die große Preisfrage. Wovon zahlen diese beiden Typen ihre Miete? Stickley, zur Zeit arbeitslos, fährt einen Betonmischer, wenn er nicht gerade am Steuer eines geklauten Wagens sitzt.

Frank J. Ryan, sein Kumpel, ist Autoverkäufer. Zuletzt beschäftigt bei Red Bowers Chevrolet. Auch wenn es Sie inzwischen langweilt: bis vor dreieinhalb Monaten.«

»Vorstrafen?«

»Frank hat sich bisher noch nichts zuschulden kommen lassen – oder er ist noch nicht geschnappt worden. Ein richtiger feiner Pinkel, geleckte Frisur, modischer Anzug, alles dran. Ich bin mit einem Haussuchungsbefehl in seinem Apartment gewesen und habe ihm gesagt, daß sein Kumpel sitzt. Nein, tönt der, haste Worte? Stick? Aber das ist doch so 'n netter Kerl, war immer lieb zu seiner Mutter.«

»Was haben Sie gefunden?«

»Nichts Auffälliges oder Belastendes, außer neunhundert Dollar in einer Spülmittelschachtel unter dem Abwaschtisch. Ryan stellte sich zunächst ganz dumm, behauptete, er hätte keine Ahnung, wie das Geld dorthin gekommen sein könnte. Ich sage: Wascht ihr Jungs den nie ab? Und da fällt ihm ein, Stickley hätt's beim Pferderennen gewonnen, aber von dem Versteck hätte er selber nie was gewußt.«

Der kleine Staatsanwalt war ein tüchtiger Esser, aber er hielt auf seinem Teller strenge Ordnung. Er schob ein paar Bohnen weg, die in gefährliche Nähe des Kartoffelbreis gekommen waren, ehe er ein Stück Braten abschnitt. »Warum stellen Sie ihn nicht den Hudson-Leuten gegenüber?«

»Weil die nur ein einziges Gesicht gesehen haben, das von Billy Ruiz. Bei den anderen beiden können sie mit Gewißheit nur sagen, daß der eine weiß und der andere schwarz war.«

»Vielleicht kann jemand aus den Schnapsläden oder Supermärkten in den Vororten Ryan und Stickley identifizieren.«

»Möglich, aber damit wär' ich auch nicht viel weiter.«

»Ihre Weinblätter werden kalt.«

Cal fing an zu essen, und sie sprachen erst wieder, als Emory Parks seinen Lammbraten verputzt und sich noch eine Tasse Tee eingegossen hatte. »Ich bin auch Ihrer Meinung: wir sollten uns die beiden für den Fall Hudson aufsparen, eine Verurteilung wegen Mordes erreichen und ihnen nebenbei das Geld wieder abjagen. Jetzt, wo wir gerade dabei sind, Ordnung in der Innenstadt zu schaffen, können wir uns so was nicht leisten.«

»Schlecht fürs Image«, bestätigte Cal. »Von den Menschenleben, die das kostet, mal ganz abgesehen.«

»Schön, Sie haben also zwei Weiße«, sagte Emory Parks, »aber keinen Hinweis auf den Nigger. Ich habe mich schon gefragt, ob jemand den Coup vielleicht finanziert hat.«

»Was gab's da zu finanzieren? Eine getragene Busfahreruniform haben die sich beschafft.«

»Wie steht's mit dem Büropersonal?«

»Da wär' unter Umständen durchaus was zu machen. Sie wußten, wann die Leute vom Geldtransport fällig waren. Die beiden Scheckbeutel waren ungeöffnet. Wahrscheinlich wußten sie also, in welchen Säcken das Geld steckte und in welchem die Schecks. Denken Sie bloß nicht, ich wäre rassistisch eingestellt, Emory, aber in dem Büro arbeitet ein knackiges schwarzes Püppchen, das uns aufgefallen ist.«

Emory Parks überlegte. »Sie haben mir noch nicht erzählt, wo sich Ryan an dem Tag des Banküberfalls aufgehalten hat.«

»Angeblich war er zu Hause und hat geschlafen. Aber er meint, Stickley sei vormittags 'ne Weile weggegangen. Für den Nachmittag haben sie drei Bienen, die beschwören können, daß sie mit den beiden am Swimming-pool gesessen haben.«

»Arbeitslosigkeit muß doch was Angenehmes sein«, sagte Emory Parks und machte ein nachdenkliches Gesicht.

»Ich hab' mit den Mädchen gesprochen«, fuhr Cal fort, »und hab' sie gefragt, was sie über die beiden Typen wissen. Das sind Wirtschaftsberater, behaupten sie, irgendwie machen sie was mit Verkaufstraining. Nette Jungs, und irre Partys geben sie. Ich sprech' Ryan auf den Wirtschaftsberater an. Mann, das haben wir den Puppen bloß vorgeflunkert, wie man eben so redet am Pool. Die Mädchen sollten nicht wissen daß wir arbeitslos sind, sagt der. Deshalb geben Sie diese irren Partys? Das waren nur noch kleine Restbestände von einem Großeinkauf, sagt er. Zwei ganze Kartons mit Schnaps nennt der kleine Restbestände.« Cal nahm ein kleines Notizbuch aus der Tasche und blätterte darin herum. »Eine gewisse Arlene Downey hab' ich gefragt, ob sie die beiden Typen kennt. Ja, sagt die, aber nur flüchtig. Ob sie wüßte, wovon sie leben, hab' ich gefragt. Und sekundenlang machte die einen ganz belämmerten Eindruck, als wenn das Licht angeht und ihre Mutter sie ertappt, wie sie's auf der Couch treibt. Dann hat sie so rumgeredet, sie sei viel verreist gewesen und hätte die beiden gar nicht oft gesehen.«

Ermory Parks lächelte ein bißchen. »Gemein, was? Zum Greifen nah, die Jungs, aber Sie kommen nicht an sie heran. Also, ich glaube, zunächst mal sollten Sie Ryan sagen, daß sein Partner jemanden braucht, der die Kaution für ihn stellt. Ich schätze, der spielt den harmlosen, anständigen Jungen und erledigt das prompt.«

»Ganz Ihrer Meinung«, sagte Cal. »Er weiß, daß ich weiß, daß er Geld hat. Nicht schlecht ...«

»Dann sind die beiden wieder vereint, und dem einen blüht eine Verurteilung. Was sagt der andere zu ihm?«

»Gottverdammtes Pech, Mann, daß ich dir nicht helfen kann, wird er sagen. Beiß die Zähne zusammen und steh's durch.«

»Und wie fühlt sich Stickley in der wiedergeschenkten Freiheit? Er hat schon gesessen und weiß, wie's im Knast zugeht.«

»Warum ich und nicht die anderen, wird der denken. Das Blöde ist, daß ich ihm nichts von dem Geld erzählen kann, ihm nicht stecken kann, daß er reingelegt worden ist. Vorläufig müssen wir das für uns behalten.«

»Das braucht er auch gar nicht zu wissen. Seine Kumpel können nicht in Mr. Stickley hineinsehen. Sie haben keine Ahnung, was er weiß oder nicht weiß. Solange er im Knast saß, wo sie nicht an ihn herankamen, haben sie dagesessen und die Luft angehalten. Aber können sie's jetzt, wo er wieder draußen ist, riskieren, daß es zum Prozeß kommt? Sie müssen damit rechnen; daß die Bullen ihm ein Gegengeschäft vorgeschlagen haben. Billy Ruiz haben sie schon umgelegt, können sie da riskieren, daß Stickley sie verpfeift?«

»Interessante Überlegung«, sagte Cal.

»Das ist alles, was Sie haben, mehr nicht«, sagte der kleine Staatsanwalt. »Falls sich nicht noch herausstellt, daß es einer von ihnen mit der knackigen Schwarzen aus dem Büro getrieben hat. Dann könnten sie natürlich dort weiterwühlen.«

»Ich glaub', das genügt mir erst mal. Damit müßten wir eigentlich schon einen Schritt weiterkommen.«

»Sie können diesem Stickley ja 'ne kleine Andeutung machen, ehe Sie ihn laufenlassen.«

Cal nickte. »Ja, ich werd' ihm klarmachen, daß er in einer ganz schön beschissenen Lage steckt.«

»Mehr noch, daß das Leben draußen für ihn gefährlich werden kann. Soll schon vorgekommen sein, daß einer plötzlich verschwunden und später in einem Kofferraum draußen am Flugplatz wieder aufgetaucht ist. Sagen Sie ihm, er soll höllisch aufpassen, wohin er geht oder wo er seine Freunde trifft.«

»Genau«, meinte Cal. »Und er soll sich mal überlegen, wer wirklich seine wahren Freunde sind, die das Beste für ihn tun können.«

»So ist es.« Emory Parks lächelte. »Und jetzt nehmen Sie das alles mit zurück ins Büro, und Walter wird fragen: ›Haste wieder mit dem feisten, kleinen Nigger gequatscht, nicht?‹ Und Sie werden sagen: ›Hab' ihm nur 'n paar Ideen aus der Nase gezogen.‹«

»Von wegen! Ich werd' ihm sagen, daß ich mir das alles selber ausgedacht habe. Der feiste Nigger hat doch ein kostenloses Mittagessen gehabt, was will er denn mehr?«

22

»Warum hältst du nicht mal zur Abwechslung die Klappe?« fragte Stick. »Mir wär's lieb, wenn du mal 'ne Sendepause machst.«

»Also, tut mir leid«, beruhigte ihn Frank. »Ich mach' dir ja keinen Vorwurf, verdammt noch mal. Will ja bloß wissen, wie's passiert ist.«

»Kann ich dir ganz genau sagen. Ich greif' nach dem Karton, und dieser junge Bulle hält mir 'ne Kanone unter die Nase. So ist's passiert. Wirklich, 'ne glänzende Idee von euch! Die haben da auf mich gewartet, die haben genau gewußt, wo das Ding steht.«

»Aber woher denn bloß?«

»Was weiß ich? Vielleicht haben sie's selber rausgekriegt, oder jemand hat ihnen 'n Tip gegeben. Ihr mit eurer Scheiß Idee! Ich könnt' jetzt schon in Florida sein. Statt dessen kann ich mich auf 'n paar Jahre wegen Raubes gefaßt machen.«

»Wegen Diebstahls«, verbesserte Frank.

»Vorläufig noch. Aber der Bulle, dieses Aas, weißte, was der gesagt hat? Vielleicht ändern wir's bei der Voruntersuchung noch in bewaffneten Raubüberfall. Und dann können wir eigentlich auch gleich Klartext reden und Mord sagen, nicht wahr?«

»Der Kerl will dich doch bloß ins Bockshorn jagen. Mit Diebstahl fallen die bei der Voruntersuchung sowieso hinten runter.«

»Ich werd' dem Richter sagen, daß du nicht an meine Verurteilung glaubst. Das wird ihn freuen, und du sitzt inzwischen schön zu Haus.«

Schweigend gingen sie die St. Antoine hinunter zum Parkhaus. Es war vier Uhr nachmittags, ein warmer sonniger Tag. Sie waren die Straße schon einmal zusammen gegangen, damals, als sie im Bouzouki gelandet waren. Schien eine Ewigkeit her zu sein.

»Möchtest du was trinken?« fragte Frank.

»Duschen möcht' ich und mich umziehen.«

Frank schwieg. Alles, was er sagte, kam falsch heraus, ganz anders, als er's gemeint hatte, oder Stick verdrehte ihm die Worte im Mund. Er wußte nicht, was er sagen sollte, aber er fing trotzdem wieder an. Stumm neben Stick herzulaufen war noch schlimmer.

»Hab' zweimal Besuch gehabt von 'nem Bullen«, begann er. »Sah aus wie 'n Hippie. Das erste Mal war er mit 'nem Haussuchungsbefehl da. Den brauchen Sie nicht hab' ich gesagt, wir haben nichts zu verbergen. Er hat die Kohlen unter der Spüle gefunden. Ich hab' ihm gesagt, daß wir das Geld beim Rennen gewonnen haben.«

»Hat er sonst noch mit jemandem aus dem Haus gesprochen?«

»Mit allen. Die Miezen haben ihm erzählt, daß wir Wirtschaftsberater sind.«

»Hat er auch mit Arlene gesprochen?«

»Wahrscheinlich ja. Weiß nicht.«

»Sie war verreist, in Chicago oder so.«

»Jetzt ist sie wieder zurück. Hab' sie ein-, zweimal gesehen.«

»Aber du weißt nicht, ob er mit ihr gesprochen hat?«

»Haste Angst, daß er ihr was gesteckt hat? Was weiß der denn schon? In der Zeitung steht 'ne kurze Notiz über dich, daß sie dich verhaftet haben, angeblich in Verbindung mit der Hudson-Sache. Nur 'ne Spekulation. Die spielen das nicht hoch, weil die keine Beweise gegen dich haben. Wenn sie erst groß rausposaunen, daß sie den Täter haben und dich dann laufenlassen müssen, stehen die ganz schön dämlich da.«

»Mit welchen Mädchen hast du geredet?« fragte Stick.

»Mit Karen und mit Jackie. Was ist das für 'ne Geschichte mit deinem Kumpel, fragen sie. Hab' ihnen gesagt, daß es 'n ganz idiotischer Irrtum ist. Daß du 'ne Puppe für deine kleine Tochter kaufen wolltest und sie dich hopp genommen haben, weil du ihnen aus irgendeinem unerfindlichen Grund verdächtig vorgekommen bist. Aber das wird sich sehr schnell aufklären, hab' ich gesagt, dann lassen sie dich wieder laufen, und wir lachen über den ganzen Zauber. Brauchst dir keine Sorgen zu machen, die Mädchen wissen nichts.«

»Arlene schon«, sagte Stick.

»Wieso denn? Wer hätte ihr denn was erzählen sollen?«

»Arlene weiß über uns Bescheid.«

Es dauerte 'ne Weile, bis Frank begriffen hatte. Er starrte Stick an. »Willste damit etwa sagen, daß du ihr was erzählt hast?«

»Ich hab' ihr überhaupt nichts erzählt. Aber erinnerst du dich noch an die Bar in Hazel Park, wo wir dem blöden Cowboy das Geld abgeknöpft haben? Sie war da. Saß mit ihrem Freund an der Theke.«

»Heiliger Strohsack. Weißt du das genau?«

»Sie hat's mir selber erzählt. Wir haben sie mit den anderen in den Lagerraum gesperrt, ohne sie zu erkennen.«

»Aber – sie ist nicht zur Polizei gegangen?«

»Das hätten wir wohl inzwischen gemerkt.«

»Was denkt die sich dabei? Will sie was?«

»Weiß ich nicht. Muß mal mit ihr drüber reden.«

»Das weißt du nicht? Wann hast du mit ihr darüber gesprochen?«

»Direkt vor ihrer Abreise. Seit der Nacht nicht mehr.«

»Gott, das hat uns gerade noch gefehlt«, sagte Frank.

Stick fühlte sich langsam besser. Frank hatte einiges von seiner Lässigkeit verloren.

»Der neueste Stand«, sagte Detective Calvin Brown am Telefon. »Ich habe ihn nicht rechtzeitig erreicht. Während wir beim Essen saßen, hat sein Kumpel die Kaution gestellt.«

Er hörte sich die Antwort des kleinen Staatsanwalts an, trank dabei einen Schluck Kaffee und stellte den Becher auf den Stahlschreibtisch in seinem Büro, diesem kleinen, grauen Verschlag im fünften Stock des Polizeipräsidiums.

»Das kann durchaus positiv für uns sein, wenn es den Mann zum Nachdenken gebracht hat. Vielleicht hat er jetzt begriffen, daß sie ihn rausgeholt haben, weil sie sich seinetwegen Gedanken machen. Aber man weiß nicht, wieviel Fantasie der hat.«

»Nein«, bestätigte Cal. »Der redet wirklich wie ein ausgemachter Provinzheini, aber man kann nie wissen.«

»Sie legen doch sicher keinen gesteigerten Wert darauf, daß er tot ist, ehe er erkannt hat, wo seine wahren Freunde sitzen, nicht wahr?«.

»Ganz sicher nicht.«

»Dann würde ich an Ihrer Stelle schleunigst versuchen, ihn zu erwischen. Vielleicht sollten Sie sogar beiläufig erwähnen, daß Geld fehlt. Ich hab' mir das noch mal durch den Kopf gehen lassen.«

»Ich auch«, sagte Cal. »Aber ich wollte es gern von Ihnen hören.«

»Hab' früher schon mal mit 'nem Ryan zusammengearbeitet«, sagte Leon Woody. »Jack hieß der. Das war bei 'ner Teppichreinigung. Wir haben in einem Haus was gesehen, was uns gefiel, wir haben das Fenster aufgelassen und sind nachts wiedergekommen. Netter Typ, der Jack Ryan.«

Sportree kam, in jeder Hand ein Glas, aus der Küche. Frank Ryan nahm ihm dankend eins ab und wartete, bis Sportree das andere Leon Woody gegeben hatte und wieder verschwunden war.

»Glaube nicht, daß ich den kenne«, sagte er dann.

»Der wollte Baseball-Spieler werden.«

»Ach, tatsächlich?«

»Wollte in den großen Ligen spielen. Netter Typ, aber daß der mal 'nen Kurvenball getroffen hat, war einfach nicht drin.«

»Ist wahrscheinlich auch schwierig, wenn man nicht den richtigen Blick dafür hat.«

Sportree kam mit seinem eigenen Drink zurück und setzte sich zu ihnen.

»Hab' mir Folgendes überlegt«, sagte er. »Wenn einer mal im Knast war, will er bestimmt nicht wieder rein.«

»Weshalb sollte er auch wieder rein.« Frank, der auf der Couch saß, lehnte sich vor. »Sie haben ja keine Beweise, allenfalls können sie ihm noch vorwerfen, daß er geplant hat, einen Raub zu begehen. Wie wollen die ihm aber nachweisen, daß er gewußt hat, daß Geld in dem Karton ist?«

»Das Dumme ist nur«, sagte Sportree, »daß ich nicht weiß, was in ihm vorgeht. Vielleicht hat er Angst, daß sie ihn einsperren können. Vielleicht läßt er sogar das eine oder andere raus, nennt den einen oder anderen Namen. Damit die ihn laufenlassen, kapiert ihr?«

»Der singt nicht«, beteuerte Frank. »Ganz bestimmt nicht.«

»Der Mann hat gesessen«, sagte Sportree mit Nachdruck. »Und wenn einer gesessen hat, ist er hinterher nicht mehr derselbe. Solche Typen verpfeifen die eigene Mutter, um draußen zu bleiben.«

»Also hör mal«, sagte Frank. »Wenn die ihm was nachweisen könnten, oder wenn er sehen würde, daß er allein die ganze Scheiße ausbaden muß, wäre das was anderes. Aber er weiß doch, wenn er stur bleibt und den Mund hält, dann müssen sie ihn laufenlassen. Er hat doch lediglich einen Karton in die Hand genommen.«

»Aber was für einen.«

»Ja, die waren einfach zu schnell. Waren sofort überzeugt, daß er mit dabei war und daß jemand aus dem Büro ihn wiedererkennt. Sonst hätten sie ihn ruhig mit dem Ding rausgehen lassen und ihn erst dann geschnappt. Aber die waren zu eifrig, ihrer Sache ein bißchen zu sicher.«

Sportree sah zu Leon Woody hinüber. »Schön wär' s ja«, sagte der. »Aber so wie ich die Sache seh', bringen die ihn in den Keller, schlagen ihn zusammen und reißen ihm die Fingernägel einzeln raus, wenn er nicht redet.«

»Ach komm, so was trauen die sich doch heute gar nicht mehr«, sagte Frank.

»Trauen sich nicht? Daß ich nicht kichere«, widersprach Leon Woody. »Wenn er der einzige ist, den sie haben, müssen sie sich einfach was einfallen lassen. Halten ihn vielleicht aus dem Fenster, lassen ihn fallen, wenn er nicht redet. Sagen, er versucht wegzulaufen.«

Frank sah Sportree an. »Soll ich ihn mal herbringen? Dann kannst du ja selber mit ihm reden.«

»Das ist 'ne Idee.«

»Wenn du Zweifel hast, wär das wirklich das beste. Du vertraust mir doch, oder?«

»Du bist nicht in Haft. Noch nicht.«

»Ich mein', mir würdest du doch trauen, wenn ich an seiner Stelle wär, nicht? Kommt wirklich aufs gleiche raus. Ich geb' dir mein Wort, daß der nicht redet.«

»Der weiß, wie es Billy erwischt hat?« fragte Sportree.

»Hab' ihm gesagt, daß Billy den ganzen Zaster für sich wollte, daß es sein mußte.«

»Wenn du ihm die Hucke vollügst, bist du bei ihm auch nicht sehr sicher, oder?«

»Wollt' ihn doch bloß dazu bringen, daß er den Karton abholt und sich's nicht noch anders überlegt.«

Sportree und Leon Woody starrten ihn stumm an.

Frank schüttelte den Kopf. »Hört mal, was geht in euern Köpfen eigentlich rum? Wollt ihr den Burschen vielleicht umlegen, bloß, weil ihr ihm nicht traut?«

»Frank«, sagte Sportree, »wir kennen uns schon lang, länger als du ihn kennst. Wenn der erst anfängt zu singen, kommst du in dem Lied auch vor. Wir alle. Und dann kriegen die uns ran, wegen Mord. Den doch ein Toter begangen hat. Wir haben nicht mal was davon gehabt, überhaupt nichts. Aber nichts ist besser als 'ne Mordanklage, und wir haben erst wieder unsern Seelenfrieden, wenn wir wissen, daß dein Freund ihnen nichts erzählen wird. Stimmt's?«

»Aber der sagt nichts! Ich geb' euch mein Wort, daß er nicht redet.«

Plötzlich war Stille; sie starrten ihn wieder an. Leon Woody trank einen Schluck aus seinem Glas. Sportree spielte mit seiner Perlenkette.

»Ich bring' ihn her«, versprach Frank.

Sportree nickte. »Tu das. Freu' mich schon auf ihn.«

23

»Ich hab' gedacht, wir kommen gleich wieder zurück«, sagte Arlene. »Aber dann sind wir nach St. Louis gefahren, zu den Gateway Nationals, und ich hab' drei Tage im Begleitwagen Bier und Limo ausgeschenkt. Wenigstens war er klimatisiert. Gott, du machst dir keinen Begriff von der Hitze und dem Staub an der Bahn. Aber ich mußte nur raus, wenn die 'nen Preis vergaben, dann hab' ich mit Larry Huff und Chuck Hurst und Bob Amos und den anderen Jungs posiert, für den Fotografen. Hab' 'ne Menge neuer Fotos. Gott, es hat auch einen furchtbaren Unfall gegeben. Nach dreihundert Metern ist der Wagen von Stocker außer Kontrolle geraten und durch die Fangzäune gerast und hat sich überschlagen. Zum Glück waren da unten nicht so viele Zuschauer auf den Tribünen ...«

»Arlene!« Sie holte Luft, endlich.

»Hast du jemandem erzählt, daß du uns gesehen hast?«

»Wie meinst du?«

»Du weißt schon, was ich meine.«

»Das hätt' ich dir nicht erzählen sollen, was?«

»Aber du hast es mir erzählt. Hat mir 'n bißchen zu schaffen gemacht, der Gedanke, daß du 's jemandem verraten hast.«

»Hab' ich nicht, ehrlich. Keiner Seele.«

Sie hatte Angst vor ihm und Angst, es zu zeigen. Er sah wieder diesen Ausdruck in ihren Augen, wie vorhin, als sie die Tür aufgemacht hatte. Da hatte sie die Angst schnell hinter einem mühsamen Lächeln versteckt. Hereinspaziert, Fremder. Lange nicht gesehen ... Und dann hatte sie sofort angefangen, von dem zu schwatzen, was sie in den letzten vierzehn Tagen erlebt hatte. Gott, sie war kaum zum Atemholen gekommen ...

Sie waren allein in ihrem Apartment, in der Stille eines sonnigen Nachmittags. Arlene war gerade erst vom Pool heraufgekommen, Stick hatte sie vom Balkon aus beobachtet, sie trug noch ihren lavendelfarbenen Bikini mit der Kette, den Ringen, ihre rötlichen Locken waren feucht, sie sah zerbrechlich aus und verängstigt. Er hätte gern seine Arme um sie gelegt, sie spüren lassen, daß sie keine Angst zu haben brauchte. Aber er mußte sehr behutsam sein. Wenn er jetzt die Hände hob, schrie sie womöglich und rannte vor ihm davon.

»Glaub' ich dir gern«, sagte Stick. Er versuchte es mit einem kleinen Lächeln, das war ehrlich gemeint. Aber sie wirkte noch immer angespannt und versuchte noch immer, es nicht zu zeigen. Sie waren beide befangen, als sie so dastanden, wußten nicht recht, was sie mit ihren Händen anfangen sollten. Arlene griff nach einem Malteserkreuz, das ihr an einer dünnen Goldkette um den Hals hing, und hielt sich daran fest.

»Und der Typ, mit dem du zusammen warst, dem haste auch nicht erzählt, daß du uns kennst?«

»Kein Wort, ehrlich!«

»Warum nicht?«

»Weiß nicht ... Na ja, dem wär's bestimmt unangenehm gewesen, da mit reingezogen zu werden, seine Frau sollte doch nicht erfahren, daß er in Begleitung dort war. Deshalb habe ich nichts gesagt.«

»Warum biste nicht zur Polizei gegangen? Hättest ihn da ja völlig rauslassen können ...«

Sie runzelte die Stirn. »Schwer zu sagen. Setz dich doch, willste 'n Drink? Ich weiß noch nicht mal, weshalb ich's dir überhaupt erzählt habe. Vielleicht, weil ich zuviel getrunken hatte, da merkt man so was nicht. Jetzt muß ich übrigens dringend einen haben.«

Stick machte ihr einen Salty Dog, überlegte kurz und machte sich auch einen. Daran konnte man sich so gut festhalten. Sie setzten sich auf die Couch. Stick war nervös, überspielte es aber ganz gut, ließ sie spüren, daß sie keine Angst zu haben brauchte. Aber dann fiel ihm ein, daß er Frank erzählt hatte, Arlene wüßte Bescheid, und in diesem Augenblick fühlte er ganz spontan und instinktiv, daß er das nicht hätte tun dürfen. Er hätte wenigstens so lange warten sollen, bis er mit Arlene geredet hatte. War zu blöd, es Frank zu erzählen, nur um ihn zu verunsichern. Ob Frank den anderen was sagen würde? Unsinn, dazu gab es überhaupt keinen Grund. Aber trotzdem kam dieser Gedanke immer wieder, diese fürchterliche Ungewißheit. Und Arlene saß nichtsahnend neben ihm ... Er hätte sie am liebsten festgehalten.

»Ich fand dich nett«, sagte Arlene. »Ich mein', ich mag dich. Das in der Bar war direkt lustig, gar nicht wie 'n richtiger Überfall, verstehst du, ihr habt dem Mann ja nur weggenommen, was er geraubt hatte. Irgendwie geschah ihm das ganz recht. War wirklich zu komisch.« Sie lächelte ein bißchen. »Ich seh's noch genau vor mir.«

»Haste dich nicht gefragt, ob wir das häufiger machen oder, ob wir davon leben?«

»Darüber habe ich nicht nachgedacht.«

»Klar mußt du dir Gedanken darüber gemacht haben.«

»Nein, ich hab' mir gesagt, das ist nicht mein Bier. Ich hab' gedacht, auch wenn sich das komisch anhört, aber ich hab' gedacht, wenn du's mir erzählen willst, dann redest du früher oder später.«

»Und wenn ich's getan hätte, was hättest du dann gedacht?«

»Na ja, eben daß du genug Vertrauen zu mir hast. Du weißt genau, daß so was bei mir gut aufgehoben ist.«

»Du meinst, dir wär's egal?«

»Das will ich nun auch wieder nicht sagen. Also schön, ich hab' natürlich drüber nachgedacht, und ich finde immer, es muß für alles einen Grund haben. Vielleicht hast du Geld gebraucht. Furchtbar dringend, und keiner hat's dir pumpen wollen, und deshalb hast du's gemacht. Einmal und nicht wieder.«

»Arlene, ich hab' so was öfter gemacht.«

»Laß gut sein, okay.«

»Gut, ich könnt' dir jetzt sagen, daß ich das Geld wirklich dringend gebraucht hab', wie jeder, der keins hat. Aber ich hab's geklaut, basta.«

»Warum redest du so? Ich will's gar nicht wissen.«

»Hast du von dem Überfall bei Hudson gelesen?«

»Nein, o Gott. Bitte nicht.« Sie schloß gequält die Augen.

»Ich war dabei«, sagte Stick. »Deshalb wurde ich verhaftet. Das war kein Irrtum.«

Er erzählte ihr von seiner Rolle bei dem Überfall, ohne sie herunterzuspielen oder Ausflüchte zu machen. Er sprach leise und ruhig und sah, wie sie schließlich die Augen öffnete, wie das schmale Gesicht sich langsam entspannte, wie sie ihn aufmerksam betrachtete, als sähe sie mehr als nur den Mann, der bei einem Raubüberfall mitgemacht hatte, als erblickte sie in ihm einen ganz anderen Menschen. Er spürte das, während er sprach, spürte eine Vertrautheit zwischen ihnen, die anders war, zarter und doch zwingender als alles, was er gefühlt hatte, wenn er mit ihr geschlafen hatte, und er wußte auch, weshalb er ihr das alles erzählte. Er brauchte sie.

»Ich weiß nicht, was ich machen soll«, sagte er.

Sie rutschte zu ihm rüber, nahm sein Gesicht in ihre Hände und küßte ihn. Dann legte sie die Arme um ihn und zog ihn an sich.

Sie lagen nebeneinander in dem dunklen Schlafzimmer. Er hatte geschlafen, jetzt war er wach und schaute zur Decke, wo ein schwacher Widerschein des Lichts vom Nebenzimmer zu sehen war.

»Kannst du 'ne Weile untertauchen, bis wir wissen, wie's hier weitergeht?« fragte er.

»Warum?«

»Vielleicht gibt's irgendwo'n Rennen oder 'ne Tagung ...«

»Damit ist Schluß für mich.« Das klang ein klein wenig gereizt und ziemlich überrascht. »Wofür hältst du mich eigentlich?«

Als er zu ihr rüberlangte, sie streichelte, wartete sie einen Augenblick. Dann fragte sie: »Liebst du mich?«

»Doch, sehr.«

»Dann sag's!«

»Ich liebe dich.« Er sagte es noch einmal, weicher: »Ich liebe dich. Ich hab' nie jemanden so liebgehabt.«

Sie drehte sich zu ihm und preßte sich fest an ihn. Das war ein herrliches Gefühl. Der feste kleine Körper war ihm so vertraut. Er war richtig glücklich. Mach immer eins nach dem anderen, hörte er sich sagen, das Beste kommt zuletzt, das mußt du dir gut aufheben, damit dir's keiner kaputtmachen kann. Er wußte, daß er sie liebte, es war, als wenn man aufwacht und plötzlich ganz woanders ist. Er konnte es kaum glauben.

»Ich bleib' nicht hier wohnen«, sagte Arlene. »Morgen zieh' ich aus, die Sachen gehören sowieso nicht mir. Aber ich fahr' nur weg, wenn du mitkommst.«

»Ich muß die Vorverhandlung abwarten. Wenn man auf Kaution draußen ist, kann man nicht einfach abhauen. Sonst holen die dich in Handschellen zurück, und du hast ein für allemal verspielt.«

»Schön, dann such' ich mir eben 'n anderes Apartment«, sagte Arlene. »Was Billigeres. Ich hab' genug für mindestens einen Monat.«

»Ich kann dir aushelfen.«

»Nein. Ich such' mir 'nen anderen Job, wenn's sein muß. Offen gesagt hab' ich auch die Nase voll von diesen Silberklamotten.« Sie dachte einen Augenblick nach. »Komisch, es ist 'n ganz anderes Gefühl mit dir.«

»Kann ja noch alles gut werden«, sagte Stick. »Wenn sie die Anklage fallenlassen, gehen wir weg von hier und fangen 'n neues, ehrliches Leben an. Notfalls kann ich mir ja auch 'nen Job suchen.«

Arlene lachte leise. »Ist aber nett von dir.«

Sie hielten sich fest in der Dunkelheit. Sehr bald würde er aufstehen und nachsehen, ob der Wagen unten war. Sonst würde er sich irgendwo einen holen, noch 'n einziges Mal. Konnte ja noch alles gut werden, klar, war immer noch 'ne Menge drin.

Wenigstens solange er am Leben blieb.

Als Emory Cal Browns tristen grauen Büroverschlag im fünften Stock betrat, machte dieser zuerst ein verblüfftes Gesicht, dann begann er zu grinsen, und Emory wußte, daß er ihm etwas Gutes zu berichten hatte.

»Ich war unten bei Walter.«

Cals Grinsen erlosch. »Hat er's Ihnen gesagt?«

»Er hatte es eilig. Er hat nur gesagt, ich sollte mal mit dem Junior reden, wenn ich Zeit hätte. Also, Junior, was gibt's?«

Cal war wieder happy. Er sagte: »Ich hab' Ihnen doch von dem Menschen in Bloomfield mit seiner Waffensammlung erzählt, nicht? Bei dem ist letzte Nacht wieder eingebrochen worden.«

»Die kennen sich aus, die Burschen.«

»Vielleicht war's diesmal nur einer«, sagte Cal. »Eine Walther P 38, neun Millimeter, fehlt. Die Familie hat oben geschlafen und nichts gehört.«

»Könnte jemand anders gewesen ein.«

»Wollen wir wetten?«

»Sie nehmen natürlich an, daß es einer von den Weißen war. Schön, meinetwegen. Aber welcher?«

»Ich tippe auf Mr. Stickley.«

»Nicht schlecht für den Anfang«, meinte der kleine Staatsanwalt. »Aber angenommen, Mr. Ryan macht gemeinsame Sache mit seinen schwarzen Brüdern, gehen wir mal davon aus, daß es mehr als einer ist, was ich vermute ...«

»Ich auch«, sagte Cal.

»... und sie sagen zu ihm: ›Hey, Mann, er ist dein Kumpel, mach du's!‹, dann muß Mr. Ryan sich wohl eine Kanone beschaffen.«

»Diese Theorie gefällt mir eigentlich weniger«, meinte Cal.

»Für mich gehören Ryan und Stickley zu einem Team. Wenn die Schwarzen dem einen wirklich an den Kragen wollen, warum dann eigentlich nicht gleich beide?«

»Beide – jawohl, das ist das Stichwort. Zwei Weiße umzulegen kann auch nicht schwerer sein als einen.«

Cal lächelte. »Aber die Weißen haben jetzt eine Kanone. Da hat sich jemand was einfallen lassen, und das finde ich gut.«

»Haben Sie schon mit den beiden Jungs gesprochen?«

»Nein, aber ich habe es vor. Ich möchte mir auch eine der jungen Damen da draußen vornehmen, Miß Arlene Downey, die beim ersten Mal so nervös reagiert hat. Ich habe ihre Freunde und Bekannten durch den Computer laufen lassen. Dufte, so eine Maschine:

Man sieht mal wieder, wie klein die Welt ist. Miß Arlene Downey war Zeugin bei einem Überfall, der vor einem Monat auf die Saratoga Bar in Hazel Park verübt wurde. Die Saratoga Bar steht ausgerechnet auf der Liste der rund fünfundzwanzig Etablissements, die nach der Masche unserer Freunde Frank und Ernest ausgeraubt worden sind.«

»Tatsächlich, die Welt ist klein. Sie glauben doch nicht, daß sie mit ihnen gemeinsame Sache gemacht hat?«

»Wer weiß, wer weiß? Aber ich werde es todsicher herauskriegen.«

24

»Was soll ich dir sagen«, fing Frank an. »Gestern abend will ich mir den Wagen holen, und er ist nicht da. Vielleicht, denk' ich, hab' ich auch vergessen, wo ich ihn hingestellt hab'. Ich such' also überall und sage mir, verdammt noch mal, ich hab' ihn bestimmt da vorn geparkt, und jetzt ist er weg. Vielleicht hat ihn jemand gestohlen. Ich war drauf und dran, die Polizei anzurufen.«

»Haste angerufen?«

»Nein. Als ich heut früh noch mal nachsah, steht er da. Heute nachmittag ist er wieder weg. Und jetzt – also, ich weiß wirklich nicht, was zum Teufel hier los ist.«

»Hatte eben den zweiten Satz Schlüssel«, sagte Stick.

»Warum haste mir nichts gesagt? Ich dacht', ich spinne.«

»Muß ich um Erlaubnis fragen?«

»Nein, aber du hättest mir unnötigen Ärger ersparen können. Wo warst du heute nacht?«

»Bei 'ner Freundin.«

»Wußte gar nicht, daß du eine hast.« Stick lächelte nicht.

»War ja nur Spaß«, sagte Frank. »Was ist los mit dir?«

»Fand's gar nicht komisch. Haste mit Barry gesprochen?«

»Ja, hab' ihn gerade draußen getroffen. Er hat nach dir gefragt.«

»Hat Sportree auch nach mir gefragt?« fragte Stick beiläufig und sah den bestürzten Ausdruck in Franks Gesicht.

»Klar hat er nach dir gefragt. Er hat mich angerufen und gesagt: Warum stellst du eigentlich nicht die Kaution für deinen Freund? Willst du unbedingt, daß er im Gefängnis hocken bleibt?«

»Wollte, daß ich rauskomme, was? Falls ich da drin zu dicke

Freundschaften schließe, nicht? Ich hör' ihn richtig. ›Wir kennen deinen Freund nicht, Mann. Wir wissen nicht, was ihm durch den Kopf geht.‹ Will er mit mir reden?«

»Natürlich macht er sich Gedanken«, sagte Frank. »Weil er dich ja wirklich nicht kennt. Aber ich selbst hab' vorgeschlagen, daß ihr zwei euch mal unterhaltet. Der war gar nicht so scharf drauf.«

»Ich soll zu ihm? Der muß mich für bekloppt halten.«

»Reg dich ab«, sagte Frank. »Dem ist gar nicht so lieb, daß du zu ihm kommst. Und hierher will er auch nicht, aus verständlichen Gründen, er möchte nicht, daß die Polizei oder sonstwer euch zusammen sieht.«

»Am besten wär vielleicht 'n Treff nachts am Fluß«, sagte Stick. »Der muß tatsächlich glauben, daß ich so bescheuert bin wie du. Aber vielleicht kalkulierste ja genauso wie er.«

»Ich steh' dazwischen«, sagte Frank. »Ich kenn' euch beide, aber ich kann weder den einen noch den anderen davon überzeugen, daß ihr euch auf mein Wort verlassen könnt. Ihm ist's egal, wo ihr euch trefft. Der sagt, du sollst was vorschlagen. Nur sehen darf man euch nicht zusammen.«

»Bist du dabei?«

»Natürlich, wenn du willst ...«

»Mensch, sollen wir beide zusammen kommen, oder nur ich allein?«

»Ich hab' vorgeschlagen, daß ich dich hinbringe. Warum?«

»Ich versuch' nur rauszukriegen, auf welcher Seite du stehst«, sagte Stick.

»Auf welcher Seite? Sag mal, wovon redest du eigentlich, du Flasche? Ich hör' immer was von Seiten ...«

»Frank, der Kerl will mich umbringen«, sagte Stick ganz ruhig.

»Ach, komm ...«

»Jetzt hör mal gut zu.« Stick holte einmal tief Luft. »Ich brauch' nur zwei Worte zu sagen, und Sportree und Leon Woody sitzen. Lebenslänglich. Das kann er einfach nicht riskieren.«

»Und ich? Die zwei Worte könnt' ich doch auch sagen. Will der mich etwa auch umbringen? Das hätt' er längst haben können, ich war ja inzwischen bei ihm.«

»Vielleicht stehst du auf meiner Seite. Oder er denkt, daß du genausoviel zu verlieren hast wie er, oder es ist ihm scheißegal, was weiß ich. Aber ich hab' als einziger 'nen Prozeß vor mir. Ich hab' wirklich was zu verlieren, wenn die mir was beweisen können, und ich bin auch der einzige, der was gewinnen kann, wenn ich Namen nenne.«

Frank starrte ihn an. »Haben die dir 'n Angebot gemacht?«

»Bis jetzt nicht, aber ich seh's kommen. Direkt dabei war ich nicht, das wissen die. Sie können mit der Anklage zurückstecken, etwa auf Beihilfe oder Ladendiebstahl, aber sie können sie auch ganz fallenlassen. Die brauchen jemanden für den Mord, Frank. Und die wissen, daß ich weiß, wer's war.«

»Willste damit sagen, Moment mal, das muß ich aber jetzt genau wissen.« Frank ging zur Bar hinüber und goß sich einen Scotch ein. »Willste sagen, daß du bereit wärst, mit denen ein Gegen-Geschäft zu machen?«

»Hab' ich nie behauptet. Ich will versuchen, daß ich weiter mein Maul halte und so durchkomme. Die Chancen stehen gar nicht mal schlecht, glaub' schon wenn's bei der Anklage wegen Diebstahls bleibt. Wenn nicht, hab' ich eben Pech gehabt. Ich hab' mich mit offenen Augen auf die Sache eingelassen, und ich hab' mir verdammt fest vorgenommen, die Schnauze zu halten. Aber Sportree und Leon, die warten gar nicht erst ab, was ich mache. Leon hat Billy Ruiz erschossen, du hast dabeigestanden.«

»Er hat alles für sich haben wollen. Leon blieb gar nichts anderes übrig.«

»Erzähl mir keine Märchen, Frank. Ich hab's aus zuverlässiger Quelle. War so mit das erste, was der Scheißbulle mir erzählt hat. Billy Ruiz ist in den Rücken geschossen worden. Die haben ihn nicht mehr gebraucht, aus, vorbei. So einfach ist das. Warum haste mir vorgelogen, der hätt' versucht, sich die Beute zu krallen, Frank? Entweder biste auf ihrer Seite oder völlig übergeschnappt, weißt nicht mehr, was du tust.«

Stick sah Frank an, der seinen Scotch trank und sich einen zweiten eingoß.

»Weiß ich nicht«, sagte Frank. »Okay, ich hatte meine Zweifel. Ist nicht so gelaufen, wie es sollte. Sah einfach aus, aber dann kam eben was dazwischen, Sachen, die nicht eingeplant waren. Du hast gesagt, wir wollten unsere Pfoten davonlassen und bei unserem Job bleiben. Okay, ich muß dir recht geben, es ist alles in die Hose gegangen. Aber es hätte auch klappen können, und dann hätten wir 'nen Riesenhaufen Geld gehabt.«

»Wir hatten von Anfang an keine Chance, Frank. Und weißt du warum? Weil du dir eingebildet hast, daß du diesen Typ kennst, und das stimmt nicht.«

»Du hast mein Wort, Stick«, sagte Frank. »Wenn du ihm nicht traust, dann trau wenigstens mir.«

»Nein, ich geb' dir mein Wort. Sag Sportree und Leon, ich hätt' schon zwei Schwarze umgelegt, ich weiß also, wie man so was macht. Sie sagen immer, bleib cool. Du kannst ihnen ausrichten, sie sollten cool bleiben.«

Arlene hatte eine Dummheit gemacht. Sie erwartete Fotos von den Gateway Nationals. Die brauchte sie unbedingt noch, ihre letzten Aufnahmen in dem Silberkostüm. Also mietete sie sich ein Postfach in Royal Oak und bat die Verwalterin der Villa Monterey, ihr Briefe dorthin nachzuschicken. Für die Post, dachte sie, war sie ja dann nur eine Nummer, eine Nummer ohne Namen.

Aber so kam Cal Brown Arlene auf die Spur, in drei Schritten: Von der Verwalterin zum Postamt und von dort zu Namen und Adresse in Clawson.

Und Arlene öffnete die Tür, weil sie Stick erwartete. Großer Gott! – Sie spürte, wie sich ihr Gesicht veränderte.

Cal lächelte. »Wie geht's, Miß Downey?« Er hatte sein Notizbuch aufgeschlagen in der Hand. »Ich würde Sie gern noch etwas fragen. Es handelt sich um den Überfall, bei dem Sie Zeugin waren.«

25

Der junge Polizist saß auf dem Fußteil des Liegestuhls, die Stiefel auf dem betonierten Rand des Pools. Er trug abgewetzte, verwaschene Jeans, eine Cordjacke und einen Schlips. Ob er seinen Revolver bei sich hatte, konnte Stick nicht erkennen.

Ganz lässig, die Hände verschränkt, saß er vor Frank und hörte ihm offenbar interessiert zu. Frank lag in seinem Stuhl zurückgelehnt, kratzte sich am Bauch, offenbar ganz cool, die Sonnenbrille zum heißen Nachmittagshimmel gewendet.

Stick beobachtete sie vom Balkon aus. Dann ging er zurück ins Wohnzimmer, wieder auf den Balkon, wieder zurück ins Wohnzimmer. Frank und der Bulle waren allein am Pool. Beim fünften Mal sagte Stick »Scheiße!« und ging in sein Zimmer. Zweierlei konnte er tun: Er konnte sich unterm Bett verstecken oder eine neue himmelblaue Badehose anziehen. Er zog die Badehose an.

»Ich glaub', ihr kennt euch schon«, sagte Frank. Er hatte genug getrunken, um ganz locker zu sein oder zumindest so zu tun. Oder aber er hatte aus irgendeinem Grund gar keine Angst vor dem Bullen.

»Er hat gerade 'ne Freundin von dir erwähnt«, fuhr Frank fort, als Stick zu ihnen trat. »Arlene Downey.«

»Ich denk', die ist ausgezogen«, sagte Stick, griff sich einen Liegestuhl und setzte sich Cal Brown gegenüber. Der sollte ruhig sehen, daß er nichts zu verbergen hatte.

»Das hab' ich ihm auch gesagt«, sagte Frank. »Ich hab' sie schon 'ne Weile nicht mehr hier gesehen.«

»Ja, sie ist umgezogen«, bestätigte Cal. »Sie hat jetzt ein Apartment in Clawson. Aber darum geht es nicht. Ich suche sie nicht, ich habe nämlich schon mit ihr gesprochen. Vor etwa zwanzig Minuten.«

Stick hatte die Knie angezogen, sie bildeten eine Barriere zwischen ihm und dem Polizisten.

»Wie geht's ihr denn?«

»Ach, soweit ganz gut, denke ich. Sie macht sich nur Gedanken wegen des Überfalls, den sie vor kurzem in einer Bar miterlebt hat. Da kommt sie gar nicht drüber weg.«

»Nanu? Davon hab' ich ja noch gar nichts gehört«, wunderte sich Frank. Stick behielt den Bullen im Auge. Jetzt mußte es kommen.

»Es waren zwei, sagt sie. Sie haben dem Kerl mit der Flinte die Scheine abgenommen. Ganz schön verrückt, was? Eine Flinte ...«

»Worauf wollen Sie hinaus?« fragte Stick.

»Okay.« Cal richtete sich auf und sah Stick an. »Alles, was ich jetzt sage, ist vertraulich. Das gilt auch für euch. Keine Tonbandgeräte, keine faulen Tricks. Ihr wißt, wer ich bin. Ich weiß, wer ihr seid. Reden wir offen miteinander.«

»Schießen Sie los«, sagte Frank.

»Zunächst mal: Wir könnten euch wegen zwei Dutzend bewaffneter Raubüberfälle einbuchten. Allein für die gestohlenen Autos würdet ihr je hundert Jahre kriegen.«

»Wovon redet der eigentlich?« fragte Frank.

»Die beiden Nigger auf dem Northland-Parkplatz schenke ich euch«, sagte Cal. »Aber was ich bei der Hudson-Sache nicht verstehe ...«

»Was meint der denn mit Hudson-Sache?« fragte Frank.

»Der große Coup bei der J. L. Hudson Company«, erklärte Cal. »Also ich verstehe beim besten Willen nicht, wieso ihr nur die Schecks mitgenommen habt. Was wolltet ihr denn mit denen anfangen? Kennt ihr denn einen Mr. Hudson, dem ihr sie unterschieben könnt?«

Frank rührte sich nicht, er sah unentwegt weiter zum Himmel hoch. Aber er hatte die Augen hinter der Sonnenbrille jetzt weit geöffnet. »Ach, die haben nur Schecks gekriegt?«

»Ja, mehr konnte Ihr Kumpel gar nicht abholen«, sagte Cal. »Zwei Beutel mit Schecks in dem Puppenkarton.«

Er wartete. Das Schweigen lastete.

»Das war am zweiten Tag danach, nicht? Ich hab' mir da so eine Theorie zurechtgebastelt, nur 'ne Theorie, wohlgemerkt. Könnte doch sein, daß jemand schon am nächsten Tag hingegangen ist und die Beutel in einen anderen Karton umgepackt hat. Damit wären die Jungs, die nur die Schecks kriegen, ganz schön angeschmiert, oder?«

»Daß nur Schecks in dem Karton waren, hab' ich in der Zeitung gar nicht gelesen«, sagte Frank. »Wenn ich mich recht erinnere, stand da, sie hätten die Beute schon wiedergekriegt.«

»Na ja, so was hängen die natürlich nicht gern an die große Glocke. Macht einen schlechten Eindruck.«

»Sie meinen, da ist auch Geld gestohlen worden, was noch nicht wieder aufgetaucht ist?« fragte Frank.

»Tja, also dazu darf ich mich nicht äußern. Normalerweise sind in den Geldsäcken so zwischen fünfundsiebzig- und hunderttausend. Und eine sehr viel höhere Summe in Schecks.« Cal grinste. »Aber im Vergleich mit dem Bargeld sind Schecks natürlich 'n Dreck wert. Und wenn man noch nicht mal die Schecks hat, schaut man eben in die Röhre.«

»Schlage vor, Sie hören endlich auf, um den heißen Brei rumzureden«, sagte Stick.

»Soll ich's euch buchstabieren? *Armleuchter*, das haben eure schwarzen Freunde aus euch gemacht.«

»Dummes Zeug!« Frank hatte sich aufgesetzt und nahm die Sonnenbrille ab. »Quatsch und Blödsinn. Sie tun, als ob wir wüßten, wovon Sie reden. Unsere schwarzen Freunde, sagen Sie. Was denn für schwarze Freunde? Nennen Sie doch Namen, verdammt noch mal. Wenn Sie uns verdächtigen, müssen Sie's auch beweisen. Sie reden da von der Hudson-Sache ...«

»Frank!«

Stick wartete einen Augenblick. Er sah Frank an, sah den Polizisten an und fragte: »Was bieten Sie?«

Cal Brown nahm sich Zeit. Er setzte ein freundlich-harmloses und leicht überraschtes Gesicht auf. »Bieten? Wer redet davon? Ich hab' euch bloß mal sagen wollen, wie ich die Sache sehe. Die Frage ist:

Wollt ihr in den Knast, oder wollt ihr riskieren, von euren Kumpels abgeknallt zu werden? Die Entscheidung liegt ganz bei euch.«

Schweigen. Cal wartete. Dann stand er auf. »Tja ...« Er machte wenige wohlberechnete Schritte, dann blieb er stehen und sah Stick an.

»Das hätte ich doch fast vergessen: Der Termin für Ihre Vorverhandlung steht jetzt fest.«

Das traf Stick unvorbereitet. »Wieso sagt mir das keiner?«

»Ich sag's Ihnen ja gerade«, sagte Cal. »Übermorgen um neun. Frank Murphy Hall of Justice.«

Frank war noch in der Badehose. Er tigerte vom Balkon zum Couchtisch und wieder zurück. Stick hatte sich ein Hemd übergezogen, es aber nicht zugeknöpft. Er saß mit einer Tasse Kaffee am Tisch, sah den Kaffee an, sah Frank an, wenn er wieder mal vorbeikam. Frank hatte einen Scotch auf der Bar stehen und machte alle paar Minuten dort Station. Er hatte zwei Zigaretten angezündet, eine lag auf der Bar; die andere in einem Aschenbecher auf dem Balkon, aber die hatte er ganz vergessen.

»Du hast überhaupt nicht reingesehen?« fragte Frank.

»Mensch, dazu hatte ich keine Zeit. Ich fand das Ding gleich viel zu leicht, hab' ich dir auch gesagt.«

»Fünf Beutel haben sie in den Karton getan, hab' ich doch mit eigenen Augen gesehen. Marlys ist rausgekommen –« Frank wurde plötzlich starr. »Verdammter Mist! Die Marlys war's, sie hat's ihm gesteckt. Sie hat auf drei Beutel getippt, und er hat erst die anderen beiden reingetan. Ich guck' ihm noch zu dabei. Die ganze Geschichte, das mit Billy Ruiz, alles, war von Anfang an abgesprochen. Leon oder Marlys, irgend jemand geht am nächsten Tag hin, holt die drei Beutel raus und läßt die mit den Schecks drin ... So ein Dreck!«

»Der Bulle hat das richtig gesehen, oder?« fragte Stick.

»Wir kreuzen am nächsten Tag auf«, fuhr Frank fort, »und holen die Schecks. Sportree fragt ›Was ist das für eine Schweinerei?‹ und lastet uns die Scheiße an. Wir sagen, ha, wir wissen gar nicht, was wir sagen sollen. Wir können's nicht fassen.«

»Dein alter Freund Sportree hat dich ganz schön übers Ohr gehauen, was? Läßt dich auflaufen, nach allen Regeln der Kunst ...«

»Dieses Schwein«, sagte Frank. »Als ob wir kleine Kinder wären. Wenn ich jetzt den Colt hätte – oder mir einen beschaffen könnte ...«

»Mach keine Dummheiten«, sagte Stick. »Denkste, die lassen dich mit 'ner Kanone an sich ran? Immer locker über den Hocker. Oder wie dein alter Freund sagen würde: Bleib cool.«

»Den werd' ich abkühlen, diesen Hundesohn. Der lacht sich ins Fäustchen, aber nicht mehr lange.«

»Ich will's dir nicht ausreden, Frank«, sagte Stick. »Aber du mußt höllisch aufpassen und es geschickt anstellen. Versetz dich mal in seine Lage. Wenn der clever genug ist, um so ein Ding zu drehen, hat er auch dafür gesorgt, daß du nicht so einfach reinspazieren kannst, um ihm den Zaster wieder wegzunehmen. Einen Vorteil haben wir: Er weiß nicht, was wir wissen, und hält uns offenbar für ziemliche Idioten. Und genau das stinkt dir im Augenblick am meisten – die Vorstellung, daß er dich auslacht und dich für unterbelichtet hält. Wie neulich, als ich mir den Wagen genommen hab'. Wenn du ihm nicht beweisen willst, daß er recht hat mit seiner Ansicht, denk noch mal in Ruhe über alles nach.«

»Dreißigmal hat's mit unserer Masche geklappt«, sagte Frank. »Kein Problem. Warum nicht noch mal? Wo liegt der Unterschied?«

»Darin, daß die Typen, mit denen wir's zu tun hatten, Kittel und Schürzen trugen. Aber dein alter Freund ist 'n Profi. Der hat seine Finger überall drin, läßt Leute umlegen ...«

»Und glaubt, wir wären zwei armselige Hinterwäldler«, sagte Frank. »Das geht mir einfach nicht aus dem Kopf.«

»Ich weiß, und vielleicht ist das sogar 'n Vorteil für uns. Aber wir müssen das alles gründlich durchdenken. Vergiß nicht, ich muß übermorgen vor Gericht und bin dann vielleicht 'ne Weile nicht greifbar. Wir müssen Geduld haben.« Stick stand auf und trug seine Tasse in die Küche. Als er zurückkam, sagte er: »Ich fahr' zu Arlene. Halt dich schön an der Scotch-Flasche fest, bis ich wieder da bin.«

Er verbrachte die Nacht bei Arlene, hielt sie im Arm, streichelte sie und sagte immer wieder: »Ist gut, ist ja schon gut, Liebling.« Nein, der Bulle wüßte wirklich nichts, so sind sie eben, diese Burschen, zeigen ihre Hundemarke und tun sehr amtlich und ernsthaft und versuchen, dich einzuschüchtern, damit du was zugibst. Alles nur Mache.

Ich hab' der Polizei nichts gesagt, beteuerte Arlene. Wirklich nicht. Na, wunderbar doch, Gott sei Dank hatte sie ihm offenbar wirklich nichts verraten, nicht mal unbewußt. Er beruhigte Arlene, starrte den Rest der Nacht an die Decke und hoffte, daß Frank im Bett lag und nicht draußen herumrannte, auf der Suche nach einer Kanone. Verrückte Welt: Er hatte 'ne Gerichtsverhandlung vor sich, die ihn hinter

Gitter bringen konnte, und er mußte sich auch noch über Frank und Arlene den Kopf zerbrechen und über den verrückten Schwarzen, der sie in die Pfanne gehauen hatte, ohne daß sie's merkten. Wirklich ein fürchterliches Durcheinander, aber auch irgendwie interessant und aufregend. Er kam langsam zu der Überzeugung, daß er nicht viel zu verlieren, aber vielleicht eine Menge zu gewinnen hatte. Während er neben Arlene im Dunkeln lag, überdachte er seine Möglichkeiten.

Türmen. Nein, vielleicht nicht flüchten aber sich totstellen. Nur noch geradeaus schauen. Sich das Geld aus dem Kopf schlagen, diese fünfundsiebzig- bis hunderttausend Kröten, von denen der Bulle gesprochen hatte. Er glaubte dem Bullen. Also – ein für allemal abschreiben. Und was bleibt?

Die Erfahrung: Mach nie Geschäfte mit einem Schwarzen, besonders wenn er schlauer ist als du ...

Das Komische war, daß er diesen Sportree, eigentlich hieß er ja Maurice Jackson, immer noch irgendwie mochte. Er bewunderte seine Gerissenheit und machte ihm im Grunde auch gar keinen Vorwurf. Für Sportree waren sie Nullen, schlicht und einfach Nullen. Wenn man ein Warenhaus überfällt, Mord in Kauf nimmt, warum dann nicht auch noch zwei arme weiße Trottel übers Ohr hauen? Sportree schuldete ihnen nichts.

Aber sie schuldeten ihm noch was.

Mann, hoffentlich lag Frank im Bett.

Er konnte Franks Wut nachempfinden, denn ihn wurmte die Sache genauso. Man konnte die Methoden der Kerle bewundern, aber man mußte nicht auch noch blöd grinsen, wenn sie einen um den Anteil betrogen. Blöd tun – ja, wenn es der Sache diente. Der Sache, die nur noch Frank und ihn was anging, niemanden sonst. Abgesehen von Arlene, aber das war wieder 'n anderes Kapitel.

Also gut, zurück zu seinen Möglichkeiten.

Du kannst versuchen, durchzukommen, eisern den Mund halten. Hoffen, daß die Anklage wegen Diebstahls fallengelassen wird. Zurück zum Betonmischer, am Feierabend Bier trinken und fernsehen.

Dem Himmel danken, daß du noch mal mit 'nem blauen Auge weggekommen bist, und schwören, es nie wieder zu tun.

Aber du kannst dir auch die Beute holen. Kannst dir den Scheißkerl vornehmen, der dasitzt und dir den Rauch von seinem Scheißjoint in die Nase bläst. Kannst die Luger P 38 nehmen und sie dem Burschen ins Gesicht halten und sagen: »Gib mir das Geld, Mann. Bleib cool, Mann. Sonst bist du nämlich ein toter Nigger, Mann.«

Hört sich gut an, wenn du dir das so vorsagst in der Dunkelheit. Neben ihm bewegte sich Arlene. Er hörte sie atmen.

Du kannst dafür sorgen, daß auch Leon Woody sein Fett kriegt.

Er mochte sie eigentlich beide, auch Leon Woody mit seiner kleinen Tochter. Er machte einen sympathischen Eindruck, und er konnte sich nicht vorstellen, daß er Billy Ruiz in den Rücken geschossen hatte. Er hatte Respekt vor ihnen. Aber er wollte auch, daß sie Respekt vor ihm hatten. Und deshalb blieb ihm letzten Endes nur eine einzige Möglichkeit. Es war halb fünf, ehe er den Dreh gefunden hatte, der vielleicht klappen konnte.

Um halb acht weckte er Arlene. »Du ziehst in ein Motel. Und diesmal hinterläßt du keine Adresse, verstanden?«

»Man muß sich das mal vorstellen: Sitzen die ganz gemütlich in ihren Badehosen am Pool und nehmen ein Sonnenbad«, sagte Cal. »Der Gedanke, daß irgendwas faul sein könnte an der Sache, war ihnen überhaupt noch nicht gekommen, diesen Flaschen.«

Er saß seinem Vorgesetzten, Detective Lieutenant Walter Shea, in dessen Büro im Präsidium gegenüber.

»Und was ist mit dem gestohlenen Revolver?« fragte Walter.

»Ich tippe darauf, daß der zum Schutz sein sollte«, meinte Cal. »Zu Stickleys Schutz, meine ich. Für den Fall, daß die Schwarzen auf ihn losgehen. Aber jetzt haben wir eine andere Situation. Sie ist eher noch interessanter geworden.«

»Sie haben die Wohnung also nicht durchsucht.«

»Mir liegt gar nichts daran, die Kanone zu finden. Dann hätte ich ihn ja festnehmen müssen.«

»Ich bin Ihnen wirklich sehr verbunden für Ihre Informationen«, sagte Walter. »So habe ich wenigstens das Gefühl, daß meine siebenundzwanzig Dienstjahre nicht ganz umsonst waren.«

Cal nickte höflich. »Ja, Sir. Ich bin für jeden fachmännischen Rat dankbar.«

»Hat Emory Ihnen vorgeschlagen, daß Sie es mit einem Gegengeschäft versuchen sollten?«

»Ich glaube, denen ist jetzt ziemlich klar, daß sie nichts zu bieten haben. Schön, ein paar Namen vielleicht. Aber wenn Frank Ryan anfängt, Namen zu nennen, ist er auch dran, weil dann von anderer Seite auch sein Name fallen wird. Ich wette nämlich mit Ihnen um siebenundachtzigtausend Mäuse, daß er dabei war, als der Fensterputzer umgelegt wurde.«

»Wo stehen wir also?«

»Noch immer Gewehr bei Fuß, Sir. Aber ich schätze, daß die Jungs jetzt bald zum Angriff blasen.«

26

»Du sagst ihm, daß morgen mein Gerichtstermin ist«, sagte Stick. »Wenn er also was mit mir zu besprechen hat, muß es heute sein.«

»Mensch, Stick, hättest du nicht gleich zwei mitnehmen können?« Frank saß vornübergebeugt und wog die Walther in der Hand. Die Schachtel mit den Patronen stand auf dem Couchtisch.

»Wozu sollte ich dir wohl eine mitbringen?« widersprach Stick. »Weiß ja nicht mal, auf welcher Seite du stehst, du Flasche. Wenn ich mich recht erinnere, hast du mir mehr als einmal verraten, daß du ihn ja viel länger kennst als mich.«

»Das fehlt noch, daß wir uns jetzt in die Wolle kriegen«, stöhnte Frank. »Ich hab' so 'n komisches Gefühl, daß wir viel mehr Vorbereitungszeit brauchen.«

»Wenn der mir 'ne Falle stellen will, muß es heute sein«, erklärte Stick. »Morgen steh' ich vor Gericht, das weißt du ganz genau.«

»Aber er weiß es noch nicht.«

»Richtig. Und deshalb muß er sich rühren, sobald du's ihm gesteckt hast. Wenn er mich immer noch haben will, meine ich. Und noch was hab' ich mir überlegt. Wenn der meinen Kopf will, dann deinen auch. Ist doch logisch. Teilen wird der nie mit dir, der hat dich ja schon um deinen Anteil beschissen. Aber wenn du das herauskriegst, dann ist er vor dir auch nicht mehr sicher. Da schlägt der doch lieber gleich zwei Fliegen mit einer Klappe. Wetten, daß er sagt, du sollst mitkommen?«

Frank rief Sportree an und erzählte, daß Stick am nächsten Tag Gerichtstermin hätte.

»Tatsächlich?« sagte Sportree. »Ja, wie gesagt, ich würde ganz gern mit ihm sprechen. Ich ruf dich wieder an.«

Frank legte auf. »Er hat nichts davon gesagt, daß ich dabeisein soll.«

»Wart's ab.«

Sportree meldete sich zwanzig Minuten später. »Wie wär's, wenn ich mich mit euch beiden treffe?«

Frank legte die Hand über die Muschel und sah zu Stick hinüber.

»Mir wär's allerdings lieber, wenn ihr nicht herkommt, wo doch dein Freund morgen vor Gericht muß und so weiter. Verstehst du?«

»Wo also?« fragte Frank.

»Wie wär's, aber nur, wenn ihr ganz sicher seid, daß euch niemand folgt, mit dem Ritz Motel auf der Woodward in der Nähe vom Krankenhaus, schon fast in Pontiac. Seht euch nach Leons Wagen um, ein hellblauer 74er Continental. Sagen wir um neun?«

»Moment mal.« Frank sah wieder zu Stick hinüber. »Er schlägt ein Motel vor, draußen in Pontiac, heute abend.«

»Und sobald wir dort aufkreuzen, kommt Leon oder ein anderer Nigger aus dem Klo und schießt«, sagte Stick. »Und Sportree sitzt derweil gemütlich zu Hause vor der Glotze. Wundert mich nur, daß er keine dunkle Straße oder 'n verlassenes Haus vorgeschlagen hat. Sag ihm, wir treffen uns vor dem Polizeirevier und unterhalten uns im Wagen.«

»Nun los, sag schon was.« Frank wurde ganz nervös, weil Sportree immer noch am anderen Ende der Leitung wartete.

»Sag ihm, daß wir's uns überlegen und uns wieder melden. Damit muß er zufrieden sein.« – Frank richtete es aus.

»Überlegt's euch nicht zu lange«, sagte Sportree. »Ich laß euch abholen.«

Frank legte auf. »Er sagt, daß er uns jemanden schickt.«

»Das könnte dem so passen. Aber jetzt wissen wir wenigstens zwei Dinge: Er kann es nicht riskieren, uns in seiner Wohnung zu erledigen. Und wir kommen mit 'ner Kanone bei ihm nicht rein. Siehst du 'ne andere Möglichkeit?«

»Ich glaub' nicht.«

»Na, dann los.«

»Okay.« Frank legte die Luger auf den Couchtisch und stand auf. »Was ziehst du an?«

Eine halbe Stunde später rief Frank aus der mit griechisch-römischen Säulen geschmückten Halle des Fitness-Clubs auf der Eight Mile Road wieder bei Sportree an. Der Club lag fast direkt gegenüber von Sportrees *Royal Lounge.*

»Wir haben beschlossen, daß es besser ist, wenn wir zu dir kommen«, sagte Frank.

»Ich hab' dir bereits gesagt, daß das zu riskant ist. Willst du mich denn unbedingt ins Unglück stürzen? Sei doch vernünftig, Frank.«

»Nein, wir haben entschieden. Sag Leon, er kann zuhören. Wir fahren jetzt los, passen auf, daß sich niemand an uns hängt, und sind in etwa einer halben Stunde da.«

»Frank, hör zu ...«

Frank legte auf. Er angelte eine Schachtel Marlboro aus der tiefen Tasche seiner Safarijacke.

»Das schmeckt ihm gar nicht.«

»Kann ich mir vorstellen.« Stick trug seinen hellgrünen Sportsakko, den er in Florida gekauft hatte. Die rechte Seite war straff gespannt, die Walther P 38 paßte knapp in die Innentasche. Sie zündeten sich Zigaretten an, blieben vor den Fenstern stehen und sahen über den Parkplatz auf den Verkehr, der über die breiten, durch einen Grünstreifen getrennten Fahrbahnen der Eigth Mile Road rollte. Es war eine lange Strecke hinüber zu Sportree, und der Verkehr wurde dichter. Sie konzentrierten sich auf die Wagen, die in Sportrees seitlichen Parkplatz einbogen.

Ein junger Muskelprotz in prallem T-Shirt und engen schwarzen Hosen kam vom Empfang herüber und fragte, ob sie Mitglieder seien. Sie überlegten sich gerade, ob sie eintreten sollten, sagte Frank, aber sie warteten noch auf einen Freund. Der Muskelmann meinte, sie sollten es sich nur bequem machen, und wenn ihr Freund eingetroffen sei, würde er sich freuen, ihnen alles zu zeigen und ihnen die verschiedenen Möglichkeiten der Mitgliedschaft erläutern.

»Wär' gar keine so dumme Idee«, sagte Frank. »Sich zwei-, dreimal die Woche so richtig fitmachen, Dampfbad, Sauna und so weiter.«

»Liegestütze und so 'n Mist konnt' ich noch nie« meinte Stick. »Hört sich zwar gut an, aber ist im Grunde scheißlangweilig. F. d. H., das ist immer noch das beste.«

»Ich eß nicht zuviel«, widersprach Frank.

»Du trinkst zu viel. Weißt du, wie viele Kalorien in einem Drink sind? Die Doppelten, die du hinter die Binde kippst, das sind zwei vollwertige Mahlzeiten.«

»Seit wann zählst du meine Drinks?«

»Könnt' ich gar nicht. So schnell kann ich gar nicht zählen.«

»Verdammt!« Frank unterbrach sich und sah aus dem Fenster. »Jetzt geht's los. Hellblauer 74er Continental. Wie kann dieser Scheißkerl sich so 'nen Schlitten leisten?«

»Vielleicht wohnt er drin«, sagte Stick.

Sie sahen, wie der Wagen auf Sportrees Parkplatz kurvte. Eine halbe Minute später tauchte Leon an den Stufen zum Eingang auf und betrat die *Lounge.*

»Und wenn die 'nen Parkwächter haben?«

»Ich hab' niemanden gesehen«, sagte Stick. »Wenn doch, fahren wir eben nach Hause und denken uns ganz schnell was anderes aus.«

»Vielleicht sollten wir noch 'n bißchen Zeit zugeben.« Frank sah zu dem Muskelmann hinüber, der jetzt am Telefon hing. »Komm, der soll uns mal den Laden zeigen. Vielleicht sitzen 'n paar knackige Puppen in der Sauna.«

Kein Parkwächter war zu sehen, keiner fuhr hinter ihnen hinein, keiner fuhr heraus. Es war ein Kinderspiel. Frank manövrierte den Thunderbird in eine Parklücke neben Leons hellblauen Continental. Sie stiegen aus. Frank wartete am hinteren Ende ihres Autos. Stick ging zu Leons Wagen hinüber und machte die Fahrertür auf. Er sah Frank an.

Frank nickte.

Stick nahm die Luger aus der Sakkotasche, steckte seine Hand unter den Sitz, um festzustellen, ob dort genug Platz war, schob die Luger sorgfältig hinunter und schloß die Tür. Er machte die hintere Tür auf und griff unter den Vordersitz, schloß sie wieder und nickte Frank zu.

»Bist du sicher?«

»Man kann von beiden Seiten an sie ran.«

»Ich mein', ob wir in seinem Wagen fahren? Oder, daß wir überhaupt wegfahren?«

»Kann mir nicht vorstellen, daß Sportree es riskiert, sein eigenes Nummernschild durch die Gegend zu kutschieren«, meinte Stick. »Und ich kann mir genausowenig vorstellen, daß er uns in unserem eigenen Wagen fahren läßt, um sie später zu treffen. Wenn wir nun unterwegs in einem Eisenwarengeschäft Station machen, was dann?«

»Wenn wir überhaupt fahren«, meinte Frank. »Das große ›Wenn‹.«

»Klar fahren wir«, erwiderte Stick. »Wahrscheinlich nach Anbruch der Dunkelheit. Und wir werden's ihm leichtmachen, indem wir uns so dumm stellen, wie er uns einschätzt.«

Sie gingen auf den Eingang zu.

»Es gibt 'n altes indianisches Sprichwort«, fuhr Stick fort. »Du kannst einen Menschen erst dann beurteilen, wenn du 'ne Meile in seinen Mokassins gelaufen bist. Das konnt' ich ja nun leider nicht, aber die ganze letzte Nacht hab' ich mir vorgestellt, wie ich in den roten hochhackigen Lacklederschuhen von dem Dreckskerl gesteckt hab'. Ich hab' im Geiste alles zusammengezählt, was ich über ihn weiß, wie er redet, wie er sich bewegt, die Art, wie er sich aus der ganzen Scheiße rausgehalten hat. Der läßt's doch nicht darauf ankommen, daß es in seiner Wohnung einen Riesenkrawall und Blut auf seinem Teppich gibt. Nein, wir fahren sicher weg.«

»Und ich soll vorschlagen, mich ans Steuer zu setzen«, sagte Frank.

»Ja. Vergiß das bloß nicht.«

»Und wenn er ja sagt?«

»Dann sind wir am Arsch«, erklärte Stick.

Leon Woody öffnete die Tür. »Hallo, wie geht's?« fragte er und trat zur Seite. In der Tür zur Küche stand Sportree und hatte ein Gewehr auf sie gerichtet.

»Was soll denn das?« In Franks Stimme schwangen Furcht und Erschrecken, und das war vermutlich gar nicht mal gespielt.

»Ich will ganz sicher sein, daß wir noch Freunde sind«, sagte Sportree. »Leon wird euch filzen, wenn ihr nichts dagegen habt.«

»Das begreif' ich nicht«, erklärte Frank. Stick fand seinen blöden Gesichtsausdruck gut.

Leon arbeitete gründlich. Er betastete jede Stelle, an der ein Revolver oder ein Messer verborgen sein konnte, tastete ihre Jacketts ab, griff ihnen unter die Arme, prüfte das Futter, die Taschen. Sie ließen es schweigend über sich ergehen.

»Sieht aus, als ob sie noch Freude sind«, sagte Leon.

Sportree drehte sich um, verschwand mit der Flinte in der Küche und kam mit zwei Flaschen, Gläsern und einer Schüssel mit Eiswürfeln wieder heraus. Als sie sich gesetzt hatten und die Drinks vor ihnen standen, sah Sportree zu Stick hinüber.

»Was haben die dir für 'n Handel angeboten?«

»Ob ihr's glaubt oder nicht, von einem Geschäft haben die kein Wort gesagt. Die haben auch nicht mit Gewalt versucht, was aus mir rauszukriegen. So wie's jetzt aussieht, habe ich morgen beim Termin keinen Grund, was zu sagen, was die Bullen nichts angeht. Das einzige, was die mir vorwerfen können, ist die Tatsache, daß ich 'nen Puppenkarton von einem Regal genommen hab'. Daß ich mich damit aus'm Staub machen wollte, müssen die mir erst mal beweisen.«

Sportree holte sich einen Joint aus einer vergoldeten Dose und zündete ihn an, ohne den Blick von Stick zu wenden.

»Die wissen, daß du noch in 'ner anderen Sache drinhängst«, sagte Leon Woody.

»Auch das müssen die mir erst mal nachweisen.«

»Die lassen dich nicht laufen.«

»Dann müssen die was erfinden, und auch das müßten sie erst mal beweisen.«

»Du bist also sauber, und wir brauchen uns keine Sorgen zu machen?«

»Ich sag', ich hab' bisher 'n ehrliches Spiel gespielt«, erklärte Stick. »Aber ich sag' nicht, ihr braucht euch keine Sorgen zu machen. Da hat sich 'n gewisser Widerspruch ergeben zwischen den Beuteln, die ursprünglich in dem Puppenkarton waren, und denen, die drin waren, als ich ihn abgeholt hab'.«

»Ach nee ...« Leon Woodys Stimme klang leicht überrascht, aber der Ausdruck des bärtigen Afrikanergesichts blieb unverändert.

»Fünf Beutel sind eingepackt worden«, erklärte Stick. »Drei sind rausgenommen worden, ehe ich bei Hudson war.«

»Woher weißt du das?« schaltete sich Sportree ein.

»Weil ich rechnen kann. Fünf minus drei macht zwei, wenn ich mich recht erinnere. Im Karton waren zwei Beutel, als ich reinsah, bevor ich die Kanone unter der Nase hatte.«

»Ist ja ganz was Neues.« Sportree paffte gelassen. »Davon hast du bisher nie was gesagt.«

»Ich war ja nicht dabei, wußte nicht, wie viele Beutel ursprünglich im Karton waren. Frank und ich haben uns gestern darüber unterhalten. Fünf waren's, sagt er. Fünf?« fragte ich. »Drin waren aber nur zwei.«

Sportree schüttelte lächelnd den Kopf. Sein Blick ging zu Frank hinüber.

»Was hast du dir dabei gedacht, Frank, als er das sagte?«

»Was ich mir dabei gedacht hab'? Zuerst hab' ich meinen Ohren nicht getraut. Dann hab' ich gedacht, verdammter Mist, hier versucht einer, uns übers Ohr zu hauen. Einer, von dem ich gedacht hab', daß er mein Freund ist.«

»Nein, so was.« Sportree schüttelte den Kopf. »Ist ganz schön kompliziert, nicht? Auf was für Ideen Leute so kommen, kriegen alles in die falsche Kehle.« Er sah Stick an. »Was denken die Bullen?«

»Weiß ich nicht. Mit mir haben sie nicht darüber diskutiert. Vielleicht denken die, der Zaster liegt noch irgendwo im Kaufhaus rum, was weiß ich? Aber wir wissen eben, daß er da nicht mehr ist.« Er sah Sportree fest in die Augen.

»Vielleicht denken die Bullen das.« Sportree kniff die Augen zusammen und sah gedankenvoll in den Rauch. »Aber das bezweifle ich. Deshalb müssen wir ja vorsichtig sein. Die beobachten doch jede eurer Bewegungen.«

»Hab' verdammt den Eindruck, daß wir vom Thema abkommen.« Franks Stimme klang aggressiv. »Nämlich, daß uns einer übers Ohr gehauen hat, von dem ich dachte, daß er mein Freund ist.«

»Konnten wir denn wissen, Frank, daß Stick verhaftet wird?« fragte Sportree geduldig, als spräche er mit einem Kind.

»Nein.«

»Also war damit zu rechnen, daß er mit den zwei Beuteln ankommt, nicht?«

»Ja.«

»Was hätte ich wohl gemacht?«

»Keine Ahnung. Ich weiß überhaupt nichts mehr. Ich weiß bloß, daß du die drei Beutel genommen hast.«

»Vorsichtshalber«, beteuerte Sportree. »Marlys hat sie am nächsten Tag in einem Karton rausgeholt. Das ist mir erst hinterher eingefallen. Wenn sie's schafft, schön und gut. Wenn zu viele Bullen rumwimmeln, warten wir ab und machen's wie geplant. Aber doppelt genäht hält besser, oder?«

»Und warum haste uns nicht gerufen, nachdem ihr das Geld hattet?« fragte Frank.

»Du hast uns doch erst neulich deine Nummer gegeben, Frank. Sie stand nicht im Telefonbuch, nicht wahr? Marlys ist sogar rausgefahren, hat euch gesucht. Sie sagt, sie hat euch nicht angetroffen. Wahrscheinlich wart ihr mit irgendwelchen Puppen unterwegs.«

»Quatsch.«

»Ehrlich, Frank, wir haben den Zaster, und wir haben fleißig gezählt. Willste wissen, wie siebenundachtzigtausend Dollar auf'm Haufen aussehen? Ihr solltet am nächsten Tag vorbeikommen. Aber da ist er verhaftet worden.«

»Ich bin am Tag danach bei dir gewesen«, sagte Frank, »und du hast kein Wort davon gesagt. Wir haben hier gesessen und geredet, und dabei waren die Kohlen schon im Haus.«

»Hey, wenn du wenigstens zuhören würdest, Mann! Ich erzähl's dir doch jetzt, oder? Weil ich weiß, ich kann ihm trauen. Aber dann sitzt er im Knast, dein guter Freund, und ich weiß nicht, was er sagen wird. Ich weiß nicht, ob ihr beide miteinander geredet habt oder nicht. Also halt' ich erst mal den Mund und warte, bis der Staub sich ein bißchen gelegt hat, bis ich seh', woran ich bin mit dir und mit ihm.

Okay, nun ist alles klar. Er sagt morgen kein Wort, sie lassen ihn laufen, und wir teilen uns den Ramsch.«

»Nicht morgen, sondern jetzt sofort«, sagte Stick. »Es ist immer noch drin, daß es zum Prozeß kommt. Ich kann drei Monate einfangen oder vielleicht 'n Jahr, was weiß ich. Und ich möchte ungern rauskommen und feststellen, daß sämtliche Vögel ausgeflogen sind.«

»Wir warten, Mann«, sagte Sportree. »Hier fliegt niemand aus.«

»Heute. Und zwar jetzt gleich«, sagte Stick.

»Mir wär's auch lieber«, sagte Frank. »Wenn ich daran denke, daß so viel Geld irgendwo liegt, ohne Zinsen zu bringen, werd' ich ganz nervös.«

Sportree grinste. »Woher willst du wissen, daß wir's nicht auf der Bank haben?«

»Red keinen Stuß«, sagte Frank. »Wo steckt es, etwa unterm Bett?«

Sportree streichelte sanft die kleine Warze am Kinn und dachte offenbar nach. Dann sah er Leon Woody an. »Man kann verstehen, daß sie's sehen wollen.«

Leon schwieg.

»Warum fahren wir nicht raus, wenn sie's glücklich macht? Was dagegen?«

»Sie haben Anspruch auf ihren Anteil«, sagte Leon. »Mir wär's allerdings lieber, wenn wir warten würden, bis es etwas dunkler ist. Dann sieht uns keiner beim Rein- und Rausgehen.«

»Inzwischen können wir's uns hier bequem machen und 'ne Kleinigkeit essen«, sagte Sportree und sah Frank an.

»Wohin fahren wir?« fragte Stick.

Sportree grinste. »Wart's ab. Wir fahren alle zusammen.«

27

Frank und Stick folgten Leon Woody über den Parkplatz. Stick dachte, Sportree wäre direkt hinter ihnen. Aber als er sich umsah, war er nicht da, er war um die Ecke gebogen.

Leon ging auf seinen hellblauen Continental zu. »Hey, Leon, laß mich fahren«, sagte Frank.

Leon drehte sich um. »Wie willste denn fahren, wenn du nicht mal weißt, wohin?«

»Du kannst es mir ja sagen.«

Mist, dachte Stick. Wo steckt dieser Sportree?

Aber es war alles in Ordnung. Da kam er schon um die Ecke, einen Mantel oder eine Jacke über dem Arm. »Frank sagt, er will fahren«, berichtete Leon.

Sportree wirkte heiter und gelöst, fertig zum Ausgehen, um sich zu amüsieren. »Quatsch, Leon fährt. Dann kommen wir wieder her, trinken noch einen, und du holst deinen Wagen ab. Frank, du setzt dich neben Leon, ich und dein Stick setzen uns nach hinten.«

Stick sah den schnellen Blick aus verhangenen Afrikaneraugen, den Sportree und Leon wechselten. Die sind einfach nicht zu fassen, dachte Stick.

Auf dem Parkplatz des Ritz Motel standen schwere Laster, Macks und Peterbilts, zwei Lieferwagen und ein paar ziemlich neue Personenwagen mit Michigan-Nummernschildern. Der Swimmingpool war beleuchtet, die meisten Bungalows lagen dunkel und verlassen da. Leon Woody ließ den Continental leise in eine Parklücke weit hinten rollen, vor Nummer 24, weit weg von der Verwaltung. Leon schaltete den Motor aus, Sportree machte die Tür auf und stieg aus. Stick wartete.

Sportree sah ihn an. »Was ist los, kommst du nicht? Scheinst es gar nicht eilig zu haben.«

»Wie? Ach so, hab' meine Zigaretten fallen lassen.«

Als Sportree sich abwandte, griff Stick unter den Sitz. Wo war die verfluchte Kanone? Seine Hand berührte den Griff, er angelte sie heraus, schob sie in den Hosenbund und zog die Jacke darüber glatt.

Sie betraten den Bungalow Nummer 24, einen großen Raum mit Doppelbett und Couch, einem Kühlschrank, kombiniert mit Kochstelle und Spüle. Stick wußte, daß es nicht lange dauern würde. Da gab's nichts zu bereden, nichts anzusehen, nichts vorzutäuschen. Nein, es würde schnell gehen. Sportree hatte die Popelinejacke über dem Arm. Er sah sich um, als überlegte er, wohin er sich setzen sollte. Frank war auch stehengeblieben und wartete. Leon Woody ging ins Badezimmer und machte die Tür hinter sich zu.

Jetzt kommt's, sagte sich Stick.

Im Badezimmer nahm Leon Woody einen Colt Automatik aus dem Medizinschränkchen, wickelte locker ein Handtuch herum und betätigte die Wasserspülung.

Stick war bereit. Als er Leon mit dem Handtuch über seiner Hand, über irgendeinem Gegenstand in seiner Hand, herauskommen sah, zog er die Luger und schoß in das fassungslos überraschte Gesicht. Dann drehte er sich zu Sportree um, traf ihn zweimal direkt, die Jacke fiel runter und enthüllte den Revolver in Sportrees Faust. Sportree stieß ein kurzes Stöhnen aus, fiel gegen einen Stuhl und riß ihn mit sich zu Boden. – Nicht zu fassen, dachte Stick, jetzt hast du vier Schwarze umgebracht.

»Allmächtiger Gott«, sagte Frank fassungslos. »Allmächtiger ...«

Stick kniete neben Sportree nieder und holte aus einer Hosentasche die Wagenschlüssel und noch ein Schlüsselbund. Frank hatte es noch immer mit dem Allmächtigen.

»Wir lassen sie da«, sagte Stick, »und nehmen Leons Wagen.«

»Und dann holen wir unseren Schlitten«, sagte Frank.

»Klar, aber nicht nur den. Da muß noch 'ne Belohnung irgendwo in seiner Wohnung sein.«

Marlys war im Schlafzimmer. Das Klimagerät lief, sie lag in einem Shorty auf dem Bett, las Viva und hörte Soul. Als die Tür des Apartments sich öffnete und schloß, schaute sie erwartungsvoll über den Rand der Zeitschrift.

»Ich bin hier. Wo hast du gesteckt?«

Sie hatte sich schon wieder in das Magazin vertieft, als Stick, die Luger in der Hand, hereinkam. Er sah ihre schlanken Beine.

»Hey!«

Marlys fuhr zusammen und setzte sich schnell auf. »Was willst du?« Von ihm ließ sie sich noch lange nichts gefallen.

»Einen Puppenkarton«, sagte Stick höflich.

»Wo ist Sportree? Eine Frechheit, einfach reinzukommen ...«

Da rief Frank aus dem Nebenzimmer: »Ich hab' ihn. Los, komm.« Er erschien in der Schlafzimmertür, den Karton von Lockenköpfchen Laurie Walker unterm Arm, und lächelte dem Mädchen zu. »Hey, Marlys.«

»Den stellst du am besten ganz schnell wieder zurück und redest mit Sportree«, sagte Marlys. »Wenn du überhaupt weißt, worum es geht.«

»Ich glaub', er hätte gewollt, daß wir's bekommen«, sagte Frank.

Marlys runzelte die Stirn. »Was redest du da?«

»Du erfährst es ja doch«, sagte Frank. »Er hat das Zeitliche gesegnet. Und weißt du was? Das könnte auch dir blühen.«

Schweigend gingen sie zum Parkplatz, schweigend legte Frank den Puppenkarton in den Kofferraum, schweigend fädelten sie sich in den nächtlichen Verkehr auf der Eigth Mile ein.

Dann sagte Stick: »Fahr langsamer.«

»Mann«, sagte Frank. »Das Lenkrad von Leons Wagen – du bist mit deinen Pfoten dran gewesen.«

»Ich hab's abgewischt. Die Schlüssel auch, für alle Fälle, und die Türklinken, und noch 'n paar Stellen, die wir vielleicht berührt haben.«

Frank ließ den Blick nicht vom Rückspiegel. »Ich überleg' immerzu, wo was hätte schieflaufen können. Was glaubst du?«

»Ich glaub', wir haben's so gut wie geschafft. Aber wir müssen unterwegs noch mal halten.«

»Glaubst du, sie macht's?«

»Sie hat's mir versprochen.«

»Ich weiß nicht, warum sollen wir sie da reinziehen?«

»Fällt dir sonst jemand ein? Wir können weiß Gott von Glück sagen, daß sich's so ergeben hat. Sie ist in Ordnung. Nach Hause nehmen können wir's nicht, dann kommt dieser Scheißbulle wieder zu Besuch. Wir haben keine andere Wahl.«

28

Am nächsten Morgen kurz vor neun war Stick in der Frank Murphy Hall of Justice und suchte sich seinen Saal. Er nannte dem Gerichtsbeamten seinen Namen und saß mit anderen Vorgeladenen und Zuschauern zweieinhalb Stunden herum, hörte sich die Vorverhandlungen an – eine Vergewaltigung, eine komplizierte Schießerei, bei der Rauschgift im Spiel war, eine schwere Körperverletzung – und beobachtete den kleinen, dicken, schwarzen Staatsanwalt, den er schon vom vorigen Mal kannte. Der Richter sagte nicht viel. Geduldig lehnte er in seinem Sessel vor der hellen Holzvertäfelung, griff aber ruhig und freundlich ein, wenn die Verteidiger sich zuviel Zeit nahmen, und hielt die Sache in Schwung.

Als der Richter dem Gerichtsbeamten den Umschlag abnahm und Sticks Nummer aufrief, trat er vor, wurde vereidigt, nannte seinen Namen, setzte sich an einen Tisch gegenüber dem Zeugenstand und sagte danach kein einziges Wort.

Der junge Bulle trat in den Zeugenstand, berichtete, wie er Ernest Stickley, Junior im Spielzeuglager der J. L. Hudson Company festgenommen hatte, und identifizierte Stick als die fragliche Person. Von dem Überfall wurde nicht gesprochen. Nachdem Cal Brown ausgesagt hatte, ins Kreuzverhör genommen und entlassen worden war, steckten der kleine Staatsanwalt und der Richter minutenlang die Köpfe zusammen, dann ging der Staatsanwalt kopfschüttelnd auf seinen Platz zurück. Er wußte, was jetzt kommen mußte, tat aber überrascht, als der Richter fragte, ob er tatsächlich diesen Fall vor Gericht bringen wollte. Ja, sagte er, das sei seine Absicht. Aber der Richter schüttelte den Kopf. Er ließ die Anklage fallen und verkündete eine Mittagspause.

Frank hatte unter den Zuschauern gesessen und stand jetzt mit den anderen auf und ging zur Tür. Stick mischte sich ebenfalls unters Volk. Und Frank grinste, als er Stick ansah, und Stick grinste ebenfalls.

Cal Brown wartete auf sie. »Also, seien Sie brav«, sagte er zu Stick. Auch er grinste. Alle schienen happy zu sein.

Cal sah ihnen nach, wie sie durch die Tür gingen, die weißen Köpfe deutlich sichtbar zwischen den Stenzhütchen und Wollköpfen.

Der kleine Staatsanwalt trat zu ihm. »Jetzt zur Sache«, sagte er.

»Wir haben die Wohnung durchsuchen lassen, während sie hier waren«, sagte Cal. »Ich hatte gehofft, wir würden eine P 38 finden wie die, mit der die beiden Schwarzen umgelegt wurden und die dem Waffenmenschen in Bloomfield. gestohlen worden ist. Und natürlich hatte ich gehofft, wir würden auch die siebenundachtzigtausend Dollar finden. Fehlanzeige.«

»Und wenn sie abhauen?«

»Das Apartment wird beobachtet. Die beiden haben ihre Klamotten noch dort, das Geld in der Spülmittelschachtel und ungefähr tausend Dollar in einem abgewetzten Koffer. Wenn sie verschwinden wollen, fahren sie erst nach Hause.«

»Das hoffen Sie.«

»Die einzige Hoffnung, die mir noch bleibt, ist, daß einer von ihnen Mist baut«, sagte Cal.

Von einer Telefonzelle im ersten Stock des Gerichts aus rief Stick bei Arlene an. »Ich bin draußen«, sagte er. »Nein, ehrlich, alles vorbei, kein Prozeß ... Okay, du rufst bei Delta an. Es muß nun wohl die Fünf-Uhr-sowieso-Maschine sein. Fünf Uhr fünfundvierzig, glaub' ich, nonstop nach Miami. Du buchst drei Plätze, für dich, für Mr. Stickley und für Mr. Ryan ... Klar kannst du unsere richtigen Namen angeben, wir haben ja nichts getan ... Nein, um diese Jahreszeit hast du bestimmt keine Schwierigkeiten. Frag nach dem Preis und nimm das Geld aus dem Karton, und einen Fünfziger oder Hunderter für dich, für Zeitschriften und Kaugummi und so ... Ja, schön. Du nimmst'n Taxi zum Flughafen, zahlst alle drei Tickets, aber holst nur deins ab, die anderen beiden hinterlegst du am Delta-Schalter in einem Umschlag mit unseren Namen. Hast du 'nen Koffer, wo's reingeht? ... Gut, da packst du's rein, sonst nichts, und den Karton verbrennst du ... In der Badewanne, was weiß ich, Hauptsache, das Motel geht dabei nicht in Flammen auf. Den Koffer gibst du zusammen mit deinem Gepäck auf. Nimm ihn nicht mit an Bord, sie untersuchen alles ... Ja, ganz recht ... Nein, wir treffen uns auf dem Flughafen in Miami, am Delta-Schalter. Er ist ziemlich weit unten in der Halle. Wenn du uns hier am Flughafen siehst, sagst du nichts und tust, als wenn du uns nicht kennst ... Quatsch, natürlich sitzen wir nicht zusammen ... Ich weiß ... Klar versteh' ich das, ich bin ja selber 'n bißchen nervös, aber du brauchst überhaupt keine Angst zu haben ... Eben, in ein paar Stunden ist es überstanden ... Ich auch ... Schön, Arlene, das wär's ... Ich liebe dich ... Tschüs.«

Frank warf seine Zigarette auf den Boden und trat darauf. »Das hat ja mächtig lange gedauert.«

»Ich wollt's noch mal mit ihr durchgehen.«

»Hat sie's kapiert?«

»Jetzt kann eigentlich nichts mehr schiefgehen.«

»Ich weiß nicht, mir wäre nach wie vor wohler, wenn wir die Kohlen in den Wagen packen und einfach losfahren würden.«

»Wie weit würden wir kommen?« fragte Stick.

Es war 'ne Drecksarbeit, den Puppenkarton zu verbrennen. Die Badewanne war voller schwarzer Asche, die sich zwar unter dem Strahl der Dusche auflöste, aber einen dunklen, öligen Fleck in der Wanne hinterließ. Arlene bedauerte, daß sie kein Scheuerpulver hatte. Mit der Badeseife verschmierte sie den Rußfilm nur noch mehr. Das Zimmermädchen würde wahrscheinlich denken, sie hätte sich irgendwo furchtbar im Schmutz gewälzt, einen Wagen geschmiert oder so was.

Das Geld, mein Gott, siebenundachtzigtausend Dollar und 'n paar Zerquetschte in allen möglichen Werten, war ordentlich in den kleinen hellblauen Koffer gestapelt. Drei, vier Zentimeter Platz waren noch. Ob sie eins ihrer Fotoalben obenauf legen sollte? Es hätte genau hineingepaßt, aber dann dachte sie an das, was Stick gesagt hatte: Nur das Geld. Ihre Alben und die Umschläge mit den Fotos würde sie also wohl oder übel zwischen ihre Kleider quetschen müssen.

Du brauchst sie ja auch nicht mehr, dachte sie.

Ebensowenig wie das Silberkostüm.

Jahre später war's vielleicht ganz lustig, sich die Fotos wieder anzusehen.

Hier ist Mami als Fotomodell. Hier ist Mami bei den Indiana Nationals. Schick, nicht?

In diesem Jahr waren vom 5. bis 7. September die NHRA Grand Nationals in Los Angeles. Sie sah die Ankündigung schon vor sich, auf Plakaten und in den Anzeigen der Dragster-Magazine. Sie würden ein anderes Modell finden. In Los Angeles war das vermutlich überhaupt kein Problem.

Das Silberkostüm nahm kaum Platz weg, sie brauchte es nicht einmal zu falten, so dünn war es. Die Stiefel waren schmiegsam und ließen sich zusammenrollen, sie konnte Ecken damit ausstopfen.

Die lebensgroße Pappfigur lächelte sie an. Himmel, was sollte sie damit machen?

Stick hatte sie ihr mit ihren anderen Sachen hierherbringen müssen. Warum? hatte er gefragt. Wozu brauchst du die denn? Ihr fiel ein, daß ihr die Frage fast komisch vorgekommen war. Ich möchte sie eben bei mir haben, hatte sie gesagt.

Jetzt mußte sie die Figur dalassen, und sie überlegte, was wohl aus ihr werden würde. Ob die Leute von der Verwaltung sauer würden? Sie konnten das Ding ja einfach wegwerfen. Arlene sah ihr lebensgroßes Konterfei schon zerdrückt, in einer Mülltonne zusammengequetscht, so daß nur das Gesicht herausschaute. Sie war froh, hier endlich rauszukommen. Sie haßte es, allein zu sein und soviel nachdenken zu müssen. Gab es keinen Trick, um das Denken einfach zu stoppen, abzuschalten?

Arlene beendete ihre Packerei, rief ein Taxi und zahlte die Motelrechnung. Dann nahm sie ihre Handtasche, folgte dem Fahrer, der die beiden Koffer trug, und schloß der lächelnden Pappfigur im Silberkostüm die Tür vor der Nase zu.

Sie würde eigentlich auch gern mal Urlaub machen, sagte die Verwalterin der Villa Monterey. Tja, sagte Frank, nach der Schufterei in den letzten Monaten müßten sie jetzt mal richtig ausspannen, die alten

Batterien wieder aufladen. Entspannung, meinte die Verwalterin, hätten sie doch wohl genug gehabt, hätten schließlich jeden Nachmittag am Pool gesessen. Gesessen schon, erklärte Frank, aber dabei immer fleißig gedacht, und Denken war Schwerarbeit. Er zahlte vierhundertfünfzig im voraus für den nächsten Monat, den September, und sie lächelte und wünschte ihnen viel Spaß.

Stick war froh, daß sie keine Quasselstrippe war. Er wurde langsam unheimlich kribbelig.

Cal Brown hatte freiwillig die Beobachtung übernommen. Sein Wagen stand dreißig Meter von der Villa Monterey entfernt auf der anderen Straßenseite, ein dunkelbrauner Chrysler Cordoba, den sie in der vorigen Woche einem Heroindealer abgenommen hatten. Cal hatte sich auf den ersten Blick in den Schlitten verliebt und überlegte, wie er ihn sich auch in Zukunft als Dienstwagen sichern konnte.

Er sah, wie sie mit ihrem Gepäck die Villa Monterey verließen und den Kofferraum des weißen Thunderbird aufmachten. Stickley mit seinem Pappkoffer sah aus, als sei er auf dem Weg zur Zuckerrübenernte. Der andere, Ryan, trug einen Anzug, der in der Nachmittagssonne schimmerte.

Jetzt zuschlagen, überlegte Cal Brown, oder noch warten? Er hatte einen Durchsuchungs- und einen Haftbefehl in der Tasche; bei beiden brauchte er nur noch das Datum einzusetzen.

Sind die siebenundachtzig in dem Koffer?

Wahrscheinlich nicht.

Warum also jetzt schon zuschlagen?

Holen sie die Beute und fahren dann weiter?

Ja, wahrscheinlich.

Vielleicht brauchst du noch Unterstützung, damit du keinen Mist baust und dir gar der Kopf weggepustet wird, von edleren Teilen ganz zu schweigen? Klar, nur kein Risiko eingehen.

Aber er stellte das im Wagen neu installierte Funkgerät doch erst an, als er den weißen Thunderbird schon eine Viertelstunde verfolgt hatte und sie in südlicher Richtung den Southfield Freeway entlangrollten.

Er gab eine Beschreibung des Wagens, nannte ihren Standort und sagte ins Mikrofon: »Ich brauchte einen unauffälligen Schatten von der Staatspolizei. Gebt ihnen meine Codenummer und mir ihre. Möglich, daß wir die Staatsgrenze nach Ohio ansteuern, aber ich hab' das Gefühl, daß wir auf die 94er abbiegen.«

Südlich vom Veterans Hospital bestätigt sich seine Vermutung. Sie nahmen die enge Kurve nach rechts, wo ein Schild zum Flughafen wies. Bis dorthin waren es noch etwa zwanzig Minuten auf dem alten Willow Run Expressway.

Cal griff wieder zum Mikrofon. »Wir brauchen je zwei Leute für jeden Terminal, International, North und West. Sie sollen sich nach den Verdächtigen umsehen und sie beobachten, aber erst zugreifen, wenn sie ihr Gepäck einschecken. Ich bin ihnen unmittelbar auf den Fersen. Das ist nur vorsichtshalber.«

Der Thunderbird rollte in dem Halbdunkel der Betonkonstruktion langsam an den schier endlosen Wagenreihen entlang, die das Parkhaus vom ersten bis zum dritten Stock füllten.

Stick saß am Steuer. »Gehen wir aufs Dach«, sagte er.

»Ich will aber nicht aufs Dach«, widersprach Frank. »Zweimal haben sie mir meine Radkappen geklaut, als ich hier parkte.«

»Die können sie dir überall klauen«, sagte Stick. »Direkt vor dem Eingang, im Parkverbot, können sie dir deine Scheißradkappen klauen.«

»Aber hier oben ist's gefährlicher«, sagte Frank, »wenn er ein, zwei Wochen völlig unbeobachtet rumsteht.«

»Wenn du dir um den Wagen Sorgen machst, kannste ihn ja in 'n paar Tagen holen. Wie lange, glaubste, brauchen wir, um das Geld unterzubringen? Sagen wir acht Banken, von North Miami bis Lauderdale. Das fährst du doch in 'ner halben Stunde. Sogar weniger.«

»Vielleicht wollen wir aber irgendwo 'ne Weile ausspannen. Mensch, bestimmt sogar. Ich hab' jetzt mehr Manschetten als in dem verdammten Kaufhaus.«

»Was ich eigentlich sagen wollte: Ist doch im Grunde ganz egal, wie lange wir ihn stehenlassen oder ob ihn jemand auseinandernimmt oder klaut. Kaufste dir eben 'nen neuen.«

»Ich mag den eben, ist mein Typ«, sagte Frank. »Würde mir leid tun, wenn ihm was passiert.«

»Dann kommste eben morgen wieder her.« Stick sah ihn an. »Sag mal, weshalb streiten wir uns eigentlich?«

»Ich will nicht aufs Dach«, wiederholte Frank.

Arlene zahlte das Taxi; als sie sich umwandte, hatte schon ein Gepäckträger nach ihren beiden Koffern gegriffen und fragte sie, zu welcher Fluglinie sie wollte. Nein, danke, sagte Arlene, sie nähme die

Koffer selber. Sind nicht schwer. Wortlos setzte der Mann sie wieder runter und drehte ab. Arlene wagte nicht, die Koffer aus den Augen zu lassen. So kribbelig war sie in ihrem ganzen Leben noch nicht gewesen. Sie ging durch die Automatiktüren, die sich vor ihr öffneten, und wandte sich nach rechts, wo sich der Delta-Schalter befand. Diesen Weg war sie schon öfter gegangen, wenn sie zu den NASCAR-Rennen nach Atlanta und Daytona Beach geflogen war.

Aber diesmal blieb Arlene stehen.

Direkt vor ihr, hoch über dem Schalter der American Air Lines, war eine große schwarze Tafel mit weißen Leuchtbuchstaben und Zahlen für die Abflüge angebracht. Schon sonderbar, daß ihr Blick nicht die ganze Liste von Flugnummern und Städtenamen erfaßte, sondern nur einen einzigen Flug:

LOS ANGELES
FLUG
17.30
KEINE VERSPÄTUNG

Sie sah zu der Uhr über dem Delta-Schalter.

Viertel vor fünf.

Arlene dachte an ihre Freundin in Bakersfield. Sie dachte an die Grand Nationals in der übernächsten Woche. Sie dachte an Hollywood. Komischer Gedanke: Hollywood … Sie dachte an das Silberkostüm. Und daran, daß sie sechsundzwanzig Jahre alt war. Im nächsten Monat siebenundzwanzig. Wieso fiel ihr das gerade jetzt ein?

Arlene ging hinüber zum Schalter der American Air Lines.

Frank und Stick kamen durch den überdachten Gang, der das Parkhaus mit dem auf der zweiten Ebene des Terminal West gelegenen Haupteingang verband. Sie waren vom geparkten Thunderbird mit ihren Koffern etwa zweihundert Meter zu Fuß gegangen.

»Du hast die Schlüssel?« fragte Frank.

»Welche Schlüssel?«

»Die Autoschlüssel.«

»Du gehst mir auf'n Geist«, sagte Stick.

Vielleicht kam er gar nicht in zwei Wochen mit Frank zurück. Sollte der sich doch den Schlitten selber holen, wenn sein Herz so sehr daran hing.

Sie überquerten die Straße, gingen an den ankommenden Autos, an den Gepäckträgern und Handkarren vorbei, keiner der Gepäckträger bot ihnen seine Dienste an, und betraten den Terminal durch die Automatiktüren.

»Ich sehe sie nicht«, sagte Stick.

Frank folgte Sticks Blick und musterte die Menge. Die meisten Leute standen an den Schaltern, ein paar warteten in den Sitzreihen, sehr viel Betrieb schien nicht zu sein.

Am Delta-Schalter waren mehrere Schlangen. Frank suchte sich die kürzeste aus, in der nur zwei Leute vor ihm standen. Stick wartete eine Minute neben ihm, dann stellte er sich an eine andere Schlange, in der drei Leute warteten. Frank warf ihm einen schrägen Blick zu. Zehn Minuten später stand Frank immer noch in seiner Schlange, Stick war schon dran. Frank ging zu ihm rüber. »Mr. Ryan und Mr. Stickley«, sagte er zu dem Angestellten. »Ich glaub', Sie haben zwei Tickets für uns. Die Maschine nach Miami.«

Der Mann ging zu seinem Computer hinüber, tippte ein paar Angaben ein, wartete bis das Ding die Antwort geklickert hatte, und tippte weiter. Das Ganze wiederholte sich, dann kam er wieder zu ihnen zurück. »Ja, Sie sind für den Flug Elf-Achtzehn bestätigt. Abflug siebzehn Uhr fünfundvierzig, Flugsteig 29. Sollen wir das Gepäck durchchecken?«

»Ja, bitte«, sagte Frank.

»Ich seh' sie nirgends«, wiederholte Stick hinter ihm.

»Wahrscheinlich ist sie schon am Flugsteig und sucht sich 'nen Platz aus«, sagte Frank über die Schulter.

Der Angestellte hielt einen Umschlag der American Air Lines in der Hand. »Das ist für Sie abgegeben worden«, sagte er. »Ihre Namen stehen darauf.« Er reichte Frank den Umschlag.

Stick sah die Namen, mit Kugelschreiber geschrieben, als Frank dem Mann den Umschlag abnahm. Mr. E. Stickley, Mr. F. Ryan, untereinander.

»Würden Sie bitte Ihr Gepäck hierherstellen«, sagte der Mann. Er hatte die Gepäckabschnitte in der Hand.

Frank schob den Umschlag der American Air Lines in die Innentasche seines Jacketts und griff nach seinem Koffer. Auch Stick streckte die Hand nach seinem abgewetzten Koffer auf.

»Moment bitte«, sagte jemand hinter ihnen.

Sie sahen sich beide um. »Was gibt's?« fragte Frank.

Es waren zwei Männer um die dreißig, in adretten Sommeranzügen, ohne Hut. Sie sahen aus wie Profi-Fußballer. Nein, sie sahen aus wie Bullen.

Der eine hatte schon sein Etui mit der Hundemarke geöffnet und hielt sie ihnen unter die Nase. »Staatspolizei«, sagte er. »Bitte nehmen Sie Ihre Koffer. Sehen Sie die Tür mit der Aufschrift: ›Zutritt für Unbefugte verboten‹? Da hinein, bitte.«

»Wozu denn?« fragte Frank empört. »Was soll das?«

Der Staatspolizist sagte: »Greif dir deinen Koffer, Sportsfreund. Wird's bald?«

»Möchte wissen, was das eigentlich soll, zum Donnerwetter. Haben Sie irgendwas gegen uns, oder?«

Frank blickte hoch, als Cal Brown hereinkam, und den beiden Kollegen seine Papiere zeigte. Sie nickten und sagten etwas zu ihm.

»Hoffentlich dauert's nicht zu lange«, sagte Stick milde. »Wir haben nämlich 'nen Flug gebucht.«

Cal Brown wandte sich ihnen zu und lächelte freundlich.

»Sie haben einen Flug gebucht, ich habe zwei Haftbefehle in der Tasche.« Er holte sie heraus, ließ sie kurz die Magnum im Halfter unter dem Sakko sehen und zeigte ihnen die Papiere. »Das hier ist ein Durchsuchungsbefehl Wenn ich bitten darf ...«

»Wenn wir die Maschine nicht kriegen, müssen Sie den Flug bezahlen«, sagte Frank.

»Nein, die Fluggesellschaft setzt euch dann kostenlos in eine andere«, tröstete Cal. »Wenn euch bis dahin das Fliegen nicht vergangen ist.«

»Wenn Sie jetzt schnell machen, schaffen wir's vielleicht noch, was meinen Sie?« sagte Stick.

Die beiden Staatspolizisten kamen herüber, machten die Koffer.auf und begannen mit der Durchsuchung. Sie nahmen jedes Kleidungsstück einzeln heraus und tasteten es ab.

Frank lehnte sich zurück und zündete sich eine Zigarette an. »Hoffentlich legt ihr Burschen alles wieder so ordentlich rein, wie ihr's vorgefunden habt.«

»Darf man mal fragen, was Sie eigentlich suchen?« sagte Stick zu Cal.

»Darf man nicht.«

Sie rollten die Socken auf und sahen in die Schuhe und nahmen die Toilettentaschen unter die Lupe. Der Polizist, der mit Sticks Koffer beschäftigt war, nahm ein Bündel Scheine heraus und warf Cal einen Blick zu, der den Kopf schüttelte. Frank sah das Geld an, sah Stick an, aber er sprach erst wieder, als die beiden Bullen fertig waren.

»So, das wär's wohl, was?« meinte er.

»Jetzt stehen Sie bitte auf, meine Herren«, sagte Cal Brown, »und leeren Sie Ihre Taschen. Legen Sie alles auf den Tisch, was Sie haben.«

»Wenn ihr wollt, könnt ihr uns ruhig filzen. Denkt ihr denn, wir sind so blöd, mit 'ner Kanone in ein Flugzeug zu steigen?«

»Aufstehen«, sagte Cal.

Stick nahm seine Brieftasche, die Wagenschlüssel eine Packung Marlboro, Streichhölzer und einen Kamm heraus.

Frank begann mit dem Jackett. Er zog sein Sonnenbrillenfutteral, den Umschlag der American Air Lines aus der Innentasche und dann seine Brieftasche und ein sauberes Taschentuch hervor.

Cal betrachtete den American-Airlines-Umschlag. Wenn sie mit Delta flogen, warum ...? Er griff nach dem Umschlag.

Stick beobachtete ihn. Frank angelte gerade nach losem Kleingeld in seiner Hosentasche.

Cal entnahm dem Umschlag einen Zettel und faltete ihn auseinander. Ein Schließfachschlüssel fiel auf den Tisch. Er betrachtete erst den Schlüssel, dann Stick, dann den Zettel, dann reichte er Stick den Zettel.

Stick starrte auf die wenigen mit Kugelschreiber geschriebenen Worte in der sauberen, schrägen, weiblichen Schrift.

»Es tut mir leid.«

Er mußte die vier Worte immer wieder ansehen.

Cal gab den Schlüssel einem der Staatspolizisten, der einen Blick auf die Nummer warf und damit wegging.

Frank runzelte die Stirn, er wußte nicht, was los war. »Was steht denn drauf?«

Stick schob ihm den Zettel hin und wandte sich an Cal. »Vielleicht 'n Versehen, der Umschlag war gar nicht für uns, wissen Sie?«

»Ach, und warum dann eure Namen drauf?« fragte Cal.

Auf dem Weg durch den Terminal waren die beiden Polizisten, die ihre Koffer trugen, direkt hinter ihnen. Cal ging voraus, den kleinen, hellblauen Koffer festumklammert. Von den Leuten, an denen sie vorüberkamen, blieb niemand stehen. Keiner drehte sich um oder schien zu bemerken, daß die beiden Männer in der Mitte mit Handschellen aneinandergefesselt waren.

Sie gingen durch die Automatiktüren und blieben ein Stück vom Eingang entfernt stehen, um auf den Streifenwagen zu warten.

Frank hatte den Kopf zur Seite gedreht und flüsterte, so wenig wie möglich die Lippen bewegend: »Von allen Weibern, die sich nach so 'ner Chance alle Finger geleckt hätten, jeden einzeln, von all den Weibern suchste dir ausgerechnet diese dumme Pute aus. Und ich Idiot lass' dich wursteln. Was hast du gesagt, du großer Frauenkenner? ›Die ist 'n Prachtstück‹, haste gesagt. Prächtige Scheiße!«

»Das hat sie nicht gewollt«, sagte Stick. »Sie kann nichts dafür.«

»Wer denn? Ich vielleicht? Was hab' ich gesagt? Wir packen die Kohlen in den Wagen, fahren einfach los und brauchen uns um kein Schwein weiter zu kümmern. Hab' ich das gesagt oder nicht? Du hast wohl die Regel vergessen, was? Erzähl niemandem, was du machst. Niemandem, am allerwenigsten einem Fixer. Ja, und am allerallerwenigsten einer Mieze, die du ausgesucht hast.«

Der Streifenwagen war vorgefahren.

»Meinste, die Regeln habe ich mir nur so zum Spaß ausgedacht, für nichts und wieder nichts? Die haste wohl ganz vergessen, unsere zehn Regeln? Zieh die Sache auf wie ein Geschäft, erzähl niemandem, was du machst … Weißt du's noch?«

»Mensch, Frank«, sagte Stick. »Tu mir 'nen Gefallen und halt endlich die Schnauze.«

Philip Friedman
Der Beweis

Für Jeanne.
Niemand hätte ein besserer Lehrer
oder aufrichtigerer Freund
sein können.

Ein Zweifler ist unbeständig
auf allein seinen Wegen.

Jakobus 1,8

NACHFORSCHUNGEN

1

Er begann mit den Bildern. Früher oder später mußte er sie ohnehin ansehen. Die Fotos des Tatortes bewirkten bei Joe Estrada keinerlei Nervenkitzel. Er gehörte nicht zu der Sorte von Staatsanwälten, die solche Aufnahmen herumzeigten, weil es ihnen Vergnügen bereitete. Obwohl er seit vier Jahren in Mordfällen ermittelte, stellte der Tod für ihn noch immer ein Problem dar. Es war schon schlimm genug, wenn es sich um eine unbekannte Leiche handelte, die, von Kugeln durchlöchert, zusammengekrümmt auf einem schmutzigen Gehsteig lag. Doch diesmal handelte es sich um eine Frau – mißbraucht und brutal aufgeschlitzt.

Die Erfahrung hatte ihn gelehrt, immer auf Überraschungen gefaßt zu sein. Zunächst ging er den Stapel von Fotografien zügig durch, wobei er auf jede Aufnahme nur einen kurzen Blick warf, um festzustellen, was ihn erwartete.

Überall Blut. Außerdem meinte er, volles rotgoldenes Haar und lange weiße Beine gesehen zu haben. Bei einer Nahaufnahme erblickte er ungewollt einen funkelnden Lichtreflex in einem blind starrenden, grünen Auge.

Estrada legte die Aufnahmen aus der Hand und ging zum Getränkeautomaten am Ende des Flurs, um sich einen Becher Kaffee zu holen und die ersten Eindrücke zu verarbeiten, bevor er die Fotos eingehender betrachtete.

Mariah Dodge war auf dem Sofa eines Büroraumes hoch oben in einem Wolkenkratzer in Manhattan vergewaltigt und ermordet worden. Zu Lebzeiten mußte sie eine Frau von aufregender Schönheit gewesen sein. Die von der Polizei angefertigten Aufnahmen zeigten, daß diese Schönheit auf schreckliche Weise geschändet und geradezu obszön entstellt worden war. Ihr Körper war schonungslos entblößt – die Bluse bis zur Taille heruntergerissen, der Slip nicht mehr zu sehen, Jacke und Büstenhalter aufgeschnitten, sämtliche Kleidungsstücke von dunkelrotem Blut getränkt.

Estrada nahm diese Eindrücke nach und nach auf, während er die Fotografien immer wieder von vorne durchsah, jedesmal ein wenig sorgfältiger. Schließlich war er ausreichend abgehärtet, um lediglich die Details eines Verbrechens zu erblicken, Beweismittel, die vor Gericht Verwendung finden würden.

Nach den Bildern folgten die Worte. Fünf kürzlich eingetroffene Kisten voller Akten stapelten sich an der Rückwand seines Büros. Sie beinhalteten die Unterlagen der polizeilichen Ermittlungen im Anschluß an die Ermordung von Mariah Dodge sowie die Protokolle des ein Jahr später erfolgten Prozesses. *Das Volk des Staates New York gegen Roberto Morales.*

Die Jury hatte Morales damals für schuldig befunden, die Frau, die sowohl seine Angestellte als auch seine Geliebte gewesen war, getötet zu haben. Doch hatte das Urteil nur auf Totschlag, nicht jedoch auf Mord gelautet. Nur wenige Wochen darauf hatte ihn ein dynamisches Team von Rechtsanwälten gegen Kaution freibekommen. Jetzt, mehr als drei Jahre nachdem Mariah Dodges Leben auf scheußliche Art und Weise vernichtet worden war, und zwei Jahre nach dem ersten Urteilsspruch, würde es zu einer neuen Verhandlung kommen. Das erste Verfahren war in der Berufung für ungültig erklärt worden, weil die Richterin eine Zeugenaussage zugelassen hatte, der zufolge das Opfer gegenüber einem Freund geäußert habe, Morales wolle sie am Abend in seinem Büro treffen – am Abend ihres Todes. Die Anklage hatte diese Aussage, obwohl sie auf zweifachem Hörensagen beruhte, als Indiz dafür gewertet, daß Morales die Absicht gehabt hatte, sein Büro zu jener Zeit aufzusuchen. Doch das Berufungsgericht hatte diese Aussage als unzulässig für die Beweisführung erklärt. So war es zu einem Freispruch aufgrund von Verfahrensfehlern gekommen.

Wiederaufnahmeverfahren hatten in der Regel dieselbe Faszination wie die Fortsetzungen schlechter Kinofilme. Bei diesem Fall verhielt es sich jedoch anders. Der fehlende Neuigkeitswert wurde durch die Leidenschaft, mit der viele den Fortgang des Verfahrens verfolgten, mehr als wettgemacht.

Als man gegen Roberto Morales Anklage wegen Vergewaltigung und Ermordung von Mariah Dodge erhoben hatte, war er so etwas wie der Held der hispano-amerikanischen Gemeinde gewesen; ein Selfmade-Millionär, der beabsichtigte, der Gegend von Brooklyn, in der er aufgewachsen war, neue wirtschaftliche Impulse zu geben. Sein brillanter Verteidiger hatte viel Mühe darauf verwandt, den Prozeß gegen

Morales als Zeichen der ökonomischen und ethnischen Feindseligkeit der Stadt umzudeuten.

Nach Beendigung des Prozesses war Morales' großes Förderungsprogramm für seinen Stadtteil zum Erliegen gekommen. Nun, mit dem aufgehobenen Urteilsspruch, wurde er als Märtyrer angesehen. Drei Jahre freiwilliger Arbeit für die Gemeinde, die dazu auch noch von einer geschickten Öffentlichkeitsarbeit begleitet wurde, hatten seine Anhängerschaft nur noch vergrößert. Die neue Verhandlung würde eine brisante Angelegenheit werden. Seine Vorgesetzten, die Joe Estrada mit der Vertretung der Anklage beauftragt hatten, würden dessen Fortschritte gnadenlos überwachen.

Er sah auf die Uhr. Fast acht, also sieben Uhr in Texas. Eine gute Zeit, um die Eltern des Opfers zu Hause zu erreichen. Estrada war auf dieses Gespräch nicht gerade versessen. Allenfalls könnte er ihnen eine gewisse Möglichkeit anbieten, die Sache zu einem ordentlichen Ende zu bringen – nichts jedoch, was einem wirklichen Trost für Eltern gleichkäme, die miterlebt hatten, wie ein früherer Schuldspruch für den Mörder ihrer Tochter wieder aufgehoben worden war.

Er holte tief Atem und griff nach dem Hörer.

»Hallo.«

»Mrs. Dodge?«

»Ja. Wer spricht, bitte?« Eine helle, angenehme Stimme. Freundlich. Aufgeschlossen.

»Mrs. Dodge, hier ist Joseph Estrada. Ich arbeite für die Staatsanwaltschaft Manhattan und werde die Anklage gegen Roberto Morales vertreten. Ich wollte Sie lediglich wissen lassen, wer ich bin und daß ich Ihnen gerne alle Ihre Fragen beantworte, jetzt oder in Zukunft.«

Er schwieg, um ihre Antwort abzuwarten. Am anderen Ende herrschte Stille.

»Mrs. Dodge?«

Nach einem kurzen Augenblick hörte er eine zweite Stimme. »Hier spricht Samuel Dodge. Dr. Samuel Dodge.« Der Mann hörte sich streng und hart an. Keinesfalls entgegenkommend. »Was wollen Sie von uns?«

»Guten Tag, Dr. Dodge. Mein Name ist Joseph Estrada. Ich bin …«

»Ich weiß, wer Sie sind. Was wollen Sie von uns?«

»Eigentlich nichts«, Estrada zögerte ein wenig. »Ich rufe vor allem aus Höflichkeit an. Um Sie wissen zu lassen, daß es weitergeht und daß wir hoffen, Roberto Morales für lange Zeit hinter Gitter zu bringen. Wir würden gerne mit der Familie des Opfers in Kontakt bleiben und sie ständig auf dem laufenden halten, sofern sie es wünscht.« Trotz der vielen Worte, die hastig aus ihm herausplatzten, fühlte sich seine Zunge schwer an. Er wußte, daß er dieses Gespräch falsch anging – zu unpersönlich, zu abstrakt. Außerdem irritierte ihn Dodges Kälte.

»Mrs. Dodge und ich haben das alles schon einmal durchgemacht, als der Mann das erste Mal vor Gericht stand«, erwiderte Dodge. »Wir waren damit ›in Kontakt‹, wie Sie es nennen, und ich sehe keinen Grund, weshalb wir das erneut erdulden sollten.«

»Das kann ich gut verstehen.« Verstehen konnte er es vielleicht, nicht aber nachvollziehen, was für Empfindungen das sein mußten: die Qual und die Enttäuschung, dieses Gefühl der Sinnlosigkeit.

»Damals wurde uns gesagt, der Staatsanwalt, der Morales anklagte, sei der beste, den sie hätten.«

»Das stimmte auch. Er war der Beste, den es gab.«

»Aber er war nicht gut genug, um Mariah Gerechtigkeit zu verschaffen, nicht wahr?«

»Es war ein komplizierter Fall ...«

Dodge schnitt ihm das Wort ab. »Sind Sie ebenfalls der Beste, Mr. Estrada?« Seine Stimme klang ätzend.

»Nun, ich weiß nicht, ob ich das von mir selbst behaupten würde ...«

»Ich nehme an, daß das auch ohne Bedeutung ist. Die Gegenseite wird wieder einen dieser radikalen Verteidiger beauftragen und sich noch einmal über den Rassismus empören, der angeblich der einzige Grund dafür wäre, weshalb Morales vor Gericht stünde. Damit machen die aus Ihnen einen noch größeren Trottel, als sie es beim letzten Mal schon aus dem gewitzten Juden gemacht haben.«

»Sehen Sie, Mr. Dodge, ich habe doch nicht angerufen, um mich mit Ihnen zu streiten. Ich möchte mich Ihnen zur Verfügung stellen ...«

»Estrada war der Name? Habe ich richtig verstanden?«

»Stimmt. Joseph Estrada.«

»Mexikaner?«

Er hätte jetzt ganz offiziell und mit einer Spur von Unaufrichtigkeit antworten können: Die Umstände meiner Herkunft haben nichts mit diesem Fall zu tun. Aber eine derartige Antwort schien Estrada hier nicht angebracht.

»Wenn Sie es unbedingt wissen wollen, Mr. Dodge – es ist ein spanischer Name. Wir stammen aus Spanien. Die Vorfahren meines Vaters waren Herzöge von Kastilien und Aragon.« Zumindest hatte Big Jim Estrada es immer so dargestellt, wenn es in der Familie auch ein offenes Geheimnis war, daß sie ursprünglich aus Mexiko kamen. »Der

Name meiner Mutter war Smithfield. Sie ist eine Tochter der Amerikanischen Revolution, da Sie das zu interessieren scheint. Ach ja, und meine Großmutter mütterlicherseits war Jüdin.« Eine gewollte Übertreibung; in Wirklichkeit war sie Unitarierin gewesen und nur zu einem Viertel jüdischer Abstammung.

»Schon gut, mein Bester, kein Grund, gereizt zu reagieren. Als ich ›gewitzter Jude‹ sagte, wollte ich das als Kompliment verstanden wissen.«

Während eines unbehaglichen Augenblicks des Schweigens wartete Dodge auf eine Erwiderung. Als nichts kam, räusperte er sich und fuhr fort: »Hören Sie zu, junger Mann, Mrs. Dodge und ich wollen diesen ... diesen ... Wir wollen, daß er fertiggemacht wird – so, wie er es verdient. Seinen Namen will ich gar nicht erwähnen und auch überhaupt nicht zu Ohren bekommen. Außerdem habe ich nicht die geringste Veranlassung, über das Verbrechen zu reden, das er begangen hat. Vor allem aber sehe ich keinen Grund, Mrs. Dodge zuzumuten, tagein tagaus all jene Geschichten anzuhören, die vor Gericht ausgebreitet werden, nur um letzten Endes mitansehen zu müssen, wie dieser Abschaum zum zweiten Mal freigesprochen wird. Habe ich mich klar ausgedrückt?«

»Ja, Sir, das haben Sie. Ich kann Ihnen versichern, daß ich alles daransetzen werde, damit er die Höchststrafe erhält.«

»In New York gibt es noch immer keine Todesstrafe, nicht wahr?«

»Nein, gibt es nicht.«

»Weichlinge, alle miteinander!«

Estrada fragte nicht, wen er damit meinte.

»Und noch was, junger Mann. Ich will nicht, daß Sie bei uns anrufen und Mrs. Dodge belästigen. Ich gebe Ihnen die Nummer meines Büros, wo Sie mich notfalls erreichen können. Verstanden?«

»Verstanden.«

»Kann ich Ihnen sonst noch irgendwie helfen?« Es klang wie die Aufforderung, das Gespräch zu beenden.

»Da wäre noch etwas. Ich hätte gerne ein neueres Foto von Ihrer Tochter.«

»Wozu brauchen Sie das?«

Eine gute Frage, war ihm diese Bitte doch einfach so herausgerutscht.

»Ich werde nach neuen Zeugen Ausschau halten«, entgegnete Estrada geistesgegenwärtig. »Nach Leuten, die die beiden zusammen gesehen haben könnten, Ihre Tochter aber nicht namentlich kannten.

Ich glaube, in den Akten muß eine Aufnahme von ihr gewesen sein. Aber vermutlich wurde sie Ihnen schon zurückgegeben.«

»Keine Ahnung. Die paar Bilder, die wir noch haben, sind das einzige, was uns von ihr geblieben ist.«

»Ich könnte sie kopieren lassen und Ihnen dann zurückschicken. Oder aber neue Abzüge machen, falls Sie noch die Negative besitzen.«

Keine Antwort.

Estrada fragte sich, warum er überhaupt noch auf seinem Wunsch beharrte. Möglicherweise deshalb, weil er ein Gegengift gegen die Aufnahmen vom Tatort brauchte, um ein angenehmeres Bild vor Augen zu haben, wenn er an die Tote denken mußte.

Nach einer Weile sagte Dodge: »Ich werde mal nachsehen. Sonst noch was?«

»Nein, im Moment nicht. Ich danke Ihnen vielmals.«

»Auf Wiederhören, Mr. Estrada. Und vergessen Sie nicht – keine Anrufe zu Hause.«

Für einen weiteren Anruf besteht meinerseits wohl wenig Veranlassung, dachte der Staatsanwalt, als er den Hörer auflegte. Und trotzdem. So unschön das Gespräch auch verlaufen war, wußte er jetzt doch, daß hinter Samuel Dodges abweisendem Benehmen wirklicher Schmerz stand. Dazu kam, daß er nun noch mehr Sympathie für Mariah Dodge empfand. Estrada wußte nämlich alles über unnachgiebige, bigotte Väter. Er hatte selber einen gehabt.

Zwei Stunden später saß er noch immer in seinem Büro. Er studierte die Akten und begann sich allmählich Sorgen zu machen wegen der vielen ungeklärten Fragen zu dem *Dodge*-Fall. Als die Worte vor seinen Augen verschwammen, beschloß Estrada, daß er für diesen Tag genug getan hatte.

Wie gewöhnlich herrschte auch nach zweiundzwanzig Uhr auf dem Broadway in der Nähe seines Apartments noch geschäftiges Treiben. Seit seiner Universitätszeit wohnte Estrada in ein und derselben Wohnung. Sie erschien ihm ausgesprochen geräumig, wenn es auch genügend Freunde und Bekannte gab, die ihm wiederholt nahelegten, sich bei Gelegenheit mal ein paar eigene Möbel anzuschaffen. Noch immer lebte er nämlich in den Sachen, die sein früherer Mitbewohner zurückgelassen hatte, als er eine Stelle an der Wall Street bekam und sich ein eigenes Apartment leisten konnte.

Estrada öffnete eine Flasche Bier und setzte sich vor den Fernseher. Als der Bildschirm sich erwärmte, sah er, wie sich ein Mann mit einem Messer in der Hand einer an ein Bett gefesselten Frau näherte. Er schaltete um. Eine schwitzende Frau beim Sport: Werbung für Mineralwasser. Auf einem anderen Kanal nahm er gerade noch einen Schimmer von langem, wirbelndem rotem Haar wahr. Dann schaltete Estrada das Gerät wieder aus.

Er dachte an Mariah Dodge. Ihr rotes Haar würde nie wieder in der Sonne glänzen. Sie würde niemals mehr Sport treiben. Kein Mann würde sich jemals wieder von ihrem Körper angezogen fühlen. Es gab einfach zuviel Gewalt. Und es war für die Täter viel zu leicht, sich ungeschoren aus der Affäre zu ziehen. Doch diesmal nicht. Roberto Morales mußte ins Gefängnis. Und zwar für sehr, sehr lange Zeit.

2

Lawrence Kahn, der beim ersten Prozeß die Anklage gegen Morales geleitet hatte, verfügte selbst bei Fällen, in denen er nur schwache Beweise in der Hand hatte, über brillante rhetorische Fähigkeiten. Estrada hatte sich soeben in die schriftliche Fassung von Kahns Plädoyer vertieft, als ihn ein lautes Klopfen an der Bürotür aus seiner Arbeit riß. Dan Mahoney steckte seinen Kopf herein.

»Hallo, Kumpel. Bereit zum Mittagessen?«

Estrada war erstaunt, als er den Mann erblickte. »Du kannst gar nicht hier sein. Du bist in der Karibik.«

»Nun ja ... Kath und ich haben uns Montag abend getrennt. Und da dachte ich mir, warum das Risiko eingehen und einen Sonnenbrand bekommen?«

Estradas Verblüffung war nicht zu übersehen. »Das glaube ich einfach nicht. Ihr wart doch *das* Paar schlechthin.«

Mahoney zog seine breiten Schultern hoch. »Jeder Tag bringt neue Überraschungen. Da wir gerade beim Thema sind ...« Er reichte Estrada eine braune Einkaufstasche aus Papier. Auf der Packung, die er herauszog, stand ZIELSCHEIBE MIT PFEILEN. »Genau das, was ich im Moment brauche.«

»Mach's auf.«

Estrada holte das metallene Brett und die magnetischen Pfeile aus der Verpackung. Mitten auf der Scheibe prangte eine Fotografie: ein erfolgreicher Mann in den Vierzigern mit einem Gesicht, das der Staatsanwalt bald öfter zu sehen bekommen sollte. Er lachte. »Schlechte Nachrichten verbreiten sich schnell.«

»Selbst auf einem kleinen Inselchen wie Vieques weiß man schon, wer diesmal die Anklage gegen Roberto Morales führt.« Mahoney ging auf die Tür zu. »Laß uns essen gehen.«

Die beiden Staatsanwälte hatten Freundschaft geschlossen, als sie sich vor acht Jahren als blutjunge Anfänger ein viel zu enges Büro bei der Bezirksstaatsanwaltschaft geteilt hatten. Da sich ihre Wege inzwischen getrennt hatten und Mahoney mittlerweile beim Appellationsgericht beschäftigt war, hielten sie ihre Verbindung aufrecht, indem sie mindestens einmal wöchentlich gemeinsam aßen.

»Wie läuft der Fall *Morales?*« fragte Mahoney, nachdem sie in einem kleinen italienischen Restaurant Platz genommen und sich etwas zu trinken bestellt hatten.

»Es ist verzwickt«, bekannte Estrada. »Erst wünscht man sich solche Fälle herbei, träumt sogar davon. Es gibt Kollegen, die andere sogar umbringen würden, nur um einen derartigen Fall übertragen zu bekommen. Und wenn du ihn dann schließlich hast, stehst du im Mittelpunkt des Interesses, und jedermann ist begierig darauf, zu erfahren, was du als nächstes unternimmst. Das kommt allerdings nicht in den Träumen vor.«

»Weißt du, was mir wirklich Sorgen bereitet?« fuhr Estrada fort. »Das ist ein großer Fall, zugegeben. Aber er ist nur wegen Morales so bedeutend. In der Regel sind es die *Opfer*, die den Ausschlag für die Wichtigkeit eines Prozesses geben. So sollte es auch diesmal sein. Wenn ich mir die Aufnahmen vom Tatort anschaue, frage ich mich, was diese Frau durchgemacht haben muß? Doch die Leute empören sich nur, weil der arme Roberto Morales deswegen vor Gericht steht. Das macht mich wirklich krank.«

»Walter Kubeliks Vorstellung von einer ordentlichen Verteidigung lautet:« – Mahoney nahm mit dem Kellner Blickkontakt auf und tippte an sein leeres Glas – »›Bring sämtliche Leute in Wallung, dann werden sie die Fakten schon vergessen‹.«

Da man sich in der Bezirksstaatsanwaltschaft von Anfang an darüber im klaren gewesen war, daß dieser Fall gefährliche Auswirkungen auf das Leben der gesamten Gemeinde haben konnte, hatte man ihn einem der schärfsten und standhaftesten Staatsanwälte übertragen. Lawrence Kahn war bekannt für seine Korrektheit, die Sorgfalt, mit der er seine Anklagen vorbereitete, und sein überzeugendes Auftreten im Gerichtssaal. Doch ungeachtet seiner Behutsamkeit hatten ihn die Beweismittel veranlaßt, den von vielen so umschmeichelten Morales als einen dünnhäutigen Macho mit gewalttätigem Charakter zu präsentieren, der bei der ersten sich bietenden Gelegenheit nach dem Messer griff.

Sofort waren damals Vorwürfe wegen ›rassistischer Stereotypen‹ laut geworden, und Verteidiger Walter Kubelik hatte eifrig dazu beigetragen, daß die gesamte Verhandlung den Siedepunkt erreichte.

Schließlich hatten die Geschworenen eine Woche lang herumgestritten, bis sie Morales für nicht schuldig befanden, Mariah Dodge ermordet zu haben. Sie hatten sich lediglich auf Totschlag einigen können und waren hinsichtlich der Vergewaltigung zu keinem Ergebnis gelangt.

Keine eineinhalb Jahre später hatte dann die Berufungskommission des Gerichts entschieden, daß die Richterin Luz Martinez Beweismittel zugelassen hatte, die – da unzulässig – bei der Verhandlung nicht hätten präsentiert werden dürfen. Zu guter Letzt hatte dann das Appellationsgericht dieses Urteil bestätigt.

Die Leute, die auf Morales' Seite standen, darunter auch eine beeindruckende Anzahl bekannter Juristen und Stadtratsmitglieder, waren schnell mit der Behauptung bei der Hand gewesen, nicht nur der Prozeß sei unfair geführt worden, sondern bereits die Anklage gegen Morales sei zu unrecht erfolgt.

»Von unseren Freunden aus El Grupo Latino wurde mir schon geraten, den Fall nicht zu übernehmen«, erläuterte Estrada. »Sie glauben, man hätte mich mit der Anklage beauftragt, um eine Art Zeichen zu setzen. Im Grunde haben sie damit Recht.«

»Was! Du willst die Vertretung der Anklage niederlegen?«

»Das nicht, aber es stimmt: Ich habe den Fall wegen meines Namens zugeteilt bekommen. Als ich mich mit Bishop darüber unterhielt, habe ich es deutlich erkannt.«

»Sie sprechen Spanisch«, hatte der Bezirksstaatsanwalt gesagt und Estrada dabei angesehen, als bitte er um Bestätigung.

»Ja, Sir. Drei Jahre auf der High School und vier im College. Außerdem habe ich hier im Büro jede Menge Gelegenheit, Spanisch zu sprechen.«

»Hm … Schön. Machen Sie weiter so. Es ist wichtig.«

»Aber ich könnte schwören, so wie er es gesagt hat, wäre es ihm noch lieber gewesen, wenn ich die Sprache schon mit der Muttermilch aufgesogen hätte.«

»Ich wette, er ist deiner Mutter noch nie begegnet«, bemerkte Mahoney. »Eine lustige Vorstellung, wie sie dich mit ›Spanisch‹ füttert …«

»Sie würde das nicht so sehen.«

Im übrigen hatte sie sich keineswegs von der Bedeutung dieses Falles beeindruckt gezeigt. »Das ist bestimmt recht nett, da bin ich mir sicher«, war der einzige Kommentar, zu dem sie sich hatte durchringen können. Abigail Smithfield Estrada genügten die ständigen Beteuerungen ihres Sohnes nicht mehr, daß er bald das Büro des Bezirksstaatsanwalts verlassen würde.

»Und mein Vater würde sich im Grabe umdrehen. Weißt du, was er sagte, als ich ihm mitteilte, daß ich Spanisch lernen wollte? Er sagte, ›Man wird denken, daß du aus Puerto Rico kommst, wenn du mit deinem Namen auch noch Spanisch sprichst.‹ Genau das waren seine Worte.«

Nahezu sechzehn Jahre nach dessen Tod war sich Estrada noch immer nicht sicher, was er gegenüber seinem Vater empfand. Während er sich bei den älteren Geschwistern wie ein Tyrann aufgeführt hatte, war für den rund zehn Jahre später geborenen kleinen Joey nur wenig Zeit übriggeblieben. Als Joey erfuhr, woher die Babys kamen, hatte er sich selbst als einen ›Unfall‹ bezeichnet.

»Je näher sein Ende kam, desto öfter erzählte er seine Märchen von ›unserem adligen kastilischen Namen‹. Und jetzt will der Bezirksstaatsanwalt von New York County die ganze Welt glauben machen, Big Jim Estradas kleiner Junge sei ein Puertoricaner.«

»Solche Verbitterung tut nicht gut, Joseph«, entgegnete Mahoney.

»Es tut vor allem nicht gut, derjenige zu sein, der den Löwen zum Fraß vorgeworfen wird, wenn so ein medienwirksamer Fall den Bach runtergeht. Glaubst du denn, die Presse wird sich nicht nach meinen familiären Verhältnissen erkundigen? Es dürfte nicht schwer sein, herauszubekommen, daß die Familie meiner Mutter bis zur Zeit der *Mayflower* zurückreicht. Wie wird Bishop dastehen? Wie werde ich dastehen?«

»Hast du jemanden darauf aufmerksam gemacht?«

»Ich hätte es verdammt noch mal tun sollen. Aber damals habe ich nur gedacht ›Wann kriegst du je wieder einen solchen Fall?‹«

»Nie wieder, wenn du Glück hast.« Trotz seines Whiskys klang Mahoney wie ein Mann, der wußte, wovon er sprach. »Und dennoch: Du wirst es schaffen. Wenn es jemand schafft, dann du.«

»Ich muß einfach. Einzig und allein deshalb bin ich ja nach all diesen Jahren noch hier. Einen solchen Fall brauche ich, damit später niemand sagen kann ›Joe Wer?‹, wenn ich mich irgendwo bewerbe.«

Mahoney setzte ein niederträchtiges Grinsen auf. »*Deshalb* brauchst du nicht zu gewinnen. Sie werden mit Sicherheit schon wissen, wer du bist, wenn du diesen Prozeß in den Sand setzt.«

Auf seinem Weg in Lawrence Kahns neues Büro, wo sie den Fall *Morales* besprechen wollten, betrat Estrada die Herrentoilette, um sich frisch zu machen. Beim Blick in den Spiegel erinnerte er sich immer wieder daran, daß seine innere Unsicherheit von seiner äußeren Erscheinung verschleiert wurde: eine hohe Stirn, eingerahmt von hellbraunem Haar, große, ein wenig zu weit auseinanderliegende braune Augen, eine gerade Nase, ein allzeit bereites Lächeln und ein starker Unterkiefer. Ein Gesicht, das das Entgegenkommen anderer Menschen förderte. Zumindest hatte man ihm das gesagt.

An dem spartanischen, hellblauen Empfangsschalter der Kahn-Kommission notierte ein Sicherheitsmann Estradas Namen, forderte ihn auf, sich in eine Liste einzutragen und bot ihm anschließend einen Platz an. Der Staatsanwalt setzte sich auf einen der unbequemen Plastikstühle und wartete, bis er an der Reihe war.

Die Kahn-Kommission war in Folge des Todes von Abdullah Timmins berufen worden, einem widerspenstigen Mordzeugen, der angeblich bei einem Polizeiverhör ums Leben gekommen war, während auf dem Flur der Polizeibehörde der mit dem Fall betraute Staatsanwalt nichts unternommen hatte, um Timmins zu retten. Unter dem Druck der Öffentlichkeit hatte der Gouverneur einen Staatsanwalt ernannt, der diesen Vorfall ebenso untersuchen sollte wie alle anderen Fälle von Rassendiskriminierung durch die Polizeibehörde.

Die Wahl von Lawrence Kahn zum Vorsitzenden der Untersuchungskommission war ein überlegter Schachzug des Gouverneurs gewesen. Der Mann an der Spitze dieses Gremiums mußte ein angesehener Staatsanwalt mit heller Hautfarbe sein, um die weiße Mittelklasse von dem Gedanken abzubringen, daß es sich bei der Kommission lediglich um eine billige Masche handele, die Wählerstimmen der ethnischen Minderheiten zu gewinnen.

Es war eine schmale Gratwanderung, die Kahn zu vollbringen hatte, da ihm schon bald vorgeworfen wurde, daß die Kommission ein großer Betrug sei und nichts weiter versuche, als die Verantwortlichen für die rassistische Willkür reinzuwaschen. Bislang hatte Kahn allen Angriffen standgehalten.

Während er auf Kahn wartete, dachte Estrada über sein Verhältnis zu ihm nach. Er hatte eine Menge bei Kahn gelernt und seinen ersten Mordfall unter seiner Leitung bearbeitet. Seither waren mehr als fünf Jahre vergangen. Der Prozeß war für die Anklage erfolgreich ausgegangen, obwohl Estrada sich ziemlich unbeholfen angestellt und Kahn ernsthafte Schwierigkeiten bereitet hatte. Von da an hatte Estrada versucht, seinem früheren Mentor nach Möglichkeit nicht über den Weg zu laufen.

Nun tröstete er sich mit dem Gedanken, daß Kahn in der Zwischenzeit mit einem Haufen junger Stellvertretender Bezirksstaatsanwälte konfrontiert worden ist, die wahrscheinlich genauso dumme Fehler begangen haben wie er damals.

Endlich erschien Kahn. Er war groß und dick, ging jedoch stark gekrümmt, so daß er kleiner wirkte, als er in Wirklichkeit war. Der Mann strahlte eine väterliche Aura aus, die er sich vermutlich nicht lange nach seinem dreizehnten Geburtstag zugelegt hatte.

»Sie machen sich, wie ich sehe«, bemerkte Kahn, nachdem sie in seinem Büro Platz genommen hatten.

»Es ist eine große Verantwortung. Ich hoffe, daß ich ihr gerecht werde.«

»Wenn Sie sich alles ins Gedächtnis zurückrufen, was ich Ihnen beigebracht habe, dürfte nichts schiefgehen. Gibt es irgendwelche besonderen Probleme ...?« fragte er mit kollegialem Interesse. Doch Estrada verstand die Botschaft sofort: Meine Zeit ist kostbar.

»Im Augenblick nicht. Nur etwas ganz Allgemeines. Gibt es Dinge, die in Ihren Prozeßunterlagen nicht auftauchen, oder versteckte Hinweise, die man leicht übersehen könnte?«

»Was meinen Sie?«

»Persönliche Hintergründe von Polizisten oder Zeugen zum Beispiel. Leute, vor denen ich mich in acht nehmen sollte. Beweismittel, die längst nicht so stark sind, wie sie in Ihren Aufzeichnungen vielleicht erscheinen. Besonders hilfreich wären Hinweise zu sämtlichen Spuren, die Sie nicht weiterverfolgen konnten.«

»Sie versuchen, eine Abkürzung zu finden.«

»Das ist nicht meine Absicht.«

»Ein Defekt der jungen Generation. Das Problem besteht darin, daß solche Abkürzungen für gewöhnlich in die falsche Richtung führen.«

Darauf hatte Estrada keine Antwort parat.

»Wie Sie wissen, hat Kubelik mich wirklich kalt erwischt, als er diesen Nachbarn in den Zeugenstand rief«, fing Kahn aus heiterem

Himmel an zu erzählen. »Die ermittelnden Polizeibeamten konnten die Wohnung nicht entdecken, die Morales und Mariah als Liebesnest diente. Mariahs Freunde hatten zwar davon berichtet, doch es war Morales gelungen, seine Spuren zu verwischen. Aus diesem Grund hatte ich keine Chance, als Kubelik auf einmal den Nachbarn präsentierte, der unten in dem betreffenden Haus wohnte und erzählte, die beiden hätten an jenem Nachmittag die Bettfedern zum Quietschen gebracht. Ich konnte ihm im Kreuzverhör zwar einige Wunden zufügen, aber diesmal wird er wohl schwieriger zu packen sein. Es sei denn, der Kerl ist ein völliger Idiot. Leider war seine Aussage von grundlegender Bedeutung. Denn falls sie wirklich zu der fraglichen Zeit in diesem Apartment zusammen waren, verfügt die Verteidigung über eine Erklärung dafür, woher die Beweise für einen sexuellen Kontakt stammen – Samen, Schamhaare, einfach alles. Damit laufen Sie Gefahr, daß die Anklage wegen Vergewaltigung fallengelassen wird. Und ohne Vergewaltigung machen sie aus dem Totschlag niemals einen Mord.«

Und ohne einen Mord würde es niemals ein *Lebenslänglich* geben.

»Es muß etwas vorhanden sein, das Sie gegen den Nachbarn vorbringen können«, erläuterte Kahn. »Morales hat ihn gekauft oder Druck auf ihn ausgeübt – irgendwas in dieser Art.«

Estrada notierte Kahns Bemerkungen, als ob er nicht selbst auch schon an diese Möglichkeit gedacht hätte. »Danke. Ich werde dem nachgehen.«

»Falls Sie noch weitere Fragen haben, rufen Sie einfach an.« Er streckte die Hand aus. »Viel Glück. Der Mistkerl gehört hinter Gitter.«

»Ich werde tun, was ich kann, Sir.«

Estrada ging zur Tür. Seine Hand berührte bereits den Knauf, als Kahn noch etwas hinzufügte.

»Joe.«

Er drehte sich um. Kahn saß hinter seinem Schreibtisch und wählte eine Telefonnummer.

»Eins noch. Passen Sie auf die Schwester auf.«

Estrada hätte gerne gewußt, was er damit meinte, doch Kahn hatte bereits sein Gespräch begonnen.

3

Während sich Estrada routinemäßig mit den verschiedenen Details des Falles befaßte, mußte er feststellen, daß er fortwährend an Morales dachte. Er wollte herausfinden, auf welche Weise dieser Mann wohlhabend und prominent geworden war, was ihn antrieb, wie er sein Lebenswerk leichtsinnig hatte aufs Spiel setzen und anschließend sogar wegwerfen können – und weswegen? Nur wegen eines vorübergehenden Wutanfalls, nachdem man ihm einen Korb gegeben hatte?

Er wühlte in Kahns Unterlagen herum und brachte eine dicke Mappe mit Zeitungsausschnitten zum Vorschein. Beim Herumblättern in den vielen Berichten über Morales gewann Estrada einen ersten Eindruck von dessen Werdegang. Er führte vom tiefsten Brooklyn bis hin zum durch Stipendien geförderten Studium an den renommiertesten Universitäten des Landes. Seine Karriere hatte mit frühen Erfolgen bei der Sanierung von Wohnhäusern begonnen und ihn in die hohen Gefilde der Präsidentschaft von Phoenix Enterprise aufsteigen lassen. Dabei handelte es sich um ein Landerschließungsunternehmen, das sich zum Ziel gesetzt hatte, einen Teil des Uferviertels von Brooklyn wieder zum Leben zu erwecken. Sein Lebenslauf hätte die Zuhörerschaft einer jeden Handelskammer im gesamten Land in Entzücken versetzt. Außerdem verfügte er über eine stattliche Anzahl von Auszeichnungen seitens verschiedener lateinamerikanischer Organisationen – Auszeichnungen, die für gewöhnlich nur bedeutenden Wohltätern zugesprochen wurden.

Seit dem Mord hatte sich Morales freiwillig in wohltätige Aktionen gestürzt. Wenn er nicht gerade die Immobilien-Holdings leitete, denen er seinen Reichtum verdankte, arbeitete er eifrig an lokalen Hilfsprojekten, die er selbst initiiert hatte und finanziell unterstützte: ein Rehabilitationszentrum für Drogensüchtige, eine Organisation, die Kleinunternehmern bei der Existenzgründung unter die Arme griff und ein Programm für die Renovierung von Mietshäusern.

Estrada suchte die Akten mit den Aufzeichnungen der polizeilichen Ermittlungen heraus, die auf Formblättern mit der Bezeichnung ›DD-5‹ festgehalten worden waren. Seine Suche nach einer Auflistung der vielen hundert Befragungen verlief ergebnislos. Mit dem Aktenordner unter dem Arm ging Estrada den Gang hinunter.

Lisa Stein saß hinter ihrem Schreibtisch im Büro der Assistenten und war gerade damit beschäftigt, die Tonbandaufzeichnung einer Zeugenaussage zu tippen. Sie gehörte zu den besten Assistentinnen der

Staatsanwaltschaft. Ungeachtet ihrer mangelnden Erfahrung hatte Estrada sie im Fall *Morales* zu seiner Mitarbeiterin ernannt, da sie über eine lebhafte Intelligenz und ein großes Maß an Wißbegierde verfügte.

»Okay, Miß Stein. Ich habe hier richtige Arbeit für Sie.« Er schmetterte den Aktenordner so heftig auf den Tisch, daß der Computer ins Wackeln geriet.

»Ich weiß schon, ich soll ein Verzeichnis erstellen.« Sie verzog das Gesicht. »Erst muß ich das hier zu Ende bringen. Reicht es, wenn ich morgen damit beginne? Falls Sie es wünschen, könnte ich heute aber auch länger bleiben.«

»Morgen reicht mir völlig.« Er freute sich, wie eifrig sie bei der Sache war.

Kaum war er wieder in seinem Büro, rief Tommy Clemente an, ein Polizeibeamter der Sondereinheit, die zuerst für die Untersuchungen im Mordfall *Mariah Dodge* zuständig gewesen war. Sie vereinbarten noch für den gleichen Tag ein Treffen um Viertel nach vier.

Kurz nach drei klingelte das Telefon. »Eine Mrs. Dodge möchte Sie persönlich sprechen«, ließ ihn Ginny, die Sekretärin, wissen.

»Stellen Sie sie durch.« Estrada fragte sich, ob Mrs. Dodges Ehemann von diesem Anruf unterrichtet war.

Einen Moment lang herrschte Stille, dann waren in der Leitung einige klickende Geräusche zu hören. »Mr. Estrada? Hier ist Sylvia Dodge, Mariahs Mutter.« Dieselbe angenehme Stimme, die er bereits kannte, nur klang sie jünger als beim letzten Mal.

»Ja, Mrs. Dodge, was kann ich für Sie tun?« Er versuchte, so entgegenkommend wie möglich zu klingen, ohne dabei allzu dick aufzutragen.

»Hm, im Grunde sollte ich Sie gar nicht anrufen, aber ich habe da ein oder zwei Fragen.« Sie zögerte. Estrada spürte, wie sie sich sammelte, um den Anfang zu schaffen.

»Wegen dieses neuen Prozesses … Ich verstehe einfach nicht, warum. Mein Mann, der Doktor, sagt, dieser Haufen rückgratloser Liberaler habe dem rassistischen Druck nachgegeben. Doch selbst wenn das stimmen sollte, muß es doch einen Grund dafür geben, nicht wahr? Tess, Mariahs Schwester, hat zwar versucht, mir zu erklären, weshalb die erste Verhandlung schiefgelaufen ist, doch ich befürchte, daß ich ein wenig zu langsam bin, um das alles zu verstehen.«

»Lassen Sie mich versuchen, Ihnen zu helfen.« Estrada erläuterte ihr, wie wichtig es sei, den Angeklagten mit dem Tatort in Verbindung zu bringen und kam dann auf die Gegenargumente zu sprechen, mit denen der Verteidiger Walter Kubelik Kahns Beweisführung widerlegt hatte.

»Ja, das meiste davon habe ich vor Gericht selbst miterlebt.«

»Gut. Mr. Kahns Problem – mittlerweile ist es das meine – bestand darin, die Geschworenen davon zu überzeugen, daß sich Morales am Abend des Mordes in dem Bürogebäude aufhielt, um sich mit Mariah zu treffen.« Zu spät fiel ihm ein, daß er gegenüber Mrs. Dodge den Namen Morales nicht erwähnen sollte. »Tut mir leid, wegen des Namens.«

»Schon gut. Das ist eher ein Problem des Doktors. Reden Sie ruhig weiter, und kümmern Sie sich nicht darum, wie das, was Sie zu sagen haben, auf mich wirken könnte. Ich will alles erfahren, bevor mir das Kleingeld ausgeht.«

»Sprechen Sie aus einer Telefonzelle?« Das erklärte die Stille und das Klicken, als sie verbunden worden waren.

»Ja, von zu Hause aus konnte ich nicht …«

»Geben Sie mir die Nummer der Zelle, und ich rufe zurück.«

»Also gut«, sagte Estrada, nachdem sie seinen Anruf entgegengenommen hatte, »jetzt wird die Geschichte komplizierter. Damit zu einer Verhandlung keine mangelhaften Beweismittel zugelassen werden, gibt es bestimmte Regeln dafür, was eine Jury nicht zu Sehen oder zu Hören bekommen darf. Wir nennen so etwas *unzulässige Beweise.* Es ist die Aufgabe des jeweiligen Richters, darüber zu befinden.«

»Das habe ich verstanden.«

»In Ordnung. Wie Sie sich möglicherweise erinnern, hat ein Freund von Mariah ausgesagt, Mariah habe gesagt, sie wolle ins Büro gehen, da Morales sie um ein Treffen gebeten habe.«

»Ja …«

»Falls Mariah ihrem Freund gegenüber eine solche Aussage gemacht hat, läßt das darauf schließen, daß sie selbst ins Büro zu gehen beabsichtigte. Doch nun wird es schwierig. Sie sagte, *er sagte,* daß er sich ebenfalls dort einfinden wolle. Erfahren wir daraus irgendetwas über *seine* Absichten?«

»Etwa nicht? Wenn er es doch gesagt hat.«

»Das Berufungsgericht war zumindest der Meinung, daß die Richterin diese Aussage nicht hätte zulassen dürfen.«

»Ist das etwa der Grund, warum es zu einem zweiten Prozeß kommen wird?«

»In gewisser Weise hing die ganze Verhandlung von dieser einen Aussage ab.«

»Aber Mariah hätte niemals gelogen«, erwiderte ihre Mutter. »Warum hätte sie das tun sollen?«

»Es geht nicht darum, ob sie ihn vielleicht mißverstanden hat oder ob er sie nicht sogar belogen haben könnte.«

»Warum sollte er?«

»Das ist genau der Punkt, in dem die Richterin, die das Verfahren geleitet hat, und die Vorsitzenden des Berufungsgerichts unterschiedlicher Auffassung waren.« Es war eine allzu simple Darstellung, aber Estrada hoffte, er würde damit den komplizierten Sachverhalt hinreichend erklären.

»Da komme ich nicht mit. Wahrheit bleibt Wahrheit.«

Sie sagte das mit einem so tiefen Ernst, daß es ihm in Mark und Bein fuhr. Wie oft schon hatte er sich gewünscht, daß alles so einfach wäre?

»Es kommt häufig vor, daß wahre Sachverhalte vor Gericht als Beweise nicht zugelassen werden.«

»Wenn das stimmt, verstehe ich nicht, wie man da noch von Gerechtigkeit reden kann«, seufzte sie. »Wenn jemand schuldig ist, gehört er hinter Gitter. So sollte es sein – und nicht anders.«

So sollte es sein. Estrada dachte über die Wahrheit dieses Satzes nach, während er auf Clemente wartete. Er wünschte sich, daß eine Verurteilung wegen Mordes die durch eine zweite Verhandlung wiederauflebenen Qualen der Familie Dodge rechtfertigen könnte.

Bei oberflächlicher Betrachtung wirkte der Mann, der pünktlich um Viertel nach vier Estradas Bürotür öffnete, keinesfalls beeindruckend. Er war mittelgroß und trug einen überdimensionalen, sackartigen Anzug, den er anscheinend für chic hielt, obwohl er sich beim Kauf offensichtlich vergriffen haben mußte. Bei genauerem Hinsehen ließ sein wettergegerbtes Gesicht Estrada an eine Flagge aus den Revolutionskriegen denken: das Bild einer Viper mit dem Motto TRAMPLE NICHT AUF MIR HERUM.

Der Staatsanwalt trat vor seinen Schreibtisch, um den Kriminalbeamten zu begrüßen. »Ich bin Joe Estrada und werde beim Wiederaufnahmeverfahren gegen Roberto Morales die Anklage vertreten.«

Tommy Clemente machte keinerlei Anstalten, Estradas Hand zu ergreifen. »Womit kann ich Ihnen dienen?«

»Mir ist nicht bekannt, wieviel Ihnen über die Gründe bekannt sind, die zur Aufhebung des Urteils geführt haben ...« Estrada ließ sich wieder auf seinem Stuhl nieder, nachdem er Clemente einen Platz auf dem Besuchersessel angeboten hatte.

»Nicht gerade viel. Wenn ich mich recht erinnere, ging es um Differenzen bei der Auslegung der Hörensagen-Bestimmung. Und die Richterin hat dabei Mist gebaut.«

»Mist oder nicht, jetzt haben wir die Sache am Hals. Wir brauchen dringend Beweise, daß sich dieser Mann zur fraglichen Zeit tatsächlich am Tatort aufgehalten hat. Außerdem bin ich nicht gerade darüber erfreut, was wir bislang über seine Motive herausgefunden haben.«

»Machen Sie Witze? So wie er sie zugerichtet hat, muß sie sich vorher entsetzlich über ihn lustig gemacht oder ihn beschimpft haben. Er ist ein heißblütiger, südländischer Typ – da hat er ihr eben mal die Kehle durchgeschnitten, damit sie so was nie wieder tut. Kommt mir ziemlich einfach vor.«

»Diese Aussagen aus zweiter Hand, die wir bei der ersten Verhandlung gehört haben, werden uns überhaupt nicht weiterhelfen, wenn die Richterin die Geschworenen zuvor klar und deutlich über die Hörensagen-Bestimmungen aufklärt. Und das wird mit Sicherheit geschehen, wenn man bedenkt, wie sehr sie vom Appellationsgericht kritisiert worden ist.«

Clemente hob abwehrend die Hand. »Sehen Sie, ich werde dafür sorgen, daß Sie Ihre Zeugen bekommen. Wenn jedoch irgendein Richter den Geschworenen erzählt, daß sie ihnen nicht zuhören sollen, kann ich überhaupt nichts dagegen ausrichten, verdammt noch mal.«

»Niemand würde Ihnen deshalb Vorwürfe machen. Es stellt sich bloß die Frage, ob es einen besseren Weg gibt, Morales' Motiv zu ergründen.«

»Sie brauchen gar kein Motiv. Die nötigen Mittel und die passende Gelegenheit sind alles, was das Gesetz verlangt.«

Estrada beugte sich nach vorn. »Verkaufen Sie mich nicht für dumm, Mann. Ich will alles über Morales herauskriegen, was möglich ist. Ich kann mit Hilfe von Zeugen zwar beweisen, was Mariah Dodge von ihm hielt, aber ich habe nicht den geringsten Hinweis über Mißhandlungen oder Streitigkeiten zwischen den beiden während der Monate vor dem Mord. Nicht den kleinsten Anhaltspunkt, daß er sie je bedroht haben könnte. Keinen, der in dem Gebäude an jenem Abend eine Auseinandersetzung gehört hat. Rein gar nichts.«

»Sehen Sie, Herr Staatsanwalt« – die offizielle Anrede strotzte vor Sarkasmus – »Larry Kahn hat saubere Arbeit mit den Informationen geleistet, die wir ihm verschafft haben. Wenn Sie annehmen, daß wir jetzt, drei Jahre danach, noch Dinge ans Licht bringen, die wir damals nicht entdeckt haben, dann sind Sie wahrscheinlich auf dem Holzweg.« Clemente erhob sich. »Wenn Sie exakte Anweisungen haben, soll's mir recht sein. Andernfalls muß ich mich jetzt wieder an meine Arbeit machen.«

Die Begegnung mit Tommy Clemente hatte Estradas Bedenken verstärkt, mit einem Polizeibeamten zusammenzuarbeiten, der bereits früher in diesem Fall ermittelt hatte. Er wandte sich an Lou Collins, seinen Büroleiter, und fragte ihn, ob er ihm nicht jemanden von den Beamten zur Verfügung stellen könne, die normalerweise für die Bezirksstaatsanwaltschaft tätig waren.

Nach einiger Zeit meldete sich Stash McMorris bei Estrada. Er hatte eine polnische Mutter und einen irischen Vater, was ihm bei seinen Untersuchungen in der Northside von Nutzen sein würde, wo Morales' Plänen zufolge ursprünglich das Phoenix-Projekt hatte entstehen sollen.

Wieder einmal hatte der Fluch, der über dem Fall *Morales* hing, Wirkung gezeigt: Taktierereien aus ethnischen Gründen als oberste Verhaltensregel. Estrada haßte diese Politik der Staatsanwaltschaft, obgleich er genau wußte, daß er ihr allein seine Berufung zum Ankläger zu verdanken hatte.

Gegen Ende der Woche hatte Estrada eine Unterredung mit Collins und dessen Vorgesetzem, Natalie Muir.

»Ich habe mittlerweile die Unterlagen durchgearbeitet«, ließ er die beiden wissen. »Ohne Beweise dafür, daß Morales Mariah Dodge wirklich treffen wollte, bleiben uns lediglich einige Männer des Wachdienstes, die bestenfalls bestätigen können, daß er die Eingangshalle des Bürohauses betreten hat. Dadurch wird unser ohnehin schon wackeliger Fall nicht gerade stärker.«

»Das kommt nicht unerwartet.« Muir war eine kräftige, stämmige Frau, ständig ungeduldig, immer geschäftig.

»Es wird schwer sein, soviele Jahre nach dem Verbrechen neue Zeugen aufzutreiben«, ergänzte Estrada. »Wenn ich das versuche, werde ich keine Zeit haben, um mich mit den DNA-Tests und all diesen Dingen vertraut zu machen. Ich benötige daher noch einen Kollegen, jemanden, mit mehr Erfahrung auf diesem Gebiet.«

»In Ordnung«, erwiderte Muir, »wir werden sehen, was wir für Sie tun können.«

Kaum war sie zur Tür hinaus, wandte sich Collins mit zusammengekniffenen Augen zu Estrada um. »Was sollte das, zum Teufel?«

»Was?«

»Hören Sie doch auf. Sie wissen ganz genau, was ich meine.« Indem er seinen Kopf und den Unterkiefer vorstreckte, verstärkte der kleine, muskulöse Büroleiter noch sein bulldoggenartiges Erscheinungsbild. »Wenn Sie einen Kollegen für den Prozeß benötigen, haben Sie das zuerst mir mitzuteilen. Setzen Sie sich wieder hin.«

Estrada nahm erneut Platz.

»Also gut.« Collins deutete mit dem Finger auf seinen Untergebenen. »Natalie Muir wird uns diesen Sommer verlassen, Ende Juli oder Anfang August. Und sie wird nicht wiederkommen.«

»Im Ernst?« Estrada hatte schon einige Gerüchte mitbekommen, hielt es aber nicht für geschickt, sich diesbezüglich Collins gegenüber zu äußern.

»Im Ernst«, sagte Collins sarkastisch. »Möchten Sie darüber nachdenken, was das bedeutet, oder soll ich Ihnen ein Bild davon machen?«

»Sind *Sie* für ihren Job vorgesehen?« Das hatten die Gerüchte nicht besagt.

»Wie ich gehört habe, stehen zwei Namen auf der Liste, und meiner ist einer davon.«

»Schön.«

»Vielleicht.« Collins Augen verengten sich erneut. »Falls ich befördert werde, erhalten Talley oder Bloch« – Collins momentane Stellvertreter – »meine Stelle. Und wenn Sie Ihre Sache ordentlich machen, wird man Sie für den freiwerdenden Platz vorsehen. Comprende?«

Auch wenn Estrada seine Zukunft anderswo sah, hätte diese Beförderung erheblichen Einfluß darauf haben können, wo er später einmal landen und welche Position er dort bekleiden würde.

»Glauben Sie bloß nicht, daß Sie durch irgendwelche Kniffe dafür sorgen können, daß ich diesen Job tatsächlich bekomme. Dazu sind Sie nämlich gar nicht in der Lage«, erläuterte Collins. »Aber wenn Sie verlieren, können Sie todsicher sein, daß ich nicht befördert werde und auch Sie demnach auf ihrem Posten bleiben. Kapiert?«

Estrada nickte.

»Gut. Ich habe mich schon ganz oben für Sie eingesetzt, damit man auf Sie nicht zu viel Druck ausübt bei Ihren Ermittlungen. Das bedeutet natürlich, daß Sie mich auf dem laufenden halten und ich die da oben. Sie sollten also nichts hinter meinem Rücken tun, so wie vorhin. Haben Sie das auch verstanden?«

»Ich habe verstanden.«

»Das möchte ich Ihnen auch geraten haben.«

4

Estrada nahm ein paar der Akten über Roberto Morales mit nach Hause. Bei ihrem Studium steigerte sich seine Faszination über diesen Mann noch weiter. Am Sonntag gab er schließlich der Versuchung eines jeden Staatsanwalts nach und spielte selbst Detektiv.

In dem von seiner Behörde zur Verfügung gestellten Wagen parkte er in der Nähe des Hauses in der Park Avenue, in dem die Familie Morales wohnte. Mit Hilfe des Rückspiegels beobachtete er dann den Ausgang. Es dauerte eine ganze Weile, bis der Pförtner die Tür öffnete und die gesamte Familie hinausgeleitete. Morales' Ehefrau zog sofort Estradas Blicke auf sich. Sie war groß, schlank und hatte lange Beine. Ihr volles braunes Haar war zu einem Pferdeschwanz zurückgekämmt. Es war unschwer zu erkennen, daß es sich bei Marti Morales um ein Fotomodell handelte. Die Kinder, ein Junge von sieben Jahren und ein fünfjähriges Mädchen, trugen wie ihre Mutter ausgeblichene Jeans und weiße Hemden. Morales trat in einem marineblauen Blazer als letzter aus der Tür. Er wirkte in guter Verfassung und athletisch – auf jeden Fall jünger als sechsundvierzig.

Estrada wartete, bis sie die Straße überquert hatten, stieg dann aus seinem Wagen und folgte ihnen.

Durch den Central Park ging es zum Zoo. In sicherem Abstand blieb er hinter ihnen, nachdem sie das Drehkreuz am Eingang passiert hatten. Die Kinder wieselten um ihre Eltern herum, rannten mal voraus, blieben ein andermal hinter ihnen zurück. Erst suchten sie die Seehunde auf, anschließend beobachteten sie die Eisbären.

Estrada war klar, daß er seine Verfolgung abbrechen sollte, handelte aber wider besseres Wissen. Im Tropenhaus angekommen, gab er sich jede erdenkliche Mühe, möglichst unauffällig zu sein.

Der Siebenjährige rannte an ihm vorbei, verfolgt von seiner kleinen, kichernden Schwester. Ohne achtzugeben bohrte sie sich voll in Estrada hinein und fiel dann auf den Hosenboden.

»Alles in Ordnung?« fragte er mit einer Stimme, die er für besänftigend hielt. Das Mädchen fing an zu weinen.

Von hinten kam Marti Morales herbeigelaufen, kniete sich nieder und nahm das Kind in die Arme. Estrada war ihr so nahe, daß er die kleinen Härchen an ihrem Nacken hätte zählen können.

»Verzeihen Sie«, sagte die Frau zu Estrada. »Die beiden sind so übermütig.« Das Mädchen lachte schon wieder und faßte ihre Mutter bei der Hand.

Estrada konnte kein Wort hervorbringen. Er rang sich ein mühsames Lächeln ab, drehte sich um und wäre beinahe mit Morales zusammengestoßen, der sich hingehockt hatte und sanft, aber eindringlich auf seinen Sohn einredete. Gegen den Strom der Besucher bahnte sich Estrada einen Weg an die frische Luft. Er fragte sich, weshalb ein Mann mit einer so netten Familie und einer solchen Ehefrau den Wunsch nach anderen Frauen haben sollte.

»Vielen Ehemännern ist eine eben zu wenig«, bemerkte Mahoney, nachdem Estrada ihm von seinem Erlebnis berichtet und seine offene Frage vorgetragen hatte. »Außerdem findet sich immer eine, die dumm genug ist, auf solche Typen reinzufallen. Ich würde nur nicht immer gleich die Kerle allein dafür verantwortlich machen.«

»Dem Opfer die Schuld in die Schuhe zu schieben ist Sache der Verteidigung.«

»Ich meine ja gar nicht die arme Miß Dodge, sondern habe ganz allgemein davon gesprochen, wer wen hintergeht in der großen weiten Welt des Sexes und der Seitensprünge. Vielleicht solltest du versuchen, herauszufinden, wie das Verhältnis der beiden seinen Anfang genommen hat. Kann sein, daß wir dadurch Hinweise auf das Ende erhalten.«

Die neue Woche begann mit einer Zusammenkunft des gesamten Teams. In Estradas Büro hatten sich Lisa Stein, Stash McMorris und Tommy Clemente versammelt. Außerdem war noch Nancy Rosen anwesend. Estrada hatte zwar um einen Kollegen zur Unterstützung gebeten, doch wäre er niemals auf die Idee gekommen, ausgerechnet nach dieser Frau zu verlangen.

Er war zur selben Zeit wie sie zur Bezirksstaatsanwaltschaft gekommen. Nancy Rosen hatte sich einen ausgesprochen guten Ruf beim Sittendezernat erworben. Außerdem hatte sie zwei Jahre zuvor beim ersten Prozeß gegen Morales Larry Kahn als Assistentin gedient. Damit wäre sie für das Wiederaufnahmeverfahren im Grunde erste Wahl gewesen, nicht aber als Mitarbeiterin eines Staatsanwalts, der alles andere als ihr Vorgesetzter war.

Sie hatte sich entsetzlich aufgeregt, als sie erfuhr, daß Estrada ihr vorgezogen worden war. Estrada war sich sicher, daß irgendwer anscheinend seine ganze Überredungskunst aufgewandt hatte, um sie doch noch zur Teilnahme am zweiten Verfahren gegen Morales zu bewegen. Als Ergebnis hatte er jetzt ein Trojanisches Pferd in seiner Mannschaft.

Trotz der Aprilhitze heizte die schrottreife Klimaanlage in dem kleinen Büro auf Hochtouren. Estrada hoffte, daß er die wichtigsten Punkte so schnell wie möglich zur Sprache bringen konnte, bevor die Geduld der Anwesenden von der hohen Temperatur auf eine allzu große Probe gestellt wurde.

Er begann mit der Schilderung der Szene, die man am Tatort vorgefunden hatte: keine Mordwaffe, keine brauchbaren Fingerabdrücke mit Ausnahme der Spuren jener Leute, die regelmäßig Zugang zu dem Büroraum hatten. Auf der Rückenlehne der Couch Blutspritzer, die aussahen, als habe sie jemand nach dem Mord mit einem Stück Stoff wegzuwischen versucht. Dasselbe Bild auf einem Beistelltisch direkt neben der Couch.

Zur Dusche von Morales' privatem Badezimmer führten konturlose Fußspuren aus Blut. Blut befand sich auch zusammen mit Mariah Dodges und Morales' Haaren im Becken der Dusche. Besonders auffallend waren an der Leiche die Halswunden, einige kleinere Schnitte an ihrem Kinn sowie zwei längere Verletzungen auf ihrer linken Backe, die Kahn als Zeichen der Einschüchterung und Bedrohung vor der Vergewaltigung gedeutet hatte. An ihrem rechten Handgelenk befand sich eine Stelle, an der kaum Blutspuren zu erkennen waren, und die darauf schließen ließ, daß sie verdeckt gewesen sein mußte, als der Hals des Opfers aufgeschlitzt worden war. Sperma und Schamhaar. Das Schamhaar war als Beweismittel nahezu unbrauchbar. Zwar wurde Morales' Täterschaft dadurch nicht widerlegt, allerdings schloß es auch Millionen anderer Männer nicht aus.

»Wir müssen vor allem eines bedenken«, sagte Estrada. »Bei der ersten Verhandlung stellte die Frage nach dem Mordmotiv den schwächsten Punkt der Anklage dar. Deshalb benötigen wir dazu so viele Informationen wie möglich. Verbale Beleidigungen und sexuelle Zurückweisung waren schon Anlaß für viele Mordtaten, aber durch lauter Eifersucht hervorgerufene mörderische Wut entspricht nun mal nicht dem Verhalten, das man mit Leuten wie Morales verbindet.«

»Warum denn nicht?« wollte Clemente wissen. »Wie ich bereits sagte, ist er ein heißblütiger Südländer.«

Nancy Rosen, der während der ganzen Zeit kein Sterbenswörtchen über die Lippen gekommen war, deutete ein Lächeln an.

»Genau das ist er, Tommy.« Estrada wäre verloren gewesen, wenn er Clementes Köder geschluckt hätte. »Und wir wollen auch die Geschworenen dazu bringen, daß sie das glauben. Aber wehe, wenn wir das jemals öffentlich verkünden. Wir dürfen das nicht einmal andeutungsweise tun. Am besten wäre es, wenn es uns gelänge, ein weiteres Motiv für die Tat zu entdecken.«

Ein allgemeines Aufstöhnen war die Antwort.

»Uns allen ist bekannt, wie tückisch solche Wiederaufnahmeverfahren sind. Zeugen vergessen ihre Aussagen, sterben oder verschwinden. Beweismittel verlieren ihre Bedeutung. Ohne etwas wirklich Neues in der Hand wird es verdammt schwer sein, am Ende des zweiten Prozesses nicht noch schlechter dazustehen als beim ersten. So sehr ich Larry Kahn auch respektiere, muß ich nach Durchsicht der Prozeßakten doch behaupten, daß er viel Glück hatte, überhaupt einen Schuldspruch zu erwirken.«

Ein großer, flacher Briefumschlag erreichte am nächsten Morgen Estrada zusammen mit der übrigen Post. Die Anschrift war maschinengeschrieben, der Absender in Texas stimmte nicht mit dem der Dodges überein. Er schlitzte den Umschlag auf. Der Inhalt bestand aus einem Foto und einer beigefügten Mitteilung.

Das Bild zeigte eine Frau von Mitte Dreißig mit gleichmäßigen Gesichtszügen, einem Übermaß an rotem Haar und unwiderstehlichen smaragdgrünen Augen. Ihr ganzer Ausdruck spiegelte ein heftiges Verlangen nach Leben wider. Mariah Dodge, wie sie gewesen war – vorher.

»Danke für Ihre freundliche Beantwortung meiner Fragen«, stand auf dem Zettel. »Da ich von Dr. Dodge erfahren habe, daß Sie ein Bild von unserer Tochter benötigen, habe ich Ihnen von unserem Lieblingsfoto einen Abzug machen lassen. Mein Mann weiß nichts davon. Bitte erwähnen Sie es ihm gegenüber auch nicht, falls Sie demnächst mit ihm sprechen sollten.« Die Unterschrift fehlte.

Stash McMorris betrat das Büro, als Estrada die Fotografie gerade an sein Schwarzes Brett heftete.

»Meine Güte«, rief er aus, »die sieht ja toll aus.«

»Sah.«

»Ja. Welch ein Verlust.«

»Darum hänge ich dieses Foto ja auf. Damit wir immer vor Augen haben, wie sie einmal ausgesehen hat, als sie noch am Leben war. So werden wir niemals Gefahr laufen, immer nur an ein Stück Fleisch zu denken, das auf einem Seziertisch liegt.«

McMorris holte sein Notizbuch hervor.

»Ich habe noch mal bei Santos angerufen«, ließ er Estrada wissen, während er in dem Büchlein blätterte. »Er macht es mir nicht gerade leicht.«

Ramon Santos war jener Wachmann, der zugegen gewesen war, als Morales um die Mordzeit herum das Gebäude betreten hatte. Er war derjenige Augenzeuge, der ihn am besten kannte und ihn am deutlichsten gesehen hatte.

»Er gibt an, daß er sich um seine kranke Mutter kümmern müsse und deshalb nicht hier erscheinen könne. Ich habe mich mit den Nachbarn unterhalten. Es steht fest, daß die Mutter wirklich krank ist. Aber niemand ist der Meinung, Santos würde viel Zeit für sie aufwenden. Eher für seine Freundin.«

»Erzählen Sie mir etwas über diese Freundin.«

»Ihr Name ist Rosita. Sie arbeitet in demselben Bürohaus für einen Wirtschaftsprüfer und wohnt in Brooklyn.« McMorris nannte eine Adresse, die mitten in Morales' Wirkungsgebiet lag.

»Ich hoffe, Sie treiben bloß einen Scherz mit mir.« Aber Stash McMorris war alles andere als ein Spaßvogel. »Das fehlte auch noch, daß wir Santos verlieren, weil seine Freundin von der Southside kommt. Es wäre besser, wenn Sie ihn herbeischaffen, damit wir uns ein eigenes Bild machen können. Seine Ausreden interessieren mich nicht im geringsten. Was ist mit dem alten Censabella?«

McMorris blätterte ein paar Seiten weiter. »Er lebt allein in dem Haus, in dem Morales ein Apartment angemietet hatte – direkt über ihm, die beste Wohnung im ganzen Haus.«

»Das überrascht mich nicht.«

»Censabella sitzt ständig am Fenster, wie eine alte Lady. Wenn Sie mich fragen, ist das verrückt. Immer dann, wenn ich irgendwo längere Zeit zur Beobachtung gesessen habe, wäre ich beinahe vor Langeweile gestorben.« Das übliche Lamento eines Polizeibeamten.

»Hat er Freunde, regelmäßige Besucher?«

»Nicht daß ich wüßte. Mal geht er zum Kaufmann, mal zum Waschsalon. Gepflegt, sauber, zieht sich gut an für einen alten Mann.«

»Es muß doch andere Menschen in seinem Leben geben.«

»Vielleicht die Leute, denen er täglich auf der Straße begegnet.«

»Vielleicht Morales«, schlug Estrada vor.

»Früher einmal – kann sein. Heute aber nicht mehr. Nicht, wenn Morales noch halbwegs bei Verstand ist.«

Als sich McMorris verabschiedete, klingelte das Telefon. »Hier ist ein Herr namens Castillo«, sagte Johnson von der Pförtnerloge. »Läuft hier rum, als wäre er bei sich zu Hause. Er hat einen Presseausweis. Sagt, er habe eine Verabredung mit Ihnen.«

»Nicht mit mir. Ich räume Reportern grundsätzlich keine Termine ein.« Doch Estrada war neugierig, was der Mann von ihm wollte. Außerdem hatte er nicht die Absicht, es sich mit Reportern, die den spanischen Namen Castillo trugen, mehr als nötig zu verderben. »Ich komme gleich zu Ihnen.«

»Pancho Castillo, *Noticias Diarias*«, stellte der Mann in dem grauen Anzug sich lächelnd vor. Unter einer Mähne gekräuselter brauner Locken verbarg sich ein tiefzerfurchtes, aber keinesfalls altes Gesicht. Estrada schätzte ihn allenfalls auf fünfunddreißig. »Mehr als an dem Fall *Morales* bin ich an Ihrer Person interessiert«, sagte er. »Sie sind das neue Gewürz in der Suppe.«

»Bedaure. Ich wüßte nicht, was an mir so interessant sein soll.«

»Ich schreibe für die lateinamerikanischen Bürger in dieser Stadt. Alle meine Leser wollen etwas über das spanische Blut des Staatsanwalts erfahren, der Roberto Morales anklagt. Diesen Mann, der von unseren Leuten wegen seiner guten Taten so sehr verehrt wird.«

Estrada fragte sich, ob Bishops fehlgeschlagener Schachzug sofort auf die Staatsanwaltschaft zurückschlagen würde oder erst dann, wenn ihre Arbeit schon so weit fortgeschritten wäre, daß sie die Empörung der Bevölkerung beruflich nicht überleben würden.

»Ich wäre Ihnen gerne behilflich«, erwiderte er, »kann aber, da Sie ein Reporter sind, keine offiziellen oder inoffiziellen Kontakte zu Ihnen unterhalten.«

Castillo überreichte ihm eine Visitenkarte. »Vielleicht kommen Sie ja mal in eine Lage, in der *ich* Ihnen weiterhelfen kann.«

In Estradas Büro machte sich schon wieder das Telefon bemerkbar. »Eine Miß Miller«, sagte die Empfangsdame. »Von Pane, Parish, Eisen & Legler.«

Weder von der Frau, noch von der Kanzlei hatte er je gehört. Wieder jemand von der Presse, der es besonders schlau anstellte? Er lehnte sich in seinem Bürostuhl zurück und legte die Füße auf den Schreibtisch. »Geben Sie sie mir.«

»Hier ist Kassia Miller«, sagte die Stimme. »Ich vertrete Roberto Morales.«

Mit einem Ruck schwang er die Füße vom Tisch. »Ja bitte?«

»Ich dachte, wir beide sollten uns einmal über den Gerichtstermin unterhalten. Richterin Martinez wird uns sicher bald sehen wollen.«

»Hm … noch bin ich nicht so weit, aber ich nehme an, daß wir in ungefähr drei Wochen ein Schwätzchen mit der Richterin halten können.«

»Das wäre schön, vorausgesetzt, daß wir uns zuvor treffen. Wie wäre es mit kommenden Montag?«

»Einverstanden.« Estrada hatte nichts dagegen. Er wollte seine neue Kontrahentin so schnell wie möglich unter die Lupe nehmen.

Statt Lisa Stein damit zu beauftragen, ging er selbst hinunter in die Bibliothek und suchte in einer veralteten Ausgabe des National Lawyers Directory unter den vielen Millers nach einer Kassia. Erst wußte er nicht, wie sich ihr Vorname buchstabierte, doch schließlich machte er ihn doch noch ausfindig. Wie er Miß Millers Lebenslauf entnahm, war sie nach Absolvierung eines berühmten Mädchen-Colleges und Beendigung des Jurastudiums schon seit neun Jahren als Rechtsanwältin tätig. Er vermutete, daß sie Ende Dreißig sein mußte, fünf oder sechs Jahre älter als er selbst.

Als er unter dem Namen der Kanzlei nachsah, stellte Estrada fest, daß sie über keine Abteilung für Kapitalverbrechen verfügte, was jedoch nichts zu sagen hatte, da seine Ausgabe des Verzeichnisses nicht mehr auf dem neuesten Stand war. Gerade wollte er das Buch schließen, als er einen bekannten Namen unter den Partnern der Kanzlei ausmachte: Michael Ryan. Konnte es sich dabei um denselben Michael Ryan handeln, der kräftig beim Sturz von Franky Griglia beteiligt gewesen war, H. T. Bishops Vorgänger als Leitender Bezirksstaatsanwalt? Und hatte dieser Ryan damals nicht gemeinsam mit einer Frau seinen Prozeß geführt?

Er ging wieder nach oben und beauftragte Lisa Stein mit der Zusammenstellung eines vollständigen Berichtes über eine Anwältin mit dem Namen Kassia Miller. Estrada wollte alles Wissenswerte über sie in Erfahrung bringen.

5

Tags darauf übergab Lisa Stein ihrem Vorgesetzten einen schweren Packen mit Informationen, die sich fast ausnahmslos auf den Ryan-Prozeß bezogen. Estrada hatte mit seiner Vermutung über Kassia Miller richtig gelegen: Sie hatte zusammen mit Michael Ryan die Verteidigung geleitet. Der Prozeß selbst war so spektakulär gewesen wie der Fall *Morales*. Der allseits bekannte frühere Bundesstaatsanwalt Ryan hatte erfolgreich seine eigene Schwiegertochter vertreten, die des Mordes an seinem Sohn – ihrem Ehemann – angeklagt gewesen war.

Daß Morales' Wahl ausgerechnet auf Miß Miller gefallen war, fand Estrada ausgesprochen interessant. Sie war das ganze Gegenteil des öffentlichkeitsheischenden Taktierers Walter Kubelik, der ihn während des ersten Prozesses vertreten hatte. Den Zeitungsberichten zufolge handelte es sich bei dieser Frau um eine nüchterne Juristin, deren Aufgabe im Ryan-Prozeß darin bestanden hatte, die Polizeizeugen und den Zeugen der Anklage ins Kreuzverhör zu nehmen. Eigene Zeugen hatte die Verteidigung im Fall *Jennifer Ryan* offensichtlich nicht präsentiert, sondern sich darauf beschränkt, die Verläßlichkeit der von der Staatsanwaltschaft benannten Zeugen in Frage zu stellen – und sie hatte mit dieser Vorgehensweise Erfolg gehabt.

In Miß Miller hatte Morales eine Verteidigerin gefunden, die ungefähr im gleichen Alter wie Mariah Dodge war, also eine attraktive Frau mit einem beruflichen Hintergrund, der dem des Mordopfers nicht unähnlich war. Bestimmt würden einige der Geschworenen davon ausgehen, daß diese Frau nicht die Verteidigung übernommen hätte, falls Morales einer anderen Frau, die ihr selbst so ähnlich war, wirklich so etwas Schreckliches angetan haben sollte. Für einen Geschworenen war das zwar kein allzu sauberer, logischer Gedankengang, aber als Staatsanwalt mußte Estrada derartige Überlegungen in Betracht ziehen.

Estrada reihte sich auf dem Weg zum Essen gerade in den mittäglichen Menschenstrom auf der Centre Street ein, als hinter ihm jemand seinen Namen rief. Die Stimme war ihm unbekannt und ihre schneidende Schärfe minderte seinen Drang, sich umzudrehen.

»Mr. Estrada!« Schreien wäre eigentlich nicht mehr nötig gewesen, denn der Mann stand inzwischen direkt neben ihm.

Er war kleingewachsen und kräftig. Sein rundes, gebräuntes Gesicht wirkte grobschlächtig.

»Ein anständiger Mann fällt nicht über seine eigenen Leute her.«

»Was ist los?« Estrada verstand zunächst nicht, was der Unbekannte von ihm wollte.

»Roberto Morales, Mr. Estrada. Wie können Sie das jemandem antun, der soviel Gutes vollbracht hat? Wie können Sie sich bloß zum Sklaven der Nordamerikaner machen?«

Nun war es soweit. Irgendwann mußten die Angriffe gegen ihn ja losgehen. »Sehen Sie, Mr. ...«

»Condado. Luis Condado.«

»Mr. Condado, Roberto Morales wurde des Totschlags für schuldig befunden. Das hat mit seiner Abstammung rein gar nichts zu tun.«

»Das Urteil wurde aufgehoben. Er ist unschuldig.«

»Wenn er das ist, dann wird ihn die Jury mit Sicherheit freisprechen.«

»Ich bin kein dummer Junge, Mr. Estrada. Also behandeln Sie mich auch nicht so.« Condado war wütend. »Ich bin ebenso ein Mann wie Sie. Ein besserer als Sie. Weil ich nämlich nicht mein Volk verrate.«

Estrada bemerkte, wie sich Condados Hände zu Fäusten ballten. Im Gerichtsgebäude hinter ihm waren Dutzende von Polizisten und Gerichtsdienern. Doch Estrada beschloß, selbst mit dem Mann fertigzuwerden.

»Wollen Sie sich mit mir anlegen, Mr. Condado? Ist das der Weg, auf dem Sie Ihrem Freund beistehen wollen? Indem Sie mir Ihre Gewaltbereitschaft demonstrieren? Um zu beweisen, daß Roberto Morales *nicht* gewalttätig ist?«

Condados Fäuste entspannten sich wieder. »Ich bin nicht gekommen, um mich mit Ihnen zu prügeln, sondern um Ihnen klarzumachen, daß Roberto Morales den Mord nicht begangen hat.«

Er drehte sich abrupt um und stolzierte auf und davon. Dabei murmelte er in einem für Estrada unverständlichen spanischen Akzent etwas vor sich hin. Der Staatsanwalt bekam lediglich ein »Volveré! Y no estará solo!« mit – »ich werde wiederkommen, und dann bin ich nicht allein.«

Der Zwischenfall führte Estrada klar vor Augen, wie wichtig es war, mehr über diejenigen Einwohner Brooklyns in Erfahrung zu bringen, für die das Phoenix-Projekt gedacht gewesen war. Er mußte dahinterkommen, was Roberto Morales zu einem Helden hatte werden lassen – trotz der Verurteilung wegen Totschlags und trotz seines geplatzten Traums.

Estrada hätte entweder alleine in diesem Stadtteil herumstochern können oder aber in Begleitung eines Beamten der Staatsanwaltschaft oder der Polizei. Die erste Möglichkeit hätte ihn in den Augen der Einwohner zu einem Außenseiter gemacht; die zweite zu einem Feind.

Er versuchte sein Glück bei Pancho Castillo. »Ich bin auf der Suche nach einem Fremdenführer«, teilte er ihm mit.

»Und wann soll es losgehen?«

»Bald. Sonntag?«

»No habrá problema.«

Bei seinen Nachforschungen über den widerspenstigen Ramon Santos hatte McMorris auch mit zwei anderen Angestellten geredet, die in dem fraglichen Bürogebäude arbeiteten und schon während der ersten Verhandlung ausgesagt hatten. Anders als Santos, erwiesen sich beide als kooperativ. Er bestellte die Männer in sein Büro.

Willard Boynton verdiente sein Geld als Pförtner in der Nachtschicht. Er hatte beobachtet, wie Morales gegen einundzwanzig Uhr das Haus am Abend des Mordes verlassen hatte. Seine Aussage war nur kurz gewesen, hatte aber an Deutlichkeit nichts zu wünschen übriggelassen. Er schien bereit, auch beim zweiten Prozeß als Zeuge der Anklage vor Gericht aufzutreten. Aus der Unterhaltung mit ihm ging Joseph Estrada ausgesprochen ermutigt hervor: wenigstens ein Zeuge, der eine ordentliche Aussage machen würde.

Estradas Optimismus überdauerte allerdings nicht den drei Tage später stattfindenden Besuch von Bernd Petersen, dem anderen Wachmann. Beim Prozeß hatte er ausgesagt, er haben gegen zwanzig Uhr einen Mann, der einen dunklen Mantel trug, den Aufzug betreten sehen. Mit Hilfe eines Fotos hatte er ihn als Morales identifiziert. Doch hatte seine Aussage vage und unsicher geklungen und war weit von dem entfernt gewesen, wovon ein Staatsanwalt zu träumen pflegt.

Estradas Bemühungen, ihm eine zusammenhängende Darstellung zu entlocken, wurden durch Ginny vereitelt. Sie informierte ihn über das Haustelefon, daß draußen eine Frau auf ihn wartete, die behauptete, Mariah Dodges Schwester zu sein. »Sie läßt sich nicht abweisen.«

Kahns Warnung kam Estrada wieder ins Gedächtnis: »Passen Sie auf die Schwester auf.«

»Tut mir leid, Ginny, aber ich kann dieses Gespräch jetzt wirklich nicht unterbrechen.«

Kurz darauf klingelte es erneut.

»Miß Dodge sagt, sie wolle sich jetzt selbst auf die Suche nach Ihnen machen. Soll ich sie aufhalten?«

»Sind Sie sicher, daß es die Schwester ist?«

»Ich habe nicht nach einem Ausweis verlangt.«

»Versuchen Sie sie noch ein wenig hinzuhalten.« Estrada legte wieder den Hörer auf. »Mr. Petersen, Ihre Aussage wird für den neuen Prozeß von großer Wichtigkeit sein. Stash McMorris, der ermittelnde Polizeibeamte wird mit Ihnen in Verbindung bleiben; ich muß mich nun leider um meinen nächsten Termin kümmern.«

Petersen schaltete langsam.

»Ich möchte Sie ja nicht drängen …«, schob Estrada den Mann

zum Ausgang. »Aber sicherlich haben Sie heute noch eine Menge zu erledigen.«

Beim Verlassen des Büros wäre Petersen fast mit einem Dschungel rotblonder Locken zusammengestoßen.

»Mr. Estrada«, sagte eine Stimme unter den Locken hervor. Er gab Petersen beim Abschied einen Klaps auf die Schulter und zog sich dann hinter seinen Schreibtisch zurück, wo er sogleich damit begann, Unterlagen zu sortieren.

»Mr. Estrada.« Diesmal klang es wie ein Befehl. Er blickte auf, als ob er sie erst jetzt wahrnehmen würde, was in gewisser Weise auch stimmte. Unter den dichten Haaren steckte eine mittelgroße Frau mit grünen Augen. Sie stellten die einzige Ähnlichkeit dar, die diese Frau mit Mariah Dodge aufwies. Ihr Gesicht war kantig, der Mund breit, die Nase gradlinig. Nichts ähnelte dem schmalen, ovalen Gesicht und den gleichmäßigen Zügen der Frau, deren Foto an der Wand hing.

»Ja bitte?« sagte er.

»Was gedenken Sie im Fall *Roberto Morales zu* unternehmen?«

»Warum setzen Sie sich nicht erst einmal, Miß ...?«

»Dodge. Tess Dodge.«

»Miß Dodge. Ich freue mich, daß Sie es geschafft haben, vorbeizukommen. Bitte setzen Sie sich. Ich glaube, wir haben viel zu bereden.«

»Ich stehe nicht auf solch ein Geplänkel. Das vergessen Sie mal schnell wieder.« Sie nahm auf dem Stuhl Platz, auf dem soeben noch Petersen gesessen hatte. »Werden Sie es besser machen, als der Trottel vom ersten Mal?«

Estrada versuchte, nicht auf ihre Provokation einzugehen, was ihm allerdings nicht leichtfiel.

»Damit eins klar ist, Mr. Estrada, meine Schwester ist tot, und das Schwein, das sie umgebracht hat, läuft frei herum. Ich bin hier, um sicherzustellen, daß Sie ihn nicht entwischen lassen.« Sie verzog ihren großen Mund vor Abscheu. »Der fantastische Staatsanwalt vor Ihnen hätte beinahe alles verbockt. Einige der Geschworenen, mit denen ich hinterher gesprochen habe, sagten mir, es sei ein reines Wunder gewesen, daß sie statt des Vorwurfs der Vergewaltigung nicht sogar die gesamte Anklage für unbewiesen erklärt hätten.«

»Sie haben mit den Geschworenen gesprochen?«

»Mit zehn von ihnen. Die restlichen zwei wollten sich nicht mit mir unterhalten. Die meisten wären bereit gewesen, Morales ohne Schuldspruch laufen zu lassen. Da können Sie mal sehen, was für eine Arbeit Ihr Mr. Kahn geleistet hat. Sie kennen ihn besser als ich. Benimmt er sich immer so wie ein Landarzt oder irgendein lieber Onkel aus der Nachbarschaft? Da sitzt ein Mörder in seiner unmittelbaren Nähe, der eine Frau in der Blüte ihres Lebens gefoltert und ...«

Sie atmete schwer durch. Ihr Gesicht war vor Leid verzerrt. »Über drei Jahre ist es mittlerweile her ...« Sie blickte in eine andere Richtung. »Es ... es macht mir immer noch zu schaffen.« Für einen Moment schloß sie ihre Augen. Dann öffnete sie sie wieder und fuhr fort. »Der Bastard hat sie ermordet, wofür er eigentlich schmoren sollte. Statt dessen setzt man ihn auf freien Fuß.«

Sie machte eine kleine Pause. »Haben Sie etwas dazu zu sagen?«

Estrada war sich nicht sicher.

»Sie war sehr schön, nicht wahr?« Tess Dodge zeigte auf Mariahs Foto an der Wand. »Das ist das Lieblingsfoto meiner Mutter. Woher haben Sie es?«

So schnell hatte er keine passende Ausrede parat.

»*Sie* hat es Ihnen geschickt, richtig? Meine Mutter. O Gott, wenn Dad das herausfindet, kriegt er einen Anfall.« Estrada sah die Andeutung eines Lächelns, die jedoch sofort wieder verschwand. »Schon in Ordnung. Ich werde es ihm nicht verraten.«

Wütend setzte sie nach: »Und zu alledem haben wir nun auch noch den Ärger mit der Richterin.«

»Wovon sprechen Sie?«

»Weil es diese blöde Regelung gibt, daß derselbe Richter in der zweiten Runde wieder den Prozeß leiten muß, den er beim ersten Mal versiebt hat.«

Endlich fühlte sich Estrada in seinem Element. »Ich kann Ihre Enttäuschung sehr gut nachvollziehen. Doch versichere ich Ihnen, daß es die Verteidigung ist, die Schwierigkeiten mit der Richterin bekommen wird. Schließlich hat die Gegenseite sich über ihre Verhandlungsführung beklagt.«

Und dennoch wußte er, daß sie so unrecht nicht hatte. Denn Kahn hatte seine Beweise als zulässig bezeichnet und die Richterin damit in die Klemme gebracht. Luz Martinez könnte ihre Niederlage vor dem Appellationsgericht sehr wohl der Staatsanwaltschaft anlasten.

Tess Dodge war noch nicht fertig. »Wenn Sie nichts unternehmen, um diesen Drecksack aus dem Verkehr zu ziehen, können Sie auch nicht erwarten, daß ich mich ruhig verhalte. Es würde die Öffentlichkeit sicherlich brennend interessieren, wie Sie Ihre Arbeit vernachlässigen, weil alle hier Schiß davor haben, von einer kleinen Minderheit angepöbelt zu werden.«

Ungeachtet der Sympathie, die er normalerweise den Opfern und ihren Familien entgegenbrachte, hatte Estrada genug von dieser Unterhaltung. Aber angesichts der Qualen, die die Dodges bei einer zweiten Verhandlung zu ertragen haben würden, wollte er die Frau zumindest zu Ende anhören.

»Verstehen Sie mich nicht falsch. Ich bin gekommen, weil ich Ihnen helfen möchte. Mariah war meine Schwester. Ich habe sie gut gekannt und glaube nicht, daß Mr. Kahn vor Gericht sein gesamtes Repertoire aufgeboten hat, um ihren Mörder zu überführen.«

»Was meinen Sie damit?«

»Meine Schwester hatte gelegentlich eine scharfe Zunge. Es könnte daher gut möglich sein, daß sie Morales lächerlich machte und er ihr deswegen den Hals durchgeschnitten hat. Eventuell steckt aber noch mehr dahinter.«

Mit einem Schlag war Estradas Aufmerksamkeit erwacht. »Mehr? Was wissen Sie genau?«

»Ich kann Ihnen nur sagen, daß der ach so schlaue Mr. Kahn nichts mit mir zu tun haben wollte. Als ich versuchte, mit ihm zu reden, warf er mich aus seinem Büro. Und ich war so dumm, mir das einfach gefallen zu lassen.« Sie starrte Estrada an. »Aber diesmal nicht. Einmal habe ich klein beigegeben. Ein zweites Mal passiert mir das nicht.«

Kahns ›Passen Sie auf die Schwester auf‹ war eine starke Untertreibung gewesen, dachte Estrada, nachdem Tess Dodge das Büro verlassen hatte. Ein unmögliches Benehmen. Außerdem wurde ihm klar, daß seine Aufgabe komplizierter sein würde, als er ursprünglich angenommen hatte. Dieser Prozeß könnte ihn berühmt machen, aber auch seine berufliche Laufbahn ruinieren, falls er ihn verlieren würde. Die Falle, der er immer hatte entgehen wollen, schloß sich allmählich – die Sorge um die öffentliche Meinung und um seine Beförderung spukte immer häufiger in seinem Kopf herum.

Aber im Moment mußte er sich einzig und allein auf eine Sache konzentrieren: eine Frau war ermordet worden. Der Verurteilte würde erneut vor Gericht stehen, und es lag in Joe Estradas Verantwortungsbereich, für einen zweiten Schuldspruch zu sorgen. Im Grunde war die Rechnung ganz einfach: Egal, wieviel Arbeit dazu notwendig war – er hatte sie zu erledigen. Für Mariah Dodge, ihre temperamentvolle Schwester und die liebenswürdige, aufrichtige Mutter. Und für sich selbst, seine Karriere und seinen inneren Frieden.

6

Pancho Castillo erwartete ihn an einer U-Bahn-Station in Brooklyn. Über viele Treppen hinab erreichten sie eine in dunkle Schatten getauchte Straße. Kleine Läden wechselten sich hier mit Schnellimbissen ab. Der Fußweg war weder überfüllt, noch besonders leer. Latinos bildeten den Großteil der Passanten.

Die Straße machte eine Biegung nach links, unter Bahngleisen hindurch. Die meisten Geschäfte waren mit Metallgittern verrammelt – ob sie nur wegen des heutigen Sonntags geschlossen waren oder ob man sie gänzlich aufgegeben hatte, vermochte Estrada nicht zu sagen. An diesem grauen Nachmittag eines auch ansonsten grauen Tages wirkten sie jedenfalls einsam und verlassen.

Ein paar Häuserblocks weiter erhob sich zu ihrer Linken ein Neubauprojekt für Mietwohnungen. Das Aussehen der Fußgänger hatte sich inzwischen geändert. Noch immer dominierten die Latinos, doch waren die vielen äußerst blassen, durchweg schwarzgekleideten Menschen mit den kleinen Schläfenlocken unübersehbar.

»Da wären wir«, verkündete Castillo und schloß die Fahrertür eines blauen Wagens auf. Zunächst fuhren sie nach Westen auf den Fluß zu, bogen dann aber in Richtung Norden ab. Nach einer Weile hielt Castillo an und deutete auf ein Gebäude auf der anderen Straßenseite. »Eine von Mr. Morales' Stiftungen. Da drüben, gleich neben der Bäckerei.«

Estrada erblickte lediglich eine große Schaufensterscheibe, die durch ein Rollgitter gesichert werden konnte.

»Drogen-Rehabilitation. Er nennt es ›La Esperanza‹, die Hoffnung. Große Namen sind heutzutage gefragt.« Castillo fuhr weiter. »Da wir gerade über Namen reden, Mr. Smithfield, erzählen Sie mir doch etwas über Ihren.«

Estrada hatte so etwas schon vorausgeahnt; trotzdem war er verärgert.

»Ich heiße Estrada«, zwang er sich gelassen zu antworten. »Smithfield ist der Nachname meiner Mutter.« Joseph Estrada war der einzige Name, den er im Büro verwendete, doch in seinem offiziellen Anwaltspatent waren alle Namen aufgeführt. Wenn Castillo schon bis zu Smithfield vorgedrungen war, würde ihm der Rest auch nicht mehr schwerfallen. »Was für einen Unterschied macht das schon, wie ich heiße? Ich vertrete von Berufs wegen die Anklage gegen Straftäter. Deren Herkunft interessiert mich ebenso wenig, wie sie die meine.«

»Diesmal interessieren wir uns alle dafür. Roberto Morales ist nämlich ein Symbol. Und da Sie hinter ihm her sind, sind auch Sie zu einem Symbol geworden.«

»Was Roberto Morales angeht, so muß ich gestehen, daß ich das bis heute noch nicht verstanden habe. Er ist reich. Er residiert in der Park Avenue. Seine Frau stammt aus Puerto Rico, aber lebt und arbeitet in einer Welt, die mit der Southside nichts gemeinsam hat. Seine Kinder besuchen teure Privatschulen. Was für ein Symbol sollte dieser Morales wohl für seine Landsleute sein?«

Der Reporter sah ihn kurz an, gab jedoch keine Antwort.

Sie machten einige Umwege, damit Castillo ihm weitere Sehenswürdigkeiten präsentieren konnte – ein Grundstück, auf dem eine Hilfsorganisation der lateinamerikanischen Gemeinde aus Fertigbauteilen Wohnungen errichtete; eine am Fluß gelegene Fabrik, die nach mehr als hundert Jahren immer noch in Betrieb war; die Feuerwache, die von Anwohnern achtzehn Monate lang besetzt gehalten worden war, als sie während der akuten Geldknappheit der Stadt in den siebziger Jahren geschlossen werden sollte.

»Das hier hat nichts zu tun mit der Gegend, in der Sie wohnen, wo jeder allein vor sich hinlebt. Die Leute in dieser Gegend haben noch nie vor lauter Verzweiflung einfach so herumgesessen. Sogar einige der unbenutzt scheinenden Geschäfte sind belegt. Man hängt es nicht gern an die große Glocke, aber hier wird viel renoviert.«

Er bog in eine Seitenstraße ein. Estrada konnte vor ihnen den Fluß erkennen. Im Schatten eines Betonklotzes, der wie ein altes Kaufhaus aussah, hielt Castillo an. Sie stiegen aus und gingen um die Ecke.

Vor ihnen öffnete sich ein weiter Ausblick. Die beiden Männer waren nur noch ungefähr hundert Meter vom Ufer entfernt. Zwischen ihnen und dem Wasser befand sich nichts außer einem flachen, grasbewachsenen Stück Land, auf dem hier und da ein paar Ziegelsteine, rostige Dosen und ähnlicher Müll herumlagen.

Estrada wandte sich zu seinem Begleiter um. »Ist es das?«

»Das ist es.«

Er folgte dem Reporter, der auf den Fluß zuging. Das ebene, unbebaute Land dehnte sich nach Norden aus. Seine Länge übertraf die Breite um das Vielfache. An seinem nördlichen Ende stand als einziges Bauwerk ein Haus, das dem ähnelte, vor dem sie ihren Wagen geparkt hatten.

Von dieser Uferseite aus, ohne störende Hindernisse dazwischen, hatte Estrada die Silhouette von Manhattan bisher noch nie gesehen.

»Jetzt kann ich gut verstehen, weshalb es Leute gibt, die hier gerne bauen würden.«

»Das Grundstück sieht schon seit langem so aus«, erläuterte Castillo. »Bereits vor Roberto Morales gab es Interessenten, die hier bauen wollten.«

»Weshalb haben sie es denn nicht getan?«

»Geldmangel, fehlender Wille ...« Castillo zuckte mit den Achseln.

»Mord«, bot Estrada als weitere Vermutung an.

»Ja – auch das ist ein Hinderungsgrund. Und außerdem ist da noch etwas anderes. Nicht alles ist so, wie es scheint.«

»Was meinen Sie?«

Castillo machte mit seinem Arm eine ausholende Bewegung. »Kein Mensch weiß, was sich hier drunter befindet. Es gibt Gerüchte über giftige Chemikalien, die seit Jahrzehnten in dieser Erde lagern sollen. Auch vor fünf Jahren hielt es niemand für nötig, sich darüber ernsthafte Gedanken zu machen, obwohl diese Geschichten bekannt waren. Dazu kommt, daß sich in nicht allzu weiter Entfernung eine gefährliche Mülldeponie befindet. Chemieabfälle und atomarer Müll.«

»Atommüll – hier?«

»Warum nicht? Alles gemeinsam gelagert, in ein und derselben Einrichtung, obwohl man die Betreiber so tun läßt, als ob es sich um zwei verschiedene Lager handeln würde. Eine bequeme Lösung, und alles hat seine Ordnung.«

»Der Gedanke, daß dieser Müll so nahe bei der Stadt gelagert wird, ist beängstigend.«

»Auch das hier ist die Stadt«, sagte Castillo lächelnd.

»Stimmt. Ich würde in kein Bauprojekt investieren, das gleich neben einer Atommülldeponie hochgezogen werden soll – egal ob in der Stadt oder außerhalb.«

»Vielleicht hat das damit etwas zu tun.« Erneut deutete er auf das leere Baugrundstück, auf dem sie standen. »Obwohl ich nicht glaube, daß man da allzu sicher sein kann. Fast unmittelbar gegenüber der Mülldeponie befindet sich eine Schule. Und die Feuerwache, die die Stadt dichtmachen wollte, ist auch nur ein paar Blocks entfernt. Die Menschen haben doch manchmal seltsame Vorlieben.«

Auf dem Weg zurück zum Auto sagte Castillo: »Ein kleiner Rat. Ich weiß, daß Sie im Grunde keinen direkten Kontakt zu Journalisten unterhalten sollten. Aber diesmal wäre es klug, einen Verbündeten zu haben, der Ihre Sicht der Dinge nachvollziehen kann. Es hat sich etwas geändert im Vergleich zur ersten Verhandlung. Damals wußten etliche Leute nicht, was sie von Morales halten sollten, denn er war ziemlich reich. Sie selbst haben das vorhin ja schon angesprochen. Daher glaubten einige an seine Schuld. Andere wollten ihn dafür bestraft wissen, daß er ein Verhältnis mit einer Texanerin hatte, während er doch mit einer Latina verheiratet war, um die ihn alle beneideten. Als er schließlich verurteilt wurde, hörte man von vielen ›Te lo dije‹ – Ich hab's dir ja gesagt.«

Castillo steuerte den Wagen durch die Southside zurück. »Morales hatte also Feinde. Sie waren nicht gerade unglücklich darüber, daß man ihn ins Gefängnis steckte. Doch heute sieht alles anders aus. Das Berufungsgericht hat entschieden, daß das Urteil ungültig ist, weil die Richterin die Staatsanwaltschaft begünstigt hat. Atención! Die Richterin!«

»In San Juan geboren, wenn ich mich recht erinnere. In meinem Büro sagt man außerdem, sie sei in der Regel den Angeklagten gegenüber wohlgesonnen.«

»Lassen Sie das nicht Morales hören.«

Castillo hatte recht. In der Presse war Luz Martinez wiederholt Rassismus mit verkehrten Vorzeichen vorgeworfen worden. Man hatte behauptet, daß sie gerade aufgrund ihrer gemeinsamen Abstammung gegen Morales entschieden hätte.

Castillo fand einen freien Parkplatz ganz in der Nähe der Stelle, von der aus sie aufgebrochen waren. »Begleiten Sie mich zum Abendessen?« fragte er, um dann lächelnd hinzuzufügen: »Getrennte Rechnungen, damit jeder von uns eine weiße Weste behält.«

»Señores bienvenidos. Señor Castillo, Sie waren schon viel zu lange nicht mehr da«, begrüßte sie der Wirt.

»Wirklich, viel zu lange. Ihr gutes Essen fehlt mir sehr. Das ist mein Freund, Joseph Smithfield. Joe, Mr. Rosenberg.«

Rosenberg verbeugte sich. »Sehr erfreut. Bitte nehmen Sie Platz. Machen Sie es sich bequem.« Mit imposanten Gebärden führte er sie zu einem Tisch an der Wand.

Da Estrada die jüdischen Gerichte auf der Speisekarte nichts sagten, überließ er Castillo die Bestellung. Rosenberg machte kehrt und tauchte in Windeseile mit einem dampfenden Tablett voll von scharfgewürztem Fleisch wieder auf.

»Lassen Sie es sich schmecken«, sagte er.

Während Estrada das Gericht auf seinem Teller inspizierte, nahm Castillo das Gespräch über Morales wieder auf. »Er hat noch immer

Feinde, aber wesentlich weniger als früher. Viele glauben jetzt an seine Unschuld. Die Leute meinen, daß sie die Gründe jetzt besser verstehen, warum das weiße Establishment einen Mann wie Morales verfolgt.«

»Was soll das heißen, sie ›verstehen‹?«

»Es ist ihnen klargeworden, daß ihn die Anglos für gefährlich halten.«

»Aber weshalb denn?«

»Weil er Geld hat. Weil er mächtig ist. Weil jeder junge Latino zu ihm aufschauen und sagen kann *Das will ich auch schaffen.* Eine solche Botschaft können die etablierten Weißen nicht hinnehmen. Die Botschaft sollte ihrer Meinung nach lauten *Wenn ihr so hoch aufsteigt wie Morales, werden wir euch wieder runterholen.*«

»Das ist doch nicht Ihr Ernst.«

»Darum geht es nicht. Andere sehen es so. Und Ihre Kahn-Kommission hilft Ihnen da überhaupt nicht weiter. Warum nicht? Weil sie davon ausgeht, daß Polizei und Staatsanwaltschaft mit den Farbigen übel umspringen.«

»In Wahrheit wollen wir doch gerade ans Tageslicht bringen, was wirklich vorgefallen ist. Die Täter sollen ihrer gerechten Strafe zugeführt werden, damit so etwas nie wieder geschieht. Darauf kommt es an.«

»Nein, denn die Leute halten diese Kommission für Lug und Trug.« Castillo unterbrach sich selbst, um einen Bissen in den Mund zu stecken. »Bevor Sie mir alles wegfuttern. Schmeckt es Ihnen?«

»Fantastisch. Ich weiß gar nicht, weshalb ich das nicht schon früher einmal probiert habe.«

Sie aßen ein paar Minuten ohne ein Wort zu sagen.

»Der Aufschrei über Morales Prozeß wird diesmal lautstärker ausfallen«, prophezeite Castillo. »Die Latinos sind es leid, immer als unbeachtete Minderheit dazustehen.«

»Das ist doch Unsinn«, entgegnete Estrada.

»Sind Sie sich da sicher?« forderte Castillo seinen Gesprächspartner heraus.»Können Sie sich ganz sicher sein?«

»Ja«, antwortete Estrada schnell und entschlossen. Doch es war nur ein Wort.

»Sie meinen, ich habe unrecht?«

»Verdammt noch mal, natürlich haben Sie unrecht.«

»Dann korrigieren Sie mich doch.«

»Nicht zum Mitschreiben, nicht für Ihre Zeitung.«

»Ich bin nun mal Journalist. Das ist mein Beruf.«

»Gerade haben Sie mir erzählt, daß die ganze Welt aus Morales einen Märtyrer machen will, der von den Weißen verfolgt wird. Unterschwellig behaupten Sie damit, daß der Ankläger, nämlich ich, ein Helfershelfer der Weißen ist. Sie wollen Ihren Lesern anscheinend vorgaukeln, daß es nur ein zynischer Trick sei, wenn ein Mann wie ich mit der Vertretung der Anklage betraut wird. Und da erwarten Sie noch, daß ich Ihnen helfe?«

»Ich kann über Ihre Familienverhältnisse schreiben, was mir gefällt und wann es mir gefällt. Wäre es da nicht besser, Sie würden ein paar Erklärungen zu diesem Thema abgeben?«

Estrada schob seinen Stuhl zurück und stand auf. »Ich bin nicht hergekommen, um mich von Ihnen bedrohen zu lassen.«

»Setzen Sie sich wieder. Ich habe nur versucht, Sie zu provozieren.«

»Sie leisten ganze Arbeit.«

Mit einem Mal war Estrada zutiefst aufgebracht. Nicht gegen Castillo, sondern gegen Bishop, gegen Muir und Collins, weil niemand von ihnen sich über die Konsequenzen Gedanken gemacht hatte, als sie Joseph Smithfield Estrada den Fall *Morales* zugeschoben hatten.

Er entschloß sich, dem Reporter Einzelheiten über die ›spanischen‹ Vorfahren, von denen sein Vater immer erzählt hatte, und über die Familie seiner Mutter zu berichten.

Castillo betrachtete Estrada eingehend, nachdem er zum Ende gekommen war. »Wenn, wie Sie sagen, Ihre Abstammung nicht der Grund ist, weshalb Sie die Anklage vertreten, warum ist dann die Wahl ausgerechnet auf Sie gefallen?«

»Vielleicht, weil ich mehr Prozesse gewinne als verliere. Oder haben Sie das bei Ihren Recherchen nicht herausgefunden?«

»Es gibt andere, die genauso gut, wenn nicht sogar besser sind.«

»Vielen Dank.«

»Warum also haben *Sie* den Fall bekommen?« beharrte Castillo.

»Fragen Sie doch Mr. Bishop.«

»Schon versucht.« Der Reporter verzog das Gesicht. »Seine Sekretärin ließ mich wissen, daß er Ihre Fähigkeiten hoch einschätze.«

»Sehen Sie?«

Estrada bemerkte, daß der Wirt in der Nähe des Tisches wartete und sie die einzigen Gäste im Lokal waren. Dabei war es erst kurz nach neun.

Auch Castillo schaltete jetzt. »Mr. Rosenberg, es tut uns leid, daß wir Sie am Schließen hindern.«

»Das macht doch nichts. Hauptsache, Sie streiten nicht mehr.«

Estrada war auf die Ergebnisse von Castillos Fremdenführung nicht vorbereitet gewesen. Morales und die anderen Geschäftsleute, die hinter dem Phoenix-Projekt gestanden hatten, hätte die Existenz der Mülldeponie auf jeden Fall bekannt sein müssen. Und doch hatten sie darauf Wert gelegt, ausgerechnet dort zu bauen.

Was die Presse und die Rassenpolitik anbelangte, hatte der Reporter schließlich übertrieben. Trotzdem sollte man seine Sicht der Dinge nicht gedankenlos verwerfen. Man konnte nie wissen, wieviel Condados da draußen herumliefen und auf Rache sannen. Auch war es keineswegs ein günstiges Vorzeichen, daß die Kahn-Kommission ein so schlechtes Image hatte.

An diesem Fall erwies sich aber auch rein gar nichts als unkompliziert.

7

McMorris brachte am Montag morgen als erstes Ramon Santos in Estradas Büro. Er war ein Bulle von einem Mann und den Unterlagen zufolge vierunddreißig Jahre alt. Wie viele andere fühlte auch er sich erkennbar unwohl, als er dem Staatsanwalt gegenübersaß.

Estrada begann das Gespräch mit dem Hinweis, daß trotz der Aufhebung des Urteils gegen Morales niemand von dessen Schuld mehr überzeugt sei als er.

»Die Gesetze sind kompliziert, und irren ist menschlich. Also kommt es zu einer zweiten Verhandlung – diesmal ohne Fehler.« Der Staatsanwalt sprach englisch, da sich in den Akten keinerlei Hinweise fanden, daß Santos einen Dolmetscher benötigte.

»Ich möchte mich dafür entschuldigen, falls wir Ihnen Unannehmlichkeiten bereiten, aber Sie sollen wissen, wie dankbar wir Ihnen für Ihre Zusammenarbeit sind.«

Der Sicherheitsmann zuckte mit den Achseln. Abgesehen von einem leichten Heben der Augenbrauen veränderte sich seine Miene kaum; zumal sein Mund unter einem großen Schnurrbart nicht zu erkennen war.

»Ich bin sicher«, fuhr Estrada fort, »daß Mr. Kahn, der beim letzten Prozeß meinen Platz innehatte, Sie auf die Bedeutung Ihrer Aussage hingewiesen hat. Da bestimmte Leute damals Fehler gemacht haben, ist das, was Sie uns mitzuteilen haben, heute wichtiger als je zuvor.«

Er hielt den Ordner in der Hand, in dem sich Santos' Aussage befand. »Sie haben das sehr gut gemacht, sehr selbstsicher. Die Leute müssen einfach zuhören, wenn jemand wie Sie im Zeugenstand ist.«

Er machte eine Pause. Santos sah ihn bestürzt an. Seine Augen spiegelten Wachsamkeit wider.

»Haben Sie irgendwelche Fragen?« wollte Estrada wissen. »Gibt es etwas, das Sie nicht verstanden haben?«

Santos schüttelte den Kopf. Noch immer kam kein einziges Wort aus seinem Mund.

»Na gut. Gehen wir es noch einmal von vorne durch. Sie haben ausgesagt, daß Sie in der fraglichen Nacht Dienst taten und daß Sie mit Ausnahme von Freitag und Samstag immer in der Schicht arbeiten, die von sechzehn bis vierundzwanzig Uhr dauert. Roberto Morales war Ihnen bekannt, weil er während dieser Zeit oft in seinem Büro war. Ist das soweit richtig?«

»Ja«, entfuhr es dem Zeugen lustlos und widerwillig.

»Okay. Und als Morales das Gebäude betrat, aßen Sie gerade zu Abend. Sie begrüßten ihn, baten ihn jedoch nicht darum, sich in die Anwesenheitsliste einzutragen.«

»Nein, das stimmt so nicht.«

Estrada sah auf. »Lautete nicht so Ihre Aussage?« fragte er, ohne den Mann zu drängen. Er wußte, daß Santos ursprünglich etwas anderes zu Protokoll gegeben hatte.

»In diesem Moment habe ich nichts gegessen. Der Essenslieferant war gerade da. Hab' ihn halt bezahlt für den Fraß. Wie man's eben so macht.«

»Sie haben recht, mein Fehler.« Daß Santos ihn darauf aufmerksam gemacht hatte, war ein gutes Zeichen. Prüfung bestanden. »Ich bin froh, daß Sie mich korrigiert haben. Achten Sie bitte darauf, daß ich nichts sage, was Ihrer früheren Aussage widerspricht, einverstanden?«

Santos nickte und wartete auf mehr.

»Gut. Sie zahlten für das Essen, das Ihnen soeben gebracht worden war, als Morales hereinkam.«

»Nein.«

Diesmal war Estradas Überraschung nicht gespielt. »Nein?«

»Ich weiß nicht, ob *er* es war. Keine Ahnung, wer da kam.«

Estrada holte tief Luft. »Eins nach dem anderen. Sie haben beim Verhör zu Protokoll gegeben, Sie hätten Morales in jener Nacht in dem Gebäude gesehen. Dasselbe haben Sie auch vor Gericht wiederholt.«

»Ich weiß nicht mehr, was ich gesagt habe. Wenn Sie es sagen, wird's schon stimmen.«

Estrada unterdrückte seine Verärgerung. »Ja, so steht es hier. Sie haben Morales auf einem Foto wiedererkannt, das die Polizei Ihnen zusammen mit vielen anderen Aufnahmen vorgelegt hatte, und sagten klar und deutlich, dies sei der Mann, den Sie am Sonntag abend gesehen hätten, während Sie Ihr Essen bezahlten.«

»Möglich, daß ich das gesagt habe, Mann. Aber jetzt sage ich, es war falsch. Kann mich nicht mehr erinnern. Ein Kerl kam rein, mit 'nem schwarzen Mantel. Hab ihn mir gar nicht richtig angeguckt, weil ich mit dem Lieferanten sprach. Das ist alles.«

»Sie wollen sagen, daß Sie sich nicht mehr erinnern können?« fragte Estrada. »Was immer Sie auch damals sahen – heute haben Sie es nicht mehr klar vor Augen, richtig?« Er wollte ihn darauf festnageln.

»Nein, Mann, falsch.« Santos neigte sich vor und entgegnete mit fester Stimme: »Haben Sie Probleme mit den Ohren? Ich habe gesagt, ich weiß, was geschehen ist. Ich *erinnere* mich daran, daß ich diesen Burschen nicht richtig gesehen habe.«

Das war schlecht, sehr schlecht. »Vor Gericht haben Sie das aber nicht ausgesagt.« Estrada ging jetzt zu einer forscheren Tonart über. »Sie haben auf die Bibel geschworen, daß sie Roberto Morales erkannt hätten.«

»Das war falsch.«

»Ramon, es ist strafbar, unter Eid zu lügen.«

»Werden Sie mich dafür einsperren? Sie wollen mich einsperren? Por que? Porque ... weil ich einen Fehler gemacht habe?«

»Sie haben etliche Male ein und dieselbe Aussage gemacht und waren sich damals sehr sicher.«

»Und heute sage ich, daß ich ihn nicht gesehen habe.«

»Er hätte es sein können.«

»Keine Ahnung.«

»Ich glaube, Sie sind ein aufrichtiger Mensch, Ramon. Sie haben während der Verhandlung den Zeugenstand betreten und eine ehrliche Aussage gemacht. Das war auch richtig so. Eine Frau wurde ermordet. Und Roberto Morales ist der Täter. Ich weiß das, und Sie wissen das. Genauso, wie Sie wissen, daß er es war, der an jenem Abend das Haus betreten hat.«

»Nein«, fuhr Santos dazwischen. »Ich weiß gar nichts.«

Estrada wechselte ins Spanische über, weil er hoffte, damit die Spannung zwischen ihnen zu überwinden. »Ein Ehrenmann leistet doch keinen Meineid. Ein guter Mensch lügt nicht, wenn er auf die Bibel schwört. Sie haben einen Eid geleistet und die Wahrheit gesagt. Und jetzt kommt ein Freund oder Bekannter von Ihnen daher und behauptet, Sie hätten falsch gehandelt und Ihrem Volk damit geschadet. Er fordert Sie zum Lügen auf. Aber wer so etwas verlangt, tut unrecht und kann in Wirklichkeit nicht Ihr Freund sein.«

Santos sprang mit hochrotem Kopf von seinem Stuhl auf, die Hände zu Fäusten geballt. Auch McMorris war hochgeschnellt.

»Niemand hat mir irgendetwas geraten. Niemand rät Ramon Santos, was er zu sagen hat«, erwiderte Santos auf Englisch.

Langsam erhob sich Estrada hinter seinem Schreibtisch. »Schon in Ordnung, Ramon. Sie können sich wieder setzen.«

Santos dachte nicht daran.

»Setzen Sie sich«, wiederholte er in schärferem Ton. »Ich muß noch ein paar Dinge mit Ihnen klären. Anschließend können Sie gehen.«

»Ich werde auf der Stelle verschwinden. Ich gehe, wann es mir paßt.«

»Wenn Sie jetzt gehen, kann ich dafür sorgen, daß Sie bald wieder hier erscheinen müssen. Und zwar dann, wann es mir paßt. Es wäre einfacher, wenn Sie hierblieben und mir noch einen Augenblick zuhörten.«

Santos gab nach und nahm wieder Platz.

»Bitte denken Sie darüber nach«, erklärte ihm Estrada. »Egal, was Sie hier zum Besten geben, die Jury wird das erfahren, was Sie beim ersten Prozeß ausgesagt haben. Und sie wird Ihrer ersten Version Glauben schenken, weil Sie damals noch alles frisch im Gedächtnis hatten.« Er ließ ihm Zeit zum Nachdenken.

»Die Strafe für Meineid beträgt bis zu sieben Jahre Gefängnis«, fügte er noch hinzu. Santos hockte auf seinem Stuhl und starrte sprachlos auf den Schreibtisch.

»Wer immer Sie auch aufgefordert haben mag, Ihre Aussage zu widerrufen, er hat Ihnen damit keinen Gefallen getan. Es geht hier um einen Mörder, um jemanden, der Ihrem Volk weder Ruhm noch Ehre bereitet. Ein solcher Mann gehört bestraft. Und jeder, der vor Gericht lügt, weil er ihn decken will, bringt Schimpf und Schande über sich selbst und über sein Volk.«

Santos blickte auf. »Kann ich jetzt gehen?«

»Wenn Sie wollen. Aber denken Sie noch einmal darüber nach. Mister McMorris und ich werden mit Ihnen in Verbindung bleiben. Er wird Sie nochmals aufsuchen und hierher bringen, da wir beide noch nicht miteinander fertig sind.«

Wer immer Ramon Santos auch bearbeitet haben mochte, hatte ganze Arbeit geleistet. Doch mußte es irgendeinen Weg geben, um ihn weichzuklopfen. Möglicherweise über seine Freundin. Aber würde das ausreichen? Während des Kreuzverhörs im ersten Prozeß hatte die Verteidigung Santos' Glaubwürdigkeit nicht erschüttern können. Vielleicht aber hatte Kubelik damals etwas übersehen. Oder es war in der Zwischenzeit irgendetwas vorgefallen, womit man Santos unter Druck setzen konnte.

Estrada beauftragte McMorris, mögliche dunkle Flecken in Santos' Vergangenheit ausfindig zu machen, mit denen man ihn würde konfrontieren können. Außerdem sollte ihn jemand eine Zeitlang beschatten. Häufig gab es irgendwo einen Ansatzpunkt, um selbst die verstocktesten Zeugen zu einer Aussage zu bewegen.

Wegen der großen Hitze hatte Estrada Mahoney gebeten, ihm für das Treffen mit Kassia Miller sein etwas kühleres Büro zur Verfügung zu stellen. Die Frau entsprach nicht dem Bild, das sich Estrada von ihr gemacht hatte. Aus den Presseberichten wußte er zwar, daß sie klein war, doch reichte dieses Wort für die ein Meter fünfundfünfzig, die sie einschließlich hoher Absätze maß, nicht aus.

»Schön, Sie kennenzulernen«, begrüßte die Anwältin Estrada.

»Ganz meinerseits. Ich habe schon viel von Ihnen gehört.«

»Hoffentlich glauben Sie nicht alles.«

»Es war immer nur positiv.«

»Darum hoffe ich ja gerade, daß Sie es nicht glauben«, sagte sie mit einem Grinsen.

Er lachte. »Lassen Sie uns am besten gleich zur Sache kommen. Darf ich fragen, ob Ihr Mandant oder Ihre Kanzlei Sie mit der Verteidigung beauftragt hat?«

»Da gibt es keine großen Unterschiede. In der Abteilung für Kapitalverbrechen arbeiten außer Michael und mir nur noch ein paar andere Anwälte.«

»Dann hat er aber Glück gehabt, als er Sie erwischte. Es dürfte wohl ziemlich schwierig sein, eine Rechtsanwältin zu finden, die Vergewaltiger und Mörder verteidigt.«

Estrada merkte, daß sie einen kurzen Augenblick benötigte, um ihre aufkommende Wut unter Kontrolle zu bringen. »Ich verteidige weder Vergewaltiger noch Mörder, sondern einen unbescholtenen Mann, der zu Unrecht dieser Verbrechen beschuldigt wird.«

»Die Geschworenen haben das anders gesehen.«

»Kein Wunder. Sie wurden von unkorrekten Anweisungen seitens der Richterin negativ beeinflußt«, konterte Kassia Miller. »Das Urteil ist aufgehoben worden, und solange eine andere Jury nicht zur selben Überzeugung gelangt wie die erste, ist Roberto Morales unschuldig.« Sie setzte wieder ihr Lächeln auf. »Also gut, haben Sie irgendwelche neuen Informationen für mich?«

»Bislang noch nicht. Ich habe den Fall erst vor ungefähr einer Woche bekommen« – eine unbedeutende zeitliche Verkürzung der Wirklichkeit – »und weiß selbst noch nicht, was vor der Verhandlung noch alles auf mich zukommen wird.«

»Ich würde es zu schätzen wissen, wenn Sie mich auf dem laufenden hielten. Ich gehe doch recht in der Annahme, daß wir in dieser Hinsicht nichts voreinander verheimlichen?«

»Ich bestimmt nicht. Und Sie?«

»Im Moment gibt es nichts Erwähnenswertes. Ich dachte, wir sollten uns darüber unterhalten, auf welche Zeugen und Beweismittel der ersten Verhandlung wir in gegenseitigem Einverständnis bei diesem Prozeß verzichten können. Wenn es nach mir ginge, könnten wir die uniformierten Polizeibeamten, die Diagramme des Tatortes und die Beglaubigungen der verschiedenen Dokumente getrost beiseite lassen. Dafür würde ich Ihnen den Gerichtsmediziner zugestehen.«

Estrada hätte beinahe sein Einverständnis gegeben, besann sich dann jedoch eines Besseren. »Ich würde gern noch ein wenig abwarten.«

Sie neigte ihren Kopf auf die Seite. »Ich bin davon ausgegangen, daß Sie im großen und ganzen den Fall ähnlich angehen, wie Ihr Vorgänger ...«

Er nickte nur. »Trotzdem würde ich gerne noch ein bißchen warten ...«

»Klar doch«, entgegnete Miß Miller rasch. Sie nahm aus ihrer Aktentasche ein elektronisches Notizbuch. »Reden wir über den Verhandlungsbeginn. Noch haben wir April. Ich könnte schon am ersten Juni fertig sein, aber wenn Sie möchten, verschieben wir es auf den zehnten.«

»Sie meinen nächsten Juni? Erst in einem Jahr?« Er versuchte ein Lächeln aufzusetzen. Im Grunde hatte er damit gerechnet, daß sie – wie sämtliche Verteidiger – den Beginn hinauszögern würde. Estrada benötigte soviel Zeit wie nur irgend möglich, um eine Strategie zu entwickeln, zu der es bisher noch keinen Ansatz gab.

Miß Millers eigenes Lächeln wirkte nicht so gequält wie seines.

»Kommenden Juni natürlich. Dann wären wir, wenn alles wie geplant läuft, Mitte Juli mit der Beweisaufnahme fertig.«

»Klingt ganz gut.«

»Prima. Wenn wir rechtzeitig einen Termin bei Richterin Martinez ...«

»Einen Augenblick.«

Wieder legte sie kaum merklich ihren Kopf auf die Seite. Die Geste ließ Estrada an einen intelligenten Vogel denken. An einen sehr intelligenten Vogel – einen Raubvogel.

»Ich sagte: ›Klingt ganz gut.‹ Von realistisch habe ich nichts gesagt.«

»Weshalb denn nicht? Sie müssen doch einzig und allein Ihre Zeugen zusammenkriegen. Ausgesagt haben die doch alle bereits.«

Sie spielte die Ahnungslose. Aber vergeblich.

»Schließlich muß ich ihnen genügend Zeit zur Vorbereitung und Planung ihrer Termine einräumen. Ich glaube nicht, daß wir vor September werden anfangen können. Wer weiß, was noch alles auf mich zukommt. Ich will auf keinen Fall etwas überstürzen.« Estrada mußte Zeit herausschinden.

»Roberto Morales hat das Recht auf eine zügige Verhandlung«, beharrte Miß Miller. »Er steht im Licht der Öffentlichkeit, und über ihm schwebt eine dunkle Wolke. Wir sind dazu verpflichtet, die Angelegenheit so schnell wie möglich hinter uns zu bringen.«

Estrada benutzte seine Finger, als er aufzuzählen begann: »Im Gefängnis sitzt er nicht, Geld genug hat er auch. Und wenn ich richtig verstanden habe, schwebt diese Wolke schon seit gut drei Jahren über seinem Kopf. Darum machen ein oder zwei Monate keinen großen Unterschied mehr.«

»Jeder Tag macht einen Unterschied. Die ganze Vorgehensweise ist eine einzige Show. Es lagen nie ausreichende Beweise für eine Verurteilung vor. Denken Sie doch bloß an seine Familie. Zwei kleine Kinder. Nette, aufgeweckte Kinder. Was meinen Sie, was die in der Schule zu hören bekommen? Da gibt es keinen ›Mangel an Beweisen‹. Auf dem Schulhof ist ihr Vati ein Mörder.«

»Ihr Vati *ist* ein Mörder.«

»Ist er nicht!« Empört sprang sie auf. Voller Überraschung registrierte Estrada ihre heftige Reaktion.

»Ein Grund mehr, nichts zu überstürzen. Vielleicht hilft es ja auch Ihnen weiter, wenn Sie ein paar Wochen mehr zur Vorbereitung bekommen.«

Geschäftig steckte sie ihr Notizbuch in die Tasche zurück.

»Wir werden sehen ...«

Estrada ging um den Schreibtisch herum. Sie reichte ihm die Hand.

»Hat mich sehr gefreut«, sagte sie und lächelte dabei wieder. »Ich glaube, wir beide werden einen guten Prozeß hinkriegen. Nur tut es mir leid, daß es ausgerechnet dieser Fall sein muß. Roberto Morales sollte eigentlich nur als Zuschauer im Gerichtssaal sitzen.«

8

So klein Kassia Miller war, so lang aufgeschossen war Lynne Schelling: über einen Meter achtzig, geschmeidig und graziös. Wunderschöne Beine, dachte Estrada.

»Wie kann ich Ihnen helfen, Mr. Estrada?« fragte sie mit singender, leiser Stimme. Wenn sie eine vernünftige Geschichte zu erzählen hätte, woran er nach einem Blick in das Protokoll keinen Zweifel hatte, würde sie eine perfekte Zeugin abgeben.

»Wie ich Ihnen schon am Telefon gesagt habe, wurde das Urteil gegen Morales aufgehoben. Bei der kommenden Verhandlung werde ich die Anklage vertreten. Daher würde ich mich freuen, wenn wir beide uns gegenseitig ein bißchen besser kennenlernten, bevor ich Sie in den Zeugenstand rufe. Wir sollten uns nicht als Fremde gegenüberstehen, wenn es soweit ist.«

Sie folgte ihm aufmerksam und mit einem kurzen Nicken an den jeweils richtigen Stellen, zeigte allerdings keine überschwengliche Begeisterung. »Einverstanden. Wollen Sie mir jetzt bitte Ihre Fragen stellen?«

Kein Wunder, daß Kahn es geschafft hatte, die Jury zu überzeugen. Mit einer derartig perfekten Zeugin ... »Ich will einiges von Ihnen erfahren«, antwortete Estrada. »Aber möchten Sie zuvor irgendetwas wissen?«

»Ich müßte natürlich bei Gelegenheit den genauen Termin erfahren.« Sie hielt einen Moment inne und sprach dann weiter: »Da ist noch etwas anderes.« Ihre Hände hielten eine elegante Handtasche auf ihrem Schoß. Verlegen fingerte sie an deren Verschluß herum. »Sie werden wohl verstehen, daß es keinesfalls angenehm für mich war, damals bei dem Prozeß auszusagen.«

»Das tut mir zwar leid, aber es wundert mich nicht im geringsten. Solche Aussagen können nach einem Prozeß äußerst befriedigend sein. Während einer Verhandlung sind sie jedoch eher belastend.«

»Ich sehe eigentlich keinen Anlaß, weshalb ich das nochmals über mich ergehen lassen sollte, nur weil die Richterin einen Fehler begangen hat.«

»Ich hoffe doch sehr, daß es Sie diesmal nicht so stark belasten wird. Wenn wir klären, was Sie beim letzten Mal gestört hat, können wir es möglicherweise vermeiden.«

»Um ganz ehrlich zu sein, habe ich gar nicht die Absicht, erneut vor Gericht zu erscheinen.«

Mit ernster Miene lehnte er sich nach vorne, die Ellenbogen auf den Schreibtisch gestützt. Wenn sie gute Ohren hat, kann sie jetzt mein Herz schlagen hören, dachte Estrada.

»Miß Schelling, wenn eine Zeugin so bedeutende Mitteilungen zu machen hat, wie das bei Ihnen der Fall ist, dann werden Sie sicherlich nachvollziehen können, wie sehr der Prozeß davon abhängt.«

Er wollte die Mahnung, sie notfalls unter Strafandrohung vorzuladen, so lange wie möglich hinausschieben. Wenn dieses Wort erst einmal ausgesprochen war, ließ sich gegenüber den Geschworenen der Eindruck nur schwer wieder rückgängig machen, daß diese Zeugin der Anklage nur unter Druck aussagte.

Seine versteckte Mahnung schien jedoch auszureichen. Sie setzte sich aufrecht hin und schlug die Beine übereinander. »Also gut, ich glaube, ich habe verstanden. Aber hoffentlich ist Ihnen klar, daß ich nicht gerne hier bin.«

»Wie ich schon sagte, werde ich mein Bestes tun, um es Ihnen so leicht wie möglich zu machen.« Er versuchte, ihr seine Erleichterung zu demonstrieren.

»Das weiß ich zu schätzen«, sagte sie mit einem Lächeln. »Aber noch eine Frage.«

»Bitte.«

»Ich habe mich gefragt ...«, begann sie, überlegte es sich dann aber anders. »Angenommen, ich erinnere mich heute an etwas, was mir damals nicht eingefallen ist.« Sie warf Estrada einen Blick zu, sah dann jedoch wieder auf ihre Handtasche. »Angenommen, ich würde meine Aussage ändern.« Wieder ein kurzer Blick. »Ich meine ja nicht, daß es so ist. Nur mal angenommen.«

Er konnte nicht glauben, was er da hörte. »Es kommt darauf an, worauf sich die Änderungen beziehen.«

»Angenommen, Mariah habe gesagt, daß sie sich an jenem Abend *doch nicht* von Morales trennen wollte.«

Estrada brauchte einen Augenblick, um das zu verdauen.

»Was sagen Sie da?« Es gelang ihm nicht, sein Entsetzen zu verbergen.

»Ich habe gesagt ... Ich habe gar nichts gesagt, nur angenommen.«

»Ihre Aussage lautete, daß sie mit ihm Schluß machen wollte. Daß sie nicht länger warten konnte. Daß sie sich nichts gefallen lassen wollte.« Er versuchte, sich an die genaue Formulierung im Protokoll zu erinnern. »Sie wollte es ihm mal richtig zeigen.«

Sein Ton ließ sie zurückschrecken. »Ja, aber« – sie rang mit den Worten – »angenommen, jetzt sage ich etwas anderes.«

»Gut, nehmen wir es mal an. Was, zum Beispiel?«

»Ich habe es doch schon gesagt. Daß sie doch nicht das Verhältnis mit ihm beenden wollte. Als wir das erste Mal darüber sprachen, hatte sie noch die Absicht, es zu tun. Aber später nicht mehr.« Ihre Augen wurden größer, als sie schnell hinzufügte: »Ich meine ja bloß, nur mal angenommen.«

Estrada fühlte sich miserabel. Er sah einem Meineid ins Gesicht. Und es handelte sich um das Gesicht seiner wichtigsten Zeugin.

»Was dann tatsächlich geschehen würde, hängt ganz davon ab, wie sehr Sie Ihre erste Aussage abändern«, gab er ihr zu verstehen. »Und von den Gründen, warum Sie vor Gericht zwei unterschiedliche Versionen präsentieren.«

Es war eindeutig, daß Miß Schelling sich wünschte, dieses Thema niemals angeschnitten zu haben.

»Vor Gericht zu lügen«, fuhr Estrada fort, »ist nichts anderes als ein Meineid. So etwas wird als schweres Delikt betrachtet.«

»Das lag nicht in meiner Absicht.«

»Zunächst müssen wir feststellen, wie die Wahrheit aussieht.«

»Ich will nicht ins Gefängnis wandern, nur weil meine Erinnerung nicht richtig funktioniert.«

»Genau das meinte ich vorhin. Wenn Sie behaupten, sich diesmal nur besser zu erinnern als früher, kämen sie eventuell damit durch. Obwohl sich viele fragen würden, weshalb Ihre Erinnerung drei Jahre nach dem Verbrechen besser sein sollte als unmittelbar nach der Tat.«

»Damals war ich völlig durcheinander, aufgebracht und verängstigt. Irgendjemand hatte gerade meine beste Freundin ermordet. Seit damals hatte ich viel Zeit zum Nachdenken.«

Estrada lehnte sich mit einer Geste zurück, die er für lässig hielt. »An was genau erinnern Sie sich denn heute?«

Unbehaglich rutschte sie auf ihrem Stuhl herum.

»Die erste Unterhaltung verlief genauso, wie ich es vor Gericht geschildert habe. Ich habe weder gelogen, noch etwas hinzugedichtet. Mariah war wirklich furchtbar wütend auf ihn. Sie wollte es ihm richtig zeigen.« Die Frau lächelte matt, als sie Mariah Dodges Worte wiedergab. »Über das, was dann folgte« – wieder fuchtelte sie am Verschluß ihrer Handtasche herum – »bin ich mir nicht mehr sicher.«

Estrada wartete.

»Angenommen, sie hat gesagt, am nächsten Tag würde es eine wichtige Konferenz geben und sie wolle die Beziehung vielleicht gar nicht beenden, sondern mit ihm an jenem Abend lediglich über diese Sitzung sprechen. Angenommen, sie hat gesagt, sie wolle deswegen nicht die Arbeit vernachlässigen, sondern ihre privaten Probleme vielleicht später lösen.«

Sie sah Estrada an und wartete auf seine Reaktion.

»Sagte sie tatsächlich ›vielleicht‹? Kann es nicht sein, daß sie die Arbeit viel wichtiger fand, als einen Bruch mit Morales und dies auch ganz deutlich zu erkennen gab?«

»So könnte es auch gewesen sein.«

»Könnte gewesen sein? Da müssen Sie sich aber mehr einfallen lassen als ›könnte gewesen sein‹. Sie können möglicherweise *einmal* darauf bauen, daß die Leute Ihnen Ihre neue Version abnehmen. Wenn Sie Ihre Geschichte aber ein weiteres Mal ändern, werden Sie nicht mehr viele Zuhörer haben, die Ihnen wohlgesonnen sind.« Er mußte Druck auf sie ausüben, um sicherzugehen, daß er von ihr die Wahrheit hören würde. Eine dritte Version der Ereignisse aus ihrem Mund wäre für die Anklage katastrophal. »Daher sollten Sie sich gründlich darüber Gedanken machen, ob es ein *vielleicht* war, oder ob sie sich deutlicher geäußert hat.«

»Es war wohl eher so, wie Sie sagen.«

»Ich will Ihnen nicht die Worte in den Mund legen.«

»Nein, wirklich, so war es.«

Estrada wechselte das Thema. »Sagen Sie ... Wie benahm sie sich während dieses zweiten Gesprächs? So wie Sie sich heute daran erinnern.«

Sie sah ihn verständnislos an. Estrada formulierte seine Frage genauer.

»Als sie sagte, sie wolle sich gar nicht von ihm trennen – klang sie da glücklich oder traurig? Glauben Sie, daß sie ihre Meinung über Morales wirklich geändert hatte oder wollte sie beruflich soviel wie möglich für sich herausholen und ihm *dann* den Laufpaß geben?«

»Ich möchte Mariah nicht als kalt und berechnend hinstellen.«

»Erzählen Sie mir nur, woran Sie sich erinnern.«

»Sie hat gesagt, gerade in dem Augenblick, als sie ihm einen Tritt verpassen wollte, habe er begonnen, von der Konferenz zu sprechen. Darum hielt sie den Mund, bis er ihr alles berichtet hatte. Nachdem ihr klargeworden war, welchem Zweck dieses Treffen diente, konnte sie nicht mehr zulassen, daß Morales in der haßerfüllten Stimmung, die ihr Vorhaben bei ihm ausgelöst hätte, daran teilnahm.«

»Sie dachte, er würde sie hassen, wenn sie die Beziehung zu ihm abbrach?«

Ihre Miene verfinsterte sich. »Sie dachte, er würde sie hassen. Aber daß er sie *umbringen* würde, war ihr nicht in den Sinn gekommen.«

Estrada ließ ihr etwas Zeit, bevor er weiterredete. »Sie wollte also noch ein wenig abwarten.«

»Genau.«

»Wie hörte sie sich an, als sie über diese Konferenz sprach? Angespannt, besorgt?«

»Das weiß ich nicht mehr … Angespannt? Schon möglich. Eher aufgeregt.«

»Sagte sie irgendetwas über Morales?«

»Was genau meinen Sie?«

»Wie sie sich fühlte, daß sie nun doch noch nicht mit ihm gebrochen hatte?«

»Sie meinte bloß, es sei noch nicht an der Zeit.«

»Wann sollte das Treffen stattfinden?«

»Tags darauf, am Montag.«

»Und Sie hatten den Eindruck, daß sie vorher auf keinen Fall die Beziehung zu ihm beenden wollte?«

»Genau.«

»Stimmt das auch?«

Sie setzte einen beleidigten Blick auf, schien dann aber einzusehen, daß ihr das nicht weiterhalf. »Jawohl, so weit ich mich erinnern kann.«

»Glauben Sie, daß Ihnen noch mehr einfallen könnte – gewisse Dinge, die nicht mit Ihrer jetzigen Aussage übereinstimmen?«

»Nein, das glaube ich nicht. Es ist doch schon so lange her.«

Estrada erhob sich. »Ich bin froh, daß Sie mich aufgesucht haben.

Wir werden uns demnächst noch einmal zusammensetzen und über Ihre Aussage reden müssen. In der Zwischenzeit sollten Sie achtgeben, mit wem Sie sich darüber unterhalten.« Er mußte aufpassen, daß er mit seinen Ratschlägen die Grenzen des Erlaubten nicht überschritt. »Ich meine vor allem die Presseleute. Wenn die sich aus irgendeinem Grund mit Ihnen in Verbindung setzen, sagen Sie am besten, daß sie keinerlei Kommentare abgeben. Im übrigen sind Sie nicht verpflichtet, mit den Verteidigern von Morales zu reden. Und schon gar nicht mit Roberto Morales persönlich.«

»Morales! Ja denken Sie denn, ich würde mit dem auch nur ein Wort wechseln?«

Er hoffte, daß sie auch meinte, was sie da soeben gesagt hatte.

Nachdem Miß Schelling gegangen war, hockte sich Estrada auf seinen Schreibtisch und warf ein paar Pfeile auf die Zielscheibe. Ausnahmsweise traf er es diesmal, doch blieben die magnetischen Pfeile nicht haften.

Er versuchte, sich die Konsequenzen des Gesprächs mit seiner Zeugin bewußt zu machen.

Wenn Miß Schelling bei ihrer neuen Version blieb, mußte er dies wohl oder übel Kassia Miller mitteilen. Und wenn die sie erst einmal in der Mangel hatte, war alles vorbei, denn ihre Aussage würde auf einen Gesinnungswandel bei Mariah Dodge hindeuten, der nach ihrer letzten Unterhaltung mit Carlyn Sims, einer Freundin aus Texas, eingetreten sein mußte. Und diese Miß Sims war die einzige Zeugin außer Lynne Schelling, die von der Absicht der Toten gewußt hatte, Morales zu verlassen. Würde die Jury Miß Schellings Version folgen, wäre die Aussage von Carlyn Sims wertlos. Das einzige, was Estrada würde nachweisen können, war, daß Mariah Dodge am Tag ihrer Ermordung die Trennung von Morales geplant hatte. Doch könnte dann die Verteidigung dagegenhalten, daß sie es sich anders überlegt hätte, nachdem die beiden miteinander geschlafen und Morales ihr von der Konferenz am folgenden Tag berichtet hatte. Wo also sollte da ein Motiv für Vergewaltigung und Mord zu finden sein?

Da er sich nicht mehr genug konzentrieren konnte, um im Büro sinnvolle Arbeit zu leisten, machte sich Estrada auf den Heimweg.

Ihm wurde klar, daß er nun weder ein Mordmotiv noch einen Beweis für Morales' Anwesenheit am Tatort hatte. Ohne neue Beweismittel würde er sich mit dem Gedanken abfinden müssen, vor Gericht die Einstellung des Falles zu beantragen. Estrada bezweifelte ernsthaft, ob er genügend Beweise zusammentragen konnte, um einen rechtlich ausreichend abgesicherten Fall darauf aufzubauen.

Obwohl er damit gerechnet hatte, auch die eine oder andere Niederlage einstecken zu müssen, war der heutige Tag doch zuviel für ihn gewesen. Ausgezählt zu werden, noch bevor die Startglocke ertönt war, konnte er einfach nicht akzeptieren.

Zu Hause angekommen, öffnete er eine Dose Bier, warf sich aufs Sofa und starrte an die Decke. In Gedanken ging er zum wiederholten Mal alles durch, was ihm über Roberto Morales und Mariah Dodge bekannt war. Es reichte vorne und hinten nicht. Wenn Estrada sich selbst gegenüber ehrlich war, mußte er zugeben, daß er nicht einmal genug wußte, um wirklich von Morales' Schuld überzeugt zu sein.

Irgendwo war die Lösung versteckt. Er mußte sie bloß noch finden.

9

Als Estrada am nächsten Morgen im Büro erschien, spukten die Zweifel, die ihm in Hinblick auf den Fall *Morales* gekommen waren, noch immer in seinem Kopf herum. Geistesabwesend ging er an Tess Dodge vorüber, die auf einem der blauen Kunststoffstühle gegenüber dem Empfang saß.

»He! Mr. Estrada.«

Er drehte sich um. Lächelnd und mit ausgestreckter Hand kam sie auf ihn zu.

»Ich bin gekommen, um mich zu entschuldigen.«

»Ich wüßte nicht, wofür.«

Ihr Lächeln wurde breiter. »Tun Sie doch nicht so.«

Sie zogen die Aufmerksamkeit einiger Polizisten und Büroangestellter auf sich, die in dem engen Korridor an ihnen vorbeigingen.

»Vielleicht sollten wir uns lieber in meinem Büro unterhalten.« Und es hinter uns bringen – worum es sich auch handeln mag, fügte er in Gedanken hinzu.

Bereits in ihren ersten Worten wurde deutlich, daß sie sich wirklich bei ihm für ihr schlechtes Benehmen vom Vortag entschuldigen wollte. »Es hat so sehr auf mir gelastet ... Ich will nicht, daß Sie mich für eine Art Ungeheuer halten. Ich will wirklich nur helfen. Ich habe zwar versucht, sehr höflich mit diesem entsetzlichen Kahn umzugehen – zumindest die meiste Zeit. Aber er hat überhaupt nicht zugehört. Darum dachte ich, diesmal probiere ich es auf andere Art und Weise.«

»Das ist Ihnen gelungen.«

»Ich weiß schon. Letztendlich haben Sie wahrscheinlich nur noch darüber nachgedacht, wie Sie mich möglichst schnell loswerden können.«

»Ich kann Sie durchaus verstehen«, entgegnete Estrada. »Aber irgendwo muß auch ich meine Grenzen ziehen.«

»Es ist nicht meine Absicht, Sie weiterhin zu belästigen. Vorausgesetzt, Sie informieren mich über den Lauf der Dinge. Ich habe eine Unterkunft in New York, bis der Prozeß beendet ist.«

»Hinterlassen Sie mir Ihre Adresse, damit ich mich mit Ihnen in Verbindung setzen kann.«

»Wie wär's, wenn ich mich bei Ihnen meldete?«

Er mußte grinsen. »Na schön.«

»Und denken Sie bitte darüber nach, was ich neulich erwähnt habe. Kahn hat etwas übersehen. Genaueres ist mir nicht bekannt, aber es muß mehr geben.«

»Zum Beispiel?«

»Zum Beispiel das viele Geld. Und Cuyler Jadwin, der Mann hinter diesem Geld ...« Der Bankier aus Texas, der die Finanzierung des Projektes arrangiert und als Aufsichtsratsvorsitzender von Phoenix Enterprises fungiert hatte. »Wie ich gehört habe, soll er aalglatt sein.«

Es war ein äußerst dürftiger Hinweis, doch setzte sich Estrada trotzdem mit Nancy Rosen in Verbindung. »Hat Larry Kahn jemals ein anderes Motiv als Sex erwähnt? Hat er mal von Geld gesprochen?«

»Davon weiß ich nichts.«

»Könnten Sie ihn fragen, ob er das gelegentlich in Erwägung gezogen hat?«

Sie zögerte. »Das ist *Ihr* Fall.«

»Besten Dank«, erwiderte Estrada.

»Stets zu Diensten.«

Er rief Kahn an. »In einer Besprechung«, teilte ihm die Sekretärin kurz angebunden mit.

Phoenix Enterprises lag in Tommy Clementes Aufgabenbereich. Er hatte schon die wenigen Führungskräfte und die Angestellten des erloschenen Unternehmens abgeklappert und befragt.

»Ich möchte diese Firma genauer unter die Lupe nehmen«, sagte

Estrada am Telefon. »Lassen Sie uns versuchen, mit Hilfe der Geschäftspapiere etwas in Erfahrung zu bringen.«

»Ich werd' mich mal umhören«, antwortete der Polizeibeamte träge. Sein neuer Auftrag schien ihm nicht sonderlich zu gefallen.

Innerhalb einer Stunde rief Kahn zurück. »Worum handelt es sich?«

»Um Ihre Ermittlungen im Fall *Morales*.« Estrada gab sich Mühe, seine Antwort ebenso scharf ausfallen zu lassen, wie Kahns Frage geklungen hatte. »Haben Sie je nach einem finanziellen Motiv gesucht?«

»Wie sie sich erinnern, *hatte* ich ein Motiv.«

»Phoenix Enterprises plante, mehrere Hundert Millionen Dollar auszugeben. Zur Zeit des Mordes waren bereits rund fünfzehn Millionen investiert worden. Und das Projekt, um das es ging, war ziemlich heikel, wegen seiner ethnischen Zielrichtung. Also gab es auch dort jede Menge Anlaß für ein Mordmotiv.«

»Ich stecke mitten in den Vorbereitungen zu einem neuen Prozeß, und da kommen Sie und wollen wissen, ob ich vor drei Jahren irgendeinem Phantom nachgejagt bin? Hören Sie gut zu. Es war ein Sexualverbrechen. Ein Lustmord. Nennen Sie es, wie Sie wollen. Aber stehlen Sie mir nicht meine Zeit.« Dann legte er den Hörer auf.

»Eine interessante Alternative«, bemerkte Mahoney, als Estrada ihm von dem möglichen finanziellen Motiv erzählte. »Hauptsache, es führt dich nicht in eine Sackgasse.«

Versonnen blickte er einer Frau nach, die an ihnen vorüberging. Die beiden Männer waren zum South Street Seaport hinüberspaziert und hatten sich dort auf einer Bank niedergelassen. »Hübsch«, kommentierte er mit leicht wehmütigem Unterton.

»Ich habe ein rechtliches Problem, bei dem du mir vielleicht weiterhelfen kannst.« Estrada berichtete seinem Freund von Lynne Schellings Auftritt. »Was ich wissen will, ob es nur mein Problem ist, daß mir meine wichtigste Zeugin aus der Reihe tanzt, oder ob ich die Gegenseite von ihrer neuen Aussage unterrichten muß. Könnte die Verteidigung aus dem Umstand, daß Mariah Dodge wegen der Vorgänge bei Phoenix Enterprises vorerst das Verhältnis mit Morales aufrecht erhalten wollte, einen begründeten Zweifel in bezug auf seine Täterschaft konstruieren?«

»Gute Frage.«

»Falls das so sein sollte, bin ich verpflichtet, seine Verteidigerin davon in Kenntnis zu setzen. So ist es doch, oder?«

»Du hast's erfaßt.«

»Und nun?«

»Es hängt alles davon ab, was genau diese Zeugin gesagt hat. So wie ich die Sache sehe, solltest du dir allerdings keine allzu großen Sorgen machen. An deiner Stelle würde ich mich statt dessen so eingehend wie möglich mit den Finanzen des Unternehmens befassen.«

Am Nachmittag erhielt Estrada einen Anruf von Clemente. Er hatte mit drei der vier leitenden Angestellten von Phoenix Enterprises gesprochen. Keiner von ihnen hatte jedoch etwas über den Verbleib der Geschäftspapiere gewußt. Übereinstimmend hatten sie ihm zur Antwort gegeben, ein Teil der Unterlagen sei vernichtet worden, während der Rest noch irgendwo aufbewahrt werde. Irgendwo.

»Bleiben Sie dran.«

»Einen habe ich noch nicht erreichen können. Es besteht also noch Hoffnung.«

Gesetzlich hätten sämtliche für Steuerzahlungen relevante Dokumente länger als zwei Jahre aufgehoben werden müssen. Das bedeutete jedoch nicht, daß diese Unterlagen tatsächlich noch existierten. Oft genug kam es bei Firmenzusammenbrüchen wie dem von Phoenix Enterprises vor, daß jedermann sich durch den nächstgelegenen Notausgang aus dem Staub machte, ohne sich um die Liquidation zu kümmern.

»Das Unternehmen müßte doch auch mit außenstehenden Anwälten zusammengearbeitet haben«, sagte Estrada. »Auch mit Rechnungsprüfern. Die werden schon etwas wissen.«

Das Gespräch mit Clemente hatte ihn endgültig zu der Überzeugung gelangen lassen, daß es an der Zeit war, Nachforschungen über Phoenix Enterprises anzustellen.

Während er vor dem Sitzungssaal der Anklagejury wartete, die formell darüber zu befinden hatte, ob die erneute Klageerhebung gegen Morales gerechtfertigt war, dachte Estrada über seine Unterredung mit Mahoney nach. Selbst in einem Rechtssystem, in dem die Parteien häufig wie mittelalterliche Turnierritter aufeinander losgingen, gehörte das unfaire Austricksen der Gegenseite nicht zu den Mitteln, die einen Sieg erwarten ließen – vor allem nicht für die Staatsanwaltschaft. Wenn diese Behörde Informationen zurückhielt, die zur Freilassung eines Angeklagten beitragen konnten, würde sie weder der Gerechtigkeit, noch dem Volk einen Dienst erweisen.

Andererseits stünde Estrada am Ende mit leeren Händen da, wenn er der Verteidigung allzu sehr dabei behilflich wäre, einen begründeten Zweifel zu konstruieren. Äußerste Vorsicht war daher geboten.

10

Am nächsten Morgen ging Estrada unter die Dusche, rasierte sich und versuchte anschließend, sich selbst Mut einzureden, um der grauen Wolke von Zweifeln und Frustration zu entfliehen, die ihn umgab. Mit Santos würde er schon fertig werden. Die richtige Mischung von Zuckerbrot und Peitsche würde ihn mit Sicherheit auf den Weg der Wahrheit zurückführen. Vielleicht bestand auch noch Hoffnung, daß sich Lynne Schelling eines Besseren belehren ließ.

Sobald er im Büro angekommen war, rief er sie an. Er war überzeugt, daß freundliche Aufmerksamkeit von Seiten eines Stellvertretenden Bezirksstaatsanwaltes ein geeignetes Mittel sei, ihr die negativen Konsequenzen eines Meineides in Erinnerung zu rufen.

»Ich wollte gerade Ihre Nummer wählen«, sagte die Frau. »Wir müssen noch mal miteinander reden.«

»Wann können Sie vorbeikommen?«

»Um die Mittagszeit.«

»Ich werde auf Sie warten.«

Den Vormittag verbrachte Estrada damit, den geschäftlichen und finanziellen Aspekten der Beziehung zwischen Roberto Morales und Mariah Dodge nachzugehen.

Als er in Texas anrief, um mit Cuyler Jadwin, dem Geldgeber des Phoenix-Projektes, einen Gesprächstermin zu vereinbaren, war zunächst nur dessen Sekretärin erreichbar.

»Ich bedaure, Sir. Er wird Sie gleich zurückrufen.«

Der Anruf erfolgte prompt.

»Mr. Estrada, entschuldigen Sie vielmals, aber meine Sekretärin hat nicht gleich geschaltet. Womit kann ich Ihnen dienen?«

»Ich bin dabei, mir ein klareres Bild von Mariah Dodge und Roberto Morales zu verschaffen sowie von deren Aktivitäten bei Phoenix Enterprises. Und wahrscheinlich können Sie meine Fragen besser beantworten als irgendjemand sonst.«

»Sie schmeicheln mir, Mr. Estrada. Wenn es mir möglich ist, werde ich Sie selbstverständlich unterstützen.«

»Werden Sie in nächster Zukunft mal in New York sein? Am liebsten würde ich mich nämlich persönlich mit Ihnen unterhalten.«

»Hm, nein ... sieht nicht so aus. Warten Sie, ich will nichts überstürzen. Ich habe eine Reise geplant, allerdings erst in ein paar Wochen.«

»Es wäre gut, wenn Sie schon früher kommen könnten.«

»Der Termin könnte sich noch verschieben. In diesem Fall würde ich Sie benachrichtigen.«

Estrada las sich Clementes Bericht über seine Gespräche mit Jadwin durch: Die Konferenz, deren große Bedeutung Mariah Dodge veranlaßt haben sollte, Morales vorerst keinen Laufpaß zu geben, war wegen der Neuorganisation der Unternehmensfinanzen einberufen worden. Die Baisse auf den Aktienmärkten sowie die sich abzeichnende wirtschaftliche Stagnation hatten die wichtigsten Kapitalquellen des Phoenix-Projektes versiegen lassen. Daraufhin hatte Jadwin verlangt, das Projekt zu beschneiden und damit realistischer zu gestalten. Kommerzieller und gleichzeitig weniger altruistisch, wie er gegenüber Clemente bekannt hatte. Er hatte sogar schon eine ganze Reihe von Vorschlägen ausgearbeitet und einen potentiellen Investor ausfindig gemacht, der nach der Umstrukturierung einen Teil der Phoenix-Aktien übernehmen wollte. Jadwin war ausgesprochen verwundert gewesen, als er erfuhr, daß sich Morales auf der besagten Sitzung diesen Plänen zu widersetzen beabsichtigte.

Wie Jadwin Tommy Clemente am Morgen nach dem Mord mitgeteilt hatte, begründete Morales seine Ablehnung damit, daß er befürchtete, diese Veränderungen würden sich zu Lasten der ortsansässigen Latinos auswirken. Doch Jadwin war überzeugt gewesen, Morales hätte in Wirklichkeit durch den Verkauf eines Großteils von Phoenix Enterprises seine eigene Position bedroht gesehen.

Von sich aus hatte Jadwin bei der Befragung am Tag nach dem Verbrechen keinerlei Andeutungen über Morales' Affäre mit Mariah Dodge gemacht. Erst nachdem Lynne Schelling zu Protokoll gegeben hatte, daß die beiden miteinander befreundet gewesen waren, hatte er zugegeben, seit Monaten davon gewußt zu haben. Doch ›solange sich das nicht auf die Arbeit auswirkte, habe ich mich nicht darum gekümmert, was sie taten.‹

Cuyler Jadwin war selbst zu keiner Zeit unter den Verdächtigen gewesen, obwohl er am Nachmittag des betreffenden Tages von Texas nach New York geflogen war. Sein Alibi für Sonntag abend bestand in zwei Begegnungen mit möglichen Geldgebern für Phoenix Enterprises sowie in einem Gespräch mit dem Zimmerkellner seines Hotels. Nicht wasserdicht, aber allemal ausreichend.

Estrada warf ein paar Pfeile auf Roberto Morales. Er mußte einfach alles über das Verhältnis zwischen Morales und Jadwin erfahren. Wichtig war ihm dazu auch noch ein Überblick über die Organisation ihres Unternehmens, da er ohne dieses Wissen nicht entscheiden konnte, worauf er seine Aufmerksamkeit lenken sollte.

Wenn er sich recht erinnerte, hatte sich Lisa Stein auf dem College eingehend mit Wirtschaftswissenschaften befaßt. Wie es aussah, war seine Entscheidung richtig gewesen, sie anstelle von Olga Gomez, die seit nunmehr acht Jahren als Kanzleigehilfin tätig war und mit der er jahrelang regelmäßig Spanisch gepaukt hatte, bei diesem Prozeß zu seiner Assistentin zu machen.

Clemente schaute herein, um über das Ergebnis seiner Nachforschungen zu berichten. Er trug einen seiner vielen dunkelgrauen Anzüge. Estrada mußte an eine Beschreibung denken, die einmal jemand von Clemente abgegeben hatte: ein Clown auf dem Weg zur Beerdigung. Aber ein gefährlicher Clown.

»Ich habe mit dem Rechnungsprüfer gesprochen, der für Phoenix die Buchprüfungen gemacht hat. Er sagt, er könne uns nicht helfen. Will keine vertraulichen Daten von Kunden weitergeben.«

»Und wie haben Sie reagiert?«

»Habe gesagt, daß er sich's noch mal überlegen soll, ich käme später wieder auf ihn zurück.« Eine Art Lächeln zeichnete sich in Clementes Augenwinkeln ab. »Hat ihm irgendwie nicht gefallen.«

Das kann ich mir gut vorstellen, dachte Estrada. »Zuerst verlangen diese Typen, daß ihre Klienten sie wie Priester behandeln, und dann tun sie so, als wären ihre Büros Beichtstühle. Rein zufällig habe ich gerade eine neue Untersuchung über Phoenix Enterprises in die Wege geleitet. Warum gehen Sie nicht nochmals zu diesem Rechnungsprüfer und zeigen ihm eine Vorladung? Das macht es für alle einfacher.«

Clemente holte eine Zigarette aus der Schachtel und zündete sie an. »Sie wollen den Aktivitäten dieses Unternehmens jetzt wohl genau auf den Grund gehen, was?«

»Sieht aus, als bliebe mir nichts anderes übrig.« Den Grund dafür behielt er lieber für sich.

Estrada nahm an, daß er nicht mehr genügend Zeit zum Mittagessen hatte, bevor Lynne Schelling kam; darum ging er den Korridor hinunter und holte sich eine Flasche Saft aus den Getränkeautomaten. Um nicht fortwährend daran denken zu müssen, was seine Zeugin ihm diesmal vorgaukeln würde, studierte er die Berichte über Phoenix Enterprises. Erneut wurde ihm bewußt, wie dürftig die zur Verfügung stehenden Informationen waren. Darum rief er Lisa Stein an, die jedoch nicht an ihrem Platz war. Estrada hinterließ ihr auf dem Anrufbeantworter eine Nachricht, in der er sie bat, alle wissenswerten Informationen über dieses Unternehmen zusammenzustellen.

Hungrig traf Lynne Schelling um Punkt ein Uhr bei der Staatsanwaltschaft ein.

»Tut mir leid«, sagte sie, »ich habe diesen Termin nicht besonders geschickt gelegt. Kann man hier irgendwo etwas zu essen bekommen? Andernfalls müßte ich mindestens bis heute abend um acht warten.«

Es war nicht Estradas Absicht gewesen, seine Zeugin in ein Restaurant auszuführen. Eigentlich hatte er vorgehabt, ihr die Hölle heißzumachen.

»Am besten, wir besorgen uns ein Sandwich und kommen dann wieder hierher zurück«, schlug er vor. »Hier sind wir ungestört.«

Diese Idee sagte ihr ganz und gar nicht zu. Daher schlug sie ein italienisches Restaurant in der Nähe vor. »Wenn es dort zu voll sein sollte, können wir immer noch zurückkommen.«

»Ich habe Sie angerufen, weil wir uns noch eingehender über Ihre Zeugenaussage unterhalten müssen«, erklärte Estrada, nachdem sie Platz genommen und die Bestellung aufgegeben hatten. »Wie Sie am Telefon sagten, wollten auch Sie sich mit mir in Verbindung setzen. Worum handelt es sich denn?«

Verlegen spielte sie mit dem Besteck, das vor ihr auf dem Tisch lag.

»Ich habe darüber nachgedacht, was Sie mir beim letzten Mal gesagt haben, und versucht, mir die Ereignisse so genau wie möglich ins Gedächtnis zu rufen; was Mariah gesagt hat und was nicht. Wissen Sie, es ist ganz schön schwierig, drei Jahre danach so etwas noch auf die Reihe zu kriegen.«

»Da bin ich sicher.«

»Ich hatte immer Ihre Warnung im Hinterkopf, diesmal müsse ich mich für eine Version entscheiden. Als ich Ihnen in Ihrem Büro sagte … als ich sagte, Mariah hätte sich eventuell entschieden haben können, doch nicht mit Robbie zu brechen …«

Schweigend saß Estrada da und wartete auf mehr.

»Das hat sie wirklich gesagt – daß sie sich nicht von ihm trennen wollte.«

Sein Gesichtsausdruck verriet keinerlei Reaktionen.

Der Kellner brachte das Essen – großzügige Portionen deftiger süditalienischer Küche. Estrada hatte keinen Blick dafür.

Tief atmete sie den Duft von Knoblauch und Olivenöl, von Tomaten und Gewürzen ein und begann zu essen. »Herrlich.«

»Freut mich, daß es Ihnen schmeckt«, zwang sich Estrada zu erwidern.

»Wollen Sie Ihr Essen denn gar nicht probieren?«

Er griff nach der Gabel und spießte ein Stück Wurst auf, steckte es jedoch nicht in den Mund. »Ich bin gespannt.«

»Viel mehr gibt es nicht zu berichten. Was mir vor allem Kopfzerbrechen gemacht hat, war die Frage, *wann* genau mir Mariah davon erzählte. Schließlich ist mir klar geworden, daß ich verschiedene Unterhaltungen durcheinandergebracht habe. Aber nun glaube ich, daß ich wieder den Durchblick habe. Wichtig scheint mir, daß es während des *letzten* Gesprächs war, als sie erwähnte, sie wolle endgültig mit Morales Schluß machen.«

»So, das letzte also«, bemerkte Estrada ungläubig.

»Ja. Genauso, wie ich es beim ersten Prozeß ausgesagt habe. Von ›Meineid‹ kann daher überhaupt keine Rede sein.« Lynne Schelling grinste wie ein Kind, das stolz mit einem erstklassigen Schulzeugnis nach Hause kommt.

Sein ganzer Körper entspannte sich; Estrada war davon überzeugt, daß sie seine Erleichterung förmlich sehen konnte. Der erste Bissen, den er in den Mund steckte, schmeckte ausgesprochen gut.

»Und dabei werden Sie bleiben?« fragte er sie.

»Ich schwöre. Es ist die Wahrheit.«

»Schön.«

»Wirklich, so wahr ich hier sitze.«

Warum mußte sie es ein zweites Mal so deutlich betonen? Je größer die Lüge, desto feierlicher und häufiger die Beteuerungen der eigenen Aufrichtigkeit. Doch vielleicht war es diesmal anders; vielleicht war sie sich wirklich nicht sicher gewesen und hatte sowohl ihn als auch sich selbst überzeugen wollen. Im Moment war Estrada bereit, alles zu akzeptieren, was man ihm anbot, solange dadurch sein Fall nicht in irgendeiner Weise Schaden litt.

»Als wir uns das letzte Mal unterhielten, glaubten Sie sich daran zu erinnern, daß Mariah Dodge ihre Meinung geändert hatte. Haben Sie eine Erklärung, wie Sie darauf gekommen sind?« Er hoffte, endlich eine zufriedenstellende Antwort von seiner wichtigsten Zeugin zu bekommen.

»Oh, hatte ich das nicht gesagt? Das eine Gespräch fand zu einem ganz anderen Zeitpunkt statt. Ungefähr einen Monat vorher. Schon damals hatte sie die Nase voll von ihm und war kurz davor, die Beziehung zu beenden. Aber dann geschah irgendwas, das mit ihrer Arbeit in Zusammenhang stand. Deshalb schob sie vorübergehend die Trennung von ihm auf. Es war ihrer eigenen Aussage nach lediglich eine Frage der Zeit.

Einen Monat danach, an dem Sonntag, an dem sie ermordet wurde, meinte Mariah jedoch, sie könne Morales nicht mehr ertragen und werde sich trotz der Konferenz am Montag von ihm trennen. Im Zusammenhang mit diesem wichtigen Treffen fügte sie noch hinzu, wenn sie jetzt mit Morales Schluß machte, würde er sie mit Sicherheit deswegen hassen. Und sie befürchtete, das könne sich negativ auf die Konferenz auswirken. Diese beiden Unterhaltungen, die ungefähr einen Monat auseinanderliegen, habe ich versehentlich verwechselt. Außerdem sagte sie noch etwas wie ›Zu blöd. Er ist auf dieses Treffen mehr angewiesen als ich.‹ Mit absoluter Sicherheit hat sie nichts mehr davon erwähnt, daß sie ihre Meinung erneut geändert hätte und nun doch bei ihm bleiben wollte. Ganz bestimmt nicht.«

Miß Schelling lächelte ihn an und wandte sich dann wieder ihren Calamari zu.

Ihre Geschichte war zwar nicht perfekt, dachte Estrada, könnte aber dennoch stimmen. Jetzt ging es darum, daß er sich selbst davon überzeugte.

»Wenn Sie im Zeugenstand sind, werde ich Sie nicht über die andere Unterhaltung zwischen Ihnen und Mariah Dodge befragen. Der Irrtum, der Ihnen bei unserem letzten Gespräch unterlaufen ist, ist durchaus menschlich. Darüber brauchen Sie sich keine Sorgen zu machen.«

»Ich bin froh, daß Sie das so sehen.«

»Wichtig ist nur, daß Sie sich alle Einzelheiten Ihrer Unterhaltung von jenem Sonntag klar ins Gedächtnis rufen, die mit der Verhandlung in Zusammenhang stehen. Fügen Sie nichts hinzu, schmücken Sie nichts aus. Das würde die Geschworenen bloß verwirren.«

»Habe verstanden«, entgegnete sie mit etwas zu großem Nachdruck.

Um größere Klarheit über Lynne Schellings Aussage zu erlangen, setzte sich Estrada mit Tess Dodge in Verbindung und befragte sie über ihre Schwester.

»Ich versuche gerade, etwas mehr über Ihre Schwester in Erfahrung zu bringen und über die Art und Weise, wie sie für gewöhnlich ihre Entscheidungen getroffen hat. Hat sie in der Regel einen einmal gefaßten Entschluß auch verwirklicht oder änderte sie oft ihre Meinung in allerletzter Minute?«

»Sowohl als auch. Sie konnte manchmal sehr impulsiv sein, ganz bestimmt. Wenn sie sich aber einmal etwas in den Kopf gesetzt hatte, dann setzte sie das auch in die Tat um. So war sie zumindest während unserer Kindheit. Warum wollen Sie das wissen?«

»Ich will dahinterkommen, ob sie sich wirklich von Morales trennen wollte. Den Zeugenaussagen nach zu urteilen, hat sie zwei Freundinnen gegenüber geäußert, daß sie endgültig mit ihm fertig sei. Sie wollte sich nicht nur von ihm trennen, sondern es ihm auch in aller Deutlichkeit sagen, damit er ihre Botschaft klipp und klar verstand. Dann haben wir da noch eine andere Aussage, der zufolge sie Morales am Nachmittag getroffen und mit ihm geschlafen hat. Trotzdem soll sie einer ihrer Freundinnen gegenüber anschließend geäußert haben, sie würde ihn abends im Büro erneut sehen und dann die Beziehung beenden. Das alles muß ich für die Jury auf irgendeine Weise unter einen Hut bringen.«

Beim ersten Prozeß hatte es Kahn geschafft, den Geschlechtsverkehr vom Nachmittag damit aus der Welt zu schaffen, daß er den alten Mr. Censabella als Witzfigur hinstellte. Estrada ging nicht davon aus, daß sich für ihn Kahns Glück wiederholen würde. Er benötigte eine Erklärung, die ihm selbst einleuchtete, bevor er versuchen konnte, die Geschworenen davon zu überzeugen.

»Da kann ich Ihnen auch nicht weiterhelfen«, antwortete Tess Dodge. »Das Problem ist nämlich, daß meine Schwester und ich über etliche Jahre hinweg nicht allzu viel miteinander geredet haben. Erst kurze Zeit vor ihrem Tod waren wir uns wieder nähergekommen.« Sie schluchzte. Estrada merkte, wie sie mit der Hand die Sprechmuschel des Telefonhörers abdeckte. »Entschuldigen Sie. Ich kann Ihnen leider nichts sagen. Möglicherweise wissen diese beiden Freundinnen mehr über sie.«

»Mit einer habe ich schon gesprochen. Sie meint, sie könne sich vorstellen, daß Mariah ein letztes Mal mit Morales zusammen war, obwohl sie angekündigt hatte, ihm in Kürze den Laufpaß zu geben. Paßt das zu Ihrer Schwester?«

»Manchmal haben wir uns über Morales unterhalten, aber nicht oft. Ich glaube, die Beziehung mit ihm hatte sie reichlich verwirrt. Sie hielt ihn für eine Art Held, weil er für seine Leute soviel Gutes tun wollte. Das machte ihn für sie attraktiv nach all diesen schwerreichen Typen aus Texas, die immer nur ihr Geld im Kopf gehabt hatten.«

»Erwähnte sie bei den Gesprächen mit Ihnen ihre Absicht, sich von Morales zu trennen?«

»Ich war nie der Ansicht, daß die beiden gemeinsam dem Sonnenuntergang entgegenreiten würden, soviel ist sicher. Aber Genaueres habe ich nie von ihr erfahren.«

Ohne Erfolg drehten und wendeten sie das Thema hin und her. Schließlich bat Estrada sie, nochmals darüber nachzudenken und versprach, sich öfter bei ihr zu melden. Dann beendeten sie das Telefonat.

Gegen Ende des Arbeitstages veranlaßte er, daß den Rechtsanwälten, Wirtschaftsprüfern und Geschäftsführern von Phoenix Enterprises sowie den Architekten, die die Pläne für das Projekt ausgearbeitet hatten, Verfügungen zugestellt wurden, die ihnen unter Strafandrohung die Herausgabe sämtlicher in ihrem Besitz befindlichen Unterlagen des erloschenen Unternehmens auferlegten.

Kurz darauf erhielt Estrada einen Anruf von Alexander Blairs Anwalt. Blair war der Finanzdirektor von Phoenix Enterprises gewesen. Nun wollte sein Rechtsvertreter wissen, ob Blair selbst Ziel staatsanwaltschaftlicher Ermittlungen sei. Im Moment nicht, versicherte ihm Estrada. »Alles was ich von ihm erwarte, ist ein zwangloses Gespräch. Wahrscheinlich ist es nicht einmal nötig, ihn als Zeugen vorzuladen.«

Mr. Blair sei grundsätzlich zu einer Kooperation bereit, ließ ihn sein Anwalt wissen, wolle die Unterredung jedoch möglichst schnell hinter sich bringen. Über Papiere, die mit Phoenix Enterprises in Zusammenhang standen, verfüge er allerdings nicht. Auch sei ihm nichts über deren Verbleib bekannt. Unter der Voraussetzung, daß nicht gegen ihn ermittelt werde, stünde er Estrada zu einem Gespräch zur Verfügung.

»Aufgrund der mir vorliegenden Information ist das eindeutig nicht der Fall«, antwortete Estrada. Dann legte er den Hörer auf. Armer Kerl, dachte er, ohne diesen Anwalt wärst du besser dran gewesen. Jetzt will ich nämlich wissen, worüber du dir solche Sorgen machst.

Bevor er das Büro verließ, rief er noch Pancho Castillo bei den *Noticias Diarias* an. »Ich glaube, ich sollte noch mal alleine rausfahren nach Brooklyn. Zuerst möchte ich mir Morales' Rehabilitationszentrum genauer ansehen und mich mit einigen Leuten dort unterhalten, um einen Eindruck von seiner Anhängerschaft zu gewinnen.«

»Da habe ich genau den richtigen Mann für Sie: Carlos Ramírez. Er ist aktiv in der Jugendarbeit tätig. Sein Projekt nennt sich ›Adelante‹. Begonnen hat er noch als niño, als Kind in einer Straßenbande. In den späten Fünfzigern, als die Gangs sich noch auf Blut und Ehre bekämpften – wie in der *West Side Story*. Fahrradketten, Springmesser und selbstgebastelte Pistolen.«

»Richtig niedlich im Vergleich zu den heutigen Waffen.«

»Damals waren sie außerordentlich wirkungsvoll.«

»Und jetzt leitet er ein Erziehungsprogramm? Kennt er Roberto Morales?«

»Das könnte man so sagen.« Castillo gab Ramírez' Telefonnummer durch. »Ich werde ihm mitteilen, daß Sie sich mit ihm in Verbindung setzen.«

Auf dem Weg nach draußen machte Estrada bei Lisa Stein halt. Neben ihr auf dem Schreibtisch lag ein Stapel fotokopierter Zeitungsartikel.

»Miß Stein, wie ist Ihr Spanisch?«

Sie sah ihn erstaunt an. »Welches Spanisch?«

»Sehen Sie zu, ob Sie Olga Gomez oder sonst jemanden finden, der Spanisch spricht, und lassen Sie einen Reporter namens Pancho Castillo von den *Noticias Diarias* überprüfen. Ich will wissen, ob aus seinen Artikeln eine bestimmte Tendenz ersichtlich wird, vor allem was Morales und den ersten Prozeß anbelangt.«

»Sie wollen sichergehen, ob Sie ihm vertrauen können?«

»Ich will nur besser verstehen, was in seinem Kopf vorgeht. Er ist Journalist, insofern spielt Vertrauen da überhaupt nicht mit hinein.« Er nahm eine der Kopien vom Stapel: UFERVIERTEL ERHEBT SICH AUS DER ASCHE hatte eine bekannte Finanzzeitung einen ihrer Berichte übertitelt. »Was haben Sie für mich zusammengestellt?«

»Alles, was Sie wollten«, antwortete Lisa Stein. »Phoenix Enterprises, Cuyler Jadwin und Roberto Morales.«

Estrada stopfte den ganzen Stoß in seine Aktentasche. »Haben Sie vielen Dank.«

»Auch eine Möglichkeit, das Wochenende zu gestalten.«

»Das Böse darf gar nicht erst zur Ruhe kommen.«

11

Ein Blick genügte Estrada, um zu erkennen, daß er nicht unbemerkt vor Morales' Rehabilitationszentrum würde parken können. Zwar hatte er sich ausgewaschene Jeans und ein weißes T-Shirt angezogen, doch änderte dies nichts daran, daß er kein Jugendlicher mehr war, zu blaß aussah und hinter dem Steuer einer viel zu vornehmen Limousine saß.

Eineinhalb Häuserblocks weiter hielt er an und stellte den Rückspiegel so ein, daß er gerade noch die Tür des Zentrums im Blick hatte.

Samstag war offensichtlich nicht viel los bei der Drogentherapie. In der guten Stunde, die er mittlerweile auf der Lauer lag, waren lediglich vier Personen in das Haus gegangen, während fünf es verlassen hatten. Von Morales weit und breit keine Spur.

Er warf einen Blick auf die Uhr: Es verblieben ihm nur noch wenige Minuten. Gleich würde Carlos Ramírez in seinem Jugendzentrum Adelante erscheinen. Estrada stieg aus dem Wagen und überquerte die Straße, um sich in den paar Minuten, die er zur Verfügung hatte, La Esperanza wenigstens von außen etwas genauer anzusehen.

Drei Jugendliche tauchten aus der anderen Richtung auf und gingen zielstrebig auf das Rehabilitationszentrum zu. Ihre Gesichter waren hager und verkniffen. Der Junge in der Mitte wurde von den beiden anderen gestützt; seine Augen waren halb geschlossen, die Nase lief. Estrada trat zur Seite, um ihnen Platz zu machen.

»Aufmachen! Aufmachen!« kommandierte der stärkste von ihnen auf Spanisch.

Noch bevor Estrada ihnen die Tür öffnen konnte, rief der Junge jemandem im Innern des Hauses zu: »Hector! Hector! Hol' den Arzt. Gordo geht's schlecht.«

Das Trio drängte an ihm vorbei und schlurfte seitwärts durch die Tür.

Estrada ging wieder zu seinem Fahrzeug zurück und machte sich auf den Weg zu Ramírez.

Adelante sei in einer alten Kirche untergebracht, hatte ihm Carlos Ramírez am Telefon mitgeteilt. Auf ein Gebäude, das von oben bis unten mit Graffitis besprüht war, war Estrada allerdings nicht eingestellt gewesen. Die hohen Türen des ehemaligen Gotteshauses waren durch nichtssagende Metallplatten ersetzt worden.

Er nannte einem Mädchen, das am Eingang hinter einem Schreibtisch saß, seinen Namen. Wenige Minuten später erschien eine dunkelhäutige Frau mit pechschwarzen Haaren und begrüßte ihn.

»Ich bin Dolores Acampo. Ich leite hier die Kunst- und Theatergruppe. Carlos bat mich, Sie zu empfangen.«

Durch eine Innentür führte sie Estrada in das leere Kirchenschiff. Der Altarraum war in eine Bühne umgewandelt worden.

»Carlos wird sofort kommen. Ich bin in meinem Büro, falls Sie etwas benötigen.«

Estrada spazierte unter dem gewölbten Dach umher und betrachtete die mit Parolen versehenen Schilder und die Zeitungsausschnitte an den Wänden.

»Mr. Estrada?«

Er wandte sich um und erblickte einen dünnen Mann in gebeugter Haltung, der leicht hinkte. Ein graumelierter Vollbart konnte die von einer scharfen Waffe verursachten Narben in seinem Gesicht nicht verdecken. In seiner olivgrünen Kleidung sah er aus wie ein invalider, ausgemergelter Fidel Castro.

»Mein Name ist Carlos Ramírez.« Sein Händedruck war fest. In seinem Gesicht, das deutlich älter war als der gut vierzigjährige Mann, zu dem es gehörte, leuchteten dunkelbraune Augen, die bestürzend jung wirkten.

»Wie ich gehört habe, wollen Sie Informationen über Roberto Morales.«

»Ich benötige Informationen über vieles, Mr. Ramírez. Darunter auch über Roberto Morales.«

»Nennen Sie mich doch bitte Carlos. Pancho Castillo meinte, Sie seien aufrichtig, und er irrt sich nur selten. Was interessiert Sie außer Morales sonst noch?«

»Die hispano-amerikanische Gemeinde. Ihre Arbeit. Das Phoenix-Projekt.«

»Wenn ich Ihre Fragen beantworten kann ...«

»Haben Sie eine Ahnung, weshalb ich diese Informationen benötige?«

»Natürlich.« Er betrat die Bühne. »Kommen Sie, hier können wir beginnen.«

Auf einem Pult lag ein dickes Album voller Bilder und Zeitungsausschnitte, die die Geschichte und die Aktivitäten von Adelante schilderten: Aufführungen, Konzerte, Tanzabende; eine Initiative, die sich den Bau eines Freibads in der Nachbarschaft zum Ziel gesetzt hatte; Nachhilfeunterricht und vieles mehr. Unter den abgehefteten Dokumenten tauchte Ramírez' Name nur höchst selten auf, sein Bild nie.

»Sie haben eine große Leistung mit diesem Jugendzentrum vollbracht.«

»Es gibt noch soviel zu tun.«

»Wie hätte sich das Phoenix-Projekt auf Ihre Tätigkeit ausgewirkt?«

»Eine gute Frage. Sie stellten mich als Berater an und sagten, sie wollten die wahren Bedürfnisse der hier lebenden Menschen kennenlernen.«

»Sind sie dann auch Ihren Ratschlägen gefolgt?«

»Aus dieser Asche ist nie ein Vogel emporgestiegen. Wer weiß schon, wie er ausgesehen hätte oder ob er überhaupt seine Jungen hätte ernähren können?« Ramírez lächelte, als wolle er der von ihm gebrauchten Metapher den Biß nehmen.

»Was hielt die Gemeinde von dem Projekt?«

»Manche fanden, daß es eine gute Idee war. Eine Entwicklung des Wohnungsbaus und des Kleinunternehmertums in dieser Gegend, um die Latinos zur stärksten Bevölkerungsgruppe zu machen und auch den anderen Minderheiten Wohltaten zukommen zu lassen. Und Investoren von außerhalb sollten möglichst kleingehalten werden. Solche Worte mögen sich ja ganz vielversprechend anhören. Denkt man aber ein bißchen weiter, dann wird einem klar, daß der Vorteil der einen den anderen zum Nachteil gereichen kann. Außerdem gab es bei dem ganzen Projekt keinen, der mächtig genug gewesen wäre, eine Kompromißlösung auszuarbeiten.«

»Noch nicht mal Morales selbst?«

»Der schon gar nicht.«

»Warum?«

Ramírez antwortete nicht sogleich. Als er zu sprechen begann, tat er es so langsam, als ob er sich auf unbekanntem Terrain bewegen würde.

»Sie müssen wissen, daß dieser Teil von Brooklyn eine komplizierte Mischung vieler Kulturen beherbergt. Latinos, Juden, Italiener, Iren, Polen ... Und einige der schlimmsten Blocks unten am Fluß werden von Künstlern aus Manhattan geadelt. Untereinander sind diese Gruppen aber auch wieder gespalten. Das gilt vor allem für die Latinos.« Er machte eine Pause, um darüber nachzudenken, was er Estrada als nächstes erzählen sollte.

»Das Phoenix-Projekt hatte ein Heer von Anhängern, aber auch eine Menge Gegner. Roberto plante die Errichtung seines Neuen Jerusalems auf dem letzten großen Grundstück am Fluß, das noch unbebaut war. Dieses Land liegt auf der Northside. Aber die meisten der späteren Bewohner sollten von der Southside kommen. Die Leute waren darüber aufgebracht, in welcher Weise das Projekt althergebrachte ethnische Lebensgemeinschaften auseinanderzureißen beabsichtigte. Ein mühsam geschaffenes System des Zusammenlebens in halbwegs friedlichem Übereinkommen wäre damit zerstört worden. Manche Leute, die sich Einfluß auf die Gemeinde erworben hatten, sahen ihre Felle davonschwimmen. Und diese ganzen Umwälzungen wären dazu auch noch von Außenstehenden in Gang gesetzt worden.«

»Warum Außenstehende? War das Projekt nicht das geistige Kind eines Mannes, der hier aufgewachsen ist?«

»In der Presse, ja. In der Öffentlichkeit. Doch in Wirklichkeit interessierte es niemanden, daß einer der Außenstehenden von hier stammte. Schließlich war er ja fortgezogen und hatte sein Glück anderswo gesucht. Doch dann tauchte er wieder auf, mit Nordamerikanern an seiner Seite und mit Geld aus England, Deutschland und Japan. Einige nannten dieses Benehmen den ›Imperialismus des 21. Jahrhunderts‹.«

»Er war also längst nicht für alle der große Held.«

»Ich will Ihnen da gar nichts vormachen. Roberto Morales hatte viele Freunde, die ihn für den Richtigen hielten, die verfeindeten Gruppierungen wieder zu vereinen. Und eben diese Leute sind jetzt davon überzeugt, daß Roberto von Polizei und Justiz kräftig gelinkt worden ist. Auch ein Teil seiner damaligen Gegner ist zu ihm übergelaufen. Früher stellte er für sie eine Bedrohung dar. Heute ist er ein Garant für den Status quo.«

Er grinste, als er Estradas Reaktion bemerkte. »Sind Sie überrascht, solche Dinge gerade von mir zu hören? Meinen Sie, ich sei gegenüber meinen compañeros zu zynisch oder respektlos?«

»Ich bin erstaunt, daß sie *überhaupt* mit mir reden.«

»Es gibt Leute, die mich deswegen verachten werden. Aber ich glaube, wir alle sind besser dran, wenn wir von vornherein bei der Wahrheit bleiben. Und ich habe zuviel erlebt, um mir etwas über das Phoenix-Projekt, Roberto Morales oder die Motive meiner Nachbarn vorzumachen – seien es nun Freunde oder Feinde.«

»Bevor ich Sie aufsuchte, war ich in La Esperanza, seinem Rehabilitationszentrum für Drogenabhängige. Nutzt diese Einrichtung dem Ansehen von Morales?«

Ramírez zuckte mit den Achseln. »Wir wollen es uns immer möglichst einfach machen: Er hilft Süchtigen, also ist er ein guter Mensch. Aber diejenigen, die ihn kritischer betrachten, sind der Ansicht, daß es sich für Morales bei diesem Zentrum lediglich um eine weitere Methode handelt, seine eigenen Leute auszubeuten.«

»Was genau meinen Sie damit?«

»Ich meine, daß seine wahren Motive keine Rolle spielen. Was zählt, sind die Menschenleben, die er rettet. Die Aufgabe von La Esperanza ist wesentlich schwieriger als unsere. Wir versuchen, die Jugendlichen von den Drogen fernzuhalten; Morales Einrichtung dagegen hat das Ziel, sie davon abzubringen, wenn sie bereits süchtig sind. Zumindest einige von ihnen.«

»Sie sagten vorhin, Morales sei nicht der Typ gewesen, der einen Kompromiß hätte zustande bringen können. Warum nicht?«

»Viele waren der Überzeugung, er habe sich erst zu dem Zeitpunkt um seine hispano-amerikanischen Mitbrüder zu kümmern begonnen, als er sich Vorteile davon versprach. Daher mißtrauten sie seinen Motiven und glaubten seinen Worten nicht.«

Das war die Antwort auf eine Frage, die sich Estrada seit Beginn seiner Nachforschungen über Morales immer wieder selbst gestellt hatte. Es war ihm einfach zu anständig erschienen – genau die Art von Musterknabe, die zwangsläufig Neid und Mißgunst auf sich zieht.

»Als sich hier alles um das Phoenix-Projekt drehte, gab es Menschen, die ihn *perfumado* nannten – ›der Parfümierte‹. So werden bei uns verächtlich Leute bezeichnet, die sich mit dem Vorwand auf Cocktailpartys herumtreiben, sie würden dadurch den sozial Schwächeren helfen. Einige äußerten sich sogar noch abfälliger. Man warf ihm vor, sein Leben strikt in ein nordamerikanisches und ein hispanoamerikanisches zu unterteilen. Außerdem gefiel es den Leuten nicht, daß seine Frau die vornehme Dame spielte, als ob ihre Mutter nicht Robertos Putzfrau gewesen wäre. Leider stimmt es, was man über Marti sagt. Sie hat keinen Sinn für die Nöte der Menschen hier. Sie kommt nur mit ihnen zusammen, weil sich ihr Hauspersonal aus Latinos rekrutiert. Ansonsten hängt sie ständig mit allen möglichen Künstlern und mit Salonlöwen der Wall Street herum.«

Ramírez seufzte. »Trotzdem werden Sie vielen begegnen, die Roberto Morales für einen herzensguten Mann halten. Und noch etwas im Zusammenhang mit dem Mord: seine Schwäche für Frauen. Die hatte er schon immer. Marti zeigt dafür Verständnis. Ihr ist klar, daß es nichts mit seinen Gefühlen ihr und der Familie gegenüber zu tun hat.«

»Sie scheinen die Familie Morales gut zu kennen ...«

Ramírez hockte sich mit offensichtlicher Erleichterung auf einen Stuhl, der in der Nähe stand, und bot Estrada ebenfalls einen Platz an.

»Als Roberto jünger war, hatte er immer blonde Freundinnen. Manchmal auch rothaarige, wie die arme Miß Dodge. Immer war es die große Liebe, die ewig dauern sollte. Und immer verließen ihn die Frauen, weil er nicht der Richtige für sie zu sein schien. Schließlich lachte er nur noch darüber und nannte es *mi calvario*. Mein Kalvarienberg. Darum kann ich ja auch nicht verstehen, weshalb er eine Frau getötet haben soll, nur weil sie ihn beleidigt hat. Das ist im Laufe der Jahre öfters vorgekommen. Er war schon geübt darin, solche Dinge zu schlucken.«

Früh am Morgen erhielt Estrada einen Anruf von Cuyler Jadwin. Er würde sich tags darauf zu einer Stippvisite in New York aufhalten. Falls Estrada bereit wäre, ihn in seinem Hotel zu treffen, könnte er ihm ab vierzehn Uhr eine halbe Stunde einräumen.

Im Verlauf des Morgens bekam er dann noch eine Nachricht von einem Assistenten, der ihn bat, sich zwischen achtzehn und zwanzig Uhr nichts vorzunehmen, da Mr. Kahn ihn sprechen wolle. Worum es sich handelte, konnte oder wollte er jedoch nicht einmal andeuten.

Großgewachsen und schlank wie er war, hätte Alexander Blair, der ehemalige Finanzdirektor der Phoenix Enterprises, in seinem blauen Blazer und der grauen Hose durchaus als Fotomodell posieren können. Er verfügte über ein zurückhaltendes Auftreten, hielt gegenüber dem bürgerlichen Joseph Estrada aber nicht mit einem herablassenden Benehmen hinter dem Berg, das für gewöhnlich dem Adel eigen zu sein schien. Da er offensichtlich zu der Überzeugung gelangt war, daß dieser Termin bei der Staatsanwaltschaft nicht das Stundenhonorar seines Anwalts rechtfertigte, war er ohne Begleitung gekommen. Doch ließ er Estrada wissen, daß man ihm davon abgeraten hatte, Fragen zu beantworten, über deren Bedeutung er sich nicht völlig im klaren war.

Mariah Dodge war bei Phoenix Enterprises offiziell als Blairs Referentin angestellt gewesen, hatte tatsächlich jedoch mit Cuyler Jadwin zusammengearbeitet. Blairs Aussage zufolge hatte Jadwin sie auch in das Unternehmen gebracht, da sie bereits in Texas für ihn gearbeitet hatte.

In den Polizeiprotokollen war dieser Sachverhalt nirgendwo erwähnt. Estrada machte ihn darauf aufmerksam.

»Ich lüge doch nicht«, entgegnete Blair. »Damals schienen mir solche Nuancen bedeutungslos. Letzten Endes war sie doch in meiner Abteilung beschäftigt. Ihre Aufgaben bestanden hauptsächlich in dem Erwerb von Grundstücken, der Finanzierung der Bauvorhaben und so weiter. Dagegen habe ich mich mit den langfristigen Planungen befaßt. Ich muß eingestehen, daß es gewisse Spannungen gab. Sie war Texanerin – also keine von uns. Während ich sie immer über das auf dem laufenden gehalten habe, was ich und meine kleine Mannschaft gerade machten, ließ sie mir nur gelegentlich Mitteilungen von Cuyler zukommen.«

Blair schlug die Beine übereinander, vorsichtig, damit die Bügelfalte keine Knicke bekam.

»Sie scheinen mir wesentlich mehr Interesse an dem Geschäftsablauf bei Phoenix Enterprises zu haben als die Beamten, die mich damals befragten.«

Die beiden Männer unterhielten sich eingehender über Mariah Dodge. Blair bestätigte all das, was Estrada schon aus den DD-5-Akten wußte. Es hatte offenbar keine Feinde oder Rivalen an ihrem Arbeitsplatz gegeben. Estrada kam anschließend nochmals auf die Zeit zu sprechen, die sie mit Cuyler Jadwin beruflich verbracht sowie auf die Besprechungen, an denen sie auf seinen Wunsch hin teilgenommen hatte.

»Ich weiß nicht genau, was sie alles für ihn gemacht hat. Angeblich soll sie die Dinge erledigt haben, die Jadwin anderen nicht anvertrauen wollte. Ich vermute, sie hat ihn damals, als sie noch in Texas lebten, immer begleitet, wenn er beruflich nach New York reisen mußte. Es kursierten darüber allerlei Gerüchte.«

»Was für Gerüchte?«

»Ach, Sie wissen schon«, sagte Blair mit einem vielsagenden Lächeln.

Estrada wartete.

Blairs Unbehagen wurde sichtlich größer. »Na ja, es gab Witze darüber, was sie wohl zusammen machten. Ob sie auf oder unter dem Schreibtisch lag.«

Nachdem sich Blair verabschiedet hatte, ließ Estrada die Unterhaltung nochmals im Gedächtnis Revue passieren. *Angeblich soll sie die Dinge erledigt haben, die Jadwin anderen nicht anvertrauen wollte.*

Ohne großen Erfolg warf er ein paar Pfeile auf Morales' Konterfei. Das Telefon unterbrach ihn dabei. Emilio Perez war am anderen Ende der Leitung. Er war der Architekt, den Morales mit der Ausarbeitung von Bauplänen für das Phoenix-Projekt beauftragt hatte. Der Mann war bereit, die Fragen der Staatsanwaltschaft zu beantworten, bat jedoch um ein Treffen in seinem Büro, da es für ihn viel zu umständlich war, mit sämtlichen Unterlagen zu Estrada zu kommen. Sie vereinbarten einen Termin für den kommenden Morgen.

Kurz vor fünf meldete sich Mahoney. »Schon von den Verhaftungen gehört?«

»Welche Verhaftungen?«

»Dein Freund Kahn. Seine ersten Opfer – vier Polizisten und ein Staatsanwalt. Wegen Mißhandlung von Verdächtigen und anschließender Vertuschung der Straftat.«

»Und diese Verdächtigen – was waren das für Landsleute?«

»Latinos.«

»Und wie lautet die Anklage?«

»Bei den Polizisten auf Körperverletzung in einem minderschweren Fall und bei dem Staatsanwalt auf Fehlverhalten im Amt.«

»Mehr nicht?«

»Mehr nicht.«

Nur wenige Minuten später meldete sich Kahns Sekretärin und lud Estrada zu einer Party ein, die ab sechs in einem chinesischen Restaurant in der Bowery stattfinden sollte. Das also war der Grund, weshalb er sich den Abend hatte freihalten sollen.

Angesichts der Tatsache, daß ein Staatsanwalt soeben einen anderen vor Gericht gebracht hatte, verlief die Party in gedämpfter Stimmung. Eine magere, blonde Frau betrat den Raum und zog sofort die Blicke der Umstehenden auf sich. Estrada fragte sich, wer das wohl sein könnte, bis ihm zu seinem großen Schrecken klar wurde, daß es sich um Kahns Ehefrau Sarah handeln mußte. Seit Jahren hatte er sie nicht mehr zu Gesicht bekommen. Sie hatte mindestens zwanzig Pfund abgenommen, obwohl sie schon früher recht schlank gewesen war. Ihm fiel wieder ein, daß sie schwer krank gewesen sein sollte. Genaueres war ihm darüber jedoch nicht bekannt.

Jemand faßte ihn am Arm. Es war Jake Berger, mit dem er vor einiger Zeit sein Büro geteilt hatte, und der dann zur Abteilung für organisierte Kriminalität übergewechselt war. Estrada wollte wissen, was ihn auf die Party geführt hätte.

»Ich gehöre jetzt zu Kahns Team. Als Larry mich fragte, ob ich ihm helfen wolle, konnte ich diese Gelegenheit einfach nicht ungenutzt an mir vorübergehen lassen.«

Jemand begann zu applaudieren, bis schließlich die anderen Gäste einstimmten. Larry Kahn hielt für alle gut erkennbar eine Zeitung in die Höhe. Das Ereignis hatte bereits seinen Niederschlag auf der Titelseite gefunden: KAHN HAUT POLIZISTEN AUF DIE FINGER, lautete die schadenfrohe Überschrift.

»Ich glaube, jetzt habt ihr es alle gelesen«, sagte Kahn. »Wir haben unseren ersten Coup gelandet. Früher als erwartet. Ihr sollt wissen, daß ich auf euch alle stolz bin.«

Großer Beifall war die Antwort. Estrada konnte die Erleichterung verspüren, die dahintersteckte. Als sie sich ans Essen machten, meldete sich Kahn, diesmal mit lauterer Stimme, nochmals zu Wort.

»Wir haben heute abend einen Gast. Jemanden, den ihr alle kennenlernen solltet, denn außer uns hat er den zur Zeit härtesten und wichtigsten Job bei der Staatsanwaltschaft. Es ist Joseph Estrada, von Freund und Feind nur Joe genannt. Mein würdiger Nachfolger als Ankläger im Fall *Morales.*« Während pflichtschuldigst geklatscht wurde, zog sich Kahn zurück, ohne den von ihm Gelobten auch nur eines Blickes zu würdigen.

»Wollen wir uns nicht aus dem Staub machen und irgendwo ein Bier trinken?« schlug er Jake Berger vor.

»Kann nicht.« Berger sah auf die Uhr. »Habe in zwanzig Minuten eine Verabredung. Schnappen wir uns hier ein kühles Helles.«

»Was ist los?« fragte Berger, als sie alleine zusammenstanden.

»Nichts besonderes«, entgegnete Estrada. »Ich wundere mich nur über Mrs. Kahn.«

»Tolle Frau, was?«

»Ich hatte sie längere Zeit nicht gesehen. Sie war krank, oder?«

»Krebs. Welche Art, weiß ich nicht genau. Aber sie wäre fast daran gestorben. Ist schon einige Jahre her. Sie hat tapfer alle Behandlungen über sich ergehen lassen. Und Kahn – meine Güte, war der stolz auf sie! Andauemd schleppte er Blumen an und so ...«

»Wann genau ist das gewesen?«

»Ein paar Jahre ist es schon her. Warum?«

»Weißt du, woran er damals gearbeitet hat?«

»Klar weiß ich das. *Morales.* Er war mittendrin, als ihre Krankheit ausbrach. Unmittelbar vor Verhandlungsbeginn war sie auf dem Tiefpunkt. Gleich nach dem Prozeß ließ sich Kahn beurlauben und kam erst zurück, als es ihr wieder besserging.«

»Sie war also krank, während er die Anklage vorbereitete?«

»Ja. Und auch noch im Laufe der ganzen Verhandlung. Kaum jemand wußte damals davon. Erst anschließend, als sie sich wieder erholte, kamen einige dahinter. Sie waren platt vor Staunen, daß er trotz alledem nicht sein Ziel aus den Augen verloren hatte, die Anklage gegen Morales zu vertreten.«

12

Cuyler Jadwin stellte sich als das perfekte Abbild eines Texaners heraus. Er trug außer einem teuren Anzug die obligatorischen Cowboystiefel. Sein Haar war militärisch kurz, das wettergegerbte Gesicht von der Sonne gebräunt. Die Höflichkeit dieses Mannes wurde von einer unerbittlichen Schärfe in seiner Stimme Lügen gestraft, als er den Staatsanwalt begrüßte.

Estrada hatte ihm zuvor angekündigt, daß er gemeinsam mit einem Mitglied seiner Arbeitsgruppe zu der Unterredung kommen würde. Doch zeigte sich Jadwin offensichtlich irritiert, als ihm mit Lisa Stein eine Frau gegenüberstand.

»Worüber soll ich Ihnen etwas berichten, Mr. Estrada?« fragte er, nachdem sie es sich in den weichen Sesseln des Hotelzimmers bequem gemacht hatten.

»Mariah Dodge und ihre Funktion bei Phoenix Enterprises.«

»Ihr offizieller Titel lautete Referentin des Finanzdirektors. Sie war seine Stellvertreterin. Aber das müßte Ihnen doch eigentlich bekannt sein.«

Estrada nickte.

»Im Grunde arbeitete sie für mich, wußte aber auch alles, was in Alexander Blairs Abteilung vor sich ging. Ich habe sie oft zu Besprechungen mitgenommen, bei denen sie jedoch meistens nur schweigend dasaß und zuhörte.«

Er sah mit einem dünnen Lächeln zu Lisa Stein hinüber und lehnte sich dann in seinen Sessel zurück.

»Sie war ausgesprochen tüchtig. Mitunter kam es vor, daß sie mich noch während solcher Besprechungen in finanziellen Fragen korrigierte. Mariah arbeitete sich allmählich in die Materie ein, war mir aber vom ersten Tag an eine große Hilfe.«

Die Art und Weise, in der Jadwin über die Tote sprach und Lisa Stein betrachtete, ließ Estrada an Alexander Blairs nervös vorgetragenen Büroklatsch denken.

»Hatten Sie ein Verhältnis mit ihr?«

Für einen Moment verschwand Jadwins gelassenes Mienenspiel. Er kniff Mund und Augen zusammen, setzte aber sogleich wieder sein Südstaaten-Lächeln auf.

»Na sicher. Gleich am Anfang, als wir uns kennenlernten. Lang ist's her. Allerdings war uns beiden klar, daß es nicht ewig dauern würde. Durch mich hatte sie einen Job bekommen. Ich war aber doch überrascht, wie schnell sie für mich unverzichtbar wurde – in beruflicher Hinsicht, meine ich. Sie war eine kluge Frau.«

Er machte eine Pause und fragte dann: »Wollen Sie wirklich nichts trinken?«

»Nein danke.«

»Also mich macht das viele Reden durstig.« Er erhob sich und holte aus dem Kühlschrank der Bar am anderen Ende des Raums eine große Dose Bier. »Unsere Romanze war für sie lediglich das Sprungbrett zu ihrer Karriere. Doch war ich ihr deswegen nie böse, nie. Nicht einmal eifersüchtig auf meinen Nachfolger.«

»Was hielten Sie von ihrem Verhältnis mit Morales?«

»Ich fand es verrückt. Er war nicht mal den Schmutz unter ihren Fingernägeln wert. In den zehn Jahren, die ich sie gekannt habe, hatte ich sie mit etlichen Männern zusammen gesehen. Mal solche und mal solche. Aber Rob Morales war falsch, ein Heuchler. Sie hätte sich wesentlich bessere Liebhaber leisten können.«

»Immerhin haben Sie mit diesem Heuchler zusammengearbeitet.«

»Darüber war ich auch nie sonderlich begeistert.«

»Bitte etwas genauer.«

»Na schön, vielleicht bekommen Sie dadurch auch ein besseres Bild von Phoenix Enterprises. Als ich nach New York kam, befand sich auf der Liste meiner möglichen Geschäftspartner auch Morales. Er machte von allen bei weitem den vielversprechendsten Eindruck auf mich. Kühl, aber nicht kalt, mit einer guten Erfolgsbilanz auf dem Gebiet des Immobilienhandels und der Landerschließung. Für meine Pläne schien er der geeignete Mann zu sein. Nur – mit einem ehrlichen Menschen habe ich ihn niemals verwechselt.«

»Auf welche Weise war er denn unehrlich?«

»Ich will ihn nicht gerade als Gauner bezeichnen, obwohl er nur seinen eigenen Vorteil im Sinn hatte, während er vorgab, das Wohl seiner Landsleute im Auge zu haben. Kein schlechter Kerl, das möchte ich nicht behaupten. Aber bestimmt auch kein guter. Und auf keinen Fall gut genug für Mariah, soviel ist sicher … Daß er sie getötet hat, versetzte mich dann allerdings doch in Erstaunen.«

»Warum denn?«

»Weil ich ihn kannte und mit ihm zusammengearbeitet habe. Für die geschäftlichen Absichten, die ich hatte, reichte mein Vertrauen zu ihm aus. Und Leute, denen ich vertraue, morden nicht.«

In Jadwins Worten schwang keinerlei Überzeugung mit.

»Ging Ihr Vertrauen so weit, daß Sie sicher sein konnten, von Morales ein sauberes Grundstück zu bekommen?«

»Ich habe Sie nicht richtig verstanden.«

»Hätte es Phoenix Enterprises geschadet, wenn der Boden des Baugrundstücks verseucht gewesen oder gefährlicher Müll in der Nähe gelagert worden wäre?«

Jadwin lachte. »Woher haben Sie das denn? Solche Gerüchte wurden mal eine Zeitlang verbreitet, weil man uns den Erfolg nicht gönnte. Natürlich wußten wir, daß sich weiter unten diese alte Mülldeponie befand. Soweit ich weiß, hat die aber niemals irgendwen gestört. Und sie ist schon lange dort. Was das Gift im Boden betraf, so gab es keine eindeutigen Anhaltspunkte dafür. Außerdem stellt man in meiner Branche immer Untersuchungen an, bevor man anfängt zu bauen.«

»Haben Sie jemals Emilio Perez darum gebeten, die von ihm vorgenommene Schätzung der Baukosten zu erhöhen?« Estrada spielte auf einen Hinweis an, den er während des kurzen Treffens von dem Architekten erhalten hatte.

»Das ist nicht mein Stil. Ich habe es lieber, wenn es billiger ist, nicht teurer. Ein paar Mal habe ich darum gebeten, besseres Material zu verwenden, falls Sie das meinen.« Jadwin warf einen Blick auf seine Uhr. »Ich möchte nicht unhöflich erscheinen, aber ich glaube, unsere Gesprächszeit ist abgelaufen.«

Aalglatt hatte Tess Dodge ihn genannt.

»Sie sagten, Mariah Dodge sei für Sie unverzichtbar gewesen«, bemerkte Estrada auf dem Weg zur Tür.

»Stimmt.«

»Hat sie außer den von Ihnen erwähnten Arbeiten sonst noch etwas für Sie erledigt?«

»Sie hat alles mögliche gemacht. Denken Sie an etwas Bestimmtes?«

»Vielleicht solche Tätigkeiten, die Sie sonst niemandem anvertrauen wollten.«

»Natürlich. Jemanden wie Mariah findet man schließlich nicht alle Tage.«

Estrada wartete auf detailliertere Informationen.

Jadwin stand da und versuchte sich mit zur Schau gestellter Anstrengung zu erinnern. »Momentan fällt mir leider nichts ein.«

Der Staatsanwalt reichte ihm seine Karte. »Falls Sie sich wieder erinnern sollten, lassen Sie es mich wissen.«

Die Begegnung mit Jadwin hatte Estradas Wunsch verstärkt, mehr über Mariah Dodge in Erfahrung zu bringen. Er rief bei Carlyn Sims an, ihrer texanischen Freundin.

»Ich muß einfach mehr über Mariah und ihre Männerbekanntschaften wissen – wie sie Cuyler Jadwin kennengelernt hat, und wie sie die Zusammenarbeit mit ihm empfand. Auch die romantische Seite ihrer Beziehung scheint mir sehr wichtig.«

»Sie erwarten also von mir, daß ich über Mariahs Liebesleben plaudere?«

»Hm ... ja.«

Am anderen Ende der Leitung war ein unterdrücktes Kichern zu hören. »Wissen Sie, wenn Sie solche Dinge wirklich interessieren, sollten sie am besten einen Blick in ihr Tagebuch werfen. Ich wette, da werden Sie fündig.«

Tagebuch? Das war das erste Mal, daß Estrada davon hörte. In den Unterlagen der Ermittlungsbeamten war davon keine Rede gewesen. Welches Tagebuch?, wäre es beinahe aus ihm herausgeplatzt. Um seine Ahnungslosigkeit zu verbergen, erwiderte er jedoch lediglich: »Da könnten Sie Recht haben.«

»Schön«, sagte Carlyn Sims. »Wenn Sie damit fertig sind, können Sie mir ja gezieltere Fragen stellen. So bin wenigstens ich es nicht, die Ihnen Mariahs Geheimnisse verrät.«

»Sie können sich darauf verlassen, daß ich mich wieder bei Ihnen melden werde.«

Estrada wollte sich umgehend mit Mariah Dodges Eltern in Verbindung setzen, um Näheres über dieses ominöse Tagebuch herauszubekommen. Da er jedoch befürchtete, daß Dr. Dodge den Anruf entgegennehmen könnte, rief er vorsichtshalber bei Tess Dodge an. Er schuldete ihr ohnehin noch einen Bericht über den neuesten Stand der Dinge.

»Sie sagten doch, Sie wollten mir helfen. Bleibt es dabei?«

»Das ist eine saublöde Frage.«

»Die hier ist weniger blöd: Hat Ihre Schwester ein Tagebuch geführt?«

»Bevor sie von zu Hause weggezogen ist, hatte sie eins.«

»Und in letzter Zeit?«

»Nicht, daß ich wüßte.«

»Ist die ganze Habe aus ihrem Apartment Ihren Eltern ausgehändigt worden?«

»Alles.«

»Könnten Sie sich bei ihnen erkundigen, ob sie etwas von einem Tagebuch wissen?«

»Gerne.«

»Sie brauchen meinen Namen noch nicht erwähnen. Ich will mich nur vergewissern, daß es wirklich existiert.«

»Sie halten mich wohl für reichlich naiv, was?« fragte sie rhetorisch und legte den Hörer auf.

Ihr Rückruf erfolgte erst am darauffolgenden Freitag.

»Sie haben richtig gelegen, es gibt ein Tagebuch. Mehrere Bände. Als ich meine Mutter fragte, ob Sie sie durchsehen könnten, meinte sie, das solle lieber mein Vater entscheiden.« Hier machte sie eine Pause.

»Und ...« hakte Estrada nach. »Wie war seine Reaktion?«

»Er war dagegen.«

»Dagegen?«

»Anfangs. Aber Mom und ich haben ihn bearbeitet, bis er letztendlich doch zugestimmt hat.«

»Sehr gut«, freute sich Estrada.

»Warten Sie, bis Sie die Bedingungen gehört haben.«

Das mußte ja kommen. »Und wie lauten die?«

»Sie müssen die Bücher im Haus meiner Eltern einsehen und dürfen über den Inhalt mit niemandem sprechen.«

Das war weniger gut. Was sollte er tun, wenn die Tagebücher wichtiges Beweismaterial enthielten? Wie sollte er den Widerstand des Ehepaars Dodge überwinden? Die Beschlagnahme der Aufzeichnungen war eine komplizierte, zeitaufwendige Prozedur, weil dabei die Rechtsprechung zweier Bundesstaaten mit ins Spiel kamen.

Estrada stellte bei Lou Collins einen Dienstreiseantrag. Die Begründung fiel reichlich unbestimmt aus: Befragung der Angehörigen des Opfers; Aussicht auf neues Beweismaterial.

Am Flugplatz wurde Estrada von Tess Dodge abgeholt. Sie fuhr ihn zum Haus ihrer Eltern.

Dr. Samuel Dodge war so kerzengerade wie die Säulen auf der Veranda seines im Kolonialstil errichteten Hauses. Er hatte weißes Haar und riesige Hände. Kalte blaue Augen blickten aus einem strengen Gesicht, das seine sechsundsechzig Jahre mit Falten durchzogen hatten.

Ihre Mutter war klein und rundlich, mit einem klaren, weichen Ausdruck, der einer halb so alten Frau wie ihr Komplimente eingebracht hätte. Ihr rotes Haar war gefärbt und erinnerte nur entfernt an die Flamme, die Estrada als erstes auf den Fotos des Tatortes wahrgenommen hatte. Ihre grünen Augen dagegen schienen ihm die Inkarnation derjenigen zu sein, die er von dem Bild in seinem Büro her kannte.

Er unterdrückte seinen Wunsch, sofort nach den Tagebüchern zu fragen und lächelte sich statt dessen höflich durch das Mittagessen, das Sylvia Dodge vorbereitet hatte. Über Mariah oder den bevorstehenden Prozeß fiel kein einziges Wort.

Schließlich bemerkte Tess: »Mr. Estrada hat eine lange Reise hinter sich. Wir sollten ihn nicht von der Arbeit abhalten.«

Samuel Dodge führte ihn in seinen Arbeitsraum, wo auf einem kleinen Beistelltisch einige Kladden lagen.

»Das sind die Bücher, die Sie einsehen wollen. Falls Sie noch Fragen haben, bin ich unmittelbar in der Nähe.« Damit setzte er sich in einen überdimensionalen Ledersessel und griff nach einem Buch, das auf dessen Armlehne lag. »Sie können mich ruhig stören, machen Sie sich keine Sorgen.«

Estrada blieb nichts anderes übrig, als sich auf dem harten Stuhl niederzulassen, der neben dem kleinen Tisch stand. Er öffnete seine Aktentasche und entnahm ihr etwas zu schreiben sowie einen Notizblock.

Ihm gegenüber räusperte sich Samuel Dodge. »Mr. Estrada? Tut mir leid, wenn ich Sie unterbreche. Wie ich sehe, haben Sie da ein Notizheft. Als meine Frau und ich widerstrebend unsere Einwilligung gaben, daß Sie hierher kommen könnten, sagten wir, Sie dürften in den Tagebüchern lesen. Ich kann mich nicht erinnern, irgendwas von kopieren gesagt zu haben.«

Estrada überspielte seine Verwunderung. »Ich beabsichtige auch nicht, sie zu kopieren, Dr. Dodge. Aber es wäre sehr nützlich, wenn ich mir dazu ein paar Anmerkungen notieren könnte.«

»Versuchen Sie erstmal, ob es auch ohne geht.«

Die insgesamt sechzehn Bücher beinhalteten Informationen über die letzten dreizehn Jahre von Mariah Dodges Leben. Er beschloß, die neuesten Eintragungen zuerst zu studieren und sich dann zum Anfang durchzuarbeiten. Nützliche Hinweise würden vermutlich sowieso nur unmittelbar vor der Zeit ihrer Ermordung zu finden sein.

Die meisten Eintragungen waren kurz. Einzelne Wörter und Fragmente wechselten sich mit wenigen Sätzen und noch weniger Passagen ab, in denen ein Gedanke ausführlicher verfolgt wurde. Hin und wieder tauchten auch fotokopierte Gedichte auf, die sie eingeklebt hatte. Die Themen, mit denen sich die Tote beschäftigt hatte, waren erheblich abwechslungsreicher als ihr Stil. Dazu war alles ohne erkennbare Gliederung notiert worden. Daten fehlten fast überall, so daß es Estrada schwerfiel, die Eintragungen zeitlich exakt einzuordnen.

Alles in allem hatte er jedoch den Eindruck, daß Mariah Dodge eine wesentlich vielseitigere Frau gewesen sein mußte, als aus der Beschreibung ihrer Arbeitskollegen Blair und Jadwin hervorgegangen war.

Estrada rutschte immer wieder auf seinem unbequemen Stuhl herum, während er sich auf die Notizen konzentrierte, die sich auf Morales bezogen. Er nahm an, daß mit R, ROB und ROBBIE jeweils der Angeklagte gemeint war, den Mariah Dodge am Anfang ihrer Bekanntschaft trotz seiner Eitelkeit und Selbstüberschätzung als faszinierend empfunden hatte. Im allerletzten Tagebuch entdeckte Estrada den Hinweis MACHT MIR ANGST. Als Beweismittel würde das allein noch nicht ausreichen, dachte er und kämpfte gegen seine wachsende Enttäuschung über die spärlichen Eintragungen an, die kaum den Eindruck erweckten, als könnten sie ihn irgendwie weiterbringen.

Am vielversprechendsten erschienen ihm immer noch die Notizen, in denen die Buchstaben R und CJ vorkamen – Morales und Cuyler Jadwin, vermutete Estrada. Aus ihnen ging hervor, daß R versuchte, CJ auszutricksen, dabei aber keinen Erfolg haben würde. Im gleichen Zeitraum, schätzungsweise ein bis zwei Monate vor ihrem Tod, gab es außerdem eine Eintragung über Mariah und CJ. WIEDER DAS ALTE TEXAS-GEFÜHL, hatte sie geschrieben.

Was mochte das bedeuten? Hatten die beiden ihr Verhältnis wieder aufgefrischt? Und falls es so gewesen war – hatte Morales das herausgefunden?

Gegen neunzehn Uhr geleitete ihn Dr. Dodge ins Eßzimmer, wo seine Frau schon das Abendessen serviert hatte.

Während die vier aßen, erwähnte keiner von ihnen die Tagebücher. Die Unterhaltung verlief äußerst steif.

Als Mrs. Dodge den Kaffee brachte, bedankte Estrada sich bei dem Ehepaar für dessen Gastfreundschaft. »Bei der ersten flüchtigen Durchsicht habe ich Dinge entdeckt, die mir für die Beweisführung von großem Nutzen sein könnten.«

»Ich freue mich, daß wir Ihnen helfen können«, entgegnete Sylvia Dodge.

Estrada raffte sich auf, und hakte nach: »Mrs. Dodge, Dr. Dodge, ich bitte um Ihr Einverständnis, daß ich diese Tagebücher mit nach New York nehme. Ich bin davon überzeugt, daß sie wichtige Hinweise enthalten. Nichts Persönliches, nur über das Unternehmen, für das Ihre Tochter tätig war.«

Sylvia Dodge sah ihren Mann an. Sie war sichtlich gehemmt, ohne seine Zustimmung darüber zu entscheiden.

»Mr. Estrada«, sagte er, »ich dachte, daß Sie über die Details mit *mir* sprechen, und nicht Mrs. Dodge damit behelligen.«

»Ist schon gut, Samuel. Mr. Estrada belästigt mich doch nicht.« Sie sah zu ihm hinüber. »Diese Bücher sind alles, was uns noch von ihr geblieben ist«, sagte sie mit einem traurigen Lächeln. »Nun ja, vielleicht nicht alles. Aber sie bedeuten uns unglaublich viel. Es sind ihre eigenen Worte, die darin stehen. Fast wie Briefe, die sie an sich selbst gerichtet hat.«

»Haben Sie sie denn gelesen?« wollte Estrada wissen.

»Nicht alle«, antwortete Mrs. Dodge, nachdem sie ihrem Mann einen Blick zugeworfen hatte. »Aber ich habe mehr gelesen als Dr. Dodge.«

»Wenn es nach mir ginge, würden Sie die Bücher nicht bekommen«, sagte ihr Mann mit kompromißloser Deutlichkeit.

»Ach, Samuel …«

»Ich kann Sie gut verstehen, Dr. Dodge«, erwiderte Estrada. »Es ist nicht meine Absicht, in die Privatsphäre ihrer Tochter einzudringen. Ich versichere Ihnen, daß niemand außer mir sie einsehen wird – es sei denn, daß es unbedingt notwendig ist.«

»Dieser schlaue … Staatsanwalt, Ihr Vorgänger, der den Prozeß in den Sand gesetzt hat, der hielt diese Tagebücher nicht für so bedeutend.« Samuel Dodge war in Fahrt.

»Haben Sie mit Mr. Kahn darüber gesprochen?«

Mrs. Dodge meldete sich zu Wort. »Er zeigte sich sehr verständnisvoll und meinte, es gäbe keinen Anlaß, Mariahs Intimsphäre vor der Öffentlichkeit auszubreiten.«

»Alles, was ich will«, erklärte Estrada, »ist überprüfen, inwieweit uns diese Bücher Auskunft über das schreckliche Verbrechen geben können. Damit jedermann Gerechtigkeit widerfährt und ein ordentliches Urteil gesprochen werden kann.«

Er beließ es dabei, in der Hoffnung, daß er ihnen etwas zu denken gegeben hatte.

Als er sich am Abend den ältesten Büchern widmete, bemerkte Estrada, daß er bislang kein einziges Wort über Sex gelesen hatte. Mariah erwähnte Männer, die Zeit, die sie mit ihnen verbracht hatte, sogar Zuneigung oder Streitigkeiten, doch endeten sämtliche Beschreibungen immer kurz vor dem Körperkontakt, manche sogar mitten im Satz. Dabei hatte Carlyn Sims doch angedeutet, daß in Mariahs Aufzeichnungen auch etwas über deren Liebesleben stehen würde. Sie mußte aber an ganz andere Dinge gedacht haben als das, was Estrada jetzt zu lesen bekam.

Ihm war, als habe jemand eine beträchtliche Anzahl von Seiten aus den Büchern entfernt!

Um Mitternacht beendete er die Arbeit. Seine Augen brannten. Er dankte Dr. Dodge für seine Geduld und bat erneut um die Erlaubnis, die Aufzeichnungen mit nach New York nehmen zu dürfen. Seinen Verdacht, daß sich jemand daran zu schaffen gemacht haben könnte, behielt er jedoch für sich.

Am nächsten Morgen teilte ihm Samuel Dodge mit, daß die Bücher dort blieben, wo sie waren. Andererseits bot er ihm aber an, solange zu bleiben, wie er wolle, um Mariahs Aufzeichnungen im Hause der Dodges eingehend zu prüfen. Daraufhin schlug Estrada ihm einen Kompromiß vor. Er wollte die Tagebücher fotokopieren, wenn die Dodges so sehr darum besorgt waren. Dr. Dodge gefiel diese Idee nicht im geringsten, da er Angst hatte, daß der Inhalt der Bücher der Presse zugänglich gemacht werden würde.

»Meine Fälle werden nicht in der Presse geführt«, erwiderte Estrada. Er blieb stur, bis das Ehepaar seine Einwilligung erteilte und ihn zu einem Kopierladen begleitete.

Als die Fotokopien bereits in seiner Aktentasche steckten und er mit der Reisetasche unterm Arm zur Abfahrt bereit war, stellte Estrada dann doch noch die Frage, die er sich bis dahin verkniffen hatte.

»Kann es sein, daß irgendjemand Eintragungen aus Mariahs Tagebüchern hat verschwinden lassen?«

Ihr Vater war empört. »Ich habe gute Lust, Ihnen die Kopien wieder abzunehmen, Mr. Estrada, wenn Ihnen nichts Besseres einfällt, als solche Dinge zu behaupten.«

»Ich bin sicher, Mr. Estrada hat es nicht böse gemeint, Samuel. Nicht wahr, Mr. Estrada?«

»Ich habe niemanden beschuldigt«, erklärte Estrada. »Falls wirklich Seiten fehlen sollten, kann Mariah sie ebensogut selbst herausgetrennt haben. Ich habe mich lediglich gefragt, ob Sie etwas davon wissen?«

»Wirklich nicht«, entgegnete Mrs. Dodge. »Woher denn auch?«

13

Schon am nächsten Tag meldete sich Tess Dodge telefonisch bei Estrada, weil sie wissen wollte, wie er die Tagebücher beurteilte. Er fragte sie, ob sie selbst bereits einen Blick hineingeworfen habe.

»Ich hatte Angst davor. Außerdem mußte ich ständig daran denken, was mein Vater wohl dazu sagen würde. Immerhin enthalten diese Bücher Mariahs private Gedanken.«

»Wenn sie nicht wichtig wären, würde sie niemand von uns lesen. Sie könnten mir dabei wirklich behilflich sein.« Damit rannte Estrada eine offene Tür ein.

»Was kann ich für Sie tun?«

»Es finden sich darin etliche Abkürzungen, Spitznamen und so weiter, die mir überhaupt nichts sagen. Sie können damit wahrscheinlich mehr anfangen.«

»Da wäre ich nicht so sicher. Wir hatten über viele Jahre hinweg kaum Kontakt, und sie war neun Jahre älter als ich, fast zehn sogar. Ich möchte Ihnen gerne behilflich sein, aber ...«

»Sie müssen sich nicht alles durchlesen, sondern lediglich die Abschnitte, die ich markiere.«

»Lassen Sie mich darüber nachdenken, ja? Ich werde mich wieder bei Ihnen melden.«

Als Estrada Kahn anrief, um mit ihm über die Tagebücher zu reden, schlug dieser vor, gemeinsam essen zu gehen.

»Nachdem Sie mir zum ersten Mal von diesen Büchern erzählt hatten«, sagte er über eine große Schale chinesischer Nudelsuppe gebeugt, »habe ich mir alles noch mal durch den Kopf gehen lassen. Wenn ich mich recht erinnere, bestanden sie größtenteils aus persönlichen Eintragungen, die keinerlei Bedeutung für den Prozeß hatten. Kubelik hätte sie sicherlich als ›Sex-Tagebücher‹ diffamiert. Darum habe ich sie nicht als Beweismittel eingebracht, denn außer noch mehr Leid für die Hinterbliebenen wäre nichts dabei herausgekommen.«

»Was ich gelesen habe, sah nicht gerade wie ein Sex-Tagebuch aus.«

Kahn starrte ihn einen Augenblick lang verwirrt an. »Dann handelt es sich nicht um die Bücher, die ich in Erinnerung habe.«

»Es sei denn, die kompromittierenden Seiten wären in der Zwischenzeit entfernt worden.«

»Ich hatte bei der Rückgabe der Tagebücher an die Familie Dodge ausdrücklich darauf hingewiesen, welch schwerwiegende Folgen ihre Vernichtung nach sich ziehen könnte.«

»Das hat diese Leute ganz offensichtlich nicht besonders beeindruckt.«

Estrada mußte sich erneut mit den Dodges unterhalten. Und er mußte dabei behutsam vorgehen. Als Tess anrief und sich bereit erklärte, einen Blick in die Tagebücher zu werfen, bat er sie, bei ihren Eltern nochmals vorsichtig wegen der fehlenden Seiten nachzufragen.

»Dad ist ein hoffnungsloser Fall«, sagte sie. »Wenn irgendwas über Mariahs Liebesleben darin gestanden hätte, hätte er einfach alles verbrannt, ohne es je zuzugeben. Mom ist diejenige, an die Sie sich wenden müssen.«

»Würde sie denn mit mir reden?«

»Nur, wenn Dad nichts davon erfährt. Ich werde sie fragen und mich dann bei Ihnen melden.«

Noch am selben Tag war sie wieder am Telefon.

»Meine Mutter meint, sie würde darüber nachdenken. Falls sie anruft, dann nur zu einer Zeit, die für sie sicher ist. Vielleicht morgen am frühen Abend. Versprechen kann ich aber nichts. Unternehmen Sie auf gar keinen Fall etwas, bevor sie sich bei Ihnen meldet.«

Obwohl er tags darauf sehr früh zur ersten Besprechung der gegnerischen Parteien mit der vorsitzenden Richterin erschien, war Kassia Miller bereits anwesend. Sie hatte sich gegen die Wand des Flures gelehnt und wartete, daß jemand die Tür zum Sitzungsraum aufschloß. Viertel vor drei erschien ein Gerichtsdiener und ließ sie ein.

Richterin Luz Martinez war eine große, ziemlich füllige Frau. Ihr schwarzes, mit grauen Strähnen durchsetztes Haar war in einer Art und Weise gekämmt, daß es wie ein Nest auf ihrem Kopf zu hocken schien.

Abwesend sagte sie guten Tag, während sie auf ihrem Schreibtisch Unterlagen hin und her schob. Dann sah sie die beiden Kontrahenten über den Rand ihrer Brillengläser hinweg an. Estrada mußte unwillkürlich an die Rektorin einer High School denken.

»Also gut, was kann ich für Sie tun?«

»Ich würde gerne über den Verhandlungsbeginn sprechen«, begann Miß Miller.

»Sind beide Parteien schon für den Prozeß bereit?« Die Richterin streckte ihre Hand nach einem Kalender aus, womit sie ihren Scherz noch unterstrich.

»Ich dachte an Juni«, erwiderte Miß Miller.

»Tatsächlich?« Diesmal nahm sie ihren Kalender wirklich zur Hand. »Das ist sehr ehrgeizig. Was sagen Sie dazu, Mr. Estrada?«

»Ich würde ja gerne zustimmen, Euer Ehren. Aber wie ich gegenüber Miß Miller schon erwähnt hatte, wären wir froh, wenn wir erst im September beginnen könnten. Oktober erscheint mir realistischer.«

»Das ist ein Wiederaufnahmeverfahren«, konterte Kassia Miller. »Der Staatsanwaltschaft liegen bereits sämtliche Zeugenaussagen vor. Sie könnten doch innerhalb eines Tages in das Verfahren eintreten.«

»So einfach ist das nun auch wieder nicht. Außerdem gibt es wenigstens einen Zeugen der Anklage, der von weither kommt und sich bereits auf September oder Oktober eingestellt hat.«

»Euer Ehren, mein Mandat hat ein Recht darauf, den Namen dieses Zeugen ...«

Die Richterin hob die Hand. »Ich will den Prozeß so bald wie möglich über die Bühne bringen, da er Gift ist für die ganze Stadt.« Sie blätterte ihren Kalender durch, ohne genau hineinzusehen. »Alles schon voll«, bemerkte sie. »Vor September sehe ich keine Chance. Bis dahin haben Sie beide noch jede Menge Zeit.« Sie machte eine Eintragung. »Irgendwelche Anträge?«

»Ich habe hier einen Antrag auf Offenlegung des Beweismaterials der Staatsanwaltschaft«, sagte Miß Miller. »Das ist im Augenblick alles.« Sie überreichte Estrada und der Richterin Kopien ihrer Unterlagen.

»Und Sie, Mr. Estrada?«

»Keine Anträge, Richterin.«

»Na schön. In der ersten Juniwoche treffen wir uns wieder, damit Sie mir über Ihre Fortschritte berichten können.« Sie schob ihre Brille nach hinten auf die Nase und begann erneut, in den Papieren auf ihrem Schreibtisch zu wühlen.

»Setzen Sie sich bitte wegen meines Antrages mit mir in Verbindung«, bat ihn Miß Miller, als sie den Raum verließen. »Bis Juni dann.«

So klein sie ist, so präzise ist sie, dachte Estrada – eine Schweizer Uhr unter den Strafverteidigern. Die Frau gefiel ihm. Vielleicht setzte sie aber auch gerade darauf. Er mußte aufpassen, daß er nicht allzu sorglos wurde.

Am nächsten Morgen – Estrada war gerade im Begriff, Kassia Millers Antrag auf Vorlage der im Besitz der Anklage befindlichen Dokumente zu studieren – meldete sich Sylvia Dodge bei ihm.

»Tess hat mir gesagt, daß Sie mich sprechen wollen«, sagte sie zögernd.

»Ja. Es geht um die Tagebücher.«

»Es tut mir wirklich leid« – sie räusperte sich – »aber ich konnte auf keinen Fall zulassen, daß Samuel diese Seiten zu Gesicht bekommt.« Wieder mußte sie eine Pause machen. »Mariah war … war ein Mädchen, das seinen Spaß haben wollte. Ich konnte das gut nachvollziehen, doch ihr Vater hätte das nie gebilligt. Und jetzt ist sie nicht mehr …« Ein Schluchzen.

»Verzeihen Sie mir, Mr. Estrada. Ich bin eine dumme alte Frau«, fuhr sie fort, nachdem sie sich wieder gefangen hatte.

»Mrs. Dodge, was haben Sie denn alles beseitigt?«

»Oh je …«

»Ich möchte bloß eine Vorstellung davon haben, was es war und um wieviel Seiten es sich insgesamt gehandelt hat.«

So ungenau wie möglich ging sie auf seine Frage ein. Mariah hatte etliche Freunde gehabt und … abenteuerliche Dinge unternommen. Sylvia Dodge sprach mit viel Mühe und nur in abgehackten Sätzen. Sex bringt anscheinend jeden durcheinander, dachte Estrada.

»Wieviel Seiten haben Sie Ihrer Meinung nach entnommen?«

»Zwanzig oder so – in jedem Buch«, schätzte sie, fügte dann aber schnell hinzu: »Nein, so viele nicht. Zehn, würde ich sagen. Eher zehn.«

Also mindestens zwanzig. »Und wann ist das passiert?«

»Nicht lange, nachdem sie … Nicht lange danach.«

»Können Sie sich noch erinnern, ob viel über Morales darin stand?«

Stille. Dann antwortete Mrs. Dodge: »Das kann ich Ihnen wirklich nicht sagen. Immer dann, wenn ich auf seinen Namen gestoßen bin, habe ich mit dem Lesen aufgehört.« Sie klang jetzt steif und abweisend.

»Noch etwas«, drängte Estrada die Frau. »In den Büchern, die ich eingesehen habe, wurde in der Regel immer mehr als ein Thema pro Seite behandelt. Die von ihnen entfernten Seiten müssen also auch noch andere Informationen enthalten haben, die nicht mit Mariahs Liebesleben in Verbindung standen. Möglicherweise können Sie sich ja an die fehlenden Textstellen erinnern, wenn ich Ihnen sage, auf welche Passagen es mir besonders ankommt.«

»Nun, vielleicht ...«, begann sie zu erwidern, brach dann aber plötzlich ab.

»Nein«, sagte sie nach einer Weile. »Nein, ich befürchte, das ist nicht möglich. Tut mir leid. Ich hoffe, Sie sind nicht allzu enttäuscht.«

»Es könnte sich als außerordentlich wichtig erweisen. Würden Sie bitte wenigstens noch mal darüber nachdenken? Werfen Sie einen Blick in Mariahs Tagebücher, versuchen Sie doch, sich an irgendetwas zu erinnern ...«

Estrada war sich bewußt, daß er keinerlei Fortschritte mit Sylvia Dodge machte. »Jeder Versuch würde mir schon ein wenig weiterhelfen.«

»Na gut, Mr. Estrada, ich probier's. Aber machen Sie sich keine großen Hoffnungen.«

Nach allem, was Estrada den Tagebüchern entnommen hatte, mußten die verschwundenen Seiten Hinweise über Morales und Phoenix Enterprises enthalten. Die Bedeutung des fehlenden Materials im Zusammenhang mit Mariah Dodges Tod konnte er jedoch nicht einmal erahnen. Darum war es absolut notwendig, daß ihre Mutter sich kooperativ zeigte.

Kassia Millers Antrag auf Offenlegung seines Beweismaterials betraf ›sämtliche Papiere, Schriftwechsel, Tagebücher, Dokumente etc. von Mariah Dodge, die sich auf ihr Geschlechtsleben bis zum Tage ihres Todes beziehen, insbesondere was Roberto Morales anbelangt. Des weiteren solche Schriftstücke, die in irgendeiner Weise auf die Unschuld des Angeklagten hindeuten, die Verstrickung anderer belegen oder allgemein für die Verteidigung dienliche Informationen enthalten.‹

Obwohl Lawrence Kahn von der Existenz der Tagebücher wußte, hatte er die Verteidigung während des ersten Prozesses nicht davon in Kenntnis gesetzt. Da Estrada überzeugt war, daß Kahn der Gegenseite niemals wichtiges Beweismaterial vorenthalten hätte, blieb nur die Möglichkeit, daß er damals tatsächlich von der Belanglosigkeit dieser Tagebücher überzeugt gewesen war und der Familie Dodge Unannehmlichkeiten hatte ersparen wollen.

Doch bestand noch immer die Möglichkeit, daß Kahn wegen der vielen darin verwendeten Abkürzungen etwas Wesentliches übersehen hatte. Estrada mußte über den Inhalt der Bücher völlige Gewißheit erlangen! Deshalb rief er Carlyn Sims an, die von sich aus sofort zur Sache kam.

»Na, haben Sie sich die Tagebücher angeschaut?«

»Ja, und ich denke, daß ich Mariah Dodge dadurch wesentlich besser kennengelernt habe.«

»Das glaube ich gerne«, erwiderte sie amüsiert. »Sie war ein kompliziertes Mädchen, finden Sie nicht? Andererseits verstand sie auch, ihr Leben zu genießen.«

Estrada spürte, daß seine Gesprächspartnerin unsicher im Trüben stocherte, um etwas aus ihm herauszubekommen. Darum bot er ihr einen Köder an.

»Sie selbst waren ja ebenfalls nicht gerade schüchtern. Wie war zum Beispiel die Geschichte mit den Zwillingsbrüdern?«

Carlyn Sims ließ überrascht einen kleinen Schrei los. »Die Thomas-Boys? Hat dieses schlimme Mädchen das etwa auch erwähnt?« Sie schwieg einen Moment. »Wir hatten soviel Spaß miteinander«, fuhr sie dann mit trauriger Stimme fort. »Es ist so schrecklich, was ihr zugestoßen ist. Was muß das für ein Mann sein, der so etwas tut?«

»Genau darüber möchte ich mich mit Ihnen unterhalten: gewalttätige Männer in Mariahs Leben. Erzählen Sie mir alles, was Ihnen darüber bekannt ist.«

»Auf Anhieb kann ich mich an nichts erinnern. Mariah war bestimmt nicht der Typ, der auf brutale Männer stand. Ein paar Ihrer Freunde waren ziemlich eifersüchtig, wurden aber nie gewalttätig. Mehr weiß ich wirklich nicht. Außerdem verstehe ich nicht, warum Sie das interessiert. Es war doch dieser Abschaum von Morales, oder? Sie halten doch wohl nicht nach einem anderen Täter Ausschau?«

»Ich nicht, aber vielleicht die Gegenseite ...«

Estrada beendete das Gespräch. Er hatte zwar die fehlenden Seiten nicht zurückbekommen, doch schien es aufgrund von Carlyn Sims' Angaben so, als kämen andere Männer nicht als Tatverdächtige in Frage.

Als Tess Dodge anrief, um ihm mitzuteilen, daß sie wegen der Tagebücher in sein Büro kommen wolle, lehnte Estrada ab. Die Gefahr, daß die Presse über ihren Besuch bei der Staatsanwaltschaft Spekulationen anstellen und damit die Familie Dodge wieder ins Rampenlicht tauchen würde, war ihm zu groß. »Am besten wäre es, wenn ich die Bücher morgen auf dem Weg zur Arbeit bei Ihnen abgeben würde.«

Als er am nächsten Tag bei der angegebenen Adresse erschien, meldete der Portier sein Eintreffen über die Haussprechanlage.

Tess Dodge erwartete ihn bereits in der Wohnungstür. »Ich habe Kaffee gekocht. Falls Sie Zeit haben, kommen Sie doch für eine Minute herein.«

Estrada reichte ihr einen Stapel Fotokopien. »Ich muß wirklich zur Arbeit.«

»Haben Sie etwa Angst – so ganz alleine mit mir?«

Da hatte sie gar nicht so unrecht.

»Es wäre nicht korrekt, wenn ich während meiner Arbeit an diesem Fall eine Beziehung zu Ihnen unterhielte, die über den rein rechtlichen Aspekt hinausginge.«

»Da seien Sie mal unbesorgt!«

Er ging nicht darauf ein. »Bitte geben Sie mir Bescheid, wann wir über die Tagebücher sprechen können. Je eher, desto besser.«

»Ich tue, was ich kann.«

Ginny wünschte ihm alles Gute zum Geburtstag, als er auf dem Weg in sein Büro am Empfang vorbeiging. »Geburtstag? Aber ich habe doch gar nicht Geburtstag.«

»Auf jeden Fall haben Sie ein Geschenk bekommen.«

Er rannte den Flur entlang auf sein Büro zu. Der kleine Raum war völlig mit Kartons zugebaut, die bis zu drei Schichten übereinander gestapelt waren. Er suchte nach einem Absender, fand jedoch nur einen Frachtschein, den er nicht entziffern konnte. Er kletterte über die Kisten hinweg auf seinen Schreibtisch zu, griff nach dem Telefon und rief Ginny an.

»Was in aller Welt ist das?«

»Hatten Sie nicht kürzlich Einsicht in irgendwelche Firmenpapiere beantragt?«

»Oh. Danke.« Es handelte sich um die Unterlagen der Wirtschaftsprüfer von Phoenix Enterprises. Nachdem er sie von ihrer selbstauferlegten Schweigepflicht entbunden hatte, hatten sie offensichtlich den Entschluß gefaßt, Estrada unter einem Berg von Papier zu begraben.

Olga Gomez erschien in der Tür, machte aber keine Anstalten, das Kartongebirge zu überwinden.

»Buenos dias«, sagte Estrada und erinnerte sich daran, daß sie ihm noch immer nicht den gewünschten Bericht über Pancho Castillo hatte zukommen lassen. Er wollte sie gerade darauf aufmerksam machen, doch sie kam ihm zuvor.

»Wenn Sie einen Bericht wollen, dann beauftragen Sie jemand anderen damit«, schimpfte sie auf Englisch. Dann warf sie eine Zeitung nach ihm, die mit der Titelseite nach oben auf dem Tisch landete. FISCALES PERSIGUEN MORALES – EMPLEAN LATINO FALSO. Staatsanwaltschaft drangsaliert Morales – setzt falschen Latino auf ihn an.

»Que vergüenza!« rief sie und stürmte hinaus.

Estrada nahm verblüfft die Zeitung in die Hand. Es handelte sich um die *Noticias Diarias*. Der Artikel war von Castillo verfaßt worden. Zuerst wollte er den Reporter anrufen. Doch wäre das ein aussichtsloses Unterfangen gewesen. Und alles, was er am Telefon gesagt hätte, wäre am nächsten Tag in der Zeitung gestanden.

Das Telefon klingelte. Collins war am Apparat, um ihm mitzuteilen, daß Bishop völlig außer sich war. Er wollte wissen, was es mit dem ›falschen Latino‹ auf sich hatte und ob Estrada denn nicht wirklich spanische Vorfahren gehabt hatte.

»Niemand hat mir je gesagt, daß man diesen Job nur dann bekommt, wenn man erst vor ein paar Wochen aus Südamerika hier eingewandert ist.« Estrada ließ gründlich Dampf ab. »Ist das der Grund, weshalb ich diesen Job bekommen habe? Weil jemand nicht in der Lage war, seine Hausaufgaben über meine Herkunft zu machen?« Seine Vorgesetzten hatten Mist gebaut und versuchten nun, *ihn* dafür verantwortlich zu machen.

»Sehen Sie mal, Joe …« Weiter kam Collins nicht.

»Bishop hat nie auch nur ein Wort darüber verloren. Er fragte mich bloß, ob ich Spanisch spräche und wo ich es gelernt hätte. Können Sie mir mal verraten, welcher Latino sein Spanisch in der High School und im College lernt?«

»Ich werde mit Bishop darüber reden«, versprach ihm Collins.

Den Rest des Tages benötigte Estrada, um für Lisa Stein eine ruhige Ecke zu finden, in der sie den Inhalt der Kartons inspizieren konnte, die ihm die Wirtschaftsprüfer von Phoenix Enterprises geschickt hatten.

»Sie hätten das Verzeichnis über den Inhalt dieser Kisten am liebsten schon morgen, stimmt's?« meinte sie zum Spaß.

»Wenn Sie glauben, daß es so lange dauern wird«, sagte er mit ausdrucksloser Miene.

Sie sah in prüfend an, bis ihr klar wurde, daß Estrada ebenfalls scherzte. »Das sind schrecklich viele Kisten. Wonach suchen wir denn überhaupt?«

»Nach allem, was zu finden ist.«

»Keine genaueren Vorstellungen?«

»Ich will doch Ihrer Fantasie keine Fesseln anlegen.«

»Herzlichen Dank.«

14

Kurz vor Feierabend meldete sich Tess Dodge bei Estrada. Nachdem sie bereits einen Teil der Tagebücher durchgesehen hatte, wollte sie sich mit ihm darüber unterhalten. Erneut schlug der Staatsanwalt ihre Wohnung als Treffpunkt vor. Sie willigte ein.

Als Tess Dodge Estrada die Tür öffnete, hatte sie eine Schürze umgebunden. Sie bat ihn in die Küche. Das Apartment hatte eine auffallend niedrige Decke und verfügte über kaninchenstallgroße Räume. Die Möblierung und die Poster an den Wänden verliehen der Wohnung eine gewisse Unbeständigkeit.

»Leben Sie hier alleine?«

»Ich teile mir die Wohnung mit vier anderen Frauen, die aber ständig in der Weltgeschichte herumfliegen.«

»Sie können mir ruhig schon Ihre Fragen stellen«, sagte sie, während sie das Essen zubereitete.

»Haben Sie schon viel gelesen?«

»Einiges. Aber ich mußte immer wieder abbrechen und heulen.«

»Das tut mir leid. Konnten Sie mit dem, was Sie gelesen haben, etwas anfangen? Mit den Abkürzungen und den Initialen?«

»Nicht viel. Decken Sie doch schon mal den Tisch.«

Zehn Minuten später saßen sie über ihrem Essen, das ausgezeichnet roch und vorzüglich schmeckte, was er sie auch wissen ließ. »Vielen Dank. Ich möchte Sie um einen Gefallen bitten. Seien Sie so gut und lassen Sie uns erst hinterher über Mariah sprechen.«

Als sie ihre Mahlzeit beendet hatten, stand sie auf und räumte das Geschirr in die Spülmaschine.

Dann setzte sie sich auf die Wohnzimmercouch und forderte ihn auf, sich neben ihr niederzulassen, damit sie zusammen in den Tagebüchern lesen konnten.

Sie reichte ihm einen Teil der Fotokopien. Estrada bemerkte, daß sie über manche Passagen Daten geschrieben hatte. Die Eintragungen auf der obersten Seite waren fünf Jahre vor dem Mord geschrieben worden.

»Sehen Sie. Dieser ganze Stapel entstand, als sie noch direkt für Cuyler Jadwin gearbeitet hat – in Texas. Sie nennt ihn CJ. Das meiste dreht sich um den Ankauf und Verkauf von Land. Anscheinend haben alle dabei viel Geld gemacht. Irgendwie kam ihr wohl die Art und Weise ziemlich komisch vor, in der dieses Geld verdient wurde. An einer Stelle macht sie eine entsprechende Bemerkung. Ja, hier ist die Seite …« Sie nahm das Blatt in die Hand und überflog es kurz.

»Hier. Die Stelle, an der sie schreibt ›Kirche des Himmlischen Segens‹. So nennt man bei uns die Kirchen, die von außen eher wie ein Geschäft aussehen. Der Priester ist meist irgendein alter Reverend, der auf die Idee gekommen ist, für jede seiner Dienstleistungen Geld zu verlangen. Wer will, kann sich auch von ihm heiligsprechen lassen. Wenn Mariah hier also schreibt, die alten Kerle, die die Geschäfte abschlossen, sähen so aus, als besuchten sie allesamt die Kirche des Himmlischen Segens, dann meint sie damit, daß mit ihnen etwas nicht in Ordnung war. Mehr Hinweise konnte ich über dieses Geschäft allerdings nicht entdecken, so daß ich nicht weiß, wie es weiterging.«

Sie sah ihn fragend an. »Wahrscheinlich hilft Ihnen das nicht weiter, aber ich dachte, ich sollte auf solche Anmerkungen achtgeben.«

»Das ist fantastisch! Genau das, was ich suche. Alleine hätte ich diese Stelle glatt übersehen.«

»Ich will Ihnen gar nichts vormachen«, entgegnete sie nüchtern. »Das ist eine der besten Stellen. Alles habe ich nicht verstanden. Viele der Leute, die darin vorkommen, kenne ich nicht, denn Mariah und ich hatten uns jahrelang fast aus den Augen verloren.«

Sie suchten noch eine ganze Weile nach ähnlich bedeutsamen Textstellen, konnten jedoch keine weitere ausfindig machen. Er fragte Tess, weshalb so viele unvollständige oder unlogisch aneinandergereihte Fragmente in den Tagebüchern zu finden seien.

»So war sie nun mal. Alles, was ihre Aufmerksamkeit auf sich zog, war sofort die wichtigste Sache ihres Lebens. Verlor sie aber das Interesse daran, dann vollständig.«

»Gilt das auch für Männer?«

»Zumindest als sie jung war. Ob sie sich in dieser Beziehung später geändert hat, kann ich nicht beurteilen.« Sie gähnte. »Entschuldigung.« Nach einem Blick auf die Uhr fragte sie: »Wissen Sie eigentlich, wie spät es ist?«

»Sie haben Recht. Ich sollte mich auf den Weg machen.«

Gemeinsam suchten sie die Kopien zusammen, die er schon mitnehmen konnte.

»Sie waren mir eine große Hilfe«, bemerkte Estrada, als er in der Tür stand. »Ich weiß gar nicht, wie ich Ihnen danken soll.«

»Danken Sie mir nicht. Ich tue es für Mariah – und für mich selbst.«

Im Büro hatte Ginny am nächsten Morgen zahlreiche Mitteilungen für Estrada, vor allem etliche Bitten um Rückruf. Einige ganz Schlaue hatten auch Witze über ›falsche Latinos‹ gerissen. Zweimal hatte dazu auch noch seine Mutter angerufen. Noch bevor er hinter seinem Schreibtisch saß, meldete sie sich zum dritten Mal.

»Mutter, ist alles in Ordnung?«

»So etwas habe ich noch nie erlebt. Andauernd rufen hier Reporter an. Ich mußte schon das Telefon aushängen. Dann kam sogar einer persönlich zu mir. Erst habe ich versucht, höflich zu ihm zu sein. Aber der Kerl war so frech, daß ich ihn rausgeschmissen habe. Ich hatte richtig Angst vor ihm. Vorsichtshalber bin ich dann zu den Briggs von nebenan gegangen – falls er oder seine Kollegen wiederkommen sollten. Hinter deinen Geschwistern sind sie auch her. Sie fragen sie die persönlichsten Dinge über unsere Familie. Was bilden die sich eigentlich ein?«

Besten Dank, Hamilton T. Bishop. »Sag ihnen, daß du keinerlei Auskünfte gibst. Es tut mir schrecklich leid, aber ich glaube, es ist bald überstanden.«

»Es kann gar nicht schnell genug gehen.«

Er versuchte den Vorfall als Zufall oder Mißverständnis herunterzuspielen. »Mr. Bishop wird eine Erklärung abgeben und alles klarstellen. Danach wirst du bestimmt wieder deine Ruhe haben.«

»Ich will nicht behaupten, daß ich das vorausgesehen hätte, Joseph, aber deine Arbeit bringt bloß Ärger mit sich. Ich weiß wirklich nicht, wieso du noch immer in diesem Laden bist.«

Estrada schaute kurz bei Lisa Stein vorbei, um zu sehen, wie weit sie mit ihrer Arbeit war. An der Wand über ihrem Schreibtisch hing die Titelseite der *Noticias Diarias.*

»Sehr lustig, Miß Stein.«

Sie kicherte. »Das finden die anderen auch.«

»Was macht Phoenix Enterprises heute?«

»Nicht viel. Ich sehe nur noch Zahlen. Steuerkram, Bankgeschäfte und so weiter. Ich ordne alles, so gut es geht, aber das Material ist einfach zu umfangreich. Wenn man bedenkt, daß sie noch nicht mal richtig im Geschäft waren ... Ich habe keinen blassen Schimmer, wie wir es anstellen sollen, in diesem Wirrwarr eine Spur zu finden.«

»Immer eins nach dem anderen«, beruhigte Estrada die Kollegin.

Er würde mit jemandem aus der Betrugsabteilung sprechen müssen, wie man eine solche Jagd durch einen Papierdschungel am sinnvollsten anging. Außerdem wäre ein Buchprüfer eine große Hilfe, vorausgesetzt, daß ihm seine Vorgesetzten einen gewährten.

Eine Kopie von Hamilton Bishops Presseerklärung wurde Estrada tags darauf von einer der Sekretärinnen des Bezirksstaatsanwaltes überreicht. Zu Estradas Erstaunen sah Bishop in dem *Latino falso* eine entehrende Beleidigung seines Mitarbeiters Joseph Estrada.

Am liebsten wäre es ihm gewesen, wenn Bishop mit dem Schwamm über die ganze Angelegenheit gegangen wäre. Estrada hatte schon die Hoffnung gehegt, das Wiederaufnahmeverfahren würde weitgehend unbeachtet von der Öffentlichkeit abgewickelt werden können. Doch wenn dazu jemals eine Chance bestanden hatte, war sie nun endgültig zunichte gemacht worden. Und wenn die Presse jetzt auch noch hinter die Existenz der Tagebücher kommen würde, wären sie automatisch voll im Rampenlicht. Genau das hatte er immer vermeiden wollen.

Estrada mußte sich mit einem Außenstehenden beraten, der mehr Distanz zu dem Fall hatte. Darum suchte er Mahoney auf.

»Also gut«, sagte Mahoney und machte auf seinem überladenen

Schreibtisch Platz für einen Notizblock. »Zu allererst: Was wissen wir über den Inhalt der fehlenden Tagebuchseiten?«

»Es dreht sich um Sex, richtig?« beantwortete er seine Frage gleich selbst. »Und die Anklage lautet auf Vergewaltigung und Mord.«

»Stimmt.«

»Gut. Eine sexuelle Beziehung in gegenseitigem Einverständnis mit dem Angeklagten vor der Tat wirkt sich zugunsten der Verteidigung aus. Denn wenn Mariah Dodge vorher ›ja‹ gesagt hat, weshalb nicht auch an ihrem letzten Lebenstag? Hat sie aber eingewilligt, dann gab es keine Vergewaltigung. Damit würde auch die Mordanklage auf wackligen Beinen stehen. Andererseits bestreitet die Staatsanwaltschaft ja nicht, daß Mariah und Morales vor dem Mord über längere Zeit hinweg ein Verhältnis hatten. Somit nützt es der Verteidigung herzlich wenig, auf eben diese Freundschaft ausdrücklich hinzuweisen.« Er legte seinen Stift auf den Schreibblock.

Estrada wollte soeben ansetzen, seine Theorie zu erläutern, als Mahoney ihn unterbrach.

»Ich weiß, was du sagen willst. Aber warte noch einen Moment. Kann es sein, daß sie noch mit jemand anderem ins Bett gegangen ist? Mit einem heißblütigen Südländer vielleicht, der sie in Morales' Armen gefunden hat und deshalb durchgedreht ist?«

»Eine blühende Fantasie hast du«, sagte Estrada.

»Nehmen wir an, dieser Mann war der Mörder. Dann hätte unser alter Freund Kahn einen schweren Fehler begangen, sofern dieser Südländer tatsächlich in dem Tagebuch aufgetaucht wäre. In diesem Fall hätte er es unverzüglich der Verteidigung übergeben müssen, da es entlastendes Beweismaterial enthielt. Sollten diese Seiten in der Zwischenzeit aber vernichtet worden sein, könnte der Angeklagte die sofortige Freilassung beantragen, da ein fairer Prozeß nicht mehr gewährleistet wäre.«

»Das sind ja trübe Aussichten«, kommentierte Estrada.

»Nicht so voreilig«, bremste ihn Mahoney. »Staatsanwalt Nummer zwei könnte nämlich argumentieren, daß die Verteidigung über den Inhalt der fehlenden Seiten nur vage Mutmaßungen anzustellen in der Lage sei. Wer kann schon wissen, was die Tote dort eingetragen hatte?«

»Falsch! Die Verteidigung wird argumentieren, daß diese Teile nur deshalb vernichtet worden sind, weil daraus die Unschuld des Angeklagten hervorging.«

»Wer hat sie denn vor ihrer Beseitigung eingesehen?« wollte Mahoney wissen.

»Die Mutter.«

»Sieh zu, daß sie aussagt.«

»Damit ist nicht zu rechnen.«

»Lade sie vor. Das ist der einzige Weg. Du mußt der Verteidigung alle vorhandenen Tagebücher übergeben und ohne Umschweife eingestehen, daß ein paar Seiten vernichtet worden sind.«

»Das kann ich nicht machen. Sobald ich die Existenz dieser Tagebücher enthülle, gebe ich gleichzeitig zu verstehen, daß Kahn ebenfalls davon wußte, ohne die Verteidigung mit einzubeziehen. Und die würde die Staatsanwaltschaft umgehend beschuldigen, das Material absichtlich unterschlagen zu haben. Als erstes müßte dann die gesamte Familie Dodge in den Zeugenstand und haargenau schildern, was auf den fehlenden Seiten stand. Anschließend käme Kahn an die Reihe. Sie würden ihn fertigmachen und eine Staatsaffäre daraus konstruieren ...« Mahoney wußte keinen Rat.

»Ich muß soviel wie möglich über die fehlenden Seiten in Erfahrung bringen. Ich gehe davon aus, daß irgendwelche kriminellen Aktivitäten bei Phoenix Enterprises mit dem Mord zu tun haben könnten. Und solange ich nicht weitere Informationen bekomme, werde ich diese Tagebücher unter Verschluß halten.«

»Das kann ins Auge gehen, wenn die Verteidigung dahinterkommt.«

»Wer sollte ihr das denn verraten? Etwa die Familie Dodge? Oder Kahn? Außer denen weiß niemand davon.«

Mahoney faßte Estrada kurz am Arm. »Sei vorsichtig, ja?«

15

Seit der Unterredung mit Mahoney war Estrada klar, daß er seine Beweisführung unbedingt so überzeugend wie möglich aufbauen mußte. Nach den Verfahrensfehlern des ersten Prozesses würde eine schwache Anklage diesmal die Staatsanwaltschaft endgültig zum Scheitern verurteilen.

Er ließ McMorris in sein Büro kommen.

»Was gibt's Neues über Censabella?«

Das fleischige, blasse Gesicht des Polizisten nahm Farbe an. »Ich habe da vielleicht etwas herausgefunden.«

»Und das wäre?«

»Das wäre eine Freundin.«

»Censabella? Censabella hat eine Freundin?«

»Eine alte Lady vom anderen Ende der Straße. Kommt immer zum Mittagessen bei ihm vorbei. Ich habe die beiden ein paar Mal zusammen gesehen. Oft sitzt sie mit ihm am Fenster.«

»Erzählen Sie mir von ihr.«

»Nette, alte Lady. Mrs. Iannacone. Wenn man sie sieht, könnte man meinen, daß sie nie etwas anderes gemacht hat als Stricken und Teetrinken.«

»Haben Sie mit ihr gesprochen?«

»Wir sind sozusagen Kumpel. Ich helfe ihr immer, die Einkaufstasche zu tragen. Für so ein altes Frauenzimmer ist sie noch ganz wild auf Männer. Stammt aus Polen.«

»Iannacone?«

»Eigentlich Wojiewicz. Nada Wojiewicz. Iannacone hieß ihr seliger Ehemann. So nennt sie ihn immer – als wäre er nur ein schlechter Scherz gewesen.«

»Und Censabella selbst?«

»Sie besucht ihn seit ungefähr drei, vier Jahren.«

»Also war sie vielleicht auch an dem fraglichen Tag bei ihm?«

»Möglich. Ich habe ihr nicht allzu hart zugesetzt, damit sie nicht mißtrauisch wird.«

»Gut.« Vielleicht hatte er McMorris unterschätzt. »Was sonst noch? Gibt es etwas über seine Gewohnheiten – trinkt er, nickt er ein, wenn er am Fenster sitzt?« Es war immerhin denkbar, daß es sich bei diesem Mann um einen gewohnheitsmäßigen Lügner handelte.

»Den Flaschen nach zu urteilen, trinkt er billigen italienischen Wein. Genug, um einen ordentlichen Rausch zu bekommen, aber nicht, um andauernd besoffen zu sein.«

»Das hängt ganz von seiner Konstitution ab. Was sagt Mrs. Iannacone?«

»Zum Trinken? Bislang nichts.«

»Sehen Sie zu, daß Sie das Gespräch bei Gelegenheit in diese Richtung lenken können. Wir müssen jedem Verdacht nachgehen, der auf die Unzuverlässigkeit dieses Zeugen hindeutet.«

»Was, glauben Sie, mache ich die ganze Zeit über?«

»Schon in Ordnung.«

Estrada hatte es geschafft, Lisa Stein zu überreden, das Wochenende gemeinsam mit ihm über den Akten von Phoenix Enterprises zu verbringen. Schließlich gelang es ihnen, sämtliche Unterlagen auszusondern, die die Steuerzahlungen des Unternehmens betrafen. »Besonders gut waren die nicht gerade organisiert«, bemerkte er.

»Vielleicht hat man das alles extra für uns durcheinandergebracht.«

»Sie lernen schnell.«

Von Alexander Blair, dem ehemaligen Finanzdirektor von Phoenix Enterprises, wußte Estrada, daß die Firma beinahe fünfzehn Millionen Dollar in die anfängliche Finanzierung gesteckt hatte. Damit waren die Architekten bezahlt und die Vorkaufsrechte für bestimmte Grundstücke erworben worden. Die erste Million hatte Jadwin zusammen mit einem Konsortium texanischer Banken zur Verfügung gestellt. Estrada mußte unbedingt die Spur dieser fünfzehn Millionen weiterverfolgen – mehr Geld als genug für ein ganzes Bündel von Mordmotiven. Er wollte herausfinden, wohin diese Summe geflossen und ob nicht eventuell ein Teil dieses Betrages für ganz andere Zwecke verwandt worden war.

Mit einem Ruck setzte sich Miß Stein kerzengerade auf. »Was war das?«

»Was war was?«

»Dieses Rascheln. Es hat doch geraschelt.« Verängstigt blickte sie prüfend auf ihrem Schreibtisch herum. »Da!« Sie deutete auf eine der hinteren Ecken des Tisches. Ein Blatt Papier bewegte sich.

»Oh nein.« Sie packte einen Schnellhefter und schleuderte ihn in die verdächtige Ecke. Ein kleines, graues Etwas schoß über den Schreibtisch hinweg und verschwand hinter einem der Aktenordner von Phoenix Enterprises. Miß Stein sprang auf.

»Verdammt!« rief sie mit hochrotem Kopf. »Es ist schon schlimm genug, wenn man Mäusedreck in den Aktenschränken findet. Aber nun laufen sie schon bei hellichtem Tage über die Schreibtische. Jetzt habe ich endgültig die Nase voll. Es reicht.«

»Beruhigen Sie sich«, sagte Estrada. »Für heute haben Sie genug gearbeitet. Lassen Sie uns ein Bier trinken gehen. Ich lade Sie ein.«

Montag früh rief Tess Dodge an. »Ich versuche gerade, mehr über diese Leute vom Himmlischen Segen herauszukriegen. Aber solange wir nur die Initialen in den Tagebüchern haben, ist das fast aussichtslos. Darum wollte ich gleich Cuyler Jadwin anrufen, um ihn zu fragen, was er darüber weiß. Es kommt mir so vor, als hätte Mariah in diesem Zusammenhang auch ihn erwähnt.«

»Ich bin mir nicht sicher, ob das richtig ist«, entgegnete Estrada.

»Wir wissen noch nicht, welche Rolle er bei der ganzen Sache gespielt hat. Es muß einen anderen Weg geben, um dahinterzukommen, wer diese Männer sind.«

»Das ist immerhin acht oder neun Jahre her.«

»Mariah hatte eine Freundin namens Carlyn Sims. Kennen Sie sie?«

»Meinen Sie die, mit der Mariah immer zusammensteckte? Die hat sie erst kennengelernt, nachdem wir uns fast aus den Augen verloren hatten. Ich kenne sie also nicht besonders gut.«

»Trotzdem könnte es den Versuch wert sein, sie einmal darüber zu befragen.«

Gegen Abend erschien Mahoney in Estradas Büro. »Ich habe einige Nachforschungen zu deinem Problem angestellt«, ließ er den Staatsanwalt wissen.

Estrada sah seinen Freund besorgt an.

»Alles in Ordnung«, beruhigte ihn Mahoney, »kein Grund zur Panik. Wir sind sauber.«

»Irgendwas Wichtiges erfahren?«

»Ja. Daß die Rechtsprechung zu diesem Thema das reinste Wirrwarr ist. Die gute Nachricht besteht darin, daß das Oberste Gericht der Vereinigten Staaten uns Staatsanwälten das Leben in dieser Hinsicht leichter macht. Vor einigen Jahren haben die Richter nämlich entschieden, daß an der Vernichtung potentieller Beweismittel der Verteidigung nichts auszusetzen ist, solange die Anklage dies nicht in böser Absicht tut. Aber bevor du jetzt einen Luftsprung machst«, warnte Mahoney, »muß ich dir mitteilen, daß unser eigenes wunderbares Berufungsgericht in Albany dem Obersten Gericht nicht gefolgt ist. In einem neueren Fall hat es entschieden, daß die Staatsanwaltschaft der Verteidigung die fraglichen Beweismittel auszuhändigen habe, wenn auch nur die Möglichkeit bestehe, daß sie für die Gegenseite von Nutzen sein könnten.«

»Das fehlte mir gerade noch.«

»Es hängt demnach alles davon ab, was wirklich in den Tagebüchern stand.«

»Wenn die Verteidigung erst einmal von den Tagebüchern und den fehlenden Seiten Wind bekommt, wird sie alles daransetzen, um deren außerordentliche Bedeutung hervorzuheben«, meinte Estrada.

»Möglicherweise könntest du den Kopf aus der Schlinge ziehen, indem du argumentierst, daß deine Beweise so wasserdicht sind und der Wert der Tagebücher derart vage ist, daß daraus auf gar keinen

Fall ein begründeter Zweifel an Morales' Schuld abgeleitet werden kann.«

»Richtig. Nur gleichen meine Beweise einem Kartenhaus, das auf Sand gebaut ist.«

»Massiv und solide.«

»Wie gehabt. Eine DNA-Probe des Samens auf ihrem Körper, die mit Morales' DNA übereinstimmt und von der die Verteidigung behaupten wird, daß sie keinen Beweis für eine Vergewaltigung darstelle. Und dann ein paar Mordmotive, die auf reinstem Hörensagen beruhen, sowie einige Zeugen, die an Gedächtnisverlust leiden oder sich auf andere Weise drücken. Zu diesem Zeitpunkt reicht das allenfalls, um daraus eine rechtlich halbwegs sichere Anklage zu formulieren. Wenn überhaupt.«

»Weshalb glaubst du eigentlich noch an die Schuld des Angeklagten?«

Das war genau die Frage, die sich Estrada bisher nicht zu stellen gewagt hatte. Im Unterbewußtsein war sie spätestens seit seiner letzten Begegnung mit Lynne Schelling immer präsent gewesen. Das Undenkbare – nun war es ausgesprochen: Vielleicht hatte Morales mit dem Mord überhaupt nichts zu tun. Estrada wehrte sich gegen diese Vorstellung. »So denken nur Verlierer«, hätte sein Footballtrainer auf der High School eine solche Haltung kommentiert. Der beste Weg zur Niederlage.

Am Morgen darauf platzte er bei Miß Stein herein, ein langes, flaches Päckchen in der Hand. »Ein Geschenk.«

Sie entfernte das blau-goldene Papier und brachte eine Fliegenklatsche aus Plastik zum Vorschein, an deren Stiel auf einem Zettel eine mäßig gelungene Karikatur befestigt war, die ihren Verwendungszweck erläuterte. Unter einer monströsen Maus stand in Blockbuchstaben ERSTKLASSIGE MÄUSEKLATSCHE. Sie mußte lachen.

»Das perfekte Geschenk«, sagte sie und drosch damit sogleich auf ihrem Schreibtisch herum.

Estrada warf einen Blick auf die Titelseite der *Noticias Diarias,* die noch immer über dem Tisch an der Wand hing.

»Es ist wohl an der Zeit, das abzunehmen.«

»Mir gefällt das. Es erinnert mich immer daran, wie wichtig dieser Fall ist.« Ihre Stimmung hatte sich deutlich gebessert.

»Gibt es Fortschritte?«

»Ich erfahre hier viel über Landverkäufe, Optionsverträge und Absicherungen von Rechtsansprüchen. Vor allem konzentriere ich mich auf die wirklich großen Immobiliengeschäfte – diejenigen, bei denen es um das Grundstück in Brooklyn ging. Ich versuche zur Zeit, alle relevanten Unterlagen darüber zusammenzutragen.«

»Zeichnet sich schon irgendwas ab?«

»Noch nicht. Es sieht zwar ziemlich interessant aus, aber ich habe noch keine Ahnung, wie das alles zusammenpaßt.«

»Bleiben Sie dran«, bat Estrada. »Und halten Sie weiterhin Ausschau nach dem großen Unbekannten.«

Als er sein Büro betrat, läutete das Telefon. »Besuch«, sagte Ginny gutgelaunt. »Und sie macht einen reichlich aufgebrachten Eindruck.«

»Miß Dodge?«

»Erraten.«

»Ich komme sofort.«

»Nicht nötig. Sie ist schon unterwegs.«

Tess Dodge platzte in das Zimmer herein.

»Stimmt es, daß Morales' Anwälte die fehlenden Tagebuchseiten als Vorwand benutzen könnten, um ihn freizubekommen?«

»Nun mal langsam. Warum setzen Sie sich nicht und verschnaufen ein wenig?«

Sie blickte ihn finster an, folgte jedoch seinem Wunsch.

»Woher wissen Sie das?«

»Von meinem alten Chef.«

»Wer ist das?«

»Der Anwalt, für den ich in den vergangenen Jahren gearbeitet habe. Ich dachte, er würde mir mit den Leuten vom Himmlischen Segen weiterhelfen können. Er kennt sich gut aus im Immobilienwesen, mit Banken und dem ganzen Zeug.«

»Dann haben Sie mit ihm also über die Tagebücher gesprochen?«

»Ja.« Schuldbewußt starrte sie auf ihren Schoß, blickte dann aber abrupt zu ihm auf. »Warum auch nicht? Ich vertraue ihm. Er steht sicher mehr hinter mir als Sie es tun. Sie haben mir davon nämlich nichts erzählt.«

»Und was hat Ihnen Ihr alter Chef gesagt?« wollte Estrada wissen.

»Er meinte, es wäre für einen Staatsanwalt ein ungebührliches Betragen, wenn er der Verteidigung entlastendes Beweismaterial vorenthielte. Und wenn Beweismaterial wegen der Unachtsamkeit eines Staatsanwaltes zerstört werde, könnte der Prozeß aufgrund von Verfahrensmängel eingestellt werden. Er sagte, Morales könnte unter

Umständen freikommen, falls die Verteidigung von der Existenz dieser Tagebücher erfahren würde.«

Falls die Verteidigung erfahren würde, war eine interessante Betrachtungsweise. Estrada machte Tess Dodge nicht extra darauf aufmerksam, daß sowohl er als auch der Staatsanwalt, der im ersten Prozeß die Anklage vertreten hatte, verpflichtet waren, der Gegenseite unverzüglich Mitteilung über die Tagebücher zu machen.

»Er würde zwar nicht automatisch freikommen, aber letzten Endes hat Ihr ehemaliger Chef recht.«

»Das ist fürchterlich. Was sollen wir denn jetzt machen?«

»Zunächst einmal hören wir damit auf, mit allen möglichen Leuten über diese Tagebücher zu reden. Es sei denn, Sie wollen, daß uns die Verteidigung an die Gurgel springt und Mariah die Titelbilder sämtlicher Revolverblätter ziert.« Er warf einen der magnetischen Pfeile auf das Bild von Roberto Morales, ohne jedoch zu treffen. Der Pfeil prallte von der Wand ab.

»Ich schwöre Ihnen«, sagte sie, »daß ich ihn umlegen werde, wenn er aus diesem Grund freigesprochen wird.«

»Dazu wird es nicht kommen.«

»Weshalb nicht?«

»Wenn es uns gelingt, genügend Beweise herbeizuschaffen, um Morales' Schuld überzeugend – ich meine, wirklich überzeugend – nachzuweisen, dann wäre es gar nicht mal so gravierend, daß wir der Verteidigung Beweismittel vorenthalten haben.« Er stellte den Sachverhalt recht einseitig dar. Denn nach der Unterredung mit Mahoney war sich Estrada nicht mehr sicher, welche rechtlichen Bestimmungen in einem solchen Fall Anwendung finden würden.

»Können Sie Ihre Anklage denn so unanfechtbar machen?«

Er betrachtete sie eindringlich und fragte sich, ob er ihr die Wahrheit sagen sollte. Schließlich wurde ihm klar, daß er gar keine andere Wahl hatte. Sollte sich im Laufe seiner Ermittlungen nichts mehr zum Besseren ändern, würde er ihr ohnehin reinen Wein einschenken müssen.

»Bis jetzt sehen unsere Beweise wesentlich schwächer aus als beim letzten Mal. Schlechter, als es bei einem zweiten Prozeß für gewöhnlich der Fall ist. Um die Wahrheit zu sagen – wäre dieser Fall weniger spektakulär, so würde ich aufgrund der mir vorliegenden Beweise die Einstellung des Verfahrens vorschlagen.«

»Nein! Das können Sie nicht machen!«

»Ich versichere Ihnen, daß ich darüber auch nicht glücklich bin.«

»So weit darf es gar nicht erst kommen«, sagte sie entschlossen. Doch dann begann sie zu weinen.

Estrada, der nicht in der Lage war, sie zu trösten, blieb hinter seinem Schreibtisch sitzen und starrte das Bild ihrer toten Schwester an.

McMorris meldete sich telefonisch und kündete sein Erscheinen an. Er beabsichtigte, Estrada mit den neuesten Mitteilungen über Censabella und dessen Freundin zu versorgen.

»Ich habe vorhin nochmals mit meiner Freundin Nada geschwatzt«, sagte er, nachdem er es sich bequem gemacht hatte. »Sie lästerte über Censabellas Geiz und beklagte sich, daß er für die Einkäufe, die sie für ihn erledigt, nicht zahlen würde. Manchmal bereitet sie ihm das Abendessen zu.«

»Und?«

»Sie sagte, daß er auf das Apartment von Morales achtgibt, wenn der nicht da ist.«

»Hatte er das nicht bereits während der Verhandlung ausgesagt?« Eine Wiederholung von Censabellas früheren Aussagen war nicht das, was Estrada jetzt benötigte.

»Nein, ich meine ja, das hat er. Aber es bedeutet etwas anderes. Er war auch in der Wohnung, hat die Blumen gegossen, hin und wieder saubergemacht, hat tropfende Wasserhähne repariert und so. Nachts war dort nie jemand. Und Morales wollte nicht, daß es so aussah, als sei das Apartment unbewohnt.«

»Darüber hat er aber beim ersten Prozeß kein Wort verloren.« Das könnte der Staatsanwaltschaft möglicherweise weiterhelfen, denn damit war die Illusion zerstört, daß es sich bei Censabella lediglich um einen Nachbarn handelte, der zufällig dann und wann etwas mitbekam. Wenn er Morales zu Diensten gewesen war, hätte er vielleicht auch vor Gericht für ihn lügen können.

»Wenn ich es richtig verstanden habe, gab Morales ihm monatlich ein paar hundert Dollar für seine Unannehmlichkeiten«, fügte McMorris hinzu.

»Sagen Sie das noch mal.« Censabella auf der Gehaltsliste von Morales! Endlich ein Lichtblick.

»Wir unterhielten uns, und da sagte sie, Morales habe ihm einige hundert Dollar im Monat für seine Dienste gezahlt.«

»Hat sie auch gesagt, wie lange das so ging?«

»Auch nach dem Mord soll er noch eine Weile gezahlt haben.«

Am Nachmittag versammelte sich das gesamte auf den Fall *Morales* angesetzte Team.

Als erste begann Miß Rosen mit ihren Ausführungen und kam auf die DNA-Beweise zu sprechen. Anscheinend hatte sie alles voll im Griff. Nachdem McMorris den Kollegen über Mrs. Iannacone berichtet hatte, bat Estrada um Vorschläge, wie man mit der alten Dame verfahren sollte.

»Machen sie ihr ohne Umschweife klar, daß wir auf ihre Aussage angewiesen sind«, meinte Clemente.

»Trotzdem sollten Sie aufpassen«, riet Lisa Stein mit ihrer wie üblich strahlenden Überzeugungskraft. »Sie sollten sie keinesfalls soweit bringen, daß sie befürchtet, ihr Freund könne sie für eine Verräterin halten. Wenn er herausfindet, daß sie ihn ausspioniert, könnte er nämlich auf sie losgehen.«

»Niemand will ihn ausspionieren«, protestierte McMorris.

»Erst einmal müssen wir feststellen, wie sie davon erfahren hat, daß Morales ihn bezahlte«, sagte Estrada. »Wenn sie vor Gericht aussagen soll, muß sie es auch tatsächlich mit eigenen Augen gesehen haben.«

»Wenn Sie Censabella während der Verhandlung vor vollendete Tatsachen stellen«, sagte Nancy Rosen in die Stille hinein, »muß er einfach zugeben, daß er von Morales Geld erhalten hat. Und wenn er dann trotz allem leugnen sollte, können Sie diese Frau immer noch in den Zeugenstand rufen und ihn bloßstellen. Wie es momentan aussieht, scheint sie nicht der Ansicht zu sein, daß die Gespräche, die sie mit McMorris über Censabella führt, einen Vertrauensbruch darstellen.«

»Vielleicht ist es so«, lenkte Estrada ein. »Aber ich denke, Miß Stein liegt ganz richtig. Einen Lebenspartner in den Zeugenstand zu rufen, um mit seiner Aussage den Meineid des anderen Partners aufzudecken, ist alles andere als ein Schwätzchen über den Gartenzaun hinweg.«

Auf dem Weg nach Hause dachte Estrada über Lisa Steins Bemerkung nach, Mrs. Iannacone würde Censabella in gewisser Weise ausspionieren. Wenn Mariah Dodge dasselbe nun mit Morales gemacht hätte? In all den Jahren, die sie mit Morales gemeinsam an Besprechungen teilgenommen hatte, war sie für Cuyler Jadwin Augen und Ohren gewesen. Angenommen, diese Informationstätigkeit hätte sich auch auf die sonstigen Vorgänge bei Phoenix Enterprises erstreckt. Angenommen, es wäre ihre Aufgabe gewesen, das Unternehmen grundsätzlich und Roberto Morales insbesondere zu überwachen, wenn Jadwin sich in Texas aufhielt. Angenommen sie wäre an jenem Sonntag abend unter dem Vorwand ins Büro gegangen, Morales bei der Planung für das tags darauf stattfindende Treffen zu helfen, und Morales hätte herausgefunden, daß sie ihn in Wirklichkeit an Jadwin verraten wollte.

Das wäre ein Motiv für die explosive Wut, die mit einem Mord geendet hatte.

Von seiner Wohnung aus rief Estrada bei Jadwin an, erfuhr jedoch von dessen Sekretärin, daß sich dieser in einer Besprechung befand. Am Abend versuchte Estrada es nochmals, diesmal mit mehr Glück.

»Was kann ich heute für Sie tun?« fragte die Stimme am anderen Ende.

»Wußte Morales, daß Mariah Dodge Ihnen über die Ereignisse bei Phoenix Enterprises Bericht erstattete, wenn Sie nicht anwesend waren?«

Jadwin lachte laut und herzlich. »Na, das ist ja eine Frage. Wollen Sie nicht auch noch wissen, wann ich das letzte Mal meine Frau verprügelt habe?« Wieder bekam er einen Lachanfall. »Wie kommen Sie darauf, daß die arme Mariah so etwas getan haben könnte? Anscheinend hören Sie auf Leute, die auch nicht die allerleiseste Ahnung von dem haben, was sie erzählen.«

»Genau das war ihre Aufgabe, wenn Sie sie zu den Besprechungen mitnahmen. Wäre sie Ihnen da nicht noch viel nützlicher gewesen, wenn Sie sich tausendfünfhundert Meilen entfernt aufhielten? Das würde nämlich ein neues Licht auf Morales' Mordmotiv werfen. Vielleicht ging es ja gar nicht darum, daß sie ihm einen Korb gab. Angenommen, er fand am Vorabend des besagten Treffens heraus, daß Mariah ihn nicht in erotischer, sondern vielmehr in rein strategischer Hinsicht betrog ...«

Er ließ Jadwin ein wenig Zeit zum Nachdenken. »Ich vermute, genauso ist es gewesen. Wahrscheinlich kann ich die Jury auch ohne direkte Beweise davon überzeugen, daß sie Ihnen alles brühwarm weitererzählt hat. Denken Sie darüber nach, wie Morales reagiert hätte, falls er dahintergekommen wäre.«

Schweigen. Estrada fragte sich, ob er nicht zu stürmisch vorgegangen war und Jadwin verloren hatte, statt ihn für sich zu gewinnen.

Der Texaner lachte leise. »Also gut, José. Ich werde darüber nachdenken, und dann unterhalten wir uns weiter.«

16

Er schlief schlecht und kam spät, übermüdet und voller Widerwillen zur Arbeit. Tess Dodge wartete schon auf ihn. Sie saß mit gesenktem Kopf gegenüber von Ginnys Empfangstisch und vermied es eindeutig, zu den beiden Polizisten hinüberzusehen, die sie ebenso eindeutig musterten. Als Estrada ihren Namen rief, stand sie auf und schritt vor ihm den Korridor entlang.

»Diese Typen reichen aus, um einem die gute Laune zu vermiesen«, sagte sie, nachdem sie sein Büro betreten hatten.

»Sie haben also Anlaß, gut gelaunt zu sein?« fragte Estrada neugierig.

»Ich habe mit meiner Mutter geredet. Sie hat sie nicht vernichtet.«

»Was? Was sagen Sie da?«

»Die fehlenden Seiten aus Mariahs Tagebüchern. Sie hat sie noch.«

»Halleluja!« Er packte die Frau und hob sie in die Luft.

»He! He!«

Estrada ließ sie wieder herunter.

Sie schnitt ihm eine Grimasse. »Ist das die Belohnung? Ich bringe Ihnen gute Nachrichten, und Sie traktieren mich derart?«

»Das sind fantastische Neuigkeiten. Ich wollte Sie doch gar nicht grob anfassen, denn ich freue mich ja selbst darüber.«

»Ich nehme an, jetzt muß ich den Kerl nicht mehr umlegen.«

»Wenn Sie doch endlich aufhören würden, immer solche Dinge zu sagen. Sonst glaube ich noch, daß Sie das wirklich vorhatten.«

»Und ob!«

»Sie können jederzeit Pfeile auf ihn werfen – nämlich hier in meinem gemütlichen Büro.«

Sie gingen zu einer Konditorei in Little Italy, wo sie sich an einen abseits gelegenen Marmortisch setzten und Cappuccino und Gebäck bestellten.

»Wie haben Sie es geschafft, Ihre Mutter dazu zu bringen, die Wahrheit zu sagen?« wollte er wissen.

»Ich habe sie angerufen und ihr erklärt, daß Morales wegen dieser fehlenden Seiten eventuell freikommen könnte. Natürlich habe ich alles ein wenig dramatisiert. Sie fing sofort zu weinen an, und ich befürchtete schon, daß ich zu weit gegangen war. Dann beruhigte sie sich aber wieder und meinte, sie hätte die Seiten nur entnommen, um meinem Vater Aufregung zu ersparen. Und schließlich verriet sie mir, daß sie sie gut versteckt aufbewahren würde.«

»Es tut mir leid, daß Sie deshalb so viel Schwierigkeiten hatten.«

»Mir tut es leid, daß wir alle uns mit solchen Dingen befassen müssen. Mir tut es leid, daß Roberto Morales jemals auch nur einen Atemzug getan hat.«

»Wann kann ich die Seiten denn einsehen?« fragte Estrada.

»Oh, das weiß ich nicht.«

»Das wissen Sie nicht?« Vorsichtig stellte er seine Kaffeetasse auf dem Tisch ab.

»Sie hat nichts davon gesagt, daß sie jemanden hineinsehen lassen würde.«

»Wovon reden Sie da eigentlich? Es ist längst nicht damit getan, öffentlich zu verkünden, daß sich diese Seiten in einem Schuhkarton befinden, der in irgendeiner Abstellkammer im Bundesstaat Texas steht.« Seine Stimme wurde lauter. »Es geht einzig und allein darum, was darin *geschrieben* steht!«

»Schreien Sie mich nicht an.«

»Ich schreie Sie nicht an. Ich schreie, weil ... Ach, was weiß ich.« Sie legte eine Hand auf seinen Arm. »Schon gut. Mir geht es ja ähnlich.«

Sie brachen auf und spazierten in Richtung Canal Street. »Ich muß diese Seiten zu sehen bekommen«, sagte Estrada, als sie auf eine Lücke warteten, um sich in den Strom der Passanten einzureihen. Sie überquerten die Straße und schlenderten dann auf das Gerichtsgebäude zu. »Ich muß ein für allemal ausschließen können, daß einer von Mariahs ehemaligen Liebhabern aus Eifersucht die Tat begangen haben könnte.« Und daß die Intrigen bei Phoenix Enterprises nicht für jemand anderen als Morales ein Mordmotiv dargestellt haben könnten, dachte er.»Im allerschlimmsten Fall, wenn es wirklich Anzeichen für einen anderen Täter geben sollte, müßte ich die Verteidigung allerdings einweihen.«

Sie blieb stehen. »Das können Sie nicht machen. Ich habe meiner Mutter doch nicht deshalb so hart zugesetzt, damit Sie jetzt der Verteidigung helfen.«

»Sie sind also bereit, das Risiko einzugehen, daß dieser Mann freigesprochen wird ...«

»Stimmt ja. Das hatte ich vergessen.«

Estrada ging ein paar Schritte weiter. »Sie müssen noch mal mit Ihrer Mutter telefonieren und ihr klarmachen, daß ich diese Seiten unbedingt sehen muß. Ich will doch nicht in Mariahs Privatleben herumschnüffeln. Darum handelt es sich nun wirklich nicht.« Sie waren vor dem Gerichtsgebäude angelangt. »Kommen Sie noch mit hoch?«

»Nein, danke. Für heute habe ich genug.« Sie stellte sich auf die Zehenspitze, um ihm einen flüchtigen Kuß auf die Wange zu geben und entfernte sich dann mit schnellen Schritten.

Ein gewisser Nathan Masouros hatte für Estrada eine Nachricht hinterlassen. Er kannte niemanden mit diesem Namen. Unter der durchgegebenen Telefonnummer war er allerdings nicht zu erreichen. Estrada wählte Lisa Steins Nummer.

»Besten Dank, daß Sie mir den Buchprüfer besorgt haben«, sagte sie.

»Wir haben einen Buchprüfer?« fragte er verblüfft.

»Er ist gerade hier in meinem Büro. Ich erkläre ihm, worin meine Arbeit besteht. Er würde sich gerne mit Ihnen unterhalten.«

Nathan Masouros war mindestens zehn Zentimeter kleiner als Estrada. Er hatte schwarzes lockiges Haar, einen Bauch, der mit seinem Gürtel im Clinch lag, und stank fürchterlich nach kaltem Zigarettenqualm.

Nachlässig schüttelte er die Hand des Staatsanwalts. »Ich arbeite hier nur vorübergehend. Sie können mich allenfalls für eine Woche haben, es sei denn, der Kerl hat den Papst persönlich bestohlen.«

»Wahrscheinlich nur seine Investoren.«

»Ich habe mir soeben zeigen lassen, was diese hübsche junge Dame hier macht. Gute Arbeit! Das erleichtert mir meinen Job. Ich brauche ihre Hilfe auch über die normale Arbeitszeit hinaus. Und bitte keine Extraaufträge für den Chef in dieser Zeit.« Er wandte sich an Miß Stein. »Haben Sie gehört, junge Dame?«

»Ja.« Ihre Stimme klang nicht so hoffnungsvoll wie sonst.

Estrada lächelte sie an. »Ich bin sicher, daß Sie beide sehr gut zusammenarbeiten werden. Und je eher Sie eine heiße Spur entdecken, desto zufriedener werden wir alle sein.«

Der von Luz Martinez üblicherweise genutzte Gerichtssaal war wegen Renovierungsarbeiten geschlossen. Der Ersatzraum befand sich in einem Gebäude auf der anderen Straßenseite.

»Guten Morgen, Mr. Estrada«, sagte eine vertraute weibliche Stimme, als er durch die elektronische Sperre ging. Er drehe sich um und erblickte Kassia Miller hinter sich.

»Ganz schön viele Leute da hinten vor dem Aufzug. Gehen wir zu Fuß?«

»Gute Idee«, meinte sie, als sie das menschenleere Treppenhaus betraten.

»Wo steckt denn Ihr Mandant?« fragte Estrada.

»Der ist schon oben, zusammen mit einem Haufen Anhänger.« Der kleine Gerichtssaal war zum Bersten voll. Die Richterin saß bereits hinter ihrem Tisch und schaute mürrisch drein. *»Das Volk gegen Morales*? Alle anwesend?«

»Ja, Euer Ehren.« Estrada blickte zu Morales hinüber. Er trug einen grauen Anzug und machte einen ruhigen, zuversichtlichen Eindruck.

»Gut«, begann Richterin Martinez, »wir sind hier zusammengekommen, um uns über den Prozeßbeginn zu verständigen.«

Noch bevor sie weiterreden konnte, setzte im Zuschauerraum plötzlich lautes Geschrei an. »Libertad! Justicia! Libertad!« Eine Gruppe von Männem und Frauen, die auf einmal alle schwarzrote Armbinden trugen, hatte sich erhoben und schrien immer wieder dieselben Worte, wobei sie Transparente hochhielten: FREIHEIT FÜR ROBERTO MORALES, PATRIO Ó MUERTE, JUSTICIA, BEFREIT PUERTO RICO, JÍBARO SÍ YANQUI NO.

Ein Mann, der Estrada irgendwie bekannt vorkam, begann mit einer bemerkenswert lauten Stimme zu schreien: »Dieser Prozeß ist ein Trick des angloamerikanischen Establishments, um Chaos in der lateinamerikanischen Gemeinde zu stiften. Wir fordern den Staatsanwalt auf, die Anklage fallenzulassen ...«

Mrs. Martinez drosch mit ihrem Hammer auf den Tisch und forderte die Anwesenden lautstark zur Ordnung auf. Jetzt wurden auch die Gerichtsdiener munter. Sie sprangen auf die Demonstranten zu, die von einer nur aus Frauen bestehenden Front umringt waren. Einige kräftige Männer stemmten sich gegen die große Tür, um den von außen hereindrängenden Beamten den Weg zu versperren.

»... die Anklage gegen Roberto Morales fallenzulassen und die jüdisch-weiße Führung der betrügerischen Kahn-Kommission abzulösen. Wir verlangen die Einsetzung eines Sonderstaatsanwalts ...«

Jetzt fiel Estrada ein, um wen es sich bei diesem Mann handelte. Es war Señor Condado, der ihn einen Monat zuvor auf der Straße angesprochen hatte. Der Mann, der damit gedroht hatte, mit seinen Freunden wiederzukommen.

Während der Tumult weiterging, bemerkte Estrada, daß er von der Richterbank keine Ordnungsrufe mehr hörte. Richterin Martinez hatte den Raum verlassen. Wenige Augenblicke später drangen mehrere Gerichtsdiener durch die Hintertür in den Saal ein, durch die die Vorsitzende verschwunden war.

Estrada warf Morales einen Blick zu, um dessen Reaktion auf das

Handgemenge zu beobachten. Doch gemeinsam mit Miß Miller hatte er sich bereits aus dem Gerichtssaal entfernt. Einer der Gerichtsdiener kam auf Estrada zu. »Hier sollten Sie nicht länger bleiben. Ich glaube, man erwartet Sie im Besprechungszimmer.«

Als er den Raum betrat, hielt die Richterin Morales und Miß Miller gerade eine Standpauke. »... und Sie sind beide dafür verantwortlich. Ob Sie diese Leute je zuvor gesehen haben oder nicht, interessiert mich nicht im geringsten. Machen Sie denen das klar. Das passiert mir nicht noch einmal in meinem Gerichtssaal.« Sie bemerkte Estrada. »Ah, Herr Staatsanwalt. Danke, daß sie gekommen sind. Ich setze hiermit den Verhandlungsbeginn auf den einundzwanzigsten September fest. Die Zeit bis dahin sollte für beide Parteien mehr als ausreichen.«

Miller nahm mit ihrem Mandanten Blickkontakt auf. »Uns paßt das gut, Euer Ehren.«

»Ich werde mein Bestes tun«, erwiderte Estrada.

»Im August werde ich im Urlaub sein. Daher möchte ich Ihre Anträge noch vor meiner Abreise auf dem Tisch haben.«

»Ich erneuere meinen Antrag auf Offenlegung sämtlicher Unterlagen der Staatsanwaltschaft«, sagte Kassia Miller.

»Ist notiert. Sonst noch etwas?«

»Nichts, Euer Ehren«, entgegnete Estrada und hoffte inständig, daß er das Problem mit den Tagebüchern lösen würde, ohne daß dem Gericht davon etwas zu Ohren käme.

»Alles klar, Euer Ehren«, sagte Miß Miller. »Solange Mr. Estrada nicht irgendwelche Informationen zurückhält.«

»Das sollte er besser unterlassen. Haben Sie gehört, Mr. Estrada?«

»Ja, Euer Ehren.«

»Schön. Dann bis September.«

Früher als erwartet meldete sich Tess Dodge aus Texas bei ihm.

»Sieg. Mom meint, Sie könnten sich die Seiten ansehen. Aber ich mußte ihr hoch und heilig versprechen, daß Sie keinerlei Interesse für die Passagen hätten, in denen auf sexuelle Dinge eingegangen wird.«

»Phänomenal. Sie waren mir wirklich eine große Hilfe. Das kann ich gar nicht oft genug betonen.«

»Oft genug? Zum Teufel, Mister. Bislang haben Sie das kein einziges Mal zu mir gesagt.«

Als er tags darauf von der Arbeit nach Hause kam, überreichte ihm der Pförtner ein Luftpostpaket. Noch im Fahrstuhl riß er die Verpackung auf. Der dicke Umschlag enthielt Fotokopien von Mariahs fehlenden Tagebuchseiten. Ganze Abschnitte waren mit einem dicken schwarzen Filzstift unkenntlich gemacht worden. Fassungslos wühlte er in dem Papierstoß herum.

Estrada stürzte in seine Wohnung und rief umgehend bei den Dodges an. Er war froh über die Zeitdifferenz und hoffte, daß Dr. Dodge noch außer Haus war.

Sylvia Dodge nahm den Anruf entgegen. Nur mit Mühe unterdrückte Estrada sein Verlangen, sie anzubrüllen. »Ich habe gerade die Kopien bekommen, die Sie mir geschickt haben. Vielen Dank.«

»Danken Sie Tess«, sagte sie abweisend. »Ich bin nach wie vor der Ansicht, daß bestimmte Dinge tabu sein sollten – ungeachtet Ihrer Vorschriften, was fehlende Beweise anbelangt.«

»Mrs. Dodge, ich will auf keinen Fall in Ihre oder Mariahs Privatsphäre eindringen. Ich hoffe nur, daß sich nichts auf diesen Seiten findet, was irgendjemandem von Nutzen sein könnte, so daß ich so tun kann, als ob diese Tagebücher niemals existiert hätten. Aber gerade deswegen muß ich mich über deren Inhalt bis ins letzte Detail vergewissern.«

»Ich verstehe.«

»Da ist jedoch noch etwas, Madam. Wie ich sehe, haben sie einige Textstellen geschwärzt ...«

»Ich habe Ihnen geschickt, wonach Sie verlangt hatten. Wie Tess mir mitteilte, bestand für Sie keine Notwendigkeit, die Abschnitte über Mariahs Intimleben einzusehen.«

»Das habe ich nie behauptet.« Die Worte platzten viel zu grob aus ihm heraus.

»Ich habe auch nur die Stellen durchgestrichen, in denen von ihrem Sexleben die Rede war.« Ihre Stimme duldete kein Gegenargument. Sylvia Dodge mochte zwar die nette, kleine Südstaaten-Dame spielen – aber sie wußte immer was sie tat und warum sie es tat.

Um seine Arbeit tatsächlich zum Abschluß zu bringen, brauchte Estrada von ihr die unzensierte Fassung dieser Seiten. Vorerst würde er sich jedoch mit dem begnügen, was sie ihm hatte zukommen lassen.

Die ganze Nacht saß er über den Tagebüchern. Er hatte die neuen Seiten an der jeweils richtigen Stelle eingefügt und versuchte nun, den vielen verschiedenen Geschichten, die vorher nur in Bruchstücken vorhanden gewesen waren, einen Sinn abzuringen. Zumindest in einem Punkt konnte er mehr Klarheit gewinnen. Es gab einige Textstellen, aus denen hervorging, daß Jadwin in bestimmten Fragen mitunter Ansichten vertreten hatte, die in völligem Gegensatz zu denen von Morales gestanden hatten. Wenn das J in den Aufzeichnungen für Jadwin stand, dann schien sich dieser Mann unmittelbar vor Mariahs Tod ziemlich häufig in New York aufgehalten zu haben.

Estrada schlug eine der frühen Eintragungen auf, die zeitlich vor Mariah Dodges Tätigkeit bei Phoenix Enterprises lag, und vergewisserte sich, daß sowohl mit CJ, als auch mit J Cuyler Jadwin gemeint war. Dann arbeitete er sich wieder vor und stellte fest, daß er sich dessen nicht mehr ganz sicher sein konnte. Denn eine Eintragung lautete ›J will jetzt CJ alles sagen‹. Was immer es auch gewesen sein mochte – Mariah war offensichtlich der Meinung gewesen, daß dies keine gute Idee war.

Am Morgen rief Tess Dodge an. »Wie ich gehört habe, sind Sie alles andere als zufrieden.«

»Natürlich. Ich benötige das gesamte Material.«

»Sie wird Ihnen den Rest niemals zeigen.«

»Hat sie denn überhaupt eine Vorstellung davon, wie wichtig das für mich ist?«

»Sie sagt, das interessiere sie nicht im geringsten.«

Am liebsten hätte er irgendetwas an die Wand geschmissen, denn ein derartiges Gefühl der Ohnmacht war ihm fremd.

»Meiner Meinung nach glaubt sie nicht ernsthaft daran, daß Morales wegen der fehlenden Passagen freikommen könnte«, sagte Tess.

»Bis das entschieden wird, vergeht noch viel Zeit. Aber deshalb ist diese Möglichkeit nicht weniger realistisch. Es ist einfach verrückt, ein solches Risiko einzugehen.« Estrada hatte keine Lust mehr, taktvoll zu sein. »Glaubt sie etwa, ich habe das erfunden?«

»Ich weiß nicht, was sie glaubt«, erwiderte Tess Dodge müde.

»Ich muß unbedingt wissen, worum es in den geschwärzten Stellen geht. Nur so kann ich die Fragen, die sich aus der bisherigen Lücke ergeben haben, auch wirklich klären.« Er informierte sie über die verschiedenen ›J‹. »Wenn zwei verschiedene Menschen dahinterstecken, hätte ich es mit einer vollkommen veränderten Sachlage zu tun.«

»Nehmen wir mal an, ich könnte einen Blick auf die betreffenden Passagen werfen und würde Ihnen anschließend darüber berichten«, schlug sie vor.

»Das reicht nicht.«

»Vermutlich wäre das die einzige Möglichkeit.«

»Dann müßten Sie aber außerordentlich gründlich vorgehen. Ich muß einfach erfahren, was diese Eintragungen besagen. *Ich muß*.«

Kaum hatte er den Hörer aufgelegt, betrat Lisa Stein sein Büro. »Nathan und ich müssen unbedingt mit Ihnen reden.«

»Haben Sie etwas entdeckt?«

»Nathan meint, vielleicht.«

Masouros sah wieder einmal unordentlich und verschwitzt aus. Diesmal roch er nach Zigarrenrauch. Er legte einen aufgeschlagenen Aktenordner auf Estradas Schreibtisch. »Wollen Sie alle Details wissen oder genügt eine Zusammenfassung?«

»Lassen Sie uns mit dem Wichtigsten beginnen. Für Details ist später noch Zeit.«

»Mir soll's recht sein.« Der Buchhalter blätterte die Seiten um. »Aus diesen Unterlagen geht hervor, daß jemand seinen Grundbesitz sozusagen ›herumgereicht‹ hat, wobei es jedesmal, wenn das Stück Land in neue Hände kam, wertvoller wurde. Auf diese Weise wuchs der Wert dieses Grundstücks beträchtlich.«

»Um wieviel insgesamt?«

»Um ungefähr fünfundzwanzig Millionen Dollar beim Kauf und circa 2,5 Prozent bei den Optionen. Im Grunde wurde dieser Landbesitz nicht jedesmal wirklich verkauft. Tatsächlich besteht der ganze Handel aus einer Reihe von Optionen. Und jedesmal sieht das Geschäft anders aus: die Dauer variiert oder einige Vertragsbedingungen ändern sich. Somit scheint es sich offiziell um voneinander unabhängige Vorgänge zu handeln. Aber der Preis ist bei jeder Runde höher. Sehr schlau gemacht.«

»Sie haben also fünfundzwanzig Millionen dabei gewonnen.«

»Genau.«

»Wer bekam denn diesen Betrag?«

»Schwer zu sagen. Es gibt natürlich auch bei diesem Geschäft die üblichen Scheinfirmen. So tief bin ich allerdings noch nicht in die Materie eingedrungen. Nach allem, was ich gesehen habe, existiert schon seit drei, vier Jahren keines der beteiligten Unternehmen mehr.«

»Haben Sie irgendeine Ahnung, wer dahinterstecken könnte?«

»Wahrscheinlich Leute von ganz oben, die nicht unbedingt alle bei Phoenix Enterprises gearbeitet haben müssen. Ich würde sagen, als Hauptverdächtiger käme dieser Morales in Frage. Das herauszubekommen ist allerdings Ihre Aufgabe.«

17

Am nächsten Morgen fand Estrada eine Nachricht von Tess Dodge vor: »Auf dem Weg nach Texas. Nicht anrufen. Ich melde mich.«

Da sie am Abend immer noch nichts von sich hatte hören lassen, blieb er länger als gewöhnlich im Büro und versuchte, sich mit dem längst überfälligen, allmonatlich zu erledigenden Papierkram abzulenken. Schließlich klingelte das Telefon doch noch.

»Ich hab's geschafft! Mom hat endlich nachgegeben.«

»Fantastisch. Hatten Sie schon Gelegenheit hineinzusehen?«

»Ich habe eben erst angefangen. Aber ich glaube, daß ich schon eine Erklärung für das zweite ›J‹ gefunden habe: Es steht für einen Mann namens Johnny. Ungefähr ein Jahr vor Mariahs Ermordung begann er mit seiner Arbeit für Phoenix Enterprises und zwar in der Finanzabteilung. Wie es aussieht, waren sie von Anfang an dicke Freunde.«

»Hatten sie ein Verhältnis?« Dann wäre dieser Johnny aus Sicht der Verteidigung jemand, der auch als Tatverdächtiger in Frage kommen würde. Ein großes Problem.

»Oh nein. Davon kann gar keine Rede sein.«

»Sie sagten doch ›dicke Freunde‹.«

»Er hatte kein Interesse für Frauen.«

»Wie erklären Sie sich dann, daß er von Ihrer Mutter aus den Tagebüchern gestrichen wurde?«

»Der Doktor ist der Ansicht, daß solche Dinge wider die Natur seien. Daher hat Mom sämtliche Stellen, in denen Johnny auftauchte, geschwärzt. Eines der späteren Bücher hatte soviele ›J‹, daß sie es ganz beiseite legte.«

»Ich möchte gerne mehr über diesen Johnny wissen«, sagte Estrada.

»Okay. Haben Sie etwas zu schreiben?«

»Fangen Sie an.«

Sobald er das Telefonat beendet hatte, holte Estrada das von Lisa Stein angefertigte Verzeichnis über die Materialien zum Fall *Morales* hervor. Neben Mariah Dodge waren noch die Namen von zwei weiteren Personen der Rechnungsabteilung aufgeführt: Finanzdirektor Alexander Blair sowie Juan Alvaro, der ebenso wie Mariah den Titel eines Referenten innegehabt hatte. Während der Untersuchungen unmittelbar nach dem Mord war er von Clemente befragt worden.

Er hatte einigermaßen eng mit Mariah Dodge zusammengearbeitet.

Alvaro hatte Clemente gegenüber geäußert, daß er und die Ermordete gelegentlich gemeinsam ins Theater oder zum Ballett gegangen seien oder sich hin und wieder zum Essen verabredet hätten. Ihr Tod hatte ihn angeblich vollkommen niedergeschmettert. Doch hatte er keinerlei Auskünfte geben können, wer ein Motiv für diese Tat gehabt haben könnte.

Estrada wählte die Telefonnummer, die am Ende des Verhörprotokolls notiert worden war. Viermal klingelte es am anderen Ende der Leitung, dann meldete sich der Anrufbeantworter. Es ertönte eine zwitterartige Stimme, die von lauter Rockmusik begleitet wurde. »Du hast mich entdeckt, Süßer. Verpasse deine Chance nicht.« Wieder Musik und dann der übliche Signalton. Estrada legte den Hörer auf, ohne eine Nachricht auf das Band zu sprechen. Sollte das etwa Juan Alvaro gewesen sein?

Er ließ Anschrift und Telefonnummer des Mannes überprüfen. Wie sich herausstellte, gab es eine Vielzahl von Alvaros, doch niemanden, dessen Vorname mit einem ›J‹ begann.

Nach dem Abendessen unternahm er einen Spaziergang, der ihn an dem Haus vorbeiführte, in dem Alvaro angeblich wohnte. Am Hauseingang war eine Sprechanlage mit sechs Klingeln angebracht. Nummer vier trug den Namen Alvaro. Estrada drückte auf den Knopf.

Er wartete. Nichts geschah. Erneut läutete er. Warten. Nach einem dritten vergeblichen Läuten machte Estrada kehrt, um wieder nach Hause zu gehen.

»Ich hab' dich schon beim ersten Mal gehört, verdammter Mist«, schrie eine barsche Stimme, die der vom Anrufbeantworter überhaupt nicht ähnelte, aus der Sprechanlage.

»Mr. Alvaro?«

»Wer?«

»Alvaro? Juan Alvaro?«

»Scheiße, nein. Der wohnt schon lange nicht mehr hier.«

»Sind Sie sicher?«

»Hier lebe *ich,* kapiert?«

»Könnte ich mich kurz mit Ihnen unterhalten?«

»Was tun Sie denn gerade, Sie Arschloch?«

»Persönlich.«

»Warum?« Es klang wie eine Herausforderung, nicht wie eine Frage.

»Um mit Ihnen über Juan Alvaro zu sprechen.«

»Mach's gut, Arschloch.« Die Sprechanlage klickte. Dann herrschte wieder Stille.

Estrada erwachte am nächsten Morgen voller zielloser Energie. Kaum hatte er das Bett verlassen, klingelte auch schon das Telefon. Er nahm ab. Tess Dodge meldete sich.

»Sie sind aber früh auf den Beinen«, bemerkte er.

»Sie anscheinend nicht, fast hätte ich wieder aufgelegt. Ich habe mehr über Mariah und Johnny herausbekommen.«

»Und was?« fragte er voller Neugier.

»Das kann ich Ihnen nicht genau sagen. Eigentlich handelt es sich nur um kleine Hinweise, die überall verstreut sind.«

»Hinweise?«

»Sie haben mit Jadwin zu tun. Die beiden wußten über etwas Bescheid, das er in Erfahrung bringen wollte oder das sie aus irgendeinem Grund vor ihm verbergen wollten. Vermutlich verstehen Sie das besser als ich.«

J will jetzt C J alles sagen. Keine gute Idee. Estrada erinnerte sich nur allzu gut an diese rätselhafte Stelle, die unmittelbar auf WIEDER DAS ALTE TEXAS-GEFÜHL gefolgt war. Mariah hatte damit also vermutlich auf Cuyler Jadwin Bezug genommen. Und wie es schien, hatte sie auch etwas vor ihm zu verbergen gehabt.

»Ich muß einen Blick auf diese Seiten werfen.«

»Ich wußte, daß das kommt.«

»Und?«

»Es ist leichter, mitten im Winter auf der Straße Kühlschränke zu verkaufen, als meine Mutter in dieser Hinsicht zu überreden.«

»Sie können doch jetzt nicht aufgeben!«

»Das habe ich nicht gesagt. Mist, ich muß aufhören. Ich rufe später wieder an.« Noch bevor Estrada fragen konnte, wann sie sich bei ihm melden würde, war das Gespräch schon unterbrochen.

»Mein Vater hätte mich beinahe erwischt«, sagte sie, als sie kurz darauf wieder mit Estrada sprach. »Ich hätte mit dem Anruf warten sollen, bis er das Haus verlassen hatte.«

»Bitte erzählen Sie weiter.«

»Es sieht so aus, als ob Johnny Mariah dazu bewegt hätte, sich um AIDs-kranke Kinder zu kümmern.«

»Tatsächlich? War Ihnen etwas davon bekannt?«

»Nicht im mindesten.«

»Gibt es Hinweise darüber, wie lange sie das gemacht hat?«

»Ein knappes Jahr. Es muß ihr sogar Spaß gemacht haben, was ich gar nicht nachvollziehen kann.«

»Aber das ist doch ein Punkt, auf den Ihr Vater stolz sein kann.«

»Sie meinen, weil er Arzt ist? Sie sollten mal seine Meinung über Drogensüchtige hören.«

»Aber kleine Kinder ...« Er zwang sich, den Mund zu halten. »Verzeihung.«

»Schon gut. Ich habe übrigens eine Passage gefunden, in der so ein mieser Typ erwähnt wird, mit dem sie eine Zeitlang ausgegangen ist. Er hat sie sogar geschlagen, was sie überhaupt nicht fassen konnte. Beim zweiten Mal hat sie ihm damit gedroht, daß sie ihn erschießen würde, wenn er sich nochmals in ihrer Nähe sehen ließe.«

»Oh je.«

»Das ist wohl alles andere als gut, was?«

»Sagen wir so: Es ist ein größeres Maß an verbaler Gewalt als mir eigentlich lieb ist.«

Das war die erste Textstelle in Mariah Dodges Tagebüchern, die der Verteidigung möglicherweise weiterhelfen konnte. Doch bevor Estrada das Risiko einging, die Aufzeichnungen der Gegenseite zu übergeben, mußte er noch weitere Anstrengungen unternehmen, um hinter die Bedeutung der bis dahin für ihn so unverständlichen Eintragungen zu gelangen.

Er rief vergeblich Clemente an, hinterließ ihm aber eine Nachricht. Bei Kahn hatte er mehr Glück.

»Ist Ihnen irgendetwas über einen gewissen Juan Alvaro bekannt, auch Johnny genannt? Er war mit Mariah Dodge befreundet.«

»Da fällt mir auf Anhieb gar nichts ein. Warum fragen Sie?«

»Weil er in den Tagebüchern erwähnt wird. Anscheinend haben er und Miß Dodge Geheimnisse miteinander gehabt. Ich hatte gehofft, Sie hätten sich mit ihm unterhalten.«

»Wenn ich das getan hätte, würden Sie es wissen. Und ich sage Ihnen noch mal, daß Sie mit diesen Tagebüchern nur Ihre Zeit verschwenden.«

Estrada bedankte sich, legte auf und rief gleich darauf bei Alexander Blair an. »Arbeitete ein gewisser Juan Alvaro für Sie bei Phoenix Enterprises?«

»Wenn Sie schon seinen Namen kennen, dann wissen Sie sicherlich auch, daß er für mich gearbeitet hat.«

»Lange?«

Ein scharfes Lachen war die Antwort. »Für dieses Unternehmen hat niemand lange gearbeitet. Es gab uns ja lediglich drei Jahre lang. Juan war ungefähr die Hälfte dieser Zeit bei uns. Er hatte schon gekündigt, bevor wir mit den Entlassungen begannen. Hat wohl geahnt, was kommen wird. Aber was aus ihm geworden ist, kann ich Ihnen leider nicht sagen.«

»War das nach dem Mord?«

»Ungefähr vier Monate danach, vielleicht ein wenig früher. Weshalb wollen Sie das wissen? Ist er etwa in den Mord verwickelt?«

»Ich versuche bloß, ein paar lose Enden miteinander zu verknüpfen. Haben Sie je gehört, daß er von irgendjemandem ›Johnny‹ genannt wurde?«

»Nicht, daß ich wüßte. Aber Juan bedeutet im Spanischen John.«

»Ist Ihnen etwas über seine Freunde bekannt?«

Blair zögerte. »Das Privatleben meiner Mitarbeiter geht mich nichts an. Ich weiß nur, daß er sich gut mit Mariah Dodge verstand.«

»Haben Sie eine Ahnung, wo er sich aufhalten könnte?«

»Überhaupt nicht. Bedaure.«

Clemente klopfte an die Tür und betrat Estradas Büro in abgewetzten Jeans und einem T-Shirt.

»Sie müssen jemanden für mich aufstöbern«, erklärte ihm Estrada. »Ich glaube, er könnte uns dabei helfen, Morales mit den betrügerischen Erhöhungen der Grundstückspreise in Verbindung zu bringen. Dieser Mann ist für uns momentan die Nummer Eins. Machen Sie ihn ausfindig, aber sprechen Sie auf keinen Fall mit ihm. Informieren Sie mich darüber, wo er sich aufhält. Wir können dann immer noch entscheiden, wie wir uns ihm nähern.«

Tags darauf rief Tess Dodge vom Flughafen aus an.

»Ich habe etwas entdeckt, von dem ich glaube, daß Sie es gerne hören würden«, sagte sie.

Umgehend schlug Estrada ihr einen Treffpunkt vor. Er hatte ein Lokal gewählt, das als Touristenfalle berüchtigt war. Niemand würde sie dort vermuten. »Dann mal los«, forderte er sie auf, nachdem sie Platz genommen hatten.

»Erstmal brauche ich einen Schluck zu trinken.«

Ungeduldig wartete Estrada auf den Kellner. Als er schließlich kam und den bestellten Wein brachte, lehnte er sich gespannt in seinen Stuhl zurück. »Also los. Ich höre.«

»Stellen Sie sich vor – ich habe mit einem der Typen von der Kirche des Himmlischen Segens gesprochen.«

»Sie haben sie ausfindig gemacht?« fragte Estrada erstaunt.

»Zumindest einen von ihnen.«

»Erzählen Sie mehr.«

»Um ehrlich zu sein, habe ich ihn halb durch Zufall aufgespürt. Die andere Hälfte geht auf die Rechnung vom alten Morty, meinem früheren Arbeitgeber. Der kennt nahezu jeden in Houston. Carlyn Sims, mit der ich auf Ihren Rat hin geredet habe, war dagegen keine große Hilfe. Morty brauchte zunächst eine Weile, um sich ein Bild von den Personen zu machen, die für unseren Fall in Frage kommen. Als er mir schließlich ein paar Namen nannte, geht plötzlich die Tür auf, und es steht doch tatsächlich einer dieser Leute vor uns! Er war gekommen, weil er für ein neues Immobiliengeschäft rechtlichen Rat benötigte. Morty hat ihn natürlich abgewimmelt, aber nicht, ohne ihn vorher über das alte Geschäft auszufragen, das uns so wichtig ist.«

»Das klingt ja unglaublich.«

»Es kommt noch besser: Morty hat uns gegenseitig vorgestellt, und ehe ich mich versah, lud mich der Kerl zum Essen ein. Er hatte selbstverständlich keinen blassen Schimmer, weshalb ich wirklich zusagte. Während wir aßen, brauchte ich dann nur andeutungsweise Mariahs Tagebuchaufzeichnungen zu erwähnen, und schon platzte er angeberisch mit allen Einzelheiten heraus.«

Estrada füllte ihre Gläser nach.

Sie nahm einen Schluck und fuhr dann fort. »Wie er sagte, laufen diese Geschäfte wie ein Spiel ab. Oder besser: liefen. Aber das ist ja egal. Vier, fünf oder sechs Leute setzen sich allesamt an die Längsseite eines Tisches. Ihnen gegenüber nehmen zwei, drei Bankiers Platz. Einer macht den Anfang und holt eine Besitzurkunde für ein Grundstück oder ein Gebäude aus der Tasche. Er sagt zu seinem Nebenmann: ›He, Cowboy, was hältst du davon, wenn ich dir diesen kostbaren Besitz für wesentlich mehr verkaufe, als er eigentlich wert ist?‹ Und der andere antwortet: ›Abgemacht‹ und schlägt seinem Sitznachbarn dasselbe Geschäft vor. Der kauft natürlich auch, allerdings zu einem abermals erhöhten Preis – und so geht es weiter, bis sie am Ende des Tisches angelangt sind.«

»Verstehe. Aber welche Rolle spielen die Bankiers dabei?«

»Ach, ganz einfach. Jedesmal wenn jemand das Grundstück kauft, fragt er einen der Bankiers, ob er ihm nicht vielleicht eine größere Hypothek auf den Besitz beschaffen könnte. Der sagt ›Aber klar doch‹, denn der nächste Käufer wird ebenfalls eine Hypothek aufnehmen und sie dazu verwenden, die zuvor aufgenommene zu tilgen. So steigt der Preis jedesmal, wenn das Grundstück weiterverkauft wird. Wenn ich richtig verstanden habe, macht es mitunter zwei bis dreimal die Runde, und bei jeder steigt der Preis bis zu sechsmal.«

Estrada faßte Tess Dodges Ausführungen zusammen: »Am Ende haben dann alle die Taschen voller Geld. Und eine der Banken verfügt über eine riesige Hypothek auf irgendein Grundstück, das nicht einmal den Bruchteil dessen wert ist, was sie dafür an Geld verliehen haben.«

»He, im Grunde sind Sie gar nicht so dumm, wie Sie aussehen. Raten Sie mal, was als nächstes passiert? Der letzte Käufer kümmert sich nicht im geringsten um die Rückzahlung der Hypothek. Die Papiere sind nämlich auf den Namen irgendeiner Gesellschaft ausgestellt, an die sich die Geldgeber selbstverständlich wenden. Sobald die Bank die Schrauben anzieht, macht die Gesellschaft pleite. Tut uns leid, wir haben kein Geld. Daraufhin erklärt die Bank die Hypothek, die eigentlich gar nichts wert ist, für verfallen. Mein Gesprächspartner, dessen Hand sich langsam an mir hocharbeitete, meinte, das Schönste an der ganzen Sache sei, daß sämtliche Kunden dieser Bank versichert seien. Selbst wenn die Bank dabei draufgehen sollte, wäre niemandem geschadet.«

»Und der Mann hat Ihnen das alles wirklich freiwillig erklärt?«

»Er dachte wohl, sein Intellekt würde mich so faszinieren, daß ich gleich mit ihm ins Bett springen würde. Außerdem waren diese ganzen Betrügereien vor mehr als zehn Jahren geschehen, so daß ihm aufgrund der Verjährungsfristen niemand mehr etwas anhaben konnte.«

»Sind Sie sicher, daß es sich dabei um die finanziellen Transaktionen gehandelt hat, die Mariah in ihrem Tagebuch erwähnt? Jene, mit denen auch Cuyler Jadwin zu tun hatte?«

»Jadwin war mit Sicherheit darin verwickelt, und es ist meines Erachtens genau dieselbe Art von krummen Geschäften, die Mariah beschreibt.«

Nathan Masouros hatte ihn bereits von seinem Verdacht unterrichtet, daß bei Phoenix Enterprises eine ähnliche Gaunerei gelaufen war: wiederholte Verkäufe ein und desselben Grundstückes mit dem Ziel, den Preis in die Höhe zu treiben. Ob Morales diesen Trick bei Jadwin abgeschaut hatte?

Er hob sein Glas. »Saubere Arbeit.«

»Danke, Sir.«

»Ich möchte nicht allzu gierig erscheinen«, sagte Estrada, »aber was ist nun mit den Tagebüchern?«

In Gedanken versunken betrachtete sie ihr Weinglas. »Leider habe ich keine einzige Seite bei mir.«

»Haben Sie denn wenigstens Ihre Notizen mitgebracht?«

»Nicht einmal die.« Noch bevor er protestieren konnte, setzte sie nach: »Zerbrechen Sie sich nicht meinen Kopf. Ich gehe so vor, wie *ich* es für richtig halte. Haben Sie denn überhaupt eine Vorstellung, welches Risiko meine Mutter schon eingegangen ist, indem sie mir die fehlenden Seiten aushändigte? Was meinen Sie, würde geschehen, falls mein Vater jemals davon Wind bekommen sollte ...?«

Da Estrada über keinerlei Erfahrung in der Verfolgung derartiger Wirtschaftsstraftaten verfügte, wandte er sich an einen Kollegen bei der US-Anwaltschaft, um mit ihm über die Leute vom Himmlischen Segen zu sprechen.

»Der klassische Weg, um zu viel Geld zu kommen«, meinte der, nachdem Estrada ihm den Sachverhalt erläutert hatte. »So etwas geschieht in verschiedenen Variationen relativ häufig.«

»Und wie verfolgen Sie die Straftäter?«

»Machen Sie Witze? Nur die allergrößten Diebe sorgen für Schlagzeilen. Von den vielen kleinen Fischen redet ja schon niemand mehr. Außerdem haben wir akuten Personalmangel, und Washington beschneidet unser Budget. Vermutlich kennen Sie das alles auch aus Ihrer Behörde.«

»Nehmen wir einmal an, jemand würde Ihnen alles wie auf einem silbernen Tablett servieren. Die Namen der Beteiligten, den Ort, die Zeit und weitere Einzelheiten ...«

»Es bleibt auch dann schwierig, aber ich würde mich sofort an die Arbeit machen. Warum fragen Sie? Haben Sie etwas für uns?«

»Habe ich. Aber es ist kein aktueller Fall.«

»Das wundert mich nicht. Die meisten dieser Betrügereien liefen in den achtziger Jahren. Die Verjährungsfrist beträgt fünf Jahre bei Bankbetrug. Sagen Sie Ihrem Informanten, das nächste Mal soll er bitte etwas früher auspacken.«

»Meine Informantin ist bedauerlicherweise schon ein paar Jahre tot.«

18

Die neue Woche begann für Estrada in Clementes Büro. Der Polizeibeamte zückte sein Notizbuch und blätterte darin herum.

»Habe die Namen überprüft, die ich von Lisa Stein im Zusammenhang mit dieser Grundstücksgeschichte erhalten hatte. Dabei habe ich etliche Nieten gezogen – einige der Leute waren verzogen, andere hatten keine Ahnung, wovon ich redete. Obwohl ich sie darauf aufmerksam machte, daß sie ihre Namen unter diese Verträge gesetzt hatten, konnten sie sich an nichts erinnern. Die meisten Leute unterschreiben alles, was man ihnen vorlegt.«

Er lümmelte sich in den Besuchersessel, zündete sich eine Zigarette an und blies den Rauch in Form einiger schöner Ringe aus seinem Mund. »Trotzdem habe ich einen ausfindig gemacht, mit dem wir etwas anfangen können«, fuhr er fort, während er mit den Augen seinen Kunstwerken folgte, die zur Decke aufstiegen. »Hübsche Lady. Wohnt drüben in Park Slope. Kann sich noch an jedes Detail erinnern. Sie sagt, sie mußte lediglich einmal unterschreiben. Es handelte sich um ein schönes Stück Land in Brooklyn – direkt am Fluß.«

Er machte eine Pause, um einen Blick in seine Aufzeichnungen zu werfen. »Sie arbeitete damals bei einem Aktienhändler, der sie eines Tages zu einem Essen mit einem Bankier aus Texas mitnahm, der einer Reihe von Banken vorstand, in denen ihr damaliger Chef sein Geld deponierte. Dieser Bankier fragte sie prompt, ob sie nicht Lust hätte, für seine Gesellschaft tätig zu werden. Keinerlei Risiko, hübsche Dienstkleidung und Aussicht auf bessere Bezahlung. Da sie absolut sichergehen wollte, daß die ganze Sache auch korrekt war, erklärte er ihr den Ablauf der Transaktionen, bei denen sie mitzuarbeiten hatte. Sie dachte, alles habe seine Ordnung und unterschrieb.«

»Ein Bankier aus Texas? War nicht vielleicht die Rede von einem hispano-amerikanischen Immobilienmakler aus Brooklyn?«

»Nichts dergleichen. Ein großer Kerl, gutaussehend, elegant, reich, graues Haar. Aus Houston oder Umgebung.« Er legte sein Notizbuch beiseite. »Kennen wir so einen?«

Als nächstes stand auf Estradas Terminkalender ein Treffen mit Morales' ehemaliger Bevollmächtigter für Öffentlichkeitsarbeit. Sie hatte bereits dreimal eine Verabredung abgesagt; würde sie ihn diesmal wieder versetzen, mußte Estrada ihr eine gerichtliche Vorladung zustellen lassen.

Margo Banner war ebenso zurückhaltend wie ihr äußeres Erscheinungsbild. Sie war mittelgroß, brünett, trug ein leicht purpurrotes Kostüm, machte insgesamt jedoch einen eher farblosen Eindruck. Das einzig lebhafte in ihrem Büro waren ihre knallrot lackierten Fingernägel sowie eine riesige Vase auf dem Schreibtisch, die von strahlend gelben Lilien überquoll.

Bevor Estrada zu Worte kam, setzte sie zu einer langen Lobeshymne darüber an, wie angenehm die Arbeit mit Morales an dem Phoenix-Projekt gewesen war. Estrada hörte ihr ruhig zu.

»Um offen zu sein«, beendete sie ihre Ausführungen, »glaube ich, daß bestimmte Dinge über Robertos Kopf hinweg entschieden wurden. Er wurde von anderen benutzt, und ich bin mir gar nicht so sicher, ob ihm das überhaupt bekannt war.«

»Was veranlaßt Sie zu dieser Überzeugung?«

»Ich kann Ihnen da wirklich nicht mit genaueren Details dienen, obwohl ich lange darüber nachgedacht habe. Diese Meinung basiert ausschließlich auf meinen persönlichen Instinkten.«

Derartige Ansichten waren als Beweismittel unzulässig und damit unbrauchbar. Vermutlich war ihr das auch bekannt. Um nicht an der Verhandlung als Zeugin teilnehmen zu müssen, hatte sie sich wahrscheinlich dafür entschieden, ihm diese Version aufzutischen. Das bedeutete allerdings nicht, daß Estrada nicht doch einen Weg finden würde, die Frau für seine Zwecke einzusetzen. »Bitte, fahren Sie fort.«

»Seine Geschäftspartner manipulierten an irgendwas herum. Um was es sich dabei handelte, weiß ich wirklich nicht. Roberto wurde vorgeschoben, um dem Ganzen einen seriösen Anstrich zu geben. Ich glaube, er bemerkte gar nichts davon und hielt alles für vollkommen korrekt. Er dachte wohl, sie seien genauso sehr an der Realisierung des Phoenix-Projektes interessiert wie er selbst. Fast hätte ich ihm alles verraten, was ich so mitbekam. Doch dann geschah der Mord, Roberto wurde angeklagt, und ehe wir uns versahen, vertraten wir ihn und seinen Verteidiger, Walter Kubelik, gegenüber der Öffentlichkeit.«

»Wie kam es dazu?«

»Cuyler Jadwin hatte den Vorschlag gemacht. Roberto schwankte und hielt das nicht für sehr geschickt. Und Kubelik hatte seine Zweifel, ob wir dazu in der Lage waren, denn er war es gewohnt, selbst die Medien zu bearbeiten.«

»Waren die beiden mit Ihrer Arbeit zufrieden?«

»Morales' kam schnell zu der Einsicht, daß es ihm nützte, zumal er sich auch Sorgen um seine Familie machte, die unter den Presseberichten litt. So konnte er sicher sein, daß bei all den negativen Schlagzeilen über ihn auch die guten Seiten nicht zu kurz kamen. Aber dennoch hat er uns sofort entlassen, als ihn das Berufungsgericht freisprach. Er wollte unter allen Umständen vermeiden, daß irgendjemand auf die Idee käme, die gesamte wohltätige Arbeit für seine Gemeinde sei lediglich eine PR-Aktion. So weit mir bekannt ist, glaubt er noch immer an die Realisierung des Phoenix-Projektes, obwohl das ja reichlich verrückt klingt.«

»Sie wollen mir also diesen Morales als Saubermann verkaufen.«

Sie zog die Augenbrauen zusammen. »Nein. So einfach ist das nun auch wieder nicht. Natürlich glaube ich an ihn, aber mir ist durchaus bewußt, daß Roberto auch seine Eigenarten hat. Zum Beispiel haßt er Leute, die ihm im Weg stehen. Aber deshalb ist er noch lange kein Mörder. Ich bin davon überzeugt, daß seine Kumpel ein riskantes Spiel trieben, von dem er keine Ahnung hatte. Ich gehe jede Wette ein, daß dort der Schlüssel zum Mord liegt. Es hat nichts mit Roberto oder irgendeiner romantischen Enttäuschung zu tun. Er hatte wesentlich wichtigere Dinge im Kopf.«

»Erzählen Sie mir etwas über diese riskanten Spielchen«, bat Estrada.

Sie schüttelte den Kopf. »Einzelheiten sind mir nicht bekannt. Von den wenigen Kontakten mit den Texanern ist bei mir nur so ein Gefühl zurückgeblieben, daß sie hauptsächlich daran interessiert waren, welches Ansehen Roberto und das Phoenix-Projekt in Europa und Japan genossen, von wo das große Geld herkam.«

Sie stand auf. »Ich weiß nicht, ob Ihnen das weiterhilft, aber mir ist wesentlich wohler, daß ich das einmal losgeworden bin.«

Als er nochmals über die Gespräche mit Tommy Clemente und Margo Banner nachdachte, wurde Estrada endgültig klar, was sein gesunder Menschenverstand ihm schon lange deutlich vor Augen hätte führen sollen. Was immer Cuyler Jadwin und seine texanischen Kumpane auch ausgeheckt haben mochten – niemals hätten sie einen ihnen kaum bekannten Latino in ihre krummen Geschäfte eingeweiht. Dies galt besonders für Jadwin, der über Morales gesagt hatte: »Mit einem ehrlichen Menschen habe ich ihn niemals verwechselt.« Ihre unterschiedlichen Zielsetzungen mochten sie in einem auf den ersten Blick seriösen Unternehmen wie Phoenix Enterprises eine Zeitlang vereint haben. Aber nie wäre Jadwin so weit gegangen, Morales in betrügerische Aktivitäten einzubeziehen – wenn sie denn wirklich Bestandteil von Jadwins Plänen gewesen waren. Im Augenblick sah jedenfalls alles danach aus, als sei Jadwin der Drahtzieher sämtlicher krummer Machenschaften bei Phoenix Enterprises gewesen.

Anders als Morales wäre Mariah Dodge als Komplizin durchaus in Frage gekommen. Wenn Jadwin jemanden gebraucht hatte, der ständig in New York präsent war, wäre sie die erste Wahl gewesen. Sollte sein Plan tatsächlich die Realisierung des Phoenix-Projektes gefährdet haben, wäre das für Morales – vorausgesetzt, er hätte davon erfahren – ein nachvollziehbares Motiv gewesen, über Mariah Dodge herzufallen.

Eine interessante Hypothese. Doch wie sollte man das den Geschworenen verkaufen, ohne gleichzeitig Sympathien für den Mann zu erwecken, den man eigentlich hinter Gitter zu bringen versuchte?

Andererseits müßte er in diesem Fall das von ihm geschaffene Bild eines hitzköpfigen, machohaften Morales über Bord werfen, den Mariah Dodge in seiner Männlichkeit verletzt hatte.

Er wählte Jadwins Telefonnummer. Es war nicht Estradas Absicht, den Mann jetzt schon mit seinem neuen Wissen zu konfrontieren. Er wollte lediglich mehr über die Vorgänge bei Phoenix Enterprises erfahren, damit er seine neuen Kenntnisse besser in das Bild einarbeiten konnte, das er bisher von dem Unternehmen gewonnen hatte.

»Ich werde in nächster Zeit nicht nach New York kommen«, sagte Jadwin.

»Ich kann auch nach Houston fliegen.«

»Wir leben in einem freien Land«, erwiderte Jadwin abweisend. Dann, nach einem Augenblick des Schweigens, fügte er hinzu: »Na gut, wenn Sie so begierig darauf sind, sich mit mir zu unterhalten, komme ich am Donnerstag nach D.C.«

»Damit wäre ich schon zufrieden.« Er könnte sich einen Dienstwagen nehmen und schnell hinfahren. So müßte er sich nicht noch einmal eine Begründung für einen weiteren Ausflug nach Texas ausdenken.

Am Donnerstag traf er gegen neunzehn Uhr vor dem Privatklub ein, in dem seine Begegnung mit Jadwin stattfinden sollte. Estrada wurde von einer großgewachsenen Blondine in Empfang genommen, die ein hautenges schwarzes Etwas trug, das am oberen und unteren Ende jeweils soviel Stoff aufwies, daß es gerade noch als Kleid durchging.

»Ich möchte zu Mr. Jadwin.«

»Hier entlang, bitte.«

Jadwin saß auf einem Barhocker. Vor sich auf dem Tisch hatte er eine langhalsige Bierflasche stehen und ein Whiskyglas von der Größe eines kleineren Goldfischglases.

»Hallo. Setzen Sie sich und sagen Sie Melanie, was Sie trinken wollen.«

»Ein Bier wäre mir recht.« Er nahm auf einem Hocker Platz, der dem von Jadwin gegenüberstand.

»Bring meinem Freund ein Bier und mir noch mal dasselbe.« Jadwin klopfte ihr auf den Po, holte eine Banknote hervor und steckte sie dem Mädchen in den Ausschnitt. Dann sah er ihr nach, als sie zur Theke ging.

»Bitte erzählen Sie mir etwas über das Treffen, das am Montag nach Mariahs Tod mit Morales stattfinden sollte«, kam Estrada zur Sache.

»Das berühmte Treffen? Ich habe Ihren Polizeibeamten damals doch schon alles gesagt. Ich wollte die Finanzen neu ordnen, und Morales sollte mir dazu seine Einwilligung geben. Verstehen wir uns richtig: Ich brauchte ihn dafür nicht. Nur wäre mit seinem Einverständnis die Angelegenheit wesentlich leichter zu erledigen gewesen. Ich hoffe, Sie verstehen, was ich meine.«

»Nicht ganz.«

»Nun, als der Aktienmarkt damals ins Schwanken geriet, sprangen etliche Anleger von dem Phoenix-Projekt ab. Irgendwie schaffte ich es, wieder neue Investoren aufzutreiben. Aber dann stellte sich schnell heraus, daß der Wirtschaft allgemein die Luft ausging. Mehrere Banken aus der ganzen Welt forderten ihr Geld von uns zurück. Ich meine das Geld, mit dem wir unseren Traum verwirklichen wollten. Wir bluteten sozusagen aus, und ich versuchte, das Blut zu stillen. Der Betrieb sollte weiterlaufen, damit die Investoren nicht am Ende mit leeren Händen dastanden.«

»Wie ich den Akten entnommen habe, kam ein beträchtlicher Teil dieser Gelder aus Ihrer eigenen Bank oder gehörte sogar Ihnen selbst.«

Jadwin trank sein Glas Whisky leer und schob es dann zur Seite. »Natürlich war es mein Geld, wenigstens ein Teil davon. Aber viele andere Leute hatten auch ihr Vermögen in das Projekt investiert. Und kleinere Banken, die sich ausschließlich auf unser Unternehmen verlassen hatten, standen kurz vor der Pleite. Ich hielt es für meine Pflicht, einzuschreiten und Gegenmaßnahmen zu ergreifen.«

»Das kann ich gut nachvollziehen.« Auch wenn ich es nicht glaube, dachte Estrada.

»Für einige der Geldgeber, die versuchten, uns im Stich zu lassen, war Robbie Morales ein Symbol. Wäre das nicht der Fall gewesen, hätte ich schon vorher die Zusammenarbeit mit ihm eingestellt. Ich glaube, das hatte ich Ihnen gegenüber bereits erwähnt.«

»Nicht in dieser Ausführlichkeit.«

Der Texaner nahm seinen zweiten Whisky in Angriff. »Bei dem Treffen an jenem besagten Montag sollte sichergestellt werden, daß Morales das Drehbuch für die Reorganisation auch genauestens im Kopf hatte. Als wir dann nach dem Mord mit einiger Verspätung die Konferenz durchführten, stellte sich allerdings heraus, daß er nicht mehr mit von der Partie war.«

»Warum widersetzte er sich Ihnen?«

»Er behauptete, einen besseren Weg gefunden zu haben, um unsere Probleme aus der Welt zu schaffen, und wollte mir die Fehler meines Planes erläutern.«

»Darüber würde ich gerne mehr hören.«

»Da gibt es nicht viel zu berichten.«

»Immerhin kann das der Grund gewesen sein, weshalb sich Morales und Mariah Dodge am Abend ihrer Ermordung getroffen haben.«

»Das kann man nicht wissen.«

»Sind Sie denn gar nicht neugierig, warum sie sich an jenem Abend verabredet hatten?« fragte Estrada und dachte darüber nach, ob Mariah Jadwin nicht von ihrer Absicht erzählt haben könnte, sich mit Morales zu treffen.

»Warum sollte ich?«

»Es interessiert Sie doch sicherlich, warum Mariah Dodge umgebracht wurde?«

»Ich denke, es ging um Sex und Eifersucht. Heißblütiger Südländer dreht durch und läuft Amok.«

»Ich glaube, es war mehr als das«, entgegnete Estrada. »Ich glaube, es hatte mit Phoenix Enterprises zu tun. Vor kurzem habe ich einen Buchprüfer engagiert, der die Unterlagen der Firma überprüft, um meinen Verdacht nachzugehen.«

Jadwin lehnte sich vor. »Meinen Sie, er wird etwas finden?«

»Was meinen denn *Sie*?« Scheinbar geistesabwesend zeichnete Estrada eine Linie in das Kondenswasser, das sich auf seiner Bierflasche gebildet hatte.

»Schwer zu sagen. Immerhin war viel Geld im Spiel. Und nicht selten bleibt an den Fingern des einen oder anderen etwas haften.«

»Haben Sie eine Idee, wonach mein Buchprüfer gezielt suchen könnte?« Estrada wollte feststellen, wie weit Jadwin gehen würde.

»Im Moment fällt mir dazu gar nichts ein.«

Er beschloß, nicht weiter nachzuhaken. »Was ich übrigens noch fragen wollte«, sagte er scheinbar beiläufig, »erstattete Mariah Dodge Ihnen Bericht über die Ereignisse bei Phoenix Enterprises?«

»Fangen Sie schon wieder damit an?«

»Das ist mein Beruf. Wenn sie das wirklich gemacht hat und Morales dahinterkam, wäre das ein besseres Mordmotiv als sexuelle Zurückweisung. Wenn er sich Ihnen tatsächlich widersetzt und Mariah Dodge Sie über ihre Gespräche mit ihm unterrichtet haben sollte, dann kommt für mich das Wörtchen Mord dabei heraus.«

Jadwin trank einen großen Schluck Bier, um seine Unsicherheit zu überspielen.

»Kommen wir nochmals auf das Treffen vom Montag und auf den Sonntag abend zu sprechen. Stand irgendetwas Außergewöhnliches oder Bedeutsames in den Papieren, die die beiden durchgearbeitet haben?«

»Das meiste drehte sich um die Finanzierung des Landerwerbs und des Bauvorhabens.«

»Ja, ich habe schon bemerkt, daß der Preis für das Grundstück stark gestiegen war.«

Jadwins Augen musterten den Staatsanwalt eindringlich. Er bemühte sich, hinter den tieferen Sinn dieser Worte zu kommen. »Es war immerhin ein sehr gutes Stück Land.«

»Wie ließ sich dieser hohe Kaufpreis mit Ihrer Reorganisation der Finanzen vereinbaren?«

»Genau das war der Punkt. Diejenigen Banken, die ihr Kapital wieder abziehen wollten, waren vor allem jene, mit deren Geld wir die Erschließung des Grundstücks vorzunehmen beabsichtigten. Also mußte ich schnellstmöglichst Garantien für diese Kredite beschaffen, wenn wir nicht den gesamten Grundbesitz wieder verlieren wollten. Aber Morales dachte nicht daran, der von mir ausgearbeiteten Linie zu folgen.«

»Hatte er denn eine Alternative?«

»Mir war keine bekannt. Falls er je andere Vorstellungen gehabt haben sollte, hätte es zahlreiche Möglichkeiten gegeben, sie mir mitzuteilen. Mariahs Tod bedeutete ja schließlich nicht, daß wir den Laden einfach hätten dichtmachen und nach Hause gehen können.« Jadwin lehnte sich zurück. »Die Wahrheit ist, daß Morales etliche Schwachstellen hatte. Schon komisch für einen Mann, der soviel Geld machte wie er. Man fragt sich, wie er es nur geschafft hat, so reich zu werden.«

»Hört sich an, als ob Sie die Antwort wüßten ...«

»Nur ein paar Vermutungen. Ich nehme an, er hat sich zunächst erkundigt, wo er am meisten abkassieren konnte, und wo er als Weißer durchgehen und zur selben Zeit Vorteile aus seinen Aktivitäten zugunsten farbiger Minderheiten herausschlagen konnte. Er hat es einfach verstanden, immer am richtigen Ort zur richtigen Zeit zu sein. Glück hatte er natürlich ebenfalls. Daß er dumm war, will ich nicht mal behaupten, denn wer solche Erfolge vorweisen kann, ist kein Trottel.«

Estrada kommentierte Jadwins bösartige Bemerkungen mit keinem Wort. »Was geschah denn mit den Garantien für Ihre Kredite?« wollte er wissen.

»Die blieben bestehen. Der Mord änderte daran nicht das geringste. Aber es hat mich einen weitaus größeren Teil des Unternehmens gekostet, als es der Fall gewesen wäre, wenn Morales von Anfang an auf meiner Seite gestanden wäre.«

»Ihm gefielen Ihre Pläne also nicht?«

»Das war nie ein Geheimnis. Ich wandte mich an einige Leute in Kanada, die ganz groß ins New Yorker Immobiliengeschäft eingestiegen waren. Zufällig waren es Juden. Dazu auch noch tiefreligiöse Orthodoxe oder wie immer Sie das nennen wollen.«

»Und gegen die hatte Morales Vorbehalte?« Estrada zerbröselte eine der Cashewnüsse, die sich in einem Schälchen auf dem Tisch befanden, und steckte die kleinen Stücke nach und nach in den Mund.

»Solche Garantien in Höhe von mehreren hundert Millionen Dollar bekommt man nicht umsonst. Ich habe ihnen einen beträchtlichen Teil des Unternehmens abtreten müssen. Aber ohne diese Leute wäre die ganze Firma den Bach runtergegangen.«

»Und Morales war dagegen, daß Sie Teile von Phoenix Enterprises an orthodoxe Juden verkauften?« Er nahm die nächste Nuß.

»Er sagte, ›Der Gemeindeverwaltung wird das aber gar nicht gefallen.‹ Diese ›Verwaltung‹, wie sie es nennen, besteht aus ungefähr fünfzig Personen, die überall, wo gebaut werden soll, ihre Zustimmung erteilen müssen. Eine kunterbunte Truppe – Schwarze, Juden, Polen, Italiener, sogar irgendwelche Künstlergruppen oder ähnlicher

Bockmist. Morales' Job bestand darin, diese Gruppen für unsere Pläne zu gewinnen, was er seiner eigenen Aussage zufolge nur schaffte, weil er spanischer Herkunft und Präsident des Unternehmens war. Er war der Meinung, daß die hispano-amerikanischen Bevölkerungsteile revoltieren würden, wenn sie feststellten, daß eine Handvoll Juden sich einen großen Happen der Firma unter den Nagel gerissen hatten. Da draußen, wo wir bauen wollten, ist niemand reich. Aber die Juden halten ihr Geld zusammen und kaufen davon Immobilien. Dadurch machen sie sich bei den Latinos unbeliebt.«

»Glauben Sie, Morales hat mit seinen Befürchtungen richtig gelegen?«

»Ich hielt das für den reinsten Schwachsinn. Ich glaube, Morales hatte bloß Angst um seine eigene Haut. Angst, daß er die Kontrolle verlieren und in den Hintergrund gedrängt werden könnte. So falsch war das auch nicht. Denn die Kanadier, die ich gerade erwähnte, kennen sich mit den Geschäftspraktiken in New York besser aus als der Bürgermeister persönlich. Im Grunde waren die auf Morales überhaupt nicht angewiesen.«

»Er mußte sich für das Treffen an dem besagten Montag irgendeinen Plan ausgedacht haben, einen Weg, sich Ihnen zu widersetzen. Oder vielleicht wollte er einen anderen Vorschlag unterbreiten. Wissen Sie darüber Genaueres?«

»Rein gar nichts.«

»Ich nehme an, das soll heißen, Mariah Dodge hatte keine Gelegenheit, Sie davon zu unterrichten.«

Jadwin lachte. »Sie sind aber hartnäckig, mein Lieber. Wie hätte sie mir etwas mitteilen sollen? Schließlich war sie tot.«

»Aber normalerweise hat Sie Ihnen über Phoenix Enterprises immer Bericht erstattet.«

Jadwin trank seinen Whisky aus und sah mit übertriebener Aufmerksamkeit auf seine goldene Armbanduhr. »Es war wirklich lustig mit Ihnen, aber ich fürchte, ich muß jetzt zu meiner nächsten Verabredung.«

Estrada zog seine Brieftasche heraus.

Jadwin machte eine abwehrende Geste. »Die nehmen hier kein Geld. Wird alles auf meine Rechnung gesetzt. Und wenn ich's nicht vergesse, zahle ich auch irgendwann einmal.«

19

Estrada setzte sich telefonisch mit Tess Dodge in Verbindung. Da er unbedingt vermeiden wollte, daß in den Räumen der Staatsanwaltschaft über die Tagebücher gesprochen wurde, schlug er ihr als Treffpunkt ein Straßencafé am Seaport vor.

Ohne Umschweife kam sie zur Sache, nachdem sie sich an einem der kleinen Tische niedergelassen hatten. »Sie wollten mich etwas fragen?«

»Ja. Ist Ihnen auf den Seiten, die Sie bislang gelesen haben, irgendein Hinweis begegnet, der darauf schließen ließe, daß Ihre Schwester in Jadwins unsaubere Geschäfte verstrickt gewesen ist?«

»Wie meinen Sie das?«

»Es gab an einer Stelle doch diesen Kommentar über Jadwin: ›Wieder das alte Texas-Gefühl‹. Ich würde das so interpretieren, daß sie hier in der gleichen Art und Weise für ihn gearbeitet hat wie zuvor in Texas, daß sie vielleicht sogar wieder seine Geliebte wurde.«

»Worauf wollen Sie hinaus?«

»Auf das Motiv. Vielleicht hat Mariah viel enger mit Jadwin zusammengearbeitet, als wir anfangs dachten. Mein Verstand sagt mir, daß sie für ihn der vorgeschobene Horchposten in New York war. Möglicherweise hat sie ihm sogar dabei geholfen, Morales zu steuern, damit er sich nicht in Jadwins schmutzige Geschäfte mischte. Letzten Endes ist es aber nicht so wichtig, was sie tat, als vielmehr Morales' Reaktion darauf, als er sie entlarvte. Wenn er wirklich davon überzeugt war, daß sie ihn betrog, ihn *und* das Phoenix-Projekt, dann ist das ein verdammt gutes Mordmotiv.«

Empört über das Bild, das Estrada von ihrer Schwester zeichnete, schob sie mit einem Ruck den Stuhl zurück und erhob sich.

Estrada sprang blitzschnell auf und umfaßte ihren Arm. »Warten Sie doch ...«

Die Frau betrachtete solange seine Hand, bis er seinen Griff löste. »Wo ist hier die Damentoilette?« fragte sie.

Er deutete in eine Ecke des Cafés.

»Ein für allemal«, begann sie, nachdem sie sich frischgemacht hatte, »ich will nicht, daß Sie meine Schwester vor aller Öffentlichkeit in Verruf bringen – selbst wenn es stimmen sollte, was Sie da vorhin gesagt haben.«

Der Staatsanwalt schwieg.

»Wissen Sie«, fuhr sie nach einer Weile fort, »ich glaube, es gibt eine Stelle in den Tagebüchern, die Ihre Vermutungen zu bestätigen scheint. Dort heißt es: ›Ich glaube, wir sind nicht mehr in Texas, Toto.‹ Erst dachte ich, es beziehe sich auf den Umstand, daß sie zu diesem Zeitpunkt in New York lebte. Aus irgendeinem Grund bin ich gar nicht auf die Idee gekommen, es mit der Passage in Verbindung zu bringen, wo sie von dem ›alten Texas-Gefühl‹ spricht. Jetzt denke ich, daß sich diese Bemerkung auch anders deuten ließe. Daß sie nicht mehr in Texas waren, könnte bedeuten, es war aus mit Jadwin! Wie paßt das zu Ihren Mutmaßungen?«

»Helfen würde es mir nicht gerade, wenn das der tatsächliche Sinn dieser Notiz wäre. Wann hat sie das denn geschrieben?«

Sie zuckte mit den Schultern. »Wie Sie mir aufgetragen hatten, habe ich eher auf solche Textstellen geachtet, in denen von Johnny die Rede war.«

»Wenn Ihre Schwester wirklich nicht mehr mit Jadwin zusammen war, muß ich das unbedingt wissen. Andernfalls schieße ich mit meiner neuen Theorie vor Gericht ein Eigentor. Sie müssen mir dabei behilflich sein, wenn Sie Morales hinter schwedischen Gardinen sehen wollen.«

Im Büro angelangt, rief er bei Clemente an und hinterließ eine Nachricht. Lynne Schelling, die als nächste auf seiner Liste stand, war ebenfalls nicht an ihrem Arbeitsplatz. Dafür meldete sich Carlyn Sims schon beim ersten Klingeln.

»Vor einiger Zeit befragte ich Sie über Mariah und Cuyler Jadwin«, erinnerte Estrada sie. »Wir kamen dann auf andere Themen zu sprechen und unterhielten uns überhaupt nicht über Jadwin. Nun möchte ich wissen, ob Mariah nach der Beendigung ihres Verhältnisses doch wieder zu ihm zurückgekehrt ist.«

»So genau kannte ich ihr Intimleben auch wieder nicht. In dieser Hinsicht war sie schon ein wenig seltsam, wissen Sie? Wir haben soviel gemeinsam unternommen, aber wenn die Sprache auf solche Dinge kam, war sie mir gegenüber stets äußerst scheu. Aber falls sie wirklich zu Jadwin zurückgekehrt sein sollte, dann bestimmt nicht auf Dauer. Damals entwickelte er sich aus ihrer Sicht immer mehr zu einer Vaterfigur. Mariah brauchte einfach mehr Spannung und Aufregung.«

»Was meinen Sie damit?«

»So war sie nun mal. Ein gewisses Maß an Gefahr hielt sie auf Trab. Ich meine nicht etwa physische Gefahr. Eher, was die Gefühle anbelangt. Oh Gott, wie ich sie vermisse.«

Clemente meldete sich telefonisch bei Estrada. »Wo brennt es denn?«

»Was Neues über Juan Alvaro?«

»Bis jetzt nicht. Ich habe mich schon überall erkundigt. Wenn er sich noch in unserem Bundesstaat aufhalten sollte, benutzt er die Anschrift und das Telefon eines Dritten. Lebt er woanders, fährt er ohne gültigen Führerschein. Sozialhilfe oder Arbeitslosengeld bezieht er nicht. Bei der Polizei ist er nicht aktenkundig. Es wäre nicht schlecht, wenn ich eine gerichtliche Verfügung bekäme, um seine Kreditkarten zu überprüfen.«

»Ich werde sehen, was sich machen läßt. Tommy, ich brauche ihn unbedingt.« Ich brauche jemanden, der mir erklären kann, was Mariah Dodge im Schilde führte, sagte sich Estrada. »Lieber heute als morgen.«

»Wie immer.«

Am nächsten Morgen rief Tess Dodge in aller Frühe an, um ihn wissen zu lassen, daß sie ein Eilpaket aus Houston bekommen hatte.

»Ich habe meiner Mutter gesagt, Sie würden ihre arme, verstorbene Tochter vor aller Welt als eine Art Schurkin hinstellen, sofern ich Ihnen nicht das Gegenteil beweise.«

Als er bei ihr eintraf, hatte sie schon den Abschnitt gefunden, in dem Mariah davon sprach, nicht mehr in Texas zu sein. Wie Estrada vermutet hatte, war dieser Eintrag nach der Bemerkung erfolgt, das alte Texas-Gefühl habe sich wieder bei ihr eingestellt. Was immer die beiden auch füreinander empfunden haben mochten, schien zu jenem Zeitpunkt wieder verflogen gewesen zu sein. Aber Romanze hin oder her – Mariah hätte sehr wohl trotzdem für Jadwin arbeiten können. Oder Morales hätte zumindest davon ausgehen können.

Bei der Durchsicht der nachfolgenden Seiten stieß Estrada auf einige geschwärzte Stellen. »Ich dachte, dies hier sei die ungereinigte Fassung.«

»Die unkenntlich gemachten Passagen beziehen sich ausschließlich auf Johnnys Homosexualität. Und meine Mutter hat sich beim Durchstreichen sogar noch sehr zurückgehalten. Stört es Sie? Ich kann Ihnen versprechen, daß es nichts mit dem Mord zu tun hat.«

»Mittlerweile halte ich vieles für wichtig, dem ich vor kurzem noch keine Bedeutung beigemessen habe.«

Gerade wollte er Tess bitten, ihm einige der interessantesten Stellen zu zeigen, in denen Johnny erwähnt wurde, als sein Blick an einer bestimmten Notiz hängen blieb. EIN KOMISCHES GEFÜHL, LANDBESITZER ZU SEIN. NICHT, WAS ICH ERWARTET HABE.

Er wollte von Tess wissen, was für ein Grundstück Mariah erworben hatte.

»Soweit mir bekannt ist, hat sie niemals ein Stück Land oder ein Haus gekauft.«

Er zeigte ihr die Eintragung.

»Zählen auch Aktien?« fragte Tess. »Sie hatte ein Aktienpaket von einer Gesellschaft, in deren Besitz sich ein Apartmenthaus befindet.«

»Über wieviel Aktien verfügte sie denn?«

»Fünfundachtzig Prozent. Und der Rest gehört der Familie.«

»Was geschah mit ihrem Anteil nach ihrer Ermordung?«

»Sie hat ihn mir hinterlassen.«

»Sind diese Aktien etwas wert?«

»Es reicht, um davon zu leben.«

»Warum tauchen sie nicht im Nachlaßverzeichnis auf? Bisher ist niemand auf die Idee gekommen, daß Mariahs Ermordung etwas mit Geld zu tun gehabt haben könnte.«

Ratlos blickte sie ihn an. »Davon habe ich keine Ahnung. Ich kriege regelmäßig mein Geld, das ist alles.«

»Ich muß mit Mariahs Testamentsvollstrecker reden.«

Als er den Anwalt anrief, wurde er sofort mit ihm verbunden. »Tess Dodge hat mich bereits verständigt«, sagte der Nachlaßverwalter. »Sie hat mich von meiner Schweigepflicht befreit. Dennoch möchte ich Sie wissen lassen, daß ich gegenüber einem Staatsanwalt nur äußerst ungern die Privatangelegenheiten meiner Mandanten preisgebe.«

»Ich versichere Ihnen, daß Miß Dodge nicht das Ziel irgendwelcher Untersuchungen meiner Behörde ist.« Estrada verfiel automatisch in seine steife Amtssprache. »Es handelt sich nur darum, mir bei der Suche nach dem Mörder ihrer Schwester weiterzuhelfen.«

»Das erklärte mir Miß Dodge bereits. Trotzdem weiß ich nicht, womit ich Ihnen dienlich sein könnte.«

»Wenn ich richtig verstanden habe, hat Mariah Dodge ihrer Schwester Immobilienbesitz in Form eines Aktienpakets hinterlassen. Es würde mir schon weiterhelfen, wenn Sie mir mitteilen könnten, was Ihnen darüber bekannt ist.«

»Als für das fragliche Gebäude Aktien ausgegeben wurden, war es mit einer Hypothek belastet. Die Zinsen dafür und andere anfallende Ausgaben wurden durch die Mieteinnahmen gedeckt. Am Ende blieb eine kleine Gewinnspanne übrig. Da wir damals hier in der Gegend wirtschaftliche Schwierigkeiten hatten, stand ein beträchtlicher Teil der Apartments leer. Aber wäre Mariah Dodge am Leben geblieben, hätte sie nach einer Weile doch wieder größeren Gewinn aus ihrem Anteil ziehen können – vorausgesetzt, die Banken hätten ihr längerfristig gestattet, die Zinsen mit Verzug zu zahlen. Wichtig scheint mir der Umstand, daß sie eine Versicherung abgeschlossen hatte, die sowohl die Hypothek als auch die Abzahlungen deckte. Es ist nicht besonders einfach, eine solche Versicherung zu bekommen, und die Prämien sind außerordentlich hoch. Irgendjemand hatte ihr die Prämien für beide Policen auf fünf Jahre im voraus bezahlt.«

»Was können Sie mir über die Bank sagen, die die Kredite beschaffte oder über die Gesellschaft, die dahinterstand? Ich möchte wissen, wer ihr eine so große Hilfestellung geleistet hat.«

»Ich glaube, der Mann hieß Jadwin, Cuyler Jadwin. Ich selbst habe nie mit ihm zu tun gehabt. Mariah Dodge hat wohl längere Zeit für ihn gearbeitet. Sogar zu dem Zeitpunkt, als sie starb, war sie noch für ihn tätig.«

»Ja, das ist mir bekannt.«

»Dumm von mir. Natürlich müssen Sie ihn kennen.«

»Wir haben uns schon einmal unterhalten. Allerdings wußte ich nichts von dem, was Sie mir soeben erzählt haben.«

Es wurde immer merkwürdiger. Estrada war sich nicht sicher, was er von Jadwin halten sollte. Er legte nur kurz den Hörer auf, um gleich darauf Lisa Steins Nummer zu wählen.

»Ich brauche Sie, Watson«, sagte er.

»Was? Oh, schon unterwegs, Holmes.«

Im Nu stand sie in seinem Büro und ließ sich von ihm Stift und Notizblock reichen. »Ich rufe gleich den von Ihnen so hochgeschätzten Texaner an und möchte, daß jemand das Gespräch mithört.«

»Geht in Ordnung.« Sie schaffte sich Platz, indem sie die vielen Schriftstücke wegräumte, die auf dem zweiten Stuhl lagen, der am Schreibtisch stand. Dann setzte sie sich, den Schreibblock auf die Knie gelegt. »Bin soweit.«

»Wissen Sie, Estrada«, sagte ein hörbar genervter Jadwin, »allmählich werden Sie lästiger als ein Haufen Spanner auf einer Nudistenversammlung.«

»Mr. Jadwin. Eine Frau, von der Sie vorgeben, daß Sie ihr nahestanden, ist brutal ermordet worden. Und ich tue nichts anderes, als eine möglichst stichhaltige Anklage gegen ihren Mörder zusammenzustellen, den *Sie* mit Mariah Dodge bekanntgemacht haben.«

»Wollen Sie mir etwa irgendwas in die Schuhe schieben?«

»Nein. Ich bitte Sie lediglich um Unterstützung.«

»Okay, schießen Sie los.«

»Einige Monate vor dem Verbrechen halfen Sie Mariah, ein Apartmenthaus zu erwerben. Wenn ich richtig verstanden habe, besorgte eine Ihrer Banken die Hypothek, während eine andere einen Kredit für die Zinstilgungen gewährte. Weiter ist mir zu Ohren gekommen, daß man Miß Dodge eine Aussetzung der Zahlungen auf unbestimmte Zeit eingeräumt hatte. Außerdem streckten Sie ihr Prämienzahlungen für Versicherungen vor, mit denen sowohl die Zinsen als auch die Kredite abgesichert wurden.«

»Nun ja«, erwiderte Jadwin, »all das ist mehr oder weniger zutreffend. Die Zahlungen für die Versicherungen habe ich aber nicht aus eigener Tasche geleistet. Das Geld dafür stammte aus einem weiteren Kredit, hätte jedoch genauso gut mein eigenes sein können. Und wo liegt Ihr Problem? Wie es aussieht, sind Sie doch schon über alles bestens unterrichtet.«

Estrada blickte zu seiner Kollegin hinüber, um festzustellen, ob sie Jadwins Antworten auch notierte.

»Die Transaktionen, über die wir hier reden, haben nichts mit den Geschäften zu tun, die gut geführte Banken normalerweise machen.«

Jadwin lachte. »Ach was, seit wann gibt es hier unten denn gut geführte Banken? Sehen Sie, ich habe Mariah geliebt, als wäre sie meine eigene Tochter gewesen. Vorher hatten wir ein anderes Verhältnis, wie Sie wissen. Als sich dann die Gelegenheit bot, ihr Erspartes gut anzulegen, habe ich ihr geholfen. Das versteht sich doch von selbst.«

»Eine rührende Geschichte«, bemerkte Estrada ironisch und verabschiedete sich.

»Haben Sie alles mitgeschrieben?« fragte er Lisa Stein.

»Das meiste.«

»Unser Wohltäter Mr. Jadwin wollte Mariah Dodge anscheinend zu Reichtum verhelfen.«

»Hat er ihr tatsächlich ein ganzes Mietshaus verschafft?«

»Mit dem Geld anderer Leute.«

20

Estrada verließ sein Büro und suchte Tess Dodge auf, um die Tagebuchseiten bei ihr abzuholen. Anschließend machte er einen Spaziergang zum Ufer hinunter. Er setzte sich an eine von der Sonne erwärmte steinerne Mauer und betrachtete die Boote auf dem Fluß. Einige Jogger liefen an ihm vorüber. Auf dem Spielplatz in der Nähe kreischten vergnügte Kinder. Das Leben um ihn herum wirkte wie ein Gegengift gegen den Tod und die Sorgen, mit denen er jeden Tag zu tun hatte.

Nichts war zur Zeit weniger unter Kontrolle als seine Anklage gegen Roberto Morales. Wenn Jadwin und Mariah Dodge wenige Monate vor ihrem Tod wirklich noch so eng befreundet gewesen waren, daß er ihr ein ganzes Wohnhaus besorgt hatte, weshalb hätte sie dann überall herumerzählen sollen, sie würde demnächst ihre Beziehung zu Morales beenden? Hätte Jadwin nicht viel eher darauf bestanden, daß sie sich möglichst in Morales' Nähe aufhielt, um ihm haarklein alles zu berichten, was dieser unternahm?

Angenommen, Lynne Schelling hatte die Wahrheit gesagt, als sie gegenüber Estrada geäußert hatte, gewisse Neuigkeiten, die mit der Konferenz vom Montag zusammenhingen, hätten Mariah Dodge zunächst davon abgehalten, sich von Morales zu trennen. Dann hätte sie Jadwin erneut über Morales' Pläne unterrichten können.

Andererseits hatte Miß Schelling den Eindruck gehabt, daß Mariah davon ausging, bei diesem Treffen eher auf der Seite von Morales zu stehen. Hatte sie ihren Freund möglicherweise an der Nase herumgeführt? Aber falls Mariah tatsächlich Morales unterstützt hatte – aus welchem Grund sollte sie sich dann gegen Jadwin gewandt haben, angesichts seiner offenkundigen Großzügigkeit und Hilfsbereitschaft? Hatte ihre Tagebucheintragung, in der es hieß ›Ich glaube, wir sind nicht mehr in Texas‹, etwas damit zu tun? Und wenn das stimmte – wie hatte Jadwin darauf reagiert?

Estrada kam sich vor wie ein Akrobat, der gleichzeitig auf dem Rücken zweier Pferde stand, die nicht länger in dieselbe Richtung laufen wollten.

Er machte sich wieder auf den Heimweg. Zu Hause angelangt, setzte er sich an seinen Schreibtisch, um die neuen Tagebuchseiten nochmals langsam und gründlich zu studieren. Er brauchte dringend irgendwelche Hinweise, mit denen er seine wachsenden Zweifel an

Morales' Schuld und die Widersprüche dieses Falles beseitigen konnte. Doch so sehr er sich auch anstrengte, gelang es ihm nicht, sich zu konzentrieren. Er stand auf und lief ziellos durch die Wohnung. Dann schwang er sich auf sein Trimmrad, um wenigstens einen Teil seiner Frustrationen abzustrampeln.

Estrada berichtete am nächsten Tag Collins, seinem Amtschef, von dem Mietshaus, das Jadwin für Mariah Dodge besorgt hatte.

»Wie paßt das zu Ihren bisherigen Erkenntnissen?«

»Obwohl die Schwester Erbin dieses Besitzes ist, halte ich sie nicht für verdächtig. Damit ist diese Information für die Verteidigung nicht von Bedeutung.«

»Sie hätte auch einen Killer anheuern können.«

»Es gibt absolut keine Anzeichen dafür, daß Tess Dodge vorher etwas von Mariahs letztem Willen oder gar vom Wert dieses Immobilienbesitzes gewußt hat. Ich beabsichtige, diesen Sachverhalt als Beweis dafür zu verwenden, daß Cuyler Mariah Dodge damit für ihre Spionagetätigkeit bei Morales belohnte.«

»Sie wollen also unbedingt mit dem Geldmotiv den Prozeß gewinnen?« fragte Collins mit aggressivem Tonfall.

»Worauf Sie sich verlassen können. Dann nämlich sind wir nicht länger auf die vagen Zeugenaussagen angewiesen, denen zufolge sie sich mit so deftigen Worten von Morales trennen wollte, daß der sich ihrer gleich für immer entledigte.«

»Sie werden damit nur die Geschworenen in Verwirrung stürzen.« Collins ließ nicht locker. »Das ist ja noch schwammiger als das, was wir bisher an Beweisen hatten. Wie wollen Sie denn belegen, daß Morales etwas über Mariah Dodges Schnüffeleien gewußt hat?«

»Ich arbeite daran. Es ist noch genug Zeit, um Genaueres zutage zu fördern. Und außerdem habe ich vielleicht noch einen neuen Zeugen. Tommy Clemente ist gerade hinter ihm her.« Zu spät erkannte Estrada seinen Fehler.

»Wer ist das?«

Diese Frage hätte er eigentlich vorhersehen sollen. »Jemand, der auch bei Phoenix Enterprises tätig war. Dabei möchte ich es vorerst belassen, bis ich sicher bin, was dieser Mann mir genau mitzuteilen hat.«

Collins runzelte die Stirn. »Ich mag eine derartige Geheimniskrämerei nicht«, erwiderte er mürrisch, fragte Estrada aber nicht weiter nach dem Unbekannten.

Als McMorris erschien, hatte er einen Bericht dabei über Ramon Santos, den widerspenstigen Augenzeugen, der beobachtet hatte, wie Morales am Mordabend das Verwaltungsgebäude von Phoenix Enterprises betreten hatte, sich jedoch bei der Befragung durch Estrada an nichts mehr richtig hatte erinnern können.

»Ich habe herausgefunden, daß die Wachleute untereinander ihre Schichten tauschen oder auch manchmal gar nicht erscheinen. Einer von denen steht allerdings etwas abseits und macht da nicht mit.« McMorris setzte sich und nahm einen Schluck aus einer Coladose, die er mitgebracht hatte. »Er muß immer eine volle Schicht abreißen, was ihm ganz schön stinkt. Seiner Aussage nach kommt und geht Ramon Santos, wie es ihm paßt. Der hat nämlich noch ein kleines Nebengeschäft, um das er sich kümmern muß. Verhökert schöne Träume an die Büroangestellten. Keine große Sache, aber hin und wieder ist er eben nicht an seinem Arbeitsplatz, weil er anderes zu erledigen hat. Der Typ, der mir das erzählt hat, vermutet, Ramon sei selbst sein bester Kunde.«

»Ist Ihnen bekannt, ob er auch schon vor drei Jahren Stoff verkauft hat?«

»Nein. Mein Informant hat nur acht Monate für die Firma gearbeitet.«

»Das sind nicht die Neuigkeiten, die ich mir erhofft hatte«, sagte Estrada enttäuscht und überlegte, wie sehr Santos' Glaubwürdigkeit in den Augen der Jury darunter leiden würde. »Wie gesprächig ist dieser Mann? Meinen Sie, er würde auch gegenüber der Verteidigung plaudern?«

»Schon möglich. Ich kann mir nicht helfen, aber ich glaube, er mag Ramon nicht besonders.«

»Danke, Stash.«

Der Polizist raffte sich auf. »Was bin ich froh, daß heutzutage die Boten nicht mehr hingerichtet werden, wenn sie schlechte Nachrichten überbringen.«

»Mir ist es wesentlich lieber, wenn ich solche Dinge hier und jetzt von Ihnen höre, als später von Kassia Miller vor Gericht.«

Das Wochenende verbrachte Estrada über Mariah Dodges Tagebüchern. Er wollte die Frage klären, wie sie und Cuyler Jadwin in der Zeit vor dem Mord zueinander gestanden hatten und welche Rolle Juan Alvaro bei der ganzen Sache gespielt hatte.

Es gab mehrere Eintragungen, die ihm ausgesprochen wichtig erschienen. Doch konnte er ihren Sinn nicht verstehen, solange er nicht die Hauptakteure darüber befragte, die in Mariahs Aufzeichnungen immer wieder auftauchten. Eine Bemerkung lautete: J Ä CJ + FD NÄHERN SICH 5 MAGISCH. JR. Die wahrscheinlichste Bedeutung war für Estrada: ›Johnny wies darauf hin, daß sich für Cuyler Jadwin und seine Freunde fünf magische Jahre nähern‹. Aber FD konnte auch ebenso gut ›Fonds‹ bedeuten.

Verschiedentlich stieß er auf Hinweise, daß Morales versucht hatte, Jadwin zu übervorteilen. Aber nichts deutete auf Mariahs eigenen Standpunkt hin, obwohl ihre Ansicht, Morales sei für Jadwin kein ebenbürtiger Gegenspieler, klar zutage trat.

Mehrere Bemerkungen sprachen für die Vermutung, daß Johnny und Mariah gemeinsam etwas ausgeheckt hatten. J MEINT ES ERNST, WILL WEITERM. und J WEISS GENAUERE EINZELH. Weiter hieß es J PRÜFT UNTERLAGEN. BIN NICHT SICHER, OB ER WEISS, WAS AUF SPIEL STEHT. Bei diesem Eintrag fuhr es Estrada eiskalt den Rücken herunter. Ebenso erging es ihm bei SCHEINT, ALS OB J + ICH IN EINEM BOOT SITZEN. SCHON DER GEDANKE SCHLIMM und vor allem bei J WILL JETZT, DASS ICH ALLES SAGE. CJ WIRD EXPLOD. Und dann wieder die schon bekannte Notiz J WILL CJ ALLES SAGEN. KEINE GUTE IDEE.

So unangenehm es ihm war, die intimsten Passagen zu lesen, so unvermeidlich war es doch andererseits. Estrada durfte keine einzige Stelle auslassen, in der Morales erwähnt wurde. Er erfuhr, daß der Tatverdächtige ein guter Liebhaber gewesen war, wenn auch nicht so überragend, wie er selbst zu glauben schien. Anfangs hatte Mariah Dodge sein Machogehabe noch ganz lustig gefunden. Später schien es ihr dann lästig geworden zu sein, und sie hatte sich häufig selbst gefragt, warum sie ihn nicht schon längst verlassen hatte.

Unter den vielen Eintragungen, die Morales betrafen, entdeckte Estrada eine Bemerkung, derzufolge dieser ausdrücklich darauf bestanden hatte, beim Geschlechtsverkehr grundsätzlich und ohne Ausnahme Kondome zu verwenden. Er schien panische Angst vor AIDS zu haben, denn wie er Mariah offenbar mitgeteilt hatte, ließ er regelmäßig sein Blut auf diesen Krankheitserreger untersuchen.

Sie selbst hatte, wenn man ihren Aufzeichnungen Glauben schenken wollte, diese übertriebene Vorsicht als störend empfunden und war bereit gewesen, darauf zu verzichten. Schließlich hatte sie sich ebenfalls einem Test unterzogen. Diese Notizen behagten Estrada ganz und gar nicht. Denn die Verteidigung könnte damit argumentieren, die Samenspuren auf ihrem Körper würden von dem angeblichen

Treffen stammen, das sie mit Morales in dessen Apartment am Nachmittag vor ihrer Ermordung gehabt hatte.

Als Gegenargument ließe sich allerdings von der Staatsanwaltschaft dann immer noch anführen, daß das Kondom ebenso gut während der Vergewaltigung gerissen sein könnte.

Weniger glücklich war er dagegen über die vielen Hinweise auf die heimlichen Absprachen Mariahs mit Johnny, die eindeutig gegen Cuyler Jadwin gerichtet waren. Ein geschickter Anwalt würde diese Eintragungen gegen Jadwin verwenden und aus ihm einen weiteren Verdächtigen machen. Und Estrada hatte keinerlei Zweifel, daß Kassia Miller clever genug war.

Solange dieser Johnny nicht ausfindig gemacht werden konnte, befand sich Estrada in einem häßlichen moralischen Teufelskreis. Der Grund, weshalb er Miß Miller die Existenz der Tagebücher nicht verriet, bestand darin, daß er Johnnys Stellungnahme benötigte, um zu entscheiden, ob die Eintragungen über ihn für die Verteidigung wichtig waren oder nicht. Aber je länger Johnny verschwunden blieb, desto weniger konnte Estrada es rechtfertigen, der gegnerischen Partei die Tagebücher vorzuenthalten und die Richterin nicht einzuweihen.

Doch selbst wenn er deren Existenz offenlegte, bestand noch immer die Möglichkeit, daß er damit ein hohes Risiko einging und die Tagebücher zu einer gewaltigen Cause célèbre wurden. Die Familie Dodge würde unnötigerweise den Medien zum Fraß vorgeworfen und Larry Kahn zum ungeeignetsten Zeitpunkt dem Vorwurf vorsätzlichen Fehlverhaltens ausgesetzt. Weiterhin bestünde die Gefahr, daß die Verteidigung mit Erfolg die Abweisung der Klage beantragen könnte, da die Fehler der Staatsanwaltschaft Roberto Morales kein faires Verfahren garantierten.

Estrada wagte den Versuch, in einem Gespräch mit Kassia Miller mehr Einzelheiten über Morales und dessen Version der Ereignisse zu erfahren. Er rief sie an.

»Es würde mich sehr interessieren, warum Sie eigentlich so felsenfest von der Unschuld Ihres Mandanten überzeugt sind, Miß Miller«, sagte Estrada.

»Dafür gibt es viele Gründe. Zunächst einmal glaube ich ihm einfach. Sie wissen doch, wie das ist – manchen glaubt man, anderen wieder nicht. Und oftmals weiß man nicht einmal, warum. Außerdem bin ich der Ansicht, daß Ihre Beweise gegen ihn recht dürftig sein müssen.«

»Ich könnte mit einer Überraschung aufwarten ...«

»Falls Sie irgendwelche Beweismittel haben, die uns schaden könnten, wäre ich in der Tat überrascht. Ich würde gerne hören, worum es sich dabei handelt.«

»Alles zu seiner Zeit.« Jetzt fühlte er sich wieder in seinem Element.

»Sie begehen da einen großen Fehler«, entgegnete sie engagiert. »Der Mann ist kein Mörder. Er hat es nicht getan. Die Sache ist völlig eindeutig.«

»Wenn er wirklich unschuldig ist, bringen Sie ihn doch mit mir zusammen, damit ich mich selbst davon überzeugen kann.« Er wußte, daß das nie geschehen würde, und konnte es daher wagen, die Verteidigerin regelrecht dazu herauszufordern. »Soll er mir doch *seine* Sicht der Dinge schildern.«

Miß Miller antwortete nicht. Als ihr Schweigen andauerte, fragte sich Estrada, ob sie seinen Vorschlag ernsthaft in Erwägung zog.

»Ich weiß nicht«, sagte sie schließlich zögernd, aber durchaus nicht abgeneigt. »Solange wir keinen sicheren Schutz genießen, kommt ein Treffen nicht in Frage.«

Er setzte sein Spielchen fort. »Wenn Sie ihn zu einem vertraulichen Gespräch herbringen, kann ich Ihnen versichern, daß ich keinen direkten Bezug auf irgendeinen Punkt der Anklage nehmen werde. Aber es muß mir erlaubt sein, die Äußerungen, die er während dieses Gesprächs macht, später im Kreuzverhör gegen ihn zu verwenden, falls sich zu seiner Aussage Widersprüche ergeben sollten. Nur so kann es laufen. Ich werde hören, was er mir zu sagen hat, und ihm dann meine Fragen stellen. Wenn er mich auf etwas aufmerksam macht, das mir nützlich erscheint, werde ich an der Sache dranbleiben.«

Wieder herrschte einen Augenblick absolute Stille, bevor sie zu sprechen begann.

»Das wird nicht funktionieren. Ich bin zwar dazu verpflichtet, ihn von Ihrem Angebot in Kenntnis zu setzen, doch kann ich Ihnen jetzt schon mitteilen, daß ich ihm aufgrund Ihrer Bedingungen selbstverständlich davon abraten werde, sich auf eine Unterhaltung mit Ihnen einzulassen.«

»Andere Bedingungen gibt es nicht.«

»Wenn ich seine Antwort habe, werde ich mich mit Ihnen in Verbindung setzen.«

Das hatte Estrada nicht erwartet. Miß Miller mußte ein außerordentlich großes Vertrauen in ihren Mandanten haben, wenn sie sich in diesem späten Stadium der Prozeßvorbereitung derartige Vorschläge von ihm auch nur anhörte. Andererseits würde eine solche Begegnung, wenn sie denn jemals stattfinden sollte, Estrada eine nie erwartete Möglichkeit einräumen, an die Informationen zu gelangen, die es ihm eventuell erlauben würden, seinen Fragen und Zweifeln ein Ende zu bereiten.

Bevor er zum Essen ging, paßte er Mahoney im Flur ab. Gemeinsam kämpften sie sich durch die Mittagshitze zu einem unscheinbaren Lokal in der Bayard Street, wo es billige, aber schmackhafte Mahlzeiten gab.

»Welche Katastrophen hast du mir diese Woche zu verkünden?« fragte Mahoney, nachdem der Kellner die ersten dampfenden Apfelknödel auf den Tisch gestellt hatte.

Estrada begann mit der Geschichte von Mariah Dodges Apartmenthaus.

»Willst du mir erzählen, der Kerl habe ihr ein komplettes Mietshaus einfach so geschenkt?«

»Das kostete ihn rein gar nichts, abgesehen von einigen Manipulationen, die seine Spezialität zu sein scheinen.«

»Was mag sie nur über ihn gewußt haben?«

»Bitte?«

»Mariah Dodge. Was hatte sie gegen Jadwin in der Hand, um aus ihm dieses Haus herauszupressen?«

»Ich nehme an, es war die Belohnung für geleistete Dienste. Dienste, die Señor Morales betrafen. Ein weiterer Grund für Morales, sie zu töten.«

»Die Verteidigung wird anders argumentieren. Sie wird behaupten, daß sie Jadwin erpreßt hat und *der* daher der wahre Täter ist.«

»Es kommt noch schlimmer«, bemerkte Estrada und erklärte Mahoney, daß Mariah zusammen mit dem verschwundenen Juan Alvaro bislang noch unbekannte Pläne geschmiedet hatte, von denen weder Jadwin noch Morales etwas gewußt hatten.

»Ich glaube, du hast da ein großes Problem«, erwiderte Mahoney. »Wie willst du weiter vorgehen?«

»Ich brauche viel mehr Informationen, bevor ich damit an die Öffentlichkeit gehen kann. Wenn das erst einmal geschehen ist, wird es eine Menge Ärger und Schwierigkeiten geben.«

»Vielleicht ist es ein Fehler, daß du dieses Wissen nicht schon längst herausgerückt hast.«

»Ich weiß, daß das ein gewagtes Manöver ist, aber es steht zu viel auf dem Spiel.« Zuerst kamen ihm die Dodges in den Sinn. Doch dann fiel ihm auch Larry Kahn und seine Kommission ein, die unter Einsatz persönlicher Opfer für Recht und Ordnung in den Reihen von Staatsanwaltschaft und Polizei sorgte. »Wenn sie Kahn an den Karren fahren, wird ein Haufen guter Leute mit ihm abgesägt werden. Außerdem hatte er privat soviel um die Ohren, als er die Anklage gegen Morales vertrat. Ich bin fest davon überzeugt, daß er diese Tagebücher nicht absichtlich unerwähnt gelassen hat.«

»Mag sein. Aber du bist auf dem besten Weg, absichtlich einen Fehler zu begehen. Wenn du jetzt nicht die Existenz der Tagebücher enthüllst und später etwas davon bekannt wird, mußt du dir verdammt gute Gründe ausdenken, weshalb sie deiner Meinung nach für die Verteidigung ohne Nutzen gewesen sein sollen.« Mahoney spießte einen der Knödel zu locker mit seiner Gabel auf, so daß er auf den Teller zurückfiel und sein Hemd und die Krawatte mit Soße bespritzte.

Beide lachten laut genug, daß der Kellner neugierig vorbeischaute, um festzustellen, was passiert war.

Nach dem Essen trennten sie sich. Estrada ging in Richtung Foley Square und lief dann auf dem dreieckigen Platz herum, um seine Gedanken zu ordnen.

Er würde Juan Alvaro aufstöbern müssen – je eher, desto besser. Nur Johnny selbst könnte ihm Klarheit darüber verschaffen, welche Bedeutung die Tagebucheintragungen wirklich hatten. Denn niemand außer ihm wußte, welche Pläne er und Mariah Dodge geschmiedet hatten.

Dazu war auch noch eine neue Frage aufgetaucht. Mahoney hatte wissen wollen, was das Opfer gegen Cuyler Jadwin in der Hand gehabt haben könnte. Die Beantwortung dieser Frage schien Estrada relativ leicht. Fünf Jahre, bevor Jadwin Mariah das Haus verschafft hatte, war er zusammen mit den anderen Mitgliedern der Kirche des Himmlischen Segens in einen Bankbetrug verwickelt gewesen. Und ungefähr zum selben Zeitpunkt, zu dem sie das Haus erhalten hatte, hatte sie ihrem Tagebuch die Bemerkung über die ›fünf magischen Jahre‹ anvertraut. Jetzt wurde Estrada auch die volle Bedeutung dieser Eintragung deutlich. Natürlich mußte es heißen, das Ende der fünf magischen Jahre stehe bevor!

Auf fünf Jahre belief sich die Verjährungsfrist für Bankbetrug, wie ihm sein Bekannter bei der US-Anwaltschaft erklärt hatte. Danach konnten derartige Verbrechen nicht mehr verfolgt werden. Bis zum Ablauf dieser Frist mußte Jadwin damit rechnen, daß ihn jemand bei der Staatsanwaltschaft in allerletzter Minute verpfeifen würde.

Alles paßte perfekt zusammen, fast zu perfekt. Als Ankläger von Roberto Morales war Estrada darüber keinesfalls erfreut. Als jemand, der daran interessiert war, den wirklichen Mörder von Mariah Dodge zu finden, durfte er jedoch diese Hinweise nicht ignorieren.

Er rief Kassia Miller tags darauf an. »Wie kommen Sie mit unserem Treffen voran?« wollte er wissen.

»Sie bekommen Unterstützung von unerwarteter Seite. Roberto wäre bereit, sich mit Ihnen zu unterhalten, befürchtet aber, daß das, was er Ihnen in guter Absicht sagt, während der Verhandlung verdreht und gegen ihn verwendet werden könnte.«

»Wenn er unschuldig ist, hat er nichts zu befürchten«, entgegnete Estrada trocken.

»Seit wann schützt die Unschuld eines Angeklagten davor, von einem übereifrigen Staatsanwalt verfolgt zu werden?«

»Wenn Sie das so sehen«, erwiderte er scharf, »warum reden wir dann noch miteinander?«

»Weil Sie den Wunsch geäußert haben, mit ihm zu sprechen«, schnappte sie ebenso bissig zurück.

Estrada mußte grinsen. »Sie haben recht. Aber trotzdem kann ich Ihnen keine Versprechungen machen, das, was Morales mir gegenüber aussagen wird, nicht auch gegen ihn zu verwenden.«

»Dieser Mann ist unschuldig wegen Vergewaltigung und Totschlags verurteilt worden. Ich meine, er hat einen Anspruch darauf, fair behandelt zu werden, vor allem von der Staatsanwaltschaft.«

»Schuldig gesprochen wurde er von den Geschworenen, nicht von mir.«

»Ich möchte bloß erfahren, ob Sie vorurteilsfrei in diese Unterhaltung gehen werden. Falls nicht, können wir dieses Gespräch sofort beenden.«

Estrada gab ihr keine Antwort. Ein solches Zugeständnis konnte er unmöglich machen, selbst, wenn er gern gewollt hätte. Obwohl er noch Zweifel hatte, wollte er jetzt seinen Glauben an Morales' Schuld wieder gestärkt wissen und nicht von Miß Miller davon überzeugt werden, daß ihr Mandant kein Wässerchen trüben konnte. Aber wie war es möglich, überhaupt Sicherheit zu erlangen, wenn es doch danach aussah, als ob Mariah Dodge und Juan Alvaro gegen Cuyler Jadwin konspiriert hatten?

»Zu schade«, fuhr Kassia Miller fort. »Wenn Sie mit Roberto Morales geredet hätten, hätten Sie den Steuerzahlern viel Geld gespart und sich selbst Zeit und Anstrengung. Und Verlegenheit.«

»Ich habe nicht den Spielraum, um Ihnen weiter entgegenzukommen. Jede Art von Handel mit der Verteidigung muß ich von meinen Vorgesetzten absegnen lassen. Und die stehen nicht gerade auf Morales' Seite.«

Er suchte Collins auf, um sich zu erkundigen, welchen Freiraum man ihm in dieser Angelegenheit gewähren würde.

»Er ist gleich wieder da«, sagte dessen Sekretärin. »Sie können inzwischen in seinem Büro warten.« Estrada nahm an dem kleinen Konferenztisch Platz, auf dem sich alte Aktenordner türmten. Er betrachtete die Aufschriften auf den Aktenrücken etwas genauer. Einige der darin abgehefteten Fälle kannte er schon von den monatlich stattfindenden Besprechungen. Etwas außer Reichweite befand sich ein Ordner, der mit dem Wort MORALES beschriftet war.

Estrada erhob sich, zog ihn zu sich heran und spähte dann zur offenen Bürotür hinüber, um sicherzugehen, daß ihn niemand beobachtet hatte. Mit einem Finger hob er den Aktendeckel ein wenig an. Bevor ihn das Geräusch von Schritten veranlaßte, seine Hand wieder zurückzuziehen, konnte er eben noch einen Briefkopf entziffern: UNTERSUCHUNGSKOMMISSION DES GOUVERNEURS ÜBER ILLEGALE ERMITTLUNGSMETHODEN.

»Joe. Was gibt es denn?« Collins hatte den Raum betreten.

Estrada nahm davon Abstand, ihm von seinem Gespräch mit Kassia Miller zu berichten. Wenn seine Vorgesetzten erst einmal von der Kontaktaufnahme zu der Vertreterin der gegnerischen Partei erfuhren, würden sie künftig jedes Wort überwachen, das er mit ihr wechselte. Statt dessen bat er Collins um seine Meinung, ob er sich nicht besser um Morales' frühere Sexpartnerinnen kümmern sollte.

»Wozu soll das gut sein?«

»Um seine Sexpraktiken besser kennenzulernen.«

»Meinen Sie, er hat vor Mariah Dodge viele vergewaltigt und umgebracht? Vergessen Sie's.«

»Es gibt Hinweise, daß er ausschließlich Safer Sex praktizierte. Nehmen wir an, daß er immer Kondome benutzte. Das würde uns dabei helfen, die Behauptung zu widerlegen, daß die Samenspuren auf dem Körper der Toten von einem Geschlechtsverkehr stammten, der sich am Nachmittag des Tages ereignet haben soll, an dem sie ermordet wurde.«

»Na gut, ich habe nichts dagegen. Wer weiß, was dabei noch alles zum Vorschein kommt. Wenn Sie nichts Besseres zu tun haben und dazu auch noch über genügend Zeit und Leute verfügen, machen Sie ruhig weiter.«

Estrada machte sich so schnell wie möglich aus dem Staub. Die paar Worte, die er unter dem Briefkopf der Kahn-Kommission hatte erkennen können, lauteten: »... keinen besseren als Joseph Estrada. Ich habe ihn beobachtet ...«

Anscheinend war es Kahn selbst gewesen, der ihn seinen Vorgesetzten empfohlen hatte.

Estrada wartete, bis Kassia Miller ihm sämtliche Bedingungen für ein Treffen mit Morales bekanntgegeben hatte. Erst dann informierte er Collins von seinem Vorhaben.

Der Büroleiter verzog das Gesicht. »Morales will herkommen und sich mit Ihnen unterhalten? Weswegen?«

»Nach dem zu urteilen, was Miß Miller sagt, will er die Staatsanwaltschaft von seiner Unschuld überzeugen. Wahrscheinlich will sie mir damit nur beweisen, was für ein großartiger Zeuge er sein wird. Außerdem vermute ich, daß er etwas zu erzählen hat. Bislang hat der Mann nie mehr gesagt als ›Ich bin unschuldig‹.«

»Mir gefällt an der Sache nicht, daß nur Sie und Ihre Assistentin daran teilnehmen wollen und kein Polizeibeamter anwesend ist, der mit der Untersuchung in diesem Fall zu tun hat.«

»So lauten die Bedingungen der Verteidigung.«

»Meinen Sie, Miß Stein ist für so ein Treffen schon erfahren genug?«

»Da mache ich mir keine Sorgen. Sie ist eine der Besten ...«

Trotzdem war Collins alles andere als glücklich. »Vorher möchte ich eine Liste mit Ihren Fragen vorgelegt bekommen. Wir müssen versuchen, ihn festzunageln, um vor Gericht mehr gegen ihn in der Hand zu haben.«

»Stimmt genau. Allerdings darf ich nur dann etwas von unserer Unterhaltung vor Gericht verwenden, falls er später im Zeugenstand etwas anderes behaupten sollte. Das war eine der Bedingungen.«

»Bedingungen?« rief Collins erstaunt.

»Andernfalls hätte ich dieses Treffen nie zuwege gebracht.«

Estrada telefonierte herum, um Clemente ausfindig zu machen. Falls es ihm gelänge, Johnny noch vor der Begegnung mit Morales aufzustöbern, könnte das den Verlauf der Unterhaltung mit dem Angeklagten entscheidend beeinflussen.

»Juan Alvaro?« fragte Clemente, als er zurückrief. »Wie gehabt. Nichts. Niente. Zero. Nicht mal eine Kreditkarte scheint der Kerl zu benutzen. Vielleicht sollten Sie ihn in einer dieser Fernsehsendungen über ungeklärte Kriminalfälle suchen lassen. Hat er denn eigentlich einen Grund, sich zu verstecken?«

»Solange ich ihn das nicht persönlich fragen kann, weiß ich nicht, was ich darauf antworten soll.«

»Ich behaupte ja nicht, daß wir ihn nie finden werden. Es ist nur eine Frage der Zeit und des Geldes. Sie müssen entscheiden, wie wichtig der Mann für Sie ist.«

»Er könnte wichtige Aussagen zum Tatmotiv machen«, antwortete Estrada. »Ich will auf keinen Fall, daß die andere Seite mitbekommt, wie sehr wir uns darum bemühen, ihn aufzuspüren.«

»Klar doch – machen Sie's mir nur ordentlich schwer. Ich suche weiter, aber erwarten Sie keine schnellen Ergebnisse.« Damit verabschiedete sich der Polizeibeamte.

21

Da Kassia Miller nicht das Risiko eingehen wollte, daß man Morales im Büro der Staatsanwaltschaft oder Estrada in dem ihren sah, hatte sie kurzfristig einen Besprechungsraum in einer fremden Kanzlei angemietet. Sie begrüßte Estrada und Lisa Stein an der Rezeption und führte sie anschließend in ein Zimmer, dessen zum Korridor gelegene Wand verglast war. Die Vorhänge hatte man allerdings zugezogen, so daß die Gesprächsteilnehmer nicht durch neugierige Blicke von außen gestört wurden. Ein knapp dreißigjähriger Mann öffnete ihnen die Tür. Miß Miller stellte ihn als ihren Kollegen Barry Burns vor.

Zum ersten Mal saß Estrada von Angesicht zu Angesicht dem Mann gegenüber, den er als Mörder von Mariah Dodge überführen sollte. Kassia Miller stellte Morales dem Vertreter der Staatsanwaltschaft vor. Er nickte kurz, wobei er einen ernsten, aber nichtsdestoweniger entspannten Eindruck machte.

Zu Beginn der Unterredung erläuterte Estrada Roberto Morales nochmals die Übereinkunft, die er mit dessen Verteidigerin geschlossen hatte. Nachdem er seine Ausführungen beendet hatte, sah er zu Morales hinüber. »Entspricht diese Erklärung dem, was Ihnen Ihre Anwältin zuvor erläutert hat?«

Wieder kam von ihm nur die Andeutung eines Nickens. Estrada schob ihm und Kassia Miller eine Kopie der Vereinbarung über den Tisch. Nachdem Morales sie unterzeichnet hatte, reichte seine Anwältin sie an Lisa Stein und Barry Burns weiter, die als Zeugen ebenfalls unterschrieben.

Estrada stützte die Ellenbogen auf den Tisch. »Ich schlage vor, daß wir mit Ihrem persönlichen Hintergrund beginnen.« Er hatte den Entschluß gefaßt, Morales so unaufdringlich und locker wie nur irgend möglich zu befragen. Wie immer auch dieses Gespräch enden würde – weder der Angeklagte noch seine Verteidiger sollten von der Taktik eine Vorstellung bekommen, die Estrada später beim Kreuzverhör vor Gericht anzuwenden beabsichtigte.

Morales blickte zunächst starr auf die zugehängten Fenster hinter Estrada, fixierte ihn dann jedoch mit dunklen, weitgeöffneten Augen.

»Ich bin in verschiedenen Bezirken Brooklyns aufgewachsen, aber geboren wurde ich auf Puerto Rico.« Seine Stimme klang glatt und gut moduliert, ohne die Spur eines Akzents. Doch hörten sich die einzelnen Worte leblos und kalt an. »Als ich klein war, kam ich mit meiner Mutter in die USA. Mein Vater sollte nachkommen, ist aber nie hier aufgetaucht. Mit sieben Jahren brachte mich meine Mutter zu einer entfernten Verwandten meines Vaters, Tia Inez. Sie selbst konnte sich nicht mehr um mich kümmern, da sie immer nur arbeiten mußte.« Er richtete sich auf, um das Unbehagen, das ihm diese Erinnerung bereitete, noch körperlich zu unterstreichen.

»Tia Inez war Putzfrau. Sie glaubte an die Notwendigkeit einer guten Ausbildung. So verbrachte ich unzählige Stunden in Bibliotheken, wo ich mich sehr wohlfühlte. In der Schule war ich einer der Besten, weshalb ich schließlich auch ein Stipendium für Harvard erhielt. Das war in den späten Sechzigern, als man damit begann, sich den Problemen solcher Studenten zu widmen, die Minderheiten angehörten.«

Estrada hörte aufmerksam zu.

»Schließlich mußte ich mich entscheiden, ob ich auf eine Handelsschule gehen oder lieber praktische Erfahrungen in der Geschäftswelt sammeln wollte. Vom Wehrdienst wurde ich befreit, weil ich vorgab, daß mein Knie nicht in Ordnung war. Zudem hatte ich einen sympathischen Arzt, der mir ein entsprechendes Attest ausstellte.

In New York wollte ich auf keinen Fall bleiben, da ich dort ohne Geld immer nur ein kleines Rädchen in der Maschinerie gewesen wäre. Daher entschloß ich mich, zeitweise für einen Mann zu arbeiten, der alte Häuser renovierte. Schon bald begann ich, in Baltimore selbst so etwas aufzuziehen. Zu Beginn half mir mein früherer Chef. Dann expandierte ich nach Philadelphia und Atlanta. Diese Art von Unternehmen benötigen kein großes Startkapital, wie Sie vielleicht wissen. Da ich einer ethnischen Minderheit angehöre, erhielt ich außerdem noch Starthilfe von der Bundesregierung. Natürlich gab es auch Schwierigkeiten, denn ich sehe aus wie ein Weißer und kann mich gut benehmen. Dagegen stammten die meisten, mit denen ich es zu tun hatte, aus der farbigen Bevölkerungsschicht.«

Er drehte sich kurz zu Lisa Stein um, damit sie sich nicht ausgeschlossen fühlte. »Anfang, Mitte der siebziger Jahre folgte dann die Ölkrise. Die damit verbundene Inflation half mir, denn einige der Gebäude, die ich billig erworben hatte, stiegen enorm im Wert. Ich kaufte die ersten großen Apartmenthäuser, wobei ich immer versuchte, soviel Unterstützung seitens des Staates zu erlangen, wie ich konnte. Meistens handelte es sich um Garantien für Kredite, manchmal auch um Steuererleichterungen. So wurde ich immer wohlhabender, aber auch frustrierter. Irgendetwas fehlte mir, ohne daß ich genau hätte sagen können, was es war.«

Estrada gab sich Mühe, von Morales' Vortrag nicht allzu beeindruckt zu wirken. Er tat, als würde ihn das alles nur mittelmäßig interessieren und ließ seinen Blick umherschweifen, ohne daß ihm jedoch auch nur das kleinste Detail entging.

»Vierundachtzig, fünfundachtzig kam ich dann wieder nach New York zurück«, sagte Morales, »bereit, meine wahren Wurzeln aufzuspüren und etwas für die Angehörigen meines Volkes zu tun. Dabei lernte ich auch Carlos Ramírez kennen. Etwas später heiratete ich Marti. Als ich dann ungefähr zur selben Zeit das unbebaute Stück Land am East River entdeckte, wußte ich, was zu tun war.«

Im Laufe seiner Ausführungen war er merklich aufgetaut. Seine Stimme klang weniger angespannt. Als er auf Phoenix Enterprises zu sprechen kam, bemerkte Estrada ein begeistertes Funkeln in seinen Augen.

»Nachdem mir erst einmal die Idee gekommen war, hatte ich im Nu einen sinnvollen Plan entwickelt. Dann hielt ich Ausschau nach einem Geldgeber, denn mir war durchaus bewußt, daß ich allein dieses Projekt nie realisieren konnte.«

Er lehnte sich zurück.

»Was empfanden Sie für das Phoenix-Projekt?« wollte Estrada wissen.

»Ich war ergriffen, begeistert. Es war …« Morales war sichtlich um Worte bemüht. »Es hätte daraus ein langfristiger Beitrag zur Verbesserung der Lebensbedingungen vieler, sehr vieler Menschen werden können. Wenn es geklappt hätte, wäre dieses Projekt der Startschuß für zahlreiche weitere Hilfsmaßnahmen gewesen.« Er schwieg einen Moment lang, als wollte er den verflossenen Traum noch ein wenig genießen. Dann sagte er beinahe entschuldigend: »Natürlich hätte ich dabei auch eine Menge Geld verdient.«

»Wie lernten Sie Cuyler Jadwin kennen?« fragte Estrada.

»Er kam auf mich zu. Ich rührte für mein Vorhaben so kräftig wie möglich die Werbetrommel. Von allein wäre mir aber nie eingefallen, in Texas nach finanzieller Unterstützung zu suchen, da ich dort über keinerlei Kontakte verfügte. Jadwin meldete sich bei mir und sagte, er sei auf der Suche nach einem Investitionsobjekt, da er einen Weg gefunden hätte, in Europa und Japan Geld locker zu machen. Wie er weiter sagte, hatte er von mir und meinem Plan in der Zeitung gelesen.«

Morales sah Estrada an. »Ich war im siebten Himmel.«

»Aber es funktionierte nicht so, wie Sie es sich vorgestellt hatten, oder?«

Morales schloß die Augen und schüttelte den Kopf. »Nein. Und das ist der traurige Teil der Geschichte. Ich war mir so sicher, daß alles gut laufen würde. Immer war ich bei allem, was ich tat, ein zuversichtlicher Mensch. Vielleicht mitunter auch dann, wenn das durch nichts zu rechtfertigen war.« Er sagte das völlig aufrichtig und ohne jeglichen ironischen Unterton. »In meinem ganzen Leben war ich mir nie so sicher über irgendetwas wie über das Phoenix-Projekt. Ich hielt es für die richtige Maßnahme zur richtigen Zeit am richtigen Ort.«

»Erzählen Sie mir über sich und Mariah Dodge«, forderte ihn Estrada auf.

»Mariah.« Morales holte tief Luft. »Ich habe eine wundervolle Familie und lebe seit acht Jahren mit derselben Frau zusammen, obwohl ich vorher jede Menge Freundinnen gehabt habe. Meine Kinder leiden schrecklich unter der ganzen Geschichte und werden es ihr Leben lang tun. Ich kann nicht beschreiben, wie schlimm es für sie ist, daß ihr Vater im Gefängnis war. Jede Minute meines Lebens werde ich mich dafür schuldig fühlen.«

Abwehrend hob er eine Hand. »Wenn ich schuldig sage, so verstehen Sie mich bitte nicht falsch. Ich fühle mich nicht etwa deshalb schuldig, weil ich Mariah Dodge ermordet hätte – das habe ich nämlich nicht getan. Schuldig fühle ich mich, weil es erst durch meine Beziehung mit ihr zu dieser irrtümlichen Anklage gekommen ist.

Davon aber einmal abgesehen, habe ich keine Gewissensbisse wegen meiner Freundschaft mit Mariah. Marti und ich hatten uns vom ersten Tag an dafür entschieden, eine tolerante Ehe zu führen. Wir hatten so eine Art ... Arrangement. Mein Umgang mit anderen Frauen machte ihr nichts aus. Sie selbst zieht es vor, lieber ... in Ruhe gelassen zu werden. Wer diese Frauen waren, wußte sie nie. Nur bei Mariah machten wir eine Ausnahme, da sie mit mir zusammenarbeitete und sich die beiden gelegentlich auf Partys oder Firmenversammlungen begegneten.«

Tolles Arrangement, dachte Estrada. Soll ich das jetzt bewundern?

Morales' Bericht zufolge hatte seine Affäre erst begonnen, als Mariah Dodge schon fünf Monate bei Phoenix Enterprises arbeitete. »Zwischen uns hat es bereits geknistert, als wir uns das erste Mal sahen. Zu diesem Zeitpunkt geschah allerdings noch nichts. Dann kam jedoch diese Feier. Ich brachte sie nach Hause und blieb die Nacht über bei ihr. Zu dieser Zeit war Marti, glaube ich, in Paris bei der Vorstellung einer Frühjahrskollektion.«

Von da an hatte sich die Beziehung schnell entwickelt. Mariah hatte nicht gewollt, daß er regelmäßig in ihrer Wohnung erschien. Es gab dort zu viele aufmerksame Angestellte – den Pförtner, den Fahrstuhlführer, die Hausverwalterin. Da ein Großteil der Mieter von außerhalb kam und Familie hatte, wurden viele Wohnungen nur sporadisch genutzt, was die Aufmerksamkeit des Personals folglich auf die wenigen Dauermieter lenkte.

Morales hatte nach einiger Suche in Little Italy eine Wohnung gefunden und unter dem Namen Roberto Messina zehn Monate vor Mariahs Tod angemietet. Schnell hatte er mit Mr. Censabella, dem Nachbarn, der das Apartment unter ihm bewohnte, Bekanntschaft geschlossen. Er hatte ihm monatlich eine bestimmte Summe gezahlt, damit er einen Blick auf seine Wohnung warf, wenn Morales sie nicht benutzte. Kein großer Betrag, sagte Morales. Lediglich ein paar Dollar.

»Kam es vor, daß Sie sich mit Mariah Dodge gestritten haben?«

Roberto Morales lehnte sich zurück und schien wie abwesend in die Vergangenheit zu blicken. »Jeder streitet sich mal.«

»Hat sie von Ihnen verlangt, daß Sie Ihre Frau verlassen und sie heiraten?« In den Tagebüchern fand sich dazu kein Hinweis.

Morales beugte sich vor. »Wie kommen Sie denn auf so etwas? Das hat sie nie von mir verlangt«, sagte er mit aller Deutlichkeit. »Mariah war nicht der Typ, der aufs Heiraten aus war. Und schon gar nicht mich.«

»Weshalb schon gar nicht Sie?« fragte Estrada.

»Mariah war eine sehr vielschichtige Frau. Es bereitete ihr Freude, den Latinos in New York zu helfen, obwohl sie sie während ihrer Zeit in Texas verachtet hatte. Wenn wir eine Auseinandersetzung hatten, warf sie mir nicht selten die beleidigendsten Dinge an den Kopf: Ich sei dämlich, stinkfaul, schmierig, gefühllos, selbstzufrieden, eigensüchtig und arrogant, sagte sie. Außerdem würde ich Frauen wie Untermenschen behandeln. Und so weiter – an alles kann ich mich nicht mehr erinnern. Sie wartete regelrecht auf eine Reaktion meinerseits. Hätte ich ihr keine passende Antwort gegeben, hätte sie mit ihren Beleidigungen ständig so weitergemacht. Es war eine Art Tanz, den wir miteinander hatten ... Wir waren schon ein leidenschaftliches Paar.«

Wieder schwieg er und hing seinen Erinnerungen nach.

»Leidenschaftlich, ja. Aber nicht dafür bestimmt, auf Ewigkeit zusammenzubleiben. Wir hatten Spaß miteinander. Doch keiner von uns ging davon aus, daß diese Beziehung lange dauern würde. Daß sie dann aber auf diese Weise enden mußte ...«

Sie machten eine Pause und zogen sich in die beiden Büroräume zurück, die links und rechts an das Besprechungszimmer angrenzten.

»Es ist erstaunlich«, sagte Miß Stein voller aufgestauter Energie. »Ich kann beim besten Willen nicht glauben, daß das ein Mörder sein soll, der da mit mir an einem Tisch sitzt.«

»Was halten Sie von ihm?«

»Wissen Sie, was das ungeheuerlichste an der ganzen Sache ist? Wenn ich nicht wüßte, was er verbrochen hat, würde ich ihn für einen ganz netten Kerl halten. Er ist so ... charmant. Man muß ihn einfach mögen. Das ist es, was mich so erschreckt. Weil ich doch weiß ...«

Estrada, der sich längst nicht mehr so sicher war, ob er überhaupt irgendetwas in diesem Fall wußte, bemerkte fasziniert, wie sehr ihre Empfindungen den seinen ähnelten. Rein gar nichts wirkte bei Roberto Morales unaufrichtig oder widersprüchlich.

»Angenommen, Sie wären eine Geschworene. Angenommen, er

säße im Zeugenstand und Sie müßten beurteilen, ob er die Wahrheit sagt oder nicht. Was würden Sie dann glauben?«

Lisa Stein dachte lange darüber nach. Estrada wäre eine rasche Antwort wie *Ich würde ihm kein Wort glauben* wesentlich lieber gewesen.

»Ich weiß nicht, was ich glauben würde. Ich fürchte, daß ich auf seiner Seite wäre. Tut mir leid.«

»Schon gut. Wir können es uns nicht leisten, uns etwas vorzumachen. Selbst wenn die Wahrheit weh tut.«

»Erzählen Sie mir etwas über Ihr Verhältnis zu Cuyler Jadwin«, bat Estrada Morales, sobald sie wieder alle Platz genommen hatten. »Ihre Lebensläufe sind doch so unterschiedlich. War es für Sie nicht sehr schwer, so eng mit ihm zusammenzuarbeiten?« Er legte einen Köder für Morales aus und wartete nun ab, ob er anbeißen würde.

Morales warf seinen Anwälten einen Blick zu, bevor er zu reden begann. »Er ist ein krummer Hund. Das war mir von Anfang an klar.« Die Antwort war direkter, als Estrada sich erhofft hatte.

»Warum haben Sie dann mit ihm Geschäfte gemacht?«

Morales setzte ein verzerrtes Lächeln auf. »Ich dachte, ich könnte ihn ausbooten. Mariah meinte, ich sei verrückt. Sie hatte recht, doch damals bemerkte ich das einfach nicht.«

»Sie kannte demnach also Ihre Absicht, Jadwin zu überlisten?« Estrada war keineswegs überrascht, hatte allerdings auch nicht damit gerechnet, daß Morales das freiwillig preisgeben würde.

»Wir haben sehr häufig über unsere Arbeit gesprochen.«

»Und ihr war bekannt, daß Sie Jadwin für einen krummen Hund hielten, wie Sie soeben betonten?«

»Ja.«

»Hatten Sie ihr das so gesagt?«

»Ja.«

Estrada wollte gerade den Mund öffnen, um eine weitere Frage zu stellen, als er bemerkte, daß er auf dem besten Weg war, seinen Gesprächspartner einem Kreuzverhör zu unterziehen. Darum änderte er seine Taktik.

Mit so großem Erstaunen, wie er es nur heucheln konnte, sagte er: »Ich bin mir nicht sicher, ob ich Sie richtig verstanden habe. Mariah Dodge hatte zuvor lange Zeit für Cuyler Jadwin gearbeitet. Das muß Ihnen doch bekannt gewesen sein.« Indirekt war dies die Frage: Wie konnten Sie ihr bloß vertrauen?

»Natürlich wußte ich das. Auch war mir bekannt, daß sie früher ein Verhältnis gehabt hatten.« Gespannt wartete er auf Estradas Reaktion. »Wundern Sie sich, daß ich das Risiko einging, sie in meine Pläne einzuweihen, obwohl ich damit rechnen mußte, daß sie Jadwin gegenüber alles ausplaudern würde?«

Mit regungsloser Miene wartete der Staatsanwalt darauf, daß Morales fortfuhr.

»Das machte mir nichts aus. Ich wußte, daß sie ihm alles hätte berichten können. Und daher habe ich Mariah nur solche Dinge wissen lassen, von denen ich wollte, daß Jadwin sie erfuhr.«

Estrada fühlte eine Beklommenheit in sich aufsteigen. Das war alles andere als gut. Damit würde sein Verdacht auf Betriebsspionage als Motiv für den Mord an Mariah Dodge wegfallen.

»Sie haben sie in Ihrem Krieg gegen Jadwin also ohne ihr Wissen eingesetzt?«

Morales lächelte flüchtig. »So berechnend bin ich nun auch wieder nicht vorgegangen. Ich war mir nie sicher, wann sie Jadwin Bericht erstattete und wann nicht. Aber natürlich konnte ich sie nicht danach fragen.«

»Sie wollten Jadwin also mit seinen eigenen Mitteln besiegen. Wie?«

»Das Projekt hätte gewaltige Summen Geld verschlungen. Deshalb war ich auf die Unterstützung einer öffentlichen Körperschaft angewiesen. Jadwin benötigte für seine Absichten dieselbe Hilfe. Allerdings kam er auf einem Weg an das Geld, der mir nicht offenstand. Daher war ich anfangs mehr von ihm abhängig als er von mir.«

»Aber wenn die Gelder, die er beschaffte, von unsauberen ...«

»Genau das war die Stelle, an der ich ihn packen wollte. Ich dachte, daß die Drohung, seine Betrügereien aufzudecken, ein gutes Mittel wäre, ihn matt zu setzen.« Er sah zu Miß Miller hinüber, die zustimmend nickte und ihm damit die Erlaubnis erteilte, fortzufahren.

»Ich konnte mit dem Wissen leben, daß er bei den Engländern, den Deutschen oder den Japanern hin und wieder ein wenig absahnte. Und ich war bereit, diesen Preis zu zahlen, wenn dadurch mein Traum verwirklicht werden konnte. Stolz war ich allerdings nicht darauf.«

»Und trotz dieser Summen, die Jadwin zur Verfügung stellte, hatten Sie einen Rückschlag zu verbuchen?«

»Ja.« Morales nickte traurig mit dem Kopf. »Der Kollaps des Aktienmarktes im Jahre 1987 änderte alles. Es kamen mir Zweifel, ob das

Projekt jemals einen Punkt erreichen würde, von dem an es sich selbst tragen konnte.« Als sich keine Besserung der Wirtschaftslage abzeichnete, gelangte Morales zu der Überzeugung, daß Jadwin seine Verluste abschreiben und aus dem ganzen Geschäft aussteigen wollte.

Damit verschlechterte sich Morales' Position dramatisch. Ohne den Texaner als Vermittler ausländischer Investoren wäre er am Ende gewesen. Andere Geldgeber konnte er nicht auftreiben, da alle Fachleute die Erfolgsaussichten seines Unternehmens ausgesprochen skeptisch beurteilten.

Morales stand auf und goß sich eine Tasse Kaffee ein. »Irgendwie wollte ich nicht wahrhaben, daß sich die Geldgeber aus Übersee so von Jadwin hatten hereinlegen lassen. Sie hätten doch ebenfalls erkennen müssen, daß das Projekt sich nie selbst tragen würde ... Schön dumm von mir, denn was wußten die schon von den Zuständen in Brooklyn?«

Morales studierte schweigend seine Kaffeetasse. In seinem Gesicht konnte Estrada geplatzte Hoffnungen erkennen und das große Bedauern, einer gewaltigen Selbsttäuschung erlegen zu sein.

»Waren Ihnen die negativen Prognosen dieser Fachleute schon bekannt, bevor Jadwin mit seinem Plan zur Reorganisation der Finanzen auf Sie zukam?«

»Schon Monate vorher. Ich wollte jedoch unbedingt noch retten, was zu retten ist. Selbst wenn das bedeutet hätte, das Projekt nur in eingeschränkter Form zu realisieren.«

»Konnten Sie denn irgendwelche Fortschritte verzeichnen?« fragte Estrada weiter.

»Konnte ich. Meine Idee bestand darin, die Leute für sich selbst arbeiten zu lassen.«

»Und das hätte funktioniert?«

»Nein«, erwiderte Morales. »Ich habe mir bloß selbst etwas vorgemacht. Angesichts der damaligen Wirtschaftsverhältnisse wäre auch dieses Projekt gescheitert. Nein, selbst das ist falsch. Denn es wäre aus dem Anfangsstadium nie herausgekommen.« Er lächelte eisig. »Damals habe ich das einfach nicht erkannt.«

»Inwiefern weihte Sie Jadwin in seine Pläne ein?«

»Kaum. Er ließ mich lediglich wissen, daß er ein großes Stück vom Kuchen an kanadische Interessenten abtreten und anschließend aussteigen wollte. Ich hielt das für einen großen Fehler.«

»Aus welchem Grund?«

»Die Realisierung von Jadwins Plan hätte die Gemeinde zerrissen.«

Morales machte eine Pause und sah Lisa Stein eindringlich an. »Der Ausverkauf an orthodoxe Juden hätte unter den Latinos die Befürchtung aufkommen lassen, daß sie am Ende wieder den kürzeren ziehen würden. Selbstverständlich verhielt es sich nicht so simpel, aber so sahen es meine Leute.«

Erneut staunte Estrada nicht schlecht, wieviel dieser Mann freiwillig zu erzählen bereit war. Und doch, machte er sich klar, hatte Morales überhaupt keine andere Wahl. Jede von Estrada aufgedeckte Lüge würde später, während der Verhandlung, schwerer wiegen als die Wahrheit.

»Wurde wegen dieser Frage für den besagten Montag die Konferenz einberufen?«

»Ja, vor allem deswegen.«

»Auf wessen Seite stand Mariah?«

»Das war ja das Traurige. Dieses einzige Mal stand sie sowohl auf meiner als auch auf Jadwins Seite. Sie hatte erkannt, wie negativ die Folgen für alle Beteiligten gewesen wären, wenn er mit seinem Vorhaben durchgekommen wäre. Daher wollte sie ihn vor diesem schwerwiegenden Irrtum beschützen.«

»Hatten Sie denn eine Alternative?«

»Alles, was ich hatte, waren weitere Träume. Gut, es gab da Kontakte zu einem Investmentbanker, der mich wieder um bei einem anderen Geldinstitut vorstellte, das andeutete, eventuell eine Gruppe von Interessenten ausfindig machen zu können. Aber all das blieb ausgesprochen vage.«

»Und über die Gespräche mit dieser Bank wollten Sie und Mariah Jadwin am Montag morgen unterrichten?«

»Genau.«

Jetzt hatte Estrada die Tür zu seiner entscheidenden Frage aufgestoßen. »Was hatte das, was Sie und Mariah Dodge am Sonntag abend im Büro machten, mit der Besprechung zu tun, die tags darauf stattfinden sollte? An was haben Sie beide gemeinsam gearbeitet?«

Morales sah ihn verständnislos an. »Wovon reden Sie eigentlich?«

»Sie und Mariah haben an jenem Abend bestimmte Unterlagen bearbeitet. Ich vermute, daß sie mit der Zukunft von Phoenix Enterprises in Zusammenhang standen. Daher auch die Eile.«

»Ich habe wirklich keine Ahnung, was sie im Büro gemacht hat.«

Problemlos war er Estradas Falle entkommen.

»Die Papiere, die man in ihrem Büro fand, betrafen die Finanzierung des Projektes. Ein Teil davon hätte durchaus unsere Position bei der Besprechung am Montag stärken können. Aber da ich nicht anwesend war, kann ich Ihnen auch nicht sagen, mit welcher Absicht sie sich dort aufgehalten hat.«

»Immerhin hatten Sie sich mit ihr dort verabredet.«

»Wir sprachen davon, uns für das Treffen am Montag vorzubereiten, und sie sagte, daß ihr eine neue Strategie eingefallen sei. Vermutlich war es das, woran sie arbeitete, als sie ermordet wurde. Um was es sich dabei genau handelte, ist mir nicht bekannt. Nach allem, was ich über die Unterlagen weiß, die neben ihr gefunden wurden, kann ich mir allerdings kein richtiges Bild davon machen.«

»Wollen Sie mir allen Ernstes einreden, daß Sie sich erst mit Mariah Dodge verabredet und sie dann einfach versetzt haben – und das am Vorabend dieser bedeutenden Besprechung?«

»Nein, das will ich Ihnen nicht einreden. Denn so war es nämlich nicht.«

Estrada unterdrückte den Drang, an dieser Stelle nachzuhaken. Besser war es, abzuwarten und darauf zu spekulieren, daß Morales sich verraten würde.

»Ich habe meine Verabredung mit Mariah an jenem Abend eingehalten. Ich hatte zwar Verspätung, aber ich kam. Ungefähr gegen zwanzig Uhr betrat ich das Haus. Sie war bereits vor mir dort eingetroffen.« Er schloß die Augen und machte einen tiefen Atemzug. »Aber sie war nicht mehr am Leben.«

22

Estrada konnte deutlich hören, wie Miß Stein nach Luft rang. »Es stimmt. Ich war am Tatort. Bis heute kann ich nicht verwinden, daß ich zu spät kam, um Mariah Hilfe zu leisten. Was alles an jenem Abend geschehen ist, weiß ich nicht. Ich weiß nur, daß es nicht geschehen wäre, wenn ich den Termin eingehalten hätte.«

Eine schöne Rede, dachte Estrada, dessen Skepsis gewachsen war. »Wie lange sind Sie dort geblieben?«

Morales schüttelte den Kopf. »Das weiß ich nicht. Ich nehme an, Sie haben Fotos von der Leiche gesehen. Ich dagegen mußte mit der Wirklichkeit zurechtkommen. Da lag ein Mensch, der mir viel bedeutete, brutal mißhandelt und blutüberströmt. Ich war dem Wahnsinn nahe.«

»Wie haben Sie reagiert?«

»Ich stand einfach da ... Ziemlich lange, glaube ich. Dann bin ich wohl auf die Knie gefallen und habe geweint – bis ich eine Stimme hörte, die mir sagte: *Lauf, lauf weg. Niemand wird dir glauben, wenn du hierbleibst.* Und dann bin ich fortgerannt.« Er verbarg seinen Kopf in den Händen. Als er wieder aufsah, waren seine Wangen feucht, aber er gab sich gefaßt. »Schon kurz darauf wurde mir klar, daß ich mich idiotisch benommen hatte. Während ich nämlich keinerlei Blutflecke an der Kleidung hatte, war das Büro von oben bis unten mit Blut bespritzt. Niemand hätte mich verdächtigt. Aber ich lief und lief. Ich hatte panische Angst, denn was ich gesehen hatte, war der reinste Alptraum gewesen.«

Einen Augenblick lang schien er etwas verwirrt zu sein.

»Ich fürchtete mich davor, irgendjemandem davon zu berichten, was geschehen war, denn ich machte mir Sorgen, wie meine Familie das verkraften würde. Als ich dann aber angeklagt wurde, konnte ich es einfach nicht fassen ... Da ich weiterhin Angst um meine Familie hatte, sagte ich nichts außer ›Ich bin unschuldig‹, denn ich war mir nicht sicher, ob man mir aus einer Aussage nicht einen Strick gedreht hätte. Heute weiß ich, daß auch dieses Verhalten ein Fehler war.« Morales blickte zu Estrada hinüber. »Darum sitze ich jetzt hier. Ich möchte diesen Fehler wiedergutmachen.«

»Berichten Sie mir über die Begegnung mit Mariah, die am Nachmittag desselben Tages in Ihrem Apartment stattfand«, forderte Estrada ihn auf.

Morales sah zunächst Miß Miller an. Dann senkte er seinen Blick wieder und starrte auf den Tisch. »Es war ... Wir trafen uns so gegen sechzehn Uhr und blieben dort ungefähr zwei Stunden.« Er schloß die Augen. »Verzeihen Sie, aber es fällt mir schwer, darüber zu reden.«

Estrada wartete, bis Morales sich wieder gefangen hatte. »Kann es sein, daß sie Ihnen mitteilte, sie wolle Sie nie wieder sehen?«

»Ja.«

»Was war Ihre Reaktion darauf?«

»Ich war nicht überrascht. Ich hatte es seit langem kommen sehen. Trotzdem schmerzte es mich.«

»Sie waren erbost.«

»Ja. Aber nicht so sehr über die Tatsache selbst, als vielmehr über die Art und Weise, in der sie das sagte.«

»Hat sie Sie beleidigt?«

»Ja. Wie so oft, wenn wir stritten.«

»Und anschließend haben Sie miteinander geschlafen? Nachdem sie Ihnen einen Korb gegeben hatte? Nachdem Sie von ihr beleidigt worden waren? Sie sich gestritten hatten?«

»Das war unsere Art des Abschiednehmens.«

»Und dabei gelangte der Samen auf ihren Körper?« Estrada war gespannt, ob Morales jetzt auf die Kondome zu sprechen kommen würde.

»Ja.« Erneut schloß er die Augen und schüttelte traurig den Kopf.

»Hat sie sich hinterher nicht gewaschen?«

»*Ich* tat es. Ich duschte anschließend immer, da ich den Duft einer anderen Frau nicht mit nach Hause bringen wollte.«

»Und Mariah?«

Morales sah seine Verteidigerin an. »Muß das sein?«

»Deshalb sind wir hier.«

Er holte tief Luft. »Also gut. Sie machte sich immer darüber lustig, daß ich duschte, während sie sich nicht wusch.«

In Erwartung weiterer Einzelheiten saß Estrada ruhig da. Morales sah ihn fragend an. »Das ist alles. So war es. Ihr hat es gefallen.«

Aber was hatte es mit den Kondomen auf sich? Anscheinend hatte er seinen Verteidigern nichts davon erzählt, daß er normalerweise darauf bestand, derartige Verhütungsmittel zu verwenden. Würde er bei seiner Zeugenaussage in der Hoffnung darüber hinweggehen, daß niemand ihn darauf anspräche? Estrada verwarf den Gedanken, ihn an Ort und Stelle damit zu konfrontieren. Dieses Thema wollte er sich für später aufbewahren.

Ein zweites Mal verbarg er den Kopf in den Händen. Nach einer Weile richtete er sich wieder auf. In seinen Augen erkannte Estrada nichts als Trauer.

»Nein, Mr. Estrada«, sagte er, »ich habe sie nicht getötet.«

Gemeinsam mit Lisa Stein brachte Estrada unmittelbar nach Beendigung des Gesprächs seine noch frischen Eindrücke zu Papier.

»Was meinen Sie nun?« fragte er, als sie auf dem Weg zur Staatsanwaltschaft durch die Straßen schlenderten.

»Ein erstaunlicher Mann. Ich weiß nicht, was ich von ihm halten soll. Und Sie?«

»Er hat eine gute Vorstellung gegeben.« Das entsprach keineswegs Estradas wahrer Uberzeugung, doch seine wirklichen Gedanken konnte er ihr einfach nicht anvertrauen. »Wenn Kubelik nicht so versessen darauf gewesen wäre, mit seinem Vorwurf der rassistischen

Unterdrückung den ersten Prozeß in ein Tollhaus umzufunktionieren, wäre Morales heute längst ein freier Mann.«

»Alles in allem sieht es für uns nicht so gut aus, nicht wahr?«

Ohne ein Wort zu reden, gingen sie eine ganze Zeit nebeneinander her.

»Mal angenommen, daß alles, was er uns erzählt hat, der Wahrheit entspricht. Warum hat er dann während der ersten Verhandlung nicht dazu gestanden? Das ergibt doch keinen Sinn.«

»Ich kann verstehen, daß er Angst hatte«, entgegnete Miß Stein. »Wenn er seine Geschichte schon selbst für unglaubwürdig hielt, weshalb hätten ihm dann andere glauben sollen? Aber sagen Sie mal: Denken Sie wirklich, daß er die Wahrheit gesagt hat?«

»Warum eigentlich nicht?« erwiderte Estrada im Ton eines Advocatus Diaboli. Doch innerlich hielt er diese Frage durchaus für angebracht.

»Warum eigentlich nicht! Wenn es wirklich so wäre, würden wir einen Unschuldigen vor Gericht bringen. Und das ist das Schlimmste, was es gibt. Wären Sie dazu in der Lage?«

Estrada konnte jetzt nicht bloß deshalb nachgeben, nur weil seine Beweisführung auf wackligen Beinen stand und Morales sehr wahrscheinlich eine überzeugende Vorstellung vor Gericht liefern würde. Selbst wenn er die Anklage am liebsten fallengelassen hätte, wußte er doch genau, daß seine Vorgesetzten ihn höchstwahrscheinlich zum Weitermachen drängen würden. Sie hätten eine Niederlage vor Gericht vorgezogen, da sie ja immer noch Joseph Smithfield Estrada die Schuld in die Schuhe schieben konnten.

Zu Hause fand er auf dem Anrufbeantworter drei Mitteilungen von Collins vor. Der Amtschef klang von einem Anruf zum anderen hektischer. Beim letzten Mal hatte er sogar seine private Telefonnummer hinterlassen – eine Ehre, auf die Estrada gern verzichtet hätte.

»Zum Teufel! Wo haben Sie gesteckt?« rief Collins, noch bevor Estrada überhaupt seinen Namen vollständig genannt hatte. »Ich will endlich erfahren, wie das Gespräch mit dem Angeklagten verlaufen ist.«

Estrada berichtete ihm zusammenfassend, was Morales erzählt hatte.

»Sie war tot, als er im Büro eintraf! Welch ein Blödsinn.«

»Es hörte sich durchaus plausibel an.«

»Sie glauben ihm also?«

»Er wird einen guten Zeugen abgeben. Einen verdammt guten Zeugen.«

»Meinen Sie, daß er tatsächlich den Zeugenstand betreten wird?«

»Weshalb sonst hätte Miß Miller ihn mir auf dem Präsentierteller servieren sollen?«

»Na ja. Immerhin wissen Sie jetzt, worauf Sie sich einzustellen haben. Damit werden Ihre Augenzeugen noch wichtiger. Vor allem dieser Typ, der Morales dabei beobachtet hat, als er das Gebäude wieder verließ.«

Er meinte Boynton, den Pförtner. »Auf den ist Verlaß. Er wird uns als Zeuge sehr nützlich sein. Aber es wäre mir nur recht gewesen, wenn er sich Morales damals etwas genauer angesehen hätte.«

»Halten Sie es für möglich, daß Morales tatsächlich eine Aussage zu den Samenspuren machen wird?«

»Sicher. Wenn die Verteidigung meint, daß es ihm weiterhilft.« Er erwähnte gegenüber Collins mit keinem Wort, welchen großen Wert der Angeklagte normalerweise auf die Verwendung von Kondomen legte. Auch die Tagebücher, von denen Estrada immer noch nicht wußte, wie er sie einsetzen sollte, enthielt er ihm vor.

Estrada und Lisa Stein benötigten den gesamten Vormittag, um das Gesprächsprotokoll nochmals durchzusehen und zu korrigieren. Nachdem sie ihre Arbeit gerade beendet hatten und Miß Stein mit einer Kopie der Aufzeichnungen zu Collins gegangen war, klingelte das Telefon. Estrada vermutete seinen Chef am anderen Ende der Leitung, doch es meldete sich niemand anderes als Kassia Miller.

»Ich habe gerade ein paar Dinge hier im Haus zu erledigen und dachte, daß ich mal bei Ihnen vorbeischauen könnte.«

»Kommen Sie hoch.«

Ihr Blick fiel sofort nach Betreten seines Büros auf Mariah Dodges Porträt an der Wand. Eine Zeitlang blieb sie regungslos davor stehen. Mit trauriger Miene wandte sie sich schließlich Estrada zu.

»Dieses Bild war mir bislang nicht bekannt. Die Frau wirkt so ... lebenslustig, als sprühte sie vor Energie. Die Vorstellung, daß das derselbe Mensch ist, den ich auf den Fotos vom Tatort gesehen habe, fällt mir schwer.«

»Anscheinend nicht schwer genug, um zu verhindern, daß Sie ihren Mörder verteidigen.« Diese billige Bemerkung tat ihm schon leid, als er das letzte Wort aussprach. Er würde überhaupt nichts gewinnen, wenn er sie so hart anging.

»Vielleicht war es ja ein Fehler von mir, zu dem Gespräch zwischen Ihnen und meinem Mandanten die Zustimmung zu erteilen.«

»Gibt es irgendetwas, das ich für Sie tun kann?« Alles, was er heute zu ihr sagte, platzte schärfer aus ihm heraus, als er eigentlich beabsichtigte.

»Ich komme, um Ihnen mitzuteilen, daß ich gerne dazu bereit bin, Sie bei der Suche nach geeigneteren Kandidaten für die Ermordung von Mariah Dodge zu unterstützen, sofern Sie ernsthaft dazu bereit sind.«

»Haben Sie jemanden für mich in Aussicht?«

»Nicht direkt.«

»Das glaube ich Ihnen gern. Wenn Sie über Beweise für einen anderen Täter verfügen würden, hätten Sie schon längst Antrag auf Einstellung des Verfahrens gestellt, statt hier solche Spielchen mit mir zu veranstalten.«

»Keine Spielchen. Ich habe immer gesagt, daß er unschuldig ist. Nun konnten Sie sich auch selbst davon überzeugen.«

»Ich gebe zu, daß das, was ich von ihm gehört habe, einleuchtend klang. Wenn Sie schon so sehr darauf bedacht sind, mich vom Gegenteil zu überzeugen, warum rücken Sie dann nicht auf der Stelle alles heraus, was Sie zu seiner Entlastung in der Hand haben?«

»Erst muß ich sicher sein, daß Sie nicht versuchen, es vor Gericht gegen uns zu verwenden.«

»Wieso sollte ich, wenn es Ihrem Mandanten helfen könnte?«

»Schließlich sind Sie Staatsanwalt. Wenn ich Ihnen Informationen verschaffe, die uns helfen und Ihnen schaden könnten, muß ich doch davon ausgehen, daß sie instinktiv als erstes nach einem Weg suchen, sie zu widerlegen oder vollständig aus der Welt zu schaffen.«

»Die Beseitigung oder das Zurückhalten von Informationen, die meinem Fall schaden könnten, entspricht nicht meinem Arbeitsstil.« Von den Tagebüchern einmal abgesehen, fügte er in Gedanken hinzu. »In dieser Hinsicht habe ich von Larry Kahn viel gelernt. ›Gib ihnen, was sie wollen‹, sagte er immer. ›Sonst gerätst du in ernste Schwierigkeiten‹.« Ganz langsam bis zehn zählen, ohne an die Tagebücher zu denken, befahl er sich selbst. »Außerdem bin ich nicht Staatsanwalt geworden, um Unschuldige hinter Gitter zu bringen.«

»Ich würde Ihnen ja nur allzu gerne glauben. Aber ich habe gelernt, daß dies der ultimative Test für jeden Staatsanwalt ist: Sie wissen wirklich erst dann, daß Sie gut sind, wenn sie es schaffen, einen Unschuldigen hinter Gitter zu bringen.«

Nachdem sie sich verabschiedet hatte, holte Estrada erneut den Polizeibericht über Roberto Morales hervor. Soviel negative Dinge auch in den Zeugenaussagen über ihn enthalten sein mochten – niemand hatte ihn jemals einen Lügner genannt.

Er lehnte sich auf seinem Stuhl zurück und betrachtete eingehend Mariahs Bild. »Was ist an jenem Abend wirklich passiert?« hätte er sie am liebsten gefragt. Und dennoch war sie schon hilfreicher gewesen als es Mordopfer für gewöhnlich waren, indem sie seitenweise Bemerkungen über den wahren Charakter von Roberto Morales hinterlassen hatte.

Die alles entscheidende Frage lautete jetzt: Wer war dieser Mann in Wirklichkeit? Oftmals verfügten solche Verbrecher über ein beträchtliches Vorstrafenregister. Vergewaltigung und Mord in Tateinheit waren für einen Ersttäter äußerst selten. Einen Fall wie *Morales,* der derart zwiespältig war und soviele Ungereimtheiten aufwies, bekam man als Staatsanwalt höchstens einmal im Laufe der Karriere, wenn überhaupt. Aber mit den Beweismitteln, die Estrada zur Verfügung standen, wäre jeder weniger prominente Angeklagte schon beim ersten Prozeß freigesprochen worden.

Er schnappte sich den Telefonhörer und wählte die Nummer von *Noticias Diarias.* Castillo hielt sich nicht an seinem Schreibtisch auf. Darum hinterließ Estrada eine Nachricht für ihn und rief dann Clemente an. »Wie geht es voran in Sachen Juan Alvaro?«

»Noch immer nichts.«

»Tommy, ich *brauche* diesen Mann.«

»Das sagten Sie bereits. Ich verbringe soviel Zeit in Schwulenbars, daß mir die Kollegen hier schon zweideutige Blicke zuwerfen. Das einzige, was ich feststellen konnte, ist, daß dieser Kerl wirklich existiert. Er stammt aus Kuba und soll ziemlich viel Geld haben, falls die von mir Befragten und ich denselben Mann meinen. Aber entweder wissen sie nicht, wohin er sich verzogen hat, oder sie schweigen eisern.«

»Na schön. Weiter dranbleiben. Vielleicht fügt sich dann eins ans andere.«

»Ich hoffe nicht, wenn ich an die Orte denke, die ich aufsuchen muß.«

Castillo meldete sich bei Estrada. »Sie wollten mich sprechen? Ich dachte, Sie hätten etwas gegen mich.«

»Dafür gibt es schließlich Gründe.«

»Ich mache nur meine Arbeit. Aber lassen wir das. Sagen wir einfach, ich schulde Ihnen noch einen Gefallen.«

»Mehr als einen.«

»Fangen wir damit an, was Sie *heute* von mir wollen.«

»Mehr Informationen über Roberto Morales.«

»Mehr, als Carlos Ramírez Ihnen sagen konnte?«

»Mehr. Aber vor allem bin ich an wirklichen Neuigkeiten interessiert.«

»Von heute? Damals? Oder vielleicht aus der Zeit seiner Kindheit?«

»Einfach alles.«

»Ist etwas geschehen?«

»Nichts, das der Rede wert wäre.«

Einen Augenblick lang sagte Castillo nichts. Dann: »Irgendwas stimmt doch nicht. Das höre ich Ihrer Stimme an. Sie machen sich wohl Sorgen um Ihren Fall, nicht wahr?«

»Sie wissen, daß ich darauf keine Antwort geben darf«, giftete Estrada ihn genervt an. »Meine offizielle Stellungnahme lautet, daß ich felsenfest an die Verurteilung von Roberto Morales wegen der ihm zur Last gelegten Verbrechen glaube.«

»Wobei Sie es sorgsam vermeiden, diese ›Verbrechen‹ genauer zu bezeichnen ... Wenn es denn überhaupt welche gab.«

»Sie geben es anscheinend niemals auf, was?«

»Auch das ist mein Job. Es liegt mir im Blut. Soll ich für Sie ein paar Treffen arrangieren?«

»Wenn Sie das können.«

»Wenn ich das kann? Sie haben keinen blassen Schimmer, was ich alles kann, mein Freund.«

23

Da er alles andere als versessen darauf war, das Wirrwarr in seinem Kopf übers Wochenende mit nach Hause zu nehmen, holte Estrada einen Bogen Papier hervor und zog in der Mitte einen dicken Strich. Über die linke Hälfte schrieb er SCHULDIG, rechts notierte er das Wort UNSCHULDIG.

Das Telefon klingelte. Es war Ginny, die von der Eingangshalle aus anrief. »Ich wollte gerade das Haus verlassen, als Ihre Freundin Miß

Dodge an mir vorbei auf den Fahrstuhl zuging. Ich dachte, ich warne Sie besser.«

Estrada dankte ihr und schob das Blatt Papier unter einen Stapel Akten.

Tess Dodge kam hereingeplatzt. »Da stecken Sie also. Ich hatte schon befürchtet, Sie hätten sich der Fremdenlegion angeschlossen.«

»Ich war ständig unterwegs.«

»Das kann ich mir vorstellen«, entgegnete sie ironisch. »Eigentlich war ich der Ansicht, wir würden zusammenarbeiten …«

»Es ist doch noch gar nicht solange her, daß wir uns unterhalten haben. Außerdem hatte ich wirklich viel zu tun.«

»Irgendetwas ist da faul. Mich können Sie nicht für dumm verkaufen, Estrada. Es ist etwas passiert, das Sie mir nicht anvertrauen wollen.«

»Aber natürlich vertraue ich Ihnen.« Nach allem, was sie für ihn im Hinblick auf die Tagebücher getan hatte, war dieses Vertrauen auch mehr als gerechtfertigt. Den Großteil aller Informationen, die ihn ein wenig weitergebracht hatten, verdankte er ihr. »Meine einzige Sorge besteht darin, das richtige Ergebnis zu erzielen.«

»Das richtige Ergebnis? Das klingt aber sehr zurückhaltend! Soll das heißen, Sie glauben nicht mehr daran, daß Morales meine Schwester ermordet hat?«

»Das habe ich nicht behauptet. Nichts dergleichen.«

»Trotzdem! Sie scheinen es zu glauben.« Sie erhob sich und kam auf seinen Schreibtisch zu. »Sie sollen sich darum kümmern, daß dieser Mann aus dem Verkehr gezogen wird. Ich will jetzt endlich wissen, was eigentlich los ist.«

Estrada sah ein, daß sich durch irgendwelche Verzögerungstaktiken die Beantwortung ihrer Frage nicht vermeiden ließ. Zwei Möglichkeiten standen zur Wahl: Entweder schloß er sie aus den Prozeßvorbereitungen aus, ganz egal ob er wegen der Tagebücher von ihr abhängig war, oder er weihte sie in alles ein und lief damit Gefahr, daß sie seine Pläne durchkreuzen würde, falls sie sie nicht billigte.

Estrada dachte noch mal über alles nach, was er mit ihr bisher durchgemacht hatte, und gelangte zu der Überzeugung, daß das größere Risiko darin bestand, sie von dem Fall fernzuhalten. Ob es ihm gefiel oder nicht – er hatte sie als Verbündete zu akzeptieren.

»Eins möchte ich Ihnen klipp und klar sagen: Wenn ich Roberto Morales vor Gericht bringe und sich dann herausstellt, daß er gar nicht der Mörder ist, dann wird der wahre Täter ungestraft davonkommen.«

»Wer sagt Ihnen denn, daß er Mariah nicht umgebracht hat?«

»Niemand. Aber da wir gerade beim Thema sind, lassen Sie es mich vom anderen Ende her angehen: Warum glauben wir, daß er es tat?«

Wieder sprühte Verärgerung aus ihren Augen. »Er wurde schon einmal dafür verurteilt.«

»Auf unsaubere Weise, wenn man dem Appellationsgericht folgt.«

Mit einer abweisenden Geste fegte er ihren Einwand hinweg. »Machen wir ein kleines Spiel. Sie sind ich und ich bin Kassia Miller. Und nun überzeugen Sie mich mal von seiner Schuld.«

»Er war am Tatort. Die Sicherheitsbeamten haben ihn dort beobachtet.«

»In der Eingangshalle, nicht oben. Aber nehmen wir an, daß er auch in den Büroräumen war. Schließlich ist es seine Firma. Warum also hätte er sich dort nicht aufhalten sollen?«

»Es war *ihr* Büro.«

»Wir wissen aber nicht, ob er in Mariahs Büro war.«

»Was ist mit seinem Sperma und den Schamhaaren, die auf ihrem Körper gefunden wurden?« fragte sie herausfordernd.

»Diese Spuren stammten vom Geschlechtsverkehr am Nachmittag desselben Tages.«

»Seine Fingerabdrücke befanden sich überall in ihrem Büro und auf ihren Unterlagen.«

»Es war sein Arbeitsplatz. Er war der Chef. Und ein Teil dieser Papiere stammte aus seinem eigenen Büro.«

Ihr Gesicht verfinsterte sich vor Enttäuschung. »Warum tun Sie mir das an?«

»Ich will Ihnen lediglich klarmachen, daß wir bei weitem nicht soviel gegen ihn in der Hand haben, wie Sie zu glauben scheinen. Mit Indizienbeweisen allein richten wir nicht viel aus.«

»Aber was ist mit *Ihnen?* Halten Sie ihn wirklich für unschuldig?«

»Wenn ich das täte, müßte ich umgehend das Gericht davon in Kenntnis setzen. Dazu sehe ich derzeit keine Veranlassung. Allerdings habe ich auch nicht mehr die Illusion, daß irgendwer seine Schuld wirklich *beweisen* kann.«

»Es muß doch Gründe dafür geben, daß Sie so denken.«

»Darüber kann ich momentan nicht mit Ihnen sprechen.«

»Und ob Sie können. Nach allem, was ich für Sie getan habe, können Sie mich nicht mehr von Ihren Ermittlungen ausschließen.«

Estrada wußte, daß er sie sich nicht zur Gegnerin machen durfte, indem er ihr Informationen vorenthielt. »Es besteht die Möglichkeit, daß Mariah für Cuyler Jadwin Phoenix Enterprises ausgekundschaftet hat. Meiner Meinung nach hat er ihr aus diesem Grund auch das Mietshaus beschafft. Denn sie wußte von seinen schmutzigen Tricks und hätte ihn jederzeit ins Gefängnis bringen können.«

»Das hätte sie auch schon vorher gekonnt. Immerhin hatte sie auch vor ihrer Tätigkeit für Phoenix Enterprises ein paar Jahre mit Jadwin zusammengearbeitet. Warum der plötzliche Gesinnungswandel?«

»Folgt man dem Tagebuch, dann plante sie gemeinsam mit Johnny irgendeine Aktion, die sich gegen Jadwin richtete. Wahrscheinlich übten sie Druck auf ihn aus – und zwar exakt zur selben Zeit, in der er sich großzügig zeigte und Ihrer Schwester nahezu kostenlos das Haus vermittelte.«

»Sie wollen aus meiner Schwester also eine Kriminelle machen, eine Erpresserin?« Ihre Stimme war leise, doch sprach sie jedes einzelne Wort mit eisiger Kälte aus.

Es war ein Fehler von ihm gewesen, anzunehmen, daß sie seine Mutmaßungen ohne Widerstand hinnehmen würde.

»Sind Sie wirklich der Meinung, daß Mariah diesem Jadwin irgendeine Art von Loyalität schuldete?« wollte er von ihr wissen.

Tess Dodge wollte zu einer Schimpfkanonade ansetzen, hielt sich dann doch im letzten Moment zurück. »Eine sehr interessante Frage. Sehr interessant ... Ich denke, sie schuldete ihm überhaupt nichts, denn er hat sie vom ersten Tag an ausgebeutet.«

»Darüber wissen wir noch zu wenig«, erwiderte Estrada. »Wenn er sich nämlich mit diesem Apartmenthaus ihr Schweigen über seine Betrügereien in Texas erkauft hätte, dann hätte sie ihn mit etwas Neuem erpressen müssen, das ihm einen Mord wert war. In dieser Frage könnte uns Johnny eine große Hilfe sein, falls wir ihn jemals finden.«

»Vorausgesetzt, er ist glaubwürdig.«

»Das ist die Voraussetzung bei jedem Zeugen. Viel wichtiger ist, ob wir den richtigen Angeklagten haben.« Er stand auf. Die Fragestunde war beendet.

»Es gibt noch etwas anderes«, sagte sie, ohne sich von ihrem Platz zu rühren. »Ich will nicht, daß Sie von meiner Schwester wie von einer Kriminellen sprechen. Sie ist das Opfer in diesem Fall. Vergessen Sie das nicht.« Jetzt erhob auch sie sich. »Machen Sie Feierabend?«

»Das hatte ich eigentlich vor.«
»Dann begleite ich Sie hinunter.«
Er nahm das als Angebot für einen Waffenstillstand an. »Okay.«

»Selbst wenn Jadwin ein Motiv gehabt hätte«, begann Tess Dodge, als sie auf die Straße traten, »warum hätte er Mariah vergewaltigen sollen?«

»Und warum hätte Morales das machen sollen?«

»Aus Wut.«

»Wütend ist jeder ab und zu. Vielleicht hat es ja gar keine Vergewaltigung gegeben. Der Mörder könnte sie bloß vorgetäuscht haben, um den Verdacht von sich abzulenken.« Dazu wäre sogar Morales in der Lage gewesen. Denn wer würde annehmen, daß er seine eigene Geliebte brutal mißbrauchen würde?

»Erzählen Sie mir mal, wie man eine Vergewaltigung vortäuscht.«

»Indem man dasselbe macht, wie bei einer richtigen, vermute ich. Man zerreißt erst einmal die Kleider.«

»Sie hätte sich doch gewehrt.«

»Ich stelle mir vor, daß keine Frau sich wehren würde, wenn ihr ein Mann mit einem Rasiermesser in der Hand die Kleidung aufschlitzt. Vor allem dann nicht, wenn sie damit rechnet, daß das Schlimmste, was ihr widerfahren kann, eine Vergewaltigung ist und nicht Mord.«

Außerdem mußte Morales panische Angst vor einer Ansteckung gehabt haben. Wenn er tatsächlich so besorgt war, er könnte sich mit dem AIDS-Virus infizieren, gab es keine Erklärung dafür, daß er eine Gewalttat begangen hatte, bei der das Blut nur so umhergespritzt war. Das war ein weiterer Grund dafür, Morales' Täterschaft in Zweifel zu ziehen.

Sie gingen eine Weile nebeneinander her, ohne ein Wort zu sagen.

»Glauben Sie denn allen Ernstes, daß die Vergewaltigung nur vorgetäuscht wurde?« fragte sie schließlich.

»Ich glaube, daß es so gewesen sein könnte. Die Spuren von Morales' Samen verliehen dem inszenierten Verbrechen einen realistischen Anstrich, mit dem der wahre Mörder nicht gerechnet haben konnte. Oder vielleicht doch, wenn er von ihrem Zusammensein am Nachmittag etwas wußte.«

»Wie hätte er das denn erfahren sollen?« fragte sie ungläubig.

»Kann sein, daß sie es ihm selbst gesagt hat. Oder vielleicht Morales. Es ist auch möglich, daß das Verhältnis der beiden erst zu dem Mord geführt hat.«

»Sie meinen, daß Jadwin dahintersteckt?«

»Auch er war einmal eng mit Ihrer Schwester befreundet und hätte deshalb auf Morales eifersüchtig sein können.«

»Er wußte aber doch, daß die beiden etwas miteinander hatten.«

»Angenommen, Mariah hatte ihm zunächst mitgeteilt, daß sie sich von Morales trennen wollte, dann aber ihre Meinung geändert und ihn auch das wissen lassen?«

»Das stimmt nicht! Zwei ihrer Freundinnen können bezeugen, daß sie die Beziehung mit Morales an jenem Abend beenden wollte.«

Vorausgesetzt, Lynne Schelling hat die Wahrheit gesagt, dachte Estrada. »Auch Zeugen können ihre Meinung ändern.«

Als er am Montag morgen ins Büro kam, gab ihm Ginny einen Zettel, auf dem eine Telefonnummer stand. Pancho Castillo hatte sie für Estrada hinterlassen.

Lisa Stein und Nathan Masouros warteten bereits auf ihn. Als erste Amtshandlung griff der Buchprüfer an diesem Morgen nach einer Zigarette.

»Wir haben etwas entdeckt«, verkündete Miß Stein aufgeregt. »Das ganze Wochenende waren wir fleißig. Und nun haben wir endlich etwas Wichtiges herausgefunden.«

Estrada setzte sich hinter seinen Schreibtisch. »Dann mal los.«

»Jadwins dunkle Machenschaften waren umfangreicher, als wir bislang angenommen haben«, begann Masouros. »Ich war anfangs davon ausgegangen, daß er die Gelder beiseite schaffen wollte, nachdem das Projekt erst einmal angelaufen war – lückenhafte Verträge, getürkte Kaufaufträge und so weiter. Bei so großen Projekten ist das fast schon an der Tagesordnung. Aber nie hätte ich derartige Sauereien erwartet, wie die, auf die wir jetzt gestoßen sind. Es sieht so aus, als habe er von Anfang an versucht, dieselben Kosten immer und immer wieder zu finanzieren, wobei er die Summen, die er eigentlich brauchte, vervielfacht hat. Er schaffte es tatsächlich, daß kein Geldgeber von der Existenz der anderen etwas erfuhr.«

»Hätte er denn am Ende nicht alles wieder zurückzahlen müssen?«

»Nicht, wenn das Projekt gescheitert wäre. In so einem Fall rechnet kaum jemand damit, daß er sein Geld wiedersieht. Erstaunlich ist nur, daß die Leute trotzdem investieren und es meistens auch funktioniert.«

»Hatte Jadwin Erfolg mit seiner krummen Tour?«

»Das habe ich noch nicht feststellen können.«

»Wann begann er denn mit diesen Betrügereien? Nach dem Einbruch des Aktienmarktes?«

»Ja, aber ich rede hier nicht von amerikanischem Geld.«

»Ich glaube nicht, daß es funktioniert hat. Weshalb hätte Jadwin sonst seinen Teil des Unternehmens für Kreditgarantien und Überbrückungskredite verkaufen sollen?«

»Ob es nun funktioniert hat oder nicht – er hatte ein riesiges Betrugsmanöver ausgetüftelt und kam damit ein gutes Stück voran.«

»Wir müssen das unbedingt im Auge behalten. Machen Sie weiter so und sehen Sie zu, was Sie sonst noch herausfinden können.« Es hatte den Anschein, als ob Jadwin etwas zu verheimlichen hätte – ein Mordmotiv und etliches mehr.

Der Mann, mit dem Pancho Castillo für Estrada eine Unterredung arrangiert hatte, war Pater Gregory O'Neill, Pastor einer Kirche, die sich mitten in der Southside befand.

Am Telefon hatte ihm der Reporter gesagt, er solle in das hinter der Kirche gelegene Gemeindehaus gehen. Im dritten Stock mündete das Treppenhaus in einen großen Raum, in dem sich zerschlissene Sessel und altes Spielzeug befanden und der ebenso ramponiert aussah, wie der Rest des Gebäudes.

Eine Frau in mittleren Jahren kam ihm entgegen. Sie trug ein hochgeschlossenes Kleid mit einem weißen Brusttuch. »Guten Tag«, sagte sie, »ich bin Schwester Martha. Kann ich Ihnen helfen?«

»Mein Name ist Joseph Estrada. Ich bin gekommen, um mit Pater O'Neill zu sprechen.«

»Bitte treten Sie doch näher.« Sie führte ihn in einen Nebenraum. Der Pastor saß an einem Schreibtisch, der über und über mit Büchern und Papieren bedeckt war. Er hatte eine Glatze, die von einem nur sehr schmalen Streifen grauer Haare geziert wurde. Ein kurzärmeliges, kariertes Hemd und leichte, khakifarbene Hosen ließen seine Berufung für das Priesteramt kaum erahnen.

»Wie Mr. Castillo mir sagte, interessieren Sie sich für unsere Gemeinde.« Der Mann sprach so leise, daß Estrada ihn kaum verstand. »Sie wollen wissen, was heute hier los ist und wie es vor vierzig Jahren war. Solange bin ich leider noch nicht hier. Aber ich glaube, wir werden noch einige Gemeindemitglieder ausfindig machen, die Ihnen etwas darüber berichten können. Ich möchte lediglich von Ihnen wissen, inwieweit das mit der Anklage von Roberto Morales in Verbindung steht und warum einer von den Menschen hier Ihnen dabei behilflich sein soll?«

»Um meine Zweifel zu beseitigen. Ich bin mir nicht mehr sicher, worin meine Aufgabe besteht.«

»Ihre Aufgabe?«

»Meine Verpflichtung gegenüber Recht und Ordnung, um genauer zu sein.«

»Sehen Sie denn irgendeinen Lösungsweg für Ihre Zweifel?«

»Einzig und allein Informationen können mich weiterbringen.«

»Ah ja, ich verstehe.« Der Priester dachte einen Moment nach. »Sie wollen also Erkundigungen über Roberto Morales einholen, wenn ich richtig verstanden habe.«

»Genau. Über seine Herkunft und die Welt, in der er aufgewachsen ist.«

»Und Sie sind der Meinung, daß derartige Informationen Ihnen helfen werden, Ihre Zweifel zu beseitigen?«

»Das hoffe ich wenigstens.«

»In welcher Hinsicht?«

Estrada zuckte mit den Achseln. »Genau da liegen meine Zweifel begründet.«

Der Priester nickte. »Roberto Morales lebte schon in Brooklyn, als ich hierher kam. Ich kann Ihnen also nur berichten, was mir die Leute über ihn erzählt haben. Seine Mutter kam ohne Mann, aber dafür mit zwei Kindern aus Puerto Rico in die Vereinigten Staaten. Da sie sich ihren Lebensunterhalt verdienen mußte, hatte sie keine Zeit für ihre Kinder. Daher gab sie eines einer Cousine ihres Mannes und das andere einer Frau, die sie noch aus ihrer Heimat kannte. Sie lebten dort wie bei Pflegeeltern. Die beiden Frauen erhielten natürlich monatlich Geld von ihr für den Unterhalt. Sie wollte die Kinder sofort wieder zurückholen, wenn ihr Mann nachgekommen war.«

»Wenn Sie für ihren Unterhalt zahlen konnte, weshalb hat sie sich dann nicht selbst um sie gekümmert?«

»Weil sie sich das Geld dafür erarbeiten mußte und daher keine Zeit für sie hatte. Manche Mütter in dieser Gegend haben sogar drei oder vier Jobs gleichzeitig.«

Die Aussagen des Priesters stimmten mit denen von Morales überein. »Wie ging es dann weiter?« fragte Estrada.

»Ihr Ehemann kam einfach nicht, und die Mutter zog fort, weil sie anderswo bessere Berufsaussichten hatte. Zunächst schickte sie Geld und schrieb Briefe. Dann kam nur noch Geld und am Ende hörte man nichts mehr von ihr. Die beiden Jungen blieben bei ihren Familien und wurden größer. Roberto kannte ich so gut wie gar nicht. Seine

Pflegeeltern waren nicht religiös, dafür aber einigermaßen wohlhabend. Außer Roberto hatten diese Leute noch eine leibliche Tochter.«

»Tatsächlich? Das hat er gar … Das wußte ich überhaupt nicht.«

O'Neill hatte Estradas Versprecher nicht bemerkt. »Viel ist mir über sie auch nicht bekannt. Sie trieb sich meistens mit den hiesigen Jugendbanden herum.«

»Wissen Sie, was aus ihr geworden ist?«

Der Priester schüttelte den Kopf. »Und ich befürchte, daß ihre Eltern auch nicht mehr unter uns weilen.«

»Das ist mir schon aus den Akten bekannt. Was ist mit dem anderen Jungen, der bei der Cousine großgeworden ist?«

Es klopfte an der Tür, und Schwester Martha steckte den Kopf herein. »Tut mir leid, daß ich störe, Pater, aber Mr. und Mrs. Franco sind da.«

»Ich bin gleich soweit.« An Estrada gerichtet sagte O'Neill: »Leider muß ich jetzt unsere Unterhaltung beenden. Ich hoffe, daß ich Sie von Ihren Zweifeln befreien konnte.«

»Sie haben mir sehr geholfen, und ich würde gerne später noch einmal mit Ihnen sprechen, wenn Sie nichts dagegen haben.«

»Das läßt sich einrichten. Beim nächsten Mal kann ich Ihnen möglicherweise ein paar Leute vorstellen, die zu diesem Thema mehr zu sagen haben als ich.«

Nach dem Feiertag des Vierten Juli suchte Estrada erneut Pater O'Neills Kirche auf. Gemeinsam mit ihm, Schwester Martha und drei Gemeindemitgliedern trank er am späten Nachmittag Kaffee. Die drei ihm bis dahin Unbekannten, zwei Frauen und ein Mann, waren alle von harter Arbeit gezeichnet. Sie sprachen einen starken spanischen Dialekt, den Schwester Martha Estrada häufig erklären mußte.

O'Neill, der ebenfalls Spanisch beherrschte, begann ein Gespräch über die alten Tage der Southside, als ein Großteil der Immigranten sich dort angesiedelt hatte.

»Die meisten der Ankömmlinge stammten aus Puerto Rico«, erklärte er. »Aber Mexikaner befanden sich auch damals schon darunter.«

Estrada zeigte sich überrascht. »Von mexikanischen Einwanderern war mir bislang gar nichts bekannt.«

»Es gibt hier eine große mexikanische Gemeinschaft«, sagte Schwester Martha. Wie O'Neill sprach auch sie mit Rücksicht auf die anderen Gäste nur spanisch.

Eine der beiden alten Frauen machte eine Bemerkung.

»Ja, Señora Rosales hat völlig recht«, übersetzte Schwester Martha. »Damals waren es natürlich viel weniger und sie hatten es noch schwerer als heute.«

»Alle hatten es schwer«, warf Señor de Passos ein. »Zu viele Menschen, zu wenig Geld. Alle kamen her, um reich zu werden. Aber sie mußten bald einsehen, daß das Geld auch in Amerika nicht auf der Straße liegt.« Er brach ab, als hätten ihn die paar Sätze sehr angestrengt.

Señora Rosales und Señora Castro pflichteten ihm bei.

Estrada benötigte einige Zeit, bis er bemerkte, daß Pater O'Neill die Erinnerungen der drei Alten geschickt auf das harte Los alleinstehender Mütter lenkte. Dabei ging er von seinem klaren Spanisch in einen Dialekt über, den der Staatsanwalt kaum verstand. Mehrere Minuten lang hatten sie bereits über eine schöne Frau namens Elena und ihre beiden Kinder geredet, als Estrada ein paar Worte aufschnappte, die ihn aufhorchen ließen.

»Entschuldigen Sie bitte, aber sagten Sie soeben, daß diese Frau zwei Söhne hatte?«

»Wunderschöne Söhne sogar«, sagte Señora Castro. »Es war sehr schade, daß sie getrennt werden mußten und dann auch noch ihre Mutter auf Nimmerwiedersehen verschwand.«

»So gute Jungen«, ergänzte Señora Rosales. »Als sie klein waren, glichen sie sich wie ein Ei dem andern. Sie steckten immer zusammen. *Mis dos cuates buenos* nannte sie ihre arme Mutter oft.«

»Cuates?« fragte Estrada. »Dieses Wort habe ich noch nie gehört.«

»Sí. *Cuates*«, bestätigte Señora Rosales. »Compadres buenos. Gemellos.«

»Gemellos?«

»Sí.«

Señor de Passos schien eingenickt zu sein, doch Señora Castro nickte weise. »Es una palabra mexicana«, erklärte sie. »Los cuates son los gemellos.«

Gemellos – dieses Wort kannte er. Gemellos bedeutete nichts anderes als Zwillinge!

»Das war auch für mich eine Überraschung«, gestand Pater O'Neill später. »Seltsam, daß nicht mehr über sie bekannt ist.«

»Sagte Señora Rosales nicht, daß *cuates* auch *compadres buenos* bedeuten könnte – gute Freunde?«

»Es ist gut möglich, daß die beiden selbst nicht alles über ihre Herkunft wußten«, vermutete der Priester. »Ihre Mutter nannte sie immer nur ›die Cousins‹. Wenn bekannt geworden wäre, daß es sich dabei um Zwillinge handelte, hätte sie sie niemals so auseinanderreißen dürfen.«

»Was ist denn aus dem anderen geworden? Sie sagten, daß Sie die Familie kennen würden.«

»Ja. Er lebt noch immer hier in der Gemeinde. Vielleicht haben Sie schon einmal von ihm gehört. Er nennt sich heute Carlos Ramírez.«

»Carlos Ramírez!« rief Estrada.

»Ja. Kennen Sie ihn?«

»Nur oberflächlich.« Estrada gab sich Mühe, diese Neuigkeit zu verdauen. »Sie sehen sich allerdings überhaupt nicht ähnlich. Also sind die beiden zumindest keine eineiigen Zwillinge.«

»Carlos hatte kein leichtes Leben. Als er klein war, bekam er wenig zu essen, während Roberto in dieser Hinsicht bestimmt nicht zu kurz gekommen ist. Und die Narben von Carlos stammen aus der Zeit, als er in Straßenbanden kämpfte, von den Bombenattentaten und aus dem Gefängnis.«

»Bombenattentate? Gefängnis?«

»Ja, eine Zeitlang gehörte er einer terroristischen Vereinigung an, wissen Sie? Nachdem in den siebziger Jahren die Young Lords auseinandergefallen waren, verbrachte er einige Jahre in Puerto Rico bei der FALN, diesen ›patria-ó-muerte‹-Leuten. Man erzählt sich, daß Carlos an Attentaten und an den Planungen zur Entführung des Generalgouverneurs beteiligt war. Einer dieser Geschichten nach zu urteilen, ging irgendwann einmal eine Bombe vorzeitig in die Luft – daher die Narben. Dann erwischten sie ihn und steckten ihn da unten für einige Zeit ins Gefängnis. Wenn Sie sich das alles vor Augen führen, werden Sie sich nicht mehr wundern, daß sich die beiden kaum ähneln.«

24

Zwillinge.

Wenn das stimmte, gab es keine Möglichkeit, Roberto Morales zu überführen, solange Estrada nicht überzeugend beweisen konnte, daß Carlos Ramírez sich zur Tatzeit nicht in der Nähe von Phoenix Enterprises aufgehalten hatte. Denn soweit Estrada bekannt war, ließen sich eineiige Zwillinge nicht durch die Analyse von Körperflüssigkeit oder Schamhaaren voneinander unterscheiden.

Von Ramírez war ihm so gut wie nichts bekannt. Doch ging Estrada davon aus, daß er und Mariah Dodge sich bedingt durch ihr Engagement in der lateinamerikanischen Gemeinde gekannt haben mußten. Jetzt hatte er auch eine mögliche Antwort auf die Frage, weshalb Morales bei der ersten Verhandlung so beharrlich geschwiegen hatte. Indem er die Aussage verweigert hatte, hatte er seinem Zwillingsbruder die bestmögliche Deckung verschafft. Aber wer wußte schon, wie es um das Verhältnis der beiden Brüder wirklich bestellt war?

Als er am folgenden Tag im Büro eintraf, rief er sogleich Lynne Schelling an. Der Name Ramírez war ihr vollkommen unbekannt, doch konnte sie sich daran erinnern, daß Mariah einmal von einem Puertoricaner gesprochen hatte, mit dem sie öfters ausgegangen war, bevor sie Morales kennengelernt hatte. »Damals hatte ich gerade erst ihre Bekanntschaft gemacht, hatte aber das Gefühl, daß ihre Beziehung auf ziemlich häßliche Art und Weise zu Ende gegangen war.«

»Wissen Sie zufällig, ob sich Morales und dieser Ramírez kannten?«

»Ich glaube, er arbeitete anfangs für Morales. Als Berater oder so. Über ihn hat Mariah ja Morales erst kennengelernt.«

»Was verstehen Sie unter ›häßlich‹ im Zusammenhang mit dem Ende ihrer Freundschaft?«

»Er könnte sie geschlagen haben. Ich bin mir nicht sicher. Mariah redete nicht gern darüber, aber ich hatte so ein Gefühl ... Er ließ sie übrigens nicht in Ruhe. Rief ständig an, schickte ihr Blumen. Manchmal war er wohl ausgesprochen nett, und manchmal brüllte er sie regelrecht zusammen.«

»Hat er sie bedroht?«

»Es reicht doch schon, daß er ihr immer nachgestellt hat.«

Estrada dankte ihr und legte den Hörer auf. Es war auf deprimierende Weise simpel: Am Nachmittag Sex mit Morales – und zwar freiwillig. Am Abend dann Ermordung durch Jadwin oder Ramírez. Falls Ramírez der Täter war, rechnete man eine Vergewaltigung hinzu. Dann stammten die Samenspuren eben von ihm. War es Jadwin, dann hatte er mit der Ermordung Mariahs gleichzeitig auch noch Morales aus dem Weg geräumt.

Zu Hause holte Estrada erneut Mariahs Tagebücher hervor und schlug den Band auf, der sich mit den frühen Tagen von Phoenix Enterprises beschäftigte. Und da stand es auch schon: GROSSER KRACH

MIT C. Als er diesen Satz zum ersten Mal gelesen hatte, vermutete er hinter dem C Carlyn Sims.

Telefonisch erfuhr er von ihr, daß sie sich an keinen Streit mit Mariah erinnern konnte. Die in dem Tagebuch erwähnte Auseinandersetzung mußte sich also auf Carlos Ramírez beziehen.

Irgendetwas ließ ihm keine Ruhe. Er nahm wieder Lisa Steins Verzeichnis der Polizeiakten zum Fall *Morales* zur Hand. Unter MORALES, IDENTIFIZIERUNG VON entdeckte er vier Zeugen, die Kahn beim ersten Prozeß nicht benannt hatte. Eine Frau namens Rita Hazen hatte einem Polizisten gegenüber ausgesagt, daß sie die Sonntagabende immer in ihrem Geschäft zubrachte. In der Mordnacht hatte sie gegen einundzwanzig Uhr beobachtet, wie ein in einen dunklen Mantel gekleideter Mann das Bürohaus von Phoenix Enterprises verließ. Er schien eine Trainingshose und Turnschuhe getragen und eine Sporttasche bei sich gehabt zu haben. Weiter hatte sie gesehen, wie der gleiche Mann ein Taxi angehalten, sich dann aber – in offensichtlicher Erregung – dazu entschlossen hatte, doch nicht einzusteigen. Statt dessen, so die Zeugin, war er eilig zum nächsten U-Bahnhof gelaufen.

Zum Teil stimmte die Beschreibung dieser Frau – ein Mann in einem dunklen Mantel – mit den Aussagen der anderen Augenzeugen überein. Für sehr bedeutend hielt Estrada die Erwähnung der Sporttasche, denn am Tatort waren keinerlei blutbefleckte Kleidungsstücke gefunden worden, und eine solche Tasche war ausgezeichnet dazu geeignet, sie unauffällig aus dem Haus zu schaffen. Allerdings war Rita Hazens Beschreibung des Mannes selbst ziemlich ungenau gewesen. Sie hatte ausgesagt, daß sie sich nicht sicher sei, ob es sich bei dem Mann um einen weißen oder einen farbigen mit sehr heller Haut gehandelt habe. Ihrer Aussage nach soll er mittelgroß gewesen sein und außerdem gehinkt haben. Mit dieser Beschreibung allein hätte man Morales nicht überführen können. Estrada wunderte sich nicht, daß Kahn auf ihre Aussage verzichtet hatte. Aber jetzt, mit den neuen Erkenntnissen, über die er verfügte, erhielten die Beobachtungen dieser Frau eine neue Bedeutung. Carlos Ramírez war durchschnittlich groß, hatte hellbraune Haut und – humpelte.

Estrada wollte am nächsten Morgen als erstes mit Larry Kahn reden. Er mußte einige Zeit im Vorzimmer warten, bis Kahn endlich auftauchte und ihn hereinwinkte. »Entschuldigen Sie, daß ich Sie habe warten lassen«, sagte er. »Was gibt es denn so Wichtiges?«

Estrada kam gleich zur Sache. »Es besteht die Möglichkeit, daß Roberto Morales die Tat nicht begangen hat, und ich muß jetzt rasch entscheiden, wie ich in der Angelegenheit fortfahren soll.«

»Soll das ein Aprilscherz sein?« Aber Kahn war nicht zum Lachen zumute. »Also, was bedrückt Sie nun wirklich?«

»Wie ich schon sagte: Morales ist eventuell unschuldig.«

»Joe, ich bin momentan absolut nicht zum Scherzen aufgelegt. Sagen Sie mir ohne Umschweife, was los ist.«

»Ich habe zunächst einmal eine überzeugende Aussage von Morales, daß Mariah Dodge zum Zeitpunkt seines Eintreffens am Tatort bereits tot war.«

»Und darum glauben Sie …« Weiter kam Kahn nicht.

»Das ist erst der Anfang.« Estrada berichtete ihm in aller Kürze alles, was seine bisherigen Recherchen ergeben hatten.

»Sie glauben also, Jadwin hat es getan?«

»Kann sein. Aber es gibt da noch einen zweiten Verdächtigen.«

»Wen?« Die väterliche Attitüde, die zu Kahns Markenzeichen geworden war, wich allmählich einer gespannten Aufmerksamkeit.

»Carlos Ramírez.«

Estrada wartete auf eine Reaktion. Doch es folgte nichts. Kahn schien erst eine Erklärung hören zu wollen. Deshalb erzählte Estrada ihm, was sein Gespräch mit Pater O'Neill und den drei Gemeindemitgliedern ergeben hatte und wie deren Aussagen mit den Beobachtungen der Zeugin Rita Hazen übereinstimmten.

»Das reicht bei weitem nicht aus, um den Mann als Verdächtigen abzustempeln. Ich halte diese Geschichte mit dem Zwillingsbruder für blanken Unsinn. Aber warum belästigen Sie ausgerechnet mich mit diesem Problem? Gehen Sie doch zu Lou Collins. Gehen Sie zu Natalie Muir. Oder zu Bishop persönlich. Ich habe mit der ganzen Geschichte nichts mehr zu tun, falls Sie das noch nicht bemerkt haben sollten.«

»Das stimmt nicht ganz.« Jetzt war es soweit. Jetzt war die Zeit gekommen, den Mann, der früher einmal Estradas Vorbild gewesen war, mit der ganzen Fragwürdigkeit der Arbeit zu konfrontieren, die er als erster Ankläger im Fall *Morales* geleistet hatte. »Ein Teil der Beweise gegen Jadwin und Ramírez ergibt sich aus den Tagebüchern von Mariah Dodge. Ich kann nicht umhin, den Inhalt dieser Aufzeichnungen als äußerst hilfreich für die Verteidigung zu bezeichnen.«

Kahn schüttelte den Kopf.

»Aber es gibt noch mehr«, fuhr Estrada fort. »Auch meine Vermutung, daß Mariah gegen Jadwin konspiriert hat, ergibt sich aus diesen

Büchern. Mittlerweile ist derjenige, der daran beteiligt gewesen war, aus New York verschwunden. Zur Zeit der ersten Verhandlung wäre er für die Gegenseite noch greifbar gewesen. Wenn er nicht wieder auftaucht, könnte die Verteidigung daher beantragen, das Verfahren wegen Amtsverletzung einzustellen.«

»Kann es sein, daß Sie unter Drogen stehen?« fragte Kahn mühsam beherrscht. »Ich habe selbst in diese Tagebücher geschaut und nichts dergleichen entdecken können.«

»Man muß eben sorgfältig lesen, um dahinterzukommen.« Estrada nannte ihm einige der Hinweise, auf die er bei seiner Lektüre gestoßen war. Kahn hörte ungeduldig zu. »Ich bin mir nicht sicher, ob ich Sie rausschmeißen soll, weil Sie mich von der Arbeit abhalten, oder ob ich Ihnen dankbar sein soll, weil Sie mir etwas Spaß in einen ansonsten trüben Tag bringen. Es gibt nur eins, was ich noch von Ihnen wissen möchte«, bemerkte er schließlich. »Warum suchen Sie überall nach Alternativen, nur um diesen blutrünstigen Mörder nicht verfolgen zu müssen?«

»Sind Sie denn so sicher, daß er der Täter ist?«

»Wie Sie sich vielleicht erinnern, habe ich ihn beim letzten Mal angeklagt. Und ich bin dabei verdammt sorgfältig vorgegangen.«

»Es ist mir durchaus bekannt, welch gute Arbeit Sie zu leisten imstande sind. Aber seit Monaten sitze ich über den von Ihnen zusammengetragenen Beweismitteln, ohne daß ich zu erkennen vermag, wie Sie daraus eine Anklage gegen Morales zustande bringen konnten. Ich möchte Ihnen hiermit in aller Deutlichkeit sagen, daß Sie – aus welchem Grund auch immer – einen großen Fehler begangen haben, als sie die Tagebücher einfach unerwähnt ließen. *Ich* muß nämlich jetzt versuchen, diese Aufzeichnungen wieder ins Spiel zu bringen, ohne irgendjemanden damit allzu sehr zu verletzen.«

»Eine schöne Rede, Joe, aber letzten Endes doch nur selbstsüchtiger Mist. Ich werde wegen meiner momentanen Untersuchungen von allen Seiten angegriffen und habe wirklich nicht die Zeit, mir Gedanken über diese Tagebücher zu machen, die damals für meine Beweisführung nichts taugten und heute auch nicht mehr wert sind.« Kahns Gesicht war dunkelrot angelaufen, obwohl er seine Stimme noch immer unter Kontrolle hatte. »Sie geben uns alle der Lächerlichkeit preis – mich und die besten Ermittlungsbeamten, die wir hier haben –, wenn Sie beabsichtigen, so weiterzumachen wie bisher. Passen Sie bloß auf – diese Tagebücher werden Sie zugrunde richten, wenn Sie nicht davon ablassen.«

»Sie meinen also, ich solle weiterhin einen Mann anklagen, der vielleicht gar nicht schuldig ist?«

»Ich meine, Sie sollten Ihre Arbeit erledigen. Sie wissen doch überhaupt nicht, ob Morales nicht doch der Mörder ist. Gegen alles, was gegen seine Täterschaft spricht und daher Ihren Fall schwächen könnte, müssen Sie zunächst einmal so gut es geht ankämpfen. Und wenn Sie dazu nicht in der Lage sind, sollten Sie Ihren Platz lieber für einen fähigeren Kollegen freimachen.«

Die Strenge und Sicherheit, mit der Kahn sprach, ließen bei Estrada Zweifel aufkommen, ob er bislang richtig vorgegangen war. Hatte er vielleicht nur deswegen gegen Jadwin und Ramírez Verdacht geschöpft, weil er kalte Füße bekommen hatte?

»Und glauben Sie mir«, fügte Kahn hinzu, »die Enthüllung dieser Tagebücher wäre für Sie absolut tödlich. Sie würden damit die Familie Dodge ins Unglück stürzen, meine Arbeit ruinieren und sich selbst die Karriere vermasseln.«

Estrada erhob sich und ging auf die Tür zu. »Eins möchte ich noch von Ihnen wissen: Warum haben Sie mich eigentlich für diesen Job empfohlen?«

»Das geht Sie gar nichts an.«

»Weshalb denn nicht?«

»Vertraulich«, war alles, was Kahn zur Antwort gab.

»Ich möchte aber wissen, warum.«

»Weil ich Sie für den geeigneten Mann hielt. Weil ich dachte, Sie hätten es verdient.«

»Weil Sie dachten, ich würde die Tagebücher zurückhalten. Und Sie hatten recht damit. Bis heute.«

Traurig schüttelte Kahn den Kopf und ordnete die Unterlagen auf seinem Schreibtisch. »Wenn Sie mich jetzt bitte entschuldigen. Ich habe wichtige Arbeit zu erledigen.«

»Was hat es mit den Zwillingen und der DNA-Analyse auf sich?« fragte ihn Nancy Rosen, als sie sich in den Besuchersessel setzte, den Estrada ihr angeboten hatte. »Erzählen Sie mir bloß nicht, daß Roberto Morales einen Zwillingsbruder hat.«

Aus der Art der Fragestellung ging klar hervor, daß sie von Estradas neuesten Untersuchungsergebnissen schon unterrichtet war.

»Ich werde die nächsten paar Wochen verreist sein«, sagte sie. »Vorher sollten wir uns aber noch mal unterhalten, damit wir uns anschließend gemeinsam an die Arbeit machen können.«

»Was meinen Sie damit?«

»Bisher kann man uns wohl kaum als ›Team‹ bezeichnen. Wahrscheinlich denken Sie, daß ich Ihnen böse bin, weil man Sie mir vorgezogen hat. Anfangs hatte ich Ihnen dafür die Schuld gegeben, doch mittlerweile ist mir klar, daß Bishop und die anderen genauso über Ihren Kopf hinweg entschieden haben wie über meinen.«

»Alles vergeben und vergessen«, erwiderte Estrada.

»Es freut mich, daß Sie mich richtig verstehen.«

»Sie brauchen mir gar nichts zu erklären. Es war schon schlimm genug, daß man Ihnen diesen Fall nicht anvertraut hat. Aber daß Sie dann auch noch unter meiner Leitung arbeiten müssen ...«

»Ach, darum handelt es sich nicht einmal. Ich weiß ja einiges aus dem ersten Prozeß und könnte Ihnen sicher nützlich sein, wenn Sie mir nicht immer aus dem Weg gingen.«

»Falls ich das getan haben sollte, möchte ich Ihnen sagen, daß das nicht meine Absicht war.«

»Schon in Ordnung.«

»Ich möchte Sie etwas fragen, was ich Sie eigentlich schon längst gefragt haben sollte. Was halten Sie von den Beweismitteln, die Kahn im ersten Prozeß präsentiert hat?«

»Eine gute Frage. Ich glaube, sie reichten bei weitem nicht aus. Von meinem Vorschlag, die Untersuchungen auszuweiten und in mehrere Richtungen gleichzeitig zu recherchieren, wollte Kahn überhaupt nichts wissen.« Als wäre sie selbst von ihrer Offenheit überrascht, machte Nancy Rosen eine kurze Pause. »Larry hatte sich in diese eine Theorie verbohrt und war außerdem wegen der Krankheit seiner Frau auch nicht hundertprozentig bei der Sache. Es mußte zwangsläufig schiefgehen. Darum würde ich es diesmal gerne besser machen. Ich will den Mistkerl hinter Gittern sehen.«

Estrada hätte am liebsten die Bemerkung eingeworfen, daß Morales möglicherweise gar nicht schuldig war. Aber angesichts der Aufrichtigkeit, die sie ihm gegenüber an den Tag legte, wäre ihm das wie Verrat vorgekommen.

»Etwas stört mich an der ganzen Sache«, sagte er schließlich. »Ich kann gut verstehen, daß Larry wegen der schweren Erkrankung seiner Frau andere Sorgen hatte. Aber weshalb ließ er Ihnen nicht freie Hand bei der Suche nach anderen Motiven und Tätern?«

Ihre Reaktion kam für ihn vollkommen unerwartet. Schweigend starrte sie eine Weile gedankenverloren aus dem schmutzigen Fenster.

»Ich glaube, er wollte Morales fertigmachen, weil er Ehebruch begangen hatte und nicht wegen des Mordes«, sagte sie dann ruhig und überlegt. »Es war ihm sehr viel daran gelegen.«

»Aber warum denn?«

Sie schüttelte den Kopf und machte eine abwehrende Handbewegung. »Mehr möchte ich vorerst nicht dazu sagen.«

Um drei Uhr morgens wurde Estrada vom Klingeln seines Telefons aus dem Schlaf gerissen. Zunächst wollte er das schrille Geräusch ignorieren. Da der Anrufer aber nicht nachgab, rollte er sich aus dem Bett und torkelte den Flur entlang, um zu erfahren, wer ihn um diese Uhrzeit in seinem wohlverdienten Schlaf störte.

»Hallo?«

Am anderen Ende hörte er eine Frau weinen. Tiefe, langgezogene Schluchzer überdeckten die Worte, die sie hervorzubringen versuchte. Alles, was er verstand, waren sein eigener Name sowie die Worte *sie* und *er*. Besänftigend redete er auf die verzweifelte Frau ein: »Es ist alles in Ordnung; beruhigen Sie sich erst einmal; es wird alles wieder gut.«

Allmählich ebbte das Schluchzen ab. Estrada konnte hören, wie die Frau ein paar Mal Luft holte. Dann wurde ihm klar, um wen es sich bei der Anruferin handelte.

»Tess. Was ist geschehen?«

»Wem ...?« Sie bemühte sich, einen vollständigen Satz hervorzubringen. »Wem haben Sie ... von dem Tagebuch erzählt?«

»Niemandem. Was hat das zu bedeuten?«

»Irgendwer ... irgendwer hat meinem Vater alles gesagt.«

»Was? Was gesagt?«

»Alles über ... Sex ...

»Ich verstehe Sie nicht.«

Wieder schnappte sie nach Luft. Dann fügte sie hastig hinzu: »Kann nicht sprechen. Rufe später an.«

Mit dem Hörer in der Hand saß Estrada fassungslos da. Verstört legte er auf, für den Fall, daß sie sich gleich wieder melden sollte. Er hoffte es zumindest, denn nach diesem Telefonat würde er ohnehin nicht so schnell wieder einschlafen können.

Erneut klingelte es.

»Tess?«

»Hier spricht ihr Vater. Sie haben meine Tochter schon genug belästigt. Sie hat Ihnen nichts mehr zu sagen.« Er knallte den Hörer auf.

Estrada wählte die Nummer der Dodges in Houston. Nachdem es lange geschellt hatte, wurde der Hörer abgenommen und sofort wieder aufgelegt. Ein weiteres Mal probierte er es nicht mehr.

Nach dieser unruhigen Nacht nahm Estrada am Morgen eine Dusche, zog sich an und trank zwei Tassen schwarzen Kaffee. Dann rief er die Dodges an.

Sylvia Dodge meldete sich. »Guten Tag, Mr. Estrada. Kann ich etwas für Sie tun?«

»Ist alles in Ordnung?«

»Aber ja doch. Stimmt etwas nicht?«

Er bemerkte die Anspannung, die sich hinter der krampfhaft heiteren Stimme verbarg. »Ich habe vergangene Nacht einen Anruf erhalten … Könnte ich bitte mit Tess sprechen?«

»Sie ist nicht zu Hause, hat aber eine Nachricht für Sie hinterlassen. Sie wünscht Ihnen viel Glück vor Gericht.«

»Das verstehe ich nicht.«

»Es war wirklich zu viel für sie. Darum hielt es der Doktor für angebracht, sie zusammen mit anderen jungen Menschen ihres Alters ein wenig auf Reisen zu schicken, um sich zu zerstreuen. Auch mir macht dieser Prozeß sehr zu schaffen. Falls Sie also in Zukunft irgendwelche Auskünfte benötigen sollten, dann rufen Sie bitte Dr. Dodge in seinem Büro an. Wir alle wünschen Ihnen viel Erfolg.«

War es möglich, daß Tess einen Nervenzusammenbruch gehabt hatte? Oder steckte ihr Vater dahinter? Es mußte Kahn gewesen sein, der die Familie Dodge … Aber was in aller Welt hatte er ihnen über die Tagebücher gesagt?

Estrada verscheuchte diese Gedanken. Er mußte umgehend etwas unternehmen, um Dr. Dodge von der Vernichtung der Tagebücher abzubringen. Als sinnvollste Lösung erschien ihm, ihre sofortige Beschlagnahmung zu veranlassen. Am besten wäre es, wenn er sich mit einem früheren Zimmernachbarn vom College in Verbindung setzte, der inzwischen als Staatsanwalt in Dallas arbeitete, denn bei der Staatsanwaltschaft in Houston kannte er niemanden. Er blickte auf die Uhr und zog eine Stunde ab. Ironie des Schicksals: Es war zu früh, um einen Anruf zu tätigen, der ihn davor bewahren konnte, zu spät zu kommen.

Den ganzen Vormittag versuchte er, auf der Rückrufliste des besagten Houstoner Staatsanwaltes zu landen. Als seine Frustration ihren Höhepunkt erreicht hatte, meldete sich Ginny, um ihm mitzuteilen, was er während seiner Telefonaktion alles verpaßt hatte.

»Lisa will wissen, wann Sie Zeit haben. Nathan Masouros erwartet Ihren Rückruf. Mr. Collins läßt ausrichten, daß er nach dem Mittagessen für Sie zu sprechen ist. Und Tess Dodge hat auch für Sie angerufen.«

»Was! Wann?«

»Eben erst. Vor ein paar Minuten.«

»Warum haben Sie mir nicht Bescheid gesagt?« Langsam wurde es ihm zur Gewohnheit, seine Sekretärin anzuschreien.

»Aber Sie haben doch die ganze Zeit telefoniert. Ich wußte nicht ...«

»Schon in Ordnung. Nehmen Sie's mir nicht übel. Ich bin heute ein wenig gereizt. Hat sie irgendetwas gesagt?«

»Sie meinte, sie würde nirgendwo hinfahren, wo Sie sie nicht erreichen könnten. Wenn es ihr möglich ist, wird sie Sie wieder anrufen.«

25

»Bringen Sie Neuigkeiten?« wollte Collins von Estrada wissen.

»Ja, aber leider keine guten.«

»Setzen Sie sich.« Collins kam um den Schreibtisch herum und nahm am Konferenztisch Platz. Estrada ließ sich ihm gegenüber nieder.

»Jetzt wird es wohl ernst«, bemerkte Collins.

»Ja, sehr. Mariah Dodge gehörte doch zu den texanischen Mitarbeitern von Phoenix Enterprises, nicht wahr?«

»Richtig.«

»Und Cuyler Jadwin war derjenige, der sie dort eingeführt hat. Er war der Geldgeber, der Finanzier des Unternehmens.«

»Ja, und?«

»Er hat die Firma gemolken. Ihm war überhaupt nicht an einem korrekten Geschäft gelegen. Von Anfang an wollte er dort nur absahnen. Mariah Dodge wußte davon, und wie es aussieht, setzte sie ihn damit unter Druck. Anscheinend hat er sie einmal richtig ausbezahlt, damit seine Betrügereien von früher nicht ans Tageslicht gelangten. Danach hat sie jedoch aller Wahrscheinlichkeit nach geplant, ihn ein zweites Mal zu erpressen, diesmal mit ihrem Wissen über seine Machenschaften bei Phoenix Enterprises.«

»Lassen Sie mich sehen, ob ich das auch alles richtig verstanden habe. Sie glauben, Mariah habe diesen texanischen Bankier erpreßt.«

»Genau.«

»Das hilft uns nicht gerade weiter. Sind Sie auch sicher?«

»Ziemlich.«

»Nur ziemlich, oder verfügen Sie über echte Beweise?«

»Tatsache ist, daß Jadwin ein Mietshaus für sie organisiert hat.«

»Das muß Larry Kahn aber auch gewußt haben. Dieser Besitz muß doch in ihrem Nachlaß aufgetaucht sein.«

»Versteckt und unterbewertet. Nichts, was zur damaligen Zeit die Alarmglocken hätte läuten lassen.«

»Na schön. Überprüfen Sie alles noch mal so gründlich wie möglich. Bis dahin vergessen wir einfach dieses Treffen hier.«

Collins erhob sich. Estrada blieb, wo er war. »Da ist noch mehr.«

»Hm?« Collins ließ sich wieder auf seinen Stuhl fallen.

»Es ist nicht auszuschließen, daß Morales einen Zwillingsbruder hat.«

Collins erbleichte. »Wie bitte?«

»Einen Zwillingsbruder mit einem Motiv.«

»Um Gottes willen«, flüsterte er. »Das glaube ich einfach nicht. Hat dieser Zwilling ein Alibi?«

»Falls er eins benötigt, wird er es bekommen. Dieser Mann würde jederzeit jemanden finden, der für ihn lügt.«

Collins kniff die Lippen zusammen.

Ausführlich legte Estrada seinem Chef dar, was er alles über Carlos Ramírez herausgefunden hatte. »Und auch das ist noch nicht alles.«

»Ich will schon gar nichts mehr hören«, wehrte sich Collins verzweifelt.

»Mariah Dodge führte Tagebuch. Larry Kahn war auch das bekannt. Heimlich, still und leise hat er es ihrer Familie zukommen lassen und der Verteidigung gegenüber nichts davon erwähnt.«

»Sie beschuldigen Larry Kahn …?«

Estrada holte Luft. Das war für ihn der Rubikon. Wenn er ihn erst einmal überschritten hatte, gab es kein Zurück mehr.

»Ich habe es gelesen. Es bestätigt meine gesamten Ausführungen.«

»Und Larry Kahn kannte es.«

»Ja.«

»Haben Sie mit ihm darüber gesprochen?«

»Ja.«

»Was meint er dazu?«

»Er hält dieses Tagebuch für nutzlos – damals wie heute.«

»Aber Sie sind anderer Ansicht?«

»Ich glaube, er hatte zu jener Zeit ganz andere Probleme. *Mir* hat die Schwester der Toten geholfen, die schwierigsten Passagen zu verstehen. *Er* hatte diese Unterstützung nicht. Daher kann ich nicht beurteilen, ob er das Tagebuch – übrigens mehrere Bände – tatsächlich für wertlos hielt oder es absichtlich hat verschwinden lassen. Allerdings rechne ich nicht damit, daß die Verteidigung da große Unterschiede machen wird.«

»Sie haben die gegnerische Partei demnach noch nicht davon in Kenntnis gesetzt?«

»Bisher ließ sich das vermeiden. Nun aber ist der Punkt erreicht, an dem ich diese Taktik nicht mehr länger vertreten kann. Darum bin ich hier. Darum, und weil ernsthafte Zweifel an Morales' Schuld aufgetaucht sind.« Estrada stand auf und holte erneut tief Luft. »Offen gesagt, bin auch ich mir nicht mehr so sicher, ob er der Mörder ist.«

Collins streckte den Kopf nach vorn. »Mit solchen Sprüchen tun Sie sich selbst keinen Gefallen. Was das Tagebuch anbelangt, so halte ich das für eine ernste Angelegenheit – vorausgesetzt, Ihre Angaben entsprechen der Wahrheit. Natalie Muir sollte unbedingt davon erfahren. Sie haben auf jeden Fall gut getan, sich mit ihren Schwierigkeiten an uns zu wenden. Lassen Sie mir bitte eine Kopie der Aufzeichnungen von Mariah Dodge zukommen.«

»Wird gemacht.«

»Wer hat eigentlich das Original?«

»Die Familie der Verstorbenen.« Wenn es noch existiert, fügte Estrada in Gedanken hinzu.

»Ist Nancy Rosen darüber informiert?«

»Bis jetzt wissen lediglich Sie, ich, Larry Kahn und die Familie Dodge von den Büchern.«

»Okay. Dann werde ich zusehen, daß ich Natalie Muir erreiche. Und zu niemandem auch nur ein Wort!«

Noch am Ende desselben Tages rief Collins Estrada zu sich in sein Büro. Natalie Muir, die gerade aus dem Fenster sah, drehte sich um, als er den Raum betrat.

»Lou hat mich schon von allem in Kenntnis gesetzt. Ausgesprochen unschöne Angelegenheit.«

Estrada nickte zustimmend, fragte sich jedoch, ob sie die Tagebücher meinte oder das, was er Collins außerdem noch alles berichtet hatte.

»Ich möchte Ihnen vorschlagen, den Fall vorerst ruhen und Nancy Rosen die Anklage weiterverfolgen zu lassen. Sie hat Erfahrung und kennt die Beweismittel besser als jeder andere. Allerdings wird sie in Kürze in Urlaub gehen. Das heißt, Sie werden zunächst einmal weitermachen müssen. Lou wird dabei in engem Kontakt mit Ihnen bleiben und Ihnen ein wenig Rückhalt bieten.« Sie machte den Versuch, ein beruhigendes Lächeln aufzusetzen. »Verstehen Sie das bitte nicht als Kritik an Ihrer Leistung, Joe«, fuhr sie mit ernster Stimme fort, ohne daß diese Beteuerung überzeugend klang. »Sie haben hervorragende Arbeit geleistet. Am besten, Sie lassen sämtliche Anhaltspunkte, die zugunsten von Morales sprechen, erst einmal unter den Tisch fallen und konstruieren so mit den gegen ihn vorhandenen Beweisen die bestmögliche Anklage.«

»Die Ereignisse überschlagen sich leider«, entgegnete Estrada und erwähnte die letzten Telefonate mit Tess Dodge und ihrem Vater.

Collins und Muir tauschten vielsagende Blicke aus und schienen offensichtlich die Folgen dieses Zwischenfalls abzuwägen.

»Haben Sie deswegen schon irgendetwas unternommen?« fragte Collins.

»Ja. Ich habe mit Houston telefoniert, um die Beschlagnahmung der Tagebücher zu erwirken. Doch der Kollege dort wollte etwas Schriftliches in der Hand haben.«

»Ich hatte Ihnen doch ausdrücklich geraten, mit niemandem darüber zu reden.« Wütend war Collins von seinem Stuhl aufgesprungen und pochte nun mit den Handknöcheln auf den Tisch.

»Das war doch bereits vor unserem Gespräch«, bemerkte Estrada.

»Haben Sie schon einen Antrag an die Staatsanwaltschaft in Houston geschickt?«

»Noch nicht. Erst wollte ich Sie davon unterrichten.«

»Es wäre am sinnvollsten, Joe, wenn Sie Lou alles bis ins letzte Detail erzählen, so daß wir uns mit der Sache befassen können, um – falls nötig – auf einer höheren Ebene zu intervenieren.«

Damit hatte Natalie Muir elegant umschrieben, daß er künftig ohne großes Aufsehen ins zweite Glied würde treten müssen, während seine Vorgesetzten eine Wagenburg um die Position errichteten, die dem Büro – und nicht dem Fall – am dienlichsten war. Damit würde Roberto Morales' Schicksal anderen Überlegungen untergeordnet, und Larry Kahn hätte die Chance, heil aus der Sache herauszukommen.

Die Frage, die sich Estrada nun stellte, lautete, wie er weiter vorgehen sollte?

Der einzig gangbare Weg, den er im Eifer des Gefechts zunächst zu erkennen vermochte, bestand darin, die Verteidigung in seine bis dahin zurückgehaltenen Untersuchungsergebnisse einzuweihen. Lange würde es nicht mehr dauern, bis er den Fall ohne jede weitere Einflußmöglichkeit abgeben mußte.

Estrada rief Kassia Miller an. »Ich muß Sie sprechen. Ganz privat und inoffiziell. Könnten wir uns treffen?«

»Heute abend paßt es mir nicht so gut.«

»Es wird nicht viel Zeit in Anspruch nehmen.«

Als Estrada das von Kassia Miller vorgeschlagene karibische Restaurant betrat, saß sie bereits hinter einer Flasche Bier aus Jamaika und wartete auf ihn. Er bestellte sich ebenfalls eins. Die Wände und Fenster waren von Palmen, überdimensionalen Früchten und Attrappen von Papageien verstellt. Reggae drang aus den Lautsprechern.

»Also schön«, begrüßte ihn Miß Miller. »Ich bin bereit. Worum handelt es sich?«

Estrada nahm einen Schluck. Das Bier kam ihm außergewöhnlich kühl und erfrischend vor.

»Ist Ihnen ein Mann mit dem Namen Carlos Ramírez bekannt? Er leitet ein Jugendzentrum, das Adelante heißt.«

»Ich bin ihm schon begegnet.«

»Ich habe Grund zu der Annahme, daß Carlos Ramírez und Roberto Morales Zwillinge sein könnten.«

Sie starrte ihn an, tastete nach ihrem Bier, ohne hinzusehen, warf die Flasche um und schien erst in diesem Augenblick wieder zu sich zu kommen. Beide schnappten sich die Papierservietten, die auf dem Tisch lagen, und tupften hastig die Flüssigkeit auf.

»Entschuldigung«, sagte sie.

Die Bedienung erschien mit einem Geschirrtuch. Sie entfernte die nassen Servietten und wischte den Tisch ab.

»Wir hätten gerne noch ein Bier. Oder besser zwei«, sagte Estrada zur Kellnerin. Er hatte großen Durst.

»Zweieiige Zwillinge.« Millers Satz klang nicht so sehr wie eine Frage, sondern vielmehr wie eine Feststellung.

»Nicht unbedingt. Wahrscheinlich sind sie eineiig.«

»Aber sie sind sich überhaupt nicht ähnlich.«

Die Kellnerin stellte die zwei neuen Bierflaschen auf den Tisch.

»Geht aufs Haus.« Sie bedankten sich. Miß Miller winkte der Inhaberin zu, die hinter der Theke stand.

Estrada erklärte ihr, auf was das unterschiedliche Aussehen der beiden vermutlich zurückzuführen war. »Außerdem sollten Sie wissen, daß Mariah Dodge möglicherweise ein Verhältnis mit diesem Ramírez gehabt hat, bevor sie sich mit Morales anfreundete.«

Kassia Miller riß die Augen weit auf. »Und dabei dachte ich, daß meine Quote an Überraschungen für diesen Abend schon ausgeschöpft sei.« Mit ihrer Flasche zeichnete sie feuchte Kreise auf die Tischplatte. »Sie sagten ›möglicherweise‹. Weshalb sprechen Sie mit mir schon darüber, wenn Sie sich doch noch gar nicht sicher sind, ob es überhaupt stimmt?«

Schon vor ihrem Treffen war Estrada zu dem Entschluß gekommen, sie in die wahren Gründe seiner Mitteilungsbereitschaft einzuweihen. Doch brauchte er jetzt einen Moment, bis er sich dazu durchrang. »Ich rechne mit Ärger in meinem Büro. Es kann sein, daß ich schon nicht mehr aktiv an dem Fall arbeiten werde, wenn der Prozeß beginnt.«

Sie konnte ihre Verwunderung nicht unterdrücken. »Das tut mir leid. Hoffentlich bekommen Sie nicht zu viele Schwierigkeiten.«

»Wie dem auch sei – bis jetzt handelt es sich nur um Gerüchte, die ich Ihnen erzählt habe. Es gibt keinerlei Beweise dafür, keine protokollierten Aussagen, einfach nichts. Aber wir beide wissen, daß ich mehr tue, als mir eigentlich erlaubt ist, indem ich Sie davon in Kenntnis setze.« Denn ich vertraue meinen Vorgesetzten nicht, daß sie diese Spur weiterverfolgen oder Sie davon unterrichten, fügte er in Gedanken hinzu. »Ich möchte Sie als Gegenleistung darum bitten, sich der Sache anzunehmen und vollständig zu vergessen, daß wir beide jemals darüber gesprochen haben.«

Sie dachte nach. Er las die Fragen, die sie sich stellte von ihrem Gesicht ab.

»Und noch etwas«, sagte er. »Falls sich meine Vermutungen bestätigen oder Sie auf etwas stoßen sollten, das vor Gericht verwendbar wäre, lassen Sie es mich bitte wissen.«

»Das kann ich Ihnen nicht versprechen.«

»Versuchen Sie es wenigstens.«

Nancy Rosen sah bei ihm vorbei, kaum daß er hinter seinem Schreibtisch Platz genommen hatte.

Mit hochrotem Kopf setzte sie sich ihm gegenüber, vermied es aber, ihn anzublicken. »Lou Collins und Natalie Muir wollen, daß ich Ihren Fall übernehme«, kam sie gleich zur Sache. »Ich habe abgelehnt.«

Estrada war sich nicht sicher, ob er sie richtig verstanden hatte. »Sie haben … was?«

»Schließlich haben Sie schon soviel Energie darin investiert, daß ich keinen Grund sehe, Sie zu verdrängen. Ich habe die beiden deutlich wissen lassen, daß Sie es verdienen, den Fall weiterzuführen. Und ich möchte Ihnen dabei behilflich sein.«

»Als wir uns das letzte Mal unterhielten, gaben Sie offen zu, wie unzufrieden Sie waren, als man *mir* diesen Fall übertrug. Wäre das jetzt nicht Ihre große Chance?«

Sie fing leise an zu weinen, die Augen zusammengekniffen.

Ihre Tränen verwirrten Estrada.

»Sie haben überall recherchiert und Leute befragt, die Larry niemals eingefallen wären«, erklärte sie. »Ich kann gar nicht verstehen, weshalb man mit Ihnen so unzufrieden ist. Daß Morales schuldig ist, habe ich ja nie richtig glauben können. Aber ich konnte nichts …«

»Wovon reden Sie?«

Sie holte ein Päckchen Papiertaschentücher aus ihrer Handtasche und schneuzte sich. Dann wischte sie die Tränen aus ihrem Gesicht. »Ich nehme an, daß ich es nicht ewig für mich behalten kann. Allerdings gehe ich davon aus, daß Sie es nicht weitererzählen werden …« Wieder mußte sie weinen.

Nachdem sie sich erneut die Augen getrocknet hatte, holte sie einen Taschenspiegel hervor. Sie puderte sich die Wangen und die Nase, richtete sich auf und begann zu erzählen: »Es war eine schwierige Zeit damals für mich. Ich kam gerade aus dem Mutterschaftsurlaub zurück und war mit mir gar nicht zufrieden, obwohl ich fünfzehn Pfund weniger wog als heute. Aber zu Hause klappte nicht alles so, wie es eigentlich sollte. Auch hier im Amt lief einiges schief. Larry hatte die Arbeit satt, zumal seine Studienkollegen es durchweg schon weitergebracht hatten als er. Inzwischen hat sich das allerdings geändert, denn er hat ja den Vorsitz der Untersuchungskommission erhalten.«

Nervös rutschte sie auf dem Stuhl herum, zupfte an ihrem Kleid und wischte sich eine Schweißperle von der Stirn. »Ich kann noch immer nicht fassen, daß ich so dumm war«, fuhr sie verbittert fort. »Ich habe mich mit ihm eingelassen, wenn auch nur dreimal insgesamt. Es war nicht einmal aufregend. Wir … haben uns gegenseitig getröstet, glaube ich. Im Grunde fand ich es aber schon damals traurig. Pathetisch! Aber Larry sah das anders. *Ihm* war unser Techtelmechtel wichtig. Doch als er nach dem dritten Mal nach Hause kam, erzählte ihm seine Frau von ihrer schweren Erkrankung.«

»Oh je«, entfuhr es Estrada.

»Von da an gab es für ihn nur noch zwei Dinge: seiner Frau zu helfen und Roberto Morales ins Gefängnis zu bringen. Ich muß gestehen, daß er wirklich von Morales' Schuld überzeugt war. Aber Larrys Motivation bestand vor allem darin, daß er ihn wegen seiner Frauengeschichten bestrafen wollte.«

»Für Sie muß das doch furchtbar gewesen sein?«

»Er vermied es, mir außerhalb des Büros zu begegnen – ähnlich wie Sie am Anfang. Am schlimmsten war jedoch, daß er sich nichts von mir sagen ließ, was diesen Fall anbelangte …«

»Das ist allerdings eine bittere Geschichte«, bemerkte Estrada. »Aber Sie haben sich nichts vorzuwerfen.«

Beinahe wäre es ihr gelungen, ein Lächeln hervorzubringen. »Ich freue mich, daß Sie das sagen. Ursprünglich war es meine Absicht, als Leiterin der Anklage gegen Morales diesmal alles besser zu machen. Aber nachdem ich Sie bei Ihrer Arbeit beobachtet habe, bin ich dafür, daß Sie den Vorsitz behalten.«

»Collins und Muir sind da leider anderer Meinung.« Er griff nach einem der Pfeile und schleuderte ihn so heftig auf Morales' Foto, daß er abprallte und zu Boden fiel.

»Wir haben so wenig gegen ihn in der Hand«, sagte Nancy Rosen nach einer Weile des Schweigens. »Ein paar Zeugen, die aber die Tat nicht direkt mitbekommen haben, Hörensagen, was das Motiv anbelangt und zu guter Letzt noch den DNA-Test. Aber wenn sie am Nachmittag vor Mariah Dodges Tod miteinander geschlafen haben, bringt uns der auch nicht weiter.«

»Angenommen, er gibt zu, am Tatort gewesen zu sein, aber erst, als sie schon tot war?«

»Behauptet er das? Klingt nach Standardausrede. Aber wenn er wirklich einen Zwillingsbruder hat …«

»Ich will versuchen, mir mit Hilfe des Geburtsregisters Klarheit zu verschaffen. Leider weiß niemand, wo sie geboren wurden.«

»Es gibt geeignetere Mittel und Wege.«

»Wenn es uns gelänge, eine Gewebeprobe von beiden zu bekommen, könnte uns das wirklich weiterhelfen.«

»Fragen wir sie doch.«

»Einfach so?«

»Warum denn nicht?«

»Weil Ramírez dann sofort bemerkt, daß wir ihm auf den Fersen sind, und sich aus dem Wind machen würde.«

»Ich werde darüber nachdenken«, versprach Mrs. Rosen. »Wenn ich nur wüßte, warum die da oben Sie wirklich loswerden wollen. Es muß doch mehr dahinterstecken!«

Da Estrada sie bisher für eine Verbündete von Larry Kahn gehalten hatte, war er nie auf die Idee gekommen, ihr etwas von den Tagebüchern zu erzählen. Nun wurde ihm jedoch klar, daß er ihr das schuldig war. »Ich glaube, Larry hat Beweismaterial unterdrückt, das für die Verteidigung von einiger Bedeutung sein könnte. Muir und Collins gefällt meine Haltung dazu nicht.«

Sie hatte sich schon erhoben, um sich zu verabschieden, blieb dann aber neben ihrem Stuhl stehen und wartete auf den Rest.

»Es gibt da ein Tagebuch, in dem sich Hinweise auf mögliche andere Verdächtige befinden.«

»Wenn Larrys Theorie dadurch geplatzt wäre, hätte er es mit Sicherheit ignoriert«, sagte sie und verließ das Büro.

In einer alten irischen Bar in der Tenth Avenue traf sich Estrada mit Tommy Clemente.

»Sie wollen, daß ich weiter nach diesem Johnny Ausschau halte, stimmt's?« fragte er den Staatsanwalt.

»Es muß doch eine Möglichkeit geben, den Kerl zu finden. Er kann schließlich nicht einfach so mir nichts dir nichts verschwinden, ohne Spuren zu hinterlassen. Warum hätte er das auch tun sollen?«

»Wissen Sie, das habe ich mich auch schon gefragt.« Clemente trank sein Bier aus und gab dem Kellner ein Zeichen, daß er Nachschub bringen sollte. »Da hat jemand eine gute Stelle, das Unternehmen ist noch nicht in seiner Existenz bedroht, und trotzdem taucht er einfach so unter. Läuft vor irgendwas davon. Ich nehme an, er hatte Angst, Morales könnte ihm oder der Frau wegen ihres Wissens gefährlich werden.«

»Genau deshalb müssen Sie den Mann für mich aufspüren. Ich weiß zwar nicht, über welche Informationen er verfügt, aber ich weiß, daß er uns eine ganze Menge erklären kann.«

Plötzlich ließ Estradas Piepser einen Signalton los, der ihm mitteilte, daß er seine Dienststelle zurückrufen sollte.

Während er aufstand, um zum Telefon zu gehen, sagte Clemente: »Ich warte lieber hier, für den Fall, daß Sie ein Fahrzeug brauchen.«

Ein Polizeibeamter meldete sich am anderen Ende. »Mr. Estrada, wir haben einen Anruf von einem Polizisten namens Polk erhalten. In Ihrem Apartment gibt es anscheinend Ärger.«

Estrada rannte hinaus auf die Straße, wo Clemente bereits in seinem Wagen saß. »Wohin?«

»Zu mir nach Hause.«

Vor dem Mietshaus, in dem sich Estradas Wohnung befand, standen drei Übertragungswagen verschiedener Rundfunkanstalten sowie eine schwarze Limousine. In der Eingangshalle kontrollierte ein uniformierter Polizist die ein- und ausgehenden Leute. Clemente heftete sich seine Polizeimarke ans Jackett, und gemeinsam machten sie sich auf den Weg nach oben.

Polk erwies sich als ein schwergewichtiger Mann in einem zerknitterten beigen Anzug und einem Blick, der darauf schließen ließ, daß er von diesem Ort am liebsten so schnell wie möglich verschwinden wollte.

»Estrada?«

Er nickte. »Was ist hier los?«

»Sieht aus, als wäre jemand hier eingebrochen.« Polk deutete auf den zersplitterten Holzrahmen der Tür. »Außerdem haben sie eine Nachricht für Sie hinterlassen – im Schlafzimmer.«

Estrada warf einen Blick in den besagten Raum. Hier herrschte absolutes Chaos. Herausgezogene Schubladen, überall verstreute Kleidungsstücke und an der Wand ein in roter Farbe gemaltes Wort: MUERTE – Tod. Ein unangenehmer Geruch lenkte seine Aufmerksamkeit auf das Bett, wo er einen Haufen Kot entdeckte.

»Das machen diese Gauner manchmal recht gerne«, bemerkte Polk nüchtern. »Sie ermitteln in der Sache *Morales*, richtig? Wie mir gesagt wurde, hat man Sie vor einiger Zeit bedroht.«

»Stimmt.« Noch immer wurde seine Post im Büro auf Sprengstoff untersucht. Estrada hatte das nie richtig ernst genommen und seit langem nicht mehr daran gedacht.

Verwirrt betrachtete er das Durcheinander in seiner Wohnung. »Fehlt irgendwas?« fragte Polk.

»Woher soll ich das wissen? Ich werde Wochen brauchen, um das in diesem Wirrwarr festzustellen.« Er war jedoch beunruhigt, daß er keines der Tagebücher herumliegen sah.

»Eine alte Dame hat ausgesagt, sie hätte einige Männer gesehen, die eilig eine Tasche davongetragen haben. Sie meinte, es könnten Latinos gewesen sein.«

»Das hilft uns kaum weiter«, erwiderte Estrada. »Was ist mit dem Portier?«

»Nichts. Kann sich nur an eine schöne Blondine erinnern. Nein, sie war wohl eher rotblond. Wollte auch zu Ihnen.«

26

Da er Tess Dodges Telefonnummer nicht bei sich hatte, bestellte er ein Taxi und fuhr zu ihrer Wohnung. Der Pförtner gab an, sie schon seit einer Woche nicht mehr gesehen zu haben.

Estrada steckte ihm einen Zwanziger zu. »Ich bin ein Freund von ihr und mache mir Sorgen um sie.«

»Wie, sagten Sie, war Ihr Name?«

»Joe.«

»Joe«, wiederholte er, die Stirn in Falten gelegt. »Stimmt. Joe. Sie ist nicht da, Joe. Aber wenn Sie gegen Mitternacht noch mal wiederkommen würden, könnte Ihnen meine Ablösung vielleicht mehr sagen.«

Da er wegen der Ermittlungsarbeiten vorerst nicht in seine Wohnung konnte, rief er Mahoney an, um mit ihm essen zu gehen. Sein Kollege hatte jedoch bereits eine Verabredung. Als Estrada von dem Einbruch berichtete, bot er ihm an, die nächsten Tage in seiner Wohnung zu übernachten. »Ich hinterlege den Schlüssel beim Fahrstuhlführer.«

Nach einem einsamen Abendessen suchte Estrada ein Kino auf, um sich ein wenig zu zerstreuen. Anschließend fuhr er erneut zu Tess Dodge.

»Was kann ich für Sie tun?« fragte der Nachtportier.

»Mein Name ist Joe. Ihr Kollege sagte mir vorhin, Sie wüßten eventuell etwas über Miß Dodge.« Ein weiterer Zwanziger wechselte den Besitzer.

»Oh ja.« Der Schein verschwand in seiner Tasche. »Die ist nicht zu Hause.«

Estrada konnte seine Verärgerung nicht verbergen. »Verkaufen Sie mich nicht für dumm.«

Der Mann wich einen Schritt zurück. »Sie läßt Ihnen ausrichten, daß sie Sie anrufen will. Es sei sehr wichtig.«

»Sagte sie, wann?«

»Nein. Sie hatte es wirklich sehr eilig. Rannte in ihre Wohnung, schnappte ein paar Sachen, und weg war sie.«

»Wurde sie von einem Mann begleitet?«

»Sehen Sie Mister, ich will keinen Ärger bekommen.«

Estrada starrte den Mann an, daß er beinahe im Erdboden versunken wäre.

»Sie kam alleine.«

»Und vorher?« Er ließ nicht locker.

»Sie brauchen sich keine Sorgen zu machen, wirklich nicht. Der Typ war alt genug, um ihr Vater zu sein.«

»Schlank, weißes Haar, beeindruckendes Äußeres?«

»Ganz genau.«

Er drückte dem Portier einen Zehner in die Hand. »Halten Sie Ihre Augen auch weiterhin offen.«

Vom Büro aus rief er am nächsten Tag im Jugendzentrum Adelante an. Zwar hatte er Kassia Miller gegenüber vorgegeben, nicht mehr in Sachen Carlos Ramírez zu ermitteln, doch nach dem Zwischenfall in seiner Wohnung wollte er die Dinge soweit vorantreiben wie möglich.

»Ich stecke bis zum Hals in Arbeit«, sagte Ramírez. »Heute abend läuft bei uns eine große Show. Musik, Tanz, Theater. Bis dahin habe ich keine einzige Minute Zeit. Kommen Sie doch raus und nehmen Sie an unserer Veranstaltung teil. Hinterher setzen wir uns in eine ruhige Ecke und unterhalten uns.«

In der Mittagspause fuhr Estrada schnell in seine Wohnung, um zu überprüfen, ob die Tagebücher tatsächlich verschwunden waren. Die Polizisten vom Erkennungsdienst waren noch bei der Arbeit. Trotz eifriger Suche in seinen durcheinandergeworfenen Sachen gelang es ihm nicht, auch nur einen der Bände zu entdecken. Estrada schnappte sich eine Reisetasche, warf ein paar Kleidungsstücke hinein und machte sich dann wieder auf den Weg zu seiner Dienststelle.

Er wußte nicht, was er wegen der Tagebücher unternehmen sollte. Collins wartete darauf. Falls die kopierten Seiten nicht wieder auftauchen sollten, würde sein Vorgesetzter vermutlich von einer Beschlagnahmung absehen, und könnte somit der Verteidigung deren Existenz mit Erfolg verheimlichen.

Estrada ging den Korridor entlang zu Collins' Büro und steckte den Kopf hinein. »Ich wollte bloß mal nachfragen, ob Sie schon irgendwas aus Texas gehört haben.«

Collins legte die Stirn in Falten. »Als die Kollegen dort bei den Dodges auftauchten, war das Haus verrammelt und niemand anwesend. Den Nachbarn zufolge ist die ganze Familie vor ein paar Tagen verreist.«

»Dann sollte man die Tür aufbrechen.«

»Warum? Hat der alte Dodge die Tagebücher mitgenommen, sind sie nicht mehr da. Sind sie da, kann er sie wohl schlecht vernichten, solange er abwesend ist. Was ist eigentlich mit den Kopien, die sich in Ihrem Besitz befinden? Wollten Sie sie nicht herbringen?«

Estrada berichtete Collins von dem Einbruch in seine Wohnung.

»Das ist ja wirklich ärgerlich«, bemerkte sein Vorgesetzter. »Tut mir aufrichtig leid.«

»Danke. Aber das ist auch der Grund, weshalb ich sie Ihnen nicht geben kann. Alles ist verwüstet, und die Polizei läßt mich wegen der Spurensicherung noch nicht suchen.«

Collins sah auf die Uhr. »Ich muß einen Zug erreichen. Bis Montag will ich diese Tagebücher auf dem Tisch haben. Und keine Ausreden.«

Das ganze Wochenende über wartete er auf Tess Dodges Anruf. In ständigem Wechsel hörte er die Anrufbeantworter in seiner Wohnung und im Büro ab. Vergeblich. Die Büroräume der Staatsanwaltschaft waren ausgestorben. Alle Angestellten, auch die Anwälte, befanden sich im Urlaub oder waren übers Wochenende fortgefahren. Als das Telefon endlich doch noch klingelte, nahm Estrada sofort ab.

»Hier ist Tess«, sagte eine dünne Stimme. Im Hintergrund konnte er Straßenlärm wahrnehmen.

»Ist alles in Ordnung?«

Sie zögerte. »Ich muß Sie sehen.«

»Können Sie mich in meinem Büro aufsuchen?«

»Privat wäre es mir lieber.«

»Kein Mensch ist hier. Alle ausgeflogen.«

Wieder ließ sie sich Zeit mit ihrer Antwort. »Na gut.«

Kurz darauf war sie schon wieder in der Leitung. »Ich kann doch nicht kommen.«

»Aber ich muß Sie unbedingt sprechen!«

»Muß jetzt aufhören. Sie erfahren noch, wo wir uns treffen.«

»Warten Sie. Wie wäre es in meiner ...« Die Leitung war bereits tot.

Das Kirchengebäude, in dem sich der Jugendklub befand, war vollgestopft mit Besuchern, die sich allesamt in Schale geworfen hatten. Sämtliche Plätze waren belegt, und in den Gängen an beiden Seiten standen weitere Zuschauer.

Estrada bahnte sich einen Weg nach draußen und wartete während der Vorstellung in seinem Wagen. Nach einer guten Stunde verließ ein Teil der Gäste die Kirche. Der Rest blieb, um an der anschließenden Feier teilzunehmen.

Er ging wieder hinein, wo er Ramírez erblickte, der von seinen Bewunderern umringt wurde. Es gefiel Estrada nicht im geringsten, sich diesen Mann als Mörder vorzustellen. Als Ramírez seine Anwesenheit bemerkte, nahm er ihn mit einem strahlenden Lächeln in die Arme und begrüßte ihn. »Wie fanden Sie's, Joseph? Auf diese Kinder kann ich stolz sein, was?«

»Sie sind schwer in Ordnung.«

»Nicht wahr? Tanto talento, tanto pasión.«

»Si. Maravilloso.«

»Sie wollten sich mit mir unterhalten?«

»Vielleicht besser ein andermal.«

Noch immer drängte sich die Menschenmenge dicht um den Leiter des Jugendzentrums.

»Handelt es sich um etwas Ernstes?«

Estrada machte eine verneinende Geste: nichts Besonderes. »Ich interessiere mich lediglich für den Zeitraum, in dem Sie als Berater für Phoenix Enterprises tätig waren. Hatten Sie Gelegenheit, Mariah Dodge kennenzulernen oder sahen Sie sie ab und zu in Begleitung von Roberto ...?«

Hinter dem Bart verfinsterte sich Ramírez' Gesicht. »Das sind allemal ernste Fragen. Natürlich kenne ich sie, natürlich habe ich die beiden zusammen gesehen. Mehr habe ich allerdings nicht zu sagen. Sie würden Ihre Zeit verschwenden, wenn Sie deshalb noch mal wiederkämen.« Das sonnige Lächeln erschien wieder auf seinem Gesicht. Ein weiteres Mal umarmte er Estrada, wenn auch weniger herzlich. »Und jetzt viel Spaß auf der Party. Ich muß mich um meine anderen Gäste kümmern.«

In der Abfertigungshalle der Staten Island-Fähre traf er sich mit Tess Dodge. Sie kam mit ziemlicher Verspätung, so daß sich Estrada Gedanken machte, ob er möglicherweise am falschen Ort war. Als sie schließlich eintraf, hätte er sie wegen ihrer dunklen Sonnenbrille und dem Strohhut, der ihre Haare verbarg, beinahe nicht erkannt.

Auf der Rundfahrt durch den Hafen saßen sie am Oberdeck der Fähre und genossen die frische Brise.

»Also gut. Sie wollten mir berichten, was geschehen ist.«

Als Antwort nahm sie mit fahrigen Bewegungen ihre Brille ab und brachte ein buntverfärbtes Auge zum Vorschein.

»Mein Vater hat mich gezwungen, ihm Ihre Privatadresse zu verraten, damit er Mariahs Tagebücher wieder in seinen Besitz bringen konnte.«

»Er steckt also dahinter!« rief Estrada.

»Er und ein Privatdetektiv, den er dafür angeheuert hat.«

»Wie heißt der Mann?«

»Mike, mehr weiß ich auch nicht. Ein harter, fieser Bursche. Keine Ahnung, wie Daddy an den geraten ist.«

»Und wie ist der Einbruch abgelaufen?«

»Mein Vater steuerte den Wagen, ich mußte den Pförtner ablenken, und Mike ist mit seinem Partner bei Ihnen eingedrungen.«

»Dann haben *Sie* ihm verraten, daß ich im Besitz der fehlenden Seiten bin?« fragte Estrada empört.

»Nein, verdammt noch mal! Was fällt Ihnen ein, mir so etwas zu unterstellen? Sie haben vielleicht Nerven. Mein Vater wußte doch schon alles. Als ich damals versuchte, an diese fehlenden Seiten zu gelangen, sagte ich meiner Mutter, Sie würden sie sorgfältig bei sich zu Hause aufbewahren, weil sie nicht im Büro für alle anderen einsehbar herumliegen sollten. Das mußte ich tun, denn andernfalls hätte sie sie nicht herausgerückt.«

»Und dann hat sie Ihrem Vater davon erzählt?«

»Er schlug sie noch schlimmer als mich. Ich hätte nie gedacht, daß er so furchterregend sein kann. Mariah war für ihn eine Art Heilige.«

Sie lehnte sich an ihn und begann zu weinen. Estrada streichelte ihr über die Haare.

Nach einer Weile entwich die Spannung aus ihrem Körper. Bis die Fähre wieder anlegte, saßen sie regungslos und ohne miteinander zu sprechen auf ihren Plätzen, ihre Hand in der seinen. Auf dem Heimweg sagte sie plötzlich und unvermittelt: »Ich habe noch einen Teil.«

»Von was?«

»Vom Tagebuch. Ich habe von den Seiten, die meine Mutter mir geschickt hat, ebenfalls Kopien angefertigt. Diese ganzen Sex-Geschichten und alles über ›Johnny‹.«

»Sie haben es? Sie haben es wirklich?« Estrada wußte nicht, ob er sich erleichtert fühlen oder fluchen sollte, hatte er sich doch schon teilweise mit dem Gedanken angefreundet, daß die Tagebücher vollkommen von der Bildfläche verschwunden waren.

»Ja, wirklich. Sie können mir glauben.«

»Was hat denn Ihr Vater mit den Originalseiten angestellt?«
»Verbrannt hat er sie, und wir mußten dabei zusehen.«
»Meinen Sie, wenn er sich wieder beruhigt hat, könnten Sie ihn überreden, den Rest nicht zu vernichten?«
»Niemals.«
Estrada wollte nicht weiter insistieren. »Haben Sie die Kopien bei sich?«
»Ja.« Sie klopfte auf ihre Tasche. »Und auch schon ein weiteres Mal vervielfältigt.«

»Mehr habe ich nicht«, bemerkte Estrada, als er Collins am Montag morgen die Tagebuchseiten überreichte. »Alles übrige haben die Diebe mitgehen lassen.«
Collins zog die Kopien aus dem Umschlag. »Woher wollen Sie wissen, daß es sich dabei um Teile eines Tagebuchs handelt?«
»Wie ein Fußball sieht es nicht gerade aus. Was sollte es denn sonst wohl sein?«
Sein Vorgesetzter blätterte die Seiten durch. »Geht daraus hervor, daß es sich um ein Tagebuch handelt?«
»Meinen Sie, ob jeder Eintrag mit *Liebes Tagebuch* beginnt?« fragte Estrada ironisch zurück.
»Ja, meine ich. Irgendwas in dieser Richtung.«
»Ihre Freundin in Texas sagt, daß Mariah ein Tagebuch geführt hat, ihre Eltern halten das für ihr Tagebuch und ihre Schwester erkennt darin ebenfalls ein Tagebuch. Was wollen Sie eigentlich noch?«
»Sind Sie sicher, was die Eltern anbelangt?«
»Ich habe die verdammten Bücher doch bei ihnen zu Hause eingesehen. Und sie wußten, daß ich deswegen bei ihnen war.«
»Aha, aus dem Grund waren sie bei den Dodges.« Collins war alles andere als erfreut. »Der geeignete Augenblick, um mir das zu erzählen.«
»Das war *einer* der Gründe, die mich dorthin führten.«
Collins faßte in die Schublade und brachte einen Brief zum Vorschein, der an Hamilton Bishop adressiert und auf dem Briefpapier von Samuel Dodge verfaßt worden war. Er war kurz, ließ es aber an Deutlichkeit nicht fehlen:

Einer Ihrer Mitarbeiter gibt fälschlicherweise Teile der unveröffentlichten Aufzeichnungen meiner Tochter als Tagebücher aus. Mit der Wahrheit hat das nicht das geringste zu tun. Ich erwarte daher die sofortige Unterbindung derartiger Verleumdungen.

»Sie wissen doch, warum er das geschrieben hat, oder?« fragte Estrada. »Er macht sich Sorgen um den Ruf seiner Tochter und auch um seinen eigenen, falls die Tagebücher bekannt werden.«

»Sind Sie noch nicht auf die Idee gekommen, daß er diesen Brief geschrieben haben könnte, weil er recht hat?« Der Büroleiter streckte die Hand aus und forderte das Schriftstück zurück.

»Und wie geht es nun weiter?« wollte Estrada wissen, obwohl er die Antwort bereits kannte.

»Falls dies kein Tagebuch ist, hat es auch keinerlei Beweiskraft, und es besteht keine Veranlassung, die Verteidigung davon zu unterrichten. Jetzt nicht und schon gar nicht vor drei Jahren beim ersten Prozeß.«

»Nehmen wir an, die Verteidigung erfährt davon, daß ein Tagebuch existiert. Was dann?«

»Wie sollte sie denn dahinterkommen? Wer von uns hätte ein Interesse, ihr das zu sagen?«

»Zum Beispiel diejenigen, die *muerte* an meine Schlafzimmerwand geschmiert haben.« Estrada war froh, daß er gegenüber Collins Samuel Dodges Rolle bei dem Einbruch in sein Apartment nicht preisgegeben hatte. »Diese Leute stehen vermutlich auf Morales' Seite, und denen wäre bestimmt daran gelegen, ans Licht der Öffentlichkeit zu bringen, daß die Staatsanwaltschaft während der ersten Verhandlung Beweismaterial zurückgehalten hat. Dann wäre der Angeklagte nämlich ein freier Mann.«

»Na gut«, gab Collins nach. »Lassen Sie mich einen Blick in dieses sogenannte Tagebuch hier werfen. In einer Stunde erwarte ich Sie wieder.«

»Was soll ich denn damit bloß anfangen«, fragte Collins eine Stunde später vollkommen verärgert. »Hört sich ja an, wie die Reklame in der U-Bahn – lauter Abkürzungen.«

Estrada erteilte seinem Vorgesetzten einen Kurzlehrgang im Entziffern von Mariah Dodges Aufzeichnungen und erläuterte ihm gleichzeitig, was die Eintragung WIR SINE NICHT MEHR IN TEXAS seiner Meinung nach zu bedeuten hatte. Lediglich seinen Verdacht, Mariah habe Morales' ausspioniert, behielt er für sich.

Collins stellte sich jedoch auch weiterhin stur. »Meiner Meinung nach beweist das alles überhaupt nichts. Im übrigen bin ich mir gar nicht sicher, daß das hier ein Tagebuch ist.«

»Wie immer Sie es auch bezeichnen, es ist ein Beweis, daß Larry

Kahn Material zurückgehalten hat. Falls dieser Johnny verschwunden bleibt und die Gegenseite ihn nicht befragen kann, wird sie alles daransetzen, daß die Anklage fallengelassen wird.«

»Ich muß mit Natalie Muir darüber reden.«

Estrada ging in sein Büro. Für ihn war klar, daß Collins Samuel Dodges Brief als Vorwand benutzen würde, um die Tagebücher unter Verschluß zu halten. Und das trotz Estradas Bluff, die Einbrecher könnten den Inhalt dieser Aufzeichnungen enthüllen.

Er rief bei Kahn an.

»In einer Besprechung«, teilte ihm dessen Sekretärin mit.

»Sagen Sie ihm bitte, Collins und Muir interessieren sich für sein Tagebuch«, sagte Estrada.

»Was?«

Estrada wiederholte die Nachricht. Kurze Zeit später befand er sich in Kahns Büro.

»Was ist mit Collins und Muir?«

»Ich mußte Collins ein paar Seiten von Mariah Dodges Aufzeichnungen überlassen.« Er blickte Kahn fest in die Augen. »Sie waren es, der Samuel Dodge verständigt hat, nicht wahr?«

Kahn lief rot an. »Wovon reden Sie überhaupt?«

»Sie *müssen* es einfach gewesen sein. Anschließend hat er in meine Wohnung einbrechen lassen, um mir die Bücher zu stehlen. Zum Glück hatte ich noch Kopien von den wirklich wichtigen Abschnitten. Die habe ich Collins übergeben – für den Fall, daß ich noch einmal ungebetenen Besuch bekommen sollte.«

Kahns Reaktion fiel höchst merkwürdig aus und ließ jedes Interesse am Fall *Morales* vermissen. »Weshalb kommen Sie jetzt noch mit diesen Fotokopien an? Wenn Dodge sämtliche Unterlagen in Ihrer Wohnung gefunden hätte, wäre jetzt alles vorbei, und niemand würde je von den Tagebüchern erfahren.«

Darauf fehlte Estrada die Antwort. Er sagte nur: »Ich verhalte mich so, wie ich es bei Ihnen gelernt habe.«

»Wirklich?« Für einen kurzen Augenblick kam Kahns väterliche Attitüde wieder zum Vorschein. »Ich kann mich nicht erinnern, Ihnen je beigebracht zu haben, Ihren Fall grundlos aufzugeben und Ihre Kollegen zu verraten.«

»Ein aufrichtiger Umgang mit der Verteidigung ist eher das, was ich dabei im Sinn hatte. Sie soll das erhalten, worauf sie einen Anspruch hat.«

Kahn war kurz davor, die Fassung zu verlieren. »Sich an die Regeln zu halten, heißt noch lange nicht, den eigenen Fall zu torpedieren und Kollegen anzuschwärzen«, schrie er. »Das hat nichts mehr mit Integrität zu tun, sondern ist lediglich selbstzerstörerische Dummheit.«

Er machte eine Handbewegung, als ob er damit seinen Ärger verscheuchen wollte. »Ich wollte Sie nicht so anfahren. Setzen Sie sich doch und lassen Sie uns überlegen, wie wir weiter verfahren sollen.«

Estrada blieb stehen. »Das einzige, was jetzt noch erledigt werden muß, ist die Sicherstellung der Tagebücher. Sie müssen umgehend Samuel Dodge anrufen und ihn davon überzeugen, daß er sie nicht zerstört. Anschließend machen Sie den Staatsanwälten in Houston Dampf, damit sie die Aufzeichnungen beschlagnahmen.«

»Ich werde nichts dergleichen unternehmen. Seit mindestens zwei Jahren habe ich mit den Dodges nicht mehr geredet. Und in Houston kenne ich niemanden, an den ich mich wenden könnte.«

»Ist das alles? Ist das alles, was Sie dazu zu sagen haben?«

»Ich weiß nicht, was Sie von mir erwarten. So weit ich erkennen kann, sind *Sie* dafür verantwortlich, daß der Fall uns außer Kontrolle zu geraten droht. Da kann *ich* rein gar nichts mehr machen. Sie sind ganz auf sich allein gestellt.«

27

»Ich will, daß Sie nach Texas fliegen und unseren Kollegen dabei helfen, diesen Kram sicherzustellen – egal, um was es sich dabei handelt«, sagte ihm Collins nach der Mittagspause am Telefon.

»Wissen sie schon, daß ich komme?« fragte Estrada.

»Sie werden es erfahren, sobald wir dieses Gespräch beendet haben.«

Gerade hatte er den Hörer aufgelegt, als es schon wieder klingelte. Kassia Miller meldete sich am anderen Ende.

»Was ist mit Carlos Ramírez geschehen?«

»Freitag abend ging es ihm noch gut.«

»Wo ging es ihm gut?«

»In Adelante, seinem Jugendzentrum.«

»Meine neuesten Nachrichten besagen, daß er auf dem Weg nach Kuba ist.«

Schlechte Nachrichten, dachte Estrada. »Davon war mir bislang nichts bekannt. Ich glaube, Sie werden ihn sich schnappen müssen, wenn er wiederkommt.«

»*Falls* er wieder zurückkommt.«

»Warum sollte er nicht?«

»Wie wär's mit Flucht vor Strafverfolgung? Sein Verhalten läßt auf ein Schuldbewußtsein schließen. Oder haben Sie das alles eingefädelt?«

»Was soll das heißen?«

»In Adelante hat man mir gesagt, er reise zu einer Konferenz und käme frühestens in einem Monat zurück. Rein zufällig fällt seine Abreise mit Ihrer Enthüllung zusammen, daß er ein Zwillingsbruder von Morales sein könnte. Falls ich ihn wirklich brauchen sollte, komme ich nicht mehr an ihn heran.«

»Warum hätte ich Sie auf eine falsche Fährte locken sollen?« fragte Estrada verständnislos.

»Um mir meine Zeit zu stehlen oder mich vom wahren Sachverhalt abzulenken.«

»Aha. Ich vermute, das heißt nichts anderes, als daß Sie keinen Erfolg hatten bei Ihren Recherchen im Geburtsregister.«

»Okay, Sie haben recht. Eine Überprüfung der Register ist gar nicht möglich, da uns der Geburtsname der beiden nicht bekannt ist. Sämtliche Schriftstücke wurden und werden von ihnen mit ihrem jetzigen Namen signiert. Der einzige Weg, Klarheit zu gewinnen, besteht darin, bei Ramírez einen DNA-Test durchzuführen. Das geht aber nicht, solange er sich in Kuba aufhält.«

Die Beschlagnahmung der Tagebücher verlief reibungsloser als Estrada erwartet hatte. Als er gemeinsam mit vier Polizeibeamten begann, das Wohnhaus der Dodges zu durchsuchen, bemerkte Dr. Dodge gelassen: »Es besteht kein Anlaß, überall herumzuwühlen.« Dann holte er aus der Hosentasche einen an einer goldenen Kette befestigten Schlüssel, mit dem er seinen Aktenschrank aufschloß. An der Rückwand des Schranks, verdeckt von den davorstehenden Ordnern, standen drei Notizbücher.

»Mehr habe ich nicht«, sagte er, als er sie auf den Tisch legte. »Die anderen habe ich verbrannt. Ich hätte sie alle beseitigen sollen.«

»Was sollen wir Ihrer Meinung nach damit anfangen?« fragte Collins und deutete auf die übriggebliebenen Tagebücher, die Estrada ihm soeben übergeben hatte. Mrs. Muir stand am Fenster und blickte die beiden Männer schweigend an. Sie hatte die Arme vor der Brust verschränkt.

»Bitten Sie die Richterin um eine Anordnung, daß wir diese Bücher zunächst unter Verschluß halten können und sie nicht der Verteidigung zu übergeben brauchen – zumindest solange nicht, wie wir diesen Johnny nicht aufgetrieben haben. Ich weiß, daß das riskant ist und sie unseren Antrag ablehnen könnte. Aber da müssen wir durch. Wenn wir nichts unternehmen und die Gegenseite dahinterkommt, daß es diese Aufzeichnungen gibt, bekommen wir alle viel Ärger.«

»Sie haben offenkundig schon intensiv über diese Frage nachgedacht«, erwiderte Collins, ohne Mrs. Muir dabei anzusehen.

»Es ist immerhin unser größtes Problem.«

»Also gut, wir sollten es darauf ankommen lassen«, entschied Collins. »Aber das bedeutet auch, daß wir diesen Johnny unter allen Umständen finden müssen. Koste es, was es wolle.«

Die Entscheidung stand vorher schon fest, dachte Estrada auf dem Weg in sein Büro. Muir hatte kein einziges Wort gesagt und Collins nicht einmal zu ihr hinübergesehen, um sich ihrer Zustimmung zu versichern. Sie haben mir den Strick in die Hand gedrückt, und nun muß ich achtgeben, daß ich mich nicht selbst aufhänge.

Richterin Luz Martinez funkelte Estrada böse an. »Ich mag keine derartigen Einzelgespräche ohne Einbeziehung der Verteidigung, Mr. Estrada. Wenn Sie mir nicht umgehend einen sehr guten Grund nennen, weshalb wir uns heute hier zu zweit eingefunden haben, werde ich nach dem Telefon greifen und auch Miß Miller zu dieser kleinen Feier einladen.« Sie gab der Stenografin, um deren Anwesenheit Estrada gebeten hatte, ein Handzeichen. »Sie können beginnen, Rosemary.«

»Euer Ehren«, sagte Estrada mit trockenem Mund, »ich bin hier, um gemäß Paragraph 240.50 der Strafprozeßordnung zu beantragen, bestimmte Beweismittel unter Verschluß halten zu dürfen – Beweismittel, die höchstwahrscheinlich sowieso ohne Bedeutung sind, deren Bekanntmachung aber der Familie des Opfers großes Leid zufügen könnte.«

»Eine lobenswerte Haltung, Mr. Estrada. Doch glauben Sie nicht, die Verteidigung würde sich damit einverstanden erklären?«

»Nichts gegen Miß Miller, Euer Ehren, aber darauf kann ich mich eben nicht hundertprozentig verlassen. Die vorzeitige Aufdeckung des Beweismaterials würde auf jeden Fall wilde Spekulationen und Pressemeldungen über das Intimleben des Mordopfers bewirken, den Prozeß negativ beeinflussen und die Familie Dodge in helle Aufregung versetzen. Stellen Sie sich doch nur einmal vor, wie die Dodges reagieren würden, wenn die privatesten Gedanken ihrer Tochter von deren mutmaßlichem Mörder gelesen werden dürften.«

»Wissen Sie, Mr. Estrada«, unterbrach ihn Mrs. Martinez sarkastisch, »ich wundere mich doch sehr, daß niemals jemand zu mir kommt, der ein *unwichtiges* Problem zu klären hat. Jeder, der etwas von mir will, benimmt sich geradezu so, als ob die Welt untergehen würde, wenn man seiner Sicht der Dinge nicht folgt. Aber fahren Sie ruhig fort.«

Estrada erklärte ihr in groben Zügen die ganze Angelegenheit mit den Tagebüchern. Er erwähnte Kahn, der sie für unwichtig gehalten hatte, beschrieb seine eigenen Entdeckungen, die er bei ihrer Lektüre gemacht hatte und ging auf die unklare Sprache der Aufzeichnungen ein. Schließlich kam er auf Juan Alvaro – genannt Johnny – zu sprechen, den er für eine Schlüsselfigur hielt, was die Dechiffrierung der von Mariah verwendeten Kürzel und Andeutungen anbelangte.

»Mal sehen, ob ich Sie richtig verstanden habe«, sagte die Richterin, nachdem Estrada seine Ausführungen beendet hatte. »Sie möchten diese sehr persönlichen, aber andererseits auch äußerst brisanten Tagebücher der Verteidigung nicht zugänglich machen, bis Sie diesen spurlos untergetauchten Mann ausfindig gemacht haben, der Ihnen die Bedeutung der Notizen erklären kann. Und erst dann, wenn Sie ihn gefunden haben, wollen Sie entscheiden, ob die Verteidigung Einblick in die Tagebücher erhalten soll oder nicht.«

»Ja, Euer Ehren, so würde ich die Angelegenheit gerne handhaben.«

»Und Sie gehen davon aus, daß Sie diesen Alvaro aufspüren werden?«

»Ja.«

»Wann rechnen Sie denn damit?«

»Ich hoffe, sobald wie möglich.«

Die Richterin lehnte sich nach vorn und starrte Estrada über den Brillenrand hinweg an. »Aber Sie halten es für fair gegenüber der Verteidigung, bis dahin die Existenz der Tagebücher zu verheimlichen?«

»Unter den gegebenen Umständen – ja.«

»Das kann doch nicht Ihr Ernst sein!« Ihr Gesichtsausdruck wirkte ebenso sauer wie der Klang ihrer Stimme. »Wenn Miß Miller jetzt zugegen wäre, würde sie mit Sicherheit argumentieren, daß sie das Recht hätte, wesentlich früher sämtliche Passagen dieser Tagebücher einzusehen, die für die Verteidigung relevant sind. *Sie* wollen ihr dieses Material aber erst in allerletzter Minute zugänglich machen. Dabei wäre es Ihre Pflicht gewesen, ihr die Beweismittel sofort zu übergeben, als Sie zu der Überzeugung gelangt sind, sie könnten eventuell von Bedeutung sein. Ich weiß wirklich nicht, wie die Staatsanwaltschaft jegliche weitere Verzögerung noch rechtfertigen will.«

»Aber Euer Ehren, es ist mir überhaupt noch nicht klar, inwieweit die Aufzeichnungen gerichtsverwertbares Material enthalten. Auch mein Vorgänger, Larry Kahn, war überzeugt von der Unwichtigkeit dieser Tagebücher. Daher hat er sie ja auch Mr. Kubelik nicht übergeben.«

»Mr. Kahn hielt die Eintragungen also für unwichtig. Ich nehme an, daß er es deswegen auch nicht für nötig erachtete, nach ›Johnny‹ zu fahnden, den Mann, den *Sie* trotz aller Anstrengungen nicht aufspüren können.«

»Damals wurde Mr. Alvaro von einem Polizeibeamten befragt. Mr. Kahn war ganz offensichtlich der Überzeugung, daß Alvaro nichts Wesentliches mehr hinzuzufügen hatte.«

»Aber Sie sind anderer Ansicht?«

»Ich halte es für möglich, daß er mehr weiß, als er ausgesagt hat.«

»Sie sind also nicht immer einer Meinung mit Mr. Kahn?«

»Ich habe bloß genauer in die Tagebücher geschaut als er. Mr. Kahn hielt seine Anklage für solide. Aus verschiedenen Gründen war ich dazu leider nicht in der Lage.«

»Mr. Estrada«, entgegnete Richterin Martinez scharf, »wenn ich die Verteidigung leiten würde, würde ich die Behauptung aufstellen, daß Larry Kahn Ihrem Mr. Alvaro geraten hat, die Stadt zu verlassen, und daß er anschließend so tat, als wüßte er nichts von Mariah Dodges Tagebüchern. Weiterhin würde ich sagen, daß er aus seiner Sicht gut daran getan hat, denn entweder hätten die Tagebücher oder aber dieser Alvaro seinen Fall zum Scheitern gebracht.«

Estrada wußte nicht, wie er darauf reagieren sollte.

»Warum«, hakte die Richterin nach, »sind Sie erst jetzt damit zu mir gekommen?«

Ihre Worte versetzten ihn in Bestürzung. Es sah nicht danach aus, als wäre sie bereit, seinem Antrag stattzugeben.

»Warum haben Sie nicht einfach gewartet, bis Ihr Mr. Alvaro wieder aufgetaucht ist?«

»Ich bin lediglich deshalb gekommen, damit mir niemand vorwerfen kann, ich würde Beweismaterial unterschlagen oder die Existenz dieses Mannes verheimlichen. Ich bitte darum, ins Protokoll aufzunehmen, daß ich von Anfang an mein Bestes getan habe, um den Zeugen aufzuspüren und die Bedeutung der Tagebücher zu klären.«

Die Richterin schüttelte den Kopf. Ihr breites Lächeln ließ ein paar goldene Brücken in ihrem Mund erkennen. »*Von Anfang an*, Mr. Estrada? Schauen Sie mal auf den Kalender. Ihr ›Anfang‹ liegt schon eine lange, eine sehr lange Zeit zurück.«

Sprachlos saß er da. Das war wieder keine Reaktion, die auf ein Entgegenkommen der Richterin schließen ließ.

»Und Sie erwarten dazu noch von mir, daß ich all Ihre Informationen guten Glaubens akzeptiere?« half sie nach.

»Nein, Euer Ehren, das erwarte ich nicht. Falls Sie beabsichtigen, meinen Antrag abzuweisen, möchte ich Sie bitten, zuvor das besagte Material selbst zu prüfen.« Er holte einen dicken Umschlag aus seinem Aktenkoffer hervor. »Ich habe Ihnen die Fotokopie eines der Tagebücher mitgebracht, des wichtigsten der drei verbliebenen. Ich habe mir gedacht, daß Sie wahrscheinlich gleich einen Blick hineinwerfen möchten.«

»Eins?«

»Ja, Euer Ehren, es gibt mehrere. Aber wenn eins davon wichtig ist, dann dieses hier. Es deckt ein knappes Jahr ab und endet fünf bis sechs Monate vor ihrem Tod.«

Ohne den Umschlag genauer zu betrachten, legte Richterin Martinez ihn auf ihren Schreibtisch. »Und der Rest?« fragte sie ungnädig.

»Wir haben selbst noch nicht alles prüfen können, da erst kürzlich die Beschlagnahmung in Texas erfolgte. Daher habe ich Ihnen den Teil gebracht, der mir am wichtigsten erschien.«

»Darüber würde ich mir gern selber ein Urteil bilden«, sagte sie mürrisch, fügte dann jedoch hinzu: »Na gut, Mr. Estrada, ich werde über Ihren Antrag beraten.«

»Besten Dank, Euer Ehren.« Das war besser, als er erwartet hatte. Allerdings war Estradas Sieg nur vorübergehend, denn die endgültige Entscheidung der Richterin stand noch aus.

Sobald die Stenografin den Raum verlassen hatte, sagte Luz Martinez: »Die restlichen Bücher will ich hier unverzüglich vorliegen haben. Está claro?«

»Absolut. Es liegt nicht in meiner Absicht, irgendetwas zurückzuhalten.« Nicht mehr. »Und nochmals vielen Dank.«

»Danken Sie mir nicht. Sehen Sie lieber zu, daß die übrigen Aufzeichnungen noch heute herbeigeschafft werden.«

»Dazu benötige ich etwas mehr Zeit. Meine Mitarbeiter sind gerade dabei, Kopien anzufertigen, aber es ist wirklich eine Menge Papier.«

Skeptisch schaute sie ihn an.»Mañana, Mr. Estrada?«

»Ich fürchte, früher geht es nicht.«

»Um neun Uhr beginne ich mit der Arbeit. Seien Sie pünktlich.«

Tess Dodge wartete schon auf ihn, als er in seinem Büro eintraf. Ihre Augen waren noch immer hinter den dunklen Gläsern der Sonnenbrille verborgen. »Wo haben Sie denn gesteckt?«

»In Texas.«

»Texas! Das hätten Sie mir ruhig sagen können.«

»Dazu war keine Zeit ...«

Sie sah zwar nicht aus, als würde sie schmollen, doch wartete sie augenscheinlich auf eine genauere Auskunft.

»Wir haben das, was von den Tagebüchern noch übriggeblieben ist, bei Ihrem Vater abgeholt. Zusammen mit den von Ihnen geretteten Aufzeichnungen verfügen wir nun über die gesamten Bände.«

Aber trotzdem nagte noch etwas an ihm – etwas, an das er bisher noch gar nicht gedacht hatte. »Mit Ausnahme der Textstellen natürlich, die Ihre Mutter in dem einen Tagebuch geschwärzt hat, in dem von Johnny die Rede war.«

»Stimmt«, sagte sie betrübt.

»Sie wissen, was dort stand, nicht wahr?«

»Es handelte sich nicht um Mariah, sondern um Johnny.«

»Und wenn Ihre Schwester etwas über den Weihnachtsmann geschrieben hätte – das ist *mir* doch egal! Ich will wissen, was dort stand.«

Sie schüttelte den Kopf.

»Das ist kein Spiel. Meine Vorgesetzten sind darüber informiert, daß es diese Tagebücher gibt. Und die Richterin weiß auch schon Bescheid. Sie wird mit Sicherheit auf die durchgestrichenen Stellen stoßen und wissen wollen, was das zu bedeuten hat.«

Tess Dodge starrte ihn verständnislos an. »Die Richterin?«

»Ich komme soeben aus ihrem Büro.«

Tess sah verlegen auf ihre im Schoß gefalteten Hände. »Er steht auf Jungen«, sagte sie mit kaum hörbarer Stimme.

»Aber das ist uns doch schon bekannt.«

»Nein, ich meine *Jungen.* Kinder.« Sie betrachtete das Bild ihrer Schwester und sah anschließend wieder nach unten. »Der Gedanke, daß Mariah mit so jemandem befreundet war, ist schrecklich. Folgt man ihren Aufzeichnungen, dann hat er selbst darunter gelitten – aber wie kann man nur einen solchen Menschen zum Freund haben?« Sie seufzte. »Haben Sie der Richterin die Tagebücher tatsächlich überlassen?«

»Heute nur den Teil, in dem Johnny erwähnt wird. Der Rest folgt morgen.«

»Ich dachte, Sie hätten gesagt, es könnte Ärger geben, wenn irgendjemand darin lesen würde, bevor Johnny auftaucht ...«

»Die Dinge haben sich geändert.«

Am nächsten Morgen brachte er als erstes pünktlich zur vereinbarten Zeit Luz Martinez die restlichen Tagebücher von Mariah Dodge. Sie hatte extra eine Verhandlung verschoben, da sie davon ausgegangen war, daß die Beschäftigung mit diesen Materialien geraume Zeit in Anspruch nehmen würde. Während sie die Bücher einsah, wartete Estrada in unmittelbarer Nähe, so daß sie ihn jederzeit zu Rate ziehen konnte, sobald Verständnisschwierigkeiten auftraten.

Es dauerte nicht lange, bis sie ihn das erste Mal herbeirief.

»Verstehen Sie dieses Kauderwelsch wirklich, Mr. Estrada?«

»Ja, ich glaube schon. Einen großen Teil davon.«

»Dann seien Sie mir doch bitte behilflich.«

Volle drei Stunden saß er mit ihr über den Tagebüchern. Besonders ungehalten zeigte sich die Richterin über die unkenntlich gemachten Passagen. Doch konnte Estrada sie damit beruhigen, daß sowohl Tess Dodge als auch deren Mutter bereit waren, vor Gericht den Inhalt dieser Eintragungen zu bezeugen.

Estrada beantwortete alle Fragen der Richterin so gut wie möglich. Im Gegensatz zu Collins, den er davon hatte überzeugen müssen, daß die Tagebücher zumindest Zweifel an Morales' Täterschaft hervorrufen würden, bestand Estradas Aufgabe nun darin, Luz Martinez davon abzuhalten, Mariah Dodges Aufzeichnungen dahingehend zu interpretieren.

Als sie endlich fertig waren, drückte sich die Richterin von ihrem Schreibtisch wie von einem Eßtisch ab, an dem sie zuviel gegessen hatte: »Jetzt mal in aller Deutlichkeit: Inwiefern halten Sie irgendetwas davon im Zusammenhang mit unserem Prozeß für maßgeblich?«

»Wie schon gesagt, bin ich mir gar nicht sicher, ob diese Anmerkungen überhaupt relevant sind.« Das war für Estrada das bestmögliche Resultat. Denn wenn die Tagebücher für die Verhandlung ohne Bedeutung waren, wäre damit der Vorwurf hinfällig, er habe der Verteidigung wichtiges Beweismaterial vorenthalten. »Genau deshalb will ich ja diesen Juan Alvaro ausfindig machen. Ich bin davon überzeugt, daß er uns Klarheit darüber verschaffen kann.«

»Und wie geht Ihre Suche voran?«

»Ich bin sehr zuversichtlich. Ein Polizeibeamter arbeitet daran. Er schränkt die Zahl der möglichen Aufenthaltsorte von Johnny durch seine Recherchen immer weiter ein.«

»Das heißt, er macht keinerlei Fortschritte.«

»Wir haben leider keine frische Spur, die sich verfolgen ließe.«

»Mr. Estrada, ich kann Ihnen nur empfehlen, den Mann zu finden – und zwar schnell.«

28

Vergeblich versuchte Estrada noch am selben Tag, Clemente zu erreichen. Erst am nächsten Morgen meldete sich der Polizeibeamte bei ihm telefonisch.

»Gute Neuigkeiten oder schlechte?«

»Sowohl als auch. Juan Alvaro hat soeben die Spitze der Hitparade erklommen. Wir brauchen Sie also rund um die Uhr. Sie erhalten alle erdenkliche Unterstützung.«

»Und wie lautet die schlechte Neuigkeit?« flüsterte Clemente.

»Alvaro ist nicht mehr länger unser kleines Geheimnis. Die Martinez überwacht unsere Aktionen.«

»Scheiße.«

»Noch größere Scheiße, wenn wir ihn nicht bald finden. Wir müssen dringend einen Schlachtplan ausarbeiten.«

»Nach dem Mittagessen bin ich bei Ihnen.«

Gemeinsam mit Collins ging Estrada den ganzen Fall nochmals durch. Er hatte sich entschlossen, seine Zweifel an Morales' Schuld nicht mehr allzu stark zu betonen, da ihm ein solches Vorgehen endgültig die Leitung der Anklage gekostet hätte.

Die beiden überprüften erneut die Zuverlässigkeit der einzelnen Augenzeugen: Boynton, der Pförtner – ein dickes Plus, Petersen, der Sicherheitsmann – bestenfalls eine Null und schließlich Santos – ein glattes Minus.

»Glaubt dieser Clown Santos noch immer, daß er seine Geschichte nach Belieben abändern kann und damit ohne Schwierigkeiten davonkommt?« Collins konnte es nicht fassen. »Haben Sie ihn auf die Strafen für Meineid aufmerksam gemacht?«

»Er gibt vor, daß er sich geirrt hat.«

»Und Sie lassen das durchgehen?«

»Ich habe etwas gegen ihn in der Hand.« Estrada berichtete ihm über Santos Kokain-Geschäfte. »Ich möchte dieses Druckmittel solange in der Hand halten, bis der geeignetste Zeitpunkt gekommen ist.«

Collins sah auf seine Uhr. »Ich muß schon wieder zum nächsten Termin. Was diesen Santos betrifft, können Sie vorgehen, wie Sie es für richtig halten. Vorerst zumindest.« Er stand auf. »Nachher werde ich Mr. Bishop sehen. Ich werde ihm mitteilen, daß wir über neues Beweismaterial verfügen, das ganz interessant zu sein scheint, sowie über einen neuen Zeugen, den wir jedoch erst herbeischaffen müssen. Es besteht keine Veranlassung, ihm schon jetzt sämtliche Einzelheiten auf die Nase zu binden.«

Am Nachmittag erschien Clemente zu der vereinbarten Besprechung. »Was haben wir denn angestellt, daß die Richterin ein Auge auf uns geworfen hat?« wollte er wissen.

Estrada musterte den Polizisten eingehend. Da er ihn kaum kannte, hatte er nicht die leiseste Ahnung, wie sehr er ihm vertrauen durfte. Er mußte achtgeben, daß er ihm zunächst nicht allzu viele Details verriet. Der Kreis derjenigen, die über die Existenz von Mariah Dodges Tagebüchern informiert waren, mußte vorerst so klein wie möglich bleiben.

»Wir haben einige neue Beweismittel«, entgegnete Estrada. »Und unser guter Johnny ist wahrscheinlich der einzige Mensch, der zwischen den Zeilen zu lesen versteht.«

»Neue Beweismittel? Haben wir beim letzten Mal etwas übersehen?«

»Darauf kommt es jetzt nicht an.« Das Thema war damit erledigt. »Erzählen Sie mir lieber, was Sie mittlerweile über Alvaro herausgefunden haben.«

»Okay.« Clemente setzte sich und nahm sein Notizbuch zur Hand. »Bis gestern gab es einen Typ, dessen Lebensverhältnisse uns unbekannt waren, der als Finanzexperte gearbeitet hat, den wir mit keiner Schule in Verbindung bringen konnten, dessen Eltern wir nicht aufzufinden in der Lage waren und der anscheinend keine Freunde hat.«

»Sagten sie, bis gestern?«

»Ich glaube, wir sind da auf etwas gestoßen. Juan Alvaro y Lobo benutzt eine goldene Kreditkarte, die auf eine Bank in Miami ausgestellt ist. Ein Freund von mir dort unten hat sich umgehört und sichergestellt, daß es *der* Alvaro ist, nach dem wir suchen. Fünf Monate nach dem Mord hat er in New York einen Einkaufsbummel gemacht.

Das habe ich über die Kreditkarte herausbekommen. Darauf hielt er sich eine Zeitlang in Miami auf und verbrachte danach den Sommer in Massachusetts.« Er warf einen Blick in sein Notizbuch. »Das Nest heißt Provincetown. Im Anschluß daran kam er wieder nach New York, wo er dann wie vom Erdboden verschwand.«

»Noch vor der ersten Verhandlung?«

Clemente rechnete kurz nach. »Ja.«

»Und seitdem nichts mehr?«

»Nada. Absolut nichts. Wenn er es war, der die Kreditkarten benutzt hat, dann hat er zunächst seine Arbeit aufgegeben, anschließend die Stadt verlassen und sich sechs Monate darauf entschlossen, ganz von der Bildfläche zu verschwinden.«

»Möglich, daß es gar nicht *sein* Entschluß gewesen ist.«

»Tote machen keine Aussagen mehr vor Gericht. Meinen Sie, Morales steckt dahinter?«

»Vielleicht. Aber ich hoffe, das ist bloß eine falsche Theorie, und er lebt munter und vergnügt bei irgendeinem Freund in der Fifth Avenue.« Er langte nach einem Foto, das er von Tess Dodge bekommen hatte. Es war auf einer Party aufgenommen worden und zeigte Mariah auf einer Couch zusammen mit einem gutaussehenden Mann. Beide grinsten in die Kamera.

»Ist das unser Mann?« fragte Clemente.

»Das ist er.«

»Am besten machen wir gleich ein paar Abzüge davon.«

»Machen Sie, was Sie für richtig halten. Wie geht es weiter?«

»Ich werde in Miami weiterhin Dampf machen. Außerdem kann ich einige Leute bekommen, die seine gesellschaftlichen Kontakte überprüfen und sich in Homosexuellenkreisen und AIDS-Hilfegruppen umhören.«

»Einverstanden.« Estrada fiel seine Unterhaltung mit Tess Dodge wieder ein. »Es gibt da etwas, was Ihnen weiterhelfen könnte. Ich halte es für gut möglich, daß er eine Vorliebe für kleine Jungen hat.«

»Was? Tatsächlich? Wissen Sie das schon lange?«

»Nein.«

Clemente sah ihn verärgert an. »So was sollten sie mir umgehend mitteilen, zum Teufel noch einmal.«

»Ich gebe zu, es ist mein Fehler. Aber ich habe soviel um die Ohren ...«

»Schon gut, das kommt vor.«

McMorris kam am Montag nach dem Essen in Estradas Büro: »In Ihrer Post befindet sich etwas Interessantes.«

Seit dem Einbruch in Estradas Apartment war seine Post zunächst über McMorris' Schreibtisch und anschließend zu einem Polizisten namens Taylor gegangen. Obwohl er anfänglich darüber gemurrt hatte, war Estrada letztendlich gar nicht so unzufrieden über die Aufmerksamkeit gewesen, die man seiner Sicherheit gewidmet hatte. Samuel Dodge mochte keine wirkliche Bedrohung darstellen, aber man konnte nie wissen, wer sich alles von dem MUERTE-Geschmiere an seiner Schlafzimmerwand inspiriert fühlte.

McMorris zog aus der Innentasche seines Jacketts einen Umschlag. »Es betrifft Morales.«

»Morales?« Solche Hinweise und Tips kamen für gewöhnlich per Telefon und nicht mit der Post.

Der Brief war auf dem Papier eines der großen Energieversorgungsunternehmen verfaßt worden. Die Unterschrift sah beinahe so exakt und gleichmäßig aus, als wäre sie mit der Schreibmaschine getippt worden. Andrew Flippo lautete der Name des Absenders, der sich selbst als ›Biologe in der Forschung‹ bezeichnete. Im ersten Absatz erklärte er, daß er sich erst jetzt meldete, weil er während seiner Forschungstätigkeit keine Gelegenheit gehabt hätte, den Morales-Prozeß in den Zeitungen zu verfolgen. Sein Stil war ebenso beherrscht und kontrolliert wie seine Unterschrift. Im zweiten Absatz gab er an, wegen längerer Abwesenheit auch den Ausgang der Verhandlung und die anschließende Entscheidung des Berufungsgerichts nicht mitbekommen zu haben.

Was dann folgte, war so erstaunlich, daß Estrada sich setzen mußte, und den ganzen Brief gleich zweimal durchlas:

> Ich schreibe Ihnen heute, um Sie aufzufordern, sämtliche Ihnen zur Verfügung stehenden Mittel einzusetzen, damit Roberto Morales rechtskräftig verurteilt wird. Roberto Morales – vorausgesetzt, es ist derselbe, den ich von früher her kenne – hat nicht zum erstenmal einen Menschen tätlich angegriffen, um ihn zu töten.
>
> Vor vielen Jahren wurde auch ich eines seiner Opfer, hatte jedoch das große Glück, mit dem Leben davonzukommen. Noch heute trage ich jedoch die Narben seines Mordversuchs, sowohl in physischer als auch in psychischer Hinsicht. Da ich erst sehr spät von dem Prozeß erfahren habe, konnte ich mich nicht früher bei Ihnen melden, und nun ist der Zeitpunkt vielleicht vorbei, noch irgendetwas zu ändern. Dazu kam, daß ich meine Teilnahme an der Ver-

handlung für unnötig erachtete, da ich von Roberto Morales' Verurteilung fest überzeugt war.

Obwohl ich Ihnen auch jetzt nicht durch meine unmittelbare Anwesenheit weiterhelfen kann, möchte ich doch angesichts des zweiten Prozesses gegen diesen Mann nicht länger schweigen. Wie bei dem Mord, dessen er jetzt angeklagt ist, waren bei dem Attentat auf mich ebenfalls eine gescheiterte Beziehung und ethnische Konflikte mit im Spiel. Es war ein reines Wunder, daß ich überlebt habe.

Estrada fiel es schwer, den Inhalt dieses Schreibens bereitwillig auf ›seinen‹ Angeklagten zu beziehen. Es mußte eine Menge Roberto Morales' in New York, in Amerika, ja auf der ganzen Welt geben. Wenn ein Mann dieses Namens den jungen Andrew Flippo vor Jahren angegriffen hatte, bedeutete das noch lange nicht, daß es sich dabei um *diesen* Roberto Morales gehandelt haben mußte.

»Was halten Sie davon?« wollte Estrada von McMorris wissen.

»Keine Ahnung. Es kann schon sein, daß Morales so etwas nicht zum erstenmal getan hat.«

»Sie halten diesen Brief also für echt?«

McMorris zuckte mit den Achseln. »Alles ist möglich. Wissen Sie, Irre schreiben manchmal auch so ein Zeug ...«

»Versuchen Sie, ihn ausfindig zu machen. Er schreibt doch einiges über seine Forschungen. Vielleicht können wir ihn ja irgendwo erreichen.«

Lisa Stein erteilte er den Auftrag, in den Verzeichnissen der Berufsverbände nach einem gewissen Andrew Flippo zu suchen. Zuerst mußte überprüft werden, ob dieser Mann überhaupt existierte, und falls ja, wie glaubwürdig seine Aussagen waren.

Innerhalb einer Stunde hatten Miß Stein und McMorris ihre Arbeit erledigt. Es gab einen Andrew Flippo, und er verfügte über beeindruckende Beglaubigungsschreiben. Zur Zeit hielt er sich auf einem Forschungsschiff im Beringmeer auf. Der einzige Weg, sich mit ihm in Verbindung zu setzen, war über seinen Arbeitgeber in San Diego, der Flippo jedoch keinesfalls bei seinen wissenschaftlichen Arbeiten stören wollte.

Zum Glück besaß das Unternehmen eine größere Niederlassung in New York, so daß Estrada direkteren Zugang hatte und nicht auf auswärtige Kollegen anderer Staatsanwaltschaften angewiesen war. Er mußte allerdings alle Hebel in Bewegung setzen, bis Flippos Arbeitgeber ihm eine Telefonverbindung zu dem Schiff herstellte.

Estrada wartete die halbe Nacht, bis die Verbindung über Satellit endlich zustande kam. Bedingt durch atmosphärische Störungen knisterte und rauschte es die ganze Zeit über. Auf diese Entfernung hörte sich Flippos Stimme ebenso nüchtern an wie sein Brief. Seine Geschichte war relativ einfach: Er war vor Jahren mit Roberto Morales' Stiefschwester, Gina Coluccio, mehrere Male ausgegangen. Doch hatte er schnell bemerkt, daß sie log, um ihre puertoricanische Herkunft zu verheimlichen. Daraufhin hatte er die Beziehung abgebrochen.

Roberto war dahintergekommen, hatte ihn zusammen mit einem Freund aufgesucht und eine Entschuldigung verlangt. Zur damaligen Zeit trainierte Flippo Karate, weshalb er nicht im mindesten daran dachte, sich von ein paar Straßenlümmeln drangsalieren zu lassen. Er sagte Roberto, daß er sich aus dem Staub machen und dieses verlogene Flittchen, das seine Schwester war, gleich mitnehmen sollte.

Flippo gab gegenüber Estrada zu, daß er dabei etliche rassistische Vokabeln benutzt hatte, um Morales zu beleidigen. »Ziemlich miese Ausdrücke. Das ist schon lange her, die Einstellung zu Südländern war in jener Zeit ganz anders, und ich hatte noch viel über das Leben und die Menschen zu lernen.«

Ohne Warnung hatte Roberto ein Springmesser gezückt und damit auf Flippo eingestochen. Dank seiner ausgezeichneten Reflexe war dieser rechtzeitig zurückgesprungen, so daß das Messer lediglich das Schlüsselbein traf, nicht aber die Kehle. Es war ihm gelungen, Morales die Waffe mit einem Tritt aus der Hand zu schleudern und wahrscheinlich auch das Handgelenk zu brechen. Die beiden Gauner waren davongerannt und hatten den stark blutenden Mann einfach zurückgelassen. »Sie müssen davon ausgegangen sein, daß ich dort verblutet bin.«

Diese unglaublichen Mitteilungen hätten, obwohl sie keinen Beweis für Morales Täterschaft im Mordfall *Mariah Dodge* darstellten, im Grunde eindeutig seine ständige Gewaltbereitschaft belegen müssen, von der bisher niemand auch nur eine Ahnung gehabt hatte. Das war eine Neuigkeit, die, so wie die Dinge zur Zeit standen, überhaupt nicht in Estradas Konzept paßte. »Es kann sein, daß Sie das vor Gericht aussagen müssen.«

»Sind Sie sich denn vollkommen sicher«, fragte Andrew Flippo zurück, »ob wir auch vom selben Roberto Morales sprechen? Ich habe das aus dem Umstand geschlossen, daß er ihr den Hals aufgeschlitzt hat, aber …«

»Die vielen Roberto Morales', die es geben mag, werden wohl kaum alle eine Stiefschwester namens Gina Coluccio haben, oder?«

»Das nehme ich an.« Flippo schwieg einen Moment. Estrada dachte, er hätte zwischen dem Knacksen des Telefons ein Seufzen wahrgenommen. »Ich lebe mein Leben und habe eine wichtige Arbeit zu erledigen, Mr. Estrada. Wir haben diese Forschungsreise ein Jahr lang geplant und vorbereitet. Ich bin gerne bereit, Ihnen von hier aus behilflich zu sein, aber ich werde deswegen bestimmt nicht in die USA kommen.«

Estrada wollte den Mann nicht drängen. Dazu würde er später noch Gelegenheit haben. »Wir werden uns noch mal unterhalten müssen.«

»Falls Sie noch weitere Fragen haben, wissen Sie ja, wo ich zu erreichen bin.«

Estrada berichtete dem gesamten Team in aller Ausführlichkeit über das Gespräch mit Flippo. Nancy Rosen sah noch genauso blaß aus wie vor ihrem Urlaub.

»Wir brauchen diese Stiefschwester«, ließ er seine Mitarbeiter wissen. »Die Schwester, Robertos Kumpel sowie Unterlagen über die ärztliche Behandlung der Verletzung. Der Mann klingt nicht gerade wie ein Spinner, aber ich will nicht das geringste Risiko dabei eingehen.«

»Die Sache ist vor zwanzig Jahren geschehen«, stöhnte McMorris.

»Vor mehr als dreißig«, korrigierte ihn Clemente.

»Wenn Sie das überfordert, beauftrage ich jemand anderen mit den Nachforschungen«, erwiderte Estrada scharf.

»Was ist mit unserem Mann in Miami?« fragte Clemente.

»Bleiben Sie mit ihm in Verbindung. Er ist noch immer äußerst wichtig für uns.« Bei allem, was nach und nach ans Tageslicht kam, wurde es immer unumgänglicher, Alvaro aufzustöbern und die Tagebücher zu entschärfen.

McMorris' erster Bericht über Gina Coluccio fiel keineswegs ermutigend aus. »Habe mit all ihren Freundinnen gesprochen, die ich ausfindig machen konnte. Gleich nach der Schule ist sie nach Manhattan umgezogen. Eine Weile hatte sie noch Kontakt mit einigen Klassenkameraden von Brooklyn. Aber das war's auch schon. Das letzte, was man von ihr gehört hat, ist, daß sie sich irgendwo im Westen niedergelassen hat. Vielleicht in Oregon.«

»Konnten Sie dort etwas herausfinden?«

»Null.«

»Vielleicht hat sie geheiratet.«

»Daran habe ich auch schon gedacht.«

»Haben Sie mit ihren Freundinnen über Flippo gesprochen?«

»Eine glaubte sich an ihn zu erinnern – wegen seines merkwürdigen Nachnamens. Aber von dem Überfall war niemandem etwas bekannt.«

»Strengen Sie sich an. Diese Gina kann uns sehr weiterhelfen.«

»Da ist noch etwas. Eine andere Freundin sagte mir, Gina Coluccios Bruder habe etwas so Scheußliches getan, daß seine Schwester hinterher kein Wort mehr mit ihm redete. Diese Frau meinte außerdem, der Grund, weshalb sie New York verlassen habe, sei Morales gewesen. Er sollte sie nirgendwo mehr finden.«

»Das hört sich schon besser an. Weiß die Frau denn, was er getan hat?«

»Sie hat keinen blassen Schimmer.«

Unmittelbar vor ihrem Urlaub rief Luz Martinez Estrada zu sich, um mit ihm über die Tagebücher zu sprechen. Die Sorgen, die er sich wegen dieser Unterredung machte, waren unbegründet. Die Richterin wollte lediglich einige Erklärungen zu bestimmten Passagen, deren Sinn sie nicht verstanden hatte.

»Was soll die Bemerkung, daß sie in die Klinik muß? War sie krank?«

Estrada erzählte Mrs. Martinez von Mariah Dodges Engagement für aidskranke Kinder. Die Richterin war fasziniert. »Darüber fiel im ersten Prozeß kein einziges Wort. Ich kann mich nicht einmal daran erinnern, es in den Akten gelesen zu haben.«

»Da stand auch nichts drin. Wenn ich richtig verstanden habe, ist das ein Punkt in ihrem Leben, der ihren Eltem seltsamerweise das größte Unbehagen bereitet.« Ausführlich berichtete er ihr von Sylvia Dodges Maßnahmen, alles zu verhindem, daß ihr Mann die betreffenden Textstellen zu Gesicht bekam.

»Wie geht Ihre Suche nach diesem Johnny voran?« fragte sie.

Die Frage kam so nebensächlich, daß Estrada unvorsichtig reagierte. »Langsam. Ein Schritt nach dem anderen. Wir strengen uns aber wirklich an.«

»Gut, bleiben Sie ihm auf den Fersen. Und unterrichten Sie mich über Ihre Fortschritte. Ich werde ab morgen im Urlaub sein, aber meine Mitarbeiter wissen, wo ich zu erreichen bin.«

Mit beträchtlicher Erleichterung machte er sich auf den Weg in sein Büro. Wie es aussah, würde die Richterin wegen der Tagebücher vorläufig nichts unternehmen.

29

Mit überschwenglichem Stolz betrat McMorris Estradas Büro.

»Ich habe diese Gina entdeckt.«

»Gut gemacht«, lobte ihn Estrada. »Wo und wie?«

»Vor zehn Jahren begann sie wieder damit, eine Schule zu besuchen. Die Sekretärin der High School konnte sich erinnern, daß sie eine Abschrift ihrer Zeugnisse an ein College geschickt hatte. In dem College wiederum teilte man mir ihren neuen Namen und ihre Adresse mit. Sie hat tatsächlich geheiratet und lebt jetzt in Washington, nicht in Oregon. Gina Fiori heißt sie.«

»Sind Sie sicher, daß sie die Richtige ist?«

»So sicher ich sein kann, ohne mit ihr persönlich geredet zu haben. Seit vielen Jahren wohnt sie schon dort. Hat drei Kinder: eins ist bereits erwachsen, die anderen beiden gehen noch zur Schule. Die Beamten dort sind wirklich sehr umgänglich und hilfsbereit.«

»Hat sie eine Arbeitsstelle oder ist sie zu Hause?«

McMorris schüttelte den Kopf. Keine Ahnung.

»Geben Sie mir bitte ihre Telefonnummer.«

»Mrs. Fiori, mein Name ist Joseph Estrada«, begann er mit ruhiger, freundlicher Stimme, als er sie nach mehreren Versuchen endlich erreicht hatte. »Ich bin Staatsanwalt in New York.«

Zunächst herrschte Schweigen. Dann fragte sie: »Wie haben Sie mich gefunden?«

»Ich wußte nicht, daß Sie sich versteckt hielten.«

»Falls es sich um Roberto handeln sollte, kann ich Ihnen nicht helfen. Das war alles in einem anderen Leben, mit dem ich völlig gebrochen habe. Außerdem möchte ich da in nichts verwickelt werden ...«

»Darum geht es auch gar nicht.« Noch nicht. »Ich möchte mich mit Ihnen bloß über Andrew Flippo unterhalten.«

Wieder schwieg sie zuerst. Dann: »Dieser rassistische Mistkerl. Lebt er etwa noch?«

»Ja, und von Rassist kann keine Rede mehr sein, nach dem zu urteilen, was ich von ihm gehört habe.«

»Verlassen Sie sich lieber nicht darauf.«

Trotz ihrer offensichtlichen Verärgerung über Flippo konnte Estrada ihrer Stimme eine gewisse Neugier entnehmen.

»Sie haben also mit ihm gesprochen?« fragte sie.

»Ja.«

»Was hat er Ihnen über mich erzählt?« Sie versuchte, möglichst gleichgültig zu klingen.

»Daß er Sie schlecht behandelt hat, was ihn beinahe das Leben gekostet hätte.«

»Hat er Ihnen weisgemacht, daß ich der Anlaß dafür gewesen bin? Das ist eine glatte Lüge.«

»Deshalb rufe ich ja an. Ich will erfahren, was Sie dazu zu sagen haben.«

»Dazu werde ich überhaupt nicht Stellung beziehen. Ich lasse nicht zu, daß Roberto noch mal mein Leben ruiniert.«

»Es wird alles nur noch schlimmer, wenn ich erst einmal eine Vorladung gegen Sie erwirken muß.«

»Wie schon gesagt: Kein Kommentar!«

»Roberto hatte in jener Nacht einen Freund bei sich. Wer war das?«

»Weiß ich nicht. Ich war doch nicht dabei. Hat Andrew Ihnen das denn nicht gesagt?«

»Wenn ich von Robertos Freund die Informationen bekomme, die ich benötige, könnte ich Sie vielleicht in Ruhe lassen ...« Sie zeigte sich beeindruckt, doch mußte Estrada sie noch heftig bedrängen, bis sie schließlich einlenkte.

»Alberto Quiñones«, teilte Estrada im Anschluß an das Telefonat McMorris mit. »Ich vermute, er hat eine Strafliste, die so lang ist wie Ihr Arm.«

»Sie hatten recht, was die Liste angeht«, sagte McMorris am nächsten Morgen. »Sechs Verhaftungen wegen Diebstahls und acht wegen Hehlerei. Aber bis auf drei fanden alle vor seinem dreißigsten Lebensjahr statt. Fünfmal stand er vor Gericht, wovon er zweimal freigesprochen wurde. Einmal, vor neun Jahren, wurde er wegen eines Kapitalverbrechens verurteilt. Zur Zeit wartet er wieder auf eine Verhandlung.«

Weniger als zehn Jahre waren demnach seit seiner letzten schweren Straftat vergangen. Das bedeutete, daß Quiñones bei einem erneuten Verbrechen dieses Kalibers zwangsläufig im Gefängnis landen würde, unabhängig davon, wie sauber er in der Zwischenzeit gewesen war. – Ein Umstand, der ihn sicherlich geradezu versessen darauf machte, mit einem kleinen Handel einen Strafnachlaß zu erwirken.

»Wer leitet die Anklage?«

»Einer ihrer Kollegen in Brooklyn. Er heißt Spadafora. Der Name des Verteidigers ist Gerard Lomax.«

Sofort nahm Estrada Kontakt mit der Staatsanwaltschaft von Brooklyn auf. Wie er von Spadafora erfuhr, wurde Alberto Quiñones beschuldigt, in einem Lagerhaus Feuer gelegt zu haben, um damit den Diebstahl einer Wagenladung Whiskey zu vertuschen.

»Ich müßte mit ihm über ein anderes Verbrechen reden«, sagte Estrada. »Es ist zwar schon einige Zeit her, aber dennoch möchte ich ihm ein kleines Geschäft vorschlagen.«

»Ich will ihn nicht billiger als nötig davonkommen lassen, wenn ich nicht dazu verpflichtet bin. Sagten Sie, daß Sie im Fall *Morales* ermitteln?« fragte sein Kollege.

»Damit hängt mein Anliegen zusammen. Haben Sie und Lomax schon mal über einen Strafnachlaß gesprochen?«

»Ist der Papst ein Pole? Diesem Lomax bleibt nichts weiter übrig, als seine Mandanten ›herauszuhandeln‹.«

Schon einen Tag später meldete sich Spadafora wieder bei Estrada. »Lomax läßt schön grüßen. Wenn Sie etwas von ihm wollen, sollen Sie sich gefälligst selbst an ihn wenden – persönlich.«

Lomax nahm seinen Anruf entgegen, ließ ihn dann aber fünf Minuten warten.

»Kann ich etwas für Sie tun, Mr. Estrada?« fragte der Anwalt endlich.

»Können Sie. Ihr Mandant Alberto Quiñones war vor knapp dreißig Jahren Zeuge einer Streiterei, in die Roberto Morales verwickelt gewesen ist.«

»Was bieten Sie uns an?«

»Hängt ganz davon ab, was Alberto mir darüber mitzuteilen hat. Aber er wird sicherlich besser mit Spadafora zurechtkommen, wenn er auch mir ein paar Fragen beantwortet.«

»Spadafora wird selbst dann mit uns einen Handel eingehen, wenn Alberto sich nicht mit Ihnen unterhalten will.«

»Da wäre ich nicht so sicher«, entgegnete Estrada, obwohl er überhaupt nicht wußte, wie kooperativ sein Kollege aus Brooklyn war. »Außerdem sind Sie dazu verpflichtet, Ihrem Mandanten mein Angebot zu unterbreiten.«

»Belehren Sie mich nicht«, erwiderte Lomax giftig. »Meine Verpflichtung besteht darin, für Alberto Quiñones das bestmögliche Ergebnis herauszuholen.«

»Dann denken Sie bitte daran, daß für Alberto eine Menge dabei herausspringen könnte, wenn er sich hilfsbereit zeigt.«

»Versuchen Sie's später noch einmal.«

Pancho Castillo rief an. »Wie ich höre, sind Sie im Besitz von Mariah Dodges Tagebüchern ...«

»Wovon reden Sie überhaupt?« fragte Estrada mit gespielter Verwunderung.

»Von Mariah Dodges Tagebüchern«, wiederholte Castillo. »Mir ist zu Ohren gekommen, daß sie bei Ihnen unter Verschluß liegen.«

»Diesmal liegen Sie aber wirklich voll daneben.« Tess Dodge würde es ihm doch wohl nicht etwa verraten haben? »Haben Sie vielleicht so etwas wie ein Tagebuch entdeckt?« fragte er den Reporter leutselig. Ob es in Collins' oder Muirs Büro ein Leck gab?

»Ich werde in der nächsten Ausgabe berichten, daß Staatsanwalt Joseph Smithfield Estrada vergangene Woche nach Texas geflogen ist und im Hause der Familie Dodge etliche Notizbücher beschlagnahmt hat, die die persönlichen Erinnerungen der brutal abgeschlachteten Mariah Dodge enthielten.«

Die Polizisten in Houston, kam es Estrada. Sie mußten geplaudert haben. »Darüber kann ich nicht sprechen«, gab er zur Antwort, »und schon gar nicht am Telefon.«

Sie trafen sich im Central Park.

»Ich habe Ihnen wirklich nichts mitzuteilen«, wiederholte Estrada, als sie um einige eingezäunte Sportplätze schlenderten. »Aber wenn es ein Tagebuch gäbe, würde ich es solange wie möglich vor der Öffentlichkeit zurückhalten. Am liebsten sogar, bis die Verhandlung bereits läuft. Solche intimen Aufzeichnungen können Menschenleben ruinieren.«

»Warum? Wie denn?«

Estrada schüttelte abweisend den Kopf. »Mehr kann ich Ihnen nicht sagen.«

»Wenn Sie mich dermaßen im Regen stehenlassen, werde ich meine Geschichte veröffentlichen. Carlyn Sims ist übrigens ein nettes Mädchen ...«

Schweigend sahen sie ein paar Softballspielern zu.

»Ich biete Ihnen die Wahl zwischen einem rücksichtslosen Journalismus – und zwar auf der Stelle – oder einer wesentlich besseren Story, die Sie jedoch erst in einiger Zeit von mir erhalten. Sie haben die Chance zu einer verantwortungsvollen Berichterstattung – wenn Sie wollen.«

»Sehr edel. Aber was nützt mir das alles, wenn inzwischen ein anderer Reporter die Geschichte bringt?«

»Niemand wird darüber berichten. Ohne mich wären Sie niemals auf diese Tagebücher gekommen. Außerdem verlange ich von Ihnen ja nicht, daß Sie auf Ihren Bericht verzichten. Sie sollen nur noch eine Weile damit warten. Im August ist sowieso niemand da, der ihn lesen würde.«

»Keine Nordamerikaner, vielleicht. Aber ein Haufen *meiner* Leser.« Sie blickten wieder zum Spielfeld hinüber. »Sieht so aus, als ob der Werfer schlappmacht. So läuft das nun mal: Erst ist man ein wenig überanstrengt, dann verkrampft man allmählich, und am Ende macht man Fehler.«

Alberto Quiñones betrat Estradas Büro, als ob er in eine ihm unbekannte Kneipe käme, in der seine Gläubiger auf ihn warteten. Noch in der Tür blieb er stehen, musterte mit nervösen Augen Estrada, nahm dann den Rest unter die Lupe und wandte seinen Kopf anschließend wieder müde dem Staatsanwalt zu. Einen Schritt hinter ihm folgte Gerry Lomax.

Quiñones, ein kleiner, drahtiger Mann, war ständig in Bewegung – selbst nachdem er schon gegenüber Estrada Platz genommen hatte. Seine Augen prüften noch immer den Raum, während einer seiner Füße fortwährend auf und ab wippte, als trete er das Pedal einer alten Nähmaschine.

Estrada stellte sich vor und bat Quiñones, ihm mitzuteilen, ob er sein Angebot verstanden hätte: ein erheblicher Strafnachlaß im momentan laufenden Verfahren, falls er beiden Staatsanwälten brauchbare Hinweise lieferte.

»Klar doch, hab' ich kapiert.« Er sah auf das Foto von Mariah Dodge und fragte: »Ist es die da, die Robo ermordet hat?«

»Das ist sie.«

»Oh Scheiße. Was für eine Verschwendung.«

»Ich habe gehört, daß Sie dabei waren, als er auf jemand anderen eingestochen hat.«

»Ich? Ja.«

»Erzählen Sie mir davon.«

Quiñones grinste. »Welcher Vorfall interessiert Sie denn am meisten?« Drei seiner Vorderzähne fehlten, der Rest war so braun wie seine Haut.

»Alle.«

Sein Fuß hatte einen bestimmten Rhythmus gefunden und tanzte jetzt langsamer auf und ab. »So richtig böse hat er nur einmal einen erwischt.«

»Gut, dann lassen Sie uns damit beginnen.«

»Ist schon ziemlich lange her, und so gut ist mein Gedächtnis nun auch wieder nicht«, sagte er ausweichend.

»Dann erzählen Sie mir doch, wie Sie Ihren Freund Robo kennengelernt haben. Wärmen sie ihre Erinnerungen auf.«

Langsam und stockend fing Quiñones an zu berichten: »Wissen Sie, schon in der Schule wußten alle, daß Roberto wie ein Weißer aussehen wollte. In der Nacht, als ich ihn richtig kennengelernt habe, gehe ich in einen Klub auf der anderen Seite des Flusses. Loisaida oder so ähnlich. Dort treffe ich ihn. Un hombre muy diferente. Trägt eine Lederjacke und Motorradstiefel. In der Hand 'ne Fahrradkette. Wie so ein beschissener maricón. Er war schon ein ziemlicher Macho damals. Als er mich sieht, schnappt er meinen Arm und zieht mich auf die Seite. Wenn du weitererzählst, daß du mich hier gesehen hast, bist du ein toter Mann, sagt er. Ich war ja noch ein halbes Kind. Darum sag' ich, klar doch Bruder, kannst dich auf mich verlassen. Danach hingen wir ganz schön oft miteinander rum. Jede Nacht eine andere Party. Immer auf der Suche nach Weibern. Und ständig hatte er dieses Messer dabei, mit dem er andauernd herumspielte. Wo er stand und ging hinterließ er sein Markenzeichen.«

»Was für ein Zeichen meinen Sie?« fragte Estrada, der hellhörig geworden war.

»Zorro hatte ein Z.« Quiñones fuhr mit der Hand durch die Luft, wobei er ein großes X zeichnete. »Robos Markenzeichen dagegen war das X.«

Sein Markenzeichen. »Haben Sie ihn das häufig mit dem Messer einritzen sehen?«

»Ständig. Hab' ich doch gesagt. Einmal hat ihn so ein Typ für dumm verkauft. Da hat er einfach die Sitze von dem sein Wagen aufgeschlitzt. Hätten Sie sehen sollen: X, X, X ...«

»Sagte er das? Ich meine, daß das X sein ... Markenzeichen sei?«

Quiñones sah aus dem Fenster, dann zu seinem Anwalt hinüber, schließlich auf Mariah Dodges Foto an der Wand. »Wollen Sie die Geschichte hören oder nicht?«

»Ich will die Geschichte hören und alles, was damit zu tun hat.«

»Jedenfalls erzähl' ich das so, wie es mir paßt.«

Estrada lehnte sich vor und stützte die Ellenbogen auf den Schreibtisch. »Nein, das werden Sie nicht. Es sei denn, Ihnen ist nicht mehr an unserer Abmachung gelegen.«

Quiñones wandte sich seinem Verteidiger zu.

»Sie müssen ihm sagen, was er will«, informierte ihn Lomax widerwillig. »Sie sind auf diesen Handel angewiesen.«

Quiñones trommelte mit den Fingern auf der Armlehne seines Stuhls. Sein Fuß zuckte schneller als zuvor. »Okay. Okay. Ist ja schon gut.« An Estrada gerichtet, sagte er: »Weiß ich nicht. Ich weiß nicht, ob er so was mal gesagt hat. Er hat's einfach gemacht, das ist alles.«

Nun kam Estrada auf den Zwischenfall mit Andrew Flippo zu sprechen. Dabei stellte sich heraus, daß sich Quiñones nicht mehr an den Namen des Mannes erinnern konnte. Er beschrieb ihn lediglich als »kleiner als Robo. Hatte 'nen Bart, 'nen Schnurrbart oder so.«

Estrada wollte wissen, wie seine Beziehung zu Morales seit jener Zeit ausgesehen hatte.

»Als ich das erste Mal aus dem Knast kam, bin ich zu ihm hin. Dieses Arschloch. *Ich stelle keine Leute an, die schon gesessen haben.* Genau das hat er zu mir gesagt. Als ob ich ein Stück Dreck bin. Er drückte mir Geld in die Hand und sagte *Mach's gut.* Das nächste Mal habe ich ihn erst vor zwei, drei Jahren gesehen, nachdem er seine Freundin abgemurkst hatte.«

»Alberto ...«, warnte ihn Lomax scharf.

Sein Mandant sah ihn verständnislos an, bis er begriff, daß er auf dem besten Weg war, zuviel auszuplaudern.

»Sie sagten gerade ...«, drängte ihn Estrada.

Quiñones schüttelte den Kopf. »Gar nichts hab' ich gesagt.«

»Was hat das zu bedeuten?« fragte Estrada Lomax.

»Wir verlangen für alles, was jetzt folgt, Freiheit vor Strafverfolgung«, erwiderte der Anwalt.

»Ihr Mandant ist König für einen Tag. Das habe ich doch schon deutlich gemacht.«

»Das reicht aber nicht. Darum hören wir an dieser Stelle auf.« Lomax machte Anstalten, sich zu erheben. »Felix, Sie können ihm sagen, daß ich nicht bluffe.«

»Ich bin nur als Beobachter hier, Gerry«, antwortete Spadafora sanft. »Das hier ist Joes Büro. Mit *ihm* müssen Sie sich verständigen.«

»Ich kaufe nicht die Katze im Sack«, erklärte Estrada. »Bevor ich Ihnen irgendwelche Zugeständnisse mache, muß ich wissen, was Sie mir zu sagen haben und welche Art von Delikten damit in Zusammenhang stehen.«

»Keine Gewalttaten«, versprach Lomax und holte einen Kassettenrekorder aus dem Aktenkoffer. Er drückte den roten Aufnahmeknopf, und Estrada versicherte seinem Mandanten die Immunität.

»Na gut.« Quiñones Zahnlücken kamen wieder zum Vorschein. »Ich gehe also zu ihm und frage ihn, *Wie gefällt es dir denn so im Knast? Wie wär's, wenn der Staatsanwalt Wind davon bekommt, daß du schon früher mal einen abgestochen hast?* Er dreht fast durch und gibt mir Geld. Ein Geschenk, sagt er, weil wir doch Freunde sind. Ein paar hundert Dollar waren es. Und dann sagt er noch, laß dich nie wieder hier blicken. Wenn du noch mal auftauchst, werden dich meine Freunde besuchen, mit denen du dich unterhalten kannst. Das war eine Drohung, mich umzulegen. Scheiß drauf.« Erneut grinste er. »Ese hijo de puta, ese pendejo – mal sehen, wie es *ihm* im Knast gefällt.«

Ein Geschenk, weil wir doch Freunde sind reichte Estrada als Beweis für eine Zeugenbestechung nicht aus. Obwohl er Quiñones nach genaueren Einzelheiten befragte, war aus dem Mann nichts mehr herauszubekommen.

Sobald er alleine war, stürmte Estrada zum Aktenschrank und entnahm ihm die bei der Autopsie angefertigten Aufnahmen sowie die Fotos, die den Tatort zeigten. Schnell hatte er das Bild gefunden, auf dem in Nahaufnahme Mariah Dodges verletzte linke Gesichtshälfte zu sehen war.

Nochmals las er den Autopsiebericht durch. Er konnte sich noch daran erinnern, daß der Gerichtsmediziner zu dem Schluß gekommen war, die Wunden seien ihr wahrscheinlich *vor* der Vergewaltigung zugefügt worden, um sie gefügsam zu machen. Aber er hatte keinerlei Hinweis darauf gefunden, daß die Positionen der beiden Schnitte in Beziehung zueinander standen. Dementsprechend hatte Estrada die Verletzung auf der Fotografie auch betrachtet: als zwei brutale Warnungen. Jetzt jedoch, unter dem Eindruck von Quiñones' Aussagen, erkannte er etwas anderes – ein X! Er griff nach dem Telefonhörer, um Nancy Rosen zu bitten, sich nochmals eingehend mit dem Gerichtsmediziner zu unterhalten.

30

In der Hoffnung, in dem Krankenhaus, in dem Mariah Dodge freiwillig kranke Kinder betreut hatte, mehr über sie und Johnny in Erfahrung zu bringen, traf sich Estrada mit einem dort behandelnden Arzt. Sie hatten sich in einem Imbiß gegenüber der Klinik verabredet. Estrada legte dem Mediziner ein Foto von Mariah Dodge vor. Der Mann starrte das Bild minutenlang an, sagte dabei aber kein einziges Wort.

»Sie kennen sie«, stellte Estrada schließlich fest, um das Schweigen zu beenden.

»Ja, ich kenne sie. In der Klinik trug sie ihr Haar immer unter einer Baseballmütze, war ungeschminkt und benutzte einen falschen Namen. Niemand sollte wissen, wer sie wirklich war.« Er seufzte und rieb seine Augen. »Sie war schon etwas Besonderes, selbst nach unseren Maßstäben. Ich hatte das Gefühl, daß sie sich diesen armen Kindern von ganzem Herzen widmete – jedem einzelnen von ihnen. Da sie sie nicht verängstigen wollte, trug sie grundsätzlich keine Gesichtsmaske. Die ganz Schwachen steckte sie sogar unter ihr Hemd, um ihnen Geborgenheit zu geben.«

Der Arzt rührte seinen Kaffee um. »Als ich dann in der Zeitung las, man habe sie ermordet, konnte ich es einfach nicht fassen. Wenn es jemanden gibt, der an den Tod und an junge Menschen, die früh sterben müssen, gewöhnt ist, dann bin ich das. Aber nicht so. Ich kann mich noch gut erinnern, wie sich einmal ein drei Jahre altes Mädchen vom Tropf losriß. Alles war blutüberströmt. Und die einzige, die den Mut hatte, sich dem Kind zu nähern, war Theresa. So nannte sie sich nämlich – Theresa deLancie. Das Personal machte immer Scherze darüber, wie wenig sie Mutter Theresa ähnlich sah.«

Wieder blickte er versunken das Foto an.

Estrada sagte: »Ich bin auf der Suche nach dem Mann, der sie auf die Idee gebracht hat, freiwillig bei Ihnen zu arbeiten. Bei keiner der Agenturen, die solche Dienste vermitteln, war sie bekannt.«

»Das wundert mich nicht, denn sie kam direkt zu mir. Eigentlich nehmen wir solche Leute nicht, daher habe ich sie zunächst auch an die Personalstelle überwiesen.«

»Hätte sie das nicht wissen müssen?«

»Wir sind uns erstmals auf einer Party begegnet. Sie sagte, sie würde gerne helfen. Wir unterhielten uns darüber, und ich empfahl ihr, sich an die Krankenhausverwaltung zu wenden.«

»Wissen Sie noch, wer Sie beide miteinander bekanntgemacht hat?« Estrada reichte ihm die Aufnahme mit Mariah und Juan Alvaro.

»Sie hatten Spaß an dem Abend, nicht wahr?« Er gab ihm das Foto zurück. »Ja, ich glaube Juan ist es gewesen, der sie zu der Feier mitbrachte.«

»Sie kennen ihn demnach?«

»Ja. Ich *kannte* ihn. Seit Jahren schon habe ich nichts mehr von ihm gehört.«

»Haben Sie irgendeine Vorstellung, wo er sich aufhalten könnte? Kennen Sie seine Freunde oder Bekannten?«

»Weder noch, tut mir leid.« Er wollte seine Kaffeetasse zum Mund führen, stellte sie dann aber wieder auf den Tisch. »Einen gibt es, der noch mit ihm in Verbindung stehen könnte«, sagte der Arzt. »Sie werden ihm wohl noch nicht begegnet sein. Er lebt in Brooklyn und engagiert sich dort sehr für seine Gemeinde.«

»Nennen Sie mir doch seinen Namen«, bat Estrada.

»Er heißt Carlos Ramírez.«

»Ramírez soll Juan Alvaro kennen?« fragte er verblüfft.

»Ja. Soviel ich weiß, verbrachte Juan den Großteil seiner Zeit in Adelante. Die Party, auf der ich Mariah zum ersten Mal begegnet bin, hatte Carlos ausgerichtet. Warum sind Sie so erstaunt? Kennen Sie ihn etwa doch?«

»Nicht besonders gut«, erwiderte Estrada. Carlos Ramírez also.

Castillo hatte ganze Arbeit geleistet: DIARIO DE SEXO? NUEVA REVELACIÓN EN EL PROCESO DE ROBERTO MORALES lautete die Schlagzeile der *Noticias Diarias,* die Estrada auf seinem Schreibtisch vorfand. Neue Enthüllungen, in der Tat.

Gespannt überflog Estrada den Artikel, fand aber nichts wirklich Substantielles. Das meiste war pure Spekulation.

Eine wütende Kassia Miller meldete sich telefonisch bei ihm.

»Was hat es mit diesem Sex-Tagebuch auf sich?«

»Schlampiger Journalismus und südländische Übertreibung, würde ich sagen.«

»Das heißt also, es *gibt* dieses Tagebuch«, sagte sie mit beißender Schärfe. »Mehr als einmal habe ich verlangt, daß Sie mir alle Beweismittel übergeben.«

Es war zu spät, die Existenz der Tagebücher weiter vor ihr zu verheimlichen. »Die einzigen Aufzeichnungen der Toten, die mir bekannt sind, habe ich der Richterin übergeben. Sie erwägt eine Anordnung, damit sie unter Verschluß bleiben.«

Zuerst erfolgte überhaupt keine Antwort. Dann entgegnete Miß Miller wesentlich gelassener: »Ich halte das für ein Betrugsmanöver. Das ist nicht der Weg, wie ich mir unsere Zusammenarbeit vorgestellt habe.«

»Diese Notizen enthalten nichts, was der Verteidigung irgendwie von Nutzen sein könnte«, beschwichtigte Estrada. »Andernfalls hätte ich sie Ihnen längst übergeben.«

»Warum haben Sie dann ihren Verschluß beantragt?«

»Um der Familie eventuelle Belästigungen zu ersparen. Sie hat bereits genug gelitten.«

»Die Presse befaßt sich allerdings schon damit, falls Sie es noch nicht bemerkt haben sollten.«

»Reine Mutmaßungen, mehr nicht.«

»Die Verteidigung wird unverzüglich die Herausgabe dieser Unterlagen beantragen.« Damit beendete sie das Gespräch.

Estrada fuhr nach Brooklyn hinaus. In Adelantes Tanzstudio entdeckte er Dolores Acampo, die gerade mit einem gelenkigen jungen Mann und vier Mädchen eine Aufführung einstudierte. Sie war keineswegs erfreut, als sie Estrada erblickte.

»Jeden Tag schaut die Polizei vorbei, um nach Carlos zu sehen. Womit haben wir das verdient? Die Leute müssen ja denken, wir hätten etwas ausgefressen. Uns bleiben die Kinder schon aus, weil sie befürchten, Ärger mit den Polizisten zu bekommen.«

»Ich möchte mich dafür entschuldigen. Ich werde die Beamten bitten, nicht mehr so häufig herzukommen. Heute habe ich Sie aufgesucht, weil ich unbedingt einen Mann namens Juan Alvaro finden muß. Es ist gut möglich, daß er früher in Ihrem Zentrum mitgeholfen hat.« Er zeigte ihr das Foto von Mariah und Johnny. »Diesen Mann meine ich. Es könnte schon drei oder vier Jahre her sein.«

Sie zögerte ein wenig, bevor sie sich entschloß, Estrada zu antworten. »Ein merkwürdiger Mann. Er sah so stark und selbstsicher aus, war aber ziemlich … weich. Er kam gut mit den Jungen aus, obwohl die Mädchen ihn eigentlich lieber hatten.«

»Was genau hat er denn hier gemacht?«

»So gut wie alles. Kulissen gemalt, Reparaturen erledigt. Als Tutor hat er die Mathekurse beaufsichtigt. Bei der Theatergruppe hat er auch mitgearbeitet. Aber dann verschwand er plötzlich und kam nie wieder. Nicht einmal zu Besuch. Das ist schon einige Jahre her.«

»Können Sie mir sagen, wann Carlos wieder da sein wird?«

»Eigentlich wollte er heute zurückkommen. Dann teilte er mir allerdings telefonisch mit, daß ihm der genaue Termin doch noch nicht bekannt sei. Er lernt da unten sehr viel. Wichtiger scheint mir aber, daß auch er den Teilnehmern dieser Konferenz einiges beibringen kann.«

Ohne sich von ihm zu verabschieden, ging sie wieder zu den Tänzern, die sich während der unfreiwilligen Pause mit Gymnastikübungen warmgehalten hatten.

Am Abend rief erneut Kassia Miller an, was Estrada gar nicht erfreute.

»Es gibt Neuigkeiten, die ich Ihnen nicht vorenthalten will«, sagte sie in einem Ton, der nur darauf schließen ließ, daß diese Neuigkeiten vorteilhaft für die Verteidigung waren. »Endlich haben wir die Geburtsurkunden entdeckt. Roberto und Carlos wurden am Morgen des vierzehnten Juli 1947 als Kinder von Elena Maria Morales de Candelaria in Guania, Puerto Rico, geboren. Wie wir feststellen konnten, war Morales der Mädchenname der Mutter. Der gegenwärtige Aufenthaltsort des Vaters ist unbekannt.«

Jetzt war es keine Frage mehr, daß Carlos Ramírez für die Staatsanwaltschaft ein großes Risiko darstellte. Mit der Geburtsurkunde in der Hand benötigte Kassia Miller noch nicht einmal den Mann persönlich, um einen begründeten Zweifel an der Schuld ihres Mandanten zu konstruieren. Schöne Aussichten für die Staatsanwaltschaft.

Er hatte keine Lust mehr, sich an diesem Tag noch weiter mit dem Fall zu befassen. Darum schnappte er sein Jackett, das an der Innenseite der Tür hing, und machte sich auf den Weg nach draußen.

Als Estrada an Ginnys winzigem Arbeitsraum vorbeikam, wurde er von ihr aufgehalten: »Miß Dodge ist auf dem Weg nach oben.«

Prompt machte er kehrt und ging wieder in sein Büro zurück. Er setzte sich an den Schreibtisch, schloß die Augen und gab sich Mühe, seine quälenden Gedanken zu vertreiben.

Tess Dodge war noch gar nicht richtig im Büro, da bemerkte Estrada schon, daß sie nicht sonderlich froh zu sein schien. An den Zeitungen in ihrer Hand erkannte er auch den Grund. Nun hatte also auch der Rest der Presse Pancho Castillos DIARIO DE SEXO als August-Sensation übernommen. Feuersbrünste, Erdbeben und Überschwemmungen waren zur Zeit anscheinend allesamt im Urlaub.

Mit gezwungener Gelassenheit legte sie die Zeitungen auf seinen Schreibtisch. »Wie ich sehe, sorgen Sie für Schlagzeilen. Ist das nicht prima?«

»Warum setzen Sie sich nicht erst einmal und berichten mir, was Sie auf dem Herzen haben?« schlug Estrada vor.

»Was ich auf dem Herzen habe?« wiederholte sie mit unterdrückter Wut. »Warum reden wir nicht lieber darüber, was mit *Ihnen* los ist?« Sie ließ sich auf den Stuhl fallen, legte den Kopf in die Hände und holte tief Luft. Dann sah sie Estrada durchdringend an. »Ist es denn nicht schon schlimm genug, daß meine Schwester ermordet wurde? Hat sie es etwa verdient, daß man ihr Privatleben in jeder schmuddligen Morgenzeitung nachlesen kann?«

»Was die Zeitungen schreiben, sind lediglich Spekulationen. Kein Mensch weiß, was wirklich in den Tagebüchern steht.«

Sie stand auf und lief nervös im Raum herum. »Bisher bin ich immer davon ausgegangen, es sei Aufgabe der Verteidigung, den Ruf des Opfers durch den Dreck zu ziehen. Aber anscheinend habe ich mich da geirrt ...« Nachdem sie sich wieder gesetzt hatte, fügte sie noch hinzu: »Haben Sie eigentlich eine Ahnung, wie meiner Mutter jetzt zumute ist? Sie fühlt sich doch für all das verantwortlich.«

»Sie ist nicht ...« begann Estrada zu erwidern.

»Sie glaubt das aber. Und mein wunderbarer Vater ebenfalls. In Wirklichkeit weiß ich natürlich, daß der Fehler einzig und allein bei mir liegt. Statt alles so zu lassen, wie es war, habe ich meiner Mutter zugesetzt, damit sie Ihnen die Tagebücher überläßt ... Mit dem Ergebnis, daß meine Familie total zerstritten ist und meine Schwester jetzt wie die Hure von Babylon persönlich dasteht ...« Fragend sah sie ihn an. »Und was nun?«

»Ich bin genauso sauer wie Sie darüber, was die Presse mit diesen Spekulationen angerichtet hat. Was jedoch Morales und die Schuldfrage betrifft ...« Er holte erst einmal Luft und berichtete Tess Dodge anschließend über Flippo und Gina Coluccio, über Quiñones und alle anderen Neuigkeiten. Obwohl er zurückhaltender hätte vorgehen sollen, hatte er das Gefühl, ihr angesichts der katastrophalen Stimmung in ihrer Familie nichts verschweigen zu dürfen.

Mit großen, staunenden Augen hörte sie Estrada zu. »Das heißt also, Morales ist *doch* der Täter.«

»Ich sagte nur, daß er ein ähnliches Verbrechen schon einmal begangen hat.«

»Dann sollten Sie eigentlich in der Lage sein, ihn zu überführen.

Wenn die Geschworenen erfahren, daß er jemanden niedergestochen hat ...«

»Es kann durchaus möglich sein, daß man uns untersagt, die Jury davon in Kenntnis zu setzen.«

»Was sagen Sie da? Der Mann hat dasselbe Verbrechen schon einmal begangen. Habe ich Sie etwa falsch verstanden?«

»Durchaus nicht.«

»Kann es überhaupt einen besseren Beweis für seine Schuld geben?«

Estrada haßte es, juristische Sachverhalte erläutern zu müssen, die ihm selbst gegen den Strich gingen. »Es ist untersagt, frühere Delikte als Beweise dafür anzuführen, daß ein Angeklagter über die Neigung verfügt, Verbrechen zu begehen. Selbst dann nicht, wenn es sich um einen Wiederholungstäter handelt.«

»Das geht doch nicht mit rechten Dingen zu. Wollen Sie trotz besserem Wissen gegenüber der Jury so tun, als ob Sie einen Unschuldsengel anklagen?«

»Es gibt Ausnahmen, aber in der Regel läuft es so. Ich werde alles in meiner Macht stehende tun, um die Richterin davon zu überzeugen, daß es sich bei unserem Fall um eine solche Ausnahme handelt. Aber ich befürchte, das wird ein harter Kampf werden.«

»Ich glaube das nicht. Ich glaube das einfach nicht. Und so was nennt sich ›Gerechtigkeit‹?«

»Noch hat der Prozeß nicht begonnen. Wir sind mit unserem Latein noch lange nicht am Ende.« Er legte soviel Überzeugungskraft in seine Stimme, wie er nur konnte, aber im Grunde glaubte er selbst nicht, was er da sagte.

31

In der letzten Augustwoche war Estradas Dienststelle alles andere als ausgestorben. Nach einer Abschiedsfeier, die ungewöhnlich kühl war, hatte sich Natalie Muir verabschiedet. Collins befand sich noch im Urlaub, so daß Estrada genug Ruhe hatte, sich so gut auf den Prozeß vorzubereiten, wie es ohne die Aussage von Juan Alvaro möglich war.

Am Dienstag erschien Nancy Rosen mit besorgter Miene in seinem Büro, unter dem Arm eine Zeitung. KEINE ANKLAGE IM FALL TIMMINS? fragte die Schlagzeile auf der Titelseite. Drei Fotos waren abgebildet. Das erste zeigte eine Aufnahme aus dem Jahrbuch der High

School, die Timmins besucht hatte, das nächste den von oben aufgenommenen Trauerzug und das letzte schließlich die Köpfe der drei Polizeibeamten und des Staatsanwaltes, die mit dem Tod des jungen Mannes in Verbindung gebracht wurden. Der Journalist Allen Crown warf der Untersuchungskommission vor, ›einer ihr nahestehenden Quelle zufolge‹ beabsichtige sie nicht, auch nur eines der Verbrechen, deretwegen sie ins Leben gerufen worden war, ernstlich zu verfolgen.

Das war es also, was Kahn in letzter Zeit so sehr beschäftigt hatte. Es war nach Meinung der Zeitung zu befürchten, daß eine Nichtverfolgung der beschuldigten Polizisten ebensolche Konsequenzen nach sich ziehen würde wie der kürzlich erfolgte Freispruch der vier Beamten, die in Los Angeles einen Autofahrer halb totgeprügelt hatten. Damals waren ganze Häuserblocks in Flammen aufgegangen. Jetzt konnte Estrada auch Kahns Sorgen um die Bekanntgabe der Tagebücher nachvollziehen. Jeder Vorwurf einer fehlerhaften Prozeßführung im Fall *Morales* könnte für ihn und die Stadt momentan katastrophale Folgen nach sich ziehen.

»Sie sind schon draußen auf der Straße«, bemerkte Clemente, als er das Büro betrat. »Tragen Schilder mit sich rum, GERECHTIGKEIT FÜR TIMMINS, DENKT AN LOS ANGELES und so weiter. Ich würde zu gerne wissen, wie sie die so schnell haben malen können.«

»Glauben Sie wirklich, daß Kahn keine Anklage erheben wird?«

»Woher will er denn die dazu notwendigen Beweise herbekommen? Die halten doch alle dicht.«

»Sie haben recht, ohne Augenzeuge besteht da keine Chance. Es sei denn, einer der Polizisten fällt um.«

»Und so was hat es noch nie gegeben.«

»Was ist mit Johnny?« fragte Estrada.

»Habe eben erst mit meinem Kontaktmann dort unten gesprochen. Eine von Alvaros Schwestern hat sich bereit erklärt, mit der Polizei zu reden, aber auf keinen Fall mit einem der Kollegen aus Miami.«

»Dann fliegen Sie dorthin und sehen Sie zu, daß diese Frau Ihnen was erzählt. Und wenn Sie schon da sind, können Sie auch gleich noch seine Bank überprüfen.«

Clemente verschwand bald wieder, so daß sich Estrada an die Ausarbeitung eines Antrags machen konnte, mit dem er die Zulassung von Flippos Aussage vor Gericht erwirken wollte. Er war so in seine Arbeit versunken, daß er den Mann zuerst gar nicht bemerkte, der auf einmal in der Tür stand. Erst als der sich räusperte, fuhr

Estrada erschrocken zusammen und blickte in ein bärtiges Gesicht. Der Mann trug einen zerknitterten Regenmantel und hatte sich gegen den Türrahmen gelehnt. Sein Gesicht wurde größtenteils von einem Schlapphut und dem hochgestellten Kragen seines Mantels verdeckt.

»Kann ich Ihnen helfen?« Estrada fragte sich, ob die Leute vom Sicherheitsdienst alle im Urlaub waren. Er griff nach dem Telefon.

Zunächst reagierte der Unbekannte nicht. Doch dann richtete er sich auf und nahm den Hut ab. »Wie ich gehört habe, wollen Sie mich dringend sprechen«, sagte Carlos Ramírez.

Ungläubig starrte Estrada ihn an. »Bitte setzen Sie sich«, sagte er schließlich. »Ich dachte, Sie seien noch auf Kuba.«

»Meine Abwesenheit hat in Adelante zuviel Aufregung verursacht. Daher bin ich früher zurückgekommen. Warum bin ich so wichtig für Sie?«

»Weil ich Mariah Dodges Mörder verurteilt sehen will. Die Verteidigerin Ihres Bruders will Sie übrigens ebenfalls sprechen.«

»Meines Bruders?«

»Roberto. Ihr Zwillingsbruder.« Estrada war überrascht, als er hinter Ramírez' Bart ein schlecht verstecktes Grinsen erkannte.

»Woher haben Sie das?«

»Kassia Miller hat eine Geburtsurkunde entdeckt.«

»Stimmt. Es gibt eine Geburtsurkunde.«

»Ich freue mich, daß Sie das so locker sehen. Dadurch werden Sie nämlich zu einem zweiten Verdächtigen.«

Das Grinsen verschwand. »Wirklich?«

»Nicht aus meiner Sicht, noch nicht. Aber für die Verteidigung. Sie würde wahrscheinlich alles dafür geben, eine Blutprobe von Ihnen zu bekommen.«

Ramírez schüttelte den Kopf. »Ich nehme an, daß ich Sie aufklären sollte. Roberto und ich sind keine Zwillinge, sondern Cousins – Cousins zweiten Grades. Mir wurde immer gesagt, daß wir uns als Kinder sehr ähnlich sahen. Aber ich dachte, diese Gerüchte seien bereits vor langer Zeit verstummt.«

»Wie *mir* gesagt wurde, hat Ihre Mutter die Geschichte mit den Cousins in die Welt gesetzt, damit sie Sie leichter trennen konnte.«

»Das ist eine lange Geschichte, die ich Ihnen ein andermal erzählen kann. Für den Moment möchte ich Ihnen nur versichern, daß wir keine Zwillinge sind. Er ist nicht mein Bruder.«

»Würden Sie sich zu einer Blutuntersuchung bereit erklären?«

Ramírez nickte. »Wenn das für Sie der einzige Weg ist, Klarheit zu erlangen.«

»Wenn Sie wollen, kann ein Polizeibeamter Sie gleich zum Arzt fahren.«

»Dolores sagte mir, Sie wollten mich über Juan Alvaro befragen«, bemerkte Ramírez.

»Stimmt.«

»Warum?«

»Er war gut mit Mariah Dodge befreundet. Es gibt Grund zu der Annahme, daß er ... wichtige Dinge weiß, die mit ihrem Tod in Verbindung stehen könnten.«

»Im ersten Prozeß hat er aber nicht ausgesagt.«

»Damals kannte man ihn noch nicht. Außerdem war er zu der Zeit gar nicht in New York.«

»Darauf wollte ich hinaus. Halten Sie das etwa für einen Zufall?«

»Nein.«

»Warum also sollte er *jetzt* aussagen?«

»Der Gerechtigkeit wegen.«

Ein bitteres Lächeln erschien auf Ramírez' Gesicht.

»Wissen Sie, wo er sich aufhält?« fragte Estrada.

»Wenn ich es wüßte, würde ich es Ihnen nicht sagen.«

»Und weshalb nicht?«

»Weil ich sowohl Juan als auch mein eigenes Ehrgefühl schützen muß.«

Sorgfältig musterte er Ramírez. »Ich glaube, er mochte Mariah sehr und wäre alles andere als erfreut, wenn ihr Mörder auf freien Fuß gesetzt würde. Dazu wird es jedoch vermutlich kommen, wenn ich nicht mit ihm reden kann.«

»Glauben Sie wirklich, das würde ihn umstimmen?«

»Ja, das glaube ich.«

Ramírez stand auf, um nach seinem Mantel zu greifen, nahm dann aber wieder Platz. »Bevor wir zusammenkommen«, sagte er, »müssen Sie etwas über Juan Alvaro erfahren. Zunächst einmal ist er ein intelligenter und integrer Mann. Zu seinem Unglück standen ihm immer schon seine eigenen Bedürfnisse im Weg. Die Umgebung, in der er aufwuchs, konnte seine sexuelle Andersartigkeit nicht akzeptieren.

Er war voller Komplexe und Selbstzweifel. Er haßte sich selbst dafür, zumal er auch schon wegen unerlaubter sexueller Beziehungen zu Minderjährigen im Gefängnis gesessen hatte.«

»Gefängnis?« In den Unterlagen, die Estrada eingesehen hatte, war davon nicht die Rede gewesen.

»Vierzehn war der Junge, aber Juan hielt ihn für achtzehn. Er war einfach blind für die Wirklichkeit. Da er außerdem nie besonders vorsichtig in der Wahl seiner Freunde war, fanden einige Leute schnell heraus, daß er im Gefängnis gesessen hatte. Am Ende stand er so unter Druck, daß er die Flucht für das beste Mittel hielt.«

Er machte eine kurze Pause und fuhr dann fort: »Jetzt hat er natürlich Angst davor, was mit ihm im Falle seiner Rückkehr geschehen wird.«

Sofort griff Estrada diesen Hinweis auf. »Falls Sie die rechtlichen Konsequenzen meinen – da kann ich ihm wahrscheinlich behilflich sein. Aber es ist unglaublich wichtig, daß er wieder zurückkommt. Wenn er uns nicht hilft, Licht in die Sache zu bringen, werden die Folgen … Na, Sie wissen schon.«

Ramírez nickte zustimmend. »Ich werde versuchen, mit ihm zu sprechen. Ich weiß nicht einmal, ob ich ihn überhaupt finden werde, aber ich versuch's.«

Innerhalb eines Tages lagen die Ergebnisse der Blutuntersuchung auf Estradas Schreibtisch. Die Blutgruppe von Ramírez stimmte nicht mit der von Morales überein. Seit viel zu langer Zeit war das die erste wirklich gute Nachricht für ihn.

»Völlig ausgeschlossen, daß es sich bei diesen Männern um eineiige Zwillinge handelt«, erklärte der Serologe. »Wollen Sie trotzdem noch einen DNA-Test durchführen lassen?«

»Unbedingt.« Er wußte, daß Miß Miller den traditionellen Blutuntersuchungen, bei denen nur zwischen den Gruppen A, B und 0 unterschieden wurde, skeptisch gegenüberstand. Und er wollte sie auf jeden Fall von der Idee abbringen, daß Ramírez irgendwie in den Mord verwickelt war. Das war ein Gefallen, den er diesem wichtigen Zeugen schuldete.

Er rief Tess Dodge an und verabredete sich mit ihr bei den Sportplätzen hinter dem Gerichtsgebäude, um ihr die gute Nachricht mitzuteilen. Als sie kam, trug sie eine ärmellose, weiße Bluse und einen kurzen Rock. Über ihre Tasche hatte sie einen Pullover gehängt. Mit einem Haarband hielt sie die wilden Locken zurück. Eine neue Sonnenbrille mit riesigen Gläsern verdeckte ihre Augen.

»Sie sehen sehr hübsch aus«, sagte Estrada.

»Alles Tarnung«, erwiderte sie und pochte gegen die Brille.

Schweigend gingen sie zum Fluß hinunter. Am Pier spielte ein Jazz-Quartett für Touristen und Angestellte der Wall Street. In einem Straßencafé bestellten sie sich Bier und suchten dann einen Tisch, an dem sie ungestört reden konnten.

»Auf bessere Zeiten«, sagte Tess und prostete ihm zu.

»Auf bessere Zeiten.«

»Also, wie lauten Ihre Neuigkeiten?«

»Wir haben Johnny entdeckt.«

»Sie … Tatsächlich?« Mit einem Mal schien es ihr besser zu gehen.

»Freuen Sie sich nicht zu früh. Ich habe mich erst einmal mit jemandem unterhalten, der mit ihm sprechen wird.«

»Können Sie Ihren Verbindungsmann nicht dazu bringen, uns mitzuteilen, wo sich Johnny aufhält?«

»Das ist keine Frage des Könnens. Es wäre einfach eine schlechte Strategie.«

»Strategie! Woher nehmen wir die Zeit für Strategien?«

»Wir versuchen es auf diese Weise, bis die Richterin aus dem Urlaub zurück ist. Wenn dann noch Bedarf besteht, sehen wir uns nach anderen Mitteln und Wegen um.«

»Das ist nicht mehr lange.«

Weniger als eine Woche, dachte Estrada. »Ich hoffe, es wird reichen.«

»Lassen Sie uns hier verschwinden«, sagte sie plötzlich. »Ich möchte noch ein wenig spazierengehen.«

Mit der Fähre setzten sie zum anderen Ufer über. Er stand neben ihr an der Reling im warmen Abendwind und dachte darüber nach, wieviel er noch in der wenigen Zeit bis zum Verhandlungsbeginn erledigen mußte. Momentan kam er einfach nicht weiter, da er nicht wußte, ob Johnny jemals wieder auftauchen würde, und was er ihm mitzuteilen hätte, falls er sich auf ein Gespräch mit Estrada einließ. Außerdem war noch immer offen, wie Richterin Martinez hinsichtlich der Aussage von Andrew Flippo entscheiden würde.

Als die Sonne unterging, wurde die Brise merklich kühler. Tess zog ihren Pullover an und rieb sich die Arme warm. Sie zitterte leicht.

»Kalt?«

Als Antwort drehte sie sich zu ihm um und lehnte den Kopf an seine Brust. Estrada legte einen Arm um ihre Schulter. So standen sie eine Zeitlang regungslos da.

Wenn Collins mich jetzt sehen könnte, dachte er.

Tess hob den Kopf und küßte ihn leicht. Die Wärme ihres Atems schien ihn zu umhüllen. Sie sank in seine Arme. Ihre Hände wühlten in seinem Haar und drückten seinen Kopf fester an ihren.

Ohne sich zu bewegen verharrten sie mit geschlossenen Augen in dieser Position. Beinahe hätten sie das Poltern nicht wahrgenommen, als die Fähre in Manhattan anlegte.

»Ich glaube, wir sind da«, sagte sie.

Er trat einen Schritt zurück und sah sich um. »Du hast recht.«

Sie verließen das Schiff und gingen durch die Abfertigungshalle hinaus in die Dunkelheit.

»Das sollten wir eigentlich nicht tun, weißt du«, bemerkte er so sanft wie möglich.

Sie blieb stehen. »Warum denn nicht? Ich stehe doch nicht unter Anklage. Eine Zeugin bin ich auch nicht. Du zwingst mich zu nichts und nutzt mich auch nicht aus.«

»Du gehörst zur Familie des Opfers. Ich werde auf der Stelle rausgeschmissen, wenn jetzt zwischen uns irgendwas passiert. Das ist nicht bloß so eine weltfremde Regelung, sondern eine offizielle Richtlinie meiner Behörde.« Estrada ging ein paar Schritte weiter.

»Hast du gar keinen Hunger?« fragte sie, als sie den Park durchquerten. »Ich muß unbedingt einen Happen essen.«

Er winkte nach einem Taxi. »Wir fahren zu einem Restaurant, und danach begleite ich dich nach Hause.«

Während des Essens unterhielten sie sich über den Fall, wobei sie auch auf die Sorgen zu sprechen kamen, die sich Tess wegen ihrer Eltern machte. Als er sie zu Hause absetzte, schüttelte sie seine Hand. »Danke für den schönen Tag. Das hat sehr gut getan.«

»Vielleicht läßt sich das später ja wiederholen«, erwiderte Estrada und fuhr in seinem Taxi davon.

Am nächsten Morgen veranstaltete die Staatsanwaltschaft eine Pressekonferenz. Larry Kahn und der Bürgermeister beantworteten die Fragen der Pressevertreter, die sich in der Stadthalle eingefunden hatten, während draußen fünftausend Menschen auf einer Kundgebung Gerechtigkeit für Abdullah Timmins forderten.

Kahn trug einen dunkelblauen Anzug und hatte eine Miene rechtschaffener Besorgnis aufgesetzt – ein ehrlicher Mann, der eine ehrliche Arbeit zu leisten versuchte. »Eine kleine, aber lautstarke Gruppierung übt auf Grundlage unvollständiger und fehlerhafter Informationen unverantwortlichen Druck auf die Strafverfolgungsbehörden aus«, verkündete Kahn eher traurig als wütend. »Die Kommission hat eine beeindruckende Reihe von Anklagen erstellt und geht zur Zeit zahlreichen neuen Beschuldigungen nach. Im Verlauf des Jahres rechnen wir mit bedeutenden Erfolgen. Trotzdem wird Abdullah Timmins auf unserer Prioritätenliste auch weiterhin ganz oben rangieren. Wir werden nichts unternehmen, bevor wir nicht sämtliche Aspekte dieses Falles sorgfältig untersucht haben.«

Der Bürgermeister wiederholte weitgehend Kahns Ausführungen und schloß mit einer Ehrenerklärung für den Staatsanwalt. »Ich kenne Lawrence Kahn seit Jahren und weiß, daß er einer der besten Staatsanwälte ist, die die Stadt je gehabt hat – so sorgfältig und, dies ist ganz besonders wichtig, aufrichtig wie jeder andere auch.«

Mahoney suchte Estrada in dessen Büro auf und fragte nach den Fortschritten an der Andrew-Flippo-Front. Gerade als er damit beginnen wollte, seine Schwierigkeiten zu schildern, kam ihm unvermittelt eine Idee.

»Ursprünglich hatte ich beabsichtigt, Miß Miller so spät wie möglich davon zu unterrichten. Aber jetzt denke ich, das war ein Fehler.«

»Was?«

»Am allerwichtigsten ist doch momentan, daß Mariah Dodges Tagebücher niemandem Schaden zufügen.«

»Richtig.«

»Und es hängt hauptsächlich von der Martinez ab, die unserer Meinung nach über die Freigabe vorerst nicht entscheiden will, weil sie den Inhalt dieser Aufzeichnungen für zu brisant hält.«

»Auch richtig ...« Mahoney knabberte an den Pommes Frites, die er mitgebracht hatte.

»Andererseits macht sie sich natürlich auch Sorgen, daß sie mir dabei behilflich sein könnte, der Verteidigung Hindernisse in den Weg zu legen. Das beste, was ich in dieser Situation machen kann, ist also, sie von meinem guten Willen zu überzeugen. Ich will erreichen, daß sie die Tagebücher auch weiterhin unter Verschluß hält, indem ich ihr beweise, daß ich wirklich nicht das geringste zu verbergen habe.«

Mahoney erkannte, worauf Estrada hinauswollte. »Du willst ihr – und Kassia Miller – auf der Stelle alles mitteilen, was du von Andrew Flippo erfahren hast.«

»Na, ja. Ich weiß nicht, ob ich gleich alles ...«

»Aber Joseph!« tadelte ihn Mahoney und steckte sich eine neue Ladung Pommes Frites in den Mund.

32

Estrada hatte seine Unterlagen offiziell Richterin Martinez und Kassia Miller zugesandt und wartete nun auf den Gerichtstermin, bei dem geklärt wurde, wie mit den Aussagen des Zeugen Flippo verfahren werden sollte.

Die Presse kam blitzartig hinter die Flippo-Story. Gerry Lomax, der Verteidiger Quiñones, war das erste Leck, aus dem Informationen an die Öffentlichkeit drangen. Seine nicht gerade dezenten Hinweise, er spiele eine wichtige Rolle im Fall *Morales,* wurden weitgehend, aber eben doch nicht vollständig ignoriert. Nach und nach publizierten die weniger seriösen Blätter immer mehr entstellende Einzelheiten. Als Ginny ihm meldete, Pancho Castillo sei am Apparat und wolle ihn sprechen, wußte Estrada, daß es ihm nicht mehr gelingen würde, seine neuesten Untersuchungsergebnisse für sich zu behalten. Er nahm das Gespräch nicht an.

Unmittelbar nach Beendigung ihres Urlaubs bestellte Luz Martinez Estrada zu sich. Er hatte erwartet, mit Fragen zu den Tagebüchern oder seinen Nachforschungen über Juan Alvaro konfrontiert zu werden. Als er jedoch Kassia Miller und eine Gerichtsstenografin im Besprechungszimmer erblickte, war ihm sofort klar, daß hier andere Dinge auf der Tagesordnung standen.

Die Richterin griff ihn umgehend an: »Meinen Sie das wirklich ernst?« Sie tippte auf seinen Antrag zur Zulassung der Flippo-Aussage.

»Absolut ernst. Die beiden Überfälle mit dem Messer sind nahezu identisch. Ich werde vor Gericht beweisen, daß ihr Ablauf sowie die Art der dabei zugefügten Wunden übereinstimmen.«

»Es ist Ihnen also ernst damit.« Sie taxierte ihn, als ob er ein Monster wäre, das soeben den Raum betreten hatte. »Ich hoffe doch sehr, daß Sie etwas mehr zu bieten haben als diese eidesstattlichen Erklärungen.«

»Euer Ehren, meine Zeugen werden vor Gericht Aussagen machen, die mit ihren eidesstattlichen Versicherungen vollkommen übereinstimmen. Meiner Meinung nach enthalten sie genügend stichhaltige Beweise, um zur Verhandlung zugelassen zu werden. Sollten Sie anderer Meinung sein, kann ich gerne auf Details eingehen …«

Kassia Miller händigte ihm und der Richterin ihre schriftliche Antwort auf seinen Antrag aus. »Wir wollen, daß diese Aussagen unter Verschluß genommen werden.«

»Ist hiermit geschehen«, entgegnete Mrs. Martinez. »Ich sehe ein, daß es dumm von mir war, auf einen einfachen, gradlinigen Prozeß zu spekulieren.« Sie bat Miß Miller, sie und Estrada zu entschuldigen. Als die Verteidigerin den Raum verlassen hatte, fragte sie ihn: »Wo ist Juan Alvaro?«

»Ich freue mich, Ihnen mitteilen zu können, daß es so aussieht, als ob wir ihn gefunden hätten.« Auf diese Frage hatte er schon lange gewartet und seine Antwort dementsprechend sorgfältig vorbereitet. Als er sich jetzt aber sprechen hörte, kam ihm sogleich der Gedanke, daß er sich im Grunde etwas Besseres hätte einfallen lassen müssen.

»Bitte übersetzen Sie das für mich, Mr. Estrada. Es klingt nämlich so, als ob sie ihn *nicht* hätten.«

»Er steht uns im Augenblick nicht zur Verfügung, aber wir arbeiten daran.«

»Daran gearbeitet haben Sie bereits das letzte Mal, als wir uns über den Mann unterhalten haben.«

»Wir haben aber Fortschritte zu verzeichnen. Ich habe mit jemandem gesprochen, der mit ihm in Verbindung steht. Alvaro sitzt noch immer in seinem Versteck. Aber unser Mittelsmann ebnet uns zur Zeit einen Kommunikationsweg. Wir versuchen, die Sache so schnell wie möglich voranzutreiben.«

»Sie meinen, dieser ›Verbindungsmann‹ kennt den Aufenthaltsort von Alvaro?«

»Es scheint so.«

»Dann halten Sie ihm eine gerichtliche Vorladung unter die Nase. Wenn er nicht mit seinen Informationen herausrückt, wird es mir ein Vergnügen sein, ihn in Beugehaft zu nehmen.«

»Das habe ich auch schon bedacht, Euer Ehren. Allerdings halte ich es nicht für den geeigneten Weg, diesen Mann zur Zusammenarbeit zu überreden.«

»Würden Sie mir wohl den Namen dieses Herren mitteilen?«

»Sein Name ist Carlos Ramírez. Er leitet ein Jugendzentrum in Brooklyn und scheint ein Cousin von Roberto Morales zu sein, obwohl sie laut Geburtsurkunde Zwillinge sind. Angesichts seiner Vergangenheit – Jugendbanden und Terrorismus – wird ihn eine Haftstrafe sicher nicht besonders erschrecken.«

»Madre ...!« Ihr unterdrückter Fluch war ein Zeichen reinster Verärgerung. »Na gut, Mr. Estrada. Ich werde Ihnen noch etwas Spielraum gewähren. Passen Sie aber auf, daß Sie meine Geduld nicht auf eine zu harte Probe stellen.«

»Ein nettes Anwesen haben die hier«, informierte Clemente den Staatsanwalt telefonisch aus Miami. »Vier oder fünf Häuser, umgeben von einer hohen Mauer, Gärten und Swimmingpools. Reiche Leute, diese Alvaros. Und auch nicht gerade sonderlich entgegenkommend. Die Schwester hat sich mit mir unterhalten. Allerdings mußten wir uns in einer Bar am Strand treffen.«

»Haben Sie etwas erreicht?«

»Ja und nein. Sie ist die einzige in der Familie, die noch mit ihm spricht und seine Existenz überhaupt zur Kenntnis nimmt. Hübsche Frau. Hat ein schlechtes Gewissen wegen ihres Bruders, von dem sie übrigens schon seit mehr als einem Jahr keine Nachricht erhalten hat.«

»Wo war er damals?«

»Paris. Davor in Südamerika, wo er Armen und kranken Kindern geholfen hat. So sagte sie jedenfalls.«

»Was ist mit seinen Freunden? Kennt sie jemanden davon?«

»Der einzige, den sie kannte, starb vor ein paar Jahren an AIDS.«

»Das war's also. Sackgasse«, kommentierte Estrada enttäuscht.

»Sieht ganz so aus.«

»Was ist mit seiner Bank?«

»Angeblich stellen sie uns kommende Woche die Unterlagen über seine Kontobewegungen zur Verfügung. Ich habe der hiesigen Staatsanwaltschaft klargemacht, wie wichtig diese Dokumente für uns sind.«

Kurz vor Arbeitsende reagierte Cuyler Jadwin endlich auf die zahlreichen Anrufe, die Estrada an diesem Tag unternommen hatte, um mit dem Bankier Kontakt aufzunehmen.

»Bald beginnt die Verhandlung«, sagte Estrada, »und ich bin auf Ihre Zeugenaussage angewiesen.«

»Beim letzten Mal brauchte mich niemand.«

»Das war Mr. Kahns Fehler. Wir zahlen Ihnen selbstverständlich Ihre Auslagen. Es wird auch nicht lange dauern. Betrachten Sie es doch einfach als einen kostenlosen Ausflug nach New York.«

»Danke für das Angebot, nur habe ich an diesem Tag nicht allzuviel in New York zu erledigen.«

»Dann versuchen Sie doch, es als etwas zu sehen, das Sie für Mariah tun. Ich werde mein Bestes geben, um den Zeitpunkt Ihrer Aussage in Ihren Terminplan einzuarbeiten.«

»Sie werden bloß das Geld der Steuerzahler verschwenden«, erwiderte Jadwin.

»Das Risiko gehe ich ein.«

Bei der nochmaligen Durchsicht sämtlicher Unterlagen zum Fall *Morales* kam Estrada eine Idee. Er ließ sich mit Rita Hazen verbinden. Sie war die Frau, die am Mordabend einen Mann mit einer Sporttasche dabei beobachtet hatte, wie er das Bürogebäude von Phoenix Enterprises verließ.

»Ich bin froh, daß Sie mich anrufen«, sagte die Frau erleichtert.

»So?«

»Ich glaube nämlich, daß ich mich geirrt habe, als ich Ihnen sagte, ich hätte den Mann nicht erkannt. Vielleicht könnte ich ja zu Ihnen kommen und mir Ihre Verbrecherkartei einmal ansehen ...«

»Wann immer Sie wollen.« Noch bevor sie antworten konnte, fügte Estrada hinzu: »Je eher, desto besser.«

Sie zögerte. »Ich stecke bis zum Hals in Arbeit ... Ich weiß nicht ...«

»Wie wäre es mit sofort?« schlug er vor.

Sie seufzte. »Also schön.«

Schon eine Stunde später meldete sich der Sicherheitsbeamte von der Pforte, um sich zu erkundigen, ob Estrada eine Frau namens Rita Hazen erwartete. Er holte sie vom Aufzug ab. Sie war schlank, Ende Fünfzig und trug ein geblümtes Sommerkostüm. Ihre grauen Haare hingen lang und glatt an ihr herab. Auf der Nase hatte sie eine metallgefaßte Brille mit runden Gläsern.

Kaum hatte sie das Büro betreten, als sie unvermittelt stehenblieb und rief: »Das ist er!«

»Was? Wer?« Mit Sicherheit meinte sie nicht McMorris, der sich auf Wunsch Estradas inzwischen ebenfalls eingefunden hatte.

»Der da.« Sie zeigte auf die Wurfscheibe, die an der Wand hing.

Er machte einen großen Schritt und stellte sich vor Morales' Foto, um es mit seinem Körper abzudecken. »Fangen wir doch am Anfang an, wie es sich gehört.«

Aber dafür war es nun bereits zu spät. Eine ordnungsgemäße Identifizierung, bei der unter den Fotos verschiedener Personen der wahre Täter herausgefunden werden mußte, war nicht mehr gewährleistet.

Trotzdem legte Estrada der Frau, nachdem er sie mit McMorris bekanntgemacht hatte, eine Reihe von Aufnahmen vor. Unverzüglich pickte sie Morales heraus.

Estrada nahm hinter seinem Schreibtisch Platz. »Erzählen Sie mir bitte noch einmal, was an jenem Abend passiert ist.«

Ihre Aussage entsprach im großen und ganzen dem, was sie bei der ersten Befragung geantwortet hatte. Der einzige Unterschied bestand darin, daß sie jetzt völlig sicher war, Morales gesehen zu haben.

»Sind Sie auch bereit, dies vor Gericht auszusagen?« fragte Estrada.

Sie biß sich auf die Unterlippe und zögerte einen Augenblick. »Ja.«

»Bevor es soweit ist, werden Sie mir aber in aller Ausführlichkeit erklären müssen, warum Sie auf einmal den Mann so genau identifizieren können, während Sie vorher sagten, Sie hätten ihn nicht genau erkannt.«

Sie nickte und blickte verlegen zu Boden.

Er stand auf. »Denken Sie doch bitte noch mal darüber nach, und melden Sie sich, wenn Sie selbst Klarheit darüber erlangt haben.«

Richterin Martinez erschien mit Verspätung zur letzten Besprechung vor Prozeßbeginn. Estrada, der kein Verlangen verspürte, die Wartezeit in dem viel zu kleinen Raum gemeinsam mit Morales zu verbringen, lief im Flur auf und ab. Dagegen war Nancy Rosen schon hineingegangen und versteckte sich nun hinter einem der Romane, die sie ständig in der Aktentasche hatte.

Dann kam die Richterin endlich. Sie stürmte auf Estrada zu – ein grau gekleidetes Schlachtschiff. Er machte kehrt, um sich in ihr Büro zu begeben.

»Mr. Estrada«, rief sie. Er blieb stehen.

»Sind Sie auch gerade erst gekommen?«

»Nein, Euer Ehren. Es war lediglich ein wenig eng für vier Leute in dem Besprechungsraum. Darum habe ich hier auf Sie gewartet.«

»Was Neues in Sachen Alvaro?«

»Noch nicht«, mußte er eingestehen.

Die Richterin kam gleich zur Sache. »Ich bin zu dem Entschluß gekommen, daß wir gegenüber der Jury nicht auf die Vorstrafen des Angeklagten eingehen sollten. Das ist der beste Weg, die Annahme seiner Unschuld auch weiterhin aufrecht zu erhalten.«

Morales, der wieder seinen blauen Blazer und eine graue Hose trug, hörte wachsam und interessiert zu. Hin und wieder machte er sich Notizen.

Estrada war überrascht, als Luz Martinez Miß Millers Antrag ablehnte, die Geschworenen erst nach einer eingehenden individuellen Befragung auszuwählen. »Die getrennte Befragung der Jury-Mitglieder ist meines Erachtens die Zeit und den Aufwand, den sie verursachen würde, nicht wert. Ich möchte den größten Teil der Fragen mittels eines Fragebogens klären, der an die Juroren ausgegeben wird. Nur in Einzelfällen entscheide ich dann von Mal zu Mal darüber, ob eine separate Befragung notwendig ist.«

Estrada war froh darüber, da ihm die Vorstellung, die Geschworenen könnten einer nach dem anderen allein mit der Richterin, den Anwälten und dem Angeklagten in diesem engen Zimmer sitzen, gar nicht behagte. Er hatte nämlich seine Zweifel, ob sie Morales' Charme gewachsen wären.

Als nächstes waren die Dokumentarfotos des Tatortes an der Reihe. Die Richterin ließ als Beweismittel weniger Aufnahmen zu, als Estrada sich erhofft hatte. Er wollte gegen ihre Entscheidung Einspruch einlegen, wartete aber damit, bis die Rede auf die Tagebücher kam.

Sie einigten sich darüber, sämtliche Aussagen der Polizeibeamten mit Ausnahme von Clementes nicht noch einmal anzuhören. Dafür erkannte Kassia Miller die Authentizität der vom Tatort angefertigten Modelle und Diagramme an sowie die Zuordnung der dort gefundenen Fingerabdrücke.

»Da wir gerade beim Thema sind, sollten wir auch auf die Blut- und Samenanalyse zu sprechen kommen«, schlug Nancy Rosen vor, als handelte es sich um die normalste Sache der Welt.

»Könnte ich mich kurz mit meinem Mandanten beraten, Euer Ehren?« bat Miß Miller.

Sie verließen den Raum, waren jedoch in weniger als fünf Minuten wieder zurück. »Was das Blut von Mariah Dodge anbelangt«, erklärte die Verteidigerin, »so würden wir der Jury gerne mitteilen, daß beide Seiten darin übereinstimmen, daß ihr Blut sowohl in der Dusche, als auch auf dem Teppichboden gefunden wurde. Allerdings knüpfen wir das an die Bedingung, daß die Art des Bluttestes keine Erwähnung findet.«

Die Richterin warf Estrada einen Blick zu. Noch bevor er reagieren konnte, schaltete sich Mrs. Rosen ein. »Euer Ehren, wir würden ebenfalls gerne für einen Augenblick den Raum verlassen.«

»Ganz schön schlau, diese Miß Miller«, bemerkte sie, als sie auf dem Gang standen. »Man muß bei ihr wirklich ständig auf der Hut sein.«

»Sollte mir etwas entgangen sein?« fragte Estrada, der nicht wußte, worauf seine Kollegin hinaus wollte.

»Betrachten Sie das doch mal aus der Sicht der Geschworenen. Eine blutüberströmte Frau, Blut auf dem Teppich und Blut in der Dusche. Um wessen Blut kann es sich dabei handeln? Um das von Mariah Dodge. Und vielleicht um das ihres Mörders.«

»Stimmt.«

»Okay. Wenn wir also den Geschworenen einen genetischen ›Fingerabdruck‹ ihres Blutes präsentieren, befriedigen wir damit ihre Erwartungen völlig. Das Ergebnis wird sein, daß ihr Vertrauen in diese Untersuchungsmethode wächst, da sie dadurch die erwartete Antwort erhalten. Wenn Miß Miller aber versuchen sollte, die Qualität der Laborarbeit anzuzweifeln, so hilft sie uns dabei sogar, denn die DNA-Methode liefert selbst bei schlampigem Umgang mit den Testmaterialien noch ein korrektes Ergebnis.«

»Ganz schön schlau«, erwiderte Estrada. »Wenn Sie uns dahin bringt, nicht auf die Methode einzugehen, mittels derer die Blutprobe untersucht wurde, dann wird es leichter für sie sein, den DNA-Abdruck des Spermas anzufechten.«

»Was Teil ihrer Strategie ist, wie wir vermuten dürfen.«

Mrs. Martinez war nicht darauf vorbereitet, daß die Staatsanwaltschaft in diesem Fall eine Übereinkunft ablehnte »Sind Sie sich da ganz sicher, Mr. Estrada? Mir scheint das ziemlich unbedeutend zu sein.«

»Entweder Blut und Samen oder keins von beiden«, entgegnete Estrada hart.

»Also gar nichts«, sagte Kassia Miller mit flacher Stimme.

Den Rest der zu erledigenden Punkte behandelte die Richterin im Eilverfahren. Sie erläuterte der Verteidigung und der Staatsanwaltschaft, welche Belehrung sie der Jury zu Beginn der Verhandlung erteilen wollte und kam anschließend nochmals auf die Fragebögen zu sprechen.

»Gibt es sonst noch etwas?« fragte sie und blickte die Anwesenden über den Rand ihrer Brille hinweg an, als wüßte sie nicht genau, daß alle auf ihre Entscheidung zur Frage der Tagebücher warteten.

»Ach ja. Die Tagebücher. Hätte ich doch fast vergessen«, sagte sie schließlich. »Ich warte mit meiner Entscheidung in dieser schwebenden Angelegenheit noch, bis Mr. Estrada mir den versprochenen Beweis für ihre Echtheit vorlegt, den er bis Ende der Woche herbeischaffen will.« Sie sah ihn streng an. »Nicht wahr, Mr. Estrada?«

»Ja, Euer Ehren, das ist richtig.« Sein Versprechen bereitete ihm noch immer soviel Unbehagen wie damals, als er es ihr gegeben hatte.

»Gut. Dann sind wir hiermit fertig.«

Von jetzt an rang Estrada um jede Minute. Die Zeit, die ihm für seine Vorbereitungen noch zur Verfügung stand, schien bei weitem nicht auszureichen.

Nancy Rosen und Lisa Stein überprüften nochmals sämtliche Zeugen der Anklage und stellten sicher, daß sie bei ihren Aussagen blieben und rechtzeitig vor Gericht erscheinen würden. Gemeinsam gingen sie erneut ihre Beweismittel durch, wobei sich vor allem Miß Stein von der Mordwaffe außerordentlich beeindruckt zeigte. »Sie sieht so harmlos aus.« In einem durchsichtigen Plastikbeutel lag ein flaches Rechteck aus orangefarbenem Kunststoff, an dessen einem Ende sich eine abgerundete schwarze Kappe befand. Als sie sie leicht beiseite schob, kam eine fast sieben Zentimeter lange Klinge zum Vorschein. »Tagtäglich findet so etwas Verwendung. Und dann wird jemand damit einfach so umgebracht.«

»Warum auch nicht?« fragte Estrada zynisch. »Küchenmesser, Baseballschläger – beinahe alles, was man fürs tägliche Leben braucht, kann auch zum Morden benutzt werden. Sonst hätten wir ja nichts zu tun.«

Endlich zeigten auch seine ständigen Anrufe bei der Staatsanwaltschaft von Miami einen gewissen Erfolg. Ein knappes Jahr nach Mariahs Ermordung und unmittelbar vor dem ersten Prozeß gegen Roberto Morales, hatte Juan Alvaro den Großteil seines Vermögens auf Schweizer Banken transferiert. Seine gesamte Geschäftskorrespondenz wurde seitdem über eine Anwaltskanzlei in London abgewickelt.

Wie vorauszusehen gewesen war, hatte ein Anruf in England lediglich eine höfliche Absage eingebracht. Man war dort nicht bereit, Informationen über eigene Mandanten weiterzugeben.

»Wieder eine Sackgasse«, sagte Estrada zu Clemente. »Wäre Alvaro auf der Flucht, könnten wir leichter Näheres über ihn in Erfahrung bringen. Aber solange er nur ein Zeuge ist …«

»Dann hängt jetzt also alles von Carlos Ramírez ab.«

»Der nun wirklich keine Rekorde bricht, was seine Kooperationsbereitschaft anbelangt«, ergänzte Estrada.

»Sollen wir ein paar Wanzen bei ihm verstecken? So könnten wir feststellen, mit wem er telefoniert«, schlug der Polizeibeamte vor.

»Wie wollen Sie das denn begründen?« fragte der Staatsanwalt. Und doch ließ sich eine derartige Aktion durchaus rechtfertigen: zum Beispiel wegen Behinderung der Ermittlungen und Bestechung von Zeugen. Einen Versuch war es auf jeden Fall wert. »Vorerst noch nicht«, entschied Estrada jedoch. »Warten wir noch ein wenig ab.«

Als sich Ramírez nach zwei Tagen vergeblichen Wartens und Telefonierens immer noch nicht gemeldet hatte, begann er, Clementes Idee erneut in Erwägung zu ziehen.

Währenddessen meldete sich bei ihm ein Rechtsanwalt, der Cuyler Jadwin vertrat. Er versicherte Estrada, daß sein Mandant auf jeden Fall einer Vorladung Folge leisten und vor Gericht aussagen werde. Doch erwarte er dafür, daß im Gegenzug sein Recht auf Aussageverweigerung respektiert werde, da er sich verständlicherweise nicht selbst belasten wolle.

Wenn er sich darauf einließ, konnte Estrada Gefahr laufen, von Jadwin im Zeugenstand ausschließlich zu hören zu bekommen, daß er die Aussage verweigere. Wenn er ihn dann aber zu einer Aussage zwingen würde, hätte der Mann noch immer die Möglichkeit, ungeschoren davonzukommen, ohne für seine eigenen Straftaten büßen zu müssen.

»Es wäre schon hilfreich, wenn ich wüßte, worin seine Aussage bestehen wird.«

»Darüber kann ich mit Ihnen nicht sprechen«, lautete die lapidare Antwort.

»Falls ich ihn als Zeugen wirklich benötigen sollte, werde ich Sie benachrichtigen.« Und damit werde ich mir viel Zeit lassen, dachte Estrada.

Als Mrs. Martinez verkündete, sie wolle eine Anhörung zu Flippos Aussage veranstalten, wußte Estrada, daß ihm ein harter Kampf bevorstand. Unverzüglich benachrichtigte er Andrew Flippo auf seinem Forschungsschiff im Beringmeer davon und bat ihn eindringlich, so schnell wie möglich nach New York zu kommen. Die einzige Antwort, die er erhielt, lautete, daß seine Mitteilung so lange im Nachrichtenzentrum aufbewahrt werde, bis Flippo in der Lage sei, sie zu lesen. Am liebsten hätte Estrada den Nächstbesten, der sich im Büro sehen ließ, am Rockaufschlag gepackt und vor lauter Wut kräftig durchgeschüttelt.

»Bis zum Ende der Woche«, lautete die Frist der Richterin. Mittlerweile war es bereits Freitag, und es gab absolut nichts, was er ihr in dieser Angelegenheit hätte mitteilen können. McMorris hatte in Brooklyn nichts Neues herausfinden können und war mit leeren Händen zurückgekehrt. Carlos Ramírez versteckte sich entweder oder war verreist.

Estrada stellte eine Vorladung für Johnny aus, wenngleich er nicht den leisesten Schimmer hatte, wie er sie ihm zustellen sollte. Und noch einmal griff er nach dem Hörer, um die Nummer von Adelante zu wählen.

»Carlos ist nicht da«, sagte Dolores Acampo.

»Was für eine Überraschung.«

»Aber er hat eine Nachricht für Sie hinterlassen.«

Das *war* eine Überraschung. »Ich bin ganz Ohr«, entgegnete er.

»Er läßt ausrichten, daß er mit Juan gesprochen habe. Juan, so sagt er, hat keinerlei In{ormationen, die im Fall *Morales* von Bedeutung wären.«

»Es würde mir sehr helfen, wenn ich das schriftlich bekommen könnte.« Dann hätte er gegenüber Luz Martinez wenigstens irgendetwas vorzuweisen.

»Carlos hat einen Brief für Sie abgeschickt.«

»Haben Sie eventuell ein Faxgerät, um mir schnell eine Kopie zu übermitteln?«

»Das mache ich gerne.«

»Ich danke Ihnen.«

Er ging hinunter ins Sekretariat, um das Fax in Empfang zu nehmen. Der Brief war kurz und deutlich: »Wie Mr. Juan Alvaro mir mitteilte, verfügt er über keine wie auch immer gearteten Informationen, die der Verteidigung im Fall *Morales* in irgendeiner Weise weiterhelfen könnten.«

Estrada kopierte das Schreiben sofort und brachte es anschließend bei Richterin Martinez vorbei.

Sie las das Schreiben und meinte dann: »Was soll das heißen?«

»Die Rede ist von Juan Alvaro. Er ist der fehlende Zeuge. Ich hätte Ihnen heute gerne mehr vorgelegt, aber immerhin deutet jetzt alles darauf hin, daß wir bald über genauere Aussagen dieses Mannes verfügen werden. Außerdem ist nunmehr eindeutig bewiesen, daß wir der Verteidigung rein gar nichts vorenthalten haben.«

Ein zweites Mal begutachtete sie den Brief, setzte dann ihre Brille ab und putzte die Gläser. »Sagen Sie mal: Erwarten Sie von mir, daß ich das ernst nehmen soll? Eine solche Schlußfolgerung aus zweiter Hand von einem Mann, der nicht die geringste Ahnung hat, um was es hier eigentlich geht?«

»Euer Ehren, ich versuche, einen brutalen Mörder zu überführen und habe dafür bislang nur ein sehr dürftiges Handwerkszeug parat. Darum bitte ich Sie erneut, die Tagebücher weiterhin unter Verschluß zu halten, bis wir genauere Auskünfte bekommen haben.« Estrada bemerkte, daß die Richterin zu einem heftigen Widerspruch ansetzen wollte, und fügte deshalb schnell hinzu: »Ich weiß, ich weiß. Der Prozeß steht kurz bevor, aber die Geschwindigkeit, in der ich die Dinge vorantreiben kann, hat auch ihre Grenzen. Eine zwangsweise Vorladung von Mr. Ramírez zu diesem Zeitpunkt würde alles nur unnötig komplizieren und hinauszögern.«

Sie kritzelte etwas auf einen kleinen, gelben Notizblock und heftete den Zettel an Ramírez' Brief. »Geht in Ordnung, Mr. Estrada«, sagte sie mit finsterer Miene. »Hoffentlich sind Sie sich darüber bewußt, daß ich Ihnen in dieser Angelegenheit sehr entgegengekommen bin. Ich gehöre zwar nicht zu den Richtern, die jede ihrer Entscheidungen exakt abwägen – mal ein wenig zugunsten der Staatsanwaltschaft, dann wieder ausgleichend zum Vorteil der Verteidigung. Aber Sie werden mit mir darin übereinstimmen, daß ich nun auch gegenüber Miß Miller ähnlich werde verfahren müssen.«

33

Am Tag vor der Anhörung in Sachen Andrew Flippo bat Estrada Ginny, alle Telefongespräche für ihn entgegenzunehmen, damit er sich voll auf die Ausarbeitung seiner Argumentation konzentrieren konnte. Den Morgen verbrachte er über den Akten, doch dann zog ihn das schöne Wetter – ein tiefblauer Himmel und eine erste leichte Kälte, die das Ende des Sommers ankündigte – zum Mittagessen hinaus ins Freie. Als er bei Ginny vorbeikam, entnahm er seinem Fach die darin abgelegten Schriftstücke und blätterte sie durch, während er auf den Aufzug wartete. Eine Notiz, auf der das Wort EILT vermerkt war, ließ ihn wieder umkehren.

»Ich weiß wirklich nicht, wer am Apparat war«, beteuerte Ginny. »Die Verbindung war miserabel. Wenn ich ihn richtig verstanden habe, rief er aus einem Flugzeug an. In einer Stunde wollte er sich wieder melden – also in ungefähr fünfzehn Minuten, von jetzt an gerechnet.«

»Ein Mr. Andrews?« fragte er. So stand es auf dem Notizzettel, den Ginny geschrieben hatte.

»Ich glaube. Aber wie gesagt, die Verbindung ...«

Estrada ging wieder zurück ins Büro und wartete auf den versprochenen zweiten Anruf, der fünfundvierzig Minuten später als zugesagt erfolgte.

»Hier spricht Andrew Flippo«, hörte er den Anrufer durch das heftige Rauschen hindurch sagen.

Trotz der schlechten Verbindung konnten sie sich kurz über das

Wesentlichste verständigen. Flippo hatte Estradas Mitteilung erhalten und sie für überzeugend befunden. Daraufhin hatte er seinen Einsatzplan abgeändert und saß nun im Flugzeug nach New York. Zwar war seine Zeit knapp bemessen, doch wollte er der Staatsanwaltschaft so gut es ging helfen. Da er erst spät in der Nacht dort eintraf, konnte er Estrada nicht vor dem Morgen des folgenden Tages zur Verfügung stehen.

»Wichtig ist, daß Sie überhaupt kommen«, versicherte ihm Estrada. »Bitte rufen Sie mich so früh wie möglich an, damit wir genügend Zeit für unsere Vorbereitung haben.« Wieviel Zeit wir auch zur Verfügung haben – sie wird sowieso nicht ausreichen, dachte er, als er den Hörer auflegte.

Richterin Martinez hatte den Termin auf halb zehn gelegt. Schon um sieben saß Estrada hinter seinem Schreibtisch. Kurz nach neun führte McMorris Alberto Quiñones und seinen Verteidiger Gerry Lomax herein. Für jeden der Männer hatte er einen Kaffee besorgt.

Estrada, der nun schon den vierten Kaffee an diesem Morgen trank, verspürte ein Grummeln in seinem Magen. Sein Herz pochte heftig, und die Innenflächen seiner Hände waren schweißnaß.

Gegen neun Uhr zwanzig betrat Nancy Rosen den Raum. Bei ihr war die Gerichtsmedizinerin, die in der Nacht aus Kalifornien angereist war. Flippo hatte zu diesem Zeitpunkt noch immer nichts von sich hören lassen.

»Warten Sie doch hier auf ihn«, wies er Lisa Stein an. »Wie ich die Richterin kenne, fangen wir nicht vor zehn an. Hauptsache, Andrew Flippo ist nachher im Gerichtssaal.«

Estrada betrat den Raum und begrüßte die bereits anwesende Kassia Miller. Dann nahm er an dem für die Staatsanwaltschaft vorgesehenen Eichentisch Platz und holte seine Unterlagen aus der Tasche. Kurz darauf kam Mrs. Rosen herein, die sich neben ihn setzte und sagte: »Lomax und sein Mandant haben es sich im Aufenthaltsraum für die Zeugen bequem gemacht. Der gute Doktor ist auch dabei.«

Wie vorhergesehen, hatte Luz Martinez eine halbe Stunde Verspätung. Ohne Begrüßung betrat sie den Saal, gefolgt von einer Stenografin und einem Gerichtsdiener, und kam sogleich zur Sache.

»Sind Sie bereit, Mr. Estrada?«

»Bin ich, Euer Ehren.«

»Miß Miller?«

»Bereit, Euer Ehren.«

»Also gut, Mr. Estrada. Dann fangen Sie mal an.«

Ein anderer Gerichtsdiener brachte Quiñones herein. Lomax hatte dafür Sorge getragen, daß sein Mandant in einem grauen Anzug erschien und ordentlich gekämmt war. Aber trotzdem war hinter dieser Fassade auch weiterhin der alte Alberto Quiñones zu erkennen. Er zitterte leicht, als die Richterin ihn vereidigte. Sein Körper wiegte sich im Rhythmus seines zuckenden Knies, das ständig in Bewegung war.

Estrada stellte Quiñones in aller Kürze vor, ging dann auf seine Vorstrafen ein und fragte ihn anschließend, welche Vergünstigungen er für seine Aussage erwarte.

Danach bat er den Mann, zu erzählen, wie Morales in seiner Gegenwart die Beleidigung seiner Stiefschwester gerächt und sein Schweigen erkauft hatte. Dabei verhielt sich Quiñones wesentlich kooperativer, als Estrada zu hoffen gewagt hatte. Zwar war er reichlich nervös, doch schien seine Geschichte auf alle Anwesenden Eindruck zu machen, so daß Estrada zeitweilig sogar Andy Flippo vergaß, der noch immer nicht eingetroffen war.

Die Richterin hatte ein bewunderungswürdiges Pokerface aufgesetzt und saß entspannt zurückgelehnt in ihrem Sessel. Konzentriert hörte sie den Ausführungen des Zeugen zu.

Als Quiñones zum Ende gekommen war, forderte Estrada ihn auf, der Richterin noch etwas über das X zu berichten – Morales' Markenzeichen. Dann war Miß Miller an der Reihe.

Ihre Eingangsfragen waren harmlos und leicht zu beantworten. Zunächst kam sie nochmals auf Quiñones' Vorstrafen zu sprechen und auf den Handel um Strafnachlaß, den er mit Estrada einzugehen beabsichtigte. Schon bald jedoch gelang es ihr, den Zeugen in ein ausgesprochen schlechtes Licht zu stellen. Dabei ging sie so geschickt vor, daß er selbst kaum bemerkte, wie sehr er sich mit seinen Antworten schadete.

»Sie haben gesagt, daß Roberto Morales über eine Art ›Markenzeichen‹ verfügte«, fragte Miß Miller. »Ist das richtig?«

»Ja.«

»Haben Sie das zuvor schon mal irgendjemandem gegenüber erwähnt?«

Quiñones schien überrascht. »Meinen Sie, gegenüber dem Staatsanwalt?« fragte er vorsichtig zurück.

»Mr. Estrada, wollen Sie sagen?«

»Ja.«

»Sie haben also kürzlich mit ihm darüber gesprochen?« Lächelnd sah sie zum Staatsanwalt hinüber.

»Ja«, antwortete Quiñones zögernd.

»Und vorher? Wem haben Sie es da gesagt?«

»Was?«

»Die Sache mit dem X.«

Quiñones hob die Schultern.

»Sie müssen laut und deutlich antworten, damit die Stenografin Sie versteht. Haben Sie es sonst noch gegenüber jemand anderem erwähnt?«

Er schüttelte den Kopf. »Ne.«

»Haben Sie Morales häufiger dabei beobachtet, wie er dieses Zeichen anbrachte?«

»Ja, hab' ich doch schon gesagt.«

»Wo?«

Quiñones blickte sie ausdruckslos an.

»Wo hinterließ er dieses X?«

»Keine Ahnung. Überall. Zum Beispiel auf dem Körper von diesem Typen, den er kaltgemacht hat.«

»Wo sonst noch? In der Schule? Auf Partys?«

»Ne. Wir sind nicht ...«

»Das genügt schon, Mr. Quiñones. Ein einfaches ›Nein‹ reicht völlig.« Nachsichtig und beschwichtigend lächelte sie ihn an.

»Kam es oft vor, daß Sie zugegen waren, wenn Roberto Morales Leute aufschlitzte?«

»Nein.«

»Nur das eine Mal?«

»Ja.«

»Bei einem einzigen Menschen?«

»Ja.«

»Hatte Mr. Morales Ihnen etwas über seine Absichten verraten, bevor sie diesen Mann aufgesucht haben?«

»Weiß ich nicht mehr.«

»Aber gegenüber der Staatsanwaltschaft haben Sie geäußert, Morales habe Drohungen gegen diesen Mann ausgestoßen?«

»Wenn Sie es sagen.«

»Wissen Sie noch seine genauen Worte?«

Quiñones war sichtlich verwirrt. »Keine Ahnung.«

»Ist es nicht vielmehr so, daß Sie sich an überhaupt nichts mehr erinnern und uns hier nur erzählen, wie es gewesen sein *könnte?*«

Keine Antwort.

»Mr. Quiñones?«

»Weiß nicht.«

»Haben Sie denn genau gesehen, wie Mr. Morales dem anderen Mann die Schnittwunden zugefügt hat?«

»Wie meinen Sie das?«

»Versuchen wir es anders herum. Wo hielten Sie sich während dieses Vorfalls auf?«

Stück für Stück entlockte Kassia Miller ihm eine Beschreibung der Wohnung, in der sich der Vorfall ereignet hatte. Trotz der stockenden Antworten wurde klar, daß er zusammen mit Morales im Flur der Wohnung gestanden und sich Flippo ungefähr drei bis vier Meter von ihnen entfernt aufgehalten hatte.

»Und Mr. Morales ging auf diesen Mann zu?«

»Ja.« Quiñones hampelte jetzt wesentlich nervöser als zuvor auf seinem Stuhl herum.

»Was haben Sie genau beobachtet, als Mr. Morales auf den Mann zuging?«

»Er stach auf ihn ein.«

»Aber Mr. Morales befand sich zwischen Ihnen beiden.«

»Ja.«

»Wie konnten Sie dann erkennen, was er tat?«

Wieder keine Antwort.

»Die Sicht hätte Ihnen doch versperrt sein müssen?«

Nichts.

»Mr. Quiñones?«

»Ja, ich glaube.«

»Sie konnten demnach nicht sehen, wie Mr. Morales auf den Mann einstach?«

Quiñones zuckte störrisch mit den Achseln. »Vielleicht nicht.«

»Was genau haben Sie also gesehen?«

Keine Antwort.

»Sie sahen Blut, nicht wahr?«

»Ja.«

»Blut. Sonst noch etwas?«

»Ja. Der Kerl trat nach Roberto. Er fiel zwar hin, aber er trat dabei noch nach ihm.«

»Und dann sind Sie weggelaufen, richtig?«

»Ja, klar. Überall war jede Menge Blut.«

»Aber mehr haben Sie nicht gesehen«, stellte Miß Miller fest.

Quiñones musterte den Fußboden unter seinen Füßen. Völlig regungslos saß er auf seinem Stuhl. Dann schaute er zu seinem Anwalt auf.

»Mr. Quiñones«, sagte Kassia Miller sanft, »die Antwort werden Sie dort nicht finden. War das Blut alles, was Sie sahen?«

»Ja.«

»Kein Messer, keine Verletzungen – nichts dergleichen?«

»Nein.«

»Danke, Mr. Quiñones. Das war schon alles.«

Eine Katastrophe, dachte Estrada und stand auf. »Mr. Quiñones, als Sie erwähnten, Mr. Morales habe gesagt, er wolle jemanden ›kaltmachen‹, hat er da auch gesagt, auf welche Weise er das tun wollte?«

»Con su cuchillo. Mit seinem Messer.«

»Was hat er denn sonst noch alles mit diesem Messer angefangen?«

»Sitze aufgeschlitzt und Autolack zerkratzt.«

Ruhig bleiben, befahl sich Estrada. So dämlich kann er gar nicht sein. »Ich meine, wie hat er es gemacht?«

»Ach so. Als ob er ein X damit einritzen wollte. Wie Zorro, nur eben ein X.«

»Besten Dank.« Das war zu dürftig und kam außerdem viel zu spät. Miß Miller hatte Quiñones' Gedächtnislücken knallhart ausgenutzt, um seine gesamte Aussage in Frage zu stellen.

Estrada verdrängte seine Sorgen vorerst und rief die Gerichtsmedizinerin herein, die den Leichnam von Mariah Dodge untersucht hatte. Nun war Nancy Rosen an der Reihe.

Dr. Gail Martin, die mittlerweile in Kalifornien tätig war, erläuterte knapp und präzise, daß nach dem ersten Schnitt das Blut wie eine Fontäne aus dem Hals gespritzt sein mußte. Sie war der Überzeugung, daß ein derartiger Blutstrom jeden Angreifer von weiteren Attacken abgehalten haben müßte, vorausgesetzt er hätte das Opfer im Affekt angegriffen. Nur ein Verrückter wäre ihrer Ansicht nach imstande gewesen, Mariah Dodge noch weiter zu zerfleischen. Doch, so die Medizinerin weiter, würde sie in einem solchen Fall zehn oder noch mehr Wunden erwarten, obwohl sie bereits bei anderen Morden bis zu fünfzig Stichwunden gezählt hatte. Die x-förmige Gestalt der beiden anderen Schnitte deutete sie daher »mit großer Wahrscheinlichkeit« als »klare Absicht, dem Opfer außerdem noch eine symbolische Wunde zuzufügen.«

»Kann es sein, daß sich das Opfer zwischen dem ersten und dem zweiten Schnitt bewegt hat?« wollte Mrs. Rosen wissen.

»Es wäre möglich, daß sie versucht hat, ihren Kopf zu bewegen, und daß der Mörder mehr als einmal dazu angesetzt hat, den zweiten Schnitt auszuführen.«

»Wäre sie denn überhaupt noch in der Lage gewesen, ihren Kopf zu bewegen?«

»Da die Muskeln auf der rechten Seite durchtrennt waren, hätte sie ihren Kopf nur ein kleines Stück drehen können. Ich halte es aber angesichts der blutigen Stirn und ihrer durcheinandergeratenen Frisur für gut möglich, daß der Täter sie einige Zeit nach dem ersten Schnitt an ihren Haaren gepackt hat, um den Hals für den zweiten Schnitt freizulegen.«

»Läßt sich eine Aussage darüber treffen, ob ihr die zweite Verletzung noch vor ihrem Tod zugefügt worden ist?«

»So, wie ich die Leiche gesehen habe, kann ich das in dieser Deutlichkeit nicht behaupten. Ich konnte lediglich feststellen, daß der zweite Schnitt einige Zeit nach dem ersten erfolgt sein muß.«

»Wieso?«

»Vor allem wegen der Form des Schnittes. Ich demonstriere es Ihnen besser anhand einer Zeichnung.«

»Euer Ehren?«

»Einverstanden, Mrs. Rosen. Aber beeilen Sie sich bitte.«

Ein Gerichtsdiener stellte eine große Tafel auf einen Ständer. Dr. Martin zeichnete ein langes, asymmetrisches X, dessen Linien sich am oberen Ende überkreuzten.

»Der Hieb verläuft von rechts nach links und ist dort leicht gebrochen, wo er auf die Wunde des ersten Hiebes trifft. Das ist an dem Zickzack-Effekt erkennbar, den Sie in der Haut sehen können. Eine solche Verletzung spricht eindeutig dafür, daß dieser Schnitt erst an zweiter Stelle erfolgte. So etwas passiert, weil die Haut nach dem ersten Schnitt nicht mehr straff und gespannt ist.«

»Können Sie uns genau erklären«, fragte Nancy Rosen weiter, »wie jemandem eine derartige Wunde zugefügt werden kann – eher mit einem kräftigen Hieb oder vielleicht doch eher kühl und überlegt?«

»Eine interessante Frage«, sagte die Pathologin. »Bei meiner Aussage während der ersten Verhandlung war ich fest davon überzeugt, daß die beiden Schnitte überhaupt nicht in Verbindung zueinander standen, sondern rein zufällig die Form eines X bildeten. Aber jetzt bin ich mir da gar nicht mehr so sicher.«

»Wie würden Sie die Verletzungen denn jetzt beurteilen?«

»Ich halte dieses X für absichtlich zugefügt.«

»Und warum?«

»Weil die Wunde viel zu gleichmäßig ist und die Tiefe des Einschnitts sich nicht verändert. Außerdem habe ich beim Betrachten der Fotos noch etwas bemerkt, was mir vorher entgangen war. Am oberen Ende der rechten Ecke des X befindet sich ein kleiner Einschnitt, ganz nahe am Ohr.«

»Haben Sie eine Vermutung, wodurch der zustande gekommen sein könnte?«

»Ja, ich glaube, er wurde verursacht, als der Täter zum ersten Schnitt ansetzte und das Opfer dabei zusammenzuckte. Meiner Ansicht nach bestätigt das die These, daß sich das Opfer anschließend nicht mehr bewegte und der Täter ihm daher eine gerade und gleichmäßige Verletzung zufügen konnte.«

»Ich danke Ihnen«, sagte Mrs. Rosen.

Kassia Miller kam sofort auf das X auf Mariah Dodges Wange zu sprechen. »Sie erwähnten, daß die Schnitte völlig gleichmäßig waren. Haben Sie deren Tiefe tatsächlich an jeder Stelle nachgemessen?«

»Nein. Diese Beobachtung habe ich lediglich durch Augenschein angestellt.«

»Sie haben also bloß einen Blick darauf geworfen?«

»So kann man sagen, ja.«

»Dann ist Ihr Urteil also durchaus relativ zu verstehen, wenn Sie sagen, die Schnitte seien gleichförmig gewesen. Das bedeutet doch nur, daß keine *sichtbaren* Unregelmäßigkeiten zu erkennen waren.«

»Nein, ich glaube, meine Feststellung ist schon präziser.«

»Wie tief waren die Wunden denn Ihrer Meinung nach?«

»Das weiß ich nicht.«

»Ungefähr.«

»Nicht tiefer als einen Millimeter.«

»Also könnte es auch nur ein halber Millimeter gewesen sein?«

»Möglich wäre es.«

»Und eineinhalb?«

»Das bezweifle ich, aber völlig auszuschließen ist natürlich auch das nicht.«

»Sie hätten es jedoch bemerkt, wenn diese Tiefe sich im Laufe der gesamten Schnittlänge verändert hätte?«

»Vermutlich schon.«

»Vermutlich oder vielleicht?«

»Vielleicht.«

»Sie hätten es also *vielleicht* bemerkt?«

»Ja.«

»Anders herum heißt das, Sie hätten es vielleicht auch nicht bemerken können.«

»Ja.«

»Die Tiefe der Wunde hätte also um hundert Prozent variieren können«, stellte Miß Miller fest.

»Hätte können – ja. Aber ich weiß nicht ...«

»Es hätte so sein können«, sagte die Verteidigerin und schnitt ihr damit das Wort ab. »Ihre letzte Aussage zu diesem Fall liegt etwa drei Jahre zurück. Stimmt das?«

»Ungefähr.«

»Passiert es eigentlich öfters, daß bei Messerstechereien x-förmige Verletzungen auftreten?«

»Werden jemandem viele Schnittwunden auf einmal zugefügt, sind häufig welche dabei, die sich überschneiden.«

»Dann ist das also die Regel?«

»Nicht unbedingt.«

»Aber es geschieht nicht selten?«

»Ja.«

»Und manchmal kommt es vor, daß jemand nur zwei Wunden hat, die sich aber ebenfalls kreuzen?«

»Manchmal.«

»Meinen Sie, daß in solchen Fällen die Täter immer darauf aus sind, ein X in ihre Opfer zu schnitzen?«

»Einspruch«, sagte Mrs. Rosen.

»Stattgegeben.«

»Dürfte ich Sie bitten, sich einmal zu erheben und uns zu demonstrieren, welche Bewegungen jemand ausführt, der einen anderen Menschen mit einem Messer verletzen will?«

Dr. Martin wandte sich der Richterin zu. Nachdem diese zustimmend genickt hatte, zuckte die Pathologin mit den Achseln und stand auf.

»Würden Sie bitte mit einem Hieb der Rückhand beginnen?« bat die Verteidigerin.

Sie führte ihre rechte Hand bis zum linken Ohr und ließ ihren Arm dann in einem Halbkreis blitzschnell durch die Luft sausen.

»Bleiben Sie stehen«, sagte Miß Miller. »Jetzt simulieren Sie bitte einen Hieb in die andere Richtung.«

Mrs. Martin hob ihre Hand in Schulterhöhe und ließ sie mit aller Wucht hinunterfallen.

»Ich danke Ihnen.« Sie wartete, bis sich die Pathologin wieder gesetzt hatte. »Ich habe gesehen, wie Sie ihre Hand zunächst von links oben nach rechts unten geführt haben und dann von rechts oben nach links unten.« Miß Miller wiederholte die Bewegungen. »Ist das korrekt?«

»Ja.«

»Und sieht das für Sie nicht wie ein X aus?«

Die Pathologin saß in der Falle. »Nun, ja, aber ich …«

»Sieht es wie ein X aus?«

»Ja«, erwiderte die Frau mürrisch nach längerem Zögern.

Kassia Miller hakte noch mal nach. »Ist es nicht immer so, daß eine X-förmige Wunde entsteht, wenn man zwei Hiebe in der von Ihnen beschriebenen Weise ausführt?«

»Ich glaube, das kann man so nicht sagen.«

»Meinen Sie, es ist eher ungewöhnlich?«

»Nein, ungewöhnlich nicht, aber …«

»Ich danke Ihnen, Dr. Martin.«

Als die Verteidigerin die Befragung der Zeugin beendet hatte, hörte Estrada, wie die Tür zum Gerichtssaal geöffnet und gleich darauf wieder geschlossen wurde. Nur mit Mühe unterdrückte er das Verlangen, sich umzudrehen und nachzusehen, wer den Raum betreten hatte. Als er die schweren Schritte vernahm, die sich ihnen näherten, tat er es doch. Es war der Gerichtsdiener. Er ging bis nach vorne durch und überreichte Estrada ein Blatt Papier, auf dem Lisa Stein etwas notiert hatte.

»Euer Ehren«, sagte Estrada, »soeben wurde mir mitgeteilt, daß Andrew Flippo in meinem Büro auf mich wartet. Mit Ihrer Erlaubnis würde ich mich gerne am heutigen Nachmittag mit ihm besprechen, bevor er vor Gericht erscheint.«

»Mr. Estrada, in wenigen Tagen beginnt die Verhandlung, und bis dahin ist mein Terminkalender schon voll genug. Da Sie genügend Zeit hatten, diesen Zeugen rechtzeitig herzubringen, gebe ich Ihnen eine halbe Stunde. Mehr nicht.«

Sie benutzten den Beratungsraum der Geschworenen. Der Wissenschaftler war klein und hager, hatte kaum Haare auf dem Kopf, dafür aber einen um so größeren Bart. In Anbetracht der langen Reise, die er hinter sich hatte, machte er einen erstaunlich frischen Eindruck.

Estrada erklärte ihm schnell, was sich bisher ereignet hatte und ging dann auf die Fragen ein, die Flippo zum Ablauf der Zeugenbefragung hatte. Danach wollte er seinerseits von dem Mann noch einmal sein Erlebnis mit Morales geschildert bekommen, um zu überprüfen, ob er Flippo auch nicht mißverstanden hatte. Estradas größte Sorge bestand darin, daß sein Zeuge vor Gericht zu steif und akademisch wirken könnte, obwohl doch eigentlich eher eine dramatische Schilderung des Angriffs auf ihn angebracht war.

»Sprechen Sie einfach ganz natürlich«, empfahl er ihm. »Bitte kein Schreibstil. Als ob Sie in einer Bar sitzen und sich unterhalten.«

Flippo nickte. »Ich werd's probieren«, versprach er.

Lisa Stein kam herein und sagte nur: »Es ist soweit.«

Estrada führte Flippo in den Zeugenstand und befragte ihn anfangs nach seinem persönlichen Hintergrund, damit sich die Richterin ein besseres Bild von ihm machen konnte. Zunächst waren seine Antworten eher steif und unsicher, und die Ungduld der Vorsitzenden trug nicht gerade zu seiner Entspannung bei. »Es gibt hier keine Geschworenen, die Sie beeindrucken müßten, Mr. Estrada. Kommen Sie zur Sache.«

»Ja, Euer Ehren.« Ermutigend lächelte er seinen Zeugen an. »Haben Sie je ein Mädchen mit dem Namen Gina Coluccio gekannt?«

»Ja.«

»Erzählen Sie uns von ihr.«

Man konnte Flippo deutlich anmerken, daß er konzentriert darüber nachdachte, wie er beginnen sollte. Dann verschwand mit einem Mal die Anspannung aus seinem Gesicht. »Als ich auf der Universität war, ging ich öfters mit Gina aus. Sie wohnte zusammen mit ein paar anderen Mädchen in der West Side. Meistens trafen wir uns in einer Bar am Broadway, wo Jazz gespielt wurde und das Bier nicht so teuer war. Ich wußte, daß ihr Bruder Roberto hieß und in Harvard studierte. Mehr war mir wirklich nicht bekannt, bis ich einmal Besuch von drei finster aussehenden Puertoricanern erhielt, die sich als Mitglieder einer Bande namens Shadow Phantoms vorstellten. Sie forderten mich unmißverständlich auf, meine Finger von ihren Mädchen zu lassen. Ich antwortete, daß ich nicht wisse, wovon sie eigentlich sprächen. Sie sagten nur, ich solle mich in acht nehmen, wenn ich noch länger leben wolle.«

Er unterbrach seine Ausführungen und sah die Richterin an. »Könnte ich bitte ein Glas Wasser bekommen?«

Der Gerichtsdiener goß Wasser in einen Pappbecher und reichte ihn Flippo, der ihn mit einem Zug leertrank. Anschließend verlangte er nach einem zweiten.

»Da ich wirklich nicht wußte, was sie von mir wollten, fragte ich Gina. Sie regte sich fürchterlich auf und schimpfte über irgendwelche Leute, die sie nicht in Ruhe lassen würden. Vor allem einen gebe es da, der es auf sie abgesehen hätte, sagte sie weinend. Sie versprach, mit ihm zu reden und die Angelegenheit zu klären. Obwohl ich kein Wort von alledem verstand, versuchte ich, sie so gut es ging zu trösten. Aber Sie können sich sicher denken, daß ich wegen dieser Drohung meine Zweifel hatte, ob ich die Beziehung zu ihr aufrechterhalten sollte. Doch bevor sie nicht mit diesem mir unbekannten Mann gesprochen hatte, wollte ich nichts unternehmen. Ungefähr eine Woche lang geschah gar nichts. Dann, eines Nachts, als ich auf dem Heimweg war, bedrängten mich in einer abgelegenen Seitenstraße sechs dieser Shadow Phantoms. Sie sagten, daß sie mich umbringen würden, da ich ihre Schwester entehrt hätte. Ich hätte das ja für einen dummen Witz gehalten, hätten sie nicht Fahrradketten, Bleirohre und Messer dabei gehabt. Zwar trug ich damals den braunen Gürtel in Karate, aber es waren zuviele, als daß ich hätte kämpfen können. So täuschte ich also an, in die eine Richtung fortzulaufen, schlug einen kurzen Haken und lief dann in die andere. In meinem ganzen Leben bin ich nicht so schnell gerannt.«

Er machte erneut eine Pause, um noch einen Schluck Wasser zu trinken. Estrada lächelte ihn an, als wolle er sagen: Sie machen Ihre Arbeit fantastisch. Weiter so!

»Danach hatte ich die Nase voll«, fuhr Flippo fort. »Gina war zwar ein nettes Mädchen, doch war mir die Freundschaft mit ihr ein zerschlitztes Gesicht nicht wert. Darum rief ich sie an und sagte ihr, daß wir uns nicht mehr sehen könnten. Am Abend darauf – ich kam gerade vom Karatetraining – schloß ich meine Wohnungstür auf und wurde plötzlich heftig von hinten gestoßen. Während ich nach vorne taumelte, stürmte neben mir jemand in meine Wohnung. Ich schrie den Kerl an, er solle sofort wieder verschwinden.«

Estrada richtete eine weitere Frage an den Zeugen. »Wieviele Leute waren es, die bei Ihnen eingedrungen sind?«

»*Gesehen* habe ich lediglich einen, aber ich bin mir ziemlich sicher, daß noch jemand dabei war.«

»Könnten es auch mehr als zwei gewesen sein?«

»Nein. Mehr auf keinen Fall.«

»Würden Sie eventuell einen dieser Eindringlinge heute noch wiedererkennen?«

Flippo nickte. Seine Lippen waren zu einer schmalen Linie zusammengepreßt. »Einer sitzt gleich dort drüben.« Er deutete mit dem Finger auf den Angeklagten. »Roberto Morales.«

Instinktiv legte Estrada eine kleine Pause ein, als wolle er der nicht vorhandenen Jury Zeit geben, ihre Eindrücke zu verarbeiten.

»Wußten Sie denn damals schon, um wen es sich dabei handelte?«

»Ja.«

»Woher?«

»Ich hatte ihn ein, zwei Mal gesehen, als ich Gina von zu Hause abholte und er gerade auf Besuch da war.«

»Was passierte denn genau in Ihrem Apartment?«

»Er brüllte mich an, daß niemand so mit seiner Schwester umspringen könne und daß ich ihm nicht so einfach davonkäme. Daraufhin brüllte ich zurück und beschimpfte ihn offengestanden ziemlich wüst. Heute würde ich das als rassistisch bezeichnen. Aber ich war eben reichlich wütend.«

»Wie ging es weiter?«

»Er drehte regelrecht durch und sprang mit einem gezückten Messer auf mich zu. Alles ging so schnell, daß ich kaum reagieren konnte. Er verletzte mich so stark, daß ich sogar ins Krankenhaus mußte.«

»Wo hat er Sie denn verletzt?«

»Er wollte mir den Hals aufschlitzen. Da ich aber instinktiv einen Schritt zurück machte, traf er nur mein Schlüsselbein.«

»Und weiter?«

»Ich trat ihm gegen das Handgelenk. Das Messer flog durch die Luft, und er rannte fort.«

»Und der andere?«

»Der folgte ihm. Ich brach zusammen und dachte, jetzt ist es aus. Mit viel Mühe schleppte ich mich aus dem Haus und gelangte irgendwie in ein Krankenhaus. Dort flickte man mich wieder zusammen und hängte mich an den Tropf. Ich hatte nämlich viel Blut verloren. Und das ist dann auch alles.«

Estrada wollte sich schon wieder an seinen Tisch setzen, als ihm noch etwas einfiel. »Wie sehen denn die Narben der Verletzung aus, die Morales Ihnen zugefügt hat?«

»Sie verlaufen am unteren Ende des Halses quer über mein Schlüsselbein. Ein paar Zentimeter höher und ich wäre tot gewesen.«

»Würden Sie sie uns zeigen?«

Flippo stand auf, wandte sich von der Richterin ab und knöpfte sein Hemd auf. Mit entblößtem Brustkorb drehte er sich schließlich wieder um. Die Narbe hob sich von seiner dunklen Haut ab und war noch gut zu erkennen. Sie sah fast genauso aus wie die Verletzung auf Mariah Dodges Wange – wie ein X.

Estrada bedankte sich und überließ Kassia Miller das Feld. Er war gespannt, ob sie ebenso raffiniert vorgehen würde, wie bei Quiñones. Sie tat es, wenn auch vorsichtiger.

»Diese Person, von der Sie behaupten, es sei Roberto Morales gewesen – wie lange hielt sie sich in Ihrem Apartment auf?«

Flippo dachte einen Moment darüber nach. »Ungefähr fünf Minuten.«

»So lange?«

»Ich glaube schon.«

»Hätte es auch weniger lange sein können?«

»Kaum.«

»Sie sagten, Sie hätten ihn vorher schon mehrmals gesehen.«

»Ja.« Flippo betrachtete die Verteidigerin mit großem Interesse.

»Aber doch wohl allenfalls für ein paar Minuten, oder?«

»Ja …«

»Sie tragen den braunen Gürtel?« Sie hatte das Thema gewechselt, noch bevor Flippo herausfinden konnte, was sie im Schilde führte. »Ja.«

»Und an jenem Tag kamen Ihnen Ihre Karatekenntnisse auch sehr gelegen, nicht wahr?«

»Ja.« Flippo warf Morales einen Blick zu. »Aber nur ein wenig.«

Miß Miller wandte sich an die Richterin. »Euer Ehren, dürfte ich Sie bitten, den Zeugen zu belehren?«

Mrs. Martinez blickte zu ihm hinab. »Mr. Flippo, bitte antworten Sie nur auf das, was Sie gefragt werden und schmücken Sie nichts aus.«

Flippo dachte einen Moment nach und sagte dann: »Ich habe verstanden, Euer Ehren. Bitte entschuldigen Sie.«

»Also, Mr. Flippo«, nahm Kassia Miller ihre Frage wieder auf, »haben Sie den Eindringling mit Ihrem Karatetritt verletzt?«

»Das weiß ich nicht.«

»Kann es sein, daß Sie ihm den Arm gebrochen haben?«

»*Versucht* habe ich es jedenfalls. Ob mit Erfolg, weiß ich nicht.«

»Die Frage lautete: Kann es sein?«

»Es kann sein, ja.«

Verständnislos sah Flippo zu Estrada hinüber.

»Mr. Estrada hat zur Zeit keine Fragen an Sie zu richten«, bemerkte Miß Miller spöttisch.

»Deshalb habe ich nicht ...«

»Niemand hat Ihnen eine Frage gestellt«, schnitt sie ihm das Wort ab.

Flippo hatte eindeutig den Wunsch, etwas zu erwidern, begnügte sich statt dessen aber mit einem Kopfnicken.

»Haben Sie diese Person in den darauffolgenden Jahren noch mal wiedergesehen?«

»Nein.«

»Haben Sie diesen Vorfall der Polizei gemeldet?«

Flippo gab keine Antwort.

»Mr. Flippo! Haben Sie diesen Vorfall der Polizei gemeldet?«

»Nicht vollständig.«

»Was haben Sie denn damals unerwähnt gelassen?«

»*Wer* es war.«

»Jemand verletzt Sie so schwer, daß man Sie ins Krankenhaus einliefert, und Sie erwähnen gegenüber der Polizei nicht einmal seinen Namen?«

»So ist es.«

»Aber weshalb denn nicht?«

»Sie kamen in die Klinik und stellten mir alle möglichen Fragen. Und ich sagte ihnen, ein Unbekannter hätte mich angegriffen.«

»Und die Polizisten haben Ihnen geglaubt?«

»Einspruch«, rief Estrada dazwischen. »Der Zeuge kann nicht wissen, was die Polizisten gedacht haben.«

»Formulieren Sie Ihre Frage neu, Miß Miller«, sagte Luz Martinez.

»Haben sie Ihnen nicht auf den Zahn gefühlt, als Sie diese Antwort gaben?«

»Daran kann ich mich nicht mehr erinnern.«

»Haben Sie schon etwas über unseren Fall gehört oder gelesen?«

»Anfangs nicht.«

»Aber sie haben sich darüber informiert?«

»Ja.«

»Dann wissen Sie auch, daß als Tatwaffe ein Messer diente?«

»Ja.«

»Danke, Mr. Flippo. Das ist alles.«

Estrada erhob sich, um weitere Fragen an den Zeugen zu richten.

»Warum haben Sie den Täter nicht verraten, als Sie im Krankenhaus waren?«

»Die Shadow Phantoms hätten mich umgebracht, wenn ich irgendwas gesagt hätte. Er gehörte doch zu denen.«

»Kann es sein, daß Sie den Täter deshalb nicht verrieten, weil Sie ihn gar nicht erkannt haben?«

»Oh nein. Ich war mir ganz sicher, was die Identität dieses Gangsters anbelangte. Es war Ginas Bruder, Roberto.«

»Wie können Sie das so genau wissen?«

»Weil er es gesagt hat. Er sprach von ihr als meine Schwester. Und als ich mich dann über die Puertoricaner lustig machte, sagte er, sein Name sei Morales, und ich solle das niemals vergessen. Dann griff er mich an.«

Estrada dankte Andrew Flippo erneut und nahm wieder Platz.

»Eine Frage noch, Euer Ehren«, sagte Miß Miller und erhob sich. »Mr. Flippo, Sie sagten soeben, Roberto Morales war einer von denen. Meinen Sie damit, daß er dieser Bande angehört hat?«

»Ob er ein Mitglied war, ist mir nicht bekannt, falls Sie das meinen. Aber er gehörte zu ihnen. Ich war davon überzeugt, daß sie mich töten würden.«

Einer von ihnen. Damit würde sich Flippo keineswegs Luz Martinez' Gunst erwerben, dachte Estrada.

»Essenszeit«, sagte die Richterin. »Um zwei Uhr möchte ich Ihre Stellungnahmen hören.«

34

Richterin Martinez betrat um Viertel nach zwei wieder einmal als letzte den Gerichtssaal. »Mr. Estrada?« sagte sie auffordernd, noch bevor sie in ihrem Sessel Platz nahm.

Estrada erhob sich gemächlich und ordnete die Unterlagen vor sich auf dem Tisch, bis die Richterin es sich bequem gemacht hatte.

»Euer Ehren, die Staatsanwaltschaft bittet Sie heute darum, zwei Zeugenaussagen für zulässig zu erklären. Die erste ist die von Alberto Quiñones, derzufolge Roberto Morales sein Schweigen mit Geld erkauft hat. Ein derartiger Vorgang ist von den Gerichten bisher immer als Schuldeingeständnis aufgefaßt worden. Die Annahme liegt mir fern, daß diese Aussage allein bereits für eine Verurteilung ausreichen könnte. Aber ich glaube, die Jury hat zumindest ein Recht, sie zu hören. Die Tatsache der Zeugenbestechung sollte den Geschworenen keinesfalls vorenthalten werden.

Darüber hinaus erbittet die Anklagebehörde die Zulassung derjenigen Aussage, aus der klar und deutlich hervorgeht, daß Roberto Morales bereits früher schon einmal eine ähnliche Tat begangen hat wie die, die ihm in diesem Prozeß zur Last gelegt wird.«

Luz Martinez sah ihn zwar die ganze Zeit an, doch bezweifelte Estrada, daß seine Worte zu ihr vordrangen. Er fühlte sich unbehaglich, seine Stimme klang flach.

»Das Verbrechen, mit dem wir uns befassen, kommt denen von Jack the Ripper bedenkenswert nahe. Roberto Morales benutzte eine scharfe Klinge, um seinem Opfer an einer ganz bestimmten Stelle sein ›Markenzeichen‹ einzuschneiden. Es ist wichtig, daß wir uns nicht von dem Umstand verwirren lassen, daß Andrew Flippo ein Mann und Mariah Dodge eine Frau ist. Ausschlaggebend ist, daß beide unmittelbar vor der Tat Roberto Morales mit rassistischen Kraftausdrücken beschimpften. Aus seiner Sicht nun muß sein Verbrechen vor allem den Zweck verfolgt haben, sich wieder Ruhe zu verschaffen. Und in beiden Fällen hatte die Person, gegen die sich sein Zorn richtete, ihm selbst oder jemandem, der ihm nahestand, einen Korb gegeben.

Aus der Aussage der Gerichtsmedizinerin ging klar hervor, daß eine x-förmige Verletzung bei einem Messerüberfall nicht die Regel ist. Daraus resultiert ein weiterer Grund, weshalb der Überfall auf Andrew Flippo in diesem Prozeß als Beweis zugelassen werden sollte: Er belegt die ungewöhnliche Geschicklichkeit des Angeklagten. So unangenehm es auch sein mag, das Aufschlitzen eines Halses mit dem Wort ›Geschicklichkeit‹ zu bezeichnen, so treffend ist es doch in unserem Fall, wenn man den Ausführungen der Gerichtsmedizinerin folgt. Was Roberto Morales getan hat, erfordert eine ganz besondere Entschlossenheit. Die Entschlossenheit nämlich, im Blut seines Opfers zu waten, um an einer ganz bestimmten Körperstelle ein ebenso bestimmtes Zeichen einzuritzen. Und dieser zweite Schnitt wurde keinesfalls im Affekt, sondern vielmehr äußerst sorgfältig ausgeführt.«

Estrada machte eine kurze Verschnaufpause und fuhr dann fort: »Wir sind hier nicht zusammengekommen, um über Glaubwürdigkeit zu diskutieren. Die Frage lautet einzig und allein: Welche Bedeutung hat diese Aussage für die Geschworenen, vorausgesetzt, sie halten sie für wahr? Kann Roberto Morales mit Hilfe dieser Aussage als Mörder von Mariah Dodge überführt werden?

Ich meine, ja. Denn die Beweisführung hat eindeutig ergeben, daß Roberto Morales vorsätzlich sein Markenzeichen in Mariah Dodges Körper geritzt hat. Und wenn es Unklarheiten darüber geben sollte, was Alberto Quiñones gesehen hat, so reicht es völlig, Mr. Flippo zu bitten, die Narben knapp unterhalb seines Halses zu zeigen. Miß Millers Versuch, die Fakten zu verschleiern, ist damit gescheitert. Was wir heute gehört haben, sind aussagekräftige und eindeutige Beweise. Falls diese Beweise für unzulässig erklärt werden sollten, wäre die Jury gezwungen, ihr Urteil in Unkenntnis des wirklichen Sachverhalts zu fällen.

Wenden wir uns nun der Aussage von Alberto Quiñones zu. Er hat zu Protokoll gegeben, daß Morales vor dem Anschlag auf Mr. Flippo unmißverständliche Drohungen gegen ihn ausgestoßen habe. Braucht man wirklich noch mehr Beweise für den Vorsatz, der diesem Überfall zugrunde lag? Und wem sollte denn der Angriff auf Andrew Flippo letzten Endes nützen? Sicher nicht der Stiefschwester, deren Interessen zu vertreten der Angeklagte vorgab. Schließlich war sie es selbst, die Morales aufgefordert hatte, sie und ihren Freund in Ruhe zu lassen. Die Verteidigung der Ehre seiner Stiefschwester war für ihn lediglich ein Vorwand. Roberto Morales hat sich noch nie wirklich für andere Menschen interessiert. Der Anschlag auf Andrew Flippo war ein geplanter, wohlüberlegter und vor allem vollkommen selbstsüchtiger Akt.«

Estrada verharrte einen Moment schweigend, bevor er seine Schlußfolgerung präsentierte.

»Aus den soeben erwähnten Gründen muß das Gericht für die Zulässigkeit der heute gehörten Zeugenaussagen entscheiden, die zu der Ermordung von Mariah Dodge etliche übereinstimmende Charakteristika aufweisen. Dasselbe gilt für die Drohungen, denen Alberto Quiñones ausgesetzt war, damit er nicht vor Gericht gegen Morales aussagte. Denn damit haben wir den bestmöglichen Beweis für das Schuldbewußtsein des Angeklagten geliefert.«

Kaum hatte sich Estrada wieder gesetzt, erteilte die Richterin der Gegenseite das Wort. »Miß Miller?«

Die Verteidigerin, die noch immer so frisch wie am Morgen wirkte, erhob sich und begann mit ihren Ausführungen, ohne einen Blick auf die Unterlagen vor ihr auf dem Tisch zu werfen. »Vor langer Zeit hat das höchste Gericht unseres Landes entschieden, ›Niemand kann nur deshalb für ein Verbrechen verurteilt werden, weil er sich bereits früher schon einmal strafbar gemacht hat‹. Nichts, aber auch rein gar nichts von dem, was Mr. Estrada uns hier heute präsentiert hat, reicht aus, diesen Grundsatz zu widerlegen. Bei der Entscheidung über die

Zulässigkeit derartiger Aussagen muß jedes Gericht abwägen zwischen der Bedeutung der vorgelegten Beweise und den Vorurteilen, die daraus gegenüber einem Angeklagten resultieren könnten.

In der Rechtsprechung hat es sich durchgesetzt, Delikte, die mehr als zehn Jahre zurückliegen, als nicht mehr gerichtsverwertbar zu betrachten. Darum frage ich an dieser Stelle, wie wir überhaupt in Erwägung ziehen können, ein mutmaßliches Verbrechen, das mindestens dreißig Jahre zurückliegt – sich also fünfundzwanzig Jahre vor der Tat ereignet hat, um die es in dieser Verhandlung eigentlich geht – als Beweis für die Gewalttätigkeit meines Mandanten zuzulassen?«

Sie machte ein paar Schritte auf die leere Geschworenenbank zu. »Was hat es nun mit den sogenannten Beweisen auf sich, die Mr. Estrada hier aufgeboten hat, um dieses angebliche Verbrechen, das mein Mandant vor Jahrzehnten begangen haben soll, zu belegen? Wir haben von der Gerichtsmedizinerin gehört, wie oft mehrere Schnittverletzungen durch reinen Zufall die Form eines X annehmen können und daß wir keine Schlußfolgerungen aus dem Umstand ziehen dürfen, daß sich bei Mariah Dodge zwei Schnittverletzungen überkreuzen.

Dann gibt es da die Erzählungen des Alberto Quiñones, der gar nicht weiß, was er gesehen hat. Genauso unzuverlässig ist der Zeuge Flippo, der weder den Attentäter erkannt hat, noch weiß, um wen es sich bei dem zweiten Mann gehandelt hat, der in sein Apartment eingedrungen sein soll. Selbst wenn wir ihm Glauben schenken, ist uns mit seiner Aussage nicht im geringsten weitergeholfen, denn er sagte ja bloß, daß der Attentäter vorgab, Roberto Morales zu sein.

Ganz zu schweigen davon, daß es sich bei Mr. Quiñones um einen notorischen Lügner und Betrüger handelt, der einen guten Grund hat, uns alles mögliche zu erzählen, weil er sich davon einen Strafnachlaß verspricht.

In Wahrheit deutet nichts darauf hin, daß sich die Berichte der beiden Männer auf ein und dasselbe Verbrechen beziehen. Und nichts kann uns helfen, zu entscheiden, was daran wahr ist und was nicht.«

Nach diesen Worten ging sie zurück zum Tisch der Verteidigung und blätterte eine Seite ihres Manuskriptes um. Alles bloß Show, dachte Estrada. Denn bevor sie fortfuhr, warf sie keinen einzigen Blick in ihre Unterlagen.

»Was Mr. Estrada heute vom Gericht verlangt, läuft auf nichts anderes hinaus, als meinen Mandanten wegen der von der Staatsanwaltschaft angeführten Delikte zu verurteilen, die übrigens schon längst verjährt sind. Und das aufgrund von Beweisen, die gelinde gesagt schwach und nur schwer nachvollziehbar sind.

Das Gericht sollte wirklich keinerlei Probleme dabei haben, Mr. Estradas Argumente zu verwerfen und die von ihm vorgelegten Beweise für unzulässig zu erklären.«

Damit setzte sie sich wieder.

»Ich danke Ihnen, Miß Miller«, sagte die Richterin. »Mr. Estrada? Irgendwelche Bemerkungen dazu?«

»Allerdings, Euer Ehren.« Estrada richtete sich hinter seinem Tisch auf. »Die Bewertung der von der Staatsanwaltschaft vorgebrachten Beweise durch Miß Miller ist absolut mangelhaft. An der Bedrohung von Mr. Quiñones durch den Angeklagten, als dieser sich sein Schweigen erkaufen wollte, kann es keinen Zweifel geben. Der Zeuge fühlte sich zu jener Zeit eindeutig von Roberto Morales bedroht – das allein zählt.

Was den Überfall auf Mr. Flippo anbelangt, so spielt der lange Zeitraum, den dieses Verbrechen zurückliegt, überhaupt keine Rolle.

Am wichtigsten scheint mir jedoch der Hinweis, daß die Gesetze nicht dazu da sind, den Angeklagten zu schützen, sondern in erster Linie eine faire Verhandlung gewährleisten sollen. Die Nichtzulassung der von mir erbrachten Beweise würde diesem Grundsatz zuwiderlaufen.« Bevor er sich setzte, sah er Richterin Martinez fest in die Augen. Er konnte nichts Ermutigendes darin erblicken, aber auch nichts Negatives. Vielleicht, dachte Estrada, vielleicht klappt es ja. Doch versuchte er, die beeindruckende Vorstellung von Miß Miller so gut es ging zu verdrängen.

Estradas Kontrahentin hatte es nicht eilig, seine Ausführungen zu kommentieren. Als sie sich schließlich doch erhob, sagte sie lediglich: »Ich bleibe bei meiner Ansicht. Es besteht nicht der geringste Anlaß, mit solchen unerwiesenen Behauptungen den gesamten Prozeß in Frage zu stellen. Wir haben nichts Stichhaltiges von den Zeugen der Anklage zu hören bekommen. Im übrigen ist es der Angeklagte, dem das Gesetz eine faire Verhandlung garantiert und nicht die Staatsanwaltschaft.«

Nachdem sich die Verteidigerin gesetzt hatte, warf Mrs. Martinez den Vertretern der beiden Seiten einen kurzen Blick zu und sagte dann: »Ich danke Ihnen für Ihre gekonnte Argumentation. Es ist immer gut, klugen Juristen beim Austausch ihrer rechtlichen Standpunkte zuzuhören. Die Anträge des Staatsanwaltes sind hiermit abgelehnt.«

Estrada wollte sich schon förmlich für ihr Kompliment bedanken, als er verstand, was die Richterin da eigentlich gesagt hatte. »Euer Ehren?« fragte er verständnislos.

»Ich habe mich doch wohl klar ausgedrückt, Mr. Estrada. Ihre Anträge sind abgelehnt. Sie werden keine der hier vorgebrachten Aussagen während der Verhandlung gegen den Angeklagten verwenden.«

Sie beugte sich über ihren Tisch und sagte zur Stenografin: »Die Anhörung ist hiermit beendet. Sie können jetzt aufhören.« Dann lehnte sie sich wieder zurück. »Ich möchte Sie beide umgehend in meinem Büro sehen.«

Kaum hatte sie die Tür hinter sich geschlossen, begann die Richterin auch schon mit ihrer Erklärung. »Eines gleich vorweg: Ich habe zugunsten der Verteidigung entschieden, weil ich die Argumente von Miß Miller für zutreffend halte. Ich glaube, kein Gericht der USA würde die Geschichten Ihrer beiden Zeugen«, sie sah Estrada an, »für zulässig befinden.« Sie zog ihre schwarze Robe aus und hängte sie über die Lehne ihres Stuhls. »Es gibt Stimmen, die befürchten, ich könnte wegen der Panne im ersten Prozeß zu nachgiebig gegenüber der Verteidigung sein. Aber was kümmert mich die Meinung der Öffentlichkeit! Ich werde so entscheiden, wie ich es immer getan habe, und damit hat es sich.«

Luz Martinez ließ sich auf einen Stuhl fallen. »Ich möchte jedoch auch betonen, daß sich meine heutige Entscheidung in keiner Weise auf die Handhabung der Tagebücher auswirken wird. Ich stimme durchaus mit Mr. Estrada darin überein, daß einige Stellen wirklich zu intim sind, als daß man sie dem Angeklagten zur Einsicht überlassen dürfte. Allerdings gibt es einige Passagen, deren Bedeutung für die Verteidigung ich nicht völlig abschätzen kann, und ich bin es leid, noch länger zu warten, bis dieses Phantom Alvaro irgendwann einmal aus heiterem Himmel aufzutauchen geruht, um unsere Fragen zu beantworten.«

»Entschuldigen Sie, Euer Ehren«, unterbrach Kassia Miller die Richterin, »aber ich glaube, ich habe Sie nicht richtig verstanden. Wer bitte ist Mr. Alvaro?«

»Das ist eine Frage, auf die wir alle gerne eine Antwort hätten. Und zwar bald. Nicht wahr, Mr. Estrada?«

»Sehr bald, Richterin.«

»Das erzählen Sie mir schon seit langem.«

»Ich hatte gehofft, etwas mehr Zeit zur Verfügung zu haben, bevor die Sprache auf dieses Thema kommt«, erwiderte Estrada.

Mrs. Martinez' Miene verdunkelte sich. »Ich erwarte, daß Sie mir spätestens nach Beendigung der Geschworenenwahl diesen verschwundenen Mann vorstellen. Andemfalls übergebe ich die Tagebücher der Verteidigung – und zwar so, wie ich sie von Ihnen erhalten habe. Ist das klar? Selbst wenn ein Dutzend Heilige beschwören, daß sie demnächst mit ihm sprechen werden, interessiert mich das nicht im geringsten. Ich will selbst mit anhören, was Ihr großer Unbekannter uns mitzuteilen hat.«

»Ja, Euer Ehren. Das war deutlich.« Ohne Juan Alvaro würde die Verteidigung Larry Kahn beschuldigen können, seine Anklage schlampig geführt zu haben, dachte Estrada. Und mich vielleicht auch. Carlos Ramírez' Brief würde ihm dann auch nicht mehr weiterhelfen.

Nun war es also passiert. Roberto Morales würde den Gerichtssaal als Mann ohne kriminelle Vergangenheit betreten, und niemand würde je von seinem Mordversuch an Andrew Flippo erfahren, wenn seine Verteidigerin oder er selbst nicht unvorsichtigerweise auf diese Episode seines Lebens eingingen. Aber das war so gut wie ausgeschlossen.

Die Zeitungen widmeten Estrada tags darauf kaum ein Wort, sondern befaßten sich vor allem mit den Aussagen seiner Zeugen, die durchweg als fälschliche und daher ungerechtfertigte Beschuldigungen abgetan wurden. Kurz vor Beginn der Verhandlung schien die Presse geschlossen auf Morales' Seite eingeschwenkt zu sein. Auch Pancho Castillo hatte einen Kommentar zu den Ereignissen des Vortags abgegeben, den Estrada jedoch noch als relativ fair empfand. PRUEBAS PROHIBIDAS lautete die Schlagzeile von *Noticias Diarias* schlicht und ergreifend – unzulässige Beweise.

PROZESS

1

Der erste Tag der zweiten Verhandlung gegen Roberto Morales war heiß und regnerisch. Als Estrada die Untergrundbahn erreichte, war seine Hose bereits bis zu den Knien schweißgetränkt.

Dagegen wirkten Kassia Miller und ihr Mandant alles andere als erschöpft, als sie den Gerichtssaal betraten. Das war eben der Unterschied zwischen der Staatsanwaltschaft und der Verteidigung in einem Fall wie diesem: Die Verteidigung war nicht auf öffentliche Verkehrsmittel angewiesen.

Für die meisten Geschworenen galt das allerdings nicht. Und man konnte davon ausgehen, daß sie der Staatsanwaltschaft mit Vorbehalten gegenübertreten würden, weil sie sie dafür verantwortlich machten, daß sie gegen ihren Willen bei diesem Wetter an dem Prozeß teilnehmen mußten.

Überraschenderweise erschien Richterin Martinez lediglich fünf Minuten zu spät. Einer der Gerichtsdiener, die ihr folgten, trug einen Stapel Fragebögen, die an die Geschworenen ausgeteilt werden sollten. Jedes Formular bestand aus sechzehn Seiten und enthielt zahlreiche Fragen über Einstellungen zu rassischen Minderheiten, über das Familienleben der Juroren sowie über die Informationen, die die Geschworenen zu diesem Prozeß bereits durch die Medien erhalten hatten.

»Dann mal los«, sagte Mrs. Martinez, »herein mit ihnen.«

Ein weiterer Gerichtsdiener führte die hundertfünfzig potentiellen Geschworenen in den Saal. Sehr schnell nahm die Luft den Geruch feuchter Kleidung an, denn draußen regnete es noch immer.

Die Richterin begrüßte sie und erläuterte ihnen anschließend die große Bedeutung, die ihrer Aufgabe zukam. Dann machte sie den Männern und Frauen klar, daß sie nur aufgrund von Beweisen urteilen dürften, die über jeden Zweifel erhaben seien. Bis zum Ende der Beweisaufnahme sei der Angeklagte Roberto Morales auf jeden Fall als unschuldig anzusehen. Es folgte eine kurze Übersicht über den auszufüllenden Fragebogen, der von den Gerichtsdienern gleichzeitig ausgeteilt wurde.

Bis alle Geschworenen endlich mit dem Ausfüllen fertig waren, war es Zeit für die Mittagspause. Nachdem die Anwälte wieder vom

Essen zurückgekommen waren, begannen sie damit, die Antworten der künftigen Juroren durchzulesen. Zunächst wurden diejenigen aussortiert, die plausible Gründe angeführt hatten, weshalb sie nicht als Geschworene tätig werden konnten. Auf diese Weise verringerte sich das Kontingent um dreiundzwanzig Personen. Daneben hatten weitere einundvierzig Angaben gemacht, die eine Unterredung mit der Richterin notwendig erscheinen ließen.

Diese einundvierzig wurden gemeinsam mit den verbliebenen sechsundachtzig Kandidaten auf Vorbehalte oder bestimmte Abneigungen hin überprüft. Miß Miller wollte grundsätzlich alle Geschworenen entlassen, deren Beurteilung von Südländern zu stereotyp ausgefallen war. An einer bestimmten Stelle platzte Estrada der Kragen.

»Jetzt reicht es aber! Hier schreibt eine Frau, Schwarze seien athletisch, unterdrückt und arm. Juden sind ihrer Meinung nach intelligent, habgierig und würden sich gegenüber anderen immer abschotten. Katholiken hält sie für religiös, fanatisch und mächtig, und von Südländern sagt sie, sie seien sexy, kreativ und impulsiv. Und so eine Frau wollen Sie ablehnen, weil sie etwas gegen Südländer habe?«

»Sie hat ebenfalls angegeben, daß außerehelicher Geschlechtsverkehr eine Sünde sei«, entgegnete Miß Miller.

»Das denken viele Menschen. Deshalb ist sie als Geschworene noch längst nicht ungeeignet.«

»Aber sie meint, Südländer seien impulsiv.«

»Impulsiv heißt nicht unehrlich. Impulsiv hat mit Lügen nichts zu tun. Das ist kein Grund, der eine Ablehnung rechtfertigen könnte. Wenn Sie alle streichen, die an irgendeiner Stelle etwas Negatives geantwortet haben, bleiben Ihnen nur noch Schleimer und Lügner übrig.«

»Ich stimme Mr. Estrada zu«, schaltete sich die Richterin ein. »Wir können von diesen Leuten nicht erwarten, daß sie die Moral von Heiligen besitzen.«

Trotzdem wurden weitere neununddreißig wegen ihrer Antworten abgelehnt, die Estradas Ansicht nach zum großen Teil der Staatsanwaltschaft günstig gesinnt waren. Die Frage nach dem Informationsstand der Kandidaten beantworteten nur wenige negativ. Fast alle hatten natürlich von dem Fall aus dem Fernsehen und der Presse erfahren. Selbst die Aussagen von Flippo und Quiñones waren den meisten bekannt. Kassia Miller wollte beinahe ausnahmslos alle von ihnen ablehnen, während Estrada darum kämpfte, wenigstens diejenigen durchzubringen, von denen er aufgrund der Fragebögen eine gute Meinung gewonnen hatte. Doch mußte er sich nahezu vollständig geschlagen geben.

Am Ende blieben achtundachtzig potentielle Geschworene übrig, von denen wiederum einundzwanzig wegen übermäßig großer Belastung darum baten, von der Mitwirkung an dem Prozeß befreit zu werden. Diese Fragebögen ging jede der beiden Seiten bis spät in die Nacht getrennt durch, damit sie die einzelnen zur Wahl stehenden Juroren besser kennenlernen konnten. Die Arbeit mit Nancy Rosen begann Estrada allmählich Spaß zu machen. Sie war eine gute Juristin und verfügte über ein beträchtliches Organisationstalent, an dem es ihm eindeutig mangelte.

Am nächsten Tag entdeckte Estrada Tess Dodge im Zuschauerraum des Gerichtssaals. Er begrüßte sie kurz und bemerkte dabei, daß sie müde und niedergeschlagen aussah.

Richterin Martinez befragte zu Beginn der Sitzung diejenigen Kandidaten, die angegeben hatten, daß die Teilnahme an der Verhandlung als Geschworene für sie eine unverhältnismäßig große Belastung darstellen würde. Im Laufe des Vormittags lehnte sie insgesamt zwölf Bitten um Entlassung aus dem Geschworenenamt ab, während vieren stattgegeben wurde. Als andere Antragsteller die geringen Erfolgsaussichten erkannten, zogen sie ihre Gesuche zurück. Von den insgesamt einundzwanzig Personen wurden am Ende lediglich sieben entschuldigt.

»Das ging flott«, meinte Mrs. Rosen beim Mittagessen zu Estrada.

»Die Richterin hat sich nicht erweichen lassen.« Ohne großen Appetit kaute er auf einem Truthahn-Sandwich herum. »Ich halte das für ein gutes Zeichen.«

Nach der Pause wandte sich Luz Martinez erneut den verbliebenen Geschworenen zu. »Ich weiß, daß wir Ihnen schon eine Menge Fragen gestellt haben«, sagte sie, »doch leider benötigen wir noch weitere Informationen von Ihnen. Selbstverständlich unterliegen Sie noch immer dem Eid, den Sie durch das Unterzeichnen Ihrer Fragebögen abgelegt haben.«

Der Gerichtsassistent zog die Namen der sechzehn Kandidaten, die als erste auf der Geschworenenbank Platz zu nehmen hatten. Die Richterin schenkte ihnen ein kurzes Lächeln. »Haben Sie meine Erläuterungen verstanden, die ich Ihnen zu Beginn dieser Verhandlung gegeben habe? Ist Ihnen klar, daß der Angeklagte als unschuldig anzusehen ist, und daß die Verteidigung nichts vor diesem Gericht beweisen muß? Sollten Sie dazu noch Fragen haben, so stellen Sie sie mir bitte jetzt.«

Alle schwiegen.

»Gut. Wie ich den Fragebögen entnommen habe, ist niemand von Ihnen mit den Vertretern der Staatsanwaltschaft oder der Verteidigung verwandt oder verschwägert. Dasselbe gilt für Ihr Verhältnis zu den Zeugen, die hier auftreten werden. Bevor ich jetzt Mr. Estrada das Wort erteile, möchte ich Sie noch bitten, nicht mit Außenstehenden über diese Verhandlung zu sprechen, bevor Sie nicht ein Urteil gefällt haben. Außerdem bitte ich Sie, unsere Sitzungen mit Aufmerksamkeit zu verfolgen und nicht dabei einzunicken.«

Damit erntete die Richterin einige Lacher. »Versprochen?«

Einige nickten, andere sagten ja.

»Na schön. Dann lassen Sie uns mit der Befragung beginnen.«

Um die Geschworenen aufzuwärmen, fing Estrada mit einigen persönlichen Fragen an, kam dann aber bald auf ernstere Themen zu sprechen. Er wollte von ihnen wissen, wie ihre Erfahrungen mit Menschen aussahen, die im Zorn zu Überreaktionen neigten. Ein weiterer wichtiger Punkt, den er zu ergründen hatte, war die Haltung der Geschworenen zu dem Umstand, daß keinerlei Augenzeugen das Verbrechen beobachtet hatten. »Könnten Sie einen Angeklagten auch dann verurteilen, wenn es niemanden gibt, der die Tat, die ihm zur Last gelegt wird, mit eigenen Augen gesehen hat? Miß Domsky?«

»Hm … Wissen Sie, wenn man seine Schuld irgendwie anders beweisen kann …«

»Das ist ein ausgezeichneter Hinweis, Miß Domsky, und ich möchte mich dafür bei Ihnen bedanken.« Die Frau war zweiunddreißig Jahre alt und arbeitete in einem Schönheitssalon, was man ihrem Äußeren auch ansehen konnte. »Wenn die Staatsanwaltschaft die Richtigkeit der Anklage über jeden begründeten Zweifel hinaus beweist, könnten Sie dann – auch ohne die Existenz eines Augenzeugen – einen Schuldspruch fällen?«

»Ja, das könnte ich.«

Estrada stellte jedem der auf der Geschworenenbank sitzenden Kandidaten dieselbe Frage. Die Antwort lautete immer gleich. Alle waren der Meinung, einen Angeklagten auch aufgrund von Indizienbeweisen für schuldig befinden zu können. »Mr. Nissensen.« Er wandte sich an einen vierzigjährigen Autoverkäufer. »Haben Sie schon einmal irgendjemanden etwas tun sehen, was Sie überhaupt nicht verstanden haben?«

»Ich bin mir über den Sinn Ihrer Frage nicht ganz im klaren.«

»Dann lassen Sie es mich anders formulieren. Stimmen Sie mit mir darin überein, daß sich Menschen normalerweise schon aus eigenem Interesse vernünftig benehmen?«

»Ja, das ist richtig.«

»Und haben Sie die Erfahrung gemacht, daß dies für alle zutrifft?«

»Nein, nicht für alle.«

»Könnten Sie mir das genauer erklären?«

»Schön wär's«, sagte Mr. Nissensen grinsend. »Wenn ich das könnte, hätte ich schon wesentlich mehr Fahrzeuge verkauft.« Er lachte herzlich über seinen eigenen Witz.

Estrada richtete auch diese Frage an mehrere Geschworene und stellte auch diesmal wieder die Übereinstimmung in sämtlichen Antworten fest.

»Miß Casirer?« Gemeint war eine Modedesignerin. »Waren Sie je in einer Situation, in der Sie die Beziehung zu einem Mann abbrechen wollten, dieser Mann jedoch dagegen war?«

»Ein- oder zweimal«, entgegnete die Frau mit einem Lächeln.

»Und in diesem Fall wollte der betreffende Mann auch die sexuelle Partnerschaft aufrecht erhalten, obwohl Sie dagegen waren?«

»Ja.«

»Glauben Sie, eine Frau hat das Recht, sich in einem derartigen Fall zu verweigem, selbst wenn sie mit diesem Mann zuvor intim gewesen ist?«

»Aber selbstverständlich!«

»Mr. Bellino?« Ein achtundzwanzigjähriger Aktienhändler. »Was ist mit Ihnen? Meinen Sie, eine Frau darf diese Forderung ablehnen?«

»Sind die beiden verheiratet?«

»Nein. Befreundet.«

»Also, ich habe keine Ahnung, wie das rechtlich aussieht, wenn sie verheiratet sind. Aber in diesem Fall vermute ich, daß sie es darf.«

»Sie vermuten es?«

»Nein, ich bin sogar sicher.«

»Miß Kim? Meinen Sie, ein Mann sollte dafür bestraft werden, wenn er seine ehemalige Freundin dazu zwingt, Geschlechtsverkehr mit ihm zu haben?«

Miß Kim war eine Koreanerin in den Dreißigern, die als Elektroingenieurin tätig war. Sie überlegte lange, bis sie schließlich antwortete: »Ja, ich glaube, er sollte dafür eine Strafe erhalten.« Ihre Worte kamen deutlich und ohne jeden Akzent.

Nun brachte Estrada die Verabredung zwischen Mariah Dodge und Morales zur Sprache sowie die Vergewaltigung, die sich im Anschluß daran ereignet haben mußte. An eine ernst aussehende Frau mit einem harten spanischen Akzent richtete er seine nächste Frage: »Mrs. Olivera, Ihrem Fragebogen habe ich entnommen, daß Sie in Ponce geboren sind. Haben Sie in Puerto Rico gelebt, bevor Sie nach New York kamen?«

»Ja.«

»Glauben Sie, die Männer Ihres Heimatlandes gut zu kennen?«

Verwundert sah sie Estrada an. »Bitte?«

»Glauben Sie, daß Sie abschätzen können, wie südländische Männer in bestimmten Situationen reagieren?«

»Ach so. Ja, manchmal schon.«

»Und unterscheidet sich deren Benehmen von dem weißer, nordamerikanischer Männer?«

»Ja.«

»In welcher Hinsicht?«

»Sie sind ... leidenschaftlicher.«

»Nun zu meiner eigentlichen Frage«, sagte Estrada. »Halten Sie es für strafbar, wenn ein Mann seine Geliebte zum Geschlechtsverkehr zwingt, sie also vergewaltigt?«

»Haben sie früher schon miteinander geschlafen?« fragte die Frau zurück.

»Ja, früher. Aber jetzt sagt sie nein.«

»Kann sie das?«

»Ist das eine Frage? Wollen Sie wissen, ob sie sich jetzt weigern kann, auch wenn sie zu einem früheren Zeitpunkt einmal ja gesagt hat?«

Verwirrt blickte sie zur Richterin hinüber. »Tut mir leid. Ich glaube, ja. Sie kann diesen Wunsch abweisen.«

»Und wenn er sie weiter bedrängt? Wenn er sagt, ich tue dir weh oder ich werde dich sogar töten?«

»Nein, das darf er nicht.«

»Was darf er nicht? Sie vergewaltigen?«

»Wenn Sie es so nennen wollen.«

Er beschloß, seine Befragung damit abzubrechen und nahm wieder hinter seinem Tisch Platz. »Ladies und Gentlemen, ich danke Ihnen für Ihre Geduld.«

Kassia Miller lächelte den Geschworenen zu, während sie sich erhob. Ohne ihre Aufzeichnungen und die fotokopierten Fragebögen ging sie zum Rednerpult vor.

»Ich werde mich mit Ihnen jetzt über ungewöhnliche Ehen unterhalten. Wahrscheinlich sind Sie auf so ein Thema nicht eingestellt, aber das hier ist ja auch kein gewöhnlicher Prozeß«, bemerkte sie in lockerem Plauderton. »Zunächst einmal möchte ich von Ihnen erfahren, ob Sie sich der wachsenden Besorgnis bewußt sind, die heutzutage über das Verschwinden dessen herrscht, was manche Leute als die traditionellen Werte der Familie bezeichnen?«

Schnell fragte sie jeden der Kandidaten auf der Geschworenenbank nach seiner Meinung. Estrada entging nicht, daß seine Kontrahentin sämtliche Namen auswendig gelernt hatte. Alle gaben an, über diese Problematik informiert zu sein.

»Gut.« Sie schien über die klaren Antworten ihrer Gesprächspartner aufrichtig erfreut. »Jetzt möchte ich von Ihnen wissen, ob Sie mit unseren Politikern darin übereinstimmen, daß die traditionelle Familie aus einem Elternpaar besteht, das seine Kinder zu Hause großzieht.« Sämtliche Geschworenen schienen damit übereinzustimmen. »Des weiteren interessiert mich, ob Sie glauben, daß es auch andere Formen des Zusammenlebens gibt, die sich nicht mit Ihren Vorstellungen von einer Partnerschaft decken. Mrs. Schwarz?«

»Ich bin ganz sicher, daß es viele verschiedene Lebensformen gibt«, antwortete die Frau.

»Aber davon steht nichts in der Bibel«, warf Mrs. Walker ein. Die farbige Dame sah wesentlich älter aus als zweiundsechzig Jahre. »Für gute Christen ist die heilige Ehe der einzig mögliche Weg des Zusammenlebens.«

Die Verteidigerin wandte sich an Luz Martinez. »Euer Ehren?«

Richterin Martinez blickte zu den Geschworenen hinüber. »Meine Damen und Herren – und damit meine ich auch diejenigen Kandidaten, die momentan noch im Zuschauerraum sitzen –, ich möchte Sie daran erinnern, nur dann zu reden, wenn Sie etwas gefragt werden. Außerdem bitte ich Sie, das aus Ihrem Gedächtnis zu streichen, was Mrs. Walker soeben gesagt hat.«

»Mr. Helman«, fuhr Kassia Miller fort, »ich möchte Sie fragen, ob Sie sich eine Übereinkunft zwischen Mami und Papi vorstellen können, die dahingehend lautet, daß Papi eine außereheliche Beziehung unterhalten darf. Und ich möchte weiterhin von Ihnen wissen, ob Sie es für möglich halten, daß gerade deshalb das Familienleben sehr glücklich sein kann.«

»Kann schon sein.« Helman, ein ergrauter Taxifahrer in mittleren Jahren, schien sich nicht sicher zu sein.

»Miß Casirer?«

»Ich habe meine Zweifel, ob eine solche Vereinbarung diese Menschen tatsächlich glücklich machen würde, aber ich halte derartige Absprachen für denkbar.«

»Und wenn der betreffende Ehemann hier vor Gericht aussagen würde, bestünde dann die Möglichkeit, daß Sie ihm aufgrund seiner außerehelichen Beziehung weniger glauben würden?«

Die Modedesignerin betrachtete zuerst Morales und dann wieder dessen Verteidigerin. »Nicht unbedingt, nein.«

»Mr. Bailey?« Dieser Kandidat hatte am deutlichsten seinen Widerwillen zum Ausdruck gebracht, sich dem Gericht als Geschworener zur Verfügung zu stellen. »Glauben Sie, daß ein Mann, dessen Ehefrau ihm ausdrücklich ein Verhältnis mit einer anderen Frau gestattet, weniger glaubwürdig ist als andere Menschen?«

»Wenn Sie mich fragen, ist das alles ein großer Quatsch.« Mr. Bailey hatte eindeutig eine Chance entdeckt, von seiner Verpflichtung entbunden zu werden. »Die Menschen machen immer so ein Theater um solche Dinge. Wenn Sie mich fragen …«

»Mr. Bailey!« unterbrach ihn Richterin Martinez. Sie schüttelte den Kopf. »Meine Damen und Herren, bitte schenken Sie den Ausführungen dieses Herrn keine Beachtung.«

»Miß Domsky?« wandte sich Kassia Miller an Baileys Nachbarin. »Würden Sie einem Menschen weniger glauben, nur weil er ein solches Arrangement getroffen hat?«

Die Frau machte eine Blase mit ihrem Kaugummi und ließ sie dann zerplatzen. »Keine Ahnung. Ich weiß nur, daß ich nicht seine Ehefrau sein möchte.«

Soweit Estrada erkennen konnte, war Kassia Miller über diese Antwort keineswegs begeistert.

Miß Miller wandte sich dem Mathematiklehrer einer Pfarrschule zu, der ganz außen auf der Bank saß.

»Ich kann überhaupt nicht verstehen, wie jemand ein solches Zusammenleben für richtig erachten kann«, sagte er unmißverständlich. »Es gehört sich einfach nicht. Kein Mensch, der sich so verhält, ist es wert, daß ich ihm glaube.«

»Danke«, entgegnete die Verteidigerin rasch und beendete ihre Befragung.

Da sie befürchtete, die Geschworenen könnten sich in ihren Antworten gegenseitig beeinflussen, teilte die Richterin Estrada und Miß Miller in der Verhandlungspause mit, daß sie von nun an die individuelle Befragung der Kandidaten gestatten würde.

Am späten Nachmittag hatten sie immerhin fünf Geschworene ausgewählt. Dabei hatten beide Seiten jeweils sechs Kandidaten ohne Angabe von Gründen abgelehnt. Jetzt fehlten noch weitere sieben Geschworene sowie vier Ersatzjuroren, die bei einer Erkrankung oder sonstigen unvorhergesehenen Ereignissen für das ausgefallene Mitglied einspringen mußten.

Estrada hoffte, daß es ihnen nicht gelingen würde, aus dem verbliebenen Kontingent von neunundvierzig Kandidaten die noch leeren Plätze auf der Geschworenenbank zu besetzen. In einem solchen Fall würden noch einmal ein paar Tage mehr für die Wahl angesetzt werden, was ihm bei seiner Suche nach Juan Alvaro sehr zustatten kam.

Am Abend saß Estrada über seinem Eröffnungsplädoyer und notierte sich nebenbei noch Fragen, die er tags darauf den Geschworenen stellen wollte. Gerade noch rechtzeitig schaltete er den Fernseher ein, um die Spätnachrichten mitzubekommen. Einer der Sender hatte als Aufmacher den Prozeß gegen Morales gewählt. Der Reporter ging vor allem auf die familiären Verhältnisse der Morales' ein.

Estrada sah ein, daß er sich viel zu sehr mit dem Verbrechen selbst beschäftigt und dabei *diesen* Aspekt völlig außer acht gelassen hatte. Zum ersten Mal seit Beginn der ersten Verhandlung war man auf Roberto Morales' Familienleben zu sprechen gekommen. Was im anfangs als reine Fragetaktik vor Gericht erschienen war, stellte sich jetzt als wahrer Mediencoup heraus. Schon morgen würden die Schlagzeilen *die nette Familie Morales und ihr kleines Arrangement* schneller und sorgfältiger im Gedächtnis der Öffentlichkeit verankern als jede Pressekonferenz es vermocht hätte.

Am nächsten Morgen ermahnte die Richterin die neu hinzugekommenen Pressevertreter, sich ruhig zu verhalten und den Lauf der Gerechtigkeit nicht zu stören.

Diesmal hatte der Gerichtsassistent sechzehn Kandidaten gezogen, die im Durchschnitt wesentlich älter waren als die vorhergehende Gruppe. Miß Miller unternahm alles, um Estradas Wunschkandidaten bloßzustellen. Lediglich fünf von ihnen wählte sie für die spätere Einzelbefragung aus, der Rest konnte nach Hause gehen.

Trotzdem war dieser Vormittag zu Estradas Zufriedenheit verlaufen. Zwar gefiel ihm der Gedanke nicht, daß Kassia Miller momentan den Lauf der Dinge zu kontrollieren schien, aber dennoch wollte er sich nicht beklagen, wenn dadurch das Wahlverfahren weiter verzögert wurde.

Unmittelbar nach der Mittagspause zitierte Richterin Martinez die Anwälte in ihr Büro. Ohne Umschweife kam sie gleich zur Sache. »Das dauert mir zu lange«, sagte sie scharf. »Und es ist keinesfalls notwendig, die Wahl so hinauszuzögern. Ich fordere Sie beide auf, sich etwas mehr zu beeilen. Außerdem werden wir jetzt täglich zwei Gruppen von Kandidaten der Befragung unterziehen.«

Damit waren Estradas Aussichten, Juan Alvaros noch vor Ablauf der ihm gesetzten Frist habhaft zu werden, auf ein Minimum gesunken. Er eilte in sein Büro und versuchte, Carlos Ramírez telefonisch zu erreichen. Wie immer meldete sich Dolores Acampo am anderen Ende.

»Ich muß unbedingt mit Carlos sprechen.«

»Er ist nicht da.«

Wieder das alte Spiel. »Wissen Sie, wann er zurückkommen wird?«

»Am Wochenende, soweit ich weiß. Er ist verreist, um sich mit Juan Alvaro zu treffen.«

2

Nach der Verhandlung überdachte Estrada noch einmal den Verlauf der Geschworenenwahl. Er konnte mit den Juroren, für die sie sich entschieden hatten, durchaus zufrieden sein: Eine Frau, die erst kürzlich ihre Stelle als Marketingleiterin bei einer Softwarefirma verloren hatte, ein Lehrer und ein Busfahrer. Ihr Alter bewegte sich zwischen dreiunddreißig und siebenundfünfzig Jahren. Er war davon überzeugt, daß die drei gut zu den bereits gewählten Geschworenen passen würden. Für seinen Geschmack war diese Gruppe allerdings noch immer ein wenig zu jung. Außerdem gab es zuviele Frauen darin. Doch hielt er es andererseits für ziemlich unwahrscheinlich, daß eine von ihnen einen Flirt mit Morales beginnen würde.

Er notierte noch seine neuen Fragen, die mehr oder weniger Abwandlungen seiner bisherigen waren, und machte sich dann auf den

Heimweg. Die Reporter vor dem Gerichtsgebäude waren bereits verschwunden, und auch die Pro-Morales-Demonstranten ruhten sich schon für den nächsten Tag aus.

Freitag mittag fehlten auf der Geschworenenbank noch immer zwei Ersatzjuroren. Die Richterin war ausgesprochen wütend. Aber es blieb ihr nichts anderes übrig, als ihre Wahl auf Montag zu verlegen.

»Merken Sie sich den Dienstag für Ihre Eröffnungsplädoyers vor«, befahl sie. »Mehr als einen Tag dürfen wir darauf nicht verwenden.«

Das ganze Wochenende benötigte Estrada, um seinem Plädoyer den letzten Schliff zu geben. Am Samstag abend erschien Mahoney mit seiner Freundin bei ihm und ließ sich seine Ausführungen probeweise vortragen. Die beiden Gäste entdeckten soviele Lücken und undichte Stellen darin, daß er den gesamten Sonntag mit Korrekturen zubrachte.

Sonntag nacht machte Estrada kein Auge zu. Dabei ergab seine Ruhelosigkeit überhaupt keinen Sinn. Alles, was es am Montag noch zu tun gab, war die Wahl der letzten Geschworenen. Er sah stundenlang aus dem Fenster auf die Kirche gegenüber und lief endlos lange durch seine dunkle Wohnung, bis ihm schließlich klar wurde, daß nicht die Geschworenenwahl seine Unruhe bewirkte, sondern Carlos Ramírez, der sich anscheinend zusammen mit Juan Alvaro abgesetzt hatte.

Sobald er sich am Montag den Weg durch die wartenden Reporter zu seinem Büro gebahnt hatte, rief er im Jugendzentrum Adelante an.

»Ich habe noch nichts von ihm gehört«, ließ Dolores Acampo den Staatsanwalt wissen.

»Wohin ist er denn abgereist? Wo kann ich ihn erreichen?«

»Bedaure, aber das ist mir nicht bekannt.«

Erstmals war Richterin Martinez schon anwesend, als Estrada den Gerichtssaal betrat. Wenige Minuten später erschien auch die Verteidigung.

Die Kandidaten, deren Befragung heute bevorstand, wurden unverzüglich auf ihre Plätze geleitet. Aber obwohl Luz Martinez kräftig drängte, benötigten sie doch noch den Großteil des Vormittags, um sich wenigstens auf einen Ersatzkandidaten zu einigen, zumal Miß Miller darauf beharrte, jeden einzeln zu befragen.

Während der Mittagspause erließ er eine Vorladung für Dolores Acampo. Sie mußte einfach wissen, wo sich Carlos Ramírez und Juan

Alvaro aufhielten. Vielleicht würde man mehr von Ramírez erfahren, wenn man auf seine Mitarbeiterin nur genügend Druck ausübte. Estrada war sich über deren Verhältnis nicht ganz im klaren, doch vermutete er, daß die beiden sich liebten.

Als McMorris vorbeischaute, um die Vorladung abzuholen, teilte Estrada ihm jedoch mit, daß es sich um falschen Alarm gehandelt hatte und zerriß das Formular. Seine Panik über das Ausbleiben von Alvaro begann allmählich sein Urteilsvermögen zu beeinträchtigen. Das letzte, was er tun würde, wäre, den gewissenhaften Carlos Ramírez zu irgendetwas zu zwingen.

Noch vor drei Uhr nachmittags hatten sie sich auf den letzten Geschworenen geeinigt. Estrada war mit einer Ausnahme rundum zufrieden. Es handelte sich um eine fünfzigjährige Frau, die Artikel für verschiedene Zeitschriften verfaßte. Laut ihrem Fragebogen rangierte für sie der Stellenwert der Religion weit unten, doch bei der mündlichen Befragung hatte sie angegeben, sie glaube fest an die angeborene Göttlichkeit eines jeden Lebewesens. Estrada war sich sicher gewesen, daß Kassia Miller diese Frau als Geschworene ablehnen würde, und hatte daher selbst keinen Vorbehalt gegen die Kandidatin geäußert. Damit hatte er jedoch schiefgelegen. Offensichtlich hatte sich Miß Miller dafür entschieden, daß der Glaube an eine angeborene Göttlichkeit überzeugender sei als die Verbundenheit mit den Zehn Geboten.

»Sie wollten mir doch heute jemanden vorstellen, nicht wahr, Mr. Estrada?« erinnerte ihn die Richterin, nachdem sie die Geschworenen für den Rest des Tages nach Hause geschickt und sich in einem Beratungszimmer mit den Anwälten zusammengesetzt hatte.

»Ja, Euer Ehren. Ich erwarte ihn im Laufe des Tages«, erwiderte der Staatsanwalt bestimmt. Dabei war nichts unrealistischer als Alvaros Erscheinen vor diesem Gericht.

»*Im Laufe des Tages* reicht mir nicht.« Mrs. Martinez überflog einige Papiere auf ihrem Schreibtisch. »Miß Miller, ich habe die Tagebücher der Mariah Dodge auszugsweise vervielfältigen lassen. Das Original ist in einer Art privatem Code abgefaßt. Mr. Estrada hat mir sehr dabei geholfen, ihn zu entziffern, doch blieben selbst einige der Interpretationen noch reichlich unklar. Da die Person, von der wir uns Hilfe versprochen haben, nicht aufzutauchen scheint, halte ich es für meine Pflicht, Ihnen zumindest die wichtigsten Teile dieses Dokuments zugänglich zu machen. Sie können sie überprüfen, ob sich darin eventuell wichtige Informationen für die Verteidigung befinden. Die Kopien werden gerade von einem Gerichtsdiener herbeigeschafft.«

Die nächsten Minuten verbrachten die drei damit, sich schweigend gegenüber zu sitzen. Estrada starrte über seine gefalteten Hände hinweg die Tischkante an. Viele Bilder gingen ihm im Kopf herum: Miß Miller, die triumphierend die Tagebuchseiten schwenkt, und Larry Kahn, der vor einem Tribunal unsympathischer Richter jede Pflichtverletzung von sich weist. Morales, der das Gerichtsgebäude als freier Mann verläßt und seine Hände im Stil eines siegreichen Preisboxers in die Höhe reißt. Und schließlich die für immer zerrissene Familie Dodge und Tochter Tess, die einen psychischen Knacks erleidet, weil sie es nicht verwinden kann, die Tagebücher nicht rechtzeitig beseitigt zu haben …

Der Stoß der fotokopierten Tagebuchseiten war bei weitem nicht so dick, wie Estrada befürchtet hatte. Er beobachtete Miß Miller, die ihre Kopien gerade sorgfältig in der Aktentasche verstaute und ihn keines Blickes würdigte.

»Gleich morgen früh geht es mit Ihren Eröffnungserklärungen weiter«, bemerkte die Richterin. »Haben Sie vorher noch irgendetwas zu klären?«

»Ja«, erwiderte Estrada, »ich bitte zu vermerken, daß ich einen Antrag stellen werde, diese sogenannten Tagebücher zu unzulässigen Beweismitteln zu erklären. Wenn ich schon nicht verhindern kann, daß die Verteidigerin und ihr Mandant Zugang zu den intimsten Aufzeichnungen der Toten erhalten, dann will ich wenigstens versuchen, sie von der Öffentlichkeit fernzuhalten.«

»Ihr Einwand ist notiert«, sagte Mrs. Martinez. »So sehr ich auch an transparente Verhandlungen glaube, so sehr bin ich andererseits geneigt, in diesem Fall die fraglichen Materialien unter Verschluß zu halten. Haben Sie noch etwas anzumerken, Miß Miller?«

»Ja, Euer Ehren. Wie ich gesehen habe, tragen einige Zuschauer im Gerichtssaal Anstecker mit der Aufschrift GERECHTIGKEIT FÜR MARIAH. Meiner Meinung nach sollte so etwas während der Verhandlung untersagt werden. Offen gestanden würde ich mich freuen, wenn wir alle Leute, die solche Botschaften verbreiten, auch aus der unmittelbaren Umgebung des Gerichtsgebäudes entfernen. Aber ich glaube nicht, daß wir dazu berechtigt sind.«

»Nein, Miß Miller, das sind wir in der Tat nicht. Allerdings werde ich solche Kundgebungen in meinem Gerichtssaal nicht dulden.«

»Auch wir sind davon betroffen, Euer Ehren«, wandte Estrada ein.

»Wenn die Belästigungen durch die Anhänger des Angeklagten so weitergehen, fürchte ich um den korrekten Verlauf der Verhandlung.«

»Irgendwer muß diese Leute unter Kontrolle bringen«, entgegnete die Richterin. »Falls Sie dazu nicht in der Lage sind, finden Sie heraus, wer das zuwege bringen kann. Damit wir uns richtig verstehen: Ich werde keinerlei Protestkundgebungen in meinem Gerichtssaal akzeptieren. Und Sie beide stehen mir dafür grade, wenn doch etwas passieren sollte.«

Mit einem Ruck stand sie auf und stampfte aus dem Zimmer.

Angespannt ging Estrada die von der Richterin kopierten Tagebuchseiten durch. Sie hatte sämtliche Passagen vervielfältigt, in denen von Morales und der Kirche des Himmlischen Segens die Rede war, sowie alles, was Phoenix Enterprises betraf. Über die Geschichte mit Mariahs Hauskauf konnte er nichts entdecken. Auch nicht DAS ALTE TEXASGEFÜHL oder WIR SIND NICHT MEHR IN TEXAS. Bemerkungen über Sex fehlten nahezu völlig. Lediglich ihr Unbehagen über den Gebrauch von Kondomen war auf einer Seite vermerkt. Das einzige Problem schienen Estrada die Hinweise auf Johnny zu sein – Luz Martinez hatte aber auch jede Einzelheit über die mutmaßliche Verschwörung zwischen ihm und Mariah Dodge gegen Cuyler Jadwin fotokopiert. Für den Fall, daß die Verteidigung darauf eingehen würde, ohne daß Johnny in der Zwischenzeit aufgetaucht wäre, sah Estrada eine ordentliche Prozeßführung ernsthaft in Frage gestellt.

3

»Meine Damen und Herren«, begann der Stellvertretende Bezirksstaatsanwalt Joseph Estrada sein Eröffnungsplädoyer, nachdem die Vorsitzende Luz Martinez die Jury über ihre Aufgaben und Pflichten belehrt hatte, »wir haben uns hier zusammengefunden, um Recht zu sprechen im Mordfall *Mariah Dodge.*«

Er stand am Rednerpult und war sich des Gewichtes, das auf ihm lastete, voll bewußt. Im Licht, das durch die hohen Fenster fiel, tanzte der Staub. Eine der Geschworenen hatte ein penetrant riechendes Parfum aufgelegt. Irgendwo da draußen in Richtung Osten heulte eine Polizeisirene.

»Nichts von dem, was wir hier tun, kann Mariah Dodge wieder lebendig machen. Nichts kann ihr das Leben wieder zurückgeben, das man ihr so früh geraubt hat. Statt dessen wollen wir an diesem Ort feststellen, wer die Schuld für diesen schrecklichen und vorzeitigen Tod trägt.«

Er drehte sich um und richtete einen vorwurfsvollen Blick auf Roberto Morales, der teilnahmslos hinter der Tisch der Verteidigung saß.

»Die Geschichte, um die es hier geht, ist alles andere als angenehm«, ließ er die Geschworenen mit strenger, harter Stimme wissen. »Den Aussagen, die Sie zu hören bekommen werden, können Sie entnehmen, daß es die Geschichte eines Mannes ist, der voller Wut war. Die Geschichte eines Mannes, den man verspottet hat. Ein gedemütigter und zorniger Mann wendet sich gegen eine unschuldige Frau, die lediglich auf der Freiheit bestanden hat, ihren eigenen Weg zu gehen. In seiner Wut – keine hitzige Wut, sondern vielmehr eine kalte und bösartige – vergewaltigte er sie auf die schlimmste Art und Weise. Dann nahm er ihr das Leben. Er schlitzte ihr den Hals auf – nicht einmal, sondem gleich zweimal.

Die Beweisführung wird ergeben, daß der Mörder auch dann weitermachte, als nach seinem ersten, gnadenlosen Schnitt Mariah Dodges Blut umherspritzte. Eine erfahrene Gerichtsmedizinerin wird Ihnen erläutern, daß der Mörder so versessen darauf war, ein X in die Haut des Opfers zu ritzen, daß er sie ein weiteres Mal schwer verletzte, obwohl ihr Herz mit seinen letzten Zuckungen das Blut verspritzte, als ob es den Täter damit verscheuchen wollte.«

Mit einem kleinen Schluck aus dem Wasserglas vor ihm auf dem Pult befeuchtete Estrada seine Lippen. Er vermochte zwar nicht die Gedanken der Geschworenen zu lesen, aber noch hörten sie voller Aufmerksamkeit zu.

Mit etwas sanfterer Stimme fuhr er fort. »In den folgenden Tagen werden Sie Mariah Dodge besser kennenlernen. Sie war eine Frau in den Dreißigern, die voll im Leben stand; eine begabte und schöne Frau, die aus Texas nach New York gekommen war, um für ein Unternehmen namens Phoenix Enterprises zu arbeiten, das sich zum Ziel gesetzt hatte, Häuser, Geschäfte und kleinere Fabriken unten am Fluß zu errichten, damit die ansässige Bevölkerung einen neuen Lebensinhalt finden konnte. Wie Sie weiter hören werden, hatte Mariah Dodge eine verantwortungsvolle Stellung in diesem Unternehmen inne. Sie war stellvertretende Finanzchefin und saß weit oben im Management ihrer Firma.

Am Abend des sechzehnten Oktober vor knapp vier Jahren – es war übrigens ein Sonntag – suchte Maria Dodge ihr Büro auf, um sich für eine wichtige Sitzung vorzubereiten, die tags darauf stattfinden sollte. Sie werden später erfahren, daß sie sich dort mit Roberto Morales treffen wollte, der zu jener Zeit der Chef von Phoenix Enterprises war.

Sie werden außerdem hören, daß Angestellte die im Bürogebäude der besagten Firma arbeiteten, den Angeklagten in jener Nacht beobachtet haben, wie er das Haus betrat und es später auch wieder verließ. Und Sie werden nicht umhin können, davon zu hören, wie Mariah Dodge am selben Abend brutal in ihrem Büro überfallen wurde. Während sie hilflos auf dem Sofa in ihrem Arbeitszimmer lag, wurden ihr mit demselben scharfen Messer die Kleider vom Leib geschnitten, mit dem der Täter sie fürchterlich verletzte und anschließend umbrachte.

Die Gerichtsmedizinerin wird Ihnen erläutern, daß der Täter den Hals des Opfers brutal aufschlitzte – und zwar in Form eines X, wobei die Halsschlagader geöffnet wurde und Mariah Dodge elend verblutete.«

Estrada machte eine Pause und sah schweigend auf das Pult hinab, um einen Augenblick respektvollen Angedenkens für die Verstorbene einzulegen.

»Als Tatwaffe diente ein rasiermesserscharfes Gerät, eine Klinge, die in einem Plastikgriff steckt. Derartige Messer wurden bei Phoenix Enterprises häufig benutzt, um die Post zu öffnen oder Dokumente für Präsentationsmappen zurechtzuschneiden. Eines dieser Messer fehlte am Morgen nach der Tat im Schreibtisch der Sekretärin des Angeklagten.

Außerdem wurde auf Mariah Dodges Körper Sperma entdeckt. Wissenschaftliche Tests von Biologen haben ergeben, daß es sich dabei zweifelsfrei um den Samen des Angeklagten handelt. Die zu diesem Zweck angewandten Untersuchungsmethoden sind die besten, die uns die moderne Technologie zur Verfügung stellt.«

Seine Stimme kam ihm viel zu rauh vor. Schweißperlen waren auf seiner Oberlippe und am Kinn zu sehen, wo er sich am Morgen beim Rasieren geschnitten hatte. Er hoffte, daß die kleine Narbe nicht wieder zu bluten angefangen hatte und versuchte den Schweiß zu ignorieren, der ihm langsam am Rücken hinunterlief.

»Die Samenspuren erklären sich aus dem Umstand, daß wir es hier ebenso mit einer Vergewaltigung wie mit einem Mord zu tun haben.« Er legte den Geschworenen dar, welche Voraussetzungen für eine Vergewaltigung aus rechtlicher Sicht erfüllt sein müssen, und versprach ihnen dann, mit Hilfe der Beweismittel die Erzwingung des Geschlechtsverkehrs nachweisen zu können. »Außerdem werden wir beweisen, daß der Täter über eine Waffe verfügte, mit der er sein Opfer ernsthaft zu verletzen in der Lage war, und daß der Angeklagte Mariah Dodge die fürchterliche Schärfe des Messers demonstrierte, indem er der wehrlosen Frau die Kleider aufschnitt.«

»Euer Ehren?« sagte Miß Miller.

»Mr. Estrada. Hiermit verwarne ich Sie. Ziehen Sie keine unerlaubten Schlußfolgerungen.«

Estrada drehte sich leicht zu der Richterin um und nickte kurz. Dann fuhr er in seiner Rede fort. »Die Beweisführung wird aber noch mehr ergeben. Sie wird ergeben, daß der Mörder eine blutige Fußspur auf dem Teppichboden hinterlassen hat, die vom Leichnam der Mariah Dodge direkt ins Büro des Angeklagten führte. Von dort gelangt man ins private Bad und ins Ankleidezimmer des Angeklagten, wenn man die Spuren weiter verfolgt. Als Präsident von Phoenix Enterprises standen ihm solche Räumlichkeiten zu.

Im Duschbecken entdeckte die Polizei Blutspuren. Die Aussagen der Experten werden mit einer Wahrscheinlichkeit von eins zu einer Million klar ergeben, daß es sich dabei um das Blut der Toten handelte.«

Erneut schwieg er einen Moment, damit sich die Geschworenen ein Bild von der Szenerie machen konnten. Außerdem half ihm diese Verzögerungstaktik dabei, das Interesse der Geschworenen aufrecht zu erhalten. Die größte Gefahr bei einem Prozeß bestand immer darin, die Juroren zu verwirren und dadurch ihre Aufmerksamkeit zu verlieren.

»Ich bitte Sie jedoch zu beachten, daß die Gründe für die Tat hier keine ausschlaggebende Rolle spielen. Darauf wird sie auch die Richterin hinweisen. Die Frage nach dem *Warum* interessiert hier nicht. Nur der Umstand, daß die Tat vom Angeklagten begangen wurde, zählt hier. Seine Absichten dürfen Ihre Urteilsfindung nicht beeinflussen.

Mir ist durchaus bekannt, daß damit die menschliche Neugier nicht immer befriedigt wird. Das *Warum* scheint uns der einzig mögliche Ansatzpunkt für eine Erklärung zu sein. Aber die Richterin wird Sie auch darauf hinweisen, daß die Befriedigung dieser Neugier nicht der Zweck dieser Verhandlung ist. Ihr Urteil muß einzig und allein auf den beigebrachten Beweisen beruhen – und auf nichts anderem.«

Estrada trank einen Schluck Wasser.

»Von Mariah Dodges Freundinnen werden Sie erfahren, daß die Verstorbene ein Verhältnis mit Roberto Morales hatte. Da stellt sich natürlich die Frage, weshalb er sie hätte vergewaltigen sollen? Weil sie beabsichtigte, die Beziehung mit ihm zu beenden, lautet die Antwort. Auch das werden Ihnen die Zeugen bestätigen. Sie hatte bereits seit einiger Zeit mit dem Gedanken gespielt, ihm den Laufpaß zu geben. Und am Tag ihrer Ermordung wollte sie dieses Vorhaben in die Tat umsetzen. Daß sie – wie Ihnen die Verteidigung weismachen will – vorher noch mit ihm im Bett gewesen sein soll, hat damit überhaupt nichts zu tun. Zu dem Zeitpunkt, als Maria Dodge nicht mehr wollte, *wollte sie nicht mehr.* Das ist alles, und allein darauf kommt es an.

Als es schließlich soweit war, warf sie dem Angeklagten im Eifer des Gefechts alle möglichen Schimpfwörter an den Kopf, womit sie seinen Zorn erregte. Dabei konnte sie jedoch nicht ahnen, auf welche schreckliche und qualvolle Weise ihre Attacke auf sie zurückschlagen sollte.«

Mit gesenkten Augen hielt er einen Moment inne, um die Jury die Trauer und den Verlust spüren zu lassen, den Mariah Dodges Tod bewirkt hatte. *Übertreibe es nicht,* warnte er sich selbst. Alle sechzehn Geschworenen blickten erwartungsvoll auf den Staatsanwalt.

»Wie Ihnen die Richterin schon mitgeteilt hat, obliegt in dieser Verhandlung dem Ankläger die Beweislast. Er muß über jeden begründeten Zweifel hinaus beweisen, daß der Angeklagte die Tat begangen hat, deretwegen er vor diesem Gericht steht.

Im Auftrag der Bürger des Staates New York übernehme ich diese Pflicht und verspreche Roberto Morales hiermit …« er sah zu dem Angeklagten hinüber – »Ihnen allen über jeden begründeten Zweifel hinaus zu beweisen, daß er der Vergewaltiger ist und daß er den Mord an Mariah Dodge begangen hat. Aber auch Sie haben eine Verpflichtung«, sagte er zu den Geschworenen. »Sie haben die Pflicht, den rechtlichen Anweisungen der Vorsitzenden Folge zu leisten und sich bei Ihrem Urteil ausschließlich nach den Ihnen vorgelegten Beweisen zu richten. Wenn Sie dieser Pflicht nachkommen, woran ich keinen Zweifel habe, dann müssen Sie Roberto Morales am Ende für schuldig befinden – schuldig laut Anklage.«

Ein letztes Mal sah Estrada die Geschworenen eindringlich an. Dann machte er kehrt und ging gemächlich auf seinen Tisch zu. Sein Hemd war mittlerweile schweißgetränkt, und die zittrigen Knie schafften es gerade noch, ihn bis zu seinem Platz zurückzubringen. Erschöpft, aber dennoch zufrieden sank er auf seinen Stuhl. Er bemerkte kaum, daß Nancy Rosen etwas auf einen Zettel schrieb, den sie ihm anschließend hinüberschob: *Gute Arbeit.*

Vielleicht. Er schob seinen Stuhl ein wenig in Richtung der Geschworenenbank, so daß er Kassia Miller besser beobachten konnte. Sie trug ein beigefarbenes Kostüm aus Leinen, aus dessen Brusttasche ein rotes Einstecktuch hervorschaute. Ihre Schuhe waren von der gleichen Farbe, ebenso wie der Lippenstift, den sie jedoch nur sehr sparsam aufgetragen hatte.

»Guten Morgen«, begrüßte sie die Jury. Wie Estrada sah sie jeden einzeln an. »Nicht nur der Staatsanwalt, auch ich habe im Auftrag der Bürger des Staates New York eine Pflicht zu erfüllen. Ich bin verpflichtet, alles zu unternehmen, damit ein Unschuldiger nicht lange Jahre ins Gefängnis muß für ein Verbrechen, das er gar nicht begangen hat. Und ich habe die Pflicht zu verhindern, daß ein unschuldiger Mann aufgrund der haltlosen Beschuldigungen von Polizei und Staatsanwaltschaft – die vorgeben, im Namen des Volkes zu handeln – hier verurteilt wird. Denn letztendlich sind das die wahren Interessen der Bevölkerung.«

Estrada war beeindruckt. Sie hatte aus ihrer Sicht genau die richtige Strategie gewählt und war sofort zum Gegenangriff übergegangen. Er verspürte keinerlei Verlangen, ihre Bemerkungen zur Arbeit der Ermittlungsbehörden zu kommentieren; viel lieber war es ihm, wenn sie möglichst schnell das Thema wechselte.

»Wie Sie schon gehört haben, müssen Sie vor einer Verurteilung meines Mandanten fest davon überzeugt sein, daß die Ihnen präsentierten Beweise seine Schuld auch über jeden Zweifel hinaus bestätigen. Können Sie das nicht, bleibt Ihnen nur übrig, ihn freizusprechen. Denn in diesem Fall gilt Roberto Morales als unschuldig.

Obwohl ich als seine Verteidigerin nicht dazu gezwungen bin, werde auch ich Ihnen Beweise vorlegen. Ich werde Ihnen beweisen, daß die Polizei bei den Ermittlungen im Mordfall *Mariah Dodge* schlampige Arbeit geleistet hat. Ich werde Ihnen beweisen, daß die Polizei es versäumt hat, wichtige Spuren zu verfolgen und die wirklich Verdächtigen dingfest zu machen. Und ich werde Ihnen beweisen, daß niemand mit Gewißheit sagen kann, wer Mariah Dodge getötet hat.

Das ist mehr, als ich laut Gesetz tun muß. Und es ist wesentlich mehr als nötig ist, um Roberto Morales' Unschuld zu beweisen. Aber wenn diese Verhandlung vorüber ist, werden Sie feststellen, daß die

Staatsanwaltschaft nichts als eine Reihe unberechtigter Vorwürfe erhoben hat, die meinen Mandanten nicht im geringsten betreffen.«

Sie erlaubte sich eine kurze Pause, damit die Geschworenen ihre Ausführungen auf sich wirken lassen konnten.

»Es ist nicht unsere Aufgabe, Vermutungen über den tatsächlichen Mörder anzustellen. Dazu war die Polizei da – aber sie hat versagt. Da man jedoch in dieser Frage ausschließlich auf Vermutungen angewiesen ist, werde ich Ihnen zeigen, daß die Polizei eigentlich ganz andere Leute ins Visier hätte nehmen müssen als Roberto Morales, der hier nur deswegen sitzt, weil ihm am leichtesten dieser unbewiesene Mordvorwurf in die Schuhe geschoben werden konnte.«

»Einspruch, Euer Ehren«, sagte Estrada. »Das ist unzulässig, und Miß Miller weiß das auch.«

»Ja, Miß Miller«, bemerkte Richterin Martinez, »bitte sehen Sie sich vor. Und Sie, Mr. Estrada, überlassen derartige Hinweise in Zukunft mir.«

Die Verteidigerin lächelte als Antwort, erwiderte aber nichts.

Statt dessen fuhr sie fort: »Ich wage eine Voraussage. Ich behaupte hiermit, daß die Beweise, von denen der Staatsanwalt gesprochen hat, *tatsächlich* etwas beweisen, aber nicht in seinem Sinne. Sie beweisen, daß Roberto Morales rein gar nichts mit diesem Mordfall zu tun hat. Statt dessen verweisen die Fakten, die die Staatsanwaltschaft hier anführen wird, in zahlreiche verschiedene Richtungen, denen die Behörden aber nicht nachgegangen sind.

Wie ist das möglich? Wir alle sind Menschen – und wir alle machen Fehler. Für manche von uns haben diese Fehler schwerwiegendere Konsequenzen als für andere. So kann es zum Beispiel geschehen, daß die Staatsanwaltschaft einen Mann fälschlicherweise vor Gericht bringt.

Ich werde Ihnen darlegen, daß die Ermittlungen, die zur Verhaftung meines Mandanten geführt haben, ausgesprochen fehlerhaft durchgeführt worden sind. Und deshalb schildert die Geschichte, die Ihnen die Zeugen der Anklage vortragen werden, nicht die ganze Wahrheit. Die wichtigsten Punkte fehlen nämlich.

Ich verspreche Ihnen, daß Sie am Ende einsehen werden, auf wieviel verschiedene Weisen Mariah Dodge ermordet worden sein kann, die jedoch allesamt keine Erwähnung in dem aufgebauschten und weithergeholten Szenario des Staatsanwaltes finden.

Aber wie bereits erwähnt, werde ich Ihnen den wahren Mörder *nicht* präsentieren. Dafür werde ich sämtliche Beweise der Anklage entkräften, so daß sich Mr. Estrada wundern wird, wie er jemals an die Schuld von Roberto Morales hat glauben können. Mein Mandant – und auch das werde ich beweisen – sollte sich überhaupt nicht in diesem Gerichtssaal aufhalten. Wenn wir sämtliche Beweise geprüft haben, werde ich Sie bitten, ihn nach Hause zu seiner Familie gehen zu lassen, denn dort gehört er hin. Vielleicht wird sich die Polizei dann ja noch einmal an die Arbeit machen. Vielleicht wird in einiger Zeit dann von einer anderen Jury der *wahre* Mörder der armen Mariah Dodge verurteilt werden.«

4

»Der wahre Mörder?« fragte Estrada, als sich das Team der Staatsanwaltschaft in der Mittagspause zu einer Besprechung versammelt hatte. »Tommy, haben Sie irgendeine Vorstellung, was die Verteidigerin gemeint haben könnte?«

»Überhaupt nicht. Viel Lärm um nichts.«

»Kein Anwalt würde in seiner Eröffnungserklärung eine so zentrale Frage in Nebel hüllen. Diese Frau weiß irgendwas!«

»Ach, fragen Sie *mich* doch nicht.« Der Polizeibeamte holte eine Zigarette hervor und steckte sie sich unangezündet in den Mundwinkel. »Wenn wir etwas übersehen haben, läßt sich jetzt auch nichts mehr daran ändern.«

»Diese ganzen Bemerkungen über angebliche Schlampereien bei den Ermittlungen könnten sich nur als Bluff herausstellen«, warf Nancy Rosen ein. »Verteidiger greifen die Polizei mit Vorliebe an. Die Miller braucht doch nur einen einzigen neuen Anhaltspunkt, den die Polizeibeamten nicht beachtet haben, und schon sehen wir alt aus.«

»Nancy, haben Sie mit Dr. Martin alles geklärt? Ist sie gut angekommen?« Er war während der vergangenen Tage so intensiv mit der Ausarbeitung seines Plädoyers beschäftigt gewesen, daß er gar nicht wußte, ob die Pathologin aus Kalifornien bereits in New York eingetroffen war.

»Ist sie. Gestern abend habe ich mich mit ihr eine Weile unterhalten. Aber für die Diagramme und Fotografien benötigen wir nochmals eine Stunde.« Sie sah auf die Uhr. »Am besten fangen wir jetzt gleich damit an, wenn wir bis zum Nachmittag fertig werden wollen.« Sie erhob sich.

»Ich kann Ihnen nicht versprechen, daß sie schon heute in den Zeugenstand gerufen wird«, erwiderte Estrada. »Es hängt ganz davon ab, was Miß Miller noch für uns aus dem Ärmel zaubert.«

»Dafür wird Dr. Martin sicherlich Verständnis haben.«

Collins wartete auf ihn in seinem Büro, als er aus der Mittagspause zurückkam. »Wo haben Sie gesteckt?«

»Wir haben Kriegsrat gehalten.« Außerdem hatte Estrada schon eine ganz besondere Technik entwickelt, um seinem Vorgesetzten nicht dauernd über den Weg zu laufen.

»Was sollten diese Bemerkungen von Miß Miller über mögliche neue Verdächtige? Meint sie damit etwa diesen Texaner?«

»Wir haben keine Ahnung.« Aber wenn es sich dabei um Cuyler Jadwin handeln sollte, wußte Estrada ganz genau, von wem die Verteidigung ihre Informationen über dessen Beziehung zu Mariah Dodge erhalten hatte. Morales selbst hatte ihr bestimmt alles erzählt, was ihm darüber bekannt war. Und für sie wäre es mit Hilfe des besten Privatdetektivs, den man sich für Morales' Geld kaufen konnte, ein leichtes gewesen, allen Hinweisen zu diesem Verhältnis nachzugehen. Was immer sie bei diesen Ermittlungen auch herausgefunden haben könnte, wäre durch Mariah Dodges Tagebücher nur noch bestätigt worden. Doch darüber konnte sich Estrada momentan keine Gedanken machen.

Für einen Polizeibeamten war Clemente ein außergewöhnlich guter Zeuge. Er sprach längst nicht so monoton und unbeholfen wie der Großteil seiner Kollegen. Leider hatte er gewisse Schwierigkeiten, was seine Einstellung gegenüber Verteidigern anbelangte.

Auf Estradas Frage beschrieb er dem Gericht, wie er an jenem Sonntag abend die Räume von Phoenix Enterprises vorgefunden hatte.

Während sich Clemente im Zeugenstand befand, wurden außerdem die Aussagen der anderen Polizisten aus der ersten Verhandlung verlesen. Damit sich die Jury ein besseres Bild vom Tatort verschaffen konnte, griff die Staatsanwaltschaft auf das alte Modell der Büroräume von Phoenix Enterprises zurück, das für den letzten Prozeß angefertigt worden war. Die Lage der Leiche und der Verlauf der blutigen Fußspuren waren auf einer Zeichnung zu erkennen, die direkt neben dem Modell auf einer Staffelei aufgestellt wurde. Als er Clemente bat, die Arbeit der Spurensicherung zu beschreiben, bedauerte Estrada es bald, daß er freiwillig auf die anderen Polizeizeugen verzichtet hatte.

Hätte er zuvor geahnt, daß Kassia Miller sich bei ihrer Beweisführung so sehr auf die angeblich fehlerhaften Ermittlungsergebnisse der Polizei stürzen würde, so hätte er selbstverständlich soviele Beamte wie irgend möglich als Zeugen benannt. Wie die Dinge nun aber standen, mußte er sich darauf beschränken, Clemente über die neununddreißig Polizisten berichten zu lassen, die sich mit diesem Mordfall befaßt und insgesamt 267 Personen befragt hatten.

Als Estradas Kontrahentin an die Reihe kam, lautete ihre erste Frage: »Haben Sie sich im Laufe Ihrer Ermittlungen auch nach den persönlichen Verhältnissen des Wartungs- und Wachpersonals erkundigt, das in dem Gebäude beschäftigt war?«

»Welches Gebäude meinen Sie?« fragte Clemente zurück.

»Das, in dem der Mord geschah.«

»Ich denke schon.«

»Taucht das Ergebnis dieser Befragungen in Ihrem Bericht auf?«

»Das weiß ich im Augenblick nicht genau.« Mit verschränkten Armen hatte er sich auf seinem Stuhl zurückgelehnt, ganz nach Art eines coolen Polizisten. Estrada gefiel diese Pose nicht.

»Könnten Sie einen Blick in Ihre Unterlagen werfen und nachsehen?«

»Ach, wissen Sie, die Untersuchungen dauerten doch sehr lange, und es waren eine Mengc Kollegen damit beschäftigt.« Clemente setzte die Imitation eines Lächelns auf. »Da kann man nicht mal eben so in einem Notizbuch nachschlagen ...«

»Würde es Sie sehr überraschen, wenn ich Ihnen sagte, daß in Ihren Aufzeichnungen keinerlei Hinweise auf die Einvernahme dieser Angestellten zu finden sind?«

Clemente schien über ihre Frage nachzudenken. »Nein, eigentlich nicht.«

»Sie wären also nicht überrascht?«

»Das sagte ich gerade.«

»Aber gehört es nicht zu Ihren Standardaufgaben, jeden ausfindig zu machen, der in einem solchen Mordfall als Verdächtiger in Frage kommt?«

»Wir haben uns alle Unterlagen im Personalbüro angesehen.«

»Eine doppelte Überprüfung hat demnach also nicht stattgefunden?«

»Falls ja, würde das in meinen Unterlagen stehen, die Ihnen bereits bekannt zu sein scheinen.«

Estrada konzentrierte sich darauf, ein möglichst interessiertes, aber auch gelassenes Gesicht zu machen, obwohl ihm Clementes Auftritt ganz und gar nicht behagte.

»Als Sie diese Personalakten kontrollierten, haben Sie sich da auch in der Sicherheitsabteilung über die Zeitarbeitskräfte erkundigt?«

Clemente, der sich sichtlich ertappt vorkam, wog seine Antwort einen Moment lang ab. »Nicht, daß ich mich erinnern könnte.«

»Mr. Clemente, Sie haben ausgesagt, daß Sie seit achtzehn Jahren im Dienst sind, davon zwölf als Ermittlungsbeamter. Haben Sie in diesem Zeitraum auch andere Verbrechen untersucht, bei denen Frauen ermordet wurden?«

»Ja, sicher.«

»Viele?«

»Das kann man wohl behaupten.«

»Und befanden sich die Ehemänner oder die Liebhaber dieser Frauen häufig unter den Tatverdächtigen?«

»Ja. In der Regel waren sie die Mörder.« Damit saß er in der Falle, ohne es bemerkt zu haben.

»Hat Ihre Ermittlungsarbeit vielleicht ergeben, daß sich einige Angehörige des Wachdienstes gelegentlich von Freunden vertreten ließen?«

»Das kann sein. Aber daran erinnere ich mich nicht mehr.«

»Ist Ihnen bekannt, ob einer der Angestellten jemals eine Haftstrafe verbüßt hat?«

Mit großem schauspielerischen Eifer tat Clemente so, als müßte er angestrengt nachdenken. Was kommt jetzt? fragte sich Estrada. Oder war es vielleicht nur eine Finte der Verteidigung, um die Jury zu verunsichern?

»Einen gab es, wenn ich mich richtig erinnere«, antwortete Clemente schließlich. »Ein Typ, der wegen Körperverletzung gesessen hatte. Ich glaube, er hat seine Frau und sein Kind verprügelt. Das müßte eigentlich auch im Polizeibericht stehen. Ich bin mir nicht mehr hundertprozentig sicher, aber ich glaube, er war nicht vom Wachpersonal, sondern im Wartungsdienst beschäftigt.«

»Sie hatten also durchaus ein Interesse, sich nach solchen Leuten zu erkundigen?«

»Ja.«

»Weil sie geradezu zwangsläufig als Verdächtige in Frage kommen?«

»Manchmal.«

»Haben Sie nur diesen einen Mann ausfindig machen können? Niemanden sonst?«

»Im Moment fällt mir niemand anderes ein. Wenn Sie mir etwas Zeit ließen, um einen Blick in die Akten zu werfen, könnte ich mich möglicherweise besser erinnern und es Ihnen dann mitteilen.«

Miß Miller sah den Zeugen erstaunt an. »Ich dachte, Sie hätten Ihren Auftritt vor Gericht zusammen mit Mr. Estrada vorbereitet.«

»Ja, schon, aber darüber haben wir uns nicht unterhalten.«

»Worüber denn?«

»Na, über diesen Fall hier.«

»Also auch über Ihre Ermittlungen?«

»Ja.«

»Über die Befragung der Zeugen?«

»Ja.«

»Über die Suche nach Verdächtigen?«

»Ja.«

»Wieviele Verdächtige konnten Sie denn ausfindig machen?«

Clemente zeigte auf Morales. »Nur den Angeklagten.«

»Sonst niemanden?«

»Niemanden.«

»Und wie lange haben Sie dazu gebraucht?«

»Wozu?«

»Um zu dem Schluß zu kommen, daß Roberto Morales der Tat verdächtig ist.«

»Ein ernsthafter Verdacht kam uns nach ungefähr drei Tagen. Vielleicht waren es aber auch vier.«

»Wie ging es weiter? Haben Sie Ihre anderen Nachforschungen daraufhin eingestellt?«

»Ja, gleich am nächsten Tag.«

»War das nicht ziemlich voreilig?«

»Nein.«

»Lösen Sie andere Verbrechen sonst auch so flott?«

»Ja, meistens.«

»Sie sind also daran gewöhnt«, sagte sie mit einem respektvollen Unterton in der Stimme. Der Polizist fühlte sich offensichtlich geschmeichelt und richtete sich in seinem Stuhl auf. Jetzt geht sie gleich zum Angriff über, dachte Estrada.

»Wir tun unser Bestes«, erwiderte Clemente.

»Und Sie erwischen den Täter wirklich oft in den ersten Tagen nach dem Verbrechen?«

»Sehr häufig.«

»Gibt es da nicht eine Regel, die besagt, daß die Chance am größten ist, einen Verdächtigen in den ersten zweiundsiebzig Stunden zu verhaften?«

»Eine Regel würde ich das nicht nennen.«

»Ich meinte auch eher eine Faustregel, einen Grundsatz.«

»Ja, ich glaube, so könnte man es formulieren. Je länger die Suche nach einem Täter dauert, um so geringer wird die Wahrscheinlichkeit, daß man ihn überhaupt noch findet. Wenn, dann geschieht das meistens in den ersten zwei oder drei Tagen.«

»Oder vier?«

»Vier könnte schon knapp werden.«

»Das heißt, als Sie Roberto Morales zu Ihrem Hauptverdächtigen gemacht haben, war die beste Zeit für eine erfolgreiche Festnahme bereits so gut wie abgelaufen?«

»Ja, das könnte man so sagen.« Als ob er zum ersten Mal bemerkt hätte, daß die Verteidigerin auf einen ganz bestimmten Punkt hinauswollte, rutschte Clemente unsicher auf seinem Stuhl umher.

»Aber nach mehr als drei Tagen wäre es beinahe schon zu spät gewesen, sich nach anderen Tatverdächtigen umzuschauen, nicht wahr?«

»Nein, nicht unbedingt.«

Es war für Estrada unschwer zu erkennen, was Kassia Miller beabsichtigte. Als nächstes würde sie den Polizeibeamten daran erinnern, daß er soeben gesagt hatte, vier Tage könnten die Ermittlungen bereits schwieriger gestalten.

Aber es folgte nichts dergleichen. Sie ließ seine Aussage unkommentiert stehen. Estrada war beeindruckt. Zum jetzigen Zeitpunkt konnten sich die Geschworenen selbst über den Widerspruch des Zeugen ihre Gedanken machen. Ihre Schlußfolgerungen würde Miß Miller dann erst in ihrem Plädoyer am Ende der Verhandlung präsentieren.

Im Anschluß an die Verteidigung stellte der Staatsanwalt Tommy Clemente noch einige wenige Fragen. »Sie haben bei der Suche nach einem Verdächtigen überstürzt gehandelt, weil Sie befürchteten, die Zeit könne Ihnen davonlaufen?«

»Nein.«

»Würden Sie jemals so arbeiten?«

»Nie.«

»Ich danke Ihnen vielmals.« Und doch wußte Estrada ganz genau, daß die ersten Samen eines Zweifels von Miß Miller gesät worden waren.

Am späten Nachmittag traf er sich mit Carlyn Sims, um sie für ihre Aussage vor Gericht vorzubereiten. Estrada hatte eine Mischung zwischen Tess und Mariah Dodge erwartet. Aber die Frau, die gerade sein Büro betreten hatte, war relativ klein, pausbäckig und matronenhaft. Darüber hinaus wirkte sie viele Jahre älter als Mariah.

Sie bemerkte seine Verwunderung und sagte: »Ich wette, Sie haben mit ›Miß Texas‹ gerechnet, mein Lieber. Vor Jahren war ich mal ›Miß Brazoria County‹, aber das ist lange her.«

Die Frau war, wie Estrada schon bei seinen Telefonaten mit ihr gespürt hatte, gewillt und begierig darauf, die Staatsanwaltschaft zu unterstützen. Dabei schien sie keinesfalls allzu verbittert zu sein, sondern legte vielmehr eine gewisse Begeisterung an den Tag, ihre tote Freundin zu rächen.

Nach diesem Gespräch ging Estrada mit Nancy Rosen die wichtigsten Fragen für den kommenden Tag durch. Erst gegen elf beendeten sie ihre Arbeit, um die Spätnachrichten anzuschauen. Der von ihnen gewählte Sender brachte gerade ein Interview mit Kassia Miller auf den Stufen des Gerichtsgebäudes. »Ich finde, es ist eine Schande, daß sich die Polizei auf den erstbesten Tatverdächtigen einschießt, der ihr in die Finger gerät. Das ist es, was dabei herauskommt, wenn die Polizeistatistiken mehr Bedeutung erlangen als die Gerechtigkeit.«

Der Reporter war zweifellos der Ansicht, daß dieser Verhandlungstag aufgrund des gekonnten Kreuzverhörs durch Kassia Miller an die Verteidigung ging.

»Da können wir ja froh sein, daß der nicht zur Jury gehört«, kommentierte Mrs. Rosen die Sendung. Aber dazu gab es keine Veranlassung. Denn wer konnte schon sicher sein, daß sich die Meinung der Geschworenen allzu sehr von der des Journalisten unterschied?

5

Am Mittwoch morgen wollte Estrada gerade sein Büro verlassen, als das Telefon ihn nochmals an seinen Schreibtisch zurückkehren ließ. Dolores Acampo meldete sich.

»Carlos läßt Ihnen ausrichten, er sei wieder da. Er hat zwar tausend Dinge zu erledigen, möchte Sie jedoch sprechen. Er sagt, er habe ein Videoband für Sie mitgebracht.«

»Richten Sie ihm meinen Dank aus. Ich würde mir dieses Video gerne so schnell wie möglich ansehen. Hat er gesagt, wann er im Jugendzentrum sein wird?«

»Nein, tut mir leid.«

»Kann es sein, daß er um die Mittagszeit dort zu erreichen ist?«

»Ich glaube es nicht, aber versuchen Sie es trotzdem.«

Auf dem Weg in den Gerichtssaal ging Estrada an den Pressevertretern vorbei, die gemeinsam mit den Zuschauern Schlange standen, um eingelassen zu werden. Er wunderte sich über die morbide Neugier, die die Menschen veranlaßte, an einem solchen Ereignis freiwillig teilzunehmen. Ebenso bereitwillig hätten sie sich ein Baby mit drei Köpfen angeschaut oder einen Mann, der sich von lebenden Mäusen ernährt ...

Da er ständig an Ramírez und das Video von Juan Alvaro denken mußte, war Estrada froh, daß Nancy Rosen die Befragung der Pathologin übernehmen wollte.

Dr. Martin beschrieb klar und verständlich die Verletzungen, die Mariah Dodge zugefügt worden waren, wobei sie großformatige Fotos von der Autopsie verwendete, um ihre Ausführungen zu illustrieren.

»Vor dem ersten Schnitt war die Haut ihres Halses vollkommen intakt«, sagte sie. »Die Klinge verursachte eine gleichmäßige Schnittlinie. An der rechten Seite des Halses, kurz hinter der Stelle, an der mit dem Einschnitt begonnen wurde, ist die Wunde am tiefsten. Auf der anderen Seite wird die Wunde dann ein klein wenig flacher.

Der Täter muß ein äußerst scharfes Messer verwendet haben, denn die Wunde ist völlig glatt. Außerdem wurden mehrere Muskeln und auch größere Adern durchtrennt. Wenn Sie genau hinsehen, werden Sie feststellen, daß die Schnittlinie eine kleine Kurve beschreibt – nämlich dort, wo der Adamsapfel sitzt.

Dagegen bewirkte der Schnitt, der auf der anderen Seite angesetzt wurde, erheblich geringfügigere Verletzungen. Er ist kürzer und auch oberflächlicher als der erste. Wie bei der Wunde auf der Wange des Opfers kreuzen sich auch die beiden Schnittverletzungen am Hals und bilden dadurch ein X.«

»Können Sie uns so genau wie möglich beschreiben, wie diese Schnitte ausgeführt wurden?« fragte Mrs. Rosen.

»Ich kann Ihnen sagen, daß ein Rechtshänder über dem Opfer gekniet haben und ihm die Verletzungen mit einem solchen Messer zugefügt haben muß.« Die Pathologin deutete auf die Tatwaffe. »Der erste Hieb mit dieser Rasierklinge ist mit der Rückhand ausgeführt worden, der andere dagegen mit der Vorhand – und zwar schnell und kräftig.«

»Könnten Sie uns auch erläutern, wie Sie zu diesem Untersuchungsergebnis gelangt sind?«

»Vor allem aufgrund der Winkel, der Richtung, in der die Schnitte verlaufen und der Lage, in der der Leichnam gefunden wurde.« Dr. Martin lehnte sich vor und gestikulierte mit ihren Händen.

»Warum haben Sie extra auf die Geschwindigkeit hingewiesen?« fragte Nancy Rosen.

»Weil die Kraft, mit der eine Messerklinge die Muskeln durchtrennt, ganz entscheidend durch die Geschwindigkeit bestimmt wird, mit der man einen solchen Hieb ausführt. Außerdem vervierfacht sich diese Kraft, wenn sich die Geschwindigkeit verdoppelt.

Bedeutsam scheint mir noch der Hinweis, daß beim zweiten Schnitt in den Hals die Armbewegung des Mörders durch die Lehne der Couch, auf der das Opfer lag, eingeschränkt wurde. Darum ist dieser zweite Schnitt längst nicht so tief.«

»Einspruch«, sagte Miß Miller, »ist das eine Tatsache oder nur Ihre persönliche Meinung?«

»Mrs. Rosen?« fragte die Richterin.

»Entschuldigung, Euer Ehren. Dr. Martin, ist das Ihre Meinung als Pathologin?«

»Ja. Ich wollte keinesfalls irgendetwas anderes damit zum Ausdruck bringen.«

Als nächstes kam die Gerichtsmedizinerin auf die Verletzungen der Wange zu sprechen. Dabei gab Nancy Rosen acht, nicht die als Beweis unzulässige X-Form zu erwähnen. Besonderes Gewicht legte sie aber auf den Umstand, daß diese Verletzung dem Opfer kühl und überlegt zugefügt worden sein mußte.

»Niemand kann einen solch präzisen Schnitt ausführen, der auf dieser Länge in der Tiefe lediglich um einen Millimeter variiert. Aber trotzdem unterscheidet er sich erheblich von einem unkontrollierten, wuchtigen Hieb, wie Sie ihn am Hals des Opfers gesehen haben.«

»Ich verstehe«, entgegnete Mrs. Rosen, als ob sie soeben etwas Wichtiges gelernt hätte. Sie blätterte in ihren Unterlagen auf dem Pult, um den Geschworenen Zeit zu geben, sich mit der Aussage der Zeugin zu befassen. Dann ging sie dazu über, Dr. Martins Aussagen vom ersten Prozeß zu verlesen, in denen von den Blutergüssen an den Handgelenken des Opfers die Rede war. Anschließend erklärte die Pathologin, daß sie in den Wunden kleine Reste von Papier und Stoff entdeckt hatte. Nancy Rosen bekräftigte diese Aussage mit Hilfe der Laborberichte, in denen diese Überreste mit den Kleidungsstücken von Mariah Dodge und den Papierschnipseln auf dem kleinen Beistelltisch neben der Couch in Verbindung gebracht wurden.

»Was können Sie als Gerichtsmedizinerin daraus ableiten?«

»Ich schließe daraus, daß ein und dasselbe Messer dazu benutzt wurde, Papier zu schneiden, die Kleidung aufzutrennen und den Hals von Mariah Dodge durchzuschneiden.«

»Hatten Sie jemals die Tatwaffe in der Hand, um sie zu überprüfen?« fragte die Verteidigerin, als die Reihe an ihr war.

»Nein. Wie ich schon gesagt habe, wurde mir ein Messer desselben Typs gegeben, um einen Vergleichstest anzustellen.«

»Dann können Sie also nicht behaupten, daß es ein ganz bestimmtes Messer war, mit dem die Tat begangen wurde?«

»Wie ich bereits sagte, ergab mein Versuch mit dem mir zur Verfügung stehenden Messer exakt dieselben Verletzungen wie die durch die Tatwaffe beigefügten.« Sie zeigte auf das Messer, das auf dem Tisch mit den Beweismitteln lag.

»Könnten die Verletzungen auch durch eine scharfe Rasierklinge zugefügt worden sein?«

»Das wäre möglich.«

Miß Miller ging zum Tisch auf der gegenüberliegenden Seite. Dort lagen in einer flachen kleinen Kiste mehrere scharfe Messer unterschiedlicher Größe. »Euer Ehren«, sagte sie, »ich bitte darum, diese Messer für die Identifizierung mit einer Nummer zu versehen.«

Nachdem dies geschehen war, fragte sie die Zeugin: »Und was ist mit solchen Messern?«

Dr. Martin betrachtete die auf dem Tisch ausgebreitete Kollektion. »Schon möglich, ja.«

»Sie meinen also, auch mit derartigen Messern hätten dem Opfer die Wunden zugefügt werden können?«

»Ja.«

»Es ist demnach also nicht möglich, mit absoluter Bestimmtheit zu sagen, wie die Waffe aussah, mit der Mariah Dodge ermordet wurde?«

»Nein.«

»Sie sagten aus, der erste Schnitt sei mit großer Geschwindigkeit ausgeführt worden. Ist das korrekt?«

»Sehr wahrscheinlich.«

»Woraus schließen Sie das?«

»Aus der Länge und Tiefe des Schnittes, aber auch seiner Geradlinigkeit.«

»Können Sie mit Gewißheit sagen, daß Mariah Dodge ihren Kopf in dem Moment bewegt hat, als dieser Hieb ausgeführt wurde?«

»Ich glaube, daß ...«

»Bitte beantworten Sie nur meine Frage.«

»Nein, nicht mit Gewißheit.«

»Ich danke Ihnen.« Die Verteidigerin ging auf ihren Platz zu. »Oh. Noch etwas anderes. Ist es aufgrund Ihrer medizinischen Erfahrungen möglich, daß ein Mann eine Frau vergewaltigt, ohne dabei Spuren zu hinterlassen?«

»Ja, das scheint mir möglich.«

»Das ist alles.«

»Eigentlich ist es noch zu früh zum Mittagessen« sagte Luz Martinez. »Aber es ist heute so schön draußen, daß ich meine, wir können den Geschworenen nach diesen unangenehmen Schilderungen ruhig eine längere Verschnaufpause gönnen. Um zwei Uhr geht es weiter.«

Estrada freute sich über die verlängerte Pause, da er hoffte, in dieser Zeit Ramírez zu erwischen und das Videoband anschauen zu können. Auf dem Weg ins Büro wurde er auch prompt von Ginny aufgehalten. Sie drückte ihm einen Zettel in die Hand, auf dem notiert war: ›Kommen Sie um sieben. Carlos‹.

Den Nachmittag verbrachte Nancy Rosen mit der Befragung einer Expertin für Blutflecken.

Die Frau führte aus, daß dem Opfer die beiden Einschnitte in der Wange zuerst zugefügt worden sein mußten, da das dort verschmierte Blut nicht das Muster aufwies, das entstanden wäre, wenn das Messer durch die blutige Haut gezogen worden wäre. Außerdem, so die Zeugin, hatte der Täter Mariah beim ersten Schnitt in ihren Hals am rechten Handgelenk festgehalten, denn die durch die Prellungen verursachte Färbung war frei von Blut.

Was den Zeitpunkt anbelangte, zu dem die zweite Halsverletzung entstanden war, stimmte ihre Aussage mit den Angaben von Dr. Martin überein. Mit Hilfe der Diagramme und Fotografien erklärte sie dem Gericht, daß diese Wunde weniger stark geblutet hatte.

»Mariah Dodge war mit großer Sicherheit nicht mehr am Leben beziehungsweise schon so gut wie tot, als der Täter zum zweiten Schnitt ansetzte.«

»Können Sie uns auf der Grundlage Ihrer langjährigen Berufserfahrung sagen, was sich in der Mordnacht ereignet hat?« fragte Mrs. Rosen.

»Ja, das kann ich.« Die Expertin, eine farbige, rundliche Dame mit einer harten Stimme, rückte auf ihrem Stuhl in eine bequemere Position, bevor sie zu sprechen anfing.

»Ich glaube, daß der Mörder, nachdem er Mariah Dodge die Kleider zerschnitten und sie vergewaltigt hatte, über ihr kniete und ihren linken Arm unter seinem Körper eingeklemmt hatte. Sie lag auf dem Rücken, und zwar genau dort, wo man sie später entdeckt hat, nämlich auf dem Sofa. Zu diesem Zeitpunkt hatte er bereits ihre Wange aufgeschlitzt. Dann packte er ihr rechtes Handgelenk mit seiner linken Hand, um ihren Arm niederzudrücken und schnitt ihr vermutlich im gleichen Moment mit dem ersten Schnitt den Hals durch.

Anschließend versuchte er auch noch, das Messer auf der anderen Seite anzusetzen, wobei ihm jedoch die Rückenlehne dieses Sofas im Wege gewesen sein muß. Darum hat er vermutlich gewartet, bis ihre letzten Versuche, sich zur Wehr zu setzen, erlahmten, um sie daraufhin an den Haaren zu packen und ihren Kopf zurückzuziehen, damit der Hals für den zweiten Schnitt freilag.«

Sie atmete ein paar Mal tief durch, bevor sie weitersprach. »Danach stand er auf und verharrte eine Zeitlang neben dem Sofa. Dabei muß Blut von seinen Kleidern getropft sein. Er muß versucht haben, mit einem Stück Stoff das Blut auf dem Sofa wegzuwischen, was ihm aber nicht vollständig gelang und wobei einige blutgetränkte Fetzen Stoff zurückblieben. Dagegen wurden die Blutspritzer auf dem Tisch zunächst wahrscheinlich mit Papier entfernt. Erst anschließend wischte der Täter mit einem Stück Stoff nach. Er zog sich die Schuhe aus und lief dann auf den Hacken in sein Bü …«

»Einspruch«, rief Miß Miller, noch bevor die Zeugin den Satz beenden konnte. »Sie kann überhaupt nicht wissen, wer der Mörder ist.«

»Stattgegeben«, verfügte die Richterin. »Streichen Sie den letzten Satz aus dem Protokoll. Meine Damen und Herren, schenken Sie bitte der Bemerkung der Zeugin, der Mörder sei in irgendein Büro gegangen, keine Beachtung.«

»Sie sind also fest davon überzeugt, daß der Täter auf Strümpfen durch die Büroräume von Phoenix Enterprises gelaufen ist?« fragte Nancy Rosen, um den Faden nicht zu verlieren.

»Ja, weil in den Blutflecken auf dem Boden keine Abdrücke von Absätzen oder Sohlen zu finden waren. Und er muß auf den Fersen gelaufen sein, weil auf dem Teppichboden in den Büroräumen keinerlei blutige Zehen- oder Fußabdrücke entdeckt werden konnten. Er betrat also das Büro, das auf dem Diagramm mit M gekennzeichnet ist, ging von dort ins Badezimmer und duschte sich ab. Die Tür hatte er mit einem Stück Stoff in der Hand geöffnet, um keine Fingerabdrücke zu hinterlassen. Nach dem Duschen gab es keine Blutspuren mehr in den Büroräumen, nur im Duschbecken selbst.«

Mrs. Rosen bedankte sich und nahm wieder Platz.

Als Kassia Miller sich dem Pult näherte, warf sie einen wachsamen Blick auf die Geschworenen, als ob sie nicht ganz schlüssig war, wie sie mit dieser ungewöhnlichen Zeugenaussage umgehen sollte. Estrada durchschaute sofort den Trick, zumal ihm bekannt war, daß sie ihren letzten großen Prozeß gerade mit Hilfe einer solchen Blutfleck-Expertin gewonnen hatte.

»Kommen wir noch einmal auf die Verletzung von Mariah Dodges Wange zu sprechen«, begann die Verteidigerin. »Können Sie in irgendeiner Weise bestimmen, wann diese Schnitte erfolgten – abgesehen davon, daß es passierte, bevor ihr der Hals aufgeschlitzt wurde?«

Die Frau antwortete zögerlich. »Nein. Ich würde lediglich sagen, daß es … irgendwann vorher geschehen sein muß. Ich meine … innerhalb von ein paar Stunden. Ein Pathologe könnte …«

»Schon in Ordnung. Beantworten Sie einfach nur die Fragen, die ich Ihnen stelle. Können Sie eine klare Aussage darüber treffen, wann ihre Wange zerschnitten wurde?«

»Nein. Nur, daß es vor der Verletzung des Halses geschah.«

»Und geht aus Ihren Untersuchungsergebnissen hervor, wann es zu dem sexuellen Kontakt zwischen dem Täter und dem Opfer gekommen ist – vor oder nach Beibringung der Wunden?«

»Der Mörder hockte während der Tat ja über ihr. Da sich auf dem Körper der Toten aber keine Blutflecken befanden, deutet alles darauf hin, daß er sich nach der Ermordung nicht an ihr vergangen haben kann. Andernfalls wäre das Blut, das aus ihrem Hals spritzte, wahrscheinlich auch mit ihrem Körper in Berührung gekommen.«

»Ist Ihnen bekannt, daß auf dem Körper der Toten Samenspuren entdeckt wurden?«

»Ja.«

»Können Sie sagen, ob der Mord und der Geschlechtsverkehr mit ein und derselben Person in Verbindung gebracht werden kann?«

Wieder zögerte sie ein wenig. »Nein. Nein, ich kann nicht entscheiden, ob es ein oder zwei Überfälle waren.«

Miß Miller seufzte für alle gut hörbar. »Euer Ehren?«

»Streichen Sie den letzten Teil der Antwort. Es ist noch nicht bewiesen, daß der Geschlechtsverkehr auf eine Vergewaltigung zurückzuführen ist.«

»Danke, Euer Ehren. Könnte meine letzte Frage bitte nochmals vorgelesen werden?«

Die Stenografin las: »Können Sie sagen, ob der Mord und der Geschlechtsverkehr mit ein und derselben Person in Verbindung gebracht werden kann?«

»Nein«, gab die Zeugin kleinlaut zur Antwort.

Miß Miller entließ die Zeugin, und Estrada wartete, bis die Gerichtsdiener die Diagramme und Fotografien von der Staffelei entfernt hatten. Dann rief er Carlyn Sims in den Zeugenstand.

In ihrem biederen Kostüm mit Blümchenmuster wirkte sie wie ein braves Hausmütterchen. Estrada war das viel lieber als die heiße Nummer aus Texas, mit der er ursprünglich gerechnet hatte. Auch ihr Südstaatendialekt und die beinah unschuldige Mädchenhaftigkeit in ihrem Auftreten machten sicher keinen negativen Eindruck auf die Geschworenen.

Schnell ging er mit seiner Zeugin deren privaten Hintergrund durch und kam dann auf ihre Freundschaft mit Mariah Dodge zu sprechen.

»Wir waren wie Schwestern und steckten die ganze Zeit zusammen. Ich war ja noch ein Kind, und sie war für mich wie die kleine Schwester, nach der ich mich immer gesehnt hatte.«

Estrada versuchte, so lang wie möglich bei diesem Punkt zu verharren, bis Kassia Miller schließlich aufsprang und sich beschwerte. Die Richterin forderte ihn auf, endlich zur Sache zu kommen. »Wie entwickelte sich Ihre Beziehung weiter, als Mariah nach New York umzog, weil sie dort eine Arbeit gefunden hatte?«

»Ach, wissen Sie, das war schon komisch. Wir blieben vielleicht gerade weil wir uns nicht mehr sehen konnten fester denn je miteinander in Verbindung. Wir schrieben uns und telefonierten häufig. Oft sprachen wir auch über ganz wichtige Angelegenheiten, was wir zuvor nicht getan hatten.«

»Haben Sie sich kurz bevor Mariah ermordet wurde, über eine ganz bestimmte Person unterhalten?«

»Ja, haben wir. Wir sprachen über Roberto Morales.« Sie deutete auf den Angeklagten.

»Schön. Ohne jetzt genau auf den Inhalt Ihrer Unterhaltungen einzugehen – könnten Sie uns sagen, wie Mariahs Stimme am Telefon klang, als sie mit Ihnen über Morales sprach?«

»Ach, wissen Sie, gegen Ende war sie wirklich unheimlich wütend auf den Mann. Aber zu Beginn ihres Verhältnisses sprach sie immer … gut von ihm.«

Estrada fragte sie nach dem letzten Telefonat, das sie mit Mariah Dodge vor deren Ermordung geführt hatte.

»Sie war völlig außer sich und sagte, sie würde ihm ihre Meinung sagen. Sie wollte ihm sagen, was für ein widerwärtiger Mensch er sei, und daß sie nie wieder etwas mit ihm zu tun haben wolle.«

»Sagte Mariah Dodge das wörtlich?«

»Zumindest ähnlich. Ganz genau erinnere ich mich nicht mehr.«

»Und hat sie sonst noch etwas gesagt? Etwas Außergewöhnliches?«

Miß Sims sah verlegen zu Boden. Als sie wieder aufblickte, hatte sie einen roten Kopf. »So etwas kann man doch nicht in aller Öffentlichkeit wiedergeben. Normalerweise hat Mariah ja auch nicht solche Dinge gesagt …«

Schritt für Schritt entlockte Estrada seiner Zeugin dann doch noch behutsam die Worte, die Mariah Dodge bei ihrem letzten Telefongespräch von sich gegeben hatte.

»Hat sie Ihnen etwas darüber gesagt, wann sie Roberto Morales diese Schimpfwörter an den Kopf werfen wollte?«

»Morgen. Sie sagte, morgen.«

»Und Ihr Telefonat war am Samstag?«

»Ja.«

»Einen Tag vor ihrer Ermordung?«

»Ja«, sagte Miß Sims mit piepsiger Stimme.

»Ich danke Ihnen«, entgegnete Estrada sanft und setzte sich.

Miß Miller ließ sich Zeit, um mit dieser Zeugin warm zu werden. In der Regel waren die Zeugen der Anklage gegenüber den Vertretern der Verteidigung immer skeptisch eingestellt.

Nachdem sich Carlyn Sims offensichtlich ein wenig entspannt hatte, fragte Kassia Miller: »Haben Sie schon einmal etwas versprochen, was sie später nicht eingehalten haben?«

Mißtrauisch sah Miß Sims erst die Verteidigerin und anschließend Luz Martinez an. Die Richterin lächelte ihr wohlwollend zu und nickte.

»Ja.«

»Schon oft?«

»Manchmal. Aber nicht oft.«

»Haben Sie auch gelegentlich damit geprahlt, irgendetwas zu tun, was Sie dann aber nicht taten?«

»Ich prahle nicht.«

»Entschuldigen Sie. Ich meine, kommt es vor, daß sie sagen, sie würden etwas tun, es dann aber nicht machen?«

»Nein. Kaum. Ich versuche immer, so etwas zu vermeiden.«

Miß Miller verzichtete darauf, die Zeugin wegen ihrer zusätzlichen Bemerkung zu tadeln. Es schien keineswegs in ihrer Absicht zu liegen, Miß Sims auseinanderzunehmen. Estrada glaubte vielmehr, seine Kontrahentin gehe deswegen so zurückhaltend vor, um den Geschworenen die Bedeutungslosigkeit dieser Zeugin vor Augen zu führen.

»Halten Sie sich in dieser Hinsicht für ungewöhnlich?«

»In welcher Hinsicht?«

»Daß Sie hin und wieder ihre Versprechungen nicht einhalten oder Dinge zu tun vorgeben, die Sie dann doch nicht verwirklichen.«

»Nein, ich denke nicht, daß ich mich in dieser Hinsicht von anderen Menschen unterscheide«, lautete Miß Sims einfache Antwort. »So was passiert wohl jedem einmal.«

»Mariah Dodge auch?«

»Das nehme ich doch an.« Miß Sims antwortete so leise, daß die Verteidigerin sie um eine Wiederholung bitten mußte.

Estrada begann sich langsam zu erheben, als wolle er Einspruch einlegen.

»Damit ist dieses Thema für mich erledigt«, sagte Kassia Miller schnell und wandte sich dann wieder der Zeugin zu. »Miß Sims, vor einem Augenblick teilten Sie mir mit, Sie versuchten Ihre Versprechen auch immer einzuhalten. Gilt das auch für die Wahrheit? Sagen Sie immer die Wahrheit?«

»Ja, das tue ich.« Sie hatte das Kinn gehoben und eine stolze Miene aufgesetzt.

»Stimmt es, daß Sie an Ihrem Arbeitsplatz kürzlich das Ziel kritischer Aktionen der Verbraucherberatung waren, weil Sie«, hier zögerte Miß Miller ein wenig, um die Wirkung zu steigern, »unlautere Werbemethoden entwickelt und Waren verkauft haben, die bei weitem nicht das hielten, was Sie versprachen?«

Schweigen. Erneut starrte Carlyn Sims zu Boden.

»Miß Sims! Stimmt das? Ja oder nein?«

»Ja, aber ...«

Darauf war Estrada nun wirklich nicht gefaßt gewesen. Er hatte seine Zeugin mehr als einmal gefragt, ob es etwas gäbe, was sich gegen sie verwenden ließe. Und stets hatte sie diese Frage verneint.

Im Grunde war es nicht ihr Fehler. Das Problem bestand darin, daß er ihr geglaubt hatte. Er versuchte zu retten, was noch zu retten war und fragte: »Miß Sims. Bezogen sich diese Beschuldigungen, die man gegen Sie erhoben hat, auf Aussagen, die Sie unter Eid geleistet haben – so wie heute vor diesem Gericht?«

Erleichtert atmete sie auf. »Nein, ganz gewiß nicht.«

Bevor Estrada zu Adelante hinausfahren konnte, mußte er Collins' Manöverkritik über sich ergehen lassen. Sein Vorgesetzter lobte Mrs. Rosen, hatte aber auch an ihm nichts Wesentliches auszusetzen.

»Wußten Sie etwas über die krummen Touren dieser Carlyn Sims?«

»Mir hatte sie gesagt, alles sei in Ordnung.«

Collins verzog das Gesicht. »Verdammt noch mal. Seien Sie vorsichtig. Was ist mit den anderen Zeugen, die etwas über das Mordmotiv auszusagen haben?«

»Schelling? Die wird sich gut machen.« Vorausgesetzt, sie bleibt bei ihrer Geschichte, fügte Estrada in Gedanken hinzu.

»Mr. Bishop hat mich angerufen«, sagte Collins, nachdem Nancy Rosen den Raum verlassen hatte. »Er will wissen, was mit dem Tagebuch los ist, und wann dieser verschwundene Zeuge endlich auftaucht.«

»Das werden wir bald erfahren.«

»Ich kann aber nicht erkennen, daß irgendwas geschieht.« Collins wurde lauter.

»Schon heute abend werden wir klüger sein.«

Collins packte Estradas Arm. »Verkaufen Sie mich nicht für dumm. Wir sitzen beide im selben Boot.«

»Alvaro hat eine Erklärung auf Video abgegeben.« Estrada haßte es, solche Dinge vor der Zeit auszuplaudern. »Ich werde es mir nachher anschauen.«

»Rufen Sie mich anschließend an. Egal, um welche Uhrzeit.«

6

Auf dem Bildschirm wirkte Juan Alvaro, Mariah Dodges ›Johnny‹, weder groß noch auffallend klein. Er entsprach genau der angenehmen Erscheinung, die Estrada auf dem Schnappschuß der Sylvesterparty gesehen hatte. Wo immer er sich auch aufgehalten haben mochte, als dieses Video aufgezeichnet worden war – es mußte wesentlich wärmer gewesen sein als in New York im späten September. Alvaro trug Shorts, Stoffschuhe und ein kurzärmeliges Hemd. Er hatte sich für die erste Aufnahme neben einem Swimmingpool in Positur gestellt. Dann folgte ihm die Kamera zu einem weißen, metallenen Tisch, an dem er sich niederließ. Im oberen rechten Bildrand waren einige Palmenblätter zu erkennen, die der Szenerie einen Hauch von Exotik verliehen.

Alvaro räusperte sich und sagte dann in die Kamera: »Mein Name ist Juan Alvaro. Ich war ein Freund von Mariah Dodge. Sie nannte mich immer Johnny.« Er brach ab und wandte seinen Blick in eine andere Richtung.

»Ich bitte um Entschuldigung«, fuhr er nach einem Augenblick fort. »Ich habe noch nie über diese Sache gesprochen.« Erneut mußte er sich räuspern. »Wie ich gehört habe, sind beim Studium von Mariahs Tagebüchern Fragen aufgetaucht, von denen die Staatsanwaltschaft annimmt, daß ich zu ihrer Klärung beitragen könnte. Ich weiß wirklich nicht allzu viel, aber ich werde mein Bestes tun.« Er warf einen kurzen Blick auf ein Blatt Papier, das auf seinem Schoß lag.

»Ein Großteil der Fragen dreht sich darum, ob Mariah und ich Cuyler Jadwin erpreßt haben. Die Antwort lautet klar und deutlich: Nein! Wenn jemand wirklich erpreßt wurde, dann war ich das – aber ganz gewiß nicht von Mariah.« Erneut sah er auf das Blatt Papier. »In diesem Zusammenhang wird auch nach dem Wohnhaus in Texas gefragt, das Cuyler Mariah Dodge verschafft hat. Viel ist mir darüber nicht bekannt. Aber soviel ich weiß, war dieses Haus eine Art Bonus für jahrelange gute Zusammenarbeit und Loyalität. Ich habe keine Veranlassung zu der Annahme, daß mehr dahintersteckte. Vielleicht sah Cuyler darin auch ein Mittel, sie weiterhin an sich zu binden, obwohl er eigentlich keinen Grund hatte, an ihrer Loyalität zu zweifeln.« Alvaros Stellungnahme war steif und bewußt emotionslos gehalten. Zum wiederholten Mal suchte er Rat bei seinen Notizen.

»Falls es stimmt, daß Mariah in ihr Tagebuch geschrieben hat, ich wolle Cuyler irgendetwas verraten, von dem sie annahm, daß es ihn wütend machen würde, so weiß ich nicht mit letzter Gewißheit, was sie damit meinte. Ich möchte jedoch nochmals betonen, daß es nicht das geringste mit Erpressung oder Nötigung zu tun hatte. Wir beide haben nichts dergleichen geplant. Es gab mal eine Zeit kurz vor ihrem Tod« – er machte eine Pause und preßte die Lippen zusammen – »eine Zeit, in der ich mir wegen bestimmter finanzieller Unkorrektheiten Sorgen machte, die ich zu verantworten hatte. Und genau darüber habe ich mit Mariah gesprochen, wobei ich auch erwähnte, daß ich Cuyler meine Besorgnisse mitteilen müßte. Sie war absolut dagegen. Vermutlich spielte sie in ihrem Tagebuch auf diesen Vorfall an. Kurzzeitig überlegte ich auch, ihn alles über meine private Vergangenheit wissen zu lassen. Denn diese Vergangenheit war es, die mich zwang, auf diese unsauberen Geschäfte einzugehen. Auch dagegen hatte Mariah jede Menge Einwände, weil sie befürchtete, Cuyler würde mein früheres Verhalten nicht nachvollziehen können.« Den Tränen nahe unterbrach er seine Ausführungen erneut und schaute an der Kamera vorbei. »Sie war eine wunderbare Frau und der beste Freund, den ich je hatte. Sie war immer sehr um mich besorgt.«

Er ging auf eine andere Frage ein. »Hier steht, ob ich irgendeine Idee hätte, wer einen Grund gehabt haben könnte, Mariah umzubringen. Meine Antwort lautet: Absolut keine Ahnung. Doch gab es da jenen schrecklichen Abend mit Roberto Morales … Ich fürchte, wir haben ihn alle unterschätzt. Er war niederträchtiger und gefährlicher, als wir jemals vermutet hatten. Obwohl er alle glauben machte, daß der Erfolg von Phoenix Enterprises sein Lebensinhalt sei, war er letzten Endes doch bereit, das Projekt scheitern zu lassen.«

Estrada hörte jetzt noch aufmerksamer zu. Daß Alvaro wegen irgendwelcher finanzieller Manipulationen erpreßt worden war, fand er an sich schon interessant genug. Aber diese Aussage über Morales kam ihm noch verheißungsvoller vor. Wußte Alvaro etwas über die Geschehnisse am Mordabend?

»Während der letzten Wochen ihres Lebens – aber natürlich wußte damals niemand, daß es ihre letzten Wochen sein würden – war ihre Verbitterung über Roberto ständig gewachsen. Sie war der Auffassung, daß er Cuylers Vorstellungen über die Reorganisation des Unternehmens nicht im mindesten teilte. Obwohl er als Geliebter für sie längst schon abgeschrieben war und es sie gewaltig ärgerte, daß er ihre entsprechenden Hinweise einfach ignorierte, war sie doch der Meinung, sie müsse mit ihm beim Neuaufbau des Unternehmens zusammenarbeiten, um das Projekt zu retten.«

Er blickte kurz in die Kamera, sah jedoch gleich darauf wieder zu Boden. »Den Tag, an dem sie ermordet wurde, haben wir gemeinsam verbracht. Wir sind zusammen ins Büro gegangen, um uns auf das Treffen mit Roberto vorzubereiten, bei dem wir unsere Strategie für die am folgenden Montag stattfindende Besprechung mit Cuyler Jadwin planen wollten. Als wir bei unserer Arbeit auch Dokumente aus Robertos Akten benötigten, entdeckte Mariah darin ein Schriftstück, das sich dort eigentlich nicht hätte befinden sollen. Es handelte sich um ein fehlerhaft abgeheftetes Blatt Papier mit Anmerkungen und Berechnungen. Als Mariah das las, wurde sie fuchsteufelswild. Aufgrund meiner Tätigkeit in der Finanzverwaltung des Unternehmens wußte ich, wo wir nachschauen mußten, um dem Verdacht, der bei ihr aufgekommen war, nachzugehen.« An dieser Stelle stoppte er kurz. Schweißperlen standen Alvaro auf der Stirn. Und auch Estrada, der sich gespannt auf seinem Stuhl nach vorne gebeugt hatte, bemerkte, daß seine Hände ganz feucht geworden waren.

»Sobald Roberto eintraf, konfrontierte sie ihn mit unserer Entdeckung. Er wich ihren Fragen aus, aber sie war zu hartnäckig, um sich mit seinen Ausflüchten abspeisen zu lassen. Schließlich gestand er dann doch ein, daß sie recht hatte. Er versuchte Cuylers Reorganisationsprogramm nicht deswegen zu sabotieren, weil er befürchtete, daß dieser damit das Unternehmen bloß aussaugen und anschließend im Stich lassen wollte – was ja durchaus möglich gewesen wäre –, sondern weil zur Realisierung von Cuylers Vorhaben zunächst einmal die außenstehenden Finanziers ihre Wirtschaftsprüfer hätten schicken müssen, um die Liquidität von Phoenix Enterprises zu überprüfen. Und dabei hätten sie herausgefunden, daß Roberto es war, der sein eigenes Projekt zu melken beabsichtigte, um sich dadurch zu bereichern!

Er wollte nicht bloß viel Geld herausziehen, sondern am Ende auch noch als Held dastehen – als der Mann, der tapfer versucht hatte, ein zum Scheitern verurteiltes Projekt zu retten. Das Projekt war einfach zu gewaltig, als daß es von der Stadtverwaltung die Genehmigung zur Müll- und Abwasserbeseitigung erhalten hätte. Das betraf allerdings nicht nur Phoenix Enterprises, denn jedes Projekt dieses Ausmaßes hätte damit seine Schwierigkeiten gehabt. Von Anfang an stand es schlecht um sein Lebenswerk, wie er es gern zu nennen pflegte. Und wenn mich nicht alles täuscht, wußte Roberto das auch seit dem ersten Tag.« Alvaro deutete auf etwas, das sich neben der Kamera befand. Eine Hand kam ins Bild und reichte ihm ein Glas. Estrada beherrschte sich, das Band nicht schneller vorlaufen zu lassen.

»Mariah hing sehr an dem Phoenix-Projekt, weil sie darin etwas erkannte, dessen Realisierung für sie wirklich der Mühe wert war. Seitdem sie sich freiwillig mit den aidskranken Kindern befaßte, hatte sie eine ganz neue Sicht der Dinge bekommen. Ursprünglich hatte sie ihre Arbeit bei Phoenix Enterprises lediglich als ganz gewöhnlichen Job betrachtet, den sie erledigte, weil Cuyler Jadwin sie darum gebeten hatte. Nachdem sie jedoch die Probleme kennengelernt hatte, mit denen die Menschen der hispano-amerikanischen Gemeinde tagtäglich fertigwerden mußten, arbeitete sie geradezu leidenschaftlich an der Verwirklichung von Roberto Morales' Plänen. Die Vorstellung, daß er lediglich für sich Kapital daraus schlagen wollte – und zwar auf Kosten der Hoffnungen und Anstrengungen sämtlicher Gemeindemitglieder, die an ihn glaubten –, war ihr unerträglich. Sie müssen wissen, daß alle, die für Morales eintraten, sich viele Feinde machten, da dieses Projekt sehr umstritten war.

Sie können sich also Mariahs Wut vorstellen, als sie hinter Robertos wahre Absichten kam. Voller Verachtung warf sie ihm an jenem Abend vor, er würde sein eigenes Volk verraten. Sie sprach in einer Art und Weise, daß man hätte denken können, ihr gegenüber stünde irgendein schleimiges, ekliges Etwas aus einem Horrorfilm.« Er nahm einen weiteren Schluck aus seinem Glas.

»Dann geriet auch er in Wut, blieb dabei aber bemerkenswert kühl, als wolle er ihre Hitzköpfigkeit auf diese Weise neutralisieren. Es reichte schon, ihn nur anzusehen, damit es einem eiskalt den Rücken hinunterlief. Er befahl mir zu verschwinden, aber ich war nicht dazu bereit, die beiden allein zu lassen – nicht, solange noch diese Spannung herrschte. Die Atmosphäre war wirklich unglaublich. Man spürte förmlich, daß entweder einer der beiden explodieren oder beide klein beigeben würden, denn ein solcher Zustand kann einfach nicht lange anhalten.

Roberto wollte mich unbedingt loswerden. Er drohte mir, und ich glaube, das hat bei Mariah das Faß zum Überlaufen gebracht. In diesem Moment verlor sie auch den letzten Rest ihrer Zurückhaltung. Sie warf ihm die wüstesten Beleidigungen über seine Abstammung und seine Fähigkeiten – oder besser: Unfähigkeiten – als Liebhaber an den Kopf. Aber so wütend sie auch war – er wurde noch viel wütender. Erneut forderte er mich zum Gehen auf, wobei er noch bösere Drohungen ausstieß, denn er wußte Dinge über mich, die er einfach nicht hätte wissen dürfen. Ich war jedoch nicht bereit, ohne Mariah das Büro zu verlassen. Und ich sagte es ihr auch. Mariah, sagte ich, komm, laß uns hier verschwinden. In diesem Augenblick war es mir egal, ob ich mein Leben ruinieren würde. Doch auf einmal drehte sie sich zu mir um und bemerkte völlig gelassen, so als ob nichts geschehen wäre …« Seine Stimme krächzte. Er verbarg sein Gesicht hinter den Händen. Als er wieder in die Kamera sah, waren seine Wangen feucht. »Sie sagte: ›Ist schon in Ordnung. Geh ruhig nach Hause. Morgen sehen wir uns wieder.‹«

Alvaro wirkte vollkommen geknickt. »*Schon in Ordnung. Morgen sehen wir uns wieder.* Und dann bin ich gegangen«, kam es mit so gequälter Stimme, daß Estrada ihn kaum verstand. »Ich bin gegangen. Sie klang so selbstsicher …« Wieder hielt er inne. Er nahm seine Sonnenbrille ab und trocknete sich die Augen mit einem Taschentuch. »Ich bitte um Entschuldigung. Ich kann dieses Gefühl nicht loswerden, daß … daß in Wirklichkeit ich sie getötet habe, daß ich für ihren Tod verantwortlich bin. Wenn ich dageblieben wäre, hätte er sie nicht … würde sie noch am Leben sein.«

Er wischte sich den Schweiß von der Stirn, setzte die Brille wieder auf und sah dann erneut in die Kamera. »Das ist alles. Alles, was ich weiß. Ich hoffe sehr, daß Ihre Fragen damit geklärt sind.«

Estrada verharrte regungslos im Dunkeln, bis Ramírez kam und das Licht wieder anmachte.

»Haben Sie eine Antwort auf Ihre Fragen erhalten, Mr. Estrada?«

Estrada brauchte einen Augenblick, um wieder in die Gegenwart zurückzufinden. »Ja, habe ich. Und es sind sogleich wieder neue aufgetaucht.«

»Beiliegend gebe ich Ihnen eine eidesstattliche Erklärung von Juan Alvaro mit. Auch der Kameramann hat beschworen, daß dieses Band echt ist«, sagte Ramírez und entnahm dem Videorecorder die Kassette. »Ich glaube, er hat diese … Beichte als eine Art … Sühne abgelegt. Er besteht andererseits jedoch darauf, daß seine Aussage so wenig Menschen wie möglich zu hören bekommen, denn er ist noch immer sehr in Sorge deswegen.«

»Natürlich.« Aber Estrada war sich darüber im klaren, Ramírez mit dem Gedanken vertraut machen zu müssen, daß Johnny nicht Buße tun und gleichzeitig auf seine Intimsphäre beharren konnte. Denn der nächste Schritt würde darin bestehen, den Mann als Zeugen vor Gericht zu laden.

»Ich muß an meine Verantwortung gegenüber Juan denken«, sagte Ramírez. »Wenn dieses Band an die falschen Leute gerät, wird er auf Nimmerwiedersehen verschwinden.«

Auf das Band kam es Estrada gar nicht so sehr an. Wichtig war ihm vor allem Alvaros Aussage. Aber im Augenblick stellte dieses Video für ihn den einzigen Weg dar, mehr Zeit zu gewinnen, um den Zeugen nach New York zu holen.

Noch am selben Abend fuhr Estrada mit der U-Bahn zurück ins Büro. Dort erstattete er Collins Bericht, der schon unruhig auf seinen Mitarbeiter gewartet hatte.

Danach bereitete er sich auf den nächsten Verhandlungstag vor. Sein wichtigster Zeuge war Ramon Santos, der widerspenstige Wachmann, dessen Aussage von großer Bedeutung war, sofern es Estrada nicht gelingen sollte, Alvaro nach New York einfliegen zu lassen.

Um Mitternacht legte er müde sämtliche Unterlagen zur Seite und machte sich auf den Heimweg. Das Videoband mit Alvaros Aussage ging ihm nicht aus dem Kopf. Zwar mochte das Band allein als Beweis nicht ausreichen, doch wenn seine Angaben stimmten – *falls* sie stimmten –, gab es für Estrada keinen Zweifel mehr: Roberto Morales war schuldig.

Am nächsten Morgen war er schon um halb acht im Büro. Eine halbe Stunde später kam Nancy Rosen hinzu und kurz darauf McMorris, der sie zu der geheimen Wohnung fuhr, in der die Staatsanwaltschaft ihre Zeugen unterbrachte und in der auch bereits Ramírez abgesetzt worden war.

Estrada führte seinen Mitarbeitern und Lou Collins Alvaros Video vor und sah es sich diesmal mit derselben Faszination an wie beim ersten Mal.

»Das ist ja fantastisch«, bemerkte Collins, als die Aufzeichnung zu Ende war. »Perfekt. Wann kann der Mann in New York sein?«

Die Antwort bestand aus einer peinlichen Stille.

Collins starrte Estrada an. »Haben Sie mit ihm darüber nicht geredet? Wir brauchen ihn auf der Stelle.« Der eigentliche Adressat dieser Bemerkung war jedoch nicht Estrada, sondern Carlos Ramírez.

»Ich glaube nicht, daß er kommen würde«, sagte Ramírez ruhig.

»Wo hält er sich zur Zeit auf?« wollte Collins wissen.

»Das kann ich Ihnen nicht sagen.«

»Sie scheinen nicht verstanden zu haben, wie das bei uns läuft«, entgegnete Collins erbost. »Wenn jemand eine Vorladung erhält, dann hat er zu erscheinen und unsere Fragen zu beantworten. Andernfalls landet er im Knast.«

Ramírez schüttelte nur den Kopf.

»Ich muß ins Gericht«, sagte Estrada bloß. »Carlos und ich werden uns später noch mal darüber unterhalten.«

»Das Zeug ist reinstes Dynamit«, bemerkte Collins, als sie wieder zur Staatsanwaltschaft zurückfuhren. »Finden Sie heraus, wo dieser Kerl steckt und schaffen Sie ihn her. Und wenn er nicht will, dann kidnappen Sie ihn einfach.«

Die ersten beiden Zeugen, die Mrs. Rosen am Vormittag präsentierte, wiederholten ihre Aussage aus dem ersten Prozeß. Sie erläuterten dem Gericht hauptsächlich, wie man eine DNA-Analyse erstellt. Die Staatsanwältin gliederte diese komplizierten technischen Sachverhalte in kleinere Einheiten, damit die Geschworenen den Ausführungen der Zeugen folgen konnten.

Estrada selbst hatte noch zwei Zeugen in der Hinterhand: Rita Hazen, die vermutlich Morales nach der Tat beobachtet hatte, wie er in einem Trainingsanzug und mit einer Sporttasche in der Hand ein Taxi bestieg. Und dann war da noch Bernd Petersen, der träge und vergeßliche Wachmann, der außer Ramon Santos in dem Bürogebäude von Phoenix Enterprises Dienst getan hatte, als der Mord geschah. Normalerweise hätte Estrada auf beide Zeugen verzichtet, denn angesichts ihrer unsicheren Aussagen wäre es beinahe noch günstiger für ihn gewesen, überhaupt niemanden aufzurufen. Es bestand nämlich durchaus die Gefahr, daß die Jury aus ihrem Auftritt den Schluß ziehen würde, die Anklage habe in Wirklichkeit gar nichts in der Hand.

Doch derartige Überlegungen hatten zur Zeit keinen Platz in Estradas Gehirn. Im Moment mußte er den Prozeß so lange wie möglich hinauszögern, um Juan Alvaro zu überreden, doch noch nach New York zu kommen und gegen Morales auszusagen. Da ihm die Zeit davonzulaufen drohte, waren Estrada auch Zeugen wie Hazen und Petersen recht.

Anstelle von Kassia Miller befaßte sich ihr Kollege Barry Burns mit den DNA-Experten.

»Erinnern Sie sich an eine Studie, die die Kalifornische Vereinigung der kriminaltechnischen Untersuchungsanstalten herausgegeben hat? Sie erschien ungefähr ein Jahr, bevor Sie Ihre DNA-Untersuchungen durchgeführt haben.«

»Ja, daran kann ich mich erinnern. Aber die Details sind mir nicht mehr präsent.«

Burns hatte den Artikel griffbereit und überreichte ihn dem Zeugen, um seine Erinnerung aufzufrischen.

»Ist Ihnen wieder eingefallen, daß in dieser Studie von einer Probe die Rede war, die aus dem vermischten Sperma zweier verschiedener Spender stammte?«

»Ja, ich denke schon.«

»Und konnten anhand dieser vermischten Probe beide Spender identifiziert werden?«

»Der eine ja.«

»Und der andere?« fragte Burns.

»Der nicht.«

»Wurde denn von diesem zweiten Spender ebenfalls unvermischter Samen untersucht?«

»Ja.«

»Und stimmten die Untersuchungsergebnisse mit dem der vermischten Samenproben überein?«

»Nein.«

»Es sprach also nichts dafür, daß es sich bei dieser Probe um eine Mixtur handelte?«

»Offensichtlich nicht.«

»Wieviele vermischte Spermaproben wurden dabei denn untersucht?«

»Lediglich eine«, erwiderte der Experte.

»Und wieviele fehlerhafte Ergebnisse kamen zustande?«

»Eins.«

»Wieviel Prozent entspricht das?«

»Hundert Prozent«, sagte der Zeuge verstimmt, »aber ...«

»Eine hundertprozentige Fehlerquote. Ich danke Ihnen.«

Auch der zweite von der Staatsanwaltschaft aufgerufene DNA-Sachverständige hatte mit Burns nicht viel zu lachen. »Mr. Manoogian, sagten Sie nicht vorhin,daß die von Ihnen erwähnten Statistiken nur dann verläßlich seien, wenn sämtliche von Ihnen untersuchten Charakteristika wahllos und zufällig in der Bevölkerung verteilt sind?«

»Das stimmt.«

Mit überraschtem Gesichtsausdruck blätterte Burns seine Unterlagen durch. »Ich versuche gerade die Stelle zu finden, in der Sie aussagen, daß Sie Vertreter sämtlicher ethnischer Bevölkerungsgruppen getestet haben, um sicherzugehen, daß die von Ihnen untersuchten Charakteristika tatsächlich zufällig verteilt sind.«

Es war eine ausgezeichnete Inszenierung, die der Staatsanwalt da veranstaltete, wenn auch schlecht vorgetragen. Mrs. Rosen machte dem ein Ende.

»Einspruch, Euer Ehren. Mr. Burns weiß ganz genau, daß er eine Frage stellen muß.«

»Stattgegeben. Herr Staatsanwalt, bitte formulieren Sie Ihre Frage«, befahl die Richterin.

Burns wühlte weiterhin in den Papieren vor ihm auf dem Pult. »Mr. Manoogian, lassen Sie mich Ihnen folgende Frage stellen. Haben Sie jemals die Vertreter aller ethnischen Gruppen untersucht, um sicherzustellen, daß die Unterscheidungsmerkmale auf der DNA, nach denen Sie gesucht haben, auch wirklich zufällig und völlig individuell sind?«

»So was tue ich nicht«, entgegnete der Zeuge, als ob der Staatsanwalt ihn etwas Unanständiges gefragt hätte.

»Bedeutet das nicht, daß Sie nur auf Vermutungen angewiesen sind?«

»Ja, aber ...«

»Ja oder nein reicht völlig aus.«

»Ja«, entgegnete der Fachmann mürrisch.

»Gibt es nicht Kollegen von Ihnen, die behaupten, einige Völker würden bestimmte DNA-Muster wesentlich häufiger aufweisen als andere, bei denen diese Muster nur äußerst selten vorkommen?«

»Ja.«

»Dann kann man aber doch nicht mehr von Zufall sprechen.«

»Vielleicht nicht.«

»Und das bedeutet, daß Ihre Statistiken nicht zuverlässig sind.«

»Nun, ...«

»Unzuverlässig, und zwar nach Ihren eigenen Maßstäben zu urteilen.«

»Ja, aber ...«

»Ja oder nein?«

»Also, so wie Sie es hinstellen, muß ich darauf mit ja antworten.«

»Ihre Statistiken sind demnach unzuverlässig?«

»Ja.«

»Ich danke Ihnen, Mr. Manoogian.«

Während der Mittagspause besorgte sich Estrada schnell einen Hotdog und fand sich kurz darauf in Luz Martinez' Büro ein. Sie aß gerade einen Salat, der in einer Plastikschachtel abgepackt war. Gemeinsam betrachteten sie Alvaros Videoband.

»Ich hoffe für Sie, daß ich jetzt etwas Vernünftiges zu hören bekomme«, warnte ihn die Richterin, als der Film begann. »Ich versäume nur ungern eine Mahlzeit, wenn ich nachmittags eine anstrengende Verhandlung zu leiten habe.«

Das Band fand zum dritten Mal ein fasziniertes Publikum. Als Mrs. Martinez' Gerichtsassistent das Licht anmachte, blieb die Richterin eine Weile gedankenverloren sitzen.

»Das war wirklich sehr interessant«, bemerkte sie schließlich. »Ich habe dazu einiges zu sagen. Zunächst einmal sollte dieser Mann vor Gericht erscheinen und seine Aussage hier wiederholen. Ohne ihn wird die Jury kein vollständiges Bild des Tathergangs erhalten.«

»Ich bin ganz Ihrer Meinung«, stimmte Estrada ihr zu.

»Haben Sie schon Schritte eingeleitet, um ihn herbeizuschaffen?«

»Euer Ehren, das hängt leider ganz von Mr. Ramírez ab. Er ist derjenige, der mit Juan Alvaro in Verbindung steht. Er weiß darüber hinaus auch als einziger über Mr. Alvaros momentanen Aufenthaltsort Bescheid.«

»Und wo ist Mr. Ramírez?«

»Wenn Sie wollen, kann ich ihn vorladen, Euer Ehren.«

»Weshalb ist er denn heute nicht hier?«

»Euer Ehren, ich möchte darauf hinweisen, daß sich Mr. Ramírez als äußerst kooperativ erwiesen hat.«

»Mr. Estrada, tun Sie, was getan werden muß. Ich akzeptiere keine weitere Verzögerung mehr. Ich werde nicht zulassen, daß die Geschworenen solange nach Hause gehen und die bisher gehörten Zeugenaussagen wieder vergessen, nur weil Sie Ihren Mr. Ramírez mit Samthandschuhen anfassen. Está claro?«

»Klar, Euer Ehren.«

»Nach unserer Nachmittagssitzung werde ich dieses Video der Verteidigung vorspielen, und dazu möchte ich diesen Ramírez hier haben. Falls Sie meinen, daß Ihnen damit geholfen ist, teilen Sie ihm mit, daß ich dieses Band vorerst unter Verschluß nehme, damit kein Außenstehender von dessen Inhalt erfährt. Und wenn Sie nichts dagegen haben, würde ich nun gerne meinen Salat zu Ende essen.«

7

Während Estrada bei Richterin Martinez gewesen war, hatte Lisa Stein die Zeugen für den Nachmittag zusammengerufen. Nur Ramon Santos fehlte. McMorris führte ihn erst dann herein, als Estrada sich schon auf den Weg in den Gerichtssaal machte. Der Wachmann trug noch seine Dienstkleidung. Abgesehen von den auffallenden, gestickten Schulterklappen mit dem Wappen seines Arbeitgebers wirkte seine Uniform eher wie die eines Gasmannes – eines verdrießlichen, unwilligen Gasmannes.

Estrada riskierte es, zu spät zur Verhandlung zu erscheinen, und stellte Santos in allerletzter Minute noch schnell ein paar Fragen. »Ramon, hat Sie schon einmal jemand gefragt, ob Sie an jenem Abend Mariah Dodge beim Betreten des Hauses beobachtet haben?«

Santos glotzte ihn an.

»Stash, möchten Sie sich mit Ramon ein wenig unterhalten, bevor er seine Aussage macht?«

»Sie meinen, über seinen kleinen Nebenverdienst?«

Besorgt blickte er zu dem Polizisten hinüber. »Was für ein Nebenverdienst denn?«

McMorris rieb seine Nase. »Keine Ahnung, Ramon, was glauben denn Sie?«

»Ich weiß nicht, wovon Sie eigentlich reden. Ich weiß gar nichts.«

»Das ist aber schön, Ramon. Es würde mir nämlich überhaupt nicht gefallen, Sie hinter Gitter zu bringen. Was würde dann mit Mrs. Santos und den lieben Kleinen passieren? Und mit der armen Rosita?«

Santos sah von einem zum anderen. »Ich kann mich gar nicht mehr erinnern.«

»Sie wissen nicht mehr, wer Sie gefragt hat?« hakte Estrada nach.

»Vielleicht hat ja einer gefragt. Ich weiß nicht mehr. Vielleicht auch keiner.«

»Ich frage Sie jetzt noch mal dasselbe, was ich Sie bereits bei unserem letzten Gespräch gefragt habe«, sagte Estrada. »Haben Sie an jenem Abend gesehen, wie Mariah Dodge das Bürogebäude betrat?«

»Ja. Klar doch.« Dem Staatsanwalt klang das viel zu lässig.

»War sie allein oder befand sich jemand in ihrer Begleitung?«

Santos spielte wieder den Dummen. »Das weiß ich nicht.«

»Bleiben Sie bei ihm«, bat er McMorris. »Ich brauche ihn in ungefähr zehn Minuten.« Bevor er sich in Bewegung setzte, fügte er für Santos noch etwas auf Spanisch hinzu: »Sie müssen nichts weiter machen, als die Wahrheit sagen, Ramon. Es gibt keinen Grund, sich zu genieren, wenn man die Wahrheit über einen Feigling verbreitet, der einer Frau die Kehle durchgeschnitten hat.«

Richterin Martinez erschien wieder einmal mit Verspätung. Sie ließ sofort die Geschworenen hereinführen.

Als er vereidigt wurde, machte Santos denselben dümmlichen und abweisenden Eindruck wie immer. Routinemäßig ging Estrada mit seinem Zeugen kurz dessen Lebensgeschichte durch und ließ sich von ihm seine Aufgaben als Wachmann schildern. Jeder Schritt kostete den Staatsanwalt beträchtliche Mühe. Als er schließlich auf den Abend zu sprechen kam, an dem Mariah Dodge ermordet worden war, gestaltete sich der Umgang mit Santos allerdings keinesfalls unkomplizierter. Immer und immer wieder gab der Zeuge vor, Estradas Fragen nicht zu verstehen, während die Geduld des Staatsanwaltes fast zu Ende war. Weil er keinen Ausweg mehr wußte, wandte er sich an die Vorsitzende. »Euer Ehren, würden Sie den Zeugen bitte ermahnen, sich etwas kooperativer zu erweisen?«

Martinez blickte über den oberen Rand ihrer Brille hinweg. »Señor Zeuge, bitte geben Sie sich mehr Mühe bei der Beantwortung der Fragen. Falls es Verständigungsprobleme geben sollte, können wir gerne einen Dolmetscher hinzuziehen. Deswegen brauchen Sie sich nicht zu schämen«, fügte sie auf Spanisch hinzu.

»Habe verstanden. Okay.«

»Gut.« Mrs. Martinez klang zufrieden. »Dann sagen Sie mir bitte, ob Ihnen Ihr Abendessen in der Regel immer an Ihren Arbeitsplatz gebracht wird.«

»Ja.«

»Und an dem Abend, als Mariah Dodge getötet wurde?«

»Auch da.«

»Gracias«, sagte die Richterin. »Das ging doch ganz gut, nicht wahr?«

»Ja, prima. Sie haben klar und deutlich gefragt.« Beinahe hätte Santos sie angelächelt.

»Verdad. Herr Staatsanwalt, Sie können jetzt weitermachen. Und haben Sie keine Hemmungen, Ihrem Zeugen einfache Fragen zu stellen.«

»Danke, Euer Ehren.«

Doch Santos dachte gar nicht daran, sich zu öffnen. Als er vorgab, sich nicht daran erinnern zu können, ob jemand das Gebäude betreten hatte, während ihm sein Abendessen geliefert wurde, nahm Estrada ein Schriftstück vom Tisch der Staatsanwaltschaft und fragte: »Ramon, haben Sie schon einmal zu diesem Fall ausgesagt?«

Santos sah die Richterin an.

»Haben Sie schon einmal zu diesem Fall ausgesagt?« wiederholte sie Estradas Frage.

Er nickte und drehte seinen Kopf Estrada zu. »Das steht doch da drin, oder?«

»Sie haben also in der Vergangenheit schon einmal ausgesagt?«

»Ja doch.«

»Und wie oft?«

»Einmal.«

»Und standen Sie dabei unter Eid?«

»Ja.«

»Können Sie sich jetzt daran erinnern, ob jemand zu dem fraglichen Zeitpunkt durch die Eingangshalle ging?«

»Ich erinnere mich. Jemand betrat das Haus.«

»Wer?«

»Weiß nicht.«

»Ein Mann oder eine Frau?«

»Ein Mann, glaube ich.«

»Können Sie ihn beschreiben?«

»Kann mich nicht mehr erinnern.«

»Ramon, als Sie das letzte Mal unter Eid ausgesagt haben, sagten Sie da die Wahrheit?«

»Ja.«

Estrada reichte ihm das Protokoll mit seiner Aussage aus der ersten Verhandlung. »Würden Sie sich dieses Dokument bitte mal anschauen? Seite 23. Lesen Sie uns den dritten Absatz vor – die Stelle, an der Ihr Name auftaucht.«

Santos suchte eine Weile und fing dann laut zu lesen an. Als er fertig war, fragte Estrada ihn: »Hilft das Ihrem Erinnerungsvermögen etwas weiter? Wer hat denn nun zu dieser Zeit das Haus betreten?«

Wieder schüttelte er den Kopf. »Nein, ich weiß es nicht mehr.«

»Dann haben Sie also bei Ihrer letzten Aussage gelogen?«

»Nein, ich lüge nicht.«

Estrada hätte dem Zeugen am liebsten dessen fetten Hals umgedreht. Mit betonter Langsamkeit ging er zu seinem Tisch zurück und ordnete das Aussageprotokoll wieder in seine Unterlagen ein. Nur so gelang es ihm, seiner Verärgerung wieder Herr zu werden.

Wer immer Santos auch für seinen Auftritt vorbereitet haben mochte, hatte einen Fehler begangen. Richtig wäre es gewesen, den Zeugen zu instruieren, sich entgegenkommend zu zeigen, die unwichtigen Fragen willig zu beantworten und lediglich bei den wirklich entscheidenden Punkten Erinnerungslücken vorzutäuschen. Statt dessen stellte er sich so dumm wie möglich an, was den Geschworenen natürlich nicht entgehen konnte.

Nachdem er beschlossen hatte, auf Santos' weitere Aussage zu verzichten, entschied sich Estrada dafür, der Jury einen letzten Beweis für die Falschheit dieses Zeugen zu liefern. Er stellte ihm dieselben Fragen über sein Verhältnis zu Morales, die schon während des ersten Prozesses an ihn gerichtet worden waren. Wiederum weigerte sich Santos, Estrada behilflich zu sein.

»Danke, Ramon«, sagte er. »Das ist alles.«

»Keine Fragen«, bemerkte Miß Miller knapp.

Estradas nächster Zeuge war Willard Boynton, der Nachtportier. Wie beim letzten Mal, als Estrada mit ihm gesprochen hatte, trug er auch jetzt wieder Anzug und Krawatte.

»Guten Tag, Mr. Boynton.« Der Staatsanwalt fühlte sich gleich wesentlich besser, als er die klaren Augen und das lebhafte Gesicht dieses Zeugen erblickte.

»Mr. Estrada.«

»Haben wir uns früher schon einmal gesehen?«

Boynton legte seinen Kopf auf die Seite und deutete ein Lächeln an. »Erinnern Sie sich denn nicht mehr?«

»Ich wollte nur wissen, ob *Sie* sich noch daran erinnern können.«

»Ja, natürlich.«

»Wie oft haben wir miteinander gesprochen?«

»Nur einmal.«

»Und habe ich Ihnen bei dieser Gelegenheit vorgeschrieben, was Sie hier vor Gericht auszusagen haben?«

»Nein, ganz bestimmt nicht. Sie fragten mich bloß, an was ich mich erinnern könne.«

»Können Sie sich denn an den Abend des Mordes erinnern?«

»Oh ja.« Boynton blickte zu den Geschworenen hinüber und lächelte zufrieden über sein gutes Gedächtnis vor sich hin.

»Sie arbeiten noch immer als Pförtner. Ist das richtig?« fragte ihn Estrada, nachdem er einiges über seine persönlichen Verhältnisse in Erfahrung gebracht hatte.

»Von irgendwas muß man ja leben. Ich habe schließlich Familie. Ich lese zwar sehr gerne. Aber dafür wird man nun mal leider nicht bezahlt.«

Ein ausgezeichneter Zeuge, dachte Estrada. Zeit, zur Sache zu kommen. »Sagt Ihnen der Name Phoenix Enterprises etwas?«

»Vor einigen Jahren gab es in unserem Bürohaus eine Firma dieses Namens.«

»Kannten Sie einige der Angestellten dieses Unternehmens?«

»Da ich immer den Nachtdienst mache, mußte ich sie zwangsläufig sehen, diese Nachteulen. Manche von ihnen arbeiteten wirklich sehr viel.«

»Gibt es im Zusammenhang mit Phoenix Enterprises irgendeinen Vorfall, der Ihnen besonders im Gedächtnis geblieben ist?«

»Ja, da war diese schöne Frau, die ermordet wurde.«

»Kannten Sie die auch vom Sehen?«

»Sie war wirklich ausgesprochen hübsch. Grüßte jedesmal, wenn sie mir begegnete – als ob ich ein richtiger Mensch wäre.«

»Können Sie sich an den Abend und die Nacht erinnern, als sie ermordet wurde?«

Boynton hatte die Geistesgegenwart, ein wenig zu warten, ehe er antwortete. »Ja, das kann ich.«

»Bitte berichten Sie uns darüber.«

»Also, ich sah, wie der Chef der Toten das Gebäude verließ. Er trug einen dunklen Mantel. Dunkelgrau war er, glaube ich. Er sagte weder ›Gute Nacht‹ noch sonst irgendwas, sondern sah einfach stur geradeaus und verschwand durch den Ausgang.«

»Wissen Sie, wie dieser Mann hieß?«

»Es war Mr. Roberto Morales.«

»Hält er sich heute in diesem Gerichtssaal auf?«

»Da drüben sitzt er. Gleich neben der kleinen Lady in dem roten Kostüm.«

»Ich bitte im Protokoll zu vermerken, daß der Zeuge den Angeklagten identifiziert hat«, sagte Estrada zur Richterin. Und an Boynton gewandt: »Wissen Sie noch, wie spät es war, als Sie Mr. Morales sahen?«

»Ungefähr. Es war nach acht, denn um diese Zeit mache ich immer eine kleine Pause, esse ein Sandwich oder trinke einen Kaffee. Ich bin sogar ziemlich sicher, daß es nach neun war. Vielleicht zehn, aber später bestimmt nicht.«

»Ist Ihnen aufgefallen, ob der Angeklagte etwas bei sich hatte?«

Boynton schüttelte traurig den Kopf. »Das kann ich leider nicht sagen. Es könnte so gewesen sein ...«

»Einspruch«, unterbrach Kassia Miller den Mann.

»Stattgegeben. Bitte keine Mutmaßungen, Herr Zeuge.«

»Entschuldigen Sie, Frau Richterin.«

»Hatten Sie je einen Zweifel, daß es sich bei diesem Mann um Mr. Morales handelte?« fragte Estrada.

»Nein. Nicht den geringsten.«

Zufrieden mit den Antworten seines Zeugen überließ Estrada der Verteidigerin das Wort.

»Ich möchte nochmals auf die Uhrzeit zu sprechen kommen, zu der sie Mr. Morales gesehen haben wollen«, sagte sie. »Sie meinten, es sei um neun herum gewesen, keinesfalls aber nach zehn.«

»Das stimmt.«

»Es hätte aber auch früher sein können?«

»Nein.«

»Sie sagten außerdem, daß Sie Mr. Morales vom Sehen her kannten.«

»Ja, richtig.«

»Aber Sie kannten ihn nicht deshalb, weil Sie etwas zusammen getrunken oder sich über Bücher unterhalten hatten.«

»Nein, bestimmt nicht.«

»Sie kannten ihn also nur, weil Sie ihn täglich von der Arbeit kommen sahen?«

»Genau.«

»Wie oft?«

»Sehr oft.«

»Etwas genauer bitte.«

Boynton mußte nicht lange darüber nachdenken. »Ich kann Ihnen keine exakte Zahl nennen. Das ging ja über mehrere Jahre hinweg. Er hat häufig bis spät in die Nacht gearbeitet.«

»Könnte es ungefähr fünfzig Mal gewesen sein, daß Sie ihn spät abends das Haus verlassen sahen?«

»Allemal.«

»Fünfundsiebzig?«

»Vielleicht. Vielleicht sogar noch öfter.«

»Und war das immer zur gleichen Zeit?«

»Nein. Die Zeiten waren immer verschieden. Mal abends, mal nachts.«

»Es ist also durchaus möglich, daß Sie sich in der Zeit geirrt haben, was diesen ganz speziellen Abend betrifft?«

Miß Miller wartete gar nicht erst auf Antwort. Ihre Frage war rein rhetorisch gewesen, um die Geschworenen auf die Fragwürdigkeit der Angaben dieses Zeugen aufmerksam zu machen. Auch bei Clementes Befragung hatte sie an einer ähnlichen Stelle die Antwort überhaupt nicht interessiert.

»Ich kann mich sehr wohl erinnern«, erwiderte Boynton mit klarer, fester Stimme und brachte damit die Verteidigerin, die sich schon hinter ihrem Tisch niedergelassen hatte, in Rage. »An so was erinnert man sich genau. Wenn man einen Mörder an sich vorbeilaufen sieht, der noch das Blut an den Händen hat, vergißt man das niemals.«

Kassia Miller sprang auf. »Ich beantrage die Streichung dieser Aussage.«

»Stattgegeben. Meine Damen und Herren in der Jury, Sie haben das nie gehört.«

Nachdem Boynton den Zeugenstand verlassen hatte, wandte sich Mrs. Martinez an die Geschworenen und kam noch einmal auf den Zwischenfall zu sprechen. »Ich weiß, daß sich das seltsam anhört, und das Gericht erwartet von Ihnen auch nicht, daß Sie solche Aussagen tatsächlich wortwörtlich vergessen. Wir verlangen nur, daß Sie, wenn Sie sich später an derartige unzulässige Stellungnahmen erinnern, auch gleichzeitig ins Gedächtnis rufen, daß so etwas Ihre Beratungen auf keinen Fall beeinflussen darf. Dasselbe gilt natürlich auch für Ihr Urteil.«

Alles schön und gut, dachte Estrada. Aber gehört haben sie es nun einmal, und so schnell würden sie Boyntons Zwischenruf nicht wieder aus ihrem Gedächtnis streichen können.

Morales' frühere Sekretärin erschien zu ihrem Gerichtstermin in einem langen weißen, mit pinkfarbenen Blumen bedruckten Kleid und einem Strohhut auf dem Kopf, den ein ebenfalls pinkfarbenes Band zierte. Diese übertriebene Aufmachung überraschte Estrada und gefiel ihm nicht im mindesten. Bereitwillig sprach sie über Morales' private Aktensammlung, aus der einige Unterlagen, die am Mordabend in Mariah Dodges Büro entdeckt worden waren, stammten. Darüber hinaus zählte sie auf, wer alles Zugang zu Morales' Büroräumen gehabt hatte.

»In dieser Hinsicht war Mr. Morales außerordentlich vorsichtig. Er wollte nicht, daß alle möglichen Leute ständig in seinem Büro ein und aus gingen. Er selbst hatte natürlich Schlüssel.« Sie grinste über diesen wenig gelungenen Witz. »Und ich auch. Dasselbe gilt für Mariah Dodge. Sie hatte auch einen Satz Schlüssel. Nicht wegen ihrer Tätigkeit, sondern weil Mr. Morales wollte, daß sie jederzeit zu seinem Büro Zutritt hatte – ganz wie es ihr gefiel. Und wie es ihm gefiel.«

Daß Mariah Zugang zu Morales' Büro hatte, mußte früher oder später herauskommen. Kahn selbst hatte es damals vor der Jury erwähnt, und Estrada hielt es für eine gute Idee, diese unleugbare Schwachstelle in der eigenen Beweisführung offen darzulegen. Dadurch veranlaßte man die Geschworenen zu der Annahme, daß man ihnen gegenüber nichts zu verheimlichen hatte.

»Wer hatte sonst noch Schlüssel zu diesen Räumen?«

»Niemand«, entgegnete sie affektiert. Die Antwort stimmte nicht.

»Sind Sie sich da auch ganz sicher? Wirklich niemand?«

Sie sah ihn merkwürdig an, so als ob sie ahnte, daß er mit dieser Frage etwas ganz bestimmtes im Sinn hatte.

»Der Sicherheitsdienst? Das Wartungspersonal? Irgendjemand von denen vielleicht?«

Miß Miller hielt es nicht für nötig, Einspruch zu erheben.

»Oh, jetzt verstehe ich, was Sie meinen. Der Sicherheitsdienst benötigte keine Schlüssel. Die Wachmänner mußten lediglich einmal pro Stunde vorbeikommen und überprüfen, ob die Tür auch wirklich verschlossen war.«

»Und was ist mit dem Wartungsdienst?«

»Ja, die hatten einen Schlüssel.«

»Sonst noch jemand?«

»Nein, nicht, daß ich wüßte. Und als ich vorhin ›niemand‹ sagte, meinte ich, niemand in der Firma.«

Estrada beendete ihre Befragung, indem er auf die Trainingskleidung und die Sporttasche zu sprechen kam, die Morales für gewöhnlich neben der Dusche aufbewahrt hatte. Sie erklärte, daß diese Sachen am Morgen nach dem Mord verschwunden gewesen seien.

Die Verteidigung hatte keine Fragen an die Sekretärin. Richterin Martinez warf einen Blick auf die Uhr, und Estrada befürchtete schon, daß er an diesem Tag noch einen weiteren Zeugen würde aufrufen müssen.

»Ich denke, es ist schon zu spät, um mit einer weiteren Befragung zu beginnen«, sagte sie dann jedoch zu seiner Erleichterung. »Morgen um halb zehn wird die Verhandlung fortgesetzt. Ich bitte die Anwälte gleich anschließend in mein Büro.« Ein weiteres Mal stand Juan Alvaros Talkshow auf dem Programm.

8

Kassia Millers Reaktion auf das Video kam spontan und war alles andere als positiv.

»Das ist ja lächerlich, Euer Ehren. Uns dieses ... dieses Machwerk so spät vorzulegen und dann auch noch zu erwarten, daß wir es als Beweis akzeptieren. Dieses Band sagt rein gar nichts über die Beweggründe aus, die diesen Mann dazu veranlaßt haben, gegen meinen Mandanten so übel zu Felde zu ziehen. An einer Stelle sagt er sogar wörtlich *Ich bin für ihren Tod verantwortlich.* Sind wir uns alle sicher, daß *er* es nicht getan hat? Können wir völlig ausschließen, daß es sich bei diesen Bildern nicht um die fiebrigen Hirngespinste eines schuldbewußten Verstandes handelt? Das Gericht kann doch nicht ernsthaft in Erwägung ziehen, dieses Band als Beweismittel zuzulassen.«

Die Richterin zeigte sich deutlich beeindruckt. Ohne sich Miß Millers Ausführungen ausdrücklich anzuschließen, wandte sie sich an Carlos Ramírez, der abseits bei der Bürotür stand. »Mr. Ramírez, ich fürchte, der einzige Weg, Licht in diese Angelegenheit zu bringen, besteht darin, Ihren Freund zu einer Aussage vor Gericht zu bewegen. Wie Sie ja gerade selbst erlebt haben, bestehen große Zweifel am Wahrheitsgehalt seiner Äußerungen.«

Ramírez sah zu Miß Miller hinüber und bemerkte: »Niemand, der Juan Alvaro wirklich kennt, könnte ihm jemals derartige Vorwürfe machen.«

»Genau darauf will die Verteidigerin doch hinaus«, warf Mrs. Martinez ein. »Sie kennt ihn nicht. Keiner von uns kennt ihn. Und wir alle haben keine Ahnung, wie seine Antworten lauten würde, wenn Miß Miller die Möglichkeit hätte, ihm ein paar Fragen zu stellen.«

»Euer Ehren, es tut mir leid, aber ich bin ganz darauf angewiesen, daß Mr. Alvaro sich bei *mir* meldet. Ich weiß ja nicht einmal, wo er sich zur Zeit befindet«, erklärte Ramírez die Situation.

»Mr. Ramírez«, sagte die Richterin, »welche Gründe Sie auch dafür haben mögen, diesem Gericht Steine in den Weg zu legen – sie sind nicht gut genug. Das hier ist ein Mordprozeß. Morgen will ich Juan Alvaro in meinem Gerichtssaal sehen. Auch Sie sind mir dafür verantwortlich, Mr. Estrada. Sollten Sie sich in irgendeiner Weise dagegen zur Wehr setzen, würde ich mich gezwungen sehen, eine Verwarnung gegen Sie auszusprechen.«

Estrada ging zusammen mit Ramírez zu den Aufzügen. Er war gespannt, wie Alvaros Freund auf die Drohungen von Luz Martinez reagieren würde. Ein Klingeln signalisierte, daß ihr Aufzug angekommen war. Die Türen glitten auf, doch keiner der beiden Männer machte Anstalten, ihn zu betreten. Dann schlossen sich die Türen wieder.

Ramírez schwang sich auf eines der Fensterbretter der Flurfenster. »Die ist prima.«

»Wer? Kassia Miller? Finde ich auch.«

»Ich kann Juan nicht raten, hierher zu kommen, wenn ich doch weiß, daß er einer Anwältin wie ihr gegenüberstehen wird.«

»Auf dem Videoband sagt er, daß er sich für Mariahs Tod verantwortlich fühle«, erinnerte ihn Estrada. »Und daß seiner Meinung nach Morales der Täter sei.«

»Ja ...«

»Ist ihm bekannt, daß Morales ungestraft davonkommen könnte, falls er nicht vor Gericht aussagt? Haben Sie mit ihm darüber gesprochen? Haben Sie ihm überhaupt die Chance gelassen, selbst die Wahl zu treffen, ob er herkommt oder nicht?«

»Er hat bereits gewählt. Schließlich hätte er doch bleiben und aussagen können.«

»Als er damals untertauchte, hatte er keinen Grund zu der Annahme, daß Morales freigesprochen würde«, hob Estrada hervor. »Und er wurde ja auch verurteilt. Aber jetzt sieht das ganz anders aus.«

Ramírez starrte aus dem Fenster. »Juan hat noch immer Angst davor, wie ein Krimineller behandelt zu werden«, sagte er ganz in Gedanken. »Für alles, was er bei Phoenix Enterprises getan haben mag und für das, womit ihn Morales unter Druck setzen konnte.«

Er wandte Estrada sein Gesicht zu. »Ich bin es Juan schuldig, ihm Ihre Ansicht mitzuteilen. Aber ich kann ihm nicht dazu raten, nach New York zu kommen. Das ist einzig und allein *seine* Entscheidung ...«

»Vergessen Sie nicht, daß ich Juan völlige Immunität anbiete.«

»Wofür denn?«

»Für alles mit Ausnahme von Gewaltverbrechen.« Für einen Staatsanwalt gab es keinen schlimmeren Alptraum, als jemandem als Gegenleistung für seine Aussage Straffreiheit zu gewähren und dann feststellen zu müssen, daß die betreffende Person ausgerechnet das Verbrechen begangen hatte, das man selbst gerade verfolgte.

»Immunität könnte uns weiterhelfen«, meinte Ramírez.

»Hauptsache, Sie schaffen ihn nach New York.«

»Versprechen kann ich Ihnen nichts. Das mit der Immunität brauche ich natürlich schriftlich.«

»Erst wenn ich weiß, in welchem Flugzeug er sitzt.«

»Sie kriegen keine Versprechungen von mir. Und vor allem bekomme ich ihn nicht bis morgen hierher. Ich kann ihn nämlich vor morgen gar nicht erreichen.«

»Warum haben Sie das nicht der Richterin gesagt, verdammt noch mal? Als erstes rufen Sie sie morgen früh an und erklären ihr, was Sie vorhaben. Und versuchen Sie bloß nicht, noch mehr Zeit herauszuschlagen. Das wäre nämlich völlig aussichtslos.«

»Juan wird entweder ja oder nein sagen. Falls er kommt, könnte er am Montag in New York sein. Wir benötigen doch nur das Wochenende.«

»Und die meisten Richter würden es Ihnen auch ohne weiteres zugestehen. Nicht aber diese Richterin in dieser Phase der Verhandlung.«

»Ich werde mich mit Ihnen in Verbindung setzen, sobald ich mehr weiß.« Ramírez humpelte zum Fahrstuhl. Schweigend standen sie nebeneinander und warteten. Keiner der beiden war dazu aufgelegt, Belanglosigkeiten auszutauschen.

Auf einem der blauen Stühle im Eingangsbereich der zu dieser Uhrzeit nahezu ausgestorbenen Staatsanwaltschaft saß Tess Dodge. »Ich werde noch ganz krank, wenn ich mich nicht endlich mit dir über den Prozeß unterhalten kann«, sagte sie, als er sie in sein Büro führte. »Die Sache ist doch schon so gut wie gelaufen, oder? Wenigstens unser Teil.«

»Fast.«

»Da ist doch noch immer diese Freundin von Mariah – die mit der sie sich unterhalten hat, kurz bevor sie an jenem Abend ins Büro ging.«

Estrada brauchte einen Moment, bis ihm klar wurde, daß sie Lynne Schelling meinte. »Morgen vormittag.«

»Wird sie uns weiterbringen?«

»Ich glaube sogar, daß sie uns eine große Hilfe sein wird.«

»Es ist einfach schrecklich, hier herumzusitzen und von all diesen Zeugen wieder und wieder zu hören, wie Mariah umgebracht wurde.« Sie suchte in ihrer Handtasche nach einem Taschentuch und schneuzte sich. »Entschuldige. Ich bin so aufgewühlt wegen dieser Geschichte.«

»Du hast viel durchmachen müssen in letzter Zeit«, sagte Estrada verständnisvoll.

Tess erhob sich. »Ich sollte dich nicht von deiner Arbeit abhalten.«

Er begleitete sie bis zu den Aufzügen.

»Haben wir denn eine Aussicht auf Erfolg? Wenn ich eine der Geschworenen wäre, wüßte ich offengestanden nicht, wie ich mich entscheiden sollte.«

So etwas von der Schwester des Opfers zu hören, war für Estrada nicht gerade erfreulich. Andererseits war er darüber jedoch auch nicht überrascht. »Lynne Schelling war Kahns beste Zeugin. Ich glaube, das gilt auch für diesen Prozeß.«

»Ich hoffe es.« Sie drückte auf den Knopf. »Danke, daß du mich solange ertragen hast.«

»So würde ich es nicht bezeichnen.«

Sie legte einen Finger auf seine Lippen. »Pssst. Du mußt nicht versuchen, mich aufzuheitern. Ich glaube, du leistest hervorragende Arbeit. Und Nancy selbstverständlich auch. Ich wünschte nur, daß du mehr in der Hand hättest. Vor allem aber würde ich mich freuen, wenn ich dir irgendwie behilflich sein könnte. Im Sommer, als ich dachte, ich würde etwas tun ... Ich weiß nicht recht, aber damals habe ich mich wesentlich besser gefühlt.«

Als er wieder in seinem Büro saß, nahm Estrada das Protokoll der ersten Verhandlung hervor und ging als Vorbereitung auf den folgenden Tag erneut Lynne Schellings Zeugenaussage durch.

Das Telefon klingelte. Er war erstaunt, als er am anderen Ende die Stimme seiner Mutter hörte. »Joseph, kennst du einen Mann namens Castillo?«

Wegen des ganzen Durcheinanders um Juan Alvaro hatte Estrada vollkommen vergessen, daß der Reporter sich noch immer für sein Privatleben interessierte.

»Ja. Er ist Journalist und schreibt ein Buch über den Fall *Morales*. Natürlich beschäftigt er sich zu diesem Zweck auch mit den privaten Hintergründen der dabei tätigen Anwälte.«

»Wie unangenehm. Er will herkommen und sich mit mir unterhalten. Ich habe gar keine Ahnung, was er von mir wissen will ...«

Estrada wußte nur allzu gut, daß er es sich mit Pancho Castillo nicht verscherzen durfte, falls er von dessen Zeitung nicht total verrissen werden wollte. Darum empfahl er seiner Mutter, dem neugierigen Reporter ein paar belanglose Details aus der Familiengeschichte zu diktieren und ihn möglichst bald wieder an die frische Luft zu setzen.

Anschließend machte er sich wieder an die Arbeit. Als ihm nach einer Weile die Augen zu brennen anfingen, beschloß er, daß es Zeit für den Feierabend war.

9

Der Morgen war frisch und klar, geradeso, als wolle die Natur sich über den müden Joseph Estrada lustig machen. Da er nicht den geringsten Drang verspürte, wieder in den vollbesetzten Gerichtssaal einzutauchen, machte er einen weiten Bogen um die Demonstranten, die Gerechtigkeit für Morales forderten.

Clemente brachte Lynne Schelling um Punkt neun herein. Ursprünglich hatte Estrada beabsichtigt, mit ihnen gemeinsam eine Tasse Kaffee zu trinken und ein paar Kekse zu essen Aber jetzt, da der Auftritt seiner Zeugin unmittelbar bevorstand, hatte er nicht mehr die Ruhe dafür. Und auch Miß Schelling legte keinen Wert darauf, ein Schwätzchen mit ihm zu halten. Es gelang ihr kaum, die Ängste, die sie wegen ihrer Aussage durchlitt, vor dem Staatsanwalt zu verbergen. Nervös fummelte sie an einem Taschentuch herum, das von einer Hand in die andere wanderte, und sah dabei wie abwesend aus dem Fenster. Clemente hatte sich gegen den Türrahmen gelehnt und genoß sichtlich die Szene, die sich im darbot.

Das Telefon klingelte. »Carlos Ramírez«, sagte Ginny.

»Stellen Sie ihn durch.«

»Ich habe mit Juan geredet«, sagte Ramírez. »Ich glaube nicht, daß er kommen wird.«

»Davon will ich erst gar nichts hören«, brüllte Estrada ins Telefon. »Das akzeptiere ich nicht.« Als Antwort auf Clementes drängenden Blick gab er ihm ein Zeichen mit dem Kopf. Der Polizeibeamte trat an Miß Schellings Seite und bat sie, einen Moment draußen zu warten.

»Haben Sie ihm klargemacht, daß er völlige Immunität genießt?«

»Das scheint ihn nicht zu interessieren.«

»Dann hat er es nicht richtig verstanden. Oder Sie. Wenn er sich so entscheidet, wird er ewig auf der Flucht sein. Kommt er aber zurück und geht auf mein Angebot ein, kann er mit einer weißen Weste wieder ganz neu anfangen.«

»Immerhin würde sein Ruf dadurch beschmutzt.«

»Lassen Sie mich Ihnen eine traurige Wahrheit verraten«, entgegnete Estrada. »Schon einen Monat nach Beendigung des Prozesses wird sich da draußen niemand mehr an den Namen Ihres Freundes erinnern. Immerwährende Berühmtheit gehört nicht zu den Dingen, mit denen wir hier handeln.«

Ramírez erwiderte nichts.

»Sorgen Sie dafür, daß ich selbst mit ihm sprechen kann«, drängte er seinen Gesprächspartner. »Stellen Sie sofort eine Verbindung zu ihm her. Jetzt gleich, noch bevor ich in den Gerichtssaal muß.«

»Darauf würde er sich nicht einlassen.«

»Hören Sie gut zu! Irgendwann heute nachmittag will Richterin Martinez eine Antwort haben. Wir haben nicht die Möglichkeit, die Sache hinauszuzögern. Sie verlangt eine Antwort. Und diese Antwort sollte lieber ›ja‹ lauten – nicht zuletzt auch im eigenen Interesse Ihres Freundes. Alles was Alvaro tun muß, ist hierherzukommen und auszusagen. Heute noch.«

»In Ordnung. Ich werde nochmals mit ihm reden und sehen, was ich tun kann.«

Nachdem er das Gespräch beendet hatte, stützte Estrada seinen Kopf in die Hände und versuchte, einen Moment abzuschalten.

Lisa Stein holte ihn in die Wirklichkeit zurück. »Es ist Zeit zu gehen.«

»Ja. Haben Sie Tommy irgendwo gesehen?«

»Sie meinen mit Miß ›Schlankes Amerika‹?«

»Genau.«

»Sie sind schon hochgegangen. Er sah reichlich verliebt aus.«

»Das fehlte uns gerade noch, daß er sich an unsere beste Zeugin heranmacht.«

Als Estrada sich an den Tisch der Staatsanwaltschaft setzte, kam Clemente auf ihn zu und ließ ihn wissen, daß Miß Schelling im Aufenthaltsraum der Zeugen Platz genommen hatte. »Sie sieht ziemlich blaß aus. Vielleicht sollten Sie Miß Stein hinschicken, damit sie Händchen hält. Mir ist das nicht so sehr gelungen.«

»Gute Idee.«

Vor dem Eintreffen der Richterin drehte sich Estrada auf seinem Stuhl um und warf einen Blick in den Zuschauerraum. Der Großteil des Publikums bestand aus Latinos, wie Clemente und Stein ihm schon während der vergangenen Verhandlungstage berichtet hatten. Eine der Frauen sah aus wie eine bekannte Fernsehschauspielerin. Selbst ein Filmstar befand sich darunter. Auch Señor Condado war anwesend, wie Estrada in einem kurzen Anflug von Panik bemerkte. Tess Dodges Platz dagegen war unbesetzt.

Dann erfolgte der Einmarsch der Richterin, und Lynne Schelling wurde in den Zeugenstand geführt. Nancy Rosen nahm neben Estrada Platz und reichte ihm einen Zettel. »Von Lisa.« *Im allerletzten Moment auf Reisen gegangen – Passen Sie auf!* hatte seine Mitarbeiterin offensichtlich hastig hingekritzelt. Estrada war sich sicher, daß sie das nicht nur aus Spaß geschrieben hatte. Doch beschäftigte ihn die Frage, ob Alvaro endlich nachgeben würde, so sehr, daß er kaum einen klaren Gedanken fassen konnte.

»Guten Morgen, Miß Schelling«, sagte er und ordnete einen Augenblick lang seine Unterlagen, bevor er sie über ihren Lebenslauf zu befragen begann. Derartige Fragen hatten den Zweck, den Zeugen die Angst zu nehmen und der Jury deren Zuverlässigkeit und Solidität vor Augen zu führen.

Lynne Schelling machte einen deutlich kontrollierteren Eindruck als noch vor wenigen Minuten in seinem Büro. Ihre Augen glänzten, die Antworten kamen zügig. Sie war so lebhaft, wie er sie noch nie zuvor gesehen hatte. Estrada machte sich Sorgen, daß ihr Zustand mit Lisa Steins schriftlichem Hinweis in Verbindung stehen könnte. Zwar wäre das nicht das erste Mal gewesen, daß er eine Zeugin befragte, die unter Drogen stand, doch zu einem solch unpassenden Moment war das noch nie geschehen.

Um der Gefahr entgegenzuwirken, daß seine Zeugin sich während ihrer Ausführungen allzu sehr in Szene setzte, stellte er ihr nur ganz kurze Fragen, die eine ebensolche Antwort erforderten. Damit rief er jedoch andererseits Kassia Miller auf den Plan, die ständig Einspruch erhob, weil er ihrer Ansicht nach Lynne Schelling zu sehr leitete.

Die Folge war, daß die Zeugin immer erst zur Verteidigung hinübersah, bevor sie auf Estradas Fragen antwortete. Da der Staatsanwalt zu Recht davon ausging, daß seine Zeugin aufgrund der fortwährenden Unterbrechungen durch Miß Miller vor der Jury kein besonders gutes Bild abgab, versuchte er, seiner Kontrahentin weniger Anlaß für ihre Zwischenbemerkungen zu geben. »Hatten Sie Kontakt mit Mariah Dodge am Tag, als sie ermordet wurde?«

»Ja, wir telefonierten miteinander.«

»Wie oft?«

»Zweimal.«

»Und worüber sprachen Sie beim ersten Telefonat?«

»Daß wir zusammen zur Gymnastik gehen wollten ... Und über ihr Liebesleben.«

»Was genau erzählte sie Ihnen darüber?«

»Sie sagte, sie sei fertig mit Morales und wolle es nicht mehr hinnehmen, daß er sie so schlecht behandle.«

Kassia Miller ging erneut dazwischen. Die Richterin zitierte die beiden Anwälte nach vorne.

»Alles nur Hörensagen«, behauptete die Verteidigerin.

»Diese Aussage betrifft sowohl Mariah Dodges psychische Verfassung am Tage ihrer Ermordung, als auch – wie wir gleich hören werden – ihre Absichten, die sie in allernächster Zukunft in die Tat umsetzen wollte.«

»Ich werde diese Aussage zulassen«, entschied Luz Martinez. »Aber sehen Sie sich vor, Mr. Estrada. Überschreiten Sie mir nicht die Grenze des Erlaubten.«

Nachdem er sich wieder hinter dem Pult aufgestellt hatte, ließ der Staatsanwalt nochmals seine letzte Frage und Lynne Schellings Antwort darauf vorlesen.

»Hat sich Mariah Dodge über diese schlechte Behandlung näher ausgelassen?«

»Ja. Sie sagte, sie könne gar nicht verstehen, wie sie es so lange mit ihm ausgehalten habe. Sie bezeichnete ihr Verhältnis mit ihm als schweren Fehler und ließ mich wissen, daß sie ihn keine Minute länger ertragen könne, da sie sich dabei schmutzig fühlen würde.«

»Sagte sie denn auch etwas darüber, was sie zu tun beabsichtigte?«

»Sie wollte mit ihm Schluß machen. Da gibt es überhaupt keinen Zweifel. Sie sagte, noch am selben Abend würde sie sich von ihm trennen.«

»Wann hat sie das angekündigt – bei ihrem ersten oder beim zweiten Gespräch?«

»Das war während des zweiten Telefonats. Sie rief mich erneut an, um mir mitzuteilen, daß sie nicht mit mir zur Gymnastik gehen könne, weil sie ins Büro müsse, um ...«

»Miß Schelling«, schnitt Estrada ihr das Wort ab, »bitte verzeihen Sie mir die Unterbrechung. Ich wollte lediglich wissen, bei welchem Gespräch sie Ihnen das gesagt hat.« Er wartete einen Moment und stellte ihr dann eine weitere Frage. »Als Mariah Ihnen bei diesem zweiten Telefonat mitteilte, daß sie sich von Morales trennen wollte, hat sie Ihnen da auch gesagt, was genau sie zu unternehmen beabsichtigte?«

»Ja. Sie meinte, sie würde noch an jenem Abend ins Büro gehen und es ihm bei dieser Gelegenheit sagen.«

»Hat sie Sie auch wissen lassen, warum sie nochmals das Büro aufsuchen wollte? Schließlich war es ein Sonntag.«

»Er hatte ihr gesagt, daß für den darauffolgenden Montag irgendwelche Unterlagen fertiggestellt werden müßten«, gab Lynne Schelling zur Antwort.

Estrada atmete tief durch. Gerade *diese* Frage und *diese* Antwort war er etliche Male mit ihr durchgegangen. »Er? Wen meinte sie damit?«

»Sie meinte Roberto Morales«, erwiderte Miß Schelling.

»Gibt es sonst noch etwas, das Ihnen von dieser Unterhaltung in Erinnerung geblieben ist?«

Die Zeugin sah ihn ausdruckslos an. »Ich weiß nicht ...«

Vorwärts Mädchen, dachte Estrada. Du kannst doch jetzt nicht schlappmachen. In der ersten Verhandlung hast du es doch auch zu Protokoll gegeben.

»Ach so, ja. Mariah sagte, sie wolle ihm einen Tritt verpassen.«

Estrada ließ diese Formulierung so lange unkommentiert auf die Jury einwirken, wie er es verantworten konnte, ohne von der Richterin gemaßregelt zu werden. »Was genau meinte sie damit? Hat sie sich noch näher erklärt?«

»Sie wollte ihm klipp und klar sagen, wie schleimig sie ihn fand und daß er im Bett eine Null sei.« Morales mußte diese Worte zumindest von Mariah Dodge schon einmal zu hören bekommen haben. Und doch war Estrada außerordentlich neugierig, wie der Angeklagte jetzt reagieren würde. Er strengte sich an, möglichst nicht zum Tisch der Verteidigung hinüberzublicken. Mrs. Rosen würde ihm in der Mittagspause ohnehin Bericht erstatten. »Wie dumm sein ganzes Machogehabe war, zumal er es im Grunde doch gar nicht für sie tat.«

»Einspruch«, sagte Miß Miller. »Ich beantrage die Streichung dieser Aussage.«

»Euer Ehren«, erwiderte Estrada. »Die Zeugin berichtet hier lediglich, was Mariah Dodge dem Angeklagten zu sagen *beabsichtigte.* Vorhin hatten Sie nichts dagegen einzuwenden.«

»Dann muß Ihre Zeugin aber auch ausdrücklich darauf hinweisen, daß es sich nicht um ihre eigenen Worte handelt. Streichen Sie das aus dem Protokoll«, sagte Luz Martinez zur Stenografin.

»Aber das habe ich doch«, sagte Miß Schelling beleidigt. »Ich ...«

»Wir haben gut verstanden, was Sie gesagt haben«, erwiderte die Richterin giftig. »Drücken Sie sich das nächste Mal deutlicher aus.«

»Meine *deutlichen* Worte lauteten: *Sie wollte ihm klipp und klar sagen ...*«

»Genug damit! Mr. Estrada, haben Sie noch weitere Fragen an diese Zeugin?«

»Ja, habe ich. Miß Schelling ...« Er ließ sich Zeit und ging zu einer sanfteren Tonart über. »Sagen Sie uns doch bitte mit Mariah Dodges eigenen Worten, was sie dem Angeklagten gegenüber am Abend des Mordes zum Ausdruck bringen wollte.«

»Sie sagte, sie wolle ihm sagen«, Lynne Schelling betonte jedes ihrer Worte mit übertriebener Korrektheit, »daß er ein lausiger Mistkerl sei, ein Heuchler und Lügner und die allerniedrigste Form von Leben auf diesem Planeten.« Sie wandte sich direkt an Morales. »Dreckig und stinkend und voller Haß … Na, wie ist's Robo? Gefällt dir das?«

Die Richterin fuhr aus der Haut. »Reißen Sie sich zusammen, meine Dame! Noch so ein Ausfall und Sie wandern wegen Mißachtung des Gerichts in Gefängnis.« An die Geschworenen gewandt bemerkte sie: »Den letzten Teil dieser Aussage nehmen Sie bitte nicht zur Kenntnis.«

Estrada beschloß, die Befragung von Lynne Schelling zu beenden, bevor seine Zeugin die Kontrolle über sich zu verlieren drohte. Er bedankte sich bei ihr und nahm wieder Platz.

10

Miß Miller schritt gemächlich auf das Pult zu.

»Guten Morgen, Miß Schelling«, sagte sie mit warmer Stimme. »Mein Name ist Kassia Miller. Ich vertrete Roberto Morales vor diesem Gericht.«

»Guten Morgen.« Die Zeugin schien von der kleinen Anwältin in dem hellblauen Kostüm beeindruckt zu sein. Obwohl sie stand, war sie kaum größer als die sitzende Lynne Schelling.

»Miß Schelling, bitte entschuldigen Sie, wenn ich einige der Fragen wiederhole, die Ihnen der Herr Staatsanwalt schon gestellt hat, aber wie lange kannten Sie Mariah Dodge?«

»Ein Jahr, eineinhalb Jahre.«

»Und wo haben Sie sich kennengelernt?«

»Im Fitness-Center.«

»Wie gut kannten Sie sie Ihrer Meinung nach?«

»Sehr gut. Wir waren gute Freundinnen.«

»Hatte sie auch andere Freunde?«

Miß Schelling zögerte. »Das nehme ich doch an.«

»Haben Sie jemals einen von ihnen kennengelernt?«

Wieder wartete sie ein wenig, bis sie die Frage der Verteidigerin beantwortete. »Nein. Wir waren immer nur zu zweit.«

Kassia Miller lächelte sie an. »Es wäre mir lieber, wenn Sie nur mit ja oder nein antworten würden. Einverstanden?«

»Einverstanden.« Estrada freute sich, daß seine Zeugin noch immer hellwach war. Sie durfte der Gegenseite nur nicht irgendetwas verheimlichen, denn das würde Miß Miller schnell herausfinden.

»Wie oft haben Sie gemeinsam Sport getrieben?«

»Zwei-, dreimal die Woche. Das hing ganz von unseren sonstigen Verpflichtungen ab.«

»Haben Sie manchmal auch hinterher etwas zusammen unternommen?«

»Ja.«

»Haben Sie sich ab und zu verabredet, um ins Kino zu gehen oder ins Theater?«

»Ja.«

»Kam es je vor, daß Sie eine solche Verabredung absagen mußten, weil Ihnen etwas dazwischen gekommen war?«

»Ja.«

»Und Mariah ebenfalls?«

»Sicher.«

»Hin und wieder?«

»Hin und wieder. Wir hatten ja beide viel zu tun.«

»Sie sagten soeben, daß Sie Mariah Dodges andere Freunde nicht kannten. Waren Ihnen denn wenigstens deren Namen bekannt?«

»Es gab da eine alte Freundin in Texas. Dann erwähnte sie noch häufiger einen Arbeitskollegen. Und natürlich ihre Schwester.«

Schwester, dachte Estrada, und erkannte eine Möglichkeit, wie Tess Dodge der Anklage doch noch von Nutzen sein konnte. Er schob Nancy Rosen eine Notiz hinüber: *Für Tommy – ist Tess anwesend?* Rosen reichte den Zettel an den hinter ihr sitzenden Clemente weiter.

»Sie reden hier also von Freunden, nicht von Liebhabern stimmt's?« fragte die Verteidigerin.

»Ja. Das sind die einzigen Freunde, von denen mir etwas bekannt ist.«

»Haben Sie jemals miterlebt, daß Mariah Dodge ihre Meinung geändert hat?« Blitzschnell hatte die Verteidigerin das Thema gewechselt.

»Nun … Macht das nicht jeder mal?«

Gut gekontert, sagte sich Estrada.

»Das war nicht die Frage«, entgegnete Miß Miller. »Ich wollte wissen, ob Mariah Dodge jemals ihre Meinung geändert hat?«

»Manchmal.«

Kassia Miller schien über ihre nächste Frage ein wenig nachdenken zu müssen.

»Sie arbeiten zur Zeit im Kreditgeschäft?«
»Ja.«
»Und vorher waren Sie beim Film?«
»Ja.«
»Was haben Sie dort gemacht?«

Miß Schellings Augen begannen zu glänzen. »Eine ganze Menge. Bevor ich damit aufhörte, war ich für eine Produktionsgesellschaft tätig. Ich habe Drehbücher ausgewählt, Autoren gesucht und die richtigen Regisseure für unsere Filme engagiert. Das war schon ziemlich aufregend.«

»So klingt es auch. Wie lange waren Sie dort beschäftigt?«

»Sieben Jahre.«

»Und warum sind Sie dann gegangen?«

»Meine Arbeitgeber nannten es ›kreative Differenzen‹.«

»Vorher haben Sie als Schauspielerin gearbeitet, nicht wahr?«

»Ja.«

»Hatten Sie viele Engagements?«

»Nein, darum habe ich damit ja auch aufgehört.«

»Aber Sie haben zahlreiche Schauspielkurse besucht.«

»Schon. In den Kursen war ich jedoch immer besser als während des Vorsprechens. Ich habe einfach zu großes Lampenfieber. Ist das nicht fantastisch? Eine Schauspielerin mit Lampenfieber.«

Estrada hatte keine Ahnung, was Miß Miller mit dieser Fragerei bezweckte. Alles was er wußte, war, daß er am Ende nicht besonders glücklich darüber sein würde. Er erhob sich, um Einspruch zu erheben.

»Euer Ehren, ich weiß wirklich nicht, worauf diese Fragen abzielen. Die Jury ist bereits über Miß Schellings berufliche Laufbahn unterrichtet.«

»Dürften wir nach vorne kommen, Euer Ehren?« fragte Kassia Miller.

Mrs. Martinez wies einen Gerichtsdiener an, die Zeugin für einen Moment aus dem Zeugenstand zu führen, damit sie ungestört reden konnten. Erfreut beobachtete Estrada, daß die männlichen Geschworenen Miß Schelling eingehend betrachteten.

»Warum diese Konferenz?« wollte die Richterin wissen.

»Euer Ehren«, entgegnete die Verteidigerin, »meine Fragen betreffen die Glaubwürdigkeit der Zeugin.«

»Ihr Erfolg oder ihr Scheitern als Schauspielerin scheinen mir kein Indiz für die Glaubwürdigkeit meiner Zeugin zu sein«, protestierte der Staatsanwalt.

»Lassen Sie mich weitermachen, und ich beweise es Ihnen.«

»Also schön, Miß Miller. Aber ziehen Sie es nicht allzu sehr in die Länge«, entschied Richterin Martinez.

Auf dem Rückweg zu seinem Tisch überflog Estradas Blick kurz die Zuschauerreihen. Nach wie vor keine Spur von Tess Dodge. Auf dem Tisch lag für ihn eine Mitteilung von Clemente, die besagte: *Nicht im Saal.*

»Verbessern Sie mich bitte, falls ich mich irren sollte«, sagte Miß Miller zu Lynne Schelling, »aber gehört nicht zur Ausbildung eines Schauspielers, sich so weit wie möglich mit dem Charakter der darzustellenden Person zu identifizieren?«

»Ja, das ist richtig.«

»Mir wurde gesagt, daß man bei einer solchen Identifikation mitunter charakterliche Grundzüge der zu verkörpernden Person entdeckt, die gar nichts mit dem Text, den man sprechen muß, zu tun haben. Stimmt das?«

»Ja.«

»Geschieht das zwangsläufig?«

»Nahezu immer.« Ihre Antworten ließen nach wie vor nichts an Deutlichkeit zu wünschen übrig, wenn sie jetzt auch ein wenig langsamer erfolgten.

»Es wäre also durchaus fair zu behaupten, daß Sie es gelernt haben, solche spezifischen Persönlichkeitsmerkmale nach Bedarf zu aktivieren?« fragte Kassia Miller scheinbar voller Respekt.

»Ja.«

Estrada erhob sich erneut. »Euer Ehren, ich kann beim besten Willen nicht erkennen, was das soll.« Das stimmte nicht. Gerade weil er jetzt die Absicht der Verteidigerin durchschaut hatte, unternahm er mit diesem Einspruch den Versuch, sie aus dem Konzept zu bringen.

»Wenn Euer Ehren mir bitte noch einige wenige Fragen in diesem Zusammenhang gestatten würden?«

»In Ordnung, Miß Miller. Aber fassen Sie sich bitte kurz«, sagte die Richterin.

Kassia Miller nickte und widmete sich dann wieder Estradas Zeugin. »Sie haben es also gelernt, den Rollen, die Sie gespielt haben, Wahrhaftigkeit und Dramatik zu verleihen?«

»Ja, das nehme ich doch an. Ja.«

»Kam es gelegentlich vor, daß man Ihnen Drehbücher in die Hand gedrückt hat, die reichlich dürftig waren?«

Ein weiterer Einspruch Estradas wurde von Richterin Martinez mit einer Handbewegung abgelehnt.

»Ja«, antwortete Lynne Schelling.

»Dabei haben Sie es auch gelernt, selbst aus den ärmlichsten Charakteren noch Lebewesen aus Fleisch und Blut zu machen?«

»Ja.«

»Und genauso haben Sie es heute auch gemacht, nicht wahr?«

»Ja«, erwiderte sie, ohne darüber nachzudenken. »Nein, Moment mal.«

»Ich danke Ihnen, Miß Schelling«, sagte die Verteidigerin. »Ich danke Ihnen vielmals.«

Estrada war schon auf den Beinen. »Noch eine Frage, Miß Schelling. Haben Sie uns hier und heute etwas vorgespielt?«

»Nein.«

»Danke. Das ist auch schon alles.«

Mrs. Martinez schickte die Geschworenen in die Mittagspause und bestellte die Anwälte in ihr Büro.

»Nun, Mr. Estrada?«

»Euer Ehren, ich habe für heute nachmittag noch einige Zeugen aufzurufen und stehe in Verbindung mit Mr. Alvaro. Ich habe große Hoffnungen, daß er uns am Montag zur Verfügung steht.«

»Ich kann mich gut daran erinnern, daß ich ihn *heute* sprechen wollte«, erwiderte die Richterin.

»Er hält sich nicht im Lande auf und zeigt offengestanden kein großes Interesse, herzukommen. Aber wir alle wissen, daß er für diesen Prozeß von außerordentlicher Wichtigkeit ist.«

»Das mag ja sein, aber Sie hatten immerhin ein halbes Jahr Zeit, ihn aufzustöbern.«

Kassia Miller hatte schweigend das Gespräch verfolgt. Jetzt schaltete sie sich ein. »Nein, Euer Ehren. Die Anklage hatte geschlagene *vier Jahre* Zeit, diesen Mann ausfindig zu machen und herzuschaffen. Aber von Anfang an hat sie statt dessen das Tagebuch zurückgehalten, in dem er erwähnt wird. Und zwar unrechtmäßigerweise. Hätte die Staatsanwaltschaft es rechtzeitig herausgegeben, also noch während der ersten Verhandlung, säßen wir heute nicht hier.«

»Die Aussage, die Juan Alvaro machen wird«, entgegnete Estrada, »bringt Ihren Mandanten für den Rest seines Lebens hinter Gitter.«

»Das wage ich zu bezweifeln.«

»Es reicht«, ging Mrs. Martinez dazwischen. Sie lehnte sich in ihrem Sessel zurück und betrachtete ihre Gesprächspartner mit prüfendem Blick. »Das Leben wäre wesentlich einfacher, wenn Sie beide von Zeit zu Zeit die Sache ein bißchen lockerer angehen würden.«

»Euer Ehren, immerhin steht hier die Zukunft meines Mandanten auf dem Spiel«, protestierte die Verteidigerin.

»Ich weiß, ich weiß. Ich verlange ja auch gar nicht von Ihnen, daß Sie nicht Ihr Bestes geben sollen. Ich meinte nur ... ach, vergessen Sie's.« Sie stützte die Ellenbogen auf den Schreibtisch und lehnte ihren Oberkörper vor. »Miß Miller, ich vermute, daß Sie einen Antrag in der Tasche haben, in dem Sie die Abweisung der Anklage gegen Ihren Mandanten fordern.«

»Richtig, Euer Ehren, und zwar wegen Verfahrensfehlern auf Seiten der Staatsanwaltschaft. Fehler, die zum Teil auf Mr. Estradas Konto gehen, die zum Großteil vor allem aber Mr. Kahn im ersten Prozeß begangen hat.«

Die Tür wurde aufgestoßen und der Gerichtsassistent von Richterin Martinez platzte herein. Als er die Versammlung bemerkte, blieb er kurz stehen und entschuldigte sich für die Störung.

»Was ist denn los?« wollte die Richterin wissen.

Er hielt eine Zeitung in die Höhe. Die Richterin nahm sie ihm aus der Hand und setzte ihre Brille auf. Sie überflog schnell die Titelseite und reichte das Blatt dann Estrada so daß auch Miß Miller die Überschrift lesen konnte: TIMMINS – KEINE ANKLAGE.

»Uns steht ein heißes Wochenende bevor«, bemerkte Luz Martinez trocken. »Und Mr. Kahn spielt dabei die Hauptrolle.« Sie nahm ihre Lesebrille ab. »Was haben Sie mir über Ihre noch ausstehenden Zeugen zu berichten, Mr. Estrada?«

»Um die Wahrheit zu sagen, würde ich sie gerne so lange nicht in den Zeugenstand rufen, bis ich nicht wirklich dazu gezwungen bin. Denn wenn ich Alvaro zu einer Aussage überreden kann, sind sie eigentlich überflüssig.«

»Ich weiß Ihre Aufrichtigkeit zu würdigen. Die beiden Zeugen dienen Ihnen lediglich dazu, die Verhandlung bis Montag auszudehnen, nicht wahr?«

Estrada widersprach ihr nicht.

»Gut, ersparen Sie ihnen den Ärger. Mir reicht's. Ich werde den Prozeß bis kommende Woche vertagen. Aber täuschen Sie sich nicht. Miß Miller hat recht. Vier Jahre sind genug. Ich wünsche Señor Alvaro Montag morgen hier zu sehen, oder Ihre Beweisaufnahme ist hiermit beendet. Miß Miller, Sie können mir Ihren Antrag am Montag geben, falls der Staatsanwalt seinen Zeugen bis dahin nicht präsentieren kann.«

Estrada hetzte in sein Büro, um bei Adelante anzurufen. Wieder einmal war Ramírez nicht erreichbar. »Es ist dringend«, erklärte er dem Teenager am anderen Ende. »Ich muß sofort mit ihm sprechen. Gibt es irgend jemanden, der mir sagen kann, wo er sich momentan aufhält?«

Das Mädchen legte den Hörer daneben und machte sich auf die Suche. Fünf Minuten später meldete sich Dolores Acampo. »Wer spricht?«

»Hier ist Joe Estrada. Ich muß umgehend mit Carlos reden.«

»Über Juan Alvaro? Ich glaube, da gibt es gar nichts mehr zu bereden. Carlos sagte mir, er würde nicht zurückkehren.«

»Sagen Sie ihm, ich will ihn sprechen – wo immer er auch stecken mag. Uns bleibt nur noch dieses Wochenende. Noch vor Montag muß ich Alvaro sehen.«

Eine Stunde später rief Ramírez zurück.

»Was wäre, wenn ich Mariah Dodges Schwester dazu brächte, sich mit ihm zu unterhalten?« schlug Estrada ohne Umschweife vor.

Ramírez schwieg so lange, daß Estrada schon dachte, er habe aufgehängt.

»Carlos?«

»Ich bin noch dran.«

»Juan und Mariah verstanden sich doch so gut. Er sagte, sie sei ein wunderbarer Mensch, der sich um ihn gekümmert und ihn in gewisser Weise auch beschützt habe. Nehmen wir mal an, ihre Schwester würde sich mit ihm in Verbindung setzen und an ihn appellieren, seine Aussage nicht *gegen* Morales, sondern *für* Mariah zu leisten. Ich würde ihm wirklich alles versprechen. Immunität für alles, was er angestellt hat.«

»Und Sie würden ihm dieses Versprechen auch schriftlich geben?«

»Auch das.«

»Ich rufe so schnell es geht wieder an«, sagte Ramírez.

»Ich muß aber schon die Tickets für den Flug buchen. Von wo kommt Alvaro?«

»Ist das auch kein Trick?«

»Nein, das wäre ja wohl auch reichlich dumm von mir …« Collins kam herein und setzte sich in den Besuchersessel. Estrada erinnerte sich daran, daß sein Vorgesetzter befohlen hatte, Alvaro notfalls sogar zu ›kidnappen‹. »Ich bin auf seine Hilfe angewiesen«, sagte er zu Ramírez. »Er muß freiwillig aussagen.«

»Fliegen Sie nach Miami«, erwiderte Ramírez. »Den Rest erledige ich – falls Juan einwilligt.«

»Gleich morgen.«

»Ich werd's versuchen, kann aber nichts versprechen.«

»Worum drehte sich dieses Gespräch?« wollte Collins wissen, nachdem Estrada den Hörer aufgelegt hatte.

Estrada berichtete ihm die neueste Entwicklung. »Wenn ich Tess Dodge rechtzeitig erreiche, würde ich gerne mit ihr zusammen nach Miami fliegen. Ob wir da unten etwas erreichen, steht allerdings in den Sternen.«

»Ich werde Ihnen die Tickets besorgen«, sagte sein Chef und erhob sich. »Obwohl ich noch immer der Ansicht bin, daß Sie ihn entführen sollten. Nehmen sie doch anstelle von Mariah Dodges Schwester lieber Clemente mit.«

»Wer nimmt mich wohin mit?« fragte Clemente, der zusammen mit Nancy Rosen und Lisa Stein gerade das Büro betrat. Alle drei trugen Tüten von dem Schnellimbiß an der Ecke.

»Es geht übers Wochenende nach Miami«, erklärte Estrada. »Netter, romantischer Ausflug zu zweit.«

»Und wo steckt Tess Dodge?«

»Keine Ahnung. Im Gerichtssaal war sie heute jedenfalls nicht.«

Estrada wählte ihre Telefonnummer, doch niemand nahm ab.

»Unsere nächste Aufgabe besteht also darin, Tess Dodge zu suchen.«

»Darf ich zuerst mein Sandwich essen?« fragte Clemente scherzhaft.

»Wenn Sie sich beeilen ...«

Gemeinsam gingen sie den Tag vor Gericht noch einmal durch. Übereinstimmend kamen Estrada und seine Kollegen zu der Überzeugung, daß die Jury mit Ausnahme von zwei Geschworenen der Verhandlung noch immer sehr aufmerksam folgte. Mrs. Rosen und Miß Stein fanden Lynne Schellings Auftritt keineswegs mißlungen. Clemente war anderer Meinung. »Ich sage so was wirklich nicht gerne, aber *mir* kam sie vor, als stünde sie unter Drogen.«

»Ja, ja. Sie halten jeden, der nicht mausetot ist, für einen Junkie«, entgegnete Nancy Rosen bissig.

»Okay, Leute«, sagte Estrada. »Mit etwas Glück gehe ich noch heute auf Zeugenjagd. Tommy, Sie sehen zu, daß Sie Tess Dodge auftreiben. Miß Stein, ich benötige umgehend eine Kopie der Aussage, die Alvaro auf dem Video gemacht hat. Noch irgendwelche Fragen?« Niemand meldete sich zu Wort. »Dann macht's gut.«

Er suchte Mahoney in seinem Büro auf, sagte aber vorher Ginny Bescheid, wo er zu erreichen wäre, für den Fall, daß Clemente Tess Dodge vorbeibrachte.

Als er das Büro betrat, hatte Mahoney die Füße auf den Schreibtisch gelegt und die Hände hinter seinem Kopf verschränkt.

»Tut mir leid, daß ich störe, aber es gibt Arbeit für dich.« Estrada reichte ihm ein Blatt Papier mit einigen Anmerkungen darauf.

Gelassen überflog sein Kollege die Notizen und meinte dann: »Bis Montag, nehme ich an?«

»Wenn es dir möglich ist.«

»Kein Problem. Und wie geht es bei dir voran? Du wirkst ein wenig ... erschöpft. Hat die Martinez dir sehr zugesetzt? Du kannst Onkel Danny alles erzählen.«

»Mit mir ist alles in Ordnung.«

Mahoneys Telefon klingelte. Er nahm ab. »Wer?« fragte er verdrießlich. »Wer soll das sein?« Er hörte einen Augenblick zu. »Ach, *den* Estrada meinen Sie.« Wieder ließ er seinen Gesprächspartner reden. »Ich muß mal nachsehen, ob ich ihn finden kann.«

»Sehr witzig«, kommentierte Estrada und griff nach dem Hörer. Aber Mahoney war bereits dabei, das Gespräch zu beenden. »Du bist heute ein richtiger Witzbold, was?« bemerkte er sauer.

»Da war ein gewisser Tommy am Apparat. Er läßt dir ausrichten, daß er mit einer Frau namens Tess Dodge in deinem Büro auf dich wartet. Angeblich war sie zu nervös, um heute an der Verhandlung teilzunehmen. Aber jetzt ist sie ja da und will dich sprechen.« Er streckte seinen Kopf vor. »Ist dir jemals der Gedanke gekommen, daß es bessere Wege gibt, als sich seine Rendezvous von Polizeibeamten arrangieren zu lassen?«

11

Am Samstag abend kamen sie in Miami an. Ramírez' Nachricht, die sie am Informationsschalter des Flughafens erhielten, bestand lediglich aus dem Namen einer kleinen Gesellschaft, die die verschiedenen Inseln vor Florida anflog. Die Angestellte am Schalter der betreffenden Linie überreichte ihnen zwei Flugtickets. »Das Flugzeug geht in einer Stunde. Gepäck?«

»Nur Handgepäck.«

»Auch das müssen wir überprüfen. Das Flugzeug ist nämlich zu klein für Handgepäck. Alles kommt in den Laderaum.«

Drei Stunden später saßen sie auf der Veranda eines kleinen Hotels, das hauptsächlich von Hochseefischern frequentiert wurde. Sie betrachteten die Sonne, die gerade im Ozean untertauchte.

»Glaubst du, er wird heute abend noch erscheinen?« fragte Tess.

»Je eher, desto besser. Ich hab' keine Lust, wach im Bett zu liegen und darüber nachzudenken, wann er zu kommen beliebt.«

Sie tranken ihre Gläser leer und gingen in den Speisesaal. Hungrig wie sie waren, machten sie sich sogleich über das Buffet her. Estrada schenkte Tess Wein ein.

Ein Kellner erschien an ihrem Tisch und teilte ihnen mit, daß jemand Estrada am Telefon sprechen wollte.

»Johnny?« riet Tess.

»Hoffen wir's.«

Es war Nancy Rosen. Estrada hatte seinem Büro die Nummer des Hotels unmittelbar nach ihrer Ankunft mitgeteilt.

»Sie haben sich eine hervorragende Zeit für Ihren Urlaub ausgesucht. Vor dem Rathaus hat es eine riesige Demonstration gegeben. Sie verlangten Gerechtigkeit für Abdullah Timmins. Die meisten waren friedfertig, aber ein paar Jugendliche sind ausgeflippt. Es gab Verhaftungen. Drei Jugendliche und zwei Polizeibeamten wurden verletzt. Und Larry Kahn wurde aufgehängt- als Puppe, versteht sich.«

»Das fehlte uns gerade noch.«

»Stash McMorris hat noch mal die alte polnische Dame aufgesucht. Sie will noch immer nicht über Censabellas Trinkerei aussagen oder darüber, daß er von Morales Geld erhalten hat. Das ist alles, was es hier an Neuigkeiten gibt.«

Er legte auf und ging zum Tisch zurück. Nachdem er sich gesetzt hatte, hob er sein Weinglas: »Auf Johnny. Möge er bis morgen warten.« Nach kurzer Zeit trat der Kellner erneut an ihren Tisch, um einen weiteren Anruf zu melden.

Estrada wollte schon aufstehen, doch Tess gab ihm ein Zeichen, sich wieder hinzusetzen. »Diesmal gehe ich.«

Einige Minuten später war sie wieder zurück. »Es war Johnny«, berichtete sie. »Er klang … besorgt. Er sagte, erst wolle er mit mir alleine sprechen. Nur er und ich. Aber er *kommt* – morgen früh um zehn.«

»Gut für ihn. Gut für uns.« Er winkte nach dem Kellner. »Champagner.«

»Bist du sicher?«

»Warum nicht? Schließlich sitzt du auf dem Trockenen. Ich habe nämlich deinen Wein ausgetrunken. Und Johnny kommt doch erst morgen.«

»Ich bin richtig gespannt auf diesen Mann«, sagte Tess Dodge, als sie die Champagnergläser leerten.

»Du sagtest, er habe besorgt geklungen?«

»Ja, aber ich denke, er wird sich nicht querstellen, solange wir ihm keine Angst einjagen. Er hätte wohl gar nicht erst angerufen, wenn er sich nicht schon längst dazu entschlossen hätte, mit uns zu reden.«

»Ich glaube, du hast recht. Und ich verspreche dir, ihn nicht einzuschüchtern.«

Sie beugte sich über den Tisch und küßte Estrada auf die Wange. »Schön.«

Sie gingen nach oben und verabschiedeten sich vor Tess' Tür.

»Wir teilen uns das Badezimmer, oder?« wollte sie wissen.

»Ich glaube ja. Es liegt zwischen unseren Zimmern.«

»Geh du zuerst. Bei mir wird es wahrscheinlich länger dauern.« Ihr Gutenachtkuß war warm und sanft. Er wünschte ihr einen erholsamen Schlaf und zog sich in sein Zimmer zurück.

Nachdem er eine Weile schlaflos im Bett gelegen hatte, hörte Estrada plötzlich ein Klopfen. Es kam von der Badezimmertür. Er zog die Bettdecke über seine Brust und rief: »Ja bitte?«

Die Tür ging auf, und Tess kam in den Raum gehuscht. Sie stieg neben ihm ins Bett und blieb dort bewegungslos und ohne ein Wort zu sagen liegen.

Estrada rollte sich auf die andere Seite und blickte ihr ins Gesicht. Still und ernst sah sie ihn an. Ihr Haar, das ausgebreitet auf dem Kissen lag, ließ ihn einen Augenblick lang an andere rote Haare denken, die ein blasses Gesicht umrahmten. Mariah Dodge. Es schauderte ihn. Er schloß seine Augen wieder, und das Bild verschwand.

Nach einer Weile streckte er die Hand nach ihr aus und zog sie zu sich heran. Dann küßte er sie lang und leidenschaftlich. Tess knabberte an seinem Ohr und schlang dann ihre Beine um seinen Körper. Sie bat ihn, sich langsam zu bewegen, um das Vergnügen möglichst lange genießen zu können. Estrada folgte ihrem Wunsch.

Gegen halb neun gingen sie hinunter zum Frühstücken. Die anderen Gäste waren bereits fertig. Nur einige Nachzügler tranken gerade ihren letzten Schluck Kaffee. Der Kellner, der sie gestern abend bedient hatte, wünschte ihnen einen guten Morgen.

»Gut geschlafen?« fragte er mit einem breiten Grinsen.

»Ja. Das liegt wohl an der gesunden Meeresluft«, erwiderte Estrada.

Das Frühstück bestand aus frischem Obst, wohlschmeckender Wurst, Eiern und starkem Kaffee.

Um halb zehn, eine halbe Stunde vor der mit Alvaro verabredeten Zeit, wurde Estrada ungeduldig. »Wir sollten unsere Siebensachen packen und die Rechnung begleichen.«

Nachdem sie gezahlt hatten, schlug Tess einen letzten Spaziergang am Strand vor. »Wir haben noch exakt« – ein Blick auf ihre Uhr – »zwölf Minuten.«

»Falls er nicht zu früh kommt«, erwiderte Estrada.

Sie ließen ihr Gepäck beim Empfang stehen und gingen an den Strand.

»Es ist so schön hier«, sagte sie.

Er legte seinen Arm um ihre Schulter. »Wenn wir wieder in New York sind«, sagte er etwas linkisch, »können wir nicht … Wir müssen so tun, als sei nie etwas zwischen uns gewesen.« Traurig blickte er ihr in die Augen. »Ich habe dir ja schon erklärt, daß meine Dienststelle gewisse Regeln aufgestellt hat.«

»Schon gut … schon gut«, versuchte sie sich zu beruhigen. »Ich komme damit schon klar. Aber ich werde nicht so tun, als ob wir nie etwas miteinander gehabt hätten.«

Der Portier stand auf der Veranda des Hotels und rief ihnen nach. »Miß Dodge, Miß Dodge. Besuch für Sie.«

Estrada faßte sie bei den Schultern und gab ihr einen letzten Kuß. Nur zögernd ließ er sie los.

»Okay«, sagte er, »hier kommt Johnny!«

12

Juan Alvaro verbrachte geschlagene drei Stunden mit Tess Dodge, bevor er sich bereit erklärte, Estrada gegenüberzutreten, der während der langen Wartezeit den Schiffen auf dem Meer nachsah und nochmals die Fragen durchging, die er ›Johnny‹ zu stellen beabsichtigte.

Bevor sie zu dritt ihr Mittagessen einnahmen, flüsterte Tess Estrada hastig zu, er möge Alvaro nicht zu sehr unter Druck setzen, sondern behutsam mit ihm umgehen. Der Mann, dem der Staatsanwalt jetzt erstmals persönlich gegenüberstand, unterschied sich nicht wesentlich von dem Juan Alvaro, den er von dem Videoband her kannte. Er war ebenso unbeholfen und konnte Estrada während des Gespräches nicht in die Augen sehen. Gegenüber Tess Dodge schien er weniger Hemmungen zu verspüren. In den wenigen verbleibenden Stunden stand Estrada noch eine Menge Arbeit bevor, wenn er diesen Mann als Zeugen gewinnen wollte.

Ihre Konversation drehte sich anfangs überwiegend um Roberto Morales, seine Verhaftung und die erste Verhandlung gegen ihn. Estrada versuchte, sämtliche Fragen, die Juan Alvaro zu diesem Thema hatte, möglichst ausführlich zu beantworten. Dabei kam er allerdings auch schon auf seine bislang vorhandenen Beweise zu sprechen, die der Jury vor allem aufgrund der fehlenden Aussage Alvaros reichlich dürftig erscheinen mußten. Deutlich betonte Estrada, wie sehr die Verteidigung darauf baute, daß Juan Alvaro nicht vor Gericht erscheinen würde.

»In diesem Fall würde die Gegenseite die Einstellung des Verfahrens beantragen. Schließlich fehlt ihr ein wichtiger Zeuge – eben der in Mariah Dodges Tagebüchern erwähnte ›Johnny‹. Und sie könnte mit dieser Taktik durchaus Erfolg haben.«

»Ich verstehe das nicht«, entgegnete Alvaro. »Ich hätte der Verteidigung doch niemals etwas gesagt, was ihr von Nutzen gewesen wäre. Ich bin felsenfest davon überzeugt, daß Roberto sie getötet hat. In meinem Video habe ich auch ausdrücklich darauf hingewiesen.«

»Aber dieses Band ist als Beweismittel nicht zulässig«, erklärte Estrada ihm. »Wenn Sie nicht persönlich vor Gericht aussagen, wird Morales vermutlich den Saal als freier Mann verlassen.«

»Beim ersten Mal wurde er verurteilt.«

»Ein reiner Glücksfall. Meine Beweise sind noch wackliger als Kahns.«

Alvaro schwieg bestürzt. Er erkundigte sich nach der zugesagten Immunität und las immer wieder die entsprechende Vereinbarung durch. Nach drei Stunden Diskussion mit Tess Dodge und weiteren vier mit Estrada, beschloß er, die beiden zunächst einmal bis nach Miami zu begleiten, um sich mit ihnen im Flugzeug weiter zu besprechen.

Ihm widerstrebte vor allem die Vorstellung, sich auf ein Geschäft mit der Staatsanwaltschaft einzulassen. »Ein neuer Weg, mich selbst zu demütigen. Außerdem ist mir nicht klar, wie irgendwelche Hinweise über krumme Machenschaften bei Phoenix Enterprises Ihnen dabei helfen könnten, Mariahs Mörder zu überführen.«

»Das ist nur *eines* der Mittel, mit denen wir sicherstellen wollen, daß Morales mit seiner Tat nicht ungeschoren davonkommt«, versicherte ihm Tess Dodge.

»War das ein harter Kampf, bis wir ihn endlich überreden konnten«, bemerkte Estrada, nachdem Alvaro sich auf die Herrentoilette zurückgezogen hatte. »Ich glaube, er hätte mir überhaupt nicht zugehört, wenn du ihn nicht zuvor bearbeitet hättest.«

»Er gefällt mir«, sagte sie. »Ich weiß, daß man nicht nach dem äußeren Eindruck urteilen soll, aber ich glaube, er bringt wirklich Interesse für seine Mitmenschen auf. Außerdem ist er ziemlich nett und lustig – wenn es ihm gelingt, sich zu entspannen. Ich kann gut verstehen, warum Mariah ihn so gern hatte.«

»Seine Sex-Geschichten mit Minderjährigen klingen überhaupt nicht lustig«, bemerkte Estrada kühl.

»Er meinte, Mariah und Carlos seien die ersten Menschen gewesen, die ihm dabei geholfen hatten, ein normales Leben mit festen Beziehungen zu führen. Die Zeit vorher muß für ihn wirklich furchtbar gewesen sein.«

»Vielleicht haben wir ihn falsch eingeschätzt. Aber Clemente hatte nicht gerade den besten Eindruck von den Bars, in denen er nach ihm gesucht hat.«

Auf dem Rückflug nach New York erfuhr Estrada mehr, als er je zu hoffen gewagt hatte. Dabei nahmen jedoch auch seine Vorbehalte gegenüber Larry Kahn noch weiter zu. Er konnte überhaupt nicht mehr nachvollziehen, wie sein Vorgänger davon hatte ausgehen können, den Prozeß gegen Morales ohne Rückgriff auf Mariah Dodges verschlüsseltes Tagebuch erfolgreich zu beenden.

Alvaro berichtete, daß Roberto Morales nach dem Tod von Mariah versucht habe, ihn in eine Falle zu locken. Er drohte ihm damit, seine Sexspiele mit Jugendlichen publik zu machen, sofern er den Staat New York nicht verlassen würde. Die Einschüchterung von Zeugen stellte zweifelsohne eine Straftat dar. Außerdem war es offensichtlich, daß Morales davon ausgegangen war, Alvaro hätte etwas gegen ihn in der Hand. Genau wie bei Alberto Quiñones, dachte Estrada, nur lag Alvaros Fall wesentlich klarer. Was er zu berichten hatte, war ein Beweis für Morales' Schuldbewußtsein.

»Warum haben Sie ihm nicht ebenfalls gedroht?« wollte er von seinem neuen Zeugen wissen. »Sie waren doch über die frisierten Finanzen informiert.«

»Was hätte ich denn machen sollen? Ich konnte ihm doch nichts beweisen. Ich hätte ihm lediglich einige Schwierigkeiten bereiten können. Na und? Er dagegen hätte dann mein Leben für immer ruiniert.« Die Furcht, die beim Gedanken daran in Alvaros Augen erschien, wurde durch seine Brille noch mehr betont. »Die ersten zwei Drittel meines Lebens bestand ich nur aus Verwirrung und Scham. Ich konnte mir selbst gegenüber meine Gefühle nicht eingestehen. Dann, als ich mir endlich über meine Neigungen im klaren war, bekam ich panische Angst. Denn ich konnte mir ausrechnen, wie man mich behandeln würde, wenn irgendjemand dahintergekommen wäre. Man hätte mich ausgelacht, beschimpft, vielleicht auch tätlich angegriffen. Niemand kann Männer leiden, die kleine Jungen verführen.« Er sprach diese Worte aus, als würde er sich selbst dafür verachten. »Dann kam ich jedoch mit Carlos' Hilfe dahinter, daß ich dieser Vorstellung nicht wirklich entsprach, sondern daß dies nichts anderes als das Bild war, das Roberto von mir für die Öffentlichkeit zeichnen wollte. Am schlimmsten war für mich, daß ihm der Wohnort meiner Familie bekannt war. Für die wäre ich gestorben gewesen, wenn sie davon erfahren hätten. Und trotzdem habe ich immer gehofft ...«

Alvaros Miene nahm einen entschlossenen Ausdruck an. »Letzten Endes bin ich ganz froh, daß Sie mich so hartnäckig bedrängt haben. Solange ich nicht ins Gefängnis muß, kann ich mich mit dem Rest schon abfinden. Ich weiß jetzt, wer ich bin. Und das ist eine gute Ausgangsbasis.« Ein kurzes Lächeln flackerte in seinen Augen auf.

Estrada nutzte die Zeit bis zur Ankunft in New York, um Alvaro über den Tag zu befragen, an dem Mariah ermordet worden war.

»Wann haben Sie beide sich damals getroffen?« fragte er. »Ich weiß, daß Sie kurz vor sieben im Büro waren, aber wann trafen Sie sich an jenem Tag?«

»Sie rief gleich bei mir an, nachdem sie mit Roberto telefoniert hatte. Die beiden hatten beschlossen, sich am Sonntag abend für die Besprechung am Montag vorzubereiten, und Mariah wollte sich erst mit mir unterhalten, bevor sie ihm gegenübertrat. Also trafen wir uns und aßen zu Mittag.«

»Um wieviel Uhr war das?«

»Genau weiß ich das nicht mehr. Halb zwei? Zwei? Anschließend machten wir einen Spaziergang und gingen dann ins Büro.«

»Wie lange waren Sie zusammen?«

»Ungefähr fünf Stunden, bevor wir uns mit Morales trafen.«

»Also den gesamten Nachmittag?«

»Ja.«

»Und Mariah hat den Tag nicht irgendwie doch noch allein mit Morales zugebracht?«

»Nicht bevor ich die beiden am Abend verlassen habe, nein.«

Die letzten Stunden des Sonntags verbrachten sie mit der Vorbereitung von Alvaros Zeugenaussage. Nach zehn, zwölf Stunden mit Tess und Estrada war er fix und fertig. Der Staatsanwalt schickte ihn auf sein Hotelzimmer, um sich ein wenig auszuruhen.

Estrada hatte Mahoney in sein Büro gebeten. Nancy Rosen, Lisa Stein und die beiden Polizeibeamten waren ebenfalls anwesend. Sie arbeiteten an ihrer Strategie für die morgige Befragung von Juan Alvaro und überlegten, wie sie am besten die Männer in Schach halten konnten, die den Zeugen in Morales' Auftrag einschüchtern wollten.

Kurz vor Mitternacht kam Estrada endlich bei Lynne Schelling durch, nachdem er zuvor bereits dreimal eine Nachricht auf ihrem Anrufbeantworter hinterlassen hatte.

»Habe ich nicht schon genug für Sie getan?« fragte sie abweisend. »Ich dachte, ich hätte jetzt alles hinter mir.«

»Nur noch eine einzige Frage«, sagte Estrada. »Als Sie an jenem Sonntag das zweite Mal mit Mariah sprachen, hat sie da erwähnt, daß sie mit Morales am Nachmittag zusammengetroffen war?«

»Und darum rufen Sie mich mitten in der Nacht an?«

»Es ist sehr wichtig.«

»Sie sagte nichts dergleichen.«

»Wirklich?« Er mußte aufpassen, daß er sich möglichst nichts anmerken ließ. »Haben Sie über all das damals mit Larry Kahn gesprochen?«

»Er rief mich – genau wie Sie – einige Tage nach meiner Aussage an und ließ mich wissen, jemand habe ausgesagt, daß Mariah am Nachmittag dieses Tages mit Morales zusammengewesen sei. Ich antwortete, mir sei darüber nichts bekannt, aber ich würde es durchaus glauben, wenn jemand das behauptete. Wie ich Ihnen schon angedeutet habe, gehörten Beständigkeit und Konsequenz nicht gerade zu ihren Stärken.«

»Aber *Ihnen* gegenüber hat sie nichts dergleichen gesagt?« Er konnte sich noch sehr gut an seine Unterhaltung mit Lynne Schelling erinnern, mußte jetzt aber vollkommen sichergehen.

»Ich habe Ihnen doch schon erklärt, daß ich die zwei Anrufe von Mariah durcheinandergebracht hatte. Alles, was sie mich an jenem Tag wissen ließ, war, daß Morales sich mit ihr im Büro treffen wollte und daß sie mich deswegen nicht zur Gymnastik begleiten konnte. Das war alles.«

Estrada erstattete seinen Kollegen umgehend Bericht über sein Telefonat mit Miß Schelling. »Ob ich sie nochmals in den Zeugenstand rufen kann?«

»Es könnte den Versuch wert sein«, meinte Mahoney.

»Vorausgesetzt, es gelingt Ihnen, diese Frau ein weiteres Mal zu einer Aussage zu überreden«, bemerkte Clemente.

Als sie nachts um eins das Gerichtsgebäude verließen, stöberte Mrs. Rosen in ihrer Handtasche und brachte die zusammengefaltete Beilage einer Sonntagszeitung zum Vorschein. »Das hätte ich fast vergessen.«

Estrada blieb stehen, um das Magazin auseinanderzufalten. Es war die Beilage von *Noticias Diarias,* und die Überschrift auf dem Deckblatt lautete LATINO VERO. Er schlug den Artikel auf und erblickte als erstes ein mit einem Teleobjektiv aufgenommenes Foto, das ihn beim Verlassen des Gerichtsgebäudes zeigte. *Öffentlichkeitsscheuer Staatsanwalt* stand darunter. Weitere Aufnahmen von seiner Mutter und den Geschwistern vervollständigten den Bericht, in dem Castillo glaubhaft nachwies, daß Estradas Familie in Wirklichkeit aus Mexiko stammte – ein Umstand, den sein Vater immer zu verheimlichen versucht hatte.

Estrada fragte sich, ob seine Mutter ihn irgendwie mißverstanden haben könnte, daß sie dem neugierigen Castillo gleich so weit entgegengekommen war. »Vielleicht kommt das ja unserem Ansehen zugute«, sagte er, obwohl er daran seine Zweifel hatte.

Seine Skepsis wurde sofort bestätigt. Zwei Polizeiwagen parkten direkt vor seinem Wohnhaus, als er kurz darauf dort eintraf. Auf der anderen Straßenseite stand der Übertragungswagen eines Nachrichtensenders. Die Aufnahmelichter beschienen ungefähr ein Dutzend Demonstranten, deren Transparente Joseph Estrada als Verräter an seinem Volk beschimpften.

Kaum daß er sich dem Haus näherte, trat ihm auch schon ein uniformierter Polizist entgegen. Estrada hielt ihm seinen Ausweis wie einen Talisman unter die Nase. »Ich würde gerne unversehrt in meiner Wohnung ankommen und eine Mütze voll Schlaf nehmen.«

»Wir können Sie heil da hineinbringen, Sir. Aber für Ihren Schlaf müssen Sie selber sorgen.«

Doch das gelang ihm in dieser Nacht nicht so gut, wie er es sich eigentlich gewünscht hatte.

Am Morgen darauf brach er mit seinem Vorsatz und bestellte sich für den Weg zum Gericht ein Taxi. Estrada wies den Fahrer an, beim Hintereingang zu halten, da er nicht das Risiko eingehen wollte, von einem aggressiven Reporter oder einem Demonstranten, der die Polizeisperre durchbrochen hatte, attackiert zu werden.

Lisa Stein war die erste, die ihn nach Betreten des Büros davon in Kenntnis setzte, daß draußen längst nicht alles in Ordnung war. »Fünfmal soviel Demonstranten wie sonst treiben sich heute vor dem Haus herum. Eine gewaltige Menge. Und wie ich gehört habe, stehen einige schon seit fünf Uhr morgens Schlange, weil sie unbedingt einen Platz auf den Zuschauerrängen ergattern wollen.«

Das konnte nur bedeuten, daß Morales' Anhängerschaft den Saal unter ihre Kontrolle zu bringen beabsichtigte – zu welchem Zweck, wollte er gar nicht weiter ergründen.

»Viele der Schilder, die sie mit sich führen, sind gegen *Sie* gerichtet«, informierte ihn Miß Stein.

Estrada berichtete ihr von dem Artikel in der Zeitung.

»Alle Achtung. Stimmt das wirklich? Sie sind tatsächlich ein Latino?«

»Was weiß ich. Alles, was mich im Augenblick interessiert, ist die Verurteilung von Roberto Morales.«

Als seine Mutter bei ihm anrief, fragte er sie, was sie dem Journalisten alles verraten hatte. »Joseph, dieser Mann war bei uns zu Hause. Du hattest uns ja vorgewarnt. Aber ich weiß nicht, ob das eine so gute Idee war, ihm Auskünfte zu erteilen. Meiner Meinung nach tickt er nicht ganz richtig. Wie kann ein erwachsener Mann derartige Klatschgeschichten über Leute in die Welt setzen, die er nicht einmal kennt?«

»Tut mir leid, Mutter. Ich hatte ja keine Ahnung, daß er dich so aufregen würde.«

»Ich verstehe dich nicht mehr«, sagte sie mit einer Verbitterung, wie sie Estrada noch nie von ihr gehört hatte. »Du schlägst völlig aus der Art. Es ist deine Schuld, daß dieser Journalist bei uns zu Hause war und uns ausgefragt hat. Auch deine Geschwister sind hellauf begeistert …«

»Es ist bedauerlich, daß du mir die Schuld dafür gibst. Aber es war wirklich nicht meine Absicht …«, war alles, was er ihr in diesem Augenblick zur Antwort geben konnte.

»Alles schön und gut, Joseph, aber denk auch mal an deinen Vater, der sich gerade für dich so aufgeopfert hat. Und dann jagst du uns diesen Kerl auf den Hals, der das ganze Familienleben vor aller Welt ausbreitet.« Estrada beendete das Gespräch. Er war zwar traurig über diese Entwicklung, zeigte sich aber nicht gewillt, den Artikel von Pancho Castillo als seinen Fehler zu akzeptieren. Er spürte, daß zwischen ihm und seiner Familie etwas zerbrochen war.

Ein Sicherheitsbeamter meldete sich von der Pforte. »Hier sind ein Mann und eine Frau, die zu Ihnen wollen«, sagte er mit zweifelndem Unterton. Der Anruf allein signalisierte Estrada schon, daß heute kein gewöhnlicher Tag war. Die Sicherheitsvorkehrungen waren verschärft worden. »Falls es sich um eine schöne Frau mit rotblonden Haaren handelt und einen dunkelhaarigen Mann in den Dreißigern, dann stellen Sie ihnen bitte einen unbegrenzt gültigen Passierschein aus.«

»Eine schöne Frau mit rotblondem Haar«, lästerte Lisa Stein. »Sollte ich irgendwas verpaßt haben? Eigentlich dachte ich immer, sie sei für Sie eine Art Landplage ...«

»Vergessen Sie nicht, daß sie uns mit unserem wichtigsten Zeugen zusammengebracht hat. Das entschädigt für vieles.«

Er ließ sich mit Richterin Martinez' Büro verbinden und teilte ihrem Assistenten mit, daß Juan Alvaro zur Verfügung stünde. »Allerdings bitten wir darum, die Verhandlung um einen Tag zu verschieben, weil wir zunächst dem Zeugen von den Bundesbehörden seine Immunität garantieren lassen müssen. Andernfalls ist er zu keiner Aussage bereit.«

13

Luz Martinez gewährte Estrada bloß den Vormittag, um seine Angelegenheiten bei der US-Anwaltschaft zu erledigen – und auch das nur mit großem Widerwillen. Zwei Stellvertretende Bundesstaatsanwälte drehten Juan Alvaro durch die Mangel und rangen ihm die Zusage ab, daß er nichts unterschlagen, die absolute Wahrheit sagen und bei seiner Zeugenaussage auf sämtliche Fragen erschöpfend Antwort geben würde. Erst dann stimmten sie der Ausstellung einer schriftlichen Immunitätserklärung mit einem kurzen Kopfnicken zu.

»Schlimmer kann das Kreuzverhör durch die Verteidigung auch nicht mehr sein«, scherzte Alvaro, als sie sich auf dem Rückweg befanden.

Schlimmer als du denkst, dachte Estrada. Er schickte seinen Zeugen mit Tess Dodge und Lisa Stein in einem Taxi zum Mittagessen, wobei er seine Kollegin in einem unbeobachteten Moment anwies, darauf achtzugeben, daß Alvaro möglichst keinen Alkohol trank. Er selbst besorgte sich ein Sandwich und verschlang es, während er ein letztes Mal seine Taktik überprüfte, die er bei der Befragung von Alvaro anwenden wollte.

Da die Richterin wieder Verspätung hatte, konnte Estrada das Publikum im Zuschauerraum einer eingehenden Begutachtung unterziehen. Die beiden Prominenten aus Film und Fernsehen waren ebenso wieder zur Stelle wie der Morales-Fanclub. Auch Señor Condado fehlte nicht. In einer der hinteren Reihen entdeckte er Carlos Ramírez, Dolores Acampo und zwei weitere Beschäftigte von Adelante.

Sobald Mrs. Martinez Platz genommen hatte, winkte sie die Anwälte zu sich nach vorne. »Mr. Estrada? Haben Sie alles mit Ihrem Zeugen geregelt?«

»Ja, Euer Ehren.«

»Miß Miller, ich nehme an, wir brauchen nicht mehr auf Ihren Antrag zur Einstellung des Prozesses zurückkommen.«

»Im Moment nicht, Frau Richterin.«

»Schön, dann lassen Sie uns an die Arbeit gehen.«

Richterin Martinez donnerte ein paar Mal kräftig mit ihrem hölzernen Hammer auf den Tisch, bis im Saal endlich Ruhe herrschte. Dann ließ sie die Geschworenen hereinführen.

Die erste Frage, die Estrada an Alvaro richtete, betraf seine Erziehung und Schulbildung. Dabei griff er auf den Standardtrick eines jeden Anwalts zurück, indem er bestimmte Punkte in Alvaros Leben, von denen er wünschte, daß sie der Jury möglichst lange im Gedächtnis haften blieben, fortlaufend wiederholte und hervorhob.

Schließlich kam er auf den beruflichen Werdegang seines Zeugen zu sprechen.

»Was machten Sie, nachdem Sie Ihr Studium beendet hatten?«

»Ich ging zunächst nach Chicago und kam anschließend nach New York.«

»Wie lange ist das her?«

»Gut zehn Jahre.«

»Was machten Sie in dieser Zeit beruflich?«

»Ich arbeitete erst als Rechnungsprüfer und später als Leiter der Finanzabteilung bei mehreren Unternehmen.«

»Und wo waren Sie vor vier, fünf Jahren angestellt?«

»Bei Phoenix Enterprises.«

»Was machte dieses Unternehmen?«

»Grundstücksentwicklung. Es hatte ein Konzept ausgearbeitet, um am Flußufer von Brooklyn eine Mischung von bezahlbaren und luxuriösen Wohnhäusern zu errichten. Außerdem plante man den Bau mehrerer Geschäftshäuser sowie die Ansiedlung von Leichtindustrie. Die Arbeit dort war wesentlich interessanter als bei den anderen Firmen, für die ich vorher tätig gewesen war.«

»Worin bestanden denn Ihre Aufgaben bei Phoenix Enterprises?«

»Ich war der Stellvertretende Finanzdirektor.«

»Bevor ich Ihnen zu diesem Thema noch weitere Fragen stelle, möchte ich von Ihnen wissen, ob Sie eine Frau namens Mariah Dodge gekannt haben?«

»Ja. Wir waren Arbeitskollegen bei Phoenix Enterprises.«

»Worauf erstreckte sich diese Bekanntschaft? Lediglich auf den Umstand, daß Sie bei demselben Unternehmen arbeiteten?«

»Nein, wir waren richtig miteinander befreundet.«

»Welcher Art war diese Freundschaft? Trafen Sie sich hin und wieder mal oder hatten Sie eine engere Beziehung ...«

»Wir hatten einen sehr vertrauten Umgang miteinander.«

»Wie lange kannten Sie sie?«

»Knapp zwei Jahre.«

Alvaro machte seine Aufgabe gut. Meistens sah er Estrada in die Augen, wenn er auf dessen Fragen einging. Anfangs hatte er ein wenig gehemmt gewirkt, doch ging das nahezu jedem Zeugen so.

»Können Sie uns erklären, wie es dazu kam, daß Sie so schnell enge Freunde wurden?«

Alvaro schwieg lange genug, um bei Estrada die Befürchtung aufkommen zu lassen, daß er die falsche Frage gestellt hatte.

»Ach«, entgegnete der Mann schließlich, »der Gedanke an unsere Freundschaft macht mich traurig. Sie müssen wissen, daß zwischen uns irgend etwas war, das uns gegenseitig anzog. Für gewöhnlich sagt man in einem solchen Fall, die Chemie hat gestimmt. Aber es war wohl eher eine mentale Chemie. Wir beide wußten von Beginn an ...«

Miß Miller erhob Einspruch.

»Mr. Alvaro«, bemerkte die Richterin, »es wäre besser, wenn Sie die mentalen Vorgänge bei anderen Menschen unerwähnt ließen, da sie in der Regel keine brauchbaren Beweismittel darstellen.«

Estrada ließ ihn über die Entwicklung seiner Freundschaft zu Mariah Dodge berichten.

»Worüber haben Sie sich unterhalten?«

»Über alles Mögliche. Über Filme und Theaterstücke. Bücher. Und natürlich über die Arbeit.«

»Und sonst?«

»Über unser Liebesleben.«

»Gab es da viel zu erzählen?«

»So was kann man immer stark ausschmücken. Ja, normalerweise sprachen wir häufig davon.«

»Liebten Sie sich?«

»Nein, wir liebten uns nicht.«

»Wie erklären Sie es sich, daß Sie einerseits eng befreundet waren, sich andererseits aber nicht liebten?«

»Weil ... weil ... Ich bin homosexuell.« Alvaros Enthüllung verursachte im Zuschauerraum gehässiges Gelächter.

Richterin Martinez sorgte mit ihrem Hammer erneut für Ruhe. »Mr. Alvaro«, fuhr Estrada fort, »wurden Sie jemals für ein Verbrechen angeklagt oder verurteilt?«

Ein kurzes Zögern. »Ja.«

»Könnten Sie uns darüber etwas erzählen?«

»Das ist ein äußerst schmerzlicher Teil meines Lebens.«

»Ich beantrage die Streichung dieser Antwort«, sagte Kassia Miller.

»Meine Damen und Herren«, sagte die Richterin, »Sie können diese Antwort außer acht lassen. Mr. Alvaro, bitte beantworten Sie die Frage des Staatsanwaltes.«

»Ich habe mich dreimal für geringfügigere Delikte für schuldig erklärt, als ich zwischen zwanzig und achtundzwanzig war. Seitdem wurde ich einmal für ein schwereres Verbrechen verurteilt.«

»Welcher Delikte bekannten Sie sich für schuldig?«

»Zweimal wegen Erregung öffentlichen Ärgernisses und einmal ... Ich glaube, man nennt es Unzucht.« Also entweder unbedeutende Delikte oder aber solche, die nicht im Bundesstrafregister aufgeführt wurden. Kein Wunder, daß Clemente nichts über Alvaros Vorstrafen hatte herausfinden können.

»Wie lautete denn in diesen Fällen die Anklage?«

»Homosexualität.«

»In allen drei Fällen?«

»Ja.«

»Beruhten diese intimen Beziehungen auf gegenseitigem Einverständnis?«

»Ja.«

»Ihre Partner stimmten also aus freien Stücken zu?«

»Ja.«

»Wie würden Sie Ihre Partner beschreiben?«

»Sie waren Strichjungen.«

»Wie alt waren sie?«

»Junge Männer. So um die achtzehn herum.«

»Haben Sie sie dafür bezahlt, daß sie Sex mit Ihnen hatten?«

»Ja.« Die gesunde Farbe in Alvaros Filmstar-Gesicht war verschwunden.

»Wo wurden Sie dafür verurteilt? In New York?«

»Nein.«

»Wie haben Sie darauf reagiert, wenn man Sie nach eventuellen Vorstrafen fragte?«

»Ich habe vorgegeben, daß alles in Ordnung sei.«

»Und bei Einstellungsgesprächen?«

»Derartige Fragen habe ich immer verneint.«

»Hatte man Sie denn nicht auf die Strafbarkeit hingewiesen, die die falsche Beantwortung dieser Fragen nach sich ziehen konnte?«

»Manchmal schon, aber genau kann ich mich daran nicht mehr erinnern.«

»Sie haben also immer gelogen, wenn die Rede auf eventuelle Vorstrafen kam?«

»Ja.«

»Warum denn?«

»Ich hatte zu große Angst wegen der Konsequenzen, als daß ich gewagt hätte, die Wahrheit zu sagen.«

»Mußten Sie nicht davon ausgehen, daß Ihre Arbeitskollegen hinter Ihr Geheimnis kommen würden?«

»Bei dieser einen Verurteilung wegen Unzucht kannte man meinen richtigen Namen nicht.« Ein weiterer Grund, weshalb Clemente bei seiner Suche nach Juan Alvaro erfolglos geblieben war.

»Wie konnte es dazu kommen?« wollte Estrada wissen.

»Zu jener Zeit hatte ich eine falsche Identität.«

»Sagen Sie uns bitte ganz genau, für was Sie damals verurteilt wurden.«

»Wegen Verführung eines Minderjährigen.«

»Und wie haben Sie den Jungen verführt?«

»Nicht ich habe ihn, sondern er hat *mich* verführt.«

»Was soll das heißen?«

»Genau wie die anderen war auch er ein Prostituierter.«

»Wie alt war er?«

»Vierzehn. So behauptete man zumindest vor Gericht. Mir hatte er jedoch gesagt, er sei achtzehn. Und er sah sogar älter aus.«

Die Verteidigerin erhob sich. »Euer Ehren, dürften wir bitte nach vorne kommen?« Als auch Estrada am Tisch der Richterin eingetroffen war, sagte Kassia Miller: »Euer Ehren, entweder sind die Ausführungen dieses Mannes für unseren Fall ohne jegliche Bedeutung, oder aber Mr. Estrada versucht, seinen eigenen Zeugen bloßzustellen.«

»Euer Ehren«, erwiderte der Staatsanwalt, »ich möchte den Geschworenen lediglich ein möglichst vollständiges Bild meines Zeugen vermitteln.«

»Aber auch dafür gibt es Grenzen, Mr. Estrada. Bitte etwas zügiger«, entschied Richterin Martinez.

»Ja, Euer Ehren. Danke.« Er trat wieder ans Pult. »Was für ein Gefühl war das für Sie, mit einem so jungen Menschen zusammenzusein?« fragte er Alvaro.

»Einspruch, Euer Ehren. Das ist irrelevant.«

»Stattgegeben.«

»Haben Sie noch immer Kontakt zu Prostituierten?«

»Schon seit Jahren nicht mehr. Damals war es nur verrückt. Aber heute ist es geradezu selbstmörderisch.«

»Wie sehen Ihre momentanen Beziehungen zu anderen Männern aus?«

»Sie beschränken sich auf einen einzigen Erwachsenen, dem ich mich emotional verbunden fühle. Es ist jetzt alles anders als früher.«

»Wußten Ihre Kollegen bei Phoenix Enterprises von Ihren Neigungen, sich mit relativ jungen, männlichen Prostituierten einzulassen?«

»Nur zweien hatte ich es selbst gesagt. Mariah Dodge und Alexander Blair.«

»Wer ist Alexander Blair?«

»Er war mein unmittelbarer Vorgesetzter bei Phoenix Enterprises. Außerdem hatte er mich auch angestellt.«

»In welcher Beziehung standen Sie zu Alexander Blair, bevor Sie zu Phoenix Enterprises kamen?«

»Wir waren ... ich glaube, man kann es ›Bekannte‹ nennen. Vielleicht auch ein wenig mehr. Wir hatten gemeinsame Freunde und sahen uns gelegentlich auch auf Partys.«

»Auf welche Weise erfuhr er von Ihren Neigungen?«

»Er war einmal mit dabei, als ich mich an einen Jungen heranmachte.«

»Hatte er ähnliche Vorlieben?«

»Einspruch, Euer Ehren«, rief Miß Miller dazwischen.

»Euer Ehren, Alexander Blairs Vorlieben sind wegen der Anstellung von Mr. Alvaro bei Phoenix Enterprises sehr wohl von Bedeutung.«

»Sie haben sich schon viel zu lange bei dieser Frage aufgehalten, Mr. Estrada. Ich gebe daher dem Einspruch statt«, entgegnete die Richterin.

»Warum hat Mr. Blair Sie angestellt?« fragte Estrada.

»Einspruch. Das sind reine Spekulationen«, protestierte die Verteidigerin.

»Stattgegeben.«

»Hat Mr. Blair Ihnen gegenüber den Grund für Ihre Einstellung angegeben?«

»Einspruch. Hörensagen.«

»Stattgegeben.«

Estrada war es langsam leid. Er konnte nur hoffen, daß Kassia Millers wiederholte Unterbrechungen die Geschworenen mit der Zeit nicht mehr beeindrucken würden.

»Gab es noch andere Bewerber für diese Stelle oder waren Sie der einzige?«

»Es gab noch andere.«

»Woher wissen Sie das?«

»Mr. Blair zeigte mir den Stapel mit den Bewerbungen.«

»Wieviel waren es denn ungefähr?«

»Ich konnte sie nicht zählen. Aber mindestens zwanzig.«

»Als man Sie anstellte, wurde Ihnen da erklärt, daß dieser Arbeitsplatz bestimmte Qualifikationen erforderte, oder daß Sie ausgesprochen gut dafür geeignet waren?«

»Er sagte nur, er könne mir vertrauen.«

»Und was ist daran so außergewöhnlich?«

»Einspruch.«

»Euer Ehren. Ich lege hier das Fundament für meine weitere Befragung. Wenn Sie es wünschen, kann ich es Ihnen auch beweisen.«

Mrs. Martinez schüttelte ungeduldig den Kopf und machte eine Geste mit der Hand. »Fahren Sie fort.«

»Was dachten Sie, als er Ihnen sagte, er könne Ihnen vertrauen?«

»Ich hielt es für eine Drohung.«

»Eine Drohung? Womit hätte er Ihnen denn drohen können?«

»Damit, allen Leuten von meinen Neigungen zu erzählen.«

Gelächter. Die Richterin ermahnte die Zuschauer zur Ruhe.

»Und wurde diese Befürchtung später bestätigt oder nicht?«

»Sie wurde bestätigt.«

»Inwiefern?«

»Meine internen Finanzenprüfungen waren auf Weisung von Mr. Blair ausgesprochen lückenhaft, so daß ich bestimmte fehlerhaft verbuchte Beträge einfach ›übersah‹. Von diesen beiseite geschafften Summen erhielt ich jeweils einen gewissen Prozentsatz. Erst lehnte ich es ab, dieses Geld anzunehmen. Doch dann machte er mir klar, daß ich meine Karriere ruinieren würde, falls ich mich weigerte, mit ihm zusammenzuarbeiten. Er sagte etwas über die guten Partys, die wir gemeinsam besucht hätten. Da wußte ich Bescheid. Er brauchte gar nicht deutlicher zu werden.«

»Sie haben also mit diesen Manipulationen weitergemacht?«

»Genau. Er gab vor, daß die abgezweigten Summen an erpresserische Leute im Baugewerbe gingen, die uns andernfalls bei der Realisierung unseres Projektes Probleme bereitet hätten.«

»Wie viele Bauten hat Phoenix Enterprises denn hochgezogen?«

»Überhaupt keine.«

»Aber weshalb dann diese Zahlungen?«

»Wir haben natürlich immer wieder Ausschreibungen gemacht, um unseren Investoren etwas vorzeigen zu können.« Alvaro, der sich mittlerweile auf sichererem Terrain bewegte, antwortete jetzt wesentlich präziser und mit fester Stimme.

»Was geschah mit diesen unterschlagenen Beträgen, nachdem Sie sie gezahlt hatten?«

»Das ist mir nicht bekannt.«

»Wurden die Gelder Ihres Wissens nach jemals dazu verwendet, die Ziele von Phoenix Enterprises auf illegale Weise zu erreichen?«

»Nicht, daß ich wüßte.«

»Haben Sie Mariah Dodge etwas von alledem mitgeteilt?«

»Anfangs nicht. Aber dann habe ich ihr bei passender Gelegenheit alles verraten.«

»Wie reagierte sie darauf?«

»Sie war entsetzt und sagte mir, daß sie unbedingt etwas dagegen unternehmen müsse. Aber sie hatte keine Ahnung, wie und was.«

Estrada legte eine kurze Verschnaufpause ein. Im Zeugenstand bat Juan Alvaro um ein Glas Wasser.

Der Staatsanwalt wartete, bis sein Zeuge ausgetrunken hatte, und fragte ihn dann: »Wurde einmal der Vorschlag gemacht, die finanzielle Organisation des Unternehmens grundlegend umzustrukturieren?«

»Ja.«

»Können Sie uns darüber mehr berichten?«

»Cuyler Jadwin, der Aufsichtsratsvorsitzende, hatte Kontakt zu einigen ausländischen Investoren aufgenommen, die einen Teil des Projektes übernehmen sollten. Mitte Oktober kam er dann nach New York, um uns seine neuen Arrangements zu erläutern und sicherzustellen, daß seine Pläne nicht durch irgendwelche unvorhergesehenen Zwischenfälle behindert würden.«

»Hatten Sie für diese Besprechung bestimmte Vorbereitungen getroffen?«

»Ja. Ich mußte Berichte ausarbeiten und Statistiken über die finanziellen Transaktionen des Unternehmens zusammenstellen. Dafür ging fast eine ganze Woche drauf. Dann, einen Tag vor der Besprechung, traf ich mich auf Mariah Dodges Wunsch hin mit ihr im Büro, weil sie mir eine Kompromißlösung vorstellen wollte, die sie zur Behebung der Finanzprobleme von Phoenix Enterprises ausgearbeitet hatte.«

»Worin bestand denn dieser Kompromiß?«

»Es gab einerseits den von Cuyler Jadwin ausgearbeiteten Übernahmeplan. Auf der anderen Seite stand die schlichte Weigerung von Roberto Morales, Jadwins Vorschläge zu akzeptieren. Mariah ließ mich wissen, sie hätte einen Weg gefunden, die beiden wieder miteinander zu versöhnen und sie davon abzuhalten, Gelder abfließen zu lassen, die die Firma dringend benötigte.«

»Um wieviel Uhr betraten Sie das Bürogebäude?«

»Gegen sechs Uhr oder vielleicht auch halb sieben. Es war Sonntag abend.«

»War das Büro um diese Zeit denn geöffnet?«

»Nein.«

»Wer hatte einen Schlüssel zu den Räumlichkeiten?«

»Wir hatten beide Zugang zu den wichtigsten Räumen – zu dem Bereich, in dem der Kopierer stand, wo die Akten gelagert wurden und zum Sekretariat. Darüber hinaus selbstverständlich auch zu unseren eigenen Büros. Außerdem war Mariah noch im Besitz der Schlüssel von Morales' Büroräumen.«

»Hielt sich noch jemand anderes dort auf, als Sie sich mit Mariah Dodge trafen?«

»Nein.«

»Was machten Sie, während Sie alleine waren?«

»Wir gingen in Mariahs Büro und stellten noch einige Dokumente für die tags darauf stattfindende Besprechung zusammen. Mariah hatte etwas gegen Computer. Deshalb zerschnitt sie mehrere Statistiken und Schaubilder, um sie dann wieder neu geordnet zusammenzukleben.«

Estrada zeigte ihm das Mehrzweckmesser. »Erkennen Sie dieses Messer wieder?«

Alvaro warf einen kurzen Blick auf die Tatwaffe und sah sofort wieder weg. »Genau so ein Messer hat sie an jenem Abend benutzt.«

»Konnten Sie sämtliche Arbeiten erledigen, die Sie sich vorgenommen hatten?«

»Nicht alle.«

»Warum denn nicht?«

»Weil Mariah auf etwas stieß, das sie aus der Haut fahren ließ.«

»Einspruch.«

»Stattgegeben.«

»Was genau ist an jenem Abend geschehen, Mr. Alvaro«, fragte Estrada.

»Sie fand etwas, das sie von ihrer Arbeit abhielt.«

»Konnten Sie erkennen, um was es sich dabei handelte?«

»Ja. Es war ein Brief, auf dem jemand ein paar handschriftliche Bemerkungen gemacht hatte.«

»Kam Ihnen diese Handschrift fremd vor oder kannten Sie sie?«

»Sie war mir vertraut.«

»Um wessen Schrift handelte es sich?«

»Um die von Roberto Morales.«

»Wo und zu welcher Gelegenheit hatten Sie diese Schrift vorher schon gesehen?«

»Sehr häufig und zu vielen unterschiedlichen Anlässen. Vor allem, weil Morales die Angewohnheit hatte, Gesprächsprotokolle am Rand mit seinen Notizen zu versehen.«

»Können Sie für die Jury möglichst genau den Wortlaut dieses Schreibens wiedergeben?«

»Der Brief war an Morales' Privatanschrift adressiert. Als Absender war ein Name angegeben, den weder Mariah noch ich kannten, und an den ich mich auch nicht mehr erinnern kann. Es ging um gewisse Investoren – irgend etwas in der Richtung, daß diese Leute in den Startlöchern säßen, und daß ihre dokumentarischen Nachweise strengsten Überprüfungen standhalten würden. Dann wurde gefragt, wie lange er sie benötigte. Das kam uns reichlich merkwürdig vor.«

»Einspruch, was die Reaktion des Zeugen auf diesen Brief betrifft«, meldete sich Miß Miller zu Wort.

»Stattgegeben.«

»Was stand außerdem noch darin?«

»Der Autor bedankte sich für einen Scheck. Falls Morales die Berichte haben wollte, über die sie zuvor gesprochen hätten, müsse allerdings noch mehr Geld fließen. Die Formulierungen waren ziemlich rätselhaft. So, als ob beide gewußt hätten …«

»Einspruch«, sagte Miß Miller erneut. »Ich beantrage, diese Bemerkung aus dem Protokoll zu streichen.«

»Stattgegeben. Bitte keine Vermutungen über das Wissen Dritter, Mr. Alvaro«, belehrte ihn die Richterin.

»Fahren Sie ruhig fort«, bat Estrada seinen Zeugen.

»Eines der handgeschriebenen Wörter war durch eine Linie mit einem der maschinegeschriebenen verbunden. Ich kann mich erinnern, daß dort einige Bargeldsummen erwähnt wurden sowie Abkürzungen, die mit Luftverschmutzung und Wasserentsorgung in Zusammenhang standen. Dann war da außerdem noch von einem Kreditbrief die Rede.«

Estrada ließ Alvaro aus dem Zeugenstand treten und auf einen großen Bogen Papier die Worte und Buchstaben notieren, an die er sich noch erinnern konnte. Für die Geschworenen untermauerten solche optischen Eindrücke das Gesagte auf überzeugende Weise.

Was Juan Alvaro zu Papier brachte, vermittelte den klaren Eindruck, daß Morales für fingierte Berichte über die Luftverschmutzung gezahlt hatte, die das Phoenix-Projekt verursacht hätte. Ähnliche gefälschte Expertisen mußte es auch über die von dem Unternehmen erzeugten Mengen an Abwasser gegeben haben. Unter dem Kürzel LUFTVER/ABWAS zeichnete er einen stilisierten Totenkopf und zwei gekreuzte Knochen. »Ich weiß genau, daß dieses Zeichen auch auf dem Brief vorhanden war.«

»Können Sie sich an weitere Details erinnern?«

»Ja.« Alvaro schrieb *K. B.* – Auslandsniederlassung – GEHEIM an den Rand und zog von dieser Notiz eine Linie zu dem Wort DOKUMENTATION, das in dem Brief selbst stand. Das GEHEIM rahmte er danach zweimal ein. »K. B. bedeutet Kreditbrief«, erklärte er abschließend.

»Das sind also die Einzelheiten, an die Sie sich erinnern können. Und es handelt sich dabei um den Brief, der Mariah Dodge so aus der Fassung gebracht hat?«

»Ja.«

»Was tat sie, nachdem sie den Inhalt dieses Schreibens zur Kenntnis genommen hatte?«

»Sie fragte mich über die finanziellen Manipulationen aus, in die ich verwickelt war. Diesmal wollte sie alles ganz genau wissen.«

»Und wie reagierte sie auf Ihre Enthüllungen?«

»Sie wurde unglaublich wütend und wollte unbedingt weitere Nachforschungen anstellen. Ich half ihr dabei. Wir gingen anschließend einen ganzen Haufen Unterlagen durch.«

»Wie verhielt sie sich im Laufe dieser Überprüfungen? Wurde sie noch gereizter oder beruhigte sie sich wieder?«

»Sie wurde immer saurer. So hatte ich sie wirklich noch nie zuvor erlebt.«

»Waren Sie die ganze Zeit über zu zweit oder kam später noch jemand hinzu?«

»Es erschien noch eine weitere Person.«

»Wer?«

»Roberto Morales.«

»Und was geschah dann?«

»Mariah konfrontierte ihn auf der Stelle mit unserem Verdacht. Sie warf ihm vor, mit seinem Phoenix-Projekt alle hinters Licht geführt und es nur für seine eigenen, selbstsüchtigen Ziele mißbraucht zu haben. Und das, obwohl er ganz genau gewußt hätte, daß sich seine Pläne überhaupt nicht realisieren lassen würden.«

»Einspruch, Euer Ehren.« Die Verteidigerin ging bereits auf den Richtertisch zu, doch forderte die Vorsitzende sie mit einer deutlichen Handbewegung auf, sich wieder zu setzen.

»Einspruch abgelehnt. Herr Zeuge, hat der Angeklagte die ihm zur Last gelegten Vorwürfe bestritten?«

»Ja, das hat er.«

Die Richterin wandte sich an die Geschworenen. »Bitte denken Sie daran, daß hier nichts über den Wahrheitsgehalt dieser Vorwürfe gesagt wurde. Es geht lediglich darum, was der Zeuge gehört haben will.«

»Wie verhielt sich Mariah Dodge gegenüber dem Angeklagten?« setzte Estrada seine Befragung fort.

»Sie sprach mit lauter Stimme und war reichlich aufgeregt.«

»Können Sie uns verdeutlichen, wie sich die Verärgerung von Mariah Dodge gegenüber dem Angeklagten ausdrückte? Ich meine, ganz allgemein ...«

»Ganz allgemein? Sie beschimpfte ihn.«

»Erinnern Sie sich noch an einige der Worte, die sie dabei gebrauchte?«

»Sie sagte, er würde sein eigenes Volk betrügen, er sei ein Lügner und Dieb. Dann meinte sie, es sei ihr vollkommen unverständlich, wie sie sich je von ihm habe berühren lassen können. Außerdem machte sie sich über seine Qualitäten als Liebhaber lustig. ›Jämmerlich‹ war, glaube ich, das Wort, das sie in diesem Zusammenhang benutzte.«

»Und er? Was sagte er darauf?«

»Er wurde ebenfalls ausfallend und warf ihr vor, sie hätte nicht die leiseste Ahnung, wovon sie eigentlich spräche. Dann bezeichnete er sie als dämliches Flittchen, das sich lieber mit solchen Dingen beschäftigen sollte, die ihr kleines bißchen Verstand nicht überforderten.«

»Beschimpfte Roberto Morales nur Mariah Dodge oder sagte er auch zu Ihnen etwas Ähnliches?«

»Er forderte mich zum Gehen auf.«

»Und Sie?«

»Ich blieb.«

»Warum?«

»Ich hatte Angst, die beiden alleine zu lassen. Sie waren unglaublich aufgebracht und wütend. Vor allem er.«

»Sie sind also während des ganzen Streites geblieben?«

»Nein, ich habe das Büro später dann doch verlassen.«

»Warum denn?«

»Aus zwei Gründen. Der erste war, daß Morales begann, mich direkt anzugreifen. Er drohte mir damit, aller Welt zu erzählen, wie gut mir kleine Jungen gefielen.«

»Haben Sie das Büro denn umgehend verlassen, als der Angeklagte seine Drohungen gegen Sie ausstieß?«

»Nein, nicht sofort«, entgegnete Alvaro.

»Wie verhielten Sie sich in dieser Situation?«

»Ich drängte Mariah, das Büro gemeinsam mit mir zu verlassen.«

»Und was antwortete sie Ihnen daraufhin?«

»Zunächst reagierte sie überhaupt nicht, denn sie schrie noch immer Morales an.«

»Können Sie sich noch entsinnen, was sie ihm alles an den Kopf warf?«

»Teilweise.«

»Für die Geschworenen ist es außerordentlich wichtig, daß Sie es ihnen berichten.«

»Sie verfluchte ihn auf Spanisch und Englisch. Sie nannte ihn Hurensohn, warf ihm vor, er sei impotent und eine widerliche Mißgeburt.«

Kassia Miller sprang auf. »Einspruch, Euer ...« Weiter kam sie nicht. Luz Martinez' »Abgelehnt« brachte sie zum Schweigen.

Juan Alvaro blickte verwirrt drein.

»Sie können ruhig fortfahren, wenn Sie sich noch an mehr erinnern«, sagte die Richterin.

»An eine Bemerkung erinnere ich mich besonders gut. Mariah sagte: Du *hältst dich für soviel besser als die Leute da draußen, vor denen du seit eh und je Berührungsängste hast, weil du glaubst, ihre Not könnte dich infizieren. Ich kenne Leute, die an der Nadel hängen, Leute, die du für den Abschaum der Erde hältst – der puertoricanischen Erde. Aber du bist es nicht einmal wert, ihnen die Schuhe zu putzen. Sie mögen durchaus ein trauriges und erbärmliches Leben führen, aber es gibt nicht einen unter ihnen, der so ein verlauster, dreckiger Miesling ist wie du. Und feige* – sie sagte feige –, *nicht einer von denen ist so feige wie du.* Weiter sagte sie, allein der Gedanke, er könne sie noch einmal berühren, verursache ihr schon Gänsehaut. Nie wieder würde sie den Fehler begehen, sich mit ihm einzulassen.«

Im Gerichtssaal herrschte absolute Stille – eine Stille, die von der gebannten Aufmerksamkeit des Publikums herrührte. Auch Estrada spürte das.

»Was entgegnete denn der Angeklagte, als Mariah Dodge ihm vorwarf, er würde sich seiner Herkunft schämen ...« Estrada holte bereits tief Luft in der Hoffnung, die Verteidigerin würde wiederum Einspruch einlegen. Er hoffte, der Zeuge würde in diesem Fall sämtliche Beschimpfungen gegen Morales nochmals wiederholen können. Aber seine Kontrahentin tat ihm diesen Gefallen nicht.

»Er schrie sie an, sie solle die Klappe halten.«

»Das war alles? Oder kam noch etwas hinterher?«

»Mariah machte sich noch weiter über seine Männlichkeit lustig. An einem ganz bestimmten Punkt erklärte sie ihm, ich sei hundertmal mehr ein Mann als er ... Das machte ihn noch wütender. Das Ergebnis war, daß sich seine Wut von da an gegen mich richtete. Wieder einmal drohte er mir, diesmal jedoch noch schlimmer als am Anfang. Er wollte allen von meiner Verurteilung erzählen und von der Gefängnisstrafe, die ich unter falschem Namen in einem anderen Bundesstaat abgesessen hatte. Bis dahin war mir überhaupt nicht bekannt gewesen, daß er davon wußte. Er jagte mir schreckliche Angst ein, denn ich war mir von jeher sicher, daß mein Leben ruiniert wäre, falls irgend jemand davon erfahren sollte.«

»Wie ging es weiter?«

»Mariah versprach ihm hoch und heilig, aller Welt zu erzählen, was für ein Ausbeuter Morales sei. Daß er den Leuten noch immer den Erfolg des Phoenix-Projektes einredete, obwohl er längst wußte, daß das nichts als eine Lüge war. Nein, nicht nur, daß er es wußte, sondern daß er diese Lüge erst in die Welt gesetzt hatte. Daß andere ihre Existenz für seine verlogenen Ideen aufs Spiel setzten, während er als der große Held dastand. Daraufhin erwiderte er bloß, er sei doch wirklich ein Held, der größte Held, den sie je gesehen hätte. Und Mariah sagte, die Menschen würden ihn schon durchschauen. Morales konterte, er habe den Menschen nie etwas zuleide getan, und Investoren seien außerdem gar keine Menschen.«

»Als der Angeklagte das sagte, worum ging es da gerade in der Auseinandersetzung?« wollte Estrada wissen.

»Sie stritten sich über den Brief, den wir entdeckt hatten. Sie warf ihm vor, für das Treffen am Montag lauter Fälschungen angefertigt zu haben, wie er es vom ersten Tag an gemacht hätte. Als Reaktion darauf beschimpfte er sie von Neuem und mit den allerübelsten Kraftausdrücken. Aber sie stand ihm in nichts nach und revanchierte sich entsprechend. Dann bat sie mich mit ganz normaler, ruhiger Stimme, das Büro zu verlassen. Ich kam zu der Überzeugung, daß ich alles nur noch verschlimmern würde, wenn ich blieb – und bin gegangen!«

»Wie empfanden Sie die Stimme des Angeklagten zu diesem Zeitpunkt?«

»Er hörte sich geradezu rasend an. Außerdem habe ich noch nie jemanden so außer sich erlebt. Ihm stand ja beinahe der Schaum vor dem Mund.«

»Einspruch.«

»Stattgegeben. Bleiben Sie sachlich, Mr. Alvaro.«

»Wann haben Sie Mariah Dodge nach diesem Zwischenfall das nächste Mal wiedergesehen?« fragte Estrada mit bewußter Naivität.

»Das nächste Mal?« Alvaro schien verblüfft. »Danach habe ich sie nie wieder gesehen.«

»Wieso denn nicht?«

»Weil sie an jenem Abend ermordet wurde.«

Estrada ließ diese Antwort einen Moment auf die Geschworenen wirken und bat dann die Richterin um eine kurze Besprechung. »Mr. Alvaro ist erst gestern abend in New York eingetroffen und hatte daher keine Gelegenheit, die Dokumente einzusehen, die meine Behörde bei Phoenix Enterprises sichergestellt hat. Aus diesem Grund möchten wir Sie bitten, die Verhandlung auf morgen zu vertagen, damit er eine Chance erhält, sie zu überprüfen.«

»Ich habe Ihnen doch bereits den Vormittag zur Verfügung gestellt sowie den vergangenen Freitag nachmittag.«

»Euer Ehren, dies ist die erste Gelegenheit, daß ein Finanzexperte von Phoenix Enterprises diese Unterlagen einsehen kann«, erwiderte Estrada. »Aus den Aussagen, die Mr. Alvaro heute vor diesem Gericht gemacht hat, läßt sich schließen, daß er in den besagten Dokumenten wichtige Hinweise hinsichtlich des Mordmotivs entdecken könnte.«

Die Richterin schüttelte unglücklich den Kopf. Sie setzte ihre Lesebrille auf, um etwas auf den Notizblock zu schreiben, der vor ihr lag, und ermahnte dann die Geschworenen, auf keinen Fall mit Außenstehenden über die Verhandlung zu sprechen. Der Gerichtsdiener geleitete sie aus dem Saal, und Luz Martinez schlug einmal kräftig mit dem Hammer auf den Tisch. »Die Verhandlung wird hiermit bis morgen früh um exakt neun Uhr dreißig vertagt.«

Clemente wartete im Korridor auf Estrada. »Mit diesem Blair habe ich leider kein Glück gehabt. Hat das Land verlassen. Niemand weiß, wo er sich aufhält oder wann er zurückkommen wird. Sein Telefon ist vorübergehend außer Betrieb.«

»Wann ist er denn verschwunden?«

»Ungefähr eine Woche, nachdem ich mich zum letzten Mal mit ihm unterhalten habe.« Clemente steckte ein Pfefferminzbonbon in den Mund. »Habe ihm wahrscheinlich eine Frage zuviel über Juan Alvaro gestellt«, sagte er angewidert.

14

Nachdem sie sich wieder in Estradas Büro zurückgezogen hatten, stellte der Staatsanwalt Juan Alvaro und Tess Dodge den Buchprüfer Nathan Masouros vor, den man erneut von einer anderen Arbeit abgezogen hatte, damit er der Anklage im Fall *Morales* weiterhalf. Bis Mitternacht saßen sie über den Akten von Phoenix Enterprises, ohne jedoch auch nur einen einzigen nützlichen Hinweis darin entdecken zu können. Zwar stießen die beiden Männer sowohl auf doppelt ausgestellte als auch auf gefälschte Rechnungen, doch konnten diese nicht mit Morales persönlich in Verbindung gebracht werden.

Einige der zweifach ausgestellten Rechnungen waren Alvaro bis dahin unbekannt gewesen. »Mir war gar nicht bewußt, daß *alle* dieses betrügerische System angewendet haben. Sie müssen sich vorstellen, daß es keinen Weg gab, die ausgebenen Gelder den Waren und Dienstleistungen gegenüberzustellen, die man gekauft oder in Anspruch genommen hatte. Aus den uns vorliegenden Dokumenten geht nicht hervor, zu wessen Vorteil diese Beträge unterschlagen wurden.«

»Könnte Blair uns bei der Klärung dieser Frage helfen?« wollte Estrada wissen.

»Er könnte sicher bei manchen Punkten zur Klärung beitragen«, vermutete Alvaro. »Aber ich habe meine Zweifel, daß er wesentlich mehr weiß als ich. Blair hatte mich damit beauftragt, ein Verrechnungssystem auszutüfteln, das für solche Betrügereien geeignet war. Daher ging ich davon aus, daß er einer der Ganoven sein mußte. Er und Morales. Aber es kann sein, daß ich mich geirrt habe. In Wirklichkeit muß er nicht notwendigerweise mehr gewußt haben als ich selbst.«

»Er wird zumindest wissen, wer ihn angewiesen hat, mit Ihrer Hilfe diese Manipulationen durchzuführen. Damit ist er das nächste Glied in der Kette.«

»Und wenn nun dieser Cuyler Jadwin dahintersteckt ...«, schlug Masouros vor.

»Laßt uns nicht vergessen, daß wir es hier mit einem *Mordprozeß* zu tun haben«, machte Estrada den Anwesenden klar. Nachdem er Alvaro endlich im Zeugenstand hatte, war Cuyler Jadwin der allerletzte, den er jetzt im Gerichtssaal sehen wollte. »Unsere Aufgabe für heute abend besteht darin, unsere Beweismittel so weit zu ordnen, daß wir sie den Geschworenen präsentieren können. Ich meine damit ausschließlich die Beweise gegen Roberto Morales. Außerdem sollte Juan trotz aller Arbeit, die noch zu erledigen ist, nicht zu spät ins Bett gehen.« Denn nichts schien Estrada jetzt wichtiger, als das Kreuzverhör seines Zeugen in einem Zug durchzustehen. Wie es momentan aussah, lief der Prozeß darauf hinaus, daß am Ende Juan Alvaros Worte denen von Roberto Morales gegenüberstanden.

Am Morgen darauf gingen der Staatsanwalt und sein Zeuge die übriggebliebenen Unterlagen gemeinsam durch. Klar und deutlich erkannte nun auch Estrada, auf welche Art und Weise die betrügerischen Manipulationen erfolgt waren.

»Damit kennen wir die ganze Geschichte, wie bei Phoenix Enterprises betrogen wurde«, kommentierte er das Ergebnis ihrer Arbeit. »Wir haben einiges in der Hand, aber leider überhaupt nichts, was auf Roberto Morales hindeuten würde. Der General, der den Marschbefehl gegeben hat, bleibt uns weiterhin unbekannt. Falls wir also unsere Erkenntnisse vor Gericht präsentieren, wird Miss Miller uns entgegnen: ›Schön und gut, Juan Alvaro hat also an einem regelrechten Betrugssystem mitgewirkt. Aber wer sagt uns, daß es nicht sein eigenes System gewesen ist? Und was hat Roberto Morales damit zu schaffen? Könnte dies nicht sogar ein Hinweis sein, daß Alvaro Mariah Dodge beseitigt hat, damit sie ihn nicht verpfeift?‹«

»Und was ist mit Morales' persönlichen Unterlagen?« fragte Alvaro. »Könnten wir nicht anhand dieser Dokumente herausbekommen, woher das Geld stammte, das er einnahm, und wieviel er ausgegeben hat? Wäre es nicht denkbar, daß wir auf diese Weise Summen ausfindig machen, die ihm gar nicht zustanden?«

»Falls solche Beträge existieren, hat er sie doch längst in irgendwelchen Immobilienholdings versteckt. Nathan hat sämtliche Unterlagen überprüft und keinerlei Hinweise auf derartige Gelder entdecken können. Was wir jetzt nicht über Phoenix Enterprises wissen, werden wir auch später nie mehr in Erfahrung bringen können.« Estrada wurde endgültig klar, daß Larry Kahn ausgesprochen schlechte Arbeit geleistet hatte. Es war ihm nie auch nur einen einzigen Gedanken wert gewesen, daß die Finanzen des Unternehmens etwas mit der Ermordung von Mariah Dodge zu tun haben könnten.

Noch bevor Kassia Miller das Pult erreicht hatte, stellte sie Juan Alvaro schon die erste Frage ihres Kreuzverhörs. »Mr. Alvaro, hat die Polizei nach der Bedeutung der Unterlagen gefragt, die sie am Tatort gefunden hat?«

»Ja.«

»Und was haben Sie den Beamten auf ihre Fragen geantwortet?«

»Daran kann ich mich nicht mehr erinnern.«

»Für diesen Fall habe ich vorsorglich den Polizeibericht mitgebracht, um Ihr Gedächtnis ein wenig aufzufrischen.«

»Das ist nicht nötig«, erwiderte Alvaro. »Im großen und ganzen kann ich mich schon erinnern, nur eben nicht wortwörtlich.« Er sah der Verteidigerin bei seiner Antwort fest in die Augen – genauso, wie Estrada es sich wünschte. »Ich erklärte den Polizisten, daß es sich bei den Unterlagen um Papiere der Finanzabteilung handelte. Ich glaube, sie wollten von mir wissen, warum Mariah sie ausgerechnet am Sonntag abend hatte einsehen müssen. Daraufhin berichtete ich ihnen von der für Montag geplanten Besprechung. Leider fallen mir meine genauen Worte nicht mehr ein.«

»Sie haben gegenüber der Polizei aber nichts davon erwähnt, daß auch Sie sich an jenem Tag in den Büros von Phoenix Enterprises aufgehalten hatten.«

»Nein.« Er wich dem anklagenden Blick der Verteidigerin aus.

»Sie haben auch nichts davon verraten, daß Sie Ihre Firma bestohlen hatten.«

»Ich habe nichts gestohlen.«

»Haben Sie nicht erst gestern ausgesagt, daß Sie zusammen mit anderen die Buchhaltung manipuliert hätten?«

»In den meisten Fällen ...«

»Ja oder nein«, schnitt Miss Miller dem Zeugen scharf das Wort ab.

»Ja.«

»Haben Sie Roberto Morales bei Phoenix Enterprises kennengelernt?«

»Ja.«

»Würden Sie sagen, daß Sie beide so eine Art Verbündete waren – ich meine, bei der Arbeit.«

»Nein.« Zum ersten Mal verzogen sich Alvaros Mundwinkel leicht nach oben.

»Waren Sie sich im klaren darüber, daß Mariah Dodge, Ihre gute Freundin, ein Verhältnis mit meinem Mandanten hatte?«

»Ja.«

»Und haben Sie das gebilligt?«

»Nein.«

»Hat sich Roberto Morales jemals mit Ihnen über Mariah Dodge unterhalten?«

»Ja.«

»Was erzählte er Ihnen bei dieser Gelegenheit?«

»Genau kann ich mich nicht mehr erinnern.«

»Nur ungefähr.«

»Er sprach schlecht von ihr.«

»Es gefiel ihm anscheinend nicht, daß Sie mit ihr befreundet waren?«

»Genau.«

»Man kann also nicht behaupten, daß Sie und Roberto Morales Verbündete waren. Sie waren wohl eher Gegner.«

»Hm ... Ich weiß nicht ...«

»Nur ja oder nein. Waren Sie Gegner?«

»Also gut. Ja.«

»Sie wurden dreimal wegen Homosexualität verhaftet.«

Alvaro brauchte einen Augenblick, um sich zu sammeln. »Ja«, antwortete er schließlich. »Es waren junge Männer.«

»Halten Sie Vierzehnjährige für junge Männer?«

»Sie sahen wesentlich ...«

»Mr. Alvaro«, unterbrach ihn Kassia Miller. »Ja oder nein. Mehr will ich gar nicht hören.«

»Nein.« Auf diese Frage gab es keine gute Antwort.

»Als sie wegen Unzucht mit Minderjährigen verurteilt wurden, lebten Sie unter falschem Namen, nicht wahr?«

»Ja.«

»Sie haben diesen falschen Namen auch gegenüber der Polizei angegeben?«

»Ja.«

»Ihnen war doch sicher schon damals bekannt, wie niederträchtig es von Ihnen war, einen vierzehnjährigen Jungen zum Sex zu verführen, Mr. Alvaro?«

»Hm ...« Alvaro machte einen verwirrten Eindruck.

»Mr. Alvaro?«

»Ja«, gab er offen und unumwunden zu. Estrado war zufrieden.

»Und dennoch haben Sie es getan?«

»Ja.«

»Haben Sie auch schon früher einmal etwas Ähnliches gemacht?«

»Ja.«

»Mehr als einmal?«

»Ja.« Alvaro Antworten erfolgten mittlerweile mechanisch, als versuchte er, sich von seinen Antworten zu distanzieren. Den Blick hatte er starr auf das hölzerne Gitter des Zeugenstandes gerichtet.

»Sie wußten aber, daß es gesetzlich verboten war – oder?«

»Ja.«

»Und trotzdem taten Sie es.«

»Ja.«

»Obwohl Sie wußten, daß Sie diesen Jungen damit Schaden zufügen würden.«

»Es handelte sich um Stricher«, protestierte Alvaro gequält. Miss Miller warf den Geschworenen einen vielsagenden Blick zu, bevor sie ihr Kreuzverhör fortführte.

»Ja glauben Sie denn, Mr. Alvaro, daß sich diese Jungen freiwillig zur Prostitution entschlossen hatten?«

»Einspruch«, sagte Estrada viel zu spät. »Mr. Alvaro kann überhaupt nicht wissen, was in den Köpfen dieser Jugendlichen vor sich ging. Dasselbe gilt für die Verteidigerin.«

»Stattgegeben.«

»Mr. Alvaro«, begann Miss Miller von vorne, »sind Sie der Auffassung, daß es ein Vierzehnjähriger nicht als schlimm empfindet, wenn er als Prostituierter sein Geld verdienen muß?«

»Einspruch.«

»Abgelehnt. Beantworten Sie die Frage.«

»Nein.«

»Was ›nein‹? Ist es nun schlimm oder nicht?«

»Ja, ist es.«

»Sie wußten also, daß es für diese Jungen schlimm sein mußte, haben es aber dennoch getan.«

»Ja.«

»Weil *Sie* es so wollten.«

»Ja, aber ...«

»Schlimm und ungesetzlich.«

»Einspruch. Die Frage wurde bereits beantwortet.«

»Stattgegeben.«

»Sie haben immer so weitergemacht, weil es in Ihrem persönlichen Interesse lag.«

»Nein.«

»Nein? Es lag also damals gar nicht in Ihrem Interesse?«

»Hm ... nein. Ja.«

»Also doch.«

»Ja, aber ...«

»Und darum haben Sie's getan.«

»Ja«, erwiderte Alvaro resigniert.

»Und jetzt sind Sie mit der Staatsanwaltschaft einen Handel eingegangen. Stimmt's?«

»Ich weiß nicht, ob man das als Handel bezeichnen kann«, sagte Alvaro patzig, als wollte er gegenüber der Verteidigerin Punkte sammeln.

Jetzt bist du in ihre Falle getappt, dachte Estrada und beachtete Miss Miller eingehend.

»Das müssen wir ganz genau klären. Stimmt es etwa nicht, daß Sie als Gegenleistung für Ihre Aussage Straffreiheit bekommen haben?«

»Doch, das stimmt.«

»Straffreiheit für alle Delikte, die Sie begangen haben.«

»Ja.«
»Für finanzielle Manipulationen.«
»Ja.«
»Für Betrug?«
»Einspruch, Euer Ehren«, fuhr Estrada dazwischen. »Dürften wir nach vorne kommen?«

Nachdem sie sich vor dem Tisch der Richterin versammelt hatten, sagte Estrada. »Euer Ehren, Miss Miller ist nicht berechtigt, meinem Zeugen wahllos alle möglichen Delikte vorzuwerfen. Der Umstand, daß wir ihm Straffreiheit zugesichert haben, bedeutet noch lange nicht, daß die Verteidigung ihn mit unbewiesenen Verbrechen in Verbindung bringen darf.«

Kassia Miller blieb völlig gelassen. »Euer Ehren«, erwiderte sie, »ich frage hier ausschließlich nach solchen Delikten, von denen der Zeuge selbst gesprochen hat.«

»Die Verteidigerin hat recht, Mr. Estrada«, sagte Luz Martinez. »Sie kann weitermachen.«

Und das tat sie. Alvaro mußte ein Vergehen nach dem anderen eingestehen: Veruntreuung, Steuerhinterziehung, schwerer Diebstahl und Meineid. Estrada erhob mehrmals Einspruch gegen die Länge dieser Liste, bis die Richterin Miss Miller aufforderte zum Ende zu kommen.

»Für all diese Delikte gehen Sie also straffrei aus?« fragte sie Alvaro.

»Ja.«

»Dasselbe gilt für solche Vergehen, die von den Bundesbehörden verfolgt werden.«

»Ja«, sagte er zögerlich.

»Weil Sie nämlich auch von der Bundesanwaltschaft Straffreiheit zugesichert bekommen haben.«

»Ja, wenn ich das richtig verstanden habe.« Alvaro rutschte nervös auf seinem Stuhl hin und her.

»Und was verlangt man dafür von Ihnen?«

»Daß ich aussage.«

»Sie werden also wegen der von mir aufgezählten Delikte nicht zur Rechenschaft gezogen, und alles, was Sie dafür tun müssen, ist, vor diesem Gericht eine Aussage zu leisten. *Ich* nenne das einen netten Handel. Wollen Sie sich Ihre Antwort nicht noch einmal überlegen?«

»Ich glaube, man kann es *doch* so nennen«, gab Alvaro zu.

»Das bedeutet, Sie werden dieses Gericht als freier Mann verlassen.«

»Ja.«

Estrada hielt es für besser, in dieser Situation keinen Einspruch zu erheben, weil er andernfalls befürchtete, die Jury könnte das als Eingeständnis dafür werten, daß er etwas zu verbergen hätte.

»Die Vorstellung, daß Sie für Ihre Taten eigentlich ins Gefängnis gehörten, verursachte Ihnen wohl nicht gerade angenehme Gefühle?«

»Daran dachte ich eigentlich gar nicht, bis ...«

»Sie dachten nicht daran?« Miss Miller machte eine kurze Pause und fragte dann in neutralen Ton: »Stimmt es, daß Sie nicht mehr in diesem Bundesstaat leben?«

»Das ist richtig.« Alvaro klang verunsichert.

»Als Sie diesen Staat verließen, wie lange war Mariah Dodge da schon tot?«

»Ungefähr zehn Monate.«

»Wurden Sie während dieser zehn Monate nochmals mit dem Fall konfrontiert – durch polizeiliche Ermittlungen oder sonstige behördliche Aktivitäten?«

»Ja.«

»Sie sagten, Sie hätten damals mit der Polizei gesprochen.«

»Das habe ich.«

»Sie haben ihr aber längst nicht all das verraten, was Sie uns hier und heute erzählt haben.«

»Nein.«

»Haben Sie vor dieser Verhandlung schon einmal zum Mordfall *Dodge* ausgesagt?«

»Nein.«

»Waren Sie zur Zeit des ersten Prozesses hier vor Ort?«

»Ja.«

»Und waren Sie auch über den Beginn des zweiten unterrichtet?«

»Ja.«

»Wo hielten Sie sich auf, als das Wiederaufnahmeverfahren begann?«

»Außerhalb dieses Bundesstaates.«

»Sie haben demnach noch niemand gegenüber die Dinge erwähnt, die Sie heute vor diesem Gericht zum Besten gegeben haben?«

»Nein.«

»Dazu benötigten Sie anscheinend erst die Zusage der Staatsanwaltschaft, daß Sie ungeschoren davonkämen?«

»Ja, aber ...«

Miss Miller fuhr ihm über den Mund. »Sie zogen weit weg. Dahin, wo niemand über Ihre Vergangenheit Bescheid wußte.«

»Hm … ja. Zum Teil trifft das zu.«

»Daher brauchten Sie sich Ihrer Taten auch nicht mehr zu schämen.«

Alvaro schwieg. Estrada wünschte sich, *er* hätte anstelle seines Zeugen antworten können, um endlich ein anderes Thema anzuschneiden.

»Und außerdem haben Sie auch bedenkenlos gelogen, damit keiner von Ihrer Vergangenheit erfuhr.«

»Na ja …«

»Sie logen bei Einstellungsgesprächen.«

»Ja.«

»Sie belogen Ihre Kollegen.«

»Ich habe mit ihnen nicht darüber geredet.«

»Auch das ist eine Form der Lüge – finden Sie nicht?«

»Vielleicht …«

»Sind Sie jemals aus geschäftlichen Gründen mit einer Frau ausgegangen?«

»Ja.«

»Und auch das war eine Lüge, nicht wahr?«

Keine Antwort.

»Nicht wahr, Mr. Alvaro?«

»Ja.«

»Haben Sie jemals gegenüber anderen Menschen so getan, als hätten Sie mit einer Frau eine Verabredung?«

»Ja.«

»Wieder eine Lüge – oder?«

»Ja.«

»Und Sie haben diese Lügen ständig wiederholt, weil Sie sich davon Vorteile versprachen.«

»Ja.«

»Ist Ihre Lebensgeschichte nicht eine einzige Lüge?«

»Einspruch«, rief Estrada.

»Stattgegeben.«

»Sie machen junge Menschen zu Opfern und verbreiteten später darüber Lügen. Stimmt das?«

»Einspruch.«

Luz Martinez dachte einen Moment darüber nach, sagte dann jedoch: »Nein. Ich lasse diese Frage zu.«

»Sie machen junge Menschen zu Opfern und verbreiteten später darüber Lügen, nicht wahr?«

Erneut stand Estrada auf. »Euer Ehren, es besteht für die Verteidigung wirklich keine Veranlassung, dem Zeugen derart zuzusetzen.«

»Mr. Estrada, ich glaube, Miss Millers Frage bewegt sich noch im Rahmen des Zulässigen.«

»Danke schön, Euer Ehren«, kommentierte die Verteidigerin diese Entscheidung. »Mr. Alvaro, würden Sie bitte meine Frage beantworten?«

»Ja.« Verlegen sah er zu Boden.

»Und jetzt werden Sie in Kürze mit freundlicher Unterstützung der Bezirksstaatsanwaltschaft und der US-Anwaltschaft diesen Gerichtssaal als freier Mann verlassen. Ist auch das richtig?«

Da der Zeuge nicht sofort auf ihre Frage Antwort gab, fügte sie noch schnell hinzu: *»Und Sie werden sich wieder an kleine Jungen heranmachen.«*

»Einspruch!« rief Estrada wütend dazwischen. Aber es war zu spät.

»Ich ziehe meine Frage zurück«, sagte Kassia Miller und kam damit einer Entscheidung durch die Richterin zuvor.

Estrada, der sich gar nicht erst wieder hingesetzt hatte, wandte sich an Mrs. Martinez. »Ich habe noch einige weitere Fragen an den Zeugen, Euer Ehren.« Ohne ihre Zustimmung abzuwarten, drehte er gleich darauf Juan Alvaro seinen Kopf zu. »Kamen Sie aus eigener Initiative auf die Staatsanwaltschaft zu mit der Bitte um Straffreiheit?«

»Nein.«

»Wer hatte denn zuerst diese Idee?«

»Das waren doch *Sie*.«

»Und wie haben Sie von meinem Vorschlag erfahren?«

»Ein Freund von mir hat mich davon unterrichtet.«

»Bevor Ihnen mein Vorschlag unterbreitet wurde, wie standen Sie da zu diesem Prozeß?«

»Ich überlegte mir, ob ich nicht besser doch aussagen sollte.«

»Wie standen Sie zu der Tatsache, daß Sie nicht schon bei der ersten Verhandlung als Zeuge aufgetreten waren?«

»Ich habe das sehr bedauert und hielt es für einen schweren Fehler.«

»Hat die Aussicht auf Straffreiheit Ihre Entscheidung beeinflußt oder nicht?«

»Doch, das hat sie.«

»War das der einzige Grund, aus dem Sie sich uns zur Verfügung gestellt haben?«

»Nein.«

»Haben Sie sich jemals zuvor um Straffreiheit bemüht und falls ja, wann?«

»Nein, ich habe noch nie versucht, Straffreiheit zu erlangen.«

Estrada ging auf die Richterin zu und sagte leise: »Euer Ehren, ich würde Ihnen gerne einen Beweis darbringen, den die Geschworenen vorerst nicht mitbekommen sollten.«

»Eigentlich haben Sie mir schon genug Überraschungen präsentiert«, meinte Mrs. Martinez zu Estrada, wandte sich dann aber der Jury zu. »Meine Damen und Herren, wir werden hier eine kleine Besprechung abhalten. Einige technische Fragen sind zu klären, die Sie nicht interessieren dürften. Daher entschuldige ich Sie hiermit für ein paar Minuten und erwarte Sie in Kürze wieder im Gerichtssaal.«

Die Geschworenen verließen einer nach dem anderen ihre Sitzplätze und warfen dabei den Anwälten fragende Blicke zu. Estrada nutzte die Gelegenheit, um sich kurz mit Clemente zu beraten, und kehrte anschließend wieder an das Pult zurück.

»Mr. Alvaro, weshalb haben Sie unseren Bundesstaat verlassen?«

»Weil ich bedroht wurde.«

»Euer Ehren!«, protestierte Miss Miller.

»Mr. Estrada«, sagte Luz Martinez erbost. »Ich will ebenso wenig ausgetrickst werden wie Miss Miller. Ist dies auch wirklich das Thema, das Sie jetzt behandeln wollen?«

»Ja, Euer Ehren.«

»Mr. Alvaro. Denken Sie daran, daß Sie unter Eid stehen«, ermahnte sie den Zeugen. »Bitte vergessen Sie das nicht.«

Estrada fragte Alvaro, auf welche Weise man ihn bedroht habe.

»Man drohte mir an, dafür Sorge zu tragen, daß man mich wegen Verführung Minderjähriger einsperren würde.«

»Können Sie uns das etwas genauer erklären?«

»Ich war … mit einem jungen Mann zusammen. Kurz nach … Mariahs Tod. Ich hielt ihn für achtzehn oder älter. Später wurde mir berichtet, er sei erst fünfzehn gewesen. Angeblich wollte er mich wegen Vergewaltigung anzeigen. Man sagte mir, er hätte bereits mit einem Priester und einem Familienangehörigen darüber gesprochen. Wie mir versichert wurde, hatte man ihr Schweigen erkauft. Aber falls ich das Land nicht verlassen würde, wollten diese Leute zur Polizei gehen.«

»Und Sie glaubten das alles?«

»Oh ja.«

»Euer Ehren, das ist ohne jede Bedeutung für diesen Prozeß«, bemerkte Kassia Miller.

»Noch ein paar weitere Fragen, Euer Ehren, und die Sache wird vollkommen klar werden. Mr. Alvaro, wer hatte Sie mit diesem jungen Mann bekanntgemacht?«

»Alexander Blair.«

»Ihr Vorgesetzter bei Phoenix Enterprises?«

»Ja.«

»Und nachher? Wer hinterbrachte Ihnen diese Drohungen?«

»Stanley Gilbert.«

»Wer ist dieser Stanley Gilbert?«

»Der Leiter der Sicherheitsabteilung von Phoenix Enterprises.«

»Hat dieser Mann Ihnen gesagt, woher er seine Kenntnisse hatte?«

»Er erklärte mir, der Junge sei mit jemandem von seiner Familie bei Mr. Morales aufgetaucht, und Mr. Morales habe ihnen dieses Geschäft vorgeschlagen. Er meinte, ich hätte allen Grund, dem Chef dankbar zu sein.«

»*Waren* Sie denn dankbar?«

»Ich war wütend und hatte Angst. Viel zu spät wurde mir klar, daß sie mich reingelegt hatten.«

»Wer hatte Sie reingelegt?«

»Roberto Morales – mit Unterstützung von Alexander Blair. Ich wußte einfach zuviel, und darum wollten sie mich loswerden.«

»Euer Ehren«, unterbrach Miss Miller, »das ist die reinste Zeitverschwendung. Hier geht es ausschließlich um Mutmaßungen und Verdächtigungen. Trotz aller Winkelzüge, die Mr. Estrada hier anwendet, hat das nicht das mindeste mit diesem Fall zu tun.«

»Die Einschüchterung eines Zeugen dürfte wohl kaum von minderer Bedeutung sein, Euer Ehren«, konterte der Staatsanwalt.

»Mr. Estrada«, entgegnete Luz Martinez, »Ich hoffe doch sehr, Sie haben noch bessere Beweise für Ihre Anschuldigungen als diese Aussagen von Mr. Alvaro, die lediglich auf Hörensagen beruhen.«

»Euer Ehren, Alexander Blair hat auf unbestimmte Zeit das Land verlassen, aber wir sind auf der Suche nach diesem Jungen und nach Stanley Gilbert. Gilbert werden wir wohl schnell ausfindig machen können. Er wiederum sollte in der Lage sein, uns auf die Spur des Jungen zu setzen. Ich glaube, die beiden könnten einiges dazu beitragen, die Verschwörung gegen meinen Zeugen glaubhaft zu beweisen.«

»Ersparen Sie uns das, Mr. Estrada«, erwiderte die Richterin. »Diese Anschuldigungen sind ebenso unzulässig wie Ihr ›Markenzeichen‹ X.«

»Euer Ehren, Miss Miller hat vor den Geschworenen alles versucht, um die Glaubwürdigkeit meines Zeugen herabzusetzen. *Sie* war es, die mit ihren Anspielungen darauf, weshalb mein Zeuge das Land verlassen habe, die Tür zu diesem Thema sperrangelweit aufgerissen hat. Die Jury hat ein Recht darauf, die wahren Gründe für sein zeitweiliges Verschwinden zu erfahren.«

Damit gab sich Mrs. Martinez noch nicht vollständig zufrieden. »In Ordnung. Aber ich will nichts mehr über irgendwelche dritten Personen hören.«

Wie so viele andere Aspekte dieser Verhandlung, würden auch die Drohungen, die Morales gegen Juan Alvaro ausgestoßen hatte, am nächsten Tag von Presse und Fernsehen behandelt werden, ohne daß die Geschworenen während der Verhandlung davon etwas mitbekamen. Zwar wurde die Gerechtigkeit von einer Frau mit verbundenen Augen und einer Waage in der Hand symbolisiert, aber jeder Jurist, der über ein gewisses Maß an Praxis verfügte, wußte, daß die wichtigsten Blinden die Menschen auf der Geschworenenbank waren.

»Meine Damen und Herren«, sagte Richterin Martinez zu ihnen, als sie wieder den Saal betraten, »die Aussagen, die Sie gleich hören werden, betreffen die Ansichten und Eindrücke des Zeugen. Sofern die Ursachen zur Sprache kommen, die diesen Ansichten zugrunde liegen, möchte ich Sie bitten, sich klarzumachen, daß durch die Aussage des Zeugen keinerlei Beweise für den Wahrheitsgehalt ebendieser Ursachen beigebracht werden. Es geht nur darum, daß der Zeuge zum besagten Zeitpunkt an diese Ursachen *glaubte.*«

»Mr. Alvaro«, setzte Estrada seine Befragung fort, »warum haben Sie damals unseren Bundesstaat verlassen?«

»Weil ich bedroht wurde.«

»Womit hat man Sie bedroht?«

»Mit einer Anzeige wegen Verführung Minderjähriger.«

»Nahmen Sie diese Drohungen ernst?«

»Ja.«

»Und weshalb hielten Sie sich die ganze Zeit über in einem anderen Bundesstaat auf?«

»Wegen dieser Drohungen.«

»Ich danke Ihnen, Mr. Alvaro. Das war alles.«

»Bitte rufen Sie Ihren nächsten Zeugen auf, Herr Staatsanwalt«, sagte die Richterin.

»Wir haben niemanden mehr in den Zeugenstand zu rufen, Euer Ehren.«

15

Richterin Martinez schickte die Geschworenen erneut aus dem Saal, weil Miss Miller beantragen wollte, die Klage gegen Roberto Morales aus Mangel an Beweisen fallenzulassen.

»Abgelehnt«, sagte Mrs. Martinez gelangweilt. »Ich glaube, die Jury hat genug gehört, um sich ein Urteil bilden zu können.« Sie sah auf ihre Uhr. »Wir haben noch viel zu tun, wenn wir den Geschworenen morgen oder am Donnerstag den Fall zur Beratung anvertrauen wollen.«

Niemand widersprach ihr.

Sie bat die Anwälte zu sich nach vorne. »Was das Tagebuch anbelangt, so halte ich Mr. Estradas Position für gerechtfertigt. Es ist als Beweismittel unzulässig. Alles, was wir darin finden, beruht auf Hörensagen, auf Äußerungen, die Dritte gegenüber Mariah Dodge gemacht haben. Falls Sie dennoch den einen oder anderen Punkt für Ihre Beweisführung zu verwenden beabsichtigen, Miss Miller, so erwarte ich ein schriftliches Ersuchen, das ich dann sorgfältig erwägen werde. Aber ich warne Sie schon jetzt: Diese Tagebücher enthalten nichts, was einen derartigen Antrag rechtfertigen könnte.«

»Aber Euer Ehren …« begann die Verteidigerin, wurde jedoch von Luz Martinez einfach ignoriert.

»Miss Miller, haben Sie noch einen Zeugen, den Sie vor der Mittagspause aufrufen könnten?«

»Ja, Euer Ehren«, erwiderte sie grimmig.

Die Geschworenen nahmen wieder ihre Plätze ein. Trotz der kurzen Pause wirkten sie relativ erholt und schienen bereit, sich weitere Aussagen zu Gemüte zu führen.

»Euer Ehren«, sagte Kassia Miller und ging auf das Pult zu, »die Verteidigung ruft David Dexter in den Zeugenstand.«

Wen? Estrada warf Nancy Rosen einen fragenden Blick zu. Aber sie war genauso überrascht wie er.

David Dexter war ein schlanker, dunkelhaariger Mann Anfang Dreißig, der einen Blaumann trug, als käme er gerade von der Arbeit. Auf Kassia Millers Frage erwiderte er, daß er momentan die Oberaufsicht einer Gebäudeverwaltung innehabe, zum Zeitpunkt der Ermordung von Mariah Dodge jedoch der Wachmannschaft des Bürohauses von Phoenix Enterprises angehörte.

»Gab es Unregelmäßigkeiten hinsichtlich Ihrer Arbeitszeit?«

»Höchstens, daß ich manchmal nicht während meiner Schicht gearbeitet habe.«

»Heißt das, Sie haben mitunter Ihre Schicht mit jemand anderem getauscht?« wollte Miss Miller wissen.

»Mein Schwager hat mich gelegentlich vertreten, wofür ich ihn auch bezahlt habe.«

»Wer wußte davon, daß Sie sich vertreten ließen?«

»Mein Vorgesetzter und die Kollegen. Ich habe es allen selbst gesagt. Die anderen haben es doch auch so gemacht. Solange die Arbeit erledigt wurde, hatte niemand was dagegen.«

»Wo befindet sich Ihr Schwager jetzt?«

»Keine Ahnung.«

»Wann haben Sie ihn das letzte Mal gesehen?«

»Vor fast vier Jahren.«

Estrada stand auf. »Euer Ehren, ich kann nicht erkennen, was die Verteidigung damit bezweckt.«

»Wenn ich noch ein paar weitere Fragen stellen dürfte ...«, bat Miss Miller die Richterin.

»Ein paar.«

»Mr. Dexter, können Sie sich an irgendeinen wichtigen Zwischenfall erinnern, der sich ereignete, kurz bevor der Kontakt zu Ihrem Schwager abbrach?«

»Ja, im dreizehnten Stock des Gebäudes wurde eine Frau ermordet. Es war wirklich schlimm.«

»War das vor oder nach der letzten Begegnung mit Ihrem Schwager?«

»Vorher. Aber nicht lange vorher. Ein oder zwei Wochen später verschwand er aus New York. Ein paar Monate lang hörten wir noch von ihm, aber seitdem herrscht Funkstille.«

»Würden Sie uns bitte seinen Namen nennen.«

»Kenneth Charles.«

»Vertrat Sie Ihr Schwager auch an jenem Abend, als diese Frau ermordet wurde?«

»Ja.«

»Welche Schicht hatten Sie damals?«

»Ich arbeitete tagsüber – von Mittwoch bis Sonntag.«

»Hatte Ihr Schwager Zugang zu den Schlüsseln der verschiedenen Büroräume?«

»Er hätte sich Zugang verschaffen können.«

»Wie?«

»Beim Wartungsdienst befand sich ein Schlüsselbord, an dem sämtliche Schlüssel hingen.«

»War dieses Bord irgendwie verschlossen?«

»Manchmal ja, manchmal nein.«

»Gab es dafür einen Grund?«

»Falls es einen gab, habe ich ihn nie verstanden.«

»Ist Ihnen bekannt, ob Ihr Schwager vorbestraft ist?«

»Ja, ist er.«

»Wie haben Sie das erfahren?«

»Weil er einmal in meinem Haus verhaftet wurde. Ich war es, der immer die Kautionen für ihn stellen mußte. Wenn er vor Gericht stand, saß ich im Zuschauerraum. Und im Knast habe ich ihn besucht.« Dexters Ausdruck wirkte genauso verzweifelt wie der Klang seiner Stimme. »Ich mach's halt für meine Frau.«

»Waren Sie jemals zugegen, als er eine Straftat begangen hat, für die er später verurteilt wurde?«

Estrada hatte seine Kontrahentin lange genug gewähren lassen, weil er feststellen wollte, worauf Miss Millers Befragung hinauslief. Jetzt spürte er, daß Gefahr in der Luft lag, und bat die Richterin, nach vorne kommen zu dürfen.

»Das ist lächerlich«, sagte er entrüstet. »Ein Mann, der ein oder zweimal, meinetwegen auch zehnmal in diesem Gebäude war, ist vorbestraft. Na und? Wo kommen wir denn da hin?«

»Hier geht es um Mord«, erwiderte Kassia Miller kühl und beherrscht. »Falls Roberto Morales verurteilt wird, bekommt er mindestens fünfzehn Jahre. Das ist allerdings nur das Minimum. Mr. Estrada wird mit Sicherheit mehr verlangen. Da ist es doch wohl nur allzu verständlich, wenn ich aufzuzeigen versuche, daß jemand anderes die Tat begangen haben könnte.«

»Was kann dieser Zeuge dazu beitragen?« fragte Richterin Martinez.

»Ich würde Euer Ehren gerne ein Schriftstück zeigen, das ich für wichtig halte.«

»Bitte.«

Kassia Miller ging zu ihrem Tisch zurück und kam mit einer amtlich bestätigten Karteikarte der Gefängnisverwaltung von North Carolina wieder. Auf der Karte klebten Fotos von Kenneth Charles. Das Dokument enthielt die Dokumente, deretwegen er eingesessen hatte: Notzucht und tätlicher Angriff mit einem Messer.

»Das ist der Mann, über den wir hier sprechen.« Mit Erlaubnis der Richterin ließ Miss Miller ihren Zeugen den Mann auf den Fotografien als Kenneth Charles identifizieren. Dann fragte sie Dexter erneut, ob er eine Straftat seines Schwagers beobachtet hatte.

»Er hatte eine Auseinandersetzung in einer Bar. Kenny zerstückelte diesen Typen ganz ordentlich.«

»Wie hat er ihn verletzt?«

»Er zerschnitt ihm das Gesicht mit einem Klappmesser.«

»Danke, Mr. Dexter.«

Estrada stand auf, um den Zeugen ins Kreuzverhör zu nehmen. »Mr. Dexter, gehörte zu Ihrem regelmäßigen Arbeitsablauf, daß sie während Ihrer Rundgänge in dem Bürogebäude auch einen Blick in die Büros selbst warfen?«

»Nein, das habe ich normalerweise nicht gemacht.«

»Wie oft waren Sie an dem Schlüsselbord im Erdgeschoß?«

»Jedesmal, wenn etwas nicht in Ordnung war.«

»Also nicht gerade oft.«

»Nein, oft kam das nicht vor.«

»Wenn Ihr Schwager in dem Haus gearbeitet hat, hielten Sie sich auch dort auf?«

»Nein, darum war er ja da.«

»Sie können also nicht genau sagen, was er machte, während er Sie vertrat?«

»Na ja, er wird seine Arbeit getan haben.«

»Er drehte also seine Runden in den Gängen außerhalb der Büros.«

»Das nehme ich doch an.«

»Aber Sie wissen nicht, was er sonst noch gemacht haben könnte?«

»Nein.«

»Sie wissen nicht, ob er einen Schlüssel vom Bord genommen haben könnte?«

»Nein.«

»Sie wissen nicht, ob ihm die Existenz einer Firma namens Phoenix Enterprises überhaupt bekannt war?«

»Nein.«

»Oder ob er an den Tagen, an denen er Sie zu vertreten vorgab, auch wirklich anwesend war?«

»Aber er war doch an meiner Stelle dort.«

»Tatsächlich? Haben Sie sich an jenen Tagen in dem Haus aufgehalten?«

»Nein.«

»Dann konnten Sie ihn folglich auch nicht sehen.«

»Er bediente immer die Stechuhr.«

»Das können Sie gar nicht wissen. Jeder hätte das für ihn erledigen können.«

Verwirrt gab Dexter klein bei.

»Kenneth hätte sich ebenso gut von jemandem vertreten lassen können, wie Sie sich von ihm haben vertreten lassen.«

»Ja, ich glaube ...« Der Zeuge klang angesichts dieser Möglichkeiten eher fasziniert als verwirrt.

»Sie können demnach nicht mit Bestimmtheit sagen, daß er jemals an Ihrem Arbeitsplatz gewesen ist.«

»Nein, das kann ich nicht.«

»Danke, Mr. Dexter«, sagte Estrada mit Verachtung in der Stimme. »Euer Ehren, ich habe keine weiteren Fragen an diesen *wichtigen* Zeugen.« Mit einem provozierenden Lächeln in Richtung der Verteidigung, als wolle er sagen *Und nun?*, setzte sich der Staatsanwalt an seinen Tisch.

»Eine kurze Pause«, informierte Mrs. Martinez die Anwesenden, bevor sie aufstand. »Um halb zwei wird die Verhandlung fortgesetzt.«

Clemente kam sofort nach Beendigung der Sitzung auf Estrada zugeeilt. »Der Bruder von der Frau irgendeines Kerls. Wie hätte ich dahinterkommen ...«

»Schon in Ordnung«, beruhigte ihn der Staatsanwalt. »Niemand macht Ihnen Vorwürfe. Aber ich bitte Sie, sich auf die Suche nach diesem Burschen zu machen. Ich will alles Wissenswerte über ihn erfahren. Reden Sie auch mit seiner Frau und dem Rest der Familie. Falls Sie Unterstützung brauchen, sage ich Collins Bescheid.«

»Geht klar. Machen Sie sich keine Sorgen. Ich finde den Kerl.« Als er in seinem Büro eintraf, stellte Estrada fest, daß Juan Alvaro nicht auf ihn gewartet hatte, um gemeinsam zum Mittagessen zu gehen.

»Er ist mit Tess und Carlos Ramírez irgendwo hingegangen«, berichtete Lisa Stein. »War reichlich durcheinander wegen seiner Aussage von heute morgen.«

»Er weiß doch hoffentlich, daß er zurückkommen muß?« fragte Estrada.

»Ich habe ihn darauf aufmerksam gemacht.«

»Ich verstehe nicht«, sagte Miss Stein beim Essen, »weshalb Kassia Miller nur mit diesem Schwager über Kenneth Charles gesprochen hat, statt ihn persönlich in den Zeugenstand zu rufen.«

»Auf diese Weise sät sie Zweifel und kann die Geschworenen glauben machen, daß Kenneth Charles es vielleicht getan haben könnte. Wenn dieser Mann jedoch erst einmal vor Gericht steht und aussagt – wo sind dann noch die Zweifel? Sobald man ihm diese Tat zur Last legt, wird er sie bestreiten. Darum bin ich ja so versessen darauf, den Burschen aufzutreiben.«

Sie waren gerade damit beschäftigt, ihr Sandwichpapier zu beseitigen, als McMorris anrief. »Ich habe Neuigkeiten für Sie. Ob gute oder schlechte, kann ich nicht beurteilen. Ich halte Sie allerdings eher für schlecht.«

»Dann lassen Sie mal hören.«

»Der alte Censabella ist tot.«

»Was!«

»Gestern. Fiel die Treppe hinunter und brach sich das Genick.«

»Das paßt diesem Morales sicher gut in den Kram. Wo ist es geschehen?«

»In seinem Haus. Er war anscheinend in dem Stockwerk, in dem Morales sein Apartment hatte. Beim Hinuntergehen ist ihm dann entweder schwindelig geworden, oder aber er ist gestolpert. Als er unten ankam, war sein Genick bereits gebrochen – zusammen mit etlichen anderen Knochen.«

»Was hat er denn in dem oberen Stockwerk gemacht?«

»Keine Ahnung.«

»Finden Sie es heraus. Erkunden Sie sich, ob bereits eine Autopsie veranlaßt wurde. Falls nicht, informieren sie die Gerichtsmedizin, es bestehe der Verdacht, daß man ihm das Genick gebrochen und ihn erst anschließend die Treppe hinuntergeworfen hat.«

»Halten Sie das für möglich?«

»Ich weiß es nicht. Ich will lediglich ganz sichergehen. Vielleicht weiß ja Mrs. Iannacone mehr …«

»Ich werde sehen, was sich machen läßt.«

»Aber Beeilung. Die Zeit läuft uns davon.«

Miss Millers nächster Zeuge war Craig Lawrence, der Privatdetektiv, mit dem ihre Kanzlei zusammenarbeitete. Nach dem College hatte er Jura studiert und war anschließend zum FBI gegangen.

»Was machen Sie zur Zeit beruflich?« fragte ihn Kassia Miller.

»Ich leite eine Privatdetektei.« Er saß aufrecht, aber nicht steif auf seinem Stuhl und antwortete völlig ungezwungen – ganz anders, als man es von den FBI-Leuten her kannte, die nach jeder Antwort die Reaktion der Geschworenen prüften. In beeindruckender Weise beschrieb er die großen Anstrengungen, die er unternommen hatte, um David Dexter ausfindig zu machen, sowie die Mühe, die es ihn gekostet hatte, die Lücken der polizeilichen Ermittlungen zu schließen.

Beim Kreuzverhör ließ sich Estrada von ihm noch einmal in aller Ausführlichkeit den ganzen Arbeitsaufwand des Privatdetektivs schildern und befragte ihn dann zu den Kosten, die seine Recherchen verursacht hatten.

»Mr. Lawrence«, sagte er freundlich, »als FBI-Agent kamen doch die Steuerzahler für Ihr Gehalt auf, nicht wahr?«

»Ja.«

»Sie zahlten Sie dafür, daß Sie die Wahrheit herausfanden.«

»Ja.«

»Und wer bezahlt Ihre Arbeit in *diesem* Fall?«

»Meine Rechnungen erhält die Kanzlei Pane, Parish, Eisen Legler.«

»Das ist die Kanzlei, die die Verteidigung von Roberto Morales übernommen hat. Die Verteidigung bezahlt Sie demnach also?«

»Ja.«

»Damit Sie Dinge herausfinden, die zugunsten des Angeklagten sprechen.«

»Falls ich etwas Nachteiliges für den Angeklagten ans Tageslicht fördern würde, würden das meine Auftraggeber selbstverständlich auch erfahren.«

»*Denen* würden Sie davon berichten. Aber die Jury würde nie etwas davon erfahren.«

»Einspruch«, sagte Miss Miller.

»Stattgegeben.«

Der Detektiv wollte zunächst nicht angeben, wie hoch seine Endabrechnung ausgefallen war. Estrada ließ nicht locker.

»Ich glaube, alles in allem waren es um die einhundertfünfzigtausend Dollar.«

»*Einhundertfünfzigtausend Dollar*«, wiederholte Estrada. »Und mehr als ein Jahr Arbeit. Soll das heißen, daß dieser Kenneth Charles das einzige ist, was Sie Ihrem Auftraggeber für so viel Geld nach einem so langen Zeitraum zu bieten hatten?« Estrada wandte sich an die Geschworenen, um sein Erstaunen mit ihnen zu teilen. »Habe ich Sie richtig verstanden?«

»Meine Detektei hat herausgefunden, was herauszufinden war.«

»Ein Mann, von dem Sie nicht einmal wissen, ob er in der Mordnacht anwesend war.«

»Hm ...«

»Stimmt es etwa nicht, Mr. Lawrence«, fragte Estrada weiter, »daß Sie einhundertfünfzigtausend Dollar vom Angeklagten verlangt haben, nur um uns allen letztendlich nachzuweisen, wie sorgfältig die Polizei gearbeitet hat?«

»Einspruch.«

»Stattgegeben.«

»Haben Sie je den Versuch unternommen, David Dexter oder Kenneth Charles mit Mariah Dodge in Verbindung zu bringen?«

Lawrence zögerte und sagte dann: »Ja.«

»Wie haben Sie das angestellt?«

»Wir haben vor allem das ganze Bürogebäude abgeklappert und die Leute befragt, die das Opfer gekannt hatten ...«

»Sie haben sich viel Mühe gegeben, oder?«

»Wir haben unsere Arbeit getan.«

»Auf der Suche nach einer möglichen Verbindung.«

»Ja.«

»Und wieviel Geld ist dabei draufgegangen?«

»Ich kann das so auf Anhieb nicht von der Gesamtsumme trennen.«

»Aber sicher doch ein beträchtlicher Prozentsatz dieses Endbetrags?«

»Bestimmt.«

»Eine wirkliche Verbindung konnten Sie allerdings nie feststellen.«

»Nein, nichts Eindeutiges.«

»Überhaupt keine Verbindung, um es deutlich zu sagen. Und das, obwohl Sie soviel Zeit und Geld dafür investiert haben.«

Lawrence zögerte erneut, und Miss Miller nutzte sein Schweigen für einen weiteren Einspruch.

»Stattgegeben. Fahren Sie fort, Mr. Estrada.«

»Wieviel Zeit und Geld haben Sie denn eigentlich aufgewandt, um *Juan Alvaro* ausfindig zu machen?«

»Das kann ich Ihnen nicht sagen.«

»Keine Minute und nicht einen Dollar. Ist das richtig?«

»Ich kann mich nicht einmal an diesen Namen erinnern.«

»Aber Ihr Mandant wußte sehr wohl, wie nah sich Juan Alvaro und Mariah Dodge standen, nicht wahr?«

»Einspruch.«

»Stattgegeben.«

»Waren Sie nicht der Meinung, daß Juan Alvaro Ihnen hätte von Nutzen sein können?«

»Ich glaube, der Name wurde nie erwähnt.«

»Weil Ihr Mandant keinen Wert darauf legte, oder?«

»Einspruch.«

»Stattgegeben.«

»Keine weiteren Fragen, Euer Ehren.«

Nachdem Craig Lawrence den Zeugenstand verlassen hatte, bat Kassia Miller um eine kurze Besprechung wegen des Todes ihres Zeugen Censabella.

»Das tut mir wirklich leid«, sagte Mrs. Martinez. »Ich nehme an, Sie wollen statt dessen seine Aussage aus dem ersten Prozeß verlesen lassen.«

»Es wäre uns sehr daran gelegen.«

»Ich sehe da kein Problem, Mr. Estrada?«

»Ich schon. Beim ersten Prozeß wurde dieser Mann für die Staatsanwaltschaft völlig überraschend präsentiert. Mr. Kahn hatte keine Gelegenheit, sich für das Kreuzverhör ordentlich vorzubereiten, wie ich durch meine Nachforschungen habe feststellen können. Daher wäre es unfair, die Staatsanwaltschaft heute an Mr. Kahns unangemessene Zeugenbefragung zu binden. Ich bitte deshalb darum, diese Aussage für unzulässig zu erklären.«

»Haben Sie denn irgendeinen Anhaltspunkt, daß Sie es diesmal besser machen würden?« wollte die Richterin wissen.

»Ja, Euer Ehren. Ich verfüge über Informationen, daß Mr. Censabella vom Angeklagten regelmäßig Geld erhielt – und zwar mehrere hundert Dollar die Woche.«

»Kann ich davon ausgehen, Mr. Estrada, daß diese Informationen auf Hörensagen beruhen? Erzählte der Verstorbene diesen Sachverhalt jemandem, der es Ihnen dann weitergetragen hat?«

»Lassen Sie es mich so formulieren, Euer Ehren: Ich bin zuversichtlich, daß der Angeklagte im Fall seiner Aussage vor diesem Gericht die Frage nach regelmäßigen Zahlungen an Remigio Censabella nicht abstreiten würde.«

»Mr. Estrada«, entschied Richterin Martinez, »die Gesetze verlangen lediglich, daß die Möglichkeit eines Kreuzverhörs gegeben sein muß. Dies war der Fall. Wenn Mr. Kahn sich darauf schlecht vorbereitet hat, dann beschweren Sie sich bei ihm. Die Staatsanwaltschaft hatte jedenfalls ihre Gelegenheit, und das ist alles, was zählt.«

Nun bekamen die Geschworenen also doch zu hören, daß Remigio Censabella zum Zeitpunkt des Mordes an Mariah Dodge sechsundvierzig Jahre lang in seiner Wohnung in Little Italy gelebt und seit etwas mehr als einem Jahr einen Nachbarn gehabt hatte, der selten zu Hause war. Wenn, dann war immer eine hübsche Frau mit langem, vollem Haar bei ihm gewesen. Censabella hatte über die verschiedenen Geräusche gesprochen, die er durch die Wand wahrgenommen hatte: manchmal Musik, mitunter Schritte und – im hinteren Zimmer – rhythmische Geräusche, die sich anhörten, als würde jemand trainieren.

Die Zuschauer, die zum Großteil wieder auf Morales' Seite standen, amüsierte diese Bemerkung köstlich. Zusammen mit den Geschworenen erfuhren sie, daß Censabella eines Sonntag nachmittags im Oktober an seinem Fenster gesessen und die Nachbarn auf der Straße beobachtet hatte. Dabei hatte er auch den Mieter von oben gesehen, der gerade mit seiner Freundin das Haus betrat. Sie waren dort laut Censabella zwischen ein und zwei Stunden geblieben, und hatten dann die Wohnung wieder verlassen. Anhand einer Fotografie hatte Censabella bei der ersten Verhandlung die Frau als Mariah Dodge identifiziert. Während der Zeit, in der sich die beiden in Morales' Apartment aufgehalten hatten, mußte Censabella mehrmals den hinteren Raum betreten, wobei er jeweils die ›Trainings‹-Geräusche hörte.

Larry Kahn hatte damals zwar beim Kreuzverhör in allen entscheidenden Punkten nochmals nachgefragt, doch bemerkte Estrada, daß sein Vorgänger die Befragung ganz offensichtlich mit der Befürchtung vorgenommen hatte, die Medien könnten sich über seinen zu harten Umgang mit diesem armen, alten Mann beschweren. Jetzt war er ein armer alter und toter Mann.

»Sie hörten also dieses rhythmische Geräusch?« las die Stenografin vor.

»Ja.«

»Konnten Sie es von dem Fenster aus hören, an dem Sie saßen?«

»Ich weiß nicht mehr.«

»Von wo aus konnten Sie es denn hören?«

»Ich weiß nicht.«

»Haben Sie nicht ausgesagt, nur im hinteren Zimmer Ihrer Wohnung hätten Sie diese Geräusche wahrgenommen?«

»Ja.«

»Waren Sie aber im hinteren Zimmer, dann konnten Sie vorne nicht aus dem Fenster sehen.«

»Ich weiß nicht.«

»Was wissen Sie nicht? Wenn Sie hinten waren, waren Sie nicht vorne.«

»Ja.«

»Waren Sie aber nicht vorne, konnten Sie auch nicht aus dem Fenster sehen.«

Und so weiter. Kahn hatte mit seinen Fragen der Jury klargemacht, daß Censabella durchaus etwas hätte übersehen haben können. Diese Befragung war unter den gegebenen Umständen vollkommen in Ordnung, dachte Estrada. Nur würde sie nicht viel bringen. Nach ihrer Unaufmerksamkeit zu urteilen, war die Jury derselben Ansicht.

Der tote Mr. Censabella bestätigte Morales' Version der Ereignisse. Doch niemand war da, der die Aussage von Juan Alvaro stützte. Es war unmöglich vorauszusehen, wie sich dieser Umstand auf die Geschworenen auswirken würde.

Nachdem die Stenografin zum Ende gekommen war, erhob sich Kassia Miller und stellte sich ans Pult.

»Euer Ehren«, sagte sie, »die Verteidigung ruft Roberto Morales in den Zeugenstand.«

16

Für einen Moment herrschte atemlose Stille. Die Geschworenen waren mit einem Schlag hellwach. Doch dann setzte auf den Zuschauerrängen ein heftiges Tuscheln ein, das von Hochrufen und Applaus begleitet wurde.

Mrs. Martinez fuhr in die Höhe, pochte mit ihrem Hammer auf den Tisch und gab einem der Gerichtsdiener Anweisung, die Jury aus dem Saal zu führen. Aber noch bevor dieser einen Schritt auf die Geschworenen zumachte, waren die Sympathiekundgebungen für Morales wieder verebbt. Ruhe kehrte wieder in den Sitzungssaal ein, und nur noch das Klopfen des Hammers und die Ordnungsrufe der Gerichtsdiener zerschnitten die Stille.

»Ich warne Sie«, sagte Mrs. Martinez. »Noch so ein Zwischenfall, und Sie wandern geschlossen ins Gefängnis. *Todos.* En la carcel. Inmediamente. Falls Sie sich mit diesen Bedingungen nicht abfinden sollten, haben Sie jetzt die Gelegenheit, den Saal zu verlassen.«

Estrada erkannte zwei ältere Männer, die als notorische Störer bekannt waren. Sie erhoben sich und schlichen davon. Als sie das Weite suchten, brachen etliche Zuschauer wieder in Lachen aus.

»Genug jetzt!« schrie die Richterin. »Beherrschen Sie sich, oder ich lasse den Saal räumen. Das Gefängnis ist gleich gegenüber.«

Dann wandte sie sich an die Geschworenen. »Ich weiß, daß sie viel zu klug sind, um sich von dem kindischen Benehmen dieser Leute aus der Fassung bringen zu lassen, die mit ihrer Zeit nichts besseres anzufangen wissen, als bei Gerichtsverhandlungen für Unruhe zu sorgen. Ich vertraue darauf, daß Sie sich davon nicht beeindrucken lassen und gegenüber dem Angeklagten auch weiterhin Ihre neutrale Einstellung bewahren. Miß Miller, sie können jetzt beginnen.«

Estrada sah zu, wie Roberto Morales den Eid ablegte. Obwohl er sich für diesen Augenblick gut vorbereitet hatte, fühlte er sich reichlich unsicher. Es galt als ausgesprochene Seltenheit, einen Angeklagten ins Kreuzverhör zu nehmen. So etwas geschah so gut wie nie.

Kassia Miller kam zunächst auf die Herkunft des Angeklagten zu sprechen und fragte ihn nach seiner Familie, den Pflegeeltern und seiner Ausbildung.

Morales antwortete klar und präzise. Er schien voll bei der Sache zu sein, wenn auch ein wenig nervös.

Seine Verteidigerin dagegen wirkte kühler als sonst. Kein Zeichen von der Lockerheit, die sie normalerweise gerne zur Schau stellte. »Mr. Morales, bevor ich Sie noch einiges über Ihre Vergangenheit frage, würde ich Ihre Aufmerksamkeit doch gerne kurz auf die Gegenwart lenken. Ich möchte wissen, ob Sie die Aussage des letzten Zeugen der Anklage gehört haben – die Aussage von Juan Alvaro?«

»Ja, das habe ich.«

»Ist Ihnen auch noch der Teil in Erinnerung, in dem über den Abend geredet wurde, an dem Mariah Dodge starb?«

»Ja.«

»Wieviel davon – soweit Sie selbst davon betroffen sind – wieviel davon entspricht der Wirklichkeit?«

»Rein gar nichts.«

»Überhaupt nichts?«

»Was mich anbelangt – nichts. Nichts davon ist wahr. Über den Rest kann ich Ihnen natürlich nichts sagen.«

»Wir werden später darauf zurückkommen. Jetzt aber zu Ihrer Lebensgeschichte.«

Bei der Beantwortung ihrer Fragen, hob Roberto Morales dieselben Punkte hervor, die er auch schon in der Besprechung mit Estrada erwähnt hatte. Kurz und bündig ging er auf seine Verteidigerin ein, wobei sein Benehmen vollkommen korrekt blieb und er den Erfordernissen einer Gerichtsverhandlung allen Respekt zollte, ohne dabei allzu steif zu wirken. »Wie lernten Sie Mariah Dodge kennen?« fragte Miss Miller, nachdem die Geschworenen zuvor alles Wesentliche über seine Herkunft und Karriere erfahren hatten.

»Sie begleitete Cuyler Jadwin einmal zu einer unserer ersten Konferenzen. Er unterrichtete mich davon, daß Sie sein ›Vorposten‹ in New York sein solle und meinte, sie würde Phoenix Enterprises gute Dienste leisten.«

»Wann begann Ihre Zusammenarbeit?«

»Kurz darauf kam sie für einen Monat nach New York. Anfangs überschnitten sich unsere Arbeitsbereiche kaum, aber mit der Zeit lief sie mir immer häufiger über den Weg.«

»War sie über Ihre Ehe informiert, oder haben Sie ihr selbst gesagt, daß Sie verheiratet waren?«

»Sie wußte von Anfang an, daß ich eine Frau hatte. Jeder wußte das. Marti hat mich zu allen öffentlichen Veranstaltungen von Phoenix Enterprises begleitet.«

»Und was sagten Sie Ihrer Frau über Mariah Dodge?«

»Ich habe ihr alles gesagt. Irgendwie wußte sie schon, daß wir ein Verhältnis hatten, noch bevor sich Mariah richtig darüber klar wurde.«

»Wie meinen Sie das?«

»Ich erklärte ihr, daß ich fühlen konnte, Mariah und ich würden uns gegenseitig anziehen – körperlich, meine ich. Zu diesem Zeitpunkt hatte ich aber noch keinerlei Annäherungsversuche unternommen.«

»War es normal oder eher ungewöhnlich, daß Sie Ihrer Frau so etwas erzählten?«

»Sowohl als auch. Sie wußte, daß ich Beziehungen zu anderen Frauen unterhielt. Eigentlich war das das Fundament unserer Ehe. Dürfte ich das näher erläutern?«

»Bitte.«

»Marti hatte eine schreckliche Kindheit. Sie hat wirklich viel durchgemacht. Zwar wollte sie eigene Kinder haben, aber davon einmal abgesehen, bat sie mich, meine sexuellen Wünsche anderswo zu befriedigen. Alles, was sie interessierte, war, daß ich dabei solide blieb und diskret vorging.«

»Soll das heißen, Sie erzählten ihr für gewöhnlich, mit wem Sie ins Bett gingen?«

»Wir redeten darüber, wie über jeden anderen Aspekt des Zusammenlebens. Ich habe ihr nichts verheimlicht. Aber normalerweise habe ich über meine Partnerinnen nie viel berichtet. Im Falle von Mariah war das anders, denn die beiden kannten sich.«

»Wie hat Ihre Frau Mariah Dodge kennengelernt?«

»Auf Partys, Empfängen und so weiter. Beide nahmen daran teil, Marti als meine Ehefrau und Mariah als leitende Angestellte.«

»Wie würden Sie Ihr Verhältnis mit Mariah Dodge beschreiben?« fragte Miss Miller.

»Es war ziemlich heftig, denn wir waren beide dynamische, aktive Menschen. Mariah war einfach unglaublich. Abgesehen von meiner Familie gab es für mich nichts Schöneres, als meine Zeit mit ihr zu verbringen. Irgendwie war sie auch Teil meiner Arbeit. Vielleicht habe ich unsere Beziehung auch deshalb so genossen.«

»Wann begegneten Sie Juan Alvaro zum ersten Mal?« wollte die Verteidigerin wissen. Estrada war überrascht, diese Frage zu hören.

»Bei seinem letzten Vorstellungsgespräch für die Stelle, die ihn interessierte.«

»Sie haben also zusammen gearbeitet?«

»Eigentlich nicht. Aber wir sahen uns auf Besprechungen, und ich war immer über seine Arbeitsleistung auf dem laufenden.«

»Wie würden Sie die charakterisieren?«

»Schwach.«

»Wußte er, daß Sie so darüber dachten?«

»Ja.«

»Von wem?«

»Von mir. Ich hatte ihm mehr als einmal gesagt, wenn es an *mir* läge, hätte ich ihn schon längst rausgeschmissen.«

»Und wer war für eine derartige Kündigung zuständig?«

»Ich hätte Alexander Blair und Cuyler Jadwin von der Notwendigkeit überzeugen müssen, sich von dem Mann zu trennen.«

»Hatten Sie und Juan Alvaro besondere persönliche Probleme?«

»Um es ganz offen zu sagen: Ich mochte ihn nicht besonders. Und es gefiel mir überhaupt nicht, daß er sich an Mariah hängte.«

»Hatten Sie irgendeinen Grund zu der Annahme, daß er von Ihrer Abneigung ihm gegenüber wußte?«

»Mariah und ich haben uns einige Male sehr ausführlich darüber unterhalten. Anschließend kam er zu mir und wollte wissen, warum ich versuchte, einen Keil zwischen Mariah und ihn zu treiben. Er sagte, ich hätte kein Recht, über Mariahs Leben zu bestimmen.«

»*Haben* Sie denn über ihr Leben bestimmt?«

»Nein.«

»Gab es sonst noch Probleme mit Juan Alvaro oder beschränkten sich die Schwierigkeiten auf seine Arbeitsleistung und die Beziehung zu Mariah Dodge?«

»Nein, es gab noch andere Beschwerden.«

»Hat man sich damit direkt an Sie gewandt?«

»Erst erfuhr ich von Dritten davon, aber später wandte man sich unmittelbar an mich.«

»Wer beschwerte sich über Mr. Alvaro?«

»Einige der Jungen in der Poststelle.«

»Wie alt waren sie?«

»Ein paar gingen noch zur High School.«

»Und wie lauteten die Klagen über Mr. Alvaro?«

»Einspruch.« Genug ist genug, dachte Estrada. »Hörensagen.«

»Stattgegeben.«

»Was geschah daraufhin?«

»Ich wollte mich vernünftig mit ihm über die Beschuldigungen unterhalten. Aber er hörte überhaupt nicht zu. Er stritt alles ab und warf mir vor, ich wolle sein Leben kaputtmachen. Also machte ich ihm klar, daß er seine Arbeit verlieren würde, wenn das so weiterginge.«

»Wie geht es weiter?«

»Gar nicht. Danach sind mir keinerlei Beschwerden mehr zu Ohren bekommen. Aber wenige Wochen später wurde Mariah Dodge ermordet. Da hatte ich wirklich andere Ding im Kopf, als mich mit Juan Alvaros Perversitäten abzugeben.«

»Wie war es um Ihr Verhältnis zu Mariah Dodge zu dem Zeitpunkt bestellt, als der Mord geschah?«

»Um die Wahrheit zu sagen, es hatte sich verändert. Am Nachmittag vor ihrer Ermordung hatte sie mit mir Schluß gemacht.« Morales gestattete sich die Andeutung eines selbstverachtenden Lächelns.

»Wo befanden Sie und Mariah Dodge sich, als sie die Beziehung beendete?«

»Wir waren in der Wohnung, die ich für uns angemietet hatte.«

»Kannten Sie jemanden in dem Haus, in dem sich diese Wohnung befand?«

»Remigio Censabella.«

»Wie würden Sie Ihr Verhältnis zu diesem Mann beschreiben?«

»Wir waren Nachbarn und tauschten Höflichkeitsfloskeln aus, wenn wir uns begegneten. Außerdem bekam er von mir Geld, weil er nach dem Rechten sah, wenn ich das Apartment nicht benutzte.«

Nun ließ Miss Miller ihren Mandanten also doch die Zahlungen erwähnen, obwohl Censabella tot war. Morales erklärte, welche Dienste der alte Mann ihm geleistet hatte.

»Wieviel zahlten Sie ihm denn dafür?«

»Das war ganz unterschiedlich. Meistens hundert Dollar die Woche. Manchmal mehr, falls irgendwelche Extraarbeiten anfielen. Aber mehr als zweihundert waren es nie.«

»Gab es außerdem noch weitere Zahlungen?«

»Nein.«

»Haben Sie diesem Mann jemals Geld zukommen lassen, um seine Aussage im Mordfall *Dodge* zu beeinflussen?«

»Nein.«

»Sie erwähnten, daß Mariah Dodge die Beziehung zu Ihnen beendet habe, als Sie sich an jenem Sonntag nachmittag in dem besagten Apartment aufhielten. Was genau sagte sie zu Ihnen?«

»Sie beschimpfte mich vor allem.«

»Können Sie uns einige Beispiele nennen?«

»*Aufgeblasener, selbstzufriedener Macho.* Sie sagte, ich sei ein mieser, kleiner Südländer und würde mich selbst dafür hassen. Und so weiter.«

»Was noch?«

»Sie sagte, ich sei wohl der Meinung, die ganze Welt würde meinen ... Penis anbeten. Ich sei nicht besser als alle anderen Männer, sagte sie.«

»War das alles?«

Morales zögerte. »Hm ... nein. Sie meinte, ich sei noch schlimmer als die anderen. Sie sagte, ich sei der mieseste Kerl, der ihr je begegnet sei. Sie ... Muß ich das unbedingt erzählen?«

»Ja«, erwiderte Miss Miller.

War diese Zögerlichkeit einstudiert, fragte sich Estrada, oder sollte Morales mit dem Mund weniger stark sein als mit den Händen?

»Sie nannte mich einen ... Schlappschwanz ... Ich würde sie krankmachen, meinte sie.«

»Wie wirkte das auf Sie?«

»Ich war wütend ... sehr, sehr wütend.« Irgendwas erwachte hinter Morales Augen. »Ich bin ein Mann und ich habe meinen Stolz.« Als ob diese Worte ihn stärken würden, richtete er sich ein klein wenig auf. »Ein Mann darf einer Frau nicht erlauben, ihn zu beschimpfen und seine Männlichkeit lächerlich zu machen.«

Estrada hielt den Atem an. Das war eine Aussage, bei der er später vielleicht mit Erfolg einhaken konnte.

»Ich war unheimlich wütend.« Und so klang er jetzt auch. »Aber auch wieder nicht so wütend, daß ...«

Estrada wartete gespannt.

Aber es folgte nichts. Miss Miller hatte bemerkt, daß ihr Mandant auf dem besten Weg war, sich selbst in Schwierigkeiten zu bringen, und wechselte schnell das Thema. »Wie drückte sich Ihre Verärgerung aus?« Das war die Frage, auf die die ganze Unterhaltung zwischen ihr und Morales abgezielt hatte.

»Ich schrie sie an. Ich sagte, so könne sie nicht mit mir umspringen. Und dann habe ich sie ebenfalls beschimpft.«

»Wie?«

»Mit häßlichen Worten. *Flittchen* war noch das harmloseste.«

»Wie reagierte sie darauf?«

»Sie schrie zurück. So ging es eine ganze Weile hin und her.«

»War das das erste Mal, daß Sie sich stritten oder kam so etwas öfters vor?«

»Wir waren beide ziemlich extrovertierte Typen. Wenn wir wollten, konnten wir ganz schön gemein werden.«

»Was geschah weiter?«

»Wir gingen miteinander ins Bett.« Es klang wie eine Pointe, und er erntete auch prompt einen Lacherfolg im Publikum. Richterin Martinez ließ ihren Hammer einmal niedersausen.

Miss Miller fragte: »Wurde dieser Geschlechtsverkehr von Ihnen erzwungen oder fand er in gegenseitigem Einverständnis statt?«

»Wir liebten uns. So etwas läßt sich nicht erzwingen. Es war wie so oft: Erst flogen die Fetzen, und dann versöhnten wir uns wieder.«

»Wie standen Sie zu Mariahs Wunsch, die Beziehung zu beenden?«

»Falls das tatsächlich ihr Wunsch gewesen wäre, hätte ich mich ihr nicht in den Weg gestellt. Schließlich respektierte ich sie. Zumindest hätte ich versucht, mir ihre Freundschaft zu bewahren. Und wenn schon nicht ihre Freundschaft, so doch wenigstens ihr Vertrauen.«

Kassia Miller trat neben das Pult und legte eine Hand auf dessen hölzerne Umrandung. »Mr. Morales, ich möchte Sie nicht in Verlegenheit bringen oder Ihre Intimsphäre auskundschaften, aber die folgenden Fragen sind unverzichtbar. Haben Sie irgendwelche empfängnisverhütenden Mittel benutzt, als Sie und Mariah Dodge am Sonntag nachmittag miteinander schliefen?«

Morales sah zu den Geschworenen hinüber, als appelliere er an deren Verständnis. Dann wandte er sich wieder seiner Verteidigerin zu und antwortete: »Nein. Keine.«

»Weshalb nicht?«

»Normalerweise waren wir sehr vorsichtig. Aber wir wußten beide, daß dies das letzte Mal sein würde, und Mariah wollte dieses Gummiteil nicht dazwischen haben. Sie haßte Kondome. Wir waren beide sehr besorgt, was ansteckende Krankheiten betraf. Da wir uns jedoch regelmäßig testen ließen, hatten wir nichts zu befürchten.«

»Und was geschah bei diesem ungeschützten Verkehr?«

»Am Ende hatte ich doch Angst ... zog das Glied heraus, um sie zu schützen.«

»Haben Sie ejakuliert oder nicht?«

Morales wurde rot. Verlegen betrachtete er seine Hände, als er die Frage der Verteidigerin beantwortete.

»Ja. Ja, habe ich.«

»Wo?«

»Auf ... auf ihren Körper.«

»Und was passierte dann?«

»Sie ... verrieb den Samen. Manchmal ... manchmal tat sie das.« Da er anscheinend nicht wußte, wie er weiterreden sollte, machte er an dieser Stelle eine Pause.

»Wo verrieb sie ihn?«

»Meistens auf ihrem Bauch. Und auf den Schenkeln.« Er sah auf. »Um mich zu necken. Das war so ein Spielchen von ihr.« Die Geschworenen hörten gebannt zu. »Mir gefiel das nicht, und das wußte sie ganz genau. Sie lächelte mich an und meinte: ›Alles daneben, alles vorbei‹. Denn es war ja das letzte Mal.«

»Wie lange blieben Sie an diesem Nachmittag noch zusammen?«

»Nicht mehr lange. Sie sagte, sie hätte noch etwas zu erledigen. Da ich auch noch einiges zu tun hatte, standen wir auf und verließen das Apartment.«

»Haben Sie beide vorher noch geduscht?«

»Ich ja, sie nicht.«

»Hat sie gesagt, warum nicht?«

»Wenn ich sie richtig verstanden habe, wollte sie auf diese Weise noch ein bißchen länger die Erinnerung an mich bewahren. Außerdem sagte sie, sie würde nach der Gymnastikstunde sowieso duschen.« Seine Miene verfinsterte sich. »Aber dort ist sie nie angekommen.«

Estrada erhob sich. »Euer Ehren?«

»Streichen Sie die letzte Bemerkung«, entschied Luz Martinez. »Meine Damen und Herren, das haben Sie nicht gehört.«

»Haben Sie während der Zeit, die Sie in der Wohnung zugebracht haben, außer über das Ende Ihres Verhältnisses auch noch über andere Dinge gesprochen?«

»Ja, über die Arbeit.«

»Und über was genau?«

»Am Tag darauf sollte bei Phoenix Enterprises eine Besprechung stattfinden. Wir unterhielten uns darüber.« Seine Antworten klangen jetzt ein wenig gedämpfter als zu Beginn der Befragung.

Kassia Miller ließ sich mit ihrer nächsten Frage genügend Zeit, um Morales eine Verschnaufpause zu gewähren, in der er sein Gleichgewicht wiedererlangen konnte. »Was haben Sie in diesem Zusammenhang denn besprochen?«

»Ich berichtete ihr über einige Gespräche, die ich mit Cuyler Jadwin wegen der Neuorganisation der Unternehmensfinanzen geführt hatte. Sie war interessierter, als ich eigentlich vermutet hatte. Wir verabredeten uns für denselben Abend im Büro, um uns für das Treffen am Montag vorzubereiten.«

»Wann wollten Sie sich treffen?«

»Gegen acht.«

»Haben Sie Ihre Verabredung auch eingehalten?«

»Ja«, entgegnete er, »in gewisser Weise schon.«

»Was meinen Sie damit?«

»Ich hatte zwar Verspätung, aber ich kam. Doch sie war nicht … sie war …« Er schwieg und verbarg sein Gesicht hinter den Händen. Die Ellenbogen hatte er auf die Balustrade des Zeugenstandes gestützt. Nach einer Weile richtete er sich wieder auf und blickte zur Jury hinüber. »Ich möchte mich entschuldigen. Es ist sehr schwer für mich.«

Estrada machte eine Andeutung aufzustehen, und bat um ein Eingreifen der Richterin: »Euer Ehren?«

»Sie haben recht. Meine Damen und Herren, bitte schenken Sie dieser Entschuldigung keine Beachtung.« An den Angeklagten gerichtet sagte sie: »Mr. Morales, wenden Sie sich nicht von selbst an die Geschworenen, sondern warten Sie, bis Sie gefragt werden. Miss Miller, versuchen Sie, Ihren Zeugen besser unter Kontrolle zu halten.«

Die Verteidigerin nickte. »Mr. Morales, was sahen Sie, als Sie die Büros von Phoenix Enterprises betraten?«

»Als ich ankam, wollte ich zunächst mein eigenes Büro aufsuchen, wie ich es immer tat. Aber dann sah ich Licht in Mariahs Arbeitsraum und änderte meine Meinung. Ich dachte, sie hätte sich bereits an die Arbeit gemacht, und ging davon aus, daß sie mich erwartete. Bevor ich den Raum betrat, klopfte ich an den Türrahmen und rief ihren Namen, damit sie sich nicht erschreckte.« Er atmete kräftig aus und schüttelte den Kopf.

»Mr. Morales?« sagte Kassia Miller, um ihn wieder in die Gegenwart zurückzuholen. »Was geschah weiter?«

»Ich fand Mariah auf der Couch.« Seine Stimme war nur noch ein Krächzen, das Gesicht wurde leichenblaß. »Sie haben ja die Bilder gesehen, alle Bilder ...« Morales machte eine kleine Pause, um sich zu sammeln. Dann fuhr er fort. »Ich dagegen mußte mit der Wirklichkeit zurechtkommen. Da lag ein Mensch, der mir viel bedeutete, brutal mißhandelt und blutüberströmt.«

Die Verteidigerin wartete einen Moment, bevor sie ihn fragte: »Ist es denkbar, daß sie zu diesem Zeitpunkt noch am Leben war?«

»Nein. Unmöglich. Ihre Augen waren geöffnet. Und dann überall dieses Blut, das aus der gräßlichen Wunde an ihrem Hals lief.« Er schloß die Augen und schüttelte erneut den Kopf, diesmal allerdings heftiger, als könnte er damit die Realität verdrängen.

»Was taten Sie daraufhin?«

»Ich stand einfach da. Ziemlich lange, glaube ich. Es kann sein, daß ich auf die Knie gefallen bin. Ich muß geheult haben. Dann, auf einmal, hörte ich eine Stimme, die mir sagte: *Lauf, lauf weg. Niemand wird dir glauben, wenn du hierbleibst.* Und so bin ich fortgelaufen.«

»Warum liefen Sie weg?«

»Heute weiß ich, daß ich mich idiotisch benommen habe. Im Grunde hatte ich das schon damals erkannt. Ich hatte überhaupt kein Blut an den Händen oder an meiner Kleidung, während das Büro von oben bis unten vollgespritzt war. Niemand hätte mich verdächtigt. Aber ich lief und lief. Ich hatte panische Angst. Die Panik trieb mich fort – und der große Schock über das, was ich da gesehen hatte. Ich wollte nur raus aus dem Gebäude und nach Hause.«

Estrada kam es so vor, als würde er ein Echo hören. Morales hatte nicht nur genau dasselbe erzählt wie während der Unterredung bei der Staatsanwaltschaft, sondern er benutzte zum Teil sogar genau dieselben Worte und Formulierungen. »Und dann sind Sie sofort nach Hause gegangen?« fragte Miss Miller.

»Nein. Ich glaube nicht. Genau weiß ich allerdings nicht mehr, was danach geschah. Irgendwann kam ich zwar zu Hause an, aber in der Zwischenzeit war ich in ein oder zwei Bars eingekehrt. Was oder wieviel ich trank – daran kann ich mich nicht mehr erinnern. Ich habe auch keine Ahnung, wie diese Bars hießen. Aber nachdem ich das Haus verlassen hatte, bin ich, glaube ich wenigstens, erst mal eine ganze Zeitlang ziellos umhergewandert.«

»Was taten Sie, als Sie zu Hause eintrafen?«

»Ich ging unter die Dusche. Vielleicht dachte ich, ich könnte meine Erinnerung einfach abwaschen. Marti sagte ich, daß ich gerne neben ihr in ihrem Schlafzimmer übernachten wollte, weil ich es alleine nicht ausgehalten hätte. Wir haben nämlich getrennte Schlafzimmer.«

»Haben Sie ihr gesagt, was los war?«

»Nein. Sie vermutete, daß es sich um Mariah handelte. Also sagte ich ihr, Mariah hätte mit mir Schluß gemacht. Aber mehr nicht.«

»Haben Sie an jenem Abend irgendwem von diesen schlimmen Ereignissen erzählt?«

»Nein. Dazu hatte ich viel zu viel Angst. Außerdem war ich völlig durcheinander. Ich glaube, mir hätte ohnehin niemand helfen können. Die Polizei würde schon den Mörder finden, dachte ich damals.«

»Mr. Morales, haben Sie Mariah Dodge vergewaltigt?«

»Nein. Ich habe sie nicht vergewaltigt.«

»Haben Sie Mariah Dodge getötet?«

»Nein. Nein, ich habe Mariah Dodge nicht getötet.«

Langsam drehte sich Kassia Miller zu Estrada um. »Ihr Zeuge.«

Richterin Martinez warf einen Blick auf die Uhr. »Ich denke, für heute haben wir genug gehört.«

17

Estrada beeilte sich, zusammen mit Nancy Rosen und Miss Stein den Saal zu verlassen. Sobald sie den Flügel des Gerichtsgebäudes erreicht hatten, in dem die Staatsanwaltschaft untergebracht war, sagte Lisa

Stein: »Ich kann mir nicht helfen, aber es kommt mir so vor, als hätte Morales einiges von dem wiederholt, was er uns bei dem gemeinsamen Gespräch mit der Verteidigung erzählt hat.«

»Genau mein Gedanke«, erwiderte Estrada.

»Ist das nicht gut für uns?« fragte Miss Stein aufgeregt. »Gibt es nicht einen Weg, die Geschworenen darauf hinzuweisen und somit aufzudecken, daß er nur Theater spielt?«

»Das geht nur dann, wenn zwei verschiedene Zeugen ihre Aussagen untereinander abgesprochen haben und Sie ihnen dabei auf die Schliche kommen.«

»Ach je«, stöhnte seine Assistentin und machte ein langes Gesicht. Estrada lächelte sie an und sagte mit warmer Stimme: »Auch ich hätte ihn gern damit überführt. Trösten Sie sich.« Nachdem sie ein paar Schritte weitergegangen waren, fragte er: »Miss Stein, was ist mit unserem guten Johnny geschehen?«

»Tess macht mit ihm einen Spaziergang. Sie werden bald zurück sein.«

McMorris kam vorbei, um mitzuteilen, daß die Autopsie von Censabella zu keinem endgültigen Ergebnis geführt hatte. Niemand hatte feststellen können, warum er die Treppe hinuntergefallen war. Der Tod an sich war zu diesem Zeitpunkt durchaus verdächtig, aber kein Anlaß, Morales damit in Verbindung zu bringen.

»Die Gerichtsmedizin hat es in der TULPE-Datei abgeheftet« – Todesursache unbekannt, laufende Polizeiermittlungen.

»Haben Sie mit Mrs. Iannacone gesprochen?«

»Noch nicht. Sie war nicht zu Hause.«

»Dann gehen Sie noch mal hin und warten notfalls dort auf Sie. Befragen Sie außerdem alle Nachbarn und sehen Sie zu, daß Sie etwas herausfinden.«

McMorris war gerade gegangen, als Clemente anrief und Estrada wissen ließ, daß er bei seiner Suche nach Kenneth Charles noch keinen Erfolg gehabt hatte. »In letzter Zeit keine neuen Haftstrafen registriert. Zumindest nicht laut FBI-Computer.«

»Bleiben Sie dran«, befahl Estrada, obwohl er sich nicht viel davon versprach.

Als Alvaro von seinem Spaziergang zurückkehrte, bat Estrada seine Kolleginnen, den Raum kurz zu verlassen. Dann sprach er ihn auf die Jungen von der Poststelle und die Auseinandersetzungen mit Morales an.

»Das alles ist reinste Erfindung. Nichts davon stimmt.«

»Hat er Ihnen mal vorgeworfen, Sie würden Ihre Arbeit nicht richtig erledigen?«

»In dieser Deutlichkeit nie. Aber er konnte mich von Anfang an nicht leiden. Ich muß für ihn in irgendeiner Weise eine Bedrohung dargestellt haben. Vielleicht wegen Mariah. Aber um sexuelle Eifersucht kann es sich nun weiß Gott nicht gehandelt haben.«

»Ich werde Sie mit Sicherheit ein zweites Mal in den Zeugenstand rufen. Erst habe ich andere Dinge zu erledigen, aber am späten Nachmittag möchte ich Sie wieder hier sehen, um Sie für Ihre Aussage vorzubereiten.«

In den folgenden Stunden ging der Staatsanwalt gemeinsam mit Mrs. Rosen Roberto Morales' Aussage durch. Dabei sahen sie sich nochmals die Aufzeichnungen an, die Estrada bei seinem ersten Gespräch mit Morales angefertigt hatte sowie die Fragenkomplexe für das Kreuzverhör, die er darauf aufbauend zusammengestellt hatte. Währenddessen lauschte er mit einem Ohr ständig auf das Klingeln des Telefons, denn er wartete gespannt auf eine Mitteilung von McMorris.

Als Juan Alvaro zur angegebenen Zeit wieder im Büro eintraf, steckte auch Tess ihren Kopf durch die Tür, um Estrada zu grüßen. Seitdem sie aus Florida zurückgekehrt waren, hatte er versucht, jeden Gedanken an sie zu vermeiden. Als er jetzt ihre wuscheligen Haare und die strahlend grünen Augen wiedersah, bekam er geradezu ein Schrecken vor lauter Freude.

Endlich war der Tag des Kreuzverhörs mit Roberto Morales gekommen. Da er sich aus eigener Anschauung ein Bild von den Anhängern des Angeklagten machen wollte, näherte sich Estrada dem Gericht von vorne und ging direkt auf den Haupteingang zu. Mehr Demonstranten denn je hatten sich zusammengefunden. Sie schwenkten spanisch- und englischsprachige Spruchbänder in allen Farben, die mit dem häßlichen, grauen Himmel kontrastierten, der es in seiner Eintönigkeit durchaus mit dem Gerichtsgebäude aufnehmen konnte. Wie es aussah, hatten sich auch noch die von Kahns Kommission schwer enttäuschten Pro-Timmins-Leute zu ihnen gesellt, da sie im Justizsystem der Vereinigten Staaten einen gemeinsamen Feind ausgemacht hatten.

Morales betrat den Saal zusammen mit seiner Frau und den Verteidigern. Er machte einen frischen, ausgeruhten Eindruck und war genauso seriös gekleidet wie immer. Trotz der grimmigen Atmosphäre des Gerichtsgebäudes strahlte er beinahe so etwas wie ungebrochenen Optimismus aus.

Richterin Martinez war an diesem Morgen für ihre Verhältnisse außergewöhnlich pünktlich. Sobald sie in ihrem Sessel Platz genommen hatte, wies sie einen der Gerichtsdiener an, die Geschworenen hereinzuführen. Estrada warf einen Blick in den Zuschauerraum, der wie immer von Morales' Leuten besetzt war. Zum ersten Mal war auch auf der Sitzreihe, die der Staatsanwaltschaft vorbehalten war, kein freier Platz mehr zu finden. Etliche von Estradas Kollegen, darunter auch Lou Collins, wollten die Show mitverfolgen.

Als Morales den Zeugenstand betrat, wies ihn die Richterin darauf hin, daß er noch immer unter Eid stand. Estrada raffte sich auf und ging mit schweren Beinen auf das Pult zu. Dort ordnete er einen Augenblick lang seine Unterlagen, damit sein Herz sich etwas beruhigen konnte.

»Mr. Morales«, begann er schließlich, »Sie haben ausgesagt, daß Sie nach dem Auffinden von Mariah Dodges Leiche das Gebäude in Panik verlassen hätten, ohne genau zu wissen, wohin Sie eigentlich gingen. Ist das richtig?«

»Ja«, antwortete Morales ein wenig zögerlich, da er nicht durchschaute, was der Staatsanwalt mit dieser Frage bezweckte.

»Hatten Sie irgendeine Tasche bei sich, als Sie an jenem Abend das Bürohaus von Phoenix Enterprises betraten?«

»Nicht, daß ich wüßte.«

»Keine Aktentasche? Immerhin gingen Sie zur Arbeit.«

»Nein, denn sämtliche Unterlagen, die ich benötigte, befanden sich im Büro.«

»Hatten Sie etwas bei sich, als Sie wieder gingen?«

»Nein.«

»Mr. Morales. Sie haben ausgesagt, daß Sie und Ihre Frau gemeinsam Feste besucht hätten, die von Phoenix Enterprises ausgerichtet wurden. Ist das richtig?«

»Ja.« Morales hatte offensichtlich eine derart simple Frage nicht erwartet und antwortete dementsprechend erleichtert.

»Darf man sagen, daß es sich bei Ihrer Frau, die ja von Beruf Fotomodell ist, um eine aufregende und schöne Erscheinung handelt?«

»Ja, ich glaube schon.« Morales warf einen Blick in den Zuschauerraum, wo seine Frau auf demselben Platz wie immer saß. Sein anfänglich stolzes Lächeln verschwand jedoch umgehend, als ihm klar wurde, daß es nicht in der Absicht des Staatsanwaltes liegen konnte, ihn und seine Familie lobend herauszustellen.

Estrada beobachtete die Veränderung in Morales' Mienenspiel und fragte dann: »Haben Sie beide außer der Teilnahme an Partys auch andere Dinge für Ihr Unternehmen getan?«

»Zum Beispiel?«

»Gemeinsame Interviews. Oder hat sie Sie begleitet, wenn Sie irgendwo Reden gehalten haben?«

»Ja.«

»Man kann also sagen, daß Sie beide als perfektes Paar auftraten.«

»Einspruch«, rief Kassia Miller.

»Abgelehnt.«

»Ob wir perfekt waren, bezweifle ich.«

»Soll das heißen, sie *taten* so, als wären Sie ein perfektes Paar? Ja oder Nein.«

»Ich glaube ... ja.«

»Aber es war eine Lüge, nicht wahr?«

»Nein.«

»Nein? Mr. Morales, haben Sie nicht gestern ausgesagt, Sie und Ihre Frau hätten getrennte Schlafzimmer?«

»So was kommt häufig vor.«

»Haben Sie nicht ebenfalls ausgesagt, Sie hätten mehrere Affären gehabt, über die Ihre Frau unterrichtet war?«

»Ja.«

»Und daß Sie im Fall von Mariah Dodge sogar zu dritt etwas unternommen haben, obwohl beide Frauen wußten, was los war?«

»Ja.«

»Haben Sie nicht weiter ausgesagt, daß sie neben Ihrer Ehe fortlaufend Geliebte hatten?«

Morales' Ja kam zögerlich.

»Wem haben Sie davon erzählt?«

»Niemandem.«

»Dann war also das Bild einer heilen Ehe, das Sie für die Öffentlichkeit schufen, eine Lüge.«

»Nein, war es nicht. Wir sind sehr glücklich miteinander.«

»Ihre vorgeblich *normale* Ehe war aber ebenfalls eine Lüge.«

»Einspruch. Der Staatsanwalt ergeht sich in Mutmaßungen.«

»Stattgegeben.«

Das Verhör lief nicht so gut, wie Estrada es sich erhofft hatte. »Sie hatten eine Affäre mit Mariah Dodge. Stimmt das?«

»Ja.«

»Gleichzeitig waren Sie ihr Vorgesetzter bei Phoenix Enterprises, nicht wahr?«

»Ja.«

»Mit anderen Worten: Sie erstattete Ihnen Bericht.«

»Nicht direkt, nein.«

»Obwohl sie Ihre Geliebte war, taten Sie gegenüber den Kollegen so, als wäre sie lediglich eine Angestellte, oder?«

Während er auf das Ja des Angeklagten wartete, wurde Estrada sich dessen bewußt, daß die Verteidigung tags zuvor beim Kreuzverhör von Juan Alvaro genau dieselbe Taktik verfolgt hatte wie er jetzt.

»Ist das richtig?«

»Ja.«

»Und auch das war eine Lüge.«

»Ja«, gab Morales zu.

»Außerdem gaben Sie vor, italienischer Abstammung zu sein.«

»Ja.«

»Als Sie die Wohnung anmieteten, nannten Sie sich Messina.«

»Ja.«

Allmählich kam Estrada in Schwung. »Wieder eine Lüge.«

»Ja.«

»Sie logen, weil Ihnen diese Lüge damals weiterhalf.«

»Ja.«

»Die Lüge half Ihnen, die Wohnung zu bekommen, in der Sie sich mit Mariah Dodge treffen konnten, um Ihre außereheliche Beziehung zu verbergen.«

Morales machte den Anschein, als wollte er Estrada widersprechen, sagte dann aber lediglich: »Ja.«

»Eine Beziehung, die selbst schon eine Lüge war.«

»Nein. Wir gingen vollkommen aufrichtig miteinander um.«

»So, wie Sie gegenüber Ihren Mitarbeitern und in der Öffentlichkeit Ihr Verhältnis zu Mariah Dodge darstellten, muß es aber eine Lüge gewesen sein.«

Keine Antwort.

»Ist das etwa falsch? Sie logen, was Ihre Beziehung zu Mariah Dodge betraf.«

»Ja«, gestand Morales zerknirscht ein.

»Weil es Ihnen zur damaligen Zeit gelegen kam.«

Wieder gab Morales zunächst keine Antwort.

»Weil Sie nur davon profitieren konnten, wenn sie den Leuten darüber die Unwahrheit sagten.«

»Ja.«

»Bitte etwas lauter, Mr. Morales.«

»Ja«, sagte er mit erhobener Stimme und fügte dann schnell hinzu: »Wir mußten doch auch zusammen arbeiten.«

»Und das hätte den Leuten nicht gefallen.«

»Genau.«

»Sie hätten das Vetternwirtschaft genannt, Begünstigung.«

»Ja.«

»Und daran war Ihnen nicht gelegen.«

»Nein ...«

»Also logen Sie, damit keine derartigen Vorwürfe gegen Sie erhoben werden konnten.«

»Ja doch.« Es war unübersehbar, daß Morales' perfekte Selbstbeherrschung erste Risse bekam.

»Sie logen, um Ihre Ziele zu erreichen.«

»Einspruch«, warf Miss Miller ein. »Die Frage wurde bereits beantwortet.

»Ich lasse diese Frage zu. Bitte antworten Sie.«

»Ja.«

Estrada beeilte sich, die nächste Frage zu stellen, um seinen von der Verteidigung unterbrochenen Rhythmus so schnell wie möglich wiederzufinden. »Erwähnten Sie in Ihrer Zeugenaussage nicht, daß Sie ausgesprochen wütend waren?«

Morales sah Estrada verständnislos an.

»Als Sie von Ihrem letzten Treffen mit Mariah Dodge berichteten, sagten Sie, Sie seien sehr wütend gewesen.«

»Ach so. Ja, das habe ich wohl gesagt.«

»Sehr wütend über Mariah Dodge?«

»Ja.«

Estrada ging das Risiko ein: »Sagten Sie nicht *Ich war unheimlich wütend, aber auch wieder nicht so wütend, daß ...?*«

»Ich weiß nicht, ob es genau diese Worte waren.«

»Wenn Sie wollen, kann ich Ihnen die Stelle nochmals vorlesen lassen ...«

»Nein, schon in Ordnung. Wenn Sie es sagen.«

»Als Sie sagten, Sie seien wütend genug – was meinten Sie da? Nicht wütend genug wozu?«

Estrada baute darauf, daß der Angeklagte auf diese Frage entgegnen würde, *nicht wütend genug, sie umzubringen.* In diesem Fall würde er sofort nachhaken und Morales fragen, ob er jemals zuvor wütend genug gewesen war, jemanden zu töten oder ernsthaft zu verletzen. Anschließend würde Estrada, auch wenn er sich des Einspruchs von Miss Miller sicher war, Andrew Flippos schwer verletztes Schlüsselbein erwähnen und so den Geschworenen die gewalttätige Vergangenheit des Angeklagten vor Augen führen, ohne sich deswegen von der Richterin eine Rüge einzuhandeln. Aber Morales tat ihm diesen Gefallen nicht.

»Nicht wütend genug, um *was* zu tun?« fragte Estrada erneut.

»Nicht wütend genug ...« wiederholte Morales langsam Wort für Wort. Trotz seiner äußerlichen Gelassenheit spürte Estrada, daß der Angeklagte verzweifelt nach einer geeigneten Antwort suchte, die ihn nicht belastete. Mit einem Mal entspannte sich Morales spürbar und sagte zuversichtlich: »Ich war nicht wütend genug, als daß ich sie hätte mißverstehen können. Sie war unzufrieden mit ihrem Leben und führte das auf mich zurück. Ich konnte das durchaus verstehen. So etwas gibt es nun einmal.«

Estrada schwitzte vor Anspannung, doch seine Hände fühlten sich eiskalt an. Er wußte, daß der Angeklagte soeben einen großen Pluspunkt geholt hatte. Nun galt es aufzupassen, um nicht noch weiter ins Hintertreffen zu gelangen.

»Als Sie das damals sagten, meinten Sie also bestimmt nicht, *wütend genug, Sie zu töten?«* Ihm blieb nichts anderes übrig, als den Satz, den er gerne als Antwort erhalten hätte, in Frageform zu kleiden, um der Jury auf diese Weise zu verdeutlichen, worauf er eigentlich hinausgewollt hatte. Andererseits räumte er Morales damit die Gelegenheit ein, den Vorwurf gelassen aus der Welt zu räumen.

»Ja. Ich bin mir ganz sicher, daß ich nichts dergleichen sagen wollte.«

»Wie Sie ausgesagt haben, waren Sie früher mit großem Erfolg im Immobiliengeschäft tätig.«

»Ja, das stimmt.« In seiner Antwort schwang ein aggressiver Unterton mit, der darauf schließen ließ, daß sich Morales nach den kritischen Fragen zu Beginn des Kreuzverhörs jetzt sicher fühlte.

»Sie restaurierten Häuser?«

»Ja.«

»Und damit machten Sie eine Menge Geld.«

»Ja.« Morales hatte sich wieder unter Kontrolle.

»Und nachdem Sie erst einmal im Geschäft waren, profitierten

Sie von staatlichen Hilfsprogrammen für ethnische Minderheiten, richtig?«

»Ja.«

»Sie waren vor allem deswegen so erfolgreich, weil sie vorgaben, angloamerikanischer Herkunft zu sein, nicht wahr?« Morales schwieg.

»Sie gaben vor, etwas zu sein, was Sie überhaupt nicht waren – ja oder nein?« Estrada fragte so bissig, wie es ihm vor diesem Gericht zulässig erschien.

»Nein!« platzte die Antwort aus dem Angeklagten heraus. Endlich, dachte Estrada. Endlich ein Punkt, an dem ich einen Hebel ansetzen kann. »Sie haben sich also *nicht* verstellt?« fragte er mit gespielter Überraschung. »Sie gaben nicht vor, ein Weißer zu sein?«

»Ich bin der, der ich bin.«

Um seine Erleichterung über diese Antwort des Angeklagten zu verbergen, sah Estrada auf das Pult hinab. »Mr. Morales, haben Sie sich zusammen mit Ihrer Verteidigerin vor Beginn dieser Verhandlung mit mir zu einem Gespräch getroffen?«

»Ja.«

»Damals standen Sie nicht unter Eid, und dennoch haben Sie mir versichert, daß alle Ihre Aussagen der Wahrheit entsprächen, nicht wahr?«

»Ja.«

»Sie sprachen auch von Ihren Erfolgen auf dem Immobilienmarkt.«

»Ja.«

Estrada drehte sich um und streckte seine Hand zum Tisch der Staatsanwaltschaft aus. Nancy Rosen reichte ihm das Gesprächsprotokoll der damaligen Unterhaltung.

»Und Sie sagten …«, Estrada schlug diejenige Seite auf, die die entsprechende Aussage von Morales enthielt. »Sie sagten, daß die meisten, mit denen Sie es zu tun hatten, aus der farbigen Bevölkerungsschicht stammten.«

Morales dachte einen Augenblick darüber nach. »Ja … Kann sein, daß ich so etwas gesagt habe.«

»Entweder haben Sie es gesagt oder nicht.«

»Ich kann mich doch nicht an alles erinnern, was ich jemals gesagt habe.«

»Wenn ich Ihnen versichern würde, daß Sie diese Aussage gemacht haben, würden Sie es dann bestreiten?«

»Nein.«

»Sie gaben damals vor, die Wahrheit zu sagen, stimmt's?«

»Ja, das ist richtig.«

»Ist es dann auch richtig, daß Sie bei unserer Unterhaltung sagten: *Ich sehe aus wie ein Weißer?*«

»Ja.« Morales' Antwort wurde von einem leicht übertriebenen Seufzer begleitet, mit dem er den Geschworenen die Unwichtigkeit dieser ganzen Fragerei verdeutlichen wollte.

»Und sagten Sie nicht auch, mit den Farbigen hätten Sie bei Ihren Geschäften gelegentlich Probleme gehabt?«

»Wenn Sie es sagen ...«

»Ja oder nein.«

»Ja.«

»Dann ist also Ihren eigenen Worten zufolge das Geheimnis Ihres Erfolges – die Lüge?«

»Einspruch«, sagte Miss Miller und verschaffte ihrem Mandanten durch diese Unterbrechung eine kurze Atempause.

»Einspruch abgelehnt«, entschied die Richterin. »Mr. Morales, beantworten Sie die Frage des Staatsanwaltes.«

»Ja«, sagte der Angeklagte wesentlich kleinlauter als zuvor.

»Als Sie so großen Wert auf Ihr Aussehen und Ihr gutes Benehmen legten, war das nicht auch eine Lüge? Eine Lüge, die ihren Ausdruck in Ihrem Auftreten fand, mit dem Sie es unter allen Umständen vermeiden wollten, für einen Farbigen gehalten zu werden?«

»Nun ...«, versuchte sich Morales aus der Affäre zu winden. Doch als er bemerkte, daß Estrada zu einem weiteren Schlag ausholen wollte, sagte er hastig: »Ja.«

»Das Geheimnis Ihres beruflichen Erfolges beruhte also auf einem ausgeklügelten System von Lügen! Lügen, mit denen Sie Ihre Herkunft verschleiern wollten.«

»Einspruch«, sagte Miss Miller. »Mr. Estrada stellt dem Angeklagten keine Fragen.«

»Stattgegeben.«

»Mr. Morales«, setzte Estrada von Neuem an, »finden Sie nicht auch, daß Ihre Karriere auf Lügen aufgebaut ist?«

»Nein.«

»Das waren also Ihrer Meinung nach keine Lügen?«

»Sie waren zumindest nicht der Grund für meinen Erfolg.«

»Sie wollen die Jury ernsthaft glauben machen, dieser Erfolg hätte sich auch ohne Ihre Lügen eingestellt?«

»Ja. Außerdem sehe ich darin keine Lügen.«

»Sie sehen darin keine Lügen.« Für einen Moment mußte Estrada

von seinem Konzept abweichen. »Sieht für Sie so etwa die Wahrheit aus?«

»Hm … nein, ich glaube nicht …«

»Sie waren sich sehr wohl bewußt, daß es Lügen waren.«

»Es war keine Frage von Wahrheit oder Lüge.«

»Weil es ja viel bequemer ist, wenn man seine Lügen nicht als Lügen bezeichnet!«

»Darum geht es gar nicht.«

»Was ist denn für Sie eine Lüge?«

»Ich hätte Ihnen überhaupt nicht antworten sollen.«

»Warum nicht? Haben Sie denn wieder nicht die Wahrheit gesagt?«

»Nein, nicht völlig.«

»Als Sie soeben sagten, Sie würden Ihr Verhalten nicht als verlogen bezeichnen, haben Sie demnach schon wieder gelogen.«

»Nein.«

»Sie stehen hier unter Eid. War das also nun die Wahrheit oder nicht?«

»Einspruch, Euer Ehren. Der Staatsanwalt quält den Zeugen.«

»Abgelehnt.«

»Sie sagten das, damit wir Sie nicht für einen Lügner halten? Damit die Jury Sie nicht für einen Lügner hält?«

»Was ich damit sagen wollte, war, daß ich sie nicht für schwerwiegende Lügen hielt.«

»Keine *schwerwiegenden* Lügen?«

»Genau.« Morales schien seine Ausgeglichenheit wieder zurückzugewinnen.

»Und damit war die Angelegenheit für Sie erledigt?«

»Nicht vollständig.«

»Sie sind aber der Ansicht, es sei in Ordnung, Lügen zu verbreiten, solange sie nicht schwerwiegend sind?«

»Nicht in der Regel, aber unter besonderen Voraussetzungen schon.«

»Woher wollen Sie denn wissen, ob die anderen Menschen Ihre Lügen für schwerwiegend halten oder nicht?«

Mit in Falten gelegter Stirn suchte Morales nach einer geeigneten Antwort. Estrada ließ ihm jedoch keine Zeit zum Nachdenken. »Vielleicht wären ja Ihre Investoren der Auffassung gewesen, daß es sich um schwerwiegende Lügen handelte.«

»Ich belüge meine Investoren nicht.«

»Haben Sie mir bei unserem letzten Gespräch nicht mitgeteilt, daß Cuyler Jadwin plante, Phoenix Enterprises zu bestehlen?«

»Nicht Phoenix Enterprises.«

»Aber Sie sagten mir, daß er Pläne hatte, Geld zu stehlen.«

»Es ging nicht so sehr um Diebstahl, als vielmehr um Manipulationen zu seinen Gunsten.«

»Und wem gehörte das Geld, mit dem er herummanipulierte?«

»Einigen ausländischen Investoren.«

»Cuyler Jadwin war Ihr Boß.«

»In gewisser Weise.«

»Ja oder nein.«

»Ja.«

»Haben Sie mir gegenüber diesen Mann nicht wörtlich einen *krummen Hund* genannt?«

»Ich weiß nicht mehr.«

Estrada hielt ihm das Gesprächsprotokoll vor die Nase. »Frischt das Ihr Erinnerungsvermögen ein wenig auf?« Er versuchte, Morales aus dem Gleichgewicht zu bringen und ihn von seinen vorbereiteten Antworten wegzulocken.

Der Angeklagte würdigte die Unterlagen keines Blickes. »Es kann sein, daß ich das gesagt habe.«

»Sie wußten also, daß Cuyler Jadwin ein Betrugsmanöver plante?«

»Ja.«

»Und Sie nahmen das bereitwillig hin?«

»Ich nahm es jedenfalls nicht bereitwillig hin, zuzusehen, wie Phoenix Enterprises unter dem Vorwand, das Unternehmen zu retten, letzten Endes zerstört wurde.« Seine Antwort klang fest und überzeugt. Morales hatte wieder Boden unter den Füßen.

»Und daher ließen Sie es geschehen, daß Cuyler Jadwin beträchtliche Summen für sich abzweigte?«

»Ja. Zum richtigen …«

»Ein einfaches Ja genügt mir schon«, unterbrach ihn Estrada. »Stahl er nun Geld oder nicht?«

Morales wandte sich an die Richterin. »Es ist wesentlich komplizierter, als daß ich mit ja oder nein antworten könnte.«

»Ist es nicht«, erwiderte Estrada. »Ja oder nein?«

»Nein, er stahl kein Geld.«

»Trieb er absichtlich den Kaufpreis des sich in seinem Besitz befindlichen Grundstücks in die Höhe und verkaufte es anschließend zu eben diesem überhöhten Preis an Phoenix Enterprises?«

»Einspruch. Hörensagen.«

»Stattgegeben.«

Estrada setzte Morales weiterhin hart zu, bis er schließlich den Punkt erreichte, auf den es ihm besonders ankam.

»Sie sagen, Sie hätten gewußt, daß Jadwin zwei Millionen Dollar gestohlen hatte.«

»Er hatte diesen Betrag nicht gestohlen, sondern einfach zwei Millionen zuviel gefordert.«

»Sie wußten also, daß Jadwin Ihre Investoren um zwei Millionen übervorteilt hatte, zogen es aber vor, darüber zu schweigen?«

»Um das Phoenix-Projekt nicht zu gefährden.«

»Deckten Sie diesen Betrug, weil es in Ihrem Interesse lag?«

»Um das Projekt zu retten, sagte ich.«

»Hatten Sie je die Gelegenheit, mit diesen Investoren oder deren Vertretern zu sprechen?«

»Ja, mehrmals.«

»Und jedesmal, wenn Sie mit ihnen zusammentrafen, logen Sie, indem Sie ihnen Jadwins Aktivitäten verschwiegen?«

»Hm ...«

»Ja oder nein?«

»Ja.«

»Meinten Sie *das,* als Sie dem Gericht vor wenigen Augenblicken weismachen wollten, Sie hätten Ihre Investoren nie belogen?«

»Nein. Ich meine ...«

»Meinten Sie *das,* als Sie gegenüber Mariah Dodge erwähnten, Investoren seien keine Menschen?«

»Nein. Das meinte ich ...«, erwiderte Morales spontan. Dann jedoch, nachdem er seinen Fehler erkannt hatte, versuchte er sich aus der Affäre zu ziehen: »Das habe ich nie gesagt.«

»Ach wirklich?« Schade, sagte sich Estrada, fast hätte ich ihn erwischt ...

»Nicht nur das. Auch war ich zum Zeitpunkt dieses angeblichen Gesprächs überhaupt nicht im Büro.«

Estrada ärgerte sich noch immer, daß ihm der Angeklagte wieder vom Haken gesprungen war. Verächtlich rief er: »Dreist ins Gesicht gelogen haben Sie Ihren Investoren! Und zwar jedesmal, wenn Sie ihnen die zwei Millionen verschwiegen, die man von ihnen extra verlangt hatte.«

»Einspruch«, sagte Miss Miller.

»Stattgegeben.«

»Mr. Morales, Sie berichteten gestern von dem Streit, den Sie mit Mariah Dodge am Tag ihrer Ermordung hatten, und der sich in Ihrer Privatwohnung in Little Italy ereignet haben soll. Stimmt das?«

»Ja.«

»Dasselbe erwähnten Sie mir gegenüber auch bei unserem Gespräch, das wir vor einiger Zeit im Beisein Ihrer Verteidiger geführt haben.«

»Ja.«

»Und beide Male sagten Sie die Wahrheit?«

»Ja.«

»Sie sagten, Mariah Dodge hätte sich über Ihre Herkunft lustig gemacht.«

»Ja.«

»Sie sagten weiter, sie hätte Sie als abstoßend bezeichnet.«

»Ja.«

»Sie nannte Sie einen miserablen Liebhaber.«

»Ja.«

»Und dann zog sie auch noch über Ihre Männlichkeit her.«

»Ja.«

»Sie warf Ihnen vor, selbstsüchtig zu sein und sich für etwas Besseres als die anderen zu halten.«

»Ja.«

»Und dann sagte sie noch, Sie würden sich Ihrer Abstammung schämen.«

»Ja.«

»Haben Sie die Zeugenaussage von Juan Alvaro in diesem Gerichtssaal gehört?«

»Ja«, sagte Morales und schien sich ganz offensichtlich zu fragen, was Estrada damit bezweckte.

»Mr. Alvaro sagte, er hätte Mariah Dodge sagen hören, daß Sie sich wegen Ihrer Abstammung schämten.«

»Ja, ich glaube, das hat er gesagt.«

»Und daß Sie selbstsüchtig seien.«

»Ja.«

»Und daß sie sich über Ihre Qualitäten als Liebhaber lustig gemacht hätte.«

»Ja.«

»Nun behaupten Sie jedoch, Mr. Alvaro sei bei diesem Streit überhaupt nicht zugegen gewesen.«

»Ja.«

»Wie ist es dann möglich, daß er so genau weiß, welche Worte bei Ihrem Streit gefallen sind?«

»Einspruch«, rief Kassia Miller umgehend.

»Stattgegeben.«

»Mr. Morales, sind Sie sich der Beschuldigungen bewußt, die gegen Sie erhoben werden?«

»Ja.«

»Und es ist Ihnen klar, daß es sich dabei um ein schweres Verbrechen handelt?«

»Ja.«

»Ins Gefängnis wollen Sie wahrscheinlich nicht, oder?«

»Nein, bestimmt nicht«, entgegnete Morales mit fester Stimme. »Vor allem nicht für etwas, das ich nicht getan habe.«

»Wirklich nicht? Und wie steht es mit den Dingen, die Sie getan haben? Würden Sie dafür aufrecht ins Gefängnis gehen?« Morales starrte den Staatsanwalt an.

»Mr. Morales, würden Sie aufrecht ins Gefängnis gehen für eine Tat, die Sie begangen haben?«

»Nein.«

»Falls Sie sich das durch die Zahlung eines bestimmten Betrages ersparen könnten, würden Sie dann zahlen?«

»Einspruch, Euer Ehren.«

»Abgelehnt, Miss Miller«, erwiderte Richterin Martinez.

»Mr. Morales«, fragte Estrada von Neuem, »würden Sie sich freikaufen, um nicht ins Gefängnis zu müssen?«

»Ja, ich glaube schon.«

»Und es stimmt doch, daß Sie bereits oftmals gelogen haben, um sich Unannehmlichkeiten zu ersparen, nicht wahr?«

»Na ja ...«

»Ja oder nein.«

»Ja.«

»Sie haben gelogen, um das Apartment in Little Italy zu bekommen.«

»Ja.«

»Außerdem haben Sie einen Zwei-Millionen-Dollar-Betrug gedeckt, weil Sie andernfalls Ihre geschäftlichen Interessen bedroht gesehen hätten. Ist das ebenfalls richtig?«

Morales saß schweigend da.

»Ob das richtig ist?«

»Nicht so, wie Sie es darstellen.«

»Euer Ehren«, sagte Estrada, »könnten wir bitte einige der Fragen und Antworten nochmals vorlesen lassen?«

»Nicht nötig«, bemerkte der Angeklagte. »Es stimmt. Was ich wußte, behielt ich für mich.«

»Alle Vorteile, die Ihnen diese Lügen und Betrügereien verschafft haben, sind gar nichts im Vergleich zu der Aussicht, sich durch irgendeine Mogelei eine lebenslange Haftstrafe zu ersparen, nicht wahr?«

»Ja.« Allmählich gab er seinen Widerstand auf.

»Niemand geht freiwillig ins Gefängnis, stimmt's?«

»Ja.«

»Wenn man die Möglichkeit hat, draußen zu bleiben, kann einem das schon beträchtliche Anstrengungen wert sein.«

»Ja.«

»Zum Beispiel die Mühe, hier und heute ein paar Lügen mehr zu verbreiten, nicht wahr?«

»Ich *muß* überhaupt nicht lügen. Ich sage die Wahrheit.«

»Die Antwort lautet also *ja* oder? Sie würden, wenn nötig, lügen, um nicht eingesperrt zu werden.«

»Einspruch.«

Estrada ging zu seinem Tisch zurück, als ob sein Kreuzverhör damit beendet wäre. Dann drehte er sich jedoch plötzlich um und trat wieder ans Pult: »Noch etwas, Mr. Morales.« Er verlieh seiner Stimme einen Klang, als habe er lediglich eine nebensächliche Frage vergessen, die er der Ordnung halber schnell noch abhaken wollte. »Mich würde *Ihre* Version der Ereignisse interessieren, die sich an jenem Sonntag abend im Büro von Phoenix Enterprises abgespielt haben … Sagten Sie nicht, Sie seien ebenfalls dort gewesen?«

»Ja.«

»Und Sie sahen Mariah Dodge auf dem Sofa liegen, als Sie dort eintrafen?«

»Ja.«

»Weiterhin haben Sie ausgesagt, ihr Hals sei aufgeschlitzt und überall seien große Mengen von Blut verspritzt gewesen.«

»Ja.«

»War das Blut trocken?«

»Keine Ahnung. Aber ich glaube nicht.«

»Sie lag also da, und das Blut war sehr wahrscheinlich noch feucht. Was haben Sie unternommen, um ihr zu helfen?«

»Ich … Sie war doch tot.«

»Haben Sie sich ihr genähert?«

»Nein.«

»Haben Sie ihren Körper berührt?«

»Nein.« Morales stellte sein Unbehagen zur Schau, als ob ihn die Erinnerung an die Szenerie quälte.

»Sind Sie Arzt?«

»Nein.«

»Ist Ihnen bekannt, daß die Medizin große Fortschritte bei der Lebensrettung gemacht hat?«

»Nein, so richtig bekannt ist mir das eigentlich nicht.«

»Aber Sie wissen doch sicher, daß es so etwas wie Notärzte gibt, die sich auf die Behandlung traumatischer Wunden verstehen?«

»Ja.«

»Und wahrscheinlich wissen Sie auch, daß es bereits häufig gelungen ist, abgetrennte Gliedmaßen wieder anzunähen?«

»Ja.«

»Ihnen dürfte weiterhin bekannt sein, daß es so etwas wie Organtransplantationen gibt, und daß Menschen mit Spenderorganen noch lange Zeit leben können.«

»Ja.«

»Könnten Sie denn aufgrund eines kurzen Augenscheins beurteilen, ob zum Beispiel ein Ertrunkener mit Erfolg wiederbelebt werden könnte?«

»Nein.«

»Oder ob jemand mit einem Herzinfarkt Überlebenschancen hätte?«

»Nein.«

»Oder wüßten Sie zu sagen, wieviel Blut ein Mensch verlieren und trotzdem noch gerettet werden kann?«

»Nein«, zwang sich Morales zu antworten.

»Sie verfügen also über keinerlei medizinische Ausbildung, um ein derartiges Urteil fällen zu können?«

»Nein.«

»Und dennoch verhielten Sie sich im Falle von Mariah Dodge wie ein Fachmann, der ohne sich dem Opfer zu nähern entscheiden kann, ob erste Hilfe noch angebracht ist oder nicht.«

»Ich … Nein, das ist falsch.«

»Sagten Sie nicht, daß Sie sie liebten?«

»Ja.«

»Sagten Sie nicht, daß Sie sie respektierten?«

»Ja.«

»Aber Sie hielten es nicht für nötig, sich ihr zu nähern, um festzustellen, ob noch etwas zu retten war. Sie haben sie lediglich aus einigem Abstand betrachtet und daraus ihr Urteil gebildet.«

»Ja, aber ...«

»Trotz Ihrer fehlenden medizinischen Kenntnisse.«

»Ich wußte, daß Mariah tot war.« Morales klang verzweifelt.

»Kommen wir nun zu Ihrer Aussage darüber, was Sie anschließend taten. Sie haben behauptet, daß Sie diese Frau liebten. Und trotzdem rührten Sie nicht einen Finger, um ihr zu helfen. Ist das richtig?«

Keine Antwort.

»Laut Ihrer Aussage rannten Sie statt dessen auf und davon. Sie flohen.«

Keine Antwort.

»Flohen Sie oder nicht?«

»Ja, ich lief weg.«

»Sie sagten, Sie hätten weder an Ihrer Kleidung, noch an den Händen Blut gehabt.«

»Ja.«

»Aber *gesehen* haben Sie es doch?« Estrada ließ dem Angeklagten durch einen Gerichtsdiener die Aufnahmen des Tatorts zeigen. Mit einer ablehnenden Handbewegung wies Morales sie zurück.

»Ich *habe* das Blut gesehen – wie bereits gesagt.«

»Bis auf welche Entfernung konnten Sie sich denn der Frau überhaupt nähern, wenn alles blutbespritzt war und Sie sich dabei Ihre Kleidung trotzdem nicht beschmutzten?«

»Nicht sehr nahe.«

»Wie nah?«

»Ich weiß nicht.«

»Vier Meter? Oder eher sechs?«

»Ich weiß es nicht«, sagte er erneut, diesmal jedoch deutlich verärgert.

»Jedenfalls nicht nahe genug, als daß Ihnen ein Tropfen Blut von dieser sterbenden Frau, mit der Sie über ein Jahr lang ein inniges Verhältnis gehabt hatten, auf Ihre teuren Schuhe gefallen wäre.«

»Nein, so war es nicht.«

»Ja oder nein. Kamen Sie ihr nahe genug oder nicht?«

»Nein, nicht nahe genug.« Morales blickte verlegen zur Seite. Krampfhaft bemühte er sich um Beherrschung.

»Darin also bestanden Ihre Anstrengungen, Mariah Dodge das Leben zu retten.«

Keine Antwort.

»So überwältigt und entsetzt waren Sie also von den Verletzungen Ihrer Geliebten, daß Sie es nicht einmal für nötig erachteten, ihr erste Hilfe zu leisten.«

»Ich war entsetzt. Nur habe ich mich ihr einfach nicht genähert.«

»Aber mit der Wahrheit hat das nichts zu tun, nicht wahr? Sie kamen ihr sehr wohl nahe. Und zwar in mörderischer Wut. Erst vergewaltigten Sie sie und dann schlitzten Sie ihr den Hals auf.«

»Nein. Nein, ich war es nicht!«

Miss Millers Einspruch konnte die verzweifelten Unschuldsbeteuerungen ihres Mandanten nicht übertönen. »Ich beantrage die Streichung von Frage und Antwort.«

»Stattgegeben.«

»Haben Sie die Blutspur bemerkt, die vom Tatort zu Ihrem Büro führte?« fragte Estrada weiter.

»Das weiß ich nicht mehr.«

»Aber das Blut auf dem Boden haben Sie nicht übersehen?«

»Nein.«

»Hineingetreten sind Sie jedoch nicht?«

»Nein.«

»Wie hätten Sie denn die Spur, die aus diesem Raum führte, übersehen können?«

»Das weiß ich nicht.«

»Bei Ihren Bemühungen, nicht hineinzutreten, hätten Sie sie doch zwangsläufig entdecken müssen.«

»An all diese Dinge kann ich mich einfach nicht mehr erinnern. Und schon gar nicht an irgendeine Blutspur.«

»Die Spur führte geradewegs in *Ihr* Büro, unter *Ihre* Dusche.«

»Ich habe Sie aber nicht gesehen.«

»Sie sahen das Blut fließen und wußten daher, daß Mariah Dodge – wenn überhaupt – erst vor kurzem gestorben sein konnte.«

Wieder keine Antwort.

»Stimmt das?«

»Ich nehme es an.«

»Aber Sie schlugen nicht Alarm, weil Sie ganz genau wußten, daß Mariah Dodge das einzige Opfer dieses Täters bleiben würde. Die einzig gefährdete Person nach dem Tod von Mariah Dodge waren *Sie* – als ihr Mörder. Und deshalb suchten Sie das Weite.«

»Nein, das ist nicht wahr.«

»Was taten Sie, nachdem Sie die sterbende Frau liegengelassen und sich aus dem Staub gemacht hatten? Um wieviel Uhr informierten Sie den Sicherheitsdienst davon, daß der Mörder möglicherweise noch frei im Haus herumlaufen könnte?«

»Gar nicht. Ich habe die Wachmänner nicht informiert.« Der Angeklagte sprach mit dem Fußboden.

»Und wann alarmierten Sie den Notruf?«

»Gar nicht.«

»Wann haben Sie sich mit der Polizei in Verbindung gesetzt?«

»Nie. Ich habe überhaupt niemanden verständigt.« Trotzig hatte Morales jetzt den Kopf in den Nacken geworfen.

»Hätte Ihre Frau oder eines Ihrer Kinder dort gelegen, hätten Sie dann den Notarzt verständigt?«

»Einspruch. Keine Mutmaßungen.«

»Stattgegeben.«

»Auf Ihrem Weg ins Büro sind Sie doch sicher am Sicherheitsdienst vorbeigekommen?«

»Ja.«

»Ebenso, als Sie das Haus wieder verließen.«

»Ja.«

»Sie liefen auch an Walter Boynton, dem Pförtner, vorbei, der ausgesagt hat, er habe Sie gesehen.«

»*Ich* habe niemanden gesehen.«

»Niemanden?«

»Gut möglich, daß sich jemand in der Eingangshalle aufgehalten hat. Aber gesehen habe ich wirklich niemanden. Mein Verstand hatte irgendwie ausgesetzt.«

»Anschließend gingen Sie etwas trinken.«

»Ich lief zunächst einmal ziellos umher – wie in dichtem Nebel.«

»Und dann tranken Sie etwas.«

»Ja. Ich brauchte einfach einen Drink.«

»Mehr als einen Drink. Mehr als eine Bar.«

»Ja.«

»Auf der Straße standen aber Telefonzellen.«

»Ich weiß nicht.«

»Und in den Bars befanden sich ebenfalls Telefone.«

»Keine Ahnung.«

»Riefen Sie von irgendeinem dieser Telefonapparate den Notdienst an?«

»Nein.«

»Nachdem Sie in einigen Bars gewesen waren, gingen Sie also nach Hause?«

»Ja.«

»Als erstes stellten Sie sich dort unter die Dusche?«

»Ja.«

»Berichteten Sie Ihrer Frau, was vorgefallen war?«

»Nein.«

»Nein, Sie sagten ihr nichts davon. Sie taten so, als wäre nichts geschehen.«

»Falsch. Ich sagte ihr, daß ich die Nacht in ihrer Gegenwart verbringen wollte.«

»Nannten Sie ihr denn einen Grund dafür?«

»Nein.«

»Halfen Sie der Polizei am darauffolgenden Tag bei ihren Ermittlungen?«

»Nein.«

»Unternahmen Sie von sich aus irgendetwas, um jemandem Ihre Erlebnisse zu schildern?«

»Nein.«

»Sie geben einerseits vor, für Mariah Dodge soviel empfunden zu haben, waren aber andererseits nicht imstande, bei der Suche nach ihrem Mörder behilflich zu sein?«

»Ich wußte nicht, was ich hätte tun können.«

»In Wahrheit waren Sie in tiefer Sorge – wegen *Roberto Morales* nicht wahr? Wegen sich selbst.«

»Nein.«

»Nein? Aber sagten Sie nicht: *Ich hatte Angst, man würde denken, ich hätte es getan?*«

»Hätte es getan? Was meinen Sie?«

Estrada hielt ihm wieder Mal das Gesprächsprotokoll hin, und ein weiteres Mal ignorierte Morales das Schriftstück.

»Es kann sein, daß ich das gesagt habe.«

»Dann mußten Sie sogar zutiefst besorgt sein um Roberto Morales.«

»Ja ... In gewisser Weise schon.«

»Weil Sie wußten, daß *Sie selbst* der Mörder waren!«

»Einspruch.«

»Stattgegeben.«

Estrada nahm wieder Platz.

Die Verteidigerin erhob sich. »Ich habe noch ein paar Fragen an den Zeugen, Euer Ehren. Mr. Morales, der Staatsanwalt hat Sie über die Geschäftspraktiken von Cuyler Jadwin befragt. Waren Sie in irgendeiner Weise an den betrügerischen Aktivitäten dieses Mannes beteiligt?«

»Nein.«

»Warum erwähnten Sie gegenüber Ihren Investoren nichts von dem künstlich verteuerten Landpreis?«

»Cuyler Jadwins Vorgehensweise hatte nicht so sehr mit Betrug zu tun, als vielmehr mit aggressiven Geschäftsmethoden. Außerdem wollte ich das Phoenix-Projekt retten.«

»Meinen Sie, es war richtig, den Investoren die Wahrheit zu verschweigen?«

»Nein, ich hätte sie davon unterrichten sollen. Heute bedauere ich es, daß ich das versäumt habe.«

»Haben Sie heute vor diesem Gericht gelogen?«

»Nein.«

»Haben Sie Mariah Dodge ermordet?«

»Nein.«

»Danke, Mr. Morales.« Sie setzte sich wieder.

Estrada trat erneut ans Pult, um die letzten Fragen an den Angeklagten zu richten. »Sie behaupten, nicht in die betrügerischen Manipulationen von Mr. Jadwin verwickelt gewesen zu sein?«

»Ganz richtig.«

»Aber Sie verdächtigten ihn bestimmter unsauberer Machenschaften?«

»Ja.«

»Und obwohl Sie der Präsident des Unternehmens waren, machten Sie keinerlei Anstalten, Licht in die Angelegenheit zu bringen?«

»Hm …«

»Sie vernachlässigten Ihre Pflichten, weil die Aufdeckung dieses Betrugsmanövers nicht in Ihrem Interesse lag?«

Keine Antwort.

»Stimmt das etwa nicht? Ist das etwa kein Beispiel dafür, wie für Sie immer nur einzig und allein das persönliche Interesse von Roberto Morales im Vordergrund stand?«

»Nein.«

»Sie ignorierten Jadwins Machenschaften.«

»Ja.«

»Indem Sie sie ignorierten, logen Sie zwangsläufig auch.«

»Ja.«

»Genauso, wie Sie alle Welt über die Tatsache hinwegtäuschten, daß das Projekt nie realisiert werden würde, nur damit Sie am Ende als großer Held dastehen konnten.«

»Nein.«

»Aber in Wirklichkeit waren Sie gar kein Held. Sie waren ein Dieb und ein Lügner, nicht wahr? Und schließlich wurden Sie zum Mörder.«

»Einspruch.«

»Stattgegeben.«

Der Staatsanwalt setzte sich wieder hinter seinen Tisch.

»Miss Miller«, fragte Richterin Martinez, »möchten Sie noch jemanden in den Zeugenstand rufen?«

»Nein, Richterin. Keine weiteren Zeugen.«

»Mr. Estrada? Haben Sie noch jemanden zu benennen?«

»Ja, Euer Ehren. Nur ein oder zwei Zeugen, die nicht viel Zeit in Anspruch nehmen werden.«

»Schön«, sagte Luz Martinez mit sichtlicher Befriedigung. »Dann machen wir jetzt Mittagspause und sehen uns pünktlich um halb drei wieder.«

18

Die gesamte Staatsanwaltschaft beglückwünschte Estrada für sein Kreuzverhör. Selbst Collins schien endlich Gefallen an seinem Mitarbeiter gefunden zu haben. Estrada versuchte, sich über das viele Schulterklopfen wenigstens ein bißchen zu freuen. Denn je nach dem, was die nächsten Tage ergaben, würden dies eventuell die letzten Belobigungen sein, die man ihm für lange Zeit zuteil werden ließ.

Er rief seine Mannschaft in den Besprechungsraum und beauftragte sie, Rita Hazen herbeizuschaffen – die Zeugin, die am Abend des Mordes gesehen haben wollte, wie Morales mit einer Sporttasche das Haus von Phoenix Enterprises verlassen hatte. Zwar hatte sie ihm bereits zugesichert, vor Gericht zu erscheinen, doch war Estrada nicht in der Stimmung, in der er irgendein vermeidbares Risiko eingegangen wäre. Ein Sandwich blieb unangerührt auf seinem Schreibtisch liegen, während er anschließend ein letztes Mal die Fragen überprüfte, die er Juan Alvaro bei dessen nochmaliger Befragung zu stellen beabsichtigte.

Rechtzeitig zur Nachmittagssitzung tauchte Clemente mit Rita Hazen in Estradas Büro auf. Der Staatsanwalt klärte mit ihr innerhalb einer Viertelstunde noch einmal, was sie damals gesehen und weshalb sie mit ihrer Aussage solange gezögert hatte. »Als ich am nächsten Morgen erfuhr, was geschehen war, dachte ich bloß, kümmere dich um deine eigenen Angelegenheiten«, sagte seine Zeugin, der ihr früheres Verhalten noch immer Unbehagen zu bereiten schien. »Je länger ich jedoch schwieg, um so unwohler wurde mir dabei. Erst dachte ich, die Polizei würde den Mörder schon schnappen. Aber dann sagte ich mir, was ist, wenn sie den Falschen verurteilen?«

Bevor Estrada sich auf den Weg in den Gerichtssaal machte, ließ er der Verteidigung eine Kopie des Protokolls mit Rita Hazens früherer Aussage zustellen.

Wie nützlich war ihm diese Zeugin überhaupt? Was würde sie zu berichten haben? Die Sporttasche – welche Bedeutung hatte sie? Ihre Geschichte von dem nervösen Mann, der zunächst ein Taxi anhielt, es dann aber doch nicht bestieg, war deutlich und glaubhaft. In der jetzigen Situation konnte ihre Anschuldigung gegen Roberto Morales unter Umständen den Ausschlag geben. Estrada glaubte ihr, doch hieß das noch lange nicht, daß die Jury es auch tun würde, zumal sie ihren Auftritt vor Gericht so lange hinausgezögert hatte. Außerdem hatte sie beim Verhör durch die Polizei anfangs nicht die ganze Wahrheit gesagt. Für Estrada stellte das ein unüberwindbares Hindernis dar. Wenn er Rita Hazen in den Zeugenstand rief, konnte Kassia Miller sie im Nu auseinandernehmen und ihm selbst blinde Rachsucht gegenüber dem Angeklagten vorwerfen. Er *durfte* diese Frau nicht aussagen lassen.

Nachdem Luz Martinez die Fortsetzung der Verhandlung verkündet hatte, stand Estrada auf und sagte: »Die Staatsanwaltschaft ruft Juan Alvaro nochmals in den Zeugenstand.«

Estrada begann mit der Frage, ob Alvaro jemals irgendeinem Angestellten von Phoenix Enterprises sexuelle Angebote gemacht hätte.

»Nein, so etwas habe ich nie getan. Aus unterschiedlichen Gründen.«

»Erzählen Sie den Geschworenen von dem Verhältnis, daß sie zu dem Angeklagten bei der Arbeit hatten.«

»Wir gingen uns gegenseitig aus dem Weg.«

»Hat er Ihnen gegenüber mal geäußert, Sie würden Ihre Arbeit nicht ordentlich erledigen? Hat er mal gesagt, er würde Ihnen am liebsten kündigen?«

»Nein.«

»Haben Sie häufig miteinander gestritten?«

»Nein, wie ich ja bereits sagte, gingen wir uns aus dem Weg.«

»Würden Sie ihn als Freund oder eher als Feind bezeichnen?«

»Weder noch. Ich glaube allerdings gerne, daß er mich am liebsten rausgeschmissen hätte, aber das war sein Problem, nicht meins.«

Obwohl Estrada einen Einspruch erwartete, ließ Miss Miller diese Antwort unwidersprochen durchgehen.

»Wenden wir unsere Aufmerksamkeit nochmals jenem Tag zu, an dem Mariah Dodge ermordet wurde«, sagte Estrada. Dann fragte er Alvaro, um welche Uhrzeit er das Opfer an diesem schicksalhaften Sonntag getroffen habe, wohin sie gegangen seien und was sie gemacht hätten. Die Antworten des Zeugen führten die Geschworenen von einem Essen in der Madison Avenue über einen Schaufensterbummel in der Fifth Avenue bis zu einem Nachmittagstee in einem vornehmen Hotel. Von dort aus waren die beiden um kurz nach sechs zu Phoenix Enterprises gegangen.

»Waren Sie und Mariah Dodge während dieses Nachmittags zu irgendeinem Zeitpunkt einmal getrennt?« fragte Estrada.

»Nein, waren wir nicht.«

»Kann es sein, daß sie sich in dieser Zeit noch mit jemand anderem getroffen hat?«

»Nein.«

»Sie beide waren also von ungefähr zwei Uhr mittags bis zu dem Zeitpunkt, als Sie Phoenix Enterprises aufsuchten, ununterbrochen zusammen?«

»Nur zur Toilette ist sie einmal gegangen«, erklärte Alvaro. »Außerdem führte sie ein paar Telefonate.«

»Hätte Sie Zeit genug gehabt, um sich mit Roberto Morales in Little Italy zu treffen und mit ihm zu schlafen?«

»Nein.«

Beim Kreuzverhör wollte Kassia Miller von dem Zeugen wissen, ob der Verlauf des Nachmittags, den er mit Mariah Dodge verbracht hatte, sich von anderen gemeinsamen Unternehmungen unterschieden hatte. Alvaro bejahte diese Frage. Daraufhin hatte die Verteidigerin keine weiteren Fragen.

Anschließend erläuterte die Richterin den Geschworenen den Verlauf der kommenden Tage. Sie ermahnte sie außerdem noch einmal, auf keinen Fall mit Außenstehenden über die Verhandlung zu sprechen.

Nachdem die Jury den Saal verlassen hatte, bat Richterin Martinez die beiden Anwälte um ihre abschließenden Anträge. Miss Miller erneuerte ihre Forderung nach Einstellung des Verfahrens.

»Nach allem, was wir von den Zeugen gehört haben, sehe ich mich dazu nicht in der Lage«, sagte die Vorsitzende.

»Es gibt nicht den geringsten Hinweis für eine Vergewaltigung, Euer Ehren«, konterte Miss Miller. »Kein vernünftig denkender Mensch kann das beweisen, ohne gleichzeitig begründete Zweifel an dieser Tat aufkommen zu lassen. Keine der Aussagen läßt die Schlußfolgerung zu, daß der Geschlechtsverkehr zwischen Roberto Morales und Mariah Dodge erzwungen wurde.«

»Wenn auch nur die geringste Möglichkeit besteht, daß die vorhandenen Beweise die Anklage stützen«, erwiderte Estrada, »dann muß die Jury die Gelegenheit erhalten, aufgrund eben dieser Beweise zu ihrer eigenen Schlußfolgerung zu gelangen. So besagt es das Gesetz, und so haben es die Gerichte mehrfach bekräftigt.« Er übergab der Richterin eine Liste der betreffenden Fälle, die Mahoney für ihn zusammengestellt hatte.

Ungeduldig blätterte Mrs. Martinez in den Kopien herum. »In Ordnung, Mr. Estrada. Ich glaube zwar auch nicht, daß Sie viel vorgebracht haben, um den Vorwurf der Vergewaltigung aufrechterhalten zu können, aber Sie haben andererseits völlig recht, wenn Sie meinen, die Geschworenen müßten selbst darüber befinden. Antrag abgelehnt, Miss Miller.«

Als die beiden Anwälte sich verabschiedeten, fügte sie noch hinzu: »Morgen früh, Punkt halb zehn. Sogar *ich* werde diesmal pünktlich sein!«

McMorris hatte auf Estrada in dessen Büro gewartet.

»Neuigkeiten«, sagte der Polizeibeamte.

»Ich höre«, entgegnete Estrada, der sich mit einem Male vollkommen erschlagen fühlte. »Aber erst muß ich mich hinsetzen.«

»Ich habe es endlich geschafft, Mrs. Iannacone zum Reden zu bringen«, berichtete McMorris. »Sie meinte, Censabella hatte sich am Tage seines Todes mit Morales treffen wollen.« Er nahm einen der Pfeile, die auf Estradas Schreibtisch lagen, und warf ihn auf die Zielscheibe. Erst blieb er haften, dann fiel er jedoch zu Boden. »Zeit, das Ding abzuhängen.«

Estrada lehnte sich vor. »Wenn es noch mehr zu erzählen gibt, möchte ich es auf der Stelle hören.«

»Viel ist es nicht. Er hat ihr lediglich gesagt, er würde mit Morales sprechen.«

»Nannte er keinen Grund?«

»Nein. Jedenfalls hat sie nichts dergleichen erwähnt. Die Frau ist ziemlich aufgebracht und macht uns für seinen Tod verantwortlich.«

»*Uns?*«

»Wie sie sagte, hatte sich Censabella sehr aufgeregt, weil er erneut vor Gericht aussagen sollte. Er befürchtete, sein Gedächtnis könnte nicht mehr so gut funktionieren wie vor drei Jahren. Es gefiel ihm schon damals nicht, wie Larry Kahn ihn angeschrien hatte, und – so Mrs. Iannacone – er hatte keinen Bedarf, sich jetzt noch ein weiteres Mal so grob behandeln zu lassen. Sie meinte, er sei bloß deshalb die Treppe hinuntergefallen, weil er nur noch an diesen Prozeß gedacht habe.« McMorris versuchte sein Glück mit einem zweiten Pfeil, der diesmal sogar haften blieb.

»Weiter!« Estrada hatte keine Lust mehr, ewig seine Höflichkeit zur Schau zu stellen.

»Ach so, ja. 'Tschuldigung. Irgendwie hat mich der Tod des alten Mannes auch getroffen. Ich hatte ihn zuletzt richtig gerne. Und es gefällt mir gar nicht, wie Mrs. Iannacone unter seinem Tod leidet – diese nette, alte Lady.«

»Hat sie eine Ahnung, weshalb er sich im oberen Stockwerk aufgehalten hat?«

»Nein.«

»Haben Sie die Nachbarn befragt?«

»Ja. Niemand hat etwas gesehen.«

»Niemand hat Morales in der Gegend beobachtet?«

»Doch, allerdings einige Wochen vorher. Vor Gericht bringt uns das gar nichts. Wenn Sie meine Meinung hören wollen, hatte Morales Schiß, daß der alte Mann ihn nicht mehr decken würde. Und da hat er ihm einfach geholfen, schneller die Treppe hinunterzukommen.«

»So sehe ich das auch. Noch zehn Leute, die unserer Ansicht sind, und wir können ihn verurteilen. – Hatte Censabella irgendwas unter den Fingernägeln, das uns weiterhelfen könnte?«

»Censabella? Nichts. Keine Anzeichen für einen Kampf. Ausgenommen natürlich das gebrochene Genick.«

»Okay, Stash. Vielen Dank. Ich weiß, Sie sind auch erledigt. Aber könnten Sie sich gleich morgen noch mal in der Nachbarschaft umhören? Vielleicht kann Ihnen das örtliche Polizeirevier weiterhelfen ...«

McMorris raffte sich auf. »Ich werd's versuchen.«

Einige Minuten später klingelte das Telefon. »Lisa ist auf dem Weg zu Ihnen, zusammen mit Miss Dodge und Juan Alvaro«, teilte ihm Ginny mit.

»Ich kann gar nicht fassen, daß endlich alles vorbei ist«, sagte Tess, sobald sie das Büro betrat.

»Noch ist nicht *alles* vorbei«, bremste Estrada sie.

»Ich meine doch die Zeugenaussagen und die Beweisaufnahme. Das haben Sie großartig hingekriegt!«

»Da bleibt mir ja nur zu hoffen, daß die Geschworenen derselben Meinung sind.«

19

Zehn Minuten vor Beginn seines Plädoyers überprüfte Estrada zum letzten Mal auf die Schnelle seine Rede, um ganz sicherzugehen, daß er auch keinen wichtigen Punkt ausgelassen hatte. Vom Empfangsschalter rief Lisa Stein bei ihm an. »Hier warten eine ganze Menge Leute auf Sie.«

»Eine ganze Menge? Wer denn bloß?« Tess Dodge war die einzige, mit der er gerechnet hatte.

»Kommen Sie doch her und sehen Sie selbst.«

Solche Spielereien kamen ihm jetzt wirklich nicht gelegen. Er packte seine Unterlagen zusammen und ging nach vorne. Nancy Rosen war erschienen. Neben ihr stand ihr Ehemann und trug seinen Teil dazu bei, den ohnehin schon schmalen Flur zu versperren. Estrada sah auch Tess sowie eine kleine Frau, die er nicht auf Anhieb als ihre Mutter ausmachen konnte. Außerdem waren auch Juan Alvaro und Carlos Ramírez erschienen. Einen großen Mann Ende Zwanzig, der einen Nadelstreifenanzug trug, konnte er beim besten Willen nirgendwo unterbringen.

»Das ist mein Freund Seth«, erklärte ihm Miss Stein und wurde rot. »Ich habe ihm aber schon gesagt, daß möglicherweise die Plätze nicht ausreichen werden.«

»Falls er im Zuschauerraum keinen Platz mehr findet, kann er sich in die erste Reihe setzen, sofern niemand vom Büro darauf Anspruch erhebt.«

»Oh, vielen Dank.«

»Mrs. Dodge, ich freue mich sehr, Sie zu sehen«, sagte Estrada. »Ich war mir nicht sicher, ob Sie tatsächlich kommen würden.« Er glaubte, unter ihrem Make-up noch blaue Flecken zu erkennen, machte sich dann aber klar, daß die Prügel, die die Frau von ihrem Mann bezogen hatte, schon zu lange her waren.

»Tess hat mir berichtet, daß Sie ganze Arbeit geleistet haben. Sie meinte, ich sollte das Ende nicht versäumen.«

»Ihre Tochter war mir wirklich eine Hilfe. Wenn die Staatsanwaltschaft diesen Fall gewinnt, schuldet sie ihr großen Dank.«

»Es ist sehr freundlich, daß Sie so etwas sagen, Mr. Estrada. Wenigstens *ein* Mitglied der Familie Dodge, das Ihnen helfen konnte.«

Alvaro und Ramírez warteten geduldig im Hintergrund. »Ich bin nur gekommen, um mich zu verabschieden«, sagte Alvaro schließlich. »Ich weiß, daß ich nicht im Gerichtssaal sein soll.«

»Ich wünschte, Sie könnten es«, erwiderte Estrada. »Aber wir sollten das Risiko besser nicht eingehen. Am Ende glaubt die Jury noch, Sie hätten ein verdächtig großes Interesse am Ausgang dieses Prozesses ...«

»Schon in Ordnung. Carlos hat versprochen, mir hinterher alles haargenau zu berichten. Ich überlasse ihm meinen Platz.«

»Wenn aber schon zu viele ...«, begann Ramírez einzuwenden.

»Nichts da. Sie gehören in den Saal. Wir werden schon einen Platz für Sie finden.«

Im Gang vor dem Gerichtssaal herrschte ein kontrolliertes Chaos. Auf der einen Seite standen die Zuschauer, die vergeblich auf Einlaß warteten. Ihnen gegenüber hatten sich die Journalisten aufgebaut, die keinen Platz mehr hatten ergattern können. Direkt neben der Tür war ein Fernsehteam in Position gegangen, das sämtliche Ankömmlinge ins Bild nahm.

Der Saal war mit Ausnahme der halben Reihe, die für Freunde und Familienangehörige des Opfers vorgesehen war, zum Bersten voll.

»Ihr Freund wird sich dünn machen müssen«, bemerkte Estrada zu Lisa Stein. »Die Bank der Staatsanwaltschaft ist schon so gut wie belegt.« Collins war gekommen, ebenso Dan Mahoney und – eine wirkliche Überraschung – Larry Kahn. Clemente und McMorris waren, wie erwartet, ebenfalls anwesend.

Wie vorausgesagt war Richterin Martinez pünktlich. Die fünf Minuten Verspätung fielen bei ihr nicht weiter ins Gewicht. Sie ließ die Geschworenen herein und erläuterte ihnen kurz, wie der Tag verlaufen würde. Dann erteilte sie Miss Miller das Wort.

»Guten Morgen«, begrüßte die Verteidigerin die Geschworenen. »Sie alle waren ausgesprochen geduldig und aufmerksam. Dafür möchte ich Ihnen danken. Es ist ein Vergnügen mit Leuten wie Ihnen zusammenzuarbeiten, die Ihre Aufgabe ernst nehmen.

Wir haben etliche Tage damit zugebracht, diejenigen Beweise zu begutachten, die von der Staatsanwaltschaft gegen Roberto Morales ins Felde geführt wurden. Sie wirft ihm vor, Mariah Dodge vergewaltigt und anschließend getötet zu haben. Zu Beginn der Verhandlung habe ich vorausgesagt, daß der Herr Staatsanwalt der Beweislast, die er zu tragen verpflichtet war, nicht würde standhalten können. Und ich hatte recht: Er hat keinen Beweis beigebracht, der die Schuld meines Mandanten belegt. In gewisser Weise war dies ein höchst ungewöhnlicher Fall. In vielen Fragen stimmen Staatsanwaltschaft und Verteidigung sogar überein. Lediglich im wichtigsten Punkt sind wir unterschiedlicher Meinung.

Ich möchte Ihnen jetzt eine Geschichte erzählen. Die Geschichte, wie Mariah Dodge ihren Freundinnen mitteilt, sie wolle mit Roberto Morales Schluß machen und es ihm noch einmal richtig zeigen. Damit beginnt meine Geschichte.

An einem Sonntag im Oktober vor fast vier Jahren treffen sich also Mariah Dodge und Roberto Morales in einem Apartment, das er für ungestörte Begegnungen angemietet hatte. Dabei teilt sie ihm mit, daß sie das Verhältnis mit ihm lösen wolle. Außerdem beschimpft und beleidigt sie meinen Mandanten. Sie schreit ihn an, und er schreit zurück. Als sie endlich beide fertig sind, fallen sie sich in die Arme und gehen ein letztes Mal zusammen ins Bett. So etwas soll vorkommen. Der Nachbar von unten hörte zunächst die Schreie und anschließend die Geräusche, die die beiden beim Geschlechtsverkehr machten.

Bevor sie die Wohnung wieder verlassen, duscht Mr. Morales, während Mariah Dodge erst zum Sport gehen und anschließend duschen will. Sie reden über Ihre Arbeit. Denn für den Montag ist eine wichtige Besprechung anberaumt. Sie verabreden sich, am Abend im Büro zusammenzukommen und einen Schlachtplan auszuarbeiten. Mariah sagt daher bei einer Freundin ihre Verabredung zur gemeinsamen Gymnastikstunde ab.

Ein paar Stunden später sitzt sie im Büro und beginnt damit, eine Präsentationsmappe für die Besprechung am folgenden Tag herzustellen. Zu diesem Zweck hat sie Juan Alvaro herbeigerufen, der ihr bei dieser Arbeit behilflich ist. Er ist sowohl ihr Kollege als auch ein Freund.

Auf einmal wird sie in ihrer Arbeit unterbrochen. Ich werde nachher noch ausführen, wer sie gestört haben könnte, möchte aber schon jetzt darauf hinweisen, daß es mit Sicherheit nicht Roberto Morales gewesen sein kann. Der Mann nimmt ihr das Messer weg, das auf ihrem Schreibtisch liegt und bedroht sie damit. Zum Zeichen, daß er es ernst meint, zerschneidet er ihr die Wange. Dann trennt er ihre Kleider auf. Vielleicht vergewaltigt er sie, vielleicht auch nicht. Was er jedoch ganz bestimmt tut, ist, ihr den Hals aufzuschlitzen.

Nach der Tat sucht der Mörder ein nahegelegenes Büro auf, von dem er weiß, daß sich dort auch ein Duschraum befindet. Zufällig ist es das Büro von Roberto Morales. Wir haben es hierbei mit einem reinen Zufall zu tun. Nichts deutet auf etwas anderes hin. Er wäscht sich und stopft seine blutverschmierte Kleidung in eine Sporttasche, die dort herumliegt. Aus dem Schrank entnimmt er einige Kleidungsstücke, die Roberto Morales gehören, und zieht sie an. Dann verläßt der Mörder das Büro. Ob er auch das Haus umgehend verläßt, ist uns leider nicht bekannt.

Wenig später betritt Roberto Morales das Büro, in dem er sich mit Mariah Dodge zur Arbeit verabredet hat. Er findet sie in einer Lache von Blut auf dem Sofa liegen. Er ist wie betäubt, vom Schmerz seiner Entdeckung gelähmt. In dieser Verfassung bleibt er eine uns unbekannte Zeitspanne regungslos stehen. Als seine Lähmung in eine unvernünftige, aber durchaus verständliche Panik umschlägt, nimmt er Reißaus. Wie in einem Nebel wandert er ziellos durch die Straßen, trinkt irgendwo irgendwas und begibt sich dann nach Hause, wo er sich von seiner Frau trösten läßt, die er jedoch aus Angst über die Geschehnisse dieses Tages im unklaren läßt.«

Schweigend musterte Kassia Miller die Geschworenen. »Das ist die Geschichte, die die Zeugen Ihnen erzählt haben. Mit einer einzigen Ausnahme gilt das auch für die Zeugen der Anklage. Nur *ein einziger* widerspricht diesem Bericht, und über *den* werden wir in Kürze zu reden haben.

Zunächst aber ein paar Worte zu den Beweisen der Staatsanwaltschaft. Worauf stützt sich Mr. Estrada bei seiner Anklage?

In erster Linie auf polizeiliche Ermittlungen, die ich als lachhaft bezeichnen würde, wenn es denn etwas zu lachen gäbe, in Anbetracht der Tatsache, daß durch derartige Stümpereien das Leben eines unbescholtenen Mannes nahezu ruiniert wird.

Thomas Clemente, der einzige Polizeibeamte, der hier persönlich zu Wort gekommen ist, sagte uns, bei Mordfällen stünde die Polizei in der Regel unter dem Erfolgsdruck, noch am Tage der Tat einen Verdächtigen verhaften zu müssen. Bei vier Tagen würde seiner Aussage zufolge die Sache schon kritisch. Die Polizei hatte es somit nach eigener Bekundung also eilig. Darum verhaftete sie einfach den erstbesten Verdächtigen, dessen sie habhaft werden konnte.

Aber damit nicht genug. Die Polizei versäumte es auch, eine wichtige Tatsache herauszufinden, die erst ein Privatdetektiv Jahre später zu Tage fördern mußte. Man hatte schlicht und ergreifend übersehen, daß in dem Haus, in dem Phoenix Enterprises untergebracht war, Wachleute ihren Dienst taten, die auf keiner Gehaltsliste auftauchten. Das konnte die Polizei natürlich auch gar nicht bemerken, denn sie hatte es doch so eilig.

Dan Dexter hat hier davon gesprochen, wie sich die Angestellten des Sicherheitsdienstes mitunter von Freunden und Verwandten vertreten ließen. In diesem Zusammenhang erwähnte er auch seinen Schwager Kenneth Charles, der hin und wieder für ihn als Wachmann einsprang. Dieser Kenneth Charles, der schon damals wegen sexueller Delikte aktenkundig war, war auch am Abend des Verbrechens in dem Bürohaus anwesend. Kenneth Charles – sein Schwager David Dexter war Augenzeuge, wie dieser Mann einmal brutal auf einen anderen mit einem Messer einstach. Kenneth Charles – ein Mann, nach dem die Polizei gar nicht erst zu suchen anfing.

Dieser Kenneth Charles ist seit nunmehr vier Jahren von der Bildfläche verschwunden. Aber ganze zwei Wochen nach Mariah Dodges Tod trieb er sich noch in New York herum und wäre leicht aufzuspüren gewesen.

Hat die Polizei sich jemals mit ihm wegen dieses Falles unterhalten? Sie hat ihn nicht einmal gesucht! Am dritten Tag ihrer Ermittlungen präsentierte sie jemand anderen, von dem sie dachte, man könne ihm das Verbrechen anhängen. Und damit war die Suche beendet. Stellen Sie sich das vor. Wenn die Polizei schon diesem Kenneth Charles keinerlei Beachtung schenkte, wen kann sie dann noch alles übersehen haben?

Der Staatsanwalt hat sich über Craig Lawrence lustig gemacht, weil er nur einen einzigen Verdächtigen ausfindig machen konnte. Aber genau *das* ist der Punkt. Sogar *drei, vier* Jahre nach dem Mord ist es nämlich noch möglich, jemanden zu finden, der für das Verbrechen als Täter in Frage kommt. Wen alles hätte die Polizei dingfest machen können, wenn sie ihre Anstrengungen über die ersten drei Tage hinaus noch ein wenig ausgedehnt hätte?

Wo hält sich dieser Mann jetzt auf? Jedenfalls nicht da, wo er sich aufhalten sollte – in diesem Gerichtssaal. Statt dessen sitzt Roberto Morales auf der Anklagebank. Roberto Morales, der über keinerlei

Vorstrafen verfügt. Er ist hier, weil die Polizei sich nicht entschließen konnte, ordentlich ihre Arbeit zu erledigen.

Und das Schönste ist: Trotz alledem wird in wenigen Minuten der Staatsanwalt hier reden und Sie auffordern, die Vorwürfe, die er gegen meinen Mandanten erhebt, ernst zu nehmen.«

Die Verteidigerin legte eine kleine Pause ein, damit sich die Geschworenen Gedanken über diesen Sachverhalt machen konnten und kritisierte daraufhin den DNA-Experten mit hörbarer Verachtung in der Stimme, da er spezielle Untersuchungen der lateinamerikanischen Bevölkerungsgruppe unterlassen hatte. »Einfach lächerlich«, sagte sie. »Solche ›Fachleute‹ haben nichts als Hokuspokus zu bieten.

Was will Ihnen der Staatsanwalt sonst noch einreden? Er meint, die blutigen Fußspuren, die vom Tatort in Roberto Morales' Büro führten, beweisen dessen Täterschaft. Aber Kenneth Charles mußte sich ebenfalls in den Räumlichkeiten ausgekannt haben. Und für Juan Alvaro gilt das mit Sicherheit genauso. Aber die Polizei pickte sich unter den zahlreichen Verdächtigen nur einen heraus …«

Sie sah in ihr Manuskript und blickte dann wieder auf. »Kommen wir aber nun auf den Star unter den Zeugen der Anklage zu sprechen«, bemerkte sie mit wachsender Verachtung. »Ich meine Juan Alvaro – den Mann, der uns alles erklären sollte. Juan Alvaro – die interessanteste Person, die wir im Laufe der Verhandlung hier gehört haben. Ich möchte das allerdings nicht als Kompliment verstanden wissen.

Was läßt sich nun zu diesem Mann anmerken? Auf jeden Fall, daß er ein bemerkenswerter Mann ist. Ein Mann, der nach vier Jahren noch imstande ist, lange Gespräche zwischen zwei Menschen in aller Ausführlichkeit wiederzugeben. Der Staatsanwalt kam im Laufe der Verhandlung immer wieder auf die Aussage dieses Zeugen zu sprechen und wies auf ihre große Bedeutung hin, die sie angeblich für die Anklage gegen meinen Mandanten hätte. Das einzige Problem besteht jedoch darin, daß ausnahmslos alles, was Juan Alvaro über Roberto Morales und seine Aktivitäten am Tage der Ermordung von Mariah Dodge hier zum Besten gegeben hat, erstunken und erlogen ist!« An dieser Stelle machte Kassia Miller eine Pause und taxierte die Jury erneut.

»Der Staatsanwalt wird versuchen, Sie davon zu überzeugen, daß es sich bei Juan Alvaros Märchen um die reine Wahrheit handelt, weil niemand in der Lage sei, eine so komplizierte und detaillierte Geschichte einfach zu erfinden. Nun ist das aber gar nicht mal besonders schwierig. Es genügt bereits, sich an der Wahrheit zu orientieren, und lediglich an den entscheidenden Stellen Lügen einzuflechten, die die gesamte Geschichte dann aber vollkommen verdrehen.

Ich behaupte, genau das ist die Art und Weise, in der Juan Alvaro vorgegangen ist. Im Italienischen gibt es für derartige Geschichten eine treffende Redewendung: *Non è vero, ma è ben trovato* – es stimmt zwar nicht, aber es ist gut erdacht. Genauso verhält es sich mit der Aussage dieses Mr. Alvaro.

Wie hat er aber nun sein Lügengebäude konstruiert? Als er uns seine Version der Ereignisse auftischte, konnte er auf ein reiches Wissen zurückgreifen, das er von Maria Dodge persönlich erhalten hatte. Wenn Mariah Dodge selbst Lynne Schelling – einer Frau, mit der sie noch nicht allzu lange befreundet war – erzählt hat, daß sie mit Roberto Morales brechen wollte, so können wir davon ausgehen, daß auch Juan Alvaro über ihr Liebesleben informiert war. Denn ihn kannte sie wesentlich besser, da sich die beiden nahezu täglich sahen. Außerdem dürfen wir ihm ruhig glauben, wenn er angibt, am Sonntag nachmittag mit dem Opfer zusammengewesen zu sein. Auf dieser Grundlage, die der Wahrheit nicht entbehrt, baute er dann seine Lügen auf. Er wollte uns weismachen, er sei bei dem Streit zwischen Mariah Dodge und Roberto Morales im Büro von Phoenix Enterprises dabei gewesen. Bei einem Streit, der nie stattgefunden hat! Für seine Geschichte mußte er lediglich Mariah Dodges Bericht über den Streit mit meinem Mandanten, von dem Sie ihm mit Sicherheit bei der gemeinsamen Arbeit im Büro in Kenntnis gesetzt hat, vom Nachmittag auf den Abend verlegen – und schon war er ›Augenzeuge‹ dieser angeblichen Auseinandersetzung.

Was nun den Konflikt zwischen den beiden wegen der Arbeit bei Phoenix Enterprises anbelangt, so entspricht auch der nahezu der Wahrheit. Die einzige Änderung, die der Zeuge hierbei vorgenommen hat, besteht darin, daß er statt seines Namens den von Roberto Morales in die Geschichte eingefügt hat.

Juan Alvaro war es nämlich, der Mariah Dodge betrogen und enttäuscht hat. Juan Alvaro war es, gegen den sich der Zorn von Mariah Dodge gerichtet hat. Juan Alvaros wütende Drohungen waren es, die Mariah Dodge nicht von ihrer Absicht abhalten konnten, das, was sie über seine Manipulationen herausgefunden hatte, ans Licht der Öffentlichkeit zu bringen. *Aber es war nicht Roberto Morales.*«

Wieder unterbrach die Verteidigerin ihr Plädoyer, um das Gesagte auf die Geschworenen wirken zu lassen. Als sie mit ihren Ausführungen fortfuhr, klang sie wesentlich kühler als zuvor. »Soll das bedeuten, daß Juan Alvaro Mariah Dodge getötet hat? Das kann es sehr wohl bedeuten. Aber wir müssen immer daran denken, daß Streit nicht mit Mord gleichzusetzen ist, obwohl der Staatsanwalt Ihnen das einreden will. Streit ist Streit – mehr nicht. Daher kann ich hier nicht behaupten, daß die Beweise über jeden begründeten Zweifel hinaus Juan Alvaro als den Mörder von Mariah Dodge entlarven. Er könnte es gewesen sein, ebenso wie Kenneth Charles es gewesen sein könnte oder irgendjemand sonst, der Zugang zu diesem Bürogebäude hatte. Viele kommen dafür in Frage, mit denen sich die Polizei nicht *einen* Augenblick lang befaßt hat.

Die Beweislage ermöglicht es uns leider nicht, Kenneth Charles oder Juan Alvaro eindeutig als den Täter zu identifizieren. Es sind gewaltige Lücken in den uns vorliegenden Untersuchungsergebnissen. Wäre die Polizei nicht so versessen darauf gewesen, den erstbesten Verdächtigen als Mörder zu präsentieren, dann wüßten wir heute vielleicht mehr. Aber die Beamten haben sich damals für die wesentlich leichtere Lösung entschieden – für den schnellen Erfolg. Der Staatsanwalt behauptet zwar, es gebe keinen Zweifel, daß Roberto Morales der Mörder sei. Aber das wissen wir nicht. Das *können* wir nicht wissen. Alles, was wir den Beweisen entnehmen können, ist die Tatsache, daß mein Mandant mit dem schrecklichen Ende von Mariah Dodge nicht das geringste zu tun hat.

Wie ich bereits klar zum Ausdruck gebracht habe, halte ich Juan Alvaro für einen durchtriebenen Lügner. Und dabei habe ich überhaupt kein schlechtes Gewissen. Sämtliche Beweise stützen nämlich meine Vermutung.

Werfen wir doch erst einmal einen Blick auf seine Machenschaften bei Phoenix Enterprises. Er selbst hat zugegeben, ein Verrechnungssystem ausgeklügelt zu haben, auf dessen Grundlage Geld für falsche oder doppelte Warenrechnungen ausgezahlt werden konnte, da keine ordentlichen Kontrollen vorgesehen waren.

Aber Juan Alvaro hat diese Manipulationen nicht aus *den* Gründen begangen, die er diesem Gericht gegenüber angeführt hat. Das Phoenix-Projekt war über das Planungsstadium noch gar nicht hinausgekommen. Der Aushub auf dem dafür vorgesehenen Gelände hatte ebensowenig begonnen wie die Errichtung der Gebäude. Es ist darum einfach nicht nachvollziehbar, daß diese Betrügereien dem Projekt selbst zugute gekommen sein sollen. Nein. Juan Alvaro hat einzig und allein in die eigene Tasche gewirtschaftet.

Da das ganze Leben dieses Mannes nur aus Lügen besteht, wird der Staatsanwalt alles unternehmen, die Unglaubwürdigkeit dieses Mannes bis zur Bedeutungslosigkeit herunterzuspielen. Er kann auch gar nicht anders, wenn man bedenkt, wie die Beweisführung der Anklage ohne diesen Zeugen dastehen würde. Was bliebe dann noch übrig? Ein paar Wachmänner, die nicht mehr genau wissen, was sie gesehen haben, sowie zwei Freundinnen des Opfers, von denen die eine, durchaus mit schauspielerischem Talent begabte, noch nicht lange mit ihr befreundet war, und die andere nur noch telefonisch den Kontakt zu ihr aufrecht erhielt. Was diese letztgenannte Frau anbelangt, so kann der Verbraucherschutz ein Lied davon singen, wie genau sie es mit der Wahrheit hält. Ebenso wie die Polizei waren auch diese beiden Frauen auf eine schnelle Lösung des Verbrechens aus. Dabei gingen sie bei der Beschuldigung von Roberto Morales nicht gerade zimperlich vor.

Die dürftigen Aussagen dieser Zeugen können niemanden von der Schuld meines Mandanten überzeugen. Darum muß sich die Staatsanwaltschaft auf Juan Alvaro stützen. Was bleibt ihm auch anderes übrig?

Dieser Mann jedoch hat eingestanden, seine Mitmenschen über seine kriminelle Vergangenheit getäuscht zu haben. Er erzählte uns, an finanziellen Manipulationen beteiligt gewesen zu sein. *Kinder* waren die Opfer seiner sexuellen Begierden. Aber jetzt taucht er mit einem Male aus dem Erdboden auf, bittet Sie um Ihr Verständnis und erwartet, daß Sie, die Geschworenen, ihm glauben.

Wir dürfen nicht vergessen, daß die einzige Wahrheit, die dieser Mann kennt, die Wahrheit seiner persönlichen Interessen ist. Er hat hier nur ausgesagt, weil er sich dadurch von der Verfolgung früher begangener Delikte freikaufen kann. Ich meine sexuelle und finanzielle Delikte.

Gleichzeitig hofft er, mit seiner Aussage Roberto Morales einen tödlichen Stoß versetzen zu können. Denn der war sein Vorgesetzter und ließ ihn mehrmals wissen, daß er von seinen fachlichen Qualifikationen nicht gerade viel hielt. Roberto Morales hätte ihn gerne aus seinem Unternehmen, aber auch aus dem Leben von Mariah Dodge entfernt. Mehrmals hat er Juan Alvaro ermahnt, sich zusammenzureißen und sein Privatleben zu ändern. Können wir uns da noch wundern, daß dieser Mann alles in seiner Macht stehende unternimmt, um seinem ehemaligen Vorgesetzten zu schaden?

Aber die Anklage macht es ihm auch ausgesprochen einfach. Für dreißig Silberlinge verkauft dieser Zeuge dem Staatsanwalt seine Lügengeschichte und verläßt anschließend dieses Gericht als freier Mann.«

Voller scheinbarem Widerwillen gegen die Strategie der Staatsanwaltschaft unterbrach Miss Miller ihre Rede für einen Moment. Als sie weitersprach, klang ihre Stimme wieder ein wenig versöhnlicher.

»Auch Roberto Morales haben Sie im Zeugenstand gesehen, wie Sie ihn ja während der gesamten Verhandlung beobachten konnten. Stellen Sie sich vor – er hat die Frage des Anklägers, ob er etwas dagegen unternehmen würde, ins Gefängnis gesteckt zu werden, mit *ja* beantwortet! Wundert Sie das? Wer geht schon gerne freiwillig ins Gefängnis? Aber dieser Umstand soll nicht bedeuten, daß mein Mandant im Zeugenstand gelogen hätte. Die Wahrheit allein wird verhindern, daß man ihn einsperrt.

Roberto Morales hat ebenfalls gelogen, und er hat das vor diesem Gericht auch zugegeben. Aber es handelt sich dabei um Lügen, die niemandem schadeten, seine Familie jedoch schützten. Ist er deshalb ein schlechter Mensch?

Sein Verhältnis mit Mariah Dodge stellte keine Bedrohung für den Familienfrieden dar. Andernfalls wäre er diese Beziehung gar nicht erst eingegangen, denn Roberto Morales liebt seine Familie. Meine Damen und Herren, ich erwarte nicht von Ihnen, daß Sie sein Verhalten billigen oder gar auf Ihr eigenes Leben übertragen. Alles, was ich von Ihnen verlange, ist Verständnis, daß Marti und Roberto Morales sich lieben und trotz ihres besonderen Arrangements glücklich miteinander sind. Sie haben ja mit eigenen Ohren gehört, wieviel ihm seine Familie bedeutet …

Der Staatsanwalt hat großes Aufsehen darum gemacht, daß mein Mandant seine Abstammung verleugnet hätte und so weiter. Alles Blödsinn. Sehen Sie sich doch die Beweise an. Über Jahre hinweg war Robert Morales einer der rührigsten und profiliertesten Geschäftsleute lateinamerikanischer Abstammung. Er hatte sich seinen guten Ruf durch harte Arbeit mühsam aufgebaut. Falls ethnische Fragen bei seinem Karrierestart eine Rolle gespielt haben, so lag das sicherlich nicht an ihm.

Roberto Morales begegnete dem weit verbreiteten Rassismus mit seinem allseits begrüßten Phoenix-Projekt. Aber es ist doch nur allzu verständlich, daß er das für eine Bevölkerungsgruppe tat, die ihm nicht gleich von vornherein mit Ablehnung begegnete. An der Entscheidung, etwas für die farbige Bevölkerung zu tun, ist schließlich nichts Ehrenrühriges.

Bedenkt man, was Roberto Morales alles aufgebaut hat, dann erscheint die These der Staatsanwaltschaft geradezu absurd, daß er sein ganzes Lebenswerk nur deshalb aufs Spiel gesetzt haben soll, weil eine Frau ihn abgewiesen hat.«

Erneut machte sie eine Pause und sah dabei die Jury in einer Weise an, als ob sie über die Dummheit, die es in der Welt gab, zutiefst erschüttert wäre.

»Aber wie immer man zu Roberto Morales auch stehen mag: Niemand kann ernsthaft leugnen, daß gewaltige Unklarheiten über die Identität des Mörders von Mariah Dodge bestehen. Keiner der vorgelegten Beweise reicht aus, um die Klage gegen meinen Mandanten aufrechtzuerhalten. Weder Vergewaltigung noch Mord können ihm zur Last gelegt werden.

Wenn jetzt gleich der Staatsanwalt zu Ihnen spricht, dann wird er Ihnen raten, meine Ausführungen schnellstens wieder zu vergessen. Daher bitte ich Sie eindringlich, seine Rede mit größter Skepsis zu verfolgen. Da ich mich nach ihm nicht mehr an Sie wenden kann, vertraue ich darauf, daß Sie sich bei jeder seiner Behauptungen selbst die Frage stellen: *Was hätte Kassia Miller darauf geantwortet?*

Ich bitte Sie außerdem, daß Sie sich von der berechtigten Wut, die Sie beim Betrachten der Fotografien der ermordeten Mariah Dodge empfunden haben mögen, nicht dazu verleiten lassen, einen Unschuldigen zu verurteilen. Begehen Sie bitte nicht denselben Fehler wie Polizei und Staatsanwaltschaft.

Ich bin sehr zuversichtlich, daß Sie bei einer sorgfältigen Abwägung meiner Ausführungen mit mir darin übereinstimmen werden, wie dürftig und schwach die Beweise der Staatsanwaltschaft sind, und daß nichts und niemand Sie daran hindert, ein sauberes Urteil zu fällen und Roberto Morales in allen Punkten der Anklage freizusprechen.«

20

Estrada erhob sich in aller Ruhe und ging auf das Pult zu. Ungewollt mußte er daran denken, daß sein Chef einmal gesagt hatte, er habe genau die richtigen Augen, um eine Jury zu bearbeiten. »Intelligent, aber nicht kalt. Die Leute vergessen meist, wie selbstsicher braune Augen dreinschauen können.« Dieser Gedanke wiederum brachte ihm die Ermahnung eines seiner Universitätsprofessoren in Erinnerung, unbedingt sein Lächeln zu pflegen. Das Ergebnis bestand darin, daß ihm sein eigenes Mienenspiel völlig unnatürlich erschien. Außerdem war Estrada der festen Überzeugung, seine Steifheit und sein Unbehagen würden jedermann sofort ins Auge springen.

»Meine Damen und Herren«, begann er sein Plädoyer, »an dieser Stelle der Verhandlung ist es meine Pflicht und mein Vorrecht, im Namen der Einwohner von New York all das zusammenzufassen, was die Beweisaufnahme ergeben hat. Zuvor möchte ich Ihnen allen meinen Dank aussprechen für die Geduld und die freundliche Aufmerksamkeit, die Sie im Laufe dieses Prozesse bewiesen haben.« Langsam wärmte er sich auf. Die kleine Ansprache an die Geschworenen war dazu das geeignete Mittel. »Ein solcher Prozeß ist nicht mehr und nicht weniger als die Suche nach der Wahrheit unter Berücksichtigung der vorliegenden Beweise – eine Wahrheit, die über jeden begründeten Zweifel hinaus belegt werden muß. Dazu bin ich rechtlich verpflichtet.«

Er übersprang die Aufzählung der einzelnen Punkte, die in seinem Plädoyer Erwähnung finden würden, und kam gleich zur Sache.

»Die Frage, um die es hier geht, lautet« – hier wandte er sich zu Morales um und war erstaunt über die Gefühlswallung, die ihn dabei überkam. Mehr als je zuvor verspürte er den Drang, diesen Mann hinter Gitter zu bringen – »sie lautet: Hat Roberto Morales Mariah Dodge brutal vergewaltigt, ihr den Hals aufgeschlitzt und sie somit ermordet?«

Für einen kurzen Augenblick war das alles, was er hervorbringen konnte. Er fragte sich, ob die Jury diese Zwangspause als rhetorischen Schachzug auffassen würde? Eigentlich hätte er jetzt mehr über die Morales zur Last gelegten Verbrechen sagen müssen, doch dann fielen ihm Mahoneys Ratschläge ein, die ihm dieser in einer ihrer letzten Unterhaltungen mit auf den Weg gegeben hatte. Vielleicht, dachte er, vielleicht hat Mahoney recht, und ich sollte nicht allzu logisch und formalistisch vorgehen. Für Logik ist jetzt nicht die richtige Zeit. Es gab einen Aspekt, auf den das gesamte Plädoyer der Verteidigung hinausgelaufen war, und den mußte er jetzt auch zur Sprache bringen – Morales oder Alvaro!

»Wenn Sie sich nachher zur Beratung zurückziehen, haben Sie eine ganz klare Wahl zu treffen. Sie haben sich zu entscheiden, wem der beiden Männer Sie Ihr Vertrauen entgegenbringen. Roberto Morales oder Juan Alvaro?« Diesmal machte er absichtlich eine Unterbrechung.

»Es ist durchaus möglich, daß Mariah Dodge selbst etwas zu ihrer Ermordung beigetragen hat. Wenn sie sich weniger von ihrem Zorn hätte leiten lassen, wenn sie nicht so heftig das vertreten hätte, was sie als richtig erkannt hatte, dann würde sie vielleicht noch am Leben sein. Andererseits konnte sie natürlich nicht wissen, daß der Angeklagte zum letzten aller möglichen Mittel greifen würde. Sie konnte nicht in die Zukunft sehen.« Oder in die Vergangenheit, hätte Estrada am liebsten noch hinzugefügt. Dann nämlich hätte sie Roberto Morales dabei ertappt, wie er auf Andrew Flippo einstach. Doch war es ihm verboten, diesen Zwischenfall auch nur andeutungsweise zu erwähnen, da die Richterin Flippos Aussage für unzulässig erklärt hatte.

»Sie konnte schließlich nicht wissen, daß der Angeklagte sie zuerst vergewaltigen und ihr anschließend den Hals mit diesem Mehrzweckmesser aufschlitzen würde – mit einem Messer, das sie zuvor zum Ausschneiden von Artikeln und Schaubildern benutzt hatte, von denen sie annahm, sie könnten durch eine ansprechende Präsentation ihr Unternehmen noch retten.« Er hielt ein mit der Tatwaffe identisches Messer in die Höhe. »Übrigens handelt es sich um die gleiche Waffe, mit der er seinem Opfer ein X in die Wange geritzt hat.«

Estrada erwartete eigentlich einen Einspruch von Miss Miller. Statt dessen erhielt er eine Rüge seitens der Richterin. »Mr. Estrada, seien Sie bitte vorsichtig. Wie Sie sich erinnern, habe ich zu dieser Frage eine Entscheidung getroffen …«

»Ja, Euer Ehren.« Er wünschte sich, daß die Vorsitzende etwas ausführlicher auf Morales' Markenzeichen eingegangen wäre.

»Wie wir von der Gerichtsmedizinerin Dr. Martin gehört haben, hat das Opfer in seinen letzten qualvollen Minuten sich zu wehren versucht. Die Vorstellung, wie die letzten Augenblicke ihres Lebens für sie gewesen sein müssen, ist einfach grauenhaft. Es muß fürchterlich sein, diese Schmerzen zu ertragen und das eigene Blut aus dem Hals spritzen zu sehen. Wir wissen ja alle, daß unser Körper über einen kräftigen Blutdruck verfügt. Mariah Dodges Herz pumpte mit letzter Verzweiflung. Als sie mit ihrer freien Hand den Täter wegdrücken wollte, umklammerte er ihr Handgelenk und schnitt ihr ein zweites Mal in den Hals. Das alles hat Ihnen die Pathologin ausführlich geschildert.

Vor Ihnen sitzt nun Roberto Morales, der der Vergewaltigung und des Mordes angeklagt ist. Bevor ich aber auf diese Verbrechen im einzelnen zu sprechen komme, möchte ich doch gerne ein Wort zu den beiden Geschichten sagen, die Sie im Laufe der Verhandlung gehört haben, und zu den zwei Männern, von denen diese Geschichten stammen.

Die Verteidigung und Mr. Morales wollen Sie glauben machen, daß der Angeklagte sich in aller Freundlichkeit von seiner Geliebten getrennt habe. Sie wollen Ihnen ernsthaft einreden, daß Mariah Dodge nochmals mit dem Mann geschlafen habe, den sie so sehr verachtete. Außerdem hätten sie gern, daß Sie, meine Damen und Herren, die Version des Angeklagten übernehmen, der behauptet, Mariah Dodge sei bereits tot gewesen, als er die Büroräume von Phoenix Enterprises betreten hat. Und zu guter Letzt verlangen sie auch noch, daß Sie nichts Außergewöhnliches daran finden, wenn der Angeklagte sagt, er wisse nicht, wohin er gegangen sei, nachdem er die Tote entdeckt habe. Die Verteidigung hat Ihnen eine unlogische Geschichte präsentiert, voller Ungereimtheiten und Lücken.

Aber das ist noch längst nicht alles, was die Verteidigung Ihnen weismachen will. Miss Miller hat auch die komplette Wahrheit über Juan Alvaro gepachtet und erzählte Ihnen hier eine Geschichte, mit der sie die Aussage dieses Zeugen vom Tisch wischen wollte, die ihren Mandanten stark belastete. Um die reine Wahrheit zu attackieren, die mein Zeuge hier vor Gericht ausgesagt hat, mußte Miss Miller ihm auf komplizierteste Art und Weise geradezu ein ganzes System von Lügen in die Schuhe schieben.

Die Verteidigerin wollte Sie davon überzeugen, daß die Lüge eine umfassende Kunst sei. Aber das stimmt nicht. Lügen sind simpel und brutal. Die Lügen von Roberto Morales sind jedoch natürlich unvermeidlich – denn mehr hat er nicht zu bieten. Er hätte selbstverständlich auch die Wahrheit sagen können. Heißt es denn nicht in der Bibel: *Die Wahrheit wird euch freimachen?* In geistigem Sinne trifft das auf Roberto Morales ebenso zu wie auf jeden anderen Menschen. Aber unter rechtlichen Aspekten gilt das nicht. Nicht für diesen Angeklagten.« Er zeigte auf Morales. »Was diesen Mann betrifft, so wird ihn die Wahrheit hinter Gitter bringen. Und darum saß er hier vor Ihnen und log und log.

Werfen wir nun einen Blick darauf, wie diese Lügen zustande kamen.

Da er sich an jenem Abend im Büro aufgehalten hat, kann er nicht beweisen, irgendwo anders gewesen zu sein.

Ramon Santos sah ihn gegen acht das Haus betreten – Morales kann also nicht angeben, niemals dagewesen zu sein.

Walter Boynton beobachtete ihn beim Verlassen des Gebäudes zwischen neun und zehn Uhr.

Der Angeklagte kann also nicht sagen, er sei gekommen und kurz nach der Entdeckung der Leiche wieder verschwunden.

Dieser Umstand zwingt ihn zu einer weiteren Lüge, so daß er angibt, er habe das Büro betreten und sei unter dem Schock seiner Entdeckung eine Weile neben der Leiche stehengeblieben.

Jetzt wird es sogar noch schwerer für ihn. Nun hat er die Wahl: Er könnte dieselbe Geschichte wie Juan Alvaro erzählen, und zwar bis zu der Stelle, an der kein Zeuge mehr auftaucht. Anschließend könnte er uns seine Lügen auftischen, indem er vorgibt, kurz nach Juan Alvaro selbst das Büro verlassen zu haben, als Mariah Dodge noch wohlauf war.

Wenn er Ihnen diese Version erzählt, dann in der Hoffnung, Sie würden glauben, kurz nachdem er gegangen ist, sei ein Unbekannter erschienen, der Mariah Dodge erst vergewaltigt und dann brutal ermordet habe. Und seine Verteidigerin hat uns hier sogar einen Kandidaten für die Tat präsentiert, einen symbolischen Kandidaten, einen Stellvertreter für unbekannte Horden von Verdächtigen.« Estrada ließ durch seine Stimme deutlich erkennen, wie lächerlich er diese Version fand. »Das ist ungefähr so intelligent, als wolle man kleine grüne Männchen vom Mars für die Tat verantwortlich machen! Und die Idee, Juan Alvaro habe eine Vergewaltigung vorgetäuscht und eine seiner engsten Freundinnen getötet, ist noch fantastischer.

Diese Geschichte zieht also nicht. Daher muß er zwangsläufig so tun, als habe er beim Betreten des Büros nur noch Mariah Dodges Leiche vorgefunden und – statt sich mit ihr zu streiten, ihre Kleider aufzuschneiden, sie zu vergewaltigen und anschließend zu ermorden – eine Weile voller Trauer und von Schmerz überwältigt neben ihr zugebracht. Das große Problem bei dieser Version der Ereignisse besteht nun aber darin, daß Juan Alvaro ihre Unwahrheit beweisen kann.

Als sich der Angeklagte nun für eines dieser beiden Lügenmärchen zu entscheiden hatte, wählte er trotzdem das zweite, weil er nur allzu gut wußte, daß Juan Alvaro auf der Flucht vor seinen eigenen Dämonen seit längerer Zeit scheinbar spurlos verschwunden war. Er konnte also davon ausgehen, daß dieser Zeuge ihn nie belasten würde. Käme er aber wider Erwarten doch zurück, könnte er ihn mühelos in Mißkredit bringen.

Somit gab es für den Angeklagten nur noch eine Schwierigkeit: Er mußte irgendwie seine Samenspuren auf dem Körper der Toten erklären. Da die beiden bis kurz vor der Tat ein Paar gewesen waren, schien ihm das der leichtere Teil seiner Lügengeschichte zu sein – mit Ausnahme des Umstandes, daß Mariah Dodge gegenüber ihren Freundinnen geäußert hatte, sie wolle die Beziehung zu ihm abbrechen.

So kam es, daß der Angeklagte noch einen gemeinsam verbrachten Nachmittag in seiner angemieteten Wohnung hinzudichtete, einschließlich eines heftigen Streits und dem nachfolgenden Geschlechtsverkehr. Als Zeuge diente ihm dabei der alte Mr. Censabella, dem er fürs Blumengießen ein paar hundert Dollar pro Woche zahlte.« Estrada unterstrich seine letzte Bemerkung mit einem süffisanten Lächeln.

»Zum Glück für den Angeklagten hatten wir keine Gelegenheit, den armen Mr. Censabella hier vor Gericht zu sehen. Er hatte nämlich das Pech, nur wenige Tage vor seiner geplanten Aussage zu sterben. Wir hatten also nur seine Aussage aus der ersten Verhandlung, die vor diesem Gericht laut verlesen wurde.

Aber auch schon diesen dürren Worten konnten wir entnehmen, wie verwirrt Mr. Censabella von den Ereignissen jenes Nachmittags gewesen sein muß. Und doch war dieser arme alte Mann, der auf der Gehaltsliste des Angeklagten stand, der einzige Garant für den unabdingbaren und ganz zentralen Teil seiner Lügengeschichte.

Zusammengefaßt lautet diese Geschichte folgendermaßen: Mariah Dodge und Roberto Morales verbrachten den Nachmittag im Anschluß an ihren Streit im Bett. Hinterher wusch sich das Opfer nicht mehr – aus welchem Grund auch immer. Und als sich der Angeklagte am Abend desselben Tages im Büro mit ihr treffen wollte, war sie schon tot. Eine Zeitlang blieb er fassungslos neben ihr stehen, bis er schließlich das Haus verließ und ziellos durch die Straßen streifte. Da er meinte, niemand würde ihm seine Geschichte glauben, behielt er für sich, was er im Büro gesehen hatte. Geholfen hat er seiner ehemaligen Geliebten allerdings nicht. Auch unternahm er nichts, um den wahren Mörder zu finden. Aber hat er dafür eine vernünftige Erklärung? Falls ja, haben wir sie leider nicht zu hören bekommen.

Meine Damen und Herren, können Sie sich so etwas vorstellen? Dieser Mann, der vorgibt, die Verstorbene heiß und innig geliebt zu haben, macht keinerlei Anstalten, sich der schwer verwundeten Frau zu nähern, obwohl er zugibt, gar nicht beurteilen zu können, ob sie vielleicht nicht doch noch zu retten gewesen wäre. Folgt man seinen Aussagen, so ging er nicht einmal so nahe auf sie zu, daß seine Schuhe mit ihrem Blut in Berührung kamen.

Und dann machte er sich aus dem Staub – ohne jemanden zu verständigen, ohne sich mit der Polizei in Verbindung zu setzen, ohne einen Rettungswagen herbeizurufen. Warum? Weil er uns alle glauben machen will, sein Verstand habe kurzzeitig ausgesetzt. Das ist eine dumme und daher offensichtliche Lüge. Aber er hat keine andere Wahl: Er *muß* lügen.

Vergessen Sie bitte nicht, daß Roberto Morales selbst dann lügt, wenn überhaupt kein Anlaß dazu besteht. Hier, hier in diesem Zeugenstand hat er uns belogen. Er log über einen Sachverhalt, der mit der Frage nach seiner Schuld nicht das geringste zu tun hat. Ich werde gleich noch darauf zu sprechen kommen.

Wie sollen wir aber nun entscheiden, wer von den beiden Männern uns grundlegend belogen hat? Alvaro oder Morales?

Wir alle haben es tagtäglich mit Lügnern zu tun und mit solchen Menschen, die die Wahrheit sagen – und wir können zwischen ihnen unterscheiden. Darin benötigen Sie von mir also keinen Unterricht. Wir beurteilen die Menschen nach ihrem Verhalten. Wir achten darauf, ob das, was sie sagen, einen Sinn ergibt und mit anderen uns bekannten Dingen übereinstimmt. Sie alle haben erlebt, was und wie die beiden Männer hier ausgesagt haben. Sie konnten dabei auch ihr Verhalten studieren. Juan Alvaro redete sehr gefühlsbetont. Was er sagte, hatte eine tiefe Bedeutung für ihn.

Roberto Morales dagegen war kühl und relativ unbekümmert – nicht nur im Zeugenstand, sondern während der gesamten Verhandlung. Nichts konnte ihn aus der Fassung bringen. Oh, sicher. Ein oder zweimal hat er sich dazu herabgelassen, eine gequälte Miene aufzusetzen. Das bedeutet jedoch nur, daß er sich die ganze Zeit unter Kontrolle hatte. Selbst als er beim Lügen ertappt wurde.

Ich meine keine große Lüge, nicht die Lüge, die den Mittelpunkt seiner ganzen Verteidigungsstrategie bildet. Nein, ich rede diesmal von einer kleinen und im Grunde völlig unnötigen Lüge. Der Angeklagte wollte sie davon überzeugen, er sei stolz auf seine Herkunft. *Ich bin der, der ich bin.* Das hat er wörtlich gesagt.

Und worin besteht nun diese Lüge? Darin, daß Roberto Morales in seinem ganzen Leben niemals das sein wollte, was er war. In Wirklichkeit verheimlichte er seine Abstammung, deren er sich schämte. Diese Scham war wahrscheinlich einer der Beweggründe, die ihn dazu veranlaßt haben, Mariah Dodge umzubringen.

Ich bin ein Held, lautete seine Antwort, als Mariah Dodge ihm vorwarf, er würde sein eigenes Volk hintergehen. Juan Alvaro hat uns davon berichtet.

Wie aber reagierte Roberto Morales, als er beim Lügen erwischt wurde? Er gab uns ein weiteres Beispiel für seinen leichtfertigen Umgang mit der Wahrheit. Ganze Gebilde aus Lügen hat er aufgebaut, dieser Roberto Morales. Schwere und unbedeutende Lügen. Lügen, die er als solche erkennt, und Lügen, deren er sich nicht einmal bewußt zu sein scheint. Aber eines ist ganz gewiß: Die Lüge ist ein unverzichtbarer Bestandteil seines Lebens.

Ich bin ein Held. Das ist es, was Roberto Morales einzig und allein interessiert. Ein Held will er sein, ein Symbol. Aber nur, solange es seinen eigenen Zielen dient.

Ich bin der, der ich bin. Er sagte das lediglich deswegen, damit Sie einen Grund hatten, ihn zu bewundern, damit sie erkennen konnten, wie aufrichtig und ehrlich er sei. Aber er log, als er diese Worte aussprach. Er log, und ich habe ihn dabei ertappt.

Über Juan Alvaro läßt sich nichts dergleichen behaupten. Keine seiner Antworten war eine Lüge. Keiner seiner Aussagen wurde von irgendeiner Seite widersprochen, wenn man einmal vom Angeklagten selbst absieht und von dem armen Mr. Censabella, der schon beim ersten Prozeß einen etwas verwirrten Eindruck machte.

Die Verteidigung hat Ihnen einzureden versucht, Juan Alvaro habe seine Geschichte erfunden, weil er Roberto Morales etwas heimzahlen und sich gleichzeitig bei der Staatsanwaltschaft von der Strafverfolgung freikaufen wollte.

Aber auch das stimmt nicht. Unsere Zusage galt nur, solange er die Wahrheit sagte. Hätte er gelogen, wäre die Abmachung hinfällig geworden und wir hätten ihn zusätzlich wegen Meineides belangt.

Wenn er aber wirklich die Absicht zu lügen gehabt hätte, hätte er dies in viel wirkungsvollerer Weise tun können, indem er einfach ausgesagt hätte, Robert Morales habe noch in seiner Gegenwart die Beschuldigungen von Mariah Dodge zugegeben. Außerdem hätte er doch behaupten können, den Mord beobachtet zu haben. Nichts und niemand hätte ihn daran gehindert.

Aber Juan Alvaro hat nicht gelogen, sondern die Wahrheit gesagt. Er hat es sogar auf sich genommen und ist vor diesem Gericht erschienen, obwohl ihm klar war, daß auch seine sexuellen Neigungen zur Sprache kommen würden, wenn er erst einmal im Zeugenstand säße. Anders Roberto Morales. Nach eigenem Eingeständnis log er fortwährend. Sein ganzes bisheriges Leben war eine einzige Lüge.

Sie, meine Damen und Herren, müssen jetzt entscheiden, wem von beiden Sie glauben. Denn nur einer von ihnen sagt die Wahrheit. Und wer das ist, habe ich wohl deutlich zu erkennen gegeben.«

Estrada machte eine kurze Pause, räusperte sich und fuhr dann fort.

»Schön und gut, höre ich Sie sagen. Nehmen wir an, Juan Alvaro sagt tatsächlich die Wahrheit. Seine Geschichte endet kurz vor dem Mord an Mariah Dodge. Heißt das aber nicht, daß auch jemand anders der Mörder sein könnte? Ich will überhaupt nicht darüber hinwegtäuschen, daß in dieser Geschichte eine Lücke klafft. Aber wie stark sind die Zweifel, die sich daraus ergeben? Nicht stark genug für einen begründeten Anlaß, die Schuld des Angeklagten in Frage zu stellen.

Es ist wahr, daß niemand die Tat beobachtet hat. Aber verfallen Sie bitte nicht dem Irrtum zu glauben, wegen des Fehlens eines Augenzeugen könne der Angeklagte nicht verurteilt werden. Falls es sich so verhielte, liefe ein beträchtlicher Prozentsatz von Mördern frei herum. Zu Beginn der Verhandlung sprachen wir bereits über dieses Thema. Und damals waren Sie alle der Meinung, Sie könnten durchaus jemanden aufgrund von Indizienbeweisen für schuldig befinden. Die Indizienbeweise, die Ihnen die Staatsanwaltschaft im Laufe des Prozesses vorgelegt hat, und die Aussagen, die sie gehört haben, sind jedoch allesamt stichhaltig und verweisen unmißverständlich auf Roberto Morales als den Mörder von Mariah Dodge.

Da ist zunächst die Bemerkung von Mariah Dodge selbst, die gegenüber ihren Freundinnen Lynne Schelling und Carlyn Sims betonte, der Gedanke widere sie an, von diesem Mann nochmals berührt zu werden.

Der DNA-Fachmann hat das Sperma eindeutig Roberto Morales zugeordnet.

Die Leute von der Spurensicherung haben in ihrem Bericht vermerkt, daß keinerlei Anzeichen für einen Kampf festzustellen gewesen seien. Und die Verletzungen können ihr nur aus allernächster Nähe zugefügt worden sein. Das aber bedeutet, daß sie den Täter erst einmal ganz nahe an sich herangelassen haben muß. Bei dem obskuren Wachmann, den uns die Verteidigerin schmackhaft machen wollte, wird das mit Sicherheit nicht der Fall gewesen sein. Das ist völlig undenkbar und jenseits jeglicher Vernunft.

Was aber nun diesen Beistelltisch anbelangt, so hat sich Miss Miller darüber vollkommen ausgeschwiegen. Warum hätte ihr erfundener Mörder diesen Tisch denn mit einem zusammengeknüllten Blatt Papier abwischen sollen? Selbst die kleinen grünen Männchen vom Mars hätten das nicht getan. Roberto Morales dagegen schon. Denn auf diesem Beistelltisch lag der Brief. Der Brief, über den uns Juan Alvaro informiert hat, *der* Brief, aus dem Morales' illegale Geschäfte hervorgingen. Auf seiner Flucht griff er nach dem Schreiben, zerknüllte es und verwischte dann damit die Blutspritzer auf dem Tisch, damit niemand bemerkte, daß während der Tat dort etwas gelegen hatte. Dabei vergaß er jedoch, daß nur er allein einen Grund hatte, so etwas zu tun.«

Estrada betrachtete eindringlich die Geschworenen, bevor er seine Ausführungen wieder aufnahm.

»Wie ich zu Beginn dieses Prozesses schon angemerkt habe, spielen die Motive bei der Urteilsfindung keine Rolle. Niemand verlangt von uns, in den Kopf des Angeklagten zu blicken, um dort nachzusehen, weshalb er Mariah Dodge getötet hat. Aber nun hat die Verteidigerin eine Frage aufgeworfen, bei deren Beantwortung ich Ihnen ein wenig helfen möchte. Miss Miller wollte wissen, weshalb ein Mann wie Roberto Morales seine ganze Existenz hätte aufs Spiel setzen sollen, nur weil seine ehemalige Geliebte ihn beleidigte und damit drohte, seine finanziellen Manipulationen zu enthüllen, die er ohnehin bestritt und auch heute noch leugnet.

Ihre Frage impliziert, daß seiner Tat irgendwelche logischen Motive zugrunde lagen. Die Staatsanwaltschaft hat überhaupt kein Interesse, sich über die Frage nach der Logik dieses Verbrechens zu streiten. Denn für gewöhnlich vergewaltigen und morden vernünftig denkende Menschen nicht. Dadurch werden die Beweise gegen Roberto Morales aber nicht schwächer.

Denn diese Beweise belegen auch, daß er trotz seiner Karriere und seiner Leistungen nicht immer ein rational handelnder Mensch war. Selbst hier im Zeugenstand konnte er es nicht lassen, uns zu belügen, obwohl es sich nur um unbedeutende Dinge handelte. Warum benimmt sich ein Mensch auf diese Weise, die man wohl kaum als vernünftig bezeichnen kann? Hier vor diesem Gericht, wo seine gesamte Zukunft von seiner Überzeugungskraft abhängt, Ihnen einzureden, daß er die Wahrheit sagt, riskiert er in einer völlig nebensächlichen Angelegenheit, dies würde uns vom Blick auf sein großes Lügengebäude ablenken?

Es gibt einen Schlüssel zum Verstand dieses Mannes. Welches Bild zeichnet Roberto Morales von sich selbst, indem er uns solche Lügen auftischt? Es ist das Bild eines Menschen, dessen ganzes Leben aus Schein besteht, aus Vordergründigkeit. Und sobald seine Vorstellung darüber, wer er eigentlich gern sein würde, bedroht wird, reagiert er unlogisch und selbstzerstörerisch. Denn das war diese kleine Lüge, die er hier erzählt hat – selbstzerstörerisch und irrational.

Und jetzt überlegen Sie bitte, was er sich an jenem Sonntag abend von Mariah Dodge anhören mußte! Sie stellte alles in Frage, was ihm wichtig erschien. Sie drohte damit, ihn als Schwindler zu entlarven. Sie drohte damit, aller Welt zu zeigen, daß er die Leute, denen er zu helfen vorgab, in Wirklichkeit ausbeutete. Roberto Morales mußte also mächtig Angst gehabt haben, daß sein Image als Held nicht mehr lange Bestand haben würde.

Um alles noch schlimmer zu machen, verspottete Mariah Dodge auch noch seine Männlichkeit. Und das in Gegenwart eines Mannes, dessen eigene Männlichkeit Roberto Morales immer Anlaß zur Verachtung geboten hatte.

Da haben Sie das Mordmotiv. Das Opfer drohte mit seiner völligen Bloßstellung in aller Öffentlichkeit. Alles, was ihm wichtig war, wurde in Frage gestellt. Sie drohte damit, ihn dem Spott und der Verachtung der Massen auszusetzen.

Ob das ein vernünftiges Mordmotiv ist, fragen sich jetzt bestimmt einige von Ihnen. Nein. Nein, das ist es bestimmt nicht. Dieser Mord war ein Akt blindwütiger Verzweiflung. Und ein Akt der Angst, eine plötzlich in dem Angeklagten aufsteigende Reaktion auf die Bedrohung, die Mariah Dodge für ihn darstellte.«

Estrada blätterte eine Seite in seinem Manuskript um.

»Wenn Sie sich nachher in Ihr Beratungszimmer zurückziehen, dann machen Sie sich bitte klar, daß auf diesem Fall nicht der kleinste Schatten des Zweifels liegt. Wenn Sie Roberto Morales glauben, dann müssen Sie ihn freisprechen. Wenn Sie aber Juan Alvaro glauben – und nach den vorliegenden Beweisen bleibt Ihnen gar nichts anderes übrig –, dann besteht überhaupt kein Zweifel daran, daß Roberto Morales schuldig ist. Dementsprechend hat auch Ihr Urteil auszufallen.

Aufgrund der Aussagen, die die Zeugen der Anklage gemacht haben, gibt es keinen begründeten Zweifel mehr an der Schuld dieses Mannes. Aber nicht zuletzt seine eigenen Lügen haben ihn endgültig überführt.

Wäre er nämlich unschuldig, so hätte er keinen Grund gehabt, dieses Gericht zu belügen.

Im Namen des Volkes des Staates New York und im Interesse der Gerechtigkeit fordere ich Sie daher auf, Roberto Morales für *schuldig* zu befinden.«

21

Schweißgebadet ließ sich Estrada auf seinem Stuhl nieder. Er sah auf die Uhr und stellte fest, daß bis zur Mittagspause noch Zeit war. Wenn die Richterin wollte, konnte sie den Geschworenen sofort die Belehrung erteilen. Aber Luz Martinez entschied sich anders. »Meine Damen und Herren, ich unterbreche hiermit die Verhandlung. Bitte finden Sie sich Punkt zwei wieder in diesem Saal ein, damit ich Ihnen alles Notwendige mitteile, was Sie für Ihre Beratungen wissen müssen. Ich mache Sie in aller Deutlichkeit darauf aufmerksam, in der Zwischenzeit nicht untereinander oder gar mit Außenstehenden über den Fall zu sprechen. Ich weiß, wie ungeduldig Sie mittlerweile sind, doch bevor Sie Ihre Beratungen aufnehmen, muß ich Sie sorgfältig mit den wichtigsten Bestimmungen vertraut machen.«

Die Trauben von Reportern, die einen Kommentar von Estrada verlangten, waren dichter als gewöhnlich und wesentlich hartnäckiger. Es gab eine Menge Fragen, die seine Ablehnung von Kenneth Charles als möglichen Täter betrafen. Die Journalistin Molly O'Hara wollte wissen, ob sich dieser Verdacht nicht eindeutig aus den vorhandenen Beweisen ergebe? Dabei machte sie allerdings ein beunruhigtes Gesicht, als ob sie eine der Dodge-Schwestern wäre. Sie fragte weiter, ob Morales nicht einfach deshalb gelogen haben könnte, weil er trotz seiner Unschuld dem Gefängnis nicht entgangen wäre, wenn er die Wahrheit gesagt hätte?

»So sehe ich das überhaupt nicht«, erwiderte Estrada. »Aber meine Meinung zählt von nun an nicht mehr. Jetzt sind die Geschworenen an der Reihe.«

Das Büro wimmelte von aufgeregten Menschen, die allein aufgrund der Tatsache, daß der aktive Teil der Verhandlung jetzt vorüber war, in eine unbegründete Euphorie verfallen waren. Estrada ließ ihre Glückwünsche über sich ergehen und gab vor, abschließend noch allerhand erledigen zu müssen.

Dennoch konnte es einer anscheinend nicht unterlassen, an seine Tür zu klopfen.

»Machen Sie sich aus dem Staub, ich bin beschäftigt«, knurrte Estrada ohne aufzusehen.

»Nur einen Augenblick«, entgegnete eine Männerstimme. Es war Larry Kahn. »Sie haben gute Arbeit geleistet. Vielleicht ein wenig zu emotional, aber ich glaube, das wird klappen. Was für ein Glück, daß auf diese Tagebücher nicht weiter eingegangen wurde. Ich hatte Ihnen ja von Anfang an gesagt, welche Zeitverschwendung das ist. Und dennoch: Ich war stolz, diesen Prozeß miterlebt zu haben.«

»Danke«, erwiderte Estrada und griff nach dem Telefon, um auf dieses Kompliment nicht weiter eingehen zu müssen.

Am Nachmittag erteilte Richterin Martinez den Geschworenen die förmliche Rechtsbelehrung. Sie erläuterte ihnen ausführlich, daß sie bei der Bewertung der Aussagen des Angeklagten immer auch dessen Interesse an einem für ihn positiven Prozeßausgang zu berücksichtigen hätten.

Außerdem wies sie die Jury darauf hin, daß bei einer mangelnden Übereinstimmung zweier Aussagen nicht automatisch eine richtig und die andere vollkommen wahrheitswidrig sein müsse. Es sei vielmehr das gute Recht der Geschworenen, aus jeder Aussage diejenigen Punkte in die Beratung mit einfließen zu lassen, die ihnen sinnvoll erschienen, solange es sich nicht um gegensätzliche Stellungnahmen zweier verschiedener Aussagen handelte.

»Man unterscheidet zwischen zwei unterschiedlichen Arten von Beweisen«, sagte sie. »Es gibt unmittelbare Beweise und Indizienbeweise. Unmittelbar wird ein Beweis genannt, wenn der Zeuge mit seinen eigenen Sinnen etwas wahrgenommen hat, was für die Verhandlung von Bedeutung ist. Das heißt, er hat etwas gehört oder gesehen – so wie Sie mich jetzt hören oder sehen. Alle Beweise, die sie erst aus einem anderen Sachverhalt ableiten müssen, sind Indizienbeweise. Wenn Sie beispielsweise auf einer Pistole Fingerabdrücke finden, die mit den Abdrücken einer ganz bestimmten Person übereinstimmen, dann ist das kein unmittelbarer Beweis, daß dieser Mann die Waffe in der Hand gehabt hat – denn niemand hat ihn gesehen. Aber es ist ein indirekter Beweis, ein Indizienbeweis. Haben sie den Unterschied verstanden?«

Sie wartete, bis alle durch ein bejahendes Nicken geantwortet hatten. Allerdings fand Estrada, daß einige der Geschworenen einen ausgesprochen verwirrten Eindruck machten. Er hatte jedoch keine Möglichkeit, die Richterin in dieser Situation zu unterbrechen. Mit Sicherheit würden die anderen Mitglieder der Jury den etwas Begriffstutzigen im Beratungsraum die Sache nochmals erklären oder es zumindest versuchen.

»Basieren die Beweise für die Schuld eines Angeklagten – so wie bei diesem Fall – ausschließlich auf Indizien«, fuhr die Richterin fort,

»dann verlangt das Gesetz, daß jedes einzelne dieser Indizien auf die Schuld des Angeklagten hindeutet. Jede begründete Hypothese, die gegen die Schuld des Angeklagten spricht, muß in einem solchen Fall mit *moralischer Gewißheit* ausgeschlossen werden können.«

Anschließend wiederholte Mrs. Martinez nochmals die wichtigsten Punkte ihrer Rechtsbelehrung. Das machte sie so ausführlich, daß Estrada sich fragte, warum sie den Geschworenen nicht gleich auch noch das Urteil vorgab.

Nachdem sich die Geschworenen zur Beratung zurückgezogen hatten, ging Estrada ins Büro zurück. Er setzte sich hinter seinen Schreibtisch und starrte gedankenverloren auf die Berge von Dokumenten, Fotokopien und vollgeschriebenen Notizzetteln. Der ganze Kram interessierte ihn absolut nicht mehr. Das Chaos auf dem Tisch war jetzt nur noch ein mittelbarer Beweis für ein großes Durcheinander, mehr nicht.

Er warf ein paar Pfeile auf die Zielscheibe und beobachtete, wie sie abprallten und hinunterfielen.

»He«, rief Lou Collins, der soeben das Büro betrat, »so bringt man seine Kollegen um die Ecke.« Er blickte Estrada prüfend an und fragte: »Oder sollte das sogar beabsichtigt gewesen sein?«

Der Vorgesetzte ließ einen Stapel Akten auf den Tisch plumpsen. »Ein bißchen Arbeit, während Sie auf das Urteil warten.«

Estrada ließ die Akten unberührt liegen. Erst war der Monatsbericht für September zu erledigen. Außerdem mußte er noch die Unterlagen vom Fall *Morales* sortieren, bevor sie ins Archiv wanderten. Dazu kam, daß er nicht die geringste Lust verspürte, sich schon wieder mit einer neuen Anklage zu befassen. Vor der Mittagspause meldete sich die Jury nicht mehr. Estrada ging mit Mahoney etwas essen.

»Gut gemacht«, lobte ihn sein Freund.

»War es dir auch emotional genug?«

»Mir hat's gefallen.«

»Dann war es in Ordnung.« Sie hoben beide ihr Glas. »Auf bessere Tage«, sagte Estrada.

»Ach, scheiß auf die Tage«, erwiderte Mahoney. »Trinken wir lieber auf die Nächte.«

Nach dem Essen schlenderten sie zurück zum Gericht, blieben jedoch in angemessener Entfernung vor dem Haupteingang stehen. Hinter den Absperrungen marschierte ein Haufen Demonstranten im

Kreis. Jeder von ihnen hatte eine Kerze in der Hand – eine Mahnwache für Roberto Morales. Einer der Männer trug eine Stange, an der eine aufgehängte Puppe baumelte. Auf der Brust trug sie ein Schild, das Estrada jedoch nicht lesen konnte, da es in die andere Richtung zeigte. Aber das war auch nicht nötig. Er wußte, wer damit gemeint war.

»Sie hängen mich symbolisch. Welch ein Fortschritt.«

»Allzu vergänglich ist der Ruhm«, deklamierte Mahoney. »Genieße ihn, solange er dir vergönnt ist.«

Sie trennten sich. Mahoney ging nach Hause, Estrada ins Büro. Mechanisch machte er sich ans Aufräumen. Nach einer Stunde hatte er keine Ruhe mehr und beschloß, einen Blick in den Gerichtssaal zu werfen.

Noch immer machte sich das Fernsehteam am Ende des Ganges breit. In kleinen Gruppen standen Journalisten zusammen und hielten ein Schwätzchen. Zwar bemerkten sie Estrada, doch mit Ausnahme eines Mannes reagierte niemand auf sein Erscheinen. Einen Urteilsspruch erwartete an diesem Nachmittag ohnehin keiner mehr. Estrada winkte ab, als der Reporter Anstalten machte, auf ihn zuzugehen.

Dieselbe lethargische Atmosphäre wie auf dem Gang herrschte auch im Saal selbst. Die Reihen der Zuschauer hatten sich erheblich gelichtet. Morales hockte lässig auf seinem Stuhl – so lässig wie er sich während der Verhandlung nie gegeben hatte. Sein Jackett hing über der Rückenlehne, die Ärmel seines Hemdes hatte er aufgekrempelt. Miss Miller, die neben ihm saß, schien in ihre Unterlagen vertieft zu sein.

Estrada nickte grüßend zu Tess Dodge und ihrer Mutter hinüber und ließ sich neben Nancy Rosen am Tisch der Staatsanwaltschaft nieder.

»Was führt Sie hierher?« fragte er.

»Ich kam mir in meinem Büro wie eingesperrt vor«, entgegnete seine Kollegin, »darum bin ich hergekommen. Tapetenwechsel.«

»Habe ich etwas Wichtiges versäumt?«

»Morales hat sein Jackett ausgezogen. Einer der Polizisten hat einen fahren lassen und so getan, als sei er es nicht gewesen. Das Übliche eben.«

Auf seinem Weg nach draußen bemerkte er Carlos Ramírez auf einer der hinteren Sitzreihen. »Ich hatte Ihnen doch eine Geschichte versprochen«, sagte er. »Interessiert?«

»Sie meinen, weshalb Sie der Cousin von Roberto Morales sind, obwohl die Geburtsurkunde Sie eindeutig als Zwillinge ausweist? Sehr sogar.«

Ramírez lächelte. »So kompliziert ist das im Grunde gar nicht. Vor langer Zeit lebte in Puerto Rico ein Mädchen und das war schwanger. Sie hatte keinen Mann und war auch nie verheiratet gewesen. Damals war es in ihrer Heimat unter diesen Umständen nicht möglich, in Frieden weiterzuleben. Ihre Familie dankte Gott auf den Knien, als sie feststellte, daß eine ungefähr gleichaltrige Verwandte, die nicht gerade übermäßig betucht war, ebenfalls ein Kind erwartete – Robertos Mutter. Sie arrangierten es so, daß diese Frau ihr Kind außerhalb ihres Wohnorts bekam. Einige Zeit später kehrte Robertos Mutter dann mit zwei Kindern wieder nach Hause zurück. Zwillinge, sagten die Leute, und dankten sämtlichen Heiligen dafür. Die Familie meiner Mutter verfügte über genügend finanzielle Mittel, den Unterhalt für dieses zusätzliche Kind zu zahlen – wenigstens am Anfang. Aber niemand wäre je auf die Idee gekommen, daß Robertos Mutter beide Kinder schnappen und mit ihnen nach New York verschwinden würde.«

»Das ist ja eine tolle Geschichte! Seit wann ist Ihnen das bekannt?« wollte Estrada wissen.

»Schon lange. Seit ich nach Beendigung des Colleges nach Puerto Rico zurückgegangen bin. Dort erfuhr ich, daß Robertos Mutter mich von meiner Familie getrennt hatte. Und ich war sehr glücklich, daß ich meine leibliche Mutter vor ihrem Tod kennenlernen konnte.«

»Warum ist Ihre Mutter Ihnen denn nicht nach New York gefolgt?«

»Wo hätte sie mich denn suchen sollen? Außerdem lebte sie damals mit einem Mann zusammen, der nichts von meiner Existenz wußte ... Trotzdem hat sie sich sehr gefreut, mich noch einmal zu sehen. Für uns war die kurze Zeit vor ihrem Tod unglaublich wertvoll. Sie ist einfach viel zu früh gestorben. Aber so etwas passiert ja leider sehr oft, nicht wahr?«

Am folgenden Morgen machte der Gerichtssaal denselben Eindruck auf Estrada wie tags zuvor. Wenig Publikum und gelangweilte Pressevertreter. Mit einem schnellen Urteil rechnete nun niemand mehr. Aber solange die Jury für ihre Beratungen nicht mehr als zwei oder drei Tage benötigte, gab es für ihn keinen Anlaß zur Sorge.

Statt ihrer Mutter saß Tess jetzt mit Alvaro zusammen. »Mutter hat beschlossen, zu Hause zu bleiben. Es war ihr zu anstrengend, hier zu warten.«

Estrada begab sich wieder in sein Büro. Kurz darauf klopfte Clemente an seine Tür.

»Ich habe endlich etwas über diesen Stanley Gilbert herausgefunden«, verkündete er. »Das ist der Typ, der Juan Alvaros Aussage zufolge die Drohungen im Auftrag von Morales weitergegeben haben soll.«

Estrada wartete.

»Vor zwei Jahren gestorben.«

Mit einem Male horchte der Staatsanwalt auf. »Wie?«

Clemente steckte sich ein Pfefferminzbonbon in den Mund. »Mit dem Segelboot verunglückt.«

»Wer's glaubt«, erwiderte Estrada skeptisch.

»Machen Sie sich nichts draus. Der Prozeß ist sowieso gelaufen. Aus und vorbei.«

»Der Mordprozeß. Aber auch die Einschüchterung von Zeugen steht unter Strafe. Falls er jetzt nicht verurteilt wird, hätten wir ihn damit festnageln können.«

»Sie wollen diesen Kerl unter allen Umständen hinter Gittern sehen, stimmt's?«

»Überrascht Sie das?«

»Hm, ja. Ein wenig schon. Es gab Momente, da hatten Sie Ihre Zweifel, was Morales' Schuld betraf.«

»Ja, solche Momente gab es. Aber das ist Vergangenheit.«

»Was ist denn in der Zwischenzeit geschehen?«

»Ich habe eine Dosis ›Realität‹ verabreicht bekommen.«

22

Noch vor der Mittagszeit teilte die Jury mit, sie wolle erneut die Zeugenaussage von Remigio Censabella hören.

»Was hat denn das zu bedeuten?« fragte Tess.

»Schwer zu sagen. Auf jeden Fall ist es besser, als wenn sie nur nach der Aussage des Angeklagten zu diesem Punkt verlangt hätten.«

Die Geschworenen betraten erneut den Saal. Estrada stand auf und ging zum Tisch der Staatsanwaltschaft hinüber, um neben Nancy Rosen Platz zu nehmen.

»Was halten Sie davon?« fragte er seine Kollegin, nachdem die Verlesung von Censabellas Aussage beendet war.

»Ich habe es schon vor langer Zeit aufgegeben, Mutmaßungen über die Wünsche von Geschworenen anzustellen«, sagte sie. »Nicht ein einziges Mal habe ich dabei nämlich richtig gelegen.«

Am Nachmittag verlangte die Jury noch einmal nach der Aussage von Roberto Morales über den Geschlechtsverkehr mit Mariah Dodge am Tage ihres Todes. Estrada bat darum, der Jury auch einen Teil seines Kreuzverhörs zu dieser Frage vorzulesen, doch wies die Richterin seinen Antrag ab. Die Geschworenen sollten nur das hören, wonach sie verlangt hatten.

»Das ist nun aber wirklich nicht gut, oder?« fragte Tess, nachdem die Jury wieder ihre Beratungen aufgenommen hatte.

»Vielleicht wollten sie ja bloß ein paar heitere Einlagen zur Entspannung«, bemerkte Estrada bissig.

Um sich abzulenken und der bedrückenden Atmosphäre des Gerichtsgebäudes zu entgehen, unternahm er einen kleinen Spaziergang. Aber kaum hatte er den Saal verlassen, lief ihm Juan Alvaro über den Weg.

»Haben Sie ein paar Minuten Zeit für mich?«

»Wenn Sie wollen, können wir in mein Büro gehen.«

»Ich möchte Ihnen danken und mich gleichzeitig entschuldigen«, sagte Alvaro und setzte sich.

»Ich bin derjenige, der sich zu bedanken hat«, entgegnete Estrada höflich. »Sie waren ein ausgezeichneter Zeuge.«

»Das erforderte auch viel Mut«, antwortete Alvaro verbittert. »Ich war ein Feigling, und das tut mir leid. Wäre ich ein paar Jahre früher mit meiner Geschichte zu Ihnen gekommen, hätte dieser zweite Prozeß nicht stattfinden brauchen.«

»Wichtig ist doch, daß Sie überhaupt ausgesagt haben. Es wäre verrückt, sich jetzt Selbstvorwürfe zu machen.«

»Verrückt? Ich weiß nicht. Eigentlich drehte sich doch der ganze Prozeß nur um das eine: Man haßt sich für das, was man ist. Darum habe ich alles getan, was Alexander Blair mir befohlen hat; darum bin ich untergetaucht. Und das ist es auch, was Roberto zu seiner Tat verleitet hat. Er war in dieser Hinsicht der Schlimmste von allen. Sie sind in Ihrem Plädoyer gar nicht deutlich genug darauf eingegangen. Er hat sich seiner Herkunft nicht nur geschämt, sondern sich vielmehr regelrecht dafür verabscheut. Selbst Mariah – Gott habe sie selig – hat mit ihren Beschuldigungen nur an der Oberfläche gekratzt.

Letztendlich wurde Mariah von Roberto Morales aus Angst davor umgebracht, sie könne ihn mit seinem wahren Ich konfrontieren. Und das ausgerechnet in meiner Gegenwart! Das hätte er nicht ausgehalten. Wäre ich nicht rechtzeitig gegangen, hätte er mich wahrscheinlich auch noch ermordet.« Verlegen blickte Juan Alvaro auf den Boden. »Im Nachhinein sieht das alles ziemlich einfach aus. Aber damals war ich vor lauter Haß auf mich selbst geradezu geblendet.« Er betrachtete das Foto von Mariah Dodge, das noch immer an der Wand hing. »Vergib mir. Ich wollte dieses Büro unbedingt verlassen. Ich konnte die Wut, den Haß und die Verachtung in Robertos Augen nicht länger ertragen.« Er nahm wieder Blickkontakt mit Estrada auf. »Als sie mich bat zu gehen, habe ich die Gelegenheit ergriffen. Aber jeden Morgen muß ich beim Aufwachen an diesen Abend zurückdenken.« Seine Augen waren trocken, doch wurden sie von seiner weinerlichen Stimme Lügen gestraft.

Gerade als Estrada zum Abendessen aufbrechen wollte, stoppte ihn ein Anruf von Collins. »Sehen Sie bitte kurz in meinem Büro vorbei«, bat er ihn.

»Am Dienstag ist Teamkonferenz«, sagte sein Vorgesetzter, als Estrada den Raum betrat. Collins war soeben dabei, Aktenordner zu sortieren und sah überhaupt nicht auf. »Es wird Zeit, daß Sie wieder in den Schoß der Familie zurückkehren. Ich wollte bloß sichergehen, daß Sie auch kommen. Vorausgesetzt natürlich, Ihre Geschworenen einigen sich bis dahin auf ein Urteil.«

Estrada schwieg.

»Irgendwelche Fortschritte bei den Fällen, die ich Ihnen anvertraut habe?« fragte Collins.

Estrada holte tief Luft. »Lou, in aller Offenheit: Ich weiß nicht, wie lange ich noch hier sein werde. Ich spiele mit dem Gedanken, für lange Zeit zu verschwinden.« Es klang unentschlossener als er vermutet hatte.

Collins legte die Akte, die er in der Hand hielt, auf den Tisch. »Das wäre aber alles andere als erfreulich, wenn Sie jetzt gingen. Alle sind der Meinung, daß Sie ordentliche Arbeit geleistet haben. Außerdem würden Sie einen guten Nachfolger auf meinen Platz aufgeben.«

»Demnach sind Sie befördert worden?«

»Hatte ich Ihnen das noch nicht gesagt?«

Estrada schüttelte den Kopf. Er wußte, daß Collins so tat, als habe er es vergessen.

»Nächste Woche erfahre ich es offiziell. Denken Sie darüber nach. Machen Sie einfach mal ein paar Tage Urlaub nach der Urteilsverkündung. Egal, wie sich die Jury entscheidet, Sie haben es verdient.«

Nach dem Abendessen suchte Estrada wieder den Gerichtssaal auf. Tess saß alleine da. Er ließ sich neben ihr auf der Bank nieder.

»Neuigkeiten?«

»Eigentlich nicht. Miss Millers Mann ist mit ihrem kleinen Sohn erschienen. Sie hat eine Zeitlang Mami gespielt. Erst konnte ich es kaum glauben. Die Eiserne Lady hat Muttergefühle.«

»Eiserne Lady? So siehst du sie also?«

»Außerhalb des Gerichtssaals ist sie bestimmt ein netter Mensch. Ich kann nur die Wahl ihrer Mandanten nicht ausstehen. Das ist alles.«

»Ich glaube, sie war wirklich von seiner Unschuld überzeugt. Wenigstens zu Beginn. Mir ging es da ähnlich, wie du dich vielleicht noch erinnerst.«

Sie machte ein grimmiges Gesicht. »Leider erinnere ich mich daran noch viel zu gut. Ich habe dich nie für besonders klug gehalten, nur weil ich dich so sexy finde ...«

»Ich setze mich lieber wieder an meinen Tisch«, entgegnete er und rutschte von der Bank.

Tess grinste. »Weshalb denn? Mache ich dich nervös?«

Estrada freute sich, daß er eine Weile allein am Tisch der Staatsanwaltschaft verbringen konnte. Endlich ein wenig Zeit zur Besinnung. Am Nachbartisch, dem der Verteidigung, saß Kassia Miller über ihrem Strickzeug, während Morales mit Barry Burns und Pancho Castillo Karten spielte.

Seine Ruhe hielt nicht lange an, denn kurz darauf ließ sich Nancy Rosen auf den Stuhl neben ihm fallen. »Guten Abend«, sagte sie und legte einen Stapel Zeitungen vor ihm auf den Tisch. »Schon gesehen?«

»Ich habe um sämtliche Kioske einen weiten Bogen gemacht.«

»Wir haben ein paar neue Freunde gewonnen.«

Estrada blätterte den Stapel durch. Eine der Überschriften lautete: HELD? Das Wort beherrschte die ganze Zeile. Darunter stand, immer noch groß genug: ODER NICHT! Auf dem Rest der Seite war ein großes Foto von Roberto Morales abgebildet. Eine andere Zeitung titelte: BETRUG AN ALLEN ECKEN UND ENDEN.

»Nicht schlecht«, kommentierte Estrada das Presseecho. Das dritte

Blatt waren die *Noticias Diarias.* Sie hatten die Überschrift YO SOY HÉROE gewählt – »Ich bin ein Held«.

»Sie scheinen bei den meisten etwas bewirkt zu haben.«

»Nur bei der Presse. Für *die* habe ich mein Plädoyer aber nicht gehalten.«

Gegen halb elf erschien ein Gerichtsdiener, um den Anwesenden mitzuteilen, daß sich die Geschworenen zur Nachtruhe begeben hätten und sich nicht vor halb zehn am nächsten Morgen wieder zusammenfinden würden.

Vor dem Saal wartete ein Polizeibeamter in Zivil. »Mr. Estrada? Gil Thomas mein Name. Ich bin für heute nacht Ihr Fahrer.«

»Was hat das zu bedeuten?«

»In Ihrem Büro sind anonyme Drohungen eingegangen. Ich nehme an, Ihre Vorgesetzten wollen auf Nummer sicher gehen.«

Es war schon Wochen her, daß ihn nach dem Einbruch in sein Apartment eine ständige Polizeieskorte umgeben hatte, und er verspürte nicht die geringste Lust, das noch einmal mitzumachen. »Danke, Gil, aber ich glaube nicht ...«

»Ich habe meine Befehle. Und heute soll ich mich um Sie kümmern. Sie brauchen mich ja nicht in Ihre Wohnung zu lassen, aber ich muß vor der Tür Wache schieben und sie außerdem durch die Gegend fahren. Morgen früh kommt dann meine Ablösung.«

»Aber der Prozeß ist doch vorbei«, protestierte Estrada. »Zu spät, um mir eins auf den Pelz zu brennen.«

»Es gibt immer welche, die meinen, sie müßten sich rächen.«

23

Wie jeden Tag erschienen die Anhänger von Morales auch am Samstag morgen vor dem Gerichtsgebäude. Eine wesentlich kleinere Schar von Gegendemonstranten marschierte schweigend durch den Park auf der anderen Straßenseite. Auf den Schildern, die sie trugen, war zu lesen: NICHT MEIN HELD und GERECHTIGKEIT FÜR MARIAH.

An diesem Vormittag baten die Geschworenen darum, daß man ihnen nochmals die Zeugenaussage von Juan Alvaro vorlas. Estrada war darüber keineswegs glücklich.

Danach meldete sich die Jury bis zur Mittagszeit nicht mehr zu

Wort. Dann schickten sie dem Gericht die Mitteilung, daß einige ihrer Mitglieder am Sonntag einen Gottesdienst besuchen wollten. Nach mehreren Schriftwechseln verständigte man sich schließlich auf eine Kirche in der Nähe vom Queens-Motel, wo man sie als geschlossene Gruppe hinführte und während der Messe von den anderen Gläubigen getrennt hielt, um sicherzustellen, daß ihre späteren Beratungen nicht durch irgendeinen Zwischenfall gestört würden.

Am nächsten Tag kam Estrada gegen neun im Gericht an und mußte feststellen, daß im Saal nahezu alle Plätze belegt waren. Die Reporter der Nachrichtensender warteten gespannt vor Neugier auf das, was nun gleich folgen würde, und am Tisch der Staatsanwaltschaft saß eine leicht verwirrte Nancy Rosen.

»Was ist hier los?« fragte Estrada.

»Es kursieren Gerüchte, daß Kassia Miller beantragen will, den Prozeß wegen Verfahrensmängeln einzustellen.«

»Warum denn?«

»Wegen der Predigt.«

»Das darf doch wohl nicht wahr sein!«

Die Verteidigerin betrat gleichzeitig mit ihrem Kollegen und Roberto Morales den Gerichtssaal. Ihr Gesicht verriet grimmige Entschlossenheit. Kurz darauf erschien auch Richterin Martinez.

»Was habe ich da gehört, Miss Miller?« wollte sie mit ebenso grimmiger Miene von der Verteidigerin wissen.

»Euer Ehren, mir ist durchaus bekannt, daß wir alle einen anstrengenden Prozeß hinter uns haben, und daß niemand sich wünscht, dies alles sei umsonst gewesen. Ich fürchte jedoch, daß ich keine andere Wahl habe, als einen Antrag auf Einstellung der Verhandlung wegen Verfahrensfehlern zu stellen.«

»Weiter, weiter. Machen Sie es nicht so spannend.«

»Euer Ehren, ich habe vorsichtshalber heute morgen einen Kollegen zu der Messe geschickt, die die Geschworenen besucht haben. Er nahm die Predigt des Priesters auf Band auf und spielte sie mir gleich anschließend vor. Es tut mir aufrichtig leid, das Gericht davon in Kenntnis setzen zu müssen, daß wir im Inhalt dieser Predigt eine Beeinflussung der Geschworenen erkennen.«

»Dabei warnen wir die Geistlichen immer. Wir warnen sie doch immer.« Verzweifelt schüttelte die Richterin den Kopf. »Also gut, lassen Sie mich hören, worum es sich handelt.«

»Die Predigt basierte auf mehreren Versen des ersten Kapitels aus dem ›Brief des Jakobus‹ im Neuen Testament. Mit Ihrer Erlaubnis würde ich diese Worte gerne vorlesen.«

Mrs. Martinez, die von Minute zu Minute verdrießlicher wurde, gab ihr ein Zeichen, fortzufahren.

»Selig ist der Mann, der die Anfechtung erduldet«, las Miss Miller. »Denn nachdem er bewährt ist, wird er die Krone des Lebens empfangen, die Gott verheißen hat denen, die ihn lieb haben. Niemand sage, wenn er versucht wird, daß er von Gott versucht werde. Denn Gott kann nicht versucht werden zum Bösen, und er selbst versucht niemand. Sondern ein jeder, der versucht wird, wird von seinen eigenen Begierden gereizt und gelockt. Danach, wenn die Begierde empfangen hat, gebiert sie die Sünde. Die Sünde aber, wenn sie vollendet ist, gebiert den Tod.« Den letzten Vers wiederholte sie. »Danach, wenn die Begierde empfangen hat, gebiert sie die Sünde. Die Sünde aber, wenn sie vollendet ist, gebiert den Tod.«

Hier machte sie eine Pause. Beeindruckt von diesen Worten verharrte das Publikum in völliger Stille auf seinen Plätzen.

»Euer Ehren, diese Textstelle nimmt unmittelbar Bezug auf die von der Staatsanwaltschaft gegen meinen Mandanten erhobenen Vorwürfe. Wir müssen davon ausgehen, daß alle religiös gesinnten Geschworenen, die diese Verse und die sich anschließende Predigt gehört haben, gegen Mr. Morales eingestellt sind.«

»Mr. Estrada, fällt Ihnen ein vernünftiger Grund ein, weshalb ich den Antrag der Verteidigung ernsthaft in Erwägung ziehen sollte?« Das war keine Frage, sondern ein Appell der Richterin, sie vor einer zweiten Einstellung des Verfahrens gegen Roberto Morales zu retten.

Langsam stand er auf. »Euer Ehren«, begann er zögernd, damit er mehr Zeit zum Nachdenken hatte, »ich habe bis zu diesem Augenblick keine Kenntnis von der besagten Predigt gehabt. Daher glaube ich, daß die Gegenseite einen unfairen Vorsprung hat ... Wenn ich bitte für einen Moment einen Blick in diese Verse werfen könnte ...« Er streckte seine Hand in Richtung von Miss Miller aus, damit sie ihm ihre Kopie reichte. Schnell überflog er zunächst die zitierte Passage, las sie dann nochmals in aller Ruhe durch – und entdeckte schließlich etwas, das ihm wie eine Antwort vorkam.

»Euer Ehren, diese Verse sprechen davon, daß man der Versuchung widerstehen solle. Vor allem der sexuellen Versuchung. Nun hat jedoch Miss Miller während der Beweisaufnahme und in ihrem Plädoyer behauptet, daß ihr Mandant am Abend des Mordes überhaupt keine sexuellen Wünsche verspürt habe. Folgt man ihren Ausführungen, dann war er nicht einmal zur Tatzeit anwesend. Somit kann er also gar keine Lust empfunden haben, die wiederum keine Sünde gebären konnte, aus der auf keinen Fall der Tod hervorgegangen sein kann.«

»Ich danke Ihnen, Mr. Estrada. Das war sehr hilfreich.« Die Richterin machte einen erleichterten Eindruck. »Ich biete der Verteidigung hiermit an, mit jedem der Geschworenen, die an der Messe teilgenommen haben, ein Gespräch unter vier Augen zu führen. Danach werde ich meine Entscheidung fällen.«

Schon nach einer Viertelstunde war der Vorsitzenden klar, daß keine der Geschworenen in irgendeiner Weise von den Worten des Priesters negativ in seiner Einstellung gegenüber Roberto Morales beeinflußt worden war. »Ich glaube, Sie sind alle der Ansicht, daß der Geistliche mit dieser Predigt gar nicht auf unseren Fall angespielt hat.« Damit war der Antrag der Verteidigung abgelehnt.

Die Geschworenen zogen sich erneut zur Beratung zurück. Die Pressevertreter drängten aus dem Saal, um möglichst schnell ein freies Telefon zu ergattern. Auch die Zuschauer verließen ihre Plätze.

Tess rief Estrada etwas von der Absperrung aus zu. Er stand auf und ging zu ihr hinüber.

»Gut gemacht, das mit der Bibel«, sagte sie anerkennend. »Du hast schnell geschaltet.«

»Wenn ich nicht aufpasse, werde ich noch in Komplimenten ertrinken.« Aber er freute sich trotzdem.

Um fünf Uhr schickten die Geschworenen eine weitere Mitteilung an das Gericht. Sie waren bei ihren Beratungen an einer entscheidenden Stelle angelangt und fragten, ob ihnen das Abendessen in ihr Sitzungszimmer gebracht werden könne. Die Richterin ließ entsprechende Vorkehrungen treffen.

Estrada wußte, daß er viel zu aufgeregt war, um etwas herunterzukriegen. Er unternahm einen kurzen Spaziergang und mußte feststellen, daß es bereits viel früher dunkel wurde als er vermutet hatte. Wolken waren aufgezogen, leichter Regen fiel.

Als er den Saal wieder betrat, versuchten Nancy Rosen und Tess Dodge gerade zu erraten, welche Fragen die Jury so sehr beschäftigen mochte. »Falls sie Morales glauben, daß er den Nachmittag mit Ihrer Schwester in diesem Apartment verbracht hat, und wenn sie auch noch Censabellas Aussage für wahr befinden, dann heißt das, keine Vergewaltigung. Und keine Vergewaltigung bedeutet kein Mord.«

»Aber Juan hat doch bestätigt, daß er den ganzen Nachmittag mit ihr verbracht hat«, entgegnete Tess. »Wenn sie ihm das nicht glauben, werden sie ihm auch seinen Bericht über den Verlauf des Abends nicht abnehmen. Und dann wird es zu keiner Verurteilung kommen.«

Der Gerichtsassistent von Richterin Martinez erschien im Saal und überprüfte, ob Verteidigung und Staatsanwaltschaft vollzählig anwesend waren. Er nahm die Position zwischen die beiden Tischen ein und verkündete: »Die Geschworenen kommen.«

Innerhalb von zehn Minuten war der Saal bis zum letzten Platz gefüllt. Dann geschah fünfzehn Minuten lang nichts, bis Mrs. Martinez auftauchte. In ihrem Schlepptau hatte sie etliche Gerichtsdiener, die ihren Kollegen dabei behilflich sein sollten, eventuelle Protestkundgebungen im Keim zu ersticken.

Endlich betraten die Geschworenen den Gerichtssaal. Sie wirkten längst nicht mehr so frisch wie noch am Vormittag. Zum wiederholten Male sahen sie streng geradeaus und vermieden jeden Blick zu einer der beiden Parteien.

»Die Verhandlung wird fortgesetzt«, sagte der Gerichtsassistent. »Das Volk gegen Roberto Morales. Anwesend sind der Angeklagte, die Verteidigung, die Staatsanwaltschaft und die Vorsitzende Richterin Luz Martinez. Alle vereidigten Juroren haben auf der Geschworenenbank Platz genommen. Ich bitte nun den Sprecher der Geschworenen, sich zu erheben.«

Nissensen stand auf. Sein Gesicht verriet nicht die leiseste Andeutung, was nun folgen würde.

»Ist die Jury zu einem Urteil gelangt?« fragte der Assistent.

»Ja.«

»Wie lautet Ihr Urteil zur Anklage wegen Vergewaltigung?«

»Nicht schuldig.«

Estrada stöhnte leise auf. In dem Bruchteil der Sekunde, bis im Gerichtssaal die ersten Hochrufe ertönten, konnte er die Erleichterung am Nachbartisch förmlich mit den Händen greifen. Mrs. Martinez klopfte energisch mit ihrem Hammer auf den Tisch. »Wenn das noch einmal passiert, lasse ich den Saal räumen«, sagte sie, nachdem wieder Ruhe eingekehrt war.

»Wie lautet Ihr Urteil zu dem in der Anklage enthaltenen Vorwurf der versuchten Vergewaltigung?«

»Schuldig.«

Estrada brauchte einen Augenblick, um diese Entscheidung aufzunehmen. *Versuchte Vergewaltigung?* Sollte das etwa eine Art Trost sein, ein Kompromiß, um diejenigen Geschworenen zu besänftigen, die Morales wenigstens für irgendetwas verurteilt sehen wollten?

»Wie lautet Ihr Urteil zur Anklage …«

Estradas Herz klopfte jetzt mindestens so stark wie der Hammer der Vorsitzenden geklopft hatte. Jetzt kam es darauf an. Sollten die Geschworenen ihn in diesem Punkt für schuldig befinden, konnte das Urteil nur lebenslänglich lauten.

»… wegen Mordes?«

Nissensen hatte klar erkannt, daß dies sein großer Augenblick war. Er drückte sein Kreuz durch und wandte sich dem Publikum zu. »Was die Anklage wegen Mordes betrifft, so befinden wir Roberto Morales für schuldig.«

Zunächst herrschte völlige Stille. Doch mit einem Schlag setzte ein heftiges Buhrufen und Schimpfen ein – vornehmlich auf Spanisch. Schreie hallten durch den Saal, begleitet von Luz Martinez' energischen Hammerschlägen. Morales verzog keine Miene. Da sich Kassia Miller zu ihm umgedreht hatte, konnte Estrada ihr Gesicht nicht erkennen. Er kümmerte sich nicht weiter um sie, sondern umarmte Nancy Rosen und Lisa Stein, die neben ihm saßen.

Die Protestrufe ebbten ab, bis über dem ganzen Saal eine bedrohliche Stille lag. Die Richterin verwarnte die Zuschauer erneut und wies sie darauf hin, daß sie das Gebäude erst nach den Geschworenen verlassen dürften.

Anschließend befragte sie die Geschworenen einzeln, ob sie dem von ihrem Sprecher verkündeten Urteil zustimmten. Ausnahmslos bejahten sie ihre Frage. Doch machten sie alle einen eher niedergeschlagenen Eindruck. Keiner von ihnen triumphierte über den Angeklagten, aber es gab auch keinerlei Äußerungen des Bedauerns. Die Richterin bedankte sich bei ihnen für die geleistete Arbeit.

Dann verließen die Geschworenen schnell ihre Plätze und gingen aus dem Saal. Miss Miller erhob sich und beantragte, das Urteil aufzuheben, da es im Widerspruch zu den vorhandenen Beweisen gefällt worden sei. Die Richterin lehnte ab. Daraufhin machte die Verteidigerin deutlich, daß sie in die Berufung gehen würde.

»Mit Rücksicht auf die zwei kleinen Kinder des Angeklagten bitte ich höflichst darum, daß er diese Nacht bei seiner Familie verbringen darf. Er stellt keine Gefährdung für die öffentliche Sicherheit dar.«

»Er kann seine Familie für eine Stunde im Beratungsraum der Geschworenen sehen«, entschied Luz Martinez kurz und bündig. »Außerdem werden wir ihn über Nacht in einer der Zellen des Gerichtsgebäudes unterbringen, so daß er sich morgen früh, bevor er fortgebracht wird, nochmals mit seiner Frau und seinen Kindern treffen kann.« Sie schlug einmal mit dem Hammer auf. »Hiermit wird der Angeklagte den Strafvollzugsbehörden überantwortet. Die Sitzung dieses Gerichts ist damit beendet.«

24

In dem italienischen Stammlokal der Staatsanwaltschaft fand eine laute, fröhliche Feier statt. Die meisten Gäste waren Kollegen und Freunde von Estrada.

Im Anschluß an die Party bot Estrada Tess Dodge und ihrer Mutter an, sie in dem Polizeiwagen, der ihm noch immer zur Verfügung stand, nach Hause zu bringen. Als sie vor Tess' Apartmenthaus ankamen, verabschiedete sich Sylvia Dodge und dankte ihm erneut überschwenglich für seine großartige Leistung. Tess selbst blieb im Wagen sitzen und sah ihrer Mutter nach, bis sie im Eingang verschwunden war.

»Willst du ein wenig Gesellschaft haben, wenn du die Nachrichten siehst?« fragte sie Estrada.

Er wollte. Es war sein erster großer Sieg, und er konnte sich nicht vorstellen, ihn alleine in seiner großen, leeren Wohnung zu begießen.

Als sie den Fernseher anschalteten, berichtete Molly O'Hara gerade über den Urteilsspruch. Estrada schaltete schnell auf die anderen Nachrichtenkanäle um, die allesamt über den Ausgang des Prozesses berichteten. Besonderes Unverständnis herrschte über die Weigerung der Geschworenen, Morales der Vergewaltigung für schuldig zu befinden, obwohl man ihn doch letztendlich wegen Mordes verurteilt hatte. Der Angeklagte und seine Familie lehnten jeglichen Kommentar ab. Estradas Ohr schnappte das Wörtchen *exklusiv* auf, als er mit der Fernbedienung hin und her schaltete. Wieder war es Molly O'Hara. Leider unterbrach sie gerade ihre Reportage. »... mit zwei Mitgliedern der Jury – gleich nach der Werbung.« Estrada ließ die dümmlichen Spots mit Geduld über sich ergehen, da er unbedingt die Meinung der Geschworenen zu der Verhandlung mitbekommen wollte.

Als erste wurde die Kosmetikerin befragt. Der Fernsehsender hatte ihr Gesicht mit einem schwarzen Balken unkenntlich gemacht. »Gleich von Anfang an gab es Probleme, da keiner von uns wußte, was er glauben sollte«, sagte sie. »Dieser Kerl, den der Staatsanwalt in den Zeugenstand gerufen hat ... Ich meine den, mit den Kindern ... Und dann war da ja auch noch der Angeklagte selbst, der natürlich alles unternahm, um nicht ins Gefängnis zu müssen. Keinem von beiden konnten wir hundertprozentig glauben.«

»War da denn etwas ganz Bestimmtes, das Ihnen Schwierigkeiten bereitet hat?« fragte die Reporterin.

»Im Grunde dieser ganze Nachmittag. Wir waren bereit, Morales zu glauben, daß er mit dem Opfer in diesem Apartment war. Das gilt allerdings nicht für die Dinge, die er dort mit ihr gemacht haben will. Ich kann im Fernsehen aber nicht näher darauf eingehen. Jedenfalls schien uns das keinen rechten Sinn zu ergeben. Aber dann sagte einer, er kenne ein paar Leute, die auch so etwas tun würden – und das hat uns dann weitergeholfen.«

»Ich wette, sie redet gerade über sich selbst«, bemerkte Tess.

»Nachdem wir uns also einig darüber waren, wie dieser Nachmittag verlaufen sein könnte, kam es zu Schwierigkeiten mit einer der Geschworenen, die nicht wußte, wie sie sich entscheiden sollte. Sie sagte, sie müsse am Sonntag in die Kirche gehen und danach würde sie wissen, was zu tun sei. Und das machte sie dann auch. Ein paar von uns begleiteten sie. Als sie wieder zurückkam, war sie wie ausgewechselt. Okay, sagte sie, lassen Sie uns abstimmen.«

»Hat sie Ihnen denn erklärt, was zu ihrem Meinungswechsel beigetragen hat?«

»Sie sagte nur, der Herr habe ihr während ihres Gebets den rechten Weg gewiesen, und jetzt sei ihr klar, daß ein Mensch der so fürchterlich stolz, aber gleichzeitig auch so voller Selbstverachtung sei, nur Böses vollbringen könne.«

»Es gibt Stimmen, die es merkwürdig finden, daß Sie den Angeklagten zwar des Mordes, aber nur der versuchten Vergewaltigung für schuldig befunden haben«, sagte Miss O'Hara. »Wie konnte es dazu kommen?«

»Ach wissen Sie, das war der größte Knackpunkt. Ein paar von uns waren der Ansicht, Alvaro wolle sich an Morales rächen und habe deswegen die Geschichte von diesem Nachmittag erzählt. Um ihm *noch* größere Schwierigkeiten zu bereiten. Diese Leute waren einfach nicht von ihrer Meinung abzubringen. Aber schließlich sagten ein paar andere klipp und klar, sie würden Morales für den Mörder halten. Es stand also unentschieden. Die Wahrscheinlichkeit, daß Roberto Morales und Mariah Dodge jenen Nachmittag vor ihrem Tod gemeinsam verbracht hatten, schien uns am größten zu sein. Dann mußten wir uns jedoch darüber Gedanken machen, wie der Tag weiter hätte verlaufen können. Und wir hielten es für vollkommen ausgeschlossen, daß er sie nur drei oder vier Stunden nach ihrem Zusammensein vergewaltigt haben soll. Er ist ja immerhin schon in den Vierzigern oder so. Einige meinten, das sei trotzdem möglich, aber die Mehrheit sah das anders. Aber alle waren davon überzeugt, daß er versucht hatte, sie zu vergewaltigen, und daß er sie angegriffen hatte, weil er doch so wütend war. Und weil es ihm nicht so richtig gelang, hat er sie dann ermordet.« Die Frau machte eine kurze Pause, um kräftig durchzuatmen. »Das ist schon traurig, wissen Sie? Eine so schöne Frau. Und so klug. Sie hatte noch viel vor sich.«

Bei dem zweiten vermummten Geschworenen handelte es sich um eine ehemalige Marketingleiterin. Sie bestätigte den Bericht der Kosmetikerin. »Der Kompromiß betraf lediglich die Frage, ob er sie nun im Büro vergewaltigt hat oder nicht. Insgesamt gab es drei verschiedene Meinungen: daß er am Nachmittag mit ihr geschlafen und sie abends im Büro vergewaltigt habe, daß sie am Nachmittag miteinander geschlafen hätten und er sie abends vergeblich zu vergewaltigen versucht habe, oder daß das alles im Büro geschehen sei und es überhaupt kein Rendezvous am Nachmittag gegeben habe. Als wir endlich dahintergekommen waren, daß es für unseren Schuldspruch wegen Mordes überhaupt keine Rolle spielte, wie es nun wirklich gewesen war, kamen wir ein entscheidendes Stück weiter. Von welcher Seite man die Frage nach der Vergewaltigung auch betrachtete – der Mann war für uns ein Mörder. *Davon* waren wir alle überzeugt.«

Dem Interview folgte wieder ein Werbespot. Estrada schaltete das Gerät aus. »Ich begleite dich nach unten und warte, bis das Taxi kommt.«

»Red' keinen Unsinn«, erwiderte Tess und zog ihn aufs Bett.

Das Licht des Tages schien unangenehm hell in das Schlafzimmer. Estrada öffnete seine Augen und bedauerte es sofort. Er schlief wieder ein. Als er das nächste Mal erwachte, hatte die Sonne schon den Himmel erobert, und Tess stand in der Küche, um Kaffee zu kochen.

Trotz einer kalten Dusche wurde er nicht munterer. »Nach einer solchen Nacht kannst du eigentlich noch gar nicht so fit sein«, bemerkte er mürrisch.

»Was kann ich denn dafür, wenn mir derartige Vergnügungen auf die Beine helfen? Trink erst mal eine Tasse Kaffee.«

Sie hatte offensichtlich keine große Lust, sich von Estrada zu verabschieden. Und auch er war nicht gerade erpicht darauf, sie fortgehen zu sehen. Gemeinsam verließen sie das Haus und erstanden an einem Kiosk sämtliche Tageszeitungen sowie den Reiseteil einer Sonntagszeitung. Die Überschriften auf den Titelseiten befaßten sich durchweg mit dem Fall *Morales.* Fast überall tauchte das Wort SCHULDIG auf. Pancho Castillos Artikel in den *Noticias Diarias* trug die Überschrift NUEVO HÉROE und zeigte ein Foto von Staatsanwalt Estrada.

»Diese Artikel solltest du aufheben und dir einkleben«, riet ihm Tess.

Das war eigentlich nicht seine Art, aber vielleicht hatte sie recht. Der Zeitpunkt, sich eine solche Sammlung zuzulegen, konnte kaum günstiger sein.

Am Nachmittag desselben Tages setzte er sich mit Lou Collins in Verbindung, um sicherzustellen, daß er für den Rest der Woche dem Büro fernbleiben konnte, ohne daß gleich alles zusammenbrechen würde. Denn einen Zweifel, ob er überhaupt wieder zurückkehren würde, hatte Estrada jetzt nicht mehr. Er war endlich dahintergekommen, weshalb er es solange bei der Bezirksstaatsanwaltschaft ausgehalten hatte: Es war die Stelle, die er wollte – und keine andere. Jetzt, da er das erkannt hatte, schien es ihm sonnenklar. Seine Arbeit gefiel ihm. Er hatte sich dabei weiterentwickelt. Wenn er in seinem Leben jemals das Gefühl gehabt hatte, irgendwo hinzugehören, dann war es sein Büro bei der Staatsanwaltschaft.

Als er die Spätnachrichten sah, war Tess wieder bei ihm. Der Prozeß gegen Roberto Morales wurde nicht mehr an erster Stelle behandelt, aber zwei der drei großen Sender berichteten über den Abschied von seiner Familie, als er ins Gefängnis abtransportiert wurde. Ein bekannter Strafverteidiger machte der Form halber einige Anmerkungen: Roberto Morales habe keinen fairen Prozeß gehabt, und in der Berufung würde sich die Haltlosigkeit der gesamten Anklage erweisen. Mit großer Sorgfalt ging der Anwalt darauf ein, daß die Richterin und der Staatsanwalt allein die Verantwortung für den angeblich fehlerhaften Verlauf der Verhandlung zu tragen hätten. Seine hochgeschätzte Kollegin Kassia Miller dagegen, die bei der Berufungsverhandlung nicht mit von der Partie sein würde, habe sich nicht das geringste vorzuwerfen, was den Ausgang des Verfahrens angehe. Die Verteidigerin selbst bemerkte lediglich, daß die Geschworenen ein Urteil gefällt hätten, zu dem sie sich nicht äußern wollte.

Estrada vermutete, daß sie wahrscheinlich auf eigenen Wunsch von Morales' Verteidigung entbunden worden war. Er war fest davon überzeugt, daß sie nach den letzten Tagen vor Gericht endgültig die Nase voll hatte von ihrem ›unschuldigen‹ Mandanten.

Am nächsten Morgen verabschiedete er sich von Tess. Sie gab ihm einen Kuß auf die Nase und griff nach ihrer Umhängetasche. »Mist!« Sie fing an zu weinen. »So ein Mist. Dabei habe ich mir geschworen, nie wieder in deiner Gegenwart zu heulen.« Dann verschwand sie und hinterließ eine größere Leere als Estrada befürchtet hatte.

Er verlor keine Zeit und buchte einen Flug an die mexikanische Pazifikküste. Bei seinen vielen einsamen Spaziergängen am Strand hatte er genügend Gelegenheit, über die Ereignisse der vergangenen Wochen und Monate nachzudenken.

Wie würde es mit Roberto Morales jetzt weitergehen? Auch ohne die Verteidigung durch Kassia Miller war eine Berufung so gut wie sicher. Estrada war davon überzeugt, daß Mahoney alles daransetzen würde, um einen Erfolg von Morales vor dem Berufungsgericht zu verhindern. Diesmal würde es anders laufen. Diesmal würde das Urteil nicht aufgehoben werden, denn die Beweise der Staatsanwaltschaft waren unangreifbar, und auch an der Verhandlungsführung gab es seiner Meinung nach nichts auszusetzen. Sollte die Gegenseite wider Erwarten mit ihrer Berufung Erfolg haben, müßte Morales auf jeden Fall die Last eines dritten Prozesses ertragen.

Wie immer die Angelegenheit auch ausgehen mochte, Estrada konnte sich freuen, daß er einen gefährlichen Mann hinter Gitter gebracht hatte. Die Gewißheit, daß Roberto Morales nie wieder als Held auftreten würde, beruhigte ihn ungemein.

Was nun Tess Dodge anbelangte, so hätte ein jüngerer Joe Estrada bestimmt versucht, mit ihr zusammenzubleiben. Doch wußte er, daß die Annahme, den Zauber ihrer gemeinsam verbrachten Zeit auf Dauer bewahren zu können, eine Illusion war. So schön der gegenseitige Trost und die Wärme, die sie einander geschenkt hatten, auch gewesen sein mochten – als Grundlage für eine gemeinsame Zukunft war ihm das zu wenig.

Am Abend vor seiner Rückreise betrachtete Estrada die untergehende Sonne über dem Meer. Ein solches Bild, dachte er, schreit eigentlich geradezu nach einem Helden und einer Heldin, die Hand in Hand am Strand entlanglaufen.

Aber vielleicht war das nicht das einzig mögliche Happy-End. Vielleicht war es ebenso schön und wichtig, den ein oder anderen Sonnenuntergang alleine zu genießen ... wenn man wußte, wer man war, woher man kam und wohin man ging. Als Herr seiner selbst – wenigstens bis zum nächsten Kampf.

Wenn das gegeben war, erkannte er mir unerwarteter Klarheit, würde sich alles übrige im Laufe der Zeit schon von selbst ergeben. Und wenn es erst einmal soweit war, wieviel schöner würde es dann sein.

DANKSAGUNG

Wie ich immer wieder feststelle, ist diese Welt voll von großzügigen Menschen.

Niemand hätte mir mehr Zeit und Erfahrung opfern können als Dan Castleman, Mary Corrarino und William Hoyt. Ohne sie wäre dieses Buch nicht zustande gekommen.

Weitere Juristen, die mehr als eine bloße Danksagung verdienen, sind Linda Imes, Jim McGuire und Baruch Weiss. Dasselbe gilt für die New York State Association of Criminal Defense Lawyers und deren geschäftsführenden Direktor Anthony Cueto.

Unschätzbare Hinweise und Unterstützung erhielt ich von Francisco Drohojowski, Molly Ivins, Katharine Muir, Mike und Ellen Parish, Gidion Phillips, Arthur Kern, Andrew Klein sowie von Malvin Vitriol vom New York City's Office of the Chief Medical Examiner und von den Doktoren Jon Pearl und Robert Shaler.

Die Einwohner von Williamsburg – vielen von ihnen wurde ich durch ihr tüchtiges und zuvorkommendes Stadtratsmitglied Joseph Lentol und dessen bemerkenswerter Mitarbeiterin Ann Townshend vorgestellt – haben mir grenzenlose Gastfreundschaft entgegengebracht. In Brooklyn waren mir Luis Garden Acosta und alle Menschen in El Puente besonders hilfreich. Mein Dank gilt ebenso Adam Vanesky und dem People's Firehouse, Monsignore Thomas O'Boyle, Martin Needleman, Thomas Kline, Richard Aniero sowie Thomas Montvel-Cohen, David Pagan, Mike Rochford, Inez Pascher, Marsilia Boyle und Isaac Abraham.

Denjenigen, die mir halfen und mir Ratschläge erteilten, gebührt der Dank für all das, was in meinen fiktiven Ausführungen fachlich korrekt ist. Die Fehler habe ich zu verantworten.

Weiterhin danke ich sowohl William Smart und den Mitgliedern des Virginia Center for the Creative Arts, wo dieses Buch konzipiert und in weiten Teilen niedergeschrieben wurde, wie auch Owen Laster, der für meine Gesundheit sorgte, und Judith Mintz für ihren Scharfblick und ihre mühevolle Unterstützung im richtigen Augenblick. Grenzenloser Dank gilt aus vielerlei Gründen E. W. Count.

Die üblichen Helfer, ein ausdauerndes und verständnisvolles Team, haben mich auch diesmal als Mensch und Schriftsteller weitergebracht. Meine Liebe und mein Dank gilt ihnen allen, sowohl den alteingesessenen Haudegen als auch den neu Hinzugekommenen, vor allem Margit Anderegg, die eine unvergeßliche Rolle bei der Entstehung dieses Buches innehatte.

Wie immer danke ich an dieser Stelle Lynne Bundesen, Robert Geller und Lawrence Block für ihre Inspiration und ihren Trost in schwierigen Momenten.